NICCI FRENCH
Das rote Zimmer
In seiner Hand

Das rote Zimmer

Voller Hingabe kümmert sich die junge Psychiaterin Kit Quinn um ihre Patienten, bis sie von einem ihrer Schutzbefohlenen attackiert und schwer verletzt wird. Wenig später bittet die Polizei Kit um Mithilfe in einem brutalen Mordfall, aber der Verdächtige ist jener Mann, der sie angegriffen hat. Erst nach langem Zögern ist Kit bereit, der Polizei zu helfen – auch um sich ihren eigenen Ängsten zu stellen. Doch sie ahnt nicht, welche Dämonen sie damit entfesselt ...

In seiner Hand

Abbie Devereaux wird entführt, gedemütigt und langsam um den Verstand, gebracht. Die junge, hübsche Frau weiß, dass am Ende des qualvollen Weges der Tod auf sie wartet. Nur durch einen Zufall kann sie ihrem erbarmungslosen Peiniger entkommen. Doch nach ihrer Rückkehr in die Welt der Lebenden muss Abbie feststellen, dass niemand ihre Geschichte glaubt. Der wahre Alptraum hat für sie gerade erst begonnen ...

Autoren

Hinter dem Namen Nicci French verbirgt sich das Ehepaar Nicci Gerrard und Sean French. Seit langem sorgen sie mit ihren Spannungsromanen für Furore. Sie leben mit ihren Kindern in der Nähe von London.

Von Nicci French außerdem bei Goldmann lieferbar:

Ein sicheres Haus/Der Glaspavillon. Zwei Romane in einem Band (13429)
Der Feind in deiner Nähe. Roman (46576)
Höhenangst/Der Sommermörder. Zwei Romane in einem Band (13381)
Acht Stunden Angst. Psychothriller (46848)
Der falsche Freund. Roman (46176)
Höhenangst. Roman (44894, 05495)

Nicci French

Das rote Zimmer
In seiner Hand

Zwei Romane
in einem Band

GOLDMANN

Die Originalausgabe von »Das rote Zimmer«
erschien 2001 unter dem Titel »The Red Room«
bei Michael Joseph, London

Die Originalausgabe von »In seiner Hand«
erschien 2002 unter dem Titel »Land of the Living«
bei Michael Joseph, London

FSC
Mix
Produktgruppe aus vorbildlich
bewirtschafteten Wäldern und
anderen kontrollierten Herkünften

Zert.-Nr. SGS-COC-1940
www.fsc.org
© 1996 Forest Stewardship Council

Verlagsgruppe Random House FSC-DEU-0100
Das für dieses Buch verwendete FSC-zertifizierte Papier
Holmen Book Cream liefert Holmen Paper, Hallstavik, Schweden.

Einmalige Sonderausgabe
Taschenbuchausgabe Juni 2009

Umschlaggestaltung: UNO Werbeagentur, München
Umschlagfoto: Fine Pic, München
Druck und Einband: GGP Media GmbH, Pößneck
Printed in Germany
ISBN: 978-3-442-13459-5

www.goldmann-verlag.de

Das rote Zimmer

Aus dem Englischen von
Birgit Moosmüller

FÜR KARL, FIONA UND MARTHA

Man hüte sich vor schönen Tagen. An schönen Tagen passieren oft schlimme Dinge. Vielleicht liegt es daran, dass man leichtsinnig wird, wenn man glücklich ist. Man hüte sich auch davor, zu viel zu planen, denn dann konzentriert man seinen Blick auf das Geplante, und genau in dem Moment beginnt dort, wo man gerade nicht hinsieht, irgendetwas schief zu laufen.

Ich habe mal meinem Professor bei einer Studie über Unfälle geholfen. Ein Team von uns sprach mit Leuten, die überfahren, in Maschinen hineingezogen oder unter Autos hervorgezerrt worden waren. Andere waren von einem Brand überrascht worden, eine Treppe hinuntergefallen oder von einer Leiter gestürzt. Seile und Kabel waren gerissen, Fußböden hatten nachgegeben, Wände waren umgekippt, Zimmerdecken heruntergekracht. Es gibt keinen Gegenstand auf der Welt, der sich nicht gegen einen wenden kann. Wenn das Ding es nicht schafft, dir auf den Kopf zu fallen, dann kann es rutschig werden oder dich schneiden, oder du kannst es verschlucken. Und wenn bestimmte Gegenstände in menschliche Hände geraten, dann ist das noch mal eine ganz andere Geschichte.

Die Studie erwies sich in mancherlei Hinsicht als problematisch. Zum einen handelte es sich um Unfallopfer, die für unsere Fragen nicht zur Verfügung standen, weil sie tot waren. Hätten sie eine andere Geschichte zu erzählen gehabt? In dem Moment, als der Korb kippte und die Fensterputzer, den Schwamm noch in der Hand, aus dem zwanzigsten Stock in die Tiefe stürzten, dachten sie da noch etwas anderes als O verdammt!? Unter den Übrigen gab es Leute, die zum Zeitpunkt ihres Missgeschicks erschöpft, überglücklich, depressiv, betrunken, mit

Drogen voll gepumpt oder abgelenkt waren. Andere hatten einfach nur Pech gehabt. Eins aber war ihnen allen gemeinsam: Zum betreffenden Zeitpunkt waren sie mit den Gedanken nicht bei der Sache gewesen. Aber das ist ja wiederum die Definition eines Unfalls: Irgendetwas bricht gewaltsam in das ein, worauf man gerade seine Gedanken konzentriert, wie ein Räuber, der einen auf einer unbelebten Straße überfällt.

Als es schließlich darum ging, die Ergebnisse zusammenzufassen, war das zugleich einfach und schwer. Einfach deshalb, weil die meisten Schlussfolgerungen auf der Hand lagen. Wie schon auf dem Arzneifläschchen zu lesen steht, sollte man unter dem Einfluss von Medikamenten keine schweren Maschinen bedienen. Ebenso wenig sollte man die Schutzvorrichtung von der Kleiderpresse entfernen, selbst wenn sie einen stört, und es ist auch nicht ratsam, einen fünfzehnjährigen Lehrling mit der Bedienung des Geräts zu betrauen. Vor dem Überqueren einer Straße sollte man in beide Richtungen sehen.

Doch sogar Letzteres war problematisch. Wir versuchten, Dinge zu fassen zu bekommen, die die Leute irgendwo am Rand registriert hatten. Das Problem dabei ist, dass kein Mensch es schafft, alles, was er wahrnimmt, auch bewusst in sein Denken einzubeziehen. Sobald wir uns einer Gefahrenquelle zuwenden, bekommt etwas anderes Gelegenheit, sich von hinten an uns heranzuschleichen. Wenn wir nach links sehen, hat irgendetwas rechts von uns die Chance, uns zu kriegen.

Vielleicht ist es das, was uns die Toten erzählt hätten. Und vielleicht wollen wir manche dieser Unfälle ja auch gar nicht missen. Wenn ich mich in meinem Leben verliebt habe, dann nie in den Menschen, den ich eigentlich hätte mögen sollen, den netten Kerl, mit dem meine Freunde mich verkuppeln wollten. Was nicht heißen soll, dass es jedes Mal der Falsche war, aber in der Regel doch jemand, der in meinem Leben eigentlich gar nichts verloren gehabt hätte. Ich habe mal einen wunderschönen Sommer mit jemandem verbracht, den ich kennen lernte, weil er der Freund eines Freundes war, der meiner besten

Freundin beim Umzug in ihre neue Wohnung half, weil der andere Freund, der eigentlich kommen und helfen wollte, bei einem Fußballspiel einspringen musste, weil ein anderer sich das Bein gebrochen hatte.

Das alles ist mir bekannt, aber dieses Wissen bringt nichts. Es hilft einem lediglich, das Geschehene im Nachhinein zu verstehen. Und manchmal nicht einmal das. Trotzdem ist es passiert, daran besteht kein Zweifel. Ich nehme an, das Ganze begann damit, dass ich in die andere Richtung schaute.

Es war an einem sonnigen Vormittag im Mai. An meiner Zimmertür klopfte es, und noch ehe ich etwas sagen konnte, ging sie auf, und ich sah das lächelnde Gesicht von Francis vor mir. »Dein Termin ist abgesagt worden«, erklärte er.

»Ich weiß.«

»Dann hast du ja Zeit...«

»Also...«, begann ich. In der Welbeck-Klinik war es immer gefährlich zuzugeben, dass man Zeit hatte, denn dann wurde einem sofort irgendeine Arbeit aufs Auge gedrückt. In der Regel handelte es sich dabei um die Dinge, mit denen sich die älteren Kollegen nicht herumschlagen wollten.

»Kannst du eine Beurteilung für mich übernehmen?«, fragte Francis rasch.

»Also...«

Sein Lächeln wurde breiter. »Was ich eigentlich sagen will, ist natürlich: ›Übernimm eine Beurteilung für mich!‹, aber ich formuliere es aus Gründen der Höflichkeit auf die konventionelle, weniger direkte Art.«

Das ist einer der Nachteile, die man in Kauf nehmen muss, wenn man in einem therapeutischen Umfeld arbeitet: Man hat mit Leuten wie Francis Hersh zu tun, der erstens nicht einmal guten Morgen sagen konnte, ohne es in Anführungszeichen zu setzen und anschließend sofort zu analysieren, und zweitens... Aber lassen wir das. Im Fall von Francis könnte ich mich über zweitens und drittens locker bis zu zehntens vorarbeiten.

»Worum geht's?«

»Eine Polizeisache. Sie haben jemanden aufgegriffen, der auf der Straße herumgebrüllt hat oder so was in der Art. Wolltest du gerade gehen?«

»Ja.«

»Das passt ja wunderbar. Du brauchst auf dem Heimweg nur schnell auf dem Revier in Stretton Green vorbeizuschauen und einen Blick auf den Typen zu werfen, damit sie ihn schnell wieder loskriegen.«

»In Ordnung.«

»Frag nach DI Furth. Er erwartet dich.«

»Wann?«

»Vor ungefähr fünf Minuten.«

Ich rief Poppy an, mit der ich auf einen Drink verabredet war, und erwischte sie gerade noch rechtzeitig, um ihr zu sagen, dass ich mich ein paar Minuten verspäten würde.

Wenn jemand wegen öffentlicher Ruhestörung auffällig wird, kann es recht schwierig sein zu beurteilen, ob der oder die Betreffende bösartig, betrunken, geisteskrank, körperlich krank, verwirrt, missverstanden, grundsätzlich ein Ekel, aber harmlos oder – in Einzelfällen – eine echte Bedrohung ist. Normalerweise verfährt die Polizei mit solchen Fällen recht willkürlich. In der Regel rufen sie uns nur, wenn extreme und eindeutige Gründe vorliegen. Vor einem Jahr aber war ein bereits festgenommener, dann jedoch wieder auf freien Fuß gesetzter Mann ein paar Stunden später mit einer Axt bewaffnet in der nächsten Hauptstraße aufgetaucht und hatte zehn Personen verletzt, von denen eine alte Frau ein paar Wochen später starb. Es hatte eine Meinungsumfrage gegeben, deren Ergebnis seit einem Monat vorlag, was zur Folge hatte, dass uns die Polizei zurzeit ständig um Rat bat.

Ich war schon mehrmals auf dem Revier gewesen, mit Francis oder allein. Das Komische daran war, dass wir, indem wir nach bestem Wissen und Gewissen herauszufinden versuchten, was mit diesen meist recht traurigen, verwirrten und übel riechenden Gestalten, die uns in einem Raum in Stretton Green gegenübersaßen, los war, in erster Linie der Polizei ein Alibi verschafften. Wenn dann das nächste Mal etwas schief ging, konnten sie die Verantwortung auf uns abwälzen.

Detective Inspector Furth war ein gut aussehender Mann, nicht viel älter als ich. Er begrüßte mich mit einem amüsierten, fast unverschämten Gesichtsausdruck, der mich veranlasste, nervös an meinen Kleidern hinunterzusehen, ob alles richtig saß. Aber schon einen Moment später wurde mir klar, dass das sein ganz normaler Gesichtsausdruck war, sein Schutzschild gegen die Welt. Er trug sein blondes Haar streng nach hinten gekämmt, und sein Kinn war kantig wie mit dem Lineal nachgezogen. Seine Haut wirkte leicht narbig. Vielleicht hatte er als Kind unter Akne gelitten.

»Dr. Quinn«, sagte er mit einem Lächeln und streckte mir die Hand entgegen. »Nennen Sie mich Guy. Ich bin neu hier.«

»Freut mich, Sie kennen zu lernen.« Er drückte meine Hand so fest, dass ich das Gesicht verzog.

»Ich hatte nicht damit gerechnet, dass Sie noch so … ähm … jung sind.«

»Tut mir Leid«, begann ich, brach aber gleich wieder ab. »Wie alt sollte ich denn Ihrer Meinung nach sein?«

»Treffer!«, antwortete er, noch immer lächelnd. »Und Sie heißen Katherine – Kit abgekürzt. Das weiß ich von Dr. Hersh.«

Früher sagten nur meine Freunde Kit zu mir. Die Kontrolle darüber war mir schon vor Jahren entglitten, aber ich zuckte immer noch leicht zusammen, wenn ein Fremder mich so nannte.

»Wo ist er?«

»Diese Richtung. Möchten Sie eine Tasse Tee oder Kaffee?«

»Danke, aber ich bin ein wenig in Eile.«

Er führte mich durch das Großraumbüro. An einem der Schreibtische blieb er kurz stehen und griff nach einer wie ein Rugbyball geformten Tasse, bei der der Deckel gekappt war wie bei einem Frühstücksei.

»Meine Glückstasse«, erklärte er, während ich ihm durch

eine Tür am hinteren Ende des Raums folgte. Vor dem Verhörraum blieb er stehen.

»Mit wem habe ich es zu tun?«, fragte ich.

»Einer Ratte namens Michael Doll.«

»Und?«

»Er hat sich auf dem Gelände einer Grundschule rumgetrieben.«

»Hat er Kinder belästigt?«

»Nicht direkt.«

»Wieso ist er dann hier?«

»Die Eltern dort haben eine Aktionsgruppe gegründet. Sie verteilen Handzettel. Dabei ist er ihnen aufgefallen, und die Situation wurde ein wenig unangenehm.«

»Versuchen wir es doch mal anders herum: Wieso bin *ich* hier?«

Furth wich meinem Blick aus. »Sie kennen sich doch mit solchen Sachen aus, oder? Man hat mir gesagt, Sie arbeiten in Market Hill.«

»Hin und wieder, ja.« In der Tat teile ich meine Zeit auf zwischen Market Hill, einem Krankenhaus für geisteskranke Verbrecher, und der Welbeck-Klinik, die der Mittelklasse therapeutischen Beistand bietet.

»Jedenfalls ist er ein seltsamer Typ. Er hat recht komisches Zeug geredet. Murmelt die ganze Zeit vor sich hin. Wir haben uns schon gefragt, ob er vielleicht schizophren ist oder so.«

»Was wissen Sie über ihn?«

Furth rümpfte die Nase, als könnte er den Gestank des Mannes durch die Tür riechen. »Neunundzwanzig Jahre alt. Tut nicht viel. Ein bisschen Taxifahren.«

»Ist er früher schon mal wegen sexueller Belästigung aufgefallen?«

»Nicht wirklich. Leichter Hang zum Exhibitionismus.«

Ich schüttelte den Kopf. »Finden Sie das alles nicht ein bisschen vage?«

»Was, wenn er trotzdem gefährlich ist?«

»Sie meinen, wenn er der Typ Mensch ist, der irgendwann in der Zukunft gewalttätig werden könnte? Genau solche Fragen habe ich meiner Betreuerin gestellt, als ich in der Klinik anfing. Sie hat mir geantwortet, das würden wir jetzt wahrscheinlich nicht feststellen können und uns hinterher alle ganz schrecklich fühlen.«

Furth runzelte die Stirn. »Ich bin solchen Scheißkerlen wie Doll begegnet, *nachdem* sie ihr Verbrechen begangen hatten. Dann findet die Verteidigung immer jemanden, der vor Gericht über die schwierige Kindheit dieser Leute faselt.«

Michael Doll hatte volles Haar, das ihm in Locken bis auf die Schultern fiel, und ein hageres Gesicht mit vorstehenden Wangenknochen. Seine Züge wirkten seltsam zart. Insbesondere seine Lippen erinnerten mit ihrer ausgeprägten Herzform an die einer jungen Frau. Allerdings hatte er ein auswärts schielendes Auge, und es war schwer zu sagen, ob er mich ansah oder knapp an mir vorbei. Seiner Bräune nach zu urteilen, verbrachte er einen Großteil seiner Zeit im Freien. Ich hatte den Eindruck, dass der Raum auf ihn beklemmend wirkte. Seine großen, schwieligen Hände hielten einander umklammert, als versuchten sie, sich gegenseitig am Zittern zu hindern.

Er trug Jeans und eine graue Windjacke, die nicht weiter seltsam gewirkt hätte, wäre darunter nicht der dicke orangefarbene Pulli gewesen, den sie nicht ganz verdeckte. In einem anderen Leben, einer anderen Welt wäre er vielleicht ein attraktiver Typ gewesen, so aber hatte er etwas Unheimliches an sich, das ihn umgab wie ein übler Geruch.

Als wir den Raum betraten, sprach er gerade schnell und nahezu unverständlich auf eine gelangweilt wirkende Beamtin ein. Ihr war anzusehen, wie erleichtert sie über unser Erscheinen war. Nachdem sie mir Platz gemacht hatte, setzte ich mich gegenüber von Michael Doll an den Tisch und stellte mich vor. Ich verzichtete darauf, ein Notizbuch herauszuholen. Wahrscheinlich würde das gar nicht nötig sein.

»Ich werde Ihnen ein paar einfache Fragen stellen«, erklärte ich.

»Die haben es auf mich abgesehen«, murmelte Doll. »Sie wollen mich dazu bringen, irgendwelche Sachen zuzugeben.«

»Ich bin nicht hier, um mit Ihnen über das zu sprechen, was Sie getan haben. Ich möchte bloß herausfinden, wie es Ihnen geht. Ist das in Ordnung?«

Er blickte sich argwöhnisch um. »Ich weiß nicht. Sind Sie von der Polizei?«

»Nein. Ich bin Ärztin.«

Seine Augen weiteten sich. »Glauben Sie, ich bin krank? Oder verrückt?«

»Was glauben *Sie* denn?«

»Mir fehlt nichts.«

»Dann ist es ja gut.« Ich fand selbst, dass meine Stimme widerlich herablassend klang. »Nehmen Sie irgendwelche Medikamente?« Er starrte mich verwirrt an. »Tabletten? Oder Tropfen?«

»Ich nehme was für meine Verdauung. Ich bekomme immer solche Schmerzen. Nachdem ich gegessen habe.« Er klopfte gegen seine Brust.

»Wo wohnen Sie?«

»Ich habe ein Zimmer. Drüben in Hackney.«

»Sie leben allein?«

»Ja. Irgendwas dagegen einzuwenden?«

»Nicht das Geringste. Ich lebe auch allein.«

Dolls Lippen verzogen sich zu einem kleinen Grinsen. Es sah nicht besonders nett aus. »Haben Sie einen Freund?«

»Sie?«

»Ich bin doch keine Schwuchtel!«

»Ich meine, haben Sie eine Freundin?«

»Sie zuerst!«, gab er in scharfem Ton zurück.

Er war durchaus schlagfertig. Versuchte mich sogar zu manipulieren. Was aber noch lange nicht hieß, dass er verrückter war als die übrigen im Raum Anwesenden.

»Ich bin hier, um etwas über *Sie* zu erfahren«, antwortete ich.

»Sie sind genau wie die anderen.« In seiner Stimme schwang jetzt ein wütendes Zittern mit. »Sie wollen mich in eine Falle locken. Etwas aus mir rauskitzeln.«

»Was könnte ich denn aus Ihnen rauskitzeln?«

»Ich weiß nicht, ich… ich…« Er fing zu stammeln an. Seine Hände umklammerten die Tischkante. An seiner Schläfe pulsierte eine Ader.

»Ich will Sie nicht in eine Falle locken, Michael.« Ich stand auf und sah zu Furth hinüber.

»Ich bin fertig.«

»Und?«

»Ich sehe keine Probleme.«

Neben mir hörte ich Doll weiterplappern wie ein Radio, das jemand auszuschalten vergessen hatte.

»Wollen Sie ihn denn nicht fragen, was er bei der Schule zu suchen hatte?«

»Warum?«

»Weil er ein Perverser ist, darum!« Inzwischen war das Lächeln aus Furths Gesicht verschwunden. »Er ist eine Gefahr für andere, und wir dürfen nicht zulassen, dass er sich in der Nähe von Kindern rumtreibt.« Dieser Teil war an mich gerichtet. Nun begann er an mir vorbei mit Doll zu sprechen. »Glauben Sie bloß nicht, dass Ihnen das irgendwas bringt, Mickey. Wir wissen über Sie Bescheid.«

Ich warf einen Blick zu Doll hinüber. Sein Mund stand offen wie bei einem Frosch oder Fisch. Ich wandte mich zum Gehen. Ab diesem Zeitpunkt bekam ich die Dinge nur noch bruchstückhaft mit. Ein klirrendes Geräusch. Ein Schrei. Ein Stoß von der Seite. Ein reißendes Gefühl an der einen Hälfte meines Gesichts, von oben nach unten. Ich konnte es fast hören. Rasch gefolgt von einem warmen Schwall auf meinem Gesicht und meinem Hals. Der Boden, der mir entgegenkam. Linoleum, das hart gegen meinen Körper schlug. Ein Gewicht auf mir. Schreie. Andere Menschen um mich herum. Ich versuchte, mich hochzustemmen, glitt aber aus. Meine Hand war nass. Ich starrte sie an. Blut. Überall Blut. Alles war rot. Unglaubliche Mengen von Blut überall. Ich wurden über den Boden gezerrt, hochgehoben.

Es war ein Unfall. Ich war der Unfall.

1. KAPITEL

Und ich hab gesagt: ›Ja, ja, ich glaube an Gott, aber Gott kann auch der Wind in den Bäumen und der Blitz am Himmel sein.‹« Er beugte sich vor und deutete mit seiner Gabel auf mich. Der Mann, mit dem ich am Ende des Abends nicht nach Hause gehen, dessen Telefonnummer ich verlieren würde. »Gott kann das eigene Gewissen sein. Oder ein anderer Name für die Liebe. Oder der Urknall. ›Ja‹, hab ich gesagt, ›ich bin der Überzeugung, dass sogar der Urknall eine Bezeichnung für den Glauben eines Menschen sein kann.‹ Darf ich Ihnen nachschenken?« Das war der Stand der Dinge, den wir an diesem Abend erreicht hatten. Sechs Flaschen Wein für acht Leute, und das, obwohl wir erst beim Hauptgang angelangt waren. Labberiger Fisch mit Erbsen. Poppy ist eine der schlechtesten Köchinnen, die ich kenne. Sie produziert riesige Mengen, die wie misslungene Babynahrung schmecken. Ich warf einen Blick zu ihr hinüber. Sie war gerade in irgendeine Diskussion mit Cathy verwickelt, fuchtelte dabei übertrieben dramatisch mit den Armen herum und saß so weit nach vorn gebeugt, dass ihr ein Ärmel in den Teller hing. Trotz ihrer herrischen Art war sie im Grunde ein ängstlicher und unsicherer, vielleicht sogar unglücklicher Mensch, aber stets großzügig – sie gab diese kleine Party anlässlich meiner Genesung und bevorstehenden Rückkehr in die Arbeit. Offenbar spürte sie meinen Blick, denn sie schaute zu mir herüber und lächelte mich an. Plötzlich sah sie wieder so jung aus wie die Studentin, die ich zehn Jahre zuvor kennen gelernt hatte.

Kerzenlicht schmeichelt jedem. Die Gesichter rund um den Tisch schienen auf geheimnisvolle Weise zu strahlen. Ich betrachtete Seb, Poppys Ehemann. Er war Arzt, genauer gesagt

Psychiater. Unsere Reviere grenzten aneinander, zumindest hatte er das irgendwann mal so ausgedrückt. Ich hatte mich nie als Besitzerin eines Reviers gesehen, aber Seb wirkte manchmal wirklich wie ein Hund, der in seinem Garten patrouillierte und jeden anbellte, der sich zu nahe heranwagte. Seine scharfen Züge wurden durch das freundliche, flackernde Licht etwas gemildert. Cathy wirkte nicht mehr dunkel und schwer, sondern golden und weich. Ihr Mann saß am anderen Tischende in geheimnisvolles Dämmerlicht gehüllt, während der Mann zu meiner Linken nur aus Licht- und Schattenflächen zu bestehen schien.

»Ich hab zu ihr gesagt: ›Wir haben alle das Bedürfnis, an irgendetwas zu glauben. Gott kann auch für unsere Träume stehen. Wir alle brauchen Träume.‹«

»Das stimmt.« Ich schob mir eine Gabel voll Kabeljau in den Mund.

»Liebe. ›Was ist das Leben ohne Liebe?‹, hab ich gesagt. Ich hab gesagt« – er sprach jetzt lauter, an den ganzen Tisch gewandt – »›Was ist das Leben ohne Liebe?‹«

»Auf die Liebe«, meinte Olive und hob lachend ihr leeres Glas. Ihr Lachen klang wie das Geläut einer gesprungenen Glocke. Sie war eine große, dunkle, an einen Raubvogel erinnernde Frau, deren blauschwarzes Haar sich auf ihrem Kopf dramatisch türmte. Auf mich wirkt sie seit jeher eher wie ein Model, nicht wie eine Geriatrieschwester. Sie lehnte sich vor und platzierte einen schmatzenden Kuss auf den Mund ihres neuen Freundes, der zurückgelehnt neben ihr saß und einen leicht benommenen Eindruck machte.

»Gibt es jemanden in Ihrem Leben?«, murmelte mein Nachbar. Er war wirklich ziemlich beschwipst. »Jemanden, den Sie lieben?«

Blinzelnd versuchte ich mich zu erinnern. An eine andere Party, ein anderes Leben, bevor ich fast gestorben und als eine Frau ins Leben zurückgekehrt war, deren Gesicht von einer Narbe zweigeteilt wurde: Albie in einem ungenutzten Schlafzimmer in einem fremden Haus, mit einer anderen Frau, die Hände auf ihrem erdbeerroten Kleid. Er streifte ihr die Träger von den Schultern, berührte ihre cremeweißen Brüste. Sie hatte die Augen geschlossen und den Kopf zurückgelegt. Ihr kräftig roter Lippenstift war verschmiert. Betrunken nuschelte er: »Nein, nein, wir dürfen das nicht!«, ließ sie aber trotzdem gewähren, blieb völlig locker und passiv, während ihre Finger sich an seinem Reißverschluss zu schaffen machten. Ich hatte auf dem Treppenabsatz gestanden und zu ihnen hineingespäht, unfähig, mich zu bewegen oder einen Laut von mir zu geben. Es gibt nur eine begrenzte Anzahl von Dingen, die man beim Sex tun kann, dachte ich damals, während ich auf diese Szene starrte. All die Gesten, von denen wir glauben, es seien unsere ganz persönlichen, gehören genauso anderen Leuten. Die Art, wie sie mit dem Daumen über seine Unterlippe strich. Ich mache das auch so. In dem Moment entdeckte mich Albie, und ich dachte: Es gibt nur eine begrenzte Anzahl von Arten, wie man seinen Geliebten mit einer anderen erwischen kann. Es erschien mir so abgedroschen. Sein schönes Hemd hing an ihm herunter. Wir hatten einander angestarrt, die sich rekelnde Frau zwischen uns. Ich konnte meinen Herzschlag hören. Was ist das Leben ohne Liebe?

»Nein«, antwortete ich. »Zurzeit nicht.«

Poppy klopfte mit dem Messer gegen ihr Glas. Oben im ersten Stock hörte ich ein Kind kreischen. Über unseren Köpfen schlug etwas dumpf auf den Boden. Seb runzelte die Stirn.

»Ich möchte einen Toast aussprechen.« Poppy räusperte sich.

»Warte noch einen Moment, lass mich erst die Gläser nachfüllen.«

»Vor drei Monaten passierte Kit diese schreckliche … Sache …«

Mein Tischnachbar wandte sich zu mir um und starrte auf mein Gesicht. Ich hob die Hand, um die Narbe zu bedecken, als könnte sein Blick sie zum Brennen bringen.

»Sie ist von einem Wahnsinnigen angegriffen worden.«

»Also…«, begann ich zu protestieren.

»Alle, die wie ich an ihrem Krankenbett gestanden… die gesehen haben, was er ihr angetan hatte… wir waren völlig entsetzt.« Der Alkohol und die Rührung ließen Poppys Stimme schwanken. Verlegen starrte ich auf meinen Teller. »Aber niemand sollte sie nach dem äußeren Schein beurteilen.« Sie lief rot an und sah erschrocken zu mir herüber. »Ich meine nicht die… du weißt schon.« Wieder hob ich die Hand ans Gesicht. Ich ertappte mich jetzt ständig bei dieser Geste des Selbstschutzes, zu der ich damals nicht fähig gewesen war. »Sie mag ja einen sehr sanften Eindruck machen, aber in Wirklichkeit ist sie eine starke, mutige Frau. Sie war schon immer eine Kämpferin, und deswegen sitzt sie jetzt auch hier bei uns und fängt am Montag wieder zu arbeiten an. Dieser Abend ist für sie, und ich möchte, dass ihr alle eure Gläser hebt, um ihre Genesung zu feiern und… na ja, das war's eigentlich schon. Ich war noch nie besonders gut im Redenhalten. Jedenfalls trinken wir jetzt auf unsere liebe Kit!«

»Auf Kit!«, riefen alle im Chor. Ihre Gläser stießen über den Resten des Essens klirrend aneinander. Alle Gesichter um mich herum leuchteten, lächelten mich an, verschwammen für ein paar Momente im Kerzenlicht, um dann von neuem Gestalt anzunehmen. »Kit!«

Ich brachte ein Lächeln zustande. Eigentlich wollte ich das alles gar nicht und fühlte mich deswegen schlecht.

»Komm schon, Kit, du musst auch eine Rede halten!« Seb grinste mich an. Wahrscheinlich kennen Sie sein Gesicht oder seine Stimme. Sie haben bestimmt schon seine Meinung über alles Mögliche gehört, angefangen von Serienkillern bis hin zu kindlichen Albträumen oder kollektivem Massenwahn. Er macht mir oft Komplimente, lächelt mich an und tut sein Bestes, um mich aufzubauen, aber ich nehme an, im Grunde hält er mich für eine hoffnungslose Anfängerin in seinem Beruf. »Du kannst nicht nur schüchtern dasitzen und lieb schauen, Kit. Sag was!«

»Also gut.« Ich musste an Michael Doll denken, wie er sich

mit erhobener Hand auf mich stürzte. »Eigentlich bin ich gar keine Kämpferin. Im Gegenteil, ich –« Von oben drang ein Schrei, gefolgt von lautem Geheul.

»Herrje!«, seufzte Poppy und stand auf. »Andere Kinder liegen um halb elf im Bett und schlafen. Unsere tragen noch Ringkämpfe aus. Bin gleich wieder da.«

»Nein, lass mich gehen!« Rasch schob ich meinen Stuhl zurück.

»Sei nicht blöd!«

»Nein, wirklich, ich möchte gern. Ich habe die Kinder den ganzen Abend nicht gesehen. Ich möchte ihnen gute Nacht sagen.«

Ich rannte praktisch aus dem Zimmer. Während ich die Treppe hinaufstieg, hörte ich Kinderfüße den Gang entlangrennen, begleitet von leisem Wimmern. Als ich schließlich in ihr Zimmer trat, lagen Amy und Megan bis zum Hals zugedeckt in ihren Betten. Megan, mit ihren sieben Jahren die Ältere der beiden, stellte sich schlafend, auch wenn mir ihre zitternden Lider verrieten, welche Anstrengung es sie kostete, die Augen geschlossen zu halten. Die fünfjährige Amy hatte die Augen weit offen. Neben ihr auf dem Kissen lag ein Plüschhase mit Knopfaugen und abgewetzten Ohren.

»Hallo, ihr zwei!« Ich ließ mich auf dem Fußende von Amys Bett nieder. Im Licht des Nachtlämpchens konnte ich sehen, dass sie einen roten Fleck auf der Wange hatte.

»Kitty«, sagte sie. Abgesehen von Albie waren diese beiden die einzigen Menschen, die mich Kitty nannten. »Megan hat mich geschlagen.« Megan setzte sich entrüstet auf. »Lügnerin! Sie hat mich gekratzt! Schau her! Man kann es noch genau sehen!« Sie hielt mir ihre Hand hin.

»Sie hat Spatzenhirn zu mir gesagt!«

»Hab ich nicht!«

»Ich bin gekommen, um euch gute Nacht zu sagen.«

Beide saßen jetzt mit zerzausten Haaren, leuchtenden Augen und geröteten Wangen in ihren Betten. Ich legte eine Hand auf

Amys Stirn. Sie fühlte sich heiß und feucht an. Ein sauberer Geruch nach Seife und Kinderschweiß stieg von ihr auf. Sie hatte Sommersprossen auf der Nase und ein spitzes Kinn.

»Es ist schon spät«, sagte ich.

»Amy hat mich aufgeweckt«, erklärte Megan.

»Oh!«, sagte Amy voller Entrüstung.

Von unten drang Stimmengemurmel und das Geklapper von Besteck herauf. Jemand lachte.

»Wie bringe ich euch zwei jetzt zum Einschlafen?«

»Tut es noch weh?« Amy stupste mit einem Finger gegen meine Wange. Ich zuckte zurück.

»Inzwischen nicht mehr.«

»Mummy sagt, es ist eine Schande«, erklärte Megan.

»Ja?«

»Und sie hat gesagt, dass Albie nicht mehr bei dir ist.« Albie hatte sie oft gekitzelt und ihnen Lutscher geschenkt. Oder die Hände vor den Mund gelegt und hineingeblasen, was dann wie der Schrei einer Eule klang.

»Das stimmt.«

»Wirst du jetzt keine Babys bekommen?«

»Schsch, Amy, so was sagt man nicht!«

»Eines Tages vielleicht schon«, antwortete ich. Ich spürte ein leichtes, sehnsüchtiges Ziehen in meinem Bauch. »Aber jetzt noch nicht. Soll ich euch eine Geschichte erzählen?«

»Ja!«, antworteten beide mit triumphierender Stimme. Nun hatten sie erreicht, was sie wollten.

»Eine kurze.« Ich durchforstete mein Gedächtnis nach einer geeigneten Geschichte. »Es war einmal ein Mädchen, das lebte mit seinen zwei hässlichen Schwestern …«

Aus den Betten ertönte einstimmiges Stöhnen. »Nein, die nicht!«

»Lieber Schneewittchen? Die sieben Raben? Rapunzel?«

»La–angweilig! Erzähl uns eine, die du dir selbst ausgedacht hast«, forderte Megan mich auf. »Eine Geschichte aus deinem Kopf.«

»Über zwei Mädchen …«, schlug Amy vor.

»… die Amy und Megan heißen …«

»… und ein Abenteuer in einem Schloss erleben.«

»Also gut, also gut! Mal sehen.« Ich begann zu sprechen, ohne die geringste Ahnung zu haben, wie ich weitermachen würde. »Es waren einmal zwei kleine Mädchen namens Megan und Amy. Megan war sieben und Amy fünf. Eines Tages verirrten sich die beiden.«

»Wie?«

»Sie machten einen Spaziergang mit ihren Eltern. Es war am frühen Abend, und plötzlich kam ein schlimmes Gewitter, mit Donner und Blitz und wilden Sturmböen. Die Mädchen versteckten sich in einem hohlen Baum, aber als der Regen aufhörte, merkten sie, dass sie ganz allein in einem großen Wald waren und keine Ahnung hatten, wo sie sich befanden.«

»Gut«, meinte Megan.

»Deswegen sagte Megan, sie sollten losmarschieren und nach einem Haus suchen.«

»Und was habe ich gesagt?«

»Amy sagte, sie sollten die Brombeeren an den Büschen rundherum essen, um nicht vor Hunger zu sterben. Die beiden gingen und gingen. Immer wieder fielen sie hin und schürften sich die Knie auf. Es wurde dunkler und dunkler, am Himmel zuckten Blitze, und immer wieder flogen große schwarze Vögel ganz knapp an ihnen vorbei und gaben dabei schreckliche kreischende Geräusche von sich. Aus den Büschen starrten sie Augen an … Tieraugen.«

»Panther.«

»Ich glaube nicht, dass es in dem Wald Panther –«

»Panther«, wiederholte Megan in bestimmtem Ton.

»Also gut, Panther. Plötzlich sah Megan ein Licht durch die Bäume schimmern.«

»Und was habe ich –«

»Amy sah es im selben Moment. Sie gingen darauf zu. Als sie es erreichten, stellten sie fest, dass es von einer Öllampe stammte, die über einer hölzernen Rundbogentür hing. Die Tür gehörte zu einem großen, halb verfallenen Haus. Es war Furcht erregend, ein unheimlicher Ort, aber inzwischen waren die Mädchen so müde und durchgefroren, dass sie beschlossen, das Wagnis einzugehen. Als sie an die Tür klopften, hörten sie das Geräusch drinnen wie einen Trommelschlag widerhallen.« Ich legte eine Pause ein. Inzwischen saßen die Mädchen mucksmäuschenstill und mit offenem Mund da. »Aber niemand kam, und immer mehr große schwarze Vögel flatterten kreischend um sie herum, bis eine ganze Wolke von ihnen den Himmel verdunkelte. Schwarze Vögel, zuckende Blitze, Donnergetöse und dazu noch die Äste der Bäume, die sich gespenstisch im Wind wiegten. Schließlich drückte Megan fest gegen die Tür, bis sie quietschend aufschwang. Amy nahm die Öllampe vom Eingang, und zusammen betraten sie das halb verfallene Haus. Sie hielten sich an den Händen und spähten in jeden Winkel. Sie befanden sich in einem Gang, an dessen Wänden Wasser herunterlief. Sie folgten dem Gang, bis sie in einen Raum gelangten. Er war ganz blau gestrichen, sogar die hohe Zimmerdecke, und in der Mitte blubberte ein kalter blauer Brunnen. Sie konnten das Geräusch von Wellen hören, die an einen Strand klatschten. Es war ein Raum des Wassers, der Ozeane und fernen Länder, der ihnen das Gefühl gab, ihrem Zuhause ferner zu sein als je zuvor. Rasch gingen sie ein Stück weiter und kamen in einen zweiten Raum. Es war ein grünes Zimmer voller Farne und Topfpflanzen, und es erinnerte sie an die Parks, in denen sie so gern spielten. Plötzlich hatten sie schlimmer Heimweh als je zuvor. Deswegen gingen sie erneut weiter und kamen zu einem dritten Raum. Die Tür zu diesem war geschlossen. Von außen war sie rot gestrichen. Aus irgendeinem Grund hatten sie große Angst vor diesem Raum, noch ehe sie die Tür geöffnet hatten.«

»Warum?«, fragte Megan. Sie streckte mir die Hand hin, und ich nahm sie fest in die meine.

»Hinter der roten Tür lag das rote Zimmer. Sie wussten, dass in diesem Zimmer alles war, wovor sie am meisten Angst hatten. Das waren für Megan andere Dinge als für Amy. Wovor hast du am meisten Angst, Megan?«

»Ich weiß nicht.«

»Hast du nicht Angst davor, in großer Höhe zu sein?«

»Ja. Und davor, aus einem Boot zu fallen und zu sterben. Und vor der Dunkelheit. Und vor Tigern. Und Krokodilen.«

»Alles das war für Megan in dem roten Zimmer. Und für Amy?«

»Amy hasst Spinnen«, erklärte Megan genüsslich. »Sie schreit schon, wenn sie eine bloß von weitem sieht.«

»Ja, und Giftschlangen. Und Feuerwerksraketen, die in meinem Haar explodieren.«

»Ok. Was haben Megan und Amy als Nächstes getan?«

»Sie sind davongelaufen.«

»Nein, das sind sie nicht. Sie wollten das Innere dieses Raums sehen. Sie wollten die Tiger und Boote und Krokodile sehen –«

»Und die Giftschlangen –«

»Und die Giftschlangen. Sie schoben also die Tür auf, betraten das rote Zimmer, sahen sich darin um und stellten fest, dass alles darin rot war. Die Decke war rot, die Wände waren rot, sogar der Boden war rot.«

»Aber was war in dem Zimmer?«, fragte Megan. »Wo waren die Krokodile?«

Ratlos hielt ich inne. Was war tatsächlich in dem Zimmer? Über diesen Teil der Geschichte hatte ich mir noch keine Gedanken gemacht. Einen Moment lang dachte ich an einen echten wilden Tiger, der sie beide auffressen würde.

»Da war ein kleiner Plüschtiger«, antwortete ich. »Und ein Plüschkrokodil.«

»Und eine Plüschschlange.«

»Ja, und ein kleines Spielzeugboot, und außerdem leckeres Essen und ein großes, schönes weiches Bett. Und die Eltern von Megan und Amy, die die zwei kleinen Mädchen ins Bett brachten, liebevoll zudeckten und ihnen einen dicken Gutenachtkuss gaben, woraufhin beide sofort einschliefen.«

»Mit einem Nachtlicht?«

»Mit einem Nachtlicht.«

»Ich möchte noch eine Geschichte hören!«, erklärte Megan.

Ich beugte mich zu ihnen hinunter und küsste ihre krause Stirn. »Nächstes Mal«, antwortete ich und wandte mich zum Gehen.

»Der Schluss war ein bisschen abrupt, fand ich.« Erschrocken fuhr ich herum. Seb stand in der Tür und lächelte. »Wo hast du die Geschichte her? Aus der Bruno-Bettelheim-Sammlung von Gutenachtgeschichten?«

Er begleitete seine Frage mit einem Grinsen, aber ich meinte es ernst, als ich antwortete: »Das war ein Traum, den ich im Krankenhaus hatte.«

»Ich nehme an, in deinem roten Zimmer gab es weder Spielsachen noch ein warmes Bett.«

»Nein.«

»Was war in dem Zimmer?«

»Ich weiß es nicht.« Das war gelogen. Ich spürte, wie mein Magen sich verkrampfte.

Später machte mir mein betrunkener Freund, der daran glaubte, dass Gott der Urknall war, das Angebot, mich nach Hause zu fahren. Ich lehnte dankend ab und ging zu Fuß. Von Poppy und Seb bis zu meiner Wohnung in Clerkenwell waren es nur gut eineinhalb Kilometer. Der kühle, feuchte Wind blies mir ins Gesicht, und meine Narbe kribbelte leicht. Der Halbmond schwebte zwischen dünnen Wolken über den orangefarbenen Straßenlampen. Ich fühlte mich zufrieden und zugleich traurig, auf jeden Fall ein wenig beschwipst. Ich hatte meine Rede dann doch noch gehalten – darüber, wie sehr mir der Beistand meiner Freunde in dieser schlimmen Zeit geholfen habe und dass ich das Leben jetzt noch mehr schätzte. Ich hatte all die abgedroschenen, aber wahren Phrasen von mir gegeben und anschließend Apfelkuchen gegessen. Dann hatte ich mich entschuldigt und war aufgebrochen. Nun war ich endlich allein.

Meine Schritte hallten in den leeren Straßen wider, wo Wasserlachen glitzerten und der Wind klirrende Blechdosen in die Hauseingänge trieb. Eine Katze schmiegte sich um meine Beine und verschwand dann im Schatten einer Seitenstraße.

Zu Hause fand ich eine Nachricht von meinem Vater auf dem Anrufbeantworter vor. »Hallo«, sagte er mit klagender Stimme. Er hielt inne, wartete einen Moment. »Hallo? Kit? Hier ist dein Vater.« Das war's.

Es war zwei Uhr morgens, und ich fühlte mich hellwach. Mir schwirrte richtig der Kopf. Ich machte mir eine Tasse Tee – nichts leichter als das, wenn man allein ist. Ein Beutel, kochendes Wasser darüber, dazu ein paar Tropfen Milch. Manchmal esse ich im Stehen vor dem Kühlschrank oder während ich in der Küche herumstöbere. Eine Scheibe Käse, einen Apfel, ein altes Brötchen aus der Tüte, einen Keks, auf dem ich geistesabwesend herumkaue. Orangensaft trinke ich meistens gleich aus dem Karton. Als Albie noch da war, gab es immer große, aufwändige Mahlzeiten – überkochende Pfannen voller Fleisch mit Unmengen von Kräutern und Gewürzen. Seltsame, unförmige Käse auf dem Fensterbrett. Entkorkt bereitstehende Weinflaschen. Lautes Lachen, das durch sämtliche Räume hallte. Ich ließ mich auf dem Sofa nieder und nippte an meinem Tee. Und weil ich allein war und in sentimentaler Stimmung, holte ich ihr Foto heraus.

Sie war damals in meinem Alter, das wusste ich, aber sie sah unglaublich jung aus, als wäre die Aufnahme vor langer, langer Zeit entstanden. Wie ein weit entferntes Kind oder jemand, den man durch ein Tor am Ende des Gartens erspäht. Sie saß in ausgefransten Jeansshorts und einem roten T-Shirt auf einem Flecken Gras, einen Baum im Rücken. Ihre nackten runden Knie waren vom Sonnenlicht gesprenkelt. Sie hatte ihr langes hellbraunes Haar hinter die Ohren geschoben, aber eine vorwitzige Strähne war entwischt und fiel ihr über ein Auge. Sie hatte ein weiches, rundes, mit winzigen Sommersprossen übersätes Gesicht und graue Augen und sah aus wie ich. Das sagte jeder, der sie gekannt hatte: »Du bist wirklich das Ebenbild deiner Mutter. Armes Mädchen«, fügten sie dann meist hinzu. Damit meinten sie wohl mich. Oder sie. Wahrscheinlich uns beide.

Sie starb, bevor ich alt genug war, um sie im Gedächtnis zu behalten, auch wenn ich oft versucht habe, mich durch den Nebel der ersten Lebensjahre hindurchzukämpfen, um zu sehen, ob ich sie an den ausgebleichten Rändern meiner Erinnerung finden konnte. Alles, was ich besaß, waren Fotos wie dieses und die Geschichten, die mir andere über sie erzählt hatten. Ich kannte sie nur durch die Worte anderer Menschen. Deswegen war das, was mir jetzt so sehr fehlte, auch nicht wirklich meine Mutter, sondern meine unglaublich zärtliche Vorstellung von ihr.

Dank des Datums, das mein Vater so gewissenhaft auf die Rückseite geschrieben hatte, wusste ich, dass sie zu dem Zeitpunkt bereits schwanger war, auch wenn man es noch nicht sah. Ihr Bauch war flach, aber ich war schon da. Für niemanden sichtbar. Deshalb liebte ich dieses Foto so: Es war ein Bild von uns beiden. Von mir und ihr und einer Zukunft voller Liebe. Ich berührte sie mit meinem Zeigefinger. Ihr Gesicht leuchtete. Ich muss immer noch weinen, wenn ich sie anschaue.

2. KAPITEL

Ich habe dem Silvesterabend immer mit einer gewissen Nervosität entgegengeblickt. Es gelingt mir einfach nicht, an einen wirklichen Neustart zu glauben. Eine Freundin hat mal zu mir gesagt, das bedeute, dass ich eigentlich mehr eine Protestantin als eine Katholikin sei. Sie meinte wohl damit, dass ich mein Leben hinter mir herschleppe: meine schmutzige Wäsche und mein unerwünschtes Gepäck. Trotzdem wollte ich mit meiner Rückkehr zur Arbeit einen neuen Anfang machen. In meiner

Wohnung befanden sich noch jede Menge Sachen, die Albie zurückgelassen hatte. Obwohl unsere Trennung nun schon sechs Monate zurücklag, hingen immer noch ein paar von seinen Hemden im Schrank, und ein altes Paar Schuhe stand unter meinem Bett. Ich hatte ihn nicht richtig hinausgeworfen. Immer wieder tauchten Sachen von ihm auf. Wie Wrackteile, die nach einem Unwetter an den Strand gespült wurden.

An diesem Sonntagabend schlüpfte ich in eine weiße Baumwollhose und ein orangefarbenes Oberteil mit Dreiviertelärmeln, das am Ausschnitt wie eine feine Weste mit Spitze eingefasst war. Ich tuschte mir die Wimpern, gab etwas Gloss auf die Lippen und tupfte einen Hauch von Parfum hinter die Ohren. Dann bürstete ich mein Haar und steckte es hoch, obwohl es noch leicht feucht war. Es spielte keine Rolle. Er würde kommen, und ein wenig später würde er wieder gehen, und ich würde wieder bei weit geöffneten Fenstern und zugezogenen Vorhängen in meiner Wohnung allein sein, ein Glas kalten Wein trinken und Musik hören, irgendwas Ruhiges. Ich stellte mich vor den hohen Spiegel in meinem Schlafzimmer. Die Frau darin wirkte recht gefasst. Ich lächelte, und sie lächelte zurück, hob ironisch die Augenbrauen.

Natürlich kam er zu spät. Er kommt immer ein bisschen zu spät. Normalerweise trifft er völlig atemlos, aber lachend ein und beginnt zu reden, kaum dass die Tür richtig offen ist. Ich hörte ihn schon lachen, bevor ich ihn das erste Mal sah. Ich drehte mich um, und da war er, zufrieden mit sich selbst. Beneidenswert, dachte ich damals.

Heute war er stiller, sein Lächeln wirkte vorsichtig.

»Hallo, Albie.«

»Du siehst sehr gut aus«, sagte er und betrachtete mich, als wäre ich ein Kunstwerk an einer Wand, über das er sich noch nicht recht schlüssig war. Er beugte sich vor und küsste mich auf beide Wangen. Seine Bartstoppeln kratzten über meine Haut, meine Narbe. Seine Arme ruhten fest auf meinen Schultern. Er hatte schwarze Tinte an den Fingern.

Ich erlaubte mir, ihn einen Moment anzusehen, ehe ich mich aus seiner Umarmung befreite. »Komm rein.«

Er schien mein geräumiges Wohnzimmer ganz auszufüllen.

»Wie geht's dir denn, Kitty?«

»Gut«, antwortete ich mit fester Stimme.

»Ich hab dich im Krankenhaus besucht, nachdem ich davon erfahren hatte. Du erinnerst dich wahrscheinlich nicht daran. Natürlich nicht. Du hast wirklich schlimm ausgesehen.« Lächelnd hob er einen Finger, um damit über meine Verletzung zu fahren. Das schien den Leuten Spaß zu machen. »Es heilt gut. Ich finde, Narben können durchaus schön sein.«

Ich wandte mich ab. »Sollen wir loslegen?«

Wir fingen in der Küche an. Er nahm sein spezielles Pilzmesser, bei dem am Griffende eine Bürste zum Wegfegen von Erdresten angebracht war, sein Fondueset mit den sechs langen Gabeln, seine gestreifte Schürze und die lächerliche Kochhaube, ohne die er nicht an den Herd trat, außerdem drei Kochbücher. Ich erinnerte mich noch genau an den gedünsteten Aal. Das Passionsfruchtsoufflé, das so stark aufgegangen war, dass es oben am Herd klebte. Die mexikanischen Tacos, gefüllt mit Minze, Sauerrahm und Zwiebeln. Er aß auch mit Genuss, wobei er gleichzeitig mit der Gabel herumfuchtelte, sich Essen in den Mund stopfte, mit mir diskutierte und sich über die Kerzen auf dem Tisch zu mir herüberbeugte, um mich zu küssen. Letztes Jahr Weihnachten hatte er so viel vom Gänsebraten gegessen und ihn mit so viel kräftigem Rotwein hinuntergespült, dass er anschließend in die Notaufnahme musste, weil er sich einbildete, einen Herzinfarkt zu haben.

»Was ist damit?« Ich hielt eine Kupferpfanne hoch, die wir gemeinsam gekauft hatten.

»Behalte sie.«

»Bist du sicher?«

»Ganz sicher.«

»Und all die spanischen Teller, die wir –«

»Sie gehören dir.«

Aber er nahm seinen Morgenmantel mit, seine südamerikanische Gitarrenmusik, seine Gedichtbände und Physikbücher, seine auberginenfarbene Krawatte. »Ich glaube, das ist alles.«

»Möchtest du ein Glas Wein?«

Er zögerte einen Augenblick, ehe er den Kopf schüttelte. »Ich muss zurück.« Er griff nach seiner Tasche. »Seltsame alte Welt, nicht wahr?«

»Das ist alles?«

»Was?«

»Deine Grabrede auf unsere Beziehung. Seltsame alte Welt.«

Er starrte mich mit gerunzelter Stirn an. Über seiner Nase bildeten sich zwei vertikale Falten. Ich gab ihm mit einem beruhigenden Lächeln zu verstehen, dass es nicht wirklich eine Rolle spielte. Ich lächelte, als er aufstand, um mit seinen Kartons aufzubrechen, lächelte, als er mich zum Abschied küsste, lächelte, als er die paar Stufen zu seinem Auto hinunterging, und lächelte auch noch, als er davonfuhr. Ab jetzt würde ich nur noch nach vorn blicken, nicht mehr zurück.

Die Welbeck-Klinik steht in einem ruhigen Wohngebiet in King's Cross. Als sie Ende der Fünfziger gebaut wurde, ging es in erster Linie darum, nicht den Eindruck zu vermitteln, dass es sich um eine Institution handelte, vor der die Leute Angst haben mussten. Das bedeutete im Grunde nur, dass das Gebäude nicht viktorianisch aussehen sollte, mit gotischen Türmchen und kleinen, winkligen Fenstern. Schließlich sollten darin Psychiater die Probleme ihrer Patienten lösen und sie als glückliche Menschen wieder in die Welt entlassen.

Leider kam die Architektur der Klinik so gut an, dass sie von allen Seiten mit Lob überschüttet wurde und mehrere Preise gewann. Das hatte zur Folge, dass sie das Erscheinungsbild neuer städtischer Schulen, Krankenhäuser und Altersheime beeinflusste, und die Welbeck-Klinik inzwischen sehr wohl wie eine Institution aussah. Normalerweise nahm ich das Gebäude gar nicht mehr richtig wahr. Es war der Ort, wo ich tagtäglich zur Arbeit ging, mir den Mund fusslig redete, Unterlagen studierte und Kaffee trank. Als ich das Haus jetzt nach mehreren Wochen der Abwesenheit das erste Mal wieder betrat, fiel mir auf, dass es bereits Spuren des Alters zeigte, der Beton Flecke und Risse aufwies. Die Eingangstür schabte über den steinernen Treppenabsatz und gab ein kratzendes Geräusch von sich, als ich sie aufzog.

Als ich Rosas Büro erreichte, kam sie sofort heraus und umarmte mich fest und lang. Dann hielt sie mich ein Stück von sich weg, um mich mit einem halb scherzhaften, prüfenden Blick zu betrachten. Sie trug eine anthrazitfarbene Hose und dazu einen schlichten marineblauen Pulli. Ihr Haar war mittlerweile ziemlich grau, und wenn sie lächelte, schien ihr Gesicht vor lauter feinen Fältchen zu schimmern. Was ging ihr jetzt durch den Kopf? Als ich sie vor fast sieben Jahren kennen gelernt hatte, war mir ihre außergewöhnliche Arbeit auf dem Gebiet der kindlichen Entwicklung bereits bekannt gewesen. Diese große Kinderexpertin, die selbst kinderlos geblieben war, hatte mir des Öfteren Rätsel aufgegeben, und manchmal fragte ich mich, ob wir anderen an der Klinik vielleicht darum wetteiferten, ihr klügster Sohn oder ihre gescheiteste Tochter zu sein. Die Art, wie sie die Welbeck-Klinik leitete, mochte etwas Mütterliches haben, aber es war trotzdem nicht ratsam, immer auf die Nachgiebigkeit und Versöhnlichkeit einer Mutter zu zählen. Sie konnte durchaus Härte beweisen.

»Du hast uns gefehlt, Kit«, erklärte sie. »Schön, dass du wieder da bist.« Ich sagte nichts, zog nur ein Gesicht, von dem ich hoffte, dass es meine Zuneigung für sie zum Ausdruck brachte. Ich hatte Schmetterlinge im Bauch, fühlte mich wie an meinem ersten Tag am Gymnasium. »Lass uns rausgehen und ein bisschen plaudern«, fügte sie forsch hinzu. »Ich glaube, es hat zu regnen aufgehört. Ist das Wetter zurzeit nicht verrückt?«

Wir steuerten auf den Garten hinter dem Haus zu und trafen unterwegs auf Francis. Er war ebenfalls lässig gekleidet, in Jeans und einem dunkelblauen Hemd. Wie üblich war er unrasiert, sein Haar zerzaust – ein Mann, der nicht so sehr wie ein Wissenschaftler, sondern mehr wie ein Künstler wirken wollte. Als er mich sah, schloss er mich in die Arme.

»Wie schön, dass du wieder da bist, Kit! Fühlst du dich wirklich schon fit genug?«

Ich nickte. »Ich brauche die Arbeit. Es ist bloß … irgendwie fühlt es sich an, als würde ich nach einem schlimmen Sturz vom Pferd das erste Mal wieder in den Sattel steigen.«

Francis verzog das Gesicht. »Glücklicherweise war ich noch nie auch nur in der Nähe eines Pferdes. Am besten, man steigt gar nicht erst auf so ein großes Vieh.«

Vor einer Weile hatte es noch geregnet, aber inzwischen war die Sonne herausgekommen, und die feuchten Steinplatten glitzerten und dampften. Die Bänke waren zu nass zum Hinsetzen, sodass wir ein wenig linkisch beieinander standen.

»Erinnere mich daran, dass wir deinen Terminplan für heute durchsprechen«, erklärte Rosa, um etwas zu sagen.

»Als Erstes werde ich heute Morgen nach Sue sehen.« Sue war eine magersüchtige Dreiundzwanzigjährige, die aussah, als könnte das Licht durch sie hindurchscheinen. Ihre schönen Augen wirkten in ihrem kleinen Gesicht wie Teiche. Sie sah aus wie ein Kind oder wie eine alte Frau.

»Gut«, antwortete sie in forschem Ton. »Lass dir Zeit. Und sag uns, wenn wir dir irgendwie helfen können.«

»Danke.«

»Eins noch.«

»Ja?«

»Du hättest im Grunde Anspruch auf Schmerzensgeld.«

»Oh.«

»Ja. Francis ist definitiv der Meinung, dass du gerichtliche Schritte einleiten solltest.«

»Der Fall ist eindeutig«, mischte sich Francis ein. »Was zum Teufel hat sich dieser Polizist nur dabei gedacht? Die Tatwaffe war seine eigene gottverdammte Tasse!«

Ich sah zu Rosa hinüber. »Wie denkst du darüber?«

»Ich würde lieber hören, wie du selbst darüber denkst.«

»Ich weiß nicht, was ich denken soll. Es war alles so ein Durcheinander. Ihr wisst ja, dass die Staatsanwaltschaft…« – ich versuchte mich an den Wortlaut des Schreibens zu erinnern, das ich erhalten hatte – »…darauf verzichtet hat, Anklage gegen Mr. Doll zu erheben. Vielleicht war es wirklich ein Fehler der Polizei. Vielleicht auch meiner – oder einfach nur ein Unfall. Ich weiß nicht recht, worauf ich klagen sollte.«

»Ein paar Hunderttausend, schätze ich mal.« Francis lächelte.

»Ich bin nicht sicher, dass Doll wirklich jemanden verletzen wollte. Wahrscheinlich hat er bloß voller Panik um sich geschlagen, nach der Tasse gegriffen, sie gegen die Wand geknallt und erst sich selbst und dann mich damit geschnitten. Er war schon am Ende, bevor die Polizei mit ihm fertig war. Ihr wisst, was mit Menschen in Gefängniszellen geschieht. Sie drehen durch. Sie bringen sich um oder gehen auf andere Leute los. Ich hätte darauf vorbereitet sein müssen.« Ich sah Rosa und Francis an. »Seid ihr jetzt geschockt? Sollte ich eurer Meinung nach wütender sein? Auf Rache sinnen?« Ich schauderte. »Die von der Polizei haben ihn ziemlich unsanft zusammengeschlagen, bevor sie ihn in eine Zelle warfen. Sie waren wohl der Meinung, mir damit einen Gefallen zu tun. Bestimmt sind sie fuchsteufelswild, weil er ungeschoren davongekommen ist.«

»Das sind sie in der Tat«, bemerkte Rosa trocken.

»Dabei war es Furths Fehler, auch wenn er das natürlich niemals zugeben wird. Und meiner. Vielleicht war ich einfach nicht konzentriert genug. Wie auch immer, ich sehe einfach keinen Sinn darin, gerichtliche Schritte gegen sie einzuleiten. Wem würde das helfen?«

»Die Leute sollten für ihre Fehler zur Verantwortung gezogen werden«, meinte Francis. »Du hättest sterben können.«

»Ich bin aber nicht gestorben. Es geht mir gut.«

»Denk wenigstens darüber nach.«

»Ich denke die ganze Zeit darüber nach«, gab ich zurück. »Ich träume nachts davon. Irgendwie erscheint mir die Vorstellung, jemanden dazu zu bringen, mich mit Geld zu entschädigen, im Moment einfach nicht relevant.«

»Wenn du meinst«, erwiderte Francis in einem Ton, der in mir den Wunsch weckte, ihm eins auf die Nase zu geben.

Als ich abends nach Hause fuhr, regnete es wieder. Warmer Sommerregen klatschte gegen meine Windschutzscheibe und ließ funkelnde, bogenförmige Wasserfontänen von den Reifen der vorbeidonnernden Lastwagen hochspritzen. Der Berufsverkehr wurde langsam dichter. Meine Augen fühlten sich müde an, und mein Hals war ein wenig entzündet.

Als ich vor meiner Wohnung am Straßenrand parkte, sah ich einen Mann vor der Haustür stehen. Er trug einen Regenmantel, hatte die Hände in den Taschen vergraben und blickte am Haus hinauf. Als er meine Wagentür zufallen hörte, drehte er sich um. Sein blondes Haar glänzte im Regen, und seine schmalen Lippen verzogen sich zu einem Lächeln. Ich starrte ihn lange an. Er erwiderte meinen Blick, ohne etwas zu sagen.

»Detective Inspector Guy Furth«, brachte ich schließlich heraus.

Ich spürte seinen prüfenden Blick und bemühte mich, keine Miene zu verziehen.

»Sie sehen gut aus, Kit«, erklärte er und lächelte, als wären wir alte Bekannte.

»Was soll dieser Besuch?«

»Kann ich einen Moment reinkommen?«

Ich zuckte mit den Achseln. Es erschien mir leichter, einfach zuzustimmen.

3. KAPITEL

Ich bin noch nie hier gewesen«, erklärte er und blickte sich um.

Ich musste über diese Bemerkung lachen. »Warum um alles in der Welt hätten Sie hier sein sollen? Wir sind uns erst ein einziges Mal begegnet. Erinnern Sie sich?«

»Es kommt mir öfter vor.« Er spazierte herum, als hätte er vor, die Wohnung zu kaufen. Schließlich trat er an das hintere Fenster, das auf ein Stück Wiese hinausging. »Schöner Blick«, sagte er. »Das sieht man von vorn gar nicht.«

Ich schwieg. Er drehte sich zu mir um, ein Lächeln auf den Lippen, das aber von seinen Augen Lügen gestraft wurde. Sein Blick wanderte gehetzt und misstrauisch im Raum herum, wie bei einem Tier, das befürchtete, von hinten angegriffen zu werden. Ich hatte immer das Gefühl, dass sich meine Wohnung mit jedem neuen Menschen, der sie betrat, veränderte. Ich sah sie dann durch die Augen der betreffenden Person – beziehungsweise so, wie ich mir vorstellte, dass diese sie sah. Auf Furth wirkte diese Wohnung bestimmt karg und ungemütlich. Es gab ein Sofa und einen Teppich auf einem lackierten Holzboden. In der Ecke stand eine alte Stereoanlage, daneben türmten sich meine CDs. Die Bücherregale quollen über, die Bücher lagen zum Teil auf dem Boden. Die Wände waren weiß gestrichen und fast kahl. Die meisten Bilder beunruhigten mich oder, noch schlimmer, hörten irgendwann auf, mich zu beunruhigen. Es schmerzte mich, wenn ich ein Bild, das mich anfangs aufgewühlt hatte, nach Wochen oder Monaten immer weniger wahrnahm, bis es irgendwann nur noch ein gewöhnlicher Dekorationsgegenstand war. Wenn mir ein Bild nicht mehr auffiel, hängte ich es ab oder trennte mich ganz von ihm, bis ich am Ende nur noch zwei besaß. Das eine war ein Gemälde von zwei Flaschen auf einem Tisch. Mein Vater schenkte es mir, als ich einundzwanzig war. Ein ziemlich durchgeknallter Freund von ihm, ein entfernter Cousin, hatte es gemalt. Ich konnte nie daran vorbeigehen, ohne von dem Bild in Bann gezogen zu werden. Das andere war ein Foto vom Vater meines Vaters, auf dem er zusammen mit seinem Bruder und seiner Schwester vor einem Vorhang in irgendeinem Fotostudio posierte. Das Bild musste Mitte der Zwanzigerjahre entstanden sein. Mein Großvater trug einen Matrosenanzug. Alle drei hatten ein seltsam starres Lächeln aufgesetzt, als müssten sie das Lachen unterdrücken. Es war eine sehr hübsche Aufnahme. Eines Tages würde jemand dieses Bild an der Wand hängen haben, sich an seinem Anblick erfreuen und fragen: Wer wohl diese Kinder waren?

Ich sah zu Furth hinüber. Für ihn hatte das Foto natürlich keinerlei Bedeutung. Vielleicht lag in seinem Blick eine Spur von Überraschung oder Verachtung. Ist das alles? In diese Wohnung kommt Kit Quinn jeden Abend zurück?

Er trat ganz nahe an mich heran und sah mir mit einem so besorgten Ausdruck in die Augen, dass sich mir der Magen umdrehte. »Wie geht es Ihnen inzwischen?«, fragte er. »Ist mit Ihrem Gesicht alles in Ordnung?«

Bevor er über meine Narbe streichen konnte, trat ich einen Schritt zurück. »Ich dachte nicht, dass wir uns jemals wiedersehen würden«, erklärte ich.

»Wir hatten Ihretwegen ein sehr schlechtes Gefühl, Kit.« Rasch fügte er hinzu: »Auch wenn niemand etwas dafür konnte. Er hat getobt wie ein Wahnsinniger. Es waren vier Mann von uns nötig, um ihn zu bändigen. Sie hätten besser aufpassen sollen. Schließlich hatte ich Ihnen gesagt, dass es sich um einen Perversen handelt.«

»Sind Sie deswegen gekommen? Um mir das zu sagen?«

»Nein.«

»Warum dann?«

»Um ein wenig mit Ihnen zu plaudern.«

»Worüber?«

Er wich meinem Blick aus. »Wir wollten einen Rat von Ihnen.«

»Wie bitte?« Ich war über diese unerwartete Antwort dermaßen verblüfft, dass es mir nur mit Mühe gelang, ein Kichern zu unterdrücken. »Sie sind wegen eines Falls hier?«

»Ja, richtig. Wir wollten mit Ihnen reden. Haben Sie was zu trinken da?«

»An was haben Sie denn gedacht?«

»Ein Bier vielleicht?«

Ich ging in die Küche, fand hinten in meinem Kühlschrank etwas bayerisch Aussehendes und brachte es ihm.

»Stört es Sie, wenn ich rauche?«

Ich holte ihm aus der Küche eine Untertasse. Er schob das Glas, das ich ihm gegeben hatte, zur Seite und nahm einen Schluck aus der Flasche. Dann zündete er sich eine Zigarette an und zog mehrmals daran. »Ich arbeite gerade an einem Mordfall«, erklärte er schließlich. »Dem Regent's-Canal-Mord. Sie haben davon gehört?«

Ich überlegte einen Moment. »Ich hab vor ein paar Tagen in der Zeitung davon gelesen. Eine Leiche, die am Kanal gefunden wurde?«

»Ja, genau, das ist der Fall. Was war Ihr Eindruck?«

»Hat sich traurig angehört.« Ich zog eine Grimasse. »Ein kleiner Artikel ganz unten auf der Seite. Dass es ihn überhaupt gab, lag einzig und allein daran, dass die Leiche ein paar üble Verletzungen aufwies. Ihr Name war zu dem Zeitpunkt noch nicht bekannt, stimmt's?«

»Wir wissen ihn immer noch nicht. Aber wir haben einen Verdächtigen.«

Ich schüttelte den Kopf. »Da habt ihr ja gute Arbeit geleistet. Aber –«

Er brachte mich mit einer Handbewegung zum Schweigen. »Fragen Sie mich nach dem Namen des Verdächtigen.«

»Wie bitte?«

»Nun machen Sie schon!« Er lehnte sich mit verschränkten Armen und einem breiten Grinsen in seinem Stuhl zurück und wartete.

»Also gut«, antwortete ich gehorsam. »Wie lautet der Name des Verdächtigen?«

»Sein Name ist Anthony Michael Doll.«

Ich starrte ihn an, musste seine Worte erst verdauen. Er erwiderte meinen Blick mit triumphierender Miene. »Verstehen Sie jetzt, warum Sie *die* Kandidatin für diesen Job sind? Perfekt, was?«

»Eine Gelegenheit, mich zu rächen«, sagte ich langsam. »Ich habe mir die Chance durch die Lappen gehen lassen, in der Zelle auf ihn einzutreten, aber dafür kann ich jetzt vielleicht mithelfen, ihn wegen Mordes in den Knast zu schicken. So in etwa stellt ihr euch das vor, oder?«

»Nein, nein«, widersprach er in besänftigendem Ton. »Mein Boss hätte einfach gern, dass Sie für uns arbeiten. Keine Angst, Sie kommen dabei schon auf Ihre Kosten. Und vielleicht macht es Ihnen sogar Spaß. Fragen Sie Ihren Freund Seb Weller.«

»Spaß«, sagte ich. »Wie könnte ich da widerstehen? Schließlich hatten wir beim letzten Mal schon so viel Spaß miteinander.«

Ich ging zum Kühlschrank und zog eine offene Flasche Weißwein heraus. Ich schenkte mir ein Glas ein und hielt es ins dämmrige Licht. Dann nahm ich einen Schluck, spürte, wie die eiskalte Flüssigkeit meine Kehle hinunterlief. Ich starrte aus dem Fenster, auf die rote Sonne, die tief am türkisfarbenen Himmel stand. Es hatte zu regnen aufgehört und versprach ein schöner Abend zu werden. Ich drehte mich wieder zu Furth um.

»Warum glauben Sie, dass es Doll war?«

Er wirkte einen Moment überrascht, dann erfreut. »Sehen Sie? Die Sache interessiert Sie. Doll verbringt seine Tage mit Fischen am Kanal. Er hält sich jeden gottverdammten Tag dort auf. Nachdem wir unseren üblichen Aufruf an alle gerichtet hatten, die zur betreffenden Zeit in der Gegend waren, hat er sich bei uns gemeldet.« Furth sah mich scharf an. »Überrascht Sie das?«

»Was?«

»Dass sich ein solcher Mann freiwillig meldet?«

»Nicht notwendigerweise«, antwortete ich. »Wenn er unschuldig ist, tut er besser daran, sich zu melden. Und wenn er schuldig ist…« Ich hielt inne. Ich wollte mich nicht in ein Beratungsgespräch hineinziehen lassen, das auf Furths grober Skizze von einem Verdächtigen basierte.

Er zwinkerte mir trotzdem zu, als hätte er mich bereits fest an der Angel. »Wenn er schuldig ist«, griff er meine letzten Worte auf, »dann möchte er womöglich auf irgendeine Weise bei den Ermittlungen mitmischen, wenn auch vielleicht nur ganz am Rand. Oder was meinen Sie?«

»So was ist schon vorgekommen.«

»Natürlich ist so was schon vorgekommen. Solche Leute fahren da voll drauf ab. Sie möchten nahe am Geschehen sein, um zu spüren, wie clever sie sind. Als kleinen Extrakick. Diese kranken Scheißkerle!«

»Was hat er denn überhaupt gesagt?«

»Wir haben noch nicht mit ihm gesprochen.«

»Warum nicht?«

»Wir werden ihn ein bisschen schmoren lassen. Aber wir haben auch nicht auf der faulen Haut gelegen. Bei uns gibt es eine junge Beamtin namens Colette Dawes. Ein nettes Mädchen. Sehr clever. Sie hat sich mit ihm angefreundet. In Zivil natürlich. Ihn zum Reden gebracht. Sie kennen so was ja. Ein bisschen Alkohol, ein paar Schmeicheleien, hin und wieder die Beine kokett übereinander geschlagen, wenn er gerade hinsieht, das Gespräch geschickt in die gewünschte Richtung gelenkt. Dabei hat sie die ganze Zeit ein Mikrofon getragen, und wir haben die Bänder. Stundenlange Gespräche.«

»Und das nennen Sie ermitteln?«, fragte ich verblüfft. »Eine Beamtin, die mit ihm flirtet?«

Furth beugte sich vor und starrte mich mit eindringlicher Miene an. »Mehr kann ich Ihnen nicht sagen«, antwortete er in verschwörerischem Tonfall. »Wir möchten nur Ihre professionelle Meinung über ihn hören. Ganz inoffiziell. Es würde auch nicht lange dauern. Sie bräuchten nur einen Blick in seine Akte werfen und dann kurz mit ihm sprechen. Sie wissen ja, wie so was läuft – einfach eine erste Beurteilung.«

»Ich soll mit ihm reden?«

»Ja, klar. Haben Sie damit ein Problem?«

Natürlich hatte ich damit ein Problem, und nun, da ich mir dessen bewusst geworden war, konnte ich nicht mehr Nein sagen. »Kein Problem«, antwortete ich. »Diese Frau, Colette Dawes, weiß sie, was sie tut?«

Furth zog ein Gesicht. »Sie kann gut auf sich selbst aufpassen. Wir sind sowieso immer in der Nähe. Hören Sie, Kit, ich verstehe durchaus, dass Sie Bedenken haben. Wir dachten bloß, das Ganze würde Ihnen vielleicht gut tun.« Er nahm einen Schluck von seinem Bier. Und gleichzeitig wolltet ihr sicherstellen, dass ich euch nicht auf Schmerzensgeld verklage, schoss mir durch den Kopf.

»Vielen Dank, Herr Doktor«, sagte ich laut. »Vielleicht würde es mir tatsächlich gut tun.«

»Also, was meinen Sie?«

Ich stand auf, ging zum Fenster und sah auf die zwischen den Rückseiten von Bürogebäuden verborgene Rasenfläche hinaus. Es war inzwischen Abend geworden, aber längst nicht dunkel. Das Licht wechselte gerade von hartem Gelb zu Gold.

»Es ist eine Pestgrube, müssen Sie wissen«, erklärte ich.

»Was?«

»Während der Zeit der Pest wurden dort Leichen in eine Grube geworfen. Mit ungelöschtem Kalk bedeckt. Begraben. Vergessen.«

»Ganz schön gruselig.«

»Nein, überhaupt nicht.« Ich drehte mich wieder zu ihm um. »Bis jetzt kann ich nur sagen: Ich weiß nichts über Ihren Fall. Dass diese Frau für Sie Mata Hari spielt, halte ich für eine Schwachsinnsidee. Ich weiß nicht, wer dafür verantwortlich ist, und ich will es auch gar nicht wissen. Mir erscheint das Ganze reichlich verantwortungslos. Ich könnte mir sogar vorstellen, dass es illegal ist, aber letztendlich bin ich Ärztin, keine Juristin.«

»Lassen Sie mich Ihre Entscheidung trotzdem wissen?«

»Ja.«

»Wann?«

»Reicht es in ein paar Tagen? Ich muss vorher noch mit jemandem sprechen.«

»Sie rufen mich an?«

»Ja.«

Nachdem er gegangen war, starrte ich noch lange Zeit aus dem Fenster. Nicht aus dem vorderen, Furth hinterher. Nein, ich starrte auf das Gras hinaus, sah, wie sich im Abendlicht sein Grün veränderte, immer blasser wurde. Leichen. Überall Leichen.

4. KAPITEL

Ich rief Rosa sofort zu Hause an. Ich konnte nicht warten.

»Ich hatte Besuch von Furth«, informierte ich sie.

»Von wem?«

»Dem Detective, der damals dabei war, als es passierte. Als ich angegriffen wurde.«

Ich erzählte ihr die ganze Geschichte, und während ich redete, erschien sie mir selbst immer bizarrer und unwahrscheinlicher.

»Und was hast du geantwortet?«, fragte sie schließlich.

»Ich war völlig perplex.«

»Aber neugierig.«

»Neugierig? Ich fühlte mich magisch angezogen.«

»Was bedeutet das, Kit?«

»Ich wache nachts auf. Manchmal wache ich auch nicht auf, es scheint kaum einen Unterschied zu machen. In meinem Kopf erlebe ich es immer wieder, als würde es mir gerade erst passieren. Oder als stünde es mir kurz bevor, und ich könnte etwas tun, um es zu verhindern, die Uhr zurückdrehen. Es ist, als wäre ich wieder in diesem Raum, und um mich herum überall frisches rotes Blut. Meines. Seines.«

»Und deswegen möchtest du Doll wiedersehen und ihn auf seine normale menschliche Größe reduzieren?«

»Du bist einfach eine kluge Frau.«

»Weißt du, ich bin immer der Meinung gewesen, dass es gar nicht so wichtig ist, klug zu sein. Hör zu, Kit, ich werde dir jetzt einfach zwei Dinge sagen, die dir wahrscheinlich schon klar waren, als du beschlossen hast, mich anzurufen. Erstens: Tust du dir wirklich etwas Gutes, wenn du diesen Mann triffst? Und zweitens: Spielt es überhaupt eine Rolle, ob du dir damit etwas Gutes tust oder nicht? Man hat dich gebeten, einen Job zu machen. Fühlst du dich dazu im Stande?«

»Ja. Ich glaube schon.«

Am anderen Ende der Leitung herrschte kurzes Schweigen.

»Es ist gefährlich, jemanden um Rat zu fragen, Kit. Man bekommt nicht immer den, den man wollte.« Sie seufzte. »Tut mir Leid. Meiner Meinung nach solltest du es nicht tun. Warum werde ich bloß das Gefühl nicht los, dass du nicht auf mich hören wirst?«

»Es muss an der schlechten Telefonverbindung liegen.«

»Ja, das wird's wohl sein.«

Ich legte den Hörer auf. Inzwischen hatte es zu dämmern begonnen. Wieder klatschten Regentropfen gegen die Fensterscheiben, und der Wind rüttelte an den nassen Bäumen. Ein stürmischer Juli voller Wärmegewitter. Ich trat ans Fenster und blickte versonnen auf den Garten hinaus.

Das Klingeln des Telefons riss mich aus meiner Träumerei. »Kit, bist du es?«

Die Stimme klang sehr weit entfernt. In der Leitung knackte es. Ein Gespräch aus dem Ausland? Vielleicht auch nicht. New York kann näher klingen als Süd-London.

»Ja?«

»Hier ist Julie.« Ratloses Schweigen meinerseits. Julie. Julie. Julie. Mir fiel niemand ein. »Julie Wiseman.«

»Oh, *Julie*. Aber ich dachte, du wärst…« Sie war weggegangen. Aus meiner Welt verschwunden.

»Ich bin zurück. Wieder in London.«

Zurück von *wo*? Sollte ich das wissen? Ich versuchte sie mir vorzustellen, wie ich sie das letzte Mal gesehen hatte. Dunkles, lockiges Haar – hatte sie es damals nicht hochgesteckt getragen? Plötzlich erinnerte ich mich wieder. Ich musste lächeln. Lange Abende in billigen Restaurants, eingehüllt in Wolken von Zigarettenqualm. Eines Abends waren wir alle so lange sitzen geblieben, dass irgendwann die Köche aus der Küche kamen und eine Flasche Wein mit uns tranken. Das Bemerkenswerteste war, dass Julie etwas getan hatte, wovon wir alle behaupteten, es auch tun zu wollen, insgeheim aber wussten, dass wir nie den Mut aufbringen würden. Sie war Mathelehrerin an einer Realschule gewesen, aber eines Tages hatte sie ihre Kündigung eingereicht und war zu einer Reise um die Welt aufgebrochen oder nach Südamerika, genau wusste ich es nicht mehr. Ich spürte, wie mir warm ums Herz wurde. Ich sagte ihr, dass sie uns gefehlt habe und wir uns freuen würden, sie wiederzusehen. Sie antwortete, sie würde mich am liebsten gleich besuchen, und im weiteren Verlauf unseres Gesprächs stellte sich heraus, dass sie ihren Besuch gern ein wenig ausdehnen würde. Nun fiel es mir wieder ein. Sie hatte ihre Wohnung aufgegeben, bevor sie aus England verschwunden war. Was hatte sie damals eigentlich mit ihren ganzen Sachen gemacht? Alles verschenkt, wie ich sie kannte. So war Julie, großzügig mit ihren eigenen Sachen, aber auch großzügig mit denen anderer Leute. Ob sie ein, zwei Tage bleiben könne? Ich zögerte einen Moment, aber mir fiel kein einziger Grund ein, warum sie nicht ein paar Tage bei mir wohnen sollte.

Als sie zur Tür hereinkam, brachte sie einen Hauch der großen, weiten Welt mit. Ein großer Rucksack und eine braune

Leinentasche landeten so heftig auf dem Boden, dass sie Staub aufwirbelten. Sie trug braune Lederschuhe, eine khakifarbene Hose aus einem groben Stoff und eine blaue Steppjacke, die irgendwie tibetanisch aussah. Julies Gesicht war nicht nur braungebrannt, es wirkte wie sandgestrahlt, von Wind und Wetter poliert. Auch ihre Hände und Handgelenke waren braun, und ihre Augen funkelten.

»Lieber Himmel, Kit, was um alles in der Welt ist mit deinem Gesicht passiert?«

»Na ja, weißt du, es war…«

Aber sie hatte sich bereits wieder abgewandt und wühlte in einer Plastiktüte herum.

»Ich hab dir was mitgebracht«, erklärte sie. Ich rechnete damit, dass sie irgendeinen alten, handgeschnitzten Buddha herausziehen würde, aber es war eine Flasche Gin aus dem Dutyfreeshop. »Vielleicht hast du ein bisschen Tonic zum Mischen«, meinte sie. »Ansonsten kann ich auch schnell lossausen und welches besorgen.«

Offenbar stand außer Frage, dass diese Flasche auf der Stelle geöffnet werden musste.

»Kein Problem«, sagte ich. »Ich habe welches da.«

»Und könnte ich mir auch rasch was zu essen machen? Ich hab im Flugzeug ungefähr dreizehn Stunden geschlafen.«

»Wo kommst du denn gerade her?«

»Ich habe ein paar Wochen Zwischenstation in Hongkong eingelegt«, antwortete sie. »Eine erstaunliche Stadt. Vielleicht ein paar Spiegeleier.«

»Mit Speck?«

»Das wäre großartig. Und Brot, wenn du hast. Während der letzten paar Monate habe ich immer wieder davon geträumt, nach England zurückzukommen und mir so ein richtig schönes altes Pfannenfrühstück zu genehmigen – Eier und Speck und Tomaten und Brot, alles zusammen gebraten.«

»Ich werde ein paar Tomaten besorgen. An der nächsten Ecke ist ein Laden, der rund um die Uhr geöffnet hat.«

»Ich hab noch was für dich.« Sie zog eine große Stange Zigaretten heraus.

»Ehrlich gesagt, rauche ich nicht.«

»Irgendwie war mir so«, meinte Julie mit einem Lächeln. »Stört's dich, wenn ich mir eine anzünde?«

»Überhaupt nicht.«

Fünfzehn Minuten später saß ich Julie gegenüber am Küchentisch und nippte an meinem Gin Tonic. Julie machte sich über den großen Teller mit dem ziemlich späten Frühstück her und trank dazu abwechselnd kleine Schlucke Gin und große Schlucke Tee, der die braune Farbe von Baumrinde besaß. Während sie aß, erzählte sie mir Bruchstücke von Geschichten: über anstrengende Klettertouren in großer Höhe, Kanus, Anhalter, Lagerfeuer, seltsames Essen, eine Flutkatastrophe, Kriegsgebiete, kurze sexuelle Begegnungen, eine handfeste Affäre in einem Apartment am Hafen von Sydney, einen Job an Bord einer Jacht und einen anderen als Kellnerin in San Francisco, auf Hawaii und in Singapur, oder war es São Paulo und Santo Domingo? Und all das – daran bestand kein Zweifel – war wie eine Vorschau auf kommende Attraktionen. Die kompletten Geschichten würde sie mir in Gänze erzählen, wenn der richtige Zeitpunkt dafür gekommen war.

»Ich mag diese Wohnung«, erklärte sie. »Ich hab sie früher schon gemocht.«

Einen Moment lang starrte ich sie verblüfft an.

»Habe ich überhaupt schon hier gewohnt, als du damals weggegangen bist?«

»Natürlich«, antwortete sie und tunkte mit einem Stück fettigem Brot eine große Eidotterpfütze auf. »Ich war schon öfter hier. Einmal hast du mich zum Abendessen eingeladen.«

Sie hatte Recht, nun fiel es mir wieder ein. Ich empfand ihre Worte fast als Vorwurf. Sie hatte so vieles erlebt, so viele »Erfahrungen« gemacht und all diese Dinge gesehen, während ich die ganze Zeit nicht aus Clerkenwell herausgekommen war. Meine Arbeit war mir so wichtig erschienen, dass ich in all den

Jahren, in denen Julie ihren Horizont erweitert hatte, kein einziges Mal im Urlaub gewesen war. Mein Blick fiel auf mein Spiegelbild. Ich sah schrecklich blass aus.

»Aber in einem Punkt bist du wirklich zu beneiden«, erklärte sie, klang dabei aber gar nicht neidisch. »Ich bin von der Leiter gestiegen. Der Karriereleiter, meine ich. Jetzt muss ich einen Weg zurück finden. Sieh mich an. Hier bin ich, wieder im Lande, aber für keinen Job geeignet.« Lachend wandte sie mir das Gesicht zu. Sie war offensichtlich – und völlig zu Recht, wie ich fand – sehr stolz auf sich. »Und du?« Vor diesem Moment hatte ich mich gefürchtet. »Was hast du so getrieben? Wie bist du zu dieser unglaublich erotischen Narbe gekommen?«

»Ein Typ ist in einer Polizeizelle auf mich losgegangen.«

»O mein Gott!« Sie war entsprechend beeindruckt. »Warum?«

»Keine Ahnung. Wahrscheinlich, weil er in Panik geraten ist.«

»Wie schrecklich.« Sie kaute laut vor sich hin. »Und du warst so richtig schlimm verletzt?«

»Ziemlich schlimm. Das Ganze ist vor drei Monaten passiert, und ich bin erst seit heute wieder in der Arbeit.«

»Seit heute? Ist dir das dann nicht zu viel?« Ihre Miene wirkte besorgt. »Dass ich mich einfach so bei dir einquartiere?«

»Nein, das ist schon in Ordnung. Solange es nicht allzu –«

»Was hat sich denn sonst noch ereignet? Außer dass du von einem Irren attackiert worden bist und fast gestorben wärst, meine ich.«

Ich zermarterte mir das Gehirn nach irgendeinem bedeutenden Ereignis. »Albie und ich haben uns getrennt«, erklärte ich. »Endgültig.«

»Tja.« Julies Stimme klang mitfühlend. »Ich erinnere mich, dass du damals schon von Problemen gesprochen hast.« O verdammt, dachte ich. Wirklich? Vor drei Jahren schon? Anscheinend führte ich ein Leben wie einer von diesen altmodischen Tiefseetauchern, die mit schweren Eisenstiefeln ganz langsam am Meeresgrund dahinstapften. »Gibt es jemand Neuen?«

»Nein. Wir haben uns erst vor kurzem getrennt.«

»Oh«, sagte sie. »Und deine Arbeit?«

»Ich bin noch immer in der Klinik.«

»Oh.«

Ich musste irgendetwas Interessantes aus dem Ärmel schütteln. Unbedingt.

»Man hat mich gebeten, für die Polizei zu arbeiten. Es könnte sich sogar etwas Längerfristiges daraus entwickeln. Als eine Art Beraterin.« Mit einer Außenstehenden darüber zu sprechen, ließ das Ganze plötzlich real erscheinen.

Sie nahm einen großen Schluck Gin und gähnte dann. Ich sah ihre weißen Zähne, ihre rosa Zunge.

»Erstaunlich«, sagte sie. »Hab ich dir eigentlich schon von diesem seltsamen Typen erzählt, der mich und einen Freund mitgenommen hat, als wir auf dem Weg zu den Drakensburg-Bergen waren?«

Sie hatte mir noch nicht davon erzählt, aber wir zogen auf die Couch um, und sie holte es nach. Diesmal bekam ich die ganze Version zu hören. Ein beruhigendes Gefühl, Julie wie eine Katze auf dem Sofa ausgestreckt, genussvoll diese nun vergangenen Gefahren schildernd, während ich alle paar Minuten an meinem Drink nippte und es draußen langsam Nacht wurde. Als Julie schließlich verstummte und ich hochblickte, war sie eingeschlafen, ihren Drink noch in der Hand. Offenbar hatte ihr Gehirn ihrem Körper mitgeteilt, dass sie sich noch in Thailand oder Hongkong befinde und es in Wirklichkeit drei Uhr morgens sei. Vorsichtig nahm ich ihr das Glas aus der Hand, woraufhin sie etwas Unverständliches murmelte. Dann holte ich eine Bettdecke und breitete sie über ihr aus. Seufzend kuschelte sie sich hinein wie ein Hamster in sein Nest. Ich musste lächeln. Dieser Zugvogel fühlte sich in meiner Wohnung bereits wohler als ich selbst.

Ich ging ins Schlafzimmer und zog mich aus. Es war ein sehr seltsamer Tag gewesen – voller hektischer Betriebsamkeit nach so vielen Wochen der Rekonvaleszenz. Die Gedanken schwirrten nur so durch meinen Kopf. Meine Haut fühlte sich kalt und nackt an, wie ein Zweig, den man aus seiner Rinde geschält hatte. Ich schlüpfte ins Bett und versuchte es mir unter meiner eigenen Bettdecke gemütlich zu machen, was mir aber nicht so richtig gelingen wollte. Ich musste an das Mädchen denken, das tot am Kanal gefunden worden war. Lianne, so hatte sie geheißen, zumindest hatte sie sich selbst so genannt. Einfach nur Lianne. Ein verlorenes Mädchen ohne richtigen Namen. Bald würde ich mehr über sie wissen. Jetzt wollte ich schlafen, um am nächsten Tag einen klaren Kopf zu haben, denn ich musste mich mit Doll treffen. Ich berührte meine Narbe. Schloss die Augen.

5. KAPITEL

Michael Dolls Einzimmerwohnung lag über einem Hundesalon in Homerton, in einer Straße voller seltsamer, schmuddeliger Läden, bei denen ich mich immer fragte, wie sie überhaupt existieren konnten. Beispielsweise der Tierpräparator, aus dessen Schaufenster ein ausgebleichter Eisvogel starrte. Wem es wohl in den Sinn gekommen war, einen Eisvogel auszustopfen? Außerdem gab es einen Klamottenladen, der Blumenschürzen und Trevirahosen mit Gummibandsteg feilbot, einen Laden, in dem alles weniger als ein Pfund kostete, sowie ein rund um die Uhr geöffnetes Lebensmittelgeschäft, wo eingedellte Dosen pyramidenförmig in den Regalen gestapelt waren und hinter der Kasse ein fetter Mann gelangweilt in der Nase bohrte. Nummer 24a. Eines der Fenster war mit einem sich blähenden Streifen Plastik abgedeckt. In der Wohnung brannte Licht.

Ich wandte mich an Furth. »Wissen Sie, eigentlich sollte es andersherum laufen. Sie sollten sich den Fall ansehen, eine Theorie entwickeln und anhand dieser Theorie einen Verdächtigen finden, statt sich einen Verdächtigen zu greifen und zu sehen, ob der sich irgendwie in Ihren Fall einpassen lässt. Ich helfe Ihnen auch nur deshalb, weil Sie's bereits vermasselt haben, indem Sie Ihre verkabelte Colette mit dem hübschen Gesicht und den schlanken Beinen in die Schlacht geschickt haben.«

»Natürlich, Kit«, antwortete er in sanftem Ton, den Blick auf die trostlose Straße gerichtet. »Aber Ihnen geht's gut, oder?«

»Bestens.« Ich würde ihm bestimmt nicht erzählen, dass ich seit drei Uhr morgens wach gelegen und mich auf diesen Moment vorbereitet hatte.

Als wir aus dem Wagen stiegen, spürte ich, wie sich mein Körper vor Angst verkrampfte. Ich ballte die Fäuste und hoffte, meine Nervosität unter meiner schwarzen Jeans, meinem langärmeligen weißen Shirt und meiner alten Wildlederjacke verbergen zu können. Mein Haar war locker zurückgebunden. Ich wollte lässig und entspannt wirken, zugleich aber auch geschäftsmäßig. Ich war die freundliche Ärztin, aber keine Freundin.

Ich drückte auf den Klingelknopf, konnte aber nicht hören, ob es oben läutete. Keine Reaktion. Ich klingelte noch einmal und wartete. Als sich nichts rührte, drückte ich gegen die Tür und stellte fest, dass sie offen war. Ich trat ins Haus und rief: »Hallo? Michael?« Meine Stimme hing in der muffig riechenden Luft.

Das Treppenhaus war eng und kahl. Auf den Stufen lagen Staubflusen. Die Wände waren krankenhausgrün gestrichen. Das lackierte Geländer fühlte sich klebrig an, als hätten sich vor mir schon viele Menschen mit schwitzenden Fingern daran festgehalten. Furth und ich hatten kaum nebeneinander Platz, deswegen ging ich voraus, und er folgte, als würden wir eine Wendeltreppe in den Turm eines Schlosses hinaufsteigen. Während ich mich der Tür am Ende der Treppe näherte, stieg mir ein starker Fleischgeruch in die Nase. Schlagartig wurde mir bewusst, dass das alles völlig falsch war. »Wir dürfen das nicht tun«, sagte ich mit leiser Stimme zu Furth.

»Was meinen Sie?«, zischte Furth. »Hat Sie der Mumm verlassen?«

Ich schüttelte den Kopf. »Nein, nein. Ich muss allein mit ihm sprechen.«

»Wovon reden Sie überhaupt? Das kann ich auf keinen Fall zulassen!«

»Verstehen Sie denn nicht? Sie und ich und er, dieselbe Konstellation wie damals. Was soll er da denken?«

Furth blickte sich verzweifelt um, als stünde hinter ihm jemand, der ihm die Verantwortung abnehmen würde. »Sie werden auf keinen Fall allein da hineingehen!«

»Sie haben mir doch gesagt, dass er ein kleiner Perverser ist. Wo liegt das Problem?«

»Ich habe Ihnen gesagt, dass ich ihn für einen Mörder halte.«

Ich überlegte. »Sie bleiben auf der Treppe. Ich werde ihm sagen, dass Sie da sind. Das ist eine gute Lösung.«

Furth schwieg einen Moment. »Ich werde direkt vor der Tür warten. Sie brauchen nur zu rufen, und ich bin drin. Haben Sie verstanden? Wenn Sie auch nur eine Sekunde lang Bedenken haben, dann schreien Sie, Kit.«

»Gut.« Ich holte tief Luft. »Warten Sie ein paar Stufen weiter unten, bis ich drin bin. – Michael?« Ich rief noch einmal Dolls Namen und klopfte dann fest gegen die Tür, die im gleichen deprimierenden Grünton gestrichen war wie die Wände.

Drinnen hantierte jemand mit einem Vorhängeschloss und öffnete die Tür dann einen Spalt weit. »Was wollen Sie?«

Ein schmaler Streifen von Dolls Gesicht spähte zu mir heraus. Seine Augen wirkten leicht blutunterlaufen, seine blasse Stirn zierten Dutzende winziger Pickel. Der Geruch war jetzt noch stärker wahrzunehmen.

»Ich bin's, Kit Quinn, Michael. Dr. Quinn. Die Polizei hat bei Ihnen angerufen und Ihnen gesagt, dass ich vorbeikomme.«

»Aber ich habe Sie noch nicht erwartet, ich habe nicht… Hier drin sieht's fürchterlich aus. Sie kommen zu früh. Es sieht wirklich schrecklich aus.«

»Das macht doch nichts.«

»Warten Sie. Warten Sie.« Die Tür ging zu, und ich hörte ihn drinnen hantieren. Dinge wurden über den Boden gezerrt, Schubladen zugeschlagen, ein Wasserhahn aufgedreht.

Ein paar Minuten später öffnete sich die Tür wieder, diesmal ganz. Doll starrte mich an. Ich zwang mich zu einem Lächeln, das er erwiderte. Ich zwang mich, einen Schritt vorzutreten.

Er hatte sein strähniges Haar nach hinten gebürstet und sich mit irgendetwas einparfümiert. Der süßliche Duft, kombiniert mit dem Fleischgeruch, stieg mir unangenehm in die Nase.

Ich zwang mich, die Hand auszustrecken. Meine Finger schienen nicht zu zittern. Er schüttelte sie vorsichtig, als handelte es sich um eine Bombe, die jeden Moment explodieren könnte. Seine Handflächen fühlten sich weich und feucht an. Er konnte mir nicht in die Augen sehen.

»Hallo, Michael.« Er trat einen Schritt zurück, um mich in die Wohnung zu lassen. Als ich den Raum betrat, hörte ich ein leises Knurren, dann stürzte sich etwas Dunkles auf mich. Ich sah gelbe Zähne, eine rote Zunge und funkelnde Augen, roch den scharfen Atem des Hundes, bevor Doll ihn von mir wegziehen konnte.

»Platz, Kenny!« Kenny war groß, schwarzbraun und hatte ziemlich viel von einem Schäferhund. »Tut mir Leid. Tut mir wirklich Leid!«

»Schon gut. Er hat mich nicht mal berührt.« Dabei schoss noch das Adrenalin der Angst durch meine Adern. Aus der Kehle des Hundes drang weiterhin ein leises Knurren.

»Nein. Es tut mir so Leid! So Leid!«

»Ach so, Sie meinen das hier.« Ich berührte mein Gesicht. Er starrte auf meine Narbe.

»Es tut mir Leid«, sagte er noch einmal. »Wirklich, sehr, sehr Leid. Ich wollte nicht… Es war nur die Art, wie die einen dort behandeln… Es war nicht wirklich meine Schuld, Sie waren bloß gerade da, und die haben solche Dinge gesagt.«

»Ich bin nicht gekommen, um über diese Sache zu sprechen, Michael.«

»Sie gehören auch zu denen.«

»Nein, ich gehöre nicht zu denen. Ich möchte ehrlich zu Ihnen sein. Ich bin Ärztin, ich führe Gespräche mit Leuten, die Probleme haben oder die jemanden zum Reden brauchen. Und ich gebe der Polizei Ratschläge. Ein Beamter hat mich hergebracht, aber ich habe ihm gesagt, dass er draußen warten soll. Ich wollte, dass wir unter vier Augen sprechen können, nur Sie und ich.«

»Ja. Mich haben sie auch zusammengeschlagen, müssen Sie wissen. Es hat nicht nur Sie getroffen. Uns beide.«

Ich sah ihn an und fragte mich, woran es wohl lag, dass jemand wie Michael Doll nie einen normalen Job bekommen würde, und warum er die meisten Frauen abschreckte. Es gab dafür keine simple Erklärung. Wahrscheinlich lag es daran, dass alles an ihm ein bisschen schief war. Ich musste an die Art und Weise denken, wie Betrunkene oft versuchen, nüchtern zu wirken, dabei aber niemanden hinters Licht führen können, auch wenn sie im Grunde alles richtig machen. Doll imitierte ein normales, integriertes Mitglied der Gesellschaft. Er hatte sich anlässlich meines Besuches sogar besondere Mühe gegeben, indem er sein Hemd bis obenhin zugeknöpft und sich eine Krawatte umgebunden hatte. Die Krawatte an sich war nicht weiter ungewöhnlich, aber er hatte sie zu einem unglaublich festen, kleinen Knoten zusammengezogen, der aussah, als ließe er sich nie wieder lösen. Seine abgetragene Kordjacke war ihm eine Spur zu groß, er hatte den einen Ärmel nach innen, den anderen nach außen umgeschlagen, sodass man auf einer Seite das Futter sehen konnte. Sein Gürtel war an einer Stelle mit Kreppband umwickelt, anscheinend war er ausgefranst oder eingerissen. Er hatte sich rasiert, dabei aber eine ziemlich große Fläche ausgelassen, eine Insel aus Bartstoppeln an der Unterseite seines Kinns.

Ich wusste nicht, ob er ein böser Mensch oder ein Psychopath war. Ich wusste nur, dass er nichts besaß, nie etwas besessen hatte. Ich wusste, dass er allein lebte. Mir ist schon öfter durch den Kopf gegangen, dass die wichtigsten Worte, die jemand zu uns sagen kann, nicht »Ich liebe dich« sind, sondern: »In diesem Aufzug kannst du unmöglich das Haus verlassen.« Solange wir Kinder sind, bekommen wir diese Worte immer wieder zu hören, sodass wir sie im Laufe der Zeit verinnerlichen und als Erwachsene schließlich zu uns selbst sagen. Während wir heranwachsen, lernen wir, das Gleiche zu tun und zu sagen wie die anderen, damit wir uns in der Welt bewegen können, ohne aufzufallen. Menschen wie Michael Doll haben das nie gelernt, oder zumindest nicht auf die richtige Art und Weise. Sich so zu verhalten wie alle anderen ist für sie eine Fremdsprache, die sie ihr Leben lang mit einem seltsamen Akzent sprechen.

»Tee? Kaffee?« Auf seiner Stirn sammelten sich Schweißperlen.

»Eine Tasse Tee wäre schön.«

Er nahm zwei Tassen aus einem ansonsten leeren Schrank. Auf der einen prangte ein Bild von Prinzessin Diana, bei der anderen war der Rand angeschlagen. »Welche möchten Sie?«

»Vielleicht die Diana-Tasse?«

Er nickte, als hätte ich einen Test bestanden. »Sie war etwas ganz Besonderes. Diana.«

Einen Moment lang sah er mich an, dann wandte er nervös den Blick wieder ab. Er schob eine Hand unter sein Hemd und begann sich heftig zu kratzen. »Ich hab sie sehr gern gehabt. Möchten Sie … ähm …« Er deutete auf das Sofa.

Ich ließ mich vorsichtig darauf nieder und antwortete: »Ja, viele Leute haben sie sehr gern gehabt.«

Er runzelte die Stirn, als suchte er nach den richtigen Worten, und wiederholte dann resigniert, weil ihm nichts anderes einfiel: »Sie war etwas ganz Besonderes.«

In einer Ecke des voll gestopften Zimmers, das zugleich als Wohnzimmer und Küche fungierte, lagen zwei große Knochen. Ein Schwarm von Fliegen summte laut um sie herum, ebenso wie um eine Schüssel auf dem Boden, die halb voll mit Hundefutter war, Fleisch in Gelee. An der Wand über dem kleinen, fettverschmierten Herd hing einer von den Kalendern, die ausschließlich nackte Frauen mit riesigen Brüsten und Schlafzimmerblick präsentieren. Auf dem Kochfeld stand eine Pfanne mit eintrocknendem Bohnengemüse. In der Ecke lief ein kleiner Fernseher, bei dem der Ton abgedreht war. Eine weiße Linie flackerte horizontal über den Bildschirm. Das Sofa zierten Hundehaare und eine Menge Flecken, über deren Herkunft ich nicht nachdenken wollte. Auf dem Boden lagen Bierdosen, Chipstüten und überquellende Aschenbecher herum. Durch die Tür konnte ich einen Teil von Dolls Schlafzimmer sehen. Die ganze Wand war mit Bildern behängt, die er aus Zeitungen und Zeitschriften gerissen hatte. Soweit ich es beurteilen konnte, reichten sie vom halb nackten Pin-up-Girl mit Schmollmund bis hin zu pornographischen Zeichnungen.

An der Wand waren Regale angebracht, aber nicht für Bücher, sondern für allerlei Krimskrams, der recht willkürlich zusammengewürfelt wirkte: eine Plastikballerina, bei der ein Bein am Knie abgebrochen war, sechs oder sieben alte, lädierte Radios, eine Fahrradklingel, mehrere schlammbeschmierte Stöcke, ein Hundehalsband, ein Notizbuch mit einem Tiger vorne drauf, ein Jo-Jo ohne Schnur, ein Glaskrug mit Sprüngen, ein pinkfarbenes Haarband, an dem eine Rose befestigt war, eine hellblaue Sandale, eine Haarbürste, ein Stück von einer Kette, eine Zinnschüssel, ein Knäuel Schnur, ein Häufchen farbige Büroklammern, mehrere alte Glasflaschen. Mir ging durch den Kopf, dass wahrscheinlich gut fünfzig Prozent der britischen Bevölkerung Michael Doll allein schon wegen der Verbrechen, die er dieser Wohnung angetan hatte, der Todesstrafe würdig befunden hätten.

Er bemerkte meinen Blick und erklärte halb stolz, halb abwehrend: »Das sind bloß Sachen, die ich gesammelt habe. Aus dem Kanal. Sie glauben gar nicht, was die Leute alles wegwerfen.«

Ich sah ihm zu, wie er je einen Teebeutel in die Tassen hängte und dann in die seine vier Löffel Zucker gab. Dabei zitterte seine Hand so, dass ein Teil des Zuckers auf der Arbeitsfläche landete.

»Ich mag ihn süß«, erklärte er. »Möchten Sie einen Keks dazu?«

Ich war mir ziemlich sicher, dass ich nichts hinunterbringen würde, worauf er auch nur einen Blick geworfen hatte. »Nein, danke. Aber tun Sie sich keinen Zwang an.«

Er nahm zwei Kekse aus einer Packung und tauchte beide so tief in seine Tasse, dass der Tee seine Fingerspitzen berührte. Als er sie wieder herauszog, waren sie so durchweicht und labberig, dass er sie auf der anderen Hand ablegen musste. Er hob sie an den Mund und leckte sie genüsslich ab. Seine Zunge war dick und gräulich. »Tut mir Leid«, sagte er mit einem Grinsen.

Ich führte meine Tasse ganz nah an die Lippen und tat, als würde ich nippen. »Also, Michael«, begann ich. »Sie wissen, warum ich hier bin?«

»Die von der Polizei haben zu mir gesagt, ich soll Ihnen von dem Mädchen erzählen.«

»Ich bin Ärztin und habe schon ein paar Mal mit Leuten gearbeitet, die Verbrechen dieser Art begehen.«

»Welcher Art?«

»Gewalttaten gegen Frauen. Die Polizei hat mich gebeten, sie in dem Kanalfall zu beraten.« In seinem gesunden Auge blitzte eine Spur von Interesse auf. Er sah mich zum ersten Mal richtig an. »Und deswegen«, fuhr ich fort, »bin ich sehr daran interessiert, mit jedem zu sprechen, der etwas gesehen haben könnte. Sie gehören zu den Leuten, die sich gemeldet haben. Sie waren in der Gegend.«

»Ich fische«, erklärte er.

»Ich weiß.«

»Ich sitze jeden Tag am Kanal. Wenn ich nicht arbeite. Da unten ist es so friedlich, man ist weg von all dem Lärm. Irgendwie ist es ein bisschen wie auf dem Land.«

»Essen Sie die Fische, die Sie fangen?«

Doll starrte mich entsetzt an. »Ich kann Fisch nicht ausstehen«, erklärte er mit angewidertem Gesichtsausdruck. »Dieses schleimige, stinkende Zeug. Außerdem, wer möchte schon etwas essen, das aus diesem Wasser kommt? Einmal hab ich meinem Hund einen mitgebracht. Er hat ihn nicht angerührt. Seitdem lasse ich sie einfach in meinem Netz und werfe sie am Ende des Tages zurück ins Wasser.«

»Sie waren ganz in der Nähe der Stelle, wo das Opfer gefunden wurde.«

»Stimmt.«

»Wissen Sie, was passiert ist?«

»Ich hab verfolgt, was in der Zeitung stand, aber das war nicht sehr viel. Ihr Name war Lianne. Ich hab ein altes Foto von ihr gesehen. Sie war noch ein richtiger Teenager. Ungefähr siebzehn, heißt es. Mit siebzehn ist man noch ein Teenager. Schrecklich.«

»Haben Sie sich deswegen gemeldet?«

»Die Polizei hat dazu aufgerufen. Sie wollte mit jedem reden, der in der Gegend war.«

»Wie weit waren Sie von der Stelle entfernt?«

»Nur ein paar hundert Meter. Richtung Fluss. Ich war den ganzen Tag dort. Beim Fischen, wie ich schon gesagt habe.«

»Wenn Lianne dort vorbeigekommen wäre, dann hätten Sie sie gesehen.«

»Ich hab sie nicht gesehen. Aber vielleicht ist sie trotzdem vorbeigegangen. Ich bin beim Fischen immer ganz in Gedanken. Haben Sie sie gesehen?«

»Wie bitte?«

»Haben Sie die Leiche gesehen?«

»Nein.«

»Man hat ihr die Kehle durchgeschnitten.«

»Stimmt.«

»Ist das ein schneller Tod?«

»Wenn man die Hauptschlagader durchschneidet, schon.«

»Das würde stark bluten, nicht wahr? Der Täter wäre voller Blut.«

»Wahrscheinlich. Aber mit Sicherheit kann ich das nicht sagen, denn da kenn ich mich nicht so genau aus. Haben Sie sich Gedanken über den Tathergang gemacht?«

»Ja, natürlich. Die Sache geht mir nicht aus dem Kopf. Deswegen wollte ich ja auch hören, was die Polizei unternimmt.«

Ich nahm einen Schluck von meinem Tee. »Sie interessieren sich für die Ermittlungen?«

»Ich habe mit so was noch nie zu tun gehabt und mir gedacht, ich könnte vielleicht nützlich sein. Ich wollte mithelfen.«

»Sie haben gesagt, die Sache geht Ihnen nicht aus dem Kopf.«

Er setzte sich anders hin und nahm noch einen Keks aus der Packung, aß ihn aber nicht. Stattdessen brach er ihn in immer kleinere Stücke, bis schließlich nur noch Brösel auf dem Tisch lagen. »Ich gehe es immer wieder durch.«

»Sie gehen was durch?«

»Wie dieses Mädchen da am Kanal entlangspaziert und ihr plötzlich jemand die Kehle durchschneidet und sie stirbt.«

Ich zog eine Packung Zigaretten aus der Tasche, die ich extra zu diesem Zweck aus Julies Vorrat entwendet hatte. Er blickte hoch. Ich bot ihm eine an. Nachdem er sich eine genommen hatte, kickte ich meine Zündholzschachtel quer über den Tisch zu ihm hinüber, als wäre ich bei einem alten Freund zu Gast. »Die von der Polizei haben Sie bestimmt schon gefragt, ob Sie sich an irgendwas erinnern können.«

»Stimmt.«

»Ich möchte von einem anderen Blickwinkel an die Sache herangehen. Vielleicht fällt Ihnen doch noch etwas ein. Ich würde gern ein bisschen was über die Gefühle erfahren, die das Ganze bei Ihnen ausgelöst hat.«

»Was meinen Sie damit?«

»Liannes Ermordung.«

Er zuckte mit den Achseln. »Ich denke viel darüber nach.«

»Weil Sie in der Nähe waren?«

»Ja, wahrscheinlich.«

»Was genau geht Ihnen durch den Kopf?«

»Ich gehe es im Geiste durch.«

»Was?«

»Es. Es.« Sein Ton klang beharrlich. »Ich denke darüber nach, wie es wohl war.«

»Was glauben Sie denn, wie es war, Michael?«

Er lachte. »Ist das nicht eigentlich Ihr Job? Versuchen Sie sich nicht vorzustellen, wie es wohl ist, eine Frau umzubringen?«

»Sie haben gesagt, die Sache gehe Ihnen nicht aus dem Kopf.«

»Ich habe nichts gesehen. Deswegen stelle ich es mir vor.«

»Genau das interessiert mich«, erklärte ich. »Wenn Sie nichts gesehen haben, warum haben Sie sich dann gemeldet?«

»Weil ich in der Gegend war. Die Polizei hat dazu aufgerufen.«

»Geht es Ihnen gut, Michael? Haben Sie mit jemandem darüber geredet?«

»Sie meinen, mit einem Arzt?«

»Ja.«

»Wozu?«

»Manchmal hilft es, darüber zu sprechen.«

»Ich habe darüber gesprochen.«

»Mit wem?«

»Einer Freundin.«

»Und?«

Er zuckte mit den Achseln. »Wir haben darüber geredet.«

Nachdem wir beide einen Moment geschwiegen hatten, fuhr ich fort: »Sie sind an dem Fall interessiert. Gibt es etwas Bestimmtes, das Sie gern wissen möchten?«

Er wich meinem Blick aus. »Ich interessiere mich für die Vorgehensweise der Polizei. Ich würde gern erfahren, wie sie vorankommt. Es ist ein seltsames Gefühl, dort gewesen zu sein und nicht Bescheid zu wissen.«

»Wenn Sie über die Sache nachdenken, was sehen Sie dann vor Ihrem geistigen Auge?«

Er überlegte einen Moment. »Es ist, als würde ganz kurz ein Licht aufblitzen. Ich sehe die Frau.«

»Welche Frau?«

»Irgendeine Frau. Ich sehe sie den Treidelpfad entlanggehen. Plötzlich ist jemand hinter ihr, packt sie, schneidet ihr die Kehle durch. Ich sehe das alles im Bruchteil eines Augenblicks. Ich sehe es immer wieder.«

»Was empfinden Sie dabei?«

Er schüttelte sich, fast schaudernd. »Ich weiß nicht. Gar nichts. Ich bekomme es bloß nicht aus dem Kopf. Es ist einfach da. Ich wollte nur helfen.« Seine Stimme klang jetzt klagend und hoch, wie die eines kleinen Jungen.

Ich musste an die einzelnen Stationen seines Lebens denken, über die ich gestern in den Akten gelesen hatte, als ich aufs Revier gefahren war, um mit Furth zu sprechen: Mit acht Jahren war er ins Heim gekommen, nachdem er von seiner trinkenden Mutter vernachlässigt und von seinem Stiefvater geschlagen worden war. Mit sechzehn hatte er zwanzig verschiedene Heime und zehn Pflegeeltern hinter sich. Eine Geschichte des Bettnässens und Ausreißens. In der Schule war er gepiesackt worden, bis er schließlich angefangen hatte, selbst zu piesacken. Während er bei wechselnden Pflegeeltern war, hatte er einmal eine Katze gequält, ein anderes Mal seine Bettwäsche in Brand gesteckt. Mit dreizehn war er in ein Spezialheim für gestörte Kinder gekommen, wo sein gewalttätiges Verhalten eskaliert war. Als er schließlich volljährig wurde, in eine schmuddelige Frühstückspension zog, durch die Straßen wanderte und im Park die Mädchen beobachtete, war er eine Bombe, die nur darauf wartete, hochzugehen.

»Niemand hört richtig zu«, fuhr er in klagendem Ton fort. »Das ist das Problem. Niemand hört richtig zu. Man sagt etwas, aber die Leute hören einen gar nicht, weil sie einen für Abschaum oder sonst was halten. So nennen sie einen. Sie hören gar nicht, was man sagt. Deswegen gehe ich zum Fischen an den Kanal, wo ich niemanden treffen muss. Ich kann den ganzen

Tag dort verbringen, sogar wenn es regnet. Der Regen macht mir nichts aus.«

»Hat Ihnen denn wirklich nie jemand zugehört?«

»Kein Mensch«, antwortete er. »Nie. Und ganz bestimmt nicht sie.« Ich nahm an, dass er seine Mutter meinte. »Ihr hat nie was an mir gelegen. Nachdem man mich weggebracht hatte, ist sie mich nie besuchen gekommen. Kein einziges Mal. Ich weiß nicht mal, ob sie noch lebt. Wenn ich jemals einen kleinen Jungen oder ein kleines Mädchen habe« – an dieser Stelle wurde sein Ton mehr als sentimental –, »dann werde ich sie immer knuddeln und streicheln und niemals gehen lassen.« Eine Säule aus Asche fiel auf seine Hose.

»Und die Leute in den Heimen?«, fragte ich. »Haben Ihnen die denn auch nicht zugehört?«

»Die? Das ist ein Witz, ein echter Witz! Manchmal habe ich schlimme Sachen gemacht, ich konnte nicht anders, ich war innerlich total voll gestopft und musste es rauslassen. Dann haben sie mich geschlagen und eingesperrt und nicht mehr rausgelassen, auch wenn ich noch so viel weinte.« Seine Augen füllten sich auch jetzt mit Tränen. »Niemand hört einen.«

»Was ist mit Ihren Freunden?«, fragte ich vorsichtig.

Achselzuckend drückte er seine Zigarette aus.

»Freundinnen?«

Nun wurde Doll leicht hektisch. Er zupfte an seiner Hose herum und ließ den Blick durch den Raum schweifen. »Es gibt jemanden«, antwortete er. »Sie mag mich, zumindest hat sie das gesagt. Ich habe ihr einiges erzählt.«

»Was denn zum Beispiel?«

»Was ich so empfinde. Sie wissen schon.«

»Sie haben mit ihr über Ihre Gefühle gesprochen?«

»Gefühle, ja. Und andere Dinge. Sie wissen schon.«

»Gefühle, die Frauen in Ihnen auslösen?«

Er murmelte etwas Unverständliches.

»Die Gefühle, die Frauen bei Ihnen auslösen, machen die Sie nervös, Michael?«

»Ich weiß nicht.«

»Mögen Sie Frauen?«

Er kicherte nervös. »Natürlich. Auf dem Gebiet ist mit mir alles in Ordnung.«

»Ich meine, als Menschen. Sind Sie mit Frauen befreundet?«

Er schüttelte den Kopf, zündete sich eine neue Zigarette an.

»Wenn Sie an das ermordete Mädchen denken, was empfinden Sie dann?«

»Diese Lianne war ein Mädchen, das von zu Hause weggelaufen ist. Ich kann das gut verstehen. Ich bin auch davongelaufen, müssen Sie wissen. Ich habe immer geglaubt, meine Mom würde mich irgendwann zurückholen. Inzwischen würde ich ihr das Gesicht einschlagen, wenn sie sich blicken lassen würde. Mit einer ihrer Flaschen, bis nichts mehr davon übrig wäre. Das würde ihr eine Lehre sein.«

»Sie wollten also der Polizei helfen, weil Sie wussten, dass Sie in der Gegend gewesen waren?«

»Ja, genau. Ich gehe es immer wieder im Geist durch, ich kann einfach nicht damit aufhören. Ich denke mir Geschichten darüber aus.« Er sah mich an, wandte den Blick aber gleich wieder ab. »Ich gehe zum Kanal, setze mich hin und denke: Es könnte wieder passieren. Könnte es ja auch, oder? Es könnte wieder passieren, genau an der Stelle, wo ich sitze.«

»Macht Ihnen das Angst?«

»Irgendwie schon. Es …« Er leckte sich über die Lippen. »Es macht mich irgendwie nervös und irgendwie, na ja …«

»Aufgeregt?«

Er stand auf und begann in dem kleinen Raum auf und ab zu gehen. »Glauben Sie mir?«

»Was soll ich Ihnen glauben, Michael?«

»Mir glauben«, wiederholte er in beharrlichem Ton.

Ich zögerte einen Moment, ehe ich ihm antwortete. »Ich bin hier, um Ihnen zuzuhören, Michael. Um Ihre Sicht der Geschichte zu hören. Das ist mein Job: Ich höre mir die Geschichten an, die die Leute zu erzählen haben.«

»Werden Sie wiederkommen? Ich dachte, Sie wären total böse auf mich, nach allem, was ... na ja, was passiert ist. Aber Sie behandeln mich gar nicht wie einen Nichtsnutz.«

»Natürlich nicht.«

»Und Sie sind hübsch. Verstehen Sie mich nicht falsch, ich versuche nicht – Sie wissen schon, Sie anzumachen. Sie sind eine Dame. Ich mag Ihre Augen. Grau. Wie der Himmel. Ich mag es, wenn Sie mich mit diesen grauen Augen ansehen.«

Furth saß mit finsterer Miene auf der Treppe. Fast wäre ich über ihn gestolpert.

»Also, was hatten Sie für einen Eindruck?«, fragte er, als käme ich gerade aus dem Insektenhaus im Zoo. Wir verließen das Gebäude und stiegen in den Wagen. Doll spähte wahrscheinlich durchs Fenster zu uns heraus. Was ihm wohl durch den Kopf ging, wenn er mich mit Furth sah? Ich drehte das Autofenster herunter und ließ den warmen Wind über mein Gesicht streichen. Ein paar dicke Regentropfen klatschten auf die Windschutzscheibe, während der Himmel immer dunkler wurde.

»Ein armer Kerl.«

»Ist das alles? Ihr ganzes Psychogramm von ihm? Ein armer Kerl? Wir sprechen hier von dem Mann, der Ihr Gesicht ruiniert hat. Haben Sie das vergessen?«

Ich seufzte. »Also gut. Arm, traurig, ungebildet, ungeliebt, gestört, von Selbstmitleid erfüllt, selbstgerecht, boshaft, einsam, geschädigt, verängstigt.«

Furth grinste. »Dabei hatten Sie gerade mal die Vorspeise. Nun wird es Zeit für das Hauptgericht.«

6. KAPITEL

Als wir wieder auf dem Revier waren, klatschte ich mir kaltes Wasser ins Gesicht und trocknete mich mit einem dünnen Papierhandtuch ab. Bei der Gelegenheit entfernte ich auch gleich die letzten Spuren meines Lippenstifts. Anschließend bürstete ich mir das Haar und band es strenger als zuvor zurück, ohne vorwitzige Strähnen entwischen zu lassen. Ich nahm meine Ohrringe ab und ließ sie in das Seitenfach meiner Umhängetasche fallen. Dabei hatte ich die ganze Zeit das Gefühl, als würde etwas Weiches, Undefinierbares über mein Gesicht streichen, Spinnweben oder feine Haarsträhnen. Die Luft war warm und stickig. Verbraucht. Als ich einen Blick in den fleckigen Spiegel warf, starrte mir ein strenges, blasses Gesicht entgegen. Ein farbloses Gesicht – aber das war im Moment ganz in Ordnung so.

Furth wartete auf mich, umgeben von lauter Umzugskartons. Er hielt ein winziges Handy ans Ohr gedrückt, das unter seinem glänzenden Haar halb verschwand, doch als er mich sah, ließ er es sofort in seine Brusttasche gleiten. »Die verdammten Telefone funktionieren nicht mehr«, erklärte er. »Die Hälfte der Computer ist auch schon weg. In vielen Räumen gibt's nichts mehr, worauf man sitzen kann, und in den meisten Toiletten fehlt das verdammte Klopapier.« Er machte eine heftige Bewegung mit seinem gemeißelten Kinn. »Nach oben«, sagte er.

Ich folgte ihm in einen kleinen quadratischen Raum, bei dem ein Fenster zugemalert war. In einer Ecke lehnte ein vertrockneter Gummibaum, in einer anderen lag ein zerbrochener Stuhl. Auf dem Tisch in der Mitte des Raums standen ein großer Kassettenrekorder und eine Schachtel mit Kassetten, die alle mit einer kleinen, sauberen Handschrift beschriftet waren. Furth setzte sich, und ich ließ mich ihm gegenüber nieder. Als ich merkte, dass sich unsere Knie unter dem Tisch fast berührten, zog ich meine ein wenig zurück.

»Bereit?«, fragte er, nachdem ich die Hände auf die hölzernen Armlehnen meines Stuhls gelegt hatte. »Wir haben bis zu der Stelle vorgespult, die Sie am meisten interessieren wird.«

Als ich nickte, drückte er auf die Play-Taste.

Zuerst erkannte ich die Stimme gar nicht. Zum einen klang sie höher, und die Sprechgeschwindigkeit war auch ganz anders – manchmal sehr schnell, sodass ich kaum verstehen konnte, was gesagt wurde, und dann von einer Sekunde auf die andere langsam und schleppend, wobei die einzelnen Silben sehr undeutlich ausgesprochen wurden. Eine Weile dachte ich, mit dem Gerät seit etwas nicht in Ordnung, die Batterie am Ende – aber als ich mich vorbeugte, konnte ich sehen, dass es an der Wand eingesteckt war und die Spulen völlig gleichmäßig liefen.

»Ich gehe dort hinunter. Nachts, wenn ich nicht schlafen kann, gehe ich hinunter, und ich kann oft nicht schlafen, Dolly, weil ich immer daran denken muss …«

Ich drückte die Stop-Taste. »Dolly?«

Furth hüstelte ein wenig. »Colette – meine Kollegin Dawes – hat sich diesen Namen ausgesucht. Delores – abgekürzt Dolly. Verstehen Sie? Er ist Doll, sie Dolly. Auf diese Weise ist sie auch mit ihm ins Gespräch gekommen. Sie wissen schon – ›Was für ein Zufall‹, hat sie zu ihm gesagt und dabei erstaunt mit ihren langen Wimpern geklimpert, ›ich heiße auch Doll!‹ Clever, was?«

»Ich bin sprachlos vor Bewunderung.«

Er lachte. »Sie sind schwer zu beeindrucken, Kit Quinn. Wollen Sie es weiter hören?«

»Ja, machen Sie weiter.«

»… an die Frauen. Du weißt schon.«

»Sprich weiter, Michael«, sagte die Frau. »Sprich weiter.«

»Ich gehe zu der Stelle, wo es passiert ist. Wenn niemand sonst dort ist, in der Dunkelheit. Dann stelle ich mich da hin, wo sie gestanden hat.«

»Ja?«

»Ja, Dolly. Ist das in Ordnung?«

»Natürlich, das weißt du doch.«

»Ich gehe da hin, und dann stelle ich mir vor – ich stelle mir vor, dass alles noch einmal passiert, genau wie an dem Tag damals. Das Mädchen kommt den Weg entlang, ein ziemlich hübsches Mädchen. Sie ist jung, vielleicht siebzehn, und sie hat langes Haar. Ich mag langes Haar. Deins gefällt mir auch so gut, wenn du es offen trägst, Dolly. Eine Weile stelle ich mir vor, dass ich ihr bloß folge, ein paar Schritte hinter ihr. Sie weiß, dass ich da bin, aber sie dreht sich nicht um. Ich kann sehen, dass sie es weiß. Ihr Nacken wirkt plötzlich ganz steif, und sie geht ein bisschen schneller. Sie hat Angst. Sie hat total Angst vor mir. Ich fühle mich groß und stark. Du weißt schon. Männlich. Überlegen. Sie geht ein bisschen schneller, ich gehe auch ein bisschen schneller. Der Abstand zwischen uns wird kleiner.«

Ein paar Momente lang herrschte Schweigen, man hörte nur jemanden atmen und ein leises Umgebungsgeräusch. Colette Dawes sagte wieder: »Sprich weiter!« Diesmal klang ihr Ton ziemlich scharf, als wäre sie seine Lehrerin.

»Der Abstand zwischen uns wird kleiner«, wiederholte er. Er sprach jetzt sehr langsam. »Sie dreht sich um, und ich sehe ihren weit geöffneten Mund und ihre aufgerissenen Augen, und sie kommt mir vor wie ein Fisch, einer von meinen Fischen, bevor ich ihn zurück in das schmutzige Wasser werfe. Wie ein Fisch in meiner Gewalt.«

Ich hörte Michael Doll lachen. Ein nervöses, perlendes Lachen. Wenigstens stimmte die Frau nicht mit ein.

Schweigen. Furth und ich saßen da und lauschten dem Drehen des Bandes. Ich warf einen Blick auf die anderen Kassetten in der Schachtel. Es waren noch drei, beschriftet und datiert. Doll begann wieder zu reden. »Bin ich deswegen ein böser Mensch? Was ich gerade gesagt habe – macht mich das zu einem bösen Menschen, Dolly?«

»Hast du sie gehasst, Michael?«

»Du willst wissen, ob ich sie hasse?« Seine Stimme klang gequält. Ich machte mir im Geist eine Notiz, dass er eine andere

Zeit gebraucht hatte als sie. Wie gern hätte ich jetzt einen Block vor mir liegen gehabt, auf den ich mir pedantische kleine Notizen hätte machen können. »Nein, ich hasse sie nicht. Ich liebe sie, das ist doch klar. Ich liebe sie. Liebe. Liebe.«

Furth beugte sich vor und schaltete die Kassette aus. Dann lehnte er sich mit verschränkten Armen zurück.

»Und? Was sagen Sie?«

Ich schob meinen Stuhl zurück und stand auf. Der kleine Raum beengte mich. Ich trat ans Fenster und starrte auf die Häuserwand gegenüber, das dünne Rinnsal, das aus der leckenden Dachrinne nach unten lief. Wenn ich mir den Kopf verrenkte, konnte ich fast einen Strich des stürmischen grauen Himmels sehen.

»Ich würde gern mit Ihrer Kollegin Dawes sprechen.«

»Nun machen Sie aber um Himmels willen einen Punkt, Kit! Das Ganze ist keine große Sache. Wir wollen bloß Ihre fachliche Meinung, basierend auf Dolls Herkunft und seinem sozialen Umfeld. Es reicht, wenn Sie uns sagen, welchen Eindruck er und sein aufgenommenes Geständnis auf Sie gemacht haben. Welcher Sorte Mensch Sie Doll nach reiflicher Überlegung zuordnen würden, blah, blah, Sie kennen das ja. Sie haben ihn gehört. Er war es. Er hat so gut wie gestanden, dass er das Mädchen getötet hat, und jetzt geilt er sich daran auf, holt sich Nacht für Nacht in seiner schmuddeligen Bude einen runter, während er sich seine schmutzigen Fotos ansieht und daran denkt. Er ist ein Perverser, ein Mörder. Kein Mensch, dem man irgendwie nahe kommen möchte, wie Sie selbst am besten wissen. Sie haben ja erfahren, wozu er fähig ist. Schreiben Sie einfach ein paar Zeilen darüber, was für einen Eindruck Sie von ihm hatten.«

»Ich will nur ganz kurz mit Colette Dawes reden. Dann schreibe ich Ihnen den Bericht. In Ordnung?«

Er runzelte die Stirn. Mit einem Seufzer schob er die Hände in die Hosentaschen. »Ich werde sehen, was ich tun kann.«

Die Frau, die durch die Tür kam, trug ein Klemmbrett und einen Packen Kuverts. Mir war sofort klar, wieso Doll ihr vertraut hatte. Sie besaß gelbblondes Haar und ein glattes, weich konturiertes Gesicht, in dem es keine Kanten zu geben schien, keine Knochen. Ihre helle Haut schimmerte rosig, und sie wirkte sehr jung. Wir gaben uns die Hand.

»Hat Ihnen Furth gesagt, wer ich bin?«

»Nicht wirklich«, antwortete sie. »Sie sind Ärztin oder so was.«

»Ja. Furth wollte von mir einen Rat im Fall Michael Doll. Ich habe mir seine Akte angeschaut und einen Teil der Aufnahmen gehört.«

»Und?«

»Ich wollte kurz mit Ihnen reden.«

»Ja, das hat DI Furth schon gesagt. Ich hab nicht viel Zeit, bin gerade dabei, Aktenschränke auszuräumen.«

»Eine Viertelstunde, länger werde ich Sie nicht beanspruchen. Sollen wir ein Stück gehen?«

Sie wirkte misstrauisch, schob aber das Klemmbrett und die Kuverts über den Tisch des diensthabenden Beamten und murmelte ihm etwas zu, das ich nicht verstand. Schweigend gingen wir hintereinander die Treppe hinunter und auf die Straße. Das Polizeirevier Stretton Green liegt in einer ruhigen Nebenstraße, aber man braucht zu Fuß nur eine Minute bis zur Stretton Green Road. Dort gibt es einen Naturkostladen, in dem auch ein paar Kaffeetische stehen. Wir ließen uns in einer Ecke nieder, und ich bestellte bei einer jungen Frau, die mit einer Zeitung neben der Kasse saß, zwei Tassen schwarzen Kaffee.

»Zehn«, sagte ich, nachdem uns die Frau unsere Tassen gebracht hatte.

»Was?«, fragte Colette Dawes.

»Piercings«, antwortete ich. »Im einen Ohr drei, im anderen vier, zwei in der Nase und eins in der Unterlippe. Und wer weiß, wo sie sonst noch welche hat.«

Sie nahm einen Schluck von ihrem Kaffee, gab mir aber keine Antwort.

»Colette. Ist es in Ordnung, wenn ich Sie Colette nenne?«

»Klar.«

»Also, Colette, es ist wirklich erstaunlich, was Sie aus Doll alles herausbekommen haben.« Sie zuckte mit den Schultern. »War es schwierig?« Erneutes Schulterzucken. »Wo haben die Gespräche stattgefunden?«

»An verschiedenen Orten.«

»Mich interessiert vor allem das, in dem er den Mord so detailliert beschreibt.«

»Da waren wir in seiner Wohnung.«

»War er Ihnen sympathisch?«

Sie hob den Kopf und musterte mich einen Moment lang scharf, dann wandte sie den Blick wieder ab. Durch ihre bleiche Haut leuchteten plötzlich rote Flecken. »Natürlich nicht.«

»Oder haben Sie ein wenig Mitgefühl für ihn empfunden?«

Sie schüttelte den Kopf. »Nein. Nein, Doktor.«

»Kit.«

»Kit. Hören Sie.« Ihre Stimme klang, als würde sie langsam wütend. »Haben Sie den Bericht des Pathologen nicht gelesen?«, fuhr sie fort.

»Nein, das ist nicht mein Aufgabenbereich. Mir geht es nur um Michael Doll.«

»Er ist ein gefährlicher Mann. Wissen Sie das nicht?«

»O doch, das weiß ich.«

»Was wollen Sie dann? Wollen Sie den nächsten Mord abwarten, in der Hoffnung, dass wir ihn dann kriegen können? Vielleicht schlägt das nächste Opfer ja zurück und fängt ihn für uns – ist es das, worauf Sie warten?«

Als ich mich zurücklehnte, ohne auf ihre Frage zu antworten, sprach sie weiter.

»Furth und die anderen haben in diesem Fall gute altmodische Polizeiarbeit geleistet. Sie waren Tag und Nacht damit beschäftigt, alle zu überprüfen, die sich in der betreffenden Gegend aufgehalten haben. Irgendwann ist Furth dann auf das Material über Doll gestoßen. Hat er Ihnen das erzählt?«

»Nein.«

»Daraufhin habe ich mich mit Doll angefreundet, ihn zum Reden gebracht. Das war alles andere als nett. Ich weiß also nicht, worauf Sie hinauswollen.«

Ich nahm einen Schluck von meinem Kaffee, wobei ich bewusst darauf achtete, die Tasse nicht ganz auszutrinken. Ich wollte nicht, dass sie schon ging. »Ich möchte nur alle Informationen über Doll, die ich kriegen kann. Okay?«

Als Antwort nickte sie nur ganz leicht.

»Also, Colette, was war Ihr Plan, nachdem Sie sich mit ihm angefreundet hatten?«

»Ich wollte ihn bloß zum Reden bringen.«

»Über den Mord?«

»Ja, genau.«

»Aber das ist sehr schwierig, oder nicht? Können Sie mir ein bisschen was über Ihre Gespräche erzählen?«

Eine Haarsträhne fiel ihr in die Stirn, und sie schob sie zurück. »Doll hat nicht gerade viele Freunde. Ich glaube, er brauchte ganz dringend jemanden zum Reden.«

»Oder einen Freund.«

»Das läuft auf dasselbe hinaus.«

»Ja«, gab ich ihr Recht. »Wie lange kennen Sie ihn inzwischen?«

»Nicht lange. Ein paar Wochen.«

»Wenn ich richtig verstanden habe, gab es drei oder vier aufgezeichnete Gespräche, und der Teil, den ich gehört habe, stammte aus dem letzten. Stimmt das?«

»Ja.«

»Wie waren die ersten?«

»Wie meinen Sie das?«

»Hat er über den Mord gesprochen?«

»Nein.«

»Haben Sie das Thema zur Sprache gebracht?«

»Ein wenig.«

»Hat er sofort darüber gesprochen?«

»Ich musste erst sein Vertrauen gewinnen.«

»Sie meinen, er musste Vertrauen zu Ihnen fassen, bevor er Ihnen erzählte, dass er jemanden ermordet hatte?«

»Er hat nicht direkt gestanden, oder? Das ist ja der Grund, warum man Sie hinzugezogen hat.«

Ich stützte mich mit beiden Ellbogen auf den Tisch, was den Abstand zwischen Colette und mir drastisch verringerte. »Wissen Sie, ich habe schon mit vielen Leuten gesprochen, die schreckliche Probleme, schreckliche Dinge getan hatten. Die erste Hürde ist in solchen Fällen immer, den Leuten das Gefühl zu vermitteln, dass es in ihrem eigenen Interesse ist, ehrlich zu sein und alles zu erzählen. Wie haben Sie das geschafft?«

»Haben Sie eine Zigarette für mich?«, fragte sie.

»Wie es der Zufall so will, ja«, antwortete ich und zog das für Doll bestimmte Päckchen aus der Tasche.

»Ich habe ihn dazu ermutigt, offen zu sprechen«, erklärte sie. »Ich habe ihn nach seinen Geheimnissen gefragt.«

»Sie haben ihn nach seinen Geheimnissen gefragt, und daraufhin hat er ihnen erzählt, er habe einen Mord begangen?«

»Nein, so war es nicht. Ich habe mit ihm über seine Fantasien gesprochen.«

»Wenn ich Sie richtig verstanden habe, hat sich das nicht im Pub abgespielt. Diese Gespräche haben in seiner Wohnung stattgefunden.«

»Ja.«

»Sie haben das Gespräch auf die Themen Sex und Gewalt gelenkt.«

Sie zog an ihrer Zigarette. »Ich habe ihn ermutigt zu reden. Wie man das eben macht. Wie *Sie* das machen.«

»War es so eine Art Quidproquo? Haben Sie ihm Ihre eigenen Fantasien erzählt und ihn dann aufgefordert, es Ihnen gleichzutun?«

»Ich habe versucht, ihn zum Reden zu bewegen. Ich musste

ihm zeigen, dass mich nichts schockieren würde, was er mir auch zu erzählen hätte.«

»Aber die ersten zwei langen Gespräche, die Sie mit Doll geführt haben, waren nicht sehr ergiebig?«

»Nicht besonders.«

»Natürlich haben sich Furth und die anderen die Bänder angehört.«

»Natürlich.«

»Und sie haben gesagt, sie seien nicht ergiebig.«

»Sie *waren* nicht ergiebig.«

»Und daraufhin haben die Kollegen gesagt: ›Versuch es noch mal und sieh zu, dass du was aus ihm herauskriegst.‹«

»Nicht direkt.«

»Aber sie haben gesagt, dass Sie sich noch mehr bemühen sollen.«

»Wie meinen Sie das?«

»Ich stelle mir vor, dass sie so was gesagt haben wie: ›Warum sollte Doll dir was erzählen? Du musst ihn ein bisschen mehr ermutigen.‹«

»Ich weiß nicht, was Sie meinen. Ich habe ihn bloß zum Reden gebracht.«

»Absolut. Was ich gehört habe, war großartiges Material. Wirklich widerlich. Keine Frage, Colette, Sie haben es noch mal versucht und bekommen, was Sie wollten.«

»Ich habe nur meinen Job gemacht.«

»Sie treffen sich mit diesem seltsamen, gestörten, extrem unsozialen Mann, und schon beim dritten oder vierten Treffen präsentiert er Ihnen eine schauerliche Fantasie über den Mord an einer Frau. Sie wissen, worauf ich hinauswill, nicht wahr?«

»Ich habe nur meinen Job gemacht.«

Ich beugte mich vor, bis sich unsere Nasen fast berührten. »Haben Sie mit Michael Doll geschlafen?«

Sie zuckte zurück. »Nein.« Ihre Stimme war nur ein Flüstern. Dann wiederholte sie etwas lauter: »Nein.«

Ich fixierte sie beharrlich. »Sie waren verkabelt. Vielleicht wäre Sex im engeren Sinn problematisch gewesen, aber vielleicht war es nicht Sex im engeren Sinn.«

»Nein«, antwortete sie mit einem Kopfschütteln. Sie rieb sich den rechten Augenwinkel.

»Gut«, sagte ich in sanftem Ton. »Lassen Sie uns aufbrechen.«

Schweigend gingen wir zurück. Auf der Treppe, die zum Revier hinaufführte, blieb ich stehen und hielt sie zurück. »Colette«, sagte ich.

Sie sah mich nicht an.

»Wer hat Sie auf Ihre Aufgabe vorbereitet? Wer hat Ihnen Ratschläge erteilt?«

»Nur Furth.«

»Okay«, sagte ich. »Und was für ein Gefühl haben Sie, wenn Sie jetzt an die Sache denken?«

»Was sollte ich für ein Gefühl haben?«

»Na ja, vielleicht macht es Ihnen im Nachhinein zu schaffen.«

»Wieso? Das ist das Problem mit Leuten wie Ihnen. Sie versuchen jedem was einzureden.«

»Ich wollte bloß mein Mitgefühl zeigen.«

»Ich brauche kein Mitgefühl.«

Nachdem wir uns sehr kühl voneinander verabschiedet hatten, rief ich sofort Furth an. Er meldete sich mit forsch-fröhlicher, zuversichtlicher Stimme. »Und?«, fragte er.

»Ich muss sämtliche Bänder hören«, erklärte ich.

7. KAPITEL

Ich schlief unruhig, wachte immer wieder auf und verschlief dann am Morgen. Während ich hin und her rannte und mich fertig machte, trank ich rasch ein paar Schluck Kaffee. Julie kam aus ihrem Zimmer. Sie trug nichts als eine alte Jacke von mir, offenbar ein Fundstück aus dem Schrank in dem ansonsten ungenutzten Zimmer, das ich erst ansatzweise als Arbeitszimmer einzurichten versucht hatte. Im Moment war es ihr Zimmer. Wir mussten uns bald mal zusammensetzen und über ein paar Dinge reden. Sie sah aus wie ein Nagetier, das man aus dem Winterschlaf gerissen hatte. Ihre Haare waren zerzaust und aufgeplustert, ihre Augen zusammengekniffen, als würde das Tageslicht sie blenden. »Ich hab nicht gewusst, dass du so früh aufstehst«, erklärte sie. »Sonst hätte ich dir Frühstück gemacht.«

»Es ist zwanzig vor neun«, antwortete ich, »und ich hab's ziemlich eilig.«

»Ich werd ein bisschen einkaufen«, sagte sie.

»Musst du aber nicht.«

»Tu ich gern.«

Auf der Fahrt zum Polizeirevier hatte ich das ungute Gefühl von schicksalhafter Unvermeidlichkeit, fast wie damals, als mir mit fünfzehn meine erste richtige Abschlussprüfung bevorstand. Ich saß kerzengerade auf dem Fahrersitz und umklammerte mit beiden Händen das Lenkrad. Meine Wirbelsäule fühlte sich an wie eine Metallstange, meine Nackenmuskeln schmerzten vor Anspannung, und ich biss gegen meinen Willen die Zähne zusammen. In meinem Kopf pochte es, als würde jemand mit den Fingerknöcheln gegen meine Schläfen trommeln. »Idiot, verdammter Idiot!«, murmelte ich vor mich hin, als ich an einer Ampel anhalten musste, die von Rot auf Grün und wieder auf Rot schaltete, ohne dass sich auch nur ein einziger Wagen vorwärts bewegte, weil ein Sattelschlepper die Straße blockierte. Es regnete ununterbrochen. Ein paar Fußgänger mit Schirm gingen vorbei, den Blick auf den Boden gerichtet, um dem Hundekot und den Pfützen auf dem Gehsteig auszuweichen. Das graue, verstopfte, dreckige London. Mein Bericht lag neben mir auf dem Beifahrersitz. Er war etwa sechshundert Worte lang. Kurz und sachbezogen. Die Kassetten lagen in einer Plastiktüte daneben.

Als ich vor dem Revier rückwärts einparkte, hörte ich plötzlich das unheilvolle Kratzen von Metall auf Metall. Wenn einem das passiert, kann man es seltsamerweise fast körperlich spüren, als wäre die Karosserie des Wagens die eigene Haut.

»Mist!«

Die Rückseite meines Autos klebte am glänzenden blauen Lack eines schrecklich teuer aussehenden BMW. Ich stieg aus und inspizierte im strömenden Regen den langen dünnen Kratzer, den ich dem anderen Wagen zugefügt hatte. Meiner hatte noch größeren Schaden davongetragen: Ein Rücklicht war kaputt und der Kotflügel zusammengeschoben wie eine zerknüllte Zeitung. Ich fischte einen Notizblock aus meiner Tasche und schrieb ein paar entschuldigende Worte, notierte außerdem meine Versicherungs- und Telefonnummer, faltete den Zettel ein paar Mal, um ihn vor der Nässe zu schützen und klemmte ihn dann unter die Scheibenwischer des BMW. Ich hatte vergessen, einen Schirm mitzunehmen und war bereits klatschnass. Als ich mich noch einmal in den Wagen beugte, um den Bericht und die Kassetten in meiner Tasche zu verstauen, spürte ich, wie das Regenwasser meinen Nacken hinunterrann.

Furth hatte sich bereits an einem Tisch des Konferenzraums niedergelassen, ein Klemmbrett vor sich. Als ich eintrat, stand er auf und begrüßte mich mit einem freundlichen Nicken. Er war in Begleitung einer vorzeitig ergrauten Frau mit einem glatten, sanften Gesicht, die ich schon vom Sehen kannte, und eines untersetzten älteren Mannes mit einem Kranz widerspenstiger Haare rund um einen kahlen Oberkopf und kleinen, pfiffig dreinblickenden blauen Augen.

»Wenn man von der Sonne spricht!«, sagte Furth. »Haben Ihnen schon die Ohren geklingelt? Kommen Sie, ich nehme Ihnen den Mantel ab. Jasmine kennen Sie ja schon, nicht? Jasmine Drake. Und das hier ist DCI Oban, mein Chef. Kaffee? Tee?«

Leicht irritiert begrüßte ich Oban. »Lassen Sie sich durch

mich nicht aus der Ruhe bringen«, erklärte er. »Ich wollte nur kurz vorbeischauen.«

»Danke, für mich nichts«, antwortete ich auf Furths Frage, während ich mich auf einem der orangefarbenen Plastikstühle niederließ und meinen Bericht, der in einem unbeschrifteten weißen Umschlag steckte, vor mich hinlegte. »Sie haben mich gebeten, das hier persönlich vorbeizubringen. Hier ist es.«

»Sehr freundlich von Ihnen«, antwortete Furth mit einem Augenzwinkern. Dann wandte er sich an Oban. »Sie macht einen sanften Eindruck, aber man muss sich vor ihr in Acht nehmen.«

Ich schob einen Finger unter die zugeklebte Klappe des Umschlags und riss ihn auf. »Wollen Sie es gleich lesen?«

»Bevor wir anfangen, dürfte es Sie vielleicht interessieren, dass wir Doll verhaftet haben.«

»Wie bitte?«

»Unabhängig von Ihrem Bericht machen wir mit unseren Ermittlungen gute Fortschritte. Während wir uns hier unterhalten, sind gerade ein paar Taucher im Kanal unterwegs. Doll hat selbst ausgesagt, dass er zu der betreffenden Zeit in der Gegend war. Hinzu kommt sein verdächtiges Verhalten vorher und nachher, und natürlich sein aufgezeichnetes Geständnis. Da fügt sich eins zum anderen. Keine Sorge, es geht alles seinen offiziellen Gang. Selbstverständlich bekommt er einen Rechtsbeistand. John Coates. Er ist bereits unterwegs. Bestimmt kennen Sie ihn.«

Ich hatte ihn einmal getroffen, als ich mit Francis hier war. Ein netter Typ, der häufig lächelte und den man sich eher als Finanzberater wünschte, nicht so sehr als Anwalt. Ich warf einen Blick zu Jasmine Drake hinüber, aber sie kritzelte etwas in ihr Notizbuch und blickte nicht auf. Als mein Blick zu Oban weiterwanderte, stellte ich fest, dass er mich mit seinen hellen Augen unverwandt musterte, was mich ziemlich nervös machte. Ich zog das einzelne Blatt Papier aus dem Umschlag und legte es auf den Tisch.

»Ist es das?«, fragte Furth.

»Fassen Sie es bitte für uns zusammen, Dr. Quinn«, forderte Oban mich auf.

»Lassen Sie ihn laufen.«

Im Raum herrschte plötzlich angespanntes Schweigen. Ich konnte meinen Herzschlag hören. Nun, da ich die Grenze überschritten und es ausgesprochen hatte, fühlte ich mich besser.

»Wie bitte?«

»Falls Sie über keine anderen Beweise verfügen als die, von denen Sie mir berichtet haben, sehe ich keine entsprechende Beweislage. Noch nicht.«

Furths Gesicht lief rot an. Das war der schlimmste Moment. Ich sollte eigentlich auf seiner Seite stehen, und nun sah es ganz danach aus, als wäre dem nicht so. »Sie wissen doch gar nicht, wovon Sie da reden«, erklärte er, ohne mich anzusehen.

Ich holte tief Luft. »Dann hätten Sie mich nicht um eine Stellungnahme bitten sollen.«

»Genau von Ihrer Stellungnahme spreche ich.« Aus Furths Stimme klang plötzlich eine wütende Heiterkeit, als ließe sich die ganze Sache einfach weglachen. »Sie wurden lediglich gebeten, Doll zu beurteilen. Nicht mehr. Eine ganz einfache Sache. Der Typ ist pervers. Das ist er doch, oder? Mehr brauchen Sie gar nicht zu sagen. Anthony Michael Doll ist pervers.«

»Er ist ein gestörter junger Mann mit blutrünstigen Fantasien.«

»Wieso sagen Sie dann –«

»*Fantasien*. Es besteht ein Unterschied zwischen der Fantasie und der Tat.«

»Er hat gestanden, und er wird es noch einmal gestehen. Sie werden schon sehen.«

»Nein. Er hat nur seine Fantasien ausgesprochen, während er mit Ihrer Kollegin Dawes sexuelle Handlungen ausführte.« Ich warf einen Blick in die Runde. Das hatte gesessen. Keiner sagte ein Wort. »Haben Sie das gewusst? Haben Sie gewusst, dass sie ihm, während sie ihn zum Reden *ermutigte* – so hat sie es mir gegenüber formuliert –, einen runterholte und ihm gleichzeitig gestattete, an ihr herumzufummeln? Haben Sie sie dazu ermutigt, ohne es direkt auszusprechen? Der Zweck heiligt die Mittel, so in der Art? Hat sie anfangs keine zufrieden stellenden Ergebnisse erzielt? Wie auch immer, es spielt sowieso keine Rolle. Das Ganze ist kein Geständnis, sondern Pornographie.«

»Hören Sie, Kit.« Sein Gesicht war knallrot angelaufen. »Ich hätte Sie gar nicht erst zu Rate ziehen sollen. Mein Fehler. Ich hätte wissen müssen, dass Ihr Urteilsvermögen nach diesem Unfall beeinträchtigt sein würde. Fakt ist, dass Sie sich irgendwie mit Mickey Doll identifizieren, ihn auf eine mir unverständliche Weise zu schützen versuchen. Genau wie in diesen Fällen, wo sich Entführungsopfer in ihre Kidnapper verlieben.« Er warf einen schnellen Blick zu Oban hinüber, dann wandte er sein besorgtes Gesicht wieder mir zu. »Wir waren der Meinung, Ihnen damit zu helfen, aber mittlerweile ist mir klar, dass wir uns getäuscht haben. Es war noch zu früh. Vielleicht sollten wir Ihnen jetzt einfach danken und Sie für Ihren Zeitaufwand entschädigen.«

Ich bemühte mich um einen möglichst gleichgültigen Ton. »Sie haben Colette Dawes damit beauftragt, Michael Doll ein Geständnis zu entlocken. Hat sie gewusst, worauf sie sich einließ? Oder hat sie sich da spontan zu etwas hinreißen lassen?«

»Er ist ein Mörder«, erwiderte Furth, der sich nun keine Mühe mehr gab, seine Verachtung zu verbergen. »Wir wissen das, und Sie sollten es verdammt noch mal auch wissen. Wir müssen es nur noch vor einer Jury beweisen. Kollegin Dawes hat unter sehr schwierigen Bedingungen gute Arbeit geleistet.«

Ich sah ihm in die Augen. »War das Ganze Ihre Idee?«

Es kostete Furth offensichtlich große Mühe, ruhig zu bleiben. »Wir haben einen Mörder verhaftet«, erklärte er. »Zumindest bin ich dieser Meinung. Wir haben Indizien gesammelt, und wir haben ein Geständnis. Vielleicht sind wir, um es zu bekommen, ein wenig zu weit gegangen, aber ich hätte gedacht, dass gerade Sie dafür Verständnis haben würden, Kit. Wir sind auf der Seite der Frauen – derjenigen, die getötet worden ist, und der anderen, die seine nächsten Opfer sein werden.«

»Ich glaube, Sie haben mich nicht richtig verstanden.« Ich hörte das Zittern in meiner Stimme. War es Nervosität oder Wut? »Ich schließe keinesfalls aus, dass Michael Doll diese Frau umgebracht hat, aber Sie können es nicht beweisen. Ich sitze hier als Ärztin, die mit emotional Gestörten und geisteskranken Verbrechern arbeitet, nicht als Juristin, aber ich nehme an, dass dieses Band als Beweismittel in einem Prozess auf keinen Fall zugelassen würde. Ich wage sogar zu behaupten, dass jeder Richter, der davon erführe, den ganzen Prozess sofort wegen absolut unzulässiger Ermittlungsmethoden in Frage stellen würde.« Ich betrachtete sein attraktives Gesicht. »Wenn ich Sie wäre, würde ich das Band in einem ganz tiefen Loch vergraben und beten, dass Dolls Anwalt nie davon erfährt. Auf jeden Fall möchte ich mit der ganzen Sache nichts mehr zu tun haben.«

»Das ist der erste vernünftige Satz, den Sie heute von sich gegeben haben.«

Das brachte das Fass zum Überlaufen.

»Diese ganze Geschichte«, erklärte ich atemlos, »ist eine einzige riesige Schweinerei! Und Sie« – das ging an die Adresse von Jasmine Drake – »sollten es eigentlich besser wissen. Nicht nur als Polizistin, sondern einfach als Frau. Und Sie auch!« Ich wandte mich an DCI Oban, der ein wenig abseits saß, einen verdutzten Ausdruck im Gesicht. Ich starrte wütend auf den vor mir liegenden Bericht hinunter, den Bericht, der in so ruhiger und wissenschaftlicher Sprache verfasst war.

Oban gab mir keine Antwort. Stattdessen stand er auf und öffnete die Tür, wobei er Furth mit einem finsteren Blick bedachte, der mich an einen sehr alten, faltigen Bluthund erinnerte. »Lasst ihn gehen«, sagte er in sanftem, fast beiläufig klingendem Tonfall.

»Wen?«

»Mickey Doll. Sonst noch was?« Keiner sagte ein Wort. Oban

richtete den Blick auf mich. »Schicken Sie uns Ihre Rechnung, Doktor, oder wie man das bei Ihnen nennt. Vielen Dank.« Aber er klang nicht sehr dankbar. Ich hatte ihm den Tag verdorben. Dann ging er, gefolgt von Jasmine Drake, die mir einen schnellen Blick aus schmalen Augen zuwarf, ehe sie nach draußen auf den Gang trat.

Ich war allein mit Furth, der schweigend dasaß und die Wand anstarrte. Ich stand auf. Das Geräusch, mit dem mein Stuhl über den Boden scharrte, ließ ihn aus seiner Träumerei erwachen. Er schien überrascht, dass ich noch da war. Seine Stimme klang, als würde er noch immer träumen. »Es wird Ihre Schuld sein«, sagte er, »wenn er es wieder tut. Er hat Sie angegriffen, er hat dieses Mädchen umgebracht, und irgendwo da draußen ist eine Frau, der er – wahrscheinlich, oder sollen wir sagen, mit ziemlicher Sicherheit? – als Nächstes etwas antun wird.«

»Auf Wiedersehen, Furth«, antwortete ich im Gehen. »Ich muss, ähm, Sie wissen schon…«

»Werfen Sie ab und zu mal einen Blick in die Zeitung«, rief er mir mit lauter Stimme nach, damit ich es ja noch hörte. »Diese Woche, nächste Woche – irgendwann wird es drinstehen!«

8. KAPITEL

Als ich nach draußen auf die Straße trat, zitterte ich vor aufgestauter Wut. Am liebsten hätte ich irgendetwas Verrücktes getan, beispielsweise einen großen Gegenstand durch ein Schaufenster geworfen oder auf der Stelle das Land verlassen, um eine neue Identität anzunehmen und nie mehr nach England zurückzukehren. Letztendlich entschied ich mich dafür, nach Hause zu fahren, die Tür hinter mir zuzusperren und mich eine Woche nicht mehr blicken zu lassen.

Als ich zu meinem Wagen kam, war der BMW weg. Zweifellos würde ich bald von einer Versicherung hören. »Wir sind von unserem Klienten darüber informiert worden …« Ein Kratzer, der sich von der hinteren Tür bis zum Kotflügel zog. Wie viel würde das kosten?

In meiner Wohnung herrschte wundervolle Leere. Julie war nicht da. Eine fantastische Gelegenheit. Ich ließ mir die Wanne einlaufen, schüttete mehrere Badesalze mit albernen exotischen Namen ins Wasser, schnappte mir eine Zeitung und irgendein Magazin und glitt wie ein Walross hinein. Nach wenigen Minuten warf ich die Zeitung zur Seite und widmete mich dem Magazin: Ich erfuhr von den fünf besten Adressen, um für weniger als hundert Pfund ein Wochenende auf dem Land zu verbringen, lernte sieben Arten kennen, seinen Partner im Bett zu schocken, und beantwortete einen Fragebogen zum Thema »Sind Sie ein häuslicher Mensch oder der Partytyp?« Wie sich herausstellte, war ich der Partytyp. Wie kam es, dass ich so selten auf Partys ging?

Schließlich warf ich auch die Zeitschrift zur Seite und ließ mich ganz langsam so tief ins Wasser sinken, bis nur noch Nase und Mund herausschauten. Ungerührt hörte ich das Telefon einmal läuten und dann den Anrufbeantworter piepen. Ich stellte mir vor, in einem Flotationstank zu liegen. In einer Salzlösung, die exakt die richtige Konzentration hatte, dass man schön schwebte, und die genau der Körpertemperatur angepasst war. In völliger Dunkelheit. Was war eigentlich der Sinn der Sache? Fühlte man sich in einem solchen Tank völlig losgelöst oder völlig absorbiert?

Ich hörte mehrere dumpfe Geräusche, dann wurde die Wohnungstür zugeschlagen. Julie. Es klang, als hätte sie die Tür mit einem Fußtritt geschlossen. Höchste Zeit, in die Welt zurückzukehren. Ich trocknete mich langsam ab, als wollte ich das Unvermeidliche noch ein wenig hinauszögern. Dann wickelte ich mich in das Handtuch und verließ das Bad.

»Fantastisch!«, sagte Julie. »Ein Bad am helllichten Tag. Du verstehst zu leben.«

»Man hat dabei ein bisschen das Gefühl, was Verbotenes zu tun«, gab ich zu, obwohl es mich gleichzeitig ärgerte, von jemandem als Genussmensch bezeichnet zu werden, der selbst Jahre damit verbracht hatte, in der Welt herumzugondeln.

»Wegen des Abendessens brauchst du dir heute keine Gedanken zu machen«, erklärte sie munter. »Ich habe ein paar von deinen Kochbüchern durchgeblättert und ein bisschen eingekauft. Bist du abends zu Hause?«

»Ja, aber ich hatte eigentlich nicht vor –«

»Großartig. Dann lass dich von mir verwöhnen. Was es gibt, ist ein Geheimnis, aber du brauchst dir deswegen keine Sorgen zu machen. Es ist alles sehr leicht, sehr gesund. Ach, übrigens, auf dem Anrufbeantworter war eine Nachricht für dich. Von einer Frau namens Rosa. Du musst entschuldigen, mir war nicht klar, dass du da bist, und ich hab selbst auf einen Anruf gewartet. Ich bin nicht sicher, ob ich auf den richtigen Knopf gedrückt habe. Womöglich habe ich die Nachricht aus Versehen gelöscht.«

Das hatte sie tatsächlich. Ich ging in mein Zimmer und zog mich rasch an. Da ich nicht ausgehen würde, entschied ich mich für etwas ganz Schlichtes, eine weiße Jeans und einen hellblauen Pulli. Ich war versucht, Rosas Nachricht zu ignorieren, denn ich konnte mir nicht vorstellen, dass es sich um gute Neuigkeiten handelte, aber dann zählte ich bis zehn und wählte.

»Wir müssen uns treffen«, sagte Rosa sofort.

»Weswegen?«

»Es hat mit der Polizei zu tun. Wie ich höre, hast du meinen Rat nicht befolgt. Das kam nicht gerade überraschend für mich, aber es wäre trotzdem nett gewesen, wenn du es mir erzählt hättest.«

»Oh«, antwortete ich bestürzt. »Du hast Recht. Soll ich morgen mal bei dir vorbeischauen?«

»Ich würde dich gern heute noch sehen. Hast du etwas dagegen, wenn ich bei dir vorbeikomme?«

»Warum? Ich meine, nein, natürlich habe ich nichts dagegen.«

»In circa einer Stunde bin ich da«, erklärte Rosa und legte auf.

Ich unternahm einen lächerlich uneffektiven Versuch, das Wohnzimmer aufzuräumen, während Julie in der Küche hantierte, was teilweise etwas beunruhigend klang. Nach gerade mal fünfundvierzig Minuten klingelte es.

Ich rannte die Treppe hinunter und öffnete die Tür. Der fröhliche Gruß, den ich mir zurechtgelegt hatte, blieb mir im Hals stecken, als ich sah, wer draußen auf der Treppe stand. »Oh«, mehr brachte ich nicht heraus. Wenn ich mich recht erinnerte, hatte ich das auch schon am Telefon zu Rosa gesagt.

»Ich bin nicht allein«, erklärte sie.

Sie war in der Tat nicht allein. Neben ihr stand Detective Chief Inspector Oban. Hinter ihm parkte ein Wagen. Ein BMW.

»Das mit dem Wagen tut mir Leid«, stammelte ich. Mehr fiel mir nicht ein, aber noch während ich das sagte, wurde mir bewusst, dass es nicht immer nötig war, das Einzige, was einem einfiel, gleich hinauszuposaunen. Manchmal ist das Einzige, was einem einfällt, das Schlimmste, was man sagen kann. »Es war allein meine Schuld. Ich werde selbstverständlich für den Schaden aufkommen.«

Rosa starrte mich verwirrt an, während Oban andeutungsweise lächelte. »Ein Parkproblem«, erklärte er an sie gewandt. Dann wandte er sich wieder mir zu. »Dann waren das also Sie? Unter dem Scheibenwischer steckte ein Zettel, aber er war vom Regen völlig durchweicht. Machen Sie sich deswegen keine Sorgen, ich nehme an, die Sache wird als Dienstunfall behandelt werden.«

»Was es in gewisser Weise ja auch war«, antwortete ich.

Da mir inzwischen nicht mal mehr dummes Zeug einfiel, das ich noch hätte von mir geben können, hielt ich den beiden die Tür auf und ließ sie an mir vorbei ins Haus treten. Zuerst hatte ich in einem Anfall von Paranoia gedacht, es ginge um den Schaden an dem Wagen und sie wollten mich der Fahrerflucht bezichtigen oder so was in der Art, aber dem war offensichtlich nicht so. Was wollten sie dann? Hatte es irgendeine offizielle

Beschwerde gegen mich gegeben? Ich folgte ihnen die Treppe hinauf. Als wir ins Wohnzimmer traten, kam Julie gerade aus der Küche. Sie sah mit ihrer gestreiften Fleischerschürze – *meiner* Schürze – ziemlich umwerfend aus. Überrascht starrte sie uns an. Ich stellte die drei einander vor.

Oban wirkte leicht verlegen, als er Julie die Hand gab. »Sie sind, ähm –«, sagte er.

»Julie ist für ein paar Tage zu Besuch«, fiel ich ihm ins Wort.

Wieso stammelte er so herum? Dann fiel mein Blick auf Julie, die groß, braungebrannt und amazonenhaft vor uns stand. O Gott, wahrscheinlich meinte er, dass wir irgendwas Lesbisches miteinander hatten. Ich überlegte kurz, ob ich ihn über die Natur unserer Beziehung aufklären sollte, sah aber eigentlich keinen Grund dafür.

»Ich koche gerade das Abendessen«, erklärte Julie und klang dabei schrecklich häuslich. »Möchten Sie mitessen?«

»Wir müssen bloß etwas Berufliches besprechen«, erklärte ich rasch. Der Gedanke, Julie und ich könnten anfangen, als Paar Gäste zu empfangen, ließ mich schaudern.

»Sie sind ein richtiger Detective?«, wandte sich Julie an Oban.

»Allerdings, das bin ich«, antwortete er.

»Das muss wahnsinnig aufregend sein.«

»Die meiste Zeit nicht.« Oban warf einen Blick zu Rosa hinüber, die ein Buch aus einem Regal gezogen hatte und es mit gerunzelter Stirn durchblätterte. »Wären Sie so lieb, uns einen Moment allein zu lassen?«, sagte er mit vorsichtiger Zurückhaltung zu Julie.

»Was? Ich?«, fragte Julie überrascht. »Ich muss sowieso wieder in die Küche.«

Nachdem sie abgezogen war, schob Rosa das Buch zurück ins Regal und drehte sich zu mir um.

»Bitte nehmt Platz«, sagte ich.

Wir waren alle drei etwas verlegen. Rosa und ich ließen uns nebeneinander auf der Couch nieder, während Oban sich den Sessel so zurechtrückte, dass er mir gegenüber saß.

»Dan Oban hat mich heute Morgen angerufen –«

»Rosa«, unterbrach ich sie. »Ich weiß, ich hätte dich …«

Sie brachte mich mit einer Handbewegung zum Schweigen. »Moment«, sagte sie. Dann wandte sie sich an Oban. »Dan?« Die beiden kannten sich offenbar gut.

»Das alles tut mir wirklich Leid«, versuchte ich es noch einmal, bevor er etwas sagen konnte. »Ich war heute Morgen sowieso schon ein bisschen geladen und musste mich über die Sache mit Doll schrecklich aufregen. Allein schon die Idee, ihm eine solche Falle zu stellen! Da konnte ich mich einfach nicht mehr beherrschen. Das war sehr unprofessionell und …«

»Sie hatten Recht«, unterbrach mich Oban.

Ich konnte seinen Gesichtsausdruck nicht sehen, denn während er sprach, beugte er sich vor und rieb sich die Augen. Er war müde.

»Was?«

»Das Ganze war eine absolute Schnapsidee. Sie hatten Recht. Ich habe mit ein paar Leuten in unserer Rechtsabteilung gesprochen. Es ist genau so, wie Sie gesagt haben, das Band würde mit ziemlicher Sicherheit nicht als Beweismittel zugelassen. Das arme Mädchen hat Doll an der Nase herumgeführt, daran besteht kein Zweifel.« Er sah Rosa mit einem dämlichen Grinsen an, das er sofort unterdrückte, als sie mit einem Stirnrunzeln reagierte.

»Na, dann ist es ja gut«, antwortete ich achselzuckend.

»Aber deswegen bin ich nicht gekommen. Ich habe Dr. Deitch angerufen, weil ich Sie zurückwill.«

»Zurück?«

»Sie haben gute Arbeit geleistet. Ich möchte, dass Sie uns bei den Ermittlungen weiterhin behilflich sind.«

»Ich glaube nicht, dass das eine gute Idee ist.«

»Warum?«

»Aus mehreren Gründen. Einer davon ist Furth. Können Sie sich vorstellen, dass ich weiter mit ihm zusammenarbeite? Er hat vor Wut gekocht.«

»Furth ist mein Problem. Außerdem leitet er die Ermittlungen in diesem Fall sowieso nicht mehr. Das tue jetzt ich.«

»Oh«, sagte ich. »Trotzdem glaube ich nicht, dass Ihnen meine Mitarbeit viel bringen wird. Ich habe so was eigentlich noch nie gemacht. Ich arbeite bloß mit Leuten wie Doll. Ich habe keine zündenden Ideen.«

Oban stand auf, trat ans Fenster und drehte sich zu uns um. »Dieser Fall ist ganz einfach«, erklärte er. »Ein primitiver, schrecklicher Mord. Suche dir eine Frau an einem einsamen Ort, töte sie, lauf davon. Der Kerl ist noch irgendwo da draußen. Wir brauchen bloß ein bisschen Glück. Ein bisschen Glück, und wir kriegen ihn.«

»Warum haben Sie Rosa angerufen?«, fragte ich misstrauisch. »Warum nicht mich?«

»Weil er meine Meinung hören wollte«, antwortete Rosa.

»Du meinst, er wollte wissen, ob ich verrückt bin?«

Rosa grinste. »Dazu sage ich lieber nichts. Nein, er wollte nur wissen, ob es fair ist, dich zu fragen.«

»Und was hast du gesagt?«

»Dass er dich selbst fragen soll.«

»Du meinst, ob es fair ist, mich zu fragen?« Sie zuckte mit den Achseln.

»Was meinen Sie?«, fragte Oban.

»Ich werde darüber nachdenken«, antwortete ich lahm.

»Gut. Ich möchte Sie unbedingt dabeihaben. Nennen Sie mir Ihre Bedingungen. Sie haben freie Hand und bekommen von mir alles, was Sie brauchen.«

Die Tür flog auf, und Julie kam mit einem Tablett herein. Wo hatte sie das bloß aufgestöbert? Es standen drei Schüsseln darauf.

»Bevor Sie irgendwas sagen«, erklärte sie, »möchte ich Sie darauf hinweisen, dass das hier kein Abendessen ist. Bloß ein kleiner Snack. Sie haben bestimmt Hunger, nicht wahr, Mr. Detective?«

»O ja«, antwortete Oban mit einem interessierten Blick auf das Tablett. »Was gibt es denn?«

»Lauter ganz einfache Sachen. Das hier ist Schinken mit Feigen, das ein Artischockensalat und das hier bloß ein kleines Omelett mit Zucchini. Ich hole uns Teller.«

Als sie zurückkam, brachte sie nicht nur Teller und Gabeln, sondern auch Gläser und eine bereits geöffnete Flasche Rotwein. Eine sehr teure Flasche Wein, die Albie gehörte und die er mitzunehmen vergessen hatte, was ihm aber bestimmt irgendwann einfallen würde. Julie war also doch für etwas gut. Großzügig füllte sie unsere Gläser. Sowohl Oban als auch Rosa nahmen sich von allen drei Gerichten.

»Es schmeckt ausgezeichnet, Julie«, verkündete Rosa.

»Köstlich«, pflichtete Oban ihr bei. »Ich muss sagen, das scheint mir ein sehr gutes Arrangement zu sein. Wie lange sind Sie und Kit denn schon, ähm, Sie wissen schon…«

»Oh, erst ein paar Wochen«, antwortete Julie fröhlich.

Ich leerte mein Glas in einem Zug.

9. KAPITEL

Als ich am nächsten Tag zu einer Besprechung nach Stretton Green fuhr, legte Oban zur Begrüßung den Arm um mich und gab mir damit das Gefühl, eher seine Lieblingsnichte zu sein als eine kompetente Beraterin. Dann führte er mich durch das Büro, um mich dem größtenteils neuen Team vorzustellen, das inzwischen im Fall des Kanalmords ermittelte. »Danke für den gestrigen Abend«, sagte er. »Das Essen war köstlich.« Er drehte sich mit einem fragenden Blick zu mir um. »Wann haben Sie und Julie sich, ähm, kennen gelernt?«

»Ich weiß nicht. Vor Jahren. Sie war eine Freundin von Freunden von mir. Ich bin nicht wirklich –«

»Schön«, unterbrach er mich. »Sie beide geben ein gutes, ähm –«

»Hören Sie«, sagte ich rasch. »Ich glaube, ich sollte besser richtig stellen –« Ich unterbrach mich, weil wir gerade durch das Großraumbüro gingen, das ein bisschen so aussah, als hätte dort vor kurzem ein Einbrecher sein Unwesen getrieben – bei den Aktenschränken standen sämtliche Schubladen offen, Akten lagen ausgebreitet auf einem Tisch, Pappkartons waren zur Hälfte mit schmutzigen Tassen gefüllt.

»Wir ziehen um«, erklärte Oban, während er eine Rolle Klebeband aus dem Weg kickte.

»Das habe ich irgendwie mitbekommen.«

»Eine absolute Katastrophe. Sind Sie jemals umgezogen?«

»Ja. Schrecklich.«

Ich blickte mich nach Furth um, konnte ihn zu meiner Erleichterung aber nirgendwo entdecken. Plötzlich ärgerte ich mich über mich selbst. Wieso hatte ich seinetwegen ein schlechtes Gewissen? Ich hatte um das alles nicht gebeten. Wir blieben am Ende des Büros in einer Ecke stehen. Oban winkte mehreren Leuten zu, die über Schreibtische gebeugt saßen. Telefone wurden aufgelegt, Akten geschlossen. Eine kleine Gruppe von Beamten, männlich und weiblich, versammelte sich um uns. Oban räusperte sich.

»Das hier ist Dr. Kit Quinn. Sie arbeitet für die Welbeck-Klinik und das Market-Hill-Hospital für geisteskranke Verbrecher.« Er wandte sich an mich. »Ich werde Sie jetzt nicht jedem Einzelnen vorstellen. Mit den meisten werden Sie sowieso früher oder später zu tun haben.«

»Hallo«, sagte ich und lächelte in die Runde. In diesem Moment kam Furth herein. Er blieb neben der Tür stehen und verschränkte die Arme vor der Brust.

»Aufgrund von Dr. Quinns Gutachten«, fuhr Oban fort, »haben wir Michael Doll laufen lassen.« Diese Feststellung wurde nicht gerade mit einer Runde Applaus begrüßt. Stattdessen hörte man von den weiter hinten Stehenden einige murmeln und mit den Füßen scharren. »Und falls jemand damit ein Problem hat, soll der Betreffende bitte zu mir kommen, dann besprechen wir das. Wenn dieser Fall vor einen Richter gegangen wäre, hätte man ihn uns umgehend wieder vor die Füße geworfen. Ich möchte an dieser Stelle nicht wiederholen, was Guy unter vier Augen von mir zu hören bekommen hat, aber ab jetzt ist altmodische Laufarbeit angesagt, okay? Und gleichzeitig unterstützt ihr bitte Dr. Quinn mit allem, was sie braucht.« Erneutes Gemurmel. Ich spürte, dass nicht alle davon begeistert waren. »Kit, möchten Sie etwas dazu sagen?«

Ich fuhr zusammen. Darauf war ich nicht gefasst gewesen. Ich betrachtete die auf mich gerichteten, leicht missmutigen Gesichter. »Nun ja«, begann ich. Ich hasste es, einen Satz anzufangen, wenn ich noch keinen blassen Schimmer hatte, wie ich ihn fortsetzen würde. »Ich möchte eigentlich nur anmerken, dass ich nicht hier bin, um Ihnen zu sagen, wie Sie Ihren Job machen sollen. Bestenfalls kann ich Ihnen – vielleicht – helfen, indem ich Sie in eine bestimmte Richtung weise und Ihnen Vorschläge unterbreite.«

»Es war Doll«, sagte jemand. Ich konnte nicht sehen, wer.

»Tatsächlich?«, erwiderte ich, weil mir keine bessere Antwort einfiel.

»Ja.«

Inzwischen hatte ich die Stimme aus dem Hintergrund identifiziert. Sie gehörte zu einem großen, hemdsärmeligen Mann, der wie ein Rugbyspieler aussah.

Oban trat vor. »Dann finde handfeste Beweise, Gil.«

»Was, wenn Sie Unrecht hatten?«, fragte der Mann an mich gewandt. »Was, wenn Doll es doch war?«

»Hören Sie, ich habe nie behauptet, dass Doll unschuldig ist. Ich habe nur gesagt, dass es keine Beweise gibt. Ich stelle mir das Ganze so vor: Ich sehe mir an, was Sie haben, und tue dabei so, als hätte ich seinen Namen noch nie gehört.« Jemand murmelte etwas, das ich nicht verstand, ein anderer lachte.

»Das reicht!«, erklärte Oban in scharfem Ton. »Die Besprechung ist beendet. Tut mir Leid, Kit.« Mit einem Ausdruck der Verachtung ließ er den Blick über seine Detectives schweifen.

»Ich würde jetzt gern sagen, dass sie im Grunde kein so übler Haufen sind, aber das wäre gelogen. Zum Glück weiß ich, dass Sie sich selbst behaupten können. Ich lasse Sie jetzt mit Guy allein. In Ordnung?«

»Natürlich«, antwortete ich, obwohl ich es keineswegs in Ordnung fand.

Oban ging. Die anderen schlenderten ohne große Eile davon. Ich drehte mich zu Furth um. »Darf ich Ihnen eine Tasse Tee bringen?«, fragte er vorsichtig.

»Das wäre nett, vielen Dank.«

»Haben Sie schon irgendwelche Ideen?«

»Nein«, antwortete ich ehrlich. »Habe ich nicht. Aber in dieser Phase wären Ideen ohnehin hinderlich. Ich möchte das Material möglichst unvoreingenommen durchsehen. Sozusagen mit einem leeren Kopf.«

Furth verzog die Lippen zu einem schmalen Lächeln. »Ich sehe keinen Grund, Leute mit leerem Kopf anzuheuern, solange wir Gil haben. Außerdem habe ich Ihnen ja schon gesagt, dass es sich hier um einen einfachen Fall handelt.«

»Ach, tatsächlich?«

»Eine Ausreißerin, die tot am Kanal gefunden wurde.«

»Ist das einfach?«

Furth blickte sich achselzuckend um, als wäre es ihm peinlich, von jemandem dabei belauscht zu werden, wie er einer hochnäsigen Klapsdoktorin erklärte, was so offensichtlich auf der Hand lag. »Perverse suchen sich Prostituierte und Ausreißerinnen aus, weil sie leichte Beute sind. Sie schnappen sie sich in der Nähe von Kanälen, weil es dort einsam ist. Keine vorbeifahrenden Autos.«

»Ja, das habe ich alles gelesen.«

»Sind Sie anderer Meinung?«

»Darf ich Ihnen einen Vorschlag machen?«

Furth kniff die Lippen zusammen. Ich glaube, am liebsten hätte er mich aufgefordert, schleunigst aus dem Revier zu verschwinden und nie wieder dort aufzutauchen, aber das durfte er ja nicht. »Dafür bezahlen wir Sie schließlich«, antwortete er.

»Manchmal ist es zu simpel, jemanden einfach mit einem Etikett zu versehen. Vielleicht wäre es hilfreich, wenn Sie Lianne nicht von vornherein als Ausreißerin abstempeln würden. Das hindert Sie nämlich daran, sie als Individuum zu sehen.«

»Sie *war* eine Ausreißerin.«

»Ich weiß. Aber vielleicht war sie auch noch etwas anderes?«

»Sie meinen, eine Prostituierte?« Er begann zu lachen, riss sich aber am Riemen, als er meine Miene sah. Vor meinem geistigen Auge war Furth einen Moment lang als kleiner Junge aufgetaucht, wie er von anderen Jungs herumgeschubst wurde, bis er gelernt hatte, den harten Mann zu spielen.

»Nein, das meine ich nicht. Sie war eine junge Frau. Sie hatte eine Geschichte, eine Vergangenheit, eine Familie, einen Namen.«

»Den wir nicht kennen.«

»Wie alt war sie ungefähr?«

»Sechzehn, siebzehn – vielleicht ein bisschen jünger, vielleicht ein bisschen älter.«

»Woher wissen wir denn überhaupt, dass sie Lianne hieß?«

»Das wissen wir gar nicht. Wir wissen bloß, dass sie sich selbst so genannt hat. Ein Typ namens Pavic, der hier in der Stadt so eine Art Jugendherberge betreibt, hat sie identifiziert.«

»Aber wahrscheinlich ist es nur eine Frage der Zeit, bis Sie herausfinden werden, wer Lianne wirklich war und wo sie herkam.«

»Was veranlasst Sie zu dieser Annahme?« Der Anflug eines Lächelns umspielte seine Lippen.

»Jeder Mensch steht auf irgendeiner Liste, in irgendeinem Computer, irgendeinem Register, nicht wahr?«

»Wissen Sie, wie viele Ausreißer es gibt?«

»Viele, ich weiß.«

»Zehntausende.«

»Ich weiß.«

»Dabei handelt es sich um diejenigen, die tatsächlich als vermisst gemeldet sind. Die wenigstens jemanden haben, der möchte, dass wir sie finden. Aber was ist mit all den anderen wie Lianne, um die sich niemand einen Dreck schert und die einfach eines Tages verschwinden und nie wieder auftauchen? Wie sollen wir die finden, wenn niemand sie vermisst meldet? Das ist wie mit diesen gottverdammten Sammelstellen für verloren gegangenes Gepäck, die es an den Flughäfen gibt. Haben Sie sich das jemals angesehen? Ich schon, in Kairo – ein großes Lagerhaus voller Koffer, die meisten von einer dicken Staubschicht bedeckt oder von Ratten angefressen. Da ist es schwer, eine Tasche wiederzufinden, selbst wenn sie mit einem Aufkleber versehen ist.«

»Lianne ist kein Gepäckstück.«

Er starrte mich an. »Das habe ich auch nicht behauptet. Ich habe sie nur mit einem Gepäckstück *verglichen*.«

»Mir ist daran gelegen, dass wir sie als Mensch sehen, nicht als verloren gegangenes Ding. Nicht bloß als ›die Ausreißerin‹.«

»Und was ist mit dem Kanal? Dürfen wir den so nennen, oder könnte es sich Ihrer Meinung nach auch um einen verkleideten Fluss handeln?«

»Ich wollte damit nur sagen, dass es helfen kann, die Dinge mit neuen Augen zu sehen. Aber vielleicht ist das mehr eine Hilfe für mich als für Sie.«

»Gut«, sagte er in sehr ruhigem Ton. »Wir warten begierig auf Ihre Beiträge. Kann ich Ihnen mit irgendetwas dienen?«

»Hat Ihnen das Oban nicht gesagt?« Ich gab mir große Mühe, Respekt einflößend zu wirken und so zu klingen, als wüsste ich genau, was ich tat. »Ich hätte gern einen ruhigen Raum, und dort möchte ich alles durchsehen, was Sie zu dem Fall haben.«

»Sonst noch was?« Letzteres sagte er ziemlich grimmig.

»Eine Tasse Tee wäre schön. Nur einen Tropfen Milch, bitte. Keinen Zucker.«

Furth führte mich in einen kleinen fensterlosen Raum, der roch, als hätte er vorher der Lagerung zerstörerischer illegaler

Substanzen gedient. In dem Zimmer stand nichts als ein Schreibtisch und ein Plastikstuhl. Innerhalb weniger Minuten traf eine Beamtin mit ein paar Akten ein, die mir ziemlich dünn erschienen. Über Liannes Leben war so gut wie nichts bekannt, und über ihren Tod hatten sie auch nicht gerade viele Informationen zusammengetragen. Ich begann zu lesen. Insgesamt saß ich knapp zwei Stunden in dem Raum. Ich informierte mich über Liannes Stichwunden, las ein paar Zeugenaussagen, betrachtete Fotos, die ihre Leiche am Tatort zeigten, wie sie bleich und mit dem Gesicht nach unten im struppigen Gras hinter ein paar Büschen am Kanal lag, und am Ende dachte ich: Ist das alles?

10. KAPITEL

Im Radio verkündeten sie, es sei der feuchteste Sommer seit 1736. Ich parkte in einer Pfütze und blieb noch eine Minute im Auto sitzen, während der Regen gegen die Windschutzscheibe und auf die Motorhaube trommelte. Ich schloss die Augen, und plötzlich klang das Prasseln für mich wie ein Brüllen. Ich habe mich an den Anblick von Leichen nie gewöhnt.

Die Pathologin wartete bereits auf mich. Alexandra Harris. Wir hatten uns schon früher mal kennen gelernt. Sie sah nicht aus wie eine Pathologin – auch wenn ich gar nicht so genau wusste, wie Pathologen normalerweise aussahen –, sondern eher wie eine alternde Schauspielerin aus den Dreißigerjahren. Der zarte Teint ihres ovalen Gesichts wurde von dunklen Locken umrahmt, was zu ihrem weißen Mantel irgendwie erotisch wirkte. Außerdem hatte sie an diesem Tag etwas Verträumtes, Passives an sich. Vielleicht war sie aber auch nur müde. Sie hatte dunkle Ringe unter den Augen.

»Alexandra«, sagte ich, während wir uns die Hand gaben. »Danke, dass Sie mir Ihre Zeit opfern.«

»Das ist schon in Ordnung. Ist schließlich mein Job. Guy hat gesagt, Sie haben sich die Akten bereits angesehen.«

»Ja. Die Autopsie wurde nicht von Ihnen durchgeführt, oder?«

»Nein, das war Seine Hoheit persönlich. Brian Barrow, meine ich. *Sir* Brian. Heute unterrichtet er. Wonach genau suchen Sie?«

»Ich möchte mir nur einen Eindruck verschaffen.«

»Einen Eindruck?« Sie sah mich skeptisch an, als hielte sie das Ganze plötzlich nicht mehr für eine so gute Idee.

»Ein Gespür für sie«, fügte ich hinzu, weil mir keine bessere Erklärung einfiel. »Für Lianne.«

»Haben Sie schon mal eine Leiche gesehen? Da gibt's nicht viel zu entdecken.«

»Gesehen?«, gab ich zurück. »Ich habe Medizin studiert. Da hatte ich sechs Monate lang eine Leiche ganz für mich allein.«

»Entschuldigen Sie. Soll ich Sie gleich reinführen?«

»Ja, bringen wir's hinter uns.«

Meine Finger schlossen sich um den Griff meiner Aktentasche. Ich wollte Lianne sehen – richtig sehen, nicht nur die schrecklichen Farbfotos studieren und nach Hinweisen suchen. Sie hatte ein kurzes, einsames Leben geführt und schien nun, da sie gestorben war, niemandem zu fehlen. Ich wollte sie berühren, eine Weile neben ihrer Leiche stehen. Alexandra würde das wahrscheinlich nicht verstehen. Ich war mir ja nicht mal sicher, ob ich es selbst verstand.

»Muss ich was anderes anziehen?«, fragte ich.

»Sie meinen, ein Ballkleid?«, gab Alexandra grinsend zurück. »Nein, wir haben hier keine strengen Kleidervorschriften.«

»Tut mir Leid«, sagte ich. »Für mich ist das Ganze ziemlich neu. Ich habe noch nicht gelernt, das alles scherzhaft zu sehen.«

»Möchten Sie, dass ich mit Ihnen rede wie ein Bestatter?«

»Ich möchte Lianne sehen«, antwortete ich in sanftem Tonfall.

Das Lächeln verschwand aus Alexandras Gesicht. Sie wirkte

plötzlich nicht mehr ganz so freundlich. Ich folgte ihr durch zwei Schwingtüren, hörte das Klicken meiner Absätze auf dem Linoleumboden. Wir waren in eine andere Welt eingetaucht, in der alles kalt, still und steril war. Eine Unterwelt, dachte ich. Unter meinen dünnen Sommersachen bekam ich eine Gänsehaut. Ich konnte mein Herz hämmern hören. Wie seltsam – all diese Körper, aber nur zwei schlagende Herzen.

Mir wurde schnell klar, was Alexandra gemeint hatte. Lianne sah aus, als wäre jeder Beweis dafür, dass sie in der chaotischen Welt draußen gelebt hatte, von ihrem Körper gescheuert worden. Sie wirkte extrem sauber. Nicht in dem Sinn sauber, wie man sich fühlt, wenn man sich die Hände gewaschen hat, sondern so, als hätte man gerade ein Waschbecken geschrubbt und davon runzlige, wunde Hände bekommen. Da ich bis jetzt nur Liannes Kopf sehen konnte, war die einzige Spur ihres Lebens, die mir ins Auge fiel, das winzige Loch in ihrem Ohrläppchen. Sir Brian Barrow hatte eine schwierige Aufgabe gehabt. Er hatte knapp über der Schnittwunde um ihren Hals herumgeschnitten. Sein eigener Schnitt war inzwischen wieder zugenäht worden. Die Wunde, die das Messer des Mörders verursacht hatte, war geblieben, aber gereinigt, und ohne Blut wirkte sie wie aus Plastik. Ich war schon des Öfteren bei Operationen dabei gewesen und hatte den strengen Katzenfuttergeruch nach Fleisch und Blut nie wieder richtig aus der Nase bekommen, aber das hier war anders. Nur ein scharfer medizinischer Geruch, der in meinen Nasenlöchern brannte.

Lianne hatte ein rundes Gesicht und Sommersprossen auf der Nase. Ihr Mund war klein und farblos. Ich legte einen Finger an ihre Wange, fühlte das kalte Fleisch, den Tod unter meinen Fingerspitzen, so eisig und hart, dass ich vor Beklemmung nach Luft ringen musste. Sie hatte langes, kupferfarbenes Zottelhaar, das in der Mitte nachlässig gescheitelt war. Als ich mich vorbeugte, konnte ich die gespaltenen Spitzen sehen. Das Haar scheint nach dem Tod noch eine Weile weiterzuwachsen, das weiß jeder. Dasselbe gilt für die Nägel – aber als ich vorsichtig eine Seite des Leichentuchs anhob, um einen Arm freizulegen, sah ich, dass Liannes Fingernägel bis zum Fleisch abgekaut waren. Sie hatte kleine, plumpe Hände. Irgendwie rührten mich diese Hände am meisten. Sie wirkten noch weich, als könnten sie weiterhin die Finger abbiegen und etwas halten. Ich berührte ihre Handfläche, aber sie war ebenfalls hart wie Stein.

Ich holte tief Luft und zog das Tuch so weit weg, dass nur noch ihre Füße bedeckt waren. Ich betrachtete ihren Körper in seiner Gesamtheit, prägte mir den Anblick ein. Sir Brians zweiter langer Schnitt zog sich in einer nicht ganz geraden Linie vom Hals bis zum rötlichen Schamhaar. Um ihren Nabel hatte er einen kleinen Bogen gemacht, wie eine Straße, die an einem historischen Monument vorbeiführt. Die sauber geschlossene Wunde ließ mich in ihrer Ordentlichkeit an eine Nähstunde in einem Hauswirtschaftskurs denken. Ich musste mich auf die relevanten Wunden konzentrieren. Ihr Hals war sauber und effektiv von einer Seite zur anderen durchgeschnitten, aber darüber hinaus hatte sie kleine Stichwunden an den Schultern und am Bauch. Insgesamt waren es siebzehn. Beim ersten Mal verzählte ich mich und musste von neuem anfangen. Ihre hohen, flachen Brüste waren unversehrt, ebenso ihr Genitalbereich. Ich wusste aus dem Autopsiebericht, dass weder ihre Vagina noch ihr Perineum Verletzungen aufwies.

Ich stellte mich noch näher neben Lianne und bemühte mich, sie im Geiste weiterhin so zu nennen. Ihre Arme waren mit einem feinen Flaum überzogen. Am linken Handgelenk hatte sie ein paar tiefe Kratzer – wahrscheinlich von den dornigen Zweigen am Kanal. An ihrem linken Knie entdeckte ich eine alte Narbe. Vielleicht hatte sie es sich als kleines Mädchen mal aufgeschlagen. Ich stellte sie mir mit Zöpfen und Zahnlücken vor, wie sie im Sommer, wenn es nicht regnete, in einem Garten herumlief und von einem glücklichen Leben träumte. Das ist an Kindern so rührend: Sie sind fest davon überzeugt, dass sie ein großartiges Leben führen werden. Wenn man Sechsjährige fragt, was sie werden wollen, wenn sie mal groß sind, dann antworten sie: Pilot, Premierminister, Balletttänzerin, Popstar, Fußballer, Millionär. Ich frage mich, welchen Berufswunsch Lianne wohl gehabt hatte. Was auch immer ihre Träume gewesen sein mochten, jetzt gab es keine mehr. Jetzt lag sie hier – auch wenn es natürlich nicht Lianne war, die vor mir lag, sondern nur ihr unnatürlich bleicher, eisgekühlter Körper. Hier war niemand außer mir, kein Hauch von Leben außer meinem Atem. Noch nie zuvor hatte ich ein solches Gefühl von Einsamkeit verspürt.

Ich zog das Tuch von ihren Füßen und sah, dass ihre Nägel rot lackiert waren. An einigen Stellen war der Lack abgesplittert. Ich berührte die Narbe an ihrem Knie, dann noch einmal ihre Hand mit den Mitleid erregenden abgebissenen Nägeln. Ich hob eine Strähne ihres kupferfarbenen Haars hoch. Sogar ihr Haar fühlte sich tot an. Jede Zelle, jeder Partikel ihres Körpers war zum Stillstand gekommen. Ich spürte plötzlich ganz bewusst, wie das Blut durch meinen Körper pulsierte, die Luft hindurchströmte, die Bilder durch meine Augen fluteten, sich die Haare auf meiner klammen Haut aufstellten.

Genug. Ich zog das Laken wieder über Lianne, achtete darauf, dass es sie völlig bedeckte. Ich wollte etwas sagen, irgendetwas, um die Stille zu durchbrechen, aber mir fiel nichts ein, sodass ich mich stattdessen laut räusperte. Sofort kam Alexandra in den Raum gestürzt. Sie musste direkt vor der Tür gewartet haben.

»Fertig?«

»Ja.«

Lianne lag in einem Schubfach, das Alexandra mit einiger Anstrengung zurückschob wie in einen riesigen Aktenschrank. »Nichts, was Sie nicht auch im Bericht hätten finden können, oder?«, fragte sie mit einer Spur von Schärfe in der Stimme.

»Ich wollte mir die Wunden ansehen«, entgegnete ich.

Nachdem ich wieder in meinen Regenmantel geschlüpft war, griff ich nach meiner Aktentasche und trat in den strömenden

Regen hinaus. Ich sah zum Himmel empor und ließ die Regentropfen wie Tränen über mein Gesicht rinnen.

Ich kehrte in meine fensterlose Kammer auf dem Revier zurück und blätterte Liannes Akte noch einmal durch, obwohl ich sie mittlerweile schon sehr gut kannte. Zuerst überflog ich das Blatt mit den spärlichen Informationen über ihr Leben: junge Frau, unter dem Namen Lianne bekannt, geschätztes Alter zirka siebzehn, allem Anschein nach vor sieben oder acht Monaten im Stadtteil Kersey Town aufgetaucht, für kurze Zeit in einem Jugendhaus abgestiegen, das ein gewisser William Pavic betrieb. Ab da hatte sie – laut ein paar anderen Obdachlosen, die sie dem Polizeibericht zufolge gekannt hatten – auf Parkbänken oder in Hauseingängen geschlafen oder hin und wieder auf dem Fußboden einer Freundin, die besser dran war als sie und es sich leisten konnte, in einer Frühstückspension zu übernachten. Das war alles – nichts über ihren Charakter, ihre Bekanntschaften, ihr Liebesleben. Aus dem Bericht ging nicht hervor, ob sie noch Jungfrau gewesen war oder nicht.

Ich griff nach der Karte, auf der eingezeichnet war, wo man ihre Leiche gefunden hatte. Die Stelle war mit einem X markiert. Dann rief ich Furth an.

»Ich würde mir gern anschauen, wo sie gefunden worden ist«, erklärte ich. »Vielleicht heute Nachmittag, wenn ich mit meiner Arbeit in der Klinik fertig bin. Gegen fünf Uhr, wäre das möglich?«

»Ich werde Gil beauftragen, Sie hinzubringen«, antwortete er. Ich konnte sein Lächeln fast spüren.

»Das ist die Stelle, wo Doll ihr den Garaus gemacht hat«, verkündete er mit einem Seitenblick auf mich. Er trat zurück, um mich vorbeizulassen.

Liannes Leiche war an einem ziemlich steilen Teil der Uferböschung hinter einem Baumstumpf gefunden worden. An der Stelle wuchsen Jakobskraut, Wiesenkerbel und Nesseln, und man konnte an den niedergedrückten und abgebrochenen Stängeln der Pflanzen sehen, wo sie gelegen hatte. Ihr Kopf war mit dem Gesicht nach unten direkt in den grünen Wald aus Unkraut hineingeschoben worden. Ihre Füße, die in kessen rotweiß gestreiften Socken und weißen Pumps gesteckt hatten, waren auf einer zerbrochenen Flasche gelandet. Fetzen von Plastiktüten hingen von den dornigen Zweigen der Büsche und trieben im öligen braunen Wasser dahin. Wo der Treidelpfad am Kanal entlangführte, waren Zigarettenschachteln und alte Kippen in den schlammigen Boden getreten. Direkt vor Liannes Versteck lag ein kleines Plastikpferd. Wahrscheinlich hatte ein Kind es dort fallen lassen. Gleich dahinter sah ich einen verbogenen, vor sich hin rostenden Fahrradreifen.

»Gefunden hat sie ein junger Mann?«

»Ja. Darryl noch was.«

»Pearce.«

»Ja, ein Jogger. Geschieht ihm recht. Haben Sie seine Aussage gelesen? Er hat sie gefunden, als sie gerade starb. Mehr oder weniger. Er ist hier vorbeigetorkelt und hat sie schreien gehört.«

»Aber bis er sie gefunden hatte, war sie bereits tot.«

»Wichser – ich meine natürlich Darryl, nicht Sie. Er hat sich zehn Minuten hier herumgetrieben und überlegt, was er tun soll. Behauptet er zumindest. Wahrscheinlicher ist, dass er sich vor lauter Angst fast in die Hosen gemacht hat. Als er dann endlich wieder Manns genug war, nachzusehen und bei uns anzurufen, war es zu spät. Bis wir eintrafen, war sie längst tot. Wenn er gleich hingegangen wäre, hätte sie ihm noch sagen können, wer es war. Dann hätten wir uns die Ermittlungen gespart.«

»Gehörte er nicht zu den Verdächtigen?«

»Natürlich. Aber er hat die Leiche nicht angefasst. Die gute Lianne hat ausgesehen, als hätte sie jemand von oben bis unten mit Blut besprüht. Der Mörder muss auch voller Blut gewesen sein. Wir haben Darryl genauestens unter die Lupe genommen, seine Haut, seine Klamotten, alles. Keine Spur von Blut.«

»Dann war da noch diese Frau, Mary Gould«, sagte ich, halb zu mir selbst.

»Ja, die nette alte Dame mit dem Brot für die Enten. Sie kam von der anderen Seite der Büsche, aus Richtung der Wohnungen. Sie hat die Leiche gesehen und ist einfach abgehauen. Sie hat erst am nächsten Tag angerufen. Auch keine Kandidatin für die Tapferkeitsmedaille.«

Ich drehte mich wieder zu der Stelle um, wo Lianne gelegen hatte.

»Und dann hat sich ein paar Tage später Doll gemeldet und uns mitgeteilt, dass er in der Gegend herumgeschlichen ist«, fuhr Gil fort. »Auch wenn er nicht genau diese Worte benutzt hat.«

Ich runzelte die Stirn. Gil grinste mich unverschämt an und pfiff dabei durch die Zähne.

Ich versuchte mir die Szene vorzustellen. Als Lianne gefunden wurde, war sie mit einem kurzen roten Lycra-Rock bekleidet gewesen, der bis über die Pobacken hochgerutscht war. Den Slip hatte sie noch an. Sie trug keinen BH, nur ein lila Baumwollshirt. Die Stichwunden waren ihr durch das Shirt zugefügt worden. Am linken Handgelenk befand sich eine jener Armbanduhren, wie man sie manchmal als Werbegeschenk bekommt, und um ihren Hals hing ein billig aussehendes goldfarbenes Medaillon, geformt wie ein gebrochenes Herz, auf dem in schnörkeliger rosafarbener Schrift stand: »Beste ...« Lief irgendwo jemand mit der anderen Hälfte des Herzens und der Aufschrift »... Freundin« herum?

Ich rief Poppy an, meine beste Freundin. Ich hatte das dringende Bedürfnis, mal wieder eine herzliche Stimme zu hören.

»Kit! Wie ist es gelaufen? Deine erste Arbeitswoche nach so langer Zeit?« Im Hintergrund konnte ich Kinder kreischen und schreien hören. Poppy rührte gerade irgendwas um, ein Löffel klirrte.

Erst eine Woche, dachte ich. Vier Tage. »Seltsam«, antwortete ich. »Sehr seltsam.«

»Ich hab schon mal versucht, dich anzurufen, aber da ist eine Frau rangegangen, die ich nicht kannte.«

»Julie. Hast du sie damals nicht kennen gelernt? Ist schon ein paar Jahre her, vielleicht war das vor deiner Zeit. Sie war eine Weile im Ausland.«

»Hat sie dir meine Nachricht nicht ausgerichtet?« Hatte sie nicht. »Wer ist sie? Moment – Megan! Amy! Holt euch eure heiße Milch mit Honig! Entschuldige. Diese Julie …«

»Sie war ziemlich lang unterwegs, auf Reisen rund um die Welt. Im Moment wohnt sie bei mir. Für eine Weile.«

»Oh. Nervt dich das nicht?«

»Eigentlich nicht, zumindest noch nicht.«

»Und es geht dir gut? Ach, du lieber Himmel. Mädels, wischt das bitte auf. Rasch! Holt ein Tuch oder irgendwas, das Zeug läuft sonst durch die ganze Küche!«

»Musst du aufhören?«

»Ich fürchte, ja. Ich ruf dich zurück.«

Ich hatte am Vortag Essen eingekauft, unter anderem frische Pasta, ein Glas Paprika-Chili-Sauce und zwei von diesen abgepackten Salatmischungen, die man nicht mehr zu waschen braucht, aber die Sachen waren verschwunden. Dasselbe galt für das Stück Zitronenkäsekuchen mit Ingwer. Der Kühlschrank war praktisch leer, abgesehen von ein paar Kartons Milch, einer Packung Frischkäse und – ich hob ihn hoch, um absolut sicher zu gehen – einen neuen schwarzen Slip, an dem noch das Preisschild hing.

Ich klopfte bei Julie. Keine Reaktion. Ich schob die Tür auf. Überall lagen Klamotten herum, darunter auch einige von mir. Auf dem Aktenschrank, wo Julie einen Spiegel aus dem Bad aufgestellt hatte, standen Cremedosen und Lippenstifte. Neben ihrem ungemachten Bett lagen meine Hausschuhe.

Ich hatte keine Lust, noch mal einkaufen zu gehen – dazu war ich viel zu müde –, deswegen machte ich mir einen Toast mit Marmelade und eine große Tasse Kakao. Ich nahm die

Hausschuhe wieder in Besitz und schlüpfte in meinen Bademantel. Dann holte ich einen Skizzenblock heraus. Ich saß am Tisch, trank ab und zu einen kleinen Schluck von meiner schäumenden heißen Schokolade und versuchte Lianne zu zeichnen – allerdings nicht ihr Gesicht, nur ihre kleinen, kindlichen Hände mit den abgeknabberten Nägeln. Hände sind sehr schwer zu zeichnen, schwerer als Füße, ja sogar schwieriger als Gesichter. Es ist fast unmöglich, die Proportionen richtig hinzubekommen. Meistens geraten die Finger zu groß und sehen aus wie Bananen, oder der Daumen steht in einem unnatürlichen Winkel ab.

Ich bekam es nicht richtig hin, und nach mehreren Versuchen gab ich auf. Ich war leicht beunruhigt, wusste aber nicht so recht, was mich mehr irritierte: der schwarze Slip in meinem Kühlschrank, der Regen, der gegen mein Fenster klatschte, oder das nagende Gefühl, dass mir irgendwas entging.

11. KAPITEL

Wenn man viel zu tun hat, strömt das Adrenalin von selbst. Statt mich an diesem Morgen in die Badewanne zu legen, bis ich Julie die Wohnung verlassen hörte, sprang ich rasch unter die Dusche und wusch mir das Haar. Ich machte mir nicht die Mühe, es trocken zu föhnen, sondern frottierte es nur schnell und steckte es dann hoch. Dann schlüpfte ich in ein Kleid und Sandalen und trank nebenbei Kaffee. Nachdem ich den Autoschlüssel und einen Apfel in meine Tasche geworfen hatte, gelang es mir, vorbei an Julie, die mit einer großen Tasse Tee am Küchentisch saß und so schläfrig wirkte wie eine Katze an einem sonnigen Plätzchen, hinauszuhuschen. Ich fuhr schnurstracks zur Welbeck-Klinik und parkte meinen Wagen an seinem alten Platz unter der Akazie. Der Morgen war neblig und feucht. Außer einer Putzfrau, die sich mit einem Staubsauger rückwärts durch die Eingangshalle bewegte, war noch niemand da.

In meinem Büro angekommen, zog ich die Tür hinter mir zu und öffnete die Fenster, die auf den kleinen Fleck Garten hinter dem Gebäude hinausgingen. In meinem Ausgangsfach lagen keine Papiere, dafür aber ein kleiner Berg im Eingangskorb. Patienten, mit denen ich Termine vereinbaren sollte, Überweisungen, um die ich mich kümmern musste, Briefe, die darauf warteten, beantwortet zu werden. Außerdem waren Formulare auszufüllen, Zeitungen zu lesen und Einladungen abzusagen. Mein Anrufbeantworter hatte neunundzwanzig Nachrichten für mich aufgezeichnet. Ich schaltete meinen Computer an und fand dort rund ein Dutzend E-Mails vor. Ich hatte mal irgendwo gelesen, dass ein viel beschäftigter Manager teilweise bis zu zweihundert E-Mails pro Tag bekam. Das war so ungerecht. Wieso konnte man die nicht auf die vielen Leute aufteilen, die allein in einem Zimmer saßen und von niemandem Nachrichten bekamen?

Gegen neun war der Berg an Schreibkram schon beträchtlich geschrumpft. Ich hatte Einladungen zu Konferenzen in drei verschiedenen Ländern abgesagt, die Bitten um Terminvereinbarung mit Patienten in Ja-, Nein- und Weiß-noch-nicht-Stapel sortiert und meinen Stundenplan mit befriedigenden kleinen Blöcken zugeteilter Zeit gefüllt. Rund um meinen Schreibtischstuhl lag zerknülltes Papier. Ich hörte, wie die Klinik langsam zum Leben erwachte: In anderen Büros klingelten Telefone, Türen fielen zu, vom Gang drang Stimmengemurmel zu mir herein. Ich ging zum Kaffeeautomaten, der im Erdgeschoss stand, und eilte mit meiner vollen Tasse zurück in mein Büro.

Dort zog ich die Notizen heraus, die ich mir zum Fall Lianne gemacht hatte. Ich starrte auf die Sätze, bis sie vor meinen Augen verschwammen, zu Hieroglyphen wurden. Der einzige Mensch, der mir unter Umständen irgendwie weiterhelfen konnte, war der Leiter des Jugendhauses, in dem sie manchmal übernachtet hatte oder hingegangen war, wenn sie ganz dringend ein heißes Bad, eine warme Mahlzeit oder saubere Klamotten brauchte. Will Pavic hieß der Typ. Einem Impuls folgend, griff ich nach dem Hörer und wählte seine Nummer.

»Ja.« Die Stimme klang kurz angebunden und ungeduldig.

»Könnte ich bitte mit Will Pavic sprechen?«

»Ja.«

Einen Moment lang herrschte Schweigen.

»Sind Sie Will Pavic?«

»Ja.« Diesmal klang die Stimme genervt.

»Guten Morgen. Mein Name ist Quinn, Dr. Quinn, und ich helfe der Polizei –«

»Tut mit Leid, mit der Polizei habe ich nichts zu tun. Das werden Sie unter den gegebenen Umständen sicher verstehen.« Das Gespräch wurde unterbrochen.

»Mistkerl«, murmelte ich.

Ich holte den Apfel aus meiner Tasche und aß ihn langsam, wobei ich nichts als den Stängel übrig ließ. Dann wählte ich meine eigene Nummer.

»Hallo!« Julie machte einen wesentlich lebhafteren Eindruck als zu dem Zeitpunkt, als ich meine Wohnung verlassen hatte.

»Ich bin's, Kit. Ich muss dich was fragen, was mich schon den ganzen Morgen beschäftigt. Wieso liegt in meinem Kühlschrank ein Slip?«

»Ooops!« Julie prustete vor Lachen. »Ich hab in einer Zeitschrift gelesen, dass es bei heißem Wetter ein herrliches Gefühl ist, in einen eisgekühlten Slip zu schlüpfen. Das ist alles.«

»Aber so heiß ist es doch gar nicht.«

»Deswegen liegt er ja noch im Kühlschrank. Ich warte auf die Hitzewelle.«

Das war also geklärt. Ich rief noch einmal bei Will Pavic an.

»Ja.« Gleiche Stimme, gleicher Tonfall.

»Mr. Pavic, hier spricht Kit Quinn, und es wäre nett, wenn Sie sich erst anhören würden, was ich zu sagen habe, bevor Sie wieder auflegen.«

»Ms. Quinn –«

»Doktor.«

»*Dr.* Quinn.« Er brachte es fertig, den Titel wie eine Beleidigung klingen zu lassen. »Ich bin wirklich sehr beschäftigt.«

»Wie ich schon gesagt – oder zu sagen versucht – habe, helfe ich der Polizei bei ihren Ermittlungen im Mordfall Lianne.« Am anderen Ende der Leitung herrschte Schweigen. »Lianne, die tot am Kanal gefunden wurde«, fuhr ich fort.

»Ich weiß, wen Sie meinen, aber ich weiß nicht, wieso Sie von mir Hilfe erwarten.«

»Ich wollte mit Leuten sprechen, die sie gekannt haben. Die mir etwas über ihr Leben erzählen können, über den Umgang, den sie pflegte, ihre Sorgen und Ängste, und ob sie die Sorte Mensch war, die –«

»Auf keinen Fall. Ich werde nicht zulassen, dass die jungen Leute hier von Ihnen oder der Polizei belästigt werden. Die haben auch so schon genug Probleme.«

Ich holte tief Luft. »Und was ist mit Ihnen, Mr. Pavic?«

»Wie meinen Sie das?«

»Kann ich mit Ihnen über sie sprechen?«

»Ich habe nichts zu sagen. Ich kannte Lianne ja kaum.«

»Sie haben sie gut genug gekannt, um ihre Leiche zu identifizieren.«

»Ich wusste, wie sie aussah, das natürlich schon.« Sein Ton klang schroff. Vor meinem geistigen Auge sah ich einen strengen grauen Mann mit einem scharf geschnittenen Gesicht und wachsamen Augen. »Ich nehme aber nicht an, dass Sie über ihr Aussehen diskutieren wollen. Sie wollen wissen, wie es in ihrem *Kopf* ausgesehen hat, stimmt's?« Seine Stimme triefte vor Sarkasmus.

Ich hatte nicht vor, die Beherrschung zu verlieren. Je aufgebrachter er wurde, desto ruhiger fühlte ich mich. »Es wird nicht lange dauern.«

Ich hörte, wie er mit einem Stift nervös auf irgendeiner Unterlage herumtrommelte. »Also gut, was wollen Sie wissen?«

»Kann ich vorbeikommen und persönlich mit Ihnen sprechen?«

Völlig ausgeschlossen, dass ich übers Telefon etwas von ihm erfahren würde.

»Ich habe in knapp einer Stunde eine Besprechung, und danach –«

»Ich bin in einer Viertelstunde bei Ihnen«, unterbrach ich ihn.

»Das ist sehr freundlich von Ihnen, Mr. Pavic, ich weiß das zu schätzen.« Nun war es an mir, rasch aufzulegen. Ich schnappte mir meine Tasche und Jacke und stürmte aus dem Büro, bevor er die Chance hatte, mich zurückzurufen.

Das Tyndale Centre für junge Leute war ein großes, mit seinen Metallfenstern nicht gerade einladend wirkendes Gebäude aus der Vorkriegszeit, eingeklemmt zwischen einem schlampigen Pub und einem der wohl hässlichsten Wohnblöcke Londons – schmutzige graue Betonblöcke und scheußliche kleine Fenster, von denen ein Teil eingeschlagen war. An einer Ecke schlängelte sich ein farbenfrohes Wandgemälde nach oben, Blüten und Ranken, die bis unters Dach reichten. Vielleicht sollte es *Jack and the Beanstalk* darstellen. Etwa zwei Meter über dem Boden war von anderer Hand »Fuck Off« über das Kunstwerk gekrakelt worden. Die Häuser auf der anderen Straßenseite standen offenbar leer, Fenster und Türen waren zugenagelt, die Vorgärten von Unkraut überwuchert. Zwei kahl geschorene Jugendliche kickten auf der Straße einen abgewetzten Tennisball zwischen sich hin und her, hielten aber inne und starrten mich misstrauisch an, als ich mich der Tür näherte.

»Hallo?«

Ich war nicht sicher, ob das Mädchen, das mir die Tür öffnete, eine von den jungen Leuten oder eine Helferin war. Sie hatte violettes Haar, mehrere Stecker in Augenbrauen und Nase und ein liebes Lächeln. Sie trug riesige zottige Hausschuhe. Hinter ihr erstreckte sich eine große Diele, von der mehrere

Gänge abzweigten. Von oben dröhnte Rap-Musik herunter, und man hörte jemanden etwas schreien.

»Ich bin Dr. Quinn und mit Will Pavic verabredet.«

»Verabredet?«, rief ein Mann, der außer Sichtweite war. »Lass sie rein.«

Die Frau trat beiseite. Die Diele war hellgelb gestrichen. In einer Ecke stand ein Blumentopf mit einem spindeldürren Baum, auf einem Tisch an der Wand waren Infoblätter gestapelt, auf einer Couch neben der Treppe lag eine schlafende Katze. Ich sah auf den ersten Blick, dass bei der Einrichtung des Raums ganz bewusst darauf geachtet worden war, möglichst niemanden abzuschrecken, der es durch die Tür geschafft hatte.

Will Pavics Büro war in einem kleinen Raum gegenüber untergebracht. Die Tür stand offen. Er saß an seinem Schreibtisch und starrte mir über seinen Computer hinweg entgegen. Ich schätzte sein Alter zwischen vierzig und fünfzig. Er trug sein Haar genauso kurz wie seine dunklen Bartstoppeln und hatte buschige dunkle Augenbrauen. Im hellen Licht seines Büros wirkte er fast monochrom, ganz schwarz und grau und kantig, wie aus Granit gemeißelt. Sein missmutiger Gesichtsausdruck verhieß nichts Gutes. Als ich durch die Diele auf ihn zuging, stand er zwar auf, blieb aber hinter dem Schutzwall seines übervollen Schreibtisches stehen.

»Hallo«, sagte ich.

Sein Händedruck war fest, aber flüchtig. »Nehmen Sie Platz«, sagte er und nickte zu einem Stuhl in der Ecke hinüber. »Legen Sie die Papiere einfach auf den Boden.«

Ich räusperte mich. Mein nervöses Lächeln wurde von Pavic nicht erwidert. An der Wand hinter ihm war jeder freie Fleck mit gelben Notizzetteln gepflastert. Plötzlich wurde mir bewusst, dass ich gar nicht richtig darüber nachgedacht hatte, was ich ihn eigentlich fragen wollte. »Sie müssen entschuldigen«, sagte ich. »Mir ist noch nicht ganz klar, was das hier eigentlich sein soll. Ein Kinderheim?«

»Nein«, antwortete er.

»Was dann? Eine von der Stadt finanzierte Anstalt?«

»Die städtischen Behörden haben nichts damit zu tun. Der Staat auch nicht, ebenso wenig die Sozialdienste.«

»Wer führt dann dieses Haus?«

»Ich.«

»Ja, aber wem sind Sie Rechenschaft schuldig?«

Er zuckte mit den Achseln.

»Was passiert hier eigentlich?«, wollte ich wissen.

»Das ist ganz einfach«, antwortete er. »In diesem Haus können obdachlose junge Leute für kurze Zeit unterkommen. Wir helfen ihnen ein bisschen, erledigen ein paar Telefonate oder was sonst nötig ist und schicken sie dann wieder weg.«

»Haben Sie Lianne auch wieder weggeschickt?« Bei dieser Frage wurde seine Miene starr. »Hören Sie, ich fange in diesem Fall ganz bei Null an«, erklärte ich und lächelte. Keine Reaktion, wie bei einem Computer, der abgeschaltet worden ist. »Ich möchte so viel wie möglich über Lianne in Erfahrung bringen – damit meine ich nicht, wo sie sich in den Stunden vor ihrem Tod aufgehalten, wer sie zuletzt gesehen hat oder solche Sachen. Das ist Aufgabe der Polizei. Nein, mich interessiert mehr, was für eine Art Mädchen sie war.«

Sein Telefon läutete, aber er ging nicht ran. Das Band sprang an.

»So gut habe ich sie nicht gekannt«, antwortete er.

»Wie lange war sie hier?«

»Sie war nicht hier. Nicht so, wie Sie meinen. Sie hat bloß ab und zu vorbeigeschaut. Sie kannte hier ein paar Leute.«

»Das ergibt doch keinen Sinn. Wenn Sie so wenig mit ihr zu tun hatten, wieso waren Sie dann derjenige, der die Leiche identifizierte? Wie ist die Polizei auf Sie gekommen?«

»Die von der Polizei sind auf mich gekommen, weil sie ein Poster mit ihrem Gesicht aufgehängt haben und daraufhin ein besorgter Bürger anonym angerufen und ihnen mitgeteilt hat, dass das Mädchen gelegentlich im Tyndale war. Dass ich sie identifiziert habe, liegt daran, dass die Polizei außer mir keinen anderen einigermaßen respektablen Menschen auftreiben konnte, der zugeben wollte, sie gekannt zu haben. Aber wir sind hier eben in Kersey Town. Wo Sie herkommen, ist das bestimmt ganz anders.«

»Sie wissen doch gar nicht, wo ich herkomme.«

»Ich kann es mir denken«, erwiderte er, endlich mit dem Anflug eines Lächelns.

»Ich möchte nur wissen, wie sie war, Mr. Pavic. Können Sie mir beispielsweise irgendetwas über ihren sozialen Hintergrund sagen? Oder über ihre Freunde?«

Plötzlich wirkte er genervt, als würde ich ihm mit meinen dummen Fragen auf den Wecker gehen.

»Sie begreifen es einfach nicht«, antwortete er. »Ich möchte über das Leben dieser Menschen nichts wissen. Ich will nicht so tun, als wäre ich ihr Freund. Ich versuche, eine kleine, aber effektive Hilfestellung zu geben, und meist scheitere ich damit. Das ist alles. Junge Leute, die von zu Hause weglaufen, tun das nicht ohne Grund, Dr. Quinn. Glauben Sie, das macht denen Spaß? Lianne hatte wahrscheinlich sehr gute Gründe davonzulaufen.«

»Glauben Sie, sie ist missbraucht worden?« Er gab mir keine Antwort, und ich kam mir taktlos vor, weil ich diese Frage gestellt hatte.

»Sie war einsam«, sagte er abrupt. »Eine einsame, lebenshungrige, verängstigte, zornige junge Frau. Jemand wie Sie würde vielleicht sagen, dass sie auf der Suche nach Liebe war. Reicht Ihnen das?«

»Sie wollen mir nicht helfen?«, entgegnete ich.

Er beugte sich vor. Seine Miene wirkte hart. »Mein Versuch zu helfen ist doch bereits gescheitert«, sagte er. »Mal wieder.«

»Ich –«

»Ich muss jetzt weg. Ich habe einen Termin.«

»Darf ich Sie zur U-Bahn begleiten?«

»Ich fahre mit dem Auto.«

»Dann könnten Sie mich unterwegs an irgendeiner Haltestelle absetzen. Ich habe nur noch zwei, drei Fragen. In welche Richtung fahren Sie?«

»Blackfriars Bridge.«

»Direkt an meiner Haustür vorbei«, erklärte ich. Dass mein Auto bei der Welbeck-Klinik parkte, brauchte er ja nicht zu wissen.

Pavic seufzte demonstrativ. »Na schön.«

Wir traten gemeinsam in die Diele hinaus. Ein auffallend hübsches Mädchen mit langem blondem Haar stürmte herein. *»Ich versuch's doch, verdammt noch mal!«*, schrie sie uns entgegen, ehe sie schluchzend die Treppe hinaufrannte.

»War sie auf Drogen?«, fragte ich, als ich schließlich auf dem Beifahrersitz von Will Pavics rostendem Fiat saß und wir uns durch den Verkehr schlängelten.

»Sonst noch Fragen?«

»Ich war bloß neugierig.«

»Sagen Sie mir, wo ich Sie rauslassen soll.«

»Noch nicht. Warum sind Sie so wütend?«

»Scheint mir eine verständliche Reaktion zu sein.«

»Worauf?«

»Auf alles. Diese ganze Scheiße.« Einen Moment lang ließ er das Lenkrad los. Seine Geste schloss alles mit ein: den Verkehr, unser Gespräch, mich an seiner Seite, wo er doch viel lieber allein gewesen wäre, Liannes Tod, das Leben im Allgemeinen.

Den Rest der Strecke fuhren wir mehr oder weniger schweigend, ich sagte ihm nur noch, wo er abbiegen musste. Er hielt direkt vor meiner Haustür, und ich stieg aus.

»Kit! Hey, Kit – Kit!«

Mir rutschte das Herz in die Hose.

»Hallo, Julie.«

»Was für ein Glück, dass du gerade kommst! Ich habe meinen Schlüssel vergessen.« Sie beugte sich vor und lächelte durch die offene Tür zu Pavic hinein.

»Das ist Will Pavic«, murmelte ich. »Julie Wiseman.«

Sie lehnte sich so weit in den Wagen hinein, dass ihr der Rock fast bis zum Po hochrutschte und ihre Brüste sich durch ihr dünnes T-Shirt drückten. »Hallo, Will Pavic. Kommen Sie noch mit rein?«

»Er hat mich nur mitgenommen. Er ist unterwegs zu einer Besprechung.«

Julie ignorierte mich. »Tee? Kaffee?«

»Nein, vielen Dank.« Seine Stimme klang erstaunlich höflich. Dann lag es also bloß an mir. »Danke fürs Mitnehmen«, sagte ich und kehrte den beiden den Rücken. Ich ließ die Tür für Julie offen und ging nach oben, obwohl ich in ein paar Minuten wieder aufbrechen musste, zurück zur Klinik und zu meinem Wagen. Wenigstens hatte ich nun Zeit für ein kühles Getränk. Ich drehte den Wasserhahn auf, hielt meine Finger darunter. Julie kam die Treppe heraufgestapft.

»Wahnsinn! Er ist *umwerfend*!«

»Findest du?«

»O ja, definitiv mein Typ. Grimmig, wettergegerbt, stark, still. Ich habe ihn zum Abendessen eingeladen.«

Ich fuhr herum. »Du hast *was*?«

»Ich habe ihn zum Abendessen eingeladen.« Sie lächelte triumphierend. Während ich vor Schreck unzusammenhängendes Zeug stammelte, kickte sie grinsend ihre Sandalen in die Ecke. »Es bringt nichts, Däumchen zu drehen und zu warten. Ich bin nicht wie du, Kit. Hast du gewusst, dass man die Menschheit in Pflanzenfresser und Fleischfresser aufteilen kann?«

»Ich –«

»Du bist ein Pflanzenfresser, ich ein Fleischfresser. Und *er* ist auch ein Fleischfresser.«

»Kommt er?«, würgte ich heraus.

»Morgen. Acht Uhr. Ihm ist auf die Schnelle keine passende Ausrede eingefallen.«

»Morgen Abend hab ich schon was vor.«

»Du hast abends nie was vor«, wischte sie meinen Einwand beiseite. »Morgen kannst du jedenfalls nicht weg. Ich hab gesagt, wir hätten ein paar Freunde zum Essen eingeladen, und ihn gefragt, ob er nicht auch Zeit und Lust habe. Also, wen wirst du einladen?«

»Julie…«

»Und was soll ich kochen?«

»Hör zu…«

»Und, noch wichtiger, was soll ich anziehen? Leihst du mir dein rotes Kleid?«

12. KAPITEL

Nachdem ich mit meinem Wagen nach Hause zurückgekehrt war, setzte ich mich mit ein paar Akten ins Wohnzimmer, während Julie, zufrieden mit sich und der Welt, unter die Dusche ging. Sie duschte sehr oft, wobei sie trotz der sommerlichen Jahreszeit gern Weihnachtslieder schmetterte, noch dazu ziemlich falsch. Vielleicht hatte sie sich diese extreme Reinlichkeit auf ihren Reisen im Ausland angewöhnt. Ich musste an die Witze denken, die amerikanische und australische Kollegen über die Engländer gemacht hatten: Meist war es dabei um unordentliche, staubige Häuser, schlechte Zähne und mangelnde Körperpflege gegangen. Wenn man sich in einem englischen Bad verstecken will, wo ist der beste Ort? Unter der Seife. Das hatte ich mal spät abends auf einer Konferenz in Sydney zu hören bekommen.

Ich las ein weiteres Mal den Bericht über den Tatort, sah mir die Fotos an. Ich schloss die Augen und versuchte mir vorzustellen, wie es dort unten am Kanal gewesen war. Irgendetwas irritierte mich. Es war, als würde ich die Hand nach etwas ausstrecken, das außerhalb meiner Reichweite lag. Dieses Gefühl trieb mich fast in den Wahnsinn, aber zugleich empfand ich auch so etwas wie Aufregung. Da bahnte sich was an. Mir lag eine fotokopierte Karte von der Gegend rund um den Tatort vor. Ratlos starrte ich auf sie hinunter. Was war da so irritierend?

Julie kam herein. Ihre Haut schien zu leuchten, fast als würde sie von der Dusche noch dampfen. Sie trug ihre abgeschnittene Jeans, dazu ein winziges T-Shirt, das ihr nicht mal bis zum Nabel reichte, und keinen BH. Für einen BH wäre auch kein Platz mehr gewesen. Sie war mit einer Flasche Weißwein und zwei Gläsern bewaffnet. Wortlos schenkte sie mir ein Glas ein und reichte es mir. Dann ging sie noch einmal in die Küche und kehrte mit einer kleinen Porzellanschale voller Oliven zurück. Sie stellte sie auf den Couchtisch, ließ sich mit angezogenen Knien auf dem Sofa nieder und nahm einen Schluck. Ich folgte ihrem Beispiel. Der Wein war wundervoll kalt. Ich betrachtete Julie. Immer noch braungebrannt, wirkte sie sehr attraktiv und schien sich in ihrer Haut pudelwohl zu fühlen. Ich musste an Oban denken und lächelte. In seinen Augen waren Julie und ich ja so eine Art Paar. Wahrscheinlich fand er, dass ich mit ihr einen ziemlich guten Fang gemacht hatte. Ich sah durchaus die Vorteile, die eine lesbische Beziehung mit sich gebracht hätte. Männer bedeuteten so viel Stress. Ihre grundsätzliche Andersartigkeit, ihre männlichen Utensilien im Bad, einfach alles. Ich nahm einen weiteren Schluck von meinem Wein. Leider gab es nichts, was ich dagegen tun konnte. Es hatte wahrscheinlich mit meiner Erziehung oder den Zwängen der Gesellschaft zu tun, aber ich war nun mal heterosexuell.

»Probier eine Olive«, sagte Julie. »Ich bin heute Nachmittag durch Soho spaziert. Es war großartig, und ich hab diese mit Sardellen und Peperoni gefüllten Oliven gekauft. Es ist, als würde einem ein Pferd ins Gesicht treten. Auf eine angenehme Weise, meine ich.«

Ich schob mir eine in den Mund, und nachdem ich hineingebissen hatte, fühlte es sich tatsächlich an, als hätte jemand meine Zunge angezündet, aber ein weiterer Schluck von dem kühlen Wein löschte die Hitze auf wundervolle Weise. »Klasse«, sagte ich.

»Ich bin herumspaziert und hab ein bisschen nachgedacht. Ich muss drei Dinge finden. Einen Job, eine Wohnung und einen Mann. Deswegen habe ich mir gleich diesen Typen draußen geschnappt. Ist er verheiratet?«

»Keine Ahnung.«

»Oder schwul?«

»Ich bin ihm heute zum ersten Mal begegnet.«

»Wenn er nicht schwul ist, gut aussieht, ein paar Worte aneinander reihen kann und obendrein auch noch zu haben ist, dann muss man unverzüglich handeln.«

»Ich weiß aus Erfahrung, dass es oft einen guten Grund hat, wenn jemand zu haben ist.«

»Du meinst, er könnte krank sein?«

Ich lachte.

»Hör zu, Kit, ich hab das wirklich ernst gemeint. Es ist mir ziemlich unangenehm, dass ich dich so belagere. Ich bin wirklich auf der Suche nach einer Wohnung.«

»Das ist schon in Ordnung.«

»Ich weiß, dass ich dich einenge.«

»Gibt es bei mir im Moment was einzuengen?«, fragte ich. »Nein. Ich weiß, dass ich manchmal ein bisschen gereizt bin, aber wenn ich allein wäre, würde ich wahrscheinlich längst die Wände hochgehen.«

»Ich hab eigentlich gedacht, durch diesen Job würdest du ein bisschen mehr rauskommen. Auf der Suche nach Indizien.«

Ich nahm die Flasche und schenkte Julie und mir nach. »Ich fürchte, in erster Linie suche ich in Akten herum.«

Julie schob sich zwei Oliven in den Mund, bekam einen Hustenanfall und schüttete rasch einen Schluck Wein hinterher. Ihr Gesicht lief knallrot an. »Verdächtigst du schon jemanden?«, stieß sie keuchend hervor.

»Darauf habe ich es erst mal gar nicht abgesehen. Ich versuche, möglichst alles, was mir in die Finger kommt, unvoreingenommen zu durchleuchten und auf diese Weise vielleicht Aufschluss darüber zu bekommen, nach welcher Art von Mensch die Polizei Ausschau halten sollte. Meine Aufgabe ist einfach, die Augen zu öffnen und mir die Dinge ohne Vorurteile anzusehen – ein bisschen wie bei den Rätseln, die man nur durch laterales Denken lösen kann. Antonius und Kleopatra liegen tot nebeneinander, neben sich eine Wasserpfütze und ein paar Glasscherben. Wie sind sie um Leben gekommen?«

»Der Goldfisch war's!«, antwortete Julie wie aus der Pistole geschossen. »Aber was sagst du zu dem Mann, der im Erdgeschoss in den Lift steigt, immer bis in den zehnten Stock fährt und die restlichen Stockwerke zu Fuß geht, während er auf dem Weg nach unten im fünfzehnten Stockwerk einsteigt und ohne anzuhalten runterfährt?«

»Zwerg.«

»Glaubst du, sie werden den Mörder finden?«

»Das hängt ganz davon ab. Wenn er jetzt aufhört, nein, dann glaube ich nicht, dass sie ihn finden werden.«

»Du klingst aber nicht sehr optimistisch.«

»Hast du eine Ahnung, wie viele Morde in einem Jahr begangen werden?«

»Wo? Auf der ganzen Welt?«

Ich lachte. »Nein. In England und Wales.«

»Ich habe keinen blassen Schimmer. Fünftausend?«

»Hundertfünfzig, zweihundert, um diesen Dreh herum. Und mehr als die Hälfte, vielleicht sogar zwei Drittel, werden ganz schnell aufgeklärt. Die meisten Opfer werden von Menschen aus ihrem Bekanntenkreis umgebracht, Ehemännern, Familienmitgliedern. Vor irgendeinem Club kommt es zu einer Schlägerei, ein paar Fußballfans randalieren, ein Einbrecher tötet eine alte Dame, die ihn auf frischer Tat ertappt, als er gerade ihr Haus verlassen will. Die restlichen Täter, denen es bestimmt ist, geschnappt zu werden, gehen der Polizei größtenteils in den berühmten ersten achtundvierzig Stunden ins Netz. Ein Mörder ist dann entweder noch voller Blut, fällt durch sein seltsames Verhalten auf, muss erst noch seine Waffen und Klamotten loswerden, seine Spuren verwischen. Erst viele Tage später, wenn sich die Polizei keinen Rat mehr weiß, kommt man auf die Idee, jemanden wie mich um Hilfe zu bitten. Die vom Mörder entsorgte Tatwaffe ist nicht aufgetaucht, das Blut längst weggewaschen. Falls es Zeugen gibt, denen etwas Verdächtiges aufgefallen ist, haben sie sich bis zu diesem Zeitpunkt bereits gemeldet. Kennst du das Gefühl, wenn du deine Schlüssel verloren hast und in das schreckliche Stadium kommst, in dem du überall dort, wo du schon nachgesehen hast, ein zweites Mal nachsiehst? Genau dieses Stadium hat die Polizei jetzt im Fall Lianne erreicht.«

»Klingt hoffnungslos.«

Ich biss in eine weitere Olive. Wundervoll. »Die von der Polizei lässt das ziemlich kalt. Es gibt keine Verwandten, die sich aufregen, keine Presse, die nach einem Ergebnis verlangt. In gewisser Hinsicht hat das Ganze auch was Gutes: Wenn die Situation hoffnungslos ist, kann es wenigstens nicht noch schlimmer werden.«

»Hast du deswegen mit diesem Typen gesprochen, diesem Will?«

»Ja. Lianne – na ja, es gibt hier in der Gegend eine Menge Mädchen wie sie.«

»Du meinst Prostituierte und Ausreißerinnen.«

»Ich meine junge Frauen, die weder einen festen Wohnsitz noch eine feste Beziehung haben und von Gelegenheitsjobs leben. Und ich glaube, dass Will Pavic sich in dieser Welt recht gut auskennt.«

»Was ist er? Ein Zuhälter?«

»Er führt ein Jugendhaus, das einem Teil dieser Ausreißerinnen hilft.« Ich musste über Julies enttäuschte Miene lächeln. »Tut mir Leid. Er ist weder Anwalt noch Arzt noch Fernsehproduzent. Die von der Polizei verziehen jedes Mal das Gesicht, wenn sein Name fällt. Offenbar halten sie nicht viel von ihm. Wie auch immer, du hast wahrscheinlich mitbekommen, dass er nicht besonders scharf darauf war, mit mir zu kommunizieren, deswegen könnte sich dein Plan, ihn in deine Fänge zu bekommen, als recht nützlich erweisen. Vielleicht fängt er an, mit mir zu reden, während er sich in dich verliebt. Oder hast du was dagegen, wenn ich bei eurem Rendezvous anwesend bin?«

»Um Gottes willen, ohne dich geht es gar nicht! Du musst mir helfen!«

Julie hatte abends eine Verabredung, aber ich blieb sitzen und trank die Flasche Wein aus, während ich Akten studierte, die ich bereits gelesen hatte. Dann nahm ich mir die Karte noch einmal vor und stieß plötzlich eine Art Grunzen aus.

»Das ist es!«, sagte ich laut. Es war kein großer Heureka-Moment. Ich rannte nicht jubelnd im Zimmer herum, aber mir war etwas aufgefallen, das mich irritierte, und das war ja schon mal besser als nichts.

Als ich am nächsten Morgen das Büro von Detective Inspector Furth betrat, sah er mich an, als wäre ich erschienen, um seine Stereoanlage zu beschlagnahmen. »Ja?«, fragte er.

»Mir ist da ein Gedanke gekommen.«

»Gut«, antwortete er forsch. »Deswegen hätten Sie aber nicht extra vorbeizuschauen brauchen. Sie können auch einfach anrufen. Das ist für alle Beteiligten weniger stressig.«

»Meinetwegen brauchen wir keine Gegner zu sein«, erklärte ich.

»Was meinen Sie damit?«, fragte er in unschuldigem Tonfall.

»Nicht so wichtig. Wollen Sie hören, was mir aufgefallen ist?«

»Ich kann's kaum erwarten.«

»Vielleicht möchten Sie noch mal einen Blick auf die Karte werfen«, sagte ich.

»Ich habe meine eigene Karte.«

»Wollen Sie wirklich hören, was ich zu sagen habe?«

»Bitte verraten Sie mir Ihren Geistesblitz, ich platze sonst vor Neugier.«

Ich ließ mich gegenüber Furths Schreibtisch nieder. Der Stuhl war ungewöhnlich niedrig, sodass ich das Gefühl hatte, zu irgendeinem Herrn Vorsitzenden aufzublicken. »Warum am Kanal?«, fragte ich.

»Weil es dort einsam ist.«

»Ja, aber sehen Sie sich die Karte an.« Ich breitete meine Fotokopie auf seinem Schreibtisch aus. »Es gibt am Kanal sehr einsame, abgelegene Stellen, aber dort wurde die Leiche nicht gefunden. Sehen Sie. Lianne wurde gar nicht weit vom Cobbett Estate gefunden.«

»Das ist abgelegen genug«, entgegnete Furth forsch-fröhlich. »Ich kenne die Gegend. Sie ist schlecht beleuchtet, es gibt eine Menge Gebüsch, und nachts ist dort keine Menschenseele unterwegs. Außerdem konnte der Mörder in beide Richtungen entlang des Kanals entkommen oder rasch in eine der nahe gelegenen Straßen verschwinden.«

»Genau das ist mir aufgefallen, als ich mir die Karte angesehen habe. Man kann mit dem Auto fast bis zum Fundort der Leiche fahren. Sehen Sie. Von diesem Parkplatz hier ist es gar nicht weit.«

»Und?«

»Noch was hat mich irritiert. Lianne wurde die Kehle durchgeschnitten. Dabei wurde ihre Hauptschlagader durchtrennt. Ihre Kleidung war blutgetränkt. Ich habe im Bericht nachgesehen, wie viel Blut am Tatort gefunden wurde. Nichts.«

Furth zuckte mit den Achseln.

»Und?«

»Finden Sie das nicht seltsam?«

»Ganz spontan gesagt, eigentlich nicht. Wenn sie rückwärts gezogen wurde, ist das Blut wahrscheinlich nur auf ihr selbst und dem Mörder gelandet. Kleinere Blutflecken auf dem Boden sind vielleicht niemandem aufgefallen. Oder die Leute von der Spurensicherung haben es einfach nicht erwähnt. Wieso auch?«

»Das ist genau der springende Punkt. Was, wenn Lianne gar nicht am Kanal umgebracht worden ist? Was, wenn sie bereits tot war und dort nur abgeladen wurde? Der Mörder hat sich die Stelle ausgesucht, weil man mit dem Auto hinfahren konnte und es dort dunkel und einsam war, wie Sie ganz richtig gesagt haben.«

»Ist das alles?«, fragte Furth in forschem Ton.

»Ja.«

Er stand auf, trat an einen Aktenschrank und öffnete eine Schublade. Er blätterte kurz, zog eine braune Akte heraus, kam wieder zu mir herüber und warf sie vor mir auf den Schreibtisch. Ich griff danach und warf einen Blick darauf.

»Erkennen Sie das wieder?«

»Ja.«

»Die Aussage von Darryl Pearce. Er hat Liannes Leiche gefunden, wenn Sie sich erinnern. Haben Sie vergessen, wie er sie gefunden hat? Nachdem er ein lang gezogenes Stöhnen oder Schreien gehört hatte, stand er erst eine Weile blöd herum, der feige Scheißkerl. Schließlich fasste er sich doch ein Herz, stöberte im Unterholz herum und fand sie. Wie passt das zu Ihrer Argumentation? Hat Ihr Mörder mit seinem Auto eine Halbtote herangekarrt? Wissen Sie, wie lang es dauert, bis ein Mensch nach einer solchen Verletzung stirbt?«

»Darüber habe ich auch nachgedacht«, antwortete ich.

»Warum zum Teufel sind Sie dann hier?«

»Eine der Regeln, an die ich mich zu halten versucht habe, besagt, dass man einem einzelnen Indiz nicht zu große Bedeutung beimessen soll. Weil es nämlich falsch sein könnte. Erinnern Sie sich an die Jagd nach dem Yorkshire Ripper? Da hat die Polizei ungefähr ein Jahr lang in die falsche Richtung ermittelt, weil alle ein gefälschtes Band für echt hielten.«

»Sie halten diese kleine Ratte Darryl Pearce für clever genug, eine falsche Aussage zu machen?«

»Ich habe diese Möglichkeit zumindest in Betracht gezogen und überlegt, ob er vielleicht einen Fehler gemacht oder sich die Geschichte nur ausgedacht haben könnte, um damit von etwas anderem abzulenken, aber ich bin auf keinen grünen Zweig gekommen.«

»Also?«

»Mary Gould.«

»Helfen Sie mir auf die Sprünge.«

»Die Frau, die die Leiche gefunden hat.«

Furth machte eine wegwerfende Handbewegung. »Das war doch die, die zu viel Schiss hatte, uns anzurufen, und sich erst am nächsten Tag gemeldet hat. Die kann man vergessen, die hatte nichts Wichtiges zu sagen.«

»Sie hat Lianne gesehen, in ihrer Aussage aber nicht erwähnt, dass sie zu dem Zeitpunkt noch am Leben war. Wie erklären Sie sich das?«

»Vielleicht hat sie es vergessen. Oder sie hat es gar nicht gemerkt.«

»Es ist ziemlich unwahrscheinlich, nicht zu merken, wenn jemand aus einer Hauptschlagader verblutet.«

»Vielleicht ist sie erst kurz nach Liannes Tod am Tatort eingetroffen.«

Ich sah Furth an. Seine Miene wirkte eine Spur weniger verächtlich, als wäre gegen seinen Willen sein Interesse erwacht. »Bisher«, sagte ich, »sind Sie davon ausgegangen, dass Darryl Pearce, der seiner Aussage zufolge auf dem Treidelpfad entlang des Kanals unterwegs war, plötzlich jemanden stöhnen hörte. Während er noch überlegt, was er tun soll, stirbt Lianne, und Mary Gould trifft von der anderen Seite ein, aus Richtung der Wohnanlagen, wie sie ausgesagt hat. Sie ist zu Tode erschrocken und rennt davon, bevor Darryl erscheint und die inzwischen tote Lianne findet. Da ist ziemlich viel passiert in neunzig Sekunden.«

»Haben Sie einen besseren Vorschlag?«

»Ich habe zumindest eine Alternative. Mary Gould findet die Leiche, schreit auf, läuft davon. Darryl Pearce hört diesen Schrei und nimmt an, dass er von Lianne kam. Mehr fällt mir dazu im Moment auch nicht ein. Die Aussage von Darryl Pearce ist das Einzige, was darauf hindeutet, dass Lianne am Kanal noch am Leben war.«

Furth lehnte sich zurück. »Verdammt«, sagte er nachdenklich.

»Sie verstehen, was ich meine?«

»Darüber muss ich erst mal nachdenken.«

»Eins noch.«

»Was?« Furth blickte an mir vorbei ins Leere.

»Wenn wir uns einig sind, dass der eigentliche Mord nicht an den Kanal gebunden ist –«

»Worüber wir uns noch keineswegs einig sind«, unterbrach mich Furth.

»– dann ist das Entscheidende nicht der Ort, sondern die Art des Mordes. Was bedeuten könnte, dass wir es hier mit einem Killer zu tun haben, der wahllos nach Opfern Ausschau hält. Falls dem tatsächlich so ist, könnte es weitere Fälle geben, die bisher übersehen worden sind. Deswegen wäre es vielleicht sinnvoll, nach Parallelen zu anderen Fällen zu suchen. Was meinen Sie?«

»Ich werde darüber nachdenken«, antwortete Furth.

»Möchten Sie, dass ich mit Oban darüber spreche?«

»Das mache ich schon.«

»Gut«, antwortete ich munter. Nachdem ich Furth auf diese Weise den Vormittag verdorben hatte, verließ ich das Revier mit einem seltsam fröhlichen Gefühl.

13. KAPITEL

Alle Kummerkastentanten sind sich einig, was zu tun ist, wenn man einen unangenehmen Gast zum Abendessen erwartet. Man muss sich mit seinen allerbesten Freunden in Verbindung setzen und ihnen die Situation erklären. Dann lädt man sie ein, verspricht ihnen aber, sie zu entschädigen, indem man sie in naher Zukunft zu einem wirklich schönen Abend einlädt. Ich zog diese Möglichkeit in Betracht, hatte dann aber eine göttliche Eingebung. Ich dachte: So ein Schwachsinn! Warum sollte ich liebe Menschen, an denen mir etwas lag, einen solchen Abend zumuten? Ich hatte ein viel bessere Idee. Irgendwo in meinem Hinterkopf gab es eine kleine Gruppe von Leuten, die dort lauerte wie eine Migräne. Sie waren wie ein Fussel an meinem Mantel, den ich einfach nicht loswurde. Ich schuldete diesen Leuten seit langem eine Einladung, konnte mich aber nie dazu aufraffen.

Da war beispielsweise Francis aus der Welbeck-Klinik. Er hatte mich mal zu einem Abendessen in seiner Wohnung in Maida Vale eingeladen. Es war zu einem schrecklichen Streit gekommen – ich konnte mich nicht mehr erinnern, worum es dabei gegangen war –, ein Gast war vorzeitig aufgebrochen, und Francis hatte sich anschließend vor Verlegenheit betrunken. Als ich Poppy damals von dem Abend erzählte, meinte sie, das klinge doch ziemlich amüsant, aber live war es nicht besonders witzig gewesen. Francis hatte mir danach tagelang nicht in die Augen sehen können und nie wieder von dem Abend gesprochen. Trotzdem hatte ich irgendwie das Gefühl, mich eines Tages in irgendeiner Form revanchieren zu müssen, und dies schien mir eine gute Gelegenheit zu sein, nicht zuletzt deshalb, weil es so kurzfristig war, dass er mit ziemlicher Sicherheit keine Zeit haben würde. Ich rief ihn in der Arbeit an und sagte ihm, dass ich für den nächsten Abend ein paar Leute eingeladen hätte und ob er nicht auch kommen wolle. Großartig, antwortete er. Bis morgen also.

Dann gab es noch Catey. Ich hatte sie an der Uni kennen gelernt, weil ihr damaliger Freund der beste Freund eines Typen war, mit dem ich eine Weile was hatte. Zwischen Catey und mir bestand weiß Gott keine enge Verbindung, und es war auch keineswegs so gewesen, dass wir uns auf Anhieb besonders gut verstanden hatten. Da gab es Dutzende enger Freundinnen, zu denen ich allmählich oder auch plötzlich den Kontakt verloren hatte, aber meine lauwarme Beziehung zu Catey war über die Jahre hinweg durch ein stetes, beharrliches Tröpfeln von Einladungen aufrechterhalten worden. Mal war es ein Abendessen, im Jahr darauf eine Cocktailparty, und ich revanchierte mich mit einer Gegeneinladungsquote von etwa eins zu vier. Auch in Cateys Fall hoffte ich, dass sie keine Zeit haben würde und ich wieder ein, zwei Jahre von meinen Verpflichtungen entbunden wäre. Als ich sie anrief, stellte sich tatsächlich heraus, dass sie am nächsten Abend schon etwas vorhatte, aber dann meinte sie: »Nein, bestimmt kann ich das verschieben.« Sie wolle unbedingt, dass ich Alastair kennen lernte, ihren neuen Freund, mit dem sie so gut wie verlobt sei. Drei Minuten später rief sie mich zurück. Das gehe in Ordnung, sagte sie. Wir sehen uns morgen. Wunderbar, antwortete ich.

Julie bestand darauf zu kochen, und da die ganze bevorstehende Katastrophe auf ihrem Mist gewachsen war, protestierte ich nicht. Als ich kurz vor sieben nach Hause kam, war die Wohnung bereits von köstlichen Düften erfüllt. Das Wohnzimmer war tadellos aufgeräumt, der Tisch gedeckt. Ich ging in die Küche. Auf einer Seite stand eine große Platte, von der ich gar nicht mehr gewusst hatte, dass ich sie besaß. Julie musste in den hintersten Winkeln meiner Schränke herumgestöbert haben. Auf der Platte waren verschiedene Gemüse angerichtet, Tomaten, Auberginen, Zucchini, Zwiebelscheiben.

»Du hast gesagt, es muss nichts Besonderes sein«, erklärte Julie. »Das ist der erste Gang. Mariniertes Gemüse. Dann gibt es Risotto. Die Soße ist schon fertig. Als Nachspeise habe ich Obst und Ricotta vorbereitet.«

»Ich habe Wein besorgt«, antwortete ich matt.

»Dann sind wir fertig.«

»Wie machst du das bloß?«

»Was?«

»Na, das alles! Das ganze Essen, die Tischdekoration, die Gemüseplatte, die aussieht wie aus einer Zeitschrift. Dabei liegen hier gar keine aufgeschlagenen, ölbefleckten Kochbücher herum!«

Julie lachte. »Ich kann gar nicht kochen. Das hier ist nicht Kochen. Ich habe bloß ein bisschen Gemüse gebraten oder gedünstet, ein wenig Olivenöl und einen Schuss Essig darüber gegeben und das Ganze mit ein paar Kräutern bestreut. Was du hier siehst, ist bloß Fastfood.«

»Ja, aber wo hast du gelernt, so was ohne großes Planen und Jammern hinzukriegen und dabei noch dazu kein Chaos anzurichten?«

Sie starrte mich verwirrt an. »Verglichen womit?«, fragte sie. »Du wirst doch wohl nicht das Kochen von ein bisschen Reis damit vergleichen, loszuziehen und sich Leichen anzusehen und sich dann den Kopf darüber zu zerbrechen, wie sie gestorben sind?«

Ich schnitt eine Grimasse. »Das war nun nicht gerade das, woran ich gedacht habe«, antwortete ich lahm.

»Lass uns lieber von deinem Kleid reden«, meinte Julie. »Du hast es dir doch hoffentlich nicht anders überlegt?«

Julie sah in dem Kleid umwerfend aus. Mit ihrem zerzausten Haar, ihrer immer noch sonnengebräunten Haut, dem roten Lippenstift und einem Hauch von Mascara hätte sie besser in eine exotische Bar als Sängerin gepasst, als in meiner Wohnung mit ein paar eher unscheinbaren Freunden zu Abend zu essen.

»Du siehst fantastisch aus«, sagte ich, was sie mit einem Grinsen quittierte, als wäre das alles nur ein Spiel und wir beide kleine Mädchen, die sich zum Spaß mit Erwachsenenklamotten kostümierten. »Da werde ich nicht mithalten können. Ich glaube, ich gehe heute Abend lieber als Aschenputtel.«

»Macht dir das wirklich nichts aus?«, fragte Julie ein wenig bestürzt. »Möchtest du das Kleid doch lieber selbst anziehen? Bestimmt finde ich in meinen Sachen irgendwas anderes.«

Ich schüttelte den Kopf. »Das Kleid gehört dir. Ich glaube nicht, dass es je wieder von mir getragen werden möchte.«

Anschließend probierte ich fünf verschiedene Kleider an. Mir schwebte etwas mit einer raffinierten, subtilen Wirkung vor. Ich wollte einerseits nicht aussehen, als hätte ich mit großem Aufwand den ziemlich erbärmlichen Versuch unternommen, bei einer Einladung, die letztendlich nur ein zwangloses Abendessen war, großen Eindruck zu schinden. Andererseits wollte ich meine Gäste aber auch nicht mit allzu lässiger Kleidung beleidigen. Schließlich entschied ich mich für etwas Schlichtes, Schwarzes, das nicht allzu nobel wirkte, aber auch nicht aussah, als wollte ich zu einem Bauerntanz. Als ich aus dem Schlafzimmer trat, stieß Julie einen Pfiff aus. Ich musste lachen. »Wahnsinn!«, sagte sie. »Du siehst einfach toll aus! Und das nennst du als Aschenputtel gehen?«

Ich stellte mich neben sie und drehte sie in Richtung des großen alten Spiegels an der Wand. Schulter an Schulter musterten wir unser Bild darin mit kritischem Blick. »Wir sind viel zu schön für diese Leute«, sagte ich. »Wir sollten lieber in eine Bar gehen, die so trendy ist, dass ich sie nicht mal dem Namen nach kenne.«

»Ich dachte, das wären deine besten Freunde«, wandte Julie ein.

»Nein, eher Leute, denen ich eine Einladung schulde. Erinnerst du dich an diesen Detective, Oban?«

»Klar.«

»Er hält uns für Lesben.«

»Was?«

»Ich bin mir ziemlich sicher.«

Julie kicherte einen Moment, dann zog sie nachdenklich die Stirn kraus. »Wie kommt er darauf? Haben wir uns irgendwie so verhalten?«

»Ich glaube, es lag hauptsächlich daran, dass wir zusammen wohnen, du fürs Kochen zuständig bist und so. Auf ihn hat das wohl wie ein gemütliches Liebesnest gewirkt.«

»Das ihn wahrscheinlich ziemlich anmacht.«

»Kann schon sein.«

Sie wandte sich wieder dem Spiegel zu. »Die Vorstellung ist durchaus reizvoll«, meinte sie nachdenklich. »Bloß, dass es bei mir einfach immer Männer waren. Ich weiß auch nicht, warum.«

Es klingelte. Ich warf einen Blick auf die Uhr. Eine Minute vor acht. »Wissen die denn nicht, dass acht neun bedeutet?«, sagte ich, während ich zur Tür ging. Es war Catey, begleitet von Alastair, der schüchtern hinter ihr stand. Catey trug ein hübsches grünes Kleid, Alastair Anzug und Krawatte. Er sah aus, als käme er gerade von der Arbeit. Nachdem sie mich auf beide Wangen geküsst hatten, überreichten sie mir eine Flasche Prosecco und einen großen Blumenstrauß.

»Ich habe schon so viel von dir gehört«, erklärte Alastair.

Was, hätte ich am liebsten geantwortet, könntest du schon von mir gehört haben? Stattdessen lächelte ich nur.

»Wir haben uns so viel zu erzählen«, meine Catey und stürmte die Treppe hinauf.

Mit ein wenig Improvisation reichte das, was wir uns zu erzählen hatten, gerade mal aus, um die acht Minuten zu überbrücken, bis Francis eintraf. Er trug ein weißes Hemd ohne Krawatte und einen Anzug, der so schrecklich aussah – als wäre er aus irgendeinem Trevira-Ersatzstoff geschneidert, den man eine Woche draußen im Garten gelassen und dann nicht gebügelt hatte –, dass mir sofort klar war, dass er bestimmt mehr gekostet hatte als mein Auto. Er überreichte mir eine Flasche Champagner. Neugierig blickte er sich im Wohnzimmer um. »Das ist ein aufregender Moment für mich«, erklärte er. »Dies ist also die Wohnung, in die Kit nie jemanden reinlässt.«

Catey und Alastair sahen sich mit neuem Interesse um. Es war wie einer jener Momente in der National Gallery, nachdem man ein Gemälde im Vorbeigehen fünf Sekunden lang betrachtet hat, dann einen Blick in seinen Führer wirft und feststellt, dass es sich um das wichtigste deutsche Gemälde aus dem fünfzehnten Jahrhundert handelt, woraufhin man betroffen kehrtmacht und zu sich selbst sagt: »Wenn ich mir's recht überlege …« Ich warf Julie einen schnellen Blick zu, mit dem ich ihr zumindest ansatzweise zu verstehen gab, dass dies genau genommen bloß die Wohnung war, in die ich Catey oder Francis nicht hineinließ.

»Ihr kennt euch alle noch nicht«, erklärte ich. »Das ist Julie, die zur Zeit bei mir wohnt und die heute Abend gekocht und, na ja, eigentlich alles gemacht hat. Und das hier ist Francis, der mit mir in der Klinik arbeitet. Und das Catey, ähm, eine alte Freundin von mir, und ihr Freund Alastair.«

»Alastair arbeitet in der City«, warf Catey ein. »Was er da genau macht, ist mir natürlich völlig schleierhaft. Habt ihr das gewusst? Ich habe kürzlich im Radio gehört, dass sechzig Prozent der Leute keine Ahnung haben, womit sich ihr Partner in der Arbeit beschäftigt. Ach, übrigens, Kit, was ist denn mit dem Typen passiert, mit dem du, du weißt schon…«

Ich war versucht zu sagen, nein, ich weiß nicht, antwortete dann aber brav, dass wir nicht mehr zusammen seien und seitdem Funkstille herrsche. Francis öffnete den Champagner und schenkte sich ein Glas ein. Dann begann er im Raum herumzuwandern und die Möbel, Bilder und Bücher unter die Lupe zu nehmen, als wolle er eine psychologische Analyse von mir erstellen, was er natürlich auch tat. Ich musste bei seinem Anblick an die Sommertage denken, an denen sich eine große dicke Hummel durch ein Fenster in die Wohnung verirrte und brummend herumflog, bis es mir gelang, sie mit Hilfe einer Zeitschrift wieder nach draußen zu befördern. Catey sprach inzwischen darüber, was für eine interessante Gegend das doch sei und wie clever es von mir gewesen war, mich früh genug hier niederzulassen.

Nachdem Francis seine inoffizielle Besichtigungstour beendet hatte, setzte er sich zwischen mich und Julie aufs Sofa. »Wie gefällt's dir denn wieder in der Arbeit?«, fragte er und beendete damit das Gespräch über den Londoner Wohnungsmarkt.

»Das ist eine schwierige Frage«, antwortete ich.

»Du machst immer noch dasselbe, oder?«, fragte Catey munter.

»Na ja…«

»Vorhin im Taxi habe ich Alastair erzählt, was du tust. Ich bin auf das Thema gekommen, weil ich mich gefragt habe, ob du vielleicht etwas über diesen schrecklichen Mord weißt, der kürzlich passiert ist.«

Verblüfft starrte ich sie an. Wie um alles in der Welt konnte Catey – die meines Wissens immer noch in einer Galerie arbeitete – von meiner Verbindung mit dem Lianne-Mord gehört haben?

»Welchen Mord?«

»Den in Hampstead Heath. Die Mutter, die mit ihrer Tochter am Spielplatz war, von einem Moment auf den anderen spurlos verschwand und später tot aufgefunden wurde. Philippa Burton.«

»Nein, damit habe ich nichts zu tun.«

»Es ist wie bei Lady Di. Die Leute legen an der Straße, die nicht weit vom Tatort entlangführt, Blumen nieder. Das Blütenmeer erstreckt sich schon über mehr als hundert Meter. Jemand hat ein Buch hingelegt, in das man sich einschreiben kann. Ali und ich sind hinmarschiert, um uns das Ganze anzusehen. Es ist wirklich außergewöhnlich. Der Verkehr kommt zum Erliegen, überall sieht man Polizisten, und die Leute stehen Schlange. Die Frauen haben teilweise geweint, manche Männer ihre Kinder auf die Schultern gehoben, damit sie auch etwas sehen konnten. Warum machen die Leute so was?«

»Wie denkst du darüber, Francis? Als Fachmann, meine ich.«

Er sah mich bestürzt an. »Das ist natürlich nicht so ganz mein Ressort. Vielleicht glauben die Leute, dass ein Ort, an dem etwas passiert ist, egal, ob etwas Gutes oder Schlechtes, eine besondere Energie ausstrahlt. Wie Hitze. Die Leute gehen hin, um etwas von dieser Energie abzubekommen.«

»Außerdem ist es aufregend«, fügte ich hinzu. »Die Leute wollen möglichst nah ran, um das Gefühl zu haben, an dem ganzen Drama beteiligt zu sein.«

»Bestimmt nehmen viele wirklich Anteil«, meldete sich Julie zu Wort. »Die Leute waren bestürzt, als sie davon hörten, und wollen das auch zeigen. Da ist nichts Schlimmes dran, oder?«

»Nein«, antwortete ich und sah zu Catey hinüber. »Der

Mord, an dem ich arbeite, ist an einem Ort passiert, wo niemand Blumen niederlegt.«

»Warum?«

Ich zuckte mit den Achseln. »Das Opfer war eine Obdachlose. Ihre Leiche ist unten am Kanal gefunden worden. Ich glaube nicht, dass an ihrem Tod jemand Anteil genommen hat.«

»Das ist traurig«, sagte Catey, verfolgte das Thema aber nicht weiter.

Nachdem Will Pavic um zehn nach neun noch immer nicht erschienen war, beschloss ich, mit dem Essen nicht länger zu warten. Auf Julies Drängen hin ließen wir den Platz neben ihr frei, falls er doch noch auftauchen sollte. Das mit Olivenöl marinierte Gemüse und das exotische Brot, das Julie irgendwo erstanden hatte, schmeckten ganz ausgezeichnet. Es war wie in einem Nobelrestaurant, nur mit dem zusätzlichen Vorteil, auf seinen eigenen Stühlen sitzen zu können. Das Risotto hatte noch einen wundervollen Biss und war mit Sauerampfer gewürzt, den ich immer für ein Unkraut gehalten hatte. Catey war ungemein beeindruckt. Das Lob, das Julie für ihre Kochkünste einheimste, schien irgendwie auch mir zu gelten, als wäre ich der Impresario der ganzen Veranstaltung.

Wir waren mit dem Hauptgang fast fertig, als es klingelte. Will stand in Jeans, einem blauen Hemd und Turnschuhen vor der Tür, eine Jacke unter dem Arm. Plötzlich fühlte ich mich overdressed, was absolut lächerlich war. Schließlich war er derjenige, der ein schlechtes Gewissen haben sollte. »Ich hatte einen schlimmen Tag«, erklärte er. »Ich hätte anrufen und absagen sollen, aber ich hatte Ihre Nummer nicht.«

»Sie steht im Telefonbuch«, antwortete ich knapp. »Obwohl, ich weiß gar nicht, ob sie da noch steht, aber Sie hätten sie bestimmt irgendwie in Erfahrung bringen können. Kommen Sie rein. Leider haben wir mit dem Essen schon angefangen.«

Er folgte mir nach oben. Im helleren Licht meines Wohnzimmers wirkte er müde und abgespannt. Ich stellte ihn den Leuten am Tisch vor, die plötzlich einen etwas belämmerten Eindruck machten, als hätten wir sie bei einer heimlichen Nascherei ertappt. Julie stand mit einem charmanten Lächeln auf, schüttelte seine Hand, ließ sie nicht mehr los und führte ihn an seinen Platz neben ihr. Im Vorbeigehen warf er seine Jacke aufs Sofa.

»Sie werden sich ganz schön ins Zeug legen müssen, um uns einzuholen«, sagte Julie. »Haben Sie was dagegen, wenn ich Ihnen von allem was auf den Teller tue?« Er schüttelte lächelnd den Kopf. »Rot oder weiß?«

»Egal.«

Während der nächsten Minuten aß er ruhig vor sich hin, wobei er hin und wieder in die Runde blickte, sich ansonsten aber hauptsächlich auf sein Essen konzentrierte.

»Vielleicht sollten wir versuchen, Will über den Stand der Gespräche in Kenntnis zu setzen«, schlug Julie vor. »Wie in einer Seifenoper. Wir haben über diese Wohngegend hier gesprochen. Ich habe meine üblichen Geschichten über meine Reisen durch die Welt vom Stapel gelassen. Sie kennen das alles noch nicht, Will, ich werd's Ihnen später erzählen. Und Catey und Alastair haben sich die Stelle angesehen, wo in Hampstead Heath jemand ermordet worden ist, und sich ins Erinnerungsbuch eingeschrieben ...«

»Das haben wir gar nicht –«

»... und Alastair hat gerade über seine Arbeit in der City gesprochen.«

Pavic wandte sich an Alastair. »Wo arbeiten Sie denn?«

»Cheapside, gleich um die Ecke.«

»Für welche Firma?«

Alastair sah ihn verblüfft an.

»Hamble's.«

»Pierre Dyson.«

»Ja, stimmt«, antwortete Alastair. »Ich meine, ich kenne ihn nicht persönlich, aber ja, er ist der Chef. Kennen Sie ihn?«

»Ja.«

Beide Männer schwiegen einen Moment. »Entschuldigen Sie«, sagte Alastair dann. »Wie war noch mal Ihr Name?«

»Will Pavic«, antwortete ich.

»Warten Sie, warten Sie! Ich erinnere mich. Wahl Baker, stimmt's?«

Will machte inzwischen einen etwas verlegenen Eindruck. »Ja, stimmt.«

»Es ist mir eine Ehre, Sie kennen zu lernen, Will. Ich habe schon so viel von Ihnen gehört.«

»Du meinst, von dem Jugendhaus?«, mischte ich mich ein.

»Nein, nein«, entgegnete Alastair in verächtlichem Ton. »Ich möchte deinen Gast nicht in Verlegenheit bringen, aber er hat zehn Jahre lang den Wahl-Baker-Fonds geleitet. Legendäre Jahre. Fantastisch.«

»So fantastisch war das gar nicht«, gab Will gelassen zurück.

»Da bin ich anderer Meinung«, widersprach Alastair.

»Ich wusste gar nicht, dass Sie in der City gearbeitet haben«, sagte ich.

»Tu ich ja auch nicht mehr«, antwortete Will. Dann schwieg er, und das Gespräch entwickelte sich in eine andere Richtung.

Während des restlichen Essens warf ich immer mal wieder einen verstohlenen Blick zu Julie und Pavic hinüber. Ich bekam Bruchstücke ihrer Unterhaltung mit, erst ging es um irgendwas in Mexiko, dann um etwas anderes in Thailand. Seine Antworten waren knapp, und ich konnte nicht verstehen, was er sagte.

Nach dem Essen zogen wir mit einer Tasse Kaffee oder Tee aufs Sofa um. Catey trank einen Kräutertee, der ziemlich medizinisch roch. Will bestand darauf, vorher noch rasch den Tisch abzuräumen, und so kam es, dass wir uns allein in der Küche wieder fanden.

»Nicht so ganz Ihre Art Leute, nehme ich an«, sagte ich.

Er lächelte nicht. »Was wissen Sie schon über meine Art Leute? Die vier scheinen mir ganz in Ordnung zu sein.«

»Ich habe damit auch mich gemeint.«

Nun musste er doch lächeln, wenn auch ein wenig sarkastisch, wie mir schien.

»Aber Julie ist nett, nicht wahr?«, bemerkte ich pflichtschuldig.

»Ja, sie scheint wirklich recht nett zu sein.«

Einen Moment lang schwiegen wir beide. »Ich kann gar nicht glauben, dass Sie Ihren Job in der City mit diesem Jugendhaus in Kersey Town vertauscht haben«, sagte ich dann.

»Sie kennen das Leben in der City?«, erwiderte er.

»Ich kenne Kersey Town.«

»Zum damaligen Zeitpunkt hielt ich es für eine gute Idee.«

»Und inzwischen?«

Er öffnete den Mund, klappte ihn aber gleich wieder zu. Offenbar hatte er es sich anders überlegt. »Sie müssen entschuldigen«, erklärte er. »Ich glaube, das ist ein zu großes Thema für diese Küche und diesen Abend.«

»Dann bin ich wohl diejenige, die sich entschuldigen sollte«, entgegnete ich. »Übrigens habe ich mit jemandem gesprochen, der Sie kennt.«

In seinen Augen flackerte eine Spur von Interesse auf. »Ach, ja?«

»Ein Detective namens Furth. Er arbeitet an dem Lianne-Fall. Kennen Sie ihn?«

»Ja.«

»Er hat mich vor Ihnen gewarnt.«

»Das sieht ihm ähnlich.«

»Ich mag ihn auch nicht.«

Vorsichtig stapelte Will die Teller neben dem Spülbecken und wandte sich dann zu mir um. »Ich weiß nicht, was Sie wollen, Kit, aber es ist mir egal, was Sie über die Polizei oder sonst jemanden denken.«

Das war's. Ich warf mein Handtuch auf den Küchentisch und trat einen kämpferischen Schritt auf ihn zu. »Wieso, zum Teufel, sind Sie dann überhaupt gekommen? Erst sind Sie schon zu spät, und dann lümmeln Sie wie ein Teenager mit mürrischer Miene in der Ecke und geben sarkastische Kommentare von sich. Sie bilden sich ein, etwas Besseres zu sein als ich, stimmt's?«

Will schob stirnrunzelnd die Hände in die Hosentaschen. »Ich bin gekommen, weil mich Ihre Freundin mit ihrer Einladung so überrascht hat, dass ich gar nicht wusste, wie mir geschah. Und dass ich zu spät gekommen bin, tut mir Leid. Wie gesagt, ich hatte einen schlimmen Tag.«

»Ich hatte auch einen schlimmen Tag.«

»Ich werde jetzt nicht mit Ihnen streiten, wer den schlimmeren Tag hatte.«

»Ich bin nicht Ihr Feind«, erklärte ich.

»Nein?« Er verließ die Küche. Ich folgte ihm, sodass wir fast gemeinsam das Wohnzimmer betraten. Ich war puterrot im Gesicht und sehr wütend. Wie er aussah, weiß ich nicht.

»Wir haben gerade festgestellt«, sagte Catey, »wie erstaunlich es doch ist, dass Sie Ihren fantastischen Job aufgegeben haben, um stattdessen in diesem Jugendhaus zu arbeiten.«

Ich befürchtete schon, dass er zu Catey genauso ekelhaft sein würde wie eben in der Küche zu mir, aber sein Gesichtsausdruck wirkte fast gütig. »So erstaunlich war das gar nicht«, antwortete er. Dann wandte er sich an Alastair. »Warum geben Sie Ihren schönen Job nicht auf?«

Alastair starrte ihn verblüfft an. »Na ja, weil, ich weiß nicht recht… Ich nehme an, weil ich es nicht will.«

Will breitete die Hände aus. »Ich *wollte* es. Das ist alles.«

Julie kam – nein, sie schwebte, wenn es überhaupt ein Wort dafür gibt – mit einer Tasse Kaffee auf ihn zu und reichte sie ihm. »Warum sind Sie zu Kit so aggressiv?«, wollte sie wissen.

Er zuckte zusammen und sah fast verstohlen zu mir herüber. »Aggressiv?«, fragte er. »Vielleicht bin ich überempfindlich. Als ich mit dem Jugendhaus anfing, habe ich mir von den Leuten Hilfe erwartet, unter anderem von der Polizei, von Sozialarbeitern. Aber da kam nichts. Inzwischen will ich nur noch, dass sie uns in Ruhe lassen. Deswegen fauche ich die Leute manchmal ein bisschen an.«

»Ich will doch nur helfen.« Ich hörte selbst, wie erbärmlich meine Worte klangen.

»Sie kommen zu spät«, antwortete er. »Sie ist tot. Ich bin auch zu spät gekommen.« Er lächelte traurig. »Sehen Sie, da haben wir wenigstens eins gemeinsam.« Nach einem ersten vorsichtigen Schluck von seinem Kaffee stürzte er gleich die ganze Tasse hinunter. »Sie müssen entschuldigen«, sagte er. »Ich gehe jetzt wohl lieber.«

»Nein«, widersprach ich. »Nicht meinetwegen.«

»Es ist nicht Ihretwegen. Ich bin zurzeit nur nicht in der Verfassung für Geselligkeit.«

Er verabschiedete sich recht manierlich von allen und machte Julie ein Kompliment wegen des Essens. Sie begleitete ihn hinaus. Als sie zurückkam, murmelte sie mir zu: »Die Suche geht weiter!« Ich schaffte es, mit einem prustenden Lachen zu reagieren, war aber in Wirklichkeit ziemlich erschüttert und zog mich unter dem Vorwand, für Kaffeenachschub zu sorgen, in die Küche zurück, wo ich den ganzen Abwasch erledigte. Als ich mit der Kaffeekanne ins Wohnzimmer zurückkehrte, sah ich, dass mein Plan, mich bei diesen Leuten zu rächen, nicht so ganz funktioniert hatte. Francis sprach gerade über sich selbst, Julie über den Anblick des Taj Mahal in der Abenddämmerung, Catey über Alastair, und Alastair saß mit bescheidener Miene daneben. Ich musste nichts weiter tun als Kaffee nachschenken und meinen eigenen trinken.

Als sie nach einer halben Ewigkeit aufbrachen, wurden Unheil verkündende Rufe laut, dass wir uns bald wieder sehen müssten, und Francis und Alastair tauschten auf der Treppe sogar ihre Telefonnummern aus – eine Albtraumvision. Was, wenn all die Leute, die mir einzeln schon Magenschmerzen bereiteten, sich nun verbündeten, um mir noch schwerer im Magen zu liegen?

Endlich waren Julie und ich allein. Ich zog ein Gesicht. »Tut mir Leid, dass ich dir das angetan habe«, sagte ich.

»Wieso denn?«, antwortete sie. »Ich fand sie nett. Und sie finden dich nett. Du liegst ihnen allen am Herzen – du hast Glück, so viele Freunde zu haben.« Einen kurzen Moment lang klang sie fast neidisch. »Ich sollte mich bei dir entschuldigen. Mein Pavic-Plan hat nicht funktioniert.«

»Ist doch egal. Der Plan war okay, Pavic selbst ist das Problem.« Lächelnd griff sie nach ihrem Glas und leerte es. Dann legte sie mir eine Hand auf die Wange und küsste mich ganz leicht auf den Mund. »Falls ich jemals zur Lesbe mutiere«, erklärte sie, »wirst du die Erste sein, bei der ich einen Annäherungsversuch mache. Gute Nacht.«

14. KAPITEL

In einem Punkt hatte ich Recht gehabt – das Stöhnen *war* von der Zeugin gekommen, oder zumindest *ein* Stöhnen. Ein Polizeibeamter rief Mary Gould an, und sie sagte, sie sei sich nicht sicher, doch, ja, es sei schon möglich, dass sie aufgeschrien habe, als sie das arme Mädchen sah, doch, je länger sie darüber nachdenke, ja, jetzt sei sie sicher, sie habe tatsächlich aufgeschrien. Sie bekomme deswegen doch keine Schwierigkeiten, oder?

Die Annahme, Lianne sei am Kanal getötet worden, war also falsch gewesen.

»Was bedeutet«, sagte ich zu Furth, »dass kein Grund besteht, Doll mehr zu verdächtigen als jeden anderen. Stimmt's?«

»Lady«, antwortete er und reckte mir das Gesicht entgegen, sodass ich die gelben Flecken an seinen Zähnen sehen konnte, die Bartakne an seinem Hals, die feinen Linien um seinen Mund, »das ist doch alles Zeitverschwendung! Sie ist am Kanal ermordet worden, und zwar von Doll.«

»Trotzdem wäre es die Mühe wert, sich andere Mordfälle anzusehen, meinen Sie nicht?«

»Das haben wir schon getan. Gil und Sandra haben heute Vormittag vier Stunden damit zugebracht, die ungeklärten Londoner Mordfälle der letzten sechs Monate durchzugehen, sind aber auf keine Parallelen gestoßen. So viel zu Ihrer Theorie. Tut mir Leid. Wir können Ihnen nur diese eine Leiche bieten, keine spektakulären Serienmorde.«

»Wonach haben Sie im Einzelnen gesucht?«, fragte ich.

»Wie Sie wissen, sind wir ausgebildete Kriminalbeamte. Nach Ähnlichkeiten im Hinblick auf Tötungsart, Opfer, Tatort. All diese Dinge. Da war nichts. Keine Stadtstreicherinnen, keine verstümmelten Leichen, keine vergleichbaren Tatorte. Nichts. Null Komma nichts.«

»Kann ich mir die Fälle auch mal ansehen?«

Er rieb sich seufzend die Augen. »Sie sollen uns helfen und nicht bei der Arbeit behindern. Was erwarten Sie sich davon?«

»Ich betrachte die Dinge aus einer anderen Perspektive«, antwortete ich sanft.

Er zuckte müde mit den Achseln. »Wenn Sie gern Ihre Zeit verschwenden, bitte, das ist Ihre Sache.«

»Es sind also viele?«

»Um die dreißig, es sei denn, Sie wollen Ihre Suche auf die Bronx ausweiten.«

»Wie kann ich Einblick in die Fälle bekommen?«

»Wir werden einen Beamten bitten, seine Jagd auf Verbrecher einzustellen, dann können Sie an den freien PC.«

»Wann?«

Er warf einen Blick auf seine Uhr und murmelte etwas, das ich nicht verstand. Dann antwortete er: »In einer halben Stunde oder so.«

»Danke.«

»Darf ich Sie was fragen?« Sein Ton klang jetzt ernster.

»Was?«

»Sind Sie immer sicher, dass Sie Recht haben?«

Ich blinzelte ihn an, spürte leichte Panik in mir aufsteigen. »Sie täuschen sich«, erwiderte ich. »Ich bin niemals sicher. Das ist genau der Punkt.«

Bei dreizehn der ungeklärten Mordfälle handelte es sich um junge Männer, die spät nachts oder in den frühen Morgenstunden getötet worden waren, vor Nachtklubs, Pubs, nach Fußballspielen oder Partys. Ich überflog ihre Akten: zu Tode geprügelt, erstochen, mit einer zerbrochenen Flasche am Kopf verletzt. In zwölf der dreizehn Fälle hatten die Opfer große Mengen Alkohol konsumiert. Der dreizehnte war ein neunzehnjähriger Schwarzer, den man mit zerschmettertem Schädel unter seinem Fahrrad gefunden hatte. Überfahren. Möglicherweise ein Unfall, unter Umständen ein ausländerfeindlicher Übergriff.

Zwei Prostituierte, von denen die eine tot in ihrem kleinen Zimmer über einer Kebabbude gefunden worden war. Die Besitzer hatten sich gewundert, wo der Geruch herkam. Die zweite war auf einem Stück Ödland in Summertown zu Tode geprügelt worden. Nicht weit weg von Lianne. Bei ihr zögerte ich kurz: Jade Brett, zweiundzwanzig, HIV-positiv, keine Angehörigen. Wahrscheinlich nicht, aber ich machte mir eine Notiz. Des Weiteren waren unter den Toten mehrere Obdachlose, Alkoholiker mit ruinierter Leber, die tot neben Parkbänken oder in den Ladeneingängen gefunden worden waren, wo sie üblicherweise schliefen. Es lagen auch mehrere ungeklärte Morde an Kindern vor, wobei die Polizei ihre Ermittlungen in allen Fällen, von einer Ausnahme abgesehen, auf Familienmitglieder und Bekannte konzentrierte. Für den Lianne-Fall waren sie ohnehin nicht relevant.

Dann gab es da natürlich noch Philippa Burton, zweiunddreißig, Mittelklasse, respektabel, inzwischen berühmt wegen ihrer Ermordung. Ihr Name war der einzige, den ich kannte. Die anderen waren den Zeitungen nicht mehr als ein paar Zeilen auf Seite fünf wert. Ich sah mir die Einzelheiten ihres Falls an. Wie ich bereits wusste, war sie in Hampstead Heath von dem Spielplatz verschwunden, auf dem ihre kleine Tochter gespielt hatte, und mehrere Stunden später am abgelegenen, wilden Ende des Heidegebiets entdeckt worden, wo sie mit dem Gesicht nach unten zwischen Bäumen und Büschen lag. Sie war mit einem Stein, den man wenige Meter von ihr entfernt fand, mehrere Male auf den Kopf geschlagen worden. Außerdem hatte sie einen Schnitt an der linken Wange und leichte Blutergüsse an den Handgelenken. Sie war nicht vergewaltigt worden. Es gab keinerlei Anzeichen dafür, dass es sich um einen Sexualmord handelte.

Ich rieb mir die Augen und starrte auf den Bildschirm. Dann griff ich nach dem Telefon und tippte Furths Durchwahl.

»Ich würde mir gern die Leiche von Philippa Burton ansehen. Und ihre komplette Akte.«

»Was?«

Es war kein »Was haben Sie gesagt?«, sondern ein »Was, zum Teufel, faseln Sie da eigentlich?«

»Kann ich?«

»Warum?«, wiederholte er schwer atmend.

»Weil ich es möchte.«

»Wollen Sie uns verarschen, Doktor? Hat das alles vielleicht etwas mit Ihrer Arbeit in der Klinik zu tun?«

»Mir ist klar, dass –«

»Wollen Sie wissen, was ich denke?«

»Was?«

»Sie haben ein Problem. Seit Dolls Attacke. Andere Leute haben das auch schon festgestellt.«

»Warum haben Sie mich dann zu Rate gezogen?«

»Das frage ich mich schon die ganze Zeit.«

»Fakt ist, dass ich hier bin. Kann ich die Leiche sehen?«

»Nur weil es für Sie interessant wäre? Vergessen Sie's!«

Mit diesen Worten legte er einfach auf. Ich starrte ein paar Sekunden auf den Computerbildschirm, dann griff ich erneut nach dem Haustelefon und bat darum, mit Oban verbunden zu werden.

»Kann ich kurz mit Ihnen reden?«

»Klar. Jetzt gleich?«

»Ja, bitte.«

»In Ordnung.«

Oban hatte die Hände aneinander gelegt und sah mich über seine Fingerspitzen hinweg ruhig an. Seine Augen schienen mir heller denn je. Er ließ sich ein paar Sekunden Zeit, ehe er antwortete. »Ich verstehe nicht so recht, wonach Sie suchen, Kit.«

Ich schwieg – es gab auch nicht viel zu sagen, weil ich es ja selbst nicht wusste, und das Gefühl, dass ich mich höchstwahrscheinlich lächerlich machte, zur Freude des ganzen Polizeireviers, wurde immer stärker.

»Sie haben davon gesprochen, nicht von falschen Annahmen auszugehen. Nun gehen Sie selbst von der Annahme aus, dass Liannes Mörder noch jemand anderen umgebracht hat. Warum? Sie glauben, es könnte eine Verbindung zum Fall Pippa Burton geben. Warum? Das müssen Sie mir schon erklären, Kit.« Gegen seinen sanften, höflichen Ton kam ich viel schwerer an als gegen Furths grobe Art.

»Ich bin keineswegs der Meinung, dass ich von derartigen Annahmen ausgehe«, entgegnete ich. »Ich sage doch nur, dass wir, wenn Lianne nicht am Kanal ermordet worden ist – und es gibt keinen Grund, das noch länger zu glauben –, Möglichkeiten in Betracht ziehen müssen, die wir vorher vielleicht übersehen haben.«

Oban bewies sehr viel Geduld mit mir. »Gesetzt den Fall, Sie haben Recht. Ignorieren wir mal die Tatsache, dass Furths Team die Akten bereits durchgesehen hat. Warum Pippa Burton? Ich sehe da keinerlei Parallelen, nur Unterschiede.« Er begann sie an den Fingern abzuzählen: »Die Opfer unterscheiden sich, ebenso die Mordarten, die Fundorte der Leichen, die Stadtteile, in der die Fundorte liegen. Außerdem sollten Sie bedenken, dass es hier auch um interne Politik geht. Sie haben bei uns was gut. Wir hatten ziemliche Schuldgefühle wegen des Unfalls, Sie wissen schon. Bestimmt wollen Sie diesen Bonus nicht ganz verspielen.«

Wieder gab ich keine Antwort. Es gelang mir, seinem Blick standzuhalten.

»Also gut«, meinte er schließlich seufzend. »Sehen Sie sich die Leiche an.«

»Danke.«

»Der Fall liegt natürlich nicht in unserem Zuständigkeitsbereich, aber das dürfte kein Problem sein. Ich werde dafür sorgen, dass Furth es für Sie arrangiert – auch wenn er darüber nicht glücklich sein wird. Ich weiß, dass er ein Idiot ist, aber er hat ebenfalls ein gutes Gespür. Er liegt damit nicht immer daneben.« Er musterte mich prüfend, ohne zu lächeln.

»Na ja…« Ich brachte ein Lachen zustande, das mehr wie ein Schluchzen klang.

»Warum ist dieser Fall für Sie so wichtig, Kit?«

Ich zuckte mit den Achseln. »Ich versuche nur, gründlich zu sein.«

»Wie ich höre, haben Sie mit Will Pavic gesprochen.«

»Woher wissen Sie das?«

»Ein recht dubioser Typ. Wissen Sie, dass er früher ein großes Tier in der City war?«

»Ich habe so was läuten hören.«

»Ich kenne auch nicht alle Einzelheiten, aber er hatte eine Art Zusammenbruch und warf alles hin. Danach hat er versucht, die Mutter Teresa von Nord-London zu werden.«

»Das klingt doch recht gut.«

»So einfach ist das nicht. Der Typ hat den Boden unter den Füßen verloren.« Wieder musterte er mich mit prüfendem Blick. »Der Polizei gegenüber ist er auch nicht gerade freundlich gesinnt.«

»Das scheint auf Gegenseitigkeit zu beruhen«, gab ich trocken zurück.

»Wir haben nur versucht, ihn dazu zu bringen, die Gesetze zu befolgen wie alle anderen. Lassen Sie sich von seinem Charme nicht täuschen.«

Endlich etwas, das mich zum Lächeln brachte. Ich musste an unser Abendessen denken, an Pavics Stoppelkopf und die Verachtung in seinen Augen. »Keine Angst, da besteht keine Gefahr.«

Oban hatte Recht. Furth hatte Recht. Warum war ich dann nicht ihrer Meinung? Ich starrte wieder auf Philippa Burtons Körper, einen schlanken, glatten Körper mit runden Hüften, hohen Brüsten und leichten Dehnungsstreifen am Bauch, wahrscheinlich von der Geburt ihrer Tochter. Die Hände waren schmal und anmutig, die manikürten Fingernägel perlmuttrosa lackiert, passend zu den Zehennägeln. Ihr Körper war unversehrt, abgesehen von den Blutergüssen rund um ihre zarten Handgelenke. Sie lag da wie eine schöne Statue, in die Falten eines Lakens drapiert, aber der Kopf, der zu diesem glatten Torso gehörte, war auf der linken Seite zertrümmert. Ihr goldblondes Haar war mit dunklem Blut verklebt.

Ich verspürte nicht den Wunsch, sie zu berühren oder länger neben ihrem Körper zu verharren. Sie besaß einen Mann und eine Tochter, die um sie trauerten, sowie Dutzende schockierter Freunde. Dazu kam eine Menge Fremder, die in ihre Vorstellung von dieser Frau verliebt war. Die Zeitungen hatten Artikel über sie gebracht, Politiker Schlange gestanden, um dieser vorbildlichen Mutter Tribut zu zollen, die so brutal von einem teuflischen Monster aus dem Leben gerissen worden war. Und wir dürfen nicht ruhen, bis er gefasst ist, und so weiter. Tausende von Menschen hatten an dem Ort, wo man ihre Leiche gefunden hatte, Berge von Blumen und Plüschtieren niedergelegt. Hunderte würden zu ihrer Beerdigung kommen. Wildfremde Menschen würden Blumen schicken. Trotzdem konnte ich mich nicht losreißen, musste sie weiter anstarren, weil ich so ein seltsames Gefühl hatte, wie ein Jucken, das sich nicht wegkratzen ließ. Sie war mit dem Gesicht nach unten gefunden worden, genau wie Lianne. Sogar ich wusste, dass das nicht ausreichte, um die beiden Fälle miteinander in Verbindung zu bringen. Trotzdem wurde ich das Gefühl nicht los, dass sich da ein Bezug herstellen ließ. Wenn es mir nur endlich gelänge, mit einem anderen Blickwinkel an die Sache heranzugehen.

Ich verließ die Leichenhalle und entschloss mich zu einem Spaziergang über die Heide. Obwohl es nicht regnete, war es ein trister, grauer Tag. Das Gras fühlte sich nass an, und auch von den Bäumen tropfte ständig Wasser herunter. Es waren nicht viele Leute unterwegs, bloß ein paar Jogger und Hundebesitzer, die Stöcke ins moorige Unterholz warfen. Ich marschierte schnellen Schritts dahin, vorbei am Spielplatz und an den Teichen, den Hügel hinauf, wo die Leute an sonnigen Tagen Drachen steigen ließen. Ich hatte kein richtiges Ziel, ging einfach nur im Kreis herum, während die Gedanken in meinem Kopf ebenfalls ziellos kreisten.

15. KAPITEL

Eine Gruppe von Detectives misstraute mir bereits. Nun musste ich mich mit einem zweiten Team herumschlagen. Zumindest gehörte es zum selben Revier – was angesichts der Meinung, die man von mir hatte, gar nicht so gut war. Oban war trotz seiner Bedenken nett, sprach mit dem Leiter der im Mordfall Philippa Burton ermittelnden Einsatzgruppe und sagte freundliche Dinge über mich, was dazu führte, dass ich binnen eines Tages Detective Chief Inspector Vic Renborn gegenübersaß. Er war ein großer, kahlköpfiger Mann, der nur noch einen ganz kleinen Rest rötlichen Haars über den Ohren und am Hinterkopf hatte. Mit seinem leuchtend roten Gesicht bot er einen beängstigenden Anblick. Ich konnte mir vorstellen, dass Ärzte Wetten darüber abschlossen, ob ihn zuerst der Herzinfarkt oder der Schlaganfall ereilen würde. Beim Reden keuchte er leicht, als wäre der anstrengende Akt, mir die Türe zu öffnen, bereits zu viel für ihn gewesen.

»Oban sagt, Sie interessieren sich für Philippa«, begann er, als würde er beiläufig von einer Freundin nebenan sprechen.

»Ja.«

»Alle interessieren sich für Philippa.«

»Ich weiß.«

»Ich habe uniformierte Beamte im Einsatz, die rund um die Stelle, wo sie gefunden wurde, den Verkehr regeln und die Menschenmassen in Zaum halten. Wir waren gezwungen, Ampeln aufzustellen und einen provisorischen Parkplatz anzulegen. Die Leute kommen aus dem ganzen Land angereist und legen Botschaften und Blumen nieder. Eben hatte ich einen kanadischen Gerichtsmediziner am Telefon. Er hält sich zur Zeit in London auf, um für ein Buch zu werben, und hat uns seine Dienste angeboten. Genau wie ein Astronom. Ist das korrekt?« Er blickte fragend zu einer Beamtin hinüber, die mit einem Laptop in der Ecke saß.

»Ein Astrologe, Sir.«

»Ein Astrologe. Und ein paar Leute mit übersinnlicher Wahrnehmung. Eine Frau hat letzten Monat von dem Mord geträumt. Eine andere hat behauptet, den Mörder identifizieren zu können, wenn wir ihr ein Stück blutgetränkte Kleidung geben. Die von der Presse schnüffeln überall herum. Hier geht's zu wie im Tollhaus. Ich kann mich wirklich glücklich schätzen. Alle wollen mir helfen. Dabei habe ich noch rein gar nichts in der Hand. Und zu allem Überfluss zieht noch mein Büro um, sodass ich nicht mal einen Ort habe, an dem ich mich verstecken kann. Sind Sie hier, um mir zu helfen?«

»Ich habe mit diesem Fall im Grunde nichts zu tun.«

»Wahrscheinlich sollte ich jetzt erleichtert sein. Oban sagt, Sie unterstützen ihn bei den Ermittlungen im Fall einer Stadtstreicherin, die tot am Kanal gefunden wurde.«

»Das stimmt«, antwortete ich. »Ihretwegen haben sich keine Leute mit übersinnlicher Wahrnehmung gemeldet. Um sie schert sich keiner.«

»Was wollen Sie mit Philippa Burton?«

»Das weiß ich selbst noch nicht so genau.«

»Hängt es damit zusammen, dass es sich um einen spektakulären Fall handelt?«

»Wie meinen Sie das?«

»Ich wollte Sie nur darüber informieren, dass ich bereits einen psychologischen Berater habe. Seb Weller – kennen Sie ihn?«

»Ja.«

»Ein fähiger Mann?«

Ich zögerte einen Moment. »Ich bin nicht hier, um mit ihm zu konkurrieren«, antwortete ich diplomatisch.

»Unser Problem ist, dass wir nur eine Zeugin haben, und die ist erst drei Jahre alt.«

»Hat sie was gesagt?«

»Jede Menge. Sie mag Erdbeereis, *Der König der Löwen* und kleine Plüschtiere. Sie verabscheut Avocados und laute Geräusche. Wir haben eine Kinderpsychologin engagiert, die ihre Zeit damit verbringt, Sandkuchen mit der Kleinen zu backen oder irgendwas in der Art. Eine Frau namens Westwood. Kennen Sie sie?«

»Ja, ich kenne Dr. Westwood.« Mein Herz begann unangenehm hektisch zu schlagen. Ich hatte keine Lust, Renborn zu verraten, dass Bella Westwood sogar meine Lehrerin gewesen war. Wir hatten sie alle verehrt – eine junge, beeindruckende und intelligente Frau, die oft mit süffisanter Miene auf ihrem Pult saß und ihre schlanken Beine baumeln ließ, während sie unterrichtete –, und es würde mir immer schwer fallen, sie als mir gleichgestellt zu betrachten. Einmal Lehrerin, immer Lehrerin. Wenn ich siebzig und sie achtzig wäre, würde sie immer noch die Frau sein, die mir an den Rand meiner Seminararbeit geschrieben hatte: »Hüten Sie sich davor, Instinkt und Hypothese zu verwechseln, Katherine.« Jetzt war ich im Begriff, mich in ihre Welt zu drängen, womöglich sogar ihr Urteil in Zweifel zu ziehen.

»Also, was wollen Sie?«, fragte Renborn.

»Ich würde gern mit dem Ehemann reden. Vielleicht auch mit dem Kind, falls das möglich ist.«

Er runzelte die Stirn. »Ich persönlich wüsste nicht, was dagegen sprechen sollte. Aber wegen des Mädchens müssten Sie sich an Dr. Westwood wenden. Ich weiß nicht, ob Sie sie in ihre Nähe lassen wird. Es gibt komplizierte Regeln, was man zu ihr sagen darf und was nicht. Ich verstehe davon sowieso nichts.«

»Kein Problem«, antwortete ich. »Fragen Sie Dr. Westwood. Mal sehen, was sie sagt.«

»In Ordnung«, antwortete Renborn. »Wir geben Ihnen dann Bescheid.«

»Ich warte.«

Renborn stieß einen Grunzlaut aus. »Meinetwegen«, sagte er. »Wenn Sie so freundlich wären, einen Moment hinauszugehen, dann rufe ich sie gleich an.«

Mir blieb kaum genug Zeit, einen Schluck Wasser aus dem Kühlapparat auf dem Gang zu trinken. Renborn wirkte verblüfft und nicht gerade erfreut, als er aus seinem Büro kam. »Kennen Sie Dr. Westwood?«, fragte er mich wieder.

»Ist schon eine Weile her«, antwortete ich ausweichend.

»Hmm«, meinte er. »Ich war sicher, dass Sie Ihnen eine Abfuhr erteilen würde. Hat sie bisher bei allen anderen gemacht. Sie haben bei ihr wohl einen Stein im Brett?« Letzteres sagte er mit einer leicht ironischen Miene.

»Dann geht das also in Ordnung?«

»Sie wird heute Nachmittag mit Ihnen hinfahren.«

»Vielen Dank.« Im Geist änderte ich bereits meinen Zeitplan für den Tag.

»Hören Sie«, fügte er hinzu, »ich habe keinen blassen Schimmer, was Sie im Schilde führen, aber wenn Sie auf irgendwas stoßen, dann sagen Sie es bitte zuallererst mir. Ich wäre sehr enttäuscht, wenn ich es auf der Titelseite der *Daily Mail* lesen müsste.«

»Ich möchte nur helfen«, antwortete ich. Noch während ich es sagte, wurde mir bewusst, dass ich dieselben Worte auch bei Pavic verwendet hatte. Mein neuer Slogan. Klang ziemlich melancholisch.

»Na, bitte«, stellte Renborn in traurigem Tonfall fest. »Nun reden Sie wieder wie ein Astronom.«

»Astrologe«, korrigierte ihn die Beamtin.

»Ich wollte Sie nur testen.«

»Wie geht es Ihnen, Kit?«, fragte Bella, während sie mich mit einem mitfühlenden Blick musterte. Ich konnte mich daran erinnern, dass sie mir Blumen ins Krankenhaus geschickt hatte und dazu eine Karte mit einer Zeichnung von einer Frau, die sich vorbeugte und ihr langes Haar bürstete. Bellas Handschrift war kühn und schwungvoll. Ich hatte die Blumen behalten, bis sie ganz verwelkt waren. Es war mir immer wichtig gewesen, dass Bella gut von mir dachte. Man brauchte kein Psychologe zu sein, um zu wissen, dass sie und Rosa meine Mutterfiguren waren, in meinen Augen sowohl für Autorität als auch für Trost standen.

»Besser, glaube ich.«

Wir standen mit Bellas zerbeulter alter Kiste im Stau, sodass sie sich zu mir umdrehen konnte, ohne unser Leben aufs Spiel zu setzen. Sie hatte ein schmales Gesicht, mittlerweile Krähenfüße um die Augen, winzige Fältchen über der Oberlippe und graue Strähnen in ihrer üppigen braunen Lockenmähne. Sie war auf eine raffinierte Art gekleidet. In ihrer dunklen Hose und dem hellbraunen Pulli besaß sie Schick und strahlte eine gewisse Professionalität, aber auch Lässigkeit aus, ohne gleich abschreckend zu wirken.

»Danke, dass Sie mich mit Emily reden lassen.«

»Ich würde es nicht tun, wenn ich der Meinung wäre, dass Sie sich ihr gegenüber ungeschickt verhalten könnten – muss aber sagen, dass ich nicht weiß, worauf Sie eigentlich hinauswollen.« Als ich zu einer Antwort ansetzte, brachte sie mich mit einer Handbewegung zum Schweigen. »Ich habe grundsätzlich nichts dagegen einzuwenden, solange Sie das Kind nicht verwirren oder stressen, was Sie aber bestimmt nicht tun werden, da bin ich mir sicher.« In diesem Satz schwang eine Warnung mit. Sie brauchte nicht explizit zu werden. »Mein Job besteht einzig und allein darin, mit Emily zu sprechen und ihr, falls nötig,

Hilfe anzubieten. Die polizeilichen Ermittlungen fallen nicht in meinen Zuständigkeitsbereich.« Und in Ihren auch nicht. Diesen Zusatz brauchte sie gar nicht laut hinzuzufügen.

»Wie sind Sie bisher vorgegangen?«

»Ich habe sie gefragt, woran sie sich erinnert.«

»Einfach so.«

»Warum nicht? Ich weiß, was Sie jetzt denken – dass das zu einfach klingt und wenig Erfolg verheißt. Letztes Jahr musste ich mich um einen vierjährigen Jungen kümmern, der sich in der Wohnung befand, als seine Mutter vergewaltigt und anschließend ermordet wurde. Er hatte acht Stunden allein mit ihrer Leiche verbracht und ein so schlimmes Trauma erlitten, dass er kaum mehr sprechen konnte. Erinnern Sie sich an den Fall?« Ich nickte. »Da standen wir vor dem Problem, Damien zu heilen und gleichzeitig herauszufinden, was er gesehen hatte. Ein sehr komplexer Fall, der eine Menge indirekter Strategien erforderte. Spiele, Zeichnungen, Geschichten, Sie kennen das ja. Emily dagegen ist von ihrer Mutter lediglich am Spielplatz zurückgelassen worden. Sie hat kein Trauma, keine offenkundigen Seelenqualen. Meine Fragen haben sie nicht irritiert, und allem Anschein nach gab es in ihrem Fall auch nichts zu erinnern. Sie spielte mit den anderen Mädchen, und dann war ihre Mutter plötzlich nicht mehr da. Das war der Teil, der ihr Kummer bereitet hat, aber vom eigentlichen Verschwinden ihrer Mutter oder ihrer Entführung oder was auch immer es war, scheint sie nichts mitbekommen zu haben.«

»Dreijährige sind nicht sehr gut darin, auf direkte Fragen zu antworten.«

Bella lachte.

»Keine Sorge«, meinte sie. »Ich habe mit ihr gespielt. Ich habe sie im Umgang mit ihren Freundinnen beobachtet, beim Spielen mit ihren Beanie Babies. Manchmal, so frustrierend das auch sein mag, müssen wir uns eingestehen, dass unsere ganze Sensibilität und alle cleveren Tricks nichts bringen, wenn es nichts zu entdecken gibt.«

Wir fuhren durch Hampstead, bis wir ganz oben auf dem Hügel waren, und dann auf der anderen Seite wieder hinunter, durch eine wohlhabende Gegend, die ich noch nicht kannte. Bella bog in eine ruhige Straße ein und parkte vor einem Haus. »Emily und ihr Vater sind bei Philippas Mutter untergeschlüpft. Sie selbst wohnen nicht weit entfernt. Wenn ich richtig informiert bin, soll das möglichst nicht publik werden.«

»Geht die Polizei davon aus, dass sie in Gefahr sind?«

»Es ist hauptsächlich wegen der Presse, glaube ich.«

Bella blieb noch einen Moment im Wagen sitzen. Ich blickte zu dem großen Haus hinüber. »Philippas Mutter muss ziemlich reich sein«, stellte ich fest, obwohl das offensichtlich war.

»Sehr«, antwortete Bella. Sie trommelte mit den Fingern auf dem Lenkrad herum. »Hören Sie, Kit, haben Sie irgendwelche Informationen, die diesen Fall betreffen?«

»Ich weiß es nicht.«

Bella musterte mich mit einem Anflug von Besorgnis. Sie versuchte sich einen Reim auf mein Verhalten zu machen. Konnte es sein, dass ich verrückt geworden war? Mit angespannter Miene öffnete sie die Tür.

Ich sprach mit Jeremy Burton in dem schönen Garten hinter dem Haus seiner Schwiegermutter, wo sich rundum gepflegte Blumenbeete und weicher Rasen erstreckten. Bella hatte mich vage als Mitarbeiterin vorgestellt und es dabei belassen. Ich wusste, dass er für eine Art Softwarefirma arbeitete. Wenn ich richtig informiert war, gehörte ihm sogar ein Großteil davon. Er war achtunddreißig, sah aber älter aus. Sein Haar war bereits grau, sein Gesicht wirkte angespannt, seine Augen waren blutunterlaufen. »Gibt es irgendwelche neuen Erkenntnisse?«, fragte er mich.

»Tut mir Leid«, antwortete ich. »Darüber weiß ich nicht Bescheid, da muss ich Sie an die Polizei verweisen.«

»Die einzigen Polizisten, die ich zu sehen bekomme, sind uniformierte Beamte. Bestimmt schleicht hier irgendwo einer herum. Die wissen aber nichts. Ich fühle mich … ich tappe völlig im Dunkeln.« Er rieb sich das Gesicht.

»Ich glaube nicht, dass sie große Fortschritte gemacht haben.«

»Sie werden ihn nicht erwischen«, erklärte er.

»Wieso sagen Sie das?«

»Heißt es das nicht immer? Wenn sie den Mörder nicht gleich finden, dann finden sie ihn meist gar nicht?«

»Es wird zumindest schwieriger«, räumte ich ein.

»Also, was kann ich für Sie tun?«, wechselte er das Thema.

»Das mit Ihrer Frau tut mir ausgesprochen Leid.«

»Danke.« Er blinzelte, als hätte er etwas im Auge.

»Es muss ein Schock gewesen sein. Wo waren Sie, als Sie davon erfuhren?«

»Ich habe das alles schon so viele Male gesagt, dass es mir gar nicht mehr wie die Wahrheit vorkommt.« Er schwieg einen Moment und brachte dann ein trauriges Lächeln zustande. »Sie müssen entschuldigen, ich stehe im Moment einfach völlig neben mir. Ich war zu Hause. Normalerweise arbeite ich mindestens einen Tag pro Woche von zu Hause aus.«

»Hatte Philippa Kummer? Verzeihen Sie, ist es überhaupt in Ordnung, wenn ich sie Philippa nenne? Es erscheint mir seltsam, auf diese Weise über jemanden zu sprechen, den man gar nicht gekannt hat, aber wenn ich sie Mrs. Burton nenne, komme ich mir vor wie eine Finanzbeamtin.«

»Vielen Dank.«

»Wofür?«

»Dafür, dass Sie fragen. In den Zeitungen nennen sie meine Frau Pippa, müssen Sie wissen. Dabei ist sie in ihrem ganzen Leben nie Pippa genannt worden. Ich habe sie manchmal Phil genannt. Jetzt ist es die Tragödie von Pippa – Pippa dies, Pippa das. Ich glaube, sie benutzen diese Abkürzung nur, weil sie besser in eine Schlagzeile passt. Philippa hat zu viele Buchstaben.« Seufzend fuhr er sich mit einer Hand durchs Haar. »Und um auf Ihre Frage zu antworten, nein, sie schien mir keinen Kummer zu haben. Sie war guter Dinge. Wie immer. Es war alles ganz normal, nicht anders als sonst. Wir waren glücklich miteinander – auch wenn es mir jetzt manchmal so vorkommt, als könnte ich mich gar nicht mehr richtig erinnern.«

»Mr. Burton …«

»Ich verstehe nicht so recht, was Phils Befinden mit ihrem Tod zu tun haben könnte.«

»Es geht mir um Verhaltensmuster. Im Grunde stelle ich nur dieselbe Frage, die Sie sich bestimmt auch stellen, nämlich: Warum sie?«

»Alles war ganz normal«, antwortete er, klang dabei aber nicht ärgerlich, nur verwirrt. »Normale Laune, normaler Gemütszustand, normale Verhaltensmuster. Wissen Sie, wenn ich das sage und Sie mich dabei so eindringlich ansehen, klingt plötzlich alles verdächtig und seltsam. Überhaupt, was ist eigentlich normal?«

»Gab es im Leben Ihrer Frau so etwas wie feste Abläufe?«

»Ich denke schon. Sie kümmerte sich um Em und um das Haus, besuchte Freunde oder ihre Mutter, ging einkaufen. Sorgte dafür, dass in unserem gemeinsamen Leben alles reibungslos lief. Wir waren ein recht traditionelles Paar, müssen Sie wissen.«

»Hat sie letzte Woche Freunde besucht?«

»Das habe ich der Polizei schon gesagt. Sie hat ihre Mutter besucht und sich mit Tess Jarrett getroffen.« Ich merkte mir den Namen.

»Wenn ihr etwas Kummer bereitet hätte, hätte sie Ihnen davon erzählt?«

»Dr. …«

»Quinn. Kit Quinn.«

»Richtig. Sie hatte keinen Kummer. Sie ist von einem Wahnsinnigen ermordet worden. Das sagen alle. Hören Sie, ich weiß wirklich nicht, was Sie von mir wollen. Alle wollen was von mir. Die Polizei will, dass ich im Fernsehen in Tränen ausbreche und gestehe, dass ich es war. Die Presse will auch weiß Gott was. Emily will – nun ja, sie will wissen, wann ihre Mami wieder nach Hause kommt, nehme ich an. Ich weiß es nicht.« Seufzend sah er mich aus seinen blutunterlaufenen Augen an. »Ich weiß es nicht«, wiederholte er.

»Was wollen Sie?«, fragte ich. Er rieb sich die Augen. Er wirkte müde und traurig. »Ich möchte mit Emily nach Hause fahren, wieder in die Arbeit gehen, in Ruhe gelassen werden. Ich möchte, dass alles wieder seinen normalen Gang geht.«

»Was natürlich nicht möglich ist.«

»Ich weiß«, antwortete er müde. »Ich weiß. Am liebsten würde ich eines Morgens aufwachen und feststellen, dass alles nur ein Traum war. Dabei kann ich mich tatsächlich jeden Morgen nach dem Aufwachen einen Moment lang nicht erinnern, aber dann fällt es mir wieder ein. Können Sie sich vorstellen, was für ein Gefühl das ist? Sich das Ganze immer wieder von neuem bewusst zu machen?«

Ich schwieg einen Moment, und er starrte auf das Gras.

»War Ihre Frau jemals im sozialen Bereich tätig? Vielleicht mit Pflegekindern oder so was in der Art?«

»Nein. Sie hat in einem Auktionshaus gearbeitet, als wir uns kennen lernten, aber damit hat sie aufgehört, als Emily kam.«

»Sie hatte keine Verbindungen zum Stadtteil Kersey Town?«

»Vielleicht ist sie dort mal in eine U-Bahn gestiegen.«

Meine Gedanken begannen von neuem zu kreisen, um immer wieder am selben Punkt anzukommen: Was hatte es für einen Sinn, Jeremy Burton über den Charakter seiner Frau auszufragen, wenn sie das Opfer eines willkürlichen Überfalls geworden war? Schließlich stand ich auf. »Ich bin Ihnen dankbar, dass Sie mit mir gesprochen haben«, sagte ich und reichte ihm die Hand. »Sie müssen entschuldigen, meine Fragen haben sich bestimmt ein wenig seltsam angehört.«

»Nicht seltsamer als die meisten anderen, die mir in letzter Zeit gestellt worden sind. Eine Zeitung hat mir fünfzigtausend Pfund geboten. Sie wollten von mir hören, wie es für einen Mann ist, wenn seine Ehefrau ermordet wird.«

»Was haben Sie geantwortet?«

»Ich war sprachlos. Ich habe einfach aufgelegt. Aber Sie wollten noch mit Emily sprechen. Sie hat auch keine Verbindungen nach Kersey Town, das kann ich Ihnen gleich sagen.«

»Es wird nur eine Minute dauern.«

»Pam, meine Schwiegermutter, wird Sie zu ihr bringen.«

Eine gut aussehende grauhaarige Dame wartete bereits an der Verandatür, die in die Küche führte. Ihr Gesicht hatte eine aschgraue Blässe, die Farbe einer Frau, die großen Kummer durchlitten hatte. Jeremy Burton stellte uns vor. »Das mit Ihrer Tochter tut mir sehr Leid«, sagte ich. »Danke«, antwortete sie und neigte dabei leicht den Kopf.

»Dr. Quinn möchte mit Emily sprechen«, erklärte Burton.

»Wozu?«

»Nur einen Moment«, beruhigte ich sie.

Pam Vere führte mich einen Flur entlang. »Emily hat gerade Besuch von einer Freundin. Kann sie bleiben?«

»Natürlich.«

Pam öffnete die Tür. Auf dem Teppichboden kauerten zwei kleine Mädchen, gerade damit beschäftigt, ein paar Plüschtiere im Kreis aufzustellen. Zwei Mädchen, eine mit dunkelbraunen Zöpfen, die andere mit hellbraunen Locken. Einen Moment lang wusste ich nicht, welche Emily war, und spürte einen Stich in der Herzgegend. Es war wie ein Lotteriespiel. Welche von beiden würde als diejenige ausgewählt werden, deren Mutter auf brutale Weise ermordet worden war? Pam trat auf das dunkelhaarige Mädchen zu. »Emily«, sagte sie, »da ist jemand, der mit dir sprechen möchte.«

Das kleine Mädchen blickte mit ängstlich gerunzelter Stirn zu mir auf. Ich setzte mich neben sie. »Hallo, Emily. Mein Name ist Kit. Wie heißt denn deine Freundin?«

»Ich bin Becky«, antwortete die Freundin. »Becky Jane Tomlinson.«

Becky begann sofort zu plaudern. Nacheinander wurden mir sämtliche Plüschtiere vorgestellt. Als Allerletztes kamen die guten und die bösen Bären.

»Warum sind die bösen Bären böse?«, fragte ich.

»Weil sie eben böse sind.«

»Was macht ihr mit den Spielsachen?«

»Spielen«, antwortete Emily.

»Nimmst du sie auch manchmal mit zum Spielplatz?«, hakte ich nach. »Nimmst du sie mit auf die Schaukeln und in den Sandkasten?«

»Das hat mich alles schon Bella gefragt«, antwortete Emily.

Ich lachte verblüfft.

»Du bist ein kluges Mädchen, Emily«, sagte ich. »Es tut mir Leid, dass deine Mami gestorben ist.«

»Granny sagt, sie ist bei den Engeln.«

»Und was sagst du?«

»Oh, ich glaube nicht, dass sie so weit geflogen ist. Sie kommt bestimmt zurück.«

Ich schaute zu Pam Vere hoch und sah auf ihrem Gesicht einen Ausdruck so großer Qual, dass ich sofort meinen Blick abwandte. »Sag mal, darf ich irgendwann wiederkommen? Wenn mir noch was einfällt, was ich dich fragen möchte?«

»Meinetwegen«, antwortete Emily, die sich bereits wieder ihrem Spiel widmete. Sie hob einen Koala mit traurigen Augen hoch, presste ihre Lippen an seine schwarze Plastiknase und summte dabei leise vor sich hin. »Ich bin stolz auf dich«, hörte ich sie plötzlich flüstern. »So stolz.«

16. KAPITEL

Müde fuhr ich durch die Abgaswolken der Rushhour nach Hause. Ich war froh, dass Julie nicht da war. Sie hatte etwas von einem Vorstellungsgespräch bei einer Plattenfirma gesagt – auch wenn mir schleierhaft war, was sie als Mathelehrerin und Weltenbummlerin über die Musikbranche wusste. Ich öffnete die Fenster, um die frische Abendluft hereinzulassen. Aus dem Garten hinter dem Haus drangen Kinderstimmen. Ich ging ins Bad, drehte den Hahn auf und schüttete ein wenig Badeöl ins Wasser. Dann zog ich meine Sachen aus, die sich nach diesem anstrengenden Tag ziemlich schmutzig anfühlten, und ließ mich in die Wanne gleiten. Ich lehnte mich mit geschlossenen Augen zurück. Nach wenigen Momenten klingelte das Telefon. Verdammt, ich hatte den Anrufbeantworter nicht eingeschaltet. Warum klingelten Telefone immer dann, wenn man gerade in der Wanne lag? Ich wartete, aber es hörte nicht zu läuten auf. Schließlich stieg ich heraus, schlang ein Handtuch um mich und ging ins Wohnzimmer, eine Spur aus nassen Fußabdrücken hinterlassend.

»Hallo?« Auf meinen Armen zerplatzten kleine Seifenblasen.

»Spreche ich mit Kit Quinn?« Die Verbindung war schlecht, offenbar ein Handygespräch.

»Am Apparat.«

»Hier ist Will Pavic.«

»Oh«, sagte ich in das Schweigen hinein, das auf seine Worte folgte.

»Ich wollte mich wegen kürzlich entschuldigen.«

»Nur zu.«

»Was?«

»Sie haben doch gerade gesagt, Sie wollen sich entschuldigen.«

Am anderen Ende der Leitung zischte es, ob aus Wut oder Spaß, konnte ich nicht sagen. »Es tut mir Leid, dass ich so ungesellig war. So, nun haben Sie Ihre Entschuldigung.«

»Sie waren allem Anschein nach sehr müde, und es war sowieso eine blöde Einladung. Vergessen Sie's einfach. Spielt wirklich keine Rolle.«

»Vielleicht kann ich Ihnen doch ein bisschen über Lianne erzählen.«

Ich hielt vor Überraschung die Luft an. »Ja?«

»Es ist wirklich nicht viel, aber... na ja, ich bin ungefähr einen Kilometer von Ihrer Wohnung entfernt, und deswegen habe ich mir gedacht, ich könnte genauso gut auf einen Sprung vorbeikommen. Nur für ein paar Minuten. Falls Sie nicht gerade Gäste haben.«

»Nein, es passt wunderbar. Ich bin allein.« Wehmütig dachte ich an meine Badewanne voll seidenweichem Wasser. »Dann bis gleich. Ach, übrigens, wie sind Sie an meine Nummer gekommen?«

»Sie hatten Recht. Es war gar nicht so schwierig.«

Ich zog den Stöpsel aus der Wanne und schlüpfte in eine alte Jeans und irgendein Oberteil. Ich würde Will Pavics wegen bestimmt keinen Aufwand treiben. Während ich auf ihn wartete, schaltete ich die Fernsehnachrichten an, um zu sehen, ob es etwas Neues über Philippa Burton gab. Mittlerweile war sie von der Hauptstory an die dritte Stelle gerutscht: Noch immer suchte die Polizei die Gegend nach Hinweisen ab, noch immer wurden dort, wo man ihre Leiche gefunden hatte, Blumen und Plüschtiere niedergelegt. Sie brachten ein neues Foto von ihr, das sie in weiten Leinenshorts und einem T-Shirt auf einem Hügel zeigte, lachend und mit wehendem Haar, die Arme um ihre kleine, dunkeläugige Tochter gelegt.

Ich musste daran denken, wie Emily ihr Gesicht im Plüschfell ihres Koala vergraben und dabei Worte ihrer Mutter geflüstert hatte: »Ich bin so stolz auf dich.« Vielleicht hatte meine Mutter auch solche Sachen zu mir gesagt, bevor sie gestorben war. Mein Vater war, was solche Einzelheiten betraf, nie sehr gut gewesen – er hatte bloß stirnrunzelnd gemeint: »Na ja, sie hat dich natürlich sehr lieb gehabt«, als wäre das genug. Dabei hatte ich immer so viel mehr wissen wollen: all die dämlichen Verkleinerungsformen und Koseworte, die Spiele, die sie mit mir gespielt hatte, die Art und Weise, wie sie mich gehalten und getragen, die Hoffnungen, die sie gehegt hatte. Mein ganzes Leben lang hatte ich mir diese Dinge selbst ausgedacht. Wenn ich in der Schule gut war, sagte ich mir, wie zufrieden meine Mutter gewesen wäre. Als ich Ärztin wurde, fragte ich mich, ob sie sich das wohl für mich gewünscht hätte. Noch heute, wenn ich in den Spiegel blicke, rede ich mir oft ein, dass es nicht mein Spiegelbild, sondern das meiner Mutter ist, und dass sie nach so vielen Jahren des Wartens endlich vor mir steht und mich anlächelt.

Es klingelte.

Diesmal trug Will einen dunklen Anzug, aber keine Krawatte. Seine Augen waren rot gerändert, seine Haut kalkweiß. Er sah aus, als bräuchte er dringend Schlaf.

»Möchten Sie einen Drink?«, fragte ich.

»Nein, danke. Vielleicht einen Kaffee.« Er stand mitten im Wohnzimmer und schien sich ziemlich unbehaglich zu fühlen.

Ich machte ihm einen Kaffee und schenkte mir selbst ein Glas Wein ein. »Milch? Zucker?«

»Weder noch, danke.«

»Einen Keks?«

»Nein, danke, gar nichts.«

»Wieso setzen Sie sich nicht? Oder wollen Sie Ihre Information im Stehen loswerden und gleich wieder gehen?«

Er verzog ein wenig das Gesicht und ließ sich dann auf dem Sofa nieder. Ich nahm auf dem Sessel ihm gegenüber Platz und widerstand dem Drang, das Schweigen, das sich zwischen uns ausbreitete, mit Smalltalk zu füllen.

»Ich habe Ihnen ja schon gesagt, dass ich Lianne nicht wirklich gut kannte.«

»Ja, das haben Sie.«

»Und das stimmt auch. Durch meine Türen kommen jede Woche Dutzende von Jugendlichen. Falls nötig, gewähren wir ihnen Unterschlupf und informieren sie über ihre Möglichkeiten. Wir bringen sie auch mit verschiedenen Organisationen zusammen, wenn sie das möchten, aber wir stellen ihnen keine unerwünschten Fragen. Das ist mir ein sehr großes Anliegen – eigentlich war das überhaupt der Grund, warum ich das

Tyndale Centre gegründet habe. Wir versuchen ihnen nicht zu sagen, was für sie am besten ist. Wir fällen kein Urteil über sie – alle anderen tun das, wir nicht. Wir setzen bestimmte Grundregeln fest, aber darüber hinaus stellen wir keine Forderungen an sie. So habe ich das Zentrum konzipiert – als einen Ort, an dem diese jungen Leute Zeit und Freiraum haben, über sich selbst nachzudenken, auch wenn sie dabei unter Umständen schmerzhafte Fehlentscheidungen für ihr Leben treffen –« Er hielt abrupt inne. »Aber das tut alles nichts zur Sache.«

»Nein, sagen Sie das nicht, ehrlich –«

»Lianne ist im letzten halben Jahr dreimal im Centre gewesen«, unterbrach er mich. »Die ersten beiden Male war sie recht optimistisch, was ihre Zukunft betraf. Sie sagte, sie wolle Köchin werden – erfahrungsgemäß will etwa ein Fünftel aller Kinder, die in Pflegeheimen aufwachsen, Koch oder Köchin werden. Wir haben ihr Infoblätter über entsprechende Kurse in die Hand gedrückt, ein paar Tipps gegeben, solche Dinge. Als sie aber das dritte und letzte Mal kam, machte sie auf mich einen sehr deprimierten Eindruck. Als hätte sie einen richtigen Dämpfer bekommen. Sie wirkte in sich gekehrt und teilnahmslos.«

»Haben Sie eine Ahnung, was der Grund gewesen sein könnte?«

Er trank seinen Kaffee aus und starrte auf den Boden seiner Tasse. »Ein paar Wochen zuvor hatte ihre beste Freundin Selbstmord begangen.«

»Wie alt war sie?«

»Vierzehn oder fünfzehn. Vielleicht auch sechzehn. Genau weiß ich es nicht.«

»Woher kannten sich die beiden?«

»Keine Ahnung. Einmal sind sie gemeinsam ins Centre gekommen, kannten sich aber allem Anschein nach schon länger. Wahrscheinlich hingen sie einfach an denselben Orten herum.«

»Warum hat sie es getan?«

Er zuckte mit den Achseln. »Suchen Sie sich einen Grund aus. Man sollte besser fragen, warum es nicht mehr von ihnen tun. Daisy.«

»So hat sie geheißen?«

»Daisy Gill. Klingt irgendwie fröhlich, finden Sie nicht?« Und zum ersten Mal, seit ich ihn kannte, entwischte ihm ein richtiges Lächeln – wehmütig und sehr kurz, aber ehrlich. Als ich es erwiderte, wandte er den Blick ab und starrte durch das Fenster auf meine grasbewachsene Pestgrube.

»Darf ich Ihnen vielleicht doch ein Glas Wein anbieten?«

»Jetzt verfügen Sie über eine weitere Information«, antwortete er, ohne auf meine Frage einzugehen. »Sie können sie dem hinzufügen, was Sie bereits wissen. Erstens: Lianne hatte Sorgen. Zweitens: Lianne wurde ermordet.«

»Vielleicht. Wein?«

»Nein, danke, keinen Wein. Genug gesagt. Auf Wiedersehen.«

Rasch stand er auf und streckte mir die Hand hin. Ich ergriff sie. »Danke«, sagte ich, und in dem Moment rauschte Julie herein. Ihr Gesicht wirkte strahlend und aufgeregt, sie hatte bereits den Mund geöffnet, um mir etwas zu erzählen. Verwirrt starrte sie uns an.

»Was für eine Überraschung!«, brachte sie schließlich heraus.

Will nickte ihr zu. »Ich bin gerade am Gehen.«

»Ein Glas Wein?«, stammelte sie. »Oder Bier?«

»Nein«, antwortete er. »Vielen Dank.«

An der Tür wandte er sich noch einmal um. »Es tut mir Leid, dass ich mich bei Ihrem Abendessen so unmöglich benommen habe. Das Essen war wirklich köstlich.«

Und weg war er.

»Also weißt du«, wandte sich Julie an mich. »Du bist ja ganz schön hinterhältig.«

»Er war ungefähr zwei Minuten da. Er wollte mir etwas über die junge Frau erzählen, die ermordet worden ist.«

»Ja, ja. Ich bin sowieso nicht mehr an ihm interessiert. Der ist mir zu miesepetrig. Möchtest du hören, was es in meinem Leben für Neuigkeiten gibt?«

»Schieß los.«

»Ich hab einen Job.«

»Nein!«

»Doch. In einem Monat fange ich an – ich habe ihnen gesagt, bis dahin hätte ich andere Verpflichtungen.«

»Welche?«

»Keine, das weißt du doch, aber man sollte nie den Eindruck erwecken, als hätte man nichts Besseres zu tun, oder?«

»Herzlichen Glückwunsch, Julie! Ich bin sicher, du wirst deine Sache gut machen – was immer du auch tust.«

»Das weiß ich ehrlich gesagt selbst noch nicht so genau.« Sie kicherte. Dann fügte sie hinzu: »Als Nächstes werde ich mich nach einer Wohnung umsehen.«

»Das hat keine Eile«, entgegnete ich wie aus der Pistole geschossen. Eigentlich hatte ich das gar nicht sagen wollen. Ich würde mich wieder daran gewöhnen müssen, allein zu sein. Für einen Moment schloss ich die Augen.

»Warum versuchst du nicht, ihn zurückzubekommen?«, wollte Julie wissen.

»Was, zum Teufel, meinst du damit?«

»Schrei nicht so! Albie. Ich wette, er vermisst dich auch. Jeder, der halbwegs bei klarem Verstand ist, würde dich vermissen.«

»Ich will ihn gar nicht zurück.« Zu meiner eigenen Überraschung war das gar nicht mehr gelogen. Er war aus eigenem Antrieb gegangen, und wenn er mich vermisste, dann bestimmt in den Armen einer anderen Frau. Deswegen wollte ich ihn auch nicht zurück. Ich wollte einen Mann, der nur mir gehörte. Ich wollte diejenige sein, die er über alles liebte. Das wollen wir doch alle, nicht?

Ich war müde, meine Drüsen waren leicht geschwollen, und mein Hals fühlte sich an, als würde er voller Glasscherben stecken, wenn ich schluckte. Mir war nicht danach zumute, in die Arbeit zu fahren, weswegen ich mein Frühstück, bestehend aus Honigtoast und starkem Tee, noch ein wenig in die Länge zog. Der Küchentisch war von Sonnenlicht überflutet. Am liebsten wäre ich den ganzen Tag dort sitzen geblieben, die Hände um eine warme Tasse gelegt, die Füße in warmen Hausschuhen, den Geräuschen der Straße lauschend. Plötzlich verspürte ich sogar Lust, am helllichten Tag den Fernseher einzuschalten, aber dann klingelte das Telefon. Oban war am Apparat. Er sagte, er wollte mit mir reden. »Schießen Sie los«, antwortete ich.

»Ich meine, persönlich.«

»Wann?«

»Könnten Sie um zehn hier sein?«

Ich warf einen Blick auf die Uhr.

»Ich denke schon. Ich müsste allerdings einen Termin absagen.«

»Gut.«

»Gibt es neue Entwicklungen?«

»Nicht dass ich wüsste.«

»Worum geht es dann?«

»Darüber möchte ich persönlich mit Ihnen sprechen.«

Verwirrt machte ich mich auf den Weg und dachte mir während der ganzen Fahrt positive und negative Szenarien aus, aber hauptsächlich negative. Was mir dabei einfiel, war bei weitem nicht so schlimm wie das, was ich schließlich vorfand, als ich um Punkt zehn in Obans Büro eintraf. Oban saß an seinem Schreibtisch, wo er definitiv nicht arbeitete, sondern mir bereits erwartungsvoll entgegenblickte. Ich sah, dass er nicht allein war. Eine Frau stand mit dem Rücken zu mir am Fenster. Sie drehte sich um. Es war Bella. Sie sah mich kurz an, wandte den Blick aber gleich wieder ab. Auf dem Sofa an der Wand saß Rosa aus der Welbeck-Klinik.

»Was ist denn das für eine Versammlung?«, fragte ich verblüfft.

Oban lächelte mich verlegen an. »Würden Sie sich bitte setzen, Kit?« Er deutete auf den Stuhl vor dem Schreibtisch.

Unfähig, einen klaren Gedanken zu fassen, kam ich seiner Aufforderung nach, bereute es aber sofort, weil ich mich dadurch in die tiefste Position im Raum gebracht hatte. Oban nickte zu Rosa hinüber.

»Dr. Deitch?«

Rosa biss sich auf die Unterlippe, ein Zeichen dafür, dass ihr das, was sie zu sagen hatte, selbst mehr wehtun würde als mir. Sie beugte sich vor und legte die Hände fast wie zum Gebet aneinander. »Kit, ich möchte klarstellen, dass ich die Schuld an der ganzen Sache allein mir zuschreibe.«

»Welcher Sache?«, fragte ich, weil ich wusste, dass das die Frage war, die sie von mir hören wollte. Ruhig bleiben, Kit, ermahnte ich mich selbst. »Welcher Sache?«, wiederholte ich noch einmal hilflos.

»Wir haben das Gefühl«, sagte Oban und betrachtete mich dabei mit einem gütigen Blick, den ich als schlimmer empfand als alles andere, »beziehungsweise ich habe dieses Gefühl, und Rosa stimmt mir da zu, dass wir Sie auf ziemlich unfaire Weise in diesen Fall verwickelt haben, ohne angemessene Rücksicht zu nehmen auf, ähm, den Grad Ihrer Sachkenntnis und …«

»Du hast dich in diesen Fall ziemlich reinziehen lassen, nicht wahr, Kit?«, meinte Rosa in sanftem Ton.

»Anfangs«, fuhr Oban fort, »war es eine reine Routinesache, ein kurzes Gutachten über einen Verdächtigen. Wir hatten das Gefühl, dass wir es Ihnen schuldig waren, Sie damit zu betrauen. Und Sie sind dieser Aufgabe ja auch auf bewundernswerte Weise gerecht geworden. Wir stehen nach wie vor tief in

Ihrer Schuld. Dann – und ich gebe zu, dass das allein meine Schuld war – habe ich Sie gebeten, intensiver in den Fall einzusteigen. Aber seit kurzem … nun ja, mir sind da ein paar Dinge zu Ohren gekommen …«

»Bella?«, fragte ich und wandte mich zu ihr um.

Ruhig erwiderte Bella meinen Blick. »Ich habe mich nicht über Sie beschwert, Kit, aber nachdem Sie weg waren, habe ich mit Jeremy Burton und der Mutter gesprochen und sah mich leider gezwungen, DCI Renborn zu berichten, dass mir Ihre Gespräche mit den beiden nicht sehr zielgerichtet erschienen. Ich würde Ihre Vorgehensweise als eine Art Fischen im Trüben bezeichnen, konnte aber nicht mal erkennen, ob Sie dabei wirklich nach etwas Konkretem fischten. Es handelt sich hierbei um einen sehr heiklen Fall, dem von allen Seiten große Aufmerksamkeit zuteil wird.«

»Ich weiß«, entgegnete ich. »Ich wollte doch nur –«

»Ich möchte es mit den Worten von Dr. Deitch sagen«, unterbrach mich Oban. »Die Schuld daran, dass Sie in diese belastende Situation gedrängt worden sind, schreibe ich allein mir zu.«

»Sie wollen nicht, dass ich weiter für Sie arbeite?«

Einen Moment lang schwiegen alle. »Wir sind der Meinung, dass es zu früh für dich war«, meldete sich Rosa zu Wort. »Und dass dieser spezielle Fall bei dir einen wunden Punkt berührt hat.«

»Wie meinst du das?«

»Rosa hat mir ein wenig von Ihrer Kindheit erzählt«, erklärte Oban. Ich starrte Rosa an.

»Kit, ich habe zu Dan lediglich gesagt, dass persönliche Umstände – der frühe Verlust der Mutter – vielleicht in mancher Hinsicht …«, ihr Gesicht lief rot an, »… nun ja, bis zu einem gewissen Grad dein Urteilsvermögen beeinträchtigt haben könnten.«

»Oh.« Ein paar Minuten lang saß ich sprachlos da, nun ebenfalls mit brennenden Wangen. Dann schluckte ich heftig, was mir ziemliche Qualen bereitete. »Vielleicht hast du Recht. Vielleicht habe ich mich zu sehr engagiert. Die Sache liegt mir tatsächlich am Herzen, und ich weiß nicht, inwieweit das richtig oder falsch ist, aber das bedeutet nicht, dass ich Unrecht habe. Und ich habe die Ermittlungen nicht behindert. Ich habe mir nicht angemaßt, anderen Leuten zu sagen, was sie zu tun haben. Ich habe nur versucht, von einem anderen Blickwinkel an die Dinge heranzugehen.«

»Das mag sein«, antwortete Oban, »aber es handelt sich hier nicht um eine Ihrer akademischen Recherchen. Sie reden, als ob es uns möglich wäre, jedermann die Gelegenheit zu bieten, sich nach Lust und Laune in die Ermittlungen in einem Mordfall einzuklinken und dabei eigene Ziele zu verfolgen. Dem ist aber nicht so. Ich sage das nur ungern, aber in gewisser Weise laufen Sie sehr wohl Gefahr, die Ermittlungen zu behindern. Sie verärgern meine Männer, trampeln auf anderer Leute Terrain herum, und wie es scheint, Sie müssen wirklich entschuldigen, aber wie es scheint, tun Sie das auch noch ohne erkennbaren Grund. Ich kann ja verstehen, dass Sie wegen dieser Morde verstört sind. Das sind wir alle. Wir wollen alle, dass die Täter gefasst werden. Sie haben uns auch sehr geholfen«, fügte er in etwas sanfterem Tonfall hinzu, »aber nun sind wir der Meinung, dass es an der Zeit ist, auf Ihre Hilfe zu verzichten.«

»Darf ich vorher noch etwas sagen? Bevor ich gehe, meine ich?«

Oban lehnte sich in seinem Sessel zurück. »Natürlich.«

»Als Allererstes«, begann ich, »möchte ich Sie bitten, ganz kurz, nur mit einem Satz, den Mordfall Lianne zu charakterisieren.«

»Standardfall. Ermordung eines leicht zugänglichen Opfers durch einen Psychopathen«, antwortete er. »Das Verbrechen wurde von jemandem begangen, der Frauen gegenüber pathologische Hass- und Angstgefühle hat. Daher auch die brutalen Stichverletzungen.«

»Und der Mord an Philippa Burton?«

»Völlig anders gelagert. Da weiß ich gar nicht, wo ich anfangen soll. Ihr wurden schwere Verletzungen mit einem stumpfen Gegenstand zugefügt. Sie stellte für den Täter ein Opfer mit hohem Risiko dar. Sie wurde an einem öffentlichen Ort entführt, wo sie sich in Begleitung eines Kindes aufhielt. Ein anderer Typ von Täter, eine andere Methode, ein anderer Tatort, ein anderer Grad der Brutalität. Aber Sie sind offenbar nicht meiner Meinung.«

Ich stand auf. Ich musste wenigstens so tun, als besäße ich so etwas wie Autorität. Ich trat ans Fenster und sah hinaus. Hinter dem Polizeirevier erstreckte sich praktisch Ödland. Neben drei Müllcontainern standen mehrere große Metalltonnen. Berge von alten Brettern lagen herum, irgendetwas war mit einer Plane abgedeckt. Auf einer Seite hatte sich eine Buddleia durch den Asphalt gekämpft, die sich mittlerweile zu einem großen Strauch mit leuchtenden pinkfarbenen Blüten entwickelt hatte. Schmetterlinge umflatterten sie wie kleine, im Wind tanzende Papierfetzen. Ein hübscher Anblick. Ich wandte mich wieder meinem widerstrebenden Publikum zu. »Als ich die Akten über Philippa Burton durchging, schrillte in meinem Kopf eine Alarmglocke.«

»Wieso, Kit?«, fragte Rosa, während Oban gleichzeitig verkündete: »Wir haben Sie nicht engagiert, irgendwelchen Glocken zu lauschen. Im Fall Philippa Burton rufen uns jeden Tag genügend Leute an, die Glocken läuten hören, weil sie angeblich übersinnliche Fähigkeiten besitzen.«

Ich musste an meine Männergruppe in Market Hill denken, an die Dinge, die sie getan hatten, und an ihre schräge Sicht der Welt. Von ihnen hatte ich so manches gelernt, wovon niemand hier im Raum etwas ahnte. Zumindest das konnte mir keiner nehmen. »Verbrecher hinterlassen eine Art Signatur«, erklärte ich. »Das tun sie immer, auch wenn sie versuchen, sie zu verwischen, denn mit der Signatur eines Mörders verhält es sich ein bisschen so wie mit der Bedeutung eines Gedichts. Es gibt zum einen die vom Dichter selbst beabsichtigte Bedeutung, aber darüber hinaus kann es noch eine verborgene geben, derer sich der Dichter gar nicht bewusst war. Manchmal halten die Verbrecher selbst etwas Bestimmtes für ihre Signatur, aber in Wirklichkeit ist es etwas ganz anderes.« Rasch sprach ich weiter, um mein letztes Argument vorzubringen, bevor sie gänzlich das Interesse verloren. »Was mir im Mordfall Philippa Burton besonders aufgefallen ist, war die Tatsache, dass sie mit dem Gesicht nach unten lag. Genau wie Lianne.«

Ich sah Oban an. Er erwiderte meinen Blick freundlich, fast ein wenig mitleidig. »Ist das alles?«, wollte er wissen. »Darüber haben wir doch schon gesprochen, Kit.«

»Haben Sie jemals einen Menschen, der noch nicht lange tot war, mit dem Gesicht nach oben liegen sehen?«, fragte ich ihn.

»Ja, ich denke schon«, antwortete Oban zögernd.

»Ich habe viele Fotos von solchen Leichen gesehen. Ihre Augen sind offen, starren nach oben. Bestimmt kennen Sie Gemälde, bei denen man das Gefühl hat, als würden einem die Augen der darauf abgebildeten Personen durch den ganzen Raum folgen. Bei den Augen eines Toten ist das Gegenteil der Fall. Sie wirken auf eine hässliche Weise statisch, blicken starr geradeaus, vielleicht sogar vorwurfsvoll. Sicher können Sie sich vorstellen, dass Sie, wenn Sie jemanden umgebracht hätten, den Wunsch verspüren würden, die Leiche mit dem Gesicht nach unten abzulegen, um nicht von ihr angestarrt zu werden.«

»Vielleicht, Kit, aber mit einer Leiche ist es nun mal wie mit einer Butterstulle, sie kann nur auf zwei Arten landen, mit der gebutterten Seite nach oben oder nach unten. Das reicht nicht aus, um darauf eine Theorie aufzubauen.«

»Erinnern Sie sich an die Wunden an Liannes Körper? Wo waren sie?«

»Am Bauch. Magen, Brustkorb, Schultern.«

»An der Vorderseite ihres Körpers. Und trotzdem lag sie mit dem Gesicht nach unten. Das ist, als würde man ein Aquarell malen und es dann verkehrt herum aufhängen, mit der Farbe zur Wand.« Ich blickte zu Rosa hinüber. Sie zog ein Gesicht.

»Ich finde es problematisch«, erklärte sie, »wenn du von diesen Frauen sprichst, als wären sie Kunstwerke.«

»Ich weiß, aber in gewisser Hinsicht sind sie tatsächlich Kunstwerke«, erwiderte ich. »Diese Werke mögen noch so bösartig und stümperhaft sein und keinerlei ästhetischen Wert besitzen, aber es sind trotzdem Kunstwerke, und uns bleibt nichts anderes übrig, als sie zu interpretieren. Wie du weißt, tue ich dasselbe auch im Market-Hill-Hospital. Ich interpretiere Verbrechen, als würde es sich dabei um Symptome und Muster handeln. Ich suche nach Bedeutungen. Wie würden Sie die Wunden bezeichnen, Detective?«

»Brutal«, antwortete Oban. »Das Werk eines Rasenden.«

»Ich würde sie mit ganz anderen Worten beschreiben. Eher mit lauwarm. Präzise. Sogar dekorativ. In mancher Hinsicht sah der Fall durchaus nach einem brutalen Sexualverbrechen aus, aber ich hatte von Anfang an so ein Gefühl, dass es das nicht war.« Ich sah, wie Oban das Gesicht verzog. »Wie gesagt, es gab durchaus Anzeichen für ein Sexualverbrechen – ein derartiger psychopathischer Mord kann eine Art Bestrafung dafür sein, dass sich der Täter durch die Frau sexuell herausgefordert fühlt, aber in solchen Fällen richtet sich seine schreckliche Wut in erster Linie gegen Brüste und Genitalien seines Opfers. Nicht so in diesem Fall. Die Stichverletzungen befanden sich alle oberhalb der Taille und sparten die Brüste gänzlich aus. Diese relativ moderate Art der Verstümmelung kommt sehr selten vor. Trotzdem wurde die Leiche mit dem Gesicht nach unten abgelegt.«

»Das reicht einfach nicht aus, Kit.« Oban verlor allmählich die Geduld. »Wo soll da die Verbindung liegen? Zwei Leichen, die mit dem Gesicht nach unten lagen?«

»Ich kenne eine Reihe von Fällen, die mit dem Mord an Philippa Burton vergleichbar sind. Sie zeichnen sich alle durch große Brutalität aus. Außerdem scheint die Anwesenheit eines Kindes auf manche Täter einen zusätzlichen Reiz auszuüben, sei es, als eine Art Publikum oder als weiteres Opfer. In diesem

Fall aber wollte der Mörder das Kind nicht dabei haben. Als ich mir Philippa Burtons Leichnam ansah, hatte ich das Gefühl, dass auch bei ihr jemand mit relativer Zurückhaltung zu Werke gegangen war. Ich meine, stellen Sie sich die Situation doch mal vor: Sie hassen Frauen, Sie haben gerade eine Frau umgebracht, und Sie halten so was wie einen Hammer in der Hand. Warum nicht ganze Arbeit leisten?«

Oban beugte sich vor und legte mir eine Hand auf die Schulter. »Kit, Sie liefern uns keine Fakten. Okay, Sie haben da so ein Gefühl. Das mag ja sein, aber ich weiß verdammt noch mal nicht, was ich damit anfangen soll. Tut mir Leid, meine Damen.« Die Damen blickten hoch, aber hauptsächlich, weil er sie Damen genannt hatte. »Ich brauche Fakten, Kit. Meine Leute sind der Meinung, dass Sie unsere Zeit verschwenden. Was soll ich denen sagen, wenn ich nichts Konkretes in der Hand habe?«

Erschöpft rieb ich mir die Augen. Ich war alles losgeworden, was ich zu sagen gehabt hatte, und nun fühlte sich mein Kopf völlig leer an. Oban hatte Recht. Was blieb von all meinen Argumenten letztendlich übrig? Was war zu tun? Ich wollte nicht mehr nachdenken, ich wollte nur noch davonkriechen, aber unter Aufbietung meiner letzten Kraftreserven gelang es mir, noch einen winzigen Gedanken aus meinem Hinterkopf hervorzuzerren.

»Also gut«, sagte ich mit matter Stimme. »Ich bin am Ende. Ich möchte aber noch eines sagen. Wir wissen, dass Liannes Leiche im Kofferraum eines Wagens zu dem Treidelpfad am Kanal gebracht worden ist.«

»Das wissen wir keineswegs«, gab Oban gereizt zurück.

»Und Philippa Burtons Leiche hat man etwa zwei Kilometer von der Stelle entfernt gefunden, wo sie zuletzt lebend gesehen wurde. Was bedeutet, dass sie aller Wahrscheinlichkeit nach ebenfalls in einem Auto an die Fundstelle transportiert worden ist. Haben Sie die beiden Fälle verglichen, was Fasern oder sonstige Spuren betrifft?«

»Nein, das haben wir nicht, wie Sie selbst sehr genau wissen«, antwortete Oban trotzig. »Wir haben sie auch nicht mit den Jack-the-Ripper-Fällen verglichen. Dafür fehlt uns die Zeit.«

»Das ist mein letzter Vorschlag. Werden Sie es tun?«

»Warum sollten wir –«

»Bitte«, sagte ich. Am liebsten hätte ich auf der Stelle losgeheult. »Bitte.«

18. KAPITEL

In meinem Kopf explodierte ein Feuerwerk aus roten und violetten Raketen. Ich weiß nicht, wie es mir gelang, mit hoch erhobenem Haupt das Revier zu verlassen, ohne dass meine Beine unter mir nachgaben. Ich schaffte es sogar noch, der diensthabenden Beamtin am Eingang freundlich zuzunicken, aber als ich meinen Wagen erreichte, zitterten meine Hände so, dass ich den Schlüssel fallen ließ und am Boden danach suchen musste. Meine Augen brannten, als wären sie voller Sand. Ich musste so schnell wie möglich hier weg, irgendwohin, wo ich allein war. Ich wollte nicht, dass mich jemand mit diesem schrecklichen Mitleid im Blick ansah. Ich selbst hatte auch schon Leute auf diese Weise betrachtet. Früher, in einem anderen Leben. Das erschien mir inzwischen so unglaublich weit weg, als würde ich durch das falsche Ende eines Fernrohrs auf meine Vergangenheit blicken.

Ich schaffte es in den Wagen. Eine Minute lang lehnte ich den Kopf gegen die Nackenstütze und schloss die Augen. Ein scheußlicher Kopfschmerz bohrte sich seinen Weg in meine linke Schläfe. Ich ließ den Motor an und fuhr vorsichtig aus dem Parkplatz, den Blick starr geradeaus gerichtet. Ich stellte mir vor, dass die drei mich von ihrem Fenster aus beobachteten und sich dann mit besorgter Miene ansahen. Wie konnte ich ihnen jemals wieder gegenübertreten?

Ich fuhr bis zu dem kleinen dreieckigen Friedhof zwischen dem Delikatessenladen und dem Uhrmacher, der nicht weit von meiner Wohnung entfernt lag. Dort stieg ich aus und ließ mich ins Gras fallen, den Rücken gegen die schöne Rotbuche gelehnt. Albie und ich waren hier manchmal hergekommen und hatten unter diesem Baum gesessen. Er war noch feucht vom Regen der letzten Nacht, und ich spürte, wie mir die Kälte in die Knochen kroch. Ich wandte mein Gesicht der Sonne zu, die gerade hinter einer grauen Wolke hervorkam. Direkt über mir sang eine Amsel aus voller Kehle. Ich atmete tief ein. Ein, aus, ein, aus. Versuchte, das Gefühl der Panik loszuwerden, das in mir aufstieg.

Nach einer Weile stand ich auf und ging zum Wagen zurück. Meine Beine hatten zu zittern aufgehört, fühlten sich aber an wie Blei. Mein Kopf dröhnte. Bevor ich losfuhr, klappte ich die Blende herunter und betrachtete mich einen Moment im Spiegel. Mein Blick fiel auf die Narbe, die sich weiß an meiner Wange herabschlängelte. Ich beugte mich ein wenig vor, sodass meine Augen nur noch in ihr eigenes Spiegelbild starren konnten.

Ich hoffte, Julie würde nicht zu Hause sein, aber als ich versuchte, meinen Schlüssel ins Schloss zu stecken, kam sie an die Tür und öffnete. Ihre Wangen waren gerötet. Sie warf mir einen ziemlich entnervten Blick zu, sagte aber in munterem Ton: »Kit! Gut, dass du da bist. Du hast Besuch. Ich habe ihm gesagt, dass ich nicht wisse, wann du zurückkommst, aber er wollte warten. Er hat gesagt, er sei ein Freund von dir.«

Ich zog meine Jacke aus und trat ins Wohnzimmer. Über der Sofalehne sah ich einen männlichen Hinterkopf. Der Besucher erhob sich. »Sie hatten mir versprochen wiederzukommen«, erklärte er mit seiner weichen, hohen Stimme. Michael Doll, in derselben schmuddeligen orangefarbenen Hose, die er auch bei unserem letzten Treffen getragen hatte, und einer alten grauen Weste mit Schweißflecken unter den Achseln.

»Michael!« Ich wusste nicht, was ich sagen sollte. Es war, als hätte mein immer wiederkehrender Albtraum Gestalt angenommen, um sich in einem Winkel meiner Wohnung einzunisten.

»Ich habe auf Sie gewartet«, fügte er in klagendem Tonfall hinzu.

»Woher wissen Sie, wo ich wohne?«

»Ich bin Ihnen mal von der U-Bahn gefolgt«, antwortete er, als wäre dies das Normalste der Welt. »Sie haben mich nicht bemerkt.«

»Ich gehe jetzt«, verkündete Julie. »Ist das in Ordnung, Kit? Oder möchtest du, dass ich bleibe?«

»Wie lange ist er denn schon da?«, flüsterte ich mit dem Rücken zu Michael, der sich wieder auf dem Sofa niedergelassen hatte.

»Eine gute Stunde.«

»O Gott! Gott, das tut mir Leid. Du hättest mich anrufen sollen!«

»Hab ich doch. Ich hab drei Nachrichten auf deinem Handy hinterlassen.«

»O Gott!«, sagte ich noch einmal.

»Geht es dir nicht gut?«

»Doch. Nein. Ich weiß nicht. Du hättest ihn nicht reinlassen sollen.«

»Kit«, meldete sich Michael vom Sofa her zu Wort.

»Auf mich macht er einen recht harmlosen Eindruck. Er hat bloß die ganze Zeit auf meinen Busen gestarrt.«

»Hab ich nicht«, sagte Michael beiläufig, als wäre das sowieso völlig nebensächlich. »Warum sind Sie nicht mehr gekommen, obwohl Sie es mir versprochen hatten?«

»Ich war sehr beschäftigt.«

»Sie haben gesagt, Sie würden mich wieder besuchen.«

»Ich weiß, aber –«

»Man sollte halten, was man verspricht.«

»Ja.«

»Das ist sonst nicht fair.«

»Sie haben Recht.«

Am besten, ich sage so wenig wie möglich, dachte ich. Ich darf nicht zulassen, dass er irgendwelche Ansprüche anmeldet. Und vor allem muss ich zusehen, dass ich ihn aus der Wohnung rauskriege, ohne ihn in Rage zu bringen. Er nickte, als wäre er mit seinen Worten zufrieden, und legte die Hände auf die Knie. An seinem linken Unterarm hatte er eine frische Narbe, am Handgelenk einen hässlichen Schorf.

»Bekomme ich jetzt eine Tasse Kaffee? Ich habe Ihnen auch Kaffee gemacht.«

»Sie haben doch schon drei Tassen getrunken«, warf Julie ein.

»Vier Stück Zucker, bitte.«

»Ich muss noch mal weg, Michael. Tut mir Leid, aber Sie können nicht hier bleiben.«

»Und noch einen von diesen Keksen, die ich vorhin mit Ihrer Freundin gegessen habe.« Er fuhr sich mit der Zunge über die Lippen.

Ich spürte, wie mir schlecht wurde. »Michael, hören Sie –«

»Und darf ich, na ja, Sie wissen schon, Ihre Toilette benutzen?«

Auf seiner Stirn und über seiner Oberlippe glitzerten kleine Schweißperlen.

»Durch diese Tür.«

Sobald er verschwunden war, drehte ich mich zu Julie um. »Hör zu, kannst du mir einen Gefallen tun? Geh mit meinem Handy raus vor die Tür und ruf die Polizei an. Ich gebe dir die Nummer.« Schlagartig wurde mir bewusst, was für eine schreckliche Vorstellung es war, bei den Leuten anzurufen, die mich für verrückt hielten, und sie zu bitten, mich vor dem Mann zu schützen, dessen Verhaftung ich selbst verhindert hatte. Ich vergrub den Kopf in den Händen.

»Kit?«

»Ja. Entschuldige. Es ist nur – ach, Mist! Ich weiß nicht, was ich tun soll. Er ist wahrscheinlich völlig harmlos, aber ich will kein unnötiges Risiko eingehen.«

»Dann gib mir das Telefon.« Sie streckte die Hand aus. »Mach schon, wir ziehen das jetzt durch.«

»Vielleicht tu ich ihm damit etwas Schreckliches an. Oder mir.«

»Ich habe keine Ahnung, wovon du eigentlich redest, aber wenn er wirklich gefährlich ist, sollten wir zusehen, dass wir ihn hier rausbekommen. Gib mir das Telefon.«

»Nein, warte. Warte einen Moment.« Ich hörte die Klospülung. »Ruf Will Pavic an. Er wird wissen, was zu tun ist.«

»Bist du sicher?«

»Bitte. Mir fällt sonst niemand ein. Ruf ihn von draußen an.«

»Wie lautet seine Nummer?«

»Sie ist im Speicher. Unter Pavic.«

»Okay, okay. Das ist verrückt.«

»Ich weiß. Trotzdem, danke.«

»Was, wenn er nicht da ist oder wenn er –«

Doll kam aus dem Bad, und Julie stürzte zur Wohnungstür hinaus. Dankbar nahm ich zur Kenntnis, dass sie sie nicht hinter sich ins Schloss zog.

»Dann setze ich jetzt rasch den Kessel auf«, verkündete ich übertrieben fröhlich.

»Leben Sie hier allein?«

»Nein.«

»Sind Sie verheiratet?«

»Warum fragen Sie?«

»Ihre Freundin hat gesagt, dass Sie nicht verheiratet sind.«

»Dann wissen Sie es ja schon.« Ich durfte ihn nicht reizen. Ihn nicht in die Enge treiben. »Vier Stück Zucker, haben Sie gesagt?«

»Und einen Keks.«

»Sind Sie gekommen, um mir etwas Bestimmtes zu erzählen, Michael?«

»Warum haben Sie keinen Teppichboden?«

»Michael, gibt es –«

»Das ist komisch, so ohne Teppichboden. Man hat gar nicht

das Gefühl, in einem richtigen Haus zu sein. Sogar im Heim hatten wir in allen Räumen Teppichboden. Meiner war braun. Der Teppich war braun und die Tapete weiß, mit so kleinen Fitzelchen.«

»Raufaser.«

»Ja, genau. Wenn ich im Bett lag, hab ich die Fetzen oft mit meinen Fingernägeln weggezupft. Wenn sie das dann am Morgen bemerkten, bekam ich Dresche, aber ich konnte einfach nicht damit aufhören. Genau wie bei einem Schorf auf der Haut. Ich habe das manchmal stundenlang gemacht. Auf dem ganzen Bett lagen diese kleinen Papierfetzen herum, sogar unter der Bettdecke. Das ist, als hätte man Krümel im Bett. Zum Teil sieht man sie gar nicht, aber man spürt sie an der Haut. Wissen Sie, was ich meine?«

»Ja«, antwortete ich hilflos. Ich schüttete das kochende Wasser über seinen Kaffee und fügte Milch hinzu. »Hier. Und nehmen Sie sich von den Keksen.«

»Haben Sie zufällig Kippen da?«

Ich ging zu meiner Tasche hinüber und nahm die Zigarettenschachtel heraus, die ich mit mir herumtrug, seit ich ihn in seiner Bude besucht hatte. Es war noch eine Zigarette übrig. »Hier, nehmen Sie.«

»Streichholz?«

Ich reichte ihm eine Schachtel. Nachdem er sich die Zigarette angezündet hatte, schob er die Streichholzschachtel ein.

»Man musste eigentlich so tun, als würde es einem nichts ausmachen, wenn sie einen schlugen, aber ich habe immer geweint. Sogar noch mit vierzehn, fünfzehn. Ich konnte nicht anders. Heulsuse. Dann haben sie mich ausgelacht, und ich musste noch mehr weinen. Während ich nachts im Bett lag und an der Tapete herumzupfte, habe ich auch geweint, weil ich wusste, dass ich deswegen Schläge bekommen und dann wieder vor allen weinen würde, sodass mich die anderen Jungs noch mehr hänseln konnten.«

Er griff nach seiner Tasse und nahm schlürfend einen Schluck

Kaffee. Ein wenig Asche fiel von seiner Zigarette, und er wischte sie von seiner Hose aufs Sofa. »Sie haben keine Ahnung, wie das ist.«

»Nein.«

»Ich weine immer noch. Auf dem Polizeirevier habe ich auch geweint. Haben sie Ihnen das erzählt?«

»Nein.«

»Sie haben mich ausgelacht, als ich weinte.«

»Das war nicht nett.«

»Ich dachte, Sie mögen mich.«

»Michael, ich habe es Ihnen doch erklärt. Ich war sehr beschäftigt.« Ich bemühte mich um einen entschiedenen Ton.

»Ich habe auf Sie gewartet. Ich bin nicht mehr an den Kanal gegangen. Ich habe darauf gewartet, dass Sie wiederkommen und mit mir reden würden.«

»Ich habe gearbeitet.«

»Genau wie die anderen. Ich dachte, Sie wären anders.«

Eine Säule aus Asche fiel auf seine Knie. Er ließ die noch glimmende Zigarettenkippe in seine Kaffeetasse fallen, wo sie zischend ausging. Er wäre in der Lage gewesen, Lianne zu töten, dachte ich. Ohne weiteres. Wenn sie auf einen Annäherungsversuch mit Gelächter reagiert oder über seine Tränen gelacht hätte.

»Kann ich noch eine haben?«

»Das war meine Letzte. Sollen wir zusammen losziehen und welche besorgen?«

»Nicht nötig.« Er zog eine Schachtel aus der Tasche. Sie war fast voll. Er bot mir eine an, aber ich schüttelte den Kopf. »Ich muss gleich weg, Michael«, erklärte ich. Will würde sowieso nicht kommen.

Er runzelte die Stirn. »Noch nicht. Ich möchte mit Ihnen reden.«

»Worüber?«

»Einfach nur reden. Sie wissen schon. Wie Sie gesagt haben. Sie haben gesagt, ich könnte Ihnen alles erzählen.«

»Das war ein berufliches Gespräch, Michael«, antwortete ich sanft. Sein Gesicht nahm einen fassungslosen Ausdruck an. »Das war mein Job.«

»Sie meinen, Sie haben mir nicht die Wahrheit gesagt?«

»Das habe ich damit nicht gemeint.«

»Ich muss immer noch an sie denken.«

»Lianne?«

»Ja. Niemand will hören, was ich zu sagen habe, aber ich war dort, oder etwa nicht? Ich war dort.«

»Vielleicht.«

»Nein, nein, nicht vielleicht. Warum sagen Sie, vielleicht? Ich war dort und …«

Die Tür flog auf. Ich hatte ihn gar nicht kommen hören. Doll sprang erschrocken auf und stieß dabei seine Tasse um. Kaffeesatz und nasse Asche landeten auf dem Boden.

»Hallo, Michael«, sagte Will. Er ging auf Doll zu und gab ihm die Hand. Doll ließ die Hand nicht mehr los.

»Ich habe nichts Falsches getan.«

»Nein, natürlich nicht.«

»Warum sind Sie dann hier?«

»Dr. Quinn ist eine gute Bekannte von mir.« Er hatte noch nicht in meine Richtung geblickt.

»Sie kennen sich?«, fragte Doll.

»Ja.«

»Dann kennen wir Kit also beide, und ich kenne Sie, und Sie kennen mich. Wir kennen uns alle.« Plötzlich kam er mir in seiner schrecklichen orangefarbenen Hose sehr klein und mager vor. Ich fühlte mich wie eine Idiotin und schämte mich meiner Angst.

»Sie kennen sich?«, fragte ich wie zuvor Doll.

Will drehte sich mit überraschter Miene zu mir um. »Ich dachte, Sie wüssten das. Wenn Sie mal ein bisschen darüber nachdenken, werden Sie feststellen, dass das kein so großer Zufall ist. Wie läuft's mit dem Fischen, Michael?«

»War schon länger nicht mehr«, murmelte Doll.

»Das ist schade, wo das Wetter doch gerade besser wird. Michael ist ein großer Fischer, müssen Sie wissen«, erklärte er mir.

»Ja, ich weiß.«

»Ich fahre in deine Richtung, Michael. Soll ich dich mitnehmen?« Er warf einen Blick auf seine Uhr. »Dann hast du noch ein paar Stunden am Kanal, bevor es dunkel wird.«

»Es macht mir nichts aus, wenn es dunkel ist.«

»Wie auch immer, ich nehme dich auf jeden Fall mit. Dr. Quinn hat bestimmt noch zu arbeiten.«

»Ja«, murmelte ich. »Danke.«

»Geht es Ihnen gut?«

»Ja.«

»Sie sehen aber nicht so aus. Vielleicht sollten Sie ein bisschen besser auf sich aufpassen.« Er warf mir einen scharfen Blick zu. »Und mal eine Türkette anbringen lassen.«

»Ich habe eine. Julie hat nur … na ja, Sie wissen schon.«

»Sie schleicht draußen herum, in ihren Hausschuhen. Bereit, Michael?«

Gemeinsam verließen sie die Wohnung. Ich beobachtete vom Fenster aus, wie Will Doll auf dem Beifahrersitz Platz nehmen ließ. Doll sagte etwas zu ihm, woraufhin Will ihm lachend auf die Schulter klopfte. Nachdem er die Beifahrertür geschlossen hatte, sah er zum Fenster empor. Ich formte durchs Glas ein lautloses Danke, auf das er aber nicht reagierte. Er starrte bloß mit gerunzelter Stirn herauf, als könnte er mein Gesicht nicht richtig erkennen. Dann wandte er sich ab.

Julie stürzte herein. »Jetzt musst du mir aber alles ganz genau erzählen!«

»Ich kann nicht«, antwortete ich. »Ich glaube, ich muss mich übergeben.«

19. KAPITEL

Die Pressekonferenz war erst in letzter Minute anberaumt worden, aber es ging zu wie in einem Bienenstock, und kein Raum des Polizeireviers Stretton Green war auch nur annähernd groß genug, obwohl inzwischen gut die Hälfte aller Räume von ihrem Mobiliar befreit worden waren. Der Konferenzraum, der eilig im Shackleton Hotel gleich um die Ecke angemietet worden war, quoll über vor drängelnden Menschen in Anzügen und Kostümen, die alle etwas in ihre Handys schrien. Im Raum war es schrecklich heiß, und ich sah, wie ein Mann in Uniform vergeblich versuchte, ein Fenster zu öffnen. Ich stand ganz hinten, in der Nähe der Tür, durch die zum Glück ein wenig frische Luft hereinwehte.

Vier Männer in grauen Anzügen marschierten zur Tür herein. Oban, Furth, Renborn und Renborns Stellvertreter, Paul Crosby. Sie gingen direkt an mir vorbei, bemerkten mich aber nicht, weil sie von drei uniformierten Beamten und ihrer eigenen Aura geschäftsmäßiger Dringlichkeit abgeschirmt wurden. Eilig bahnten sie sich einen Weg durch die Menge und betraten das Podium. Dort ließen sie sich am Tisch nieder und wurden sofort von Fernsehscheinwerfern angestrahlt, deren grelles Licht sie auf einen Schlag realer wirken ließ als alles andere im Raum. Eine Beamtin brachte ihnen einen Krug Wasser und vier Gläser. Sie tranken alle einen Schluck, ehe sie sich mit ernster Miene an ihr Publikum wandten. Auf dem Tisch stand ein Mikrofon. Oban klopfte mit dem Finger darauf. Es klang, als würde jemand mit einem Teppichklopfer gegen die Wand schlagen. Der Lärm im Raum verstummte wie auf Knopfdruck.

»Meine Damen und Herren«, begann Oban, »die meisten von Ihnen kennen mich bereits. Ich bin Detective Chief Inspector Daniel Oban aus Stretton Green. Ich möchte nicht lange um den heißen Brei herumreden. Wir sind hier, um Sie darüber zu informieren, dass wir bei unseren Ermittlungen im Mordfall

Philippa Burton einen wichtigen Schritt vorangekommen sind.« Leises Stimmengemurmel hob an, und Oban, der einen Sinn für Dramatik besaß, hielt kurz inne. Es war ihm anzusehen, dass er den Moment genoss. »Zehn Tage vor dem Mord an Mrs. Burton wurde eine junge Frau, die ihren Freunden unter dem Namen Lianne bekannt war, an dem Kanalstück, das durch den Stadtteil Kersey Town verläuft, ermordet aufgefunden. Wir sind inzwischen der Meinung, dass diese beiden Morde vom selben Täter begangen wurden.«

Nach diesen Worten nahm er erneut einen Schluck Wasser. Seine Kinnpartie wirkte verspannt. Wahrscheinlich musste er sich beherrschen, nicht unpassenderweise vor Freude zu lächeln, weil seine Worte so viel Aufregung hervorgerufen hatten.

»Wenn Sie mich bitte ausreden lassen würden«, fuhr er fort. »Eine Folge davon ist, dass wir die bisher unabhängig voneinander geführten Ermittlungen zusammenlegen werden. Da ich zufällig länger im Dienst bin als mein Kollege hier, werde ich die offizielle Leitung übernehmen, aber ich brauche wohl nicht eigens zu betonen, dass Vic Renborn und sein Team bisher hervorragende Arbeit geleistet haben und wir eng zusammenarbeiten werden.«

Er nickte mit ernster Miene zu Renborn hinüber, der ihm mit einem raschen, geschäftsmäßigen Nicken dankte. Sofort schoss in den vorderen Reihen ein Wald von Händen hoch. Oban deutete auf jemanden, den ich nicht sehen konnte. »Ja, Ken?«

»Worauf gründet sich diese Annahme, dass zwischen den beiden Fällen eine Verbindung besteht?«

»Wie die meisten von Ihnen wissen, dient die Analyse von Fasern für gewöhnlich dem Ziel, eine Verbindung zwischen einer Leiche und einem Verdächtigen herzustellen. In diesem Fall aber haben wir zusammenpassende Fasern auf der Kleidung der beiden Frauen gefunden.«

»Welche Art von Fasern?«

»Ursprünglich sind wir davon ausgegangen, dass man beide Frauen dort umgebracht hat, wo ihre Leichen gefunden wurden. Inzwischen vermuten wir, dass sie an einem anderen Ort getötet und dann mit einem Fahrzeug zu einer relativ abgelegenen Stelle transportiert wurden, wo sich der Täter ihrer Leichen entledigte. Was wir gefunden haben, ist eine Form von …« Oban blickte auf ein vor ihm liegendes Blatt. »… synthetischem Polymer, das beide Leichen aufwiesen.«

Jemand anders stand auf. Eine Frau mit einem Mikrofon. »Aber wie sind Sie auf diese Verbindung gekommen?«

Nun gestattete sich Oban den Anflug eines Lächelns. »Ein entscheidender Aspekt bei den Ermittlungen in einem Mordfall ist stets die Verwaltung der Informationen und der Informationsfluss zwischen verschiedenen Teilen der Londoner Polizei und darüber hinaus. Ich würde sagen, in diesem Fall hat es mit der Kooperation bisher vorbildlich geklappt, und dafür möchte ich Vic Renborn und seinem Team noch einmal danken.«

»Aber was hat Sie überhaupt dazu bewogen, diese Morde miteinander zu vergleichen? Weisen die beiden Fälle auffallende Ähnlichkeiten auf?«

»Nein, auf den ersten Blick nicht«, antwortete Oban. »Aber es gibt durchaus ein, zwei Verbindungsglieder.«

»Welche zum Beispiel?«

Er machte ein geheimnisvolles Gesicht. »Sie werden hoffentlich verstehen, dass wir darüber zum gegenwärtigen Zeitpunkt noch nicht sprechen möchten.«

»Können Sie etwas über den Tätertypus sagen, nach dem Sie suchen?« Oban sah zu Renborn hinüber. »Vic? Möchten Sie das vielleicht übernehmen?«

»Gern«, antwortete Renborn mit einem bescheidenen Lächeln. »Was wir in diesen beiden Fällen zu erkennen glauben, nennt sich Progression. Das erste Opfer, Lianne, war das, was wir ein leichtes Ziel nennen. Sie war eine Ausreißerin, die in Jugendherbergen übernachtete und in einer Welt der Drogen und der Prostitution lebte. Sie war verwundbar und für den Täter eine leichte Beute. Bei Philippa Burton war er bereits kühner. Ich sage nichts gegen Lianne, die natürlich auch auf tragische

Weise ums Leben gekommen ist, aber Mrs. Burton war eine ehrenwerte Frau mit Kind. Sie stellte ein schwierigeres Ziel dar. Wir haben es bei unserem Täter mit einem Menschen zu tun, der zunächst einen Mord begangen hat, den man als ›einfach‹ bezeichnen könnte, und sich inzwischen an einen schwierigeren herangewagt hat.«

Eine andere Hand ging hoch. »Können Sie etwas konkreter werden?«

»Der Mörder benutzt unter Umständen einen Wagen. Außerdem wurden wir bei der Erstellung des Täterprofils von einem erfahrenen Psychologen beraten, der auf diesem Gebiet bereits viele Erfolge verzeichnen kann.«

Ich wusste, von wem er sprach. Seb Weller.

»Er hat für uns ein vorläufiges Psychogramm des Täters erstellt, von dem ich Ihnen zum gegenwärtigen Zeitpunkt aber nur einige wenige Details verraten darf. Es handelt sich um einen Weißen. Er ist fünfundzwanzig bis fünfunddreißig Jahre alt. Wir vermuten, dass ihm Philippa Burton irgendwie aufgefallen ist und er sie nicht nur deswegen umgebracht hat, weil er sie begehrte, sondern weil er sie darüber hinaus um das beneidete, was sie besaß, ihren offensichtlichen Reichtum und ihr Kind.«

»Demnach handelt es sich also um einen Serientäter.«

»Nicht unbedingt«, antwortete Renborn rasch. »Wir dürfen in dieser Hinsicht keine vorschnellen Schlüsse ziehen. Ich wollte damit nur sagen, dass sich in der Stadt ein gefährlicher Mann herumtreibt, wahrscheinlich mit einem Auto. Deswegen bitten wir die Öffentlichkeit um Mithilfe.«

»Er wird also wieder zuschlagen!«, rief eine Stimme von hinten.

»Ich möchte bestimmt niemanden beunruhigen«, erklärte Renborn. »Der Täter wird mit Sicherheit gefasst werden. Aber bis dahin sollten die Leute – und vor allem die Frauen – besondere Vorsicht walten lassen. Wir werden alle die Augen offenhalten.« Er blickte in die Runde. »Noch irgendwelche Fragen?«

Eine Frau mittleren Alters stand auf. »Sie haben uns noch nicht gesagt, was Sie dazu veranlasst hat, die beiden Fälle zu vergleichen.«

Oban übernahm wieder. »Die Antwort auf diese Frage ist nicht so einfach«, begann er. »Wie Sie sicher wissen, hängen Ermittlungen wie diese von hochtechnischen gerichtsmedizinischen Untersuchungen, aber auch von altmodischer Polizeiarbeit ab. Wir haben bereits Hunderte von potenziellen Zeugen befragt, wir haben den Kanal absuchen lassen, wir sind von Haustür zu Haustür gegangen und haben Anwohner befragt und die Gegenden rund um die beiden Leichenfundorte genauestens durchkämmt. Trotzdem läuft es am Ende manchmal auf Erfahrung und Instinkt hinaus.« An dieser Stelle bedachte er seine Zuhörerschaft mit einem onkelhaften Lächeln. »Nennen Sie es Bulleninstinkt, wenn Sie so wollen. Wir hatten das Gefühl, dass da eine Verbindung bestand, auch wenn wir zuerst gar nicht wussten, weshalb. Das hat uns veranlasst, es zu überprüfen. Bestimmte Dinge haben bei uns einfach Alarmglocken schrillen lassen.«

»Warum hat er sich ausgerechnet diese Frauen als Opfer ausgesucht?«

»Wir glauben, dass die Umstände jeweils günstig waren. Er sah eine Chance und handelte. Deswegen sind psychopathische Mörder dieses Typs auch so schwer zu fassen.«

»Gibt es bereits Verdächtige?«

»Darüber möchte ich mich zum gegenwärtigen Zeitpunkt nicht äußern. Nur so viel: Wir sind dabei, einige Leute zu befragen.«

»Stimmt es, dass Sie jemanden mit übersinnlicher Wahrnehmung engagiert haben, um den Mörder zu fangen? Und halten Sie das für eine angemessene Verwendung von Steuergeldern?«

»Zu Ihrer ersten Frage: Nein, wir haben niemanden mit übersinnlicher Wahrnehmung engagiert. Andererseits – wenn mir jemand hilft, den Mörder zu finden, ist es mir egal, ob er dazu Teeblätter verwendet oder nicht. Und mit diesem hoffnungsvollen Ausblick sollten wir diese Pressekonferenz beenden, denke ich. Seien Sie versichert, wir werden Sie über alle Entwicklungen auf dem Laufenden halten. Für uns heißt es jetzt, zurück an die Arbeit, das werden Sie bestimmt verstehen. Wir haben noch eine Menge zu tun.«

Zwanzig Minuten später saßen wir im Lamb and Flag, einem nahe gelegenen Pub, das mit unterschiedlichen Zaumzeugbeschlägen dekoriert war und von vielen Polizisten frequentiert wurde. Oban nahm einen Schluck von seinem Bier und hielt das Glas anschließend nachdenklich ins Licht.

»Als ich von ›uns Polizisten‹ sprach, waren Sie natürlich mit eingeschlossen, Kit. Ich weiß, dass ich Sie vielleicht namentlich hätte nennen sollen …«

Ich nahm einen Schluck von meinem Mineralwasser und kam mir sehr spießig vor. Ich wollte nicht wie eine sauertöpfische Abstinenzlerin wirken, aber es war ein normaler Arbeitstag und erst elf Uhr vormittags. »Es geht mir nicht um Lorbeeren …«, begann ich.

»Es ist nun mal so«, fuhr Oban fort, »dass es der Arbeitsmoral der Truppe förderlich ist, wenn man ihnen sagt, wie gut sie ihren Job gemacht haben. Ob verdient oder nicht. Aber eins dürfen Sie mir glauben, falls das Ganze schief geht, werden wir Sie bestimmt namentlich nennen, damit die Öffentlichkeit ihren Sündenbock bekommt.«

»Ja, genau«, sagte Furth von der anderen Seite des Tisches her. Er hatte gerade ein zweites Glas neben sein erstes gestellt, das fast leer war. »Wir werden schon dafür sorgen, dass Sie zu Ihrem Recht kommen, Kit. Solange Sie uns nicht wieder im Stich lassen. Ich habe völlig den Überblick verloren, wie oft Sie in den Fall ein- und wieder ausgestiegen sind. Sie sind schon öfter von der Bühne abgetreten als Frank Sinatra. Wie auch immer, prost!«

Der restliche Inhalt von Glas Nummer eins verschwand. So sah das also aus, wenn die Jungs nett zu mir sein wollten. Ich fand es oft schwierig zu unterscheiden, wann sie nett waren und wann garstig, und wusste häufig nicht, ob ich gerade einen Klaps auf die Schulter oder einen Stich zwischen die Rippen bekam. Vielleicht musste man ein Mann sein, um das zu verstehen. »Ihr Täterpsychogramm hat mich nicht so ganz überzeugt, Vic«, sagte ich vorsichtig.

»Dafür dürfen Sie nicht mir die Schuld geben, meine Liebe. Ich habe nur Seb zitiert. Meinen Sie, er hat Unrecht?«

»Nein. Aber das Ganze ist ein Glücksspiel. Wir sagen, der Mörder ist weiß, weil die meisten Serienmörder keine Rassengrenzen überschreiten. Das ist mir alles bekannt. Gefährlich wird die Sache, wenn man auf Grund eines solchen Psychogramms bestimmte Möglichkeiten von vornherein ausschließt.«

»Ich dachte, das sei der Sinn der Sache.«

»Es bringt nicht viel, wenn man ausgerechnet die *richtige* Möglichkeit ausschließt.«

»Ich habe von Ihrer Theorie gehört«, schaltete sich Furth ein. »Ein netter psychopathischer Killer. Möchten Sie übrigens ein paar Chips?«

Kaum zu fassen. Furth bot mir seine Chips an. Demnach war ich definitiv wieder an Bord. Ich schob mir ein paar in den Mund und zermalmte sie laut.

»Ich habe nicht behauptet, dass er nett ist. Aber es gibt tatsächlich nette Mörder, zumindest in gewisser Hinsicht.« Im Hintergrund lachte jemand schallend. »Ich meine das ernst. Ich bin mal auf einen Fall gestoßen, da wurde ein Kind von seiner Mutter ermordet und anschließend beerdigt, aber bevor sie es vergrub, hüllte sie es liebevoll ein, als würde sie es ins Bett legen. Ich will damit nur sagen, dass wir nicht vorschnell von bestimmten Annahmen ausgehen sollten.«

»Aber wie geht es nun weiter?«, fragte Oban. »Das ist unser Problem. Sie sagen uns immer nur, was wir *nicht* tun sollen, aber was *sollen* wir tun? In welche Richtung sollen wir ermitteln?«

»Ich weiß es nicht«, antwortete ich und nahm den letzten

Schluck von meinem Wasser. »Wir müssen für alle Möglichkeiten offen sein, das ist alles.«

»Sie machen es sich zu schwer, meine Liebe«, mischte sich Furth wieder ein. »Anfangs war unser Täter vorsichtig, aber sein zweites Opfer hat er sich am helllichten Tag geschnappt. Er wird kühner. Er braucht die Aufmerksamkeit der Öffentlichkeit. Ich möchte wetten, dass er immer unvorsichtiger vorgehen wird und wir ihn beim nächsten oder übernächsten Mal schnappen. Und wissen Sie, was? Sein Name wird Mickey Doll sein.«

Ich reagierte nicht auf die Erwähnung Dolls. »Aus Ihrem Munde klingt das alles wie ein Spiel.«

»Nein«, erwiderte Oban, »das ist nicht fair.« Er nahm einen großen Schluck und wischte sich dann mit dem Handrücken über den Mund. »Wir benehmen uns vielleicht wie ein Haufen Vollidioten, aber das bedeutet nicht, dass wir tatsächlich welche sind.«

»Ähm, ich fürchte, es bedeutet genau das«, meinte Furth, was großes Gelächter hervorrief. Es war, als fände unsere Besprechung inmitten einer Rugbyfeier statt.

20. KAPITEL

Nach meinem Vormittag in der Klinik hatte ich den Nachmittag frei. Als Mittagessen nahm ich mir ein warmes, mit Käse und Spinat gefülltes Croissant mit nach Hause, und hinterher verspeiste ich eine ganze Schüssel Himbeeren, große, rote Früchte aus dem Kühlschrank, deren Süße bereits eine Spur nach Gärung schmeckte. Ich aß sie langsam und genussvoll eine nach der anderen. Die Früchte färbten meine Finger rot. Draußen war die Luft vom Regen der letzten Nacht frisch und mit Feuchtigkeit gesättigt. Die Blätter der Bäume glänzten nass. Ich dachte an Lianne und Philippa, rief mir ihre Gesichter ins Gedächtnis. Ich wusste, wie Philippa zu Lebzeiten ausgesehen hatte – die Zeitungen hatten so viele Fotos von ihr gebracht, die sie mit ihrem seidigen blonden Haar und ihrem schlanken, gebräunten Körper zeigten. In Liannes Fall wusste ich nur, wie sie als Tote ausgesehen hatte, mit ihren abgebissenen Nägeln und dem struppigen Haar. Ich kannte weder die Farbe ihrer Augen noch die Art, wie sie gelächelt hatte. Ich musste mehr über diese beiden jungen Frauen in Erfahrung bringen, denn sogar für willkürlich angewandte Gewalt gibt es in der Regel ein Motiv. Und ich wollte mit Lianne beginnen, weil sie als Erste gestorben war, auch wenn sie kaum Spuren hinterlassen zu haben schien.

Nachdem ich die letzte Himbeere verspeist hatte, spülte ich die Schüssel aus. Die Polizei war mir keine wirkliche Hilfe. Sie wussten nichts über Lianne, weder, wo sie herkam, noch, wer sie gekannt hatte. Sie konnten mir nichts sagen, was ich nicht schon wusste: dass sie eine Ausreißerin war, eine von den Tausenden von Vermissten, die durch die Straßen der Großstädte streunen. Die Polizei hatte ständig mit Leuten wie Lianne zu tun. Ausreißer nahmen Drogen, stahlen und gingen auf den Strich. »Sie sind Opfer, die dann zu Kriminellen werden«, erklärte Furth. Ich wollte schon antworten, ließ es dann aber sein. Wir waren wieder Gegner, die so taten, als wären sie Freunde.

Mir fiel nichts Besseres ein, als mich nochmals an Pavic zu wenden. Ich musste meinen ganzen Mut zusammennehmen, um erneut bei ihm anzurufen. Bei allen unseren Begegnungen war ich hoffnungslos im Hintertreffen gewesen, aber das letzte Mal hatte alles Vorherige übertroffen. Ich holte tief Luft und wählte die Nummer. Eine Frau ging ran und erklärte mir, dass er nicht da sei, aber jede Minute zurückerwartet werde. Fast erleichtert hinterließ ich meine Nummer. Ich vertrieb mir die Wartezeit, indem ich in meiner Wohnung herumwanderte, aus dem Fenster sah, nach ein paar Zeitschriften griff und sie wieder weglegte.

Fünfzehn Minuten später klingelte das Telefon. Ich nahm

erst nach dem dritten Läuten ab, damit er nicht auf die Idee kam, dass ich gleich neben dem Telefon saß.

»Hier Will Pavic.«

»Tut mir wirklich Leid, dass ich Sie schon wieder belästigen muss«, erklärte ich. Ich schwieg einen Moment, aber er sagte nichts. »Ich brauche Ihre Hilfe«, fuhr ich fort.

»Das habe ich mir schon fast gedacht«, meinte er trocken.

»Ich muss unbedingt mit Leuten reden, die Lianne gekannt haben. Geben Sie mir wenigstens einen Tipp.«

»Kit ...«

»Bitte.«

»Also gut.«

»Mein Gott, das war ja leichter, als ich dachte.« Er lachte nicht. Vielleicht hatte er vergessen, wie das ging. »Soll ich zu Ihnen ins Centre kommen?«

»Mal sehen. Haben Sie so gegen sechs Zeit?«

»Ja.«

»Treffen wir uns doch an der Autowaschanlage in der Sheffield Street. Das ist hier ganz in der Nähe, nur die Straße rauf.«

»An der Autowaschanlage?«

»Ja. Es ist ein großes Gebäude, Sie können es gar nicht verfehlen. Also bis dann.«

»Wegen neulich –«, sagte ich, aber er hatte schon aufgelegt.

Ich ging meine Notizen noch einmal durch und fragte in der Klinik nach, ob es Nachrichten für mich gebe. Dann machte ich mich auf den Weg zum Friseur um die Ecke, der sich neuerdings Haarstylist nannte und seinen Salon in Silber und Weiß präsentierte, beleuchtet von hartem Neonlicht. Ein junger Mann mit kahl rasiertem Schädel, der eine weite schwarze Hose und ein ärmelloses T-Shirt trug, band mir einen weißen Nylonumhang um und ließ mich vor einem großen, gnadenlosen Spiegel Platz nehmen. Dann stellte er sich hinter mich, nahm meinen Kopf in seine geübten Hände und fragte mich, was ich denn für Wünsche hätte.

»Nur schneiden«, antwortete ich.

Er nahm ein paar Strähnen meines braunen Haars und betrachtete mich einen Moment. »Sollen wir es vielleicht ein bisschen strähniger machen? Ein bisschen wilder?«

»Nur schneiden.«

»Ein paar Glanzlichter? Vielleicht ein bisschen Kupfer. Das ist im Moment sehr in.«

»Vielleicht beim nächsten Mal.«

»Schönes Haar«, sagte er und ließ es noch einmal nachdenklich durch seine Finger gleiten, bevor er mir ein Handtuch um die Schultern legte und mich zu einem Waschbecken führte. Ich lehnte mich zurück und ließ eine junge Frau, deren Haar aussah, als wäre es mit der Gartenschere geschnitten, meinen Kopf mit einem nach Kokosnuss riechenden Shampoo waschen. Ein wunderbares Gefühl. Ich schloss die Augen, weil mich das grelle Licht blendete. Anschließend umkreiste mich der junge Mann mit einer langen Schere und schnitt dicke Haarsträhnen ab, die weich auf dem Boden landeten. Immer wenn mich ein Härchen im Gesicht kitzelte, beugte er sich vor und blies sanft über meine Wange.

Hinterher fühlte ich mich viel besser. Wenn ich den Kopf schüttelte, schwang mein Haar wie in diesen Werbespots für Weichspülungen. Ich eilte nach Hause und ging rasch unter die Dusche. Dann schlüpfte ich in meine weiße Jeans, ein biskuitfarbenes T-Shirt, Pumps und eine alte Wildlederjacke. Ich fühlte mich sauber und frisch.

Die Autowaschanlage befand sich in einer Reihe alter und baufällig aussehender Lagerhallen in der Nähe des Kanals. Obwohl ich schon kurz vor sechs dort war, stand Will bereits auf dem Gehsteig und wartete auf mich. Ich hielt neben ihm, und er nahm auf dem Beifahrersitz Platz. Ein anderer Wagen bog vor uns in die Anlage.

»Wo ist Ihr Auto?«

»Das wird gerade gewaschen, was sonst?«

»Haben wir uns deswegen hier getroffen – weil Sie Ihr Auto waschen lassen wollten?«

»Lianne hat hier Anfang des Jahres ein paar Wochen gearbeitet. Ich dachte, es wäre ein guter Ort, um mit Ihren Nachforschungen zu beginnen. Obwohl ich nicht sicher bin, wie viele von den Leuten, die damals hier beschäftigt waren, überhaupt noch da sind. Das Personal wechselt ziemlich häufig.«

»Hier? Sie hat Autos gewaschen?«

»Nein. Das ist natürlich reine Männersache. Sie hat Geld kassiert und die Karten ausgegeben. Die Frau, die den Laden betreibt, war eine Weile im Krankenhaus, weil sie eine neue Hüfte bekam. Sie ist eine Freundin von mir.« Noch während er sprach, trat aus dem Haus eine sehr beleibte Frau auf uns zu. Sie hatte dünnes Haar, dafür aber ein paar Borsten auf dem Kinn. Will öffnete die Beifahrertür, und sie beugte sich zu uns herunter, was ihr sichtlich schwer fiel. »Diana, das ist Kit. Kit, Diana.«

Ich neigte mich über Will und begrüßte sie. Sie hatte einen festen Handschlag und kluge Augen. »Sie interessieren sich für Lianne?«

Sie sprach das E am Ende des Namens. Ich fragte mich, woher sie wohl kam. »Ja. Es ist sehr freundlich von Ihnen, mir zu helfen.«

»Vielleicht gehen Sie schon mal rein? Ich bin in ein paar Minuten bei Ihnen.«

»Ich glaube, vorher lasse ich noch mein Auto waschen.«

Sie lächelte. »Welches Programm möchten Sie?«

Ich warf einen Blick auf die verschiedenen Programme, die auf einer großen Tafel vor dem Gebäude angeschrieben waren. »Ich nehme die Spezialwäsche.«

Zum ersten Mal entdeckte ich in Wills Blick eine Spur von Anerkennung.

»Das macht dann zwölf fünfzig.«

Ich reichte ihr das Geld. Sie ließ es flink in eine Tasche ihres Rocks gleiten. Dann richtete sie sich auf und winkte mich durch die riesigen Tore. »Kurbeln Sie Ihre Fenster hoch!«, rief sie.

»Bleibt man hier im Wagen sitzen?«, fragte ich Will.

»Sieht ganz so aus.«

Ich fuhr langsam zwischen den Toren hindurch und befand mich mit einem Schlag in einer anderen Welt, einer dunklen, nassen Welt, in der hektische Betriebsamkeit herrschte. Scharfe Wassergüsse trafen uns aus allen Richtungen, und fünf oder sechs Männer, die alle Gummistiefel und Gummihandschuhe trugen, stürzten sich auf den Wagen und begannen, ihn mit langen Bürsten zu bearbeiten. Ich beobachtete sie durch die seifigen Fenster. Der Mann, der sich gerade über meine Motorhaube beugte, hatte einen Schnurrbart wie ein Walross und melancholische Falten in seinem kantigen Gesicht mit den slawischen Wangenknochen. Der auf Wills Seite wirkte wie siebzehn. Er war ein sehr dunkler Typ, groß, dünn und auffallend hübsch. Er sah aus wie ein Filmstar. Ein älterer Mann, allem Anschein nach ein Chinese, wischte gewissenhaft mein Fenster. Als er meinen Blick bemerkte, lächelte er mich an.

»Was ist das hier?«

»Eine Waschanlage.«

»Danke«, sagte ich sarkastisch. »Ich meine, wo kommen alle diese Leute her?«

Will sah mich von der Seite an. »Die meisten sind Flüchtlinge. Sie arbeiten eine Weile hier, und keiner stellt ihnen unangenehme Fragen. Bezahlt wird bar.«

»Und Lianne?«

»Manchmal schicke ich junge Leute her. Es ist eine sichere Arbeit. Die Bezahlung ist nicht großartig, aber auch nicht ganz schlecht. Sie sind von der Straße weg und verdienen ein bisschen, bis sie vielleicht was anderes finden.«

Ein Mann in einem gelben Regenmantel winkte mich weiter. Langsam fuhr ich zwischen die nächsten Wasserdüsen: sauberes Wasser, um die Seife wegzuwaschen. Weitere Männer, diesmal mit Tüchern bewaffnet, waren bereits im Anmarsch. Hinter uns fuhr der nächste Wagen in die Anlage.

»Das ist ja erstaunlich!«

Wills Miene wirkte selbstzufrieden, als hätte er das alles für mich arrangiert.

»Das mit Doll tut mir Leid«, sagte ich schließlich.

»Warum?«

»Es tut mir Leid, dass ich Ihnen solche Umstände gemacht habe. Ich meine, Sie kennen mich ja kaum, aber mir ist einfach nichts anderes eingefallen.«

»Warum haben Sie nicht die Polizei angerufen?«

»Ich wollte ihn nicht in Schwierigkeiten bringen – und um ehrlich zu sein, befand ich mich selbst auch in einer etwas peinlichen Lage. Aber das ist eine lange Geschichte. Zu lang.«

Er nickte, als wäre er gar nicht neugierig. »Es war richtig, mich anzurufen.«

»Dann halten Sie ihn für gefährlich?«

»Ich weiß nicht. Er ist…« Er zögerte einen Moment, »…er ist ein todunglücklicher Mensch.«

Wieder wurde ich nach vorn gewinkt, diesmal in eine Art Parkbucht.

»Hier steigen wir aus«, erklärte Will. »Jetzt ist das Wageninnere an der Reihe. Er wird aber wiederkommen.«

»Doll?«

»Sie haben es ihm angetan. Er fühlt sich von Ihnen verstanden.«

»Oh.« Ich wusste nicht, was ich sagen sollte.

»Und er findet Sie schön«, fügte er hinzu, als wäre das ziemlich lustig.

Ich stieg aus und wartete auf Will. Sofort stiegen vier Männer ein, zwei mit Putzlappen und Eimern, einer mit einem Malerpinsel, der wohl für die Ecken und Spalten gedacht war, und einer mit einem Industriestaubsauger. Diana erschien mit zwei Tassen Kaffee. Sie war in Begleitung eines jungen Mannes, der ein rosafarbenes Bart-Simpson-T-Shirt trug. »Das hier ist Gonzalo«, stellte sie ihn vor. »Er war schon da, als Lianne hier gearbeitet hat.«

Er hatte dünnes schwarzes Haar, eine olivfarbene Haut, das

schüchternste Lächeln, das man sich vorstellen konnte, und einen weichen, kraftlosen Händedruck.

»Hallo«, sagte ich. Er zog erschrocken den Kopf ein. »Dann kannten Sie also Lianne?«

»Lianne. Ja. Lianne.«

»Waren Sie ein Freund von ihr?«

»Freund?« Er hatte einen sehr starken Akzent. Ich wusste nicht so recht, ob er überhaupt etwas von dem verstand, was ich zu ihm sagte.

»Waren Sie ein Freund von Lianne?«, wiederholte ich. Er sah mich stirnrunzelnd an. »Wo kommen Sie her, Gonzalo?«

Seine Miene hellte sich auf. Er deutete mit dem Zeigefinger auf seine Brust. »Kolumbien. Schön.«

»Ich spreche kein Spanisch.« Ich wandte mich an Will. »Können Sie Spanisch?«

»Nein. Aber ich wette, Lianne konnte es auch nicht. Gonzalo, war Lianne glücklich?«

»Glücklich?« Er schüttelte den Kopf. »Nicht glücklich.«

»Traurig?«

»Traurig, ja, und das.« Er hielt auf theatralische Weise die Hand vor den Mund.

»Verängstigt?«, fragte ich.

»Wütend?«, schlug Will vor.

»Verloren«, sagte Diana. Sie drückte mir eine Kaffeetasse in die Hand. Ich nahm einen Schluck. Er war nur lauwarm und schmeckte bitter. »Man sieht es an ihren Augen. Es gibt Menschen, die sind gar nicht mehr richtig von dieser Welt. Solche Leute trifft man hier oft.« Sie wies mit ihrem borstigen Kinn in Richtung der Männer, die wie Bienen die Autos umschwirrten.

»Und in Liannes Augen haben Sie das auch gesehen?«

Sie zuckte mit den Achseln. »Ich bin ihr kaum begegnet. Sie arbeitete hier, wenn ich nicht da war. Sie wirkte vielleicht ein bisschen in sich gekehrt und hatte nicht viel Kontakt zu anderen. Hast du das auch so empfunden?« Sie wandte sich an Will.

»Vielleicht«, antwortete er vorsichtig. Ich war noch nie einem Menschen begegnet, der so wenig bereit war, sich festzulegen.

»Na ja, wer könnte ihr das auch verübeln? Immerhin war sie ehrlich, das muss man ihr zugute halten. Soweit ich es beurteilen kann, hat sie kein Geld verschwinden lassen.«

Ich betrachtete die beiden, die dicke Frau und den mürrischen Mann. Gonzalo trat von einem Fuß auf den anderen. »Danke«, sagte ich an ihn gewandt.

Er sah mich mit seinem scheuen Lächeln an und schlich davon. Mein Wagen blitzte, von innen genauso wie von außen. Der Mann mit dem Walrossbart ließ einen letzten prüfenden Blick darüber gleiten.

»Und Ihnen möchte ich auch danken«, sagte ich zu Diana. »Ich weiß Ihre Hilfe zu schätzen.«

Sie zuckte mit den Achseln. »Sie sind eine Freundin von Will.«

Da war ich mir nicht so sicher. Ich sah zu ihm hinüber. »Lust auf einen Drink?«

Er wirkte etwas überrascht. »Okay«, sagte er, als würde ihm auf die Schnelle keine Ausrede einfallen. »Warum fahren Sie nicht einfach hinter mir her? Ich kenne hier in der Nähe ein Pub.«

Ich ließ ein paar Münzen in die Trinkgeldkasse fallen, dann fuhren wir mit unseren blitzenden Autos im Konvoi durch kleine Seitenstraßen, vorbei an alten Lagerhallen. Ich war noch nie hier gewesen – das war ein London, das ich nicht kannte.

Das Pub lag an der Kanalseite. Von vorn wirkte es ziemlich trist und heruntergekommen, aber auf der Rückseite ging eine Terrasse auf das Wasser hinaus. Dort ließen wir uns mit unserem Tomatensaft nieder. Der Himmel nahm gerade einen seltsamen Braunton an, kleine Windböen kräuselten die dunkle, ölige Oberfläche des Wassers, und ein paar dicke Regentropfen platschten vom Himmel.

»Was sagen Sie?«, fragte Will in träumerischem Ton.

»Wozu? Zu meinem Drink?«

»Zum Kanal.«

»Sieht ein bisschen dreckig aus.«

Er nippte an seinem Drink. »Das wird sich bald ändern. Haben Sie von dem neuen Entwicklungsprojekt gehört?«

Ich blickte auf das schwarze Wasser hinaus. Das Lagerhaus auf der anderen Seite war nach oben offen. Alle Fenster waren zerbrochen, und drinnen standen Unmengen von verbeulten, rostigen Maschinen. Überall lagen Trümmer und seltsamer Müll herum, über den ich nicht genauer nachdenken wollte. »Wer sollte den Wunsch haben, hier etwas zu entwickeln?«

»Machen Sie Witze? Eine so große Fläche erstklassigen Landes, mitten in London? In ein paar Jahren werden hier lauter Weinbars, Fitnessklubs und Wohnanlagen mit privaten Garagen stehen.«

»Ist das positiv zu sehen?«

Er leerte sein Glas. »Die Gegend wird respektabel werden«, antwortete er.

»Aus Ihrem Mund klingt das wie ein Schimpfwort, aber es könnte Ihren jungen Leuten doch Jobs bringen.«

»Ich fürchte, die meisten werden hier nicht reinpassen. Man wird sie irgendwo anders hinschieben.« Ich schauderte. Er sah mich an. »Ist Ihnen kalt?«

Ich schüttelte den Kopf. »Ihre Worte haben mir eine Gänsehaut verursacht.«

Trotzdem zog er seine Jacke aus und hängte sie mir um die Schultern. Einen Moment war ich überrascht über das prickelnde Gefühl, das mich durchströmte, als ich seine Hände auf meinen Schultern spürte. Es war so lange her, dass mich ein Mann berührt hatte.

21. KAPITEL

Ich kann es noch immer nicht glauben.«

»Nein«, sagte ich lahm.

»Ich meine, normalerweise passiert so etwas doch nicht, oder? Nicht jemandem, den man kennt. Ich kann es einfach nicht fassen.« Sie wiegte ihren Kopf von einer Seite zur anderen, als hätte sie Wasser in den Ohren. »Arme Philippa«, sagte sie.

»Mmm.«

»Und Jeremy. Und die arme, arme Emily. Was wird aus dem Kind werden? Wie kann ein Mensch nur so was tun?«

Da das nicht wirklich als Frage gemeint war, gab ich ihr keine Antwort. Stattdessen nippte ich an dem Kaffee, den sie für mich zubereitet hatte, und wartete. Tess Jarrett sah aus wie eine kleine, schimmernde Kastanie. Sie saß mit angezogenen Knien in einem großen Sessel im Wintergarten ihres eleganten Hauses, klein und rundlich, ohne dabei plump zu wirken. Ihr Gesicht war von einer Fülle glänzender brauner Locken eingerahmt, sie hatte gesprenkelte braune Augen, honigfarbene Haut, einen kleinen Mund, strahlend weiße Zähne, kleine Hände mit perlmuttfarbenen Nägeln und gepflegte, in Sandalen steckende Füße. Sie war, wie sie selbst sagte, Philippas beste Freundin. Ihre allerallerbeste Freundin. Sie hatte vor Entsetzen und Aufregung ein rotes Gesicht.

»Wir waren unzertrennlich«, erklärte sie. »Erst recht, seit Emily und Lara geboren wurden. Sie sind fast gleich alt, müssen Sie wissen. Wir haben gleichzeitig zu arbeiten aufgehört und deshalb eine Menge Zeit miteinander verbracht.« Es war schwierig, sich Tess als Mutter vorzustellen, denn trotz ihrer zweiunddreißig Jahre wirkte sie so jung und mädchenhaft, als würde sie selbst jeden Moment den Daumen in den Mund stecken.

»Wie lange haben Sie sich gekannt?«

»Schon seit dem College.« Ihre Augen weiteten sich. »Das bedeutet, ich kenne sie schon mein halbes Leben. Kannte, besser gesagt. Es fällt mir schwer, mich daran zu gewöhnen.«

»Das ist auch schwer«, pflichtete ich ihr bei.

»Hinzu kam natürlich, dass wir seit unserer Heirat ziemlich nahe beieinander wohnten. Von Hampstead nach Belsize Park sind es zu Fuß gerade mal zehn Minuten. Wir haben uns mehrmals die Woche getroffen und sind zusammen einkaufen gegangen.« Sie zupfte an ihrem pastellfarbenen Baumwollkleid herum. »Das haben wir erst vor zwei Wochen erstanden, für meinen Griechenlandurlaub mit Rick und den Kindern. Rick und Jeremy verstehen sich auch gut. Der arme Jeremy.« Sie stieß einen tiefen Seufzer aus.

»Tess«, sagte ich in die anschließende Stille hinein, »manchmal erfahren wir etwas über den Täter, indem wir möglichst viel über sein Opfer herausfinden. Deswegen bin ich hier.«

Sie nickte. Ihr Gesicht nahm einen tragischen Ausdruck an. »Ja«, murmelte sie. »Ich weiß.«

»Ich brauche Sie nicht zu fragen, wo sich Philippa in ihren letzten Stunden aufgehalten hat. Das ist Sache der Polizei. Mich interessieren eher ihre Stimmungen, was in ihrem Leben so vor sich ging. Manchmal weiß eine Freundin darüber mehr als die Familie.«

»Ich habe alles über Philippa gewusst«, erklärte sie mit Nachdruck. »Wir hatten keine Geheimnisse voreinander. Zum Beispiel« – sie senkte die Stimme und beugte sich vor – »habe ich ihr von den Problemen erzählt, die ich kurz nach Laras Geburt mit Rick hatte. Ich glaube, Männer haben Probleme, wenn ihre Frau ein Baby hat, meinen Sie nicht auch? Sie bekommen nicht mehr die ganze Aufmerksamkeit. Außerdem ist man als Frau oft müde, weil man nachts immer aufstehen und das Kind stillen muss. Da werden sie richtig eifersüchtig. Männer sind ja selbst wie Kinder, stimmt's? Was wollte ich eigentlich gerade sagen? Ach ja, Rick wurde also recht aufbrausend und fordernd, Sie wissen schon, was ich meine, aber ich wollte nicht –

na ja, jedenfalls habe ich Philippa davon erzählt. Es hat mir schon geholfen, einfach nur darüber zu reden. Philippa konnte sehr gut zuhören. Sie war keine solche Quasselstrippe wie ich.« Sie lachte. »Manchmal glaube ich«, fuhr sie fort, »dass wir deswegen so gute Freundinnen waren. Ich war die plappernde Extrovertierte, sie dagegen eher –« Sie hielt inne und sah mich stirnrunzelnd an.

»Ja?« Ich wollte nicht, dass Tess ausgerechnet jetzt, da sie endlich auf Philippa zu sprechen gekommen war, zu erzählen aufhörte.

»– eher jemand, der mehr am Rand der Dinge blieb, während ich immer direkt im Mittelpunkt sein muss.«

»Glauben Sie, dass sie das selbst so wollte? Am Rand stehen?«

»O ja, sie war sehr glücklich. Ich habe sie nie weinen sehen. Ist das nicht seltsam? Ich weine ständig. Ich weine, wenn ich mir mit Lara *Dumbo* oder *Bambi* ansehe, eigentlich bei jedem halbwegs kitschigen Film, oder wenn sie in den Nachrichten hungernde Kinder zeigen. Manchmal muss ich sogar weinen, weil Lara weint, auch wenn sie es vielleicht nur deswegen tut, weil ich sie gescholten habe. Dann sitzen wir da wie zwei kleine Heulsusen. Mir kommen auch immer die Tränen, wenn sie irgendwas zum ersten Mal macht – als sie das erste Mal ›Mummy‹ sagte, bin ich aus dem Heulen gar nicht mehr rausgekommen. Blöd, nicht wahr? Ich weine, wenn ich glücklich bin, und ich weine, wenn ich traurig bin. Aber Philippa war nicht so. Nicht mal als junges Mädchen.«

»Was nicht notwendigerweise bedeutet, dass sie glücklich war«, bemerkte ich in neutralem Tonfall.

»Nein.« Sie streckte ihre Beine aus und bewegte die Zehen. »Natürlich nicht. Aber sie schien mir immer ein sehr ausgeglichener Mensch zu sein. Nicht so launisch wie ich. Ich bin wie ein Pendel. Himmelhoch jauchzend oder zu Tode betrübt. Sogar damals, als sie noch sehr jung war und ihre ersten Freunde hatte, verliebte sie sich nicht Hals über Kopf. Sie verliebte sich –

langsam und geduldig, könnte man vielleicht sagen. Sie war gut darin, Dinge auf sich zukommen zu lassen. Allzu viele Männer gab es in ihrem Leben sowieso nicht. Sie war ein sehr ruhiger Typ. Emily gegenüber hat sie nie die Beherrschung verloren, so wie ich oft bei Lara, meinem kleinen Äffchen. Philippa hat in energischem Ton mit ihrer Tochter gesprochen, das schon, aber bei ihr sind nie die Sicherungen durchgebrannt. ›Wie um alles in der Welt machst du das?‹, habe ich sie oft gefragt. Nun kann ich sie nie wieder etwas fragen. Ich werde mich nie daran gewöhnen.« Sie blinzelte mich mit ihren braunen Augen an, während ihr Tränen über die Wangen kullerten. Ich reichte ihr ein Taschentuch. »Danke. Tut mir Leid.«

»Wie war ihre Beziehung zu Jeremy?«

»Nun, wie soll ich sie beschreiben? Ich und Rick, wir streiten uns manchmal, und dann versöhnen wir uns wieder. Aber sie und Jeremy haben nie gestritten. Sie sind sehr höflich miteinander umgegangen. Er hat ihr jeden Freitag Blumen mitgebracht, ohne es auch nur ein einziges Mal zu vergessen. Ist das nicht aufmerksam? Ich wünschte, Rick täte das auch. Ihre Lieblingsblumen waren gelbe Rosen und Wicken, obwohl man die im Blumengeschäft meist gar nicht bekommt. Sie war eine gute Gärtnerin – haben Sie ihren Garten gesehen? Ich glaube, Jeremy und Emily sind inzwischen in ihr Haus zurückgekehrt, nachdem sie ja eine Weile bei Philippas Mutter wohnten. Ich muss sie bald mal besuchen. Jedenfalls habe ich die beiden nie miteinander turteln sehen – aber vielleicht war das einfach ihre Art. Ich meine, man weiß schließlich nie ganz genau, was im Leben anderer Leute vor sich geht, oder? Als Emily zur Welt kam, waren sie vor Freude außer sich. Oh, ich habe Sie angelogen, ich habe Philippa doch mal weinen sehen. Kurz nach Emilys Geburt kam ich sie im Krankenhaus besuchen. Zu dem Zeitpunkt war ich mit Lara hochschwanger. Ich hasse Krankenhäuser. Sie auch? Sie erinnern mich immer ans Sterben. All diese deprimierend grünen Wände. Philippa saß im Bett und starrte auf das kleine Bündel in ihren Armen hinunter, als ich eintrat. Sie blickte hoch, und ich sah, dass ihr die Tränen übers Gesicht liefen. Eine ganze Flut von Tränen. Sie sagte: »Sie ist so schön. Sieh, wie schön sie ist! Meine kleine Tochter.« Da musste ich natürlich auch weinen, woraufhin Emily aufwachte und zu schreien anfing. Sie hat Emily so geliebt. Und deswegen verstehe ich auch nicht, warum –« Sie brach abrupt ab.

»Was?«, fragte ich so taktvoll wie möglich.

»Oh, es hat wahrscheinlich gar nichts zu bedeuten.«

Ich schwieg, weil ich wusste, dass sie es kaum erwarten konnte, es mir zu erzählen.

»Manchmal glaube ich, dass sie eine Affäre hatte.«

»Mmm?«, murmelte ich.

»Ich weiß nicht, warum, und vielleicht sollte ich es auch gar nicht sagen, aber ich habe es einfach an ihrem Verhalten gespürt. Außerdem war sie tagsüber plötzlich nicht mehr so viel zu Hause. Ich glaube, Frauen haben einen Instinkt für so was. Ich käme nicht im Traum auf die Idee, das jemand anderem zu erzählen; wahrscheinlich stimmt es auch gar nicht, aber ich bin trotzdem sicher, dass da irgendwas in der Richtung am Laufen war.«

»Haben Sie eine Idee, mit wem sie eine Affäre gehabt haben könnte?«

»Nein. Da kämen eine Menge Kandidaten in Frage. Ich meine, sie ist sehr hübsch. War. Schlank und blond, die Glückliche. Viele Männer hätten die Chance genutzt. Sogar Rick. Das meine ich jetzt natürlich nicht ernst, aber Sie wissen ja, wie Männer sind, nachdem ihre anfängliche Leidenschaft für ihre Ehefrau ein wenig nachgelassen hat. Wenn sie sich erst mal häuslich eingerichtet haben, erscheint ihnen das Leben irgendwann ein bisschen langweilig. Das geht allen so, glaube ich, und Rick hatte sowieso immer eine leichte Schwäche für Philippa. Verstehen Sie mich nicht falsch, ich will damit auf keinen Fall sagen, dass er es war – mein Gott, ich bin sicher, dass ich das gemerkt hätte, wofür hat man schließlich seinen weiblichen

Instinkt? Außerdem hätte ich Rick umgebracht, wenn er so etwas getan hätte, und natürlich war Philippa meine beste Freundin…« Sie hielt inne und starrte mich bestürzt an, als hätte sie sich im Netz ihrer eigenen Worte verfangen. »Ich will damit nur sagen, dass es in ihrem Bekanntenkreis viele Männer gab, Ehemänner von Freundinnen, Männer, die sich in denselben Kreisen bewegten. Dabei habe ich niemand Bestimmten im Auge, ich bin bloß der Meinung, dass da in den letzten Wochen ihres Lebens irgendwas lief.«

»Irgendwas?«

»Hmm, vielleicht sollte ich besser sagen, irgendjemand. Sie war oft nicht ganz bei der Sache und wirkte seltsam aufgeregt, fast schon geheimniskrämerisch. Ein paar Mal hat sie mich sogar versetzt, was früher nie passiert wäre, und kam dann mit irgendeiner komischen Ausrede an. Sie wirkte irgendwie nervös. Nicht ganz anwesend. Sie hatte sich in jemanden verliebt, da bin ich ganz sicher.«

Ich verließ Tess' Haus eine halbe Stunde später, gegen Mittag, und fühlte mich völlig ausgelaugt. Zuvor hatte ich sowohl Philippas Mann als auch ihrer Mutter einen zweiten Besuch abgestattet. Jeremy war wieder in sein Haus zurückgekehrt, das ein wenig kleiner und neuer war als das von Pam Vere. Der lange, schmale Garten ging am Ende in einen Obstgarten über, und von einem der Apfelbäume hing eine Schaukel. Beide hatten sehr viel weniger bereitwillig über Philippa Auskunft gegeben als Tess. Dabei hatte ich nicht das Gefühl, dass sie mir etwas verheimlichten, eher, dass sie von Natur aus nicht so gesprächig waren. Jeremy wirkte nach wie vor durcheinander, von ohnmächtiger Trauer erfüllt. Philippas Mutter machte einen benommenen Eindruck.

Ich hatte zwei Nachrichten auf meinem Handy. Eine war von Poppy. Sie wollte wissen, warum ich mich schon so lange nicht mehr bei ihr gemeldet hatte. Die andere von Will. »Bitte rufen Sie mich an«, war alles, was er sagte.

»Ja?«, bellte er ins Telefon, nachdem ich seine Nummer gewählt hatte.

»Hier spricht Kit.«

»Moment.« Ich hörte ihn irgendwelche Anweisungen geben. »Kit? Können Sie heute Abend gegen sechs hier sein?«

»Warum?«

»Es kommen ein paar Leute, die sich mit Ihnen treffen möchten.«

»Leute, die Lianne kannten?«

»Warum würden sie sich sonst mit Ihnen treffen wollen?«

Ich setzte schon zu einer heftigen Entgegnung an, überlegte es mir aber rasch anders. »Ich denke, das schaffe ich.«

»Dann bis später.« Weg war er. Die meiste Zeit kam er mir vor, als hätte er einen Bienenschwarm im Kopf.

22. KAPITEL

Ich läutete an der Tür, und ein junger Mann mit Dreadlocks und einem tätowierten Marienkäfer auf dem Arm machte mir auf. Es handelte sich nicht um einen der Bewohner, wie ich zunächst dachte, sondern um einen freiwilligen Helfer, der sich als Greg vorstellte. Anders als bei meinem letzten Besuch herrschte diesmal hektische Betriebsamkeit. Eine Gruppe von Teenagern stand rauchend im Eingangsbereich. Durch eine offene Tür konnte ich in einen Spieleraum hineinsehen, in dem gerade lautstark Snooker gespielt wurde. Auch oben waren Stimmen zu hören. Greg führte mich durch die Eingangshalle und stieß Wills Bürotür auf, ohne anzuklopfen.

»Hallo«, begrüßte ich Will. »Das ist wirklich sehr nett von Ihnen. Danke.«

»Danken Sie denen, nicht mir. Sie warten in einem der oberen Räume auf Sie. Soll ich Sie raufbringen?«

»Wie viele sind es?«

»Fünf, glaube ich, es sei denn, es haben sich schon welche verkrümelt. Das ist durchaus möglich.«

Die Luft im Raum war stickig und verqualmt. Neben dem Flipperautomaten in der Ecke standen zwei Jungs, eingehüllt von einer Wolke aus Zigarettenrauch. Einer hatte einen völlig kahl geschorenen Kopf mit einer weißen Narbe, der andere war gedrungen und ziemlich haarig. Als ich den Raum betrat, blickten sie hoch, nahmen mich aber ansonsten nicht weiter zur Kenntnis. Die anderen drei waren Mädchen oder junge Frauen. Eine von ihnen saß auf einem Sessel, zwei auf dem Boden. Zu ihnen gehörte auch das auffallend hübsche Mädchen mit den dichten dunklen Augenbrauen und den unheimlich grünen Augen, das ich bei meinem ersten Treffen mit Will Pavic gesehen hatte. Sie sah auf und runzelte leicht die Stirn.

»Hallo«, sagte ich und trat in ihre Mitte. »Ich bin Kit.«

Niemand sagte etwas. Ich gab ihnen nacheinander die Hand, wobei mir sofort klar wurde, dass das ein Fehler war, aber nachdem ich damit angefangen hatte, konnte ich nicht mehr aufhören. Sie wirkten alle ziemlich befangen. Ihre Hände waren schlaff und von der Hitze im Raum schweißnass.

»Danke, dass ihr bereit seid, mit mir zu reden.« Ich setzte mich auf den Boden, zog eine Schachtel Zigaretten heraus, die ich extra zu diesem Zweck mitgebracht hatte, und reichte sie herum. Sie nahmen jeder eine, auch wenn sie zum Teil bereits eine angesteckt hatten. »Wie wär's, wenn ihr mir erst mal verratet, wie ihr heißt?«

»Spike«, sagte der kahl geschorene Junge.

Die anderen prusteten los. Ein Witz, den ich nicht verstand.

»Laurie.« Das war der haarige Junge.

»Carla«, sagte das schwarze Mädchen, das rechts von mir saß, mit ganz leiser Stimme.

»Catrina.« Sie hatte die schlimmste Akne, die mir je untergekommen war, aber eine schöne rote Haarmähne.

»Sylvia.« Das war das Mädchen mit den grünen Augen. Sie lächelte wissend. »Zumindest nenne ich mich selbst so.«

»Ich werde versuchen, mir alle zu merken. Will hat euch wahrscheinlich gesagt, warum ich hier bin. Ich möchte so viel wie möglich über Lianne in Erfahrung bringen, denn je mehr wir wissen, desto größer wird die Chance, ihren Mörder zu erwischen. Wenn wir beispielsweise herausfinden könnten, woher sie ursprünglich kam und wie ihr wirklicher Name war, dann könnte das sehr hilfreich sein.« Eisernes Schweigen. »Aber darüber hinaus«, fuhr ich fort, »möchte ich einfach wissen, was für eine Art Mensch sie war.«

»Will hat gesagt, Sie sind in Ordnung«, meinte Spike. Er ließ den Satz wie eine Frage klingen.

»Er meint damit, dass Sie mit den Dingen, die wir Ihnen sagen, nicht zu den Bullen rennen werden«, fügte Sylvia hinzu. »Was nicht heißen soll, dass wir Ihnen etwas sagen werden. Der anderen haben wir auch nichts erzählt.«

»Welcher anderen?«

»Sie sind nicht die Erste.«

»Die Polizei hat schon mit euch gesprochen?«

Sylvia zuckte mit den Achseln, und im Raum machte sich eine Art verlegene Stille breit, die nur durchbrochen wurde, als Spike sich mit einem Zündholz eine weitere Zigarette anzündete.

»Jedenfalls«, verkündete ich schließlich, »werde ich der Polizei nichts sagen, was nicht direkt mit Lianne zusammenhängt. In Ordnung?« Allgemeines zustimmendes Grunzen. »Wisst ihr, wie lange sie hier war? In dieser Gegend, meine ich.«

»Will hat gesagt, etwa fünf Monate«, antwortete Spike. Ich wünschte, das hätte er mir auch gesagt.

»Wer von euch hat sie als Letzter gesehen, was meint ihr?«

»Wahrscheinlich ich.« Carla vermied es, mich anzusehen. Sie sprach zu ihren gefalteten Händen.

»Was habt ihr zusammen gemacht?«

»Wir sind einfach herumgeschlendert, haben in die Schaufenster geschaut und darüber geredet, was wir uns kaufen würden, wenn wir Geld hätten. Klamotten und gutes Essen, alles Mögliche. CDs. Wir hatten aber kein Geld, außer Lianne –« Sie hielt inne.

»Ja?«

»Sie war eine ziemlich gute Taschendiebin«, mischte sich Laurie in bewunderndem Ton ein. »Sie konnte ihre Hand in jede Tasche gleiten lassen. Sie und Daisy haben oft gemeinsam die U-Bahn unsicher gemacht. Ein wildes Paar! Die eine hat jemanden angerempelt, die andere die Geldbörse geklaut.«

»Cool«, meinte Spike.

»Daisy Gill?«, fragte ich.

»Ja, die, die sich umgebracht hat.«

»Wie habt ihr beide euch kennen gelernt?«, wollte ich von Sylvia wissen.

»Hier. Sie war eigentlich ziemlich schüchtern. Zumindest hat sie…« – sie rümpfte ihre kleine Nase und schob sich das blonde Haar umständlich hinter die Ohren – »… nicht viel gesprochen. Jedenfalls nicht über sich selbst, falls es Ihnen darum geht. Sie hat nie gesagt, wo sie eigentlich herkam. Ich wette aber, irgendwo aus London. Sie hat sich in der Stadt wirklich gut ausgekannt.«

»Ich wette, sie war jahrelang im Heim«, meldete sich Catrina zu Wort.

»Wieso glaubst du das?«

»Das merkt man. Ich bin ihr nur einmal begegnet. Hier, genau wie Sylvia, vor ein paar Monaten. Wir spielten Tischtennis. Sie war ziemlich schlecht und stürmte beleidigt davon, als jemand von den anderen sie deswegen aufzog. Wenn man viel im Heim war, merkt man das.«

»Es ist wie ein Geruch«, meinte Spike höhnisch.

Sylvia drehte sich zu ihm um. »Wie kann man bloß so was Bescheuertes sagen?«

Er zwinkerte ihr zu. »Keine Angst, Sylvia, du stinkst nicht. Du bist erste Sahne.«

»Jedenfalls weiß ich ganz sicher, dass sie als Heimkind aufgewachsen ist, weil sie mir sogar mal von einem Heim erzählt hat, in dem sie war«, fuhr Sylvia fort, ohne auf seine Bemerkung einzugehen. »Sie hat dort durchzusetzen versucht, dass eine Freundin an Weihnachten bei ihr im Zimmer übernachten durfte. Sie schliefen sowieso in nebeneinander liegenden Zimmern, es war also keine große Sache, aber sie erlaubten es trotzdem nicht. Das ist typisch für die Art, wie solche Heim geführt werden. Immer nur Verbote. Sie haben gesagt, es sei nicht erlaubt, zu zweit in einem Zimmer zu schlafen. Das sei gegen die Regeln. Lianne hat erzählt, dass sie und ihre Freundin sich in ihrem Zimmer verbarrikadiert haben und einfach nicht mehr rausgekommen sind. Am nächsten Tag sind sie damit bestraft worden, dass sie nicht am Weihnachtsessen teilnehmen durften. Crackers oder so was haben sie auch nicht gekriegt. Aber sie war trotzdem froh, es gemacht zu haben, schon aus Prinzip. Sie hat mir aber nicht erzählt, wo dieses Heim war. Sie hat aus vielen Sachen ein großes Geheimnis gemacht.«

»Wir haben sie auch nicht gefragt.«

»Wir respektieren hier anderer Leute Privatsphäre.«

»Ich weiß, dass sie manchmal im Park geschlafen hat. Sie meinte, das sei besser als die meisten dreckigen Jugendherbergen hier in der Stadt.«

»Glaubt ihr, sie war in vielen verschiedenen Heimen?«, fragte ich.

»Wahrscheinlich«, antwortete Sylvia. »Das ist bei den meisten von uns der Fall, wenn man erst mal ein gewisses Alter erreicht hat.« Ihr schönes Gesicht wirkte bei diesen Worten sehr ernst, ihr Ton fast selbstgefällig. »Wenn sie eine Ausreißerin war, stehen die Chancen recht gut, dass sie viel herumgekommen ist.«

»Sehen Sie mich an.« Ich wandte mich Catrina zu. »Ich war in zwölf Pflegefamilien und acht Heimen.«

»Ich lebte mal fast zwei Jahre bei einer Pflegefamilie«, mischte sich Laurie ein. Hinter dem Wust von Haar wirkte sein Gesicht pausbäckig und jung. Er war wohl kaum älter als vierzehn.

»Ja? Und was hast du falsch gemacht?«, fragte Catrina.

»Sie sind in den Norden raufgezogen. Sie haben gesagt, in ihrem neuen Haus hätten sie nicht genug Platz. Es hat sich wirklich cool angehört, mit Garten und allem Drum und Dran. Nahe am Meer.« In seiner Stimme schwang kein Selbstmitleid mit. Er klang ziemlich sachlich.

»Wisst ihr was über Liannes sexuelle Beziehungen?«, fragte ich vorsichtig. Sie schwiegen. Spike drückte mit einer heftigen Bewegung seine Zigarette aus. »Ich frage das nur, weil es vielleicht hilfreich sein könnte. Glaubt ihr beispielsweise, dass sie missbraucht worden ist?«

»Wahrscheinlich«, antwortete Sylvia ungerührt.

Spike rüttelte laut am Griff des Kickerautomaten. Er hatte das Gesicht zu einer hässlichen, höhnischen Grimasse verzogen. Ich hatte das Gefühl, dass er in Wirklichkeit mit den Tränen kämpfte.

»Wieso glaubst du das?«

»Falls sie tatsächlich lange Zeit ein Heimkind war, meine ich.«

»Du meinst, bei Jugendlichen, die lang im Heim waren, ist damit zu rechnen, dass sie sexuell missbraucht worden sind?«

»Also, mir reicht das jetzt«, erklärte Spike. »Ich verschwinde.« Aber er rührte sich nicht von der Stelle.

Ich musterte ihn. Sein vorher so bleiches Gesicht war jetzt stark gerötet, seine Wangen rot gefleckt. »Ihr geht also davon aus, dass sie sexuell missbraucht worden ist?«

»Nicht notwendigerweise sexuell, würde ich sagen«, meinte Catrina, »aber man trägt immer einen Schaden davon, wenn Sie wissen, was ich meine. Man hört ziemlich schnell auf, ein Kind zu sein.«

»Man traut keinem mehr«, pflichtete Laurie ihr bei. Endlich fasste er sich ein Herz und ließ sich zwischen den Mädchen nieder, während Spike sich nach wie vor neben der Tür herumdrückte. Ich holte noch einmal meine Zigarettenschachtel hervor, und er kam näher, um sich eine zu nehmen, blieb aber immer noch stehen.

»Gab es Jungs in ihrem Leben?«

Sie sahen sich an.

»Ich habe nichts mitbekommen«, erklärte Sylvia. »Und sie hat auch nie was erzählt. Viele erzählen das ja ganz offen, prahlen gern damit, aber Lianne hat nie was in dieser Richtung erwähnt. Was natürlich auch damit zu tun haben könnte, dass wir sie nicht so gut kannten. Oder was meint ihr?« Sie blickte in die Runde, und die anderen nickten.

»Sie war eng mit Daisy befreundet«, bemerkte Carla. »Ich weiß noch, dass sie sich mal gegenseitig die Zehennägel lackiert haben. Ich bin in Liannes Zimmer gekommen, und sie saßen kichernd da und lackierten sich gegenseitig die Zehennägel. Jeden Nagel in einer anderen Farbe. Das war lustig«, erinnerte sie sich leicht wehmütig. »Lianne hat nicht oft gelacht. Die beiden haben mir erzählt, dass sie das Geld, das Lianne klaute, sparen wollten, um zusammen ein Restaurant aufzumachen.«

Schweigen senkte sich über die Gruppe, während sie alle an die beiden Mädchen dachten, die inzwischen tot waren. Plötzlich wirkten sie kindlich und hilflos. Sogar Spike, der immer noch stand, die Hände in den Hosentaschen und die Zigarette im Mundwinkel, sah aus, als hätte es ihn kalt erwischt. Ich verhielt mich still, weil ich sie in diesem nachdenklichen Moment nicht stören wollte.

»Einmal hat sie mich geküsst«, erklärte Laurie mit hochrotem Kopf, »nachdem ich ihr erzählt hatte, dass ich das noch nie gemacht habe.« Er verstummte. Carla nahm seine Hand und legte sie mit einer unerwartet rührenden und mütterlichen Geste auf ihren Schoß. »Jedenfalls hab ich es ihr erzählt, ich weiß auch nicht, warum, vielleicht, weil ich in der Woche ein Gespräch mit meinen Sozialarbeitern hatte und die mir eröffneten, dass es noch immer keine neue Pflegefamilie für mich gab, und ich mich an dem Tag so beschissen fühlte, ihr wisst schon, einsam oder sonst was, wie es einem halt hin und wieder passiert, und Lianne saß zufällig unten, da, wo der Snooker-Tisch steht, einfach so, ohne was zu tun, und sonst war niemand da. Und plötzlich hat sie mich geküsst. Sie hat mein Gesicht festgehalten und mich geküsst.« Seine Augen füllten sich mit Tränen. Carla tätschelte seine Hand.

»Ich hab sie mal weinen gehört«, sagte Spike völlig unvermittelt. Seine Stimme klang heiser. Während er sprach, wich er in Richtung Tür zurück, als würde er jeden Moment flüchten wollen. Keiner sagte ein Wort. »Ich hatte sie erst am Vortag kennen gelernt und gleich mit ihr gestritten, weil sie mein Radio geklaut hatte und behauptete, es sei ihres. Sie war eine richtige kleine Diebin. Auf jeden Fall war es tagsüber, und ich kam gerade von irgendeinem Geschäft zurück.« Er warf mir einen verstohlenen Blick zu, ehe er weitersprach: »Jedenfalls hörte ich oben ein Geräusch. Ich wusste erst gar nicht, was es war, es klang so seltsam, wie eine Katze, die gequält wurde oder so was. Ich schlich mich hinauf und merkte, dass es aus ihrem Zimmer kam. Sie maunzte und wimmerte wie eine Katze. Ich stand eine Ewigkeit vor ihrer Tür, aber sie hörte einfach nicht auf. Sie weinte und weinte und weinte, als würde ihr das Herz brechen.«

»Bist du reingegangen?«, fragte ich.

Er runzelte die Stirn. »Ich wollte sie nicht in Verlegenheit bringen.«

Ich streckte meinen Kopf durch Wills Tür. Er starrte auf seinen Computerbildschirm.

»Überstunden?« Ich lehnte mich gegen die Wand. Meine Beine fühlten sich wacklig an, mein Kopf dröhnte vor Müdigkeit.

»Was? Ja, ich schätze.«

»Darf ich Sie was fragen?«

»Mmm?«

»Haben Sie zu Hause jemanden, der auf Sie wartet?«

»Nein.«

»Das dachte ich mir schon.« Ich sah ihn an. Sein Gesicht wirkte wie versteinert. Ich beugte mich vor, nahm es in beide Hände und küsste ihn auf die Lippen. Dann drehte ich mich um und ging. Und er blieb einfach sitzen.

Die Leute sollten Spaß an ihrer Arbeit haben. Eine der größten Freuden im Leben besteht darin, aktiv zu sein, und arbeiten stellt nun mal für die meisten Menschen die Hauptaktivität dar. Was auch immer sie tun, es sollte ihnen Spaß machen. Irgendwie besitzt der Mensch ja die Fähigkeit, an den seltsamsten Dingen Freude zu haben, und das ist auch richtig so. Ich würde diese Fähigkeit, es sich gut gehen zu lassen, fast als eine Art Antidepressivum bezeichnen, als eine Therapie gegen Langeweile und Angstgefühle. Ich weiß das und empfinde es auch so, aber manchmal scheint es trotzdem schwer zu ertragen.

Als ich zwölf war, wurde meine Großmutter beerdigt. Wir gingen zunächst ins Krematorium, dann in den so genannten Gedächtnisgarten, einen Bereich mit kurz getrimmten Hecken und einer kleinen Rasenfläche, die sich gut als Miniaturübungsplatz für Golfer geeignet hätte. Die Erwachsenen standen verlegen herum und lasen die Widmungen auf den Kränzen. Nach ein paar Minuten schlenderte ich davon. Ich kann mich noch an zwei Dinge erinnern: dass ich aus dem Kamin Rauch hochsteigen sah und mich fragte, ob das wohl meine Großmutter war. Und dass ich, als ich um die Ecke auf den Parkplatz für die Leichenwagen bog, die Leute vom Bestattungsinstitut auf den Motorhauben ihrer Wagen sitzen sah. Es war ein warmer Frühlingstag, einige von ihnen hatten ihre Jacken ausgezogen und die Ärmel hochgekrempelt. Sie rauchten und unterhielten sich. Ein paar lachten über einen Witz, den ich nicht verstand, weil ich zu weit weg war.

Eigentlich hätte ich mit meinen zwölf Jahren nicht mehr so naiv sein dürfen, aber mir wurde erst in diesem Moment klar, dass die Leute vom Bestattungsinstitut nicht wirklich traurig über den Tod meiner Großmutter waren – dass sie ihnen im Grunde völlig egal war. Als ich mit meinem Vater zurückfuhr, berichtete ich erbost, was ich gesehen hatte, und legte ihm nahe, diesen Leuten keinen Pfennig zu bezahlen, weil sie so respektlos gewesen seien. Mein Vater erklärte mir geduldig, dass die Männer vom Bestattungsinstitut jeden Tag zu zwei oder drei Beerdigungen müssten und nicht um jeden Toten trauern könnten. Warum nicht?, fragte ich. Das war schließlich ihr Job.

Es gelang meinem Vater nicht, mich zu überzeugen. Ich kam zu dem Schluss, dass nur völlig gefühllose Menschen diesen Beruf ergreifen konnten. Einen guten, empfindsamen Menschen hätten die vielen Toten und der ständige Kummer in den Wahnsinn getrieben. Demnach mussten die Leute, die diesen Job machten, durchweg Psychopathen sein, die in der Lage waren, erst eine ernste Miene aufzusetzen, während sie den Sarg trugen, und dann nach Hause vor den Fernseher eilten oder mit ihren Kindern spielten und ihrer Frau erzählten, dass sie einen guten Arbeitstag gehabt hätten.

Natürlich war ich inzwischen erwachsen geworden und hatte gelernt, dass der Arzt, der die defekte Herzklappe eines Babys operierte, keineswegs so besorgt war wie die Mutter des Kindes.

Was also erwartete ich von Oban, Furth und dem Rest des Teams, zu dem auch einige wenige Frauen gehörten? Sie setzten die von ihnen erwartete ernste Miene auf und sprachen die dazu passenden Worte, solange die Kamera auf sie gerichtet war. Es handelte sich um einen schrecklichen Fall, und alle, die damit zu tun hatten, waren zutiefst geschockt. Trotzdem hatten sie gleichzeitig eine Menge Spaß. Zum Beispiel DCI Oban. Er war nicht direkt in Festtagslaune, aber sein Gang wirkte plötzlich viel federnder. Was ja durchaus verständlich war. Erst hatte man ihm einen dubiosen, hoffnungslosen Mordfall aufs Auge gedrückt, den kein anderer haben wollte und für den sich niemand interessierte, es sei denn, bei den Ermittlungen lief etwas schief. Nun hatte sich dieser Fall wie durch ein Wunder in den Mordfall des Jahres verwandelt, und jeder wollte sein Freund sein.

Als ich am Morgen nach meinem Besuch in Kersey Town in

seinem Büro erschien, kam ich mir vor, als versuchte ich beim Premierminister vorzusprechen. »Sind Sie in Eile?«, fragte er, nachdem er mich mit einem freundlichen Nicken begrüßt hatte.

»Geht so«, antwortete ich.

»Gut«, antwortete er. »Dann können Sie mich ein Stück begleiten, und wir reden unterwegs.«

Ein schwieriges Unterfangen. Unterwegs zur nächsten Besprechung nahm er einen Anruf nach dem anderen entgegen. Ein paar Minuten Verspätung waren ohnehin eingeplant, weil das allen zeigte, dass er in diesem Stück die Hauptrolle spielte. Es war, als würde man vom Bahnsteig aus mit jemandem reden, dessen Zug sich gerade in Bewegung setzte. Als ich ihm von meinem Gespräch mit den jungen Leuten erzählen wollte, die Lianne gekannt hatten, unterbrach er mich schon nach wenigen Augenblicken: »Muss ich das wirklich wissen, Kit?«

»Hören Sie, Oban …«

»Dan.«

»Der Hintergrund der Opfer ist das Einzige, was wir haben.«

Er blieb einen Moment stehen. »Da bin ich nicht so sicher. Solange mir keiner konkrete Beweise liefert, müssen wir uns an das halten, was ich auf der Pressekonferenz gesagt habe, und davon ausgehen, dass wir es mit einem Täter zu tun haben, der lediglich die Gunst der Stunde genutzt hat. Haben Sie schon mit Seb gesprochen? Er ist derselben Meinung.«

»Nein, ich habe noch nicht mit ihm gesprochen.« Ich schob dieses Gespräch schon seit Tagen vor mir her. Das war einer der Gründe, warum ich auf Poppys Anrufe nicht reagiert hatte – ich wollte nicht statt ihrer Seb an der Strippe haben.

»Ich treffe mich gleich mit ihm«, erklärte Oban. »Dann können Sie das mit ihm besprechen.«

»Das wird nicht nötig sein.«

»Ich möchte keine Rivalität zwischen Ihnen beiden.«

»Da gibt es keine Rivalität.«

»Ach, übrigens, Kit, haben Sie mit irgendjemandem über unseren Mr. Doll gesprochen?«

»Nein«, antwortete ich. »Mit wem sollte ich über ihn sprechen?« Ich musste an Dolls Überraschungsbesuch denken. »Er ist kürzlich bei mir in der Wohnung aufgetaucht.«

Oban zuckte mit den Achseln. »An Ihrer Stelle wäre ich vorsichtig.«

»Das bedeutet natürlich, dass Julie über ihn Bescheid weiß.«

»Natürlich«, antwortete Oban augenzwinkernd.

»Ach ja, und ich habe mit Will Pavic über ihn gesprochen. Will kennt ihn sowieso.«

»Pavic schon wieder?« Oban stieß einen weiteren Grunzlaut aus. »Ihr Umgang macht mir langsam Sorgen. Was dieser Typ treibt, ist eine ziemliche Gratwanderung.«

»Sie sind nicht der Erste, der das sagt.«

Obans Miene verfinsterte sich. »Ich meine es ernst, Kit. Pavic hat sich mit vielen Leuten hier in der Gegend angelegt. Die Leute von den Sozialdiensten hassen ihn. Ein paar von den Journalisten haben ihn ebenfalls auf dem Kieker.«

»Wieso denn eigentlich?«, fragte ich. »Ich weiß, dass er keine besonders umgängliche Art hat, aber im Grunde versucht er doch nur zu helfen.«

»Meinen Sie?«, fragte Oban in zweifelndem Ton. »Einige Leute sind da ganz anderer Meinung. Es gibt Gerüchte über Drogenhandel in seinem Jugendhaus. Eigentlich sind es schon mehr als Gerüchte. Manche Leute sagen, dass er bloß beide Augen zudrückt, aber andere behaupten, er sei mit ein paar Prozent am Geschäft beteiligt. Glauben Sie mir, wenn der Typ auch nur den kleinsten Fehler macht, kann er einpacken. Aber ich wollte eigentlich was ganz anderes sagen. Ich bin von ein paar Journalisten wegen Mickey Doll angerufen worden.«

»Wieso denn das?«

»Sie haben mir Fragen gestellt. Stimmt es, dass er wegen der Morde verhört worden ist? Ist mit einer Anklage zu rechnen? Warum hat man ihn wieder laufen lassen?«

»Wie haben die überhaupt von Doll erfahren?«

»Dieses Revier ist wie eine gottverdammte Nachrichtenagentur. Wenn hier jemand auch nur furzt, hängt sich sofort ein anderer an die Strippe und informiert die *Mail.*«

»Was haben Sie geantwortet?«

»Hab nur die groben Fakten aufgezählt. Falls diese Leute bei Ihnen ebenfalls anrufen sollten, verweisen Sie sie an mich. Da ist er ja.«

Ich rechnete schon damit, Michael Doll zu sehen, aber er meinte Seb, den Lieblingspsychiater der Medien. Poppys Mann und damit eine Art Freund von mir. Heute sah er aus, als würde er gleich in den Ein-Uhr-Nachrichten auftreten. Er trug eine schwarze Hose mit tadelloser Bügelfalte, Stiefel und eine ziemlich auffällige schwarze Lederjacke über einem leuchtend weißen Hemd. Sein Haar war aufs Vorteilhafteste zerzaust, und passend dazu hatte er sich einen Eintagesbart stehen lassen. Er trat auf mich zu, küsste mich auf beide Wangen und nahm mich anschließend noch in den Arm. »Kit«, sagte er, »ist das nicht großartig? Dass wir am selben Fall arbeiten, meine ich.«

»Wunderbar«, antwortete ich, gefangen in seinen Armen, in denen ich mich höchst unwohl fühlte. »Wie geht's Poppy?«

»Was? Ach so, gut, alles im grünen Bereich. Du weißt ja, wie Poppy ist.« Lachend zwinkerte er Oban zu. »Kit und ich kennen uns schon eine Ewigkeit.«

»Sieht fast so aus.«

»Sie und meine Frau sind dicke Freundinnen. Kit gehört sozusagen zur Familie.«

»Dann kennen Sie auch Julie?«, fragte Oban.

»Julie?« Seb runzelte die Stirn. »Kenne ich Julie, Kit?«

»Ich hoffe, ich habe jetzt nichts Falsches gesagt«, meinte Oban mit spitzbübischer Miene.

»Nein, nein.« Ich spürte, wie meine Wangen zu brennen begannen. »Hören Sie, Dan, das wollte ich schon längst –«

»Wie auch immer. Wir haben einiges zu besprechen. Moment.« Sein Handy klingelte schon wieder.

»Oban hat mir von deiner Einschätzung des Falls erzählt«, sagte ich zu Seb, während wir warteten. »Das meiste wusste ich allerdings schon. Ich glaube, ich habe dich im Radio über den Fall reden hören, bin mir aber nicht sicher, ob ich deine Schlussfolgerungen mitbekommen habe. Sie mussten vorher irgendeinen Song spielen.«

»Ach, das«, antwortete er geistesabwesend.

Oban verstaute sein Telefon und trat wieder zu uns. »Wir müssen in diesem Fall alle zusammenarbeiten.«

»Ich bin natürlich hocherfreut, dass Kit mit von der Partie ist«, antwortete Seb mit seinem typischen breiten Grinsen und berührte mich an der Schulter. »Ich habe immer gehofft, sie würde im Hinblick auf ihre Arbeit mal ein bisschen mehr Ehrgeiz entwickeln. Trotzdem finde ich, wir sollten die Hackordnung von vornherein klarstellen. Zwei separate Ermittlungsstränge sind zu einem verschmolzen worden, und ich bin im Hauptfall als Berater engagiert worden.«

»Aber der Mord an Lianne ist zuerst passiert, Seb. Willst du damit sagen, dass der Mord an Philippa Burton wichtiger ist?«

»Ich wollte damit nur sagen, dass die Ermittlungen breiter angelegt waren. Fakt ist, dass wir zwei psychologische Berater haben, und deswegen möchte ich die Dinge klarstellen. Nur damit es keine Missverständnisse gibt.«

»Ich verstehe nicht ganz«, erwiderte ich.

»Nun ja, ich bin beispielsweise der Meinung – nur, um irgendein Beispiel herauszugreifen –, dass die öffentliche Darstellung unserer psychologischen Beratungstätigkeit eine gewisse Konsistenz erfordert.«

»Sie meinen, Sie wollen im Fernsehen und bei Pressekonferenzen in Erscheinung treten«, fasste Oban seine Worte trocken zusammen.

»Damit habe ich kein Problem«, erklärte ich hastig.

»Dann sind wir uns in diesem Punkt also einig«, meinte Oban.

»Das war nur ein hypothetisches Beispiel«, antwortete Seb, »aber falls das gewünscht wird, bin ich durchaus bereit, diese Aufgabe zu übernehmen.«

»Aber Kit wird weiterhin eine zentrale Rolle spielen«, verkündete Oban in entschiedenem Tonfall. »Wir haben es schließlich ihr zu verdanken, dass die Ermittlungen in den beiden Fällen zusammengelegt werden konnten.«

»Ja, das habe ich gehört«, sagte Seb. »Da hast du wirklich einen Glückstreffer gelandet, Kit.«

Ich holte tief Luft. Ich hatte nicht vor, mich provozieren zu lassen. »Wie kommen Ihre Leute mit der Analyse der Fasern voran?«, wandte ich mich an Oban. »Irgendwelche Hinweise auf den Wagentyp?«

Oban schüttelte den Kopf. »Sie können sich gern die technischen Daten ansehen, wenn Sie wollen. Es handelt sich um eine ganz besondere Art von farbiger Synthetikfaser. Beide Proben stammen definitiv von derselben Quelle, aber das muss nicht unbedingt der Teppich des Wagens sein. Es kann sich genauso gut um eine Decke oder ein Stück Stoff oder hundert andere Dinge handeln. Das Ergebnis ist uns keinerlei Hilfe.« Mit ratloser Miene schob er die Hände in die Hosentaschen. »Ich muss gehen. Eine Besprechung mit jemandem aus dem Innenministerium. Danach treffe ich mich mit ein paar Leuten, die den Mörder mit Wünschelruten finden wollen. Zumindest glaube ich, dass es was in der Richtung war. Idioten mit gegabelten Stöcken.«

Nachdem er weg war, standen Seb und ich verlegen da und wussten nicht so recht, was wir sagen sollten. »Wie geht's Poppy?«, fragte ich, ohne daran zu denken, dass ich ihn das schon gefragt hatte.

»Ach, du weißt ja, wie sie ist«, antwortete er, den Blick auf einen Punkt über meiner Schulter gerichtet. »Übrigens wollte ich dich schon die ganze Zeit anrufen. Hat Poppy es dir erzählt? Megan und Amy konnten nach deiner Gutenachtgeschichte tagelang nicht schlafen. Sie sind jede Nacht schreiend aufgewacht.«

»Das tut mir Leid!«, sagte ich bestürzt. »Ich wollte nicht…«

»Nein, war doch nur ein Scherz. Trotzdem, interessante Idee.

Ist mir gar nicht mehr aus dem Kopf gegangen. Wo hast du die Geschichte her?«

»Das habe ich dir schon gesagt, glaube ich. Es war ein Traum, der mich seit meinem Unfall immer wieder mal quält.«

»Rotes Zimmer. Interessante Idee. Eine blutige Kammer. Glaubst du, es handelt sich dabei um eine Art Gebärmutter? Deine Mutter ist früh gestorben, nicht wahr? Glaubst du, du bringst auf diese Weise den Wunsch zum Ausdruck, in ihren toten Schoß zurückzukehren?«

Ich verspürte den starken Drang, Seb mit einem schweren Gegenstand auf den Kopf zu schlagen. »Nein, das glaube ich nicht«, antwortete ich. »Es ist eine Geschichte über eine große Angst, weil es mir große Angst eingejagt hat, dass mir jemand das Gesicht zerschnitten hat.«

»Auch möglich«, meinte Seb nachdenklich. »Hast du was darüber geschrieben? Planst du eine Arbeit darüber?«

»Nein«, antwortete ich. »Mein Thema sind normalerweise die Träume anderer Leute.«

»Gut«, sagte er. »Gut.«

Am nächsten Morgen klingelte sehr früh das Telefon. Es war Oban. »Besorgen Sie sich eine Zeitung.«

»Wie meinen Sie das? Was für eine?«

»Eine von den Boulevardzeitungen. Egal, welche. So ein Mist!« Mit diesen Worten legte er auf.

Fünf Minuten später, nach einem atemlosen Sprint zu dem Mann an der U-Bahn-Station, lag eine Auswahl der Boulevardzeitungen des Tages auf meinem Tisch. Das vertraute, leicht belämmerte, aber zugleich irgendwie bemüht dreinblickende Gesicht von Michael Doll starrte Julie und mir aus einem Durcheinander riesiger, reißerischer Schlagzeilen entgegen: »VERHAFTUNG IM PIPPA-MORD. ›ICH BIN UNSCHULDIG‹, BEHAUPTET PIPPA-VERDÄCHTIGER. ›SCHRÄGE‹ VERGANGENHEIT DES PIPPA-VERDÄCHTIGEN.«

Pippa. Schon wieder dieser Name. Die richtige Länge für eine Schlagzeile. Und wo war Lianne? Wer dachte an sie? Ich überflog die Zeitungen. Es war alles da. Die Befragung, ein verdächtig detaillierter Bericht über alles, was die verkabelte Colette in Erfahrung gebracht hatte, die »verfahrenstechnischen Gründe«, die dazu geführt hatten, dass Doll wieder auf freien Fuß gesetzt wurde. Außerdem ein skizzenhafter Abriss seines Lebens: Kinderheim, Jugendheim, kleinere Sexualdelikte. Eine junge Frau von der *Daily News* hatte es geschafft, ein »Exklusivinterview« zu bekommen – als ob es ein Problem wäre, diesen bemitleidenswert einsamen Mann dazu zu bringen, mit einer jungen Frau zu sprechen. Zumindest fiel in diesem Artikel auch einmal der Name Lianne. Doll brüstete sich damit, dass er zum betreffenden Zeitpunkt in der Nähe des Tatorts gewesen sei. Um noch einen draufzusetzen, stritt er ab, zum Kreis der Verdächtigen gehört zu haben. Nein, ganz im Gegenteil, erklärte er, er sei ein wichtiger Zeuge, der einzige Mensch, der überhaupt etwas gesehen habe. Neben dem Artikel war ein Foto abgedruckt, das ihn mit stolzer Miene in seinem Zimmer zeigte.

Dolls Zimmer. Die Beschreibung dieses Zimmers durch die Journalistin – eine reiche, clevere Frau, die diesem verzweifelten, armen, verkorksten Mann gegenübergesessen hatte – war für sich selbst genommen bereits eine Art von Anklage. Dagegen wirkte der Schluss des Artikels auffallend vorsichtig formuliert, als hätte der Verfasserin dabei ein Jurist über die Schulter geblickt: »Wir wollen damit nicht andeuten, dass Mickey Doll irgendwie an dem Verbrechen beteiligt war. Er gehört nicht zum Kreis der Verdächtigen. Es liegen keinerlei Beweise vor, die ihn mit den tragischen Morden an Lianne und der jungen Mutter Philippa Burton in Verbindung bringen. Trotzdem sind Männer wie Mickey Doll mit seinen durch Pornos angeregten Fantasien und seiner kriminellen Vorgeschichte eine offensichtliche Bedrohung für die Gemeinschaft, unsere Familien und Kinder. Indem wir einen Mann wie Doll beim Namen nennen, sein Foto abdrucken und seinen Wohnort preisgeben, rufen wir selbstverständlich nicht zu irgendwelchen Aktionen gegen ihn auf. Das wäre zwar verständlich, aber gegen das Gesetz, egal, wie gerechtfertigt die Sorgen der normalen Bürger auch sein mögen. Es ist nun an den Politikern, endlich zu handeln.«

Julie griff nach der Zeitung mit dem Interview und las es, während sie langsam ihren Kaffee trank und dazu eine Schüssel Obst verspeiste. »Hmm«, sagte sie, als sie fertig war. »Das ganze Ausmaß seines Charmes kommt da nicht wirklich rüber.«

Am nächsten Tag erzählte mir Oban – recht beiläufig, wie ich fand –, dass Doll im Krankenhaus sei. Ein besorgter Bürger sei in einem Pub zu ihm hingegangen und habe ihm eine zerbrochene Flasche ins Gesicht gerammt. »Jetzt hat er auch eine Narbe«, fügte er fröhlich hinzu. »Er hat angeblich nach Ihnen gefragt, aber wenn ich Sie wäre, würde ich ihn nicht besuchen.«

»Nein, das ist wahrscheinlich keine gute Idee«, gab ich ihm mit einem Anflug schlechten Gewissens Recht, und verdrängte Doll ganz schnell aus meinem Kopf.

24. KAPITEL

Zwei Tage nach dem Angriff auf Doll suchte ich ein weiteres Mal die Burtons auf, nicht weil ich es für eine besonders viel versprechende Idee hielt, sondern weil Oban mich dazu drängte. »An dem Typen ist irgendwas seltsam«, sagte er.

»An den meisten Menschen ist irgendwas seltsam«, erwiderte ich.

»Er wirkt nicht betroffen genug.«

Ich fragte mich, was er damit meinte. Auf mich hatte Jeremy Burton mit seinem niedergeschlagenen, müden Gesichtsausdruck durchaus betroffen gewirkt. Gab es denn ein richtiges

Maß an Trauer? Wie ließ sich das messen? Ich musste an die zahllosen Leute denken, die an der Stelle, wo Philippas Leiche gefunden worden war, Blumen niedergelegt und für die hübsche junge Mutter und das kleine Mädchen Tränen vergossen hatten. War das echte Trauer? Natürlich teilte ich Oban meine Gedanken nicht mit – er hätte bloß ironisch die Augenbrauen gehoben und statt meiner Seb geschickt.

Wie mit Jeremy Burton vereinbart, fuhr ich am Sonntagvormittag hin. Philippas Mutter öffnete mir die Tür und geleitete mich durch die Diele in die blitzsaubere Küche. Überall standen Blumen – samtige, aber schon welke Iris, halb vertrocknete Margeriten und zahlreiche Vasen mit weißen Lilien, deren intensiver, schwerer Duft das ganze Haus erfüllte. Im Vorbeigehen sah ich auf dem Wohnzimmertisch und dem Kaminsims Stapel von Kondolenzkarten liegen.

Ich warf einen Blick aus dem Küchenfenster. Vater und Tochter waren zusammen im Garten, wo sie mit dem Rücken zum Haus auf einer schmiedeeisernen Bank saßen. Er löste gerade ein Kreuzworträtsel, und sie schlenkerte mit den Beinen. Irgendetwas ließ ihn den Kopf wenden, woraufhin ich grüßend die Hand hob und in den Garten hinaustrat. Er nickte mir freundlich zu. Ich hatte Bedenken gehabt, ihn erneut zu stören, aber er machte nicht den Eindruck, als wäre ihm mein Besuch lästig.

Nachdem wir uns die Hand gegeben hatten, faltete er umständlich seine Zeitung zusammen, wobei mir auffiel, dass er bei seinem Kreuzworträtsel kein einziges Kästchen ausgefüllt hatte. Er trug ein sommerliches T-Shirt und khakifarbene Shorts, wirkte aber trotzdem recht schick und adrett. Manche Leute sehen immer respektabel aus, dachte ich, andere hingegen nie. Man hätte Doll ein Bad, einen Haarschnitt, eine Rasur, eine Maniküre und einen sündteuren Anzug verpassen können, er hätte immer noch ungepflegt und irgendwie abstoßend ausgesehen. Seine Vergangenheit ließ sich nicht wegwaschen.

»Schau«, sagte Emily.

Ich ging in die Knie. Sie hatte neben sich auf der Bank ihre

Schätze ausgebreitet, einen runden grauen Stein und einen scharfkantigen weißen, ein gegabeltes Stöckchen, eine Feder, ein Häufchen Moos, einen kleinen, erdverschmierten rosa Gummiball, ein altes Katzenhalsband, einen hölzernen Stiel von einem Eis, eine Plastiktube.

»Schau«, sagte sie noch einmal und öffnete ihre rundliche Faust. Auf der Handfläche lag ein kleines Schneckenhaus.

»Wo hast du das gefunden?«, fragte ich.

Sie deutete auf den gekiesten Bereich neben der Küchentür.

»Es ist sehr hübsch«, sagte ich. Ihre Finger schlossen sich wieder um das Schneckenhaus. Sie trug ein gepunktetes Sommerkleid, und ihr Haar war mit einer Klammer hinter den Ohren befestigt, was ihr Gesicht schmäler wirken ließ, als ich es in Erinnerung gehabt hatte.

»Das gebe ich alles Mami«, sagte sie in wichtigtuerischem Ton. Ich warf einen Blick zu ihrem Vater hinüber.

»Damit meint sie, dass sie die Sachen aufs Grab legen wird, wenn Phil beerdigt ist«, erklärte er mit gequälter Miene. »Es war die Idee meiner Schwiegermutter, dass Emily schöne Dinge für sie sammeln soll. Ich habe da meine Zweifel. Sie scheint mir die Idee ein wenig zu wörtlich zu nehmen.« Über seiner Nase erschien eine kleine Steilfalte.

»Was hast du denn noch alles gefunden?«, fragte ich die Kleine.

Vorsichtig stand sie auf, das Schneckenhaus noch in der einen Hand, und begann mit der anderen die übrigen Schätze einzusammeln. »Komm mit in mein Zimmer und sieh es dir an«, sagte sie.

»Kann ich auch ein bisschen später kommen? Zuerst muss ich mit deinem Vater sprechen.« Die Steine, das Moos und die Plastiktube landeten im Gras. Sie kniete sich hin, um die Sachen aufzuheben. Ihr Vater machte keine Anstalten, ihr zu helfen. Er hatte die Hände in den Taschen seiner Shorts vergraben und seine Zeitung unter den Arm geklemmt. Sein Gesicht wirkte unendlich müde. »Weißt du was, Emily? Ich bringe dir die Sachen mit, wenn ich zu dir komme und mir ansehe, was du sonst noch für deine Mutter gesammelt hast.«

»Versprochen?«

»Ja.«

»Nicht vergessen!« Sie deutete auf die Plastiktube zu meinen Füßen.

»Bestimmt nicht.«

Wir sahen ihr nach.

»Sie glaubt, Philippa kommt zurück.«

»Wirklich?« Ich starrte auf ihren geraden Rücken und ihre dünnen Beine. Sie verschwand durch die Küchentür.

»Möchten Sie sich nicht setzen?« Er deutete auf die Bank.

»Danke.«

»Kaffee?«

»Nein, danke, nichts.«

»Ich habe von Ihrem Erfolg gehört«, sagte er.

»Oh, na ja …«

»Ich glaube, ich habe Sie unterschätzt.«

»Wie geht es Ihnen?«, fragte ich ihn.

»Geht schon.«

»Können Sie schlafen?«

»Ja. Obwohl, nein, eigentlich nicht. Sie kennen das sicher. Ich wache auf und …« Er verstummte.

»Essen Sie genug?«

Er nickte.

»Ich habe vor ein paar Tagen mit Tess Jarrett gesprochen. Sie hat gesagt, Philippa sei ihr in den Wochen vor ihrem Tod zerstreut vorgekommen. Hatten Sie auch den Eindruck?«

»Nein.« Ich wartete. »Tut mir Leid. Mehr kann ich dazu nicht sagen.«

»Sie hatten nicht das Gefühl, dass ihr irgendetwas im Kopf herumging?«

Er starrte auf den Boden, als versuchte er für einen Moment, meine Anwesenheit zu vergessen. »Auf mich wirkte sie genau wie sonst auch.«

»Erzählen Sie mir von dem Abend, bevor sie starb. Beschreiben Sie mir Ihren gemeinsamen Abend.«

Er seufzte und stimmte dann mit monotoner Stimme an: »Ich bin gegen sieben von der Arbeit nach Hause gekommen. Emily war schon im Bett, und Philippa las ihr gerade eine Geschichte vor. Anschließend haben wir Emily beide gute Nacht gesagt.«

»Welche Worte hat Philippa dabei benutzt?«

»Welche Worte sie benutzt hat?« Er blinzelte mich an. »Daran kann ich mich nicht erinnern. Wir sind hinuntergegangen. Ich habe uns beiden ein Glas Wein eingeschenkt, und wir haben zusammen eine Runde durch den Garten gedreht. Es war ein schöner Abend.« Inzwischen klang seine Stimme nicht mehr ganz so abgehackt. »Dann haben wir draußen zu Abend gegessen.« Er deutete auf den Terrassentisch.

»Was haben Sie gegessen?«

»Moussaka. Grünen Salat.«

»Worüber haben Sie gesprochen?« Er starrte bekümmert vor sich hin. »Das weiß ich nicht mehr, ich kann mich nur noch daran erinnern, dass sie mich irgendwann gefragt hat, ob ich fände, dass sie älter aussehe.«

»Was haben Sie geantwortet?«

Er schnippte etwas, das ich nicht erkennen konnte, von seinen Shorts. »Bestimmt habe ich gesagt, dass sie für mich immer schön aussehe, irgendwas in der Art, aber an die genauen Worte kann ich mich nicht mehr erinnern.«

»Dann war also nichts anders an ihr? Oder an Ihrer Beziehung zu ihr?«

Er sprach jetzt, als würde er gerade aus einem tiefen Schlaf aufwachen. »Anders? Ich weiß nicht, worauf Sie hinauswollen. Glauben Sie, das Ganze hatte etwas mit mir zu tun? Oder mit ihr? Sie war nicht depressiv. Sie hat nicht getrunken, und sie hat auch keine Drogen genommen. Sie ist nicht in Kersey Town herumgewandert wie dieses Mädchen …«

»Lianne.«

»Ja. Sie ist am Morgen aufgestanden und hat mir mein Frühstück gemacht. Sie hat sich um das Haus gekümmert. Und um Emily. Sie hat sich mit Freunden getroffen. Sie war glücklich. Sie hat davon gesprochen, wieder arbeiten zu gehen. Sie hat auch davon gesprochen, eines Tages weitere Kinder zu haben. Bald.« Seine Stimme klang jetzt ein wenig brüchig, aber er sprach weiter. »Dann, eines Morgens, nachdem sie Frühstück gemacht und das Haus aufgeräumt hatte, ist sie mit ihrem Kind losgezogen und aus heiterem Himmel ermordet worden. Ende der Geschichte. Zumindest sieht die Polizei es so, und auch dieser andere Doktor, der ein paar Mal hier war und Fragen gestellt hat. Falls Sie Gründe haben, anderer Meinung zu sein, dann verraten Sie sie mir bitte. Ich möchte sie wissen.«

Ich stand auf. »Es tut mir Leid, wenn ich Ihnen Kummer bereitet habe.« Ich beugte mich hinunter und hob das Häufchen Moos, die zwei Steine und die Plastiktube auf. »Sind Sie damit einverstanden, wenn ich noch kurz bei Emily vorbeischaue und ihr die Sachen bringe?«

»Sie ist wahrscheinlich in ihrem Zimmer. Im ersten Stock, gleich gegenüber der Treppe.«

»Danke.«

Sie war gerade damit beschäftigt, kleine Plastiktiere in einem Regalfach aufzustellen. Ich kauerte mich neben sie, die Hände um ihre Schätze gelegt. »Hier sind deine Sachen.«

»Passen Elefanten eher zu Löwen oder zu Pferden?«

»Wenn es nach mir ginge, würde ich sie zu den Löwen stellen. Möchtest du mir jetzt zeigen, was du für deine Mutter gesammelt hast?«

Sie stand auf und ging zum Bett hinüber, unter dem sie eine große Pappschachtel hervorzog. Nacheinander legte sie die Dinge auf den Boden: ein kleines Marmeladenglas, eine getrocknete Distelblüte, mehrere Sammelkarten aus Cornflakespackungen, drei Knöpfe, ein Stück Nylonfaden, auf dem Plastikperlen aufgereiht waren, eine Murmel, einen kleinen Fetzen eines seidigen orangefarbenen Stoffs, ein glitzerndes Stück Geschenkpapier, einen angeschlagenen Porzellanhund, einen Apfel. Ich beobachtete ihr Gesicht. Sie war völlig auf ihre Aufgabe konzentriert.

»Was davon magst du am liebsten?«

Sie deutete auf die Murmel.

»Was hätte deiner Mutter am besten gefallen?«

Sie zögerte einen Moment, deutete dann auf den orangefarbenen Stoff.

Die Tür ging auf, und Philippas Mutter streckte den Kopf herein. »Entschuldigen Sie«, sagte sie mit ihrer festen, angenehmen Stimme, »aber Emily bekommt gleich Besuch von einer Freundin.« Sie gab mir das Gefühl, als hätte ich mich unter Vorspiegelung falscher Tatsachen bei ihnen eingeschlichen.

»Ja, natürlich.« Ich legte die Sachen, die ich noch in der Hand hielt, vorsichtig in die Pappschachtel. »Auf Wiedersehen, Emily.«

»Und das Schneckenhaus«, sagte sie, ohne hochzublicken. »Das Schneckenhaus ist hübsch. Hübsche Sachen haben ihr immer gut gefallen.«

Albie rief mich an. Er wolle nur hallo sagen und hören, wie es mir gehe. Ich hielt das Telefon ganz vorsichtig, als könnte es mich verletzen, und wartete. Wir warteten beide darauf, dass der andere etwas sagen würde. Dann verabschiedeten wir uns sehr höflich.

Ich rief meinen Vater an, aber er war nicht zu Hause. Ich wollte von jemandem hören: »Das Leben kann hart sein, aber mach dir keine Sorgen, mein Liebling, alles wird wieder gut.« Ich wollte, dass mich jemand ganz fest in den Arm nahm und mir übers Haar streichelte. Ich sehnte mich nach meiner Mutter. Lächerlich, aber wahr. Würde mich dieses Gefühl denn niemals verlassen? Konnte es sein, dass ich meine Mutter bis ans Ende meines Lebens vermissen würde? Dass auch weiterhin kein Tag vergehen würde, an dem sie mir nicht fehlte? Ich griff nach dem Telefon, um Will anzurufen. In meiner Wohnung war es so still, dass ich das Ticken meiner Armbanduhr hören konnte. Aber ich ließ es bleiben. Was sollte ich ihm sagen? »Ich bin allein, komm bitte vorbei und nimm mich in den Arm?«

Ich schenkte mir ein Glas Wein ein und zündete zwei Kerzen an. Dann schaltete ich das Licht aus und legte mich aufs Sofa. Irgendwo im Halbdunkel surrte eine Stechmücke. Draußen begann es zu regnen. Was wusste ich schon von diesem Mann? Nichts, außer dass er einen erstklassigen Job in der City aufgegeben hatte, um stattdessen ein Haus für obdachlose junge Leute zu betreiben, die durch sämtliche Sicherheitsnetze gefallen waren. Dass ihm die Polizei misstraute und ihn verdächtigte, in seinem Haus Drogenhandel zu dulden. Dass er oft mürrisch und schlecht gelaunt war und zu einer düsteren Weltsicht neigte. Trotzdem begehrte ich ihn in diesem Moment, weil er so ganz anders war als der überschwängliche Albie, und weil er aussah wie eine Krähe, ein einsamer Vogel. Ich wollte mich in sein zerzaustes Elend einhüllen und dafür sorgen, dass es uns beiden wieder besser ging.

Wie sich herausstellte, musste ich Will gar nicht anrufen, weil er von selbst zu mir kam. Am folgenden Abend – ich hatte einen anstrengenden Tag hinter mir und lag bereits im Bett – klingelte es an der Tür. Ich schlüpfte in meinen Bademantel und warf einen Blick auf die Uhr. Es war schon nach Mitternacht, wahrscheinlich hatte Julie mal wieder ihren Schlüssel vergessen. Ich stolperte zur Tür, noch in seltsamen Träumen gefangen. Draußen stand Will, und als er mich sah, sagte er mit einem Achselzucken: »Ich konnte nicht schlafen.«

Ich trat einen Schritt zur Seite, und er ging vor mir die Treppe hinauf. Nachdem er sich auf dem Sofa niedergelassen hatte, schenkte ich ihm ein großes Glas Whisky ein, und mir selbst ein kleineres. Ich fühlte mich sehr unwohl in meiner Haut, musste an meine zerzausten Haare und meinen schäbigen Bademantel denken. Außerdem wusste ich nicht, was ich mit ihm reden sollte. Hier in meiner Wohnung erschien er mir plötzlich so groß und fremd. Wie hatte ich es je wagen können, ihn zu küssen oder von ihm zu träumen? Er hatte noch nicht mal seinen Mantel ausgezogen und starrte in sein Glas, als könnte er darin eine Antwort finden.

Am Ende tat ich den ersten Schritt, weil ich die Düsterkeit meines Wohnzimmers und dieses erdrückende Schweigen nicht länger ertragen konnte. Ich ging zum Sofa und beugte mich zu ihm hinunter. Ich küsste ihn nicht, das erschien mir zu intim. Stattdessen knöpfte ich erst seinen Mantel auf, dann das Hemd. Er lehnte sich mit geschlossenen Augen zurück, während ich zögernd seinen bleichen Körper berührte, den Blick auf sein Gesicht gerichtet. Ohne die Augen zu öffnen, streckte er die Arme aus und nahm mein Gesicht in beide Hände. Ich setzte mich rittlings auf ihn, zog meinen Bademantel auseinander, presste seinen Kopf an meine Brust und lauschte dem wilden Pochen meines Herzens. »Du solltest aufpassen«, murmelte er.

Ich hatte keine Ahnung, wovon er sprach, es war mir auch egal. Wir waren bloß zwei Fremde, die Trost brauchten. Draußen blies der Wind Wellen von Regen gegen das Fenster.

25. KAPITEL

Als mich das Telefon aus dem Schlaf riss, hatte ich sofort das Gefühl, dass es noch mitten in der Nacht war. Meine Augenlider fühlten sich an wie zusammengeklebt. Wie lange hatte ich geschlafen? Ich befand mich in meinem eigenen Bett, aber seltsamerweise nicht auf meiner üblichen Seite, sondern dort, wo Albie immer gelegen hatte. Als ich den Arm ausstreckte, wurde mir mit einem schmerzhaften Ziehen in der Magengegend bewusst, dass ich allein war. Will war weg.

»Ja?« Mehr brachte ich nicht heraus.

»Kit?«

»Mit wem spreche ich?«

»Furth. Geht es Ihnen nicht gut?«

»Was?«, fragte ich dümmlich. »Sie müssen entschuldigen, aber Sie haben mich aufgeweckt.«

»Es ist ein Wagen unterwegs, der Sie abholen wird. Schaffen Sie das?«

»Wieso?«

»Der Chef möchte Sie im Krankenhaus sehen.«

»In welchem Krankenhaus?«

Am anderen Ende herrschte einen Moment Schweigen.

»Was spielt es für eine Rolle, um welches Krankenhaus es sich handelt?«

»Ich weiß auch nicht. Was ist passiert?«

»Ich hab jetzt keine Zeit. Wir erklären Ihnen alles vor Ort. Schaffen Sie das? Oder soll ich sagen, dass Sie nicht kommen können?«

Mein Gehirn erwachte allmählich zum Leben, wenn auch langsam, wie eine Eidechse in der Morgensonne. Mir war mittlerweile klar, dass es Furth am liebsten gewesen wäre, ich hätte mürrisch gebrummt, dass ich weiterschlafen wolle, und den Hörer auf die Gabel geknallt.

»Kein Problem«, sagte ich. »Wo treffen wir uns?«

»Der Fahrer weiß Bescheid«, antwortete Furth und legte auf.

Der Wagen war bereits unterwegs. Mir blieben nur ein paar Minuten. Ich stürmte unter die Dusche, drehte den Hahn auf sehr kalt und gestattete mir, einen Moment an Will zu denken, daran, wie wir uns wie zwei Ertrinkende aneinander geklammert hatten. Wer versuchte da wen in die Tiefe zu ziehen? Worum, zum Teufel, war es bei der ganzen Sache überhaupt gegangen? Wieso hatte er sich hinausgeschlichen wie ein Dieb? Ich drehte den Hahn in die andere Richtung, bis das Wasser so heiß war, dass es auf meiner Haut brannte. Ich musste an seinen Gesichtsausdruck denken, als er gekommen war, an den Laut, den er dabei ausgestoßen hatte, fast schon ein Schluchzen, und an die körperliche Nähe, die ich so lange entbehrt hatte. Dann war ich ebenfalls gekommen. Er hatte mich so fest gehalten, dass es mir fast Angst machte, und nun war er weg. War es das jetzt gewesen? Tja, dachte ich. Tja, was?

Schnell trocknete ich mich ab und begann mich anzuziehen. Ich knöpfte gerade meine Bluse zu, als Julie hereinkam, splitterfasernackt. Sie schien niemals einen von den Filmen gesehen zu haben, in denen sich die Heldin nach dem Aufstehen sofort in ein Handtuch hüllt. Anfangs hatte ich mich gefragt, ob sie das wohl tat, um zu demonstrieren, dass sie für eine so schlanke Frau irritierend große Brüste hatte, aber eigentlich machte sie sich über solche Dinge keine Gedanken, was ich fast noch beunruhigender fand. »Was ist los?«, fragte sie. »Feueralarm?«

»Arbeit«, antwortete ich. »Scheint irgendwas passiert zu sein. Keine Ahnung, was.«

»Du meine Güte!«, sagte sie. »Das klingt aber wichtig.«

»Keine Ahnung. Sie haben mich gerade angerufen.« Ich fühlte mich noch immer nicht wach genug, um komplexere Sätze zu formulieren.

»Möchtest du eine Tasse Kaffee?«

»Ich glaube nicht, dass dafür noch Zeit ist. Sie haben schon einen Wagen losgeschickt, der mich abholen soll.«

Julie lächelte. »Ich habe gehört, dass du gestern Nacht Gesellschaft hattest.«

»Von wem hast du das gehört?«

»Nein, ich meine, ich habe es gehört. Durch die Wand.«

»Lieber Himmel, Julie, also wirklich ...«

»Nein, nein«, unterbrach sie mich. »Ich konnte nichts dagegen tun. Es liegt an den Wänden. Sie sind dünn wie Papier.«

Ich spürte, wie ich knallrot anlief. »Das ist mir jetzt aber peinlich. Tut mir Leid, wenn du nicht schlafen konntest. Ich dachte, du wärst gar nicht da.«

»Ich bin früher nach Hause gekommen als sonst. Aber es braucht dir nicht Leid zu tun, ich habe mich für dich gefreut. Du hast ein bisschen Spaß verdient.«

»Als Spaß habe ich es nicht gerade empfunden.« Auf irgendeine bescheuerte Weise kam ich mir vor wie eine prüde ältere Verwandte von Julie.

»Wirklich?« Ihre Miene wirkte plötzlich besorgt. »Hat sich aber durchaus nach Spaß angehört. Wer war der Typ?«

Ich holte tief Luft und stieß dann eine Art Schnauben aus. »Wie der Zufall so spielt ... es war Will. Du weißt schon, Will Pavic.«

»Du lieber Himmel!«, sagte sie. »Das ist ja seltsam! Ich meine, großartig. Pavic. Mein Gott. Ist er schon wach?«

»Nein. Das heißt doch, natürlich, er ist sogar schon weg.«

»Weg? Aha. Will Pavic. Das ist ja unglaublich. Wenn du zurückkommst, will ich jede noch so kleine Einzelheit hören!«

»Julie! Erstens: Ich habe nicht vor, dir jede Einzelheit zu erzählen. Und zweitens: Du scheinst ja sowieso schon alles zu wissen.« Es klingelte. In der Stille, die um halb drei Uhr morgens herrschte, klang es wie ein Alarm. »Und drittens: Ich muss los.«

Im Hinausgehen hörte ich Julie sagen: »Will Pavic. Das ist ja großartig. Phantastisch. Aber ist der Typ nicht ein bisschen seltsam?«

Ich schüttelte den Kopf und ging. Der Wagen, der vor der Tür stand, sah aus wie ein Taxi. Ein Mann im Anzug hielt mir die Beifahrertür auf.

»Dr. Quinn?«, fragte er.

»Sie bringen mich zu DCI Oban?«

»Davon weiß ich nichts. Ich setze Sie bloß am St.-Edmund's-Krankenhaus ab.«

»Gut.«

Unterwegs fragte ich ihn, ob er wisse, worum es bei der ganzen Aktion überhaupt gehe. Da er verneinte, stellte ich ihm keine weiteren Fragen, sondern schaute nur aus dem Fenster. Es war die stillste Zeit der Nacht, aber in London kehrte niemals völlige Ruhe ein. Ein paar Zeitungsausfahrer waren unterwegs, hin und wieder mal ein Auto, ein paar Menschen, die schnellen Schrittes irgendeinem Ziel entgegeneilten. Die letzten Nachtschwärmer vom Abend vermischten sich mit den Leuten, die schon auf dem Weg zur Arbeit waren. Ich spürte, wie mein Puls zu rasen begann, während ich in meinem Kopf verschiedene Möglichkeiten durchging. Ein weiterer Mord. Eine Verhaftung. Was sonst konnte wichtig genug sein, um diese nächtliche Aktion zu rechtfertigen?

»Sind Sie eine richtige Ärztin?«, fragte mich der Fahrer.

»Mehr oder weniger.«

»Dann kennen Sie bestimmt ein paar Leute in dem Krankenhaus?«

»Nicht um diese Zeit.«

Er hielt vor der Notaufnahme, wo ein uniformierter Beamter wie ein Portier vor der Tür wartete. Während ich ausstieg, murmelte der Fahrer etwas in das Funkgerät auf seinem Schoß. Er bekam eine knackende Antwort, die ich nicht verstand.

»Ich bin Kit Quinn«, sagte ich zu dem Beamten vor der Tür.

»Ja«, antwortete er. »Ich bringe Sie hoch.«

Ich habe in meinem Leben schon viel Zeit an Orten verbracht, die niemals ganz zur Ruhe kommen – Flughäfen, Polizeireviere, Krankenhäuser – und mag sie wegen ihrer oft ein wenig verloren wirkenden Betriebsamkeit, die auch dann noch anhält, wenn es draußen dunkel ist und die braven Bürger längst schlafen. Vor der Tür standen ein paar Krankenwagen; ein Arzt und eine Krankenschwester liefen vorbei, aus mehreren Richtungen wurde etwas gerufen. Eine blasse junge Frau in einem weißen Mantel saß mit einer Tasse Kaffee und einem unappetitlich aussehenden Sandwich in einer Ecke und versuchte nebenbei irgendein Formular auszufüllen. Der Beamte führte mich eine Treppe hinauf und dann einen Gang entlang. Schon aus fünfzig Metern Entfernung konnte ich Oban auf einer Bank sitzen sehen. Nachdem er mir von weitem zugenickt hatte, gab er vor, seine Fingernägel zu inspizieren, als hätten sie etwas unglaublich Faszinierendes an sich. Erst als ich nur noch ein paar Meter entfernt war, blickte er wieder auf.

Ich war schon gespannt auf seine Miene. Würde er mich traurig ansehen? Oder triumphierend? Wider Erwarten konnte ich seinen Gesichtsausdruck nicht deuten. Er sah aus wie ein besorgter Verwandter, der auf Nachrichten wartet, ein erwartungsvoll, aber auch etwas beunruhigt dreinblickender Vater. Außerdem sah er schrecklich aus. Zerknautscht, unrasiert, grau vor Müdigkeit. »Danke, dass Sie gekommen sind, Kit«, murmelte er.

»Und?«, fragte ich. »Was ist passiert? Ein weiterer Mord?«

»Nein«, antwortete er und versuchte zu lächeln, was ihn sichtlich anstrengte. »Ich glaube, ich habe meine Wette gewonnen. Falls es überhaupt eine Wette war. Ich wünschte, ich hätte ein besseres Gefühl dabei.«

»Welche Wette?«

»Wenn ich mich recht erinnere, habe ich sinngemäß gesagt, unser Mörder kurve mit seinem Auto durch die Stadt und warte auf seine nächste Chance zuzuschlagen. Sie hatten da Ihre Zweifel. Nun hat er wieder zugeschlagen. Oder es zumindest versucht.«

»Wie meinen Sie das? Wer liegt hier im Krankenhaus?«

»Ms. Bryony Teale. Oder Mrs., wie auch immer. Vierunddreißig Jahre alt.«

»Ist sie schwer verletzt?«

»Körperlich nicht. Ich habe darum gebeten, dass man einen Arzt vorbeischickt, der Ihnen alles erklären kann.«

»Was ist passiert?«

»Bryony Teale ist abends am Kanal entlangspaziert, das dumme Mädchen. Manche Leute tun so, als wäre es ein idyllisches Flussufer auf dem Land. Sie wurde von einem Mann überfallen, aber während er sie attackierte, kamen auf dem Pfad zwei weitere Leute daher. Der Mann ergriff die Flucht. Man hörte einen Wagen mit quietschenden Reifen wegfahren.«

Ich schwieg. Meine Gedanken rasten. »Sind Sie sicher, dass da eine Verbindung besteht?«

»Wir überprüfen das noch. Aber es war fast auf den Meter genau an derselben Stelle, wo Liannes Leiche gefunden wurde. Das scheint mir doch sehr auf eine Verbindung hinzudeuten.«

»Lieber Himmel! Und gab es Zeugen?«

»Ja, zwei.«

»Konnten sie den Wagen beschreiben?«

Oban schüttelte mit finsterer Miene den Kopf. »Das wäre zu schön, nicht? Sie waren damit beschäftigt, Bryony zu helfen. Sie war in einem schrecklichen Zustand.«

»Hat sie schon was gesagt?«

»Noch nicht. Sie steht unter einem schweren Schock. Sie kann kaum sprechen.«

»Was mache ich dann hier?«

»Ich möchte trotzdem, dass Sie mit ihr reden. Jetzt, später, wann immer sie dazu in der Lage ist. Ich möchte wissen, was Sie aus ihr herausbekommen können. Hypnotisieren Sie sie, leuchten Sie ihr mit einem Lämpchen in die Augen, halten Sie ihr einen Gegenstand vor die Nase, egal, was, Hauptsache, Sie bringen in Erfahrung, was sie weiß.«

»Natürlich. Aber was ist mit Seb?«

»So was ist nicht ganz sein Ding. Machen Sie sich seinetwegen keine Gedanken. Ich regle das mit ihm. Außerdem ist eine Frau für diesen Job besser geeignet.«

»Dr. Quinn?«

Ich blickte mich um. Hinter mir stand ein Arzt, ein bereits kahl werdender, sehr bleicher Mann in meinem Alter, der einen leicht genervten Eindruck machte. Wahrscheinlich war er der Meinung, dass wir hier nur im Weg herumstanden und ihm die Zeit stahlen. Er sah aus, als sollte er eigentlich an zwei Orten gleichzeitig sein.

»Ja.«

»Ich bin Dr. Steen. Wie ich höre, interessieren Sie sich für Bryony Teale.« Er warf einen Blick auf sein Klemmbrett. »Sie ist keine Patientin von mir, aber ich habe mir ihre Karte angesehen. Keine Verletzungen, abgesehen von ein paar oberflächlichen Schürfwunden. Sie steht unter Schock, was verständlich ist. Dr. Lander hat entsprechende Maßnahmen ergriffen – Rehydratation, Wärme, das Übliche. Wir beobachten sie noch. Bis zum Morgen dürfte sie sich einigermaßen erholt haben.«

»Hat sie Familie? Ist jemand verständigt worden?«

Steen zuckte mit den Achseln. »Sie ist keine Patientin von mir«, antwortete er. »Tut mir Leid.«

»Kann ich mit ihr reden?«

Er warf einen ratlosen Blick auf sein Klemmbrett, als erhoffte er sich von ihm eine Antwort. »Ich weiß nicht«, antwortete er schließlich zögernd. »Das ist wahrscheinlich keine so gute Idee.«

»Sie brauchen sich keine Sorgen zu machen«, erklärte ich. »Ich bin es gewöhnt, mit solchen Patienten umzugehen. Ich werde sie nicht zu sehr bedrängen.«

»Also gut«, antwortete er. »Ich glaube, es ist eine Krankenschwester bei ihr. Ich muss leider gehen, ich bin sehr in Eile.«

Und weg war er.

»Na also«, sagte ich. »Soll ich jetzt reingehen?«

»Ich bitte darum«, antwortete Oban.

Meine Hand lag bereits auf dem Türgriff, als ich mich noch einmal umdrehte. »Eins verstehe ich nicht«, sagte ich. »Eigentlich ist das für den Fall doch eine positive Entwicklung. Wir haben Zeugen, und es ist niemand ums Leben gekommen. Warum wirken Sie so niedergeschlagen?«

»Ich bin eigentlich gar nicht niedergeschlagen«, antwortete Oban. »Bloß verwirrt. Und das gefällt mir nicht.«

»Wieso verwirrt?«

»Es gibt da einen Punkt, den ich noch nicht erwähnt habe.«

»Nämlich?«

»Diese beiden Zeugen, die Bryony gerettet haben.«

»Ja?«

»Einer von ihnen war Mickey Doll.«

26. KAPITEL

In dem Moment hätte ich gern mein Gesicht gesehen.

»Doll?«, wiederholte ich dümmlich. »Doll?« Oban starrte mich bedrückt an und nickte. »Er war *wieder* Zeuge?«

»So ist es.«

»Aber das…« Ich hielt inne. Ich wusste nicht, was ich sagen oder denken sollte.

»Tja.«

»Aber warum?«

»Daran arbeite ich noch.«

Wir schwiegen beide eine ganze Weile. Ich war zu keiner Bewegung fähig, geschweige denn zu klaren Gedanken oder Aussagen. »Nun«, brachte ich schließlich heraus, »ich spreche jetzt wohl besser mit dieser Frau.«

Das Erste, was mir auffiel, war ihr langes Haar, das die Farbe von reifen Aprikosen hatte. Das Zweite waren ihre Hände, die sie auf der Decke ganz fest zur Faust geballt hatte. Kaum war ich an ihr Bett getreten, stand auch schon die Nachtschwester neben mir – eine riesige Frau, deren Gang mich an ein stampfendes Schiff erinnerte und deren Schuhe auf dem Linoleumboden laut quietschten. »Sie dürfen sie auf keinen Fall aufregen«, erklärte sie, während sie mit ihren gewaltigen Fingern nach dem zarten Handgelenk der Frau griff und es eine Minute lang festhielt, wobei sie den Kopf schräg legte, als würde sie einem Geräusch lauschen. Dann verließ sie quietschenden Schrittes den Raum und zog die Tür hinter sich zu.

»Hallo, Bryony.« Sie starrte mich an, als könnte sie mich nur unscharf sehen. Ihre Pupillen waren geweitet. Ich zog mir einen Stuhl heran und setzte mich. Dabei fiel mir auf, dass ich zwei verschiedene Socken trug. »Ich heiße Kit.«

»Hallo«, murmelte sie und kämpfte sich in eine sitzende Haltung, sodass ihr Haar nach vorn fiel. Sie hatte ein sehr auffallendes, etwas flaches Gesicht mit hohen Wangenknochen und einem markanten Kinn. Ihre Augen waren hellbraun, fast golden.

»Sie haben einen Schock erlitten«, fuhr ich fort, »aber jetzt sind Sie in Sicherheit. Es besteht für Sie kein Grund mehr, sich zu fürchten. Okay?«

Sie nickte und brachte ein kleines Lächeln zustande. »Sie müssen entschuldigen«, sagte sie mit leiser Stimme. »Es tut mir Leid, dass ich noch so schwach bin.«

Ich erwiderte ihr Lächeln. »Sie brauchen sich nicht zu entschuldigen. Kann ich Ihnen irgendetwas bringen? Tee? Oder etwas zu essen?«

»Nein, danke.«

»Sehen Sie, draußen wird es schon hell.« Ich deutete auf das kleine Fenster. »Die Nacht ist fast vorüber.«

»Ich möchte nach Hause.«

»Ich bin sicher, das wird sehr bald möglich sein. Wo sind Sie zu Hause?«

»Nach Hause«, wiederholte sie, ohne auf meine Frage einzugehen, und hob eine Hand an den Kopf. »Warum fühle ich mich so komisch?«

»Sie haben ein schockierendes Erlebnis hinter sich. Da ist es ganz normal, dass Sie sich komisch fühlen.«

»Wie die Leute nach der Fußballkatastrophe?«

»So ungefähr.«

»Aber ich bin gar nicht dieser Typ Mensch.« Sie strich mit den Fingern über ihr Gesicht, als müsste sie ihre Gesichtszüge nachzeichnen, um sich auf diese Weise ins Gedächtnis zu rufen, wer sie war. »Was ist passiert?«

»Sie erinnern sich nicht?« Oban würde noch niedergeschlagener sein, wenn er das hörte.

»Ich kann mich nur an Bruchstücke erinnern, wie in einem Nebel. Erzählen Sie mir, was passiert ist. Bitte.« Sie beugte sich vor und berührte ganz leicht meinen Handrücken.

Ich musste an jene verwirrten, nebeligen paar Sekunden auf

dem Polizeirevier von Stretton Green denken, die Wärme des Blutes auf meiner Haut. »Sie sind am Kanal von einem Mann überfallen worden. Aber Sie hatten Glück. Zwei andere Männer sind Ihnen zu Hilfe gekommen. Ihr Angreifer rannte davon. Natürlich wird alles, woran Sie sich erinnern können, der Polizei von großem Nutzen sein, aber Sie sollten nicht versuchen, etwas zu erzwingen. Lassen Sie es einfach von selbst wiederkommen, und verdrängen Sie es dann nicht.«

Sie nickte, setzte sich noch ein wenig aufrechter hin und zog die Bettdecke um ihren Körper.

»Mein Kopf tut weh«, sagte sie, »und ich habe Durst. Kann ich ein Glas Wasser haben?«

Ich schenkte aus dem Krug, der auf dem Nachttisch neben ihrem Bett stand, einen Plastikbecher voll. Als sie danach griff, zitterten ihre Hände so heftig, dass ein wenig Wasser auf die Bettdecke schwappte und sie die zweite Hand zu Hilfe nehmen musste.

»Danke«, sagte sie. »Gott, bin ich müde. Kommt Gabriel bald?«

»Gabriel?«

»Mein Mann.«

»Ich bin sicher, dass die Polizei ihn verständigt hat.«

»Gut.« Sie legte sich wieder hin.

»Können Sie mir erzählen, woran Sie sich erinnern, Bryony?«

»Ich erinnere mich … ich erinnere mich an eine Gestalt in der Dunkelheit. Eine Gestalt, die aus der Dunkelheit kam.« Sie schloss die Augen. »Und daran, dass jemand etwas gerufen hat.« Sie riss die Augen wieder auf. »Ich kann nicht!«, sagte sie. »Bitte. Noch nicht. Es ist alles so wirr in meinem Kopf. Wenn ich versuche, etwas zu fassen zu bekommen, entgleitet es mir sofort wieder, als würde ich versuchen, mich an einen Traum zu erinnern. Einen schrecklichen, schrecklichen Traum.«

»Das ist ganz normal. Lassen Sie sich Zeit. Kannten Sie den Mann, der Sie angegriffen hat?«

»Nein! Nein, daran würde ich mich doch bestimmt erinnern, oder? Oder nicht?«

»Was ist mit den Männern, die Ihnen geholfen haben?«, fragte ich in möglichst neutralem Tonfall.

»Was?« Sie sah mich blinzelnd an und fuhr sich dann erneut mit den Händen übers Gesicht.

»Hatten Sie diese beiden Männer schon mal gesehen?«

»Gesehen? Nein. Ich weiß nicht. Wer waren sie? Warten Sie, warten Sie einen Moment!«

Ich stand auf und ging zu dem kleinen Fenster hinüber. Draußen brach der Morgen an. Durch das Fenster konnte man direkt in ein anderes Zimmer hineinsehen. Es war leer. Die Gedanken im meinem Kopf drehten sich im Kreis. Was, zum Teufel, hatte Doll dort zu suchen gehabt? Ich würde später mit ihm sprechen müssen. Mein Mund war von dem Whisky, den ich am Vorabend getrunken hatte, völlig ausgetrocknet, meine Augen schmerzten. Ich brauchte dringend ein wenig Koffein.

»Ich weiß nicht«, sagte sie schließlich. »Es tut mir Leid.«

»Bryony.« Ich drehte mich zu ihr um. Sie starrte mich erwartungsvoll an. »Sollten Sie sich doch noch an irgendetwas erinnern, egal, was, selbst wenn es ein noch so banales Detail zu sein scheint, dann ist es sehr wichtig, dass Sie das jemandem sagen. Der Polizei oder mir, das ist egal. Hauptsache, Sie sagen es. Ja?«

Sie nickte. In dem Moment schwang die Tür auf, und Oban streckte den Kopf in den Raum. »Mrs. Teale«, sagte er, »Sie bekommen Besuch. Ihr Mann ist auf dem Weg zu Ihnen.«

»Ich gehe jetzt, Bryony, aber ich werde später noch mal wiederkommen, wenn Sie nichts dagegen haben«, erklärte ich, während ich mich auf die Tür zubewegte, wo Oban mit müdem Blick und sorgenvoll gerunzelter Stirn wartete. Sie nickte mir zu und schloss dann die Augen.

»Und?«, flüsterte Oban, als wir auf dem Gang standen.

»Sie kann sich kaum an was erinnern.«

»Verdammt«, sagte er. »Verdammt, verdammt, verdammt.«

»Aber das kommt wieder«, beruhigte ich ihn. »Sie steht noch unter Schock. Geben Sie ihr Zeit.«

»Zeit, sagen Sie. Zeit ist das Einzige, was ich nicht zu vergeben habe. Was, wenn er wieder zuschlägt?«

Ein großer Mann ging an uns vorbei, Bryonys Mann, wie ich vermutete. Er hatte eine gerade Nase, dunkles Haar und buschige dunkle Augenbrauen. Er erinnerte mich an ein Bild eines römischen Kaisers, das ich als Kind mal in einem Buch gesehen hatte.

»Möchten Sie, dass ich später noch mal mit ihr rede?«, fragte ich Oban.

»Würden Sie das tun?«

»Natürlich. Wie Sie selbst schon gesagt haben, ist es in Anbetracht dessen, was passiert ist, wohl am besten, wenn eine Frau mit ihr spricht.«

»Ja.«

»Was ist mit Doll? Soll ich mit dem auch sprechen?«

»Verdammt«, sagte er wieder. »Keine Ahnung. Er ist gerade auf dem Polizeirevier und macht seine Aussage.«

»Dann war er definitiv nicht der Angreifer?«, fragte ich vorsichtig.

»O Gott, Kit, fragen Sie mich in ein paar Stunden wieder. Der andere Zeuge ist auch dort. Endlich mal ein vernünftiger Mensch.«

»Sie meinen, ein Anzugträger mit Handy?«

»Ja, genau. Jedenfalls mache ich mich jetzt auf den Weg zurück ins Revier. Vielleicht kann ich dort mehr in Erfahrung bringen.« Er gab ein entnervtes Grunzen von sich, ehe er hinzufügte: »Aber nur vielleicht.«

»Gut, rufen Sie mich an. Auf meinem Handy – ich bin wahrscheinlich unterwegs.«

»Ja. Danke.« Er klang geistesabwesend. Dann sagte er: »Wissen Sie, was mich am allermeisten nervt?«

»Was?«

»Wir haben drei Zeugen, falls man den bescheuerten Mickey Doll mitrechnet. Einer davon ist ein Geschäftsmann, einer steht unter Schock, und der dritte ist ein gottverdammter Perverser und so durchgeknallt, dass er nicht mal drei vernünftige Gedanken aneinander reihen kann, und gehört außerdem auch noch zum Kreis der Verdächtigen – oder würde zumindest gern dazugehören. Ich brauch jetzt erst mal eine Pause.«

»Lassen Sie sich Zeit. Vielleicht sollten Sie sich wirklich mal eine Pause gönnen.«

»Vielleicht.«

»Wir reden später weiter.«

Ich wurde von einem Polizeiwagen nach Hause gefahren. Obwohl es noch früh am Morgen war, herrschte auf den Straßen bereits dichter Verkehr. Die nassen Gehsteige glänzten im Sonnenlicht. Die Metalljalousien vor den Zeitungsständen wurden hochgezogen. Asiatische Händler schleppten Orangenkisten und Körbe voller Pflaumen, die sie vor ihren Läden zu Pyramiden aufschichteten. Ein Wagen der Müllabfuhr bewegte sich langsam die Straße entlang, um die großen Plastiksäcke einzusammeln, die am Straßenrand standen. Ich lehnte mich zurück und ließ London an mir vorüberziehen. Ich dachte an Will, sein sorgenvolles Gesicht im Kerzenlicht, und an Bryony Teale mit dem apricotfarbenen Haar, dem müden Lächeln und den zitternden Händen. Ich stellte mir Bryony neben Lianne und Philippa vor. Ich berührte meine Narbe. Willkommen im Klub, dachte ich. Dann versuchte ich, an gar nichts mehr zu denken.

27. KAPITEL

Julie war noch im Bett. Ich hörte, wie sie sich in dem Zimmer, das vor langer Zeit mal mein Arbeitszimmer gewesen war, auf dem Sofa umdrehte. Ich setzte den Wasserkessel auf und gab Kaffeebohnen in die Mühle. Bevor ich sie anschaltete, deckte ich sie mit einem Geschirrtuch ab, hörte Julie aber trotzdem durch die Wände hindurch stöhnen. Als ich fertig war, hielt ich die Nase über den frisch gemahlenen Kaffee und atmete tief ein. Im Kühlschrank fand ich eine Nektarine, die ich auf einem Teller viertelte, und einen kleinen Becher griechischen Jogurt. Während ich langsam den starken, aromatischen Kaffee trank, aß ich abwechselnd kleine Stücke von der süßen, saftigen Nektarine und Löffel voll cremigem Jogurt. Es war sieben Uhr.

Ich musste einen Termin mit Doll vereinbaren, eventuell auch mit dem anderen Zeugen. Außerdem musste ich noch mal zu Bryony Teale. Und ich wollte Will sehen. Ich legte die Hand an meinen Hals, meine Wange. Meine Haut fühlte sich zart und weich an. Ich schloss die Augen und stellte mir sein Gesicht vor. Vielleicht wollte er mich ja gar nicht mehr sehen – vielleicht war es das wirklich schon gewesen, ein paar Stunden in einer schlaflosen Nacht.

Julie wankte herein. Sie trug ein Männerhemd, das verdächtig nach einem von Albie aussah. Wo hatte sie das bloß aufgestöbert? »Hallo«, sagte sie und tapste zum Kühlschrank, wo sie sich eine Tasse Milch einschenkte und in einem Zug austrank. Dann drehte sie sich zu mir um, einen weißen Schnurrbart an der Oberlippe. »Alles in Ordnung?«

»Ja, ich denke schon.«

»Notfalleinsatz beendet?«

»Zumindest vorerst.«

»Gut. Möchtest du eine Scheibe Toast?«

»Nein, danke.«

Ich stand auf, ging zum Fenster und blickte auf die Straße hinunter, als bestünde die Chance, dass er dort gerade vorbeiging.

»Ich wünschte …«

»Ja? Was?«, fragte Julie.

Ich hatte schließlich seine Privatnummer. Warum nicht? Ich rief ihn an. Es läutete ein paar Mal, bevor er ranging. Der Laut, mit dem er sich meldete, klang ein bisschen wie: »Anngh.«

»Ich bin's«, sagte ich. »Kit.«

Es folgte ein weiterer unverständlicher Laut, dann eine Pause. Vielleicht musste er sich erst mal sammeln. »Bist du gerade aufgewacht?«, fragte er.

»Nein, ich bin gerade heimgekommen.«

»Wie meinst du das?«

»Ich bin in der Nacht noch mal rausgerufen worden. Ein Notfall.«

»Oh.« Er schwieg einen Moment. »Sollen wir zusammen frühstücken?«

»Jetzt?«

»Wie spät ist es denn?« Ich hörte ihn nach etwas suchen und dann stöhnen. »Gegen acht?«

»Bei dir?«, fragte ich.

»Ich frühstücke eigentlich nie zu Hause.«

Ich war enttäuscht. Ich wollte seine Wohnung sehen. Manche Leute behaupten, auf seinem eigenen Territorium sei man am stärksten, aber das stimmt nicht. Auf seinem eigenen Territorium ist man am verletzlichsten. Anderswo kann man den Touristen spielen, aber der Ort, wo man schläft, verrät eine Menge über eine Person. Ich hatte Schwierigkeiten, mir vorzustellen, dass Will überhaupt irgendwo wohnte. Er beschrieb mir, wie ich zu dem Café kam, in dem er auf dem Weg zur Arbeit immer frühstückte. Es sei aber nichts Besonderes, fügte er hinzu, nur ein ganz schlichtes Café. Nachdem ich aufgelegt hatte, überlegte ich, wie viele Stunden ich eigentlich geschlafen hatte. Eine, vielleicht zwei. Ich ging ins Bad, füllte das Waschbecken mit kaltem Wasser und tauchte mein Gesicht hinein. Dann betrachtete ich mein Spiegelbild. Hatte die letzte Nacht tatsächlich stattgefunden? Inzwischen vermischten sich die Bilder in meinem Kopf, wie in einem Traum. Doch mein Gesicht war der beste Beweis dafür, dass tatsächlich etwas passiert war. Bleich und hohläugig – was für ein Anblick!

Andy's Café war sehr verraucht, und die meisten Gäste trugen alte Lederjacken und Stahlkappenstiefel. Will winkte mir aus dem hintersten Winkel zu. Ich nahm ihm gegenüber Platz. Wir berührten uns nicht.

»Ich nehme ein schlichtes Pfannenfrühstück«, sagte er. »Und du?«

»Bloß einen Kaffee.«

»Den Kaffee hier kann ich nicht empfehlen.«

»Dann Tee.«

»Nichts zu essen?«

»Ich habe etwas gegessen, als ich nach Hause gekommen bin.«

Ein großer ovaler Teller mit Wills Frühstück wurde gebracht, dazu zwei dunkelbraune Tassen Tee. Er häufte eine Ladung von dem gebratenen Speck mit Ei und Tomate auf seine Gabel.

»Tut mir Leid«, sagte er, bevor er sie sich in den Mund schob.

»Was tut dir Leid?«

Er musste eine ganze Weile kauen und schlucken, bevor er wieder in der Lage war zu sprechen. Er nahm einen Schluck Tee. Ich folgte seinem Beispiel. »Dass ich einfach gegangen bin«, sagte er. »Ich kann in einer fremden Umgebung nicht schlafen. Da werde ich total unruhig.«

Ich gab ihm keine Antwort. Will aß weiter, ohne mich anzusehen.

»Du brauchst dich nicht zu entschuldigen«, sagte ich schließlich. »Mir ist es lieber, du bist offen und ehrlich zu mir. Ich habe es satt, irgendwelche Spielchen zu spielen. Vielleicht bin ich auch nur müde.«

Will war gerade damit beschäftigt, mit einem Stück Toast den Eidotter von seinem Teller zu tunken. Das war fast mehr, als ich um diese Tageszeit ertragen konnte. Er schob das Brot in den Mund und kaute energisch darauf herum. Dann wischte er sich den Mund mit einer Papierserviette ab, hob den Kopf und sah mich an. In dem Moment wurde mir klar, wie selten er das tat. Die meiste Zeit sah er seitlich an mir vorbei, über meine Schulter. Ich hatte ihn schon nackt gesehen, war mit ihm im Bett gewesen, hatte aber noch kaum Gelegenheit gehabt, ihm in die

Augen zu blicken. Er war ein paar Jahre älter als ich, um die vierzig, sah aber um einiges älter aus. Sein Haar wurde bereits grau, und die Haut über seinen hohen Wangenknochen wies nicht nur kleine Knitterfältchen, sondern richtig tiefe Furchen auf. Seine grauen Augen aber waren sehr klar, wie die eines Kindes.

»Es war nicht bloß das«, erklärte er, wobei sich sein Gesicht leicht rötete. »Ich habe dich betrachtet, nachdem du eingeschlafen warst. Ich habe dir die Haare aus dem Gesicht gestrichen. Du schläfst sehr tief.« Er lächelte ein wenig. »Du hast sehr hübsch ausgesehen.«

»Hör zu, du musst nicht… ich weiß, dass ich nicht…«

»Sei still und hör mir zu. Ich versuche damit nur zu sagen, dass du anders ausgesehen hast. Zum ersten Mal, seit ich dich kenne, hast du nicht traurig oder besorgt gewirkt, oder…«, er zögerte einen Moment, ehe er weitersprach, »… oder zu hoffnungsvoll.«

»Oh, tja, hoffnungsvoll«, sagte ich. Es klang ziemlich kläglich, als wäre ich ein Hund, dem gleich jemand einen Tritt versetzen würde.

»Sogar als du in deinem Wohnzimmer auf mich zugekommen bist, hast du ein bisschen traurig gewirkt. Aber dann, nachdem du eingeschlafen warst und dir keine Gedanken mehr darüber machen konntest, ob jemand da war oder nicht, hast du ganz jung und friedlich ausgesehen.«

Ich nahm einen Schluck von dem Rest Tee in meiner Tasse. Er schmeckte noch bitterer als am Anfang.

»Und da hatte ich plötzlich das Gefühl«, fuhr Will fort, »dass ich dir keinen größeren Gefallen tun konnte, als dich in Ruhe zu lassen.«

»Ich brauche keinen Beschützer«, begehrte ich auf. »Ich kann selbst entscheiden, was gut für mich ist. Außerdem glaube ich, dass du trotz allem ein recht glücklicher Mensch bist, wenn auch auf deine ganze eigene, grimmige Art. Was eigentlich erstaunlich ist, wenn man bedenkt, wie viele Leute dich hassen.

Eigentlich müsste es Teil deines Jobs sein, gut mit der Polizei und den Sozialdiensten auszukommen.«

»Ich habe keinen Job«, entgegnete Will stirnrunzelnd. »Genau wie viele von den Kids, die ich von der Polizei und den Sozialdiensten fern zu halten versuche.«

»Du redest, als hätten sie es auf dich abgesehen.«

»Sie *haben* es auf mich abgesehen.«

»Ich hörte ein paar Leute über Drogenhandel in deinem Haus reden. Sie sprachen von deiner möglichen Mittäterschaft. Dafür könntest du zehn Jahre ins Gefängnis wandern.«

»Die können mich mal«, antwortete er mit einer wegwerfenden Handbewegung.

»Haben sie Recht? Drückst du tatsächlich beide Augen zu?«

Er antwortete mit einem unverbindlichen Grunzen.

»Du kannst es mir ruhig sagen, ich bin nicht verkabelt.«

Er zuckte mit den Achseln. »Du hast doch gesehen, wie es bei uns zugeht. Natürlich versuchen wir die Dealer draußen zu halten, aber Drogen sind nun mal ein Teil dieser Jugendszene. Wir wollen diesen jungen Leuten helfen. Ein schwieriges und chaotisches Unterfangen. Die Praxis ist ganz anders als bei einem Vortrag in einem Seminar.«

»Weißt du, was ich glaube?«

Nun gestattete er sich so was wie ein gutmütiges Grinsen. »Nein, Kit, ich weiß nicht, was du glaubst.«

»Ich glaube, ein Teil von dir würde gern verhaftet und eingesperrt werden, nur, um deine Weltsicht zu bestätigen.«

»Ich bin an großen Gesten nicht interessiert.«

»Das hängt davon ab, ob Märtyrertum auch als Geste zählt.«

Ich sah ihn an. Würde er mit einem Wutanfall oder einem sarkastischen Lächeln reagieren? »Vielleicht ist es sogar irgendwie schmeichelhaft, verhasst zu sein«, meinte er schließlich.

»Das könnte man als eine Definition von Paranoia interpretieren«, entgegnete ich. »Wahrscheinlich ist die Vorstellung, dass es alle auf einen abgesehen haben, besser als die Angst, von niemandem beachtet zu werden.«

»Aber du hast vorhin bestätigt, dass es *tatsächlich* ein paar auf mich abgesehen haben.«

»Ja, das stimmt. Wirst du mich jemals zu dir nach Hause einladen?«

»Wie meinst du das?«

»Du hast gesagt, du könntest in einer fremden Umgebung nicht schlafen. Ich würde mir gern mal ansehen, wie du es in deinem eigenen Bett schaffst.«

Er warf einen Blick auf seine Uhr. »Wenn es nicht schon so spät wäre, würde ich dich jetzt sofort einladen, aber ich habe um neun einen Termin.«

»So habe ich es nicht gemeint.«

Nun wirkte er fast ein wenig verlegen. So hatte ich ihn noch nie erlebt. »Du bist jederzeit willkommen«, meinte er schließlich.

»Wie wär's mit heute Abend?«

»Zum Beispiel«, antwortete er. »Ich möchte dich bloß vorwarnen, es ist – unter anderem – ziemlich spartanisch. Na ja, es fehlt eben die Hand einer Frau.«

»Das freut mich zu hören.«

Plötzlich wirkte er wieder ernst. »Erwarte nicht zu viel von mir, Kit«, entgegnete er, jetzt wieder in seinem üblichen, distanzierten Tonfall.

Ich seufzte. »Ich glaube, ich erwarte sowieso nicht viel.« Dann musste ich heftig gähnen.

»Müde?«

»Ich schätze, der heutige Tag wird ziemlich anstrengend.«

»Was ist gestern Nacht passiert?«

Ich lehnte mich in meinem Stuhl zurück und sah ihn an. »Willst du das wirklich wissen? Es ist nicht sehr interessant.«

»Ja, ich will es wissen.«

Also bestellte ich zwei weitere Tassen Tee für uns und lieferte ihm eine Zusammenfassung meiner Nacht im Krankenhaus.

»Und wie geht's jetzt weiter?«, fragte er, als ich fertig war.

»Die Frau stand noch unter Schock, als ich mit ihr sprach. Ich werde in den nächsten Tagen noch mal mit ihr reden, vielleicht kann ich dann mehr in Erfahrung bringen.«

»Was muss sie aber auch nach Mitternacht allein am Kanal spazieren gehen!«, meinte Will verächtlich. »Also ehrlich!«

»Du meinst, sie hat es herausgefordert?«

»Ich meine, dass sie sich wie eine Vollidiotin verhalten hat.« Er nahm einen Schluck von seinem Tee. »Wie hieß noch mal ihr Mann?«

Es dauerte einen Moment, bis sich der dichte Nebel in meinem Kopf lichtete. »Gabriel.« Wieder dieses sarkastische Lächeln. »Kennst du ihn?«, fragte ich.

»Ich weiß zumindest, um wen es sich handelt.«

»Wer ist er?«

»Du hast bestimmt schon von dem Theater gehört, das in einem der Lagerhäuser an der Bahnlinie eröffnet hat? The Sugarhouse oder so ähnlich. Du weißt schon, ungarische Pantomimen auf Stelzen, so was in der Art. Das ist er.«

»Ja, ich glaube, ich habe davon gehört.«

»Er will frischen Wind in den Stadtteil bringen. Der Typ soll sich zurück nach Islington verziehen, dann wird seine Frau auch nicht mehr belästigt.«

»Frischen Wind in den Stadtteil zu bringen ist dein Job, stimmt's?«

Ohne zu antworten, ließ Will einen Finger über den Rand seiner Tasse gleiten. Dann hob er den Kopf und sah mich an. »Und was willst du?«, fragte er.

»Wie meinst du das?«

»Ich meine, worum geht es dir bei dieser Sache? Willst du dazu beitragen, dass die Polizei am Ende gut dasteht, oder glaubst du, du kannst den Mörder ganz allein fangen?«

»Ich habe nur eine Beratungsfunktion, das ist alles«, antwortete ich zögernd.

»*Mich* brauchst du nicht zu überzeugen«, sagte er. »Was weiß ich schon? Soweit ich sehe, fährt da so ein Irrer durch die Stadt und überfällt Frauen. Er ist gefährlich, und er muss gefasst werden. Das ist klar. Ich verstehe bloß nicht, was du dabei für eine Rolle spielst. Oder, warum. Warum du dich so engagierst. Worum es dir bei der ganzen Sache geht.« Er hob die Hand und fuhr mit seinem Zeigefinger sanft meine Narbe nach. Seine Berührung ließ mich erschaudern. »Du bist schon einmal angegriffen worden. Reicht dir das nicht?«

Ich nahm seine Hand in meine. »Lass das«, sagte ich. »Ich sollte dich ein paar von den Detectives vorstellen. Was meine Arbeit betrifft, scheint ihr euch alle einig zu sein. Trotzdem muss ich jetzt ein bisschen mit dieser sinnlosen Arbeit weitermachen.« Ich stand auf.

»Ich habe nicht gesagt, dass das, was du tust, sinnlos ist. Ich verstehe es einfach nicht.«

Ich beugte mich zu ihm hinunter und küsste ihn. »Das Problem ist, dass man bei allem immer erst am Ende, wenn es zu spät ist, weiß, ob es die Mühe wert war. Aber jetzt muss ich wirklich los. Wir sehen uns.«

»Heute Abend?«

»Möchtest du das überhaupt?«

»Soll ich dich auf Knien bitten?«

Ich ließ den Blick durchs Café schweifen. »Das ist vielleicht nicht der richtige Ort«, antwortete ich. »Also, ich stehe hier, ganz hoffnungsvoll, wie du es ausgedrückt hast, und erkläre dir, dass ich dich wiedersehen möchte, heute Abend, bei dir. So, jetzt du. Willst du es auch?«

»Ja«, sagte er ganz leise, fast im Flüsterton. »Ja.« Wir starrten uns an.

Als ich das Café verließ, saß er noch immer vor seinem leeren Teller und dem kalten Tee und machte ein ernstes Gesicht. In zwölf Stunden würde ich ihn wieder in meinen Armen halten.

28. KAPITEL

Endlich, dachte ich, ein Zeuge, mit dem man normal reden konnte, ein Mann, der seine Gedanken klar aussprach, der sich an die Fakten hielt, der sah, was es zu sehen gab, und dessen Urteilsvermögen nicht durch irgendwelche Fantasien beeinträchtigt wurde. Er schüttelte mir energisch die Hand und räusperte sich, um für unser Gespräch bereit zu sein. Meine Augen brannten. Der viele Kaffee und die zwei Tassen bitteren Tees, die ich an diesem Morgen getrunken hatte, waren Gift für meinen Körper.

»Dr. Quinn«, stellte ich mich vor.

»Ich bin Terence Mack. Aber die meisten Leute nennen mich Terry.«

»Machen Sie das öfter, dass Sie nach Mitternacht am Kanal spazieren gehen?«, wollte ich wissen.

Er schnaubte leicht verächtlich. »Ich glaube nicht, dass ein Kerl wie ich sich deswegen Sorgen zu machen braucht.«

Da musste ich ihm Recht geben. Er war ein kompakt gebauter, rötlicher Typ mit haarigen Knöcheln und Handgelenken und auffallend langen Ohrläppchen. Sein dunkelgrauer Anzug spannte ein wenig um den Bauch, und zu seinem weißen Hemd trug er eine rot-schwarz gestreifte Krawatte, von deren Anblick mein Kopf noch mehr wehtat. Er musste ebenfalls die halbe Nacht auf gewesen sein, wirkte aber kein bisschen müde, sondern saß aufrecht und hellwach vor mir.

Trotzdem brachte er uns keinen Schritt weiter. Wie die meisten Zeugen hatte er erst im Nachhinein realisiert, was eigentlich passiert war. Ich hatte seine Aussage vor mir liegen. Sie war kurz und präzise. Er hatte sich sogar die genaue Zeit des Überfalls gemerkt, weil er kurz danach auf die Uhr gesehen hatte – ein Uhr neunzehn war es gewesen, und seine Uhr ging auf die Sekunde genau, wie er betonte. Seiner Aussage zufolge war er am Kanal entlanggegangen, weil er nach einer Besprechung mit Kunden aus Singapur, die im nahe gelegenen Pelham Hotel stattgefunden hatte, kein Taxi hatte auftreiben können. Der Treidelpfad war der kürzeste Weg zu einer viel befahrenen Kreuzung nahe der U-Bahn-Station Kersey Town, wo es einen Taxistand gab.

»Ich kam gerade aus dem Tunnel«, erklärte er. »Er ist nachts beleuchtet, sodass ich also aus dem Licht in die Dunkelheit trat und einen Moment lang überhaupt nichts sehen konnte. Sie wissen ja, wie das ist.« Ich nickte. »Ich hörte nur ein Geräusch. Dann konnte ich ein paar Schatten erkennen, irgendein Handgemenge am Rand des Kanals. Und ehe ich mich versah, hatte ich diese schreiende Frau im Arm.«

»Und sie sagte …« Ich warf erneut einen Blick auf seine Aussage: »›Hilfe! Hilfe! Bitte helfen Sie mir!‹«

»Vielleicht hat sie sogar noch öfter ›Hilfe!‹ gerufen, das weiß ich nicht mehr so genau. Sie schrie es aus voller Kehle, obwohl sie nur ein paar Zentimeter von mir entfernt stand. Ihr Haar hing vor meinen Augen, sodass ich kaum etwas sehen konnte, aber ihre Stimme war klar und deutlich zu vernehmen.«

»Und danach haben Sie auch nichts mehr gesehen.«

»Nur diesen anderen Typen, der ein paar Meter entfernt stand.«

»Sie meinen den anderen Zeugen?«

Er zog seine buschigen Augenbrauen hoch. »Ein seltsamer Kauz.«

»Was hat er getan?«

»Wer?«

»Der seltsame Kauz.«

»Er hat geholfen.«

»Und da war ganz sicher noch ein weiterer Mann?«

»Wie meinen Sie das? Was glauben Sie denn, worum es hier geht?«

Ich warf erneut einen Blick auf die Aussage. »Hier steht recht wenig von einer Täterbeschreibung.«

Er wirkte ein wenig verlegen. »Es ging alles so schnell. Da waren bloß diese Gestalten in der Dunkelheit und dann die

Frau, die auf mich zu stürzte. Ich wusste ja gar nicht, was da vor sich ging. Wenigstens habe ich gleich danach auf die Uhr geschaut.«

»Das war gut«, gab ich ihm Recht. »In welchem Zustand war Bryony, ich meine, die Frau?«

»Ziemlich aufgelöst«, antwortete Terence. »Ein bisschen hysterisch. Sie hat immer wieder betont, es sei alles in Ordnung, sie brauche keine Hilfe, und das, obwohl sie in einem schrecklichen Zustand war. Das arme Mädchen. Geht es ihr gut?«

»Sie steht noch unter Schock. Aber das wird bald vorüber sein, denke ich. Was hat Doll – der andere Mann – getan, während Sie die Polizei anriefen?«

»Getan? Nicht viel. Sie gehalten, sich ein wenig um sie gekümmert. Nicht gerade der Typ Mann, den man sich in einem Notfall wünscht. Sie hatte inzwischen ein bisschen zu weinen begonnen und klammerte sich an meinen Arm, wimmerte leise vor sich hin und bat mich, bei ihr zu bleiben. Ich sah, dass sie einen Schock hatte. Ihre Hände zitterten, und sie atmete schnell und stoßweise. Ich hoffe, sie haben ihr Tee mit viel Zucker gegeben, das ist in einem solchen Zustand das Beste. Darf ich Sie was fragen?«

»Natürlich.«

»Der Typ, bei dem ich die Aussage gemacht habe, ich glaube, er hieß Gil, hat gesagt, der Angreifer sei wahrscheinlich derselbe Kerl gewesen, der Philippa Burton umgebracht habe.«

»So, hat er das gesagt?«, gab ich trocken zurück.

»Stimmt das?«

»Keine Ahnung.«

»Ich hätte ihn mir schnappen können. Ich hätte ihn bestimmt eingeholt. Ich wusste nur nicht, was vor sich ging.«

»Sind Sie sicher, dass Sie sich, was diese vierte Person betrifft, an gar nichts erinnern können – Größe, Haarfarbe, Kleidung?«

Er schüttelte bedauernd den Kopf. »Es ging alles so schnell.«

»Haben Sie gesehen, in welche Richtung er gelaufen ist?«

»Nein. Ich bin davon ausgegangen, dass er zur Straße hochgerannt ist, aber gesehen habe ich es nicht. Ich hätte ihm folgen sollen, stimmt's?«

»Sie haben telefonisch Hilfe herbeigeholt. Das war das Wichtigste. Es ist Sache der Polizei, hinter den Leuten herzurennen.«

»Sie hat so gefroren. Ich habe ihr meine Jacke um die Schultern gelegt, bis der Krankenwagen und die Polizei kamen.«

»Gut. Das war gut.«

»Aber der Mörder von Philippa Burton. Das wäre was gewesen…«

»Eine hübsche Dame«, sagte er mit zitternder Stimme. »So eine hübsche kleine Dame.«

»Michael.« Ich versuchte seinen Blick festzuhalten, der ständig durch den Raum schweifte und nirgendwo lange verweilte, mit Ausnahme des Fensters, durch das man auf den Parkplatz hinaussehen konnte.

»Zweimal.« Seine Stimme klang seltsam hoch. »Zweimal ist mir das nun schon passiert. Ich bin zweimal dabei gewesen, Kit.«

Er sah schrecklich aus. Von seinem linken Nasenloch zog sich eine hässlich klaffende, nässende Wunde über den Mundwinkel bis zum Kinn hinunter, was sein Gesicht leicht verzerrt wirken ließ und außerdem den Eindruck erweckte, als wäre sein Mund ständig zu einem leichten, zuckenden Lächeln verzogen. Die Wunde war rot und angeschwollen. Ich vermutete, dass er sich an ihr zu schaffen gemacht hatte, denn an mehreren Stellen ragten Enden eines Nylonfadens hervor. Selbst während wir sprachen, konnte er seine Hände nicht still halten und zupfte dauernd daran herum. Seine Lippe war geschwollen, und er befühlte sie immer wieder mit der Zungenspitze. An der Stirn hatte er eine große Schürfwunde. Eines seiner Augen war blutunterlaufen, sein Haar fettig, und seine Sachen hingen an ihm, als hätte er binnen weniger Tage mehrere Kilo abgenommen. Außerdem roch er ziemlich streng – ein penetranter, säuerlicher Geruch erfüllte den winzigen Raum.

»Warum ich, Kit?«, fragte er mit seiner quengeligen Stimme. »Warum trifft es immer mich?«

»Keine Ahnung«, antwortete ich wahrheitsgemäß. »Trotzdem geht es Ihnen einigermaßen, oder? Sie Held der Stunde.«

»Eine hübsche Dame«, sagte er wieder. Für einen Moment blieb sein Blick an mir hängen. »Nicht so hübsch wie Sie. Sie sind immer die Hübscheste, da brauchen Sie sich keine Sorgen zu machen. Aber sie hatte weiches Haar.« Er gab ein seltsames Geräusch von sich, eine Art leises Miauen, bei dem es mir kalt über den Rücken lief.

Seine Aussage war ein Durcheinander sich widersprechender Behauptungen – dass er gesehen habe, wie ein großer Mann, ein wahrer Riese von einem Mann, versucht habe, Bryony zu erwürgen, dass sie sich von ihrem Angreifer direkt in seine Arme geflüchtet habe, dass er sich auf den Mann gestürzt habe, um sie zu retten, dass der Mann in einem blauen Lieferwagen davongefahren sei, vielleicht sei es auch kein blauer, sondern ein roter Wagen gewesen, vielleicht auch kein Lieferwagen, nein, jetzt falle es ihm wieder ein, der Mann sei entlang des Kanals davongelaufen, und Bryony sei ohnmächtig geworden.

»Erzählen Sie mir nur das, woran Sie sich wirklich erinnern, Michael. Warum waren Sie so spät noch am Kanal unterwegs?«

»Ich war beim Fischen. Gute Zeit dafür. Vollmond. Kein Mensch unterwegs, kein störender Lärm.«

»Wo befanden Sie sich? Direkt am Ufer?«

»An meiner üblichen Stelle. Im Schatten, gleich neben dem Tunnel, wo mich keiner sieht, ich aber alle sehen kann.«

»Was haben Sie gesehen?«

»Sie wissen schon«, antwortete er. »Die Dame. Den Mann, der hinter ihr her war. Und den anderen Mann. Terry. Haben Sie Terry schon kennen gelernt? Wir haben sie gemeinsam gerettet. Den Kerl verjagt und sie gerettet.«

»Können Sie den Angreifer beschreiben?«

»Es war ein Mann. Ein großer Mann.«

»Sonst noch was?«

»Eigentlich nicht. Ich habe bloß ein paar Schatten gesehen, dann bin ich aufgestanden, ich glaube, ich bin aufgestanden, ich weiß es nicht mehr genau, ich war total durcheinander, jeder wäre da durcheinander gewesen, Kit. Ich hab sie nur festgehalten, damit er ihr nichts tun konnte.«

»Sind Sie sicher? Sind Sie ganz sicher, dass es so war? Sie haben sie von ihm weggezerrt?«

»O ja.« Er lächelte mich mit seinem verunstalteten Mund an. »Ich habe sie gerettet. Ich bin ganz sicher, dass ich sie gerettet habe. Weiß sie das überhaupt? Die Zeitungen schreiben schreckliche Dinge über mich, aber ich habe sie vor ihm gerettet. Sagen Sie es ihnen, ja? Sagen Sie es allen, dann werden sie Bescheid wissen. Es wird ihnen Leid tun, was sie getan haben. Allen wird es Leid tun.« Wieder berührte er mit der Hand sein Gesicht, leckte über den Schnitt in seiner Lippe.

»Was ist danach passiert?«

»Danach?«

»Nachdem Sie sie von ihm weggezerrt hatten.«

»Da kam dieser Mann aus dem Tunnel. Sie rannte zu ihm hin, und der andere lief davon. Und sie schrie und schrie und schrie. Ich habe gar nicht gewusst, dass ein Mensch so laut schreien kann.«

»Hören Sie zu, Michael. Sie müssen jetzt genau nachdenken. Können Sie sich an irgendwas erinnern, was auch immer es sein mag, das Sie gesehen oder gehört haben, egal, und wovon Sie der Polizei oder mir noch nichts erzählt haben?«

»Ich habe ihr Haar gestreichelt, um sie zu trösten.«

»Ja.«

»Und der andere Mann, der aus dem Tunnel gekommen ist, der hat gesagt – entschuldigen Sie, Kit – ganz laut hat er gesagt: ›Verdammte Scheiße.‹ Tut mir Leid.« Doll hatte eine prüde Miene aufgesetzt.

»Wohin gehen Sie jetzt, Michael?«

»Wohin?« Sein Blick richtete sich auf mich. »Könnte ich nicht vielleicht mit zu …«

»Sie sollten nach Hause gehen, Michael. Sehen Sie zu, dass Sie was Anständiges in den Magen bekommen. Und ziehen Sie sich saubere Sachen an. Sie sollten sich ein wenig ausruhen.«

»Ausruhen«, wiederholte er. »Ja. Das war alles ein bisschen viel für mich. Sie haben mir Pillen gegeben, aber ich weiß nicht, wo ich sie hingetan habe.«

»Gehen Sie heim, Michael.«

»Bin ich nicht in Gefahr?«

»Stehen Sie unter Polizeischutz?«

»Man hat mir gesagt, sie würden ein Auge auf mich haben.«

»Gut.« Ich lächelte. Trotz meiner Verwirrung, meiner bleiernen Müdigkeit und meines Abscheus vor Doll empfand ich plötzlich ein Gefühl von Zärtlichkeit für diesen armen Kerl mit seinem aufgeschlitzten Gesicht, seinen geröteten Augen und seiner Hoffnungs- und Hilflosigkeit. »Ich glaube wirklich nicht, dass Sie in Gefahr sind. Aber passen Sie trotzdem ein bisschen auf sich auf.«

»Kit. Kit.«

»Ja?«

Aber er hatte mir nichts mehr zu sagen, starrte mich nur ein paar Sekunden lang an. Seine Augen füllten sich mit Tränen. Sie liefen ihm über die Wangen, über sein zerschnittenes Gesicht, in seinen schmutzigen Kragen.

Es war elf Uhr. Bis zu meiner Besprechung mit Oban und Furth hatte ich noch zwei Stunden Zeit, und noch drei, bis ich in Bryony Teales Haus erwartet wurde. Ich spielte mit dem Gedanken, heimzufahren und zu duschen, mich vielleicht ein wenig hinzulegen, aber plötzlich fühlte ich mich überhaupt nicht mehr müde. Ganz im Gegenteil, der Mangel an Schlaf gab mir ein Gefühl besonderer Scharfsicht und Klarheit, als würde ich auf einem hohen Berg stehen und dünne Luft einatmen.

Ich verließ das Revier und kaufte mir an der Hauptstraße eine große Flasche Mineralwasser, mit der ich mich zu einer kleinen Grünfläche in der Nähe begab, wo neben Rosensträuchern mit tief herabhängenden Zweigen ein paar Bänke standen. Dort setzte ich mich an einen Platz in der Sonne, trank mein Wasser und beobachtete die vorübergehenden Leute. Die Wärme auf meiner Haut fühlte sich angenehm, sanft und beruhigend an. Seufzend schloss ich die Augen und legte den Kopf zurück. In meinem Kopf schwirrten Bruchstücke der letzten vierundzwanzig Stunden herum. Ich hörte Will stöhnen, spürte seine Hand auf meiner Brust. Ich sah ihn, wie er am Morgen gewesen war, sehr darauf bedacht, mir ja nichts zu versprechen. Ich stellte mir Bryonys Gesicht auf dem Krankenhauskissen vor, das blassorangefarbene Haar und die karamellfarbenen Augen, ihre zitternden Hände. Dann musste ich an Doll denken, seine wehleidige Stimme, seine wirren Aussagen, sein verunstaltetes Gesicht. Der andere Zeuge – Terence Mack mit den kräftigen, haarigen Händen – war vom Licht des Tunnels geblendet gewesen. Keiner hatte etwas Relevantes gesehen. Alle blickten immer in die falsche Richtung. Die Tragödien ereigneten sich im Schutz der Dunkelheit.

Ich saß eine ganze Weile da und dachte nach oder träumte vor mich hin, indem ich die Bilder wie Nebelschwaden vorüberziehen ließ, körperlos, aber bedeutungsschwer. Immer wieder verschwand die Sonne für eine Weile hinter den Wolken. Leute strömten aus ihren Büros und ließen sich auf der Grünfläche nieder, um ihre Sandwiches zu essen. Ich musste an Albie denken, aber er schien mir jetzt sehr weit weg zu sein – ein Mann, der mir aus der Ferne mit zurückgeworfenem Kopf und strahlend weißen Zähnen zulachte: ein Fremder. Ich konnte mir kaum mehr vorstellen, dass ich mir monatelang jeden Abend gewünscht hatte, er möge neben mir liegen, und dass ich mich morgens beim Aufwachen jedes Mal von neuem daran erinnert hatte, wie sehr er mich verletzt hatte und dass er nicht zurückkommen würde, um mich in die Arme zu nehmen und mir zu sagen, wie Leid es ihm tue. Nie wieder. Nie wieder würde er mich in den Armen halten und berühren.

Heute Abend würde ich Will zu Hause besuchen und ihn

dazu bringen, mich anzusehen, mich richtig wahrzunehmen, und ich würde mich eine Weile glücklich fühlen. Ich stand auf und zwang mich, meine Gedanken wieder auf Bryony Teale zu konzentrieren.

29. KAPITEL

Hübsch«, sagte ich, nachdem ich einen Blick aus dem Fenster geworfen hatte.

»Aber keine gute Gegend«, meinte Oban verächtlich.

Oban hatte mich informiert, dass Bryony Teale bereit sei, mit mir zu sprechen. Besonders mit mir. Einer mitfühlenden weiblichen Zuhörerin. Das hatte er nicht als Kompliment gemeint. Ich ging zu Fuß, und als ich mich dem Haus näherte, glitt bei einem Auto, das vor dem Haus wartete, eine Scheibe nach unten, und eine Hand winkte mir. Oban öffnete die Tür und lud mich ein, neben ihm auf dem Rücksitz Platz zu nehmen, er wolle vorher noch mit mir reden. Dabei wäre es draußen viel schöner gewesen, aber Oban fühlte sich im Wagen offenbar wohler.

Das Haus war Teil einer Häuserreihe, die leicht geschwungen verlief, nicht so sehr wie ein kühnes C, eher wie ein Klammerzeichen. Die Häuser aus der spätviktorianischen Zeit waren hoch und schmal. Manche wirkten recht schäbig, bei einem hatte man Türen und Fenster mit Brettern vernagelt, aber ein paar trugen deutliche Zeichen neuer Pracht: lackierte Haustüren, frisch verfugte Mauern, Metallfensterläden an den Fenstern im Parterre. Oban deutete die Straße hinunter: »Vor zehn Jahren war dort ein Berg von Blumen aufgetürmt.«

»Warum?«

»Ein paar Jungs waren Richtung Euston Road unterwegs, als sie auf eine andere Gruppe Jugendlicher trafen. Sie rannten ihnen nach, bis sie da vorn bei dem Geländer einen erwischten. Sie verprügelten ihn, und als sie damit fertig waren, stieß ihm jemand ein Messer zwischen die Rippen.« Er richtete den Blick wieder auf das Haus. »Ich weiß nicht, warum solche Leute unbedingt hierher ziehen müssen.«

»Wie ich gehört habe, versuchen sie, was Gutes für die Gegend zu tun und ein wenig Vertrauen in die hier ansässigen Leute zu beweisen.«

Oban zog eine Grimasse. »Ja«, sagte er. »Und das ist der Dank, den sie dafür ernten. Sie sind so verdammt naiv. Ich habe das alles schon mal erlebt. Diese Frau spaziert am Kanal entlang, als wär's ein Feldweg auf dem Land. Vor ein paar Jahren ist so was mal einer Frau passiert, die in einem Hotel hier in der Gegend wohnte. Kennen Sie die Geschichte?«

»Ich weiß nicht«, antwortete ich. »Ich höre so viele Geschichten über Frauen.«

»Diese blieb wenigstens auf der Straße, aber ein paar Jungs schleppten sie auf den Treidelpfad hinunter. Dort vergewaltigten sie sie, und hinterher fragten sie sie, ob sie schwimmen könne. Sie war so clever, Nein zu sagen. Die Kerle warfen sie in den Kanal, doch sie konnte sich ans andere Ufer retten.«

»Was würden Sie uns Frauen raten?«, wollte ich wissen. »Daheim zu bleiben, alle Türen abzusperren und den Fernseher einzuschalten?«

»Sicherer wär's.«

»Noch besser wäre es, wenn *alle* am Kanal spazieren gehen würden.«

»Wer möchte schon an einem stinkenden Kanal spazieren gehen?«

Langsam hatte ich genug von diesem Gespräch. »Was meinen Sie, sollen wir jetzt reingehen und mit Bryony Teale sprechen?«, fragte ich.

Oban schien zu überlegen. »Vielleicht wäre es besser, wenn Sie erst mal allein mit ihr reden.«

»Ich bin nicht sicher, ob wir überhaupt etwas aus ihr herausbekommen werden«, gab ich zu bedenken. »Gestern schien sie in ziemlich schlechter Verfassung zu sein.«

»Tun Sie einfach Ihr Bestes, ja? Bringen Sie uns irgendwas, egal, was.« Dann murmelte er etwas, das ich nicht verstand.

»Was haben Sie gesagt?«

Oban öffnete den Mund, aber es kam nur eine Art Prusten. »Dieser verdammte Doll!«, brachte er schließlich heraus. »Er hat irgendwie mit der Sache zu tun.«

»Sie haben doch gesagt, er war nur Zeuge.«

»Der war nicht nur Zeuge, da verwette ich meinen Arsch!« Oban hatte inzwischen einen hochroten Kopf. Der Beamte am Steuer drehte sich um und warf mir einen viel sagenden Blick zu. »Ich will diesen Scheißkerl endlich hinter Gittern sehen. Fragen Sie die Frau nach Doll. Fragen Sie sie, was er dort gemacht hat.«

»Entschuldigen Sie«, entgegnete ich, »aber wenn ich es richtig verstanden habe, handelte es sich doch um denselben Ort, denselben Kanalabschnitt und dieselbe Entführungsmethode. Doll verbringt nun mal sein Leben dort, er sitzt jeden Tag mit seiner Angel und seinen Maden am Kanal. Und zufällig waren das Mädchen und der andere Zeuge ebenfalls dort. Doll hat ihr geholfen.«

Oban stieß ein sarkastisches Lachen aus. »Ich habe keinen blassen Schimmer, was da eigentlich abgeht«, sagte er. »Aber Doll hängt von Anfang an wie ein übler Geruch in dieser Sache drin. Ich weiß es einfach, und Sie wissen es auch. Sie haben schließlich mit ihm gesprochen, und Sie haben gesehen, wo er lebt.«

Ich schauderte. »Ja. Also gut, ich werde sie fragen. Soll ich einfach an der Tür klopfen?«

»Ja. Wir haben rund um die Uhr eine Beamtin dort postiert, auch wenn sie wahrscheinlich nur mit Teekochen beschäftigt ist. Sie wird Ihnen aufmachen.«

»Und was tun *Sie* inzwischen?«

»Ich fahre wieder. Falls sie in der Lage ist, eine Aussage zu machen, schicke ich einen von meinen Detectives vorbei.« Als ich die Wagentür öffnete, legte Oban seine Hand auf meine. »Sehen Sie zu, dass Sie etwas in Erfahrung bringen können, Kit. Ich brauche dringend neue Informationen.«

Die junge Beamtin kam an die Tür. »Dr. Quinn?«

»Ja. Wie geht es ihr?«

»Weiß nicht. Sie hat nicht viel gesagt.«

Ich sah mich um. Obwohl der Holzboden und die Treppe abgezogen und frisch eingelassen waren, hatte der Eingangsbereich etwas Lässiges, leicht Verwegenes an sich. Ein Fahrrad hing an einem dicken Haken an einer Wand. In der Diele standen Regale mit Reihen zerlesener Taschenbücher, ebenso oben am Treppenabsatz. Von der Diele aus gelangte man in die Küche, die auf einen Garten hinausging. Die Tür neben mir schwang auf, und ein Mann trat heraus, der Mann, den ich im Krankenhaus gesehen hatte. Er war unrasiert und sein dunkles, lockiges Haar zerzaust. Er trug ein marineblaues Sweatshirt, eine Jeans und ausgelatschte Tennisschuhe ohne Socken. Er sah so aus, wie ich mich fühlte. Wahrscheinlich hatte er noch weniger geschlafen als ich. Er war groß, mindestens eins achtzig. Er schüttelte mir die Hand. »Ich bin Gabe«, stellte er sich vor.

»Wir haben uns schon gesehen«, antwortete ich. Er starrte mich verwirrt an. »Im Krankenhaus. Gestern Nacht. Heute Morgen. Wie auch immer.«

»Oh, ja, tut mir Leid, da war ich nicht gerade in Bestform. Darf ich Ihnen etwas zu trinken anbieten?«

»Ich mache Tee«, bot die Beamtin dienstbeflissen an und trottete wie ein Dienstmädchen in die Küche.

»Wie geht es Ihrer Frau?«

Gabes Miene wurde sorgenvoll. »Ich weiß es nicht. Besser als gestern Nacht.«

»Das ist gut. Kann ich kurz mit ihr sprechen?«

Gabe schien sich nicht recht wohl in seiner Haut zu fühlen. Er schob die Hände in die Hosentaschen, zog sie aber gleich wieder heraus. »Darf ich Sie vorher etwas fragen?«

»Natürlich.«

»Ist Bry wirklich von demselben Kerl angegriffen worden, der diese schrecklichen Morde begangen hat?«

»Es scheint zumindest möglich. Ihre Frau ist genau an der Stelle überfallen worden, wo eine der Leichen gefunden wurde.«

»Aber das kommt mir so unwahrscheinlich vor«, erwiderte er. »Warum um alles in der Welt sollte jemand an die Stelle zurückkehren, wo er bereits einen Mord begangen hat? Das klingt so riskant.«

»Ja, aber Mörder tun so etwas. Das ist keine Theorie, sondern es passiert täglich. Mörder kehren an den Tatort zurück.«

»Gut, gut«, sagte Gabe, als spräche er mit sich selbst. Am liebsten hätte ich ihm die Hand auf die Schulter gelegt und ihn getröstet, aber es war besser, ihn reden zu lassen. »Was ich Sie fragen wollte, klingt wahrscheinlich dumm oder paranoid, aber ich würde gern wissen, ob Bry noch in Gefahr ist. Könnte er versuchen, ein weiteres Mal an sie heranzukommen?«

Ich überlegte einen Augenblick. Ich wollte ihm keine vorschnelle Antwort geben.

»Die ermittelnden Beamten sind der Meinung, dass der Mann, der diese Verbrechen begangen hat, ein Opportunist ist. Spätnachts am Kanal stellte Ihre Frau für ihn natürlich eine leichte Beute dar.«

Gabe sah mich aus schmalen Augen an. »Und was ist *Ihre* Meinung?«

»Ich sollte vielleicht vorausschicken, dass ich von der Polizei engagiert worden bin, damit ich neue Ideen einbringe, in andere Richtungen denke. Ich habe von Anfang an vermutet, dass irgendwas die beiden ersten Opfer miteinander verbindet.«

»Was? Warum?« Gabe Teale klang, als befände er sich gerade mitten in einem Albtraum.

»Keine Ahnung. Es ist nur so ein Gefühl. Vielleicht stimmt es gar nicht, und ich liege völlig falsch. Die Polizei ist jedenfalls nicht meiner Meinung, so viel steht fest. Ich wollte nur offen zu Ihnen sein.«

»Aber falls Sie nicht falsch liegen…«, sagte er ganz langsam, als könnte er vor Müdigkeit kaum noch klar denken, »… dann würde das bedeuten, dass Bry noch in Gefahr ist.«

»Machen Sie sich deswegen keine Sorgen«, versuchte ich ihn zu beruhigen. »Es steht völlig außer Frage, dass die Polizei für ihre Sicherheit sorgen wird.«

»Dann ist es ja gut«, antwortete er, wirkte aber nicht sehr überzeugt. »Danke.«

»Kann ich jetzt Ihre Frau sehen?«, bat ich ihn so sanft wie möglich.

»Ich bringe Sie zu ihr. Möchten Sie unter vier Augen mit ihr sprechen?«

»Das liegt ganz bei Ihnen«, antwortete ich. »Bestimmt ist es ihr lieber, wenn Sie dabei sind.«

»Sie befindet sich da drin.« Er schob die Tür auf und streckte den Kopf hinein. »Bry? Die Frau Doktor ist da.«

Ich folgte ihm hinein. Sie hatten aus zwei Räumen einen großen gemacht, der die ganze Breite des Hauses einnahm. Durch das große Fenster auf der einen Seite konnte man auf die Straße hinaussehen, durch die Verandatür auf der anderen Seite in den Garten. Auf der Gartenseite saß Bryony Teale auf einem großen, rostfarbenen Sofa. Sie war barfuß und hatte die Beine angezogen. Über einer blauen, dreiviertellangen Hose trug sie einen kräftig orangefarbenen Pulli. Ihr Mann zog einen Sessel für mich heran. Dann setzte er sich neben seine Frau auf das Sofa, sodass sie sich an ihn lehnen konnte. Die beiden tauschten einen Blick, und Gabe lächelte sie beruhigend an.

An der Wand über ihr hing ein postergroßes Foto von einem kleinen Mädchen auf einer menschenleeren Großstadtstraße. Das Mädchen war wie eine Zigeunerprinzessin gekleidet, aber am allermeisten beeindruckten mich ihre dunklen, wilden Augen, die direkt in die Linse blickten. Es sah aus, als hätte sie sich gerade in dem Moment umgedreht und ihren eindringlichen Blick auf den Fotografen gerichtet. Man wollte mehr über das Mädchen wissen, was aus ihr geworden war, wo sie sich inzwischen aufhielt.

»Wirklich erstaunlich«, erklärte ich.

Bryony wandte den Kopf und brachte zumindest den Anflug eines Lächelns zustande. »Danke«, sagte sie. »Das habe ich gemacht.«

»Dann sind Sie Fotografin?«

»Ich weiß nicht, ob ich mich überhaupt noch so nennen darf«, antwortete sie leicht wehmütig. »Ich habe Schwierigkeiten, Leute zu finden, die bereit sind, die Sorte Fotos, die ich machen möchte, zu veröffentlichen.«

»Das kann ich mir gar nicht vorstellen.«

»Das da habe ich letztes Jahr etwa einen halben Kilometer von hier aufgenommen«, erklärte Bryony. »Ich war zu Fuß unterwegs, und sie ist mir mit ihrer Familie über den Weg gelaufen. Es waren Flüchtlinge aus Rumänien. Ist sie nicht schön?«

Wieder betrachtete ich das Bild. »Sie schaut so wild«, bemerkte ich.

»Vielleicht habe ich ihr Angst gemacht«, meinte Bryony.

»Wie fühlen Sie sich heute?«, fragte ich.

»Tut mir Leid, dass ich so aus der Fassung geraten bin.«

»Seien Sie nicht albern«, entgegnete ich. »Sie brauchen doch niemandem etwas zu beweisen. Sie brauchen nicht mal mit mir zu reden, wenn Sie nicht wollen.«

»Nein, nein, ich möchte mit Ihnen sprechen. Es sieht mir überhaupt nicht ähnlich, mich so gehen zu lassen.«

Ich betrachtete sie genauer. Allem Anschein nach ging es ihr besser als nachts im Krankenhaus, aber sie war noch immer sehr blass und hatte dunkle Augenringe. »Nach dem, was Sie durchgemacht haben, wäre jeder geschockt«, sagte ich. »Ihre Arbeit bringt es wohl mit sich, dass Sie oft zu Fuß an seltsamen Orten unterwegs sind?«

»Hin und wieder schon«, antwortete sie.

»Sie sollten trotzdem aufpassen. Ich habe gerade mit dem

Leiter der Mordkommission gesprochen. Er hält es für keine sehr gute Idee, nachts am Kanal spazieren zu gehen.«

»Das sage ich ihr ständig«, mischte sich Gabe ein. »Aber sie ist völlig furchtlos. Und starrköpfig. Sie ist schon immer gern spazieren gegangen.«

»Inzwischen sehe ich das ein bisschen anders«, erklärte sie kleinlaut.

»Na ja, vielleicht nicht mehr allein, wenigstens nicht nachts«, entgegnete ich betont munter, weil ich das erste Aufkeimen eines Streits spürte. »Macht es Ihnen wirklich nichts aus, darüber zu sprechen?«

»Ich möchte helfen.«

»Wenn Sie ein schlechtes Gefühl dabei haben, dann sagen Sie es mir, und ich höre sofort auf.«

»Es geht schon.«

»Können Sie mir schildern, was passiert ist?«

»Ich denke schon die ganze Zeit darüber nach, aber ich glaube nicht, dass ich Ihnen eine große Hilfe sein werde. Es ist alles so schnell passiert. Ich spazierte den Pfad entlang. Plötzlich spürte ich einen Arm, der an mir zerrte. Er zerrte und zerrte, und ich stieß einen Schrei aus. Dann waren da schon diese anderen Leute, die mich packten. Es klingt so blöd, aber anfangs kapierte ich überhaupt nicht, dass sie versuchten, mir zu helfen. Bevor ich wusste, wie mir geschah, war der Mann schon davongelaufen.«

»Das war alles?«

»Alles?«

»Hören Sie, Bryony, Sie haben durch den Überfall einen schweren Schock erlitten. Ein Trauma. Sie brauchen das, was Ihnen passiert ist, nicht herunterzuspielen.«

»Oh.« Sie stieß ein zittriges Lachen aus. »Also, um ehrlich zu sein, habe ich mir vor Angst fast in die Hosen gemacht. Es stimmt, dass meine Arbeit es mit sich bringt, dass ich mich an den seltsamsten Orten herumtreibe, aber wenn man ständig vor allem Angst hat, bringt man nie etwas Anständiges zuwege.

Dann würde ich bloß in meinem Garten sitzen und Selbstporträts machen.« Wieder stieß sie ein kurzes Lachen aus. »Aber um ehrlich zu sein, glaube ich, dass dieser Spaziergang am Kanal fast so eine Art Herausforderung an mich selbst war. – Klingt das in Ihren Ohren total verrückt?«

»Nein. Es klingt gewagt, aber nicht verrückt.«

»Jedenfalls war mir sowieso schon ein bisschen mulmig zumute, als ich da so in der Dunkelheit dahinmarschierte« – sie blickte zu Gabe hoch, der ihr aufmunternd zunickte –, »und plötzlich tauchte da diese bedrohliche Gestalt auf, und ich spürte überall seine Hände. Ich dachte, er würde mich umbringen oder in den Kanal werfen. Oder vergewaltigen.« Sie schauderte. »Jetzt im Nachhinein versuche ich mir einzureden, dass gar nichts passiert ist, aber gestern Nacht dachte ich, ich müsste sterben. Ich habe sogar davon geträumt und bin weinend aufgewacht.«

»Ist Ihnen an dem Mann irgendwas aufgefallen?«

Sie schüttelte verzagt den Kopf. »Es war zu dunkel. Es ist wirklich traurig, wie wenig ich dazu sagen kann. Ich glaube, er war ziemlich klein. Wenn ich mich richtig erinnere, hatte er kurz geschorenes Haar, aber ich bin nicht ganz sicher. Das ist alles.«

»Ein Weißer?«

»Ja. Glaube ich zumindest.«

»Können Sie sich erinnern, was er anhatte?«

»Nein.«

»Oder was er nicht anhatte? Einen Anzug? Einen langen Mantel? Joggingshorts?«

Ihr Mund verzog sich zu einem schmalen Lächeln. »Nein, nichts davon.«

»Eins noch«, sagte ich. »Vielleicht können Sie mir etwas über die beiden Zeugen sagen.«

»Wie meinen Sie das?«

»Was haben sie gemacht?«

Bryony starrte mich verwirrt an. »Ich verstehe nicht recht.

Sie wissen doch, was sie getan haben. Sie haben den Mann verscheucht.«

Mir fiel nichts ein, was ich ihr hätte antworten sollen. Ich musste es anders versuchen. »Nach allem, was Sie erzählt haben, war es ein schreckliches Durcheinander. Vielleicht hatten Sie das Gefühl, von drei Leuten angegriffen zu werden. Oder von zwei, die von der dritten Person verscheucht wurden.«

»Warum?«

»Nur so eine Überlegung von mir.«

Bryony starrte nachdenklich vor sich hin. »Ich versuche gerade, das Ganze vor meinem geistigen Auge Revue passieren zu lassen. Ich kann dazu nur sagen, was ich schon gesagt habe: Ich bin von einem Mann angegriffen worden, der dann davongelaufen ist. Das ist alles.«

»Nur der Angreifer und zwei Zeugen, die ihn verjagt haben?«

»Ja.« Sie wirkte verwirrter als zuvor.

»Sicher?«

»Ja. Nein. Nun ja, so sicher man bei solchen Dingen eben sein kann.«

»Wenn Sie bei der Polizei eine Aussage machen, wird man Ihnen noch viele andere Fragen in dieser Richtung stellen. Es ist erstaunlich, an was man sich alles erinnern kann, wenn man es von der richtigen Seite her anpackt.«

»Ich werde mein Bestes tun, Dr. Quinn, das verspreche ich Ihnen.«

»Bitte, nennen Sie mich doch Kit. Wenn jemand Dr. Quinn zu mir sagt, blicke ich mich immer suchend im Raum um, ob nicht jemand anders gemeint ist.«

»Dann also Kit. Darf ich noch etwas sagen?«

»Natürlich.«

Sie schluckte. »Ich bin so dankbar für alles, was jetzt für mich getan wird, aber … aber …«

»Was?«

»Ich frage mich, ob es bloß ein versuchter Raubüberfall war. Vielleicht hatte er es nur auf meine Geldbörse abgesehen.«

»Einer von den Zeugen hat das bereits erwähnt«, antwortete ich. »Seiner Aussage zufolge haben Sie gesagt, es sei doch gar nichts passiert. Demnach wollten Sie nicht mal die Polizei verständigen. Er hat darauf bestanden, das mit seinem Handy zu tun.«

Sie zog die Beine noch höher an den Körper, sodass sie mit den Knien fast an ihr Kinn stieß. »Finden Sie das seltsam?«

Ich setzte mein beruhigendstes Doktorlächeln auf. »Überhaupt nicht. Waren Sie schon mal dabei, wenn jemand auf dem Gehsteig stolperte und hinfiel? Dabei landen die Betreffenden manchmal ganz schön hart, aber in den meisten Fällen warten sie nicht mal, bis der Schmerz ein wenig nachlässt. Sie rappeln sich sofort wieder auf und versuchen weiterzugehen, als wäre nichts geschehen. Wir Menschen neigen dazu, so zu tun, als gingen die Dinge weiter ihren normalen Gang. Man erlebt das sogar bei schweren Unfällen. Leute mit stark blutenden Wunden versuchen, ihren Weg in die Arbeit fortzusetzen. Es ist ganz natürlich, dass Sie sich einzureden versuchen, es sei nichts Ernstliches passiert. Vielleicht versucht unser Gehirn auf diese Weise, sich vor Stress zu schützen.«

»Aber es könnte tatsächlich so gewesen sein.« Ihre Stimme hatte einen flehenden Unterton. »Vielleicht war es nur ein Raubüberfall. Ein schrecklicher Zufall.«

»Vielleicht haben Sie ja Recht. Wir werden diese Möglichkeit auf jeden Fall in Erwägung ziehen. Aber ich habe schon mit Ihrem Mann darüber gesprochen. Wir wollen kein Risiko eingehen.«

»Das ist gut«, antwortete sie niedergeschlagen.

Ich beugte mich vor. »Man hat Ihnen das wahrscheinlich schon gesagt, aber ich möchte es noch mal wiederholen: Es kommt häufig vor, dass Menschen, die etwas Derartiges durchgemacht haben, danach eine Weile an Depressionen leiden. Man ist verwirrt, macht sich möglicherweise selbst Vorwürfe oder bekommt sie von anderen zu hören.«

Ich warf einen Blick zu Gabe hinüber. »Ich weiß, was Sie

meinen«, erklärte er. »Ich weiß auch, dass wir manchmal in etwas gereiztem Ton miteinander reden. Aber es gibt nichts, weswegen ich Bry Vorwürfe machen könnte.«

»So habe ich es nicht gemeint«, versuchte ich ihn zu beschwichtigen. »Ich wollte damit nur sagen, dass solche Dinge Probleme machen können, mit denen man erst gar nicht rechnet. Und dass es für den Partner ebenfalls schwierig ist.«

Bryony lehnte sich zurück und schloss die Augen. »Ich möchte nur, dass das alles aufhört.«

»Ich glaube, für Sie hat es schon aufgehört«, antwortete ich. »Da bin ich fast sicher. Und nun wollen wir dafür sorgen, dass es für alle anderen auch aufhört.«

Sie lehnte sich an Gabe, der ihr zärtlich übers Haar strich. Plötzlich empfand ich ein klein wenig Neid, und da ich mich außerdem vollkommen überflüssig fühlte, verabschiedete ich mich.

30. KAPITEL

Als ich von der belebten Hauptstraße nach links in die Sackgasse abbog, in der Will wohnte, war ich ein wenig überrascht. Wie er am Telefon gesagt hatte, handelte es sich bei seinem Haus um eine kleine viktorianische Doppelhaushälfte, die Seite mit der flaschengrünen Tür und dem schwarzen Eisentor, nicht die mit der unordentlichen Ligusterhecke und dem zugenagelten Fenster im ersten Stock. Was er nicht verraten hatte, war, dass diese beiden die einzigen alten Häuser in einer großen neuen Wohnanlage waren, bestehend aus mehreren hohen Wohnblöcken, einem Netzwerk aus Gehwegen und Parkplätzen und einem kleinen Spielplatz mit Karussell. Zwei rauchende Teenager schwangen auf den für Kleinkinder gedachten Schaukeln hin und her und ließen dabei ihre Absätze über den gummierten Asphalt schleifen. Wills Haus sah mit seinem Vorgarten und dem ordentlichen Zaun ziemlich surreal aus, als wäre es aus irgendeiner mittelständischen Wohnstraße herausgerissen und aus Versehen hier abgesetzt worden.

Ich glaube, ich hatte mir vorgestellt, er würde die Tür öffnen und mich sofort hineinzerren, woraufhin wir uns tief in die Augen blicken und einander in die Arme sinken würden. Natürlich war die Realität ganz anders. Als Will mir die Tür aufmachte, hielt er ein schnurloses Telefon zwischen Ohr und Schulter geklemmt und winkte mich wortlos herein. Dann verschwand er mit seinem Telefon in die Küche und ließ mich allein im Wohnzimmer stehen, wo das Lächeln auf meinen Lippen langsam erstarb.

Immerhin gab mir das Gelegenheit, mich ein wenig umzusehen. Das Zimmer war fast leer; es standen genau vier Gegenstände darin: ein wundervoll großes und tiefes senfgelbes Sofa, eine elegante Stereoanlage in der Ecke, ein Drehständer voller CDs und einer von jenen schönen Apothekerschränken mit Dutzenden kleinen Schubladen, die man für mehrere tausend Pfund in den überteuerten Antiquitätenläden Nord-Londons erstehen konnte. Das war alles. Kein Tisch, keine weiteren Sitzgelegenheiten, kein Fernseher oder Videorecorder. Keine Bücherregale, keine Haken mit Mänteln und Jacken, keine Bilder oder Fotos an den weißen Wänden. Kein Krimskrams, der über den ganzen Raum verteilt war. Ich musste an meine Wohnung denken: egal, wie ordentlich und karg sie auch sein mag, es liegt und steht trotzdem alles Mögliche herum – Stifte und Notizblöcke, Bücher, Zeitungen und Zeitschriften, dekorative Schalen mit Würfeln oder Schlüsseln oder einem einzelnen Paar Ohrringe, Kerzenhalter, Spiegel, Gläser, Blumen. Hier aber gab es absolut nichts vom üblichen Krempel des täglichen Lebens.

Ich zog meine Wildlederjacke aus, legte sie über die Armlehne des Sofas und warf einen Blick auf die CDs. Ich konnte keinen einzigen mir bekannten Namen entdecken. Ich ging zu dem Schrank hinüber und zog vorsichtig eine der Schubladen auf. Sie war leer, ebenso wie die nächsten drei. In der fünften fand ich einen Vorrat Büroklammern und mehrere Schubladen später eine zerbrochene Schachfigur. Sonst nichts.

»Tut mir Leid.«

Erschrocken fuhr ich zusammen. Er war lautlos wie eine Katze hereingeschlichen und hatte mich dabei ertappt, wie ich in seinen Sachen herumschnüffelte – bloß, dass er keine Sachen zu besitzen schien.

»Lebst du wirklich hier?«

»Wie meinst du das?«

»Na, das hier.« Ich machte eine ausladende Handbewegung. »Was tust du, wenn du dich hier aufhältst? Hier ist doch nichts. Nichts, was auf deine Anwesenheit hindeutet. Richtig unheimlich. Das ist nicht mal mehr minimalistisch, sondern absolutes Minimum.«

»So ist es auch gedacht.«

»Wie lange wohnst du schon hier?«

»Zwei Jahre.«

»Zwei Jahre! Du hast in zwei Jahren gar nichts angesammelt? Wo hast du vorher gelebt?«

»In einem sehr vollen Haus.«

»Mit einer Ehefrau?«

»Das war einer der Gründe, warum es so voll war, ja.«

»Und das hast du alles zurückgelassen?«

»Du hältst dich nicht lange mit Smalltalk auf, oder? Möchtest du was trinken?«

»Ja. Was hast du denn?«

Ich folgte ihm in die Küche, die nur eine entfernte Ähnlichkeit mit den Küchen aufwies, die ich bisher kannte. In der Nähe des nach hinten hinausgehenden Fensters war ein Spülbecken angebracht, darunter stand ein großer Mülleimer aus Edelstahl, in der Ecke ein Kühlschrank. Die üblichen Küchengeräte und Arbeitsflächen aber fehlten, und ich konnte auch keinen Herd entdecken. Stattdessen stand an einer Wandseite ein alter Kieferntisch mit einem Wasserkocher, einem Toaster, einer Kaffeemühle und zwei scharfen Messern.

»Mein Gott, Will, das ist wirklich ein bisschen ungewöhnlich.«

»Ich habe Whisky, Gin, Brandy, Wodka, Campari und irgendeinen seltsamen isländischen Schnaps, den ich noch nicht aufgemacht habe.« Er stöberte in einem großen Schrank herum. »Im Kühlschrank stehen außerdem Bier und Wein. Oder Tomatensaft.«

Mir war weder nach Bier noch nach Wein zumute und ganz bestimmt nicht nach Tomatensaft. Ich wollte spüren, wie der Alkohol in meinem Hals brannte und durch meine Adern floss. »Ich probier mal das isländische Zeug.«

»Sehr mutig von dir. Ich schließe mich wohl besser an.«

Ich trat an die Tür, die in den Garten führte, und sah hinaus. Es war schon fast dunkel, aber ich konnte noch erkennen, dass der Garten aus einer kleinen Rasenfläche und einem großen Lorbeerbaum bestand, der genau in der Mitte stand. Will gab ein paar Eiswürfel in unsere Gläser und goss mehrere Fingerbreit einer klaren Flüssigkeit darüber.

»Danke.« Ich prostete ihm zu und kippte dann die Hälfte meines Drinks hinunter. »Teufel noch mal!« Mein ganzer Hals brannte, und meine Augen tränten.

»Ist was?«

»Du hast noch gar nichts probiert.«

Er trank, ohne mit der Wimper zu zucken, und stellte sein Glas auf dem Tisch ab. Obwohl uns nur ein paar Meter Boden trennten, erschien er mir Meilen entfernt, völlig unerreichbar.

»Ich weiß eigentlich gar nicht, wieso du mich sehen wolltest«, sagte er.

Ich gab ihm keine Antwort. Stattdessen kippte ich den Rest meines Drinks hinunter. Der Raum schwankte einen Moment, dann pendelte er sich wieder ein. Was spielte es schon für eine Rolle, was passieren würde? Zumindest war ich hier, und irgendetwas würde passieren. »Willst du, dass ich wieder gehe?«

»Nein.«

»Gut. Ich bin sowieso schon über dem Limit. Und jetzt?«

»Was zu essen?«

»Nein, danke.«

»Hast du geschlafen?«

»Nein.«

»Kein Schlaf, kein Essen.«

»Ich werde nicht den ersten Schritt tun, Will.« Der Alkohol machte mich mutig.

»Okay.«

»Weil nämlich du an der Reihe bist.«

»Um erst mal auf deine Frage zu antworten: Ich bin gegangen, weil ich eines Tages völlig verkatert aufwachte und plötzlich alles unsäglich satt hatte.«

»Deinen Job?«

»Meinen Job, meine Gewieftheit, meine erstaunliche Fähigkeit, das Gesetz dem Buchstaben, aber nie dem Geist nach zu befolgen, meine belanglosen Triumphe und Erfolge, mein Trinken, meinen zunehmenden Kokainkonsum, mein Haus mit seinen schönen antiken Möbeln, mein Geld auf der Bank, meine Aktenmappe, meinen Laptop und mein Handy, das ich tagtäglich dabei hatte, wenn ich am frühen Morgen mit der U-Bahn zur Arbeit fuhr, eingezwängt zwischen all den anderen Männern, die genauso waren wie ich. Angewidert von all meinen Besitztümern. Je mehr man hat, desto mehr braucht man. Das neueste, kleinste Handy, allerlei ausgefallene Gerätschaften, eine Uhr, die eigentlich ein Computer ist. Angewidert von der verdammten Hosenpresse, den Anzügen und Krawatten, den Cocktailpartys, den Besprechungen mit all den anderen Männern, die auch solche Anzüge trugen wie ich und ebenfalls Hosenpressen und antike Möbel besaßen. Ganz zu schweigen von den Urlauben in Cape Cod, den Gesprächen über Golf, Schulgebühren und gute Weine. Eines Tages wachte ich einfach auf und wusste, dass ich nicht mehr konnte. Ich konnte keinen Tag länger so weitermachen. Es war ein bisschen wie eine Alkoholvergiftung. Ich verspürte ein Gefühl von Abscheu gegen mich, gegen die Welt, in der ich lebte. Es kotzte mich richtig an, wie blind ich für das gewesen war, was um mich herum passierte. Kennst du das? Jeden Morgen und jeden Abend war ich an diesen obdachlosen jungen Leuten vorbeigegangen – jungen Leuten wie denen, mit denen ich jetzt meine Tage verbringe. Ich war an Pennern und Prostituierten vorübergegangen, ohne sie überhaupt wahrzunehmen, es sei denn, sie standen mir direkt im Weg.«

»Und dann hast du sie plötzlich wahrgenommen?«

»Na ja, ein Damaskuserlebnis war es nicht gerade.«

»Aber dein Gewissen hat dich dazu gebracht, alles zurückzulassen und das Jugendhaus zu gründen?« Ich wollte, dass er etwas Gutes über sich sagte.

»Ich benutze dieses Wort nur, wenn ich versuche, aus irgendeinem Geschäftsmann, der sich als Wohltäter fühlen möchte, eine Spende herauszuquetschen. Die Politiker haben es entwertet. Gewissen. Integrität. Ehre. Wahrheit. Aufrichtigkeit. Liebe.« Seine Stimme klang verächtlich. »Es war eher eine Art Zwang. Mach keinen Kreuzritter aus mir. Ich habe es für mich getan, um mich selbst zu retten. Möchtest du noch einen Drink?«

»Ja. Warum nicht? Und deine Frau?«

»Sie ist geblieben.«

»In dem vollen Haus.«

»Ja.«

»Kinder?«

»Nein.«

»Siehst du sie noch manchmal?«

»Nein.«

»Fehlt sie dir?«

»Nein.«

»Bist du einsam?«

»Nein. Oder doch, aber erst jetzt.«

»Warum jetzt?«

»Warum wohl, Kit?«

»Machst du das oft?«

»Was?«

»Was wir gleich tun werden.«

»Nein. Du?«

»Nein. Weißt du das denn nicht?«

»Menschen können auf eine bestimmte Art wirken und in Wirklichkeit ganz anders sein.«

»Wie wirke ich denn auf dich?«

»Wie eine Frau, die Angst hat, sich aber zwingt, es trotzdem zu tun.«

»Wovor habe ich denn Angst?«

»Ich weiß nicht. Vor mir?«

»Warum sollte ich Angst vor dir haben?« Dabei hatte er Recht – ich war erfüllt von Angst und Unruhe.

»Dann vielleicht vor der Welt. Angst davor, verletzt zu werden?«

»Eigentlich bin ich diejenige, die so banales psychologisches Zeug von sich geben sollte.«

»Trink aus.«

»Fertig. Und jetzt?«

»Wenn ich dich jetzt bitten würde, mit nach oben zu kommen, was würdest du sagen?«

»Frag mich, dann weißt du es.«

»Kommst du mit mir nach oben?«

»Ja.«

Er packte die Flasche am Hals, und ich folgte ihm über die schmale, nackte Treppe in sein Schlafzimmer: ein Futon, ein Schrank, eine große Stehlampe und unerwartet fröhliche gelbe Vorhänge, die halb zurückgezogen waren und sich im Wind, der durch das offene Fenster hereinwehte, leicht bewegten.

»Knöpf deine Bluse auf.«

»Gib mir die Flasche. Ich muss mir erst Mut antrinken. Jetzt. So?«

»Ja. Du bist wirklich sehr hübsch.«

»Warum schaust du dann so gequält?«

»Weil du so hübsch bist.«

»Ach was.«

»Du solltest mir nicht vertrauen, Kit.«

»Das tue ich nicht. Ich vertraue dir kein bisschen. Das ist genau der springende Punkt.«

»Ich werde dir nicht gut tun.«

»Das spielt keine Rolle.«

Hinterher lag ich auf seinem Futon und betrachtete durchs Fenster den Dreiviertelmond am tintenschwarzen Himmel. Will lag schweigend neben mir und starrte aus halb geschlossenen Augen zur Decke hinauf. Nach einer Weile sagte er: »Ich habe Hunger.«

»Ich habe Durst.«

»Möchtest du was essen?«

»Ich hatte nicht den Eindruck, dass du viel zu essen dahast.«

»Habe ich auch nicht, aber ich könnte uns was holen. Italienisch, indisch, chinesisch, thailändisch, griechisch. Es gibt hier in der Nähe sogar einen Japaner.«

»Ist mir egal. Irgendwas.«

»Ich bin gleich wieder da.« Er schlüpfte in seine alte Jeans und ein graues Sweatshirt. »Geh nicht weg.«

Ich blieb auf dem Bett liegen und lauschte seinen Schritten auf der hölzernen Treppe. Dann hörte ich die Haustür ins Schloss fallen. Ich war ganz allein in Wills Haus. Nach ein paar Minuten ging ich ins Bad. Sehr sauber und funktionell. Nachdem ich mich gewaschen hatte, schlüpfte ich in den dicken blauen Bademantel, der an der Tür hing, und wanderte ins Nachbarzimmer, einen quadratischen Raum mit Blick auf den Garten hinter dem Haus. In dem Zimmer standen nur ein großes Klavier und ein Hocker. Ich berührte eine der elfenbeinfarbenen Tasten, und ein einzelner Ton schwebte durch den Raum. Es schien ein bisschen verstimmt zu sein. Ich klappte den Deckel des Hockers hoch und fand ein paar Musikstücke mit Eselsohren und Bleistiftanmerkungen am Rand, außerdem eine Dose Bier.

Ich ging nach unten, um mir etwas zu trinken zu holen, weil sich mein Mund nach dem ganzen Alkohol völlig trocken anfühlte. Als ich gerade die Diele durchquerte, klingelte das Telefon, und der Anrufbeantworter schaltete sich ein. »Will«, sagte eine gedämpft klingende Männerstimme. »Will, ich bin's, Kumpel. Ich muss mit dir reden. Will, bist du da? Bitte! Es ist dringend!« Ein paar Sekunden war nur sein lautes Atmen zu hören. Dann schaltete sich das Band aus.

Ich nahm eine Flasche Mineralwasser aus dem Kühlschrank und trank ein Glas, dann noch eins. Es war fast elf. In den vergangenen vierzig Stunden hatte ich ungefähr zwei Stunden geschlafen, wenn überhaupt. Trotzdem fühlte ich mich nicht wirklich müde, sondern eher auf eine seltsame Weise überdreht. Meine Haut prickelte, mein Herz pochte, meine Gedanken rasten. Alle Gegenstände im Raum erschienen mir unnatürlich scharf konturiert, als wären sie von hinten beleuchtet. Ich ging ins Wohnzimmer und ließ mich mit angezogenen Füßen auf dem weichen, tiefen Sofa nieder. So fand Will mich vor, als er fünfzehn Minuten später zurückkam. Er trug eine große Tüte und schien in Gedanken vertieft. Sein Gesicht wirkte müde und deprimiert – so sah er also aus, wenn er sich unbeobachtet wähnte. Dann entdeckte er mich. Er lächelte nicht, aber es war, als würde ein Schatten von ihm genommen. Ich bewirkte das, dachte ich, während ich aufstand, um Platz zu machen. Er sagte nichts, legte aber den Arm um mich und zog mich an sich. Seine Wange war von der Nachtluft ganz kalt. Seufzend beugte er sich vor und holte zwei schwarze Tabletts aus der Tüte.

»Das sieht schön aus, wie ein Kunstwerk. Viel zu schade, um es zu zerstören.«

»Wir sollten Sake dazu trinken.«

»Ich möchte nichts mehr trinken.«

»Hier, probier das.«

Er fütterte mich mit einem Stück Tunfisch, das mit einer scharfen grünen Paste bestrichen und in Sojasauce getaucht war. Ich kaute es gehorsam. Es schmeckte nicht nach Fisch oder Salzwasser, nur nach Frische. »Wundervoll.«

»Und noch eins.«

»Mmm.«

»Nicht die Augen schließen.«

»Nein, natürlich nicht.«

»Iss das. Kit, Kit.«

Ich versuchte, die Augen offen zu halten, aber es war alles so schön, dass ich es nicht länger ertragen konnte – das warme Zimmer, das tiefe Sofa, der Bademantel mit seinem Geruch an meinem nackten Körper, das ungewohnte Essen, das leichte Prickeln der Angst irgendwo in meinem Bauch, seine Hand in meinem Haar, seine Stimme in meinem Ohr. Sein Atem an meiner Wange. Ich spürte, wie ich in eine selige Dunkelheit glitt.

31. KAPITEL

Bevor ich zu Michael Doll hinging, beobachtete ich ihn eine Weile. Entlang des Kanals saßen eine ganze Reihe von Männern. Es war ein Mittwochmorgen. Hatten diese Leute denn alle keinen normalen Beruf? Aus zwei Radios schallte unterschiedliche Musik. Die Teleskop-Angelruten der Fischer waren enorm lang, manche reichten nach hinten bis über den Treidelpfad und nach vorne bis zur anderen Seite des Kanals. Während ich dort stand, kam ein Radfahrer des Weges, sodass die Fischer unter viel Gebrumme und Gemurre ihre Ruten aus dem Weg räumen mussten.

Ein, zwei Grüppchen von Männern kauerten beieinander, eine Tasse mit einem wärmenden Getränk aus einer Thermoskanne in der Hand, aber die meisten von ihnen saßen allein an ihrem Platz. Irgendwie wirkte Michael Doll besonders allein. Die Stelle, wo er fischte, war ein ganzes Stück von den anderen entfernt. Ob sie von ihm gehört hatten? Sein Hund saß reglos neben ihm. Das Einzige, was sich an ihm bewegte, war der Speichel, der zwischen seinen gelben Zähnen hervortröpfelte. Um zu ihnen zu gelangen, musste ich über mehrere Angelruten steigen und mich zwischen Plastikboxen mit Haken, Spulen und Maden hindurchschlängeln. Obwohl es nicht kalt war, trug Doll eine rot-schwarz karierte Jacke, in der er aussah wie ein kanadischer Holzfäller, und dazu eine recht flotte dunkelblaue Kappe. Er blickte starr geradeaus, und als ich näher kam, hörte ich, dass er leise vor sich hinsang. Dann, als würde er mich wittern, drehte er sich plötzlich um. Vielleicht hatte er meinen Blick gespürt. Er lächelte, aber seine Miene wirkte nicht überrascht, sondern erwartungsvoll, was mir einen Schauder über den Rücken jagte. »Hallo, Kit«, sagte er. »Wie geht es Ihnen?«

»Gut.« Ich schob die Hände in die Hosentaschen und sah mich um. »Ich habe Sie noch nie fischen gesehen.«

Er stieß ein leises, kehliges Lachen aus. »Das ist ein gutes Leben hier unten«, erklärte er. »Gute Leute.« Er zog seine Angelrute hoch. Es hing nichts am Haken. »Die schlauen Kerle knabbern die Würmer runter.« Wieder dieses Lachen. Er bewegte die Rute so, dass der Haken genau auf ihn zuschwang, und fing ihn geschickt. Er saß auf einem Camping-Klappstuhl. Neben seinem linken Stiefel stand eine Tabakdose voller Würmer. Er wühlte mit den Fingern darin herum, bis er einen gefunden hatte, der ihm passend schien.

»Die anderen benutzen Maden«, stellte ich fest.

»Maden sind rausgeschmissenes Geld«, gab er zurück. »Ein Stück weiter hinten kann man die Würmer ausgraben. So viele, wie man will. Außerdem ist ein Wurm fleischiger.« Mit zusammengekniffenen Augen brachte er den Wurm in Position, um ihn auf seinen Haken zu spießen. »Es ist schon komisch«, sagte er, »die Leute sorgen sich um Füchse und Robbenbabys, aber um Fische und Würmer machen sie sich keine Gedanken. Ich meine, sehen Sie sich diesen Wurm hier an. Die Leute behaupten, ein Wurm spüre keinen Schmerz, aber sehen Sie ihn sich an.« Er schob die Spitze des Hakens durch den Wurm. Eine graue Flüssigkeit quoll heraus. Hatten Würmer Blut? Ich konnte mich dunkel erinnern, dass wir das mit dreizehn in Biologie durchgenommen hatten, aber an die Einzelheiten konnte ich mich nicht mehr erinnern. »Sehen Sie sich diesen Wurm an«, wiederholte er unnötigerweise, »er windet sich jetzt stärker als vorher. Man könnte wirklich meinen, dass er Schmerzen hat und zu entkommen versucht, finden Sie nicht auch? So, stillgehalten!« Letzteres war an den Wurm gerichtet. Weit davon entfernt, seinem Schicksal zu entrinnen, wurde der Wurm ein zweites Mal auf den mit Widerhaken versehenen Haken gespießt. »Wer kann schon sagen, ob ein Wurm nicht genauso Schmerz empfindet wie Sie oder ich?«

»Warum tun Sie es dann?«

Doll schwang die Rute, und der Wurm verschwand im dunklen Wasser des Kanals. Der kleine Schwimmer kippte und wippte, bis er sich schließlich in einer aufrechten Position einpendelte. »Ich denke nicht darüber nach«, antwortete er.

»Doch, das tun Sie. Sie haben doch gerade darüber gesprochen.«

Er runzelte konzentriert die Stirn. »Na ja, es dringt in mein Gehirn, wenn Sie das meinen. Aber es macht mir nichts aus. Es ist schließlich nur ein Wurm.«

»Hmm. Fangen Sie viele Fische?«

»Manchmal bringe ich es auf zehn. Manchmal sitze ich auch den ganzen Tag im Regen und erwische gar nichts.«

»Was machen Sie damit?«

»Ich werfe sie zurück, es sei denn, der Haken steckt zu tief. Wenn man ihn rauszieht, kann es sein, dass man ihnen das Maul aufreißt und ihre Eingeweide mit herauszieht. Dann breche ich ihnen den Hals und gebe sie einem Kater, der immer in der Nähe meiner Wohnung rumstreunt. Der frisst sie für sein Leben gern.«

Ich schob die Hände noch tiefer in die Taschen und bemühte mich weiter um eine höflich interessierte Miene. Doll murmelte etwas vor sich hin. Als ich genauer hinhörte, wurde mir klar, dass seine Worte den Fischen galten, den unsichtbaren Fischen im öligen dunklen Wasser, die er auf diese Weise an seinen Haken zu locken versuchte. »Da seid ihr ja«, flüsterte er. »Kommt schon, meine Schönen! Nun kommt schon!« Er zog den Haken aus dem Wasser. Es hing kein Fisch dran, aber der halbe Wurm war schon wieder abgefressen. Er stieß ein anerkennendes Lachen aus. »Diese schlauen Kerle!«

»Michael, ich bin eigentlich hier, um mit Ihnen über das zu sprechen, was am Kanal geschehen ist.« Er murmelte etwas, das ich nicht verstand. »Fanden Sie es nicht seltsam, dass Sie schon wieder in der Nähe waren, als es passierte?«

Er blickte sich um. »Gar nicht seltsam«, antwortete er. »Ich bin immer hier. Das ist mein Stammplatz. Wenn er an meinem Stammplatz Mädchen umbringen will, dann bin ich da.«

»Verstehe«, sagte ich. »Ihr Stammplatz. Haben Sie den Mann erkannt? Ist er Ihnen irgendwie bekannt vorgekommen?«

»Nein«, antwortete Doll. »Es ging alles so schnell. Und es war so dunkel. Konnte nichts sehen.«

»Geht es Ihnen gut, Michael? Sie sind nicht noch einmal angegriffen worden?«

»Nein.« Er lächelte. »Es ist alles vergessen. Vergessen und vergeben.«

Ich warf einen argwöhnischen Blick auf seinen Schwimmer. Wahrscheinlich war mittlerweile nur noch ein Viertel des Wurms übrig. »Versuchen Sie nachzudenken, Michael«, sagte ich. »Wenn Ihnen irgendwas einfällt, egal, was, dann melden Sie sich bei mir. Sie können mich über die Polizei erreichen.«

»Ich habe doch Ihre Privatnummer.«

»Ach ja, stimmt«, antwortete ich mit einem unguten Gefühl im Bauch.

»Ich weiß, wo Sie wohnen.«

»Sie können sich auch an die Polizei wenden.«

»Sehen Sie, ein Fisch, endlich ein Fisch!«

Etwas Blitzendes, Silbernes hing von Dolls Schnur. Ich brach sofort auf, um ja nicht mit ansehen zu müssen, wie ihm die Eingeweide durchs Maul gezogen wurden.

Auf dem Nachhauseweg kam ich an einem Café mit einem verführerisch leeren Tisch in der Sonne vorbei. Ich ließ mich nieder, bestellte einen doppelten Espresso und versuchte, ein wenig Ordnung in das Chaos in meinem Kopf zu bekommen.

Nach der zweiten Tasse rief ich Oban an. Bryony hatte inzwischen ihre Aussage gemacht, und er war ziemlich am Ende. »Wie Sie wissen, haben wir aus Mickey Doll alles rausgequetscht, was auch nur einen Hauch von gottverdammtem Sinn ergab – entschuldigen Sie meine Ausdrucksweise –, und was unsere Täterbeschreibung betrifft, haben wir Terence mit seinem eher großen Mann und Bryony mit ihrem eher kleinen. Vielleicht sollten wir die beiden mal zusammenbringen, damit sie ihre Geschichten aufeinander abstimmen können.«

»Es war ein wirres Durcheinander, noch dazu mitten in der Nacht«, gab ich zu bedenken. »Was haben Sie erwartet?«

»Ich kann einfach nicht fassen, dass dieser Mistkerl aus seiner Deckung hervorgekrochen ist, ein paar Leute ihn gesehen haben und wir trotzdem nicht das Geringste über ihn wissen. Was treiben *Sie* denn gerade?«

»Ich sitze in einem Café und trinke Kaffee.«

»Ich wünschte, ich könnte Ihnen Gesellschaft leisten. Ach, übrigens, haben Sie vor, uns irgendeine Art von Bericht über die Sache zu schreiben? Wie denken Sie inzwischen darüber?«

»Bryony hat zu mir gesagt, sie glaube, es könnte sich auch um einen missglückten Raubüberfall gehandelt haben, der gar nichts mit unseren Fällen zu tun hatte.«

»Ja, das hat sie zu uns auch gesagt. Was ist mit ihr los? Will sie nicht berühmt werden?«

»Darüber sollten wir nachdenken.«

»Wollen Sie ihr die Leitung der Ermittlungen übertragen? Ich wäre heilfroh, wenn ich den Mist los wäre.« Ich musste lachen. »Sind Sie noch da, Kit?«

»Wir dürfen uns nicht vom Wesentlichen ablenken lassen«, erklärte ich. »Es ist nicht nur Bryony. Die ganze Sache passt irgendwie nicht ins Bild.«

»Wie meinen Sie das? Die Sache passt sogar verdammt gut ins Bild! Dieselbe Stelle am Kanal, und dann auch noch Doll. Das sollte eigentlich reichen. Sogar Ihnen.«

»Ich denke dabei mehr an den Überfall selbst. Die anderen beiden wurden in gewisser Weise recht geschickt durchgeführt, aber dieser dritte Versuch erscheint mir ziemlich dilettantisch.«

»Nun hören Sie aber auf, Kit! Solche Mörder steigern sich, sie werden leichtsinniger. Sie müssen ein größeres Risiko eingehen, um denselben Kick zu bekommen. Wären unsere Zeugen nicht ein Waschlappen und ein Schwachkopf, dann hätten wir ihn gehabt. Und was diesen verfluchten Schwachkopf angeht…«

»Ich weiß nicht, Dan, ich habe gerade unten am Kanal mit Doll gesprochen.«

»Sagen Sie nichts. Sie glauben, er ist zu nett, um als Täter in Frage zu kommen.«

»Ganz im Gegenteil. Wäre Doll ein Mörder, dann wäre er viel brutaler vorgegangen. Ich kann das beurteilen, ich habe ihm gerade dabei zugesehen, wie er einen Wurm auf einen Haken spießte.«

»Ist das die Grundlage für Ihr Urteil?«

»Unter anderem.«

»Dann halte ich Sie wohl besser von meinem dreizehnjährigen Sohn fern. Sie sollten mal sehen, was der mit ein paar Käfern und einem Vergrößerungsglas anstellen kann.«

Meine Tasse war inzwischen leer. Als die Sonne hinter einer Wolke verschwand, wurde es plötzlich kalt.

»Was haben Sie jetzt für Pläne?«, fragte ich Oban.

Am anderen Ende der Leitung herrschte eine Weile Schweigen, sodass ich schon befürchtete, unser Gespräch wäre unterbrochen worden.

»Ich habe das schreckliche Gefühl, dass wir im Grunde nur

herumsitzen und warten können, bis er etwas noch Dümmeres tut und sich erwischen lässt. In der Zwischenzeit werden wir zumindest versuchen, ein bisschen mehr Publicity zu kriegen. Ich habe ein paar Journalisten über den neuen Fall informiert. Außerdem habe ich versucht, Mrs. Teale dazu zu bringen, im Fernsehen aufzutreten, aber sie schien nicht besonders erpicht darauf zu sein. Vielleicht könnten Sie sie noch ein bisschen bearbeiten.«

»Mach ich.«

»Irgendwelche anderen Ideen? Wie sehen denn *Ihre* Pläne aus?«

Jetzt war es an mir, einen Moment zu schweigen. Wie sahen meine Pläne aus? »Ich schätze, ich werde das alles noch mal durchgehen. Ich habe das Gefühl, wir übersehen was.«

»Suchen Sie nach einer weiteren Verbindung zwischen den Fällen?«

»Keine Ahnung.«

»Aber Kit!« In Obans Stimme schwang eine Spur von Verzweiflung mit. »Wir haben doch schon genug Verbindungen. Eine der wichtigsten haben Sie selbst entdeckt. Wieso suchen Sie nach anderen?«

»Ich weiß es nicht.« Es kam mir vor, als hätte ich plötzlich überhaupt keine Energie mehr. »Vielleicht tappe ich einfach nur im Dunkeln.«

»Das haben Sie gesagt, nicht ich«, meinte Oban. »Lassen Sie es mich wissen, wenn Sie den Lichtschalter gefunden haben.«

Nun hatte er wirklich aufgelegt.

Ich fuhr in die Klinik und verbrachte einen hektischen Tag damit, Anrufe entgegenzunehmen, Post zu beantworten und den Vorsitz bei einer Besprechung zu führen, bei der es um einen Jungen ging, der das Haus seiner Pflegeeltern in Brand gesteckt hatte. Anschließend fungierte ich als Beisitzerin bei zwei Bewerbungsgesprächen ziemlich hoffnungsloser Kandidaten. Ich machte interessierte Bemerkungen, ich diskutierte und argumentierte, war aber in Gedanken ganz woanders. Als ich schließlich um acht nach Hause kam, fand ich auf dem Tisch einen Zettel vor: »Bin ausgegangen. Wird sehr spät. Der Verrückte hat wieder angerufen. Liebe Grüße. J.« War ihm doch noch etwas eingefallen?

Ich nahm ein ausgedehntes Bad und schlief dabei kurz ein. Mir war bekannt, dass man beim Autofahren einschlafen und einen tödlichen Unfall haben konnte. Konnte man auch in der Badewanne ertrinken, wenn man einschlief? Ich ging das Risiko lieber nicht ein, stieg aus der Wanne und schlüpfte in den Bademantel. Dann rief ich Will an. Er ging nicht ran. Ich warf einen Blick in den Kühlschrank und fand eine Schüssel Reis, die ich im Stehen aß. Warm, mit Olivenöl und Parmesan hätte er besser geschmeckt. Danach verspeiste ich zwei Essiggurken und eine Tomate. Im Kühlschrank stand eine offene Flasche Wein. Ich schenkte mir ein Glas ein.

Dann schaltete ich das Radio an und stellte ohne große Überraschung fest, dass die Stimme, die ich hörte, Seb Weller gehörte. Er sprach gerade über Lianne und Philippa. Gott, er war wirklich ein Profi. Seine Worte kamen glatt und flüssig, ohne Zögern, nur hin und wieder unterbrochen von einer kurzen Pause, um seine Spontaneität zu demonstrieren.

»Offensichtlich berührt dieser Fall bei vielen Frauen, die hier in der Gegend leben, einen wunden Punkt«, erklärte er gerade. »Ich denke oft, dass Männer das nicht so richtig verstehen können.«

»Mit Ausnahme von dir, natürlich«, murmelte ich, schämte mich aber sofort meiner Worte.

»Männer wissen nicht, wie es für eine Frau ist, eine dunkle Straße entlangzugehen, an einer einsamen U-Bahn-Station Schritte auf sich zukommen zu hören oder nachts im Bett zu liegen und den seltsamen Geräuschen draußen zu lauschen. Jede Frau, egal, ob mutig oder ängstlich, hat diese unterschwelligen Ängste in sich. Ich nenne es gern …« – er legte eine weitere Pause ein – »… ich nenne es gern ihren roten Raum …«

»Lieber Himmel!«, rief ich laut aus.

»In diesem roten Zimmer liegen alle die Dinge verborgen, vor denen sie am meisten Angst …«

Das Telefon klingelte. Wütend drückte ich auf den Ausknopf des Radios.

»Ich bin's.«

»Wer?«

»Mike.«

Es dauerte einen Moment, bis ich den Namen mit Michael Doll in Verbindung brachte. Neuerdings also Mike.

»Hallo?«

»Was machen Sie gerade?«

Ich spürte leichte Übelkeit in mir aufsteigen. Würde er mich als Nächstes fragen, was ich gerade anhatte? Ich zog meinen Bademantel enger um den Körper. »Warum rufen Sie an, Michael? Ist Ihnen etwas eingefallen?«

»Ich wollte mich bloß mal melden«, antwortete er. »Sie haben heute ja auch einfach so am Kanal vorbeigeschaut.« Er schwieg einen Moment. »Es hat gut getan, Sie zu sehen.«

»Ich muss jetzt leider weg«, erklärte ich.

»Kein Problem.«

»Gute Nacht.«

»Schlafen Sie gut.«

Was nach diesem Gespräch aber nicht der Fall war. Ich wälzte mich stundenlang hin und her. Als ich am Morgen aufwachte, kam es mir vor, als hätte ich kein Auge zugetan. Meine Zunge fühlte sich an, als wäre sie am Gaumen festgeklebt. So viel hatte ich doch gar nicht getrunken, oder? Als ich schließlich aufstand, war es bereits halb neun. Julie saß mit einer Kanne Kaffee und einer Zeitung am Tisch. Weitere Zeitungen lagen über den Tisch verstreut. Julie war vier Stunden später als ich ins Bett gegangen, sah aber aus, als wäre sie gerade einem Jungbrunnen entstiegen.

»Was gibt's Neues?«, fragte ich.

»Ich wollte mir eine Zeitung holen, hab aber gleich mehrere mitgenommen, weil was über dein Verbrechen drinstand.«

»Es ist nicht wirklich *mein* Verbrechen.«

»Das ist wirklich erstaunlich. Eine Frau behauptet, sie könne den Mörder mit Hilfe von Kristallen finden. Eine andere glaubt, dass es was mit dem Mond zu tun hat. Außerdem gibt noch ein anderer Psychologe seinen Senf dazu. Hier ist ein Foto von ihm.« Sie hielt die Zeitung hoch. »Er erinnert mich definitiv an jemanden, aber mir fällt nicht ein, an wen. Das treibt mich in den Wahnsinn!«

»Buster Keaton«, sagte ich.

»Stimmt. Aber der ist doch schon tot, oder?«

»Ich glaube schon. Außerdem ist es schon gute fünfundsiebzig Jahre her, dass er so ausgesehen hat.«

Das war es also, was sie aus Terence und Bryony herausbekommen hatten. Gott, sie mussten wirklich verzweifelt sein.

»Dich erwähnen sie allerdings nicht«, bemerkte Julie leicht enttäuscht. Vielleicht argwöhnte sie, dass ich das alles nur erfunden hatte – dass ich an den Ermittlungen gar nicht beteiligt war, oder bloß in einer ganz niederen Funktion. »Möchtest du es lesen?«

»Ich glaube nicht.«

Ich trank ein paar Schlucke Kaffee und zog mich rasch an. Es gab ein paar Dinge, die ich noch tun wollte. Sollte ich damit kein Glück haben, würde ich einen Schlussstrich unter die Sache ziehen und den Versuch unternehmen, wieder ein normaler Mensch zu werden. Jemand, der nicht ständig überall Muster sah, Gestalten in den Wolken.

»Wir müssen reden«, sagte Julie, als ich an ihr vorbei nach draußen stürmte.

»Später!«, rief ich und rannte die Treppe hinunter.

Als ich vor die Tür trat, spürte ich sofort die Anwesenheit eines anderen Menschen. Ich konnte ihn fast riechen. Langsam drehte ich mich um.

»Morgen, Kit.«

Es war Doll, gefolgt von seinem Hund. Er trug dieselbe Jacke wie am Vortag und auch dieselbe Kopfbedeckung. Zusätzlich hatte er sich einen Schal um den Hals geschlungen und die Enden mit zwei extrem festen Knoten zusammengebunden. Wie würde er die jemals wieder aufbekommen? Und wie lange wartete er schon auf mich?

»Michael«, sagte ich. »Was ist los?«

»Ich muss mit Ihnen reden.«

»Ist Ihnen doch noch was eingefallen?«

»Ich muss einfach mit Ihnen reden.«

»Ich bin sehr in Eile.«

»Ich nicht.«

Seine seltsame Antwort ließ mich mitten in der Bewegung innehalten. »Ich muss wirklich los«, sagte ich und setzte mich wieder in Bewegung, aber er ließ sich nicht abwimmeln. »Ich wollte Sie besuchen«, erklärte er. »Ich wollte Sie sehen.«

»Wieso?«

»Sie verstehen mich. Ich muss über ein paar Dinge reden.«

Ich blieb wieder stehen. »Sie meinen, über die Morde?«

Er schüttelte so heftig den Kopf, dass ich mich fragte, ob ihm das nicht wehtat. »Ein paar Dinge. Sie verstehen.«

Ich versuchte, klar zu denken. Am liebsten wäre ich ihn für alle Zeiten losgeworden, aber vielleicht hatte er mir wirklich etwas Wichtiges zu sagen. »Michael, ich arbeite an diesen Mordfällen. Das wissen Sie. Wenn Sie mir dazu etwas mitteilen wollen, werde ich es mir anhören. Für alles andere habe ich im Moment keine Zeit.«

»Warum?«

»Weil ich so viel zu tun habe.«

»Das ist alles, was Sie interessiert, stimmt's? Sie kümmern sich nur um mich, weil Sie glauben, dass Sie von mir etwas Wichtiges erfahren können. Sie sind genau wie die anderen.«

»Welche anderen?«

»Das erzähle ich Ihnen später.« Er hatte inzwischen einen hochroten Kopf. »Das sage ich Ihnen, wenn mir danach zumute ist. Ich werde Sie im Auge behalten, Kit. Aber jetzt muss ich gehen. Ich habe nämlich auch viel zu tun, nicht nur Sie!«

Und weg war er, leise vor sich hinmurmelnd und hektisch mit den Armen fuchtelnd. Ein junger Mann, der ihm entgegenkam, wechselte auf die andere Straßenseite.

32. KAPITEL

Ich weiß nicht, wie ich Ihnen helfen kann«, erklärte Pam Vere. Sie hatte mir gegenüber auf einem Sessel Platz genommen, saß aber sehr aufrecht, die Hände fest auf die Armlehnen gepresst, als wollte sie jeden Augenblick wieder aufstehen und mir den Weg zur Tür zeigen.

Ich saß in den Raum, wo sonst immer Philippa gesessen hatte. Das Licht flutete durch die Verandatüren herein. Die Blumensträuße, die bei meinem letzten Besuch auf jedem freien Fleck gestanden hatten, waren verschwunden. Die Menschen verloren schnell das Interesse. Nur eine einzelne Vase mit einem üppigen Strauß aus rosaroten und dunkellila Gartenwicken stand auf dem Tisch zwischen uns – mir fiel ein, dass Philippas gesprächige Freundin Tess mir erzählt hatte, das seien ihre Lieblingsblumen gewesen. Auf dem Kaminsims hinter Mrs. Vere lehnte ein großes Schwarzweißfoto der Verstorbenen, sodass ich, wenn ich die Mutter ansah, auch auf ihre ermordete Tochter blickte, die mit ihrem ernsten Lächeln und ihren dunklen Augen eindringlich in den Raum hineinstarrte, den sie für immer verlassen hatte.

Pam Vere schien um zehn Jahre gealtert, seit ich sie das letzte Mal gesehen hatte. Sie war wahrscheinlich noch keine sechzig oder nur knapp darüber, aber ihr Gesicht war aschfahl und müde, und die Falten darin wirkten so tief, dass sie wie in Stein gemeißelte Rillen aussahen. Ihre Lippen waren zu einer schmalen Linie zusammengepresst. Bei meinen früheren Besuchen hatte mich vor allem Emilys Schicksal betroffen gemacht, keine

Mutter mehr zu haben, aber ich hatte nicht wirklich darüber nachgedacht, wie es wohl für Pam war, ihre Tochter zu verlieren, ihr geliebtes einziges Kind – bis ich jetzt in ihr trauriges Gesicht blickte und sah, wie sehr ihre Hände zitterten, wenn sie die Armlehnen des Sessels losließen.

»Ich weiß nicht, wie ich Ihnen helfen kann«, wiederholte sie.

»Es tut mir so Leid, dass ich Sie noch einmal stören muss. Aber wäre es vielleicht möglich, ein paar von Philippas Sachen durchzusehen?«

»Warum?«

»Hat die Polizei sie sich schon vorgenommen?«

»Nein, natürlich nicht. Warum um alles in der Welt sollte sie? Meine Tochter ist von einem Verrückten umgebracht worden, da draußen…« Ihre Hände deuteten zum Fenster.

»Ich würde mich trotzdem gern ein bisschen umsehen.«

»Sie sprechen aber nicht mehr mit Emily, oder?«

»Im Augenblick nicht, nein. Ist sie da?«

»Ja, oben, in ihrem Zimmer. Ich kümmere mich tagsüber um sie, bis ihr Vater von der Arbeit zurückkehrt. Bis die Dinge sich wieder beruhigt haben. Sie verbringt die meiste Zeit in ihrem Zimmer. Zum Glück kommt sie bald in den Kindergarten.«

»Wie geht es ihr?«

»Philippa besaß eine Strickjacke, die sie besonders gern trug. Die benutzt Emily jetzt als Decke. Sie rollt sich darauf zusammen und lutscht an ihrem Daumen. Der Arzt sagt, ich soll sie lassen, das sei ihre Art, mit Philippas Tod umzugehen.«

»Klingt vernünftig.« Ich musterte sie eindringlich. Machte ich sie irgendwie wütend? Benahm ich mich wie ein Elefant im Porzellanladen?

»Jeremy löst seine endlosen Kreuzworträtsel, und wenn er glaubt, dass niemand ihn hören kann, weint er. Emily liegt auf ihrem Teppich…« Sie rieb sich die Augen. »Ich weiß nicht. Ich weiß nicht, was am besten ist.«

»Wie werden Sie damit fertig?«, fragte ich.

»Ich?« Sie zuckte leicht mit den Schultern. »Ich komme

schon irgendwie durch den Tag.« Sie stand abrupt auf. »Wonach suchen Sie?«

»Hatte sie einen bestimmten Ort, wo sie ihre Sachen aufbewahrte – Briefe, Tagebücher, solche Dinge?«

Sie holte tief Luft, als säße tief in ihrer Brust ein heftiger Schmerz. Mir war klar, dass sie mit dem Gedanken spielte, mir nahe zu legen, ich solle verschwinden und mich nie wieder blicken lassen.

»Am ehesten im Schreibtisch in ihrem Schlafzimmer«, sagte sie schließlich. »Ich bin aber nicht sicher, ob Sie dort außer Rechnungen und Briefen viel finden werden. Wir haben noch nicht alle ihre Sachen durchgeschaut.« Sie sah einen Moment zum Foto ihrer Tochter, wandte dann aber schnell den Blick ab. »Jeremy hat inzwischen den Großteil ihrer Kleidung aussortiert und einer wohltätigen Organisation gespendet. Ihr Tagebuch hat die Polizei bereits mitgenommen.«

»Ja, ich weiß.«

»Es gibt nichts zu finden. Sie ist einfach eines Tages in den Park gegangen und nicht zurückgekommen.«

»Darf ich trotzdem einen Blick in ihren Schreibtisch werfen?«

»Meinetwegen. Was spielt das jetzt noch für eine Rolle?«

Ich kam mir vor wie eine Einbrecherin, als ich mich schließlich in dem großen Schlafzimmer umsah, das eindeutig von einer Frau eingerichtet worden war und noch immer so aussah, als würde es von einem Paar bewohnt. An der Wand stand eine Kommode mit einer Menge Krimskrams, auf dem Bett lagen zwei aufgeschüttelte Kissen. Eine Seite des offenen Schranks aber war leer, abgesehen von den Dutzenden von Kleiderbügeln, die an der Stange hingen.

Der wie ein Sekretär aussehende Schreibtisch stand unter dem Fenster, das auf den Garten hinter dem Haus hinausging. Neben einem kleinen Krug mit Trockenblumen lag ein schnurloses Telefon, auf dem jemand ein paar Fotos abgelegt hatte. Ich setzte mich vor den Schreibtisch und blickte einmal mehr in das Gesicht von Philippa Burton, die diesmal eine jüngere Emily auf dem Arm hielt. Das kleine Mädchen hatte die Beine um die Taille ihrer Mutter geschlungen und ihre runde, gerötete Wange an die glatte, bleiche von Philippa gepresst.

Ich öffnete den Deckel. Das Innere des Schreibtisches wirkte ordentlich und nur spärlich gefüllt. Nicht sehr viel versprechend. Ich begann mit den kleinen, mit grünem Billardtuch ausgeschlagenen Fächern. Sie enthielten Kugelschreiber, gespitzte Bleistifte, Kleber, Paketband, Briefmarken für Briefe und Postkarten. Außerdem einen Stapel Papier mit Briefkopf, weiße und braune Umschläge, ein kleines Plastiktäschchen mit Tintenpatronen, Postkarten, eine Sammlung von Rechnungen mit dem Vermerk »bezahlt«. Ich sah sie durch, konnte aber nichts Ungewöhnliches feststellen: Achtzig Pfund für die Reinigung eines verstopften Waschbeckens, hundertneun Pfund für eine Kiste Wein, siebenhundertfünfzig Pfund für acht Stühle und zwei Tranchiermesser und so weiter. Außerdem fand ich einen Stapel Zeichnungen von Emily – Leute mit Köpfen und Beinen, aber ohne Körper, klecksige Regenbogen, krakelige Blumen, krumme Muster. Philippa hatte jeweils das Entstehungsdatum auf die Rückseite geschrieben. Sie war offensichtlich eine ordentliche Frau gewesen.

Als Nächstes fand ich eine steife, glänzende Farbmusterkarte mit Farbtönen, die Sepia und altes Leinen, Safrangelb und Salonrot hießen. Außerdem ein paar Rundbriefe wohltätiger Organisationen, die um Spenden baten. Drei Einladungen zu Partys, an denen Philippa nun nicht mehr teilnehmen würde. Eine ganze Reihe sommerlicher Ansichtskarten – gekritzelte, kaum lesbare Grüße von Pam und Luke, Bill und Carrie, Rachel und John, Donald und Pascal, abgestempelt in Griechenland, Dorset, Sardinien, Schottland. Bei den Karten lagen auch zwei handgeschriebene Briefe, einer von einer Frau namens Laura, die Philippa und Jeremy für das wunderbare Abendessen dankte, der andere von einer gewissen Roberta Bishop, die sich als

Nachbarin vorstellte und Philippa vorschlug, zur nächsten Anwohnerversammlung zu kommen und über das Parken auf der Straße und die geplante verkehrsberuhigte Zone zu sprechen. Die Frau benutzte eine Menge Ausrufezeichen.

Ich schloss den Deckel wieder und zog die oberste Schublade heraus. Eine Packung DIN-A4-Papier, ein Stapel Urlaubsprospekte, alte Kontoauszüge, chronologisch geordnet und sauber zusammengeheftet. Ich blätterte sie durch, aber mir stach nichts Besonderes ins Auge. Philippa war nicht sehr verschwenderisch gewesen. Sie hatte jeden Monat etwa die gleiche Summe ausgegeben, jede Woche etwa gleich viel vom Bankautomaten abgehoben. Gerade wollte ich die Schublade wieder schließen, als ich hinter der Packung Papier noch etwas spürte: ein dünnes Taschenbuch mit rosafarbenem Umschlag und dem Titel *Lucys Träume.* Dem Klappentext zufolge handelte es sich um »einen erotischen Roman für Frauen«. Das Cover zierte ein weichgezeichnetes Bild von einer Frau mit verschwommenen nackten Brüsten, deren Brustwarzen nur als schwarze Schatten erkennbar waren. Die Frau hatte den Kopf zurückgeworfen, und ihr langes Haar fiel ihr wie ein Wasserfall über die Schultern. Ich spielte mit dem Gedanken, das Buch zu entfernen, bevor Jeremy es beim Ausräumen des Schreibtisches entdeckte, entschied mich dann aber dagegen. Für Philippa spielte es inzwischen keine Rolle mehr, was er dort fand.

In der unteren Schublade lag eine große Puppe, deren Verpackung noch nicht geöffnet war. Ihr Name war offensichtlich Sally. Sie hatte braune Locken, lange braune Wimpern und große blaue Augen, die durch die Zellophanverpackung starrten. Ihr Anblick jagte mir einen Schauder über den Rücken. In der Schachtel waren ein Schnuller und eine Flasche befestigt. Die Beschreibung auf der Verpackung verkündete, dass Sally weinen und in die Hose machen konnte, wenn man ihr Wasser zu trinken gab. Wahrscheinlich, dachte ich, hatte Philippa die Puppe für Emily gekauft, vielleicht für einen bevorstehenden Geburtstag. Darüber hinaus enthielt die Schublade auch einen kleinen Notizblock, den ich neugierig aufschlug. Auf der ersten Seite hatte sie eine Einkaufsliste zusammengestellt und die einzelnen Artikel dann abgehakt. Auf der zweiten Seite folgte eine Liste mit Dingen, die zu erledigen waren: Klempner anrufen, Schuhbänder kaufen, Kühlschrank abtauen, Wagen in die Werkstatt bringen.

Die nächste Seite war mit ziemlich gekonnt gezeichneten Früchten bedeckt. Die vierte Seite war leer, abgesehen von ein paar Londoner Telefonnummern, die Philippa ganz am Rand des Blattes notiert hatte. Auf die fünfte Seite hatte sie ein paar einzelne Worte gekritzelt, auf die ich nur einen schnellen Blick warf, während ich den Finger benetzte, um weiterzublättern. Wie vom Donner gerührt hielt ich mitten in der Bewegung inne.

»Lianne«, stand da in krakeliger Schrift. Ich starrte auf die Buchstaben, wagte mich kaum zu bewegen, weil ich befürchtete, dass sie dann verschwinden oder zu einem anderen Wort verschwimmen könnten. Mein Mund fühlte sich plötzlich ganz trocken an. Das Wort verschwand nicht, wie lange ich es auch anstarrte. Es hieß immer noch »Lianne«.

Wie in Trance ließ ich den Blick nach unten wandern. Am unteren Rand der Seite stand, eingekreist von Fragezeichen und in etwas kleinerer Schrift, die trotzdem eindeutig die von Philippa war: »Bryony Teal«. Lianne und Bryony Teale, Letztere ohne das e am Ende. Philippa hatte die Namen der beiden anderen Opfer notiert. Da stand noch ein Name, neben den ein kleines Gänseblümchen gekritzelt war, ein Symbol für das Wort: »Daisy.«

Ganz vorsichtig, als handle es sich dabei um eine Bombe, die jederzeit explodieren könnte, nahm ich den Notizblock heraus und ließ ihn in meine Tasche gleiten. Dann schloss ich die Schublade.

Ich blieb noch eine Minute am Schreibtisch sitzen und starrte aus dem Fenster. Was ich gerade gesehen hatte, musste sich in meinem Gehirn erst einmal setzen. Eine kleine dunkle Wolke schob sich vor die Sonne, sodass der Garten plötzlich im Schatten lag. Während ich weiter hinausschaute, kam Emily in Jeansshorts und einem gestreiften Topf auf den Rasen gelaufen, blieb dort stehen und rief ihrer Großmutter etwas zu, die sich noch im Haus befand. Auf einmal blickte sie hoch und sah mich am Fenster ihrer Mutter sitzen, und einen schrecklichen Moment lang strahlte ihr Gesicht vor überschwänglicher Freude, und sie streckte ihre Arme nach mir aus. Ihr Mund öffnete sich, um einen Namen zu rufen, ein Wort. Dann sank ihr kleiner Körper enttäuscht in sich zusammen, und sie ließ langsam die Arme sinken. Ich spürte, wie mir die Tränen in die Augen stiegen.

Ich stand auf und verließ den Raum, die Tasche mit dem kostbaren Inhalt über der Schulter. Das Einzige, woran ich denken konnte, waren die Namen in diesem Notizbuch. Und dass ich zu Bryony gesagt hatte, sie sei nicht in Gefahr.

33. KAPITEL

Ich rief in der Welbeck-Klinik an und gab Bescheid, dass ich nicht zur Personalversammlung kommen könne. Anschließend sagte ich mein Mittagessen mit Poppy ab. Während ich neben Oban im Auto saß, fluchte er schwitzend vor sich hin und erklärte mir zum hundertsten Mal, dass das Ganze verdammt noch mal keinen Sinn ergebe. Mit der Zeit empfand ich seine Stimme nur noch als monotones Brummen, genau wie den Verkehr draußen. Ich presste die Finger gegen meine Schläfen. Es musste eine Erklärung geben. Irgendwie gingen wir die Sache falsch an. Sobald es uns gelingen würde, sie von einem anderen Blickwinkel aus zu betrachten, würden wir sie anders sehen. All die Dinge, die jetzt keinen Sinn ergaben, würden plötzlich voller Bedeutung sein. Ich schloss die Augen und versuchte meinen Geist zu entspannen, damit sich der Knoten lösen konnte. Ich wartete auf die Erleuchtung, aber sie kam nicht. Entnervt stöhnte ich auf und rieb mir die Augen. Neben mir starrte Oban bedrückt vor sich hin. Er freute sich auch nicht auf diesen Besuch.

Sein Handy klingelte. »Ja«, bellte er hinein. »Ja. Schießen Sie los.« Sein Gesichtsausdruck wechselte, und er lehnte sich leicht vor, während er mit der freien Hand das Lenkrad umklammerte. »Sagen Sie das noch mal! In Ordnung, ja, wir kommen in etwa einer halben Stunde zurück. Länger wird's nicht dauern. Bis dann.«

»Verdammt«, sagte er wieder einmal.

»Was ist denn?«

»Verdammt.«

»Gut, aber was noch, Daniel?«

Mit quietschenden Reifen hielt er vor dem Haus der Teales. »Sie glauben nicht, was ich gerade erfahren habe.«

»Nun sagen Sie es mir endlich! Was ist denn?«

»Dafür haben wir jetzt keine Zeit, ich erzähle es Ihnen später.« Sprach's und sprang aus dem Wagen.

»Nein«, flüsterte sie. Die Farbe wich aus ihrem Gesicht. Ihre Augen wirkten plötzlich riesengroß und dunkel. »Nein!«, sagte sie noch einmal, diesmal lauter und in scharfem Ton, und dabei hob sie beide Hände an den Mund, als wollte sie beten. »Ich verstehe das nicht. Das kann doch nicht sein! Was hat das zu bedeuten?«

»Das wissen wir noch nicht.« Ich warf einen raschen Blick zu Oban hinüber, um zu sehen, ob er meiner knappen Antwort noch etwas hinzufügen wollte, aber er saß reglos da und starrte auf seine auf dem Küchentisch ruhenden Hände hinunter, als versuchte er sich an ein Bruchstück aus einem Traum zu erinnern.

Sie öffnete den Mund, um etwas zu sagen, ließ dann aber den Kopf in die Hände sinken. Ihr prächtiges Haar hing wie ein Vorhang über ihr Gesicht. »Das kann doch nicht sein …«, hörte ich sie murmeln.

Hinter uns auf dem Herd zischte etwas und kochte dann über. Der Geruch von verbrennendem Zucker erfüllte die Küche, aber Bryony rührte sich nicht von der Stelle. Oban erhob sich schwerfällig, nahm eine Pfanne von der Platte und kam dann wieder an den Tisch zurück, wo Bryony noch immer weit vornübergebeugt dasaß.

»Eines der Opfer hat Ihren Namen aufgeschrieben«, erklärte ich. »Und trotzdem sagen Sie, Sie sind ihr nie begegnet?«

»Bin ich auch nicht«, antwortete sie langsam. »Wirklich nicht.«

Oban ließ nun seinerseits sein großes, müdes Gesicht in die Hände sinken.

»Sind Sie sicher, Bryony? Man lernt so viele Leute kennen, vielleicht haben Sie nur ihren Namen nicht gekannt. Vielleicht hat sie *Sie* gekannt.«

»Ich bin ihr nie begegnet. Glauben Sie denn, ich hätte mich nicht daran erinnert, nachdem so viel über sie in der Zeitung stand? Ich habe die Frau nie gesehen. Ich kenne ihren Namen erst, seit sie als Mordopfer berühmt geworden ist.«

»Und Lianne?«

»So glauben Sie mir doch endlich, ich bin ihr nie begegnet! Was soll ich Ihnen anderes sagen?« Ihre Stimme klang wie ein Heulen.

»Sagt Ihnen der Name Daisy etwas? Daisy Gill?« Das kam von Oban, der plötzlich den Kopf gehoben hatte.

»Nein! Nein! Wer ist das? Ein weiteres Opfer?«

Schweigend reichte Oban ihr ein Foto, das ich noch nicht kannte. Wenn es nötig ist, kann die Polizei durchaus schnell arbeiten. Es zeigte ein Mädchen mit einem blassen, dreieckigen Gesicht und stacheligen schwarzem Haar und bestand eigentlich aus vier kleinen Fotos, wie man sie in diesen Fotokabinen mit Selbstauslöser aufnehmen kann. Auf dem ersten wirkte sie ernst. Zwischen ihren leicht geöffneten Lippen lugte ein abgeschlagener Zahn hervor. Auf dem zweiten grinste sie ein wenig und blickte zur Seite. Auf dem dritten kicherte Daisy und war ein Stück zur Seite gerückt, sodass links ein Streifen ihres Gesichts abgeschnitten war. Auf dem vierten war nur noch eine winkende Hand zu sehen.

Bryony starrte eine Weile auf das Bild und schob es dann mit einem heftigen Kopfschütteln weg. »Nein«, stieß sie hervor, woraufhin sie in Tränen ausbrach. Ich beugte mich über den Tisch und nahm ihre Hand. Sie hielt sich daran fest, als würde sie ertrinken.

»Trotzdem hat Philippa Burton Ihren Namen notiert, bevor sie starb«, sagte Oban ruhig, als würde er mit sich selbst sprechen.

»Das habe ich verdammt noch mal schon begriffen!«, fauchte Bryony ihn an. »Ich habe Sie klar und deutlich verstanden. Tut mir Leid. Bitte entschuldigen Sie. Sie können ja auch nichts dafür. Das alles ist, gelinde ausgedrückt, ein ziemlicher Schock für mich.« Sie wischte sich mit dem Handrücken die Tränen aus dem Gesicht und bemühte sich sichtlich um Haltung, indem sie sich aufrechter hinsetzte und das Haar hinter die Ohren strich. »Ich muss zusehen, dass ich das alles in den Griff bekomme. Soll ich Kaffee machen?«

»Zu einer Tasse Kaffee sage ich nicht Nein«, antwortete ich. Oban lehnte dankend ab.

Sie erhob sich mit einer anmutigen Bewegung. Sie trug einen langen schwarzen Baumwollrock und ein schwarzes T-Shirt. Wie beim letzten Mal hatte sie keine Schuhe an, sondern ging barfuß. Um ihren Knöchel hing ein silbernes Fußkettchen.

»Geben Sie mir einen Augenblick Zeit, das Ganze zu verdauen«, sagte sie, während sie den Wasserkessel füllte. »Bitte.«

Oban lächelte mich müde an und öffnete den obersten Knopf seines Hemds. Seine blauen Augen wirkten noch kleiner und heller als sonst, und er blinzelte ständig, als bekäme er dadurch einen klareren Blick. Sein wirres Haar war fettig, sein Gesicht unrasiert. Auf der Herfahrt hatte er sich zwischen zwei hektischen Handy-Gesprächen zu mir gedreht und gesagt: »Von jetzt an möchte ich Sie an meiner Seite haben.« Es hatte sich nicht wie ein Befehl angehört, sondern wie eine Bitte, als wäre aus dem Chef von einer Sekunde auf die andere ein Bittsteller geworden. Es bestand kein Zweifel daran, dass ich die Heldin der Stunde war: die Frau, die gesehen hatte, was für alle anderen unsichtbar gewesen war. Ich konnte mich nicht besonders darüber freuen. Sicher, ich hatte ein Muster entdeckt, aber leider eines, das keinen Sinn ergab. Ganz im Gegenteil, es zerstörte eher den kleinen Rest von Sinn, der uns noch geblieben war. Und da draußen lief nach wie vor ein Mörder herum.

Ich griff nach dem Bild von Daisy Gill und betrachtete es. Sie hatte ein Piercing in der Augenbraue und, wie ich bei genauerem Hinsehen entdeckte, auch eins in der Zunge. Um den Hals trug sie ein Medaillon. Auf dem dritten Foto konnte ich es deutlicher erkennen. Es war ein kleines Herz, genau wie das, das Lianne getragen und auf dem gestanden hatte: »Beste…«. Ich fragte mich, ob auf Daisys Medaillon vielleicht »… Freundin« stand.

»Ist Ihr Mann nicht da?«, fragte ich.

»Gabe? Nein, er ist schnell zur Post gegangen, nur ein Stück die Straße runter. Er kommt bestimmt jeden Augenblick. Er arbeitet normalerweise erst später am Nachmittag. Hier, bitte, Sie trinken ihn ohne Milch, oder?«

»Ohne Milch und Zucker. Danke.«

Sie ließ sich wieder am Küchentisch nieder und legte die Hände um ihre Tasse, als würde ihr die Wärme Trost spenden. Plötzlich wirkte sie sehr jung und verletzlich.

»Und jetzt?«, fragte sie. »Was passiert jetzt?«

Oban räusperte sich, ehe er eine Antwort gab, die zwar gewichtig klang, im Grunde aber nichts aussagte: »Wir werden umfassende Ermittlungen in die Wege leiten.«

Bryony starrte ihn verblüfft an.

»Hören Sie«, sagte ich, »es ergibt auf den ersten Blick keinerlei Sinn, dass ein Mordopfer die Identität von zwei anderen Opfern oder potenziellen Opfern kennt. Wir wissen natürlich nicht, wann sie die Namen notiert hat, und deswegen wissen wir auch nicht, ob Lianne zu diesem Zeitpunkt schon tot war oder nicht.« Ich zögerte einen Moment, aber sie war eine intelligente Frau und wusste bereits, was ich sagen wollte. »Auf jeden Fall deutet nun Einiges darauf hin, dass es sich bei dem Angriff auf Sie nicht nur um einen Raubüberfall gehandelt hat.«

Sie nickte. Ihre Lippen waren weiß.

»Und dass der Mörder nicht willkürlich handelt«, fügte ich in sanftem Ton hinzu.

»Nein«, murmelte sie. »Ich verstehe.«

»Deswegen wird die Polizei nun einige Zeit mit Ihnen verbringen und herauszufinden versuchen ...«

Während ich sprach, hörte ich, wie sich die Haustür öffnete und jemand in der Diele ziemlich unmelodisch vor sich hinpfiff.

»Gabe!«, rief Bryony. »Gabe, ich bin in der Küche. Mit jemandem von der Polizei.«

Das Pfeifen brach abrupt ab. Als er hereinkam, schlüpfte er gerade aus einer alten Lederjacke. Sein Gesicht wirkte angespannt. »Was ist passiert?«, fragte er. »Bry? Alles in Ordnung?«

»Wir wollen Sie nicht beunruhigen, Mr. Teale«, begann Oban, aber Bryony schnitt ihm das Wort ab. »Philippa Burton hat meinen Namen aufgeschrieben, bevor sie ermordet wurde.«

Gabriel öffnete den Mund, brachte aber offensichtlich nichts heraus. Er starrte uns nur an, erst seine Frau, dann Oban und mich. Er wirkte total erschüttert.

»Meinen und den dieses Mädchens Lianne und den eines anderen Mädchens namens Daisy«, fuhr Bryony langsam fort, als wollte sie sicherstellen, dass er alles genau verstand. Sein Entsetzen schien ihr neue Kraft und Entschlossenheit zu verleihen. »Daisy Gill, so war doch ihr Name, nicht?«

»Genau, Mrs. Teale.«

»Demnach war es also kein Raubüberfall. Und es sieht ganz so aus, als hätte er es auf mich abgesehen, nicht einfach auf eine x-beliebige Frau.«

Gabriel ging zu ihr, kniete sich neben ihren Stuhl, umfasste ihre Hände und küsste sie; dann vergrub er seinen Kopf in ihrem Schoß. Nachdem sie einen Moment sanft über sein dunkles, zerzaustes Haar gestreichelt hatte, hob sie sein Gesicht an und hielt es so, dass er sie ansehen musste. »Es wird alles gut«, sagte sie, »das verspreche ich dir. Es wird nichts passieren. Hörst du, mein Liebling?«

»Dürfen wir Ihnen noch ein paar Fragen stellen, bevor wir Sie der Obhut meiner Detectives anvertrauen?«, fragte Oban.

Gabriel erhob sich und stellte sich hinter Bryony, beide Hände auf ihren Schultern.

»Kennen Sie einen Mann namens Will Pavic?«, wollte Oban wissen.

Ich starrte ihn an – warum fragte er das?

»Ich glaube nicht. Oder, Gabe?«

»Nun ja, ich weiß natürlich schon, wer er ist«, antwortete Gabriel. »Ich meine, die meisten Leute hier in der Gegend kennen ihn.«

»Warum?«, fragte Oban. »Ich kenne nicht mal die Frau, die im Haus neben mir wohnt, geschweige denn das Paar von gegenüber.«

Gabriel hob die Hände. »Ich wollte damit nur sagen, dass wir alle in derselben Art von Welt leben. Ich betreibe ein kleines Theater, und eines unserer Ziele ist es, Menschen, die sich von ihrer Umwelt isoliert und im Stich gelassen fühlen, wieder in die Gemeinschaft zu integrieren. Pavic führt eine Art Herberge für junge Leute. Und er ist irgendwie berühmt, nicht? Ein Typ, der immer, wie soll ich es sagen?, der Wellen schlägt. Natürlich laufen wir uns gelegentlich über den Weg. Mehr aber auch nicht. Warum fragen Sie nach ihm?«

»Das wäre im Moment alles«, antwortete Oban. »Allerdings wird Detective Inspector Furth auch noch mit Ihnen sprechen wollen.«

Wir ließen sie in der Küche zurück. Gabriel hatte die Hände noch immer auf den Schultern seiner Frau. Sie wandte den Kopf und blickte zu ihm auf. Als ich die Panik in ihrem Gesicht sah, wurde auch ich von einer Welle der Angst überrollt.

»Was halten Sie davon, Kit?«, fragte Oban während der Rückfahrt zum Polizeirevier. »Raten Sie mal, was ich vorhin erfahren habe: In dem Monat vor Mrs. Burtons Tod haben zwischen dem Haushalt der Burtons und Pavics Centre drei Telefonate stattgefunden.«

»Oh«, sagte ich. Plötzlich fror ich, obwohl es ein schwüler Tag war.

»Oh? Ist das alles? Mein Gott, Kit, haben Sie mir überhaupt zugehört? Die ersten beiden Telefonate dauerten nur eine Minute oder so. Das letzte dauerte siebenundachtzig Minuten. Was machen Sie sich darauf für einen Reim, hm?«

»Keine Ahnung.«

»Pavic, hm? Das wird interessant.«

»Sehr interessant«, antwortete ich langsam. Dann fügte ich in gequältem Ton hinzu: »Ich glaube, ich sollte Ihnen da was erzählen.«

»Moment.« Er tippte ein paar Nummern in sein Telefon. »Erzählen Sie es mir später.«

»Wie Sie wollen.«

Ich lehnte die Stirn gegen das Fenster und schloss für einen Moment die Augen. Was für ein Chaos.

34. KAPITEL

Vor dem Polizeirevier angekommen, sprang Oban aus dem Wagen und spurtete mit einer solchen Geschwindigkeit los, dass ich Mühe hatte, ihn einzuholen.

»Was machen wir denn jetzt?«, fragte ich ihn atemlos.

»Mit ein paar Leuten reden.«

Ein uniformierter Beamter kam aus einem Seitengang und eilte neben Oban her. »Ist er schon da?«, fragte Oban.

»Er wartet in zwei«, antwortete der Mann. »Möchten Sie, dass ich mit ihm spreche?«

»Das machen wir gleich selbst. Wird nicht lang dauern.«

Ich folgte Oban nach rechts und dann nach links, bis wir schließlich vor einem Zimmer anhielten. Oban klopfte forsch. Die Tür ging auf, und eine Beamtin trat heraus. Sie nickte Oban respektvoll zu.

»Wie ist er drauf?«

»Ich weiß es nicht, Sir«, antwortete die Frau. »Er hat den Mund kaum aufgemacht. Außer, um zu gähnen.«

»Warten Sie hier«, sagte er – zu ihr, nicht zu mir. »Es dauert höchstens fünf Minuten.«

Er hielt mir die Tür auf, und ich ging hinein. Ich weiß nicht, was ich eigentlich erwartete, mir blieb keine Zeit zum Nachdenken. Deswegen fühlte ich mich, als ich Will Pavic sah, als hätte mir jemand ohne Vorwarnung einen Schlag ins Gesicht verpasst. Er lehnte am Tischende, die Hände in den Hosentaschen. Als er den Kopf wandte, trafen sich unsere Blicke. Nun hatte ich auch wackelige Knie. Abgesehen von einer kaum wahrnehmbaren Spur eines sardonischen Lächelns zeigte er keine Reaktion. Er trug einen grauen Anzug und ein weißes Hemd, aber keine Krawatte. Ich fragte mich, ob er tatsächlich verhaftet worden war. Nahmen sie den Männern immer noch die Krawatten weg, damit sie sich nicht aufhängen konnten? Ich drehte mich zu Oban um. »Mir war nicht …« Mehr brachte ich erst mal nicht heraus. »Mir war nicht bewusst …«

»Mr. Pavic hat sich freundlicherweise bereit erklärt, kurz mit uns zu sprechen. Wie es aussieht, müssen wir ein, zwei Dinge klären. Bitte setzen Sie sich.«

Oban deutete auf einen der Stühle am Tisch. Will nahm Platz. Er hatte noch immer kein Wort gesagt. Ich lehnte mich gegen die Wand gleich neben der Tür, so weit weg von ihm wie nur irgend möglich. Sein gelangweilter Blick war auf den Tisch gerichtet. Ich kannte diesen Gesichtsausdruck, unnachgiebig und verschlossen. Während ich zitternd vor Aufregung neben der Tür stand, wirkte Oban umgänglich und entspannt. Er ließ sich Will gegenüber nieder, als hätten sie vor, miteinander ein Bierchen zu trinken.

»Es hat in den Mordfällen Lianne und Philippa Burton neue Entwicklungen gegeben.« Keine Reaktion von Will. Oban hüstelte. »Vielleicht ist Ihnen bekannt, dass am Kanal ein weiterer Überfall auf eine Frau namens Bryony Teale stattgefunden hat. Ich glaube, Sie kennen ihren Mann Gabriel.«

»Ich habe von ihm gehört«, antwortete Will tonlos. »Aber ich kenne ihn nicht näher.«

»Er hat auch von Ihnen gehört. Aber Sie sind ja recht bekannt, nicht wahr, Mr. Pavic? Und Sie hatten natürlich mit Lianne zu tun. Wie ich zugeben muss, habe ich bis heute Morgen bezweifelt, dass in diesem Fall zwischen allen drei Frauen eine Verbindung besteht.«

Wills Augen verengten sich, und das bissige Lächeln kam ein wenig deutlicher zum Vorschein, aber er schwieg noch immer.

»Sind Sie Bryony Teale schon mal begegnet?«, fuhr Oban fort. »Sie ist Fotografin. Allem Anschein nach verbringt sie viel Zeit damit, hier in der Gegend herumzuwandern, auf den Straßen und am Kanal.«

»Nein«, antwortete Will.

»Und Philippa Burton? Haben Sie die gekannt? Sind Sie ihr mal begegnet? Oder haben Sie von ihr gehört?«

Hinter meinem Rücken ballte ich so fest die Fäuste, dass sich meine Fingernägel in die Handflächen gruben.

Will schüttelte den Kopf. »Nein.«

»Wieso sollten Sie auch?«, meinte Oban. »Sie hat in Hampstead gewohnt. Als Ehefrau eines Geschäftsmannes. Aber ich nehme an, Sie lernen alle möglichen Leute kennen.«

Keine Antwort. Diesmal sah Will zu mir herüber. Ich wich seinem Blick nicht aus, sondern versuchte, ihm mit meinem Gesichtsausdruck zu verstehen zu geben, dass ich zwar an dem

Fall mitarbeitete, mir der Peinlichkeit der Situation aber durchaus bewusst war und es außerdem für völlig unangebracht hielt, ihn auf diese Weise zu befragen. Das war ziemlich viel Bedeutung für einen einzigen Gesichtsausdruck, und das Ergebnis wirkte wahrscheinlich bloß panisch. Offenbar spielte es sowieso keine Rolle, denn Will sah mich an, als wäre ich ein Mantel, den Oban beim Hereingehen neben die Tür gehängt hatte.

»Wie ich schon gesagt habe«, fuhr Oban fort, »war ich nicht davon überzeugt, dass da irgendeine Verbindung bestand. Ich ging einfach davon aus, dass die Frauen völlig willkürlich als Opfer ausgewählt worden waren. Dr. Quinn jedoch nervte mich die ganze Zeit mit ihrer Idee von einer Verbindung. Nun hat sie bei Philippa Burton einen Notizzettel mit den Namen von Lianne und Bryony Teale gefunden. Erstaunlich, nicht? Zwei der Opfer, niedergeschrieben vom dritten Opfer.«

Will zuckte mit den Achseln. »Und was habe ich damit zu tun?«

»Darauf wollte ich gerade zu sprechen kommen. Wir haben die letzten Telefonrechnungen der Burtons überprüft. Das Ergebnis war größtenteils wie erwartet, Gespräche mit ihrer Mutter, ihrem Mann an seinem Arbeitsplatz, ein paar Freunden, einem Reisebüro und so weiter. Eines aber war seltsam. Am neunten Juli wurde von den Burtons aus mit Ihrem Jugendhaus telefoniert. Ich weiß, was Sie jetzt sagen werden, aber es handelte sich nicht um das öffentliche Telefon in Ihrem Eingangsbereich, von dem aus die jungen Leute ihre Drogengeschäfte abwickeln.«

»Sie benutzen dieses Telefon nicht für Drogengeschäfte«, erklärte Will. »Ich glaube, Sie werden feststellen, dass Drogendealer ihre eigenen Handys bevorzugen.«

»Ich wollte damit nur sagen, dass der Anruf vom Telefon in Ihrem Büro entgegengenommen wurde. Uns würde interessieren, was Sie dazu zu sagen haben.«

Wäre das Ganze eine Prüfung im Fach Gelassenheit gewesen, dann hätte Will zehn von zehn Punkten bekommen. Aber es war keine Prüfung, und mir war klar, dass jeder normale Mensch in Wills Situation über die Verbindung zwischen den Frauen überrascht gewesen wäre und auf die Sache mit dem Anruf mit großer Bestürzung reagiert hätte. Ein normaler, unschuldiger Mensch hätte angefangen, sich wie ein schuldiger Mensch zu verhalten. Will wirkte bloß gelangweilt. »Ich habe dazu nichts zu sagen«, erklärte er.

»Sie meinen, Sie verweigern die Aussage. Das ist Ihr gutes Recht.«

»Nein, das habe ich damit nicht gemeint. Ich weiß nur nicht, was für eine Art Kommentar Sie erwarten. Stellen Sie mir eine Frage, und ich werde sie Ihnen beantworten.«

»Haben Sie von Ihrem Apparat aus mit Philippa Burton telefoniert?«

»Nein.«

»Haben andere Leute Zugang zu dem Telefon?«

Erneutes Achselzucken. »Wahrscheinlich.«

»Ich will kein ›wahrscheinlich‹ hören. Ja oder nein.«

Wills Kinnpartie wirkte plötzlich angespannt. »Ja.«

»Ist der Apparat dabei immer unter Aufsicht?«

»Ich bin viel unterwegs. Meine Assistentin Fran ist die meiste Zeit im Büro. Zusätzlich haben wir viele Aushilfen und freiwillige Helfer, aber ich bin sicher, dass das Telefon trotzdem hin und wieder unbeaufsichtigt ist.«

»Hat Lianne zu diesem Zeitpunkt bei Ihnen im Jugendhaus gewohnt?«

»Sie hat nie fest dort gewohnt. Es könnte natürlich sein, dass sie tagsüber mal da war.«

»Das ist ein wichtiger Punkt, denn dieses Telefonat fand statt, bevor der erste Mord geschah.«

»Offensichtlich.«

»Bitte?«, fragte Oban. »Ist mir irgendwas entgangen? Was ist daran so offensichtlich?«

Will trommelte mit den Fingern leicht auf die Tischplatte. »Unwichtig«, antwortete er.

»Was wollten Sie damit sagen?«

Will seufzte. »Wenn diese Leute miteinander gesprochen haben, dann doch wohl, bevor sie umgebracht wurden. Das ist alles, was ich damit sagen wollte.«

»Wer hat behauptet, dass sie miteinander gesprochen haben?«

»Sie.«

»Nein. Ich habe bloß gesagt, dass von Philippas Telefon aus bei Ihnen angerufen worden ist. Es hätte ja auch sein können, dass sie mit Ihnen gesprochen hat. Zum Beispiel. Wobei Sie uns natürlich vorhin schon versichert haben, dass dem nicht so war. Es könnte auch jemand anders von Philippas Apparat aus telefoniert haben. Es gibt eine Menge Möglichkeiten. Deshalb wäre es für uns wichtiger denn je zu erfahren, wann Lianne sich bei Ihnen im Jugendhaus aufgehalten hat. Haben Sie da irgendwelche Aufzeichnungen?«

»Die sind nicht sehr genau.«

»Das ist aber schade.« Obans freundliche Stimme bekam einen schärferen Unterton. »Ein detailliertes Gästebuch wäre für uns extrem hilfreich gewesen.«

Will schob seinen Stuhl zurück, wobei dessen Metallbeine mit einem scheußlichen Geräusch über den Linoleumboden scharrten. Nun wirkte Will zum ersten Mal während dieses Gesprächs betroffen, was bei ihm gleichbedeutend mit wütend war. »Hören Sie«, begann er. »Durch jahrelange Erfahrung habe ich gelernt, dass die einzige Methode, Leute wie Sie von meinen Büchern fern zu halten, darin besteht, erst gar keine zu führen.«

Einen Moment lang konzentrierte sich Oban sehr angestrengt darauf, unsichtbaren Schmutz unter seinen Fingernägeln hervorzubefördern. »Mr. Pavic, falls Sie damit eine Art politische Aussage treffen wollen, muss ich Ihnen sagen, dass mich das nicht besonders interessiert. Eine junge Frau, die sich zeitweise in Ihrem Jugendhaus aufgehalten hat, ist ermordet worden. Ein weiteres Opfer hat bei Ihnen im Jugendhaus angerufen. Es tut mir Leid, wenn Sie das langweilig finden.«

Beide Männer schwiegen eine Weile. Als Will zu einer Erwiderung ansetzte, klang seine Stimme ruhig, aber auch klar und eisig, sodass ich von meinem Platz auf der anderen Seite des Raums jedes Wort verstehen konnte. »Ich arbeite ständig mit diesen jungen Leuten«, erklärte er. »Der Rest der Welt tut die meiste Zeit so, als wären sie unsichtbar. Dann passiert etwas, und Leute wie Sie legen plötzlich größtes Interesse an den Tag. Dann verschwinden Sie wieder. Sie werden mir also verzeihen, wenn ich für diese Aufmerksamkeit nicht übermäßig dankbar bin.« Er stand auf. »Sie scheinen nicht zu verstehen, wie mein Haus funktioniert. Wir haben keine Stechuhr. Die Leute tragen sich auch nicht in ein kleines Büchlein ein, wenn sie das Telefon benutzen.« Zum ersten Mal sah er mich richtig an. »Es handelt sich nicht um das Cheltenham Ladies' College. Eher um einen kleinen Felsen mitten in der Brandung. Die Leute werden angespült und klammern sich eine Weile fest. Irgendwann werden sie wieder weggespült. Wenn sie dann ein bisschen stärker sind als zum Zeitpunkt ihrer Ankunft, bin ich schon froh. Auf mehr kann ich nicht hoffen.«

»War Lianne stärker, als sie ging?«

Nun konnte Will die Traurigkeit in seinen Augen nicht mehr länger verbergen. »Ich weiß es nicht.«

Als er den Raum verließ, sah er mich nicht an. Ich schaffte es auch nicht, ihm die Hand hinzustrecken oder etwas zu sagen, aber nachdem er gegangen war, biss ich mir auf die Lippe und erklärte Oban in stockenden, unausgegorenen Sätzen, dass ich seit etwa einer Woche etwas mit Will Pavic hätte. Mehr oder weniger. Oban sah mich völlig belämmert an, als hätte ich ihn aus einem sehr tiefen Schlaf gerissen, nur um ihm etwas ganz und gar Unverständliches mitzuteilen.

»Pavic?«, fragte er benommen. »Aber ich dachte … Aber was ist mit … Sie und er? Oh.« Er runzelte verwirrt die Stirn. »Pavic? Sind Sie sicher? Sie und er, ein Paar?«

»Nun ja, ein richtiges Paar sind wir nicht gerade.«

»Wie meine Frau und ich. Ich weiß, was Sie meinen.«

35. KAPITEL

Von jetzt an möchte ich Sie an meiner Seite haben«, hatte Oban gesagt. Deswegen stand ich nun ein weiteres Mal auf Jeremy Burtons halb überschwemmtem Rasen und war mir die ganze Zeit der Blicke Emilys bewusst, die mit dem Daumen im Mund aus dem Fenster ihres Zimmers schaute. Jeremy hatte darauf bestanden, unser Gespräch im Freien zu führen, als würde ihm im Haus die Decke auf den Kopf fallen. Obwohl er keine Jacke trug, sondern nur ein kurzärmeliges T-Shirt, schien er den eisigen Wind, der durch den Garten pfiff, gar nicht zu spüren. Ich fror trotz meiner Strickjacke. Wasser sickerte in meine Schuhe.

»Ich verstehe nicht«, wiederholte er. Recht viel mehr hatte er seit unserem Eintreffen noch nicht gesagt. Er hatte sich die Fotos von Daisy, Lianne und Bryony angesehen, jedes einzeln hochgenommen und von sich weggehalten, als wäre er weitsichtig, bevor er sie Oban zurückgab. »Nein«, hatte er bei jedem gesagt. »Nein, ich habe dieses Gesicht noch nie gesehen, und auch den Namen noch nie gehört. Nein, nein, nein. Ich weiß gar nicht, warum Sie mir diese Fotos zeigen.«

»Ihre Frau hat die Namen der anderen Opfer aufgeschrieben, bevor sie starb«, erklärte Oban geduldig. »Lianne. Und den Namen der Frau, die kürzlich am Kanal überfallen worden ist, Mrs. Teale – Bryony Teale. Und Daisy Gill war ein Mädchen, das sich vor ein paar Monaten umgebracht hat und offenbar mit Lianne befreundet war. Ihre Frau hat ihren Namen ebenfalls notiert.«

»Warum?« Er schüttelte heftig den Kopf und kniff dabei die Augen zusammen, als könnte er uns nur unscharf erkennen. »Warum?« Sein Gesicht wirkte schlaff. Er machte einen erschöpften Eindruck.

»Wir wissen nicht, warum, Mr. Burton«, antwortete Oban. »Wir sind gerade erst auf diese Verbindung gestoßen, und natürlich erscheint uns nun alles in einem völlig anderen Licht.«

»Philippa hat diese Frauen nicht gekannt«, erklärte er in beharrlichem Ton. »Ganz sicher nicht.«

»Sie hat aber ihre Namen aufgeschrieben.«

»Es muss sich um einen Irrtum handeln«, entgegnete er verzweifelt. »Ich kann es nicht erklären, aber es kann sich nur um einen Irrtum handeln. Sie hat diese Frauen nicht gekannt.«

»Was macht Sie da so sicher?«, fragte ich so sanft wie möglich.

»Sie hätte es mir erzählt.«

»Was hätte sie Ihnen erzählt?«

»Was auch immer. Alles. Alles, was in ihrem Leben eine Rolle spielte.« Einen Moment lang sah er aus, als würde er gleich in Tränen ausbrechen, aber dann wurde sein Blick zornig, und er setzte sich in Bewegung. Wir folgten ihm in den hinteren Teil des Gartens.

»Mr. Burton«, meldete sich Oban energisch zu Wort. »Ich weiß, dass das für sie ein Schock ist, aber ...«

»Es ist kein Schock, es ist – es ist wie ein Albtraum.«

»Könnte es sein, dass Ihre Frau bedroht wurde oder ...?«

»Ich weiß nicht, warum sie die Namen aufgeschrieben hat. Warum hätte jemand sie bedrohen sollen?« Er blieb abrupt stehen und drehte sich zu uns um, sodass wir plötzlich sehr eng beieinander standen. »Ich weiß, was Sie denken.«

»Was denken wir denn?«

»Dass sie etwas im Schilde führte, eine Affäre oder irgend so einen Unsinn. Oder vielleicht ich. Vielleicht hatte ich mit all diesen Frauen eine Affäre, und sie hat es herausgefunden. Ist es das, was ich leugnen soll? Also gut, ich leugne es.«

Er begann wieder zu laufen.

»Jeremy.« Ich eilte ihm nach und legte meine Hand auf seinen Arm, um ihn zum Stehenbleiben zu bewegen. »Nun hören Sie mir mal gut zu! Wir wollen überhaupt nichts andeuten und nehmen auch nichts in dieser Richtung an. Bitte hören Sie mir zu. Ich weiß ...«

»Was wissen Sie denn schon? Nichts. Ich bin nicht gut darin, meine Gefühle zu zeigen. War ich noch nie. Das heißt aber nicht, dass ich keine habe. Phil wusste das. Sie sah es mir an, wenn ich deprimiert war oder mir Sorgen machte, oder wenn ich beruflichen Ärger hatte. Wenn ich zur Tür reinkam, brauchte sie mir bloß ins Gesicht zu sehen, und schon wusste sie, ob es mir gut ging oder nicht. Ich brauchte gar nichts zu sagen. Wir hingen nicht ständig aneinander, kein Mensch würde uns als ein leidenschaftliches Paar bezeichnen. Aber es gibt unterschiedliche Arten, jemanden zu lieben. Ich habe sie geliebt, und sie hat mich geliebt, und nun ist sie tot, und Sie stehen da und machen irgendwelche Andeutungen, die uns und unser gemeinsames Leben betreffen. Wir hatten ein gutes Leben. Die Art Leben, die wir beide führen wollten. Es war nicht sonderlich aufregend, aber wir hatten einander, und dann kam Emily. Und wir wollten noch ein Kind. Dann wären wir eine komplette Familie gewesen. So hat sie es immer ausgedrückt. Jetzt ist sie tot, und wir werden niemals komplett sein.«

»Mr. Burton …«

Da sahen wir, dass er weinte. Er stand unter dem Apfelbaum und weinte wie ein kleiner Junge, bis sein Gesicht ganz nass und fleckig war.

»Nein«, sagte Pam Vere. Sie saß sehr aufrecht auf ihrem Stuhl. Nein, sie erkenne keines der Gesichter. Ja, sie sei sicher. Vollkommen sicher.

»Wie lange war Daisy hier, Mrs. Winston?«

Mrs. Winston war eine rundliche Frau mit lockigem Haar, die richtig gemütlich ausgesehen hätte, wären da nicht das viele Make-up in ihrem Gesicht und die gewitzten, mich prüfend musternden Augen hinter ihren dicken Brillengläsern gewesen. Wir saßen in ihrer warmen Küche, wo sich sofort drei Katzen um meine Beine schmiegten, und aßen Schokoladenkekse. Oban hatte mein Interesse an Daisy als nebensächlich abgetan und war aufs Polizeirevier zurückgekehrt. »Wir müssen uns auf die Hauptpersonen konzentrieren, Kit«, hatte er gesagt. »Außerdem waren meine Männer schon dort, die haben das bereits erledigt.«

»Wie lang?« Mrs. Winston runzelte die Stirn und nahm laut schlürfend einen Schluck von ihrem Tee. »Lassen Sie mich nachdenken. Was genau habe ich zu den netten Beamten gesagt, die schon hier waren? Allzu lang war es auf jeden Fall nicht. Normalerweise haben wir es gern, wenn unsere Kinder lange bleiben, weil man dann eine richtige Beziehung aufbauen, ihnen ein richtiges Familienleben bieten kann. Wir hatten mal ein Mädchen fast zwei Jahre lang, oder, Ken?«

Ken, der wesentlich schmächtiger war als seine Frau, nickte. »Das stimmt.«

»Georgina, so hieß sie, ein ganz liebes Mädchen.«

»Ganz lieb«, bestätigte Ken wie ein Echo.

»Aber Daisy ist gar nicht lang geblieben. Drei Monate, vielleicht ein bisschen länger.«

»Warum nur so kurz?«

»Sie hat sich nie eingewöhnt. Wir haben es versucht, das müssen Sie uns glauben. Wir haben ihr ein eigenes Zimmer eingerichtet, mit neuen Vorhängen, die ich extra für sie genäht hatte, und schönen Möbeln. Wir haben uns auch bemüht, ihr das Gefühl zu geben, willkommen zu sein, nicht, Ken?«

»Das haben wir.«

»An dem Tag, als sie kam, sagte ich zu ihr: ›Daisy, betrachte dieses Haus als dein Zuhause. Und wenn du Probleme hast, egal, ob groß oder klein, dann komm zu mir.‹«

»Und hat sie es getan? Ich meine, ist sie mit ihren Problemen zu Ihnen gekommen?«

»O nein. Nie. Sie war verschlossen wie eine Auster, dieses Mädchen. Ich wusste schon in der ersten Woche, dass es nicht klappen würde, stimmt's, Ken?«

»O ja.«

»Sie war eine Einzelgängerin. Ist zum Essen immer in ihr Zimmer gegangen. Alles war voller Krümel. Sie hat sich uns nie angeschlossen oder sich irgendwie bemüht. Und sie hat schreckliche Dinge über meinen Sohn Bernie gesagt.« Ich hatte Bernie kennen gelernt – einen massigen, etwa siebzehnjährigen Jungen mit einem Totenkopfaufdruck auf seinem T-Shirt. Er hatte mir die Tür geöffnet. »Dabei versuchte er bloß, nett zu ihr zu sein.«

»Daisy hat Ihnen also nicht viel darüber erzählt, was in ihrem Leben vor sich ging?«

»Nein. So gut wie gar nichts. Sie war ein verschlossenes kleines Ding.«

»Haben Sie ihre anderen Freunde kennen gelernt?«

»Nein. Sie war viel unterwegs, hat aber nie jemanden mit nach Hause gebracht. Manchmal ist sie die ganze Nacht weggeblieben. Ich habe zu ihr gesagt: ›Daisy, ich habe nichts dagegen, wenn du ausgehst, hier hast du einen Schlüssel, aber du musst mir sagen, wann du zurückkommst.‹ Was aber nicht heißen soll, dass sie sich daran gehalten hat.«

Ich breitete die Fotos vor ihr aus.

»Nein«, sagte sie, nachdem sie sie durchgesehen hatte. »Ich habe es der Polizei schon gesagt. Natürlich erkenne ich diese Frau wieder, aber nur weil sie im Fernsehen war.«

»Philippa Burton.«

»Was hat eine Frau wie sie mit Daisy zu tun?«

»Sie sind also ganz sicher, dass sie keiner dieser Frauen je begegnet sind?«

»Das habe ich den Polizisten schon gesagt.«

»Vielen Dank, wir wollten bloß ganz sichergehen.«

»Es ist nicht leicht, eine Pflegemutter zu sein, müssen Sie wissen. Sie glauben wahrscheinlich, dass Daisy mir nicht genug am Herzen lag, aber ich habe wirklich mein Bestes gegeben. Es hat mir sehr Leid getan, als ich hörte, was mit ihr passiert ist. ›Das arme kleine Ding‹, habe ich gesagt, nicht wahr, Ken? Aber überrascht hat es mich nicht.«

»Warum nicht?«

Sie zuckte mit den Schultern. »Sie war ein zorniges, unglückliches Mädchen. Kratzbürstig und unhöflich. Sie ging wegen jeder Kleinigkeit in die Luft, rannte oft heulend in ihr Zimmer, warf vor lauter Wut Sachen durch die Gegend. Manchmal hat sie sogar nach den Katzen getreten. Ich habe sie mehrmals dabei erwischt. Sie war am Ende, und irgendwas muss das Fass zum Überlaufen gebracht haben. Sie glaubte, die ganze Welt wäre gegen sie. Es kam einfach alles zu spät.«

»Was kam zu spät?«

»Wir. Alles, nehme ich an.«

»Danke, dass Sie sich die Zeit genommen haben«, sagte ich und stand auf. Ich wollte raus aus dieser überheizten Küche, weg von den anhänglichen Katzen.

»Wir haben unser Bestes getan.«

»Da bin ich sicher.«

»Aber manchen Menschen kann man nicht helfen.«

»Ich finde schon hinaus.«

»Sie war selbst ihr größter Feind.«

»In gewisser Weise gebe ich mir die Schuld«, erklärte Carol Harman.

»Wer hat sie gefunden?«

»Ich. Meine Leute haben mich gerufen, weil ihre Tür abgesperrt war und sie auf ihr Klopfen nicht reagierte. Also habe ich mit meinem Hauptschlüssel aufgesperrt und sie gefunden. Sie hatte sich erhängt – aber das wussten Sie ja schon, oder?«

»Ja.«

»Wir wussten, dass sie gefährdet war. Sie hatte sich schon mehrmals mit einem Messer selbst verletzt und zeitweise die Nahrungsaufnahme verweigert. Sie wurde im Heim entsprechend behandelt, bekam Einzelgespräche mit Therapeuten, solche Sachen. Es hätte nicht passieren dürfen.«

»Sie muss fest entschlossen gewesen sein«, sagte ich. Ich mochte diese Frau, die nicht versuchte, sich zu rechtfertigen. »Es war kein Hilferuf.«

»Wenn es ihr nicht auf Anhieb gelungen wäre, hätte sie es bestimmt wieder versucht. Sie war ein schwieriges Mädchen, sehr starrsinnig, sehr bedürftig. Sie hatte eine schreckliche Kindheit hinter sich. Einmal meinte sie mir gegenüber: ›Zu mir hat noch nie ein Mensch gesagt, dass er mich lieb hat.‹«

»Was haben Sie geantwortet?«

»Dass *ich* sie lieb hätte, natürlich – aber das klingt nicht sehr glaubhaft, wenn es von einer Frau kommt, die man erst ein paar Wochen kennt und die dafür bezahlt wird, dass sie auf einen aufpasst.«

»Wenigstens haben Sie es gesagt.«

»Hmmm. Wie auch immer, Sie wollen von mir wissen, ob ich jemals eine von diesen Frauen gesehen habe. Ihr bin ich mal begegnet.« Sie legte eine Fingerspitze auf Liannes Gesicht. »Sie hat Daisy besucht. Sie sind zusammen in Daisys Zimmer gegangen. Das ist alles.«

»Keine von den anderen beiden?«

»Nein.«

»Warum, glauben Sie, hat sie es getan?«

»Sich umgebracht? Keine Ahnung. Sie hatte ein trauriges Leben hinter sich. Ich weiß von keinem besonderen Anlass, aber das heißt nicht, dass es keinen gegeben hat. Wahrscheinlich, weil es letztendlich einfacher war, als am Leben zu bleiben.«

36. KAPITEL

Am nächsten Tag fuhr ich in die Klinik, ließ eine Versammlung zum Thema Personalstrukturen über mich ergehen und tat anschließend so, als würde ich meinen Papierkram erledigen. In Wirklichkeit ließen mir die Ereignisse der letzten vierundzwanzig Stunden keine Ruhe. Ich dachte an die Liste der Namen, an Bryonys erschüttertes Gesicht, an Jeremys Tränen unter dem Apfelbaum.

Und ich wusste nicht, was ich wegen Will unternehmen sollte.

Würde er böse auf mich sein und mich nicht mehr sehen wollen? Wollte ich ihn überhaupt wiedersehen? Um Viertel nach sechs rief ich ihn an. Gegen zehn vor neun warf ich einen raschen Blick auf meine Armbanduhr, ehe Will sie mir abnahm und auf den Boden neben seinem Bett legte. Als ich sie wieder überstreifte, kam ich gerade aus der Dusche. Inzwischen war es kurz nach zehn. Er lag im Bett. Ich legte mich neben ihn. Ich war noch feucht von der Dusche, er vom Schweiß und vom Sex. Ich roch nach seiner Seife, und er roch am ganzen Körper nach mir.

»Das war wundervoll«, erklärte ich, begann mich aber gleich zu entschuldigen. »Ich komme mir immer so blöd vor, wenn ich so was sage.« Ich setzte mich auf, schob mir ein Kissen in den Rücken und ließ den Blick über den Raum schweifen. Neben den Resten eines chinesischen Essens stand eine leere Flasche Wein. Eine zweite Flasche war noch zu einem Drittel gefüllt. Unsere Klamotten lagen im ganzen Zimmer verstreut.

»Das mit gestern Nachmittag tut mir Leid«, erklärte ich. »Ich wusste einfach nicht, was ich tun sollte.«

»Macht doch nichts«, antwortete er. Er ließ seine Finger über meinen Körper gleiten, ohne mich dabei anzusehen.

»Genau das hat mich so überrascht«, sagte ich. »Du hast tatsächlich den Eindruck erweckt, als würde es dir nichts ausmachen. Ich habe oft Angst vor der Polizei, obwohl ich mit ihr zusammenarbeite. Du dagegen hast völlig cool gewirkt.«

»Ist das für dich ein Problem?«

»Vielleicht bekomme ich leichter Angst als du.«

»Das wäre kein Wunder.«

»Ach, du meinst das hier?« Ich hob die Hand und berührte meine Wange, meine Narbe.

»Was hast du denn erwartet?«, fragte er. »Hätte ich auf die Knie sinken und meine Unschuld beteuern sollen?«

»Wie meinst du das, deine ›Unschuld‹?«

»Das willst du doch von mir hören, oder etwa nicht? Du möchtest, dass ich dir in die Augen blicke und sage: ›Kit, ich bin unschuldig. So wahr mir Gott helfe!‹«

»Nein«, protestierte ich. »Aber…«

»Aha, also doch.« Er stand auf. »Ich gehe jetzt unter die Dusche.«

Ich blieb im Bett und dachte nach. Als er, eingehüllt in ein großes weißes Handtuch, wieder ins Zimmer kam, sagte ich: »Weißt du, was das Problem ist?«

»Wessen Problem? Meins oder deins?«

»Du hast dich gestern auf dem Revier keine Sekunde aus der Ruhe bringen lassen. Du hattest die Situation völlig im Griff.«

»Und die Frage ist: Würde ein unschuldiger Mensch sich so verhalten?«

»Interessiert dich das Ganze denn gar nicht?«

»Was?« Er hob die Augenbrauen. »Was die Leute über mich denken? Warum sollte mich das interessieren?«

»Nein, nein, ich meine nicht, was die Leute über dich denken. Ich meine – na ja, das Ganze eben. Lianne und Philippa und Daisy, und jetzt auch noch Bryony. Schließlich bist du irgendwie in die Sache verwickelt. Auch wenn du genau genommen nicht das Geringste damit zu tun hast – du bist in die Sache *verwickelt.* Du hast zwei von diesen Frauen gekannt, Will. Du hast Lianne gekannt, sie war jung, einsam und hilfsbedürftig, und nun ist sie tot. Drei von diesen Frauen sind tot, und trotzdem hast du gestern bloß ironisch lächelnd dagesessen und den Überlegenen gespielt. Ich meine, ich weiß, dass es dir irgendwie tief in deinem Inneren nicht egal ist, weil du sonst diesen Job und das alles nicht machen würdest.«

»Nein, das weißt du nicht. Das lässt sich daraus nicht ableiten.«

»Na gut, dann eben nicht, vielleicht ist es dir tatsächlich scheißegal, aber das fände ich ziemlich beängstigend.«

Will lächelte gehässig. »Beängstigender als die Vorstellung, dass ich eines Mordes fähig sein könnte? Wer weiß…« Er ließ sein Handtuch auf den Boden fallen und schlüpfte in einen Bademantel, ehe er weitersprach: »Vielleicht findest du den Gedanken ja sogar aufregend? Gefällt dir die Vorstellung, dass ich dazu fähig sein könnte, einen Menschen zu töten? Ich kenne dich – du stellst dich deinen Ängsten gern, habe ich Recht? Die Angst spüren und es trotzdem tun, hm?« Seine Stimme klang spöttisch und grausam.

Ich setzte mich wieder auf. »Hör zu, Will, lass uns keine solchen Spielchen spielen. Bitte. Ich bin in meinem Leben schon vielen Mördern begegnet, ein paar Dutzend, würde ich sagen, vielleicht waren es sogar mehr. In all diesen Fällen gibt es dicke, fette Berichte, die erklären, wieso sie es getan haben. Ich kenne kein einziges Beispiel, wo jemand den Betreffenden schon vorher als potenziellen Mörder erkannt hat. Ganz im Gegenteil, mehrere dieser Täter wurden von Leuten wie mir laufen gelassen und haben dann jemanden umgebracht. Deswegen werde ich hier bestimmt nicht vor dir stehen und behaupten, du wärst nicht dazu fähig, eine Frau zu töten.«

»Sitzen.«

»Was?«

»Du stehst nicht, du sitzt.«

»O mein Gott! Genau das meine ich! Eigentlich wollte ich damit nur sagen, dass ich gestern Nachmittag, als ich dich da so sitzen sah, plötzlich das Gefühl hatte, dass es dir gar nicht unangenehm wäre, wenn die Leute dich verdächtigen würden. Im Grunde käme dir das in jeder Hinsicht entgegen. Dann wärst du nämlich einmal mehr das arme Opfer. Der große, missverstandene Will Pavic. Und es würde zeigen, wie dumm die Polizei ist. Es wäre mehr oder weniger dein Lieblingszustand – du im Recht und alle anderen im Unrecht. Was ja im Wesentlichen deine Weltsicht ist.«

Will lächelte noch immer. »Dann ist es mir also nicht gelungen, dich zu täuschen?«

Ich nahm seine Hand und zog ihn neben mich aufs Bett, streichelte über sein stacheliges, kurzes Haar und küsste ihn auf die Stirn. Dann legte ich meine Handfläche auf seine Wange, und er lehnte sich einen Moment dagegen. »Ich habe ein ziemlich schlimmes Jahr hinter mir«, erklärte ich. »Ich habe Albträume.«

»Kit…«

»Eine Weile hatte ich überhaupt kein Sexleben, aber gerade eben war es absolute Spitzenklasse, so richtig schön. Nein, schön ist das falsche Wort. Du weißt schon, was ich meine. Manchmal frage ich mich, ob ich vielleicht gerade dabei bin, mich in dich zu verlieben.«

»Kit…«, sagte er noch einmal. Wenigstens machte er sich jetzt nicht mehr über mich lustig.

»Vielleicht hast du Recht«, fuhr ich fort. »Vielleicht fühle ich mich zu dir hingezogen, weil du immer so mürrisch und abweisend bist und mir auf irgendeine Weise Angst machst. Oder weil du unglücklich wirkst und ich mir einrede, dich wieder glücklich machen zu können – du weißt schon, diese typisch weibliche Fantasie. Jedenfalls hat mich allein schon das Gefühl, wieder begehrt zu werden, ziemlich glücklich gemacht. Es hat mir das Gefühl gegeben, wieder richtig zu leben. Aber ich möchte nicht mit jemandem zusammen sein, dem alles völlig egal ist und der sich niemandem öffnen kann. Leidenschaft ohne Zärtlichkeit ist auf Dauer nicht mein Ding. Dafür bin ich nicht abgebrüht genug. Und ich bin wirklich schlecht darin, Spielchen zu spielen – da, bitte, ich lege alle meine Karten auf den Tisch. Keine Asse, wie du sehen kannst.« Ich stieß ein kurzes Lachen aus. Er schwieg noch immer. »Vielleicht brauche ich jemanden, der nicht ganz so harte Knochen hat.«

Will schob mir eine feuchte Haarsträhne hinters Ohr.

»Ich glaube, für mich wird es viel schlimmer sein als für dich, wenn wir uns nicht mehr sehen«, fuhr ich fort. »Ich bin ganz schlecht darin, jemanden zu verlassen. Das war noch nie meine Stärke. Du kannst das wahrscheinlich viel besser – ich wette, du vergeudest nicht viel Zeit damit zurückzublicken.«

»Ich möchte dich noch sehen, Kit.«

»Ja, aber nur zu deinen Bedingungen.«

»Wie sehen denn *deine* Bedingungen aus?«

»Ich weiß es nicht«, antwortete ich mit einem leisen Schluchzen. »Aber das Problem ist, dass ich welche habe.«

Er lächelte. »Muss ich das jetzt verstehen? Klingt nämlich ziemlich verwirrend.«

»Ich weiß.« Er reichte mir ein Taschentuch. »Fest steht, dass ich jetzt gehen muss. Zumindest für heute Abend. Aber vielleicht wäre das überhaupt das Beste.« Ich legte ihm einen Finger auf die Lippen. »Schsch, sag nichts. Nicht jetzt.«

Ich stand auf und zog mich an.

»Ich halte es für keine gute Idee, wenn du um diese Zeit allein durch die Stadt läufst«, sagte Will.

»Keine Angst, mir passiert schon nichts«, antwortete ich. »Mein Name stand nicht auf der Liste.«

Ich trat aus dem Haus und marschierte los, ohne mich noch einmal umzublicken. Der Vollmond schien so hell, dass die Ränder der Wolken wie Wellen schimmerten. Mein Körper bebte vor Anspannung, und ich spürte, wie mir heiße Tränen über die Wangen liefen. Ich atmete tief durch und wischte mir übers Gesicht. So, nun fühlte ich mich schon besser. Ich hatte das Richtige getan, so viel war klar. Kein Grund, sich deswegen noch groß aufzuregen. Wahrscheinlich war die Sache sowieso gelaufen. Ich konnte trotzdem an nichts anderes denken. Schluss jetzt, rief ich mich selbst zur Vernunft. Es gab schließlich noch andere Dinge, über die ich mir Gedanken machen musste.

Es war noch nie ein Problem für mich, nachts allein in einer Großstadt herumzulaufen. Ich glaube, dass man, wenn man flott und zielstrebig dahinmarschiert, relativ sicher ist. Ich habe einen großen Teil meines Berufslebens damit verbracht, mit kriminellen Männern zu sprechen, und sie oft danach gefragt, wie sie ihre Opfer auswählen. Die Antwort lautet, dass sie sich Leute, hauptsächlich Frauen, aussuchen, die durch besondere Schwächen, mangelndes Urteilsvermögen oder offensichtliche Unsicherheit ihre Aufmerksamkeit auf sich ziehen. Zumindest versuche ich mir einzureden, dass man, wenn man nicht wirkt wie ein Opfer, auch nicht zum Opfer wird. Vielleicht lüge ich mir da selbst in die Tasche, aber es ist irgendwie leichter, sich einzureden, dass die Leute für das, was ihnen zustößt, selbst verantwortlich sind.

Ich ging durch leere, dunkle Straßen, bis ich die Lichter und den Lärm der Hauptstraße und der U-Bahn-Station Kersey Town erreichte. Die Bremsen der Taxis quietschten, und am Zeitungsstand wurden bereits die Zeitungen des nächsten Tages verkauft. Normalerweise hätten mich die Bilder der nächtlichen Stadt fasziniert. Ich liebe es, Leuten zuzusehen, die zur falschen Zeit am falschen Ort zu sein scheinen. Ich versuche mir dann immer vorzustellen, welche seltsamen Umstände und Irrwege sie dort hingeführt haben, denke mir Geschichten über sie aus. Jetzt aber waren andere Geschichten in meinem Kopf. Ich überquerte die belebte Straße und ging über den Platz, wo das geschäftige Treiben rasch nachließ. Ich musste an Bryony denken, die spät nachts am Kanal spazieren ging. Das war dumm, wie Oban ganz richtig sagte, aber ich verstand trotzdem, was sie dazu trieb. Die Dunkelheit, die Ruhe, das sich kaum bewegende schwarze Wasser, eine seltsame, geheime Welt mitten in der Stadt. Ich stellte mir Philippa vor, wie sie in Hampstead Heath am helllichten Tag auf einem überfüllten Kinderspielplatz stand.

Ich war so in Gedanken versunken, dass ich meinen Heimweg kaum mitbekam, obwohl ich einer komplizierten Route durch Seitenstraßen und kleine Gassen folgte. Keine hundert Meter von meiner Haustür entfernt, riss mich plötzlich etwas aus meiner Träumerei. Erschrocken blickte ich mich um. War da irgendein Geräusch gewesen? Ich befand mich in einer ruhigen Straße mit einer Häuserreihe auf der einen und einem Friedhof auf der anderen Seite. Es war niemand zu sehen, aber dann nahm ich aus dem Augenwinkel eine Bewegung wahr. Ich konzentrierte mich auf die Richtung, aus der ich gekommen war, konnte jedoch nichts entdecken. War vielleicht jemand in den Schatten eines Eingangs zurückgewichen? Bis zu meiner Haustür brauchte ich höchstens noch eine Minute. Ich setzte mich wieder in Bewegung, ging mit großen, energischen Schritten weiter, die Hand in meiner Jackentasche um meinen Schlüssel gelegt. Noch eine Minute, nein, weniger, dreißig Sekunden. Im Laufschritt erreichte ich die Tür. In dem Moment, als ich den Schlüssel ins Schloss schob, legte sich eine Hand auf meine Schulter, und ich stieß vor Schreck einen kleinen Schrei aus. Mit einem beklemmenden Gefühl drehte ich mich um. Es war Michael Doll. Ich spürte seinen süßsauren Atem auf meinem Gesicht.

»Jetzt habe ich Sie gerade noch eingeholt«, sagte er lächelnd.

Ich versuchte, klar zu denken. Ruhig bleiben. Die Situation entschärfen. Ihn zum Gehen zu bewegen. Aber als Erstes musste ich die Überraschte spielen. Ich durfte nicht den Eindruck erwecken, als fände ich seine Anwesenheit mitten in der Nacht ganz normal. »Was um alles in der Welt tun Sie denn hier?«

»Ich habe Sie vermisst«, antwortete er. »Sie haben mich nicht besucht.«

»Warum hätte ich Sie besuchen sollen?«

»Ich habe viel an Sie gedacht.«

»Sind Sie mir gefolgt?«, fragte ich.

»Nein, warum sollte ich?« Er trat einen Schritt zurück und wich meinem Blick aus.

Er war mir also gefolgt. Wie lange schon? Hatte er bereits vor Will Pavics Haus auf mich gewartet?

»Waren Sie bei einem anderen?«

Bei einem *anderen*? Was bildete er sich ein?

»Ich muss jetzt gehen, Michael«, sagte ich.

»Kann ich mit reinkommen?«

»Nein, das können Sie nicht.«

»Nur für ein paar Minuten!«

»Es ist zu spät. Außerdem ist meine Freundin da.«

Er sah nach oben.

»Es brennt kein Licht.«

»Sie ist schon im Bett.«

»Ich möchte reden.«

Ich konnte einfach nicht fassen, dass ich um halb ein Uhr nachts vor meiner Tür stand und mit Michael Doll darüber diskutierte, ob er noch mit reinkommen könne. »Ich muss jetzt gehen.«

»Andere Leute würden Sie reinlassen.«

»Michael, es ist schon spät. Sie müssen nach Hause gehen.«

»Ich hasse mein Zuhause.«

»Gute Nacht, Michael.« Ich sagte das mit einem freundlichen, aber keineswegs einladenden Lächeln und berührte ihn dabei leicht am Arm, womit ich mein Mitgefühl zum Ausdruck bringen wollte, ohne allzu herzlich zu wirken.

»Ich möchte mit zu Ihnen.« Seine Stimme klang nicht mehr ganz so drängend.

»Es ist schon spät«, antwortete ich. »Ich gehe jetzt rauf.«

So langsam und ruhig wie möglich schob ich mich rückwärts durch die Tür und versuchte, sie hinter mir zuzuziehen. Doll hatte seinen Fuß dazwischen. Er beugte sich vor, sodass ich im Türspalt sein Gesicht sehen konnte. »Sie hassen mich?« Es war mehr eine Feststellung als eine Frage. »Sie wollen, dass ich gehe. Am liebsten wäre es Ihnen, Sie bräuchten mich nie wieder zu sehen.«

O ja, ich wollte, dass er ging. Ich wollte, dass er aus meinem Leben verschwand. Wenn er sich unbedingt an jemanden hängen musste, dann bitte nicht an mich. »So habe ich das überhaupt nicht gemeint«, sagte ich. »Ich bin bloß müde. Ich hatte einen harten Tag. Bitte.«

Sein Gesicht war jetzt ganz nah vor meinem. Jeder seiner Atemzüge wurde von einem pfeifenden Geräusch begleitet. Er streckte den Arm durch den Türspalt, und ich spürte seine Hand auf meiner Wange.

»Gute Nacht, Kit.«

Ich gab ihm keine Antwort. Die Hand zog sich zurück. Ich spürte, wie der Druck gegen die Tür nachließ, und konnte sie endlich zuziehen. Mit einem plötzlichen Gefühl von Übelkeit lehnte ich mich dagegen. Ich spürte Michael Dolls Hand noch immer auf meinem Gesicht. Ich spürte Will Pavic noch in mir. Es kam mir vor, als würde ich nach diesen Männern riechen. Ich rannte nach oben, und obwohl ich bei Will schon geduscht hatte, stellte ich mich noch einmal unter die Dusche, bis kein warmes Wasser mehr kam. Dann stöberte ich in einem Schrank herum und fand eine Flasche Whisky, von dem ich ein Glas voll mit ins Schlafzimmer nahm. Im Bett sitzend, trank ich große Schlucke, die mein Inneres brennen ließen und mein Gehirn betäubten.

37. KAPITEL

Am nächsten Morgen rief ich Oban an und erzählte ihm von Michael Doll. Er schien das ziemlich lustig zu finden.

»Dann haben Sie also einen Bewunderer«, meinte er. »Noch einen, besser gesagt.«

»Das ist nicht lustig«, erklärte ich. »Ich glaube, er ist mir gefolgt.«

»Warum?«

Ich zögerte. Er brauchte nicht zu wissen, dass Doll mir von Wills Haus aus gefolgt war. »Es wird immer schlimmer«, antwortete ich vage. »Mittlerweile hängt er schon vor dem Haus herum und beobachtet mich. Ich fühle mich nicht mehr sicher.«

Oban stieß ein Husten aus, das auch ein Lachen hätte sein können.

»Ich glaube das einfach nicht!«, sagte er. »Wir versuchen nun schon seit Wochen, Sie davon zu überzeugen, dass Doll gefährlich ist, während Sie nur immer das Gegenteil weismachen wollen – dass er nämlich ein lieber, missverstandener Junge ist.«

»Das habe ich nie behauptet.«

»Ich weiß, meine Liebe. Wo bleibt Ihr Sinn für Humor? Aber Spaß beiseite, was soll ich Ihrer Meinung nach tun?«

»Das weiß ich auch noch nicht so genau, aber langsam fühle ich mich von ihm wirklich bedroht.«

»Oje!«, seufzte Oban. »Dabei fing ich gerade an, mich mehr für Ihren anderen Freund zu interessieren.«

»Was?«

»Das lässt sich kaum vermeiden. Ich habe nachgedacht. Alle Wege scheinen zu Will Pavic und seinem verdammten Drogenhandelszentrum zu führen.«

»Das ist doch lächerlich.«

»Vielleicht. Trotzdem müssen wir es in Betracht ziehen. Wenn Sie wollen, kann ich jemanden zu Mickey Doll schicken, der ihm was ins Ohr flüstert.«

Ich stieß einen Seufzer der Erleichterung aus. »Das ist gar keine so schlechte Idee«, erklärte ich. »Das Problem ist, dass ich zu ihm sagen kann, was ich will, egal, ob freundlich oder böse, es scheint ihn bloß noch mehr zu ermutigen. Ich möchte ihm wirklich keinen Ärger machen, aber langsam wird er mir einfach lästig.«

»Keine Angst, wir werden ihm ein wenig auf die Füße treten. Auf eine nette Art, versteht sich. Kommen Sie heute aufs Revier?«

»Vielleicht später«, antwortete ich. »Ich werde heute die meiste Zeit in der Klinik sein.«

Gegen Mittag saß ich in einem der Seminarräume der Klinik einem fünfzehnjährigen Mädchen namens Anita gegenüber. Sie war in Begleitung ihrer bleichgesichtigen, fassungslosen Mutter, außerdem waren eine Sozialarbeiterin und ein Anwalt anwesend. Ich blätterte gerade eine Akte durch. Das übliche Desaster. Nein, schlimmer als das: Termine bei der Betreuerin waren nicht eingehalten worden, Therapiestunden hatten nicht stattgefunden, Unterlagen waren verloren gegangen. All das wäre nicht weiter ungewöhnlich gewesen, hätte da nicht ein Schulgebäude gebrannt. Das hatte den Ausschlag gegeben. Obwohl Anita schon zwei Selbstmordversuche unternommen und sich mehrfach selbst Verletzungen zugefügt hatte, war ihr Fall bisher im Eingangsstapel hängen geblieben. Spätestens wenn man öffentliche Gebäude in Brand steckt, bekommt man die Aufmerksamkeit, die einem vorher versagt blieb.

Es klopfte, und die Tür wurde geöffnet. Es war die Dame vom Klinikempfang. »Telefon für Sie«, sagte sie.

Ich starrte sie ungläubig an.

»Ich rufe später zurück.«

»Es ist jemand von der Polizei. Er hat gesagt, er habe es schon auf Ihrem Handy versucht.«

»Das ist ausgeschaltet. Sagen Sie ihm, ich rufe ihn gleich zurück.«

»Er hat gesagt, ich soll Sie holen, egal, wo Sie gerade sind. Er ist noch am Apparat.«

Nachdem ich mich bei allen vielmals entschuldigt hatte, eilte ich im Laufschritt den Gang entlang und griff nach dem Telefon. »Wenn das jetzt nicht wirklich wichtig ist, dann ...«

»Doll ist tot.«

»Was?«

»In seiner Wohnung. Wir treffen uns dort.«

Bei meinen früheren Besuchen bei Doll hatte ich seine Wohnung als das schmutzige, trostlose Zuhause eines seltsamen und einsamen Mannes empfunden. Doll schien mir der Typ Mensch zu sein, der niemandem auffiel, solange er lebte, und dessen Tod ebenfalls keiner mitbekommen würde. Das hatte sich inzwischen geändert. Er war berühmt geworden. Vor der Tür standen drei Polizei- und ein Krankenwagen, weitere Fahrzeuge parkten in zweiter Reihe. Der Bereich rund um den Hauseingang war abgesperrt. Zwei Polizeibeamte standen vor der Tür, und hinter der Absperrung hatte sich eine kleine Gruppe von Leuten versammelt, die an einem normalen Wochentag in Hackney offenbar nichts Besseres zu tun hatte.

Entschuldigende Worte vor mich hinmurmelnd, bahnte ich

mir einen Weg, und als ich auf die Polizisten zuging, sah ich, wie mich eine ältere, mit fahrbaren Einkaufskörben bewaffnete Frau mit ungewohntem Interesse musterte. Für wen ich wohl arbeitete? Für die Polizei? Ein Bestattungsunternehmen? Nachdem einer der Beamten hineingegangen war, hörte ich jemanden etwas rufen, und ein paar Augenblicke später tauchte Oban auf. Er wirkte mehr als geschockt und ziemlich grün im Gesicht. Ich hörte mich mit besorgter Stimme fragen, wie es ihm gehe.

»Lieber Himmel!«, sagte er mit leiser Stimme. »Das ist unglaublich. Eine gottverdammte Sauerei. Sie müssen meine Ausdrucksweise entschuldigen.« Er warf einen schuldbewussten Blick zu der alten Frau hinüber.

»Was ist passiert?«, wollte ich wissen.

»Die Jungs von der Spurensicherung fangen gerade erst an«, antwortete er. »Ich wollte, dass Sie einen raschen Blick auf das Schlamassel werfen. Damit Sie es gesehen haben, bevor sie ihn wegbringen. Meinen Sie, Sie schaffen das?«

»Ich glaube schon.« Ich schluckte.

»Es ist kein schöner Anblick.«

Ich musste mir Dinger über die Schuhe ziehen, die aussahen wie kleine Haarnetze. Oban bat mich, nichts anzufassen. Der Aufstieg zu Dolls Wohnung gestaltete sich ein wenig beschwerlich, weil die Treppe mit einer Art Laken abgedeckt war. Am Treppenabsatz forderte mich Oban auf, tief durchzuatmen. Dann schob er die Tür auf und tat einen Schritt zur Seite, um mich als Erste eintreten zu lassen.

Die Leiche lag mit dem Gesicht nach unten auf dem Boden – bloß dass sie kein Gesicht mehr hatte. Es sah aus wie ein Bild, bei dem der Kopf noch nicht fertig war. Ich erkannte die Klamotten vom Vorabend wieder. Seine Schuhsohlen wiesen in meine Richtung. Rechts war der Schnürsenkel aufgegangen. Braune Kordhose. Anorak. Darüber nur dunkle Feuchtigkeit. Ich wollte etwas sagen, aber mein Mund war so trocken, dass ich nichts herausbekam. Ich musste mehrmals schlucken.

Plötzlich spürte ich eine Hand auf meiner Schulter. »Ganz ruhig, meine Liebe«, sagte Oban.

»Wo ist sein Kopf?«, fragte ich mit einer Stimme, die ich nicht als die meine erkannte.

»Im ganzen Zimmer verteilt«, antwortete Oban. »Wiederholte heftige Schläge mit einem sehr schweren, sehr stumpfen Gegenstand, die meisten nach Eintritt des Todes. Da hat sich jemand richtig ausgetobt. Deswegen sieht es hier auch so aus.«

Ich blickte mich um. Es war das rote Zimmer. Das rote Zimmer aus meinen Albträumen. Bisher war er für mich nur eine Fantasie gewesen, ein Symbol, aber nun stand ich mittendrin. Wände und Zimmerdecke sahen aus, als hätte jemand mit einem Schlauch Blut verspritzt. An der Decke hingen dicke Klumpen, die aussahen, als würden sie jeden Moment herunterfallen, in Wirklichkeit aber schon geronnen waren.

»Sie wissen ja, wie das bei Kopfverletzungen ist«, meinte Oban und ließ seinen Blick über den Raum schweifen. »Das blutet immer sehr stark, nicht?«

Ich bemühte mich um eine möglichst sachliche Sichtweise, musste aber ständig daran denken, wie lästig und abstoßend ich Doll gestern Abend gefunden hatte. Nun war sein ganzes widerliches Drängen auf dieses unglückliche Bündel dort am Boden reduziert. Ich hatte ihn mit einer Art Fluch belegt. Ich hatte mir gewünscht, er möge für immer aus meinem Leben verschwinden. Hatte ich mir seinen Tod gewünscht?

»Sehen Sie sich das an«, sagte Oban.

Er hielt mir eine Klarsichthülle mit einem Blatt Papier vor die Nase. Auf dem Blatt prangten in groben Großbuchstaben zwei Worte: MÖRDERISCHER BASTAD.

»Das lag auf der Leiche«, erklärte er. »Sehen Sie sich das an. Die können nicht mal das Wort ›Bastard‹ richtig schreiben.«

»Dann haben sie ihn also doch noch gekriegt«, stellte ich fest.

Oban nickte. »Was für ein Saustall!«, meinte er. »Sie waren schon mal hier?«

»Ja.«

»Ich dachte mir, dass es vielleicht hilfreich ist, wenn Sie sich das ansehen. Lassen Sie sich Zeit, so lange Sie wollen. Oder so kurz.«

Ich hatte weiche Knie und wollte mich auf die Armlehne eines Sessels setzen, aber ein Mann trat vor und hielt mich zurück. Ich entschuldigte mich.

»Was für eine Sauerei!«, wiederholte Oban noch einmal. »Es sieht aus wie ein Schlachthaus in einem Museum.«

»Michael Doll war ein Sammler«, erklärte ich. Plötzlich hatte ich das Gefühl, mich übergeben zu müssen. Ich schluckte heftig und atmete dann flach durch den Mund.

Oban zog eine Grimasse. »Wirklich? Was hat er denn gesammelt?«

»Alles, was ihm unterkam, was er tragen konnte. Zeug vom Kanal. Das war fast schon krankhaft.«

»Die Leute, die das hier entsorgen müssen, beneide ich jedenfalls nicht ...« Den Rest des Satzes hörte ich nicht mehr, weil ich auf der anderen Seite des Raums plötzlich etwas entdeckt hatte. Nachdem ich vorsichtig um Dolls Leichnam herumgegangen war, trat ich auf ein Regal zu und streckte die Hand danach aus. Es stand zwischen einem Marmeladenglas und einer Rolle rostigen Drahts. Jemand rief etwas, und ich spürte, wie eine Hand mich zurückriss.

»Nicht anfassen!«, mahnte mich eine Stimme.

»Das!« Ich deutete darauf. »Das da!«

Der Mann trug Handschuhe. Er beugte sich vor und nahm sie ganz vorsichtig hoch.

»Was ist das?«, fragte Oban.

»Wofür halten Sie es denn?«, gab ich zurück.

»Für eine Schnabeltasse, wie man sie Kleinkindern gibt. Was steht da?«

»Emily.«

Er starrte mich verblüfft an. »Sie wollen mir doch wohl nicht erzählen, dass Doll eine Tochter namens Emily hatte?«

»Nein«, entgegnete ich. »Aber Philippa Burton.«

38. KAPITEL

Geht's?«, fragte Oban, als wir auf seinen Wagen zusteuerten. Das Grüppchen, das vorher gaffend auf dem Gehsteig gestanden hatte, war inzwischen zu einer kleinen Menschenmenge angewachsen.

»Ja«, antwortete ich mit fester Stimme und lächelte. Ich zitterte nicht, meine Stimme klang gelassen, mein Atem ging ruhig. Ich kurbelte das Fenster herunter und ließ mir den warmen Wind ins Gesicht blasen.

»Unglaublich, nicht wahr?« Sein Gesicht hatte wieder seinen normalen Ausdruck angenommen, seine Stimme klang jovial, fast fröhlich. So wach und zugleich entspannt hatte er schon seit Wochen nicht mehr gewirkt.

»Ja.«

»Harter Job für die Jungs von der Spurensicherung. Ein Albtraum. Trotzdem können die Leute, die das getan haben, mit einer Menge Sympathie rechnen. Eindeutiger Fall von Selbstjustiz. Da brauchen wir bei der Pressekonferenz viel Fingerspitzengefühl.«

Ich schloss für eine Minute die Augen und dachte an Dolls breiige Überreste, das Meer aus Blut. Überall Blut, ein ganzes Zimmer, dunkelrot vor Blut.

»Damit hat sich der Kreis geschlossen, Kit.«

»Was?«

»Es war doch Doll. Trotz allem.«

Ich antwortete mit einem unverbindlichen Laut und starrte aus dem offenen Fenster. Der Himmel war blau und wolkenlos, die Sonne golden, die Leute auf der Straße farbenfroh gekleidet.

»Nun kommen Sie schon, Kit. Jetzt können Sie endlich einen Schlussstrich unter die Sache ziehen. Es ist vorbei, geben Sie es zu.«

»Nun, ja…«

»Lassen Sie mich raten. Sie sind noch immer nicht überzeugt. Mein Gott, wir haben Emilys Tasse mit ihrem Namen drauf in Dolls Zimmer gefunden – natürlich müssen wir uns das von Mr. Burton noch bestätigen lassen, aber ich glaube, das ist nur noch eine Formalität, glauben Sie nicht auch? Nein, Sie sind noch immer nicht überzeugt. Was wollen Sie eigentlich?« Letzteres fragte er mit einem Grinsen. Sein Ton klang eher amüsiert als genervt.

»Ich verstehe es einfach nicht.«

»Na und? Glauben Sie, wir verstehen es? Wir brauchen es nicht mehr zu verstehen, und Sie müssen vor Ihren Kollegen auch kein Seminar darüber abhalten, oder was immer Sie sonst tun. Unsere Aufgabe bestand nur darin, den Menschen zu finden, der diese Frauen umgebracht hat, und das haben wir Gott sei Dank geschafft.«

»Nein. Ich meine, es ergibt keinen Sinn.«

»Viele Dinge ergeben keinen Sinn.« Er wich einem Radfahrer in neonfarbenem Lycra aus, lehnte sich kurz auf seine Hupe. »Aber Doll war der Mörder, Kit.«

Ich schwieg.

»Kit? Nun kommen Sie schon, sagen Sie es. Bloß ein einziges Mal. Es tut auch ganz bestimmt nicht weh.«

»Ich sage ja nicht, dass Sie Unrecht haben …«

»Aber Sie wollen auch nicht sagen, dass ich Recht habe.«

»Nein.«

Er lachte. Dann legte er eine Hand auf meine. »Sie haben gute Arbeit geleistet, Kit. Auch wenn Ihr Instinkt Sie letztendlich getrogen hat. Glauben Sie bloß nicht, dass ich nicht weiß, wie schwer das für Sie gewesen sein muss – nach allem, was passiert ist. Aber ohne Sie hätten wir völlig im Dunkeln getappt. Sie haben uns immer wieder auf die richtige Spur geführt.«

»Nein«, widersprach ich, selbst überrascht, wie entschieden meine Stimme klang. »Nein. Ich habe Sie damals, vor Wochen, davon abgehalten, Anklage gegen Doll zu erheben. Wenn Sie ihn damals vor Gericht gestellt hätten, ob schuldig oder nicht, dann wäre er jetzt noch am Leben. Vielleicht wäre er in einem Jahr bei mir im Market Hill Hospital gelandet. Ich habe zu ihm gesagt, ihm werde nichts passieren.«

»Solche Gedanken bringen nichts. Wir alle haben in diesem Fall unsere Fehler gemacht, aber Sie haben Verbindungen gesehen, die uns entgangen waren. Sie haben uns davor bewahrt, weitere Fehler zu machen.«

»Aber ...«

»Lieber Himmel, Kit, lassen Sie es endlich gut sein. Kein Aber mehr. Sie sind die sturste Frau, mit der zu arbeiten ich jemals das Vergnügen und die Ehre hatte.«

»Ich werde es in meinem Lebenslauf vermerken«, antwortete ich trocken.

»Und die ehrenwerteste«, fügte er hinzu. Ich sah ihn an, aber er starrte auf die Straße.

Ich legte ihm leicht die Hand auf den Arm. »Vielen Dank, Daniel.«

Meine Wohnung wirkte vernachlässigt, als würde dort niemand mehr wohnen. Alle Fenster waren geschlossen, die Vorhänge halb zugezogen, als wäre ich in Urlaub. Sonst hatte ich immer frische Blumen in der Wohnung, aber jetzt stand nur eine Vase mit einem vertrockneten Strauß auf dem Fensterbrett in der Küche. Die Obstschale auf dem Küchentisch war leer, auf den Armlehnen des Sofas lagen keine aufgeschlagenen Bücher, an der Kühlschranktür klebten keine Nachrichten von Julie. Ich öffnete den Kühlschrank. Er war sauber und fast leer: Ein Karton Magermilch, ein Stück Butter, ein kleines, halb volles Glas Pesto, eine Tüte Kaffeebohnen.

Wann hatte ich Julie eigentlich das letzte Mal bewusst wahrgenommen? Mit einem Anflug von schlechtem Gewissen stellte ich fest, dass ich mich nicht erinnern konnte. In der Hektik der letzten Tage war sie wie eine verschwommene Silhouette am Rand meines Gesichtsfelds gewesen, präsent, aber von mir meist ignoriert. Ich konnte mich vage daran erinnern, dass sie irgendwann gesagt hatte, wir müssten reden, als ich an ihr vorbeigestürmt war, unterwegs zu irgendeinem dringenden Termin. Wann war das gewesen?

Die Tür zu dem Raum, den ich inzwischen als ihr Schlafzimmer betrachtete, stand offen. Ich streckte den Kopf hinein. Es sah viel zu ordentlich aus. Normalerweise ließ Julie immer ihre Klamotten auf dem Boden herumliegen, ihr Bett ungemacht und ihren Lippenstift und ihre Cremedosen offen auf dem Aktenschrank stehen, den sie zur Kommode umfunktioniert hatte. Einen Moment lang fragte ich mich, ob sie vielleicht schon ausgezogen war, aber ihr Koffer stand noch da, und der Schrank war voller Klamotten.

Ich kehrte ins Wohnzimmer zurück, öffnete die Fenster und wischte Staub. Dann lief ich zu dem Delikatessengeschäft an der Ecke und kaufte Ziegenkäse und ein großes Stück Parmesan, frische Pasta, Sahne, italienische Salami, Schinken, mit Sardellen gefüllte Oliven, kleine Mandelkekse, ein kleines Töpfchen Basilikum, Artischockenherzen, vier pralle Feigen. Dabei hatte ich keineswegs den Wunsch, diese Köstlichkeiten anschließend sofort zu verspeisen, nein, ich wollte sie bloß im Haus haben, als eine Art Willkommensgruß für jeden, der durch die Tür treten würde.

Danach ging ich zu dem Gemüsehändler ein paar Häuser weiter und kaufte rote und gelbe Paprikaschoten, grüne Äpfel, eine blass gestreifte Melone, Nektarinen, violette Pflaumen und schöne schwarze Weintrauben. Im Blumenladen erstand ich einen großen, knalligen Strauß aus gelben und orangefarbenen Dahlien. Schwer beladen schwankte ich nach Hause. Die Plastiktüten schnitten mir in die Finger, und die Blumen kitzelten meine Nase. Ich setzte den Wasserkessel auf, mahlte Kaffeebohnen, steckte die Blumen in eine Glasvase, räumte den Käse in den Kühlschrank, arrangierte das Obst und das Gemüse in einer großen Schale. Na, bitte. Wenn Julie jetzt kam, würde sie wissen, dass ich wieder zu Hause war.

Ich überlegte gerade, ob ich ein Bad nehmen sollte, als das Telefon klingelte.

»Ja?«

»Kit, ich hole Sie in ungefähr fünf Minuten ab, ja? Ich bin schon fast bei Ihnen.«

»Ich dachte, Sie hätten gesagt, es sei vorbei, Daniel.«

»Ist es auch, ist es auch. Wir müssen nur noch was zu Ende bringen. Es wird Ihnen gefallen, das verspreche ich Ihnen.«

»Ich mag keine Überraschungen …«, setzte ich an, aber die Verbindung war bereits unterbrochen.

»Sie waren bei dieser Sache von Anfang an dabei. Ich dachte mir, Sie sollten auch das Ende miterleben.«

»Mich würde trotzdem interessieren, wo wir eigentlich hinfahren.«

Oban grinste. »Nun hören Sie endlich auf zu murren!«

Ein paar Minuten später standen wir vor der Haustür der Teales.

»Woher wollen Sie wissen, dass sie überhaupt da ist?«

»Ich habe vorher angerufen.«

Als Bryony die Tür öffnete, erschrak ich über ihr Aussehen. Ihr Gesicht wirkte bleich, und sie hatte dunkle Ringe unter den Augen, als hätte sie seit Tagen nicht geschlafen. In ihrer alten Jeans und dem übergroßen weißen Hemd wirkte sie viel dünner als beim letzten Mal, und das Lächeln, mit dem sie uns begrüßte, erreichte ihre Augen nicht.

»Kommen Sie herein.«

»Es wird nicht lang dauern, Mrs. Teale«, erklärte Oban, als wir im Wohnzimmer standen. »Ich wollte Sie bloß fragen, ob Sie das hier kennen.« Dann zog er einen dünnen Handschuh über die rechte Hand, beugte sich zu der Tasche hinunter, die er dabei hatte, und zog wie ein Zauberer mit einer schwungvollen Bewegung einen kleinen Lederbeutel heraus.

Bryony warf einen Blick darauf und schlug die Hände vor den Mund. »Ja«, flüsterte sie.

»Er wurde in Michael Dolls Wohnung gefunden.« Er warf mir einen triumphierenden Blick zu.

»Oh!«, keuchte sie, als hätte ihr jemand einen Schlag in die Magengrube versetzt. Mit einer abrupten Bewegung ließ sie den Kopf in die Hände sinken und begann wimmernd zu weinen. Zwischen ihren Fingern quollen Tränen hervor.

Ich starrte zornig zu Oban hinüber, der sofort aufstand, zu ihr hinüberging und ihr ungelenk eine Hand auf die Schulter legte. »Ist ja gut! Schon gut! Es ist alles vorbei, Mrs. Teale, Bryony. Er ist tot, müssen Sie wissen. Sie sind jetzt in Sicherheit.«

»In Sicherheit?« Sie hob ihr tränennasses Gesicht und starrte ihn verdutzt an. »In Sicherheit?«

»Ja. Ich möchte über Einzelheiten noch nicht sprechen, kann Ihnen aber immerhin sagen, dass nach unserem derzeitigen Kenntnisstand Doll – der Mann, der bei dem Überfall auf Sie den Zeugen gespielt hat – der Mörder war. Wir hatten ihn von Anfang an in Verdacht, und nun ist er heute Morgen tot in seiner Wohnung aufgefunden worden. In seinem Besitz befanden sich Sachen von Ihnen beziehungsweise Philippa Burton. Dass dieser Beutel Ihnen gehört, wissen wir« – er hielt den Lederbeutel hoch und schüttelte ihn ein wenig, sodass sein Inhalt klirrte –, »weil er unter anderem Ihre mit Ihrem Namen versehenen Hausschlüssel enthält. Vielleicht hatte Doll auch Sachen von Lianne, aber das werden wir wohl nie erfahren.« Er nickte ihr freundlich zu. »Trophäen, verstehen Sie?«

»Aber wie … was …?«

»Er war zuvor schon einmal das Ziel eines Versuchs von Selbstjustiz gewesen, deswegen gehen wir davon aus, dass sie ihn diesmal erwischt haben.«

»Mein Beutel«, sagte sie langsam. »Er hatte meinen Beutel.«

»Können Sie sich erinnern, wann Sie ihn verloren haben?«

»Nein. Keine Ahnung. Ich muss ihn in der Nacht des Überfalls verloren haben, aber ich wusste nicht … ich wusste, dass er weg war, aber ich konnte mich nicht erinnern, wann genau ich ihn das letzte Mal hatte. Ich war so durcheinander. Als ich hinfiel, muss ich… ich war der Meinung, er wollte mir helfen… wie bin ich bloß auf diese Idee gekommen?«

»Geht es wieder?«, fragte ich.

Sie drehte sich zu mir um. »Ich glaube schon, ja«, antwortete sie. »Mir ist nur ein bisschen übel. Jetzt wird doch alles wieder gut, oder? Ich glaube, das ist noch gar nicht richtig zu mir durchgedrungen.« Mühsam brachte sie ein Lächeln zustande. »Das waren ein paar sehr aufregende Tage.«

Oban streckte ihr die Hand hin. »Auf Wiedersehen, Mrs. Teale, wir werden uns sicher noch mal bei Ihnen melden. Bestimmt sind noch ein paar offene Fragen zu klären. Auch wenn es für Sie niemals klar genug sein wird, Kit.« Er grinste mich süffisant an.

»Auf Wiedersehen, Bryony.« Ich wollte ihr ebenfalls die Hand geben, aber sie nahm mich in den Arm und küsste mich auf beide Wangen. Sie roch sehr sauber und fühlte sich zart und zerbrechlich an. »Sie waren sehr lieb«, flüsterte sie mir ins Ohr. »Danke.«

»Zufrieden?«, fragte mich Oban im Gehen.

»Seien Sie nicht so hämisch, Dan, das passt nicht zu Ihnen. Was ist denn Ihr nächster Programmpunkt?«

»Die Pressekonferenz. Ich hoffe, Sie kommen mit.«

»Sie verlieren keine Zeit, was?«

»Nicht wenn wir einen Fall zu Ende gebracht haben. Springen Sie rein!« Er hielt mir die Beifahrertür auf.

»Es ist mir ein Rätsel, warum ich mir von Ihnen so viel gefallen lasse.«

Er lachte schallend. »Das soll wohl ein Witz sein!«

Ich weiß nicht, warum, aber ich hob die Hand an die Wange und fuhr mit den Fingern leicht über meine Narbe. »Komisch«, sagte ich, »ich kann mich gar nicht mehr daran erinnern, dass ich früher nicht so ausgesehen habe.«

»Was meinen Sie?«

»Ich spreche von meiner Narbe.«

»Sie sehen immer noch gut aus«, antwortete er verlegen. Dann fügte er hinzu: »Los, steigen Sie ein, wir können nicht den ganzen Nachmittag vor Mrs. Teales Haustür stehen und über Ihr Aussehen diskutieren.«

Als ich nach Hause kam, wurde es bereits dunkel. In der Wohnung brannte kein Licht, was bedeutete, dass Julie noch nicht da war. Oben angekommen, ließ ich mir sofort ein Bad einlaufen. Vor weniger als zwölf Stunden hatte ich auf Doll hinuntergestarrt. Gegen meinen Willen tauchte vor meinem geistigen Auge sein Gesicht auf, nicht nur die blutige Masse auf dem Teppich, sondern das Gesicht, das er mir zugewandt hatte, als er am Kanal beim Fischen saß. Dieses erwartungsvolle Lächeln. Er hatte zwei Frauen umgebracht, Lianne und Philippa. Er hatte versucht, eine dritte zu töten, Bryony. Trotz alledem empfand ich plötzlich heftiges Mitleid mit diesem Mann. Er hatte nie eine Chance gehabt. Er war hinterhältig und abstoßend gewesen, ein perverser Mörder, aber er hatte nie eine Chance gehabt. Ich war schon zu vielen Menschen wie Doll begegnet.

»Hallo. Du hast Schaum im Haar.«

Ich setzte mich auf. »Ich habe dich gar nicht reinkommen hören.«

»Das liegt wahrscheinlich daran, dass du unter Wasser warst. Die Wohnung sieht hübsch aus.«

»Gut. Ich habe sie in letzter Zeit ziemlich vernachlässigt.«

»Ja.«

»Es ist vorbei.«

»Was?«

»Der Fall. Es ist vorbei. So wie es aussieht, ist es doch Michael Doll gewesen.«

»Doll? Der Mann, der hier in der Wohnung war?«

»Ja.«

»Du lieber Himmel! In Zukunft passe ich besser auf, wem ich die Tür öffne.«

»Was meinst du, Julie, sollen wir heute Abend ausgehen? Es sei denn, du hast was anderes vor.«

»Ich würde liebend gern, aber ich bin momentan ziemlich pleite, weil ...«

»Du bist eingeladen. Ich habe jede Menge Geld, aber nichts, wofür ich es ausgeben könnte.«

»Oh, im Ausgehen bin ich ganz groß!«

Ich bestellte klare Brühe, thailändischen Fischkuchen, Satay mit Schwein und Huhn, Nudeln und Reis, gedämpfte Klößchen mit allerlei Gewürzen, Riesengarnelen in Chilisauce, Tintenfisch mit Zitronellgras und Koriander, Spareribs, eine Flasche südamerikanischen Wein. Julie schien beeindruckt, aber auch beunruhigt.

»Und zwei Gläser Champagner«, fügte ich hinzu.

»Wieso das alles?«

»Was?«

»Du hast genug für sechs bestellt. Du bist doch nicht etwa schwanger?«

Der Champagner wurde serviert, und ich stieß mit Julie an. »Ich feiere heute Silvester.«

»Wir haben August, Kit.«

»Das neue Jahr kann jederzeit beginnen.«

»Mir ist nicht ganz klar, ob du deine Sorgen ertränken oder feiern willst.«

»Ein bisschen von beidem. Ich bin froh, dass es vorbei ist und dass Doll keinen Schaden mehr anrichten kann. Aber ich verstehe nicht, wie das alles geschehen ist, nichts passt zusammen oder ergibt einen Sinn. Und deswegen fühle ich mich irgendwie ...«

»Frustriert?«, schlug Julie vor.

»Mehr als das. Als hätte ich sie im Stich gelassen. Philippa und Lianne. Klingt ziemlich verrückt, was?«

»Ja, allerdings. Du hast mir schon richtig Sorgen gemacht mit deiner ...«

»Heute bei der Pressekonferenz hat mich Oban entgegen seinen sonstigen Gewohnheiten sehr gelobt. Er war richtig überschwänglich. Dabei komme ich mir vor wie eine Mogelpackung.«

»Weshalb?«

»Weil ich das Gefühl habe, ich hätte sie noch nicht wirklich zur Ruhe gebettet. Hört sich blöd an, stimmt's?«

»Sie sind tot, also ruhen sie schon. Die Hauptsache ist doch, dass ihr Mörder gefasst ist.«

»Er ist tot.«

»Oh.« Sie starrte mich irritiert an.

»Ermordet von Mitgliedern irgendeiner Selbstschutzgruppe, die sich völlig im Recht fühlen werden, wenn sie erfahren, was er getan hat. Da kommt unser Essen.«

Ich aß die ganze Schale Suppe aus. Sie war so scharf, dass ich glaubte, Stecknadeln zu verschlucken. Anschließend aß ich drei von den würzigen Klößchen. Ich kaute endlos auf ihnen herum und brachte den letzten nur mit Mühe hinunter.

»Tut mir Leid, dass ich so fanatisch war.«

»Das ist schon okay. Mich würde bloß noch interessieren, wie das mit Will Pavic weitergegangen ist.«

»Ich denke, es ist vorbei.«

»Wirklich? Das ging aber schnell. Andererseits ist es vielleicht besser so. Er war ein ziemlich grimmiger Typ, oder?«

»Ich glaube, mich hat gerade das angesprochen.« Ich biss in meine Spareribs und spülte mit einem großen Schluck Wein nach. Dolls zu Brei geschlagenes Gesicht tauchte wieder vor meinen Augen auf, und dieser Raum voll von seinem Blut. Meinem Blut.

»Warum hast du es dann beendet?«

»Was? Oh, weil es einfach nicht mein Ding ist. Na ja, ich denke, ich sollte lieber versuchen, glücklich zu sein.«

»Das hört sich gut an.«

Ich spießte mit der Gabel einen Tintenfischring auf, der aussah wie Gummi. Oder wie ein Stück Eingeweide. Ich legte ihn zurück auf den Teller, starrte auf den beigefarbenen Reis und nahm dann einen Schluck Wein. Ich fühlte mich plötzlich sehr merkwürdig.

»Ich muss dir etwas erzählen«, hörte ich Julie gerade durch den Nebel vor meinen Augen sagen.

Ich blinzelte. »Was denn?«

»Ich werde ausziehen.«

»Ich weiß, du bist auf der Suche nach einer eigenen Wohnung.«

»Nein, ich gehe wieder ins Ausland. Ich halte es hier einfach nicht aus, fühle mich wie in einer Falle. Ich will nicht mehr vor einer Schulklasse stehen, für eine Plattenfirma arbeiten oder jeden Tag in einem langweiligen Kostüm mit Strümpfen und Lederschuhen in einem Büro erscheinen. Klingt das für dich nach einer Frau, die mit dem wirklichen Leben nicht so ganz zurechtkommt?«

»Ich habe noch nie was gegen das Aussteigen gehabt.« Meine Stimme schien von ganz weit her zu kommen.

»Ich möchte auch bloß glücklich sein. Genau wie du.«

Ich hob mein Glas. »Auf dein Glück.«

»Nicht weinen, Kit! Wir können doch beide glücklich sein. Gleichzeitig.« Mit Tränen in den Augen kicherten wir einander zu. »Und weil du gerade so schön betrunken und sentimental bist«, fügte sie hinzu, »sollte ich dir vielleicht gleich noch beichten, dass ich mir dein schwarzes Samtkleid ausgeliehen habe, ohne dich zu fragen. Hinterher habe ich es zu heiß gewaschen, und nun sieht es ziemlich seltsam aus. Der Saum schlägt richtig Wellen. Tut mir Leid.«

Am nächsten Morgen weckte mich das Geräusch des Windes, der mit lautem Tosen durch die Bäume fuhr und die Fenster erzittern ließ. Einen schrecklichen Moment lang konnte ich mich an gar nichts erinnern: nicht, welchen Tag wir hatten, wo ich war oder wer ich war. In meinem Kopf herrschte völlige Leere. Ich lag da und wartete, dass sich das Vakuum wieder mit Erinnerungen füllte. Und tatsächlich begannen sie kurz darauf hereinzufluten: Als Erstes sah ich Doll vor mir, wie er ohne Gesicht in seinem eigenen Blut lag, um ihn herum die blutverschmierten Wände. Eine Folterkammer. Dann Doll mit Gesicht, den Arm erhoben, das gezackte Porzellan in der Hand, das in alle Richtungen spritzende Blut, das diesmal das meine war. Fest gegen das Kissen gepresst, lag ich mit offenen Augen da, sah aber trotzdem die Bilder in meinem Kopf. Ich hatte das Gefühl, als wäre ich all die Monate nur davongelaufen. Ich hatte mir eingebildet, das rote Zimmer hinter mir lassen zu können, aber in Wirklichkeit war ich die ganze Zeit im Kreis gelaufen und nun wieder genau an meinem Ausgangspunkt angekommen.

Ich fuhr von Market Hill direkt nach Kersey Town, wo ich mir einen Parkplatz suchte. Einem Impuls folgend, lief ich los, um noch rasch ein paar Blumen zu besorgen. Ich hatte keine Ahnung, welche Blumen sie, wenn überhaupt, gemocht hatte, aber ich kaufte einen dicken Strauß Anemonen, violette, rote und rosafarbene, die noch taufeucht glänzten und wie weiche Edelsteine aussahen. Dann sprintete ich den Gehsteig entlang, weil ich nicht zu spät kommen wollte. Pünktlich zu sein war das Mindeste, was ich tun konnte. Ich wollte ihr die letzte Ehre erweisen, wollte ihr sagen, dass es mir Leid tat.

Ich weiß nicht, warum Lianne mich so tief berührt hatte. Ich kannte sie nicht, aber sie war ohne Mutter aufgewachsen, genau wie ich. Ich hatte ihr Gesicht erst gesehen, als sie tot war, ein rundes Gesicht mit Sommersprossen auf der Nase. Ich wusste nichts über ihr Leben, ich kannte nicht mal ihren richtigen Namen. Niemand kannte ihn. Vielleicht hatte sie in Wirklichkeit Lizzie oder Susan, Charlotte oder Alex geheißen. Wie auch immer. Sie war ein unbekanntes Mädchen, das in einem städtischen Grab beerdigt wurde, und womöglich würde ich, eine fremde Frau, ihr einziger Trauergast sein.

Als ich eintraf, kamen gerade die Leute aus der vorherigen Beisetzung – Orgelmusik vom Band geleitete sie hinaus, und anschließend, nach ein paar Minuten der Stille, begleitete mich dieselbe Musik hinein. Der Raum war ziemlich lang und cremefarben gestrichen. Im hinteren Teil reihten sich neue Holzbänke aneinander. Vor den Bänken stand Liannes Sarg. Außer mir war niemand gekommen. Ich wusste nicht, was ich mit meinen Blumen tun sollte. Ich blickte mich einen Moment ratlos um, dann legte ich sie auf den hellen, glänzenden Sarg mit den goldfarbenen Griffen, setzte mich anschließend in die vorderste Reihe und lauschte der Musik. Nach einer Weile hörte ich hinter mir ein Rascheln, und eine Frau nahm neben mir Platz. Sie hatte ihr Haar mit einem Tuch zurückgebunden und sagte im Flüsterton zu mir: »Hallo, ich bin Paula Mann, von der Stadt.« Sie wartete einen Moment, ehe sie weitersprach: »Ich habe sie nicht gekannt, aber ich bin diejenige, die diese Bestattung organisiert hat. Sie ist in unserem Distrikt gestorben, und da sie sonst niemanden hat… die arme Kleine. Jedenfalls fällt diese Aufgabe dann uns zu. Wenn unsere Zeit es erlaubt, schauen wir vorbei und erweisen den Verstorbenen die letzte Ehre. Manchmal schaffen wir es nicht, aber es ist einfach nicht richtig, sie ganz allein auf den Weg zu schicken.«

»Kit Quinn«, stellte ich mich vor, und während wir uns die Hand gaben, dachte ich: Nicht nur eine, sondern gleich zwei Frauen, die um dich trauern.

»Ich nehme an, Sie haben sie auch nicht gekannt?«

»Nein.«

»Das dachte ich mir. Wenn es Angehörige oder Freunde gibt,

treiben wir sie in der Regel auf«, erklärte sie. »Es ist erstaunlich, wie viele Menschen ganz allein sterben. Bei den meisten weiß man nicht mal, wo sie herkommen. Das sagt etwas über unsere Art zu leben aus, denke ich. So viel Einsamkeit.« Ihr Gesicht verzog sich.

»Sie haben also versucht herauszufinden, wer sie war?«

»Das ist mein Job. Im Grunde bin ich fast so eine Art Detektivin, bloß dass es sich in der Regel nicht um ein Verbrechen handelt. Ich bekomme die Leichen, für die sich niemand gemeldet hat, und muss herausfinden, ob es nahe Angehörige oder auch Freunde gibt. Wenn nicht, organisiere ich die Beerdigung und kümmere mich um die Habseligkeiten der Verstorbenen. In den meisten Fällen muss ich die Sachen wegwerfen. Manchmal fühle ich mich dabei ganz schrecklich, beispielsweise, wenn ich auf Fotos, Briefe oder andere Dinge stoße, die mal jemandem sehr viel bedeutet haben müssen. Wir packen alles zusammen, bewahren es ein paar Monate auf und werfen es dann weg oder verbrennen es.«

»Was haben Sie mit Liannes Sachen gemacht?«

»Bei ihr war es anders – wir wissen nicht mal, ob sie irgendwelche Sachen besaß. Alles, was wir bekamen, war eine Leiche, die man am Kanal gefunden hatte.«

»Kommt so etwas nicht häufiger vor?«

»Nur hin und wieder – obwohl es natürlich öfter passiert, als man meinen möchte.«

Die Orgelmusik wechselte, und der Kaplan kam herein, sodass wir beide verstummten. Er sah uns mit ernster Miene an und legte die Hand auf Liannes schlichten Sarg, aber bevor er etwas sagen konnte, wurde es hinter uns laut. Ich blickte mich um und sah vier junge Leute mit verlegener Miene den Raum betreten. Ich erkannte sie sofort wieder, obwohl sie ganz anders gekleidet waren. Alle vier trugen merkwürdige schwarze Klamotten, die sie sich wahrscheinlich von Freunden ausgeliehen hatten. Da war Sylvia mit den grünen Augen, Carla, das schüchterne schwarze Mädchen, das Lianne als Letzte aus der Gruppe lebend gesehen hatte, Spike mit dem geschorenen Schädel und der haarige Laurie. Jeder von ihnen hatte einen Blumenstrauß in der Hand, auch wenn der von Sylvia aussah, als hätte sie ihn im Vorbeigehen aus einem Vorgarten gerupft. Carla hatte langstielige, wächserne Lilien dabei, die bestimmt eine Menge gekostet hatten und so stark dufteten, dass ich sie von meinem Platz aus riechen konnte. Ich lächelte den vieren zu, aber sie lächelten nicht zurück. Vielleicht erinnerten sie sich nicht an mich. Sie wirkten noch immer sehr verlegen, und Spike stupste Laurie kichernd in die Seite, als sie nach vorn zu dem Sarg schlurften und ihre Blumen neben meine legten. Dann setzten sie sich in die Bank uns gegenüber.

Die Beisetzung begann. Wenigstens tat der Kaplan nicht so, als hätte er Lianne gekannt oder könnte etwas über sie sagen, sondern beschränkte sich darauf, rasch das erforderliche Ritual hinter sich zu bringen. Als er etwa bei der Hälfte angelangt war, hatte ich mit einem Mal das Gefühl, als würde mich jemand anstarren, und drehte mich um. Ich spürte einen leichten Stich in der Brust. Er war da. Will. In seinem strengen, schwarzen Anzug erinnerte er mich mehr denn je an eine Krähe. Er saß ganz hinten, die Arme vor der Brust verschränkt, und musterte mich. Nein, das stimmte nicht, er starrte durch mich hindurch, als wäre ich gar nicht da. In seinem hageren, stoppeligen Gesicht wirkten seine Augen wie Höhlen. Sein Haar war frisch geschoren, und ich konnte eine kleine weiße Narbe auf seiner Kopfhaut erkennen. Ich wandte mich wieder nach vorne, hatte aber das Gefühl, als würde mir sein Blick ein Loch in den Nacken brennen.

Als der Sarg davonglitt, stellte ich mir Liannes Körper vor, der nun gleich verbrennen würde. Aus dem Kühlschrank ins Feuer. Ich sah ihr liebes, kleines Gesicht, ihre abgekauten Nägel, ihr Herz-Medaillon: »Beste…« Ich spürte, wie mir die Tränen in die Augen traten. Auf der anderen Seite des Ganges hörte ich jemanden schluchzen. Als ich hinübersah, stellte ich fest, dass es nicht eines der Mädchen war, sondern Laurie. Laurie, der einmal von Lianne geküsst worden war. Die schüchterne Carla hielt seine Hand. Spike starrte auf seine großen, schwarzen Stiefel hinunter, sodass ich sein Gesicht nicht sehen konnte. Nur Sylvia blickte mit ihren ruhigen, meergrünen Augen nach vorn.

Die Musik vom Band setzte wieder ein, und wir erhoben uns. Will saß noch immer in der letzten Bank. Sein Blick war auf die Stelle gerichtet, wo eben noch der Sarg gestanden hatte. Ich dachte, dass ihn das Ganze ziemlich kalt ließ, aber dann sah ich plötzlich, dass sein Gesicht tränennass war. Er machte sich nicht die Mühe, sie wegzuwischen oder zu verbergen. Ich ging auf ihn zu und streckte ihm die Hand entgegen. »Komm«, sagte ich. Er sah mich an, als wäre ich eine Fremde. »Komm schon, gleich beginnt die nächste Beisetzung.« Blinzelnd schob ich ihn ins Sonnenlicht hinaus. Seine Hand war kalt, und er bewegte sich steif.

»Geht es dir nicht gut, Will?«

Er gab keine Antwort, sah mich aber endlich mit seinen tränennassen Augen an. Ich wischte ihm mit einem Taschentuch das Gesicht ab. Er stand reglos da und ließ es geschehen. Ich legte ihm eine Hand auf die Schulter, hatte dabei aber das Gefühl, ein Brett zu berühren. »Will? Will, soll ich dich nach Hause fahren?«

»Nein.« Er entzog mir seinen Arm.

»Wo steht dein Wagen?«

»Ich bin zu Fuß da«, stieß er hervor. Er wirkte benommen, als hätte ihm jemand einen Schlag versetzt.

»Lass mich dir helfen.«

»Ich brauche keine Hilfe.«

Ich betrachtete sein verschlossenes Gesicht, seine Verzweiflung, und die alte Zärtlichkeit stieg wieder in mir auf. Er brauchte mehr Hilfe als sonst ein Mensch, den ich kannte.

»Komm«, sagte ich und schob meinen Arm unter seinen. »Wir gehen ein Stück.«

Schweigend ließen wir das Krematorium hinter uns. Er ging, wohin ich ihn führte, war völlig abwesend. Nach einer Weile aber spürte ich, wie er sich entspannte. Am liebsten hätte ich ihn mit nach Hause genommen, ihm den Nacken massiert, ein Bad für ihn eingelassen, ihm etwas gekocht, ihn zum Lächeln gebracht, ihn festgehalten und geküsst – nicht, um Sex mit ihm zu haben, sondern um seine Nähe zu spüren, zu fühlen, dass man in dieser kalten Welt jemanden neben sich hatte. Aber er würde das nie zulassen. Nicht auf diese Weise.

»Hier steht mein Wagen. Ich fahre dich nach Hause.«

Er widersetzte sich nicht. Ich öffnete die Beifahrertür und schob ihn hinein. Er sah mich an und schien etwas sagen zu wollen, überlegte es sich dann aber anders. Ich fuhr die Strecke schweigend und setzte ihn vor seiner Haustür ab. Im Rückspiegel sah ich, dass er noch immer dastand wie ein Fremder, der nicht wusste, wo er war. Er wirkte so einsam und verloren.

Ich rief Poppy an. Sie begrüßte mich ziemlich kühl.

»Was ist los?«, fragte ich.

»Nichts«, antwortete sie in beleidigtem Ton, fügte dann aber hinzu: »Ich habe dich nur immer wieder angerufen und bei dieser Julie Nachrichten für dich hinterlassen, aber du hast es nie der Mühe wert gefunden, mich zurückzurufen.«

»Es tut mir Leid«, sagte ich. »Ich hatte so viel zu tun.«

»Schön für dich. Aber man kann Menschen nicht einfach so auf Eis legen.«

»Oh, Poppy, es tut mir wirklich Leid. Soll ich bei dir vorbeikommen?«

»Nein. Seb und ich gehen was trinken. Wir wollen uns aussprechen – nicht, dass es was helfen wird.« Sie lachte bitter.

»Was ist los? Habt ihr Probleme?«

»Ach, du weißt schon, das Übliche. Erfolgreicher Mann und Heimchen am Herd.«

»Du meinst…«

»Ich weiß nicht, Kit. Lass uns später darüber reden, ja? Ich muss unbedingt noch ein bisschen Make-up auflegen. Ich sehe zur Zeit aus wie eine hässliche, alte Matrone.«

»Aber nein!«

»Doch. So ist es nun mal.«

»Nein, das stimmt nicht. Du siehst gut aus.«

»Sei nicht albern. Ich passe in keins von meinen Kleidern mehr rein.«

»Nein, ich meine das ehrlich. Du bist eine hübsche, wundervolle Frau, und dein Mann weiß gar nicht, was für ein Glückspilz er ist.«

Sie schniefte. »Tut mir Leid, dass ich so unfreundlich zu dir war.«

»Nein, mir tut es Leid.«

Ich setzte einen Topf Nudelwasser auf. Viel schöner hätte ich es gefunden, mich auf mein Sofa zu setzen und jemanden zu haben, der mir Tee und Gebäck servierte, mich ein bisschen verwöhnte, sich um mich kümmerte. Einen Moment lang gestattete ich mir, dem Traum nachzuhängen, meine Mutter würde kommen, mir übers Haar streicheln und zu mir sagen, ich könne mich jetzt ausruhen. Die Beisetzung hatte mich emotional sehr mitgenommen, ich fühlte mich ganz schwach und zittrig. Ich musste wieder daran denken, wie Liannes Sarg seinen Weg in die Flammen angetreten hatte. Ich stellte mir Poppy vor, wie sie verzweifelt vor dem großen Spiegel in ihrem Zimmer stand, ein Kleid nach dem anderen anprobierte und voller Enttäuschung auf ihr Spiegelbild starrte. Dann stellte ich mir Will vor, ganz allein in seinem leeren Haus.

Plötzlich hielt ich es nicht mehr aus. Ich schlüpfte in meine Wildlederjacke und rannte zum Wagen. Ich fuhr sehr schnell, schimpfte über jede rote Ampel. Als er mir die Tür öffnete, trug er noch immer seinen schwarzen Anzug. Er trat zur Seite, um mich hereinzulassen. Ich führte ihn zum Sofa, zwang ihn mit sanfter Gewalt zum Hinsetzen und ließ mich neben ihm nieder, nahm seine kalten Hände zwischen meine und wärmte sie. Dann öffnete ich die obersten Knöpfe seines Hemds und zog ihm seine steifen schwarzen Schuhe aus.

»Ich mache dir eine Tasse Tee.« Er erhob keinen Widerspruch.

In der Küche toastete ich zwei Scheiben Brot und bestrich sie mit der Marmelade im Kühlschrank.

»Du bemutterst mich ja richtig«, stellte er fest, biss aber trotzdem ein großes Stück Toast ab.

Ich fragte ihn nicht, warum er so traurig gewesen war, sah ihm bloß zu, wie er den Toast aß und den Tee trank. Dann führte ich ihn nach oben, zog ihn wie ein Kind aus, setzte mich neben ihn aufs Bett und streichelte seinen stacheligen Kopf. Als er schließlich die Augen schloss, nahm ich meine Hand weg. »Ich schlafe nicht«, sagte er leise.

»Ich wollte nur, dass es dir gut geht.«

»Ja, ja. Du solltest dir nicht so viele Sorgen um andere machen, Kit.«

»Ich kann nichts dagegen tun.«

»Aha.« Ich spürte,wie er mir entglitt. »Denke mehr an dich selbst.«

»Warum?«

»Als gute Ärztin solltest du das eigentlich wissen.«

»Will?«

»Mmm.«

»Was ich gesagt habe ...«

Aber er war bereits eingeschlafen. Sein müdes Gesicht wirkte plötzlich weicher. Ich blieb noch eine Weile bei ihm sitzen, dann stand ich auf, zog die Vorhänge zu und ging.

40. KAPITEL

Der Mann, mit dem ich verabredet war, ließ auf sich warten, deswegen holte ich mir ein Bier und stellte mich draußen auf die Treppe, um zu beobachten, wie die Theatergänger eintrudelten. Gabe Teales Theater, das Sugarhouse, war eine ehemalige Lagerhalle, die zwischen dem großen Gaswerk und dem Kanal auf einem Eisenbahngrundstück stand. Reste eines Gerüsts und Bautoiletten wiesen darauf hin, dass ein eiliger Umbau stattgefunden hatte, aber die Leute, die zum Teil schöne Abendgarderobe und hohe Absätze trugen, mussten noch immer zwischen Schutthaufen hindurchgehen, um zum Eingang zu gelangen. Bis zum West End war es zu Fuß nur eine Viertelstunde, aber man hatte den Eindruck, auf einem anderen Kontinent zu sein. Das mochte ich so an London. Egal, auf welch sicherem und vertrautem Terrain man sich zu bewegen schien, man war nie weiter als einen fünfminütigen Fußmarsch von Seltsamem entfernt.

Die ehrenwerten Bürger wanderten bis zum provisorischen Haupteingang, blieben dort fast ohne Ausnahme stehen, blickten sich einen Moment um und begannen dann mit kindlicher Freude zu lächeln, wahrscheinlich, weil sie etwas ihnen Vertrautes an solch einem ungewöhnlichen, fast schon unheimlichen Ort taten. Oder es gewagt hatten, hierher zu kommen.

Die Leute im Eingangsbereich bewegten sich langsam zu ihren Plätzen. Ich warf einen Blick auf meine Uhr. Zwanzig nach. Er würde mich hoffentlich nicht versetzen. Aber da war er auch schon, leicht keuchend. Als er mich erblickte, unternahm er einen ziemlich lächerlichen Versuch, im Zeitlupentempo zu joggen, um mir zu demonstrieren, wie sehr er sich beeilte.

»Ich komme doch nicht zu spät, oder?«, fragte Oban und blickte sich unsicher um.

»Wir haben noch ein paar Minuten. Soll ich Ihnen einen Drink holen?«

Er spitzte die Ohren. »Gibt's hier eine Bar?« Als Antwort hielt ich mein Bier hoch. »Einen doppelten Scotch, bitte.«

Ich kämpfte mich durch die Menge. Als ich ihm schließlich seinen Drink in die Hand drückte, hatte bereits die Glocke geläutet. »Jetzt müssen wir uns aber sputen«, erklärte ich. Er kippte den Scotch in einem Zug hinunter.

»Das hab ich jetzt gebraucht«, erklärte er mit heiserer Stimme. »Ich bin so was einfach nicht gewöhnt.«

»Ich auch nicht«, gab ich zurück. »Ich war schon seit Monaten, nein, seit Jahren nicht mehr im Theater. Ich habe mir nur gedacht, dass es nett wäre, sich das hier mal anzuschauen. Sozusagen als Abschlussfeier.«

Oban sah mich skeptisch an. »Ich glaube, mein letztes Mal war 1985. So eine Art Musical. Auf Rollschuhen. Danach hatte ich nie wieder das Bedürfnis, in so was reinzugehen. Worum geht's denn heute?«

Ich warf einen Blick auf das Programm. »Keine Ahnung«, antwortete ich. »Anscheinend hat es was mit der Geschichte der Gegend zu tun.«

Oban starrte wehmütig in sein leeres Glas. »Ich wusste gar nicht, dass die Gegend eine Geschichte hat, abgesehen von einer kriminellen.«

Eine Lautsprecherstimme verkündete, dass die Vorstellung gleich beginne. Wir begaben uns an unsere Plätze, aber wie sich herausstellte, gab es keine.

Markttag war ebenso wenig ein normales Theaterstück, wie das Sugarhouse ein normales Theater war. Man hatte eher den Eindruck, sich auf einem überdachten Volksfest zu befinden. Es gab Jongleure, Clowns, Artisten auf Stelzen, Redner, die auf Apfelsinenkisten Ansprachen hielten. Gruppen von Kindern spielten, sangen und schrien. Erwachsene unterschiedlichen Alters führten Sketche auf. Die Kostüme, die sie dafür brauchten, holten sie aus einer Kiste, die in der Mitte der Arena stand. Überall war etwas los und man musste herumwandern, um möglichst viel mitzubekommen. Anfangs war ich leicht genervt, weil ich das Gefühl hatte, auf der anderen Seite der Halle etwas zu verpassen, aber nach einer Weile entspannte ich mich und behandelte das Ganze wie einen Spaziergang durch eine fremde, exotische Stadt. Oban murrte erst ein bisschen vor sich hin, dass das Stück ja gar keine richtige Handlung habe, aber dann wurde er plötzlich von einer bildhübschen jungen Zauberin aus der Menge gezogen. Sie fragte ihn nach seinem Namen und was er beruflich mache. Als er gestand, dass er Polizist sei, wurde das von den Umstehenden mit lautem Gelächter quittiert. Er lief knallrot an und schaute verblüfft, als sie aus der Innenseite seiner Jackentasche ein Ei herauszog.

Ich fand das Ganze großartig – nicht zuletzt deshalb, weil es mir auf seltsame Weise Gelegenheit zum Nachdenken bot. Ich ging die Ereignisse der letzten Monate im Geist noch einmal durch und versuchte eine Ordnung hineinzubringen, natürlich ohne Erfolg, aber inmitten dieser fröhlichen Menschenmenge erschien mir das gar nicht so schlimm.

In der Pause verschwanden die Künstler nicht in ihre Garderoben, sondern wanderten herum, stellten sich den Leuten vor und plauderten mit ihnen. Oban und ich sprachen mit einem der Jongleure, einem Akkordeonspieler und einer Gruppe von Kindern, die die nahe gelegene Grundschule besuchten. Als Oban schließlich in hoffnungsvollem Ton vorschlug, ein wenig mit der jungen Frau hinter der Bar zu sprechen, gingen wir ins so genannte Foyer hinaus, das in Wirklichkeit nur ein weiterer Bereich der alten Lagerhalle war. Oban lud mich auf einen Gin Tonic ein und gönnte sich selbst noch einen doppelten Scotch. Das Mädchen, das ihn bediente, war noch im Teenageralter. Sie hatte sehr kurzes, blond gefärbtes Haar und jede Menge Piercings, an den Ohren, der Nase, der Unterlippe. Ich fragte sie, wie lange sie schon an der Theaterbar arbeite.

»Ein paar Wochen«, antwortete sie.

»Sind Sie von hier?«

»Hmm.«

»Es muss schön sein, solch einen Ort in der Nähe zu haben.«

»Hmm.« Als ein Mann hinter mir in ziemlich barschem Ton eine Flasche mexikanisches Bier bestellte, räumten wir das Feld.

»Prost!«, sagte ich zu Oban, und wir stießen an. »Mit diesem Theater tut Gabe wirklich was für die Leute hier«, stellte ich fest. »Irgendwie kommt es mir fast ein bisschen vor wie Will Pavics Jugendhaus.«

Oban nippte mit sichtlichem Genuss an seinem Drink. »Ich

glaube, er macht das ein bisschen besser als Will Pavic«, meinte er. »Diese Show ist zwar nicht so ganz mein Ding, ich habe lieber eine richtige Handlung, das meiste habe ich nicht kapiert, aber ich sehe durchaus, dass es gut gemacht ist. Ja hallo, schauen Sie mal, wen wir da haben!«

Er nickte in eine bestimmte Richtung, und als ich mich umdrehte, sah ich Gabe Teale, im Gespräch mit einem sehr trendy aussehenden jungen Paar. »Lassen Sie uns zu ihm rübergehen«, schlug ich vor.

»Er sieht recht beschäftigt aus.«

»Dann stören wir ihn eben ein bisschen.«

Nachdem wir uns einen Weg durch die Menge gebahnt hatten, stupste ich Gabriel am Arm. Er wandte den Kopf und zuckte erschrocken zusammen, was ja nicht weiter verwunderlich war. »Überraschung, Überraschung!«, sagte ich.

»In der Tat«, erwiderte er.

Er stellte uns den beiden Leuten vor, mit denen er gerade sprach. Ich bekam ihre Namen nicht richtig mit, aber das war nicht weiter schlimm, denn nachdem uns die beiden einen Moment lang neugierig gemustert hatten, schlenderten sie zu einer anderen Gruppe von Leuten hinüber, die ebenfalls recht hip aussahen.

»Sie haben uns wohl kein kulturelles Interesse zugetraut«, meinte ich.

Er starrte uns an. Irgendetwas schien ihn ernstlich zu verwirren. Hielt er uns womöglich für ein Paar? Ob das wohl an mir lag? Egal, welch seltsamen Kauz ich an meiner Seite hatte, die Leute gingen anscheinend sofort davon aus, dass ich mit ihm zusammen war.

»Nun ja …«, begann er.

»Es ist fantastisch!«, sagte ich. »Was für eine ungewöhnliche Show! Mir war nicht klar, dass das so riesig ist und so viele Leute aus der Gegend hier arbeiten.« Hör auf zu plappern, Kit, ermahnte ich mich.

»Dafür bin ich nicht allein verantwortlich«, entgegnete er.

»Ich bin nur der künstlerische Leiter. Es gibt einen Vorstand und alle möglichen anderen wichtigen Leute.«

»Sie sind zu bescheiden«, erwiderte ich. »Ist Bryony auch da?«

»Sie arbeitet nicht hier«, antwortete er. »Sie ist zu Hause. Es geht ihr noch immer nicht besonders.«

Einen Moment lang herrschte Schweigen.

»Tja«, sagte ich dann, »Sie haben wahrscheinlich noch einiges zu tun.«

»Ja«, antwortete er. »Ich muss mich tatsächlich noch um ein paar Dinge kümmern.«

Wir reichten uns förmlich die Hand. Es war einer dieser seltsamen Abschiede, bei denen man im Grunde schon weiß, dass man sich kaum mehr wiedersehen wird. Zwar hatten Gabriel und Bryony nicht gerade Auswanderungspläne, aber so, wie London nun mal war, würden wir uns wahrscheinlich nie wieder über den Weg laufen.

Nachdem er gegangen war, sah Oban mich grinsend an.

»Sie wirken recht fröhlich«, stellte ich fest.

»Das bin ich auch. Ich habe schon anderthalb Stunden mit Ihnen verbracht, ohne dass Sie gesagt haben, ich hätte mit allem Unrecht.«

Ich konnte mir ein Lächeln nicht verkneifen. »Darauf wollte ich gerade zu sprechen kommen«, erklärte ich. Die Glocke läutete den zweiten Teil ein. Ich nahm einen Schluck von meinem Drink. »Ich habe heute nämlich auch gute Laune. Es ist ein schöner Abend, und ich bin endlich mal wieder unter Leuten. Das Problem ist nur, dass ich, sobald ich fröhlich bin, sofort anfange, mir Sorgen zu machen. Ich glaube, die Menschen sind nur deswegen glücklich, weil es irgendwo irgendwas gibt, das sie noch nicht wissen.«

»Mit der Einstellung werden Sie nie glücklich werden«, meinte Oban.

»Ja, das bekomme ich ständig zu hören. Ich muss auch nur noch eine einzige Sache loswerden, dann halte ich den Mund.

Ich weiß, wir sollten zufrieden mit uns sein, weil wir unseren Job gut gemacht haben und all das, aber etwas nagt noch an mir – es ist, wie wenn man ein Hemd kauft und, egal, wie gewissenhaft man es absucht, immer noch eine Nadel übrig bleibt, die einen sticht.«

Oban starrte mich erstaunt an. »Und darüber wollten Sie unbedingt noch mit mir sprechen? Über Hemden?«

»Nein, hören Sie mir erst mal zu. Bei Michael Doll wurden doch diese Trophäen gefunden.«

»Das ist nicht weiter ungewöhnlich, oder? Sie sind doch diejenige, die sich mit solchen Sachen auskennt. Mörder behalten solche Dinge, nicht?«

»Ja, das tun sie«, gab ich ihm Recht. »Das kommt sehr häufig vor. Sie machen das, um weiter Macht über ihre Opfer zu haben, die Erfahrung immer wieder neu durchleben zu können. Aber offensichtlich handelt es sich hier nicht um die übliche Art von Trophäen. Die Schnabeltasse gehörte dem kleinen Mädchen, das nicht sein Opfer war.«

»Ja, aber die Tasse war trotzdem eine Trophäe, oder etwa nicht? Sie erinnerte ihn daran, dass er die Mutter der Kleinen umgebracht hat. Vielleicht war ja in dem Müllhaufen, in dem er lebte, noch was anderes, das Philippa Burton gehört hat.«

»Möglich«, antwortete ich. »Aber der Lederbeutel von Bryony war genauso wenig eine normale Trophäe. Schon allein deshalb, weil Bryony gar nicht tot ist.«

»Er hat den Beutel während des Kampfes an sich genommen und behalten. Praktischerweise steckte darin ja auch noch der Schlüssel zu Bryonys Haus. Er hätte Gebrauch davon machen können.«

»Ja«, antwortete ich. »Ich erwähne jetzt nur noch zwei Punkte, die mir seltsam vorkommen, und dann gehen wir wieder hinein, sehen uns die Show zu Ende an und reden nicht mehr darüber, in Ordnung? Also, wir nehmen inzwischen ja an, dass es sich bei dem Mann, der Bryony Teale auf dem Treidelpfad überfallen hat, um Michael Doll handelte. Das würde jedenfalls den seltsamen Zufall erklären, dass er erneut am Tatort war. Aber was ist mit dem anderen Mann?«

»Darüber habe ich mir auch schon Gedanken gemacht.« Oban nahm einen weiteren Schluck von seinem Drink. »Wir haben das Ganze anfangs aus dem falschen Blickwinkel betrachtet. Statt Terence Mack und Mickey Doll, die Bryony vor einem unbekannten Mann retten, haben wir nun Terence Mack und einen unbekannten Mann, die Bryony vor Mickey Doll retten. Nachdem die verschiedenen Versionen von Mack und Bryony sowieso total nutzlos waren, verwundert es auch nicht weiter, dass beide nicht kapiert haben, worum es da eigentlich ging.«

»Und dieser unbekannte Held ist davongelaufen, weil er zu bescheiden war, um sich mit all dem Ruhm zu schmücken?«

»Es gibt genug Leute, die nichts mit der Polizei zu tun haben wollen, nicht einmal als Zeuge. Vielleicht hatte er Drogen bei sich, irgendwas in der Art.«

»Also gut«, sagte ich. »Letzte Frage. Was ist mit Philippa Burtons Liste? Was ist mit den Telefonaten mit dem Jugendhaus?«

Oban leerte sein Glas und stellte es auf die Bar. »Fakt ist, dass wir das nun nicht mehr zu wissen brauchen. Wenn ein Mörder stirbt, bevor ihm der Prozess gemacht werden kann, dann bleiben immer ein paar Fragen offen. In diesem Fall könnte es alle möglichen Erklärungen geben. Vielleicht… vielleicht…« Er überlegte. »Vielleicht hat Bryony ein Foto von Lianne gemacht, und… und Philippa hat es bei einer Ausstellung gesehen und wollte einen Abzug und…«

»Bryony behauptet, keine von beiden gekannt zu haben. Und warum hätte sie dann im Jugendhaus anrufen sollen? Und wieso hätte das Michael Doll dazu veranlassen sollen, sie alle umzubringen?«

»War ja bloß ein erster Versuch«, gab Oban gereizt zurück. »Wenn Sie mir ein bisschen Zeit lassen, fällt mir vielleicht was Besseres ein.«

»Bereitet Ihnen das kein Kopfzerbrechen?«

»Was mir Kopfzerbrechen bereitet, ist das halbe Dutzend

Mordfälle, bei denen ich nie zu einem Ergebnis gekommen bin. An diese Fälle muss ich jeden Abend vor dem Schlafengehen denken. Einmal im Jahr grabe ich die alten Akten aus und frage mich, ob wir etwas übersehen haben, oder ob es inzwischen neue Ermittlungsmethoden gibt, die wir vielleicht anwenden könnten. Dieser Fall dagegen ist abgeschlossen, und darüber bin ich froh. Mit den paar offenen Fragen habe ich kein Problem. Vergessen Sie nicht, die Realität ist immer schlauer als wir. Man darf nicht erwarten, alles zu verstehen.«

Ich hätte gern noch etwas gesagt, aber ich hatte ihm versprochen, nach meinen zwei Fragen den Mund zu halten, und außerdem hatte drinnen ein Blasorchester zu spielen begonnen.

41. KAPITEL

Lottie und Megan saßen im Gras, vertieft in ein kompliziertes, nur ihnen verständliches Spiel. Eine Stunde zuvor hatte ich Lottie einen violetten Gummisaurier und Megan eine rot-weiße Gummischlange geschenkt, und beide Tiere spielten jetzt eine wichtige Rolle. Amy hatte ich eine grün-blaue Krabbe mitgebracht. Sie war gerade damit beschäftigt, den Hügel hinunterzurollen und die Krabbe zu ermutigen, es ihr gleichzutun. Hinter ihnen lag London, das an diesem schwülen Nachmittag von Primrose Hill aus recht dunstig aussah.

Ich lag auf einer Decke, den Kopf auf den Ellbogen gestützt, und trank gekühlten Weißwein.

»Ich möchte alles darüber hören«, sagte Poppy. »Natürlich hat mir Seb schon einiges erzählt…« Sie warf erst einen Blick zu Megan, dann zu Amy hinüber. »Megan, lass das! Oder ich nehme es dir weg! Aber Sebs Version der Geschichte unterscheidet sich wahrscheinlich ziemlich von der deinen.« Ihr Ton klang sarkastisch.

Ich legte mich auf den Rücken.

»Ich weiß gar nicht, ob ich sie zusammenhängend erzählen kann«, antwortete ich. »Noch dazu an einem Nachmittag wie diesem, mit zwei Glas Weißwein intus.«

Es war ein reines Frauenpicknick. Drei Mädchen spielten im Gras, während zwei Mütter und eine Nichtmutter auf der Decke lagen. Die zweite Mutter war Ginny, eine alte Freundin von Poppy. Die Väter waren anderweitig beschäftigt. Ginnys Mann spielte irgendwo Kricket, und Seb saß in einem Fernsehstudio.

»Worüber spricht er denn zurzeit?«, fragte ich. »Noch immer über den Philippa-Burton-Fall?«

»Ich glaube schon. Er macht Werbung für sein neues Buch, das schon fast fertig ist.«

»Über den Fall? Das ging aber schnell!«

»Er hat es praktisch parallel zum Fall geschrieben.«

»Ist zwischen euch wieder alles in Ordnung?«

»Nicht wirklich.« Sie sah wieder zu den Mädchen hinüber. »Aber ich kann jetzt nicht darüber sprechen.«

»Natürlich. Später.«

»Was das Buch angeht – da wirst du dich bestimmt sehr geschmeichelt fühlen. Rate mal, warum?«

»Die Idee dazu hat er teilweise aus dieser Gutenachtgeschichte, die du den Mädchen erzählt hast, als du vor Monaten mal bei uns zum Abendessen warst. Danach konnten sie wochenlang nicht mehr schlafen. Irgendwas über ein Schloss.«

»Welchen Titel hat das Buch?«

»*Das rote Zimmer*, glaube ich. Kann das sein?«

»Ja, das kann sein. Das war ein Albtraum, der mich damals quälte. Darum ging es in der Geschichte.«

»Oh, verstehe. Seb hat bestimmt mit dir darüber gesprochen.«

Ich schwieg, weil ich gerade von einer Welle des Selbstmitleids überrollt wurde. Man hatte mir das Gesicht zerschnitten, und danach schlug ich mich lange Zeit mit einem Albtraum herum. Nun hatte ich das Gefühl, als wäre ich auch noch überfallen und meines Albtraums, eines ganz persönlichen, privaten Albtraums beraubt worden. Ich leerte mein Glas und dachte: Na und, verdammt noch mal? Wen interessiert das?

Über unsere Decke verstreut lagen Sandwiches, Obst, Brausedrinks für die Kinder und ein paar Sachen, die im Supermarkt in meinem Einkaufskorb gelandet waren: Plastikbehälter mit Kichererbsencreme und Taramasalat, Pitta-Brot, Oliven, Grissini, kleine Schweinepasteten, Babymöhren, mundgerecht zerteilte Blumenkohlröschen. Ich tauchte die Spitze einer Babykarotte in einen rosafarbenen Dip und nagte vorsichtig daran.

Während ich so dalag und nagte, nippte und plauderte, fühlte ich mich – auf fast angenehme Weise – betäubt, merkte aber trotzdem, dass die beiden anderen Frauen nie ganz bei der Sache waren. Egal, ob sie mir gerade etwas Wichtiges erzählten oder auf einem Blumenkohlröschen herumkauten, sie blickten sich ständig um oder hielten über meine Schulter hinweg nach den Kindern Ausschau.

Ich legte mich zurück und schloss die Augen. Direkt neben meinem Ohr rief Poppy zu den Mädchen hinüber, sie sollten jetzt zum Essen kommen, und zwar sofort! Es gab ein lautes Geschrei, weil eines von ihnen auf uns zugestürmt kam, ohne auf die anderen zu warten, und plötzlich spürte ich etwas Kaltes auf meiner Jeans. Erschrocken setzte ich mich auf und stellte fest, dass Megan bei dem Versuch, zu den Hühnchenschenkeln hinüberzuklettern, die Weinflasche umgestoßen hatte. Als sie sah, was passiert war, begann sie noch lauter zu schreien als ihre kleine Schwester. Poppy nahm sie in den Arm.

»Das macht doch nichts, Megan, mein Liebling. Nicht weinen! Das ist überhaupt nicht schlimm. Kit, könntest du Megan bitte sagen, dass es nicht schlimm ist?«

»Es ist nicht schlimm, Megan«, wiederholte ich gehorsam.

»Tut mir Leid, Kit«, meinte Poppy, »aber Megan regt sich bei solchen Sachen immer schrecklich auf.«

Dabei schien sich Megan inzwischen längst beruhigt zu haben, denn sie nagte bereits an einem Hühnerbein.

»Zum Glück«, sagte Ginny fröhlich, »gibt Weißwein keine Flecken. Man verwendet ihn sogar, um Rotweinflecken zu *entfernen,* stimmt's?«

»Es ist bloß ein bisschen nass«, erklärte ich, während ich mit einem Blatt Küchenrolle meine Hose abtupfte. Eigentlich hätten sie es mir überlassen müssen, zu sagen, dass es nicht so schlimm sei.

»Mein Gott«, lachte Poppy, »sei froh, dass es nur Wein ist. Was meinst du, was für Flecken ich schon auf meinen Sachen hatte!«

Ich lächelte leicht genervt und schenkte mir noch einmal ein Glas voll ein.

»Weißt du«, sagte Ginny, »ich glaube, deine Morde haben vielen Müttern ziemlich zugesetzt.«

»Es waren nicht *meine*«, wandte ich ein.

»Dieses arme Mädchen, deren Mutter entführt wurde, während sie auf dem Spielplatz war. Seit das passiert ist, habe ich Lottie kaum mehr aus den Augen gelassen. Ich weiß, das ist irrational.«

Ich murmelte zustimmend.

»Hat dich das nicht schrecklich runtergezogen, Kit?«

Ich stellte mein Weinglas auf die Decke, überlegte es mir dann aber anders und nahm es wieder in die Hand. »Ich weiß nicht, ob das das richtige Wort ist«, sagte ich. »Es hat mich traurig gemacht.«

»Ich persönlich fühle mich jedenfalls sicherer, seit es den Mann, der das getan hat, nicht mehr gibt. Ich habe den Detective im Fernsehen gesehen. Er hat so nette Dinge über dich gesagt.«

»Das Ende des Falls war nicht so befriedigend, wie ihr vielleicht denkt«, erklärte ich. »Dieser Mann – er hieß Michael Doll – wurde einfach tot aufgefunden …«

»Getötet von Leuten einer Selbstschutzgruppe«, unterbrach mich Poppy.

»Natürlich würde ich so was nicht gutheißen«, meinte Ginny, aber ich muss zugeben, dass ich, als ich davon las, erst mal dachte: großartig!« Sie zog Lottie zu sich heran und nahm sie in den Arm. »Es mag sich vielleicht um Selbstjustiz handeln, aber wenigstens kann dieser Mann jetzt nichts mehr Böses anstellen.«

»Oder Gutes«, fügte ich hinzu.

»Aber du weißt bestimmt eine Menge über ihn«, sagte Poppy in aufmunterndem Tonfall, weil sie meine Unzufriedenheit spürte.

»Zumindest habe ich ihn gekannt.«

»Hu!«, machte Ginny. »Wie unheimlich. Wie war er?«

»Er *war* unheimlich«, antwortete ich. »Ein gestörter Mensch, in vieler Hinsicht abstoßend, aber auch ein bisschen Mitleid erregend.«

»Was ist das für ein Gefühl, jemanden gekannt zu haben, der so schreckliche Dinge getan hat?«, fragte Poppy.

»Ich weiß nicht so recht«, antwortete ich. »Vielleicht solltest du das besser Seb fragen. Außerdem wusste ich zu dem Zeitpunkt ja noch nicht, dass er die Morde begangen hatte. Und dann ist er umgebracht worden, bevor der Fall richtig geklärt war.«

»Aber es gab eindeutige Beweise. Hat die Polizei zumindest gesagt.«

»Das stimmt. Es gab eindeutige Beweise. Viele Beweise. Leider fügen sie sich trotzdem nicht zu einem klaren Bild zusammen. Aber das wollt ihr bestimmt gar nicht hören.«

Ich musterte sie. Sie wollten es tatsächlich nicht hören. Die Mädchen forderten ganz und gar ihre Aufmerksamkeit. Waren die Kleinen gestürzt? Waren sie davongelaufen? Waren sie verdächtig ruhig? Waren sie ermordet worden? Ich musste an die kleine Emily denken, die wahrscheinlich im Sandkasten gespielt hatte, während ihre Mutter entführt und ermordet wurde. Ich stellte mir die Szene vor, wie ich es schon so viele Male zuvor getan hatte, mit Michael Doll in der Rolle des psychopathischen Mörders. Das war es. Ich sprang auf.

»Wo willst du hin?«, fragte Poppy. »Du siehst aus, als hättest du einen Geist gesehen.«

»Vielleicht hab ich das. Tut mir Leid. Ich muss sofort weg. Mir ist etwas…«

»Darf ich in die Sonne schauen?«, fragte Megan.

»Nein!«, rief Poppy. »Du darfst *niemals* in die Sonne schauen!«

»Warum nicht?«

»Weil du dir sonst die Augen verbrennst.«

»Und wenn ich die Augen zumache?« Sie schloss die Augen. »Geht es, wenn ich die Augen zumache?«

»Ich glaube schon. Aber dann siehst du nichts.«

»Es ist gar nicht dunkel«, berichtete Megan. »Es ist rot. Wo kommt das Rot her?«

»Ich weiß nicht«, antwortete Poppy. »Ich nehme an, vom Blut in deinen Augenlidern.«

»Blut?«, rief Megan. »Yippie! Ich sehe mein Blut! Kommt, jetzt sehen wir uns alle unser Blut an!«

Und während die kleinen Mädchen blind auf dem sonnigen Hügel herumstolperten und sich ihr Blut ansahen, rannte ich davon, als wäre der Teufel hinter mir her.

42. KAPITEL

Atemlos traf ich in meiner Wohnung ein. Mein Kopf brummte von zu viel Weißwein und Sonne, aber ich griff sofort nach dem Telefon und rief Oban an. Er war irgendwo unterwegs. Im Hintergrund konnte ich Verkehrslärm und Stimmen hören. »Störe ich Sie bei der Arbeit?«, fragte ich.

»Wir haben Wochenende, Kit«, sagte er. »Worum geht's? Wollen Sie mit mir in die Oper gehen?«

»Ich wollte Sie bloß vorwarnen, dass ich noch einmal mit dem kleinen Mädchen sprechen werde, Emily Burton.«

»Was?«

»Sie wissen schon, Philippa Burtons Tochter.«

»Ich weiß verdammt genau, wer sie ist. Das… das…« Er schien nach Luft zu schnappen. »Das halte ich für *keine* gute Idee.«

»Ich muss ihr nur noch eine einzige Frage stellen.«

»Kit, Kit«, sagte er in besänftigendem Ton, als stünde ich gerade sprungbereit auf einem Fensterbrett, »es gibt immer noch eine einzige weitere Frage. Überlegen Sie doch mal, was Sie da tun. Sie versetzen diese arme Familie erneut in Aufregung, wühlen alles wieder auf. Sie treiben sich selbst in den Wahnsinn. Und Sie treiben mich in den Wahnsinn. Lassen Sie es gut sein.«

»Ich wollte Sie fragen, ob Sie es für sinnvoll halten, wenn mich eine Beamtin begleitet.«

»Nein, definitiv nein. Der Fall ist abgeschlossen. Dies ist ein freies Land, Sie können besuchen, wen Sie wollen, aber mit uns hat das nichts mehr zu tun. Ehrlich, Kit, ich habe Sie sehr gern, aber Ihnen fehlt irgendwas, ich weiß nicht genau, was Sie brauchen…«

Die Verbindung wurde unterbrochen. Entweder war Oban in einen Tunnel gefahren, oder er hatte einfach entnervt aufgegeben. Ein Kassettenrekorder. Das war es, was ich brauchte. Irgendwo musste ich einen haben. Nachdem ich ein paar Minuten herumgestöbert hatte, zog ich unten aus einem Schrank ein schmuddeliges kleines Gerät hervor. In einer Schublade voller alter Stöpsel, Gummibänder, Stifte ohne Kappe und einer langen Gänseblümchenkette aus Büroklammern fand ich dann auch noch eine alte Kassette, eine Partykassette aus meiner Collegezeit. Das würde reichen. Ich rief bei den Burtons an. Eine Frau nahm ab.

»Hallo. Spreche ich mit Pam Vere?«

»Ja.«

»Hier ist Kit Quinn. Erinnern Sie sich an mich? Ich bin die…«

»Ja, ich erinnere mich.«

»Ich wollte fragen, ob ich vielleicht nochmal vorbeikommen und mit Emily sprechen dürfte.«

»Sie ist im Moment nicht da.«

»Geht es vielleicht später?«

»Aber ich dachte, es wäre vorbei…«

»Es sind nur noch ein paar kleine Fragen zu klären. Außerdem wollte ich sehen, wie es Emily geht.«

»Besser, glaube ich. Wenn sie mit ihren Freundinnen zusammen ist, macht sie einen recht glücklichen Eindruck. Außerdem haben wir jetzt ein Au-pair-Mädchen.«

»Darf ich kommen? Es dauert wirklich nur fünf Minuten.«

»Ich möchte nicht unhöflich sein, aber ist das wirklich nötig?«

»Ich wäre Ihnen sehr dankbar«, antwortete ich in entschiedenem, unnachgiebigem Ton.

Am anderen Ende der Leitung herrschte einen Moment Schweigen. »Sie wird kurz nach vier wieder hier sein. Vielleicht könnten Sie vor dem Tee mit ihr sprechen.«

»Ich komme pünktlich.«

Es war förmlicher als bei den vorherigen Malen. Ich war vor Emily eingetroffen und fand einen Platz in der Küche, wo ich meinen Kassettenrekorder einstecken konnte. Neurotisch, wie ich war, testete ich ihn zweimal, indem ich »eins-zwei, eins-zwei« sagte und wieder zurückspulte. Emily platzte wie ein kleiner plappernder Kobold in den Raum. Sie trug eine rote, mit Farbe bekleckerte Hose. Ihr folgte ein blondes Aupairmädchen, das Schwierigkeiten hatte, mit ihr Schritt zu halten. Sie wirkte so glücklich. Ich stellte sie mir fünf Jahre später vor. Dann würde sie keine Erinnerung mehr an ihre Mutter haben, nichts, was sich von Schnappschüssen und den halb erfundenen Geschichten trennen ließ, die ihr andere über Philippa erzählten. Sie stürmte auf ihre Großmutter zu und schlang die Arme um ihre Knie. Als sie mich erblickte, verstummte sie. Ich ging zu ihr und kniete mich neben sie.

»Erinnerst du dich an mich?«, fragte ich. Sie schüttelte ernst den Kopf und wandte den Blick ab. »Ich habe was mitgebracht, das ich dir zeigen möchte.«

Ihre Neugier war stärker als ihre Schüchternheit. Sie gab mir die Hand, und wir gingen zum Küchentisch hinüber, wo mein Kassettenrekorder stand. Pam, die uns nicht aus den Augen ließ, nahm uns gegenüber Platz.

»Sieh dir das an«, sagte ich.

»Was?«, fragte sie.

Ich drückte auf den Aufnahmeknopf.

»Sag was.«

»Ich will aber nichts sagen.«

»Was spielst du denn im Kindergarten für Spiele?«

»*Alle* Spiele«, antwortete sie in bestimmtem Ton.

Ich drückte auf Aus, spulte zurück und spielte ihr das gerade Aufgenommene vor. Sie riss staunend den Mund auf.

»Nochmal!«, bat sie.

»Ja.« Ich drückte auf den Aufnahmeknopf und rückte noch ein wenig näher an sie heran. Sie roch nach Seife und Farbe.

»So«, sagte ich, »worüber sollen wir reden?«

Emily zog kichernd die Nase kraus. »Ich weiß nicht«, antwortete sie. »Das ist deine Narbe!« Sie deutete auf mein Gesicht.

»Stimmt«, sagte ich. »Siehst du? Du erinnerst dich doch!«

»Tut es noch weh?«

»Nicht mehr schlimm«, antwortete ich. »Es ist besser geworden.«

»Darf ich sie anfassen?«

»Ja.«

Ich beugte mich vor, und Emily streckte ihren kurzen, dicken Zeigefinger aus und fuhr damit von meinem Ohr über meine Wange bis zu meinem Kinn. Es juckte ein bisschen, schmerzte aber nicht mehr.

»Als wir uns das erste Mal unterhalten haben, hast du gerade mit deiner Freundin gespielt, und wir haben über den Spielplatz geredet. Du hast auf dem Spielplatz gespielt, als deine Mami wegging. Erinnerst du dich?«

»Ja«, antwortete sie.

»Viele Leute haben mit dir darüber gesprochen, nicht wahr?«

»Bollizisten.«

»Stimmt«, sagte ich. »Und diese Polizisten und Polizistinnen haben dich gefragt, ob du gesehen hast, wie deine Mami mit jemandem weggegangen ist, und du hast Nein gesagt.«

Emily kratzte auf dem Tisch herum. Ich spürte, dass sie mir entglitt. Die kurze Spanne Aufmerksamkeit, die man von einer knapp Vierjährigen erwarten konnte, war fast zu Ende. Ich warf einen Blick auf den Kassettenrekorder. Die Spulen drehten sich. Ich war mit nur einem Schuss im Lauf gekommen. Nun würde ich ihn abfeuern, und wenn nichts dabei herauskam, würde ich wirklich einen Schlussstrich unter die Sache ziehen. Ich streckte die Hand aus und legte sie um Emilys kleine, warme, klebrige, drückte sie leicht, um mir ihre Aufmerksamkeit zu sichern. Sie sah mich an.

»Ich möchte dich was anderes fragen, Emily. Kannst du mir ein bisschen von der netten Frau erzählen?«

»Was?«, sagte Emily.

»Worauf wollen Sie …?«, fragte Pam.

»Schsch«, unterbrach ich sie mit einer abrupten Handbewegung. »Emily, was hat sie dir gegeben?«

»Nix.«

»Nichts?«

»Einen Lolly.«

»Das ist aber nett.« Ich spürte das Pochen meines Herzens im ganzen Körper, sogar im Kopf. »Was hat sie gemacht? Hat sie dich auf der Schaukel angeschubst?«

»Ein bisschen. Dann ist sie mit mir zum Sandkasten gegangen.«

Ich versuchte mir den Spielplatz vorzustellen. Ja, natürlich. Der Sandkasten war am weitesten von der Stelle entfernt, wo Philippa gestanden und ihrer Tochter zugesehen hatte.

»Das hat bestimmt Spaß gemacht«, sagte ich. »Und dann ist sie gegangen. Hat sie dich dort allein gelassen?«

»Weiß nicht.«

»Wie hat die Frau denn ausgesehen?«

»Mir ist la-angweilig«, sagte Emily laut.

»War sie dick?«

»La-a-angweilig.«

»Danke, Emily«, sagte ich. »Vielen Dank.« Ich legte den Arm um sie und drückte sie an mich. Rasch befreite sie sich aus meiner Umarmung und rannte in den Garten hinaus. Nachdem ich den Kassettenrekorder ausgeschaltet hatte, sah ich zu Pam hinüber. Sie schien beunruhigenden Gedanken nachzuhängen.

»Aber…«, sagte sie. »Es war doch dieser Mann. Was hat sie…«

Ich hatte eigentlich vorgehabt, einfach aufzustehen und zu gehen, aber ich schuldete ihr etwas.

»Ich hätte schon vor einer Ewigkeit darauf kommen müssen«, erwiderte ich. »Man kann eine Frau in einer dunklen Nacht entführen, an einem einsamen Ort. Man kann es auch an einem belebten Ort schaffen, obwohl es dann ein bisschen mehr Mühe erfordert. Aber man kann keine Mutter dazu bringen, ihr Kind allein zu lassen, nicht einmal auf einem Spielplatz, nicht einmal für eine Minute. Es sei denn, jemand würde auf das Kind aufpassen. Dieser Gedanke ist mir plötzlich gekommen, und dann habe ich mir überlegt, dass es sich um eine Frau handeln müsste. Emily hat immer erzählt, ihre Mutter komme zurück, nicht wahr?« Pam starrte mich an und nickte. »Wahrscheinlich war das das Letzte, was Philippa zu ihr gesagt hat. So was wie: ›Du brauchst keine Angst zu haben, ich komme gleich wieder.‹ Und Emily wartet immer noch.«

Nachdem ich den Kassettenrekorder ausgesteckt hatte, stand ich auf und drückte das Gerät fest an mich, als könnte es mir jemand stehlen. »Ich muss jetzt gehen.«

»Dann hatte er also eine Komplizin«, bemerkte Pam.

Ich schüttelte den Kopf. »Ich kannte Michael Doll. Ich

glaube nicht, dass es in seinem Leben eine Frau gegeben hat, mit der er wirklich sprechen konnte.« Außer mir vielleicht, dachte ich. Der Gedanke versetzte mir einen Stich ins Herz. Als ich ging, saß Philippas Mutter noch immer am Küchentisch. Sie hatte die Hände gefaltet, als betete sie.

43. KAPITEL

Als ich von meinem Handy aus im Tyndale Centre anrief, war ich nur noch ein paar Fahrminuten von dort entfernt. Eine Frau ging ran. Nachdem ich von ihr erfahren hatte, dass Will nicht da war, legte ich den Rest der Strecke zurück, parkte direkt vor dem Haus und läutete.

»Ist Sylvia zufällig da?«, fragte ich die junge Frau am Empfang, die kurz geschorenes Haar hatte, eine Spinnennetz-Tätowierung auf der Wange trug und nicht viel älter aussah als die jungen Leute, die im Haus wohnten.

»Nein.« Das Spinnennetz bewegte und dehnte sich, wenn sie sprach.

»Was meinen Sie, wann sie wiederkommt?«

»Kann ich nicht sagen.«

»Haben Sie eine Ahnung, wo ich sie finden könnte?«

»Kann ich nicht sagen.« Sie zog eine Zigarette hinter dem Ohr hervor und steckte sie sich zwischen die Lippen. »Vertraulich«, erklärte sie. Sie zündete die Zigarette an.

»Oh. Natürlich. Wenn Sie sie sehen, könnten Sie ihr bitte ausrichten, dass Kit Quinn sie etwas fragen möchte? Ich lasse Ihnen meine Telefonnummer da.« Die junge Frau gab mir keine Antwort, sah mich bloß argwöhnisch an. »Sie kennt mich«, fügte ich hinzu. Ich zog meinen Notizblock aus der Tasche, notierte die Nummer und reichte ihr den Zettel. Sie legte ihn vor sich hin, ohne einen Blick darauf zu werfen. Ich hatte wenig Hoffnung, dass sie in dieser Sache irgendwie aktiv werden würde. »Vielen Dank für Ihre Mühe.«

Aber gerade als ich mich umdrehen und gehen wollte – ziemlich ratlos, weil ich nicht wusste, was ich als Nächstes unternehmen sollte –, hörte ich von irgendwoher eine Stimme: »Sie könnten es auf dem Volksfest versuchen.«

Ich drehte mich um. Neben der Eingangstür kauerte ein Junge, der aussah wie zehn, aber eine Zigarette im Mund hatte und mit einem Schnappmesser spielte.

»Auf dem Volksfest? Dem auf Bibury Common?« Ich war auf dem Herweg daran vorbeigefahren und hatte mit einem Gefühl von Nostalgie daran gedacht, welchen Spaß mir früher die Schwindel erregenden Fahrten mit der Achterbahn gemacht hatten, die billigen Plüschtiere und riesigen Plastikhämmer, die man bekam, wenn man mit einem schlecht eingestellten Luftgewehr alle Ziele traf.

»Ja.« Er zögerte. »Hätten Sie vielleicht ein paar Kippen für mich, Miss?«

»Tut mir Leid, ich rauche nicht.«

»Dann vielleicht ein bisschen Geld?« Er legte mit einer selbstironischen Geste des Bettelns die Hände aneinander. Ich warf dem Mädchen am Empfang einen raschen Blick zu und gab ihm dann ein paar Münzen. »Cool! Danke.«

Es dämmerte bereits, und das Volksfest begann langsam in Schwung zu kommen. Männer mit Lederjacken, öligen, nach hinten gekämmten Haaren und schlechten Zähnen hantierten mit Schraubenschlüsseln. Die Achterbahn kreiste gemächlich durch die Dämmerung, obwohl noch alle Plätze unbesetzt waren. Es gab eine Rutschbahn, ein Karussell mit überdimensionalen Teetassen, ein zweites mit Tieren, Autoskooter, bewacht von Kaugummi kauenden, schlanken jungen Männern in engen Jeans, eine Geisterbahn, ein wackelig aussehendes Spiegelkabinett, dessen letztes Segment gerade an seinen Platz gerollt wurde, Stände, wo man Reifen über Flaschen werfen musste und Delphine gewinnen konnte, Stände, wo man Tüten mit Lakritzmischungen und hässliche Vasen gewann, wenn man mit einem Spicker ins Schwarze traf, außerdem mehrere Wagen, die fettige Burger und dicke orangefarbene Würstchen verkauften. Und es gab Schlamm, glucksenden, braunen Schlamm, wässrige Ströme von Schlamm, wo die Räder der Caravans durchgedreht hatten. Überall Schlamm.

Ich hielt nach Sylvia Ausschau. Die Leute begannen gerade erst einzutrudeln. Blecherne Musik setzte ein. Ein Luftballon, der einem plärrenden Kleinkind entwischt war, schwebte in den Himmel hinauf. Der Geruch nach Gebratenem und Zigarettenrauch erfüllte die Luft. Vielleicht war sie gar nicht da. Vorsichtig bahnte ich mir einen Weg durch den Schlamm, suchte jedes Grüppchen von Leuten nach Sylvia ab und wollte schon aufgeben, als ich sie plötzlich entdeckte. Sie kletterte gerade mit einem etwa sechzehnjährigen Jungen in einen Autoskooter. Sobald sie saßen, legte er ihr einen Arm um die Schulter, aber sie schob ihn mit verächtlicher Miene weg. Sie hatte ihr Haar zu albernen Strähnen zusammengebunden, sah viel jünger aus, als ich sie in Erinnerung hatte, und machte einen glücklichen Eindruck, als gebe es in ihrem Leben nichts, weswegen sie sich Sorgen machen müsste. Ich beobachtete sie, wie sie auf Kollisionskurs im Kreis fuhr, jedes Mal vor gespielter Angst aufschrie, wenn jemand in sie hineinkrachte, und ihrerseits laut johlte, wenn sie ihren Wagen herumriss, um einen anderen zu rammen.

Als sie ausstiegen, ging ich zu ihr. »Hallo, Sylvia.«

»Hallo.« Es schien sie kein bisschen zu überraschen, mich zu sehen.

»Ich hab dich gesucht.«

»Und?«

»Ich wollte dich was fragen. Aber ich möchte auf keinen Fall deinen Abend stören. Vielleicht könnten wir uns später treffen?«

»Es geht auch jetzt. Ich habe sowieso kein Geld mehr. Bis dann, Robbie.« Mit diesen Worten entließ sie den Jungen an ihrer Seite, der gehorsam abzog, seine weiten, überlangen Hosenbeine im Schlamm hinter sich herschleifend.

»Möchtest du etwas zu essen? Oder zu trinken?«

»Egal.«

»Wie wär's mit ...?«

»Okay. Einen Burger mit Zwiebeln und Ketschup, Pommes und eine Cola.«

Wir gingen zu einem der Wagen hinüber, und ich besorgte das Essen für sie. »Da drüben ist eine Bank, da können wir reden«, schlug ich vor.

»Klar«, antwortete sie freundlich. Sie schien nicht neugierig zu sein, hatte aber definitiv Hunger. Bis wir saßen, hatte sie das meiste bereits verschlungen. Sie hatte Fett am Kinn und Ketschup an den Lippen. Zufrieden seufzend, wischte sie sich mit dem Ärmel übers Gesicht.

»Ich hätte da noch eine Frage, die du mir vielleicht beantworten könntest«, begann ich.

»Über Lianne?«

»Gewissermaßen. Und über Daisy. Liannes Freundin.«

»Die, die sich umgebracht hat.«

»Ja. Hast du sie auch gekannt?«

»Vom Sehen. Sie ist ab und zu mit Lianne rumgehangen. Sie wissen schon. Man kennt sich eben.«

»Weißt du, ob Will Pavic sie auch gekannt hat?«

»Anzunehmen. Würde mich wundern, wenn nicht.« Ihr Blick schweifte ab. »Meinen Sie, ich könnte noch Zuckerwatte haben?«

»Aber sicher. Gleich. Das ist jetzt eine schwierige Frage, Sylvia, aber weißt du – hast du eine Ahnung, ob Will Pavic jemals, na ja, ob er jemals mit einer von den jungen Frauen in seiner Obhut liiert war?«

»Liiert?«, wiederholte sie, als hätte sie das Wort noch nie gehört.

»Na ja. Ob er mit einer von ihnen eine sexuelle Beziehung hatte.«

»Oh, Sie meinen, ob er sie *gevögelt* hat?« Sie klopfte mir kichernd auf die Schulter. »›Sexuelle Beziehung‹«, äffte sie mich nach.

»Hat er?«

»Haben Sie eine Kippe für mich?«

»Nein.«

»Schade.« Sie holte ihre eigenen Zigaretten aus ihrer Jeanstasche und zündete sich eine an. »Ich glaube nicht.«

»Bist du sicher?«

»Sicher? Natürlich nicht. Bei so was kann man nie sicher sein. Aber nicht dass ich wüsste.« Sie zog ihre kleine Nase kraus und inhalierte tief. »Ein Grabscher ist er jedenfalls nicht.«

»Ein Grabscher?«

»Manche legen einem die Hand auf die Schulter oder aufs Knie und tätscheln einen, wenn sie mit einem reden. Bäh!« Sie schauderte. »Widerliche Typen. Als ob wir nicht wüssten, was sie da machen. Will macht das nicht. Er bleibt auf Abstand.«

»Gut. Was ist mit Gabriel Teale? Hat Daisy je seinen Namen erwähnt?«

»Gabriel? Was ist denn das für ein blöder Name für einen Mann? Nie von ihm gehört.«

»Er betreibt das *Sugarhouse.*«

»Ach, *das.* Das kenn ich natürlich.«

»Ist Daisy da jemals gewesen?« Ich bemühte mich, meine Stimme nicht allzu drängend klingen zu lassen.

»Klar. Viele von uns haben schon mal dort gearbeitet. Ich nicht. Nicht mein Ding. Daisy schon, da bin ich ganz sicher. Sie musste lernen, Räder zu schlagen.« Sie lächelte. »Zum Schluss hatte sie das richtig gut drauf. Sie konnte es total gerade, viele Räder am Stück, sogar durch die Tür in einen Raum hinein.«

Vor Aufregung lief es mir kalt über den Rücken. Ich zog das Theaterprogramm aus meiner Tasche und hielt ihr die Rückseite hin. »Erinnerst du dich, dass ihr mir bei unserem ersten Treffen erzählt habt, es habe schon mal jemand Fragen über Lianne gestellt? Ist das der Mann?« Ich deutete auf das Foto von Gabe.

Sie warf einen Blick darauf. »Nein, ganz bestimmt nicht!« Sie kicherte. »Die Person, die hinter Lianne her war, war eine Frau.«

Ich erstarrte. »Das habt ihr mir gar nicht gesagt«, stieß ich hervor.

»Sie haben uns nicht danach gefragt.«

Ich zog Bryonys Bild aus der Tasche. »Dann war es vielleicht die hier?«

Sylvia kniff im Dämmerlicht die Augen zusammen. »Nö.«

»Bist du sicher?«

»Ganz sicher. Sie hat ihr überhaupt nicht ähnlich gesehen. Die Frau, die ich meine, war blond.«

Benommen zog ich ein anderes Foto heraus. »So wie die hier?«

»Ja. Ja, das ist sie. Da bin ich ganz sicher. Sie hat herumgeschnüffelt und mit ihrer vornehmen Stimme Fragen gestellt. Wer ist das?«

Ich blickte auf das Gesicht hinunter, berührte es sanft mit einem Finger.

»Philippa Burton.« Sylvia sah sich das Foto an. Ein Schatten legte sich über ihr Gesicht, eine Spur von Härte. »Hat sie Lianne umgebracht?«

»Nein«, antwortete ich. Dann: »Ich weiß es nicht.«

»Sie schauen so komisch, geht es Ihnen nicht gut?«

»Ich bin bloß durcheinander, Sylvia. Möchtest du jetzt deine Zuckerwatte?«

»Nehmen Sie auch eine?«

»Nein.«

»Warum nicht? Warum lassen Sie sich nicht mal ein bisschen gehen?« Sie wandte mir ihr zartes, gewitztes Gesicht zu und musterte mich prüfend. »Sie sollten sich mal so richtig entspannen!«

Ein seltsames Gefühl von Ausgelassenheit bemächtigte sich meiner. »Also gut, ich nehme eine riesige rosa Zuckerwatte.«

»Cool. Und hinterher fahren wir mit dem da.« Sie deutete zur

Krake hinüber, deren Arme sich so schnell drehten, dass ich die Gesichter der schreienden Fahrgäste kaum erkennen konnte.

»Ich überleg's mir.«

»Lassen Sie das Überlegen. Kommen Sie!«

Ich aß die Zuckerwatte. Sie blieb in meinem Haar kleben und schmolz auf meiner Wange. Dann bestiegen Sylvia und ich die Krake.

»Ich will das eigentlich gar nicht.«

Sylvia kicherte. Die Krakenarme setzten sich in Bewegung, erst langsam, dann immer schneller, und jeder Wagen drehte sich zusätzlich mit Schwindel erregendem Tempo um die eigene Achse. Ich versuchte, etwas zu sagen, aber meine Wangenmuskeln schienen völlig erschlafft zu sein. Die Welt sauste verschwommen vorbei. Die Zentrifugalkraft drückte mich nach hinten in meinen Sitz, mein Magen befand sich irgendwo anders, mein klebriges Haar peitschte gegen mein Gesicht.

»Verdammt!«, brachte ich schließlich keuchend heraus.

»Schreien Sie!«, rief mir Sylvia ins Ohr. »Schreien Sie sich die Seele aus dem Leib!«

Ich legte den Kopf zurück und öffnete den Mund. Ich schrie, bis meine Stimme alle anderen übertönte. Ich schrie mir die Seele aus dem Leib.

44. KAPITEL

Wieder fummelte ich mit meinem Kassettenrekorder herum, was der skeptische, unverhohlen missbilligende, von verächtlichem Schnauben begleitete Blick von Detective Inspector Guy Furth und der enttäuschte, peinlich berührte von Detective Chief Inspector Oban nicht gerade leichter machten. Beide Männer waren längst mit anderen Dingen, neuen Fällen beschäftigt und mussten sich nun mit einer fanatischen Frau herumschlagen, die nicht aufhören konnte – nein, noch schlimmer, einer Frau, die in Obans Büro unter einem Tisch kauerte und es nicht schaffte, einen einfachen Stecker in eine Steckdose zu schieben. Erst fluchte ich nur in Gedanken vor mich hin, dann auch laut. Es war doch bloß ein verdammter Stecker, mehr nicht!

Endlich hatte ich es geschafft und brachte das Gerät auf Obans Schreibtisch in Position.

»Sie müssen genau hinhören«, erklärte ich. »Die Aufnahme hat nicht gerade die beste Qualität. Es handelt sich um eine alte Kassette, die ich in irgendeiner Schublade gefunden habe.«

Die beiden Detectives wechselten einen viel sagenden Blick, während ich auf den Playknopf drückte. Es war ein bisschen peinlich, weil ich nicht richtig zurückgespult hatte, sodass man mich erst mal »eins-zwei, eins-zwei« sagen hörte. Ich sah Oban an. Er biss sich auf die Lippe, als müsste er ein Lachen unterdrücken. Es wurde nicht viel besser, denn nun folgte unser endlos scheinendes Geplapper über Emilys Kindergarten und meine Verletzung. Oban rutschte ungeduldig auf seinem Stuhl hin und her.

»Hat es gerade gehagelt, als Sie das Interview aufgenommen haben?«, fragte Furth mit einem spöttischen Grinsen.

»Ich weiß, dass das Band ein bisschen rauscht«, gab ich zu. »Tut mir Leid, dass sich das so hinzieht, aber ich wollte, dass Sie das Ganze hören, damit Sie den Zusammenhang haben.«

Er murmelte etwas vor sich hin.

»Was haben Sie gesagt?«, wollte ich wissen.

»Nichts.«

Ich schaltete das Band aus und spulte es ein wenig zurück.

»Um Gottes willen!«, rief er. »Wir müssen es uns doch kein zweites Mal anhören, oder?«

»Ich möchte nur sicherstellen, dass Sie alles mitbekommen.«

Er stöhnte. Als sich das Gespräch den Geschehnissen auf dem Spielplatz zuwandte, runzelte er konzentriert die Stirn. Plötzlich verkündete Emily, ihr sei langweilig, es klickte und krachte, und dann waren wir mitten in *Hotel California* – es war eine Partykassette aus den Achtzigerjahren. Die beiden Männer grinsten.

»Der Teil gefällt mir«, meinte Furth. »Da ist die Klangqualität auch besser.«

»Also, was halten Sie davon?«, fragte ich ungeduldig.

»Spielen Sie es noch mal vor«, antwortete Oban. »Nur das letzte Stück«, fügte er hastig hinzu.

Nach kleineren technischen Schwierigkeiten schaffte ich es, die Kassette zurückzuspulen und ihnen Emilys Aussagen über die Frau ein zweites Mal vorzuspielen. Noch bevor die Aufnahme zu Ende war, beugte sich Oban vor und schaltete das Gerät aus. Dann lehnte er sich zurück. Aus seiner Miene sprach leichtes Unbehagen.

»Nun?«, fragte ich.

Er schaute aus dem Fenster, als hätte er draußen gerade etwas Faszinierendes entdeckt, das seine ganze Aufmerksamkeit in Anspruch nahm. Nach einer Weile blickte er sich um, als wäre er überrascht, dass ich noch da war.

»Entschuldigen Sie«, begann er. »Ich musste nur gerade daran denken, dass es erst ein paar Wochen her ist, dass wir Ihnen eine Kassette vorgespielt haben. Es ist schon komisch, wie sich die Kreise schließen.«

»Das finde ich eigentlich nicht«, antwortete ich.

»Was wollen Sie denn jetzt von mir hören?«, fragte er.

Ich hatte schon die ganze Zeit das ungute Gefühl gehabt, dass es nicht so lief, wie ich mir das vorstellte. »Ich glaube nicht, dass ich was Bestimmtes hören wollte«, antwortete ich. »Ich dachte eher, Sie würden vielleicht vor Aufregung einen Luftsprung machen.«

»Weswegen sollte ich in Aufregung geraten?«

Ich sah die beiden an. Furths Miene wirkte seltsam gütig, was mein schlechtes Gefühl noch verstärkte. »Hören Sie denn nicht, was ich höre? Daran hätten wir schon vor einer Ewigkeit denken müssen. Man kann eine Mutter nicht so mir nichts, dir nichts entführen, während sie, umgeben von einer Menge anderer Leute, auf ihr Kind aufpasst. Da war eine andere Frau im Spiel, eine Frau, die ein paar Minuten auf Emily aufgepasst hat, während Philippa Burton zu dem Auto gelockt und umgebracht wurde.«

»Das höre ich aber nicht«, meinte Oban.

»Was hören Sie dann?«

Er schnaubte verächtlich. »Ich höre, wie ein dreijähriges Mädchen vage auf Suggestivfragen antwortet. Ich meine, ›die nette Frau‹, was soll das sein? Das könnte jede Frau sein, die ihr im letzten Jahr einen Lutscher gekauft hat.«

»Dann glauben Sie Emily also nicht?«

»Erstens wissen Sie genau, dass ein solches Band vor Gericht auf keinen Fall als Beweismaterial zugelassen würde. Und zweitens halte ich das Ganze für Blödsinn. Tut mir Leid, Kit, aber ich glaube, diesmal ist wirklich Ihre Fantasie mit Ihnen durchgegangen. Langsam fangen Sie an, mir meine Zeit zu stehlen.«

»Dann werden Sie die Möglichkeit, dass eine Frau mit im Spiel war, also nicht in Betracht ziehen?«

»Denken Sie da an eine bestimmte Frau?«

»Ja.«

»Wen?«

»Bryony Teale.«

»Wie bitte?«

»Hören Sie mir fünf Minuten zu, dann können Sie mich rauswerfen.«

»Und er hat dir zugehört?«, fragte Julie und nippte an ihrem Drink.

Wir saßen in Soho in einer neuen Kneipe namens Bar Nothing. Anscheinend waren harte Kanten und gerade Linien zurzeit out. Die Einrichtung bestand aus pastellfarbenen Sofas und großen Kissen auf dem Boden. Wir saßen an der Bar, die nicht aus weichem Material bestand. Eine Bar durfte nicht weich sein, weil sonst die Drinks runterfielen. Immerhin war sie sanft geschwungen.

Ich hatte Julie am frühen Abend in der Wohnung angetroffen, hatte geschrien und getobt, hatte – im übertragenen Sinn – meinen Kopf gegen die Wand geknallt. Julie hatte mich eine Weile gewähren lassen und dann darauf beharrt, dass unser Abend nur noch dadurch zu retten sei, dass wir uns anzogen und zusammen die Stadt unsicher machten. Sie hatte inzwischen ein bisschen zugenommen und sah in einem weiteren meiner Kleider, einem schwarzen mit Chiffonärmeln, absolut umwerfend aus. Ich trug mein knallenges rosa Kleid für spezielle Gelegenheiten, das ich mir mal gekauft hatte, weil ich mich darin wie die Hauptperson aus einem jener Bluessongs fühlte, in denen sich der Sänger darüber beklagt, von einer teuflischen Frau von zu Hause weggelockt worden zu sein. Ich hoffte irgendwie, jemand würde auf uns zukommen und uns erklären, dass wir mit unserem Outfit gegen die städtischen Verordnungen verstießen.

Ich glaube, ich brachte Julie sofort in Verlegenheit, indem ich zwei Margaritas bestellte, was wahrscheinlich typisch für die Neunziger-, wenn nicht sogar für die Achtzigerjahre war, aber ich brauchte dringend etwas schnell Wirkendes.

»Weißt du, Rosa ist wirklich deine Farbe«, erklärte Julie, nachdem wir den ersten Schluck getrunken hatten. »Das passt irgendwie gut zu deinen grauen Augen.«

»Und zu meiner Narbe.«

»Sag doch so was nicht!«

»Ich denke, es wird langsam besser«, meinte ich. »Vor nicht allzu langer Zeit habe ich noch vom Phantom der Oper gesprochen, erinnerst du dich? Inzwischen fürchte ich mich nicht mehr davor, dass die Leute mich so sehen könnten. Eher glaube ich, dass sie mich für das Opfer einer missglückten Schönheitsoperation halten.«

Julie gab mir keine Antwort. Stattdessen berührte sie mein Gesicht, drehte es so hin, dass die betroffene Seite ganz im Licht war. Sie musterte sie, als würde sie einen dekorativen Gegenstand in meiner Wohnung in Augenschein nehmen. Ich musste daran denken, wie die kleine Emily die Narbe mit dem Finger nachgezeichnet hatte. Nachdem Julie mit ihrer Analyse fertig war, lächelte sie.

»Sie sieht aus, als könnte sie eine Geschichte erzählen.«

»Die einzige Geschichte, die diese Narbe erzählt, ist, wie wenig Zeit er hatte.«

Julie verzog das Gesicht, und ich entschuldigte mich. Nachdem wir uns beide noch einen zweiten Drink bestellt hatten, lenkte ich das Gespräch auf sie. Sie sprach über Reisen, über schreckliche und ein paar nette Männer, über ihre Pläne. Plötzlich fragte sie mich, ob ich mitkommen wolle, und ich überraschte mich selbst mit dem Gedanken: Tja, warum eigentlich nicht? Warum nicht alles stehen und liegen lassen und weggehen? Als mein zweiter Drink zur Neige ging, dachte ich bereits: Warum nicht alles stehen und liegen lassen und noch heute Abend aufbrechen?

Wir fanden einen Tisch und bestellten eine Flasche Wein und jede einen Salat, aber dann erschien mir das nicht mehr genug. Ich hatte plötzlich Heißhunger auf rotes Fleisch. Julie schien ein wenig blass zu werden, als es serviert wurde: dünne Scheiben rohes Rindfleisch mit feinen Parmesanraspeln, beträufelt mit Olivenöl und Zitronensaft. »Eigentlich bin ich eine richtige Fleischfresserin«, erklärte sie. »Aber ich glaube, ich mag es einfach lieber, wenn das Fleisch einen schönen Braunton hat.«

Ich versuchte, beim Thema zu bleiben und weiter über Julie und ihr Leben zu sprechen. Aber es half nichts. Ich war wie ein rauchender Vulkan, und noch während wir in unseren Salaten herumstocherten, brach der Vulkan aus, und ich begann mit einem feurigen Bericht über die letzten zwei Tage.

»Ja, Oban hat mir zugehört«, erklärte ich, nachdem ich unsere Gläser ein zweites Mal gefüllt hatte. »Zumindest hat er sich angehört, was ich zu sagen hatte. Das trifft es wohl am ehesten. Dann hieß es sinngemäß bloß: Der Fall ist abgeschlossen, verschwenden Sie nicht unsere Zeit, versuchen Sie ja nicht, uns davon zu überzeugen, dass das Leben komplizierter ist, als wir dachten, und zwingen Sie uns nicht, unseren Job gewissenhaft zu machen.«

Lachend hielt ich inne. Ich hatte mich dabei ertappt, wie ich mit dem Zeigefinger wild in Julies Richtung gestikulierte und sie ein wenig zurückgewichen war.

»Ich bin nicht Oban«, meinte sie, ebenfalls lachend. »Mich musst du nicht überzeugen. Oder doch, eigentlich schon. Ich muss nämlich zugeben, dass ich noch nicht so ganz verstehe, wovon du eigentlich sprichst. Willst du wirklich darauf hinaus, dass die nette Fotografin diesem seltsamen Doll dabei geholfen hat, Leute umzubringen?«

»Nein, nein, Doll hatte nichts damit zu tun. Sie hat ihrem Mann geholfen, Gabriel.«

Julie nahm einen weiteren Schluck von ihrem Rotwein. »Ich weiß nicht«, meinte sie. »Wahrscheinlich hätte ich dir diese Frage schon vor unseren drei Drinks stellen sollen. Ich meine, das sind doch nette Leute. Er arbeitet für ein Theater. Warum um alles in der Welt hätten sie diese Frauen umbringen sollen?«

»Und Doll.«

»Wie bitte? Doll ist doch von anderen Leuten umgebracht worden, oder nicht?«

»Nein.«

»Aber du hast mir erzählt, dass sie sogar eine Nachricht hinterlassen haben.«

»Ja, das stimmt. ›Mörderischer Bastard‹, Letzteres mit einem lächerlichen Fehler. Das war absolut erbärmlich, aber ich war von Dolls Anblick so geschockt, dass ich nicht weiter darüber nachdachte. Glaubst du, jemand, der nicht mal ›Bastard‹ richtig schreiben kann, würde ein Wort wie ›mörderisch‹ gebrauchen? Weißt du noch, was ich über die Leichen von Lianne und Philippa gesagt habe? Ihre Verletzungen sahen aus, als hätte jemand ohne große Überzeugung den Psychopathen gespielt. Du solltest mal sehen, was ein richtiger Psychopath mit einem Frauenkörper anstellt.«

»Ich glaube, darauf kann ich verzichten«, erwiderte Julie. »Demnach waren das also nette Mörder?«

»Sie haben es zumindest nicht aus Spaß an der Freude getan, sondern weil sie das Gefühl hatten, es tun zu müssen.«

»Aber warum, zum Teufel?«

»Ich habe keinen blassen Schimmer, aber das macht nichts. Das ist das Gute daran. Vorher passte nichts zusammen, jetzt passt alles. Wie sich herausgestellt hat, gab es eine Verbindung zwischen diesem armen Mädchen, Daisy, und Gabe Teale. Ich habe mich gestern mit einer Freundin von ihr getroffen, die mir erzählt hat, Daisy habe im *Sugarhouse* gearbeitet. Lianne hat sich wegen Daisy Gedanken gemacht und wird bald darauf ermordet. Außerdem habe ich herausgefunden, dass Philippa Burton auf der Suche nach Lianne war.«

»Warum?«

»Keine Ahnung. Die Notiz, die ich in ihrem Zimmer gefunden habe, beweist, dass sie auf eine Verbindung zwischen Lianne und Bryony gestoßen war. Prompt wird auch sie ermordet. Jetzt habe ich den Beweis erbracht, dass Bryony an Philippas Entführung beteiligt war.«

»Hast du das wirklich?«, fragte Julie skeptisch.

»Absolut. Wo war ich vorhin stehen geblieben?«

»Weiß nicht.«

»Michael Doll. Der so genannte Überfall auf Bryony hat nie einen Sinn ergeben. Nach den vielen Zeitungsberichten über Michael Doll waren die meisten Leute davon überzeugt, dass er Lianne umgebracht hatte. Für Gabriel und Bryony aber bedeutete es nur, dass er am Tatort gewesen war. Vielleicht hatte er etwas gesehen. Vielleicht hatte er sich sogar mit ihnen in Verbindung gesetzt und sie erpresst. Sie unternahmen einen halbherzigen Versuch, ihn zu überfallen, ihm eine über den Kopf zu ziehen und ihn in den Kanal zu werfen, was auch immer, vielleicht wollten sie es wirklich so aussehen lassen, als wären es Leute von einer Selbstschutzgruppe gewesen, aber dann taucht plötzlich dieser Terence Mack auf, Bryony landet in seinen Armen, Gabe sucht das Weite, und Doll hat keinen blassen Schimmer, was eigentlich vor sich geht, sodass es für alle nach einem Überfall auf Bryony aussieht. Kein Wunder, dass sie in einem so traumatisierten Zustand war.«

»Und …«

»Und deswegen begeben sie sich – nein, wahrscheinlich nur Gabe, denn Bryony gilt ja inzwischen als gefährdet und steht unter Polizeischutz – in Dolls Wohnung, um es beim zweiten Mal richtig zu machen. Seit die beiden Philippa dazu gebracht hatten, Gabe auf einen kurzen Plausch zu seinem Auto zu begleiten, war Bryony ja im Besitz von Emilys Schnabeltasse. Nun bringt Gabe Doll um und lässt die Tasse zurück. Doll ist tot, endgültig erledigt, und der Fall ist abgeschlossen.«

Julie verteilte die letzten Tropfen Wein auf unsere Gläser. »Noch eine?«, fragte sie.

»Nein«, antwortete ich. »Ich bin schon am Ausnüchtern.«

»Klingt aber nicht danach«, meinte sie. »Mir geht das alles ein bisschen zu schnell. Es war doch nicht nur die Schnabeltasse, oder? Da war auch noch dieser Lederbeutel. Glaubst du wirklich, dass er den absichtlich zurückgelassen hat? Da wäre er aber ein ziemliches Risiko eingegangen.«

»Darüber habe ich auch schon nachgedacht«, entgegnete ich. »Ich glaube nicht, dass das Absicht war. Du hättest diesen Raum sehen sollen. Überall nur Blut. Gabe selbst muss von oben bis unten bespritzt gewesen sein.«

»Falls er wirklich dort war«, fügte Julie hinzu.

»Er war dort. Er ist voller Blut, zieht sich aus, um sich im Bad zu waschen, vergisst den Beutel. Das Ding wird gefunden, aber wie sich herausstellt, ist das nicht weiter schlimm, weil die Polizei es für eine weitere von Dolls Trophäen hält.«

Julie schwieg einen Moment. Sie sah aus, als müsste sie die vielen Informationen erst mal auseinander dividieren. »Und das alles hast du Oban in fünf Minuten reingedrückt?«, fragte sie schließlich.

»Er hat die Kurzversion bekommen.«

»Kein Wunder, dass er dich rausgeschmissen hat.«

»Du bist nicht überzeugt?«

»Ich weiß nicht. Das muss sich in meinem Kopf erst mal ein bisschen setzen. Fest steht, dass ich noch einen Drink brauche, egal, was du dazu sagst.«

Sie bestellte uns zwei Brandys. Als sie gebracht wurden, nahm sie sofort einen Schluck und verzog das Gesicht. »Also, was wirst du jetzt unternehmen? Hast du vor, es noch mal bei Oban zu versuchen?«

Ich schnippte mit einem Finger gegen mein Glas. Es klirrte leise.

»Nein«, antwortete ich nachdenklich. »Ich glaube, sein guter Wille mir gegenüber ist aufgebraucht. Keine Ahnung, was ich jetzt machen werde. Ich denke schon die ganze Zeit darüber nach. Weißt du, dass Paul McCartney, nachdem er sich ›Yesterday‹ ausgedacht hatte, tagelang grübelte, wo er den Song schon gehört hatte? Er konnte sich einfach nicht vorstellen, dass er tatsächlich von ihm war. Ich frage mich die ganze Zeit, ob ich vielleicht Muster sehe, wo gar keine sind.« Ich griff nach meinem Glas und nahm einen Schluck. »Vielleicht sollte ich sie einfach besuchen und darauf ansprechen.«

»Wen?«

»Bryony und Gabe.«

»Wie bitte? Du willst ihnen sagen, dass du sie für Massenmörder hältst?«

»Nein, ich würde nur eine kleine Andeutung machen, sie ein wenig beunruhigen. Vielleicht unternehmen sie dann was.«

Julie leerte ihr Glas. »Wenn sie unschuldig sind, werden sie gar nichts unternehmen«, antwortete sie. »Und wenn nicht – vielleicht einen weiteren Mordversuch. An dir.«

»Etwas Besseres fällt mir nicht ein.«

Nun war es an Julie, mit dem Finger auf mich zu deuten. Ihre Hand zitterte ein bisschen. »Wie viel hast du getrunken?«, fragte sie.

»Zwei Margaritas. Ungefähr eine Flasche Wein. Und diesen Brandy.« Ich kippte den letzten Schluck hinunter.

»Genau«, sagte Julie. »Deswegen hoffe ich, dass nur der Alkohol aus dir spricht. Trotzdem macht mir der letzte Teil unseres Gesprächs Sorgen. Ich bin völlig sicher, dass sich morgen früh keine von uns beiden an die Einzelheiten dieses Abends erinnern wird. Ich jedenfalls nicht. Trotzdem möchte ich, dass du mir versprichst, nichts wirklich Dummes zu tun. Versprichst du mir das?«

»Ich versprech's«, antwortete ich lächelnd.

»Ich weiß nicht, ob ich dir glauben soll.« Sie legte mir eine Hand auf die Schulter und schüttelte mich, als wollte sie mich aufwecken. »Kit, merkst du denn nicht, dass das, was du da tust, absoluter Wahnsinn ist? Ich meine das wirklich ernst!«

»Nein, ich ...«

»Man kann darüber streiten, ob es sinnvoll ist, sich in Gefahr zu bringen, wenn es dafür einen guten Grund gibt. Selbst dann würde ich es nicht empfehlen.« Sie legte eine kurze Pause ein und holte tief Luft, ehe sie fortfuhr: »Aber du sprichst davon, dich völlig grundlos in Gefahr zu bringen. Als ob das Leben dieser zwei toten Frauen irgendwie wichtiger wäre als dein eigenes. Wenn du verstehst, was ich meine.«

»Ja. Aber ich sehe das nicht so.«

»Klar, du siehst das Ganze von hinten nach vorn und von innen nach außen. Du versuchst, Tote zu retten. Das kannst du nicht.«

»Ich weiß.«

Sie schob ihr Gesicht noch näher an meines heran und wiederholte voller Nachdruck: »Du kannst keine Toten retten, Kit. Du kannst sie nicht wieder lebendig machen. Lass es sein!«

45. KAPITEL

Als ich noch ein Teenager war, ließ mich mein Vater immer ein großes Glas Milch trinken, bevor ich zu einer Party ging. Er sagte, das kleide den Magen aus. Ich hätte gestern ein Glas Milch trinken sollen, dachte ich, als ich am nächsten Morgen aufwachte. Das Licht, das durch meine halb zugezogenen Vorhänge hereinschien, tat meinen Augen weh, noch bevor ich sie geöffnet hatte, und mein Mund fühlte sich trocken an. Vorsichtig spähte ich auf den Wecker. Halb sieben. Ich würde mir noch fünf Minuten gönnen. Nur fünf, mehr nicht. Nie hatten sich mein Kissen so weich, meine Gliedmaßen und Augenlider so schwer angefühlt.

Aus Julies Raum drang heftiges Schnarchen. Ich öffnete ein Auge. Zwanzig vor sieben. Als ich mich aufsetzte, hatte ich einen Moment das Gefühl, als würde mein Kopf gleich zerspringen, aber daraus wurde rasch ein leichtes, erträgliches Pochen. War doch gar nicht so schlimm. Ich ging ins Bad und klatschte mir kaltes Wasser ins Gesicht. Dann zog ich mich so schnell und leise wie möglich an. Bevor ich aufbrach, trank ich drei Glas Wasser. Ich lechzte nach starkem schwarzem Kaffee, wagte aber keinen zu machen, weil ich damit womöglich Julie aufgeweckt hätte. Sie würde wahrscheinlich die Tür absperren und den Schlüssel zum Fenster hinauswerfen, wenn sie mitbekäme, wo ich hinwollte. Aber ich hatte mir alles genau überlegt.

Es war ein dunstiger Morgen. Die Häuser am Ende der Straße waren nur verschwommen zu erkennen, und die Autos fuhren mit Licht. Später würde es wahrscheinlich sonnig und warm werden, aber noch war es eisig kalt. Ich hätte eine Jacke mitnehmen oder statt meines dünnen Baumwollshirts einen Pulli anziehen sollen. Es herrschte schon relativ viel Verkehr. In London wird es nie ganz dunkel, nie ganz ruhig. Trotzdem schaffte ich es bis halb acht. Das war gut. Bestimmt standen Theaterdirektoren nie vor acht Uhr auf.

Die Vorhänge im Haus der Teales waren alle noch zugezogen, und es schien nirgendwo Licht zu brennen. Gut. Ich versuchte es mir auf meinem Autositz bequem zu machen, da ich nicht wusste, wie lange ich hier würde sitzen müssen. Ich hätte mir wenigstens unterwegs eine Tasse Kaffee besorgen und etwas zu lesen kaufen sollen. Das Einzige, was ich hatte, war die Betriebsanleitung des Wagens und eine zehn Tage alte Zeitung. Ich las all die bereits wieder vergessenen Geschichten über ein Model hier und einen Krieg dort, einen toten Jungen und einen Internet-Millionär. Mir war kalt, und mein ganzer Körper fühlte sich steif an. Ich fuhr mir durchs Haar, drehte es im Nacken zu einem Knoten zusammen. Dann schaute ich in den Rückspiegel und zog beim Anblick meines verkaterten Gesichts angewidert eine Grimasse. Ich rutschte nervös auf meinem Platz herum. Die Vorhänge der Teales blieben geschlossen. Ich hätte doch länger schlafen können.

Um Viertel vor neun ging oben ein Licht an. Mein Mund war trocken. Warum bin ich eigentlich hergekommen? Was um alles in der Welt mache ich hier?

Um fünf vor neun wurde der Vorhang aufgezogen, und einen kurzen Moment sah ich Gabriel am Fenster stehen. Ich glitt ein Stück tiefer in den Sitz und spähte mit müden Augen zum Haus hinüber. Ich musste dringend aufs Klo.

Ein paar Minuten später wurden auch unten die Vorhänge aufgezogen. Ich sah zwei Gestalten. Sie waren also beide auf. Ich stellte sie mir in ihrer schönen Küche vor, wie sie Kaffee machten, Brot toasteten, miteinander über ihre Pläne für den Tag sprachen, sich mit einem Kuss verabschiedeten. Die Haustür blieb geschlossen. Ich könnte nach Hause fahren, dachte ich, und mich wieder ins Bett legen. Julie schlief wahrscheinlich noch.

Endlich ging die Tür auf, und Gabriel erschien. Er blieb einen Moment auf der Treppe stehen, fasste an seine Jackentaschen, um sicherzugehen, dass er seine Schlüssel dabeihatte, und rief seiner Frau über die Schulter noch etwas zu. Er trug eine schwarze Jeans und eine graue Wolljacke und sah aus wie die Leute, die ich kannte, wie einer von meinen Freunden.

Ich musste noch ein bisschen warten. Ich starrte auf die Uhr im Wagen. Nach zehn Minuten stieg ich aus. Es war noch nicht zu spät, ich konnte es mir nach wie vor anders überlegen. Es war erst zu spät, als ich lauter als nötig an die Haustür klopfte und drinnen Schritte hörte.

»Ja?«

Bryony war noch im Bademantel. Sie hielt ihn oben mit einer Hand zu, genau, wie ich es immer tat. Benommen starrte sie mich an, als hätte ich sie aus dem Bett geholt. Sie schluckte heftig. »Bryony«, sagte ich in herzlichem Ton, »ich hoffe, ich störe Sie nicht. Ich war gerade auf dem Weg zu einem Patienten, und wie ich so dahinfahre, sehe ich plötzlich das Schild mit dem Namen Ihrer Straße vor mir, und nachdem ich noch viel zu früh dran bin, habe ich mir gedacht, ich schaue einfach auf gut Glück bei Ihnen vorbei.«

»Kit?«, murmelte sie.

»Und um ehrlich zu sein, könnte ich vor meinem Termin noch ein Klo und eine Tasse Kaffee gebrauchen. Ich habe Sie doch hoffentlich nicht geweckt?«

»Nein, nein, entschuldigen Sie.« Sie bemühte sich sichtlich um Fassung. »Ich habe nur nicht damit gerechnet – aber kommen Sie doch herein. Ich setze gleich Wasser auf. Die Toilette ist hier den Gang entlang.« Sie deutete mit der Hand in die entsprechende Richtung. Ich registrierte ihre abgekauten Nägel. Wie die von Lianne.

»Danke.«

Als ich zurückkam, gab sie gerade Kaffeebohnen in eine Mühle. »Sie sehen müde aus«, sagte ich. Sie sah mehr als müde aus. Sie schien stark abgenommen zu haben. Ihre Schlüsselbeine traten scharf hervor. Ihr Gesicht wirkte aufgeschwemmt, ihr schönes Haar ungepflegt. An der linken Wange hatte sie einen leichten Ausschlag. Als sie nach dem Wasserkessel griff, um den Kaffee aufzugießen, sah ich, dass sich rund um ihr

Handgelenk ein rotes Ekzem zog. »Wie geht es Ihnen?«, fragte ich.

»Nicht so besonders.«

»Ja, das hat Gabriel schon gesagt. Hat er Ihnen erzählt, dass ich kürzlich im Sugarhouse war?«

»Nein.«

»Hat Sie die Angst krank gemacht?«, fragte ich.

»Vielleicht«, antwortete sie langsam. Sie füllte zwei Tassen mit Kaffee und stellte sie auf den Tisch. »Möchten Sie etwas dazu essen – oder müssen Sie schon zu Ihrem Termin?«

»Ich habe noch jede Menge Zeit«, gab ich fröhlich zurück. »Aber danke, ich möchte nichts essen. Mit dem Kaffee bin ich wunschlos glücklich.« Obwohl er noch sehr heiß war, nahm ich einen Schluck. »Waren Sie schon beim Arzt?«

»Weshalb?«

»Nun ja, wegen Ihres Zustands.«

»Das wird schon wieder. Jetzt ist ja alles wieder in Ordnung, nicht?«

»Wirklich?«

»Ich meine, es ist vorbei. Ich brauche mir keine Sorgen mehr zu machen.« Ich sah sie an. Sie fingerte nervös an ihrer Tasse herum. »Zumindest haben die von der Polizei das gesagt.«

»Ich weiß. Polizisten haben es gern, wenn ein Fall abgeschlossen ist. Aufgeklärt und abgeschlossen. Das wird im Pub groß gefeiert. Und dann geht's weiter zum nächsten Fall.«

»Da kenne ich mich nicht so aus.«

»Aber für Sie und mich ist es anders, stimmt's?«

»Vielleicht sollte ich mich jetzt besser anziehen.« Sie stand auf, hielt wieder ihren Bademantel zu. »Es ist schon spät. Ich habe heute einiges zu erledigen.«

»Sie können nicht vergessen, was Sie durchgemacht haben. Die Erinnerungen stecken in Ihrem Kopf.« Ihre Lider wirkten schwer, als kostete es sie größte Mühe, die Augen offen zu halten. »Und was mich angeht, kann ich einfach nicht aufhören, mir bestimmte Fragen zu stellen. Warum hat ein Opfer den Namen eines weiteren Opfers aufgeschrieben, bevor sie starb? Wie konnte ein Mörder eine Frau am helllichten Tag, noch dazu vor den Augen ihres Kindes, aus einem öffentlichen Park entführen? Warum hat ein verlässlicher Zeuge Michael Doll für einen unbeteiligten Zuschauer gehalten?«

»Da kann ich Ihnen auch nicht helfen…« Bryonys Lippen wirkten blutleer. »Ich weiß es nicht.«

»Warum hat sich eine Frau von einem Spielplatz entführen lassen, ohne zu schreien oder um Hilfe zu rufen, und warum hat das Kind kein Theater gemacht, als seine Mutter verschwand?« Ich zwang mich zu einem Lächeln. »Die Polizei hat das alles nicht besonders interessiert. Schon gar nicht mehr, seit Michael Doll tot ist. Ich habe ein Problem damit, die Dinge schnell loszulassen. Das sagen alle, die mich kennen. Wie auch immer, in diesem Fall habe ich lauter Bruchstücke einer Geschichte und versuche schon die ganze Zeit, sie zusammenzusetzen. Stört es Sie, wenn ich Ihnen davon erzähle?« Sie reagierte nicht. »Da war ein Mädchen namens Daisy. Daisy Gill. Vierzehn Jahre alt, auch wenn sie vielleicht älter ausgesehen hat. Ich bin ihr nie persönlich begegnet. Ich habe nur ihr Foto gesehen und mit ihren Freunden gesprochen. Sie hatte eine unglückliche Kindheit, so viel weiß ich. Eltern, die sie nicht haben wollten, Pflegeeltern, die sie im Stich ließen. Oder ihr noch Schlimmeres antaten. Sie brauchte dringend Freunde. Sie brauchte Erwachsene, denen sie vertrauen konnte und die die Welt für sie ein bisschen sicherer machen würden. Leute wie Sie oder ich können sich wahrscheinlich nur schwer vorstellen, wie ihr Leben gewesen sein muss. Sie war oft wütend und immer einsam, immer voller Angst.«

Mit einem schabenden Geräusch zog Bryony ihren Stuhl wieder heran und setzte sich. Sie legte das Kinn in die Hände, und zum ersten Mal an diesem Tag sahen mich ihre karamellfarbenen Augen direkt an. Die Farbe bildete einen starken Kontrast zu ihrer bleichen Haut.

»Daisy hatte eine Freundin. Lianne. Ich weiß nicht, wie Lianne in Wirklichkeit geheißen hat oder wo sie hergekommen ist, aber ich weiß, dass auch sie eine unglückliche Kindheit hinter sich hatte. Dass sie oft sehr verzweifelt gewesen sein muss. Aber wenigstens hatten Lianne und Daisy einander. Vielleicht war das ihre Rettungsleine. Sie planten, miteinander zu leben und ein Restaurant aufzumachen, wenn sie beide alt genug wären. Sie wollten Pasta kochen, Makkaroni mit Käse und solche Sachen. Das habe ich von ihren Freunden erfahren.«

»Warum erzählen Sie mir das?«

»Daisy hat sich umgebracht. Sie hat sich in dem Heim, das ihr Zuhause war, in ihrem tristen, kleinen Zimmer aufgehängt. Ein paar Monate später wurde dann Lianne unten am Kanal ermordet, kurz darauf Philippa Burton – beide von derselben Person. Philippa kannte Lianne – wir wissen nicht, woher oder warum sie sich kannten. Lianne kannte Daisy. Und wie der Zufall so spielt, hat Daisy im Sugarhouse gearbeitet. Es hängt also alles miteinander zusammen.«

»Es hängt nicht wirklich zusammen«, antwortete Bryony. »Das hier ist nun mal ein kleiner Stadtteil. Außerdem war ich ja auch ein Opfer.«

»Michael Doll.« Einen kurzen Moment blitzten vor meinem geistigen Auge die letzten Bilder von ihm auf. Michael Doll noch am Leben. Michael Doll tot. »Er ist bloß zufällig in die Geschichte hineingestolpert. Mehr war es nicht. Er saß einfach nur dort unten am Kanal, wo ihn niemand störte, und fing seine armen Fische, um sie hinterher wieder ins Wasser zu werfen.«

»Er hat diese Frauen umgebracht.« Sie stützte die Hände vor sich auf den Tisch und setzte sich aufrechter hin.

»Er war schrecklich zugerichtet«, entgegnete ich. »Ich habe seine Leiche gesehen, müssen Sie wissen.«

»Ich wollte immer schon fotografieren«, sagte Bryony mit leiser Stimme. »Seit ich mit neun Jahren von meinem Onkel eine billige kleine Sofortbildkamera zum Geburtstag bekommen hatte. Es ist seltsam, wie man das plötzlich weiß – auf jeden Fall hatte ich immer das Gefühl, die Welt klarer zu sehen, wenn ich sie durch eine Kamera betrachtete, als würde sie dann mehr Sinn ergeben. Durch eine Kamera können sogar hässliche Dinge schön aussehen. Sinnlose Dinge ergeben plötzlich einen Sinn.« Sie blickte zum Foto des kleinen Zigeuernmädchens auf. »Und ich bin gut darin. Es geht ja nicht nur darum, das eigentliche Foto zu machen, man muss erst mal wissen, wonach man sucht. Oft passiert wochenlang gar nichts, und dann sehe ich eines Tages plötzlich etwas. Ein Gesicht. Irgendwas Besonderes. Die Art, wie das Licht fällt. Das ist dann, als würde es in meinem Kopf Klick machen. Irgendwie gibt mir das Fotografieren außerdem das Gefühl, etwas Sinnvolles zu tun. Eine Art Zeitzeugin zu sein.« Sie fuhr sich mit der Zunge über die bleichen Lippen. »Für die Gesellschaft, aber auch für mich selbst. Wie Gabe mit seinem Theater. Er ist auch sehr gut in seinem Job.«

»Ich weiß«, antwortete ich. »Ich habe es gesehen.« In der Küche war es sehr still, als hätte die Welt draußen aufgehört zu existieren.

»Wir sind auch in die Geschichte hineingezogen worden«, erklärte sie mit einem langen Seufzer. »Aber das spielt jetzt keine Rolle mehr, oder? Es ist vorbei. Die Polizei hat gesagt, dass es vorbei ist und dass mir nichts mehr passieren kann. Sie haben das auch gesagt. Irgendwann wird es mir wieder besser gehen. Aber ich bin noch so müde. Ich bin so müde, dass ich hundert Jahre lang schlafen könnte.«

Hinter uns klickte es leise, und im Raum wurde es noch eine Spur stiller. Alles schien plötzlich klar und deutlich hervorzutreten: die Topfpflanze auf dem Fensterbrett, die Tassen an ihren Haken, die winzige Spinnwebe an der Glühbirne, die Sonne, die von den Kupferpfannen reflektiert wurde und geometrische Muster an die Wand warf, meine Hände, die ich friedlich im Schoß gefaltet hatte. Die einzigen Geräusche, die ich noch wahrnahm, waren mein eigenes Atmen und das leise Ticken meiner Uhr. Es war zweiundzwanzig nach zehn. Bryony saß völlig reglos da.

Schließlich drehte ich mich um. Gabriel stand im Türrahmen.

Mit einem zweiten leisen Klicken zog er die Tür hinter sich zu und starrte uns an. Erst Bryony, dann mich, dann wieder sie. Niemand sagte ein Wort. Die Sonne schien durchs Fenster herein.

Ich wollte etwas sagen, ließ es dann aber bleiben. Was sollte das bringen? Ich hatte nichts mehr zu sagen. Stattdessen legte ich einen Finger an meine Wange und zeichnete meine Narbe nach, vom Haaransatz bis hinunter zum Kinn. Irgendwie tröstete mich das. Es rief mir in Erinnerung, wer ich war.

»Ich habe meine Tasche vergessen«, erklärte Gabriel.

»Ich gehe jetzt wohl besser«, bemerkte ich, rührte mich aber nicht von der Stelle.

»Sie war gerade in der Gegend«, meldete sich Bryony mit ihrer neuen, matten Stimme zu Wort. Gabriel nickte.

»Ich muss mich wieder hinlegen«, murmelte sie und stand unsicher auf. »Ich bin krank.«

»Ich wollte bloß mal vorbeischauen«, sagte ich. »Wir haben uns ein bisschen unterhalten.«

»Worüber?« Er sah seine Frau an.

»Sie hat über das gesprochen, was passiert ist«, antwortete Bryony. »Sie hat ein Mädchen erwähnt. Wie war noch mal ihr Name?«

»Daisy«, sagte ich. »Daisy Gill.«

»Sie hat sich umgebracht. Sie war eine Freundin von Lianne. Und sie hat im Sugarhouse gearbeitet.«

»Was soll denn der Blödsinn?«, entgegnete Gabriel müde. »Es hat doch geheißen, dass alles vorbei sei. Was sagt denn die Polizei dazu?«

»Es ist bloß sie«, antwortete Bryony fast lautlos. »Sie ist allein.«

Er kam auf mich zu. »Was wollen Sie?«, fuhr er mich an und streckte die Hand aus. Erst berührte er mich nur leicht an der Schulter, aber dann packte er mich plötzlich am T-Shirt und zog mich hoch.

»Gabe!«, rief Bryony erschrocken.

Ich blickte in sein erschöpftes Gesicht, seine blutunterlaufenen Augen. Hinter ihm sah ich Bryonys bleiches Gesicht, hinter ihr eine geschlossene Tür. Ich saß in der Falle.

»Wollen Sie die ganze Welt umbringen?«, fragte ich ihn.

Seine Hände fühlten sich warm an, als er sie mir um den Hals legte. Ich musste an das Gesicht meiner Mutter denken, deren Foto ich immer dabeihatte, als könnte sie mich beschützen. Ich dachte daran, wie sie lächelnd im Gras saß. Gabriels Gesicht war inzwischen ganz nahe vor meinem, und ich hörte ihn flüstern: »Wir wollten das nicht.« Sein Gesicht war zu einer furchtbaren Grimasse verzogen, seine Augen halb geschlossen, als könnte er den Anblick dessen, was er tat, nicht ertragen. Ich schlug nach ihm, aber sein Körper war hart und unnachgiebig wie eine Mauer. Also ließ ich locker, und er begann zu drücken. Die Welt bestand nur noch aus Rot und Schwarz und Schmerz und einer weinenden Stimme im Hintergrund. Dann, nachdem ich meinen Körper so schlaff gemacht hatte, wie ich nur konnte, als würde ich gleich bewusstlos, riss ich die rechte Hand mit aller Kraft hoch, spreizte meine Finger zu einem V und stach damit nach seinen Augen. Ich spürte etwas Weiches, Feuchtes und hörte ihn aufschreien. Seine Finger ließen für einen Moment locker, dann schlossen sie sich wieder um meinen Hals. Ich fuhr mit meinen Fingernägeln über seine Wange, spürte, wie seine Haut zu bluten begann, hakte meine Finger dann in seinen schreienden Mund und riss sie zurück, so fest ich konnte. Sein Brüllen dröhnte in meinen Ohren, der Schmerz pulsierte durch meinen Kopf, und alles, was ich sehen konnte, war rot. Blut, nichts als Blut. Ich stieß ihm die Finger immer wieder ins Gesicht, traf auf etwas Weiches, spürte sein klebriges Blut, seinen Speichel, das Nass seiner Augen.

»Bryony. Gib ihr den Rest, verdammt noch mal! Bryony!«

Etwas Schwarzes kam durch den roten Nebel auf mich zu. Ich schloss die Augen, hörte wenige Zentimeter von mir entfernt ein lautes Krachen, das wie ein Schuss klang. Seine Finger lösten sich von meinem Hals. Ich landete auf dem Boden, spürte das raue Holz der Dielen an meiner Wange. Ich hörte erneut ein Geräusch und sah schemenhaft ein schwarzes Fotostativ ein weiteres Mal durch die Luft sausen. Dann landete Gabriel auf mir. Sein Körper deckte meinen zu, sein Blut lief mir übers Gesicht. Ich hörte ihn keuchen und Bryony schreien. Nachdem ich ihn von mir runtergeschoben hatte, stand ich mühsam auf, obwohl die Welt um mich herum noch immer laut zu brüllen schien und der Boden unter meinen Füßen gefährlich schwankte. Gabriel lag in seinem eigenen Blut. Er hatte eine klaffende Wunde am Kopf, sein Gesicht war aufgerissen und ein Auge völlig rot. Seine Brust aber hob und senkte sich noch. Ich nahm Bryony das Stativ aus der Hand und führte sie, halb auf sie gestützt, zum Tisch, wo ich sie mit sanfter Gewalt auf einen Stuhl drückte.

»Ich bin kein schlechter Mensch«, schluchzte sie. »Ich bin kein schlechter Mensch. Ich bin gut. Gut. Ein guter Mensch. Das war alles bloß ein Irrtum. Ein schrecklicher Irrtum.«

46. KAPITEL

Der Besuchsraum im Untersuchungsgefängnis Salton Hill wirkte wie eine schmuddelige Cafeteria in einer sehr schlechten Gegend. Auf einer Seite befand sich sogar eine Durchreiche, an der eine Frau, die selbst wie eine Gefängnisinsassin aussah, Papptassen mit künstlich aussehendem Orangensaft oder Tee aus einem großen Metallbehälter füllte. Dazu gab es auf Plastiktellern Kekse mit Marmeladeklecksen in der Mitte. Kinder liefen schreiend heraus, Stuhlbeine kratzten über den Boden, und über allem hing Zigarettenrauch und der Geruch der Armut.

In Männergefängnissen sind alle möglichen Sorten von Verbrechern versammelt: Raubmörder, Psychopathen, Vergewaltiger, professionelle Betrüger, Drogendealer. In einem Frauengefängnis hingegen machen die meisten Insassinnen einen traurigen, hoffnungslosen, leicht verrückten Eindruck. Es gibt so gut wie keine Bankräuberinnen, es gibt keine Vergewaltigerinnen, und es gibt auch keine weiblichen Berufsbösewichte, die ein Jahr im Knast als eine Art Urlaub betrachten. Es handelt sich vielmehr um verzweifelte, verwirrte Frauen, die Ladendiebstähle begangen haben, weil sie nicht genug Geld hatten, oder ihr Baby mit einem Kissen erstickt haben, weil irgendwelche Stimmen ihnen den Befehl dazu gaben. Sie saßen um die Tische, eine Zigarette zwischen den Lippen, denn ohne Zigarette ging es nicht, und sprachen mit ihren scheuen, bestürzt dreinblickenden Müttern und Vätern, mit Freunden, mit ihren nervös herumzappelnden Kindern.

Die Frau, die am Eingang meinen Besucherschein kontrollierte, erklärte mir, dass Bryony bereits unterwegs sei, deswegen holte ich uns zwei Tassen Tee und eine Minipackung Kekse, außerdem zwei Päckchen Zucker und einen dieser kleinen Plastikspatel – als ob ein Plastiklöffel schon zu viel Luxus gewesen wäre. Nichts von dem, was ich schließlich auf ein Tablett aus fester Pappe lud, konnte als Waffe oder – nachdem es sich hier um ein Frauengefängnis handelte – zur Selbstverstümmelung verwendet werden.

Ich setzte mich an den mir zugewiesenen Tisch, Nummer vierundzwanzig, und nahm einen Schluck von meinem Tee, der so heiß war, dass ich mir die Oberlippe verbrannte. Noch ehe ich mich zurücklehnen und ein wenig sammeln konnte, erschien sie auch schon. Sie hatte natürlich ihre eigenen Sachen an, einen braunen Pullover mit rundem Ausschnitt, eine marineblaue Hose, dazu Tennisschuhe ohne Socken. Ich sah, dass sie noch immer ihr silbernes Fußkettchen trug. Ihren Ehering hingegen hatte man ihr abgenommen. An der entsprechenden Stelle war ihre Haut ein wenig heller. Ihr ungewöhnliches Haar war streng nach hinten gekämmt und im Nacken zusammengebunden, fiel aber immer noch auf. Sie war nicht geschminkt. Erst jetzt wurde mir bewusst, wie sorgfältig sie sich sonst immer hergerichtet hatte, auch an dem Morgen nach dem Überfall. Rund um ihre Augen entdeckte ich neue Falten, und sie sah extrem blass aus. Wortlos nahm sie mir gegenüber Platz.

»Ich habe schon mal Tee für Sie geholt«, sagte ich und schob eine Tasse über den Tisch.

»Danke.«

Sie lehnte sich vor und griff nach den zwei Beuteln Zucker, riss sie nacheinander auf und sah fasziniert zu, wie er in die Tasse rieselte. Dann rührte sie den Tee mit hektischen Bewegungen um. Bei der Gelegenheit sah ich die Verbände an ihren Handgelenken. »Ich habe davon gehört«, bemerkte ich.

Sie schaute auf ihre Hände. »Ich habe es falsch gemacht«, sagte sie. »Jemand hat es mir erklärt. Die Leute schneiden alle quer, weil sie es im Fernsehen so gesehen haben. Aber da machen die Adern zu schnell wieder dicht. Ich hätte längs schneiden sollen. Sie sind gekommen, um sich bei mir zu bedanken, nehme ich an.«

Der schnelle Themenwechsel überraschte mich. »Ich bin gekommen, weil Oban mir ausgerichtet hat, Sie wollten mich sehen. Aber ich schulde Ihnen tatsächlich Dank. Ohne Sie wäre ich wahrscheinlich gestorben. Sie haben mir das Leben gerettet.«

»Das wird man mir doch bestimmt anrechnen, nicht? Dass ich Ihnen das Leben gerettet habe.«

»Man wird es ganz sicher berücksichtigen«, antwortete ich.

»Ich habe kooperiert«, fuhr sie fort. »Ich habe der Polizei alles gestanden. Haben Sie die Zigaretten dabei?«

Ich griff in meine Jackentasche und zog vier Schachteln heraus. Nachdem ich mich kurz umgeblickt hatte, schob ich sie zu ihr hinüber. »Ist das in Ordnung?«, fragte ich.

»Solange sie noch original verpackt sind, ist es kein Problem. Sie befürchten bloß, dass man etwas hereinschmuggeln könnte.« Sie nahm eine Zigarette aus ihrer eigenen, bereits offenen Schachtel und zündete sie sich an. »Vorher habe ich nur noch eine Zigarette pro Woche geraucht, aber seit ich hier bin, denke ich mir: Warum nicht mehr? Es gibt hier nicht viel anderes zu tun.«

»Das kann ich mir vorstellen.«

Sie sah sich um und lächelte. »Ein ziemlicher Tapetenwechsel«, meinte sie. »Man rechnet nicht damit, eine Frau wie mich an einem solchen Ort anzutreffen, stimmt's?«

Ich musterte sie, die Frau, die Lianne, Philippa und Michael Doll auf dem Gewissen hatte, und betrachtete dann die anderen Mitleid erregenden Frauen, die aus irgendeinem Grund einen Zusammenbruch erlitten hatten oder in Panik geraten und durchgedreht waren, weil sie ihre Rechnungen nicht mehr bezahlen konnten.

»Ich lernte Gabe am College kennen. Er war jedermanns Liebling. Ich hatte vor ihm erst zwei Freunde gehabt und verliebte mich Hals über Kopf in ihn. Ich hielt mich für das glücklichste Mädchen der Welt. Eine Ironie des Schicksals, nicht wahr? Wäre ich nicht das Mädchen gewesen, das sich Gabe Teale geschnappt hat, dann säße ich jetzt nicht hier.«

»Ich nehme an, so könnte man immer argumentieren«, entgegnete ich. »Das ist nun mal der Lauf der Welt. Eins führt zum anderen.«

»Damit kann ich schlecht leben. Ich habe eher das Gefühl, in diese Lage gedrängt worden zu sein. Ich glaube, ein guter Mensch zu sein. Und ich habe Gabe geliebt, stand unter seinem Einfluss, und unter diesem Einfluss habe ich eine Entscheidung getroffen, das heißt, ich geriet in eine bestimmte Situation, und dann geriet ich in eine andere, bis ich es nicht mehr ertragen konnte. Endlich kämpfte ich dagegen an. Das war bei der Sache mit Ihnen. Und jetzt bin ich hier.«

Sie schwieg einen Moment, wartete auf eine Antwort, aber ein Gefühl von Abscheu schnürte mir die Kehle zu, sodass ich kein Wort herausbrachte. »Wissen Sie, was das Komischste daran ist?«, fuhr sie fort. »Als ich Sie kennen lernte, nun ja, nicht im

Krankenhaus, aber am nächsten Tag, als Sie zu uns kamen, da hatte ich das Gefühl, dass Sie die Sorte Frau waren, die ich gern als Freundin hätte. Mit der ich gern zum Essen gehen und über alles reden würde.«

Ich bekam kaum Luft. Trotzdem musste ich irgendetwas sagen. Es kostete mich bereits große Anstrengung, einen ruhigen Ton anzuschlagen. »Haben Sie das bei Lianne nicht so empfunden?«, fragte ich. »Oder bei Philippa? Dass sie Ihre Freundinnen hätten sein können? Dass sie menschliche Wesen mit Hoffnungen und Ängsten waren, genau wie Sie? Mit einer Zukunft?«

Sie drückte ihre Zigarette in den kleinen Aschenbecher aus Alufolie, der vor ihr auf dem Tisch stand. In diesem Raum gab es nichts, was man packen und jemandem an den Kopf werfen konnte. »Ich wollte Sie sehen, weil mir sonst niemand eingefallen ist, mit dem ich sprechen könnte. Ich dachte, Sie würden mich verstehen, mich nicht verurteilen. Wie geht es übrigens Gabe? Haben Sie ihn gesehen?«

»Tut mir Leid«, antwortete ich. »Ich habe strikte Anweisungen, mit Ihnen nicht über Gabe zu sprechen. Das hat natürlich juristische Gründe. Aber es geht ihm besser. Körperlich, meine ich.«

»Gut«, sagte sie. »Wo war ich stehen geblieben? Ach ja, bei Ihnen. Sie kennen sich doch mit solchen Dingen aus, nicht wahr? Ich habe über alles genau nachgedacht. Ich habe Ihnen das Leben gerettet. Das zählt doch als mildernder Umstand, oder?«

»Möglich«, erwiderte ich. »Aber vielleicht bin ich da nicht unvoreingenommen genug.«

»Ich finde es unfair, dass wir beide wie Mörder behandelt werden, als wären wir beide in gleichem Maß für das verantwortlich, was passiert ist. Sie sind eine Frau und noch dazu vom Fach, ich hatte gehofft, Sie würden verstehen, dass das Gabes Morde waren. Ich stand gewissermaßen unter seinem Einfluss, seiner Kontrolle. Ich dachte, die Leute würden das verstehen. Aus einem bestimmten Blickwinkel betrachtet, bin ich im

Grunde auch eines seiner Opfer. Indem ich Sie gerettet habe, ist es mir endlich gelungen, mich dagegen aufzulehnen. Ich bin sozusagen wieder ich selbst geworden.«

Nach diesen Worten sah sie mir zum ersten Mal an diesem Tag richtig in die Augen. Wollte sie damit sagen, dass ich ihr etwas schuldete? Ihr Leben für meines?

»Was ist passiert?«, fragte ich. »Mit Daisy?«

»Nichts«, antwortete sie. »Sie hat sich umgebracht. Das wissen Sie doch.«

»Sie hatte etwas mit Ihrem Mann.«

»Darüber ist mir nichts bekannt. Tatsache ist, dass schon immer eine Menge junger Mädchen verrückt nach Gabriel waren. Das soll keine Rechtfertigung sein. Ich will auch gar nicht behaupten, dass es mir nichts ausgemacht hat, aber nach allem, was ich gehört habe, war dieses Mädchen ziemlich labil. Sie hat keine Anzeige bei der Polizei erstattet, oder?«

»Nein.«

»Na also. Das ist doch alles Blödsinn.«

»Sie war erst vierzehn, Bryony. *Vierzehn.*«

»Wie gesagt, davon weiß ich nichts. Tatsache ist aber, dass dieses andere Mädchen, Lianne, irgendwann total hysterisch bei uns aufgetaucht ist. Sie hatte völlig falsche Vorstellungen, was Daisy betraf. Sie hat sich aufgeführt, als stünde sie unter Drogen.«

»Ich habe ihren Autopsiebericht gelesen«, entgegnete ich. »In ihrem Blut wurden keinerlei Spuren von Drogen gefunden.«

»Ich wollte damit ja auch nur sagen, dass sie völlig durchgeknallt war. Zuerst hat sie nur mit Gabe gesprochen. Ich kam dazu, als sie gerade anfing, um sich zu schlagen. Ich wusste erst gar nicht, was los war. Sie schrie herum und schlug nach Gabe und mir, und im nächsten Moment war sie auch schon hingefallen und dabei wohl mit dem Kopf gegen eine Kante geknallt. Es war ein richtiger Albtraum. Mir war überhaupt nicht klar, was eigentlich vor sich ging. Ich weiß bloß, dass sie plötzlich tot war und ich in Panik geriet. Wir haben versucht, sie wiederzubeleben.«

»Sie sind in Panik geraten«, griff ich ihre Formulierung auf. »Und deswegen haben Sie und Gabe ihrer Leiche zahlreiche Stichwunden zugefügt. Rund um die Brüste und am Bauch. Und dann haben Sie sie am Kanal abgeladen. Das war vielleicht Ihre Idee. Sie kannten die Gegend ja von Ihren vielen Spaziergängen.«

»Nein«, erwiderte sie gedankenverloren. »Nein, es war Gabes Idee. Er war hysterisch. Er hat gesagt, wir müssten es nach einem Mord aussehen lassen, einer Art von Mord, die niemand mit Leuten wie uns in Verbindung bringen würde. ›Uns‹, hat er gesagt. Er hat gesagt, wir würden da gemeinsam drinhängen. Die Sache hätte unser ganzes Leben ruinieren können, aber nun seien wir sicher. Er hat gesagt, er werde mich nicht gehen lassen.«

»Aber Sie waren noch immer nicht sicher, oder?«

»Nein, das waren wir nicht. Diese Frau …«

»Philippa Burton. Sie hatte einen Namen.«

»Ja, sie besaß unsere Adresse von Lianne. Sie ist zu uns gekommen und hat nach Lianne gefragt. Sie hat gewusst, dass sie bei uns gewesen war.«

»Warum?«

»Lianne hatte ihr von Gabe erzählt. Das hat sie zumindest behauptet.«

»Nein, ich meine, warum hat sie nach Lianne gefragt?«

»Was spielt das für eine Rolle? Gabe war völlig aufgelöst, er konnte keinen klaren Gedanken fassen. Ich versuche Ihnen nur zu erklären, warum das alles als Ganzes genommen so schlimm aussieht, aber wenn man es in einzelne Teile zerlegt, dann gibt es eine … eine Erklärung dafür.«

»Wollten Sie gerade sagen, eine *harmlose* Erklärung?«

Bryony schwieg einen Moment. Sie war inzwischen bei der dritten Zigarette angelangt. »Ja, das wollte ich, aber es hätte herzlos geklungen. Ich möchte nicht, dass Sie mich für herzlos halten, Kit. Die Meinung der meisten anderen Leute ist mir egal, aber ich möchte, dass Sie mich verstehen.«

»Wie ist das mit Philippa dann weitergegangen?«

»Gabe hat gesagt, er habe eine Idee. Er wolle mit ihr reden, sie zur Vernunft bringen. Wir haben ein Treffen mit ihr vereinbart.«

»In Hampstead Heath.«

»Ja. Ich wusste nicht, was passieren würde. Er hat zu mir gesagt, dass er mit ihr reden, ihr eine Geschichte auftischen wolle, die sie zufrieden stellen würde. Ich bin am Spielplatz geblieben und habe auf das kleine Mädchen aufgepasst. Ich hatte keine Ahnung, was er vorhatte. Ich bin nicht mal sicher, ob er es selbst wusste. Er hat mir später erzählt, er sei in Panik geraten und auf sie losgegangen.«

»Er hat sie mit einem Hammer erschlagen und sie dann auf der anderen Seite der Heide abgeladen. Es ist also anzunehmen, dass er den Hammer dabeihatte.«

»Anzunehmen«, stimmte Bryony mir zu. »Das wird man ihm zur Last legen, nicht wahr?«

»Ja. Und Sie waren währenddessen bei Emily und haben mit ihr auf die Rückkehr ihrer Mutter gewartet?«

»Nach einer Weile bekam ich es mit der Angst zu tun. Weder die Frau noch Gabriel kamen zurück. Deswegen habe ich mich aus dem Staub gemacht. Es waren jede Menge Leute da, ich wusste, dass ihr nichts passieren würde. Trotzdem empfinde ich deswegen die größten Schuldgefühle: weil ich ein kleines Mädchen einfach allein gelassen habe.«

»Verstehe«, sagte ich. »Und dann waren Sie schrecklich geschockt, als Sie nach Hause kamen und Gabe Ihnen erzählte, was passiert war.«

»Er war nicht da. Er ist einen ganzen Tag nicht nach Hause gekommen. Als er dann endlich auftauchte, hat er mir gestanden, dass er mit dem Gedanken gespielt habe, sich umzubringen.«

»Außerdem musste er ja noch den Wagen reinigen.«

»Daran habe ich nie gedacht. Das Einzige, was ich tun konnte, war, das Ganze zu verdrängen. Ich fühlte mich wie im Fegefeuer. Am liebsten hätte ich es laut hinausgeschrien, es allen Leuten erzählt. Es tut schon gut, es bloß Ihnen zu erzählen. Ich habe mir die ganze Zeit so gewünscht, endlich jemandem die ganze Wahrheit sagen zu können.«

»Dann kam Michael Doll ins Spiel. Er hatte ebenfalls Pech. Genau wie Sie, meine ich. Der Ort, an dem Sie Liannes Leiche abgeladen haben, war zufällig der Ort, wo Mickey Doll den ganzen Tag beim Fischen saß. Das wussten Sie ja aus der Zeitung.«

»Richtig.«

»Was hatte er gegen Sie in der Hand? Hat er etwas gesehen?«

»Ich glaube nicht. Keine Ahnung. Gabe hat die Leiche dort abgeladen. Er hat niemanden gesehen.«

»Hat Gabe dabei etwas fallen lassen, das Doll fand?«

»Nein.«

»Was war es dann?«

»Nichts.«

»Wie meinen Sie das?«

»Ich glaube nicht, dass er etwas gewusst hat. Aber Gabe war mittlerweile völlig besessen von dem Gedanken, dass dieser Mann dort gewesen war und etwas wissen könnte. Er hat gesagt, nur durch ihn könnten wir noch auffliegen.«

»Deswegen sind Sie nachts zum Kanal gegangen. Sie können nicht leugnen, dass Sie diesmal mit von der Partie waren.«

»Nein, ich war dabei, ich gebe es ja zu. Inzwischen hätte ich alles getan, um Gabe zu helfen, damit das alles endlich vorbei wäre.«

»Was war Ihr Plan? Ihm eine über den Kopf zu ziehen und in den Kanal zu werfen?«

Sie begann zu weinen. Darauf war ich vorbereitet. Ich reichte ihr ein paar Papiertaschentücher.

»Ich weiß es nicht«, antwortete sie.

»Aber Sie sind dabei erwischt worden«, fuhr ich fort. »Sie

waren wirklich brillant. Die Täterbeschreibung, die Sie abgeliefert haben, nachdem Sie sich von Ihrem Trauma erholt hatten, war ein besonderer Geniestreich. Der mysteriöse Verbrecher, der sich gerade so weit von den anderen Beschreibungen unterschied, dass plötzlich alle Zeugen unzuverlässig erschienen. Was für eine schauspielerische Leistung!«

»Es war nicht gespielt. Ich hatte das Gefühl, wahnsinnig zu werden.«

»Und dann haben Sie Doll doch noch erwischt.«

»Das war Gabriel. Er hat gesagt, wenn es Doll nicht mehr gäbe und man ihm die Morde zur Last legen würde, wäre alles vorbei.«

»Was haben Sie dazu gesagt?«

»Ich hatte keinen eigenen Willen mehr. Ich wollte nur noch, dass es vorbei ist.«

»Als Sie es am Spielplatz mit der Angst zu tun bekamen und Emily allein zurückließen, da nahmen Sie ihre Tasse mit. Das stellte sich später als sehr hilfreich heraus. Einer von Ihnen beiden, oder vielleicht sollte ich besser sagen Gabriel, ließ die Tasse in Dolls Wohnung zurück. Natürlich ließ er auch einen Lederbeutel liegen, aber das spielte keine Rolle. Das Ding belastete Mickey Doll nur noch zusätzlich. Welcher Mörder würde schon absichtlich etwas zurücklassen, das seine Identität preisgab? Für Doll war es allerdings ein bisschen hart.«

Sie putzte sich die Nase. »Ich weiß«, antwortete sie. »Der Gedanke quält mich auch, aber ich weiß nicht, was ich hätte tun sollen.«

»Und dann kam ich.«

»Ich war kurz davor, es Ihnen zu erzählen«, sagte sie. »Das haben Sie bestimmt gemerkt. Nein, Sie sind nicht sicher, ich sehe es an Ihren Augen. Sie sind nicht sicher, ob Sie mir glauben sollen. Aber ich habe nicht zugelassen, dass er Sie tötet. Das zumindest wissen Sie bestimmt.«

»Ja, das weiß ich bestimmt. Sie haben sich plötzlich gegen ihn aufgelehnt. Wie kam das?«

Nachdenklich zündete sie sich eine weitere Zigarette an. »Ich dachte, es würde immer so weitergehen, und wir würden niemals sicher sein, zumindest nicht sicher genug für Gabe. Vielleicht war ich auch einfach nur müde.«

Ich nahm einen Schluck von meinem Tee. Er war inzwischen kalt und schmeckte irgendwie metallisch, was aber auch an meinem trockenen Mund liegen konnte.

Bryony beugte sich mit eindringlicher Miene vor. »Ich habe die letzten Tage viel gelesen«, erklärte sie. »Ich glaube, ich war geistig krank. Es ist ein Syndrom emotionaler Abhängigkeit. Ein häufig vorkommendes Verhaltensmuster. Frauen geraten unter den Einfluss dominanter Männer und werden hilflos. Ich bin jahrelang von Gabe misshandelt worden. Er ist ein schwieriger Mann. Ein gewalttätiger Mann. Hinzu kommt, dass es keine eindeutige Schwarz-Weiß-Situation war. Der erste Todesfall war ein Selbstmord, eine Tragödie. Dann passierte der Unfall. Als wir schließlich mitten in der Sache drinsteckten, hatte ich bereits jedes Gefühl von Identität verloren.« Sie zog wieder an ihrer Zigarette und sah mich aus zusammengekniffenen Augen an. »Was meinen Sie, werden mir die Leute das glauben?«

»Sehr wahrscheinlich«, antwortete ich. »Ich habe festgestellt, dass Menschen die seltsamsten Dinge glauben. Außerdem sind Sie jung und hübsch und gehören der Mittelklasse an, was immer hilfreich ist.«

»Sie kennen sich mit so was aus«, sagte sie. »Sie waren die wichtigste Person in diesem Fall. Die Polizei vertraut Ihnen. Werden Sie mir helfen?«

Ich holte tief Luft und schob die Hände in die Taschen, vielleicht um zu verbergen, dass sie zitterten. »Ich glaube, ich war in den Fall zu sehr involviert, um als psychologische Gutachterin vor Gericht auszusagen.«

Ihre Miene verhärtete sich. »Kit«, sagte sie, »ich hätte Sie sterben lassen können. Ich habe Sie gerettet. Gabe und ich könnten jetzt zu Hause sitzen, und Sie wären tot. Ich habe Sie gerettet.«

Ich stand auf. »Ich bin froh, dass ich noch am Leben bin«, erklärte ich. »Tut mir Leid, wenn Ihnen das nicht enthusiastisch genug ist. Ich muss immer wieder an Emily und die toten Frauen denken. Sie gehen mir einfach nicht aus dem Sinn. Diese Frauen haben gelebt, und Sie haben sie getötet. Wie es aussieht, haben Sie sich das ohne größere Schwierigkeiten verziehen. Es verblüfft mich immer wieder, wie die Leute es schaffen, sich selbst von jeder Schuld freizusprechen.«

»Aber haben Sie mir denn nicht zugehört?«, fragte Bryony. »Ich bin genauso am Boden zerstört wie alle anderen!«

»Ich habe nur gehört, dass nichts davon Ihre Schuld war«, erwiderte ich, »dass das alles Gabe war und nicht Sie. Sie hätten wohl gern, dass ich mit Ihnen genauso viel Mitleid empfinde wie mit Daisy, Lianne, Philippa und Michael.«

»Ich brauche Hilfe.« Ihre Stimme war nur noch ein Heulen. »Ich habe immer Hilfe gebraucht.«

Oban wartete draußen auf dem Parkplatz. Es ging ein böiger, kalter Herbstwind. Ich schloss die Augen und wandte mein Gesicht dem Sturm zu. Ich wollte, dass er die letzte Stunde aus mir herauswehte. Oban lächelte.

»War es so, wie Sie vermutet haben?«, fragte er. »Hat sie sich als eines von Gabriel Teales Opfern dargestellt?«

»So ungefähr.«

»Glauben Sie, sie wird damit durchkommen?«

»Nicht wenn ich dabei etwas zu sagen habe«, antwortete ich schaudernd. Meine Augen füllten sich mit Tränen.

Als Oban mich am Ende meiner Straße absetzte, begann es bereits zu dämmern. Trotzdem sah ich schon aus der Ferne, wer vor meiner Tür stand. Er hatte die Hände in die Taschen seines langen Mantels geschoben und die Schultern hochgezogen. Er sah aus, als stünde er auf einem einsamen Felsen, umtost von bissigen Winden.

Einen Moment überlegte ich, ob ich weglaufen sollte. Oder

auf ihn zulaufen und die Arme um seine grimmige Gestalt schlingen. Natürlich tat ich weder das eine noch das andere. Ich ging so lässig wie möglich den Gehsteig entlang, und als er mich schließlich kommen hörte und den Kopf umwandte, brachte ich sogar ein Lächeln zustande.

»Ich komme gerade aus Salton Hill«, sagte ich.

»Oh.« Er zog ein Gesicht. »Von ihr.«

»Ja.«

»Wenigstens wird es jetzt keine von seinen beschissenen Stücken mehr geben«, meinte er und schob die Hände noch tiefer in die Taschen.

»Ich wusste gar nicht, dass du dir welche angesehen hast.«

»Das war auch gar nicht nötig.« Einen Moment lang schwiegen wir. Will sah aus, als wäre er von jemandem beauftragt worden, vor meiner Tür Wache zu stehen. Er schniefte ein wenig. »Ich nehme an, du erwartest von mir, dass ich dir gratuliere.«

»Na ja…«

»Wahrscheinlich möchtest du, dass ich ausführlich darüber spreche, wie Recht du doch hattest und wie Unrecht der Rest der Welt, einschließlich mir. Stimmt's? Du möchtest, dass ich dir eine gottverdammte Medaille oder so was in der Art überreiche.«

Ich kicherte. »Nichts dagegen einzuwenden.«

Ich schob die Tür auf und stieß das Bündel Post weg, das auf der Matte lag. »Möchtest du mit reinkommen?« Er zögerte. »Auf ein Glas Wein? Ein Bier? Komm schon!«

Er folgte mir die Treppe hinauf. In der Küche reichte ich ihm eine Flasche Bier aus dem Kühlschrank und schenkte mir selbst ein Glas Rotwein ein. Nachdem ich die Vorhänge zugezogen hatte, zündete ich eine Kerze an und stellte sie zwischen uns auf den Tisch. Er nahm einen Schluck. »Wie geht es deinem Hals?«, fragte er. »Oder was er sonst an dir…«

»Gut«, antwortete ich. Ich betrachtete sein Gesicht, das halb im Schatten, halb im flackernden Kerzenlicht lag. Ich wusste, dass er sich nicht ändern würde: Ich würde die ganze Zeit auf mehr hoffen, immer um etwas bitten, das er nicht geben konnte.

»Will …«, begann ich.

»Bitte«, unterbrach er mich. Er schloss für einen Moment die Augen. »Bitte.« Ich fragte mich, an wen diese Bitte wohl gerichtet war. Ich hatte das Gefühl, dass er nicht mehr mit mir sprach, sondern mit jemandem in seinem Kopf. Ich lehnte mich über den Tisch und legte meine Hand auf seinen Arm. Es war, als würde ich Stahl berühren. Am liebsten hätte ich sein Gesicht in meine Hände genommen und ihn geküsst. Ich wünschte mir, von ihm ganz fest in den Arm genommen zu werden. Aber er blieb reglos sitzen.

»Das ist nicht fair von dir«, sagte ich schließlich.

»Nein, wahrscheinlich nicht.« Er kippte den Rest seines Biers hinunter und stand auf. Sein Stuhl scharrte über den Boden. Er blickte sich um.

»Ziehst du von hier weg?«

»Warum sollte ich?«

»Ich weiß nicht«, antwortete er. »Schlimme Assoziationen. Ein Trauma.«

Ich schüttelte den Kopf. »Was für schlimme Assoziationen? Ich bleibe.«

»Das ist gut«, sagte er, bremste sich aber sofort wieder. »Ich meine, es ist eine interessante Gegend. In mancherlei Hinsicht.«

»Das finde ich auch.«

»Gut.« Er beugte sich zu mir herunter und küsste mich auf die Wange. Ich spürte seinen Atem, seine Bartstoppeln. Einen Moment lang blieben wir so stehen, im Kerzenlicht eng aneinander geschmiegt. Dann löste er sich von mir.

»Du hast dich sehr tapfer geschlagen«, sagte er. »Das habe ich schon erwähnt, oder?«

»Nicht mit diesen Worten.«

»Ich kann noch immer nicht glauben, dass du dich da ganz allein hingewagt hast«, erklärte er. »Du solltest besser auf dich aufpassen.«

Dann ging er, in seinen wehenden, langen Mantel gehüllt, und ich blieb stehen, wo ich war, und blickte ihm nach.

47. KAPITEL

Ich half Julie beim Packen. Unsere ohnehin schon melancholische Stimmung wurde durch das milde Herbstwetter draußen noch verstärkt. Die Buchen und Kastanien leuchteten inzwischen gelb, golden und rostrot, und ein warmer Wind wehte durch ihre Äste und ließ immer wieder bunte Blätterschauer durch die Luft wirbeln. Im Garten türmten sich Berge braunen Laubs, in die hin und wieder ein paar Kinder hineinsprangen und dabei vor Vergnügen jauchzten. Die Sonne schien durch einen dünnen Wolkenschleier. Der Sommer, der nie ein richtiger Sommer gewesen war, machte sich zum Aufbruch bereit, genau wie Julie. Ich würde zurückbleiben.

»Hier, das gehört dir.« Sie warf mir ein lavendelfarbenes Oberteil zu, das ich selbst erst ein paar Mal getragen hatte. »Und das auch.« Eine dünne Strickjacke segelte mit flatternden Ärmeln durch die Luft. »Mein Gott, mir war gar nicht bewusst, wie viele von deinen Sachen ich mir im Lauf der Monate ausgeliehen habe! Ich bin wie eine Elster.« Sie kicherte. Ihre Augen strahlten, und sie glühte vor Energie und Aufregung.

Wir sortierten nun schon den ganzen Vormittag ihre Sachen, ließen uns dabei aber viel Zeit und legten jede halbe Stunde eine Teepause ein. Wir teilten ihre Habseligkeiten in drei Stapel auf: einen für die Sachen, die sie mitnehmen würde, einen, den sie bis zu ihrer Rückkehr bei mir einlagern wollte, und einen für die Mülltonne, die Kleidersammlung oder mich. Der dritte Stapel war der bei weitem größte – sie war mit Freude dabei, sich von ihren Besitztümern zu trennen, ihr ganzes belastendes Gepäck wegzuwerfen.

Sie deponierte ein Paar schwarze Riemchenschuhe auf den grellgelben Regenmantel, den sie sich vor lauter Frust über den ewigen Regen erst vor ein paar Wochen gekauft hatte. Es folgten eine beige Baumwollhose, von der sie behauptete, ihr Hintern habe darin eine komische Form, eine Jacke, die sie nie wirklich gemocht hatte, drei oder vier Sweatshirts, Strumpfhosen mit Laufmaschen, eine mit Glasperlen bestickte Tasche, ein schwarzer Rock, den sie für ihren kurzfristig ins Auge gefassten Bürojob erstanden hatte und den sie nun zwischen Zeigefinger und Daumen hielt, als würde er stinken, des Weiteren ein limonengrünes T-Shirt und einen lila Rollkragenpulli. »Hier, dein rotes Kleid.« Sie nahm es vom Bügel und reichte es mir.

»Behalte es.«

»Was? Sei nicht blöd. Es gehört dir, und du siehst darin sehr schön aus.«

»Ich hätte gern, dass du es behältst.«

»Es ist nicht gerade sehr praktisch.« Sie kam trotzdem in Versuchung und streichelte es, als würde es leben.

»Stopf es ganz unten in deinen Rucksack. Es wiegt doch fast nichts.«

»Was, wenn ich es ruiniere oder verliere?«

»Es gehört dir. Du kannst damit machen, was du willst. Nun zier dich nicht so, schließlich sortierst du gerade Zeug aus, als gäbe es kein Morgen. Lass mich doch auch mal!«

»Na gut.« Sie beugte sich herüber und küsste mich auf die Wange. »Jedes Mal, wenn ich es trage, werde ich an dich denken.«

»Tu das.« Bestürzt stellte ich fest, dass ich Tränen in den Augen hatte, und machte mich rasch daran, irgendwelche Kleidungsstücke zusammenzulegen.

»Du warst so lieb.«

»Wohl kaum. Die Hälfte der Zeit habe ich mich ungesellig und mürrisch verhalten, die andere Hälfte neurotisch.«

»A propos mürrisch, was läuft eigentlich mit Will?«

»Gar nichts.«

»Du meinst, es ist vorbei?«

»Ich weiß nicht. ›Vorbei‹ ist so ein großes Wort. Ich habe es in meinem Leben kaum jemals geschafft, etwas zu beenden, selbst wenn ich es wollte. Vielleicht überlasse ich es einfach ihm, die Sache zu beenden, indem er sich nicht mehr bei mir meldet. Oder er meldet sich doch, und dann – keine Ahnung, was ich dann machen werde. Auf jeden Fall tut er mir nicht gut. Er ist zu hart, wie ein Fels, an dem ich mich immer verletzen würde.«

»Wahrscheinlich hast du Recht. Bestimmt lernst du bald jemand Neuen kennen, du wirst schon sehen.«

»Was ist mit diesen Shorts hier?«

»Weg damit! Deine Blutergüsse sind blasser geworden, gelb und braun, nicht mehr so unglaublich lila. Tut es noch weh?«

»Nicht besonders – ein bisschen.« Ich strich vorsichtig mit den Fingern darüber.

»Seltsamer Sommer.«

»Das kannst du laut sagen. Inzwischen erscheint mir das alles so irreal, wie ein Geschichte, die jemand anderem passiert ist.«

»Hast du auch manchmal das Gefühl, das Erwachsensein bloß zu spielen?«

Ich richtete mich auf und griff nach einem knallblauen, westenartigen Oberteil. »Das solltest du mitnehmen.«

»Ich meine, ich fühle mich überhaupt nicht erwachsen«, fuhr Julie fort. »Es ist, als hätte ich mich gerade mal einen Schritt vom Kindsein entfernt. Allerdings lebe ich auch nicht gerade auf eine sehr erwachsene Weise, stimmt's? Ich lasse mich treiben, werde nirgendwo sesshaft, habe weder einen festen Job noch Zukunftspläne, und trage Klamotten für Teenager – wie dieses Oberteil«, fügte sie hinzu, griff nach der blauen Weste und legte sie zu den Sachen, die sie mitnehmen wollte. »Du dagegen hast diesen tollen Beruf und eine Wohnung, die Lichtjahre von unseren Studentenbuden entfernt ist – du hältst sogar Vorträge auf Konferenzen! Aber fühlst du dich auch so?«

»Nein.« Ich warf mit einem Seidenslip nach ihr. Sie stopfte ihn in den Rucksack. »Ich empfinde das alles wie eine Art Fassade, hinter der ich mich verstecke. Aber ich glaube, das geht jedem so. Wir haben das Gefühl, dass alle anderen ihr Leben besser im Griff haben. Wahrscheinlich werden wir uns auch noch mit hundert so fühlen.«

»Vielleicht.« Sie grinste. »Aber ich *bin* wirklich so. Deswegen laufe ich jetzt auch wieder davon. Ich mag das wirkliche Leben nicht.«

»Wer hat behauptet, dass ich es mag?«

Sie sah mich nachdenklich an. Eine Nixe in einem farbenprächtigen Meer aus Klamotten. »Dann solltest du mitkommen.«

»Dafür ist es jetzt zu spät.«

»Es ist nie zu spät.«

»Das stimmt nicht.«

Das Telefon klingelte.

»Ich geh ran.« Julie rappelte sich hoch. »Setz du schon mal den Kessel auf.«

Aber es war für mich. »Die Polizei«, flüsterte sie fast lautlos, während sie mir mit einem Schulterzucken den Hörer reichte.

»Kit Quinn?«

»Am Apparat.«

»DCI Oban hat mich gebeten, Sie anzurufen. Es geht um eine Mrs. Dear, die sich anscheinend mit Ihnen in Verbindung setzen möchte.«

»Mrs. Dear? Nie gehört.«

»Es hat irgendwas mit ihrer Tochter zu tun, Philippa Burton.«

»Pam Vere?«

»Jedenfalls möchte sie mit Ihnen reden.«

»In Ordnung, geben Sie mir die Nummer.«

»Wahrscheinlich möchte sie, dass ich ihr von den Teales erzähle«, sagte ich zu Julie, nachdem ich aufgelegt hatte. »Obwohl Oban längst mit Jeremy Burton gesprochen hat. Da gibt es eigentlich nichts mehr zu reden.«

»Die arme Frau.«

»Übermorgen ist die Beerdigung – endlich. Philippa war ihr einziges Kind. Jetzt hat sie nur noch Emily.«

»Gehst du hin?«

»Wahrscheinlich. Obwohl bestimmt ganze Völkerscharen kommen werden.«

»Bis dahin bin ich schon in der Luft. Weit weg.«

»Ich würde so gern wissen, warum sie sterben musste. Irgendwie ist das Ganze für mich noch immer nicht abgeschlossen. Es lässt mich einfach nicht los, und für ihre Familie muss es noch viel, viel schlimmer sein – so gar nichts zu wissen.«

Pam Vere klang am Telefon sehr steif und angespannt. Sie wolle sich noch vor der Beerdigung mit mir treffen, sagte sie. Heute, wenn möglich. Sie habe den ganzen Tag Zeit. Ich erklärte, ich könne in einer halben Stunde bei ihr sein.

»Mir wäre es lieber, wenn wir uns irgendwo draußen treffen könnten.«

»Wie Sie wollen.« Ich warf einen prüfenden Blick zum Himmel. »Irgendwo bei Ihnen in der Nähe?«

»Ich habe mir gedacht, wir könnten einen kleinen Spaziergang am Kanal machen.«

»Am Kanal?«

»Wo das Mädchen getötet worden ist.«

»Lianne.« Es störte mich, dass niemand sie bei ihrem selbst gewählten Namen nannte. Sogar in den Zeitungen war sie immer nur »das obdachlose Mädchen«, »die Stadtstreicherin«. Ebenso nervten mich die banalen Adjektive, mit denen die einfallslose Presse sie belegte: Philippas Tod war tragisch, der von Lianne nur traurig.

»Ja. Können wir uns dort treffen?«

Ich versuchte, meine Überraschung zu verbergen. »Natürlich. Wie Sie möchten.«

Als ich die Treppe erreichte, die zum Kanal hinunterführte, begann es zu regnen. Einzelne große Tropfen platschten ins Wasser, das kleine kreisförmige Wellen schlug. Der Anblick erschien mir unheilverkündend – nur dass das Unheil bereits passiert war und der Vergangenheit angehörte.

Pam Vere wartete schon auf mich, eingehüllt in einen Kamelhaarmantel und einen Schal. Sie lächelte nicht, streckte mir aber die Hand entgegen, als ich auf sie zuging. Ihr Händedruck war fest, ihr Blick ruhig, ihr Gesicht kalkweiß. Mir fiel auf, dass sie ungewöhnlich nachlässig geschminkt war – an der Seite ihrer Nase klebte überschüssiger Puder, auf einem ihrer faltigen Augenlider ein Klecks Wimperntusche. »Danke, dass Sie gekommen sind«, begrüßte sie mich sehr förmlich.

»Es war mir ein Bedürfnis«, antwortete ich.

»Sie kommen bestimmt auch zur Beerdigung.«

»Natürlich.«

»Ich wollte Ihnen vorher noch etwas erzählen. Dort hätte ich keine Gelegenheit dazu gehabt.«

Sie sah sich um, ließ den Blick über das Gestrüpp aus dornigen Sträuchern, den mit Chipstüten übersäten Weg, das schmutzige, von Regentropfen gesprenkelte Wasser schweifen. »War es hier?«

»Bei der Brücke.« Ich deutete mit der Hand in die Richtung.

»Hat sie gelitten?«

Damit hatte ich nicht gerechnet. Ich brauchte einen Moment, um mich zu sammeln. »Ich glaube nicht. Die Teales waren keine Serienkiller, Mrs. Vere, nicht wie die Wests. Sie hatten keinen Spaß am Morden. Bestimmt haben sie es so schnell wie möglich hinter sich gebracht. Das Schlimmste für Ihre Tochter war wahrscheinlich das Wissen, dass sie Emily allein zurückgelassen hatte.«

Sie räusperte sich. »Ich habe das andere Mädchen gemeint.«

Ich starrte sie an. »Wen? Lianne?«

»Ja.« Sie wich meinem Blick nicht aus. »Musste sie große Schmerzen leiden?«

»Nein«, antwortete ich. »Ich glaube, es ist sehr schnell gegangen.«

Mrs. Vere nickte. Als sie weitersprach, klang ihre Stimme

plötzlich sehr heiser: »Ich habe gehört, dass sie am ganzen Körper Stichwunden hatte.«

»Die haben sie ihr erst zugefügt, als sie schon tot war.«

»Das arme Mädchen.« Ein Regentropfen klatschte auf ihre Wange und lief langsam zum Mund hinunter. Sie wischte ihn nicht weg.

»Ja.« Ich fragte mich, was Pam Vere wohl dazu veranlasste, sich im Regen mit mir am Kanal zu treffen.

Sie kehrte mir den Rücken zu und blickte aufs Wasser hinaus. »Philippa war ein braves Mädchen«, sagte sie. »Vielleicht haben wir sie zu sehr unter Druck gesetzt – sie war unser einziges Kind, müssen Sie wissen. Wenn ich mir jetzt manchmal Fotos von uns dreien anschaue, fällt mir auf, wie klein und allein sie zwischen uns wirkte. Zwei Erwachsene und ein kleines Kind. Dann, als sie elf war, starb ihr Vater, und es waren nur noch sie und ich übrig. Sie war immer noch ein braves Mädchen, ordentlich, rücksichtsvoll, hilfsbereit. Vielleicht sogar zu hilfsbereit. Sie war nicht unbeliebt, hatte aber trotzdem nicht allzu viele Freunde, als sie klein war. Sie spielte gern allein, mit ihrer geliebten Puppe. Oder sie war mit mir zusammen, half mir beim Kuchenbacken, Einkaufen und Putzen. Sie hat mir nie irgendwelchen Kummer bereitet.

In der Schule war sie genauso – eine sehr fleißige Schülerin, stand in all ihren Zeugnissen. Sie war nicht überragend, aber sehr fleißig, eine Freude für jeden Lehrer. Sobald sie von der Schule nach Hause kam, machte sie ihre Hausaufgaben. Ein wirklich braves Kind. Sie setzte sich an den Küchentisch, aß ihren Toast mit Butter und Marmite und machte dann ihre Hausaufgaben, mit blauer Tinte und ihrer ordentlichen Handschrift, ihrem schwungvollen Y. Ich sehe sie noch vor mir, wie sie in ihrer marineblauen Schuluniform mit gerunzelter Stirn dasaß und ihre Heftseite nach jeder Zeile mit einem Löschblatt abtupfte. Oder wie sie ihre Landkarten für Erdkunde farbig schraffierte, das Meer blau und die Wälder grün. Das machte sie besonders gern.

Vor ein paar Tagen habe ich ihre Schulsachen aus der Kiste geholt und durchgesehen, all die Übungshefte mit dem Namen des jeweiligen Fachs in der rechten oberen Ecke, gefolgt von ihrem Namen und ihrer Klasse, was sie beides immer sauber mit dem Lineal unterstrich. Es kommt mir vor, als wäre das alles erst gestern gewesen. An manches konnte ich mich noch genau erinnern, zum Beispiel die Bilder, die sie als ganz kleines Mädchen von sich selbst gezeichnet hat, mit krakeligem gelbem Haar und einem rosa Halbkreis als Mund. Kinder zeichnen sich immer lächelnd, nicht wahr, obwohl Philippa eigentlich nie viel gelächelt hat. Später dann die Bleistiftzeichnungen von allen möglichen Blumen, mit ihren Stempeln und Staubgefäßen. Planeten. Die sechs Frauen von Henry VIII. Algebra. Je m'appelle Philippa Vere et j'ai onze ans.« Pam Veres französische Aussprache war tadellos. »Und ihre Schultagebücher. Sie haben am Montagmorgen immer Tagebuch geschrieben – was ich am Wochenende gemacht habe, in diesem Stil. Kennen Sie das?« Ich nickte nur, weil ich nicht wollte, dass sie zu erzählen aufhörte. »Ich habe alle Eintragungen gelesen. Und wissen Sie, was? Ich bin in allen vorgekommen. Sie hat immer darüber berichtet, was sie mit Mummy gemacht hat. Mummy und ich waren einkaufen, Mummy und ich waren am Spielplatz, Mummy hat mir ein Kätzchen geschenkt, es heißt Blackie, Mummy ist mit mir ins Museum gegangen. Mir ist plötzlich klar geworden, dass in ihren Tagebucheintragungen außer mir und ihr fast niemand vorkommt. Erst als ich diese Eintragungen gelesen habe, ist mir bewusst geworden, wie einsam sie gewesen sein muss. Sie hat sich nie beklagt.«

Sie wandte mir ihr Gesicht zu. »Sie fragen sich bestimmt, warum um alles in der Welt ich Ihnen das erzähle, nicht wahr?«

»Ich nehme an, Sie hatten einfach das Bedürfnis, einmal mit jemandem darüber zu reden.«

»Ich bin mittlerweile eine alte Frau. Oh, ich weiß, ich bin noch nicht wirklich alt, erst Anfang sechzig und könnte noch dreißig Jahre leben, aber ich fühle mich plötzlich alt. Ich fühle mich doppelt so alt wie noch vor einem Jahr. Sie haben keine Kinder, oder?«

»Nein.«

»Lebt Ihre Mutter noch?«

»Nein. Meine Mutter ist gestorben, als ich noch ein kleines Kind war.«

»Also deswegen.«

»Was meinen Sie damit?«

»Deswegen hatte ich das Gefühl, mit Ihnen darüber sprechen zu können. Meine Tochter war auch noch als Teenager ein braves Mädchen. Inzwischen hatte sie ein paar Freunde mehr, ging manchmal am Samstagabend aus und gönnte sich hin und wieder ein paar Drinks, aber nicht viele. Sie hat weder geraucht noch irgendwelche Drogen genommen. Sie sah sehr hübsch aus, aber das war ihr selbst nicht bewusst, und ich glaube, deswegen ist es auch den meisten anderen Leuten nicht aufgefallen. Sie gab nicht an und flirtete kaum. Ich fand immer, dass sie das hübscheste Mädchen war, das ich kannte, aber ich war schließlich ihre Mutter, da ist das wahrscheinlich ganz normal, oder? Und fünfzehn-, sechzehnjährige Jungs schauen ja noch nicht so genau hin. Dafür war ich dankbar – ich habe immer zu ihr gesagt, sie solle sich nicht darum kümmern, was ihre Freundinnen so trieben, sie habe für das alles noch genügend Zeit. Zeit.« Sie lächelte bitter. »Wie wir inzwischen wissen, hatte sie gar nicht so viel Zeit.« Sie hielt abrupt inne.

»Und dann?«, fragte ich leise.

»Dann lernte sie jemanden kennen. Einen Jungen. Nein, eigentlich einen Mann, er war älter als sie. Sie war erst vierzehn, als er ihr über den Weg lief. Im Gegensatz zu den anderen hat er genau hingesehen. Plötzlich kam sie mir nicht mehr vor wie ein junges Mädchen, sie schien an der Schwelle zur Frau zu stehen. Ich dachte, es läge daran, dass sie einfach erwachsen wurde. Rückblickend kann ich es besser nachvollziehen, aber damals hatte ich wirklich keine Ahnung, was vor sich ging. Ich fand es erst hinterher heraus. Sie war so unschuldig, meine stille kleine Tochter. Sie war in ihn verliebt und bildete sich ein, dass er ihre Liebe erwiderte. Wäre mir das damals klar gewesen, hätte ich sie warnen können.«

Sie lächelte mich an. »Jetzt ahnen Sie bestimmt schon, dass ich Ihnen das nicht einfach nur erzähle, weil ich mit jemandem über Philippa sprechen wollte. Ein Geheimnis ist etwas Schreckliches. Die einzige Möglichkeit, ihm seinen Schrecken zu nehmen, besteht darin, es jemandem zu erzählen, aber das darf man ja nicht. Natürlich hat er sie verlassen, die Sache dauerte nur ein paar Wochen. Es hat ihr das Herz gebrochen, auch wenn ich noch immer nichts davon wusste.«

Den Blick wieder auf den Kanal gerichtet, fügte sie hinzu: »Und sie war schwanger.«

Ich starrte wie sie auf das Wasser, in dessen Tiefen Dolls Fische lauerten. »Sie hat das Baby bekommen?«

»Als ich herausfand, dass sie schwanger war, befand sie sich bereits in der achtundzwanzigsten Woche. Also bekam sie das Baby. Ich sorgte dafür, dass alles geheim blieb. Niemand wusste davon, nur Philippa und ich.«

»Ein Mädchen?«

»Ja. Ein Mädchen, das vor ein paar Monaten achtzehn geworden wäre.«

»Lianne?« Dann war sie älter gewesen, als ich gedacht hatte.

»Ich habe der Schule mitgeteilt, Philippa habe Drüsenfieber. Wir fuhren gemeinsam nach Frankreich. Sie war sehr still, als stünde sie unter Schock, aber sie tat, was ich ihr sagte. Ihr blieb im Grunde gar keine andere Wahl. Man nahm ihr das Baby sofort nach der Geburt weg. Philippa wollte es unbedingt einen Moment im Arm halten, aber ich ließ sie nicht. Ich wollte nicht, dass sie eine Bindung zu dem Kind entwickelte. Sie konnte kein Kind haben, um Gottes willen, sie war doch selbst noch eins. Sie sollte ein glückliches Leben haben, einen Ehemann, all die Dinge, die ich für sie geplant hatte. Sie weinte zwei Tage lang ununterbrochen. Ich habe noch nie jemanden so weinen sehen, es war wie ein Dammbruch, als würden plötzlich all die Tränen aus ihr herausquellen, die sie ihr Leben lang nicht geweint hatte, weil sie zu selbstlos gewesen war, zu bemüht, es allen recht zu machen. Dann schien sie sich wieder zu fangen. Ihre Milch versiegte, ihr Bauch wurde langsam wieder flach. Sie kehrte in die Schule zurück, machte ihre Prüfungen und ging ans College. Sie hat nie wieder darüber gesprochen.«

»Mrs. Vere…«

»Aber ich habe das Baby im Arm gehalten, ein winziges Ding mit schrumpeliger Haut und verklebten blauen Augen. Sie hat ihre Faust um meinen Finger gelegt und wollte ihn nicht mehr loslassen, als wüsste sie es.«

»Was?«

»Dass ich ihre Großmutter war. Ihre Familie. Ihr Zuhause. Ihre letzte Chance. Ich löste ihre kleinen Finger, einen nach dem anderen, und übergab sie einer Schwester.«

»Und dann wurde sie weggebracht, freigegeben zur Adoption?«

»Ja, zur Adoption, zumindest nehme ich das an. Ich wollte nicht, dass Philippa Einzelheiten erfuhr. Ich hielt es für das Beste, die Tür zu dieser Episode fest zu schließen. Natürlich hatte das Mädchen selbst die Möglichkeit, die Wahrheit über ihre Herkunft herauszufinden, als sie vor ein paar Monaten achtzehn wurde.«

»Die Telefongespräche.«

»Ich wusste nichts davon, bis ich von den Telefongesprächen hörte, den Gesprächen zwischen Philippa und… und ihr. Ich wollte kein Beweismaterial zurückhalten. Sie würden wahrscheinlich sagen, dass ich es einfach nicht wissen wollte, aber glauben Sie mir, es ist in den letzten achtzehn Jahren keine einzige Woche vergangen, in der ich nicht daran gedacht habe, wie dieses Neugeborene meinen Finger umklammerte und mich anstarrte. Und ich frage mich, ob eine einzige Stunde vergangen ist, ohne dass Philippa daran dachte. Wir haben nie darüber gesprochen, nicht einmal nach Emilys Geburt haben wir über unsere Gefühle geredet.«

Endlich sah sie mir in die Augen. »Deswegen wollte ich mich mit Ihnen treffen. Um zu erfahren, ob meine Enkelin leiden musste.«

Dann war es bei dieser ganzen traurigen Geschichte also um eine Tochter auf der Suche nach ihrer Mutter gegangen, um eine Mutter auf der Suche nach ihrer Tochter.

»Ich frage mich, ob sie einander gefunden haben, bevor sie umgebracht wurden«, sagte ich schließlich.

»Manchmal tröste ich mich mit dem Gedanken, dass es so war. Dass es Philippa endlich vergönnt war, ihr Baby im Arm zu halten. Aber wir werden es nie wissen, nicht wahr?«

»Nein, das werden wir nicht.«

Wir hatten uns bereits verabschiedet, als Pam Vere plötzlich die Hand auf meinen Arm legte.

»Ich wollte Sie noch fragen«, sagte sie, »ob es wohl möglich wäre, dass meine Enkelin im selben Grab beerdigt wird wie meine Tochter. Glauben Sie, das ginge?«

»Lianne ist eingeäschert worden«, antwortete ich. »Ihre Asche wurde verstreut.«

»Oh, ich verstehe«, sagte Pam. »Dann hat sich das wohl erledigt.«

Ich ging zu Fuß nach Hause. Die Stufen vom Kanal hinauf, die tristen Straßen entlang. Durch die Fenster konnte ich Leute sehen, die alle ihr eigenes Leben führten: einen Mann mit einer Geige, den Bogen bereit zum Spiel, eine Frau, die angeregt in ein Telefon sprach, die freie Hand in der Luft, einen nackten kleinen Jungen, der im ersten Stock am Fenster saß und mit trauriger Miene auf die Straße hinausblickte. Ich betrachtete die Gesichter der mir entgegenkommenden Menschen. Kein Gesicht ist gewöhnlich. Jedes Gesicht ist irgendwie schön, wenn man es nur auf die richtige Weise betrachtet.

Julie wartete schon auf mich. Aus der Küche wehte mir Knoblauchduft entgegen, und auf dem Tisch stand eine Vase mit frischen gelben Rosen. Ihr Rucksack lehnte neben der Tür, prall gefüllt, für die Abreise bereit und mit dem Adressanhänger einer Fluglinie versehen. Ich setzte mich an den Tisch, holte das Foto meiner Mutter heraus und legte es vor mich hin. Sie lächelte mir über all die Jahre hinweg zu, die ich sie vermisst hatte. Ihre klaren Augen leuchteten. Die Sonne schien auf ihr junges, glückliches Gesicht. Mir war plötzlich sehr friedlich und sehr traurig zumute. Ich war noch nie gut im Abschiednehmen.

In seiner Hand

Aus dem Englischen von
Birgit Moosmüller

FÜR TIMMY UND EVE

ERSTER TEIL

Dunkelheit. Lange Zeit nichts als Dunkelheit. Augen auf und zu, auf und zu. Noch immer Dunkelheit, in mir und um mich herum.

Ich hatte geträumt. Wurde umhergeworfen in einem tosenden, schwarzen Meer. Eingekreist auf einem nächtlichen Berg. Ein Tier, das ich nicht sehen konnte, schnüffelte um mich herum. Ich spürte eine feuchte Nase auf meiner Haut. Wenn einem bewusst wird, dass man träumt, wacht man auf. Manchmal gleitet man sofort weiter in den nächsten Traum, aber wenn man aufwacht und sich nichts ändert, dann muss es sich wohl um die Realität handeln.

Dunkelheit. Eine Dunkelheit, in der etwas lauerte. Schmerz. Erst noch weit von ihr entfernt, kam er näher, wurde ein Teil von ihr. Ein Teil von *mir*. Ich war erfüllt von einem stechenden, quälenden Schmerz. Trotz der Dunkelheit konnte ich den Schmerz sehen. Gelbe, rote und blaue Blitze, die lautlos hinter meinen Augen explodierten.

Ich begann nach etwas zu suchen, ohne wirklich zu wissen, wonach. Ich wusste nicht, wo es steckte oder was es eigentlich war. *Nightingale. Farthingale.* Es kostete mich große Anstrengung, als müsste ich ein schweres Paket aus einem tiefen dunklen See hieven. Plötzlich hatte ich es. *Abigail.* Das klang vertraut. Mein Name war Abigail. Abbie. Tabbie. *Abbie the Tabbie.* Der andere Name war schwieriger. In meinem Kopf fehlten ein paar Dinge, und mein Nachname schien verloren gegangen zu sein. Ich erinnerte mich an eine Klassenliste. Auster, Bishop, Brown, Byrne, Cassini, Cole, Daley, Devereaux,

Eve, Finch, Fry. Nein, halt. Zurück. Finch. Nein. Devereaux. Ja, der war es. Ein Reim fiel mir ein. Ein Reim aus einer längst vergangenen Zeit. Nicht Deverox wie Box. Nicht Deveruh wie Schuh. Sondern Devereaux wie Show. Abbie Devereaux. Ich klammerte mich an den Namen wie eine Ertrinkende, als hätte mir jemand bei stürmischem Seegang einen Rettungsring zugeworfen. Dabei spielte sich der Seegang hauptsächlich in meinem Kopf ab: Eine Schmerzwelle nach der anderen rollte herein und klatschte gegen die Innenseite meines Schädels.

Ich schloss die Augen erneut, ließ meinen Namen los.

Alles lief ineinander. Alles existierte gleichzeitig. Wie lange dauerte das an? Minuten. Stunden. Dann aber begannen sich die Dinge wieder zu trennen und wie Gestalten aus einem Nebel zu lösen. Ich hatte einen metallischen Geschmack im Mund und einen metallischen Geruch in der Nase, aber der Geruch bekam rasch eine modrige Note, die mich an Gartenschuppen, Tunnel und Keller denken ließ, an feuchte, schmutzige, vergessene Orte.

Ich lauschte. Nichts als das Geräusch meines eigenen Atems, unnatürlich laut. Ich hielt die Luft an. Stille. Nur noch mein Herzschlag. War das überhaupt ein Geräusch oder bloß das Blut, das durch meinen Körper gepumpt wurde und von innen gegen meine Ohren drängte?

Ich fühlte mich unwohl. Mein Rücken schmerzte, ebenso mein Becken und meine Beine. Ich drehte mich um. Nein, ich drehte mich nicht um. Ich konnte mich gar nicht bewegen. Ich hob die Arme, als müsste ich etwas abwehren. Nein. Die Arme bewegten sich nicht. War ich gelähmt? Ich spürte meine Beine nicht. Meine Zehen. Ich konzentrierte mich ganz auf meine Zehen. Die linke große Zehe rieb an ihrer Nachbarzehe. Die rechte große Zehe tat es ihr nach. Kein Problem. Die Zehen ließen sich bewegen. Sie steckten in Socken. Ich trug keine Schuhe.

Meine Finger. Ich drückte sie nach unten. Die Fingerspitzen berührten etwas Raues. Zement oder Stein. War ich in einem Krankenhaus? Verletzt. Ein Unfall. Oder lag ich irgendwo und wartete darauf, gefunden zu werden? Ein Eisenbahnunglück. Das Wrack eines Zugs. Wrackteile auf mir. In einem Tunnel. Hilfe unterwegs. Ich versuchte mir den Zug ins Gedächtnis zu rufen, konnte mich aber nicht erinnern. Oder ein Flugzeug. Ein Auto. Spät nachts am Steuer eingeschlafen. Ich kannte das Gefühl, hatte mich oft genug selbst in den Arm gekniffen, um wach zu bleiben, das Fenster geöffnet, um kalte Luft hereinzulassen. Vielleicht hatte es diesmal nicht geklappt. Von der Straße abgekommen, eine Böschung hinuntergerast. Vielleicht hatte sich der Wagen überschlagen. Wann würde mich jemand als vermisst melden?

Ich durfte nicht warten, bis jemand kam und mich rettete. Womöglich würde ich vorher sterben, während ein paar Meter von mir entfernt die Leute zur Arbeit fuhren. Mir blieb nichts anderes übrig, als mich aufzurappeln. Wenn ich bloß etwas sehen könnte. Kein Mond, keine Sterne. Vielleicht waren es bloß zwanzig Meter. Eine Böschung hinauf. Wenn ich meine Zehen spüren konnte, dann konnte ich mich auch bewegen. Als erstes musste ich mich umdrehen. Den Schmerz ignorieren. Ich versuchte es, aber diesmal spürte ich, dass mich etwas zurückhielt. Ich war festgebunden. An den Fußgelenken und auf Höhe der Oberschenkel. An den Unterarmen und knapp über den Ellbogen. Über der Brust. Zumindest konnte ich ein wenig den Kopf heben, wie beim kläglichen Versuch eines Situps. Da war noch etwas anderes. Nicht nur Dunkelheit. Es war dunkel, aber nicht nur das. Mein Kopf war bedeckt.

Ich versuchte, klar zu denken. Es musste einen Grund dafür geben. Gefängnisinsassen wurden festgebunden. Manchmal auch Krankenhauspatienten, um sie vor weiterem Schaden zu bewahren. Beispielsweise, wenn sie auf einem Rollbett zu einer Operation gefahren wurden. Ich hatte einen Unfall gehabt.

Einen Autounfall, das war am wahrscheinlichsten. Ernst, aber nicht lebensbedrohlich. Trotzdem konnte jede abrupte Bewegung gefährliche innere Blutungen zur Folge haben. Bestimmt wartete ich bloß auf die Schwester oder den Anästhesisten. Vielleicht hatte man mir das Narkosemittel schon verabreicht. Oder ein Mittel, das mich auf die Narkose vorbereitete. Daher die Lücken in meinem Gedächtnis. Seltsam, dass es so still war, aber man hört ja oft von Leuten, die im Krankenhaus stundenlang auf einem Rollbett herumliegen, bis ein Operationssaal frei wird.

Aber irgendetwas stimmte nicht. Ich schien nämlich nicht auf einem Rollbett zu liegen. Ganz zu schweigen von diesem Geruch nach Feuchtigkeit und Schimmel, nach alten, vor sich hin modernden Dingen. Meine Finger ertasteten nichts als Beton oder Stein. Mein Körper lag auf etwas Hartem. Ich versuchte nachzudenken. Nach großen Katastrophen wurden die Leichen oft in improvisierten Leichenhallen gelagert. In Sporthallen von Schulen. Gemeindesälen. Vielleicht war ich ein Katastrophenopfer. Vielleicht hatte man jeden freien Fleck genutzt, um die Verletzten unterzubringen – festgebunden, um sie vor weiteren Verletzungen zu bewahren. Aber zog man Katastrophenopfern Kapuzen über den Kopf? Chirurgen trugen kapuzenartige Kopfbedeckungen, jedoch nichts über den Augen. Vielleicht ging es darum, Infektionen zu vermeiden.

Ich hob erneut den Kopf. Mit dem Kinn erfühlte ich ein Shirt. Ich war bekleidet. Ja. Ich spürte Kleidung auf meiner Haut. Ein Shirt, eine Hose, Socken. Keine Schuhe.

Irgendwo in meinem Hinterkopf tauchten andere Gedanken auf. Grausame Gedanken. Gefesselt. Umgeben von Dunkelheit. Eine Kapuze über dem Kopf. Lächerlich. Konnte es sich um einen Scherz handeln? Würden gleich alle aus ihren Verstecken springen, mir die Binde von den Augen reißen und »April April!« schreien? Aber war überhaupt April? Ich konnte mich an kaltes Wetter erinnern. War der Sommer schon vorbei, oder stand er erst noch bevor? Eigentlich eine dumme Frage, denn natürlich gab es immer einen Sommer, der schon vergangen war, und einen neuen, der bevorstand.

Lauter Sackgassen. Ich ging sie alle ab, ohne fündig zu werden. Irgendetwas war passiert, so viel wusste ich immerhin. Möglicherweise handelte es sich dabei um etwas Lustiges, auch wenn es sich nicht lustig anfühlte. Vielleicht hatte sich aber auch etwas Schlimmes ereignet, und von offizieller Seite wurden gerade geeignete Maßnahmen ergriffen. Die Kapuze – oder der Verband, ja, wahrscheinlich handelte es sich um einen Verband. Das war plausibel. Vielleicht hatte ich eine Kopfverletzung davongetragen, meine Augen oder Ohren hatten Schaden genommen, und mein gesamter Kopf war zu meinem eigenen Schutz mit Verbänden umwickelt. Sie würden bald entfernt werden. Es würde ein wenig brennen. Eine freundlich dreinblickende Krankenschwester würde sich über mich beugen. Keine Sorge, es besteht kein Grund zur Sorge, würde sie zu mir sagen.

Es waren noch andere Möglichkeiten denkbar. Furchtbare Möglichkeiten. Ich musste an den Steinboden unter meinen Fingern denken, an die feuchte Luft, wie in einer Höhle. Bis jetzt war da nur der Schmerz und das Chaos meiner Gedanken gewesen, aber plötzlich spürte ich noch etwas anderes. Angst sickerte wie Schlamm in meine Brust. Ich gab ein Geräusch von mir, ein leises Stöhnen. Offenbar war ich in der Lage zu sprechen. Obwohl ich nicht wusste, wen ich rufen oder was ich sagen sollte, versuchte ich es ein wenig lauter. Ich hoffte, das Echo oder die Schärfe des Geräusches würde mir etwas über meinen Aufenthaltsort verraten, aber mein Ruf wurde durch die Kapuze gedämpft. Ich rief erneut, diesmal so laut, dass mein Hals schmerzte.

Nicht weit von mir entfernt bewegte sich etwas. Neue Gerüche stiegen mir in die Nase. Schweiß und Rasierwasser. Ich hörte jemanden atmen, polternd auf mich zukommen. Plötzlich war mein Mund voller Stoff. Ich bekam kaum mehr Luft, nur noch durch die Nase. Irgendetwas wurde fest um mein Gesicht gebunden. Heißer Atem streifte meine Wange, dann drang aus der Dunkelheit eine Stimme an mein Ohr. Es war kaum mehr als ein Flüstern, heiser, gepresst und so undeutlich, dass ich mich anstrengen musste, um die Worte zu verstehen.

»Nein«, sagte die Stimme. »Noch ein Mucks, und ich binde dir auch noch die Nase zu.«

Ich musste würgen. Der Stoff füllte meinen ganzen Mund aus, rieb gegen meinen Gaumen. Mein Hals schmeckte plötzlich nach Fett und ranzigem Kohl. Ein Krampf durchzuckte mich, und Übelkeit stieg wie Feuchtigkeit in mir auf. Ich durfte mich nicht übergeben. Verzweifelt schnappte ich nach Luft, versuchte vergeblich, durch den Stoff zu atmen. Es ging nicht, mein Mund war völlig verstopft. Ich zerrte mit beiden Armen an den Fesseln und versuchte gleichzeitig Luft zu holen. Ich fühlte mich, als würde sich mein ganzer Körper auf dem rauen Steinboden zuckend aufbäumen, als wäre kein bisschen Luft mehr in mir, nur noch schmerzhaftes Vakuum und grelles Rot hinter meinen hervorquellenden Augen, und ein Herz, das hektisch durch meinen Hals nach oben drängte, während ein seltsam heiseres Geräusch aus meiner Kehle drang, wie ein Husten, der nicht zustande kommen wollte. Ich war ein sterbender Fisch. Ein Fisch, der sich auf dem harten Boden hin und her warf. Gefesselt hing ich am Haken, aber in meinem Inneren schien sich alles zu lösen, als würden meine gesamten Eingeweide zerrissen. Fühlt sich das so an? Wenn man stirbt? Wenn man lebendig begraben wird?

Ich musste atmen. Wie atmet man? Durch die Nase. Er hatte etwas von meiner Nase gesagt. Der Mann hatte gesagt, er werde mir als nächstes die Nase zubinden. Ich musste durch die Nase atmen. Jetzt. Es ging nicht, ich bekam auf diese Weise nicht genug Luft. Wieder versuchte ich, mich keuchend mit Luft voll zu saugen. Meine Zunge war zu groß, um in dem winzigen Raum Platz zu finden, der in meinem Mund noch übrig war. Sie stieß immer wieder gegen den Stoff des Knebels. Ich spürte, wie sich mein Körper erneut aufbäumte. Langsam atmen. Ganz ruhig. Ein und aus, ein und aus. Immer weiter, bis ich nichts anderes mehr fühlte. Nur so würde ich am Leben bleiben. Atme, befahl ich mir selbst. Dicke, modrige Luft strömte in meine Nasenlöcher, ölige Fäulnis lief meinen Rachen hinunter. Ich versuchte, nicht zu schlucken, aber dann ließ es sich nicht länger vermeiden, und wieder schwappte Ekel in mir hoch, füllte meinen Mund. Ich konnte es nicht ertragen. Doch, ich konnte. Ich konnte, ich konnte, ich konnte.

Atme ein und aus, Abbie. Abbie. Ich bin Abbie. Abigail Devereaux. Ein und aus. Denk nicht nach. Atme. Du bist noch am Leben.

Der Schmerz in meinem Schädel wich ein Stück zurück. Ich hob den Kopf ein wenig an, der Schmerz strömte hinter meine Augen. Ich blinzelte ein paarmal. Dieselbe tiefe Dunkelheit, egal, ob ich die Augen offen oder geschlossen hatte. Meine Wimpern drückten gegen die Kapuze. Mir war kalt, so viel spürte ich inzwischen. Meine Füße fühlten sich in den Socken wie Eiszapfen an. Waren das meine eigenen Socken? Sie kamen mir so groß und rau vor, gar nicht vertraut. Meine linke Wade schmerzte. Ich versuchte die Beinmuskeln zu bewegen, um dieses Gefühl eines Krampfes loszuwerden. Plötzlich begann eine Stelle an meiner Wange unter der Kapuze zu jucken. Ein paar Sekunden lang lag ich reglos da, konzentrierte mich nur auf das Jucken, dann wandte ich den Kopf zur Seite und versuchte, die Stelle mit meiner hochgezogenen Schulter zu berühren. Ohne Erfolg. Ich verdrehte den Kopf, bis ich mein Gesicht über den Boden reiben konnte.

Außerdem war ich nass. Zwischen den Beinen und an den

Oberschenkeln. Ich spürte die klamme Kälte unter meiner Hose. War das überhaupt meine Hose? Ich lag in meiner eigenen Pisse, umgeben von Dunkelheit, eine Kapuze über dem Kopf, gefesselt und geknebelt. Atme ein und aus, befahl ich mir selbst. Atme immer weiter, ein und aus. Versuch, die Gedanken langsam herauszulassen, einen nach dem anderen, damit du nicht darin ertrinkst. Ich spürte den Druck der in mir aufgestauten Angst, mein Körper fühlte sich wie eine zerbrechliche Muschelschale an, zum Bersten gefüllt mit tosenden Wassermassen. Ich zwang mich, nur an die Atemluft zu denken, die durch meine Nasenlöcher ein und aus strömte. Ein und aus.

Jemand – ein Mann, der Mann, der den Knebel in meinen Mund gerammt hatte, hatte mich an diesen Ort gebracht. Er hatte mich hier festgebunden, ich war seine Gefangene. Warum? Darüber konnte ich noch nicht nachdenken. Ich lauschte, ob irgendetwas zu hören war, abgesehen vom Pfeifen meines Atems, dem Schlagen meines Herzens und dem kratzenden Geräusch, das meine Hände und Füße auf dem rauen Boden verursachten, wenn ich mich bewegte. Vielleicht war er noch hier, kauerte irgendwo im Raum. Aber es war kein anderes Geräusch zu hören. Im Moment war ich allein. Ich lag da und lauschte meinem Herzen. Die Stille erdrückte mich.

Ein Bild flatterte durch meinen Kopf. Ein gelber Schmetterling, der sich mit zitternden Flügeln auf einem Blatt niederließ. Es kam mir vor, als wäre plötzlich ein Sonnenstrahl auf mich gefallen. War das etwas, woran ich mich erinnern konnte, ein Augenblick, den ich aus der Vergangenheit herübergerettet und bis jetzt irgendwo aufbewahrt hatte? Oder war dieses Bild bloß ein zufälliges Produkt meines Gehirns, eine Art Reflex oder Kurzschluss?

Ein Mann hatte mich an einem dunklen Ort festgebunden. Offenbar hatte er mich entführt und dann hierher gebracht.

Doch ich konnte mich nicht daran erinnern. Ich zermarterte mir den Kopf, aber er war leer – ein leerer Raum, ein verlassenes Haus, kein Widerhall. Nichts. In meinem Hals kroch ein Schluchzen hoch. Ich darf nicht weinen, ermahnte ich mich. Ich muss nachdenken, aber vorsichtig, ohne die Angst nach oben zu lassen. Ich darf nicht in die Tiefe gehen. Ich muss an der Oberfläche bleiben. Nur über das nachdenken, was ich weiß. Fakten. Langsam werde ich mir ein Bild zusammensetzen, und dann werde ich auch in der Lage sein, es mir anzusehen.

Mein Name ist Abigail. Abbie. Ich bin fünfundzwanzig Jahre alt, und ich lebe mit meinem Freund Terry, Terence Wilmott, in einer winzigen Wohnung in der Westcott Road. Das ist es: Terry. Terry wird sich Sorgen machen. Er wird die Polizei anrufen, mich als vermisst melden. Sie werden mit Blaulicht und heulenden Sirenen herfahren und die Tür einschlagen. Licht und Luft werden hereinfluten. Nein, nur Fakten. Ich arbeite für Jay & Joiner, entwerfe Büroeinrichtungen. Ich habe einen Schreibtisch mit einem weißblauen Laptop, einem kleinen grauen Telefon, einem Stapel Papier, einem ovalen Aschenbecher voller Büroklammern und Gummibänder.

Wann war ich das letzte Mal dort? Das alles erschien mir unglaublich weit weg, wie ein Traum, der einem entgleitet, sobald man versucht, ihn zu fassen zu bekommen. Wie das Leben eines anderen Menschen. Ich konnte mich nicht erinnern. Wie lange lag ich schon hier? Eine Stunde, einen Tag, eine Woche? Es war Januar, das wusste ich inzwischen – zumindest glaubte ich es zu wissen. Draußen war es kalt, und die Tage waren kurz. Vielleicht hatte es geschneit. Nein, ich durfte nicht an Dinge wie Schnee denken, Sonnenlicht auf weißen Flächen. Ich musste mich auf das konzentrieren, was ich wusste: Januar, aber ob Tag oder Nacht konnte ich nicht sagen. Vielleicht war inzwischen schon Februar. Ich versuchte an den letzten Tag zu denken, an den ich mich klar erinnern konnte, doch das war, als würde ich in einen dichten Nebel blicken, in dem sich lediglich undeutliche Schatten abzeichneten.

Ich beschloss, mit dem Silvesterabend zu beginnen. Ich hatte mit Freunden getanzt, und um Mitternacht waren sich alle um den Hals gefallen. Ich hatte alle möglichen Leute auf den Mund geküsst, Leute, die ich gut kannte, und Leute, die ich erst ein paarmal getroffen hatte, sogar Fremde, die mit ausgebreiteten Armen und einem erwartungsvollen Lächeln auf mich zukamen, weil man sich an Silvester nun mal küsst. Aber an all das wollte ich jetzt nicht denken. Nach Neujahr, ja, da regte sich noch etwas in meinem Gedächtnis. Tage im Büro, klingelnde Telefone, Spesenrechnungen in meinem Eingangsfach. Tassen mit kalt gewordenem, bitterem Kaffee. Aber vielleicht war das vorher gewesen, nicht danach. Oder vorher und nachher, tagein, tagaus. Alles erschien mir verschwommen und bedeutungslos.

Ich versuchte mich zu bewegen. Meine Zehen waren vor Kälte ganz steif, mein Nacken schmerzte, und in meinem Kopf pochte es. Ich hatte einen widerlichen Geschmack im Mund. Warum war ich hier, und was würde mit mir geschehen? Wie ein Opferlamm lag ich auf dem Rücken, Arme und Beine festgebunden. Eine Welle der Angst durchlief meinen Körper. Er konnte mich verhungern lassen. Mich vergewaltigen. Foltern. Er konnte mich töten. Vielleicht hatte er mich schon vergewaltigt. Ich presste mich gegen den Boden und wimmerte ganz leise, tief unten in meinem Hals. Zwei Tränen stahlen sich aus meinen Augen. Ich spürte das Kitzeln und Brennen auf meiner Haut, als sie zu meinen Ohren hinunterliefen.

Nicht weinen, Abbie. Du darfst nicht weinen.

Denk an den Schmetterling, der nichts als Schönheit bedeutet. Ich stellte mir den gelben Schmetterling auf seinem grünen Blatt vor. Ich ließ meinen ganzen Kopf voll werden von diesem kleinen Wesen, das so zart und leicht auf dem Blatt saß, dass es jeden Moment weggepustet werden konnte wie eine Feder. Ich hörte Schritte. Sie klangen weich, als wäre der Mann barfuß. Sie kamen näher, brachen ab. Dann hörte ich jemanden heftig atmen, fast keuchen, als hätte er ein Stück klettern müssen, um zu mir zu gelangen. Starr vor Angst lag ich in der Stille. Er stand jetzt über mir. Ich hörte ein Klicken, und trotz meiner Kapuze war mir klar, dass er eine Taschenlampe eingeschaltet hatte. Ich konnte noch immer nichts erkennen, aber ich sah durch den Stoff, dass es nicht mehr völlig dunkel war. Offenbar stand er über mir und leuchtete mit einer Taschenlampe auf meinen Körper hinunter.

»Du hast dich nass gemacht«, murmelte er. Zumindest kam es mir durch meine Kapuze wie ein Murmeln vor. »Dummes Mädchen.«

Ich spürte, wie er sich zu mir herunterbeugte. Ich hörte ihn atmen. Mein eigenes Atemgeräusch wurde lauter und schneller. Er schob die Kapuze ein wenig hoch und befreite mich erstaunlich sanft von dem Knebel. Ich spürte eine Fingerspitze auf meiner Unterlippe. Ein paar Sekunden lang konnte ich bloß erleichtert keuchen, die Luft in meine Lungen saugen. Dann hörte ich mich selbst »Danke« sagen. Meine Stimme klang leise und schwach. »Wasser.«

Er löste die Fesseln an meinen Armen und über meiner Brust, nun waren nur noch meine Beine gefesselt. Dann schob er einen Arm unter meinen Nacken und zog mich in eine sitzende Position. Eine neue Art von Schmerz pulste durch meinen Kopf. Ich wagte mich nicht zu bewegen, sondern ließ teilnahmslos über mich ergehen, dass er mir die Arme hinter den Rücken legte und an den Handgelenken zusammenband – so fest, dass mir die Schnur ins Fleisch schnitt. Handelte es sich überhaupt um eine Schnur? Es fühlte sich härter an, wie eine Wäscheleine oder Draht.

»Mach den Mund auf«, sagte er in seinem gedämpften Flüsterton. Ich tat, wie mir geheißen. Er schob einen Strohhalm unter die Kapuze und steckte ihn mir zwischen die Lippen. »Trink.«

Das Wasser war lauwarm und hinterließ einen schalen Geschmack in meinem Mund.

Er legte eine Hand auf meinen Nacken und begann ihn zu massieren. Ich saß da wie gelähmt. Ich durfte weder aufschreien noch irgendein anderes Geräusch machen. Ich durfte mich auch nicht übergeben. Seine Finger drückten sich in meine Haut.

»Wo tut es weh?« fragte er.

»Nirgends.« Meine Stimme war nur ein Flüstern.

»Nirgends? Du wirst mich doch nicht anlügen?«

Wut fegte durch meinen Kopf wie ein herrlicher, tosender Wind, stärker als die Angst. »Du widerliches Stück Scheiße!«, schrie ich mit der schrillen Stimme einer Wahnsinnigen. »Lass mich los, lass mich sofort los, ich bringe dich um, du wirst schon sehen…«

Der Knebel wurde mir wieder in den Mund gerammt.

»Du bringst mich um. Das ist gut. Das gefällt mir.«

Lange Zeit konzentrierte ich mich nur aufs Atmen. Ich hatte von Menschen gehört, die sich in ihrem eigenen Körper eingesperrt fühlten wie in einem Gefängnis. Sie wurden von der Vorstellung gequält, niemals entkommen zu können. Mein Leben war nun reduziert auf das bisschen Luft, das durch meine Nasenlöcher strömte. Sollte mir diese Luftzufuhr auch noch abgeschnitten werden, würde ich sterben. Es gab solche Fälle. Leute wurden gefesselt und geknebelt, ohne dass ihre Entführer die Absicht hatten, sie umzubringen. Nur ein kleiner Fehler beim Binden – der Knebel zu nahe an der Nase –, und sie bekamen keine Luft mehr und starben.

Ich zwang mich, gleichmäßig zu atmen, ein eins-zwei-drei, aus eins-zwei-drei. Ein, aus. In einem Film, einer Art Kriegsfilm, den ich einmal gesehen hatte, hatte sich ein supertaffer Soldat vor dem Feind in einem Fluß versteckt und nur durch einen einzigen Strohhalm geatmet. Der Gedanke, dass ich nun in der gleichen Situation war, ließ meine Brust schmerzen, und mein Atem ging wieder stoßweise. Ich musste mich beruhigen. Statt an den Soldaten zu denken und daran, was passiert wäre, wenn irgendetwas den Strohhalm verstopft hätte, versuchte ich an das Wasser des Flusses zu denken, das in der glitzernden Morgensonne so kühl und ruhig ausgesehen hatte, so träge und schön.

In meinem Kopf floß das Wasser immer langsamer, bis es schließlich zum Stillstand kam. Ich stellte mir vor, wie die Oberfläche langsam zu Eis erstarrte, hart und klar wie Glas, so dass man die Fische darunter lautlos umherschwimmen sehen konnte. Ich konnte nicht anders. Ich sah mich durch das Eis einbrechen, sah mich darunter gefangen. Ich hatte irgendwo gelesen oder gehört, dass zwischen Eisfläche und Wasser eine dünne Luftschicht liegt, und dass man, wenn man einbricht und das Loch nicht mehr findet, diese Luft atmen kann. Aber dann? Vielleicht wäre es besser, einfach zu ertrinken. Vor dem Ertrinken hatte ich immer besondere Angst gehabt, bis ich irgendwann gelesen oder gehört hatte, dass es sich in Wirklichkeit um eine angenehme Todesart handelte. In diesem Moment erschien mir das sehr plausibel. Unangenehm und schrecklich war bloß der Versuch, nicht zu ertrinken. Angst ist der Versuch, dem Tod zu entrinnen. Sich dem Tod zu ergeben ist wie Einschlafen.

Eins – zwei – drei, eins – zwei – drei. Langsam wurde ich ruhiger. Manche Menschen, wahrscheinlich mindestens zwei Prozent der Bevölkerung, wären schon vor Panik oder Luftmangel gestorben, wenn ihnen widerfahren wäre, was mir gerade passierte. Demnach schlug ich mich immerhin tapferer als so manch anderer. Ich lebte noch. Ich atmete.

Jetzt lag ich wieder ausgestreckt, an Händen und Füßen gefesselt, einen Knebel im Mund und eine Kapuze über dem Kopf.

Doch ich war nirgendwo mehr *fest*gebunden. Ich kämpfte mich in eine hockende Position, stand dann ganz langsam auf. Versuchte aufzustehen. Mein Kopf stieß gegen ein Dach. Demnach war der Raum höchstens einen Meter fünfzig hoch. Keuchend vor Anstrengung, ließ ich mich wieder auf den Boden sinken.

Wenigstens konnte ich mich bewegen. Mich krümmen und winden wie eine Schlange im Staub. Was ich mich kaum traute. Ich hatte das Gefühl, irgendwo weit oben zu sein. Wenn er den Raum betrat, befand er sich unter mir. Die Schritte und seine Stimme kamen von unten. Er musste irgendwo hinaufsteigen, um zu mir zu gelangen.

Vorsichtig streckte ich die Füße nach vorne aus, spürte aber nur den Boden. Mühsam drehte ich mich herum. Mein T-Shirt hatte sich hochgeschoben, und die nackte Haut meines Rückens schabte schmerzhaft über den rauen Untergrund. Ich streckte erneut die Beine aus. Immer noch Boden unter meinen Füßen. Ganz langsam schlängelte ich mich vorwärts, ständig mit den Füßen tastend. Plötzlich spürte ich nichts mehr – nichts Hartes mehr unter mir. Ausgestreckt über einem freien Raum, einer Leere. Liegend schob ich mich weiter, Zentimeter um Zentimeter. Meine Beine baumelten bereits bis zu den Knien in der Luft. Ich winkelte sie an. Wenn ich jetzt den Oberkörper aufrichtete, würde ich über einem Abgrund sitzen, am Rand einer Klippe. Mein Atem begann panisch in meiner Brust zu flattern. Ich robbte rückwärts. Mein Rücken schmerzte, in meinem Kopf dröhnte und pochte es. Ich schlängelte und schleppte mich weiter rückwärts, bis ich gegen eine Wand stieß.

Ich setzte mich auf, presste meine gefesselten Hände gegen die Wand. Die Fingerspitzen spürten grobe, feuchte Ziegel.

Aufrecht schob ich mich an der Wand entlang, bis ich auf die Ecke stieß, und bewegte mich dann in der Gegenrichtung zurück. Meine Muskeln brannten vor Anstrengung. Der Raum musste etwa drei Meter breit sein. Und etwa eins zwanzig tief.

Es fiel mir schwer, klar zu denken, weil der Schmerz in meinem Kopf mir immer wieder in die Quere kam. Hatte ich einen Schlag auf den Kopf bekommen? Eine tiefe Schramme davongetragen? Oder war mit meinem Gehirn etwas nicht in Ordnung?

Die Kälte ließ mich zittern. Ich durfte nicht aufhören nachzudenken, musste meinen Kopf beschäftigt halten, ohne an die falschen Dinge zu denken. Auf irgendeine Art war ich entführt worden. Gegen meinen Willen wurde ich festgehalten. Warum wurden Menschen entführt? Wegen Geld oder aus politischen Gründen. Mein gesamtes Vermögen belief sich – nach Abzug der Beträge, die ich in letzter Zeit mit Kreditkarte bezahlt hatte – auf etwa zweitausend Pfund, wovon die Hälfte in meinem rostigen alten Wagen steckte. Politische Gründe kamen wohl auch nicht in Frage, ich war Beraterin in Sachen Büroeinrichtung, keine Botschafterin. Andererseits konnte ich mich an nichts erinnern. Womöglich befand ich mich in Südamerika oder im Libanon. Dagegen sprach, dass der Mann definitiv ein britisches Englisch gesprochen hatte, Südenglisch, soweit ich das anhand des leisen, undeutlichen Geflüsters beurteilen konnte.

Welche anderen Gründe konnte es geben? Ich hatte mich in eine Richtung manövriert, in der alles richtig übel aussah. Ich spürte, wie mir die Tränen in die Augen stiegen. Beruhige dich. Beruhige dich, Abbie. Du darfst keine verstopfte Rotznase bekommen.

Er hatte mich nicht getötet. Das war ein gutes Zeichen. Obwohl es nicht notwendigerweise ein wirklich gutes Zeichen sein musste – langfristig gesehen konnte es auch ein schlechtes Zeichen sein. Allein bei dem Gedanken wurde mir speiübel. Doch so war die Situation, mehr wusste ich nicht. Vorsichtig spannte ich meine Muskeln an, spürte meine Fesseln. Ich wusste nicht, wo ich war, wusste auch nicht, wo ich entführt worden war, oder wann oder wie. Oder aus welchem

Grund. Ich konnte nichts sehen. Ich wusste nicht mal, wie der Raum aussah, in dem ich lag. Er fühlte sich feucht an. Vielleicht war es ein Keller oder ein Schuppen. Auch über den Mann war mir nichts bekannt. Oder die Männer. Oder wer sonst noch damit zu tun hatte. Wahrscheinlich hielt er sich ganz in der Nähe auf. Ich wusste weder, ob ich ihn kannte, noch wie er aussah.

Das war vielleicht gut so. Wenn ich ihn identifizieren könnte, dann würde er wahrscheinlich… wie auch immer, auf jeden Fall wäre das weniger gut. Profi-Entführer trugen Masken, damit die Geisel ihr Gesicht nicht zu sehen bekam. Dass er mir eine Kapuze über den Kopf gezogen hatte, lief vielleicht auf dasselbe hinaus, bloß andersherum. Er tat auch irgendetwas mit seiner Stimme, dämpfte sie irgendwie, damit sie nicht wie eine menschliche Stimme klang. Es war sogar denkbar, dass er vorhatte, mich bloß eine Weile festzuhalten und dann wieder freizulassen. Er konnte mich in irgendeinem anderen Stadtteil von London aussetzen, und es wäre mir völlig unmöglich, ihn je wiederzufinden. Ich würde nichts über ihn wissen – nicht das Geringste. Das war die erste zumindest ansatzweise gute Nachricht.

Ich hatte keine Ahnung, wie lange ich schon hier war, maximal konnten es drei Tage sein, vielleicht sogar nur zwei. Ich fühlte mich schrecklich, aber nicht besonders schwach. Ich war hungrig, aber noch nicht krank vor Hunger. Vielleicht zwei Tage. Terry hatte mich bestimmt schon als vermisst gemeldet. Ich war nicht zur Arbeit erschienen, sie hatten Terry angerufen, er hatte erstaunt versucht, mich auf meinem Mobiltelefon zu erreichen. Wo das wohl abgeblieben war? Unter Umständen hatte man die Polizei schon nach wenigen Stunden verständigt. Bestimmt war mittlerweile eine große Suchaktion im Gang. Scharen von Polizisten, die Ödland durchkämmten. Absolute Urlaubssperre. Spürhunde. Hubschrauber. Ein weiterer vielversprechender Gedanke. Man kann einen erwachsenen Menschen nicht einfach von der Straße zerren und irgendwo verstecken, ohne Aufsehen zu erregen. Bestimmt waren Polizisten unterwegs, die Häuser durchsuchten, mit Taschenlampen in dunkle Winkel leuchteten. Es konnte nicht mehr lang dauern, dann würde ich sie hören, sie sehen. Ich brauchte bloß am Leben zu bleiben, bis ... einfach nur am Leben bleiben. Am Leben bleiben.

Ich hatte ihn angeschrien. Ich hatte gesagt, ich würde ihn umbringen. Sonst hatte ich nichts zu ihm gesagt, zumindest konnte ich mich an nichts erinnern, außer »danke«, als er mir das Wasser zu trinken gab. Inzwischen hasste ich mich dafür, dass ich mich bei ihm bedankt hatte. Als ich ihn angeschrien hatte, war er wütend geworden. Was hatte er noch geantwortet? »Du willst mich umbringen? Das ist gut!« Irgendetwas in der Art. Nicht sehr vielversprechend. »*Du* willst *mich* umbringen?« Vielleicht hatte er das deswegen so lustig gefunden, weil er seinerseits vorhatte, *mich* umzubringen.

Ich versuchte mich mit einem anderen Gedanken zu trösten. Vielleicht amüsierte ihn meine Drohung bloß deswegen, weil ich mich so vollkommen in seiner Gewalt befand, dass ihm die Idee, ich könnte es ihm heimzahlen, völlig lächerlich erschien. Auf jeden Fall war ich mit meinen heftigen Worten ein Risiko eingegangen. Ich hatte ihn wütend gemacht. Er hätte mich foltern oder schlagen oder alles Mögliche mit mir anstellen können. Aber er hatte nichts dergleichen getan. Das war unter Umständen eine wichtige Erkenntnis. Er hatte mich entführt, hatte mich gefesselt, und ich hatte ihn bedroht. Womöglich fühlte er sich unterlegen und unfähig, mir etwas anzutun, solange ich ihm die Stirn bot. Vielleicht, dachte ich, ist das die beste Art, ihn zu manipulieren. Indem ich mich nicht seinem Willen unterwarf. Möglicherweise hat er eine Frau entführt, weil er Angst vor Frauen hat und darin die einzige Möglichkeit sieht, zumindest *eine* Frau unter Kontrolle zu haben. Wahrscheinlich erwartet er, dass ich um mein Leben bettle und ihm auf diese Weise die Macht über mich gebe, die er sich erhofft. Doch wenn ich nicht kapituliere, dann läuft es nicht nach seinem Plan.

Vielleicht ist aber auch das Gegenteil der Fall. Womöglich hat ihm meine Reaktion bloß gezeigt, dass er mich völlig in der Hand hat. Es ist ihm egal, was ich sage. Er findet es lediglich komisch, hält ansonsten aber an seinem Plan fest. Bestimmt ist es entscheidend, ihm zu zeigen, dass ich ein Mensch aus Fleisch und Blut bin, damit es ihm schwerer fällt, mir etwas anzutun. Doch falls das auf ihn bedrohlich wirkt, macht es ihn womöglich nur noch wütender. Ich konnte nichts tun. Ich konnte mich weder zur Wehr setzen noch fliehen. Ich konnte nur Zeit schinden.

Wie stellte ich das am besten an? Indem ich ihn provozierte? Indem ich alles tat, damit er zufrieden war? Indem ich versuchte, ihm Angst zu machen?

An der Schwärze um mich herum veränderte sich etwas. Ich nahm ein Geräusch und einen Geruch war. Dann hörte ich wieder dieses heisere, krächzende Geflüster.

»Ich werde jetzt deinen Knebel herausnehmen. Wenn du schreist, schneide ich dir wie einem Vieh die Kehle durch. Wenn du verstanden hast, was ich gesagt habe, dann nicke mit dem Kopf.«

Ich nickte hektisch. Die Hände – große, warme Hände – machten sich hinter meinem Nacken zu schaffen. Der Knoten wurde gelöst, der Knebel grob aus meinem Mund gezerrt. Sofort begann ich zu husten. Eine Hand hielt meinen Kopf fest, und ich spürte, wie mir der Strohhalm in den Mund geschoben wurde. Ich saugte, bis mir ein zischendes Geräusch verriet, dass kein Wasser mehr da war.

»Da«, sagte er. »Da steht ein Kübel. Willst du ihn benutzen?«

»Wie meinen Sie das?« Ich musste ihn zum Reden bringen.

»Du weißt schon. Toilette.«

Er klang verlegen. War das ein gutes Zeichen?

»Ich möchte auf eine richtige Toilette.«

»Du gehst entweder auf den Eimer oder bleibst in deiner eigenen Pisse liegen, Süße.«

»Also gut.«

»Ich werde dich neben den Eimer stellen. Du kannst ihn mit deinen Füßen berühren. Dann gehe ich ein Stück weg. Wenn du Faxen machst, schneide ich dich in Stücke. Verstanden?«

»Ja.«

Es klang, als würde er ein paar Stufen hinuntersteigen, dann spürte ich seine Arme unter meinen Achseln, an meinem Rücken. Harte, starke Hände. Ich rutschte auf ihn zu, wurde gegen ihn gepresst. Er roch nach Tieren, Schweiß, etwas anderem, das ich nicht definieren konnte. Ein Arm schob sich unter meine Oberschenkel. Ekel stieg in mir hoch. Einen Moment später wurde ich seitwärts geschwungen und dann sanft auf einem rauen, sandigen Boden abgestellt. Ich richtete mich auf. Meine Beine und mein Rücken schmerzten fürchterlich. Eine Hand packte mich an den Haaren, und ich spürte etwas Hartes, Kaltes an meinem Hals.

»Du weißt, was das ist?«

»Nein.«

»Die Klinge eines Messers. Ich werde jetzt den Draht lösen, mit dem deine Hände zusammengebunden sind. Der kleinste Mucks, und ich benutze das Messer.«

»Ich tu nichts. Ich will nur, dass Sie mich allein lassen.«

»Es ist dunkel. Ich gehe ein Stück weg.«

Ich spürte, wie sich hinter meinem Rücken der Draht lockerte. Er trat zurück. Für den Bruchteil einer Sekunde spielte ich mit dem Gedanken, doch einen Fluchtversuch zu unternehmen, aber dann wurde mir klar, wie sinnlos das war: noch immer teilweise gefesselt, eine Kapuze über dem Kopf, in einem dunklen Raum mit einem Mann, der ein Messer hatte.

»Nun mach schon«, sagte er.

Ich hatte kein dringendes Bedürfnis, auf die Toilette zu gehen. Nur den Drang nach Bewegung. Ich befühlte meine Sachen. T-Shirt, Hose. Ich konnte das nicht.

»Du kriegst den Kübel erst morgen früh wieder.«

Morgen früh. Gut. Wenigstens eine Information. Also gut, also gut. Er behauptete, dass es dunkel war. Ich machte Knopf und Reißverschluss auf, zog Hose und Slip nach unten und setzte mich auf den Eimer. Bloß ein Tröpfeln. Ich stand wieder auf, zog die Hose hoch.

»Kann ich was sagen?«

»Was?«

»Ich weiß nicht, was das alles soll. Aber Sie dürfen das nicht. Sie werden nicht ungeschoren davonkommen. Ihnen ist vielleicht nicht klar, was passieren wird, wenn sie mich finden. Noch können Sie mich gehen lassen. Fahren Sie mich irgendwohin. Lassen Sie mich frei. Das war's dann. Bestimmt bin ich schon als vermisst gemeldet, sie werden nach mir suchen. Ich weiß, dass Sie mit mir machen können, was Sie wollen, und dass wahrscheinlich nichts Gutes für mich dabei herauskommt, aber man wird Sie erwischen. Wenn Sie mich gehen lassen, können wir beide einfach unser Leben weiterleben. Andernfalls werden Sie erwischt.«

»Das sagen sie alle. Wenn sie überhaupt etwas sagen.«

»Was?«

»Halt still.«

»*Alle*?«

Ich spürte, wie meine Hände wieder gefesselt wurden. Anschließend wurde ich hochgehoben und wie ein kleines Kind auf einem hohen Regal abgesetzt. Wie eine Puppe.

»Rühr dich nicht von der Stelle«, befahl er. »Und keinen Mucks!«

Ich blieb reglos sitzen. Ich hoffte, dass er jetzt wieder gehen würde.

»Mach den Mund auf.«

Er war neben mir. Der Knebel wurde mir in den Mund geschoben, ein anderes Stück Stoff fest um mein Gesicht gebunden. Ich hörte Schritte, dann spürte ich plötzlich, wie sich etwas um meinen Hals legte. Fest und eng. Ich wurde nach hinten gezerrt, bis ich die Wand in meinem Rücken spürte.

»Hör zu«, sagte die Stimme. »Das um deinen Hals ist eine Drahtschlinge. Sie ist hinter dir an einem Haken an der Wand befestigt. Hast du mich verstanden? Nicke mit dem Kopf.«

Ich nickte.

»Du befindest dich auf einer Plattform. Verstanden?«

Ich nickte.

»Wenn du dich von der Stelle rührst, fällst du hinunter, der Draht wird dir die Luft abschnüren, und du wirst sterben. Verstanden?«

Ich nickte.

»Gut.«

Dann herrschte Stille. Nur noch Stille. Mein Herz aber toste wie das Meer. Der Draht an meinem Hals brannte. Ich atmete, ein und aus, ein und aus.

Ich stand auf einem hölzernen Steg, vor mir ein spiegelglatter See. Nicht ein Hauch von Wind. Tief unter mir sah ich glatte Kieselsteine, rosa, braun und grau. Ich ging leicht in die Knie, um meine Arme in das kühle, ruhige Wasser zu tauchen, als sich plötzlich etwas um meinen Hals legte, mich mit einem scheußlichen Ruck nach vorne kippen ließ, aber gleichzeitig von hinten festhielt. Das Wasser verschwand, verwandelte sich in tintenschwarze Dunkelheit. Die Schlinge grub sich in meinen Hals. Ich richtete mich auf. Für einen Moment war in mir nur Leere, dann durchflutete mich die Angst, strömte in alle Winkel meines Körpers. Mein Herz raste, mein Mund war trocken. Unter der Kapuze lief der Schweiß über meine Stirn, und ich spürte feuchte Haarsträhnen an meinen Wangen. Am ganzen Körper war mir kalter Angstschweiß ausgebrochen, ich fühlte mich zittrig und klebrig. Ein säuerlicher Geruch stieg mir in die Nase. Meine Angst war jetzt so real, dass ich sie riechen konnte.

Ich war eingeschlafen. Wie war das möglich? Wie konnte ich schlafen, wenn ich eine Schlinge um den Hals hatte wie ein Huhn, das wartete, bis ihm das Genick gebrochen wurde? Ich hatte mich immer gefragt, wie Gefangene in der Nacht vor ihrer Hinrichtung noch Schlaf fanden, doch ich hatte tatsächlich geschlafen. Wie lange? Ich hatte keine Ahnung, vielleicht ein paar Minuten, vielleicht aber auch ein paar Stunden oder noch länger. Ich wusste nicht, ob es noch Nacht war oder schon Morgen. Die Zeit war stehen geblieben.

Natürlich war die Zeit nicht stehen geblieben. Sie lief weiter, lief mir davon. In meinen Ohren dröhnte die Stille. Irgendetwas würde passieren, das wusste ich, auch wenn ich nicht wusste, was und wann. Vielleicht jetzt gleich, sowie ich diesen Gedanken zu Ende gedacht hatte, vielleicht erst in einer Ewigkeit, nach einem endlosen Sumpf von Tagen. Mir fielen seine Worte wieder ein, und mit ihnen überfiel mich ein scharfes Brennen in der Magengegend. Es war, als säße in meinem Inneren ein räudiges Nagetier, das meine Eingeweide fraß. »Das haben sie alle gesagt.« Was hieß das? Ich wusste, was es hieß. Vor mir hatte es schon andere gegeben. Sie waren tot, und ich war die Nächste, die hier mit einer Schlinge um den Hals auf einem Mauervorsprung saß, und nach mir – nach mir …

Atme und denke nach. Lass dir etwas einfallen. Fluchtpläne zu schmieden war sinnlos. Alles, was ich hatte, waren mein Verstand und die Worte, die ich zu ihm sagte – wenn er mir diesen widerlichen Lumpen aus dem Mund zog. Ich begann im Geiste zu zählen. Sekunden wurden zu Minuten, Minuten zu Stunden. Zählte ich zu schnell oder zu langsam? Ich versuchte, mein Tempo zu drosseln. Ich hatte Durst. Das Innere meines Mundes fühlte sich weich und faulig an. Sicher stank mein Atem mittlerweile schon. Ich brauchte Wasser, eiskaltes Wasser. Literweise klares Wasser aus einer Quelle tief unter der Erde. Ich hatte überhaupt keinen Hunger mehr, aber sauberes kaltes Wasser in einem großen Glas mit klirrenden Eiswürfeln, das wünschte ich mir jetzt. Ich zählte weiter. Ich durfte nicht aufhören.

Eine Stunde, achtundzwanzig Minuten, dreiunddreißig Sekunden. Wie viele Sekunden waren das insgesamt? Ich versuchte weiterzuzählen und gleichzeitig die Summe auszurechnen, aber alles geriet durcheinander, und ich verlor beides, die Zeit und die Summe. Tränen liefen mir über die Wangen.

Ich schob die Beine nach vorn, streckte meinen Körper so weit ich konnte aus, und legte den Kopf in den Nacken, bis mir die Schlinge direkt unter dem Kinn in die Haut schnitt. Ein Balanceakt auf dem Mauervorsprung, dessen Kante sich hart in meinen Rücken drückte, während der untere Teil meines Körpers bereits überhing. Demnach musste der Draht knapp einen Meter lang sein. Ich glich einer Wippe, ich konnte nach hinten kippen, um wieder dazusitzen, abzuwarten und die Sekunden, Minuten und Stunden zu zählen, ich konnte aber auch nach vorn in die Dunkelheit kippen. Irgendwann würde er hereinkommen und mich dort hängen sehen, die Drahtschlinge um den Hals. Auf diese Weise würde ich ihm ein Schnippchen schlagen. Der Zeit ein Schnippchen schlagen. So einfach wäre das.

Ich schob mich in eine sitzende Position zurück. Mein Körper zitterte vor Anstrengung. Ich konzentrierte mich auf die Atmung, ein und aus. Ich dachte an den See aus meinem Traum, mit seinem ruhigen Wasser. Dann dachte ich an den Fluss mit seinen Fischen. An den gelben Schmetterling auf dem grünen Blatt. Bebend saß er dort, fast so leicht wie die ihn umgebende Luft. Schon der kleinste Windhauch würde ihn hinunterblasen. So ist das Leben, dachte ich. Auch mein Leben ist nun so zart und zerbrechlich.

Mein Name ist Abbie. Abigail Devereaux. Abbie. Ich wiederholte im Geist meinen Namen, versuchte ihn mir laut ausgesprochen vorzustellen, doch der Klang verlor rasch seine Bedeutung. Was bedeutete es schon, Abbie zu heißen? Nichts. Bloß eine Zusammenfügung von Silben. Zwei Silben. Zweimal ein Mund voll Luft.

»Ich hatte einen Traum«, sagte ich. Meine Stimme klang heiser und schwach, als hätte die Drahtschlinge bereits meine Luftröhre beschädigt. »Ich bin eingeschlafen und habe geträumt. Haben Sie auch etwas geträumt? Oder träumen Sie nicht?« Ich hatte mir diese Sätze zurechtgelegt, während ich auf ihn wartete. Ich wollte ihm nichts Persönliches über mich erzählen, weil mir das gefährlich erschien, wollte andererseits aber auch nichts Konkretes über ihn erfahren, denn wenn ich etwas über ihn wusste, konnte er mich nicht mehr gehen lassen. Ich fragte ihn nach seinen Träumen, weil Träume etwas Persönliches und zugleich Abstraktes sind. Sie erscheinen uns wichtig, aber ihre Bedeutung ist oft vage, schwer greifbar. Nun aber, als ich meine geprobten Sätzchen laut aussprach, klangen sie bloß töricht.

»Doch, manchmal«, antwortete er neben mir. »Trink dein Wasser aus, dann kannst du auf den Kübel.«

»Haben Sie letzte Nacht geträumt?« fragte ich beharrlich weiter, obwohl ich wusste, dass es zu nichts führen würde. Er war nur ein paar Zentimeter von mir entfernt. Wenn ich den Arm ausstreckte, könnte ich ihn berühren. Ich widerstand dem plötzlichen Drang, ihn zu packen und aufheulend um Gnade zu bitten.

»Wenn man nicht schläft, kann man auch nicht träumen.«

»Sie haben nicht geschlafen?«

»Trink.«

Ich nahm wieder nur ein paar kleine Schlucke, um das Trinken so lange wie möglich hinauszuzögern. Mein Hals schmerzte. Es war Nacht gewesen, doch er hatte nicht geschlafen. Was hatte er getan?

»Leiden Sie unter Schlaflosigkeit?« Ich bemühte mich um einen mitfühlenden Ton, aber meine Stimme klang schrecklich gekünstelt.

»So ein Blödsinn«, antwortete er. »Man arbeitet, und dann schläft man, wenn einem danach ist. Egal, ob Tag oder Nacht. Das ist alles.«

Durch die Kapuze drang ein schwaches, körniges Licht. Wenn ich den Kopf anhob und nach unten blickte, konnte ich vielleicht etwas sehen, seine ausgestreckten Beine neben mir, seine Hand auf der Kante des Mauervorsprungs. Ich durfte nicht schauen. Ich durfte nichts sehen, nichts wissen. Ich musste im Dunkeln bleiben.

Ich begann mit gymnastischen Übungen. Zog die Knie hoch und ließ sie wieder sinken. Fünfzigmal. Dann streckte ich die Beine aus und versuchte, mich aus dem Liegen aufzusetzen. Es gelang mir nicht. Kein einziges Mal.

Gefangene in Einzelhaft wurden oft verrückt, das hatte ich mal gelesen. Bestimmt hatte ich mir damals vorzustellen versucht, wie es sich anfühlen mochte, ganz allein eingesperrt zu sein. Manchmal sagten solche Menschen dann Gedichte auf, aber ich kannte keine Gedichte, zumindest fiel mir keines ein. Ich kannte ein paar Kinderreime. Mary hatte ein kleines Lamm. *Hickory, dickory, dock*. Der fröhliche, drängende Rhythmus erschien mir obszön und wahnsinnig, ein beharrliches Pochen im Inneren meines schmerzenden Kopfes. Ich könnte selbst einen Vers dichten. Was reimte sich auf dunkel? Gemunkel? Furunkel? Ich konnte nicht dichten, hatte es noch nie gekonnt.

Ich versuchte noch einmal, mein Gedächtnis zu durchforsten – nicht mein Langzeitgedächtnis, die Erinnerungen an meine Jugend, meine Freunde und meine Familie, an die Dinge, die mich zu dem Menschen machten, der ich war, das Verstreichen der Jahre, die sich wie die Ringe eines Baumstamms aneinanderreihten – nein, daran wollte ich nicht denken. Ich musste mich auf mein Kurzzeitgedächtnis konzentrieren, die Erinnerungen, die mir sagen würden, wie ich in den Raum gekommen war, in dem ich mich jetzt befand. Aber da war nichts. Eine dicke Wand trennte mein Hier und Jetzt von meiner Zeit davor.

Ich begann in Gedanken das Einmaleins aufzusagen. Eine Weile ging es gut, dann verhedderte ich mich. Alles geriet durcheinander. Ich fing erneut zu weinen an. Lautlos.

Ich schob mich vorwärts, bis ich unter meinen Füßen die Kante spürte. Ich kämpfte mich in eine sitzende Position. So hoch konnte das doch nicht sein. Er hatte unter mir gestanden und mich hinuntergehoben. Eins zwanzig, vielleicht eins fünfzig, mehr bestimmt nicht. Ich versuchte, meine gefesselten Füße zu bewegen, holte tief Luft und bewegte mich noch ein paar Zentimeter vor, so dass ich auf dem Rand saß. Ich würde bis fünf zählen, dann würde ich springen. Eins, zwei, drei, vier…

Ich hörte ein Geräusch. Am anderen Ende des Raums. Pfeifendes Lachen. Er sah zu. Wie eine Kröte kauerte er in einer Ecke und beobachtete, wie ich jämmerlich auf der Plattform herumzappelte. In meiner Brust stieg ein Schluchzen hoch.

»Nur zu! Spring!«

Ich wich ein Stück zurück.

»Du wirst schon sehen, was passiert, wenn du fällst!«

Noch ein Stück weiter zurück. Meine Beine befanden sich jetzt wieder auf dem Mauervorsprung. Ich schob mich bis zur Wand zurück, wo ich zusammensank und liegen blieb. Unter der Kapuze liefen mir die Tränen über die Wangen.

»Manchmal macht es mir Spaß, dich zu beobachten«, erklärte er. »Das merkst du gar nicht, stimmt's? Du weißt nicht, wann ich hier bin und wann nicht. Ich kann ziemlich leise sein.«

In der Dunkelheit lauerten also Augen, die mich beobachteten.

»Wie spät ist es?«

»Trink dein Wasser.«

»Bitte. Ist noch Vormittag oder schon Nachmittag?«

»Das spielt keine Rolle mehr.«

»Kann ich …?«

»Was?«

Was? Ich wusste es nicht. Worum sollte ich bitten? »Ich bin nur ein ganz normaler Mensch«, sagte ich. »Nicht gut, aber auch nicht schlecht.«

»Jeder erreicht irgendwann den Punkt, an dem er nicht mehr kann«, antwortete er. »Das ist das Entscheidende.«

Kein Mensch weiß vorher, was er in einer solchen Situation tun würde. Kein Mensch kann das wissen. Ich dachte an den See, den Fluß und den gelben Schmetterling auf dem grünen Blatt. Danach stellte ich mir einen Baum vor, einen Baum mit einem silbrig glänzenden Stamm und hellgrünen Blättern. Eine Weißbirke. Ich platzierte sie auf einem sanft geschwungenen grünen Hügel und ließ einen leichten Wind durch sie hindurchfahren, raschelnd ihre Blätter umdrehen, dass sie glitzerten und leuchteten, als würden zwischen den Ästen Lichter aufblinken. Dann ließ ich eine kleine weiße Wolke genau über dem Baum Halt machen. Hatte ich so einen Baum schon einmal gesehen? Ich konnte mich nicht erinnern.

»Mir ist sehr kalt. Könnte ich eine Decke haben? Irgendetwas zum Zudecken.«

»Bitte.«

»Was?«

»Du musst bitte sagen.«

»Bitte. Bitte geben Sie mir eine Decke.«

»Nein.«

Plötzlich war ich wieder von einer rasenden Wut erfüllt. Mein Zorn war so groß, dass ich das Gefühl hatte, daran zu ersticken. Ich schluckte schwer, musste unter meiner Kapuze blinzeln. Ich stellte mir vor, wie er mich betrachtete, während ich reglos dasaß, die Hände hinter dem Rücken gefesselt, den Hals in einer Schlinge, den Kopf mit einer Kapuze bedeckt. In der Zeitung sah man manchmal Fotos von Leuten, die auf einen Platz geführt wurden, um dort von einer bereitstehenden Reihe bewaffneter Männern erschossen zu werden. So kam ich mir auch vor. Wenigstens konnte er meinen Gesichtsausdruck unter der Kapuze nicht sehen. Er wusste nicht, was ich gerade dachte. Ich bemühte mich, meine Stimme möglichst ausdruckslos klingen zu lassen.

»Dann eben nicht«, sagte ich.

Würde er mir wehtun, wenn der Zeitpunkt gekommen war? Oder würde er mich einfach langsam zugrunde gehen lassen? Ich war nicht besonders tapfer im Ertragen von Schmerzen. Bei einer Folterung würde ich sofort zusammenbrechen und jedes Geheimnis preisgeben, da war ich sicher. Doch meine Situation war noch viel schlimmer. Sollte er mich tatsächlich foltern, konnte ich nichts tun, um ihn zum Aufhören zu bewegen, weil ich keine Informationen preiszugeben hatte. Vielleicht würde er ja Sex von mir wollen. In der Dunkelheit auf mir liegen und mich dazu zwingen. Mir die Kapuze vom Kopf zerren, mein nacktes Gesicht betrachten, den Knebel aus meinem Mund ziehen und seine Zunge hineinschieben. Seinen ... Ich schüttelte heftig den Kopf. Der Schmerz in meinem Schädel war fast eine Erleichterung.

Ich hatte mal gelesen oder gehört, dass eine Gruppe von Soldaten, die sich einer besonderen Elitetruppe anschließen wollten, den Befehl bekamen, eine weite Strecke mit einem schweren Rucksack auf dem Rücken zu laufen. Sie rannten und rannten, und als sie schließlich ihr Ziel erreichten, dem Zusammenbruch nahe, gab man ihnen den Befehl, die ganze Strecke wieder zurückzulaufen. Man glaubt, man kann nicht mehr, aber man kann.

In jedem Menschen steckt mehr, als man denkt. Verborgene Tiefen. Zumindest redete ich mir das ein. Wo lag wohl meine eigene Belastungsgrenze?

Ich wachte auf, weil mir jemand eine Ohrfeige verpasste. Ich wollte nicht aufwachen. Wozu auch? Wofür lohnte es sich noch aufzuwachen? Ich wollte mich bloß zusammenrollen und schlafen. Weitere Ohrfeigen. Die Kapuze wurde hochgeschoben, der Knebel aus meinem Mund gezogen.

»Bist du wach?«

»Ja. Hören Sie auf.«

»Ich habe Essen für dich. Mach den Mund auf.«

»Was für Essen?«

»Was zum Teufel spielt das für eine Rolle?«

»Erst trinken. Mein Mund ist so trocken.«

Gemurmel in der Dunkelheit. Sich entfernende Schritte. Das war gut. Ein winziger Sieg. Ein klitzekleines Stück Kontrolle. Ich hörte ihn wieder zu mir heraufkommen. Der Strohhalm schob sich in meinen Mund. Ich war furchtbar durstig, hatte aber auch das starke Bedürfnis, die Fasern und Flusen des schrecklichen alten Lumpens wegzuspülen, der mich so lange am Atmen gehindert hatte.

»Mund auf!«

Ein Metalllöffel wurde mir in den Mund geschoben. Er war mit irgendetwas Weichem beladen. Plötzlich erschien mir die Vorstellung, etwas zu essen, das ich nicht sehen konnte und das mir von diesem Mann in den Mund geschoben wurde, der mich irgendwann umbringen würde, derart ekelhaft, dass ich das Gefühl hatte, gleich auf rohem Menschenfleisch herumkauen zu müssen. Ich begann zu würgen und zu spucken.

»Verdammt noch mal!«, fluchte er. »Entweder du frisst jetzt dieses Zeug, oder ich streiche dir für einen Tag das Wasser!«

Einen Tag. Das war gut. Wenigstens hatte er nicht vor, mich schon heute umzubringen.

»Moment, gleich!«, sagte ich und holte ein paarmal tief Luft. »Jetzt geht es.«

Der Löffel kratzte in einer Schüssel, ich spürte ihn wieder in meinem Mund. Ich leckte ihn ab und schluckte. Es war etwas Haferbreiartiges, bloß fader, weicher und leicht süßlich. Es schmeckte wie einer dieser laschen Babybreis, die man aus Pulver anrührt. Vielleicht war es aber auch eine der Spezialzubereitungen, wie man sie in der Apotheke kaufen kann, gedacht für Leute, die sich gerade von einer schweren Krankheit erholen. Ich schluckte. Eine weitere Portion Brei wurde mir in den Mund geschoben. Insgesamt vier Löffel voll. Er wollte mich offenbar nicht mästen, bloß am Leben erhalten. Als ich fertig war, bekam ich noch ein wenig Wasser.

»Pudding?« fragte ich.

»Nein.«

Mir kam ein Gedanke. Ein wichtiger Gedanke.

»Wann sind wir uns begegnet?«

»Wie meinst du das?«

»Seit ich hier aufgewacht bin, habe ich ganz schreckliche Kopfschmerzen. Waren Sie das? Haben Sie mir auf den Kopf geschlagen?«

»Worauf willst du hinaus? Willst du mich verarschen? Versuch das bloß nicht! Denk dran, was ich dir antun könnte.«

»Ich will Sie nicht verarschen. Das ist überhaupt nicht meine Absicht. Das Letzte, woran ich mich erinnern kann ... nicht einmal da bin ich sicher. Es ist alles so verschwommen. Ich weiß noch, dass ich im Büro war, und ich erinnere mich an ...« Ich wollte sagen »meinen Freund«, da schoss mir durch den Kopf, dass das vielleicht keine so gute Idee war, weil er vermutlich eifersüchtig werden würde. »Ich erinnere mich an meine Wohnung. Dass ich irgendetwas in meiner Wohnung gemacht habe. Dann bin ich hier aufgewacht und weiß weder, wie ich hergekommen bin, noch, wie wir uns kennengelernt haben. Ich wollte Sie lediglich bitten, mir davon zu erzählen.«

Eine ganze Weile herrschte Stille. Ich fragte mich schon, ob er gegangen war, da hörte ich plötzlich ein pfeifendes Geräusch, das ich geschockt als Lachen identifizierte.

»Was?« fragte ich. »Was ist daran so lustig?«

Sprich weiter, Abbie. Halte die Kommunikation aufrecht. Und denk nach. Die ganze Zeit dachte ich krampfhaft nach. Ich musste daran denken, am Leben zu bleiben, daran denken, nichts zu fühlen, denn irgendwo in meinem Hinterkopf wusste ich instinktiv, wie fatal es für mich wäre, wenn ich mir gestattete, etwas zu fühlen – als würde ich mich von einer Klippe in die Dunkelheit stürzen.

»Ich geh dir nicht auf den Leim«, sagte er.

»Auf den Leim?«

»Du trägst eine Kapuze. Du kannst mein Gesicht nicht sehen. Deswegen versuchst du, clever zu sein. Du glaubst, wenn du es schaffst, mir einzureden, du hättest mich nie gesehen, lasse ich dich vielleicht gehen.« Wieder dieses pfeifende Lachen. »Darüber denkst du nach, während du hier liegst, nicht wahr? Denkst du wirklich daran, in die Welt zurückzukehren?«

Schlagartig fühlte ich mich so elend, dass ich beinahe losgeheult hätte. Aber seine Worte verrieten mir auch, dass wir uns tatsächlich schon über den Weg gelaufen waren. Er hatte mich nicht einfach in einer dunklen Gasse hinterrücks gepackt und mir eines über den Schädel gezogen. Kannte ich diesen Mann? Würde mir sein Gesicht vertraut vorkommen, wenn ich es sehen könnte? Würde ich seine Stimme wiederkennen, wenn er normal mit mir spräche?

»Wenn Sie mir sowieso nicht glauben, dann spielt es doch keine Rolle, wenn Sie mir davon erzählen, oder?«

Der Lumpen wurde mir wieder in den Mund gerammt. Ich wurde hinuntergehoben und zum Eimer geführt. Zurückgetragen. Wieder auf dem Mauervorsprung abgesetzt. Diesmal ohne Drahtschlinge. Ich schloss daraus, dass er nicht vorhatte, das Gebäude zu verlassen. Ich spürte seinen Atem auf meinem Gesicht, nahm deutlich seinen Geruch wahr.

»Du liegst hier und versuchst dir auf alles einen Reim zu machen. Das gefällt mir. Du glaubst, wenn du mich davon überzeugen kannst, dass du nicht in der Lage bist, mich zu identifizieren, dann werde ich bloß eine Weile mit dir spielen und dich dann laufen lassen. Aber du verstehst nicht. Du begreifst nicht, worum es mir geht. Trotzdem gefällt mir das.«

Ich lauschte seinem kratzigen Flüstern, horchte in mich hinein, ob mir die Stimme irgendwie bekannt vorkam. »Jede ist anders. Kelly beispielsweise. Nehmen wir Kelly.« Er rollte den Namen in seinem Mund herum, als wäre es ein Karamellbonbon. »Sie hat nur geheult, die ganze Zeit geflennt. Es war von mir gar nicht geplant, sie flennte bloß dauernd. Da war es eine gottverdammte Erleichterung, ihr einfach das Maul zu stopfen.«

Nicht weinen, Abbie. Du darfst ihm nicht auf die Nerven gehen. Du darfst ihn nicht langweilen.

Der Gedanke kam aus der Dunkelheit. Er hat mich bis jetzt am Leben erhalten. Das hieß aber nicht, dass er meinem Leben nicht trotzdem schon ein Ende gesetzt hatte. Ich befand mich nun seit zwei, drei oder vier Tagen in diesem Raum. Man kann wochenlang ohne Nahrung leben, aber wie lange kommt ein Mensch ohne Wasser aus? Wenn ich einfach nur in diesen Raum gesperrt worden wäre, ohne dass sich jemand um mich gekümmert hätte, dann wäre ich jetzt bereits tot oder läge im Sterben. Das Wasser, das ich getrunken hatte, war sein Wasser. Das Essen in meinem Bauch war sein Essen. Ich war wie ein Tier auf seinem Bauernhof. Ich gehörte ihm und wusste nichts über ihn. Außerhalb dieses Raums, draußen in der Welt, galt dieser Mann wahrscheinlich als häßlich, abstoßend, als Versager. Vielleicht war er zu schüchtern, um mit Frauen zu reden, vielleicht schikanierten ihn seine Kollegen.

Hier aber war ich sein Eigentum. Er war mein Gebieter, mein Vater und mein Gott. Wenn ihm danach zumute war hereinzukommen und mich lautlos zu erdrosseln, konnte er das tun. Ich musste jede wache Minute darauf verwenden, über die Frage nachzudenken, wie ich mich ihm gegenüber verhalten sollte. Wie ich ihn dazu bringen konnte, mich zu lieben oder zumindest zu mögen oder aber Angst vor mir zu haben. Falls es ihm darum ging, den Willen einer Frau zu brechen, bevor er sie tötete, dann musste ich stark bleiben. Falls er Frauen wegen ihrer Feindseligkeit ihm gegenüber hasste, dann musste ich nett zu ihm sein. Falls er gern Frauen quälte, die ihn zurückwiesen, dann musste ich … was? Ihn annehmen? Welcher Weg war der richtige? Ich wusste es nicht.

Auf jeden Fall und vor allen Dingen musste ich aufhören, mir einzubilden, dass es wahrscheinlich keine Rolle spielte, was ich tat.

Ich zählte nicht, wie viele Minuten ich die Drahtschlinge nicht trug. Es erschien mir nicht wichtig. Nach einer Weile kam er wieder herein. Ich spürte seine Gegenwart. Eine Hand auf meiner Schulter ließ mich erschrocken zusammenfahren. War er gekommen, um nachzusehen, ob ich noch lebte?

Ich hatte zwei Möglichkeiten. Ich konnte der Situation mithilfe meiner Phantasie entfliehen. Der gelbe Schmetterling. Kühles Wasser. Wasser zum Trinken und zum Untertauchen. Ich versuchte, in Gedanken meine alte Welt wieder auferstehen zu lassen. Meine Wohnung. Ich ging durch die Räume, betrachtete die Bilder an der Wand, berührte den Teppich, benannte die Gegenstände in den Regalfächern. Ich ging durch das Haus meiner Eltern. Es gab seltsame Leerstellen. Den Gartenschuppen meines Vaters, die Schubladen von Terrys Schreibtisch. Trotzdem. Es gab so viel in meinem Kopf. So viele Dinge. Dort drinnen und dort draußen. Aber manchmal, wenn ich durch diese imaginären Räume wanderte, verschwand plötzlich der Boden unter meinen Füßen, und ich fiel. Diese Gedankenspielchen würden mich vielleicht davor bewahren, wahnsinnig zu werden, doch es ging nicht nur darum, dem Wahnsinn zu entgehen. Ich musste vor allem am Leben bleiben. Ich musste Pläne schmieden und versuchen, meinen Wunsch, ihn zu töten, in die Tat umzusetzen. Ich wollte ihn verletzen, ihm die Augen auskratzen, ihn zu Brei stampfen. Alles, was ich brauchte, war eine Gelegenheit, aber ich sah keine Möglichkeit, wie sich eine solche ergeben sollte.

Ich versuchte mir vorzustellen, dass er doch noch niemanden umgebracht hatte. Vielleicht log er, um mir Angst zu machen. Es gelang mir nicht besonders gut, mir das einzureden. Ich hatte es nicht mit einem harmlosen, obszönen Anrufer zu tun. Ich war hier, in diesem Raum. Er hatte es nicht nötig, Geschichten zu erfinden. Obwohl ich nichts über diesen Mann wusste, war mir instinktiv klar, dass er das hier nicht zum ersten Mal machte. Er hatte Übung. Er hatte alles unter Kontrolle. Meine Chancen standen schlecht. Egal, welchen Plan ich mir aus den Fingern saugte, es bestand keine große Aussicht auf Erfolg. Aber mir fiel sowieso nichts ein, was auch nur ansatzweise Erfolg versprochen hätte. Mein einziger Plan bestand darin, alles so lange hinauszuzögern, wie ich konnte. Dabei wusste ich nicht einmal, ob wirklich ich diejenige war, die da etwas hinauszögerte. Ich hatte das schreckliche Gefühl, dass das alles zu seinem Zeitplan gehörte. Mein ganzes Gerede, all meine schwachen Pläne und Strategien waren bloß ein Surren in seinen Ohren, als würde eine Stechmücke seinen Kopf umschwirren. Wenn es an der Zeit war, würde er die Mücke einfach erschlagen.

»Warum tun Sie das?«

»Was?«

»Warum ich? Was habe ich Ihnen getan?«

Ein pfeifendes Lachen. Ein Lumpen in meinem Mund.

Wieder machte ich gymnastische Übungen, zog die Knie an den Körper. Mehr als sechzehnmal schaffte ich nicht. Meine Kondition hatte deutlich nachgelassen.

Warum ich? Ich wollte mir diese Frage eigentlich nicht mehr stellen, aber ich konnte nicht anders. Ich hatte schon öfter Fotos von ermordeten Frauen gesehen, in der Zeitung oder im Fernsehen. Aber keine Fotos von ihren Leichen. Zumindest konnte ich mich nicht erinnern. Nein. Auf den Fotos, die ich gesehen hatte, hatten sie noch nicht gewusst, dass sie mal in die Nachrichten kommen würden. Ich nehme an, die Familien wählen für die Leute vom Fernsehen immer die hübschesten und fröhlichsten Fotos aus. Meist handelt es sich dabei wohl um Aufnahmen aus Highschool-Jahrbüchern, die zu stark vergrößert werden und dadurch leicht verschwommen und gruselig wirken. Die Frauen auf diesen Fotos wissen noch nicht, was ihnen zustoßen wird, aber wir wissen es.

Ich konnte nicht glauben, dass ich eine von ihnen sein würde. Terry würde meine Sachen durchsehen und ein Foto finden. Wahrscheinlich das unvorteilhafte, das ich letztes Jahr für meinen Pass hatte machen lassen, auf dem ich aussehe, als hätte ich etwas im Auge und gleichzeitig einen scheußlichen Geruch in der Nase. Er würde es der Polizei geben, und sie würden es vergrößern, bis es ganz verschwommen wirkte, und ich würde wegen meiner Ermordung berühmt werden. Das war unfair.

In Gedanken zählte ich die Frauen aus meinem Bekanntenkreis durch, die in letzter Zeit Schlimmes erlebt hatten. Da war beispielsweise Sadie, deren Freund sie hochschwanger einen Monat vor Weihnachten sitzen gelassen hatte. Oder Marie, die immer wieder zur Chemotherapie ins Krankenhaus musste und nur noch mit Turban herumlief. Pauline und Liz hatten ihren Job in der Firma verloren, als Laurence letztes Jahr alle überflüssigen Arbeitsplätze wegrationalisiert hatte. Er hatte es ihnen am Freitagabend gesagt, als alle anderen bereits gegangen waren, und als wir am Montagmorgen zur Arbeit kamen, waren sie schon weg. Obwohl seitdem ein halbes Jahr vergangen war, überfielen Liz deswegen immer noch Weinkrämpfe. Trotzdem hatten sie alle mehr Glück als ich. Im Laufe der nächsten Tage würde ihnen das klar werden. Sie würden von meiner Ermordung hören und selbst zu Miniberühmtheiten werden. Aufgeregt würden sie zu Bekannten und Arbeitskollegen sagen: »Du hast doch bestimmt in der Zeitung von dieser Frau gelesen, Abbie Devereaux? Ich habe sie gekannt. Ich kann es noch gar nicht fassen!« Und sie würden alle völlig geschockt sein und sich insgeheim damit trösten, dass sie selbst zwar auch ihre Probleme hatten, aber wenigstens nicht ganz so viel Pech wie Abbie Devereaux. Gott sei Dank hatte es Abbie getroffen und nicht sie selbst.

Aber Abbie Devereaux bin ich, und das alles ist einfach nicht fair.

Er kam herein und legte mir die Schlinge um den Hals. Ich würde erneut die Sekunden zählen. Ich hatte darüber nachgedacht, wie ich es am besten anstellte, mich nicht wieder zu verheddern, und mir einen Plan zurechtgelegt. Sechzig Sekunden pro Minute, sechzig Minuten pro Stunde. Das ergibt 3600 Sekunden. Ich würde mir vorstellen, dass ich in einer Stadt, deren Name mit A beginnt, einen Hügel hinaufstieg, einen Hügel mit dreitausendsechshundert Häusern. Ich würde im Vorbeigehen die Häuser zählen. Leider fiel mir keine Stadt ein, die mit A beginnt. Doch, Aberdeen. Ich ging in Aberdeen den Hügel hinauf. Eins, zwei, drei, vier… Als ich oben angelangt war, begann ich in Bristol von neuem. Dann war Cardiff an der Reihe, dann Dublin, Eastbourne, Folkestone, und als ich in Gillingham die erste Hälfte des Hügels hinter mich gebracht hatte, kam er zurück und nahm mir die Schlinge ab. Sechseinhalb Stunden.

Wer anderen eine Grube gräbt, fällt selbst hinein. Was du nicht willst, dass man dir tu, das füg auch keinem andern zu. Was du heute kannst besorgen, das verschiebe nicht auf morgen. Morgen ist auch noch ein Tag. Zweimal morgen, stimmte das? Was gab es noch für Sprichwörter? Denk nach, Abbie, denk nach. Zu viele Köche verderben den Brei und gleich und gleich gesellt sich gern und Gegensätze ziehen sich an und eine Schwalbe macht noch keinen Sommer. Abendrot Schönwetterbot. Morgenstund hat Gold im Mund. Man muss das Eisen schmieden, solange es heiß ist. Marmorstein und Eisen bricht … Nein, das war etwas anderes. Ein Lied. Ein Liedtext, kein Sprichwort. Wie ging die Melodie? Ich versuchte mich zu erinnern, die Musik in meinen Kopf zu holen und in dieser stillen, bedrückenden Dunkelheit ihren Klang zu hören, aber es gelang mir nicht.

Mit Bildern ging es leichter. Ein gelber Schmetterling auf einem grünen Blatt. Flieg nicht weg. Ein Fluss mit Fischen darin. Ein See mit klarem, sauberem Wasser. Ein sanft geschwungener Hügel, und auf seiner Kuppe ein silbriger Baum, dessen Blätter sich im Wind hoben. Was noch? Nichts mehr. Nichts. Es war zu kalt.

»Hallo. Ich habe gehofft, dass Sie bald kommen.«

»Du hast dein Wasser noch nicht ausgetrunken.«

»Das hat doch keine Eile, oder? Es gibt so vieles, was ich Sie fragen wollte.«

Er stieß einen leisen, kehligen Laut aus. Ich zitterte, aber vielleicht lag das bloß daran, dass ich so fror. Ich konnte mir nicht vorstellen, mich jemals wieder warm zu fühlen oder sauber. Oder frei.

»Schließlich sind wir beide hier ganz allein, zwei erwachsene Menschen. Wir sollten uns besser kennen lernen. Miteinander reden.« Er gab mir keine Antwort, womöglich hörte er mir gar nicht zu. Ich holte Luft und sprach weiter: »Immerhin müssen Sie mich aus einem bestimmen Grund ausgesucht haben. Sie kommen mir vor wie ein Mensch, der nichts grundlos tut, habe ich Recht? Sie gehen immer logisch vor, glaube ich. Das gefällt mir. Logisch.« Ein seltsames Wort. Das alles klang so falsch.

»Sprich weiter«, sagte er.

Sprich weiter. Ein gutes Zeichen. Was sollte ich als Nächstes sagen? Über meiner Oberlippe spürte ich eine wunde Stelle. Ich leckte mit der Zungenspitze darüber. Sie fühlte sich wie ein Bläschenausschlag an. Vielleicht überzog sich mein ganzer Körper langsam mit Blasen und offenen Stellen. »Ja. Logisch. Zielsicher.« Nein. Definitiv das falsche Wort. Versuch es noch mal, Abbie. »Zielgerichtet. Sie sind ein starker Mensch, habe ich Recht?« Er gab mir keine Antwort, aber ich hörte seinen heiseren Atem. »Ja, ich glaube, ich habe Recht. Männer sollten stark sein, obwohl viele von ihnen schwach sind. Viele«, wiederholte ich. »Aber ich glaube, Sie sind auch einsam. Die Menschen erkennen Ihre Hoffnungen nicht. Nein, Ihre Stärken, wollte ich sagen, Stärken, nicht Hoffnungen. Sind Sie einsam?« Es klang so, als würde ich Steine in einen tiefen Brunnen werfen. Ich sprach diese albernen Worte, und sie verschwanden in der Dunkelheit. »Oder sind Sie gern allein?«

»Vielleicht.«

»Wir brauchen doch alle jemanden, der uns liebt«, fuhr ich fort. »Niemand kann ganz allein sein.« Ich würde alles tun, um zu überleben, dachte ich. Ich würde mich von ihm festhalten und vögeln lassen und dabei auch noch so tun, als würde es mir gefallen. Alles, nur um zu überleben. »Bestimmt gibt es einen Grund, warum Sie ausgerechnet mich ausgesucht haben und nicht irgendeine andere.«

»Willst du meine ehrliche Meinung hören? Hm? Soll ich dir

sagen, was ich glaube?« Er legte eine Hand auf meinen Oberschenkel, ließ seine Finger auf und ab gleiten.

»Ja. Sagen Sie es mir.« Lieber Gott, bitte mach, dass ich mich nicht übergeben oder laut schreien muss.

»Ich glaube, du hast keine Ahnung, wie du im Moment aussiehst.« Er stieß wieder sein pfeifendes Lachen aus. »Du glaubst, du kannst mit mir flirten, hm? Mich becircen wie irgendeinen Vollidioten. Aber du hast keine Vorstellung, wie du aussiehst, Herzchen. Du siehst überhaupt nicht wie ein Mensch aus. Du hast nicht mal ein Gesicht. Du siehst aus wie ein – ein – ein *Ding*. Oder ein Tier. Außerdem stinkst du. Du stinkst nach Pisse und Scheiße. Wieder lachte er. Dabei verstärkte er den Druck seiner Finger auf meinem Oberschenkel, bis er mich so fest kniff, dass ich vor Schmerz und Demütigung aufschrie.

»Abbie, die sich solche Mühe gab«, flüsterte er. »Kelly, die weinte, bis sie starb, und Abbie, die sich Mühe gab. Das reimt sich fast. Ich kann ein Gedicht aus euch machen. Abbie, die sich Mühe gab, bis sie am Ende trotzdem starb. Für mich macht es letztendlich keinen Unterschied.«

Abbie, die sich Mühe gab, bis sie am Ende trotzdem starb. Reime in der Dunkelheit. Die Zeit lief mir davon, das wusste ich. Vor meinem geistigen Auge sah ich eine Sanduhr, den gleichmäßigen Strom des abwärts rieselnden Sandes. Erst, wenn der Sand zur Neige ging, schien er schneller zu fallen.

Er hob mich wieder von meinem Mauervorsprung. Meine Zehen kribbelten, als würde jemand mit Stecknadeln hineinstechen, und meine Beine fühlten sich an, als gehörten sie nicht mehr zu mir. Sie waren steif wie Stöcke, nein, nicht wie Stöcke, eher wie Zweige, die jeden Augenblick zu brechen drohten. Ich taumelte so unsicher, dass er mich am Arm festhalten und stützen musste. Seine Finger gruben sich in meine Haut. Vielleicht hinterließen sie blaue Flecken, vier oben und einen unten. Ich spürte, dass im Raum Licht brannte, denn unter meiner Kapuze war es dunkelgrau, nicht schwarz. Er zerrte mich noch ein Stück weiter, dann sagte er: »Hinsetzen. Zeit für den Kübel.«

Er machte sich nicht die Mühe, die Fessel um meine Handgelenke zu lösen. Statt dessen übernahm er es selbst, mir die Hose hinunterzuziehen. Seine Hände glitten über meine Haut. Es war mir egal. Ich ließ mich auf dem Kübel nieder, legte die Finger hinter meinem Rücken an das kalte Metall und versuchte, ruhig zu atmen. Als ich fertig war, stand ich auf, und er zog mir die Hose wieder hoch. Sie war mir inzwischen viel zu weit. Einer spontanen Eingebung folgend, trat ich mit dem Fuß so heftig gegen den Eimer, dass er gegen seine Beine prallte und scheppernd umkippte. Ich hörte ein wütendes Grunzen und warf mich blind in Richtung des Geräuschs, wobei ich so laut schrie, wie es der Knebel in meinem Mund zuließ. Es klang nicht wie ein Schrei, eher wie ein schwaches Krächzen. Mit aller Kraft warf ich mich gegen ihn, aber es war, als würde ich gegen eine Wand laufen. Während er einen Arm hochriss um mich zu stoppen, rammte ich meinen Kopf gegen sein Kinn. Hinter meinen Augen explodierte ein roter Schmerz.

»Oh«, sagte er. Dann verpasste er mir einen Magenschwinger. Schlug ein zweites Mal zu. Hielt mich an der Schulter fest und rammte mir seine Faust in den Magen. »O Abbie!«

Ich saß wieder auf dem Mauervorsprung. Wo spürte ich eigentlich Schmerzen? Überall. Ich konnte die verschiedenen Teile meines Körpers nicht mehr auseinanderhalten, konnte nicht sagen, wo der Schmerz in meinem Kopf aufhörte und der Schmerz in meinem Hals begann, wo die Starre meiner Beine in die Kälte meines restlichen Körpers überging, wo der Eitergeschmack in meinem entzündeten Mund zur Übelkeit in meinem Magen wurde oder wo sich das Dröhnen in meinen Ohren in die Stille des Raums verwandelte. Ich versuchte, meine Zehen zu bewegen, doch es gelang mir nicht. Mühsam flocht ich meine Finger ineinander. Welche gehörten zur rechten Hand, welche zur linken?

Ich versuchte es wieder mit dem Einmaleins, kam aber nicht weit. Wie war das möglich? Sogar kleine Kinder können das Einmaleins, singen es in der Schule im Chor. Ich konnte ihren Singsang in meinem Kopf hören, aber die Worte und Zahlen ergaben keinen Sinn.

Was wusste ich eigentlich noch? Ich wusste, dass ich Abbie hieß und fünfundzwanzig Jahre alt war. Ich wusste, dass draußen Winter war. Ich wusste auch noch andere Dinge. Gelb und Blau ergibt Grün – zum Beispiel, wenn das blaue Meer im Sommer über den gelben Sand wogt. Sand besteht aus zermahlenen Muschelschalen. Aus geschmolzenem Sand entsteht Glas. Gläser für klares Wasser mit klirrenden Eiswürfeln. Aus Bäumen macht man Papier. Papier, Schere, Stein. Eine Oktave besteht aus acht Noten. Sechzig Sekunden ergeben eine Minute, sechzig Minuten eine Stunde, vierundzwanzig Stunden einen Tag, sieben Tage eine Woche, zweiundfünfzig Wochen ein Jahr. Die Monate mit dreißig Tagen heißen April, Juni, September und – weiter kam ich nicht.

Ich durfte nicht schlafen. Trotzdem schlief ich ein, versank in unruhige Träume. Irgendwann wachte ich plötzlich mit einem Ruck auf, weil ich ihn neben mir spürte. Diesmal hatte er kein Licht angeschaltet. Und kein Wasser dabei. Zuerst hörte ich ihn nur atmen. Dann begann er zu sprechen. Gedämpftes Geflüster in der Dunkelheit.

»Kelly. Kath. Fran. Gail. Lauren.«

Ich saß reglos da.

»Kelly. Kath. Fran. Gail. Lauren.«

Es klang wie ein schleppender, monotoner Sprechgesang. Er wiederholte die fünf Namen immer wieder. Ich saß da und ließ den Kopf leicht nach vorn hängen, als würde ich noch schlafen. Mir liefen Tränen über die Wangen, was er nicht sehen konnte. Sie brannten auf meiner Haut. Ich stellte mir vor, dass sie wie Schnecken Spuren hinterließen. Silbrige Spuren.

Schließlich stand er auf und ging, ich weinte noch eine Weile lautlos in der Dunkelheit.

»Trink.«

Ich trank.

»Iss.«

Vier weitere Löffel von dem süßen Brei.

»Zeit für den Kübel.«

Mein Name ist Abbie. Abigail Devereaux. Bitte, jemand muss mir helfen! Bitte! Niemand wird mir helfen.

Gelber Schmetterling. Grünes Blatt. Bitte flieg nicht weg.

Fast zärtlich legte er mir den Draht um den Hals. Zum dritten Mal, oder war es schon das vierte Mal?

Ich spürte seine Finger an meinem Hals. Er vergewisserte sich, dass die Schlinge richtig saß. Bestimmt kreisten seine Gedanken ununterbrochen um mich, so, wie ich ständig über ihn nachdenken musste. Was empfand er für mich? Eine Art von Liebe? Oder war er wie ein Bauer mit einem Schwein, das vor der Schlachtung noch ein paar Tage im Stall gehalten und gefüttert werden musste? Ich stellte mir vor, wie er in ein, zwei Tagen hereinkommen und den Draht um meinen Hals zuziehen oder mir die Kehle durchschneiden würde, als wäre es eine lästige Pflicht.

Nachdem er gegangen war, begann ich wieder zu zählen. Diesmal verwendete ich Ländernamen. Ich ging in Australien eine heiße, sonnenbeschienene Straße entlang und zählte die Häuser. Als ich in Belgien die Windungen einer mittelalterlichen Gasse hinaufstieg, regnete es. In China war es wieder heiß, in Dänemark unangenehm kalt. In Ecuador stürmisch.

Als ich in Frankreich in einer langen, von Bäumen gesäumten Avenue gerade bei Nummer zweitausenddreihunderteinundfünzig angelangt war, hörte ich draußen eine Tür zufallen, dann Schritte. Er war ungefähr fünf Stunden und vierzig Minuten weg gewesen. Nicht so lang wie das Mal davor. Er machte sich meinetwegen Sorgen. Oder es war Zufall, wie lange er wegblieb. Was spielte das für eine Rolle?

Wieder bekam ich ein paar Löffel von dem Brei, weniger als beim letzten Mal. Ich wurde nicht gemästet. Er gab mir gerade so viel, dass ich zwar immer dünner wurde, aber am Leben blieb. Zeit für den Kübel. Dann zurück auf den Mauervorsprung.

»Du bist müde«, sagte er.

»Was?«

»Du redest nicht mehr so viel.«

Ich beschloss, noch einmal den Versuch zu unternehmen, geistreich und charmant und stark zu sein. Es war, als müsste ich einen unglaublich schweren Sack einen steilen Berg hinaufzerren.

»Fehlt Ihnen mein Gerede?« Meine Stimme schien von weit her zu kommen.

»Du lässt nach.«

»Nein, ich lasse nicht nach. Ich bin nur ein bisschen schläfrig. Müde. Sie wissen ja sicher, wie das ist. Sehr müde. Ich höre Echos in meinem Kopf.« Ich versuchte mich auf das zu konzentrieren, was ich sagte, aber die Worte schienen nicht mehr richtig zusammenzupassen. »Können Sie damit leben?«, fragte ich, ohne so recht zu wissen, was ich damit eigentlich meinte.

»Du hast keine Ahnung, womit ich leben kann. Du weißt gar nichts über mich.«

»Ein bisschen weiß ich schon. Natürlich gibt es auch vieles, was ich nicht weiß. Immerhin weiß ich, dass Sie mich entführt haben. Ich wüsste gern, warum ausgerechnet mich. Das gehört zu den Dingen, die ich nicht weiß. Bald wird man Sie erwischen. Die Polizei wird kommen. Ich lausche ständig, ob ich ihre Schritte schon höre. Sie werden kommen und mich retten.«

Wieder stieß er neben mir sein pfeifendes Lachen aus. Ich schauderte. Oh, mir war so kalt. Ich war völlig ausgekühlt, dreckig, alles tat mir weh, und ich hatte Angst.

»Das ist kein Witz«, fuhr ich fort, obwohl mich das Sprechen anstrengte. »Jemand wird kommen und mich retten. Irgendjemand. Terry. Ich habe einen Freund, müssen Sie wissen. Terence Wilmott. Er wird kommen. Und ich habe einen Job. Ich arbeite bei Jay & Joiner. In einer verantwortungsvollen Position. Ich sage den Leuten, was sie zu tun haben. Sie werden mein Verschwinden nicht einfach ignorieren.« Es war ein Fehler, ihm solche Sachen zu erzählen. Ich versuchte meine Worte in eine andere Richtung zu lenken. Meine Zunge fühlte sich geschwollen an, mein Mund trocken. »Oder die Polizei. Man wird mich finden. Sie sollten mich gehen lassen, bevor sie mich finden. Ich werde nichts sagen. Ich werde Sie nicht verraten, habe ja auch gar nichts zu erzählen. Es gibt nichts, was ich verraten könnte.«

»Du redest zu viel.«

»Dann reden Sie. Reden Sie mit mir.« Ich wusste nur eins: Ich durfte nicht zulassen, dass er mir wieder einen Lumpen in den Mund stopfte und mir die Drahtschlinge um den Hals legte. »Was denken Sie gerade?«

»Du würdest nicht verstehen, was ich denke, selbst wenn ich es dir sagen würde.«

»Versuchen Sie es. Reden Sie mit mir. Wir könnten uns unterhalten. Gemeinsam einen Ausweg finden. Einen Weg, mich gehen zu lassen.« Nein, solche Dinge sollte ich nicht sagen. Ich sollte meine Gedanken für mich behalten. Mich konzentrieren.

Lange Zeit kam aus der Dunkelheit keine Antwort. Ich

stellte ihn mir vor, wie er da saß, ein widerliches, pfeifendes Ding.

»Du möchtest, dass ich mit dir rede?«

»Ja. Können Sie mir Ihren Namen sagen? Nein, nein, nicht Ihren richtigen Namen. Einen anderen – damit ich Sie irgendwie ansprechen kann.«

»Ich weiß, was du da gerade versuchst. Weißt du es auch?«

»Ich möchte mit Ihnen reden.«

»Nein, das möchtest du nicht, Herzchen. Du versuchst bloß, clever zu sein. Ein cleveres Mädchen. Du versuchst es auf der Psychoschiene.«

»Nein, das stimmt nicht.«

»Du glaubst, du kannst dich mit mir anfreunden.« Er lachte in sich hinein. »Du bist gefesselt, und du weißt genau, dass du mir nicht entkommen kannst. Dir ist klar, dass du mir nichts anhaben kannst. Ich habe die Situation unter Kontrolle. Du bist nur deswegen noch am Leben, weil ich es so will. Natürlich fragst du dich, was du tun kannst. Du vermutest, dass ich ein trauriger, einsamer Mann bin, der sich vor Mädchen fürchtet. Und dass ich dich gehen lassen werde, wenn du es schaffst, dich mit mir anzufreunden. Aber du begreifst überhaupt nichts.«

»Ich möchte nur reden. Die ewige Stille tut mir nicht gut.«

»Weißt du, manche schniefen bloß vor sich hin. Sie sind wie halb totgefahrene Tiere, die hilflos auf der Straße herumzappeln und nur darauf warten, von ihrem Leid erlöst und zu Tode getrampelt zu werden. Andere wiederum haben versucht, mit mir zu handeln. Fran zum Beispiel. Sie hat gesagt, sie werde alles tun, was ich wolle, wenn ich sie dann gehen ließe. Als ob sie irgendwas besessen hätte, womit sie hätte handeln können. Oder wie siehst du das?«

Mir war übel. »Ich weiß nicht.«

»Gail hat ständig gebetet. Jedes Mal, wenn ich ihr den Knebel rausnahm, habe ich sie beten gehört. Das hat ihr auch nichts geholfen.«

»Woher wollen Sie das wissen?«

»Wie meinst du das?«

»Woher wollen Sie wissen, dass es ihr nicht geholfen hat? Das können Sie doch gar nicht wissen.«

»Ich weiß es, das schwöre ich dir. Komisch, nicht wahr? Ein paar haben geheult, ein paar haben versucht, die Verführerin zu spielen. Ein bisschen hast du das auch versucht. Ein paar haben gebetet. Lauren dagegen hat gekämpft und gekämpft, keine Sekunde locker gelassen. Ihr musste ich ganz schnell den Rest geben. Am Ende läuft es auf dasselbe hinaus.«

Am liebsten hätte ich losgeheult. Ich sehnte mich danach, stundenlang vor mich hinzuschluchzen und dabei von jemandem im Arm gehalten und getröstet zu werden. Gleichzeitig wusste ich, dass ich genau das auf keinen Fall tun durfte, denn dann wäre ich das zappelnde verwundete Tier, und er würde mich zu Tode trampeln.

»Ist das wirklich wahr?«, fragte ich.

»Was?«

»Was Sie von diesen Frauen erzählen.«

Wieder dieses hustenartige Lachen.

»In ein paar Tagen wirst du bei ihnen sein. Dann kannst du sie selber fragen.«

Er ging, aber die Situation schien sich verändert zu haben. Nach ein paar Minuten war er wieder da, als würde es ihn unwiderstehlich zu mir zurückziehen. Ihm war noch etwas eingefallen. Nachdem er mir den Knebel vorhin bereits in den Mund geschoben hatte, zog er ihn nun wieder heraus. Ich spürte seine Lippen ganz nah an meinem Ohr, roch feuchte Wolle und seinen süßlichen, nach Fleisch und Zwiebeln stinkenden Atem.

»Eines Tages«, sagte er, »wahrscheinlich schon sehr bald und ohne vorherige Ankündigung, werde ich hier hereinkommen und dir ein Stück Papier und einen Stift in die Hand drücken. Dann kannst du einen Brief schreiben, einen Abschiedsbrief.

Egal, an wen du schreibst, ich werde ihn abschicken. Du kannst schreiben, was du willst, es sei denn, es gefällt mir nicht. Ich will kein Gejammere. Es kann so eine Art Testament sein, wenn du das möchtest. Du kannst jemandem deinen Lieblingsteddy vermachen, was auch immer. Und dann, wenn du den Brief geschrieben hast, werde ich die Tat vollenden. Hast du gehört, was ich gesagt habe? Ja oder nein.«

»Ja.«

»Gut.«

Er schob den Knebel in meinen Mund zurück. Dann verschwand er.

Ich fragte mich, worum Gail wohl gebetet hatte. Liebte ich das Leben ebenso sehr wie diese anderen Frauen? Kelly, die um ihr verlorenes Leben weinte. Fran, sie sich ihm voller Verzweiflung anbot. Lauren, die kämpfte. Gail, die betete. Worum? Vielleicht nur um Frieden. Erlösung. Ich bezweifelte, dass ich eine so gute Christin war wie Gail. Wenn ich betete, würde es nicht um Frieden gehen. Ich würde um eine Waffe und freie Hände beten. Oder um ein Messer. Einen Stein. Einen Nagel. Irgendetwas, womit ich großen Schaden anrichten könnte.

Ein letzter Brief. Keine letzte Mahlzeit, sondern ein letzter Brief. An wen würde ich ihn adressieren? Terry? Was würde ich schreiben? Wenn du eine Neue kennen lernst, dann behandle sie besser, als du mich behandelt hast? Lieber nicht. Meine Eltern? Ich stellte mir vor, einen noblen Brief mit weisen Gedanken über das Leben zu schreiben, der dafür sorgen würde, dass sich alle besser fühlten. Doch ich war weder weise noch großmütig noch tapfer, ich wünschte mir nur, dass das alles endlich aufhörte. Ich würde nicht in der Lage sein, diesen letzten Brief zu schreiben. Ich konnte einen Schrei in der Dunkelheit nicht in Worte fassen.

An meinem ersten Tag in diesem Raum – das ist nun schon sehr lange her – quälte mich der Gedanke, dass vermutlich nur wenige hundert Meter von mir entfernt andere Menschen ihr ganz normales Leben führten. Menschen, die geschäftig irgendwohin eilten, während sie in Gedanken schon beim abendlichen Fernsehprogramm waren, in ihren Taschen nach Kleingeld wühlten oder überlegten, welchen Schokoriegel sie sich kaufen sollten. All das erschien mir nun so weit weg. Ich gehörte nicht mehr in diese Welt. Ich lebte in einer Höhle tief unter der Erde, in die nie Tageslicht drang.

Während der ersten Zeit in diesem Raum quälte mich der Alptraum, lebendig begraben zu sein. Ich konnte mir damals nichts Beängstigenderes vorstellen. Ich war eingesperrt in einer dunklen Kiste und drückte gegen den Deckel der Kiste, aber er ließ sich nicht öffnen, weil er mit einer dicken, schweren Erdschicht bedeckt war, auf der ein Steinblock lag. Das schien mir das Beängstigendste zu sein, was meine Phantasie sich ausmalen konnte. Inzwischen machte mir der Gedanke keine große Angst mehr, denn ich befand mich bereits in diesem Grab. Mein Herz schlug, meine Lungen atmeten, aber das spielte kaum eine Rolle. Ich war tot. Ich lag in meinem Grab.

»Habe ich mich gewehrt?«

»Wovon redest du?«

»Ich weiß nichts mehr. Ich möchte, dass Sie mir erzählen, wie es war. Bin ich freiwillig mit Ihnen gegangen? Oder mussten Sie mich zwingen? Ich habe einen Schlag auf den Kopf bekommen. Ich kann mich an nichts erinnern.«

Das übliche Lachen.

»Versuchst du es immer noch auf diese Tour? Dafür ist es nun zu spät. Aber wenn du dieses Spiel unbedingt spielen willst, meinetwegen. Ja, du hast dich gewehrt. Ich musste dich ziemlich hart anfassen. Du hast dich heftiger gewehrt als alle anderen. Ich musste dir ein paar verpassen, dich ruhig stellen.«

»Gut.«

»Was?«

»Nichts.«

Knie hoch, Abbie. Du darfst nicht schlappmachen. Eins, zwei, drei, vier, fünf. Du musst zehn schaffen. Versuch es. Streng dich an. Sechs, sieben, acht, neun. Einmal noch. Zehn. Eine schreckliche Übelkeit stieg in mir hoch. Du darfst nicht aufgeben. Atme, ein und aus. Nicht aufgeben.

Also gut. Mein letzter Brief. Er ist an niemanden gerichtet. Nun ja, vielleicht an jemanden, der gar nicht existiert, den ich vielleicht in der Zukunft kennen gelernt hätte. Wie bei einem Tagebuch. Als Teenager führte ich eine Weile Tagebuch, aber meine Einträge hatten stets einen peinlichen Tenor, als stammten sie von einer Fremden, noch dazu einer, die ich nicht besonders mochte. Ich wusste nicht, für oder an wen ich das alles schrieb.

Wo war ich stehen geblieben? Ach ja, mein Brief. Wann habe ich das letzte Mal einen Brief geschrieben? Ich kann mich nicht erinnern. Ich schreibe viele E-Mails und ab und zu mal eine Postkarte, aber ein richtiger Brief, das war schon eine Ewigkeit her. Ich hatte eine Freundin namens Sheila, die nach dem Studium für ein Jahr als freiwillige Helferin nach Kenia ging und dort in einem kleinen Dorf in einer Blockhütte lebte. Ich schrieb ihr ab und zu, wusste aber nie mit Sicherheit, ob meine Briefe überhaupt ankamen. Nach ihrer Rückkehr stellte sich heraus, dass sie tatsächlich nur zwei erhalten hatte. Ein seltsames Gefühl, jemandem zu schreiben und nicht zu wissen, ob der Adressat das Geschriebene jemals lesen wird. Es ist so ähnlich, als würde man jemandem etwas erzählen – etwas, das einem wirklich am Herzen liegt –, sich umdrehen und feststellen, dass der andere den Raum verlassen hat.

Mein Mund fühlte sich widerlich an, voller Blasen. Mein Gaumen war weich und geschwollen. Wenn ich schluckte, war es, als würde ich Gift schlucken, den Geschmack des Lumpens und meiner eigenen Fäulnis, also versuchte ich, möglichst nicht zu schlucken, aber das war sehr schwer.

Ich saß in der Dunkelheit und schob die Hände ineinander. Meine Nägel waren länger geworden. Es heißt ja immer, dass die Nägel auch nach dem Tod noch weiterwachsen, aber ich habe gehört, dass das nicht stimmt. Stattdessen schrumpft bloß die Haut, irgendetwas in der Art. Wer hat mir davon erzählt? Ich konnte mich nicht erinnern. Ich hatte vieles vergessen. Es war, als würden die Dinge von mir abfallen, eines nach dem anderen – Dinge, die mich an das Leben banden.

Der Brief. Wem sollte ich meine Habseligkeiten hinterlassen? Besaß ich überhaupt etwas, das ich vererben konnte? Ich hatte weder ein Haus noch eine Wohnung. Mein Auto war schon ziemlich verrostet. Terry verzog immer das Gesicht, wenn er es sah, aber auf eine amüsierte Weise, als wollte er sagen: »Frauen!« Einige Klamotten, nicht allzu viele. Die konnte Sadie haben, allerdings war sie seit der Schwangerschaft dicker als ich. Ein paar Bücher. Ein bisschen Schmuck, nichts Teures. Nicht viel. Es würde bloß zwei Stunden dauern, das alles zu sortieren.

Ich fragte mich, wie das Wetter draußen wohl gerade war. Vielleicht schien die Sonne. Ich versuchte mir vorzustellen, wie das Sonnenlicht auf Straßen und Häuser fiel, doch es gelang mir nicht. Diese Bilder waren aus meinem Kopf verschwunden – der Schmetterling, der See, der Fluss, der Baum. Ich versuchte sie wieder heraufzubeschwören, aber sie lösten sich sofort auf. Vielleicht war es draußen neblig, so dass man nur Schemen erkennen konnte. Ich wusste, dass es noch nicht Nacht war. Abends legte er mir immer eine Schlinge um den Hals und ließ mich für fünf oder sechs Stunden allein.

Ich bildete mir ein, ein Geräusch zu hören. Was war das?

Kam er auf mich zugeschlichen? War es jetzt so weit? Ich hielt den Atem an, mein Herz raste und das Blut in meinem Kopf toste so laut, dass ich einen Moment lang nur das Rauschen in meinem eigenen Körper hörte. Konnte man vor Angst sterben? Nein, da war niemand. Ich war noch immer allein auf meinem Mauervorsprung. Es war noch nicht so weit. Doch ich spürte, dass der Moment bald kommen würde. Er beobachtete mich. Er wusste, dass ich im Begriff war, mich aufzulösen, Stück für Stück. Genau das wollte er. Ich wusste, dass er das wollte. Er wollte, dass ich aufhörte, ich selbst zu sein. Dann konnte er mich töten.

Blind sah ich mich selbst in der Dunkelheit sitzen. Wie kann das Gehirn wissen, dass das Gehirn nachlässt, wie kann der Geist seine eigene Auflösung spüren? Ist das so, wenn man verrückt wird? Gibt es eine Zeitspanne, in der man weiß, dass man verrückt wird? Wann gibt man auf und lässt sich mit einer schauerlichen Art von Erleichterung in den Abgrund fallen? Ich stellte mir ein Paar Hände vor, Hände, die sich an einen Felsvorsprung klammern, beharrlich festhalten, bis sich irgendwann die Finger ganz langsam entspannen und lösen. Man fällt durch den freien Raum, und nichts kann einen aufhalten.

Der Brief. Lieber wer auch immer, hilf mir, hilf mir, hilf mir, ich kann nicht mehr. Bitte. O lieber Gott, bitte!

Meine Augen brannten. Mein Hals schmerzte, noch mehr als sonst. Als würden raue, kleine Steinchen darin feststecken. Oder Glassplitter. Vielleicht hatte ich mich erkältet. Dann würde ich immer weniger Luft bekommen, meine Nase irgendwann völlig verstopfen.

»Trink.«

Ich trank. Diesmal nur ein paar Schluck.

»Iss.«

Vier Löffel Brei. Ich konnte kaum schlucken.

»Zeit für den Kübel.«

Ich wurde hinuntergehoben, wieder hinaufgehoben. Ich fühlte mich wie eine wertlose Plastikpuppe. Einen kurzen Moment lang spielte ich mit dem Gedanken, mich in seinen Armen aufzubäumen und nach ihm zu treten, aber ich wusste, dass er die Kraft besaß, das Leben aus mir herauszudrücken. Ich spürte seine Hände an meinem Brustkorb. Er konnte mit Leichtigkeit meine Knochen brechen.

»Zeit für die Schlinge.«

»Scheißkerl!« sagte ich.

»Was?«

»Du. Abschaum. Scheißkerl.«

Er schlug mir auf den Mund. Ich schmeckte Blut, süß und metallisch.

»Abschaum«, wiederholte ich.

Er stopfte mir den Knebel in den Mund.

Fünf Stunden vielleicht und ein paar Minuten. Wie lange war er fortgeblieben, als ich das letzte Mal gezählt hatte? Bald würde er zurückkommen. Vielleicht würde er ein Stück Papier und einen Stift bei sich haben. Draußen musste es inzwischen Nacht sein. Wahrscheinlich war es schon seit Stunden dunkel. Vielleicht wurde der Himmel durch den Mond erleuchtet oder war mit Sternen übersät. Ich stellte mir unzählige Lichtpünktchen am schwarzen Firmament vor.

Hier war ich, ganz allein unter meiner Kapuze, in meinem Kopf. Hier war ich, und alles andere erschien mir nicht länger real. Anfangs hatte ich versucht, nicht an das Leben jenseits dieses Raums zu denken, an das normale Leben, wie es gewesen war. Ich hatte das Gefühl gehabt, mich mit diesen Gedanken selbst zu verhöhnen und in den Wahnsinn zu treiben. Nun, da ich mich daran erinnern wollte, konnte ich es nicht mehr, zumindest nicht vollständig. Es war, als wäre die Sonne hinter schwarzen Gewitterwolken verschwunden und die Nacht nicht mehr fern. Sie war tatsächlich nicht mehr fern.

Ich versuchte mich gedanklich in meine Wohnung zu versetzen, aber es ging nicht. Ebensowenig gelang es mir, mich im Büro bei der Arbeit zu sehen. Meine Erinnerungen lagen bereits größtenteils im Dunkeln. Folgendes aber wusste ich noch: Ich sah mich in einem See in Schottland schwimmen, mir war entfallen, wann, vor Jahren, und das Wasser war so dunkel und moorig, dass man nicht hindurchsehen konnte. Nicht einmal meine Hände konnte ich richtig sehen, wenn ich sie vor mir ausstreckte. Wenn ich kraulte, sah ich silberne Luftblasen in dem schwarzen Wasser. Prickelnde Bläschen silbriger Luft.

Warum konnte ich mich daran erinnern, während andere Erinnerungen in der Dunkelheit versanken? Die Lichter gingen aus, eines nach dem anderen. Bald würde nichts mehr übrig sein. Dann hatte er gewonnen.

Plötzlich wusste ich, was ich tun würde. Ich würde keinen Brief schreiben. Ich würde nicht warten, bis er mit seinem Stück Papier hereinkam. Es gab ein letztes Restchen Macht, das mir geblieben war. Die Macht, nicht abzuwarten, bis er mich umbrachte. Es war nicht viel, aber alles, was ich hatte. Keine Erinnerung, keine Hoffnung, nur das. Eigentlich war es ganz einfach. Wenn ich weiter hier sitzen blieb, würde er mich früher oder später töten – vermutlich eher früher als später, morgen oder übermorgen, ich spürte, dass der Zeitpunkt nahe war. Ich war ziemlich sicher, dass er die anderen Frauen tatsächlich umgebracht hatte und dasselbe auch mit mir vorhatte. Es würde mir nicht gelingen, ihn zu überlisten. Ich würde ihm nicht entwischen, wenn er mich von meinem Mauervorsprung hob. Ich würde ihn auch nicht dazu überreden können, mich freizulassen. Die Polizei würde nicht plötzlich hereinstürmen und mich retten. Ebensowenig Terry. Niemand würde kommen. Ich würde nicht eines Morgens aufwachen und feststellen, dass alles nur ein Alptraum gewesen war. Ich würde sterben.

Endlich gestand ich mir das ein. Wenn ich noch länger wartete, würde er mich umbringen. Mir blieb nicht die geringste Hoffnung. Meine jämmerlichen Versuche, dem Unabwendbaren zu trotzen, glichen dem Anrennen gegen eine unverrückbare Wand. Wenn ich mich jedoch von diesem Mauervorsprung warf, würde die Drahtschlinge meine Kehle durchtrennen. Das hatte er mir gesagt, und wenn ich mich vorbeugte, spürte ich den Draht um meinen Hals. Er war wohl davon ausgegangen, dass ich es nicht versuchen würde. Kein Mensch, der einigermaßen bei klarem Verstand war, würde sich umbringen, um nicht umgebracht zu werden.

Doch genau das würde ich tun. Mich hinunterwerfen. Weil es das Einzige war, was ich noch tun konnte. Meine letzte Chance, Abbie zu sein.

Mir blieb nicht mehr viel Zeit. Ich musste es tun, bevor er zurückkam. Solange ich den Willen dazu besaß.

Ich atmete ein und hielt die Luft an. Warum nicht jetzt, bevor ich den Mut verlor? Ich atmete aus. Weil es unmöglich ist, deswegen. Man denkt: eine Sekunde noch, eine weitere Sekunde Leben. Eine Minute noch. Nicht jetzt. Jederzeit, aber nicht jetzt.

Wenn man springt, heißt das: kein Atmen mehr und kein Denken, kein Schlaf und kein Wissen, dass man wieder aufwachen wird, keine Angst mehr, aber auch keine Hoffnung. Deswegen schiebt man es vor sich her, so, wie man sich beim Hinaufsteigen auf einen Sprungturm die ganze Zeit einredet, dass man es kann, bis man dann die oberste Stufe erreicht, die wackelige Plattform entlanggeht, einen Blick auf das türkisfarbene Wasser wirft und feststellt, dass es schrecklich weit entfernt ist. Plötzlich weiß man, dass man es doch nicht kann. Dass es einfach nicht geht. Weil es unmöglich ist.

Aber dann tut man es. Widerstrebend. Während man sich in Gedanken umdreht und beeilt, wieder festen Boden unter die Füße zu bekommen, stößt man sich ab und fällt. Kein Warten mehr. Kein Entsetzen. Gar nichts mehr. Vielleicht war es besser so. Wenn ich schon sterben musste, dann zu meinen eigenen Bedingungen.

Ich tue das, wovon ich weiß, dass ich es nicht kann. Ich springe. Ich falle.

Ein stechender Schmerz um meinen Hals. Farbige Blitze auf meiner Netzhaut. Ein kleiner Winkel meines Gehirns sah interessiert zu und sagte sich: So ist es also, wenn man stirbt. Das letzte Ringen nach Luft, die letzten Pumpversuche des Herzens, ehe man verlöscht.

Die Lichter verloschen tatsächlich, doch der Schmerz wurde heftiger und deutlich lokalisierbar. Mein Hals. Ein Kratzer an der Wange. Ein Bein fühlte sich an, als wäre es nach hinten verrenkt. Mein Gesicht, meine Brüste und mein Bauch waren so hart auf den Boden geprallt, dass mir schien, ich hätte die Wand mit mir heruntergerissen, und sie laste nun mit ihrem ganzen Gewicht auf mir.

Doch ich war nicht tot. Ich lebte.

Dann durchbohrte mich wie ein spitzer Stahlschaft ein Gedanke: Ich war nicht mehr festgebunden. Er war nicht da. Wie lang war er schon weg? Denk nach, Abbie. Denk nach! Diesmal hatte ich nicht gezählt. Ziemlich lang. Meine Handgelenke waren noch immer hinter meinem Rücken gefesselt. Ich versuchte, sie zu befreien. Sinnlos. Fast hätte ich aufgeschluchzt. Hatte ich mich hinuntergestürzt, nur um jetzt hilflos auf dem Boden zu liegen? Ich schwor mir, dass ich mich, falls mir gar nichts anderes übrig blieb, umbringen würde, indem ich mir auf dem Steinboden den Kopf einschlug. Wenn schon nichts anderes in meiner Macht lag, dann konnte ich ihm wenigstens seinen letzten Triumph über mich verweigern.

Mein ganzer Körper fühlte sich wund an, mager und schwach. Ich spürte eine neue Angst in mir. Ich hatte mich im wahrsten Sinne des Wortes dem Tod in die Arme geworfen. Es war eine Art Betäubungsmittel gewesen. Jetzt hatte ich eine neue Chance. Dieses Wissen brachte Gefühle in meinen Körper zurück. Ich war wieder in der Lage, große Angst zu empfinden.

Ich schwang mich herum. Nun lag ich rücklings auf meinen gefesselten Armen. Wenn ich sie bloß über meine Füße schieben könnte, damit sie vor meinem Körper wären! Es stellte sich als eine schwierige Turnübung heraus, und ich war alles andere als eine gute Turnerin. Ich hob die Füße vom Boden und streckte sie nach hinten, bis sie knapp meine Stirn berührten. Nun war der Druck von meinen Handgelenken genommen. Ich unternahm einen vorsichtigen Versuch, die Hände über meine Beine zu schieben. Unmöglich. Ich schob und schob. Nein. Ächzend gab ich auf. Doch dann sagte ich mir, dass er bald zurückkommen und mich töten würde. Nie mehr würde ich eine Chance wie diese bekommen. Es musste gehen. Ich hatte ja schon gesehen, wie die Kinder es beim Spielen machten. Wahrscheinlich hatte ich es als kleines Mädchen auch gemacht. Ich würde mir sogar die Hände abhacken, um aus diesen Fesseln herauszukommen. Doch das brauchte ich gar nicht. Ich musste meine Hände bloß vor meinen Körper holen. Ich musste mich nur anstrengen.

Und ich schob mit aller Kraft. Obwohl ich das Gefühl hatte, mir die Arme von den Schultern zu reißen, schob ich immer weiter, bis sich meine Hände hinter meinen Oberschenkeln befanden. Wären meine Fußgelenke nicht ebenfalls gefesselt gewesen, wäre es einfacher gewesen. Nun lag ich da wie ein verschnürtes Schwein, bereit, einen Bolzen in den Kopf gejagt zu bekommen. Ich zwang mich, an dieses Bild zu denken, während ich die Knie an die Brust presste und so weit in Richtung Kinn zurückzog, wie ich nur konnte, um auf diese Weise die Hände über meine Füße zu streifen. Die Muskeln an Rücken, Hals, Armen und Schultern schienen vor Schmerz aufzuschreien, aber plötzlich lagen meine Arme vor meinem Körper.

Keuchend hielt ich inne und spürte erst jetzt, dass mir der Schweiß in Strömen herunterlief.

Ich setzte mich auf und zog mir mit meinen zusammengebundenen Händen die Kapuze vom Kopf. Dabei kam mir der Gedanke, dass er möglicherweise die ganze Zeit im Raum saß und mir zusah. Ich nahm den Knebel aus meinem Mund und saugte die Luft ein, als wäre sie kaltes Wasser. Es war dunkel. Nein, nicht völlig dunkel. Von irgendwoher fiel ganz schwaches Licht in den Raum. Ich betrachtete meine Handgelenke. Sie waren mit einem Draht zusammengebunden. Er war nicht verknotet, die Enden waren lediglich umeinander geschlungen. Mit den Zähnen ließ sich der Draht ziemlich leicht lösen, wenn es auch Zeit in Anspruch nahm. Zehn schreckliche Sekunden für jede Drahtwindung. Meine Lippen bluteten bereits. Nachdem ich die letzte Windung gelöst hatte, fiel der Draht einfach zu Boden, und meine Hände waren frei. Kurz danach hatte ich auch meine Füße von ihren Fesseln befreit. Ich rappelte mich hoch, fiel aber mit einem Schmerzensschrei sofort wieder zu Boden. Meine Füße fühlten sich aufgequollen an, als würden sie jeden Moment platzen. Ich rieb meine Knöchel, bis ich wieder stehen konnte.

Ich blickte mich um. Obwohl es im Raum fast dunkel war, konnte ich Ziegelwände und den schmutzigen Zementboden erkennen. An einer Seite waren ein paar robuste Borde angebracht, auf dem Boden stapelten sich kaputte Paletten. Ich konnte den Mauervorsprung sehen, auf dem ich die letzten Tage verbracht hatte. Dann fiel es mir wieder ein. Ich befreite meinen Kopf von der Drahtschlinge. Ein Ende war an einem Haken befestigt, den ich mit meinem Körpergewicht aus der Wand gerissen hatte. Wie viel Glück hatte ich da gehabt? Vorsichtig befühlte ich meinen Hals.

Ich sah in die Richtung, aus der der Mann immer gekommen war. Dort befand sich eine geschlossene Holztür, deren Griff an der Innenseite fehlte. Ich versuchte sie mit den Fingern aufzuziehen, fand aber keinen Halt. Ich musste mir etwas einfallen lassen. Auf der anderen Seite des Raums entdeckte ich einen dunklen Durchgang. Ich ging hinüber und spähte in die Finsternis, konnte jedoch nichts erkennen. Die Vorstellung, dort hineinzugehen, erschien mir schrecklich. Der einzige Weg, von dem ich sicher wusste, dass er nach draußen mündete, führte durch die geschlossene Holztür. Vielleicht war es überhaupt der einzige Weg nach draußen. Was hatte es für einen Sinn, mich von diesem potenziellen Fluchtweg zu entfernen?

Mir war heiß und kalt zugleich. Keuchend rang ich nach Luft. Mein Herzschlag hallte in den Ohren wider, doch ich versuchte, mich zusammenzureißen und nachzudenken. Was konnte ich tun? Mich irgendwo in der Dunkelheit verstecken? Vielleicht würde er in der Annahme, ich wäre entkommen, hinausrennen und dabei die Tür offen lassen. Aber das erschien mir eher unwahrscheinlich. Aller Voraussicht nach würde er das Licht anschalten und mich sofort wieder schnappen. Oder ich suchte mir irgendeine Waffe, versteckte mich damit hinter der Tür und zog ihm eine über, wenn er hereinkam. Eine verlockende Vorstellung. Selbst wenn mein Plan scheiterte – und er würde mit Sicherheit scheitern –, böte sich immerhin eine Gelegenheit, ihm etwas anzutun, und das wünschte ich mir mehr als alles andere auf der Welt.

Nein, die größte Chance hatte ich, wenn ich versuchte, durch die Tür zu entkommen, während er fort war. Ich wusste nicht, ob die Tür abgesperrt war. Ich tastete den Boden ab. Vielleicht lag irgendetwas herum, das ich in den Türspalt schieben und als Hebel benutzen konnte. Erst kamen mir nur ein paar nutzlose Holzstücke unter die Finger, dann stieß ich auf ein schmales Stück Metall. Wenn es mir gelang, es an der Tür festzuhaken, konnte ich sie unter Umständen aufziehen. Falls sich auf der anderen Seite ein Riegel befand, war ich vielleicht in der Lage, ihn durch den Türspalt hindurch mit dem Metallstreifen hochzuschieben. Ich trat an die Tür und tastete nach dem Spalt. Gerade wollte ich das Metall durchschieben, als ich ein Geräusch hörte. Es bestand kein Zweifel: das Klappern einer Tür, dann Schritte.

Die Idee, bei der Tür zu bleiben und mit ihm zu kämpfen, war einfach dumm. Auf Zehenspitzen durchquerte ich den Raum und schlich in die schreckliche Dunkelheit hinein. Falls es sich bloß um einen abgeschlossenen Lagerraum handelte, wäre ich dort gefangen wie ein Tier. Doch es war eine Art Korridor mit Durchgängen zu beiden Seiten. Ich musste mich so weit wie möglich entfernen, Zeit gewinnen. Vielleicht würde er zunächst diese Seitenräume durchsuchen. Ich stolperte weiter, bis ich am Ende des Gangs auf eine Mauer stieß. Auch hier zweigte zu beiden Seiten je ein Durchgang ab. Ich warf einen Blick durch den linken. Nichts als Finsternis. Also nach rechts. Dort war etwas. Ich konnte ein Licht erkennen. Oben an der Wand, auf der anderen Seite des Raums. Irgendetwas Fensterartiges. Hinter mir, weit hinter mir in der Dunkelheit hörte ich ein Geräusch, einen Schrei, eine Tür, Schritte, und von da an war es, als befände ich mich in einem jener Alpträume, in denen alles verkehrt herum läuft. Man läuft so schnell man kann, doch der Boden ist plötzlich wie Morast, man kommt nicht voran, wird verfolgt und tritt auf der Stelle. Ich überließ es irgendeinem primitiven, vom Instinkt gesteuerten Teil meines Gehirns, eine Entscheidung zu treffen und mein Leben zu retten. Ich weiß noch, dass ich mir irgendetwas schnappte. Sekunden später klirrte Glas, und ich zwängte mich durch einen Spalt, der sich viel zu schmal anfühlte, doch schon war ich hindurch. Ein brennender Schmerz durchzuckte meinen Körper. Dann hörte ich einen Knall. Irgendwo hinter mir. Und einen Schrei.

Ich lief ein paar Stufen hinauf. Plötzlich spürte ich Wind auf meiner Haut. Luft. Ich war im Freien. In der Ferne sah ich Lichter. Ich rannte auf sie zu, rannte immer schneller, wie in Trance, ohne meine Umgebung wahrzunehmen. Ich lief einfach weiter, denn sobald ich stehen blieb, war ich tot. Steinchen und scharfe Gegenstände drückten sich in meine Fußsohlen. Bestimmt war er sehr schnell. Wie ein Kaninchen musste ich Haken schlagen. Dabei konnte ich nicht einmal richtig sehen, nach all den Tagen mit der Kapuze. Die Lichter brannten in meinen Augen. Sie wirkten grell und verschwommen zugleich, wie hinter Milchglas. Meine Schritte klangen unnatürlich laut. Lauf einfach weiter, Abbie! Denk nicht an deine Schmerzen. Denk an gar nichts. Lauf!

Irgendwo tief in meinem Inneren wusste ich, dass ich etwas finden musste, das sich bewegte. Ein Auto. Einen Menschen. Ich durfte nicht dort hinlaufen, wo es einsam war. Ich brauchte Menschen. Doch ich konnte nicht mehr rennen, konnte mich nicht mehr konzentrieren. Ich durfte nicht anhalten. Ich durfte einfach nicht. Plötzlich sah ich ein Licht, ein Licht in einem Fenster. Ich befand mich in einer Straße mit Häusern zu beiden Seiten. Einige waren mit Brettern vernagelt. Nein, mehr als das. Schwere Metallgitter schützten Türen und Fenster. Aber da brannte ein Licht. Ich hatte einen Moment großer Klarheit. Am liebsten wäre ich zu der Tür gelaufen und hätte schreiend auf sie eingehämmert, aber ein Rest von Verstand hielt mich davon ab. Ich wollte die Person in dem Haus ja nicht erschrecken, so dass sie einfach den Fernseher lauter stellte und gar nicht an die Tür kam.

Deswegen drückte ich nur wie eine Wahnsinnige auf den Klingelknopf. Weit drinnen hörte ich es läuten. Mach auf mach auf mach auf mach auf. Ich hörte Schritte. Langsam, leise, schlurfend. Endlich, nach einer Ewigkeit, ging die Tür auf, und ich fiel gleichsam mit ihr ins Haus, warf mich auf den Boden.

»Polizei! Bitte! Polizei. Bitte!«

Dann, ausgestreckt auf einem fremden Linoleumboden, stammelte ich nur noch »Bitte bitte bitte bitte bitte«.

ZWEITER TEIL

Möchten Sie, dass ich gleich eine richtige Aussage mache?«

»Später«, antwortete er. »Zunächst unterhalten wir uns ein bisschen.«

Anfangs konnte ich ihn gar nicht richtig sehen. Ich nahm nur seine Silhouette vor dem Fenster meines Krankenhauszimmers wahr. Das Licht war zu grell für meine empfindlichen Augen, so dass ich den Blick abwenden musste. Erst als er näher an das Bett herantrat, war ich in der Lage, seine Gesichtszüge auszumachen, sein kurzes braunes Haar, seine dunklen Augen. Er war Detective Inspector Jack Cross. Der Mensch, dem ich jetzt alles überlassen konnte. Vorher musste ich ihm alles erzählen. Es gab so viel zu erklären.

»Ich habe schon mit jemandem gesprochen. Einer Frau in Uniform. Jackson.«

»Jackman. Ich weiß. Ich wollte selbst mit Ihnen reden. Woran erinnern Sie sich?«

Ich erzählte ihm meine Geschichte. Er stellte Fragen, die ich zu beantworten versuchte. Eine gute Stunde später – ich hatte gerade wieder eine seiner Fragen beantwortet – verstummte er plötzlich, und ich hatte das Gefühl, alles gesagt zu haben, was sich zu der Sache überhaupt sagen ließ. Er schwieg mehrere Minuten, ohne mich ein einziges Mal anzulächeln oder auch nur anzusehen. Ich beobachtete sein wechselndes Mienenspiel. Er wirkte verwirrt, frustriert, tief in Gedanken versunken.

»Zwei Punkte noch«, sagte er schließlich. »Ihr Gedächtnis. Was ist das Letzte, woran Sie sich erinnern können? Waren Sie im Büro? Zu Hause?«

»Tut mir Leid. Das ist alles so verschwommen. Ich habe Tage damit verbracht, über diese Frage nachzudenken. Ich erinnere mich an einzelne Szenen im Büro, aber auch in meiner Wohnung. Es gibt keinen definitiven letzten Moment.«

»Demnach können Sie sich also nicht erinnern, diesem Mann begegnet zu sein.«

»Nein.«

Er zog ein kleines Notizbuch und einen Stift aus einer Seitentasche seiner Jacke.

»Dann wären da noch die anderen Namen.«

»Kelly. Kath. Fran. Gail, Lauren.«

Er schrieb mit, während ich sie aufzählte.

»Fällt Ihnen sonst noch etwas dazu ein? Vielleicht ein Nachname? Oder haben Sie eine Ahnung, wo er auf diese Frauen getroffen ist oder was er mit ihnen gemacht hat?«

»Ich habe Ihnen alles gesagt, was ich weiß.«

Seufzend klappte er sein Notizbuch zu und stand auf.

»Bin gleich wieder da«, sagte er und verließ den Raum.

Ich hatte mich bereits an den Rhythmus des Krankenhauslebens gewöhnt, an das langsame Tempo mit den langen Pausen dazwischen, so dass ich sehr überrascht war, als der Detective keine fünf Minuten später in Begleitung eines älteren Mannes zurückkehrte. Der Mann trug einen perfekt sitzenden Nadelstreifenanzug, aus dessen Brusttasche ein weißes Taschentuch ragte. Er griff nach dem Klemmbrett am Ende meines Bettes und machte dabei den Eindruck, als würde ihn die ganze Situation langweilen. Er fragte mich nicht nach meinem Befinden, sondern sah mich bloß an, als wäre ich ein Gegenstand, über den er auf der Straße gestolpert war.

»Das ist Dr. Richard Burns«, erklärte DI Cross. »Er ist für Ihren Fall verantwortlich. Wir werden Sie auf eine andere Station verlegen. Sie bekommen ein Einzelzimmer. Mit einem Fernseher.«

Dr. Burns legte das Klemmbrett beiseite und nahm seine Brille ab.

»Miss Devereaux«, sagte er. »Wir werden uns eingehend um Sie kümmern.«

Die eisige Luft traf mein Gesicht wie eine Ohrfeige. Keuchend rang ich nach Luft. Mein Atem hinterließ eine weiße Wolke. Das kalte, grelle Licht schmerzte in meinen Augen.

»Sie können sich wieder in den Wagen setzen, wenn Sie wollen«, sagte Jack Cross.

»Nein, ich finde es schön hier.« Ich legte den Kopf zurück und atmete tief durch. Der Himmel war blau, nicht die Spur einer Wolke war zu sehen, und die Sonne wirkte wie eine ausgewaschene Scheibe, spendete aber keine Wärme. Alles funkelte vor Frost. Das schmutzige alte London sah einfach wundervoll aus.

Wir standen in einer Straße, gesäumt von Reihenhäusern. Die meisten Eingänge waren mit Brettern vernagelt, bei einigen waren Metallgitter vor den Fenstern angebracht. Die kleinen Vorgärten standen voller Nesseln und Dornbüsche. Müll lag verstreut herum.

»Es war hier, nicht wahr?«

»Nummer zweiundvierzig«, antwortete Cross und deutete auf die andere Straßenseite. »Hier haben Sie Anthony Russell aus dem Nachtschlaf gerissen und halb zu Tode erschreckt. Können Sie sich wenigstens noch daran erinnern?«

»Nur undeutlich«, antwortete ich. »Zu dem Zeitpunkt war ich völlig panisch. Ich hatte das Gefühl, dass er mir unmittelbar auf den Fersen war. Ich habe so viele Haken geschlagen wie möglich, um ihn abzuschütteln.«

Ich blickte zu dem Haus hinüber. Es sah kaum verlassener aus als die übrige Straße. Cross beugte sich in den Wagen und holte einen Anorak heraus. Ich trug eine seltsame Zusammenstellung fremder Klamotten, die man im Krankenhaus für mich aufgetrieben hatte. Ich versuchte, nicht an die Frauen zu denken, die sie vor mir getragen hatten. Cross gab sich freundlich und entspannt. Fast hätte man meinen können, wir würden zu einem Pub spazieren.

»Ich hatte gehofft, wir könnten Ihren Fluchtweg zurückverfolgen«, erklärte er. »Aus welcher Richtung sind Sie gekommen?«

Das war leicht. Ich deutete die Straße hinunter.

»Das ergibt Sinn«, meinte er. »Lassen Sie uns in diese Richtung gehen.«

Wir gingen die Straße entlang.

»Dieser Mann«, sagte ich. »Der aus Nummer zweiundvierzig.«

»Russell. Tony Russell.«

»Hat er ihn gesehen?«

»Er ist kein sehr hilfreicher Zeuge«, antwortete Cross. »Der alte Tony Russell. Er hat sofort die Tür zugeknallt und die Notrufnummer gewählt.«

Ich rechnete damit, am Ende der Straße auf weitere Straßen mit Reihenhäusern zu treffen, doch plötzlich standen wir an der Ecke eines riesigen, baufälligen Anwesens, bei dem die Fenster eingeschlagen und die meisten Türen mit Brettern vernagelt waren. Direkt vor uns befanden sich zwei offene, bogenförmige Durchgänge, von denen straßabwärts weitere folgten.

»Was ist das?« fragte ich.

»Das Browning-Anwesen«, antwortete Cross.

»Wohnt hier noch jemand?«

»Es soll demnächst abgerissen werden. Eigentlich soll es schon seit zwanzig Jahren abgerissen werden.«

»Warum?«

»Weil es ein einziges Dreckloch ist.«

»Hier muss ich gefangen gehalten worden sein.«

»Können Sie sich erinnern?«

»Ich bin aus dieser Richtung gekommen.« Verzweifelt ließ ich den Blick auf und ab schweifen. »Ich bin unter einem dieser Torbogen hindurchgelaufen. Es muss in diesem Gebäude gewesen sein.«

»Meinen Sie?«

»Ich nehme es an.«

»Können Sie sich erinnern, durch welchen Torbogen Sie gelaufen sind?«

Ich wechselte auf die andere Straßenseite. Ich betrachtete das Gebäude so angestrengt, bis es weh tat.

»Sie sehen alle ziemlich ähnlich aus. Es war dunkel, ich bin wie eine Wahnsinnige gerannt. Es tut mir so Leid. Ich habe tagelang eine Kapuze über dem Gesicht getragen und hatte fast schon Halluzinationen. Ich war in einem schrecklichen Zustand.«

Cross holte tief Luft. Seine Enttäuschung war ihm anzusehen.

»Vielleicht können wir die verschiedenen Möglichkeiten zumindest ein wenig einschränken.«

Wir gingen die Straße auf und ab und traten durch die Torbogen in die verschiedenen Innenhöfe. Es war schrecklich. Ich konnte mir in etwa vorstellen, was der Architekt im Sinn gehabt hatte, als er den Gebäudekomplex plante. Es sollte wie ein italienisches Dorf mit Piazzen werden, offenen Plätzen, wo die Leute sitzen, spazierengehen und sich unterhalten können. Mit vielen kleinen Durchgängen und Querverbindungen. Aber es hatte nicht funktioniert. Cross zufolge hatten sich die Durchgänge als perfekte Verstecke und Fluchtwege entpuppt, als Hinterhalte für Schießereien und Überfälle. Er zeigte mir eine Stelle, an der in einem Müllcontainer eine Leiche gefunden worden war.

Ich fühlte mich immer elender. All diese Plätze und Arkaden sahen gleich aus. Nichts davon kam mir bekannt vor. Cross hatte große Geduld mit mir. Eine Weile stand er einfach nur da und atmete weiße Wolken in die Luft, beide Hände in den Taschen. Dann begann er mich nach der Chronologie der Ereignisse zu fragen und nicht mehr nach der Richtung, aus der ich gekommen war. Ob ich mich erinnern könne, wie lange ich von dem Gebäude bis zu Tony Russells Haus gebraucht hatte? Ich versuchte, mir die Zeitspanne ins Gedächtnis zu rufen, kam aber zu keinem Ergebnis. Er ließ nicht locker. Fünf Minuten? Ich wusste es nicht. Länger? Kürzer? Ich wusste es nicht. War ich die ganze Strecke gerannt? Ja, natürlich. So schnell ich konnte? Ja, ich hatte das Gefühl gehabt, dass er mir dicht auf den Fersen war. Ich war so schnell gelaufen, dass es schmerzte. Wie lange ich wohl in der Lage wäre, mit Höchstgeschwindigkeit zu laufen? Ich wusste es nicht. Ein paar Minuten? Möglich. Die Umstände waren alles andere als normal gewesen. Ich hatte um mein Leben rennen müssen.

Der Tag erschien mir immer kälter und grauer.

»Ich bin Ihnen keine große Hilfe, nicht wahr?«, meinte ich.

Cross wirkte geistesabwesend, schien mich kaum zu hören.

»Was?« fragte er.

»Ich wünschte, ich könnte Ihnen mehr sagen.«

»Lassen Sie sich Zeit.«

Während der kurzen Fahrt zurück zum Krankenhaus war Jack Cross wortkarg und starrte aus dem Fenster. Einmal raunte er dem Fahrer ein paar Worte zu.

»Werden Sie das Anwesen durchsuchen lassen?«, fragte ich.

»Ich wüsste nicht, wo ich anfangen sollte«, antwortete er. »Es gibt dort über tausend verlassene Wohnungen.«

»Ich war ziemlich weit unten, glaube ich. In einem Keller. Höchstens im Erdgeschoss.«

»Miss Devereaux, das Browning-Anwesen nimmt fast einen halben Quadratkilometer ein. Dafür habe ich nicht genug Leute.«

Er begleitete mich bis zu meinem neuen Einzelzimmer. Das

war immerhin etwas, ein Zimmer ganz für mich allein. Er blieb im Türrahmen stehen.

»Es tut mir Leid«, sagte ich. »Ich dachte, es würde besser laufen.«

»Machen Sie sich deswegen keine Gedanken«, antwortete er mit einem Lächeln, das schnell wieder aus seinem Gesicht verschwand. »Wir sind auf Sie angewiesen. Sie sind alles, was wir haben. Wenn Ihnen noch etwas einfällt ...«

»Was ist mit den anderen Frauen – Kelly, Kath, Fran, Gail und Lauren? Können Sie das nicht überprüfen lassen?«

Plötzlich sah Jack Cross aus, als hätte er von der ganzen Sache die Nase voll.

»Ich habe jemanden damit beauftragt. Aber das ist nicht so einfach, wie Sie sich das vorstellen.«

»Wie meinen Sie das?«

»Wie soll ich diese Namen Ihrer Meinung nach überprüfen lassen? Wir haben keine Nachnamen, keine Orts- oder Zeitangaben, nicht einmal ein ungefähres Datum. Wir haben gar nichts. Bloß ein paar gewöhnliche Vornamen.«

»Was kann man da machen?«

Er zuckte mit den Achseln.

Eine Krankenschwester rollte ein Tischchen mit einem Telefon herein und reichte mir ein paar Münzen. Ich wartete, bis sie den Raum wieder verlassen hatte, dann warf ich eine Zwanzig-Pence-Münze ein.

»Mum?«

»Abigail, bist du das?«

»Ja.«

»Ist alles in Ordnung?«

»Mum, ich wollte dir sagen ...«

»Mir ging es die letzten Tage ganz fürchterlich schlecht.«

»Mum, ich muss mit dir reden, dir etwas erzählen.«

»Mein Magen. Ich konnte vor Schmerzen nicht schlafen.«

Ich hielt einen Moment inne, holte tief Luft.

»Das tut mir Leid«, sagte ich. »Warst du schon beim Arzt?«

»Ich bin ständig beim Arzt. Er hat mir ein paar Tabletten gegeben, nimmt es aber nicht wirklich ernst. Ich habe kein Auge zugetan.«

»Das ist ja furchtbar.« Meine Hand umklammerte den Hörer. »Du könntest nicht für einen Tag nach London kommen, oder?«

»Nach London?«

»Ja.«

»Im Moment nicht, Abigail. Nicht in meinem Zustand. Ich kann nirgendwohin fahren.«

»Mit dem Zug ist es bloß eine knappe Stunde.«

»Deinem Vater geht es auch nicht gut.«

»Was fehlt ihm?«

»Das Übliche. Aber warum kommst du uns nicht mal besuchen? Du warst schon eine Ewigkeit nicht mehr bei uns.«

»Ja.«

»Ruf aber vorher an.«

»Ja.«

»Ich muss aufhören«, sagte sie. »Ich mache gerade einen Kuchen.«

»Ja. Schon gut.«

»Melde dich bald mal wieder.«

»Ja.«

»Also bis dann.«

»Ja«, antwortete ich. »Bis dann, Mum.«

Ich wurde von einer großen Maschine aufgeweckt, die gerade zur Tür hereingeschoben wurde. Es war das riesige Monstrum einer Bodenreinigungsmaschine mit einer sich drehenden, kreisförmigen Bürste und Düsen, aus denen seifiges Wasser strömte. Zweifellos wäre es wesentlich effektiver gewesen, einen Eimer und einen Wischmop zu benutzen. Insbesondere in einem so kleinen Zimmer wie dem meinen war eine solche Maschine völlig sinnlos. Sie kam weder in die Ecken noch unters Bett, und Tische mochte sie auch nicht besonders, so dass sie der Mann, der ihr folgte, lediglich über die wenigen freien Flächen schob. Hinter ihm hatte ein weiterer Mann den Raum betreten. Dieser zweite Mann sah nicht aus wie jemand vom Reinigungspersonal, aber auch nicht wie ein Krankenpfleger oder Arzt, denn er trug schwarze Schuhe, eine weite braune Hose, eine marineblaue Jacke, die aussah, als wäre sie aus Sackleinen genäht, sowie ein kariertes Hemd mit offenem Kragen. Sein lockiges graues Haar kringelte sich in alle Richtungen. Er trug ein paar Akten unter dem Arm. An seinen Mundbewegungen konnte ich erkennen, dass er etwas zu sagen versuchte, doch der Lärm der Putzmaschine übertönte alles, woraufhin er verlegen an der Wand stehen blieb und wartete, bis die Maschine den Raum wieder verließ. Er blickte ihr skeptisch hinterher.

»Eines Tages wird jemand eine dieser Maschinen überprüfen und feststellen, dass sie überhaupt nichts bringen«, meinte er.

»Wer sind Sie?«, fragte ich ihn.

»Mulligan«, antwortete er. »Charles Mulligan. Ich bin gekommen, um mich ein wenig mit Ihnen zu unterhalten.«

Ich kämpfte mich aus dem Bett. »Können Sie sich ausweisen?«

»Was?«

Ich ging an ihm vorbei auf den Gang hinaus und rief nach einer vorübereilenden Krankenschwester. Sie wirkte nicht begeistert, sah aber an meiner Miene, dass es wichtig war. Ich erklärte ihr, dass ein Fremder zu mir ins Zimmer gekommen sei. Nach einer kurzen Diskussion verließ er mit ihr den Raum, um einen Anruf zu tätigen. Ich legte mich wieder ins Bett. Wenige Minuten später ging erneut die Tür auf, und der Mann wurde von einer älteren Krankenschwester hereingeführt.

»Dieser Mann hat die Erlaubnis, Sie zu sehen«, erklärte sie. »Er wird nur ganz kurz bleiben.«

Mit einem misstrauischen Blick auf Charles Mulligan verließ sie den Raum. Er nahm eine Brille mit Hornrand aus seiner Jackentasche und setzte sie auf.

»Das war wahrscheinlich sehr vernünftig von Ihnen«, sagte er. »Sehr pedantisch, aber wahrscheinlich auch sehr vernünftig. Jedenfalls wollte ich vorhin gerade sagen, dass Dick Burns mich gebeten hat, mich ein wenig mit Ihnen zu unterhalten.«

»Sind Sie Arzt?«

Er legte seine Akten auf den Tisch und zog sich einen Stuhl ans Bett.

»Haben Sie etwas dagegen, wenn ich mich setze?«

»Nein, tun Sie sich keinen Zwang an.«

»Ja, ich bin Arzt. Zumindest habe ich die entsprechende Ausbildung, auch wenn ich nicht viel Zeit im Krankenhaus verbringe.«

»Sind Sie Psychiater? Oder Psychologe?«

Er stieß ein nervöses, abgehacktes Lachen aus.

»Nein, nein, eigentlich bin ich Neurologe, mehr oder weniger zumindest. Ich untersuche das Gehirn, als wäre es ein Gegenstand. Ich arbeite mit Computern und schneide Mäusegehirne in Scheiben, solche Sachen. Natürlich spreche ich auch mit Menschen. Wenn nötig.«

»Sie müssen entschuldigen, vielleicht bin ich ein bisschen schwer von Begriff«, sagte ich. »Aber warum sind Sie hier?«

»Wie gesagt. Dick hat mich angerufen. Ein faszinierender Fall.« Plötzlich nahm sein Gesicht einen besorgten Ausdruck an. »Mir ist natürlich klar, dass es für Sie eine furchtbare Erfahrung war. Es tut mir schrecklich Leid. Aber Dick hat mich gebeten, einen Blick auf Sie zu werfen. Falls Sie nichts dagegen haben.«

»Wozu?«

Er rieb sich mit beiden Händen übers Gesicht und wirkte plötzlich fast übertrieben mitfühlend.

»Dick hat mir ein wenig von dem erzählt, was Sie durchgemacht haben. Eine schreckliche Sache. Ich bin sicher, man wird Ihnen jemanden schicken, der mit Ihnen darüber spricht. Über das Trauma. Das alles.«

Er wirkte leicht verwirrt, als hätte er den Faden verloren. Verlegen fuhr er sich mit den Fingern durch seine störrischen Locken, was aber nicht viel dazu beitrug, sie zu glätten. »Hören Sie, Abigail. Ist es Ihnen Recht, wenn ich Sie so nenne?« Ich nickte. »Und Sie können mich Charlie nennen. Ich würde gern mit Ihnen über Ihren Gedächtnisverlust reden. Fühlen Sie sich dem schon gewachsen?« Wieder nickte ich. »Gut.« Er lächelte leicht. Nun, da er bei seinem eigentlichen Thema angelangt war, wirkte seine Sprechweise, seine ganze Art viel selbstsicherer. Das gefiel mir. »So, jetzt werde ich mich einen Moment lang wie ein richtiger Arzt benehmen und einen Blick auf Ihren Kopf werfen. Ist Ihnen das Recht?« Ich nickte ein weiteres Mal. »Ich habe mir Ihren Krankenbericht angesehen. Demnach hatten Sie eine Menge Blutergüsse am gesamten Körper, aber von Kopfschmerzen oder einer Kopfverletzung, irgendetwas in der Art, war nicht ausdrücklich die Rede.«

»Das ist aber das Erste, woran ich mich erinnern kann. Nach der Phase, an die ich mich nicht erinnern kann, wenn Sie wissen, was ich meine. Ich bin aufgewacht und hatte schreckliche Kopfschmerzen.«

»Aha. Haben Sie etwas dagegen, wenn ich mir Notizen mache?« Er zog ein schäbiges kleines Notizbuch aus der Tasche und schrieb ein paar Worte. Dann legte er es aufs Bett und beugte sich vor. »Später wird man Sie abholen und in die Maschine stecken, um einen raschen Blick auf Ihr Gehirn zu werfen, aber das ist eine andere Art von Untersuchung. Darf ich?« Während er das sagte, beugte er sich noch weiter vor und begann, ganz sanft mein Gesicht zu berühren, dann meinen ganzen Kopf. Ich liebe es, am Kopf angefasst zu werden. Das ist mein geheimer Fetisch. Das Schönste am Haareschneiden ist für mich der Moment, wenn mir ein anderer Mensch die Haare wäscht, seine Finger auf meine Kopfhaut legt. Terry machte das auch ab und zu. Manchmal, wenn wir zusammen in der Badewanne saßen, wusch er mir das Haar. Das ist das Schöne an einer Beziehung, diese kleinen Freuden. Charles Mulligan murmelte leise vor sich hin, während seine Fingerspitzen über meinen Kopf wanderten. Als er eine Stelle über meinem rechten Ohr berührte, stieß ich einen kleinen Schrei aus. »Tut das weh?«

»Ja. Habe ich da was?« Er untersuchte die Stelle genauer.

»Es ist ein bisschen geschwollen und blau – ansonsten kann ich nichts Auffälliges entdecken.« Er lehnte sich zurück. »So, das war's auch schon.« Er griff nach einer der Akten. Es dauerte eine Weile, bis er die richtige gefunden hatte. »Jetzt werde ich Ihnen ein paar Fragen stellen, die Ihnen vielleicht ein wenig albern vorkommen werden. Ich bitte das zu entschuldigen. Außerdem wird das Ganze ein bisschen Zeit in Anspruch nehmen. Fühlen Sie sich wirklich schon fit genug? Ich kann auch später oder morgen wiederkommen, wenn Sie eine Pause brauchen. Ich weiß, dass Sie eine harte Zeit hinter sich haben.«

Ich schüttelte den Kopf. »Ich möchte alles in meiner Macht Stehende tun, und zwar so schnell wie möglich.«

»Großartig.« Er öffnete eine große gedruckte Broschüre. »Sind Sie bereit?«

»Ja.«

»Wie heißen Sie?«

»Gehört das schon zum Test?«

»Das ist eine Art philosophische Frage. Sie müssen ein bisschen Geduld mit mir haben.«

»Abigail Elizabeth Devereaux.«

»Wann sind Sie geboren?«

»Am 21. August 1976.«

»Wie lautet der Name unseres Premierministers?«

»Ist das Ihr Ernst? *So* schlimm steht es noch nicht um mich.«

»Ich teste verschiedene Gedächtnisarten. Es wird schon noch schwieriger.«

Also sagte ich ihm den Namen des Premierministers. Ich sagte ihm auch, welchen Wochentag wir hatten und dass wir uns gerade im St. Anthony's Hospital aufhielten. Ich zählte von zwanzig rückwärts, in Dreiersprüngen wieder vorwärts, in Siebenersprüngen von hundert abwärts. Ich war ziemlich stolz auf mich. Dann wurde es schwieriger. Er zeigte mir ein Blatt mit verschiedenen geometrischen Figuren, plauderte einen Moment lang über irgendetwas Albernes mit mir und zeigte mir dann ein weiteres Blatt mit geometrischen Figuren. Anschließend musste ich mir ins Gedächtnis rufen, welche Figuren auf beiden Blättern abgebildet waren. Danach las er mir leicht verlegen eine Geschichte von einem Jungen vor, der ein Schwein zum Markt brachte. Ich musste sie nacherzählen. Er zeigte mir Sterne und Dreiecke, die mit Farben kombiniert waren, dann Wortpaare. Schließlich legte er mir vier graphische Darstellungen vor, von denen jede jeweils komplizierter war als die vorherige. Die vierte sah wie ein von Vandalen verunstalteter Elektrizitätsmast aus. Mir wurde schon vom Hinschauen schwindelig, ganz zu schweigen von der Aussicht, diese Abbildung aus dem Gedächtnis nachzeichnen zu müssen.

»Da kriegt man ja Kopfschmerzen«, meinte ich, während ich mich damit abmühte.

»Fühlen Sie sich nicht wohl?«, fragte er besorgt.

»Ich wollte damit nur sagen, dass mir schon bei dem Anblick ganz schummrig wird.«

»Ich weiß, was Sie meinen«, pflichtete er mir bei. »Ich bleibe bereits beim Rückwärtszählen hängen. Keine Angst, es sind bloß noch ein paar.«

Er begann mir Zahlensequenzen vorzulesen. Dreier- oder Vierergruppen waren ein Kinderspiel. Er hörte bei acht Zahlen auf, was ich gerade noch bewältigen konnte. Als er mich dann auch noch aufforderte, die Sequenzen rückwärts aufzusagen, wurde es wirklich anstrengend. Zum Schluss holte er ein Blatt mit farbigen Quadraten heraus. Er deutete nacheinander auf mehrere Quadrate, und ich musste mir die Reihenfolge einprägen. Wieder rauf bis acht und dann rückwärts.

»Puh!«, sagte ich, als er das Blatt weglegte.

»Ja«, antwortete er. »Das war's. Wir sind fertig.«

»Und? Habe ich bestanden? Habe ich einen Dachschaden?«

Er lächelte verschmitzt. »Schwer zu sagen. Ich habe keine Testergebnisse aus der prämorbiden Phase. Entschuldigen Sie, ich weiß, das klingt ziemlich schlimm. Ich meine damit die Phase vor dem Einsetzen des Gedächtnisverlusts. Allerdings kann ich mir nicht vorstellen, dass Sie vorher noch besser waren. Sie haben ein bemerkenswert gutes Gedächtnis. Insbesondere Ihr räumliches Erinnerungsvermögen ist ausgezeichnet. Da würde ich jederzeit mit Ihnen tauschen.«

Ich spürte, wie ich gegen meinen Willen rot wurde. »Vielen Dank, ähm, Charlie, aber …«

Einen Moment lang wurde seine Miene ernst, und er betrachtete mich eingehend.

»Was meinen *Sie* selbst?«, fragte er.

»Ich fühle mich gut. Ich meine, nicht wirklich gut. Ich habe Alpträume und durchlebe das, was mir passiert ist, im Geiste immer wieder neu. Aber ich kann klar denken. Da ist nur diese Lücke in meinem Gedächtnis. Ich versuche permanent, mich zu erinnern, aber es ist, als würde ich in absolute Dunkelheit starren.«

Er begann, seine Testblätter wieder einzuordnen.

»Versuchen Sie, einen Blick auf die Ränder zu werfen«, schlug er vor. »Bleiben Sie bei Ihrer bildlichen Vorstellung von einem dunklen Bereich. Man könnte sagen, dass Sie es mit einem völlig dunklen und einem völlig hellen Bereich zu tun haben. Sie könnten sich auf den Teil konzentrieren, in dem die beiden Bereiche aufeinandertreffen.«

»Das habe ich schon getan, Charlie. Und wie ich das getan habe! Die Phase danach stellt kein Problem dar. Ich bin aufgewacht und war an besagtem Ort. Ich weiß nicht, wie ich dort hingekommen bin, ich kann mich an keine Entführung erinnern. Mit der vorhergehenden Phase ist es schwieriger. Ich habe keinen blassen Schimmer, was ich davor als Letztes gemacht habe. Es gibt keinen Punkt, an dem plötzlich alles abbricht. Ich kann mich lediglich dunkel daran erinnern, dass ich gearbeitet habe. Es ist, als wäre ich langsam in die Dunkelheit geglitten, ohne es zu bemerken.«

»Verstehe«, sagte Charles und notierte wieder etwas. Das machte mich nervös.

»Ist das nicht etwas lächerlich? Das Entscheidende, woran ich mich erinnern müsste, ist weg. Es interessiert mich doch gar nicht, wie unser Premierminister heißt. Ich will nur wissen, wie ich entführt worden bin und wie der Kerl aussieht. Aber mir ist da ein Gedanke gekommen – womöglich war das, was ich erlebt habe, so schockierend, dass ich einfach alles verdrängt habe. Halten Sie das für möglich?«

Mit einem Klick versenkte er die Mine seines Stifts. Als er meine Frage schließlich beantwortete, kam es mir fast vor, als müsste er ein leises Lächeln unterdrücken.

»Sie wollen wissen, ob unter Umständen all Ihre Erinnerungen zurückfluten würden, wenn ich meine Armbanduhr vor Ihrem Gesicht hin und her baumeln ließe?«

»Das wäre sehr hilfreich.«

»Vielleicht«, sagte er. »Aber ich bin sicher, Ihre Amnesie hat nichts mit einer Form von posttraumatischem Stress zu tun. Meiner Meinung nach handelt es sich dabei nicht um ein psychologisches Symptom.«

»Wenn ich mit Cross spreche – so heißt der zuständige Polizeibeamte –, dann komme ich mir so lächerlich vor.«

»Ein derartiger Gedächtnisverlust ist sehr bedauerlich und frustrierend«, antwortete er, »aber nicht lächerlich. Eine posttraumatische Amnesie nach einer äußerlichen Kopfverletzung wie der Ihren ist nicht ungewöhnlich. Am häufigsten kommt so etwas bei Autounfällen vor. Die Betroffenen schlagen sich beim Aufprall den Kopf an. Wenn sie hinterher aufwachen, können sie sich an den Unfall nicht mehr erinnern, oft aber auch nicht an die Stunden oder sogar Tage davor.«

Vorsichtig berührte ich meinen Kopf. Er kam mir plötzlich so zerbrechlich vor.

»Post-traumatisch«, wiederholte ich. »Haben Sie nicht vorhin gesagt, es sei nichts Psychologisches?«

»Ist es auch nicht«, erwiderte er. »Psychogene Amnesie – damit meine ich einen Gedächtnisverlust, der eher durch psychologische Einflüsse als durch eine Gehirnverletzung ausgelöst wird – ist in Fällen wie dem Ihren seltener und – wie soll ich sagen – zweifelhafter.«

»Wie meinen Sie das?«

Er stieß ein vorsichtiges Hüsteln aus.

»Ich bin kein Psychologe, deswegen bin ich in dieser Hinsicht vielleicht voreingenommen, aber ein beträchtlicher Prozentsatz aller Mörder behauptet beispielsweise, sich nicht erinnern zu können, den Mord begangen zu haben. Dabei handelt es sich nicht um Leute, die körperliche Verletzungen davongetragen haben. Es sind verschiedene Erklärungen denkbar. Oft sind die Täter stark betrunken, was zu Blackouts und damit verbundenen Gedächtnislücken führen kann. Außerdem ist davon auszugehen, dass ein Mensch, der einen Mord begeht, unter extremem Druck steht, und zwar unter größerem als in fast allen anderen Stresssituationen, die man sich vorstellen kann. Das könnte sich ebenfalls auf das Erinnerungsvermögen auswirken. Ein paar von uns Skeptikern würden vielleicht auch sagen, dass es für einen Mörder oft sehr praktisch ist, wenn er behauptet, sich an das Geschehene nicht erinnern zu können.«

»Aber entführt zu werden und den Tod vor Augen zu haben, ist auch extrem stressig. Könnte diese Situation nicht doch dazu geführt haben, dass mir aus psychologischen Gründen alles entfallen ist?«

»Meiner Meinung nach nicht, aber wenn ich jetzt vor Gericht stünde und Sie wären ein Anwalt, könnten Sie mich dazu bringen zuzugeben, dass es möglich wäre. Ich fürchte, es werden noch einige Leute in Ihnen herumstochern wie in einem Versuchskaninchen, um Antworten auf genau solche Fragen zu erhalten.«

Er stand auf und schaffte es nach anfänglichen Schwierigkeiten, sich alle seine Akten wieder unter den Arm zu klemmen.

»Abigail«, sagte er dann.

»Abbie.«

»Abbie. Sie sind ein faszinierender Fall. Ich glaube nicht, dass ich der Versuchung widerstehen kann, noch einmal herzukommen.«

»Kein Problem«, antwortete ich. »Wie es aussieht, habe ich jede Menge Zeit. Eins muss ich Sie aber noch fragen: Besteht die Chance, dass meine Erinnerungen zurückkehren?«

Er zögerte einen Moment und zog dabei eine seltsame Grimasse, was wohl ein Zeichen dafür war, dass er nachdachte.

»Ja, das ist möglich.«

»Vielleicht durch Hypnose?«

Plötzlich wirkte er geschockt und begann in seiner Tasche herumzukramen, was mit einem Arm voller Akten ein besonders schwieriges Unterfangen darstellte. Schließlich reichte er mir eine Karte.

»Da stehen mehrere Nummern drauf. Falls irgendjemand diesen Raum betritt und anfängt, Dinge vor ihren Augen baumeln zu lassen oder mit beruhigender Stimme auf Sie einzureden, dann rufen Sie mich sofort an!«

Mit diesen Worten ging er, und ich blieb mit meinem schmerzenden Kopf zurück. Einem Kopf mit einem schwarzen Loch.

»Haben Sie schon mit Ihrem Freund gesprochen?«

Ich brachte nur ein Murmeln zustande. Ich war noch gar nicht richtig wach. Besorgt beugte sich DI Cross über mich.

»Soll ich eine Schwester rufen?«, fragte er.

»Nein. Und um Ihre Frage zu beantworten: Nein, habe ich nicht.«

»Er scheint im Moment nicht auffindbar zu sein.«

»Ich weiß«, antwortete ich. »Ich habe schon drei Nachrichten auf seinem Anrufbeantworter hinterlassen. Bestimmt ist er beruflich unterwegs.«

»Kommt das oft vor?«

»Er ist IT-Berater, was auch immer das sein mag. Er fliegt ständig wegen irgendwelcher Sonderprojekte nach Belgien oder Australien oder weiß Gott wohin.«

»Aber Sie können sich nicht erinnern, wann Sie ihn das letzte Mal gesehen haben?«

»Nein.«

»Möchten Sie mit Ihren Eltern sprechen?«

»Nein! Nein, bitte nicht.«

Er schwieg einen Moment. Ich war ihm wirklich keine große Hilfe. Krampfhaft überlegte ich, wie ich Cross eine Freude machen könnte.

»Wäre Ihnen geholfen, wenn Sie sich in unserer Wohnung umsehen könnten? Ich nehme an, ich werde in ein, zwei Tagen ohnehin entlassen, aber vielleicht fände sich dort ein Anhaltspunkt. Vielleicht bin ich dort entführt worden. Unter Umständen habe ich einen Hinweis hinterlassen.«

Cross' ausdruckslose Miene veränderte sich kaum.

»Haben Sie einen Schlüssel, den Sie mir geben können?«

»Wie Sie wissen, besitze ich zur Zeit nichts außer der Kleidung, die ich bei meiner Flucht getragen habe. Aber im Garten vor dem Haus, links neben der Tür, liegen zwei Dinger, die aussehen wie echte Steine. In Wirklichkeit handelt es sich um Scherzartikel, wie man sie bei manchen Versandhäusern bestellen kann. Einer von beiden ist hohl, und wir haben darin einen Ersatzschlüssel versteckt. Den können Sie benutzen.«

»Haben Sie irgendwelche Allergien, Miss Devereaux?«

»Ich glaube nicht. Einmal habe ich allerdings einen Nesselausschlag bekommen, nachdem ich Meeresfrüchte gegessen hatte.«

»Leiden Sie an Epilepsie?«

»Nein.«

»Sind Sie schwanger?«

Ich schüttelte so heftig den Kopf, dass es weh tat.

»Es hat nichts zu bedeuten, aber wir sind gesetzlich verpflichtet, Sie darauf aufmerksam zu machen, dass eine Computertomographie Nebenwirkungen haben kann, allerdings ist die Wahrscheinlichkeit extrem gering, praktisch zu vernachlässigen. Würden Sie bitte diese Einverständniserklärung unterschreiben? Hier und hier.«

Plötzlich klang die Schwester wie eine Stewardess. Ich musste an die Demonstration mit der Schwimmweste denken. Für den unwahrscheinlichen Fall einer Landung im Wasser.

»Ich weiß nicht einmal, was eine Computertomographie ist«, sagte ich, während ich unterschrieb.

»Keine Sorge, unsere Technikerin wird Ihnen gleich alles genau erklären.«

Ich wurde in einen großen, grell erleuchteten Raum geführt. Mein Blick fiel auf das Hightech-Rollbett, auf dem ich gleich liegen würde. Es war weich gepolstert und in der Mitte konkav. Dahinter führte ein weißer Tunnel ins Herz der Maschine. Das Ganze sah aus wie eine seitlich gekippte Kloschüssel.

»Miss Devereaux, meine Name ist Jan Carlton. Bitte nehmen Sie doch einen Moment Platz.« Eine große, spindeldürre Frau, die mit einem Overall bekleidet war, deutete auf einen Stuhl.

»Wissen Sie, was eine Computertomographie ist?«

»Man hört öfter davon«, antwortete ich vorsichtig.

»Wir möchten, dass Sie vorbereitet sind. Ist Ihnen irgendetwas daran unklar?«

»Eigentlich alles, um ehrlich zu sein.«

»Nun, es handelt sich dabei einfach um eine bestimmte Art, ins Innere des Körpers zu sehen. Es ist auch eine Standarduntersuchung für alle Patienten, die eine Verletzung davongetragen haben und unter schweren Kopfschmerzen oder einem Trauma leiden.«

»Was muss ich tun?«

»Gar nichts. Wir werden Sie lediglich in dieses Ding da hineinfahren, das aussieht wie ein weißer Doughnut. Sie werden ein Summen hören und wahrscheinlich ein Licht kreisen sehen. Es wird gar nicht lange dauern. Sie brauchen nur still dazuliegen.«

Ich musste wieder einen Krankenhauskittel anziehen. Dann legte ich mich auf das Rollbett und starrte an die Decke.

»Das fühlt sich jetzt wahrscheinlich ein wenig kalt an.«

Sie massierte ein Gel auf meine Schläfen, strich es in mein frisch gewaschenes Haar. Anschließend schob sie einen harten Metallhelm auf meinen Kopf.

»Ich ziehe jetzt diese Schrauben hier an. Sie werden sich eventuell ein wenig beengt fühlen.« Sie legte ein paar Gurte über meine Schultern, meine Arme und meinen Bauch, zog sie fest. »So, nun wird sich der Tisch in Bewegung setzen.«

»Tisch?« fragte ich schwach, während ich bereits in den Tunnel glitt. Wenige Augenblicke später lag ich im Inneren einer Metallkammer und hörte das Summen, von dem sie gesprochen hatte. Ich schluckte trocken. Es war nicht völlig dunkel, über meinem Kopf konnte ich farbige Linien kreisen sehen. Dort draußen, nur ein paar Schritte von mir entfernt, befand sich ein hell erleuchteter Raum mit einer kompetenten Frau, die sicherstellte, dass alles so war, wie es sein sollte. Dahinter lag ein weiterer Raum mit einem Computer, der Bilder von meinem Gehirn machte. Ein Stockwerk höher waren mehrere Krankenstationen mit Patienten, Ärzten, Schwestern, Pflegern, Reinigungskräften, Besuchern. Menschen, die mit Klemmbrettern bewaffnet Rollbetten durch die Gänge schoben. Draußen wehte der Ostwind, und vielleicht schneite es auch. Ich lag hier unten in einer summenden Metallröhre.

Mir ging durch den Kopf, dass manche Menschen, wenn sie dasselbe durchgemacht hätten wie ich, bestimmt ein Problem damit hätten, auf diese Weise eingesperrt zu sein. Ich schloss die Augen. Ich konnte meine eigenen Bilder heraufbeschwören. Konnte an den blauen Himmel denken, den ich heute Morgen gesehen hatte, dieses leuchtende Blau, das sich von Horizont zu Horizont erstreckt und so wundervoll geglitzert hatte. Ich konnte mir vorstellen, wie der Schnee sanft aus dem grauen, tief hängenden Himmel fiel und auf Häusern, Autos und kahlen Bäumen liegen blieb. In der Dunkelheit schien sich das summende Geräusch irgendwie zu verändern. Es glich plötzlich mehr einem Pfeifen. Und ich hörte Schritte. Schritte, die sich näherten. Schritte in der Dunkelheit. Ich öffnete den Mund, um zu schreien, brachte aber außer einem erstickten Wimmern nichts heraus.

Was passierte mit mir? Ich versuchte es noch einmal, aber irgendetwas verstopfte mir den Mund. Ich konnte nicht richtig atmen, jedenfalls nicht durch den Mund. Keuchend rang ich nach Luft. Ich würde hier ersticken. Meine Brust schmerzte. Ich konnte noch immer nicht richtig atmen. In kleinen, unregelmäßigen Mengen sog ich die Luft ein, jedoch ohne Erleichterung zu verspüren. Die Schritte kamen näher. Ich war gefangen und musste ertrinken. In Luft ertrinken. In meinem Kopf begann es laut zu tosen. Ich öffnete die Augen, um mich herum war es noch immer dunkel, doch als ich die Augen wieder schloss, sah ich Rot. Meine Augen glühten in ihren Höhlen. Dann ging plötzlich ein Riss durch das Tosen, als wäre mein Kopf zerplatzt, um das ganze Entsetzen herauszulassen.

Endlich konnte ich schreien. Die Röhre füllte sich mit dem Klang meines Heulens. Meine Ohren dröhnten, und mein Hals wurde rau, aber ich konnte nicht aufhören zu schreien. Ich versuchte, die Schreie in Worte zu verwandeln und »Hilfe!« oder »Bitte!« zu rufen, aber die Laute brachen sich, schlugen Blasen und flossen ineinander. Alles zitterte und bebte, dann blendete mich plötzlich grelles Licht, und ich spürte Hände auf mir. Hände, die mich festhielten, mich nicht loslassen wollten. Ich schrie. Heulte. Die Schreie strömten geradezu aus mir heraus. Ich konnte in dem grellen Licht nichts sehen. Alles tat mir weh. Alles um mich herum schien mich mit seinem ganzen Gewicht erdrücken zu wollen. Neue Geräusche kamen hinzu, irgendwo waren Stimmen zu hören, jemand rief meinen Namen. Aus dem blendenden Licht starrten mich Augen an, beobachteten mich, aber ich konnte mich nirgends verstecken, weil ich mich nicht bewegen konnte. Finger berührten mich. Kaltes Metall streifte meine Haut. Meinen Arm. Etwas Nasses. Dann etwas Spitzes. Etwas, das sich in meine Haut bohrte.

Plötzlich war alles ruhig, und ich hatte das Gefühl, als würden sich das schmerzende Licht und die schrecklichen Geräusche langsam von mir entfernen, immer schwächer werden. Alles wurde schwächer, entfernte sich und verwandelte sich in Grau, als würde die Nacht hereinbrechen. Gerade, als ich mir nichts sehnlicher wünschte als Tageslicht. Und Schnee.

Als ich aufwachte, wusste ich nicht, wie viele Tage und Nächte seitdem vergangen waren. Die Welt war in Schwarz und Weiß gehüllt, aber mir war klar, dass es nicht an der Welt lag, sondern an mir. Mir schien, als läge ein grauer Filter vor meinen Augen, der allem die Farbe nahm. Meine Zunge fühlte sich trocken und pelzig an. Ich war nervös und gereizt. Am liebsten hätte ich mich am ganzen Körper gekratzt oder aber jemand anderen gekratzt. Ich verspürte den dringenden Wunsch aufzustehen und etwas zu unternehmen, wusste aber nicht, was.

Mein Frühstück schmeckte nach Pappe. Jedes Geräusch ließ mich zusammenzucken.

Ich lag im Bett, hing eine Weile düsteren Gedanken nach und begann Pläne zu schmieden mit der Absicht aufzustehen und mir jemanden zu suchen, der hier etwas zu sagen hatte, um dem oder der Betreffenden mitzuteilen, dass es für mich an der Zeit war, nach Hause zu gehen. Anschließend würde ich Detective Inspector Cross aufsuchen und ihm nahelegen, allmählich mit seinen Ermittlungen in die Gänge zu kommen. Mitten in diesen Überlegungen betrat eine Frau den Raum. Sie trug weder eine Schwesterntracht noch einen weißen Kittel, sondern eine graue Hose aus einem schimmernden Stoff und einen honigfarbenen Pulli dazu. Ich schätzte sie auf gute fünfzig. Sie hatte rotes Haar, blasse, sommersprossige Haut und eine randlose Brille auf der Nase.

»Ich bin Dr. Beddoes«, stellte sie sich lächelnd vor. »Irene Beddoes«, fügte sie nach einer kurzen Pause hinzu. »Ich war bereits gestern Nachmittag hier. Erinnern Sie sich an unser Gespräch?«

»Nein.«

»Sie sind immer wieder eingeschlafen. Ich habe mir schon gedacht, dass Sie nicht viel mitbekommen haben.«

Obwohl ich so lange geschlafen hatte, fühlte ich mich immer noch müde. Müde und grau.

»Ich hatte bereits Besuch von einem Neurologen«, antwortete ich. »Er hat mein Gedächtnis getestet. Außerdem bin ich in eine Maschine gesteckt worden. Man hat meinen Körper nach Verletzungen abgesucht und mich ein bisschen aufgepäppelt. Darf ich fragen, warum Sie hier sind?«

Ihr besorgtes Lächeln verlor nur eine Spur von seiner Herzlichkeit.

»Wir dachten, Sie möchten vielleicht mit jemandem reden.«

»Ich habe schon mit jemandem von der Polizei gesprochen.«

»Ich weiß.«

»Sind Sie Psychiaterin?«

»Unter anderem.« Sie deutete auf den Stuhl. »Haben Sie etwas dagegen, wenn ich mich setze?«

»Nein, natürlich nicht.«

Sie zog ihn zum Bett herüber und ließ sich darauf nieder. Sie trug ein angenehmes, dezentes Parfum, das mich an Frühlingsblumen erinnerte.

»Ich habe mit Jack Cross gesprochen«, erklärte sie. »Er hat mir Ihre Geschichte erzählt. Sie haben wirklich Schreckliches durchgemacht.«

»Ich bin einfach nur froh, dass ich davongekommen bin«, entgegnete ich. »Ich möchte nicht, dass Sie mich als Opfer sehen. Ich glaube, ich schlage mich recht wacker. Ein paar Tage lang war ich tot. Das mag albern klingen, aber es stimmt. Obwohl ich nicht unter der Erde lag, sondern noch atmen und essen konnte, wusste ich, dass ich tot war. Ich gehörte nicht mehr in die Welt der anderen. Wie soll man diese Welt nennen? Das Land der Lebenden? Wo sich die Menschen über Sex und Geld und unbezahlte Rechnungen Sorgen machen. Dass ich entkommen konnte, war hauptsächlich Glück, aber nun lebe ich wieder und betrachte jeden Tag als Geschenk, von dem ich nicht mehr geglaubt habe, dass es mir noch vergönnt sein würde.«

»Ja«, sagte Dr. Beddoes, wirkte aber nach wie vor besorgt.

»Hinzu kommt, dass ich nicht krank bin. Ich weiß, dass ich ein paar Blessuren davongetragen habe. Ich weiß auch, dass mit meinem Gedächtnis etwas nicht in Ordnung ist, weil mir jemand einen Schlag auf den Schädel verpasst hat, aber alles in allem fühle ich mich recht gut. Ein bisschen neben der Spur vielleicht. Ich muss allerdings zugeben, dass ich es mir ganz anders vorgestellt habe.«

»Was? Was haben Sie sich anders vorgestellt?«

»Meine Rückkehr in die Freiheit. Ich liege hier in diesem Bett, trage ein altes kratziges Nachthemd, das mir nicht gehört, bekomme schreckliches Essen vorgesetzt und werde ständig von Leuten besucht, die sich mit besorgter Miene an mein Bett setzen und mit sanfter Stimme auf mich einreden, als müssten sie mich davon abhalten, von einem Fensterbrett in die Tiefe zu springen. Dabei habe ich eigentlich nur den Wunsch, in meine Wohnung zurückzukehren und mein Leben weiterzuleben. Meine Freunde zu sehen. Wieder in einen Pub zu gehen oder in ein Café, in meinen eigenen Klamotten eine ganz normale Straße entlangzuschlendern, tanzen zu gehen. Am Sonntagvormittag im Bett zu liegen, während die Sonne durch das Fenster hereinfällt, zu essen, was und wann ich möchte, nachts unten am Fluß spazierenzugehen… Aber dieser Mann ist noch dort draußen, in der Welt, in der ich wieder leben möchte. Falls es Sie wirklich interessiert – das ist es, was mir nicht aus dem Kopf geht. Der Gedanke, dass er immer noch dort draußen herumläuft.«

Einen Moment lang schwiegen wir beide. Mein Ausbruch war mir ein wenig peinlich, doch sie wirkte nicht allzu geschockt.

»Ihre Wohnung«, sagte sie. »Wo ist die?«

»Es ist nicht wirklich meine«, antwortete ich. »Eigentlich gehört sie meinem… dem Typen, mit dem ich zusammenlebe. Terry.«

»Hat er Sie schon besucht?«

»Er ist nicht da. Ich habe versucht, ihn anzurufen, aber er ist wohl beruflich unterwegs – er reist viel.«

»Haben Sie schon mit jemand anderem gesprochen? Familienmitgliedern oder Freunden?«

»Nein. Ich möchte erst mal hier raus, dann werde ich mich mit ihnen in Verbindung setzen.« Sie sah mich erstaunt an, so dass ich das Gefühl hatte, eine Erklärung abgeben zu müssen. »Ich schiebe es wohl noch ein bisschen vor mir her, allen meine Geschichte erzählen zu müssen«, gab ich zu. »Ich weiß nicht, wo ich da anfangen soll. Ich weiß auch nicht, wie ich sie erzählen soll, denn sie ist ja noch nicht zu Ende. Ich hätte gern ein richtiges Ende, bevor ich mit dem Erzählen anfange, wenn Sie verstehen, was ich meine.«

»Sie wollen, dass er vorher gefasst wird?«

»Ja.«

»Aber vielleicht könnten Sie in der Zwischenzeit mit mir darüber reden?«

»Vielleicht«, antwortete ich vorsichtig. »Mein größter Wunsch wäre allerdings, endlich hier rauszukommen. Das ist das Einzige, was mir am Herzen liegt. Dieses Krankenhaus kommt mir wie eine Zwischenstation auf meinem Weg aus dem Gefängnis in die Freiheit vor. Ich fühle mich hier wie in einem Niemandsland.«

Dr. Beddoes betrachtete mich einen Moment. »Ihnen ist etwas Schreckliches zugestoßen, Abbie. Sie werden in diesem Krankenhaus von mindestens fünf verschiedenen Kapazitäten betreut, von der Polizei ganz zu schweigen. Es ist ein beträchtliches logistisches Problem, all diese Leute dazu zu bringen, miteinander zu kommunizieren. Aber soweit ich es beurteilen kann, ist man sich darüber einig, dass Sie noch ein paar Tage bleiben sollten. Zum einen weiß ich, dass die Neurologen Sie noch eine Weile zur Beobachtung hierbehalten wollen, nur sicherheitshalber. Und bei der Polizei ist man offensichtlich sehr beunruhigt. Der Mann, mit dem Sie zu tun hatten, scheint ausgesprochen gefährlich zu sein, und aus diesem Grund sähen es die Beamten lieber, wenn Sie in einer sicheren Umgebung bleiben würden, bis gewisse Entscheidungen gefallen sind.«

»Glauben sie, ich bin noch in Gefahr?«

»Ich kann nicht für die Polizei sprechen, aber ich denke, diese Frage ist extrem schwierig zu beantworten. Genau das ist ein Teil des Problems. Auf jeden Fall würde ich die nächsten paar Tage gern nutzen, um mit Ihnen zu sprechen. Selbstverständlich liegt die Entscheidung bei Ihnen, aber ich glaube, es könnte Ihnen helfen. Und nicht nur das. Es ist durchaus denkbar, dass wir im Verlauf unserer Gespräche auf Details stoßen werden, die für die Polizei von Nutzen sein können. Natürlich wäre das nur ein positiver Nebeneffekt. Sie haben vorhin davon gesprochen, dass Sie einzig und allein den Wunsch haben, Ihr normales Leben wieder aufzunehmen.« Sie legte eine überraschende, sehr lange Pause ein, die mich irritierte. »Ich weiß nicht, wie ich es ausdrücken soll«, fuhr sie schließlich fort. »Die Rückkehr in Ihr altes Leben wird Ihnen unter Umständen nicht so leicht fallen, wie Sie jetzt vielleicht glauben. Es könnte sein, dass von einer Erfahrung wie dieser etwas zurückbleibt.«

»Sie meinen, ich bin verseucht?«

»Verseucht?« Für einen Moment schien es, als könnte sie die Verseuchung riechen oder würde zumindest versuchen, sie zu erschnüffeln. »Nein. Aber Sie führten ein normales Leben, aus dem Sie plötzlich herausgerissen und in eine schreckliche Situation versetzt wurden. Nun müssen Sie zur Normalität zurückkehren. Sie müssen entscheiden, wie Sie mit dem, was Ihnen zugestoßen ist, umgehen wollen. Wir alle müssen Wege finden, mit Dingen umzugehen, die uns widerfahren sind. Meiner Meinung nach könnten Sie das besser, wenn Sie mit mir über Ihre Erlebnisse reden würden.«

Ich wandte den Blick von ihr ab und sah wieder das Grau der Welt. Als ich erneut zu sprechen begann, waren meine Worte eher an mich selbst gerichtet als an sie.

»Ich weiß nicht, wie ich auf vernünftige Weise mit der Tatsache umgehen soll, dass mich jemand entführt hat und umbringen wollte. Das ist das Erste. Mein zweites Problem ist, dass mein Leben bereits vor dieser Sache nicht wirklich glatt lief. Aber ich will es versuchen.«

»Wir treffen uns einfach zu einem zwanglosen Gespräch«, schlug sie vor. »Sie müssen dabei nicht auf einer Couch liegen. Wenn Sie wollen, können wir uns auch in einer angenehmeren Umgebung unterhalten.«

»Das wäre großartig.«

»Vielleicht finde ich sogar einen Ort, wo es einen anständigen Kaffee gibt.«

»Das wäre die allerbeste Therapie.«

Lächelnd stand sie auf und schüttelte mir die Hand, bevor sie ging. Als Dr. Beddoes gekommen war, hätte ich ihr am liebsten den Rücken zugedreht und die Augen geschlossen. Nun, nachdem sie sich verabschiedet hatte, wurde mir zu meiner eigenen Überraschung klar, dass ich sie bereits vermisste.

»Sadie?«

»Abbie!« Ihre Stimme klang herzlich und klar. Ein Gefühl der Erleichterung durchflutete mich. »Von wo aus rufst du an?«, fragte sie mich. »Bist du immer noch im Urlaub?«

»Im Urlaub? Nein. Nein, Sadie, ich bin im Krankenhaus.«

»O mein Gott! Was fehlt dir denn?«

»Könntest du eventuell vorbeikommen? Ich kann am Telefon nicht darüber reden.«

»Woher weiß ich, dass er mich nicht vergewaltigt hat?«

Jack Cross saß auf dem Stuhl neben meinem Bett und zupfte am Knoten seiner Krawatte herum. Auf meine Frage nickte er zunächst nur, dann erwiderte er: »Wir können das natürlich nicht mit Sicherheit ausschließen, aber es gibt keine Hinweise in diese Richtung.«

»Woher wollen Sie das wissen?«

»Nach Ihrer Einlieferung ins Krankenhaus hat man Sie, nun ja, genau untersucht, und so weiter und so weiter.«

»Und?«

»Und man hat nichts gefunden, was auf einen sexuellen Missbrauch hingedeutet hätte.«

»Das ist ja schon mal etwas.« Ich fühlte mich seltsam leer. »Was ist dann passiert?«

»Wir versuchen uns gerade ein Bild davon zu machen«, antwortete er vorsichtig.

»Aber ...«

»Eine der Personen, mit denen wir natürlich gerne sprechen würden, ist Ihr Freund, Terence Wilmott.«

»Und?«

»Wie würden Sie Ihre Beziehung zu Ihrem Freund beschreiben?«

»Warum um alles in der Welt wollen Sie das wissen? Was hat Terry mit der ganzen Sache zu tun?«

»Wie gesagt, wir versuchen gerade, uns ein Bild zu machen.«

»Nun ja, unsere Beziehung ist ganz in Ordnung«, erklärte ich abwehrend. »Natürlich haben wir unsere Höhen und Tiefen.«

»Welche Art von Tiefen?«

»Es war nicht Terry, falls Sie das denken.«

»Was?«

»Er hat mich nicht entführt. Mir ist klar, dass der Mann seine Stimme verstellt hat und ich sein Gesicht nie zu sehen bekommen habe, aber es war nicht Terry. Ich weiß, wie Terry riecht. Ich kenne ihn in- und auswendig. Wo auch immer er gerade sein mag, er wird bald zurückkommen. Dann können Sie mit ihm reden.«

»Im Ausland ist er jedenfalls nicht.«

»Ach?« Ich warf ihm einen fragenden Blick zu. »Woraus schließen Sie das?«

»Sein Pass befindet sich noch in seiner Wohnung.«

»Tatsächlich? Dann treibt er sich wohl irgendwo hier in England herum.«

»Ja. Irgendwo.«

Ich stand vor dem Spiegel und sah mich einer Fremden gegenüber. Diese Person war nicht mehr ich. Ich war eine andere geworden. Eine dünne Frau mit verfilztem Haar und Blutergüssen im Gesicht. Ein Wesen mit kalkgrauer Haut, scharf hervorstehenden Knochen und glasigen, angsterfüllten Augen. Ich sah aus wie eine Tote.

Ich traf mich mit Dr. Beddoes im Garten des Krankenhauses. Trotz der Kälte hatte ich das starke Bedürfnis, draußen an der frischen Luft zu sein. Die Krankenschwestern hatten einen überdimensionalen erdbeerroten Steppmantel für mich aufgetrieben. Der Garten war ganz offensichtlich darauf ausgelegt, nervenkranke Patienten zu beruhigen. Es war zu schattig für Gras, aber es gab Pflanzen mit riesigen dunkelgrünen Wedeln. Das Zentrum der Anlage bildete ein Brunnen, ein großer Bronzetrog, bei dem das Wasser stets überlief und an der Außenseite hinunterrann. Da Dr. Beddoes noch nicht da war, schlenderte ich hinüber und sah ihn mir genauer an. Auf den ersten Blick sah das Ganze aus wie eine richtige Wasserverschwendungsanlage, aber dann entdeckte ich auf dem Grund des Gefäßes eine Öffnung und folgerte daraus, dass das überlaufende Wasser abfließen und wieder hochgepumpt werden konnte. Ein endloser Kreislauf.

Irene Beddoes erschien mit zwei Tassen Kaffee und in Zellophan verpackten Keksen. Wir ließen uns auf einer leicht feuchten Holzbank nieder. Sie deutete auf den wasserüberfluteten Brunnentrog.

»Das Ding ist angeschafft worden, weil ich der Meinung war, es würde entspannend wirken, wie in einem japanischen Zen-Garten«, erklärte sie. »Inzwischen finde ich es eher ein wenig gruselig.«

»Warum?«

»Gab es in der antiken Hölle nicht jemanden, der dazu verdammt war, bis in alle Ewigkeit zu versuchen, einen riesigen Tontopf mit Wasser zu füllen – einen Tontopf, der ein Loch hatte?«

»Das wusste ich nicht.«

»Ich hätte es Ihnen nicht erzählen sollen. Nun habe ich Ihnen womöglich die Freude daran verdorben.«

»Mir gefällt der Brunnen. Das Plätschern des Wassers ist angenehm. Für mich ist es ein fröhliches Geräusch.«

»So war es gedacht«, meinte sie.

Es war ein wundervolles, wenn auch etwas seltsames Gefühl, an diesem sonnigen Wintertag draußen zu sitzen. Ich nippte nur hin und wieder an meinem Kaffee. Ich musste aufpassen. Meine Nerven waren bereits angeschlagen. Zu viel Koffein würde mir vermutlich den Rest geben.

»Wie geht es Ihnen?«, fragte sie. Das schien mir ein ziemlich ungeschickter Einstieg zu sein.

»Wissen Sie, was mich an diesem Krankenhausleben nervt? Obwohl alle nett zu mir sind und ich sogar ein Einzelzimmer mit Fernseher habe, stört es mich, dass die Leute nicht anklopfen müssen, bevor sie eintreten. Menschen, die ich noch nie gesehen habe, stürmen herein und putzen den Raum oder bringen mir etwas zu essen. Die Netten unter ihnen nicken mir wenigstens noch zu, die anderen erledigen einfach ihre Arbeit.«

»Macht Ihnen das Angst?«

»Ja, natürlich. Ich meine, mir machen zur Zeit viele Dinge Angst – es macht mir Angst, darüber nachzudenken, wie es war. Das alles in Gedanken wieder und wieder zu durchleben, als hätte es nie aufgehört. Das Ganze schlägt dann irgendwie über mir zusammen, als befände ich mich unter Wasser. Als müsste ich ertrinken. Die meiste Zeit versuche ich, nicht daran zu denken. Ich versuche, es von mir wegzuschieben. Vielleicht sollte ich das nicht tun. Glauben Sie, es wäre gesünder, sich damit auseinanderzusetzen?« Ich ließ ihr keine Zeit für eine Antwort. »Das andere, was mir Angst macht, ist die Tatsache, dass der Täter noch nicht gefasst ist. Vielleicht wartet er bloß darauf, dass ich mich hier herauswage und er mich wieder schnappen kann. Wenn ich daran denke, bekomme ich sofort Atemprobleme. Alles in meinem Körper scheint vor Angst zu erstarren. Ja. Ja, ich habe Angst. Allerdings nicht immer. Manchmal fühle ich mich auch wie ein richtiger Glückspilz und freue mich, noch am Leben zu sein. Trotzdem wünschte ich, sie würden ihn endlich erwischen. Ich glaube nicht, dass ich mich jemals wieder sicher fühlen werde, bis das nicht der Fall ist.«

In Irene Beddoes Gegenwart hatte ich zum ersten Mal das Gefühl, über das sprechen zu können, was in jenem Raum mit mir passiert war und was ich dabei empfunden hatte. Sie war keine enge Freundin von mir. Ihr konnte ich von meinem Gefühl erzählen, mich selbst zu verlieren und Schritt für Schritt zu einem Tier degradiert zu werden oder zu einem Gegenstand. Ich erzählte ihr von seinem Lachen, seinem Flüstern, dem Kübel. Ich erzählte ihr, dass ich mit nassgepinkelter Hose aufgewacht war. Ich erzählte ihr auch, dass ich alles getan, alles über mich ergehen lassen hätte, um am Leben zu bleiben. Sie hörte schweigend zu, während ich redete und redete, bis meine Stimme müde wurde. Irgendwann hielt ich inne und lehnte mich zu ihr hinüber.

»Glauben Sie, Sie können mir helfen, mich an meine verlorenen Tage zu erinnern?«

»Mir geht es in erster Linie um das, was in Ihrem Kopf vor sich geht, was Sie durchmachen mussten und immer noch durchmachen. Wenn bei meiner Arbeit etwas herauskommt, das die polizeilichen Ermittlungen weiterbringt, dann ist das ein positiver Nebeneffekt. Die Beamten von der Polizei tun alles, was in ihrer Macht steht, Abbie.«

»Ich glaube nicht, dass ich ihnen viele Anhaltspunkte geben konnte.«

»Ihre Aufgabe ist es, wieder ganz gesund zu werden.«

Ich lehnte mich zurück und ließ den Blick die Fassade des Krankenhauses hinaufwandern. Aus dem ersten Stock blickte ein kleiner Junge mit hoher Stirn und ernstem Gesicht auf uns herunter. Von draußen drang Verkehrslärm zu uns herein, Motorengebrumm und Hupen.

»Wissen Sie, was einer meiner schlimmsten Alpträume ist?«, fragte ich sie.

»Was?«

»Ich habe zur Zeit viele Alpträume. Beispielsweise, wieder in jenem Raum zu sein. Es ist allerdings auch unerträglich für mich, hier in dieser Zwischenwelt zu leben, wo ich mir wie in einer Falle vorkomme. Manchmal aber habe ich die größte Angst davor, dass nach meiner Entlassung aus dem Krankenhaus – meiner Rückkehr in mein altes Leben – alles wieder seinen normalen Gang gehen und der Mann niemals gefasst werden wird. Dass die einzige bleibende Spur von ihm die Erinnerungsfetzen in meinem Kopf sein werden, die wie Würmer umherkriechen und mich von innen auffressen werden.«

Irene musterte mich aufmerksam.

»Haben Sie Ihr altes Leben nicht gemocht?«, fragte sie mich. »Ist Ihnen der Gedanke, in dieses Leben zurückzukehren, unangenehm?«

»So habe ich das nicht gemeint«, entgegnete ich. »Ich kann nur die Vorstellung nicht ertragen, dass bei der ganzen Sache unter Umständen nichts herauskommt. Und dass mich das den Rest meines Lebens verfolgen wird. Wie bei den Menschen, die an dieser besonderen Form von Taubheit leiden, Sie wissen schon, eigentlich ist es gar keine Taubheit. Das Problem ist nicht die Stille, sondern ein Geräusch, das die Leute in den Ohren haben, das stets vorhanden ist, bis es sie irgendwann in den Wahnsinn treibt, so dass manche sich sogar umbringen, nur um dieses Geräusch nicht mehr hören zu müssen.«

»Würden Sie mir ein wenig über sich erzählen, Abbie? Über Ihr Leben vor dieser ganzen Sache?«

Ich trank einen Schluck Kaffee. Erst war er zu heiß gewesen, nun war er zu kalt. »Wo soll ich anfangen? Ich bin fünfundzwanzig. Ähm …« Ich hielt inne, wusste nicht, wie ich fortfahren sollte.

»Wo arbeiten Sie?«

»Seit gut zwei Jahren schufte ich wie eine Irre für eine Firma, die Büros ausstattet.«

»Was genau machen Sie da?«

»Wenn ein Unternehmen ein neues Büro einrichtet, machen wir so viel oder so wenig, wie die Auftraggeber wollen. Manchmal kümmern wir uns nur um die richtige Tapete, manchmal um die gesamte Ausstattung, von den Stiften bis hin zum Computersystem.«

»Macht Ihnen das Spaß?«

»Eigentlich schon. Allerdings kann ich mir nicht vorstellen, auch in zehn Jahren noch dasselbe zu machen – wenn ich genauer darüber nachdenke, glaube ich nicht einmal, dass ich in einem Jahr noch dabei sein werde. Ich bin in diesen Job irgendwie hineingestolpert und habe festgestellt, dass ich recht erfolgreich bin. Manchmal sitzen wir bloß herum und drehen Däumchen, aber wenn wir Termindruck haben, arbeiten wir oft bis zum Morgengrauen. Das ist es, wofür uns die Leute bezahlen.«

»Und Sie haben einen Freund?«

»Ja. Ich habe Terry durch meine Arbeit kennengelernt. So lernen sich die meisten Paare kennen, nicht wahr? Ich wüsste nicht, wo ich sonst jemanden kennenlernen sollte. Er ist Informatiker, und ich bin vor etwa einem Jahr bei ihm eingezogen.«

Sie saß schweigend da und schien darauf zu warten, dass ich weitersprach, also tat ich ihr den Gefallen, zum einen, weil ich grundsätzlich zu viel rede, besonders, wenn sonst niemand spricht – und zum anderen, weil mir danach zumute war. Ich wollte endlich über ein paar Dinge reden, die ich nie zuvor in Worte gefasst hatte.

»Ehrlich gesagt waren die letzten paar Wochen nicht gerade berauschend. In vieler Hinsicht waren sie sogar ziemlich übel. Ich habe zu viel gearbeitet, er auch – und wenn er zu viel arbeitet, dann trinkt er auch zu viel. Ich glaube nicht, dass er Alkoholiker ist, er trinkt einfach, um sich zu entspannen. Allerdings entspannt er sich nicht wirklich, jedenfalls nicht lange. Irgendwann wird er entweder weinerlich oder wütend.«

»Wütend worüber?«

»Schwer zu sagen. Alles. Das Leben. Mich. Er wird wütend auf mich, weil ich gerade da bin, glaube ich. Dann wird er, nun ja, er…« Ich hielt abrupt inne. Es fiel mir schwer weiterzusprechen.

»Er wird gewalttätig?«, fragte Irene Beddoes.

Ich hatte das Gefühl, einen Hang hinunterzurutschen, an dessen Fuß Dinge auf mich warteten, von denen ich noch nie jemandem richtig erzählt hatte.

»Manchmal«, murmelte ich.

»Schlägt er Sie?«

»Ihm ist ein paarmal die Hand ausgerutscht, ja. Ich habe mich immer für die Sorte Frau gehalten, die sich bloß ein einziges Mal von einem Mann schlagen lässt. Hätten Sie mich vor ein paar Monaten gefragt, dann hätte ich Ihnen geantwortet, dass ich mich sofort umdrehen und gehen würde, wenn ein Mann auf die Idee käme, mich zu schlagen. Aber das habe ich nicht getan. Ich weiß selbst nicht, warum. Es tat ihm immer gleich so schrecklich Leid, und ich hatte wohl Mitleid mit ihm. Klingt das sehr dumm? Ich hatte das Gefühl, dass er da etwas tat, was ihn selbst mehr verletzte als mich. Wenn ich jetzt darüber spreche – ich habe im Grunde noch nie wirklich darüber gesprochen –, dann kommt es mir vor, als würde ich von einer anderen erzählen, nicht von mir selbst. Ich bin normalerweise nicht die Sorte Frau, die bei einem Mann bleibt, der sie schlecht behandelt. Ich bin – na ja, eher die Sorte Frau, die aus einem Keller entkommen ist und jetzt ihr Leben weiterleben möchte.«

»Sie haben da ein richtiges Heldenstück geliefert«, meinte sie, und es klang herzlich.

»So sehe ich das nicht. Wirklich nicht. Ich habe lediglich getan, was ich konnte.«

»Das war offensichtlich ziemlich viel. Ich habe mich recht eingehend mit diesem Psychopathen beschäftigt…«

»Das haben Sie mir noch gar nicht gesagt«, unterbrach ich sie. »Sie sagten doch, Sie wären Psychiaterin und würden sich für diese ganze Seite des Falls nicht interessieren.«

»Sie haben in dieser Situation zunächst erstaunlich starke Nerven bewiesen, sich ausschließlich aufs Überleben konzentriert. Zudem ist Ihnen diese bemerkenswerte Flucht gelungen. Dafür gibt es kaum einen Präzedenzfall.«

»Sie kennen nur meine Version. Vielleicht habe ich auch übertrieben, um noch heldenhafter dazustehen.«

»Ich wüsste nicht, was es da zu übertreiben gäbe«, widersprach sie. »Schließlich sind Sie hier. Sie sind am Leben.«

»Das stimmt«, pflichtete ich ihr bei. »Jedenfalls wissen Sie jetzt alles über mich.«

»Das würde ich nicht sagen. Vielleicht können wir uns die nächsten ein, zwei Tage noch ein paarmal zusammensetzen.«

»Das wäre schön«, antwortete ich.

»Ich hole uns gleich etwas zu essen. Sie müssen am Verhungern sein. Doch vorher möchte ich Sie noch um einen Gefallen bitten.«

»Um welchen?«

Sie antwortete nicht gleich. Stattdessen begann sie in ihrer Umhängetasche zu kramen. Während ich ihr dabei zusah, schoss mir durch den Kopf, dass sie genau die Art Mutter war, die ich mir selbst ausgesucht hätte: warmherzig, wo meine Mutter kühl war, ruhig und selbstsicher, wo meine Mutter zur Hysterie neigte, intelligent, wo meine Mutter, nun ja, nicht gerade Einstein war – alles in allem eine interessante Frau.

Schließlich zog sie eine Aktenmappe aus ihrer Tasche, legte sie auf den Tisch und nahm ein Blatt heraus, ein Formular, das sie vor mich hinlegte.

»Was ist das?«, fragte ich. »Wollen Sie mir eine Versicherung aufschwatzen?«

Sie blieb ernst. »Ich möchte Ihnen helfen«, antwortete sie.

»Und um Ihren Fall richtig beurteilen zu können, würde ich mir gern ein möglichst vollständiges Bild von Ihnen machen. Ich würde mir gern Einblick in Ihre sämtlichen bisherigen Krankenakten verschaffen, und dafür brauche ich Ihr Einverständnis. Sie müssten hier unterschreiben.«

»Ist das Ihr Ernst?«, fragte ich. »Meine Krankenakten? Das sind doch nur Stapel von Aufzeichnungen über Impfungen vor irgendwelchen Urlauben und Antibiotika, wenn ich die Grippe hatte.«

»Es könnte trotzdem hilfreich sein«, entgegnete sie und reichte mir einen Stift.

Achselzuckend unterschrieb ich.

»Na, dann viel Spaß, ich beneide Sie nicht. Und jetzt, was tun wir jetzt?«

»Ich fände es schön, wenn wir uns noch etwas unterhalten würden«, antwortete sie. »Beziehungsweise, wenn Sie weiter erzählen würden. Fangen Sie doch einfach an, mal sehen, wo uns das hinführt. Aber vorher hole ich uns was zu essen.«

Nachdem sie mit Sandwiches, Salat, Mineralwasser, Tee und Keksen zurückgekehrt war, tat ich wie mir geheißen. Ich ließ meinen Worten freien Lauf. Und während ich erzählte, wanderte die Sonne über den Himmel. Manchmal, wenn ich an die bleierne Müdigkeit dachte, die während des ganzen letzten Jahres mein Leben geprägt hatte, weinte ich auch ein bisschen, doch meist redete ich, hörte gar nicht mehr auf zu erzählen, bis ich völlig erschöpft war, es im Garten bereits dunkel und kalt zu werden begann und Irene mich durch hallende Korridore zurück zu meinem Zimmer führte.

Auf meinem Bett lag ein großer Strauß Narzissen, daneben ein alter Briefumschlag mit einer Nachricht für mich: »Schade, dass du nicht da warst. Ich habe gewartet, solange es ging. Ich komme wieder, sobald ich Zeit habe. Alles Liebe, ich denke an dich, Sadie.«

Ich musste mich aufs Bett setzen, weil mir vor lauter Enttäuschung die Beine den Dienst versagten.

»Wie kommen Sie mit Ihren Ermittlungen voran?«

»Wir haben zu wenig Anhaltspunkte, um richtig ermitteln zu können.«

»Was ist mit den anderen Frauen?«

»Wir haben nur fünf Vornamen.«

»Sechs. Wenn man mich mitzählt.«

»Wenn Sie ...«

Cross hielt inne und senkte verlegen den Kopf.

»Wenn mir irgendetwas einfällt«, sagte ich, »werden Sie der Erste sein, der davon erfährt.«

»Dies ist Ihr Gehirn.«

»Mein Gehirn.« Ich starrte auf das Röntgenbild vor uns und berührte meine Schläfen. »Ein seltsames Gefühl, sich sein eigenes Gehirn anzusehen. Und, ist damit alles in Ordnung?«

Charlie Mulligan lächelte mich an.

»Wenn Sie mich fragen, sieht es ziemlich gut aus.«

»Vielleicht ein bisschen düster.«

»Es sieht genau so aus, wie es aussehen soll.«

»Trotzdem kann ich mich noch immer nicht erinnern. In meinem Leben klafft ein Loch.«

»Das wird vielleicht auch so bleiben.«

»Ein katastrophenförmiges Loch.«

»Oder die Erinnerung wird langsam zurückkehren und das Loch füllen.«

»Kann ich das irgendwie beeinflussen?«

»Denken Sie nicht ständig daran. Entspannen Sie sich.«

»Und das sagen ausgerechnet Sie mir.«

»Es gibt Schlimmeres, als ein paar Tage seines Lebens zu vergessen«, sagte er mit sanfter Stimme. »Wie auch immer, ich muss los.«

»Zurück zu Ihren Mäusen.«

Ich griff nach seiner ausgestreckten Hand. Sein Händedruck war warm und fest. »Ja, zurück zu meinen Mäusen. Lassen Sie es mich wissen, falls Sie etwas brauchen.«

Falls ich etwas brauche, wobei Sie mir weiterhelfen können, dachte ich, nickte aber bloß und versuchte dabei zu lächeln.

»Ich habe gelesen, dass man sich im Leben nur zwei- oder dreimal richtig verliebt.«

»Glauben Sie, das stimmt?«, fragte Irene Beddoes.

»Ich weiß nicht. Vielleicht. Was mich betrifft, so habe ich mich entweder überdurchschnittlich oft verliebt oder aber nie so richtig. Es beginnt ja in der Regel damit, dass man weder schlafen noch essen kann, sich ständig schwindelig und atemlos fühlt und nicht so recht weiß, ob man total glücklich oder total unglücklich ist. Man möchte einfach nur bei ihm sein, und der Rest der Welt kann sich zum Teufel scheren.«

»Ja.«

»Dieses Gefühl hatte ich schon oft, aber es hält meist nicht lange an. Manchmal bloß ein paar Tage oder bis man das erste Mal Sex hatte. Danach geht es zurück, und man muss sehen, was einem noch bleibt. Oftmals nicht besonders viel. Wie bei einem Feuer, von dem nur Asche übrig bleibt. Man denkt sich: Wozu eigentlich dieser ganze Wirbel? Manchmal liegt einem der betreffende Mensch weiterhin am Herzen, man mag und begehrt ihn immer noch. Aber ist das dann Liebe? Am heftigsten verliebt war ich während meiner Studienzeit. Wie sehr ich diesen Jungen vergöttert habe! Aber das war auch nicht von Dauer.«

»Hat er Sie verlassen?«

»Ja. Ich habe wochenlang geheult. Ich dachte, ich würde nie darüber hinwegkommen.«

»Und Terry? Ist die Beziehung mit ihm stärker als Ihre früheren?«

»Zumindest länger, was vielleicht auch schon etwas aussagt, auf eine gewisse Bindung hinweist. Oder auch nur auf Ausdauer.« Ich stieß ein Lachen aus, das gar nicht wie mein normales Lachen klang. »Ich meine, ich habe das Gefühl, ihn inzwischen wirklich gut zu kennen. Ich kenne ihn auf eine Weise, wie ich kaum einen anderen Menschen kenne. All die intimen kleinen Dinge, die er vor anderen Menschen verbirgt... Und je besser ich ihn kenne, desto mehr Grund hätte ich eigentlich, ihn zu verlassen, aber desto schwerer fällt es mir. Ergibt das Sinn?«

»Es klingt ein bisschen so, als hätten Sie das Gefühl, in der Falle zu sitzen.«

»Viele Menschen haben zeitweise das Gefühl, in der Falle zu sitzen, was ihre Beziehungen betrifft, meinen Sie nicht?«

»Sie haben also sowohl in der Arbeit als auch zu Hause das Gefühl, in der Falle zu sitzen?«

»Ganz so dramatisch würde ich es nicht formulieren. Ich habe allerdings zugelassen, dass sich ein bestimmter Trott in mein Leben eingeschlichen hat.«

»Aus dem Sie schon seit längerem ausbrechen wollen?«

»Man rutscht ganz langsam in so etwas hinein. Erst wenn es sich zu einer richtigen Krise ausgewachsen hat, merkt man plötzlich, wo man steht.«

»Das heißt also...?«

»Dass ich in einer Krise stecke.«

Als Irene am nächsten Tag in mein Zimmer trat... Mein Zimmer. Ich ertappte mich immer öfter bei diesem Gedanken. Als wollte ich den Rest meines Lebens dort verbringen. Als wäre ich nicht mehr in der Lage, mit der Welt draußen klarzukommen – einer Welt, in der ich wieder gezwungen wäre, Dinge für mich zu kaufen und Entscheidungen zu treffen.

Sie wirkte so ruhig wie immer. Lächelnd fragte sie mich, wie ich denn geschlafen hätte. In der richtigen Welt fragten einen die Leute auch manchmal, wie es einem gehe, wollten es aber gar nicht wirklich wissen, sondern erwarteten die Antwort »gut«. Es kam höchst selten vor, dass jemand fragte, wie man geschlafen habe, ob man auch genug esse und wie man sich fühle, und es auch tatsächlich wissen wollte. Irene Beddoes wollte es wissen. Sie sah mich mit ihren intelligenten Augen an und wartete darauf, dass ich etwas sagte. Also behauptete ich, gut geschlafen zu haben, obwohl es gar nicht stimmte. Das war ein weiterer Punkt, der mich am Krankenhaus störte. Natürlich hatte ich mein eigenes Zimmer, aber solange dieses Zimmer nicht auf einer Insel mitten im Pazifik lag, wurde man trotzdem um halb drei Uhr morgens von einer schreienden Frau geweckt. Jemand eilte herbei und kümmerte sich um sie, ich aber starrte die verbleibende Nacht in die Dunkelheit und dachte an Sterben und Tod, an den Keller und die Stimme in meinem Ohr.

»Gut, danke«, sagte ich noch einmal.

»Ihre Akte ist eingetroffen«, bemerkte sie.

»Welche Akte?«

»Die mit Ihrer Krankengeschichte. Die ich bei Ihrem Hausarzt angefordert habe.«

»Ach so«, sagte ich. »Das hatte ich schon wieder völlig vergessen. Ich nehme an, sie enthält eine Menge schlimme Dinge, die vor Gericht sämtlich gegen mich verwendet werden können.«

»Warum sagen Sie das?«

»War nur ein Scherz. Nun werden Sie gleich sagen, dass es so etwas wie ›nur ein Scherz‹ nicht gibt.«

»Sie haben mir nicht gesagt, dass Sie wegen schwerer Depressionen behandelt worden sind.«

»Wie bitte?«

Sie warf einen Blick in ihr Notizbuch.

»Im November 1995 wurde Ihnen ein Antidepressivum verschrieben.«

»Daran kann ich mich nicht erinnern.«

»Versuchen Sie es.«

Ich überlegte einen Moment. 1995. Da hatte ich studiert. Mein Zusammenbruch.

»Das muss die Zeit gewesen sein, als Jules sich von mir trennte. Ich habe Ihnen gestern davon erzählt. Ich steigerte mich damals in einen schrecklichen Zustand hinein, war fest davon überzeugt, dass mein Herz gebrochen war. Nun ja, wahrscheinlich war es das auch. Ich kam morgens nicht mehr aus dem Bett, weinte die ganze Zeit. Ich konnte gar nicht mehr aufhören zu weinen. Seltsam, wie viel Wasser man in sich hat. Schließlich hat mich eine Freundin dazu gebracht, den College-Arzt aufzusuchen. Er hat mir ein paar Pillen verschrieben, aber ich kann mich nicht mehr daran erinnern, ob ich sie überhaupt genommen habe.« Als ich mir meiner Wortwahl bewusst wurde, musste ich lachen. »Wenn ich sage, ich kann mich nicht erinnern, dann meine ich damit keinen weiteren Fall von Amnesie. Das Ganze ist bloß schon so lange her und war mir später nicht mehr wichtig.«

»Warum haben Sie die Sache gestern nicht erwähnt?«

»Mit sieben oder acht Jahren bekam ich zum Geburtstag ein Taschenmesser geschenkt. Unglaublich, aber wahr. Ungefähr acht Minuten später versuchte ich, im Garten an einem Stück Holz herumzuschnitzen und stieß mir das Messer dabei in den Finger.« Ich hielt die linke Hand hoch. »Sehen Sie, da ist immer noch eine hübsche Narbe. Es hat wie verrückt geblutet. Vielleicht bilde ich mir das bloß ein, aber jedes Mal, wenn ich die Narbe ansehe, spüre ich, wie es sich anfühlte, als ich mit dem Messer abrutschte und die Klinge in meinen Finger glitt. Das habe ich gestern auch nicht erwähnt.«

»Abbie, wir haben über Ihren psychischen Zustand gesprochen. Darüber, wie Sie auf Stress reagieren. Trotzdem haben Sie das nicht erwähnt.«

»Wollen Sie damit andeuten, dass ich es auf dieselbe Weise

vergessen habe wie meine Entführung durch diesen Mann? Außerdem habe ich sehr wohl darüber gesprochen. Ich habe Ihnen doch bei unserem gestrigen Gespräch davon erzählt.«

»Ja, aber Sie haben nicht erwähnt, dass Sie deswegen in ärztlicher Behandlung waren.«

»Nur weil mir das nicht relevant erschien. Ich hatte an der Uni eine Affäre mit einem Jungen, und als die Sache schief ging, wurde ich depressiv. Gut, vielleicht haben Sie Recht, vielleicht ist es tatsächlich relevant. Ich nehme an, in gewisser Hinsicht ist alles relevant. Vielleicht habe ich das nicht erwähnt, weil es so traurig war und ich mich so allein gelassen fühlte.«

»Allein gelassen?«

»Ja. Natürlich. Schließlich war ich verliebt und er nicht.«

»Ich habe bei der Durchsicht Ihrer Akten besonders darauf geachtet, wie Sie auf andere Stresssituationen in Ihrem Leben reagiert haben.«

»Wenn Sie meine Entführung durch einen Psychopathen, der vorhatte, mich zu töten, mit den Phasen meines Lebens vergleichen wollen, in denen ich mich von einem Freund trennte oder unter einem Ekzem litt, das ich zwei Jahre lang nicht mehr loswurde – sind Sie schon an diesem Punkt meiner Akte angelangt? –, nun, dann kann ich dazu bloß sagen, dass sich das einfach nicht vergleichen lässt.«

»Eins haben all diese Situationen gemeinsam: dass Sie sie erlebt haben. Ich suche nach Verhaltensmustern. Dieses Ereignis zählt zu den Dingen, die Ihnen in Ihrem Leben widerfahren sind, und wie alles, was Ihnen widerfährt, wird es Sie auf irgendeine Art und Weise geprägt haben. Ich hoffe, ich kann helfen, dafür zu sorgen, dass es keine schlimmen Auswirkungen auf Sie haben wird.«

»Aber es passieren nun mal Dinge im Leben, die einfach furchtbar sind, und dieses Erlebnis gehört definitiv dazu. Es wird immer ein furchtbares Erlebnis für mich bleiben, ich kann es nicht in etwas Positives umwandeln. Wichtig ist meiner Meinung nach einzig und allein, dass dieser unglaublich gefährliche Mann gefasst und eingesperrt wird, damit er nie wieder einem Menschen so etwas antun kann.« Ich blickte aus dem Fenster. Über dem Krankenhauskomplex leuchtete ein klarer blauer Himmel. Ich konnte die Kälte draußen nicht spüren, aber ich konnte sie sehen. Allein dieser Anblick bewirkte, dass mir die Luft in diesem verhassten Raum plötzlich unerträglich stickig erschien. »Noch etwas.«

»Was?«, fragte Irene.

»Ich muss hier raus. Und zwar schnell, sonst schaffe ich es nie mehr. Ich muss schleunigst wieder ein normales Leben führen. Ich schätze, ich kann nicht einfach aufstehen und diese geborgten Kleidungsstücke anziehen – obwohl, wenn ich es mir recht überlege, warum eigentlich nicht? Nein, ich werde mit Dr. Burns sprechen oder eine Nachricht bei seiner Sekretärin hinterlassen und ihn davon in Kenntnis setzen, dass ich morgen von hier verschwinde. Ich werde bei Jack Cross eine Adresse hinterlassen, unter der ich zu erreichen bin. Und wenn Sie dann immer noch Interesse daran haben, mit mir zu sprechen, dann bin ich gerne bereit, mich an einem Ort Ihrer Wahl mit Ihnen zu treffen. Aber hier kann ich nicht länger bleiben.«

Irene Beddoes reagierte wie immer mit Verständnis, als hätte sie nichts anderes von mir erwartet.

»Vielleicht haben Sie Recht«, meinte sie. »Könnten Sie uns trotzdem noch einen Gefallen tun? Wir haben ja schon darüber gesprochen, dass sich viele verschiedene Ärzte und Abteilungen um Sie kümmern. Es tut mir Leid, dass Sie oft so lange warten mussten, aber Sie können sich sicher vorstellen, wie kompliziert es ist, all diese Leute zu einem bestimmten Zeitpunkt zusammenzubringen und sie zu einer Entscheidung zu bewegen. Ich habe gerade erfahren, dass für morgen früh eine Besprechung mit allen Beteiligten angesetzt ist. Es wird dabei um die Frage gehen, wie in Ihrem Fall weiter verfahren werden soll. Ein wesentlicher Punkt wird Ihre Entlassung sein.«

»Kann ich mitkommen?«

»Wie meinen Sie das?«

»Kann ich mit zu dieser Besprechung?«

Zum ersten Mal erlebte ich Irene für einen Moment sprachlos.

»Tut mir Leid, aber das geht nicht.«

»Sie meinen, da werden Dinge zur Sprache kommen, die ich vielleicht nicht hören möchte?«

Sie setzte ihr beruhigendes Lächeln auf.

»Aber nein. Patienten nehmen an solchen Besprechungen einfach nicht teil. Das ist so geregelt.«

»Meiner Meinung nach handelt es sich hier nicht so sehr um einen medizinischen Fall, sondern um eine polizeiliche Ermittlung, an der ich sehr wohl beteiligt sein sollte.«

»Niemand will Ihnen etwas verheimlichen. Ich werde hinterher sofort zu Ihnen kommen und Bericht erstatten.«

Ich sah sie nicht an. Mein Blick wanderte erneut zum Fenster.

»Ich werde mit gepackter Tasche auf Sie warten«, erklärte ich.

An diesem Nachmittag hatte Jack Cross keine Zeit für mich, er war zu beschäftigt. Statt seiner kam ein minder wichtiger Detective namens Lavis. Er war so groß, dass er aus reiner Gewohnheit ständig den Kopf einzog, und das, obwohl mein Zimmer fast drei Meter hoch war. Er war definitiv nur ein Ersatzmann, behandelte mich aber ausgesprochen freundlich, als hätte er das Gefühl, mit mir gegen den Rest der Welt antreten zu müssen. Der Stuhl, auf dem er neben meinem Bett Platz nahm, wirkte unter ihm lächerlich klein.

»Ich habe versucht, Cross zu erreichen«, sagte ich.

»Er ist unterwegs«, antwortete Lavis.

»Ja, das hat man mir auch gesagt. Ich hatte trotzdem gehofft, er würde mich zurückrufen.«

»Er ist recht beschäftigt. Deswegen hat er mich geschickt.«

»Ich wollte ihn darüber informieren, dass ich vorhabe, das Krankenhaus zu verlassen.«

»In Ordnung«, antwortete Lavis, als hätte er gar nicht richtig mitbekommen, was ich gesagt hatte. »Ich werde es ihm ausrichten. Man hat mich geschickt, damit ich ein paar Dinge mit Ihnen bespreche.«

»Und die wären?«

»Gute Nachrichten«, verkündete er in munterem Ton. »Ihr Freund. Terry Wilmott. Wir haben uns seinetwegen langsam ein wenig Sorgen gemacht, aber er ist wieder aufgetaucht.«

»War er beruflich unterwegs oder auf Sauftour?«

»Er trinkt manchmal gern einen über den Durst, oder?«

»Hin und wieder.«

»Ich habe ihn gestern kennen gelernt. Er wirkte etwas blass, aber ansonsten recht fit.«

»Hat er gesagt, wo er war?«

»Angeblich war er krank. Er sagte, er sei in einem Cottage in Wales gewesen, das einem seiner Freunde gehört.«

»Das klingt ganz nach Terry. Hat er sonst noch etwas gesagt?«

»Er hatte nicht viel zu dem Thema zu sagen.«

»Dann hat sich das Geheimnis also gelüftet«, meinte ich. »Der Idiot. Ich werde ihn anrufen.«

»Demnach hat er sich noch nicht bei Ihnen gemeldet.«

»Bis jetzt nicht.«

Lavis schien sich unbehaglich zu fühlen. Er erinnerte mich an einen schüchternen Jugendlichen, der schon rot wurde, wenn man ihn nach der Uhrzeit fragte.

»Der Boss hat mich mit ein paar Nachforschungen beauftragt«, erklärte er. »Ich habe in Ihrer Firma vorbeigeschaut, Jay & Joiner. Nette Leute.«

»Wenn Sie das sagen.«

»Wir versuchen herauszufinden, wann genau Sie verschwunden sind.«

»Ja?«

»Ja.« Er schniefte ein wenig und blickte sich dabei um, als müsste er nach einem Fluchtweg Ausschau halten. »Wie sehen Ihre weiteren Pläne aus?«

»Wie gesagt, ich plane, morgen das Krankenhaus zu verlassen.«

»Und Ihre beruflichen Pläne?«

»Ich werde mich mit der Firma in Verbindung setzen. Bis jetzt habe ich mich noch nicht fit genug gefühlt, aber ich schätze, ich werde in der nächsten oder übernächsten Woche an meinen Schreibtisch zurückkehren.«

»Sie wollen wieder dort arbeiten?« Er klang erstaunt.

»Was sonst? Ich muss schließlich von irgendetwas leben. Aber es ist nicht nur das. Ich muss wieder in mein normales Leben zurückkehren, solange ich dazu noch in der Lage bin.«

»Ja, da haben Sie Recht«, meinte Lavis.

»Sie müssen entschuldigen. Ich weiß, dass ich Sie nicht mit meinen persönlichen Problemen behelligen sollte.«

»Das ist schon in Ordnung.«

»Sie haben mit den Ermittlungen bestimmt alle Hände voll zu tun.«

»Durchaus, ja.«

»Ich weiß, dass ich Ihnen dabei keine große Hilfe war.«

»Wir tun, was in unserer Macht steht.«

»Es tut mir wirklich Leid, dass ich nicht in der Lage war, den Ort zu finden, wo ich festgehalten wurde. Ich bin nicht gerade eine erstklassige Zeugin. Aber ich habe das Gefühl, völlig im Dunkeln zu tappen. Gibt es schon neue Entwicklungen? Ich nehme an, Sie haben inzwischen die Namen überprüft, die ich Cross genannt habe. Die Namen der anderen Opfer. Ich hatte gehofft, sie wären vielleicht ein Anhaltspunkt. Hat sich da etwas ergeben? Offenbar nicht, denn sonst hätte man mich bestimmt informiert. Obwohl ich manchmal das Gefühl habe, dass mir niemand etwas sagt. Das ist auch ein Problem, mit dem man konfrontiert wird, wenn man in diesem Raum in diesem Bett liegt. Jedenfalls habe ich dadurch einen Eindruck gewonnen, wie man sich als alter oder kranker Mensch fühlt. Die Leute behandeln einen, als hätte man einen kleinen Sprung in der Schüssel. Wissen Sie, was ich meine? Alle, die hier herkommen, reden ein bisschen langsamer als sonst und stellen mir extrem einfache Fragen, als wäre ich des Denkens nicht mehr ganz mächtig. Und sie halten es nicht für nötig, mir irgendetwas mitzuteilen. Allen Ernstes, ich glaube, wenn ich nicht ab und zu einen Anfall bekäme, würden sie mich völlig vergessen.«

Dass ich so vor mich hinplapperte lag vor allem daran, dass Lavis den Mund nicht aufbekam, sondern verlegen auf seinem Stuhl hin und her rutschte und dabei einen recht gehetzten Eindruck machte; und je länger ich plapperte, desto gehetzter wirkte er. Ich kam mir schon wie eine dieser armen Kreaturen vor, die auf der Straße ständig vor sich hinmurmelten und jedem, den sie zum Anhalten bewegen konnten, wortreich vorjammerten, wie schlecht es ihnen gehe und dass es alle auf sie abgesehen hätten.

»Ich habe Ihnen wohl nicht sehr viel sagen können«, wandte ich mich erneut an Lavis. »Ich meine, ich habe gerade ziemlich viel geredet, ohne dass es Ihnen weiterhilft.«

»Das ist schon in Ordnung«, erwiderte Lavis und stand auf. Er war im Begriff, das Weite zu suchen. »Ich wollte nur einige Dinge mit Ihnen abklären. Wie ich anfangs bereits sagte.«

»Es tut mir Leid, wenn ich Sie aufgehalten habe«, sagte ich. »Ich bin im Moment wirklich ein bisschen durcheinander.«

»Das ist schon in Ordnung«, sagte Lavis erneut, während er langsam auf die offene Tür zusteuerte. Doch er widersprach mir nicht.

St. Anthony Hospital

Datum: 28. Januar 2002
Fallbesprechung – Abigail Elizabeth Devereaux.

Zimmer 4E, Barrington-Flügel. Einweis.Nr. 923903
Cc. Detective Chief Superintendent Gordon Lovell, Laurraine Falkner (Verwaltungsdirektorin), Professor Ian Burke (Medizinischer Leiter)
Protokollführerin: Susan Barton (Medizinische Verwaltungsangestellte)

NB: NICHT ZUR ALLGEMEINEN EINSICHTNAHME

Anwesend: Detective Chief Superintendent Lovell, Detective Inspector Cross, Dr. Burns, Dr. Beddoes, Prof. Mulligan

Zu Beginn der Besprechung lieferte Detective Inspector Cross einen Bericht über den Fall und den aktuellen Stand der damit verbundenen Ermittlungen. Am zweiundzwanzigsten Januar wurde Ms. Devereaux per Ambulanz in der Ferdinand Road abgeholt und eingeliefert. Am nächsten Tag befragt, gab sie an, entführt worden zu sein. Ihr Entführer habe gedroht, sie zu töten. Laut DI Cross werden die Ermittlungen mangels objektiven Beweismaterials erschwert. Ms. Devereaux ist nicht in der Lage, sich an ihre Entführung zu erinnern. Während ihrer Gefangenschaft war sie gefesselt und trug stets eine Kapuze über dem Kopf. Das einzig Relevante, woran sie sich erinnern kann, ist eine Liste weiblicher Vornamen, von denen ihr Entführer behauptete, sie seien die Namen früherer Opfer.

Ms. Devereaux konnte aus dieser Gefangenschaft entkommen, war aber, als sie unter Polizeischutz in die betreffende

Gegend zurückkehrte, bedauerlicherweise nicht in der Lage, den Ort zu lokalisieren, von dem sie entkommen war.

Dr. Beddoes erkundigte sich, ob erfolgreiche Fluchtversuche dieser Art von Entführungsopfern häufig oder selten vorkämen. DI Cross antwortete, er habe mit solchen Fällen nur sehr begrenzte Erfahrung. Dr. Beddoes fragte, ob in diesem Fall bereits Fortschritte zu verzeichnen seien. DI Cross antwortete, die Ermittlungen befänden sich noch in einem sehr vorläufigen Stadium.

Dr. Burns beschrieb die bei Ms. Devereaux festgestellten, hauptsächlich oberflächlichen Verletzungen. Er berichtete, dass ihr dehydrierter, unterernährter Zustand zwar nicht lebensbedrohlich gewesen sei, aber durchaus auf eine Form von körperlichen Strapazen hingedeutet habe.

Dr. Beddoes fragte, ob der Körper der Patientin irgendwelche Spuren von Gewaltanwendung oder Folter aufgewiesen habe. Dr. Burns antwortete, Blutergüsse an Hals und Handgelenken hätten auf eine Fesselung hingedeutet.

Dr. Burns stellte fest, die Computertomographie habe keinen Befund ergeben, offensichtlich lägen keine Gehirnverletzungen vor.

Professor Mulligan berichtete über seine Beurteilung der Patientin. Er sei zu dem Schluss gekommen, dass Ms. Devereaux' Aussagen über ihre posttraumatische Amnesie mit dem Ergebnis seiner Untersuchung in Einklang stünden.

Dr. Beddoes fragte ihn, ob er konkrete körperliche Beweise für eine derartige Amnesie in Folge einer Kopfverletzung gefunden habe. Professor Mulligan antwortete, derartige »Beweise« seien nicht relevant. Es folgte eine heftige Diskussion zwischen Dr. Beddoes und Professor Mulligan, die hier nicht im Detail wiedergegeben werden kann.

Dr. Beddoes sprach über ihre Beurteilung der Patientin. Ihrer Meinung nach handle es sich bei Ms. Devereaux um eine wortgewandte, intelligente, attraktive junge Frau. Ihr Bericht über ihr Martyrium sei spannend und überzeugend gewesen. Eine eingehendere Untersuchung habe allerdings ergeben, dass Ms. Devereaux in den Monaten vor diesem angeblichen Martyrium beträchtlichem Stress ausgesetzt gewesen sei. Beruflich habe sie derart unter Druck gestanden, dass sie schließlich gezwungen gewesen sei, aus stressbedingten Gründen unbezahlten Urlaub zu nehmen. Aus Ms. Devereaux' Aussagen lasse sich ableiten, dass dieser unbezahlte Urlaub kurz vor ihrer angeblichen Gefangenschaft begonnen habe. Auch die Beziehung zu ihrem Freund sei eine Quelle beträchtlichen Drucks gewesen, bedingt durch seinen exzessiven Alkoholkonsum und sein damit verbundenes gewalttätiges Verhalten.

Dr. Beddoes berichtete, im Verlauf ihrer Untersuchungen seien weitere relevante Faktoren zu Tage getreten. Entgegen ihren eigenen Aussagen habe es in Ms. Devereaux' Leben bereits früher Anzeichen für mentale Labilität gegeben. Sie sei deswegen sogar in ärztlicher Behandlung gewesen, was sie anfangs jedoch nicht erwähnt habe. Hinzu komme, dass die Patientin nicht zum ersten Mal behaupte, Opfer von Gewalttätigkeiten geworden zu sein. Polizeiliche Aufzeichnungen würden belegen, dass sie bereits mehrmals wegen häuslicher Streitigkeiten bei der Polizei angerufen habe, bei denen es sich um Probleme mit ihrem Freund handelte.

Auch in diesen Fällen hatte die Patientin erkennbare Schwierigkeiten, sich an die Ereignisse zu erinnern, offenbar vergleichbar mit der Amnesie, unter der sie derzeit angeblich litt. Dr. Beddoes berichtete, sie habe sich, nachdem sich bei ihr erste Zweifel an der Glaubwürdigkeit der Patientin geregt hätten, ausgiebig mit anderen über den Fall beraten und versucht, objektive Beweise für Ms. Devereaux' Geschichte zu finden. Leider vergeblich. Dr. Beddoes sagte, sie sei zu dem Schluss gekommen, dass Mr. Devereaux' Probleme psychologischer Natur seien und sich am besten mit einer Gesprächstherapie behandeln ließen.

Professor Mulligan fragte, wie dann Ms. Devereaux' Blutergüsse und die Tatsache zu erklären seien, dass man sie stark abgemagert in einem Teil von London gefunden habe, der weit von ihrer Wohnung und ihrem Arbeitsplatz entfernt lag. Dr. Beddoes antwortete, Professor Mulligan sei in erster Linie wegen seines Fachwissens in gewissen, sehr speziellen neurologischen Bereichen hinzugezogen worden.

Detective Chief Inspector Lovell fragte Dr. Beddoes, ob sie darauf hinaus wolle, dass gar kein Verbrechen geschehen sei. Dr. Beddoes erklärte, sie könne zwar nicht mit Sicherheit sagen, was zwischen Ms. Devereaux und ihrem Freund vorgefallen sei, sie sei aber ganz sicher, dass es sich bei der Entführung um ein Produkt von Ms. Devereaux' Phantasie handle. Sie persönlich sehe darin allerdings keine böswillige Lügengeschichte. Eher einen Hilfeschrei.

DCI Lovell verkündete, dass in diesem Fall als Erstes zu klären sei, ob Ms. Devereaux nicht angezeigt werden sollte, weil sie die kostbare Zeit der Polizei verschwendet habe.

Es folgte eine laute Diskussion. DI Cross bemerkte, er sei durchaus noch nicht davon überzeugt, dass die Aussagen von Ms. Devereaux nicht der Wahrheit entsprächen. Professor Mulligan fragte, ob Dr. Beddoes eigentlich bewusst sei, welche Folgen es haben könnte, wenn ihre Diagnose sich als falsch erwiese. Ohne Polizeischutz befände sich Ms. Devereaux in Lebensgefahr. Es folgte erneut eine heftige Diskussion, die hier nicht im Einzelnen wiedergegeben werden kann.

Professor Mulligan ließ ins Protokoll aufnehmen, dass er mit der Meinung, die bei dieser Besprechung vorherrsche, nicht einverstanden sei. Er erklärte, dass alle Anwesenden eine Mitschuld tragen würden, falls Ms. Devereaux etwas zustoßen sollte. (Susan Barton ausgenommen; diese Anmerkung wurde auf Wunsch von Professor Mulligan ins Protokoll eingefügt.) Professor Mulligan verließ daraufhin die Versammlung.

Nun folgte eine Diskussion über die weitere Vorgehensweise. DCI Lovell gab DI Cross den Befehl, die Ermittlungen einzustellen. Dr. Beddoes kündigte an, umgehend Ms. Devereaux aufzusuchen, um eine geeignete Therapie mit ihr zu besprechen.

Dr. Beddoes dankte den anderen Anwesenden für ihre Kooperation. Sie sprach von einem Paradebeispiel dafür, wie medizinische und gesetzliche Institutionen zusammenarbeiten sollten. Dr. Burns fragte, ab wann Ms. Devereaux' Bett wieder zur Verfügung stehe.

DRITTER TEIL

1

Geh. Geh, Abbie. Setz einen Fuß vor den anderen. Halt nicht an, bleib nicht stehen, sieh dich nicht um. Kopf hoch und den Blick nach vorn. Lass die Gesichter um dich herum verschwimmen. Tu, als wüsstest du, wohin du gehst. Du hörst deinen Namen, doch es ist nur ein Echo eines Echos, das von den weißen Wänden abprallt. Sie rufen eine Fremde, nicht dich. Hör nicht zu. Das ist nun vorbei, all das Zuhören und Reden und Tun, was dir gesagt wird. Es stets allen Recht machen. Geh weiter. Nein, du sollst nicht laufen, du sollst gehen. Durch diese Doppeltür, die leise aufgleitet, wenn du näher kommst. Nur keine Tränen. Nicht weinen. Du bist nicht verrückt, Abbie. Du bist nicht verrückt. Vorbei an den Ambulanzen, den Wagen, den Sanitätern mit den Rollbetten. Bleib jetzt nicht stehen. Tritt in die weite Welt hinaus. Das ist die Freiheit, auch wenn du nicht frei bist. Nicht frei und nicht sicher. Aber auch nicht verrückt. Du bist nicht verrückt. Und du bist noch am Leben. Atme tief durch und geh weiter.

Der Himmel war erstaunlich blau, der Boden gefroren. Die ganze Welt glitzerte vor Frost. Meine Wangen und Augen brannten, meine Finger waren von der Kälte schon ganz steif. Unter meinen Füßen, die in albernen, ausgelatschten Schuhen steckten, knirschte der Kies. Mit einer Plastiktüte in der Hand stand ich vor dem hohen viktorianischen Gebäude, in dessen oberstem Stockwerk unsere Wohnung lag – nun, eigentlich war es Terrys Wohnung, aber ich lebte seit fast zwei Jahren dort. Ich war diejenige, die unser Schlafzimmer gestrichen und den Kamin zum Brennen gebracht hatte. Ich hatte Secondhand-Möbel und große Spiegel gekauft, Bilder, Teppiche und Vasen, den ganzen Krimskrams, der aus einer Wohnung erst ein Zuhause machte.

Vorsichtig legte ich den Kopf in den Nacken und ließ den Blick über die Fassade des Hauses schweifen. Die Bewegung schien den Schmerz in meinem Kopf zum Explodieren zu bringen. Gegenwärtig machte die Wohnung nicht gerade einen einladenden Eindruck. Sie wirkte kalt und leer. Das Badfenster hatte immer noch einen Sprung, und es brannte kein Licht. Die Vorhänge in unserem Schlafzimmer waren zugezogen, was entweder bedeutete, dass Terry noch verkatert, bleichgesichtig und übellaunig im Bett lag, oder dass er sich in der Eile nicht die Zeit genommen hatte, sie aufzuziehen, als er am Morgen viel zu spät aus dem Bett gestolpert war. Ich hoffte, dass Letzteres der Fall war.

Trotzdem drückte ich zuerst auf den Klingelknopf. Wenn ich das Ohr an die Tür legte, konnte ich es weit über mir läuten hören – ein stotterndes Läuten, weil die Batterie langsam den Geist aufgab. Sie schien eigentlich schon seit Monaten den Geist aufzugeben. Nachdem ich einen Moment gewartet hatte, klingelte ich noch einmal. Ich schob die metallene Briefklappe auf und spähte durch den Schlitz, ob jemand die Treppe herunterkam, sah aber nur einen Streifen des kastanienbraunen Teppichs.

Ich holte den Ersatzschlüssel aus unserem hohlen Stein. Zweimal entglitt er meiner Hand, ehe es mir gelang, ihn mit meinen klammen Fingern ins Schloss zu stecken. Sogar noch in der Diele bildete mein Atem weiße Wolken. Ich hoffte, dass Terry die Heizung angelassen hatte oder wenigstens das Wasser noch heiß genug war für ein Bad. Ich fühlte mich schmuddelig, verfroren und seltsam flau, als würden meine Eingeweide durchgeschüttelt. Es war eine traurige Heimkehr. Trauriger ging es gar nicht.

Mühsam schleppte ich mich die Treppe hoch, vorbei an der Wohnung im ersten Stock, in der ich einen Fernseher laufen hörte. Meine Beine fühlten sich an wie Blei, und als ich schließlich ein Stockwerk höher vor unserer Tür ankam, keuchte ich vor Anstrengung. Sobald ich den Schlüssel im Schloss umgedreht hatte, rief ich nach Terry.

»Hallo? Hallo, ich bin's! Ich bin wieder da!« Nichts. »Terry? Hallo?«

Stille, abgesehen von einem Tröpfeln aus dem Bad. Plötzlich, ohne Vorwarnung, durchflutete mich eine Welle der Angst, und ich musste stehen bleiben und mich an der Tür festhalten, weil ich auf einmal ganz weiche Knie hatte. Ich atmete tief durch, ein und aus, bis die Angst verebbt war, dann betrat ich die Wohnung und zog die Tür hinter mir zu.

Ich weiß nicht, was mir als Erstes auffiel. Vermutlich das allgemeine Chaos: die lehmigen Schuhe auf dem Wohnzimmerboden, der dreckige Geschirrberg, der sich im Spülbecken türmte, die verwelkten Tulpen auf dem Küchentisch, die in unmittelbarer Nachbarschaft mehrerer leerer Flaschen und eines überquellenden Aschenbechers die Köpfe hängen ließen. Überall staubige Flächen, abgestandene Luft. Erst jetzt registrierte ich, dass hier und dort seltsame Lücken klafften, wo eigentlich Dinge stehen sollten. Mein CD-Player zum Beispiel, der immer auf einem niedrigen Tischchen im Wohnzimmer neben dem kleinen Fernseher gestanden hatte. Doch inzwischen war dort kein kleiner Fernseher mehr, sondern ein neuer, großer. Automatisch wanderte mein Blick weiter zu dem kleinen Schreibtisch in der Ecke, auf dem normalerweise mein Laptop stand, aber der war ebenfalls weg. Es handelte sich um ein ganz altes Ding, gemessen an den Maßstäben der Computertechnik ein Dinosaurier, aber der Gedanke an all die Daten, die ich darin gespeichert hatte, ließ mich genervt aufstöhnen – allein schon die vielen E-Mail-Adressen, die ich mir nirgends sonst notiert hatte.

Ich ließ mich auf das Sofa fallen, neben einen Stapel alter Zeitungen und Terrys Mantel. Waren wir ausgeraubt worden? Von den Büchern schienen auch einige zu fehlen – in den Regalfächern klafften mehrere Lücken. Ich versuchte mich daran zu erinnern, was dort gestanden hatte: im unteren Fach eine riesige Enzyklopädie, im Fach darüber mehrere Romane, eine Gedichtanthologie, unser Pub-Führer... und definitiv ein paar Kochbücher.

Ich ging ins Schlafzimmer hinüber. Das Bett war nicht gemacht. Die aufgebauschte Bettdecke hatte noch die Form von Terrys Körper. Auf dem Boden türmte sich ein Berg schmutziger Wäsche, daneben lagen zwei leere Weinflaschen. Ich zog die Vorhänge auf, um das blendende Sonnenlicht hereinzulassen, öffnete das Fenster, um für einen Moment die eisige, saubere Luft auf meinem Gesicht zu spüren. Erst dann blickte ich mich um. Es ist immer schwierig zu sehen, was nicht mehr da ist. Oft fällt gar nicht auf, dass etwas fehlt. Der Wecker an meiner Seite des Bettes. Meine hölzerne Schmuckschatulle, die immer auf der Kommode gestanden hatte. Sie enthielt nichts Wertvolles – ein paar Ohrringe, Armreifen, zwei Ketten, lauter Dinge, dich ich im Laufe der Jahre geschenkt bekommen hatte – aber es handelte sich um Erinnerungsstücke und Geschenke, die sich nicht ersetzen ließen.

Ich zog die Schubladen auf. Von meiner gesamten Unterwäsche war nur noch ein alter schwarzer Slip übrig, lieblos in den hintersten Winkel gestopft. Mehrere meiner T-Shirts fehlten, außerdem ein paar Jeans und bessere Hosen sowie mindestens drei von meinen Pullis, darunter auch der sündhaft teure, dem ich im Winterschlussverkauf erlegen war. Ich zog die Schranktüren auf. Soweit ich sehen konnte, waren alle Sachen von Terry noch da, einige Kleiderbügel auf meiner Seite jedoch leer. Es fehlten mehrere Kleider, mein schwarzer Mantel, meine Lederjacke. Ebenso die meisten von meinen Schuhen – nur noch zwei Paar Sandalen und ein Paar abgewetzte Turnschuhe standen auf dem Schrankboden. Der Großteil meiner Bürogarderobe schien allerdings noch da zu sein. Verwirrt sah ich mich um. Mein Blick blieb an einem Müllsack hängen, der am Fußende unseres Bettes lehnte, zum Platzen vollgestopft mit einem Teil meiner fehlenden Sachen.

»Terry«, sagte ich laut. »Du Mistkerl!«

Ich ging ins Bad. Die Klobrille war hochgeklappt. Mit einem lauten Knall ließ ich sie nach unten sausen. Keine Tampons, kein Make-up, keine Feuchtigkeitscreme, kein Parfum, kein Deo. Ich war einfach weggeräumt worden. Sogar meine Zahnbürste war verschwunden. Ich öffnete den Spiegelschrank. Die Hausapotheke war noch da. Ich schraubte die Flasche mit den Kopfschmerztabletten auf und schüttete zwei auf meine Handfläche. Ich schluckte sie ohne Wasser. Mein Kopf dröhnte.

Das war nur ein Traum, dachte ich. Ein Alptraum, in dem ich aus meinem eigenen Leben ausradiert wurde. Bestimmt würde ich bald aufwachen. Doch genau hier lag das Problem – wo hatte der Alptraum begonnen, und an welcher Stelle würde ich erwachen? In meinem alten Leben? War möglicherweise gar nichts passiert und alles nur eine Fieberphantasie von mir gewesen? Oder würde ich mich erneut auf dem Mauervorsprung wiederfinden und mit einem Knebel im Mund auf meinen Tod warten, während sich mein Geist langsam verdunkelte? Oder aber im Krankenhaus, immer noch der Überzeugung, dass mich die Ärzte heilen und die Polizisten vor Schaden bewahren würden?

Ich kehrte in die Küche zurück und setzte den Kessel auf. Während ich wartete, bis das Wasser kochte, stöberte ich im Kühlschank, denn mir war plötzlich schwindelig vor Hunger. Er war fast leer, abgesehen von mehreren Flaschen Bier und drei oder vier übereinander gestapelten Fertigmahlzeiten. Ich machte mir ein Sandwich aus Weißbrot, das genauso plastikartig aussah wie das im Krankenhaus. Dick mit Marmite bestrichen, ein Salatblatt dazwischen, fertig. Dann hängte ich einen

Teebeutel in eine Tasse und goss das inzwischen kochende Wasser darüber.

Beim ersten Bissen – ich stand noch immer neben dem Kühlschrank, ein Streifen Salat klebte an meiner Unterlippe – kam mir plötzlich ein Gedanke. Wo war meine Tasche mit meiner Börse, meinem Geld, meinen Kreditkarten und meinen Schlüsseln? Ich hob sämtliche Kissen hoch, schaute unter die Mäntel an der Garderobe, zog alle Schubladen heraus. Ich suchte an den unwahrscheinlichsten Orten und dann noch einmal überall dort, wo ich bereits nachgesehen hatte.

Offenbar hatte ich die Tasche bei mir, als ich entführt worden war. Das bedeutete, dass er meine Adresse kannte und meine Schlüssel hatte, während ich gar nichts mehr besaß. Nichts. Ich hatte keinen einzigen Penny. Ich war so wütend und beschämt gewesen, als Dr. Beddoes gekommen war, um mit mir über die »Therapie« zu sprechen, mit der sie mir helfen wollte, mein Leben »wieder in den Griff zu bekommen«, dass ich unverständliche Laute gebrüllt und dann verkündet hatte, falls sie wolle, dass ich mir ein weiteres Wort von ihr oder sonst jemandem aus dem Krankenhaus anhörte, müsse sie mich vorher festbinden und mit Beruhigungsmitteln vollpumpen. Dann war ich in die Sachen geschlüpft, in denen man mich gefunden hatte, und aus dem Krankenhaus marschiert, krampfhaft bemüht, nicht die Kontrolle über meine wackeligen Knie zu verlieren oder in Tränen auszubrechen. Ich hatte alles ausgeschlagen, was mir angeboten worden war – ein Taxi, Geld, genauere Erklärungen, ein Gespräch mit einem Psychiater, sonstige Hilfe. Ich brauchte keine Hilfe. Ich wollte nur, dass sie ihn endlich schnappten und mir mein Gefühl von Sicherheit zurückgaben. Und ich wollte Dr. Beddoes in ihr selbstgefälliges Gesicht schlagen. Das sagte ich ihr allerdings nicht. Es wäre sinnlos gewesen. So viele meiner Worte hatten sich in hinterhältige, zuschnappende Fallen verwandelt. Alles, was ich zur Polizei, zu den Ärzten und zu dieser gottverdammten Irene

Beddoes gesagt hatte, war gegen mich verwendet worden. Das Geld hätte ich jedoch annehmen sollen.

Plötzlich hatte ich keinen Appetit mehr auf mein Sandwich. Ich warf es in den Mülleimer, der aussah, als wäre er nicht mehr geleert worden, seit ich das letzte Mal hier gewesen war, und nahm einen Schluck von meinem langsam abkühlenden Tee. Dann ging ich zum Fenster hinüber und blickte hinaus, presste meine Stirn gegen die eisige Scheibe. Ich rechnete fast damit, ihn unten auf dem Gehsteig stehen zu sehen, lachend zu mir heraufblickend.

Ich würde ihn überhaupt nicht erkennen. Er konnte jeder sein. Der alte Mann, der einen störrischen Dackel mit steifen Beinen hinter sich herzog, der junge Typ mit dem Pferdeschwanz oder der sympathisch aussehende Vater mit Bommelmütze, der ein rotwangiges Kind an der Hand führte. Auf den Bäumen und den Dächern der Häuser und Autos lag eine dünne Schicht Schnee, und die Leute, die vorbeigingen, waren in dicke Mäntel und Schals gehüllt und eilten mit gesenktem Kopf durch die Kälte.

Niemand sah zu mir herauf. Ich war völlig durcheinander, wusste nicht einmal mehr, worüber ich gerade nachgedacht hatte. Ich hatte keine Ahnung, was ich als Nächstes tun oder wen ich um Hilfe bitten sollte. Ich wusste nicht einmal, um welche Art von Hilfe ich bitten sollte: Sagt mir, was passiert ist, was ich tun soll, wer ich bin, sagt mir, in welche Richtung ich von hier aus gehen soll, sagt mir einfach irgendetwas …

Ich schloss die Augen und versuchte zum x-ten Mal, mich an etwas zu erinnern. Ein kleiner schmaler Lichtstreif in der Dunkelheit hätte schon genügt. Doch es gab kein Licht, und als ich die Augen wieder aufschlug, starrte ich erneut auf die Straße hinunter, die mir in ihrem winterlichen Kleid ganz fremd erschien.

Ich ging zum Telefon und wählte Terrys Büronummer. Es

läutete und läutete. Ich versuchte es unter seiner Handynummer, bekam aber nur die Mailbox.

»Terry«, sagte ich. »Terry, ich bin's, Abbie. Ich muss dich ganz dringend sprechen.«

Als Nächstes wählte ich Sadies Nummer, doch es sprang nur der Anrufbeantworter an, und ich wollte keine Nachricht hinterlassen. Ich spielte mit dem Gedanken, bei Sheila und Guy anzurufen, aber dann würde ich ihnen alles erklären müssen, und das wollte ich nicht. Noch nicht.

Ich hatte mir oft vorgestellt, wie es sein würde, nach Hause zu kommen und meine Geschichte zu erzählen. In meiner Phantasie wäre ich dabei von Freunden umringt gewesen, die mir mit weit aufgerissenen Augen zuhörten. Ich hätte ihnen eine Schauergeschichte mit einem Happyend erzählt, eine Geschichte der Verzweiflung, dann der Hoffnung, am Ende des Triumphes. Ich wäre eine Art Heldin gewesen, weil ich überlebt hatte und ihnen diese Geschichte erzählen konnte. Die Grausamkeit des ganzen Geschehens wäre durch das Ende wieder wettgemacht worden. Was aber konnte ich ihnen jetzt erzählen? Die Polizei glaubt, dass ich lüge. Sie glaubt, dass ich alles bloß erfunden habe. Ich weiß, was es mit dem Misstrauen auf sich hat: Es breitet sich aus. Wie ein hässlicher Fleck.

Was tut man, wenn man sich verloren, wütend, deprimiert, ängstlich, ein wenig krank und vollkommen verfroren fühlt? Ich ließ mir ein Bad einlaufen, ein sehr heißes Vollbad. Nachdem ich mich ausgezogen hatte, betrachtete ich mich im Spiegel. Nicht nur meine Wangen wirkten eingefallen, auch meine Pobacken. Meine Hüftknochen und Rippen standen scharf hervor. Die Frau im Spiegel war mir fremd. Ich stellte mich auf die Waage unter dem Waschbecken: Ich hatte über zehn Kilo abgenommen.

Vorsichtig ließ ich mich in das heiße Wasser sinken, hielt mir mit Zeigefinger und Daumen die Nase zu, holte tief Luft und verschwand komplett unter der Wasseroberfläche. Als ich schließlich prustend wieder auftauchte, hörte ich jemanden schreien. Jemand schrie mich an. Ich blinzelte. Ein wütendes Gesicht nahm langsam Konturen an.

»Terry!« sagte ich.

»Was zum Teufel machst du da? Bist du total verrückt geworden?«

Er trug noch seine dicke Jacke, und sein Gesicht war von der Kälte rot gefleckt. Ich hielt mir erneut die Nase zu und sank zurück unter Wasser, wo ich ihn nicht mehr sehen und seine Stimme nicht hören musste. Die Stimme, die mich verrückt nannte.

2

Unter Terrys wütendem Blick kletterte ich aus der Badewanne, wickelte mich in ein Handtuch und ging ins Schlafzimmer, wo ich mir die erstbesten Klamotten schnappte, die ich finden konnte – eine alte Jeans aus dem Müllsack, einen kratzigen dunkelblauen Pulli aus der Schublade, die abgewetzten Turnschuhe, den alten, zerknautschten Slip. Wenigstens waren die Sachen sauber. Auf der Ablage über der Badewanne fand ich ein Haarband. Mit zitternden Händen band ich mein feuchtes Haar zusammen.

Terry hatte sich in dem Korbsessel in der Wohnzimmerecke niedergelassen – dem Korbsessel, den ich an einem verregneten Sonntagvormittag in einem Secondhand-Laden gekauft hatte. Ich hatte ihn sogar eigenhändig hergeschleppt, indem ich ihn mir wie einen Schirm über den Kopf hielt. Terry beugte sich vor und drückte seine Zigarette im Aschenbecher aus – dem Aschenbecher, den ich mir als Souvenir aus einem Café mitgenommen hatte, in dem ich als Kellnerin gejobbt hatte. Er nahm eine neue Zigarette aus der Schachtel auf dem Tisch und zündete sie sich an. Mit seinem kupferfarbenen Haar und seiner bleichen Haut sah er sehr schön aus, genau wie damals, als ich ihn kennen gelernt hatte. Die Probleme begannen erst, wenn er den Mund aufmachte.

»Gedenkst du mich denn gar nicht zu fragen, wie es mir geht?«, fragte ich. Natürlich war es dafür jetzt zu spät. Wenn ich ihn erst dazu auffordern musste, war die Frage als Ausdruck seiner Besorgtheit nicht mehr akzeptabel. Genauso sinnlos ist es, wenn man einen Mann erst fragen muss, ob er einen liebt – wenn man ihn erst fragen muss, dann liebt er einen nicht. Jedenfalls nicht genug. Nicht so, wie man es sich wünscht.

»Was?« Seine Stimme klang genervt.

»Was ist los?«

»Das würde ich gern von dir wissen. Du siehst schrecklich aus. Dein Gesicht, dieser Schnitt … Was ist mit dir passiert?«

»Du weißt, dass ich im Krankenhaus war?«

Er nahm einen langen Zug von seiner Zigarette, blies den Rauch langsam und genüsslich wieder aus, als wäre das viel interessanter als meine Person. Es gab zwei schlechtgelaunte Terrys. Der eine wurde zornig und laut. Den hatte ich im Bad für einen Moment zu Gesicht bekommen. Der andere war ruhig, wortkarg und sarkastisch, und genau dieser Terry saß mir nun im Korbstuhl gegenüber und rauchte eine Zigarette.

»Ja, das habe ich mitbekommen«, antwortete er. »Wenn auch erst ziemlich spät. Ich habe es von der Polizei erfahren. Sie war hier.«

»Ich habe versucht, dich anzurufen«, erklärte ich. »Du warst nicht da. Aber das weißt du ja selbst am besten.«

»Ich war unterwegs.«

»Terry«, sagte ich. »Ich habe wirklich – na ja, ich habe eine unsagbar schreckliche Zeit hinter mir. Ich möchte …« Ich hielt inne, weil ich gar nicht genau wusste, was ich wollte oder sagen sollte. Auf keinen Fall wollte ich mit einem zornigen Mann in einem eiskalten Raum sitzen. Eine Umarmung, dachte ich. Eine Umarmung, eine Tasse heiße Schokolade und liebe Menschen, die mir sagten, wie sehr sie sich über meine Heimkehr freuten und wie sehr sie mich vermisst hatten. Liebe Menschen, die mir ein Gefühl von Sicherheit gaben. Das brauchte ich jetzt. »Ich kann mich an nichts erinnern«, sagte ich schließlich. »Ich tappe völlig im Dunkeln und brauche deine Hilfe, um die vergangenen Tage rekapitulieren zu können.« Keine Reaktion. »Wenn ich nicht so viel Glück gehabt hätte, wäre ich jetzt tot.«

Wieder einer dieser langsamen Züge an seiner Zigarette. Manche behaupten, es spüren zu können, wenn sich ein Unwetter zusammenbraut. Ihre alten Kriegsverletzungen fangen wieder zu schmerzen an oder ähnliche Dinge. Ich habe das nie gekonnt. Meine Kriegsverletzungen schmerzen ununterbrochen. Doch wenn mir ein Streit mit Terry bevorsteht, dann spüre ich das. Ich spüre es auf meiner Haut und an meinen Nackenhaaren und in meinem Magen. Diesmal aber regte sich auch in mir so etwas wie Wut.

»Terry! Hast du gehört, was ich gesagt habe?«

»Habe ich was verpasst?«

»Was?«

»Soll das ein Versuch sein, zu mir zurückzukommen?«

»Ich bin aus dem Krankenhaus entlassen worden, das ist alles. Was hat man dir gesagt? Hast du denn gar nichts von der ganzen Sache mitbekommen? Ich habe dir so viel zu erzählen. O Gott, das glaubst du mir nie!« Ich musste schlucken, als ich mich das sagen hörte, und korrigierte mich rasch. »Nur dass es natürlich wahr ist.«

»Ist es dafür nicht ein bisschen spät?«

»Wie bitte? Anscheinend hast du mir auch einiges zu erzählen. Wo bist du gewesen?«

Terry stieß ein bellendes Lachen aus und blickte sich um, als müsste er sich vergewissern, ob wir auch wirklich allein waren. Ich schloss einen Moment lang die Augen. Vielleicht war alles doch nur ein Traum? Als ich sie wieder öffnete, saß er noch immer rauchend im Korbsessel, und ich stand ihm noch immer gegenüber.

»Bist du betrunken?«, fragte ich.

»Was ziehst du hier eigentlich für eine Show ab?«

»Wie meinst du das?«

»Ist das deine Art, dich an mir zu rächen?«

Ich schüttelte meinen schmerzenden Kopf, als könnte ich dann klarer denken. Mir war, als würde ich alles durch einen grauen Nebel wahrnehmen.

»Nun hör mir mal zu, Terry. Ich bin von einem Irren entführt worden. Er hat mir eins über den Schädel gezogen, und ich hatte einen Blackout. Ich weiß nicht, was passiert ist. Oder nur zum Teil. Aber ich hätte dabei sterben können. Wäre wirklich fast gestorben. Anschließend war ich im Krankenhaus. Du warst nicht da. Ich habe versucht, dich anzurufen, aber du hast nie abgenommen. Wahrscheinlich warst du auf Sauftour. Habe ich Recht? Doch jetzt bin ich wieder da.«

Terrys Gesichtsausdruck veränderte sich. Er wirkte verwirrt, vollkommen aus dem Konzept gebracht. Seine Zigarette, die zwischen seinen Fingern glomm, schien er völlig vergessen zu haben.

»Abbie … das muss ich erst mal verdauen.«

Ich setzte mich aufs Sofa. Das Sofa gehörte Terry. Wenn ich mich recht entsann, hatte es ihm seine Mutter vor Jahren vererbt. Ich rieb mir die Augen.

»Ich weiß, dass die Polizei mit dir gesprochen hat«, sagte ich vorsichtig. Ich wollte Terry so wenig wie möglich verraten. Das war vermutlich ein Teil unseres Problems. »Was haben sie dir erzählt?«

Nun war es an Terry, eine vorsichtige Miene aufzusetzen. »Sie wollten wissen, wann ich dich das letzte Mal gesehen habe.«

»Und was hast du ihnen gesagt?«

Er nahm einen weiteren langsamen Zug aus seiner Zigarette.

»Ich habe nur ihre Fragen beantwortet. Wie gesagt, sie wollten wissen, wann ich dich das letzte Mal gesehen habe, solche Sachen.«

»Und waren Sie mit deinen Antworten zufrieden?«

»Ich habe ihnen gesagt, wo ich war. Ich glaube, sie haben ein, zwei Anrufe getätigt, um meine Angaben zu überprüfen. Das schien ihnen zu reichen.«

»Was haben sie dir über mich erzählt?«

»Sie haben gesagt, du seist verletzt.«

»›Verletzt‹«, wiederholte ich. »Haben Sie wirklich diesen Ausdruck gebraucht?«

Er zuckte mit den Achseln.

»Etwas in der Art.«

»Ich bin überfallen worden«, erklärte ich.

»Von wem?«

»Das weiß ich nicht. Ich habe sein Gesicht nie zu sehen bekommen.«

»Wie bitte?« Er starrte mich mit offenem Mund an. »Was genau ist passiert?«

»Ich weiß es nicht. Ich kann mich nicht daran erinnern. Ich hab einen Schlag auf den Kopf bekommen. Einen festen Schlag. Mir fehlt die Erinnerung an mehrere Tage.«

Nun hatte ich seine Aufmerksamkeit. Ihm war anzusehen, dass er vor lauter Fragen kaum wusste, welche er zuerst stellen sollte.

»Wenn du dich nicht erinnern kannst, woher weißt du dann, dass du nicht einfach hingefallen bist und dir den Kopf irgendwo angeschlagen hast?«

»Ich war seine Gefangene, Terry. Er wollte mich töten. Ich bin ihm entkommen.«

An diesem Punkt hätte ich eigentlich erwartet – naiverweise, nehme ich an –, jeder halbwegs mitfühlende Mensch würde zu mir herüberkommen, mich in den Arm nehmen und sagen: »Wie schrecklich!«, aber Terry setzte seine Befragung einfach fort, als hätte er gar nicht richtig verstanden, was ich da gerade gesagt hatte.

»Ich dachte, du hättest ihn nicht zu Gesicht bekommen.«

»Ich trug eine Kapuze über dem Kopf. Um mich herum war es dunkel.«

»Oh«, sagte er. Dann folgte eine lange Pause. »Mein Gott!«

»Ja.«

»Tut mir Leid, Abbie«, meinte er verlegen. Das war viel zu wenig und kam viel zu spät, als dass es aufrichtig gemeint sein konnte. Ihm stand ins Gesicht geschrieben, dass er sich dessen durchaus bewusst war. Dann fragte er: »Was unternimmt die Polizei?«

Vor dieser Frage hatte ich mich gefürchtet. Deswegen hatte ich eine detaillierte Diskussion vermeiden wollen. Obwohl ich wusste, dass ich im Recht war, schämte ich mich sogar vor Terry und war gerade deswegen furchtbar wütend auf mich selbst.

»Sie glauben mir nicht«, antwortete ich. »Sie glauben, das Ganze ist gar nicht wirklich passiert.«

»Und deine Verletzungen? Diese Blutergüsse?«

Ich schnitt eine Grimasse. Am liebsten hätte ich losgeheult, war aber fest entschlossen, vor diesem Idioten Terry nicht zu weinen. Was ein anderer Teil unseres Problems war.

»So wie ich das sehe, glauben die Leute, die zu mir halten, dass ich mir alles nur eingebildet habe. Diejenigen, die nicht auf meiner Seite stehen, glauben, dass ich alles erfunden habe. Sie glauben, dass sie mir einen großen Gefallen tun, indem sie mich nicht anzeigen, weil ich die kostbare Zeit der Polizei verschwendet habe. Sie haben mich einfach gehen lassen, ohne Polizeischutz. Ich fühle mich wie auf dem Präsentierteller.« Ich rechnete damit, dass er jetzt zu mir herüberkommen würde, aber er rührte sich nicht von der Stelle, starrte mich bloß mit ratloser Miene an. Ich holte tief Luft. »Also, was ist mit meinen Sachen passiert? Wer hat sie mitgenommen?«

»Du.«

»Was? Ich?«

»Vor zwei Wochen.«

»Ich hab sie mitgenommen?«

»Ja.« Terry setzte sich anders hin. Er musterte mich eindringlich. »Ist das wahr? Du kannst dich an nichts erinnern?«

Ich schüttelte den Kopf. »Es ist alles vollkommen verschwommen. Als hätte sich eine dicke schwarze Wolke über die letzten Wochen gesenkt. Ich kann mich vage erinnern, im Büro gewesen zu sein und hier. Danach versinkt alles im Dunkeln. Aber wovon sprichst du eigentlich? Was meinst du damit, *ich* habe sie mitgenommen?«

Nun war es an Terry, verlegen zu wirken. Seine Augen flackerten, als würde er krampfhaft überlegen, was er jetzt sagen sollte. Dann wurde sein Blick wieder ruhig. »Du bist gegangen«, sagte er.

»Wie meinst du das?«

»Du hattest es mindestens tausendmal angekündigt. Deswegen brauchst du mich jetzt auch nicht so strafend anzuschauen, als wäre das meine Schuld!«

»Ich schaue dich überhaupt nicht strafend an.«

Er kniff die Augen zusammen. »Du kannst dich wirklich nicht erinnern?«

»Nein, beim besten Willen nicht.«

Er zündete sich eine weitere Zigarette an. »Wir haben uns gestritten.«

»Weswegen?«

»Keine Ahnung. Weswegen streitet man sich? Wegen einer blöden Kleinigkeit. Wahrscheinlich war es der letzte Tropfen, der das Fass zum Überlaufen brachte.«

»Bitte nicht dieses Klischee!«

»Na bitte, da haben wir es ja wieder. Vielleicht habe ich ein Klischee benutzt, das dich gestört hat, oder den falschen Löffel in die Hand genommen. Jedenfalls haben wir uns gestritten.

Irgendwann hast du gesagt, nun sei endgültig Schluss. Ich dachte, du würdest nur Spaß machen und bin gegangen. Als ich zurückkam, warst du damit beschäftigt, deine Sachen zusammenzupacken. Das heißt, einen Teil davon. Du hast alles mitgenommen, was in deine große Tasche passte, und bist abgedüst.«

»Ist das wirklich wahr?«

»Sieh dich um, Abbie. Wer außer dir würde deinen CD-Player wollen?«

»Demnach hatten wir also eine von unseren üblichen Auseinandersetzungen.«

»Eine von unseren schlimmeren Auseinandersetzungen.«

Mir war plötzlich kalt, und ich fühlte mich niedergeschlagen. Ich sah keinen Grund, noch mit irgendetwas hinter dem Berg zu halten.

»Ich habe vieles vergessen«, sagte ich. »Aber ich bin mir durchaus noch bewusst, dass unsere schlimmeren Auseinandersetzungen in der Regel damit endeten, dass du auf mich losgegangen bist.«

»Das ist nicht wahr.«

»Hast du mich geschlagen?«

»Nein«, antwortete Terry, aber sein halb abwehrender, halb beschämter Gesichtsausdruck sagte mir etwas anderes.

»Weißt du, das war einer der Gründe, warum die Polizei mir nicht geglaubt hat. Ich bin ein notorisches Opfer. Ich habe in dieser Hinsicht eine Geschichte. Ich bin eine Frau, die schon öfter geschlagen worden ist. Einmal habe ich deswegen die Polizei gerufen. Erinnerst du dich an den Abend? Wahrscheinlich nicht. Du hattest getrunken, und wir sind in Streit geraten. Den konkreten Anlass weiß ich in dem Fall auch nicht mehr. War es vielleicht der Abend, an dem du ein Hemd anziehen wolltest, das noch nass war, weil ich es gerade erst gewaschen hatte? Und ich dich daraufhin gefragt habe, warum du dein Zeug nicht selbst wäschst, wenn dir das nicht passt?

War das der Grund für unseren Streit? Oder war es einer der Abende, an denen du mir vorgehalten hast, dass ich dein Leben ruiniere, indem ich dauernd auf dir herumhacke? Solche Abende gab es viele. Es ist schwer, sie auseinanderzuhalten. Auf jeden Fall endete es damit, dass du nach dem Küchenmesser gegriffen hast und ich die Polizei anrief.«

»Nein, daran kann ich mich nicht erinnern«, sagte Terry. »Du übertreibst.«

»Nein, ich übertreibe nicht, und ich sauge mir das auch nicht aus den Fingern. Ich schildere lediglich, was passiert, wenn du betrunken bist. Erst bist du ganz fidel, dann kippt deine gute Laune ein bisschen ins Aggressive, dann wirst du eine Weile sentimental und bemitleidest dich selbst, aber spätestens nach dem vierten Drink wirst du so richtig wütend. Wenn ich zufällig gerade da bin, wirst du wütend auf mich. Ich habe nicht vor, wie eine rachsüchtige Xanthippe aufzulisten, was du in betrunkenem Zustand alles geliefert hast. Fest steht, dass dich der Alkohol irgendwie ausrasten lässt. Warum, ist mir schleierhaft. Und aus irgendeinem Grund, der mir genauso schleierhaft ist, glaube ich dir jedes Mal von neuem, wenn du mir weinend versprichst, dass es nie, nie wieder vorkommen wird.«

Terry drückte seine Zigarette aus und zündete sich eine neue an. War es die vierte oder schon die fünfte?

»Abbie, was wir hier gerade veranstalten, ist eine recht gute Imitation unseres letzten Streits.«

»Dann wünschte ich, ich könnte mich daran erinnern, weil mir die Frau, die sich endlich ein Herz gefasst und Schluss gemacht hat, ziemlich imponiert.«

»Ja.« Terry klang plötzlich fast so müde wie ich. »Mir hat sie auch ziemlich imponiert. Hör zu, es tut mir Leid, dass ich dich im Krankenhaus nicht besucht habe. Als ich davon hörte, wollte ich gleich zu dir kommen, aber dann ist mir etwas dazwischengekommen, und plötzlich warst du hier bei mir im Bad.«

»Schon gut«, sagte ich. »Also, wo sind meine Sachen?«

»Das weiß ich nicht.«

»Wie meinst du das?«

»Du hast mich verlassen, hast du das schon wieder vergessen?«

»Wann habe ich dich verlassen?«

»Wann?«

»An welchem Tag?«

»Oh. Am Samstag.«

»Welchem Samstag?«

Er warf mir einen misstrauischen Blick zu, als hätte er noch immer den Verdacht, dass ich mich nur verstellte. »Am Samstag, den zwölften Januar. Gegen Mittag«, fügte er hinzu.

»Das war vor sechzehn Tagen! Und ich kann mich nicht erinnern!« Wieder war ich den Tränen nahe. »Habe ich dir denn keine Adresse hinterlassen?«

»Du wolltest zunächst bei Sadie bleiben. Aber nur für eine Nacht, glaube ich.«

»Und danach?«

»Keine Ahnung.«

»O mein Gott!« Entnervt ließ ich den Kopf in die Hände sinken. »Wo soll ich denn jetzt hin?«

»Du könntest eine Weile hier bleiben, wenn du willst. Das ginge schon in Ordnung. Allerdings nur, bis du alles geklärt hast. Wir könnten noch einmal über alles reden... Du weißt schon.«

Nachdenklich betrachtete ich Terry, der mir in einer Wolke aus Zigarettenrauch gegenübersaß. Ich musste an die Frau denken, die Frau, an die ich mich nicht erinnern konnte – mich selbst vor sechzehn Tagen, als ich die Entscheidung getroffen hatte, ihn zu verlassen.

»Nein«, antwortete ich. »Nein. Ich muss mich dringend um ein paar Dinge kümmern. Alle möglichen Dinge.«

Ich blickte mich um. Hatte ein kluger Mensch nicht einmal gesagt, dass man, wenn man an einem Ort etwas zurückließ, indirekt zum Ausdruck brachte, dass man zurückkommen wollte? Aus unerfindlichen Gründen hatte ich das Gefühl, etwas mitnehmen zu müssen. Irgendetwas. Auf dem Kaminsims stand ein kleiner Globus. Terry hatte ihn mir zum Geburtstag geschenkt, meinem einzigen Geburtstag, den wir gemeinsam verbracht hatten. Ich griff danach. Terry sah mich fragend an.

»Er gehört mir«, erklärte ich. »Du hast ihn mir geschenkt. Zum Geburtstag.«

Ich steuerte bereits auf die Tür zu, als mir noch etwas einfiel.

»Ach ja, Terry«, sagte ich. »Meine Geldbörse ist noch nicht wieder aufgetaucht. Ich habe keinen Penny Bargeld. Könntest du mir was leihen? Zehn Pfund. Oder zwanzig. Was du entbehren kannst.«

Mit einem lauten Seufzer stand Terry auf und ging zu seiner Jacke, die über der Sofalehne hing. Er kramte in seiner Brieftasche.

»Ich kann dir fünfzehn geben«, meinte er. »Mehr leider nicht. Den Rest brauche ich heute Abend selbst.«

»Das genügt schon.«

Dann zählte er das Geld ab, als würde er die Zeitungsrechnung bezahlen. Einen Zehn-Pfund-Schein, drei Ein-Pfund-Münzen, eine Menge Silber und Kupfer. Ich nahm alles.

3

Ich gab zwei Pfund achtzig für die U-Bahn aus und legte eine Zwanzig-Pence-Münze in den aufgeklappten Geigenkasten eines Straßenmusikanten, der am Fuß der Rolltreppe gerade »Yesterday« spielte und dabei versuchte, die Blicke der Leute auf sich zu ziehen, die auf ihrem Heimweg nach der Arbeit an ihm vorbeiströmten. Als ich in Kennington ankam, gab ich einen weiteren Fünfer für eine Flasche Rotwein aus. Nun hatte ich noch sieben Pfund. Immer wieder fasste ich in die hintere Tasche meiner Hose, um sicherzustellen, dass das Geld noch da war, ein gefalteter Schein und fünf Münzen. Davon abgesehen besaß ich im Moment nur die Plastiktasche mit den fremden Kleidern, in denen man mich vor sechs Tagen gefunden hatte. Sechs Tage waren seither erst vergangen. Ach ja, und einen Globus. Während ich mit eingezogenem Kopf und roter Nase gegen den Wind ankämpfte, fühlte ich mich seltsam schwerelos, als wäre ich ohne die Dinge aus meinem früheren Leben plötzlich ohne Gewicht und Daseinsberechtigung, als könnte mich der Wind jeden Moment wie eine Feder davonwehen.

Davon hatte ich geträumt: mit einer Weinflasche bewaffnet die winterliche Straße entlangzugehen, um eine liebe Freundin zu besuchen. Jetzt wandte ich immer wieder den Kopf, um festzustellen, wer neben oder hinter mir ging. Warum war mir früher nie aufgefallen, wie seltsam die meisten Leute aussahen, wenn sie bis unter die Nasenspitze in dicke Wintersachen gehüllt waren? Mit meinen alten Schuhen rutschte ich auf dem eisigen Boden immer wieder aus. Einmal hielt mir ein Mann, neben dem ich gerade die Straße überquerte, hilfsbereit die Hand hin, um mich zu stützen. Als ich vor Schreck den Arm zurückriss, starrte er mich erstaunt an.

»Sei da, sei da, sei da«, murmelte ich vor mich hin, während ich vor Sadies Souterrain-Wohnung wartete, ob sie auf mein Klingeln reagieren würde. Ich hätte vorher anrufen sollen. Wenn sie ausgegangen oder weggefahren war, was dann? Normalerweise war sie um diese Tageszeit immer zu Hause. Pippa war erst sechs oder sieben Wochen alt, und Sadie noch ganz euphorisch vor Mutterglück. Sie nahm gerne in Kauf, dass die Kleine ihren Tagesablauf bestimmte. Ich drückte noch einmal auf den Klingelknopf.

»Bin schon unterwegs!«, rief eine Stimme. Durch das geriffelte Glas sah ich sie näher kommen. »Wer ist da?«

»Ich. Abbie.«

»Abbie! Ich dachte, du wärst noch im Krankenhaus. Moment!«

Ich hörte sie fluchend mit dem Vorhängeschloss hantieren, dann sprang die Tür auf, und sie stand mit Pippa auf dem Arm vor mir. Die Kleine war in dicke Handtücher gewickelt, so dass nur ein Teil ihres rosigen, immer noch leicht runzeligen Gesichts hervorlugte.

»Ich habe sie gerade gebadet und …«, begann sie, brach dann aber mitten im Satz ab. »Lieber Himmel, wie siehst du denn aus!«

»Ich hätte vorher anrufen sollen. Ich hatte bloß … du musst entschuldigen, aber ich hatte einfach das dringende Bedürfnis, dich zu sehen.«

»Lieber Himmel!« sagte sie noch einmal, während sie zur Seite trat, um mich eintreten zu lassen.

Ein süßsaurer Geruch schlug mir entgegen – nach Senf, Babypuder, Milch, Erbrochenem und Seife. Ich schloss die Augen und atmete tief ein.

»Wie wundervoll«, sagte ich und wandte mich Pippa zu. »Hallo, Süße, erinnerst du dich an mich?«

Pippa öffnete den Mund so weit, dass ich durch ihren rosigen Schlund bis zu ihren Mandeln hinuntersehen konnte. Dann stieß sie einen kurzen, hellen Schrei aus.

»Nein?«, fragte ich. »Tja, das überrascht mich eigentlich nicht. Ich bin nicht einmal sicher, ob ich mich selbst an mich erinnere.«

»Was um alles in der Welt ist mit dir passiert?« wollte Sadie wissen. Sie zog Pippa noch fester an sich und wiegte sie sanft hin und her, wie es anscheinend alle Mütter instinktiv taten. »Du siehst …«

»Ich weiß. Ich sehe fürchterlich aus.« Ich stellte den Globus auf dem Küchentisch ab. »Der ist für Pippa.«

»Was darf ich dir anbieten? Hier, setz dich. Schieb die Babysachen einfach zur Seite.«

»Kann ich einen Keks oder ein Stück Brot haben? Ich fühle mich ein bisschen wackelig auf den Beinen.«

»Natürlich. Mein Gott, was haben sie mit dir angestellt?« Pippa begann zu quengeln, und Sadie hievte sie ein Stück höher, bis sich der Kopf der Kleinen unter ihr Kinn schmiegte. »Schsch, ist ja gut«, flüsterte sie mit ihrer neuen Singsangstimme, die niemand von uns je zu hören bekommen hatte, bevor Pippa zur Welt kam. »Schon gut, mein kleines Schätzchen!«

»Du musst dich um sie kümmern. Ich bin zu einem ungünstigen Zeitpunkt hereingeplatzt.«

»Sie hat Hunger.«

»Lass dich nicht stören. Ich kann warten.«

»Bist du sicher? Du weißt ja, wo alles ist. Magst du uns Tee machen? Kekse sind auch noch ein paar da, glaube ich. Schau einfach, was du findest.«

»Ich habe eine Flasche Wein mitgebracht.«

»Ich stille noch, da sollte ich eigentlich nichts trinken.«

»Ein Gläschen geht schon, den Rest vernichte ich.«

»Ich ziehe sie schnell an, stillen kann ich sie dann hier. Ich möchte alles ganz genau wissen. Mein Gott, bist du dünn! Wie viel hast du denn abgenommen?«

»Sadie?«

»Ja?« Sie wandte sich im Türrahmen um.

»Kann ich bleiben?«

»Bleiben?«

»Nicht lange.«

»Natürlich. Es wundert mich bloß, dass du das willst. Du weißt ja, ich habe nur das alte Sofa, bei dem die Federung längst hinüber ist, und Pippa wacht nachts ständig auf.«

»Das macht nichts.«

»Das hast du letztes Mal auch gesagt, bis es dann so weit war.«

»Letztes Mal?«

»Ja.« Sie musterte mich mit einem seltsamen Blick.

»Ich kann mich nicht daran erinnern.«

»Was?«

»Ich kann mich nicht daran erinnern«, wiederholte ich. Ich hatte plötzlich das Gefühl, vor Müdigkeit vornüber zu kippen.

»Hör zu, mach es dir gemütlich«, sagte Sadie. »Ich bin gleich wieder da. Fünf Minuten, Maximum.«

Ich entkorkte den Wein und schenkte zwei Gläser voll. Nachdem ich einen Schluck genommen hatte, wurde mir sofort schummrig. Ich brauchte unbedingt etwas zu essen. Ich stöberte in Sadies Schränken und stieß auf eine Tüte Chips, von denen ich mir einen Teil im Stehen in den Mund stopfte, nahm einen weiteren vorsichtigen Schluck von dem Wein und ließ mich wieder auf dem Sofa nieder. In meinem Kopf pochte es, meine Augen brannten vor Müdigkeit, und der Schnitt an meiner Seite kribbelte. Dabei war es hier im Souterrain so wundervoll warm und gemütlich. Über den Heizkörpern hingen Babysachen, und auf dem Tisch stand eine große Vase mit dunkelorangeroten Chrysanthemen, die wie Flammen aussahen.

»Alles in Ordnung?« Sadie war wieder da. Sie nahm neben mir auf dem Sofa Platz und knöpfte ihre Bluse auf. Nachdem sie Pippa an ihre Brust gelegt hatte, lehnte sie sich mit einem Seufzer zurück. »Jetzt schieß los. Es war dieser verdammte Terry, nicht wahr? Dein armes Gesicht, es ist immer noch ganz blau. Du hättest nicht zu ihm zurückgehen sollen. Ich dachte, du wärst in Urlaub gefahren.«

»Urlaub?«, wiederholte ich.

»Du hast gesagt, du wolltest eine Reise buchen.«

»Ich war nicht im Urlaub.«

»Was hat er denn diesmal gemacht?«

»Wer?«

»Terry.« Sie sah mich fragend an. »Geht es dir nicht gut?«

»Wieso glaubst du, dass es Terry war?«

»Das liegt doch auf der Hand. Nach allem, was beim letzten Mal passiert ist. Oh, Abbie!«

»Wie meinst du das, beim letzten Mal?«

»Als er dich geschlagen hat.«

»Dann hat er mich also doch geschlagen.«

»Ja, und zwar ziemlich heftig. Abbie? Du musst dich doch daran erinnern.«

»Erzähl es mir trotzdem.«

Sie starrte mich verwirrt an, als würde sie sich fragen, ob ich sie irgendwie veräppelte.

»Du bist heute aber seltsam. Jedenfalls habt ihr euch gestritten. Er hat dich geschlagen, du hast mit ihm Schluss gemacht und bist hergekommen. Du hast sehr entschlossen gewirkt. Fast ein bisschen euphorisch. Offenbar bist du aber trotzdem zu ihm zurück.«

»Nein.« Ich schüttelte den Kopf. »Nicht dass ich wüsste. Er war es nicht.«

»Ich verstehe nicht recht.« Einen Moment starrte sie mich stirnrunzelnd an, dann wandte sie sich wieder Pippa zu.

»Ich habe einen Schlag auf den Kopf bekommen«, erklärte ich. »Deswegen kann ich mich an einige Dinge nicht mehr erinnern. Ich kann mich weder daran erinnern, dass ich Terry verlassen habe, noch, dass ich hierhergekommen bin.«

Sadie stieß einen Pfiff aus. Ich konnte nicht beurteilen, ob aus Schock oder Ungläubigkeit. »Du meinst, du hattest eine Gehirnerschütterung?«

»Etwas in der Art.«

»Dann kannst du dich wirklich nicht erinnern?«

»Nein, wirklich nicht.«

»Du weißt nicht mehr, dass du Terry verlassen hast?«

»Nein.«

»Auch nicht, dass du zu mir gekommen bist?«

»Nein.«

»Und dass du hier nicht lang geblieben bist?«

»Ich bin nicht geblieben? Tja, sieht ganz danach aus – sonst wären ein paar meiner Sachen hier, nicht wahr? Wo wollte ich denn hin?«

»Du kannst dich wirklich nicht erinnern?«

»Nein.« Allmählich verlor ich die Geduld.

»Du bist zu Sheila und Guy.«

»Das war dann wohl am Sonntag?«

»Wahrscheinlich. Ja, ich glaube, du hast Recht. Für mich ist zur Zeit jeder Tag wie der andere.«

»Du hast mich seitdem nicht mehr gesehen? Bis jetzt, meine ich.«

»Nein. Ich dachte, du wärst weggefahren.«

»Verstehe.«

»Erzähl mir, was passiert ist, Abbie. Die ganze Geschichte.«

Die ganze Geschichte. Ich nahm einen Schluck Wein und betrachtete Sadie, die ihrem Baby gerade Koseworte ins Ohr flüsterte. Ich musste mir dringend Luft machen, endlich jemandem von alledem erzählen, dem Entsetzen in der Dunkelheit, der Scham, der schrecklichen, endgültigen Einsamkeit, dem Gefühl, tot zu sein. Ich musste mit jemandem über die Reaktion der Polizei sprechen, die Art, wie all diese Emotionen gegen mich verwendet wurden – und dieser Jemand musste felsenfest an mich glauben. Wenn dem nicht so war, dann… ich leerte mein Glas und schenkte nach. Wenn nicht Sadie, wer dann? Sie war meine beste, meine älteste Freundin. Ich war diejenige gewesen, an die sie sich gewandt hatte, nachdem Bob sie im achten Monat hatte sitzen lassen. Wenn Sadie mir nicht glaubte, wer dann? Ich holte tief Luft.

Und erzählte ihr alles. Von dem Mauervorsprung, der Kapuze, dem Kübel, dem pfeifenden Lachen in der Dunkelheit. Meiner Gewissheit, sterben zu müssen. Sie hörte mir zu, ohne mich zu unterbrechen, wenngleich sie hin und wieder kleine Laute des Erstaunens ausstieß. Ich erzählte ihr alles, ohne zu weinen. Ich hatte angenommen, irgendwann in Tränen auszubrechen, woraufhin sie mich dann in den Arm nehmen und mir übers Haar streichen würde, wie sie es bei Pippa getan hatte. Aber meine Augen blieben trocken, und ich erzählte meine Geschichte ruhig und leidenschaftslos.

»Ich bin doch nicht verrückt, oder?«, endete ich.

»Sie haben dir nicht geglaubt?! Weshalb denn nicht? Diese Stümper!«

»Sie waren der Meinung, ich hätte mich in einem sehr angeschlagenen Zustand befunden und nur phantasiert.«

»Wer könnte so etwas erfinden? Warum um Himmels willen solltest du?«

»Ich weiß es nicht. Um meiner Situation zu entfliehen. Um Aufmerksamkeit zu bekommen. Keine Ahnung.«

»Aber *warum*? Warum haben sie dir nicht geglaubt?«, hakte sie nach.

»Weil es keine Beweise gibt«, antwortete ich trocken.

»Gar keine?«

»Nein. Keine Spur.«

»Oh.« Ein paar Sekunden schwiegen wir beide. »Was um alles in der Welt wirst du jetzt tun?«

»Das weiß ich auch nicht. Ich habe keine Ahnung, wo ich anfangen soll, Sadie. Ich weiß nicht, wohin ich gehen oder an wen ich mich wenden soll. Ich weiß nicht einmal, wer ich eigentlich *sein* soll, wenn ich morgen früh aufstehe. Es ist, als müsste ich wieder bei Null anfangen. Aus dem Nichts. Ich kann dir gar nicht sagen, was das für ein seltsames Gefühl ist. Unbeschreiblich. Als würde jemand ein Experiment mit mir durchführen, mit dem Ziel, mich in den Wahnsinn zu treiben.«

»Du musst wirklich wütend auf die Polizei sein.«

»Ja, allerdings.«

»Und bestimmt hast du auch Angst.«

»Stimmt.« Obwohl es im Raum warm war, fröstelte ich plötzlich.

»Denn«, fuhr Sadie fort, »denn wenn das, was du sagst,

wirklich stimmt, dann ist er noch irgendwo da draußen. Vielleicht ist er immer noch hinter dir her.«

»Ja,« sagte ich. »Genau.« Doch wir hatten beide gehört, wie sie es gesagt hatte. *Wenn*. Wenn das, was ich gesagt hatte, wahr war. Wenn ich die ganze Sache nicht erfunden hatte. Als ich sie ansah, senkte sie den Blick und begann wieder mit ihrer Babystimme auf Pippa einzureden, obwohl die Kleine inzwischen eingeschlafen war. Ihr Kopf war wie bei einem Betrunkenen nach hinten gesunken, ihr kleiner Mund stand halb offen, und an der Oberlippe hatte sie noch eine Milchblase.

»Was möchtest du zum Abendessen?«, fragte Sadie. »Du musst ja am Verhungern sein.«

Ich hatte nicht vor, das Thema einfach so fallen zu lassen.

»Du weißt nicht, ob du mir glauben sollst, stimmt's?«

»Nun sei nicht albern, Abbie. Natürlich glaube ich dir. Natürlich. Hundertprozentig.«

»Danke.« Aber ich wusste – und sie wusste, dass ich es wusste –, dass sie keineswegs hundertprozentig sicher war. Der Zweifel war gesät, würde wachsen und gedeihen. Wer konnte ihr das verdenken? Meine hysterische Schauergeschichte gegen die maßvolle, gesunde Normalität der anderen. An ihrer Stelle hätte ich ebenfalls meine Zweifel gehabt.

Während Sadie Pippa ins Bett brachte, machte ich uns etwas zu essen. Speck-Sandwiches, mit dicken Weißbrotscheiben, die ich kurz in die fettige Pfanne drückte, ehe ich sie mit Speck belegte. Es schmeckte deftig und salzig, und dazu gab es für jede von uns eine große Tasse Tee. Dass ich jetzt hier bei Sadie war, hätte mir eigentlich das Gefühl geben müssen, allem, was passiert war und womöglich wieder passieren konnte, für eine Weile entflohen zu sein. Aber ich schlief in dieser Nacht auf ihrem Sofa sehr unruhig, schreckte immer wieder schweißgebadet und mit wild pochendem Herzen aus Träumen hoch, in denen ich ununterbrochen rannte, stolperte, fiel. Pippa wachte ebenfalls oft auf, was sie mit zornigem Geschrei kundtat. Die

Wände der Wohnung waren so dünn, dass es mir vorkam, als lägen wir im selben Zimmer. Am Morgen würde ich die beiden wieder verlassen. Ich konnte unmöglich eine weitere Nacht hier verbringen.

»Das hast du letztes Mal auch gesagt«, bemerkte Sadie lachend, als ich sie um sechs Uhr morgens über meinen Entschluss informierte. Sie machte einen erstaunlich frischen Eindruck. Unter ihrer Mähne aus weichem braunen Haar wirkte ihr Gesicht geradezu rosig.

»Ich weiß nicht, wie du das schaffst. Ich brauche mindestens acht Stunden Schlaf, noch besser zehn, am Sonntag zwölf. Ich gehe zu Sheila und Guy, die beiden haben genug Platz. Nur bis ich mir darüber im Klaren bin, wie es weitergehen soll.«

»Das hast du letztes Mal auch gesagt.«

»Dann muss es eine gute Idee sein.«

Es war noch nicht richtig hell, als ich mich auf den Weg zu Sheila und Guy machte. Über Nacht hatte es geschneit, und in dem weichen Morgenlicht sah alles gespenstisch schön aus, sogar die Mülltonnen. Ich ging zu Fuß, machte aber bei einem Bäcker Halt und kaufte als Bestechung drei Croissants, so dass mir noch genau fünf Pfund zwanzig blieben. Heute würde ich bei meiner Bank anrufen. Wie lautete gleich noch meine Kontonummer? In einem Anfall von Panik befürchtete ich, dass sie mir nicht mehr einfallen würde und viele Mosaiksteinchen meines Lebens gerade im Verschwinden begriffen waren, als wäre in meinem Gehirn ein Cursor am Werk, der willkürlich Informationen löschte.

Es war knapp sieben Uhr, als ich an ihre Tür klopfte. Die Vorhänge im ersten Stock waren zugezogen. Ich wartete, wie es der Anstand gebot, und klopfte erneut, länger und lauter. Dann trat ich einen Schritt zurück und blickte nach oben. Ein Vorhang bewegte sich. Ein Gesicht und nackte Schultern tauchten am Fenster auf.

Sheila, Sadie und ich kennen uns schon länger als unser halbes Leben. In der Schule waren wir ein streitlustiges Trio, das sich ständig trennte und wieder vereinte, doch unsere Teenagerjahre haben wir gemeinsam durchgestanden: Prüfungen, die erste Menstruation, die erste Liebe. Nun hatte Sadie ein Baby, Sheila einen Mann und ich… nun ja, ich schien im Moment nicht viel zu haben, außer einer Geschichte. Ich winkte zum Fenster hinauf. Bei meinem Anblick wich Sheilas eben noch missmutige, mürrische Miene einem Ausdruck der Verblüffung und Besorgnis. Sie verschwand und tauchte wenige Augenblicke später unten an der Haustür wieder auf, in einen flauschigen weißen Bademantel gehüllt, das verschlafene Gesicht von wirren dunklen Haarsträhnen umrahmt. Ich drückte ihr die Tüte mit den Croissants in die Hand.

»Entschuldige«, sagte ich. »Aber es war noch zu früh, um vorher anzurufen. Darf ich reinkommen?«

»Du siehst wie ein Gespenst aus!«, rief sie. »Was ist mit deinem Gesicht passiert?«

Diesmal erzählte ich eine Kurzversion meiner Geschichte, nur das Wichtigste. In Bezug auf die Polizei blieb ich vage. Sheila und Guy waren sichtlich verwirrt, aber dennoch sehr hilfsbereit. Sie machten mir sofort einen Kaffee und boten mir überschwänglich an, über alles zu verfügen: ihr Bad, ihr Geld, ihren Kleiderschrank, ihr Telefon, ihr Auto und ihr Gästezimmer, und das, so lange ich wollte.

»Wir werden natürlich die meiste Zeit im Büro sein«, fügte Sheila hinzu. »Fühl dich einfach wie zu Hause.«

»Habe ich meine Sachen bei euch gelassen?«

»Hier? Nein. Es sei denn, die eine oder andere Kleinigkeit schwirrt noch irgendwo herum.«

»Wie lange bin ich überhaupt geblieben? Nur eine Nacht?«

»Nein. Oder doch, eigentlich schon.«

»Was meinst du mit eigentlich?«

»Du hast am Sonntag hier geschlafen, bist aber am Montag

nicht wiedergekommen. Du hast angerufen, dass du anderswo übernachten würdest. Am Dienstag hast du deine Sachen abgeholt. Du hast uns einen Zettel mit einer Nachricht hinterlassen und zwei sehr teure Flaschen Wein.«

»Wohin wollte ich denn?«

Sie antworteten, das wüssten sie nicht. Ich sei ziemlich aufgedreht gewesen und hätte sie am Sonntag bis in die frühen Morgenstunden wach gehalten. Ich hätte ziemlich viel geredet und getrunken und Pläne für den Rest meines Lebens geschmiedet. Am nächsten Tag hätte ich sie dann wieder verlassen. Während sie mir das erzählten, warfen sie sich vielsagende Blicke zu, so dass ich mich zu fragen begann, was sie mir wohl verschwiegen. Hatte ich mich daneben benommen? Mich übergeben müssen? Kurz bevor sie aufbrachen, ertappte ich sie dabei, wie sie in der Küche die Köpfe zusammensteckten und aufgeregt miteinander tuschelten. Als sie mich in der Tür stehen sahen, brachen sie abrupt ab, lächelten mich an und taten so, als hätten sie nur Pläne für den Abend gemacht.

Die beiden also auch, dachte ich, und wandte den Blick ab, als hätte ich nichts bemerkt. Das würde noch öfter vorkommen, vor allem, wenn Sheila und Guy erst einmal mit Sadie gesprochen hatten, und anschließend mit Robin, Carla, Joey und Sam. Ich konnte mir lebhaft vorstellen, wie sie sich gegenseitig anrufen würden. Hast du schon gehört? Ist das nicht schrecklich? Wie denkst du darüber, ich meine, *wirklich*, ganz unter uns?

Freundschaften haben viel mit Takt zu tun. Oft will man gar nicht wissen, was Freunde gegenüber anderen Freunden oder ihrem Partner ausplaudern. Man will gar nicht wissen, was sie wirklich denken oder wie weit ihre Loyalität geht. Man sollte sehr vorsichtig damit umgehen. Vermutlich erfährt man dann nämlich Dinge, die einem gar nicht gefallen.

4

Mir war nichts mehr peinlich. Ich besaß noch rund fünf Pfund, so dass mir gar nichts anderes übrig blieb, als Sheila und Guy um Geld anzupumpen. Sie waren sehr entgegenkommend. Natürlich war ihr »Entgegenkommen« mit Schnauben und Keuchen und Zähneknirschen verbunden. Beide wühlten in ihren Taschen und Börsen und erklärten, dass sie später zur Bank gehen könnten. Am liebsten hätte ich gesagt, es sei nicht so wichtig, und ich käme auch ohne Geld klar, aber es war nun einmal wichtig, und ich war auf ihre Hilfe angewiesen. Deshalb landeten zweiundfünfzig Pfund in diversen Scheinen und Münzen in meinen aufgehaltenen Händen. Dann lieh ich mir von Sheila einen Slip und ein T-Shirt aus und warf meine getragenen Sachen in ihren Wäschekorb. Sie fragte mich, ob sie mir sonst irgendwie helfen könne, woraufhin ich sie fragte, ob sie einen alten Pulli besitze, den ich für ein, zwei Tage haben könnte. Sie antwortete, natürlich, und kam mit einem recht hübschen wieder, der überhaupt nicht alt aussah. Sheilas Kleidung war mir einige Nummern zu groß, doch nachdem ich die Ärmel hochgeschoben hatte, sah ich nicht mehr ganz so lächerlich aus. Dennoch hatte sie ihre Gesichtszüge nicht völlig unter Kontrolle.

»Entschuldige«, sagte sie. »Du siehst großartig aus, aber …«

»Als würde ich neuerdings unter der Brücke leben?«, fiel ich ihr ins Wort.

»Nein, nein«, widersprach sie vehement. »Ich bin es nur gewohnt, dass du, ich weiß auch nicht, erwachsener aussiehst.«

Als sie aufbrachen, kam es mir fast so vor, als hätten sie bei der Vorstellung, mich allein in ihrem Haus zurückzulassen, ein leicht mulmiges Gefühl. Ich weiß nicht, ob sie befürchteten, ich würde ihre Hausbar oder den Kühlschrank plündern oder von ihrem Telefon aus lange Auslandsgespräche führen. Ich erleichterte lediglich das Arzneischränkchen um ein paar Kopfschmerztabletten und tätigte vier Anrufe, alles Ortsgespräche. Als Erstes bestellte ich mir ein Taxi, weil ich auf keinen Fall allein durch die Straßen laufen wollte. Dann rief ich Robin im Büro an. Sie sagte, sie könne sich mittags leider nicht mit mir treffen. Als ich ihr zur Antwort gab, sie müsse, erklärte sie mir, dass sie bereits mit jemand anderem zum Essen verabredet sei. Ich entgegnete, das tue mir Leid, aber sie müsse ihre Verabredung absagen. Sie schwieg einen Moment, dann sagte sie seufzend zu.

Ich forderte alle Gefallen ein, die ich meinen Freunden im Laufe meines Lebens getan hatte. Ich rief Carla an und nötigte sie, sich nachmittags auf einen Kaffee mit mir zu treffen. Anschließend rief ich Sam an und verabredete mich mit ihm ebenfalls für einen Kaffee, fünfundvierzig Minuten nach meinem Termin mit Robin. Er fragte nicht nach dem Grund, ebensowenig wie Carla. Das beunruhigte mich ein wenig. Bestimmt wussten sie schon etwas. Was hatte Sadie erzählt? Ich kannte das Gefühl. Auch ich war schon wegen irgendeiner unglaublich heißen Tratschgeschichte in einen Fieberzustand verfallen, der sich wie ein Typhusvirus verbreitet hatte. Ich konnte es mir lebhaft vorstellen. Hey, alle mal herhören, habt ihr schon gehört, was Abbie passiert ist? Oder war es noch einfacher? Hey, alle mal herhören, Abbie ist verrückt geworden! Ach, und übrigens, sie wird bald bei euch hereinschneien, um euer gesamtes Kleingeld einzusammeln.

Ich spähte aus dem Fenster, bis ich das Taxi kommen sah, und griff nach meiner Tasche. Es dauerte einen Augenblick, bis mir klar wurde, dass ich gar keine Tasche hatte. Alles, was ich besaß, hatte ich in meine Hosentaschen gestopft – eine kleine Geldsumme von Sadie und eine größere von Sheila und Guy. Ich bat den Taxifahrer, mich zur U-Bahn-Station Kennington zu fahren, was ihn nicht gerade in einen Freudentaumel versetzte. Verwirrt starrte er mich an. Es war wahrscheinlich das erste Mal in seiner Laufbahn, dass er einen Fahrgast zu einer U-Bahn-Station bringen musste, die nur wenige Straßen entfernt lag. Das Unterfangen kostete mich drei Pfund fünfzig. Ich nahm den Zug nach Euston, wechselte dort die Bahnsteigseite und stieg in die Victoria Line um. Am Oxford Circus stieg ich aus und begab mich zum Bahnsteig der Bakerloo Line. Über die Gleise hinweg studierte ich die Streckenkarte. Ja, dieser Zug führte an Ziele, die ausreichend weit von allen mir bekannten Orten entfernt lagen. Ein Zug kam im Bahnhof an, und ich stieg ein. Als sich die Türen zu schließen begannen, sprang ich flink wieder heraus. Der Zug setzte sich in Bewegung, und ich war für ein, zwei Sekunden allein, bis die nächsten Pendler auf dem Bahnsteig eintrafen. Jeder, der mir zugeschaut hätte, hätte mich bestimmt für eine Verrückte gehalten. Dabei hätte ich eigentlich wissen müssen, dass mir niemand folgte. Es *konnte* mir niemand folgen. Doch nun war ich mir sicher und fühlte mich besser. Etwas besser zumindest. Ich schlenderte zur Central Line hinüber und entschied mich für den Zug nach Tottenham Court Road.

Dort suchte ich eine Zweigstelle meiner Bank auf. Ich empfand eine große Müdigkeit, als ich mich durch die Tür schob. Die einfachen Dinge des Lebens waren so schwierig geworden. Kleidung. Geld. Ich kam mir vor wie Robinson Crusoe. Am unangenehmsten war es, dass ich fast jedem Menschen, auf den ich traf, eine Version meiner Geschichte erzählen musste. Der Frau am Schalter schilderte ich eine sehr knappe Version, woraufhin sie mich an eine »persönliche Finanzberaterin« verwies, eine korpulente Frau in einem türkisfarbenen Blazer mit Messingknöpfen, die in einer Ecke des Raums an ihrem Schreibtisch saß. Ich musste warten, bis sie für einen Mann, der offenbar kein Englisch sprach, ein Konto eröffnet hatte. Als er gegangen war, wandte sie sich mit einem Ausdruck der Erleichterung an mich. Sie wusste nicht, was ihr bevorstand. Ich erklärte ihr, dass ich Geld von meinem Konto abheben wolle, aber Opfer eines Verbrechens geworden sei und daher weder im Besitz meines Scheckbuchs noch meiner Kreditkarten sei. Kein Problem, meinte sie. Jede Form von Ausweis mit Foto sei absolut ausreichend.

Ich holte tief Luft, bevor ich ihr eröffnete, dass ich gegenwärtig über keinerlei Art von Ausweis verfügte, ihr überhaupt nichts vorlegen könne. Sie starrte mich verwirrt an. Fast schien es, als hätte sie ein wenig Angst vor mir.

»Dann tut es mir Leid…«, begann sie.

»Aber es muss doch eine Möglichkeit geben, an mein Geld heranzukommen«, unterbrach ich sie. »Außerdem muss ich meine alten Karten sperren lassen und neue beantragen. Ich unterschreibe alles, was Sie wollen, gebe Ihnen jede Information, die Sie brauchen.«

Sie starrte mich noch immer skeptisch an. Mehr als das, beinahe wie hypnotisiert. Plötzlich fiel mir Cross ein. Von allen Menschen, die mich zurück in die Welt entlassen hatten, schien mir Cross derjenige zu sein, der darüber am wenigsten glücklich gewesen war. Er hatte irgendetwas davon gemurmelt, dass er tun werde, was in seiner Macht stehe, falls ich Hilfe bräuchte.

»Es gibt da einen Polizeibeamten«, erklärte ich. »Er war mit dem Fall betraut. Sie können ihn anrufen und meine Angaben überprüfen.«

Ich schrieb ihr die Nummer auf, hatte aber sofort Bedenken. Wenn Cross sich zu kooperativ zeigte, stand ich möglicherweise noch schlimmer da als vorher. Stirnrunzelnd betrachtete sie die Zahl und verkündete, sie müsse vorher mit dem stellvertretenden Filialleiter sprechen. Er entpuppte sich als ein schon leicht kahlköpfiger Mann, der einen ausgesprochen gediegenen Anzug trug und ebenfalls eine sorgenvolle Miene aufsetzte. Ich glaube, sie wären erleichtert gewesen, wenn ich mich aufgeregt hätte und wütend aus der Bank gestürmt wäre, aber ich ließ nicht locker. Sie mussten mich wieder in mein altes Leben zurücklassen.

Die Zeit verging. Zunächst tätigten sie ein paar Anrufe, dann stellten sie mir unzählige Fragen über mein Leben, mein Konto, Rechnungen, die ich in der letzten Zeit bezahlt hatte. Sie fragten mich sogar nach dem Mädchennamen meiner Mutter. Ich unterschrieb zahllose Formulare, und die Bankangestellte tippte permanent verschiedene Angaben in den Computer auf ihrem Schreibtisch. Am Ende händigten sie mir mit sichtlichem Widerwillen zweihundert Pfund aus und stellten mir in Aussicht, dass sie mir innerhalb von zwei Werktagen neue Kreditkarten und ein Scheckbuch zuschicken würden – wenn ich Glück hätte eventuell bereits am folgenden Werktag. Plötzlich wurde mir bewusst, dass auf diese Weise alles bei Terry landen würde. Ich stand schon im Begriff, sie zu bitten, die Dokumente an eine andere Adresse zu schicken, besann mich dann aber eines Besseren. Wenn ich jetzt auch noch meine Adresse änderte, würden sie mich wahrscheinlich auf der Stelle hinauswerfen. Also stopfte ich das Geldbündel in meine beiden Hosentaschen und ging. Ich hatte das Gefühl, als käme ich aus einem Wettbüro.

Sobald Robin mich sah, nahm sie mich fest in den Arm, aber ich spürte, dass sie nicht nur besorgt, sondern auch misstrauisch war. Ich verstand durchaus weshalb. Wir sahen aus, als gehörten wir unterschiedlichen Spezies an. Sie ist eine dunkelhäutige Schönheit, immer makellos gekleidet und sehr gepflegt. Ich dagegen sah aus wie das, was ich momentan tatsächlich war: eine Obdachlose, die es nicht eilig hatte, an ein bestimmtes Ziel zu kommen. Wir trafen uns vor dem Reisebüro, in dem sie arbeitete. Sie hatte nirgends für uns reserviert. Ich sagte ihr, dass mir das nichts ausmache. Es machte mir tatsächlich nichts aus. Wir gingen in eine italienische Sandwichbar, wo wir uns an der Theke niederließen. Ich bestellte mir einen großen Kaffee und ein Sandwich, das aussah wie ein ganzer Delikatessenladen zwischen zwei Scheiben Brot. Ich hatte einen Bärenhunger. Sie trank nur einen Kaffee. Als sie sich anschickte, für mich mitzubezahlen, ließ ich sie gewähren. Ich musste mit meinem Geld momentan sparsam umgehen, weil ich noch nicht wusste, welche Kosten bei dem Zigeunerleben, das ich nun führte, auf mich zukommen würden.

»Sadie hat mich angerufen«, bemerkte sie.

»Gut«, murmelte ich, den Mund voller Sandwich.

»Ich kann es einfach nicht glauben! Wir sind so entsetzt über das, was dir passiert ist. Wenn ich irgendetwas tun kann, egal, was …«

»Was hat Sadie dir erzählt?«

»Nur die groben Fakten.«

Robin präsentierte mir eine Version meiner Geschichte. Es war richtig wohltuend, einmal zuzuhören, statt selbst erzählen zu müssen.

»Hast du jemanden?« fragte sie, als sie fertig war.

»Du meinst, einen Mann?«

»Ich dachte eher an einen Arzt.«

»Ich war im Krankenhaus.«

»Aber Sadie hat gesagt, du hättest eine Kopfverletzung.«

Ich hatte gerade ein großes Stück von meinem Sandwich abgebissen, woraufhin eine Pause entstand, während ich kaute und schluckte.

»Genau darüber wollte ich mit dir sprechen, Robin. Unter anderem. Wie du bereits von Sadie weißt, hatte ich eine Art Gehirnerschütterung. Daraus resultierten meine Probleme mit den Ärzten und der Polizei. Deshalb möchte ich unter anderem versuchen zu rekonstruieren, was in der Zeit meiner Gedächtnislücke passiert ist. Es ist mir etwas unangenehm, dir davon zu erzählen, aber mir war beispielsweise nicht mehr klar, dass ich Terry verlassen hatte. Endlich ringe ich mich zu einer der besten Entscheidungen meines Lebens durch, und dann vergesse ich sie wieder. Einmal angenommen, ich wäre ein Fahnder auf der Suche nach einer Vermissten und würde dich fragen, wann du Abbie Devereaux das letzte Mal gesehen hast, was würdest du antworten?«

»Wie bitte?«

»Wann hast du mich zum letzten Mal gesehen, Robin? Das ist doch wirklich keine schwierige Frage!«

»Nein, da hast du Recht.« Sie überlegte einen Augenblick. »Ich wusste, dass du Terry verlassen hattest. Wir haben uns am folgenden Tag getroffen, am Sonntag. Am späten Vormittag.«

»Warte mal. Am Sonntag, dem dreizehnten Januar?«

»Ja. Wir waren in der Kensington High Street beim Shoppen. Daran musst du dich doch erinnern.«

»Nein, beim besten Willen nicht. Was habe ich gekauft?«

Sie starrte mich entgeistert an.

»Du kannst dich wirklich nicht erinnern? Nun ja, ich habe mir phantastische Schuhe gekauft. Sie waren auf fünfunddreißig Pfund heruntergesetzt, von absurden hundertsechzig.«

»Und ich?«

Robin lächelte.

»Jetzt erinnere ich mich wieder. Wir hatten am Vorabend telefoniert. Da hast du dich ein bisschen überdreht angehört, aber an dem Vormittag ging es dir gut. Wirklich gut. So gut gelaunt hatte ich dich seit Ewigkeiten nicht mehr gesehen. Du hast gesagt, du hättest jetzt ein positives Gefühl und wolltest dich für dein neues Leben ausstatten. Du hast dir ein wunderschönes braunes Minikleid gekauft. Aus Knittersamt. Dazu passende Schuhe, Strümpfe und ein paar Slips. Und einen spektakulären Mantel. Lang, marineblau. Du hast ein Vermögen dafür ausgeben. Aber der Mantel war wirklich toll. Du musstest ziemlich viel kichern, weil du so viel ausgegeben hast, nachdem du gerade deinen Job gekündigt hattest.«

»O nein! Erzähl mir bitte nicht, dass ich nicht nur mit Terry, sondern auch mit meinem Job Schluss gemacht habe!«

»Doch. Wusstest du das nicht? Es schien dir allerdings nichts auszumachen.«

»Dann habe ich also keinen Job mehr?«

Der Boden unter meinen Füßen schien nachzugeben. Die Welt erschien mir plötzlich grauer und kälter.

»Abbie?«

Robin sah mich besorgt an. Ich überlegte krampfhaft, was ich sie noch fragen sollte.

»Und das war wirklich das letzte Mal, dass du mich gesehen hast?«

»Wir aßen zusammen zu Mittag und vereinbarten, uns ein paar Tage später auf einen Drink zu treffen. Am Donnerstagabend, glaube ich. Aber du hast einen Tag vorher angerufen und abgesagt.«

»Warum?«

»Du hast gesagt, dir sei etwas dazwischengekommen. Du hast dich tausendmal entschuldigt.«

»War das, was mir dazwischengekommen war, etwas Gutes? Habe ich aufgeregt geklungen?«

»Hm... vielleicht ein bisschen überdreht. Wir haben nur ganz kurz miteinander gesprochen.

»Das war alles?«

»Ja.« Während ich den Rest meines Sandwiches verspeiste, musterte Robin mich eindringlich. »Könnte es sich bei der ganzen Sache nicht um ein Missverständnis handeln?«

»Du meinst, dass ich entführt und von jemandem gefangen gehalten worden bin, der zu mir gesagt hat, er wolle mich umbringen und habe bereits mehrere andere Frauen umgebracht? Du meinst diesen Teil?«

»Ich weiß nicht.«

»Robin«, sagte ich langsam. »Du bist eine von meinen ältesten Freundinnen. Ich möchte, dass du ehrlich zu mir bist. Glaubst du mir?«

Robin nahm meinen Kopf zwischen ihre schlanken Finger und küsste mich auf beide Wangen. Dann schob sie mich zurück und sah mich an.

»Die Sache ist die«, sagte sie. »Wenn es wahr ist – und ich bin sicher, dass dem so ist –, dann kann ich die Vorstellung einfach nicht ertragen.«

»Mir geht es nicht anders!«

Mein Treffen mit Carla bestand aus unzähligen Umarmungen, Tränen und Freundschaftsbeteuerungen, lief jedoch auf die Tatsache hinaus, dass sie in der betreffenden Zeit nicht da gewesen war und lediglich sagen konnte, dass ich auf ihrem Anrufbeantworter eine Nachricht hinterlassen und um Rückruf gebeten hätte. Nach ihrer Rückkehr habe sie ihrerseits eine Nachricht auf Terrys Band hinterlassen, aber nichts mehr von mir gehört.

Sam ist einer meiner ältesten Freunde. Oft kann ich nicht glauben, dass der Junge, den ich auf zahlreichen Partys in Süd-London mit einem Joint in der Hand habe herumlaufen sehen, nun Anwalt ist, Anzug und Krawatte trägt und an Werktagen von neun bis fünf einen Erwachsenen mimen muss. Trotzdem kann ich mir inzwischen vorstellen, wie dieser attraktive, hippe Sechsundzwanzigjährige aussehen wird, wenn er vierzig ist.

»Ja, wir haben uns getroffen«, sagte er. »Am Sonntagabend, auf einen Drink.« Er lächelte. »Ich bin ein bisschen beleidigt, dass du dich nicht daran erinnern kannst. An dem Abend hast du bei Sheila und Guy übernachtet. Du hast kurz über Terry gesprochen, aber nicht viel. Ich dachte eigentlich, dass du dich mit mir treffen wolltest, um über diesen undankbaren Mistkerl zu schimpfen. Undankbar dafür, dass er mit dir leben durfte, meine ich. Aber du hast auf mich nicht besonders angeschlagen gewirkt, eher aufgeregt.«

O ja. Ich wusste Bescheid. Obwohl ich mich an unser Treffen nicht erinnern konnte, wusste ich in etwa, was passiert war. Sam und ich waren immer nur Freunde gewesen, nie ein Paar. Manchmal fragte ich mich, ob er das bedauerte. Vielleicht hatte er meinen Bruch mit Terry als Chance gesehen. Mir selbst war dieser Gedanken ebenfalls durch den Kopf gegangen, doch die Abbie, die mit ihm einen Drink genommen hatte, hatte sich offensichtlich dagegen entschieden. Es war besser, ihn als Freund zu behalten.

Ich nippte an meinem vierten Kaffee dieses Nachmittags. Mein ganzer Körper prickelte vor Koffein, und mich beschlich ein seltsames Gefühl. Im Grunde hatte ich bisher nicht viel herausgefunden, aber vielleicht lag gerade darin das Interessante. Immerhin wusste ich jetzt, dass ich es vorgezogen hatte, die letzten Tage vor meiner Entführung nicht mit meinen engsten Freunden zu verbringen. Doch mit wem hatte ich sie verbracht? Was hatte ich gemacht? Wer war ich gewesen?

»Was wirst du jetzt tun?« Wie so oft klang er dabei wie ein Gerichtsmediziner.

»Wie meinst du das?«

»Wenn das, was du sagst... ich meine, nach allem, was du sagst, muss er noch irgendwo da draußen sein, und *er* weiß, dass *du* wieder da draußen bist. Was also wirst du unternehmen?«

Ich trank einen weiteren Schluck Kaffee. Das war die Frage, die sich mir unerbittlich aufdrängte und die ich bisher zu ignorieren versucht hatte.

»Ich weiß es nicht«, antwortete ich. »Mich verstecken. Was kann ich sonst tun?«

5

Ich hatte keinen Termin, und es hieß, ich müsste mindestens fünfzig Minuten warten, bis ich an der Reihe war, aber das machte mir nichts aus. Ich hatte nichts vor, und hier war es warm. Und sicher. Ich ließ mich auf einem Sessel in der Nähe der Tür nieder und blätterte durch die letztjährigen Hochglanzmagazine. Penny, die mir die Haare schneiden würde, forderte mich auf, mir Frisuren auszusuchen, die mir gefielen. Ich studierte also Filmstars, Musikerinnen und andere Berühmtheiten und versuchte, mir mein Gesicht unter ihrem Haar vorzustellen. Dennoch würde ich immer noch so aussehen wie ich.

Draußen begann es zu dämmern. Auf dem Gehsteig hasteten Passanten vorbei, in Mäntel und Schals gehüllt. Autos und Lastwagen donnerten die Straße entlang und ließen zu beiden Seiten schmutzigen Schneematsch hochspritzen. Drinnen war es hell und ruhig, man hörte nur das Schnippen der Scheren, das Geräusch des Besens, der abgeschnittene Haarsträhnen und Locken zu weichen Häufchen zusammenfegte, hin und wieder gedämpftes Stimmengemurmel. Sechs Kunden wurden die Haare geschnitten, allesamt Frauen. In schwarze Umhänge gehüllt, saßen sie in gerader Haltung auf ihren Stühlen oder mit zurückgelegtem Kopf vor den Waschbecken, wo Shampoo und Spülungen in ihre Kopfhaut massiert wurden. Es roch nach Kokosnuss, Apfel, Kamille. Ich schloss die Augen. Ich hätte den ganzen Tag hier sitzen können.

»Haben Sie sich schon entschieden?«

»Kurz«, antwortete ich und riss die Augen auf. Sie führte mich vor einen großen Spiegel und stellte sich hinter mich. Den Kopf nachdenklich zur Seite geneigt, fuhr sie mit den Händen durch mein Haar.

»Und Sie sind sicher, dass Sie es kurz wollen?«

»Ja. Richtig kurz. Keinen Bob oder so. Sie wissen schon, einen richtigen Kurzhaarschnitt. Allerdings nicht zu maskulin.«

»Leicht durchgestuft vielleicht. Damit Sie es auch wild stylen können. Aber mit weichen Konturen?«

»Ja, das klingt gut. Und eine neue Farbe möchte ich auch.«

»Dafür brauchen wir dann aber eine gute Stunde länger.«

»Das macht nichts. Zu welcher Farbe würden Sie mir denn raten?«

»Ihr Haar ist sehr schön, so wie es ist.«

»Ich möchte trotzdem eine Veränderung. Ich habe an Rot gedacht. Einen leuchtenden Rotton.«

»Rot?« Sie nahm eine Strähne meines langen hellen Haars und ließ sie durch ihre Finger gleiten. »Glauben Sie, dass Rot zu Ihrer Gesichtsfarbe passt? Wie wäre es mit einem weicheren Ton – einem dunklen Karamellton vielleicht, mit interessanten Glanzlichtern?«

»Würde mich das sehr verändern?«

»O ja, definitiv.«

Ich hatte nie wirklich kurzes Haar gehabt. Als Mädchen weigerte ich mich meist, es mir überhaupt schneiden zu lassen. Ich wollte so wie meine Freundin Chen sein, die auf ihrem blauschwarzen Haar sitzen konnte. Sie trug immer einen Zopf, der mit einer Samtschleife zusammengehalten wurde. Er schlängelte sich an ihrem Rücken hinunter, dick und glänzend, als würde er leben. Ich hob eine Hand und strich über meinen Scheitel, warf einen letzten Blick auf mein langes Haar.

»Also dann«, sagte ich. »lassen Sie uns anfangen, ehe ich es mir anders überlege.«

»Sobald die Farbe eingezogen ist, bin ich wieder bei Ihnen.«

Eine andere Friseuse färbte mir das Haar. Zunächst bestrich sie es mit einer dicken bräunlichen Paste, die unangenehm und chemisch roch. Ich musste mich unter eine warme Lampe setzen. Anschließend gab sie ein paar hellere Kleckse auf einzelne Haarsträhnen und umwickelte sie mit Alufolie. Ich sah wie ein dressiertes Huhn aus, bereit, in den Ofen geschoben zu werden. Ich schloss erneut die Augen. Ich wollte es nicht sehen.

Finger fuhren durch mein Haar, warmes Wasser lief über meine Kopfhaut. Ich roch nach Früchten und tropischen Wäldern. Ein Handtuch wurde mir wie ein Turban um den Kopf geschlungen. Jemand stellte eine Tasse Kaffee vor mich hin. Draußen hatte es wieder zu schneien begonnen.

Als Penny anfing zu schneiden, schloss ich wieder die Augen.

Ich hörte die Schere schnippen und spürte, wie eine Haarsträhne an meiner Wange hinunterglitt. Bald fühlten sich mein Nacken und meine Ohrläppchen seltsam entblößt an. Penny befeuchtete mein Haar mit Wasser aus einer Sprühflasche. Sie schnitt ruhig vor sich hin und sprach mich nur an, wenn ich mich anders hinsetzen sollte. Gelegentlich beugte sie sich vor und blies ein paar Härchen weg. Als ich dabei einmal die Augen aufschlug, sah ich ein kleines, bleiches, nacktes Gesicht vor mir. Meine Nase und mein Mund wirkten zu groß, mein Hals zu dünn. Schnell machte ich die Augen wieder zu und versuchte an andere Dinge zu denken. An Essen beispielsweise. Wenn ich hier fertig war, würde ich mir in dem Feinkostladen, den ich ein Stück straßabwärts entdeckt hatte, ein leckeres Gebäckstück kaufen, etwas Süßes, Würziges. Mit Birne und Zimt vielleicht. Oder ein Stück Möhrenkuchen. Vielleicht auch einen Apfel, einen großen, grünen, sauren Apfel.

»Was halten Sie davon?«

Ich zwang mich, in den Spiegel zu sehen. Ich hatte dunkle Augenringe, und meine Lippen wirkten bleich und ausgetrocknet. Vorsichtig berührte ich die weichen Stacheln auf meinem Kopf. »Schön«, sagte ich. »Großartig.«

Penny stellte sich mit einem zweiten Spiegel hinter mich. Von hinten sah ich aus wie ein sechzehnjähriger Junge.

»Wie finden Sie den Schnitt?«, fragte ich.

Sie betrachtete mich abschätzend. »Sehr androgyn«, antwortete sie.

»Genau das, was ich wollte.«

Eine Bürste sauste über meinen Hals und mein Gesicht, dann wurde mir der Spiegel so hingehalten, dass ich mein neues Profil aus jedem Blickwinkel betrachten konnte. Anschließend bekam ich meine Jacke in die Hand gedrückt und wurde wieder in die Welt hinausgeschickt, wo kleine Schneeflocken durch die hereinbrechende Dunkelheit wirbelten. Mein Kopf fühlte sich seltsam leicht an. Jedesmal, wenn mir aus einem Schaufenster mein neues Spiegelbild entgegenblickte, erschrak ich ein wenig. Ich kaufte mir einen riesigen Schokoladenkeks und verspeiste ihn auf dem Weg zu den Modegeschäften.

Während der letzten drei Jahre habe ich mich immer relativ gediegen gekleidet. Das gehörte zu meinem Job, und ich habe mich wahrscheinlich einfach daran gewöhnt. Kostüme, Röcke und Feinstrumpfhosen, von denen ich immer eine auf Reserve in der Tasche hatte, falls ich eine Laufmasche bekam. Lauter klassische, auf Figur geschnittene Kleidungsstücke. Deswegen kaufte ich mir jetzt von dem Rest des Geldes, das Sheila mir geliehen hatte, eine weite schwarze Hose, ein paar T-Shirts, Bikerstiefel, ein Fleece-Shirt mit Kapuze, einen langen gestreiften Schal, eine schwarze Wollmütze und warme Handschuhe. Fast hätte ich auch noch einen langen Ledermantel erstanden, hatte aber zum Glück nicht mehr genug Geld. Es reichte jedoch noch für sechs Slips, zwei BH, mehrere Paar dicke Socken, eine Zahnbürste, Zahnpasta, Lippenstift, Wimperntusche, Deo und Shampoo.

Ich stellte mich vor den hohen Ladenspiegel, drehte mich langsam um und betrachtete mich über die Schulter. Ich reckte mein Kinn in die Luft. Das war nicht mehr Abbie, die Geschäftsfrau mit dem ordentlichen Haarknoten und den flachen Pumps. Ich wirkte dünn und verwildert. Meine Schlüsselbeine standen scharf hervor, und die schwarzen Sachen ließen mich noch bleicher aussehen als sonst. Der Bluterguss an meiner Wange war inzwischen zu einem gelblichen Fleck verblasst. Mein stacheliges Haar hatte die Farbe von Birkenholz. Ich fand, dass ich eine leichte Ähnlichkeit mit einer Eule hatte und wie ein Schulmädchen aussah. Ich lächelte mir zu, der neuen Abbie, die ich dort im Spiegel sah, und nickte.

»Gut«, sagte ich laut. »Perfekt.«

6

Lieber Himmel!«, rief Sheila aus, als sie mir die Tür öffnete.

»Wie findest du mich?«

»Das nenne ich einen Imagewandel. Ich habe dich fast nicht erkannt.«

»So war es gedacht. Darf ich reinkommen? Hier draußen ist es schrecklich kalt.« Eisige Flocken landeten auf meinen Wangen und meiner Nase. Mein neuer Haarschnitt war flach und feucht.

Sie trat zurück, um mich in die Wärme hineinzulassen. »Natürlich. Mein Gott, du siehst…«

»Wie sehe ich aus?«

»Ich weiß nicht. Jünger.«

»Ist das positiv?«

»Ja«, antwortete sie zögernd. »Du wirkst auch ein wenig kleiner und noch dünner. Möchtest du eine Tasse Tee? Oder lieber einen Drink?«

»Einen Drink. Ich habe Bier für uns gekauft.«

»Danke, aber das wäre wirklich nicht nötig gewesen.«

»Du brauchst dich nicht zu bedanken. Es war euer Geld. Allerdings kann ich es euch zurückzahlen, sobald meine neue Kreditkarte bei Terry eingetroffen ist, was in den nächsten Tagen der Fall sein müsste.«

»Wann auch immer, egal. Dabei fällt mir ein, dass Terry angerufen hat.«

»Hier?«

»Nein, bei Sadie. Er dachte, du wärst bei ihr. Sadie hat daraufhin bei mir angerufen. Terry lässt dir ausrichten, dass du eine Tasche bei ihm abholen sollst. Er hat gestern vergessen, sie dir zu geben. Eine große Tasche voller Post und allerlei anderem Zeug. Und dem Rest deiner Klamotten.«

»Gut. Das mache ich gleich morgen.«

»Oder er schmeißt die Sachen weg.«

»Sehr charmant. Ich hole sie jetzt gleich.«

»Jetzt? Möchtest du denn nichts essen? Wir haben Freunde zu Gast. Ein Pärchen, sehr nett, ein Kollege von Guy. Seine Freundin arbeitet mit Tapeten, glaube ich. Nichts Aufregendes, bloß wir vier. Beziehungsweise wir fünf, wenn du Zeit hast«, fügte sie tapfer hinzu.

»Lass gut sein, Sheila. Vier ist eine bessere Zahl. Vielleicht bin ich ja wieder da, wenn ihr beim Käse angelangt seid.«

»Kein Käse. Als Nachspeise gibt es Zitronenkuchen.«

»Du hast Zitronenkuchen gemacht?«

»Ja.« Sie wirkte verlegen, aber auch ein bisschen stolz.

»Lasst mir ein Stück übrig. Darf ich euer Telefon benutzen, um mir ein Taxi zu rufen?«

»Natürlich. Da brauchst du doch nicht zu fragen.«

Ich küsste sie auf beide Wangen. »Du bist sehr lieb zu mir. Ich verspreche dir, dass ich nicht lange bleiben werde.«

Es ist sehr teuer, mit dem Taxi durch ganz London zu gondeln, es warten zu lassen und dann die ganze Strecke zurückzufahren. Nervös registrierte ich, wie der Zähler auf eine zweistellige Zahl sprang. Heute Morgen hatte ich £257 besessen, von Sheila und Guy und von der Bank, aber nach meinem Haarschnitt, meiner Shoppingtour und diversen Kaffees und Taxifahrten hatte sich meine Barschaft auf £79 reduziert. Am Ende dieses Tages würde ich wieder bei etwa £60 angelangt sein.

In unserer Wohnung brannte Licht. Terrys Wohnung. Ich klingelte und wartete. Im Treppenhaus waren Schritte zu hören, dann ging in der Diele das Licht an.

»Ja?«

»Hallo, Terry.«

»Abbie?« Er starrte mich aus zusammengekniffenen Augen an. »Wie siehst du denn aus? Bist du unter den Rasenmäher geraten? Dein Haar ist…«

»Weg, ich weiß. Kann ich reinkommen und meine Sachen holen? Ich bin ein bisschen in Eile. Mein Taxi wartet.«

»Ich laufe schnell nach oben und hol dir die Sachen. Ich habe alles in Tüten verstaut. Warte hier.« Er drehte sich um und spurtete die Treppe hinauf. Da ich keine Lust hatte, in dieser Eiseskälte zu warten, folgte ich ihm. Aus der Wohnung roch es wundervoll nach Knoblauch und Gewürzen. Ich blieb im Türrahmen stehen und spähte hinein. Auf dem Tisch entdeckte ich eine halb geleerte Flasche Wein, zwei Gläser, zwei Gedecke mit Hühnchenfleisch, garniert mit Rosmarinzweigen und ganzen Knoblauchzehen. Das war mein Rezept, mein Standardgericht für besondere Gelegenheiten. Die Kerzen kamen mir auch bekannt vor – ich hatte sie gekauft. Am Tisch saß eine Frau und drehte ihr Glas zwischen zwei Fingern hin und her. Sie hatte langes, weich fallendes blondes Haar, das in dem sanften Kerzenlicht golden schimmerte. Sie trug ein anthrazitfarbenes Kostüm und als Schmuck winzige goldene Ohrstecker. Ich stand mit meiner weiten Hose und meinem stachligen Haar in der Tür und starrte sie an.

»Ich hol deine Sachen«, sagte Terry.

»Willst du uns nicht vorstellen?«

Er murmelte etwas und verschwand.

»Ich bin Abbie«, wandte ich mich betont munter an die Frau.

»Freut mich, Sie kennenzulernen«, antwortete sie leise. »Sally.«

»Hier.« Terry zerrte zwei Müllsäcke mit meinen restlichen Klamotten in den Raum und drückte mir außerdem eine prall gefüllte Plastiktüte mit Post in die Hände. Sein Gesicht war rot angelaufen.

»Ich muss wieder los«, sagte ich zu Terry. Dann wandte ich mich an die Frau. »Wissen Sie, was wirklich seltsam ist? Sie sehen mir ziemlich ähnlich.«

Sie lächelte mich an, höflich, aber ungläubig. »Das finde ich eigentlich nicht.«

Sie waren noch beim Fisch, als ich den Kopf in die Küche streckte.

»Abbie, schon zurück! Das sind Paul und Izzie. Magst du mit uns essen?«

»Hallo.« Nach der Art zu urteilen, wie Paul und Izzie mich ansahen, hatten sie bereits die ganze Geschichte gehört. »Macht euch meinetwegen keine Umstände, ich bin eigentlich gar nicht hungrig. Ich werde lieber gleich meine Post durchsehen.« Ich hob die prall gefüllte Plastiktüte hoch. »Wer weiß, vielleicht finde ich ja einen Hinweis?« Alle vier lachten verlegen und wechselten dabei nervöse Blicke. Sheila wurde rot und beugte sich vor, um nachzuschenken.

»Aber ein Glas Wein wäre schön.«

Der größte Teil meiner Post bestand aus Werbung, Prospekten mit Winterschlussverkaufsangeboten und Ähnlichem. Außerdem hatte ich zwei Postkarten bekommen, eine von Mary, die den ganzen Monat in Australien war, die andere von Alex, aus Spanien. Er musste inzwischen zurückgekehrt sein. Ich fragte mich, ob er schon davon gehört hatte. Die Tüte enthielt auch zwei Einladungen zu Partys, von denen eine bereits vorbei war, die andere aber dieses Wochenende steigen sollte. Vielleicht würde ich hingehen, tanzen und flirten, dachte ich, aber mein nächster Gedanke war: Was soll ich anziehen? Und was soll ich sagen? Und wer um alles in der Welt sollte mit einem Wesen flirten, das wie ein obdachloses Schulmädchen aussieht? Vermutlich würde ich doch nicht hingehen.

Laurence Joiner von Jay & Joiner hatte mir einen ungewöhnlich formellen Brief geschrieben, in dem er mir bestätigte, dass ich unbezahlten Urlaub hätte, meine Renten- und Krankenversicherung aber weiter bezahlt werde. Stirnrunzelnd legte ich ihn zur Seite. Ich musste auf jeden Fall im Büro vorbeischauen. Vielleicht gleich morgen.

Der nächste Umschlag enthielt einen Kontoauszug. Zu Beginn des Monats war ich glorreiche und für mich völlig untypische £1810.49 im Plus gewesen, aber inzwischen waren nur noch £597.00 übrig. Mit zusammengekniffenen Augen starrte ich auf die Zahlenreihe. Wofür um alles in der Welt hatte ich am 13. Janur £890 ausgegeben? Das musste die Kleidung sein, von denen Robin mir erzählt hatte. Welcher Teufel hatte mich da bloß geritten? War ich an dem Tag betrunken gewesen oder weggetreten? Nun wusste ich nicht einmal, wo sich die Sachen befanden. Drei Tage später hatte ich am Automaten weitere £500 abgehoben, was mich irritierte. Normalerweise hebe ich immer nur £50 ab.

Ich trank von meinem Wein und öffnete ein offiziell aussehendes Schreiben, das mich darüber informierte, dass meine Kraftfahrzeugsteuer demnächst fällig sei. Was mich nicht allzu sehr tangierte, weil ich ohnehin keine Ahnung hatte, wo mein Auto stand. Allerdings änderte sich das ziemlich schnell, denn aus dem nächsten Brief erfuhr ich, dass es in Bow auf einem Abstellplatz für amtlich abgeschleppte Fahrzeuge gelandet war.

»Bingo!« sagte ich laut. »Endlich!«

Ich nahm den Brief genauer in Augenschein. Offenbar war es abgeschleppt worden, nachdem ich es in der Tilbury Road, E1 widerrechtlich geparkt hatte – wo auch immer die Tilbury Road sein mochte. Oder das blöde E1. In dem Schreiben hieß es, ich könne das Fahrzeug zwischen neun und fünf Uhr abholen. Das würde ich morgen als Erstes machen.

Ich raste in die Küche. »Ich habe mein Auto gefunden!«, rief ich.

»Gut«, meinte Guy, den ich wohl leicht erschreckt hatte. »Großartig. Wo ist es?«

»Allem Anschein nach in Bow, von der Polizei abgeschleppt. Ich hole es gleich morgen früh. Dann brauche ich nicht mehr ständig ein Taxi.« Ich griff nach der Weinflasche und schenkte mir ein weiteres großes Glas ein.

»Wie?«, fragte Guy.

»Was meinst du damit?«

»Wie willst du es abholen? Du hast doch keinen Schlüssel.«

»Oh.« Vor Enttäuschung blieb mir fast die Luft weg. »Daran habe ich gar nicht gedacht. Was mache ich denn da?«

»Sie könnten einen Schlüsseldienst kommen lassen«, schlug Izzie in freundlichem Ton vor.

»Nein, mir fällt etwas ein. Bei Terry muss ein Ersatzschlüssel liegen. Allerdings habe ich keine Ahnung, wo. An einem sicheren Ort, den ich vergessen habe. Das heißt, ich muss noch einmal zu ihm. Herrje. Ich dachte, heute Abend wäre es das letzte Mal gewesen.«

»Wenigstens hast du dann dein Auto wieder. Das ist doch immerhin etwas.«

»Es ist zumindest ein Anfang.«

Ich fiel, fiel aus großer Höhe. Nichts konnte mich aufhalten. Um mich herum war stille schwarze Luft, und ich fiel durch diese Dunkelheit. Ich hörte mich einen Schrei ausstoßen, einen wilden Schrei in der Nacht und vernahm seinen Widerhall.

Dann wachte ich mit einem Ruck auf. Das Kissen, auf dem ich lag, war völlig verschwitzt. Über meine Wangen und meinen Hals rannen Schweißtropfen, die sich anfühlten wie Tränen. Ich schlug die Augen auf, es war noch immer dunkel. Ziemlich dunkel. Auf meinem Herzen lastete eine Schwere, als hätte jemand ein großes Gewicht auf mich fallen lassen. Ich war in der Dunkelheit gefangen, hörte mich selbst atmen, doch das Geräusch klang heiser, fast wie ein Röcheln. Irgendetwas stimmte nicht. Ich bekam nicht genügend Luft. Sie steckte in meiner Brust fest, mein Hals krampfte sich immer wieder zusammen und ließ sie einfach nicht durch. Ich musste mir erst ins Gedächtnis rufen, wie es ging. Wie man atmete. Ich musste zählen, ja, genau, das war es. Einatmen und wieder aus. Ganz langsam. Eins-zwei, eins-zwei. Ich musste Luft in meine Lungen pumpen, sie dort einen Augenblick festhalten und wieder hinauslassen.

Wer war da? Da war jemand. Eine Bodendiele knarrte. Ich

wollte mich aufsetzen, doch mein Körper bewegte sich nicht, ich wollte schreien, doch meine Stimme war tief in mir eingefroren. Wieder knarrte eine Diele. Ich hörte jemanden atmen, ganz in der Nähe, gleich draußen vor der Tür. Den Kopf fest in mein Kissen gepresst lag ich da und spürte, wie sich mein Mund zu einem Schrei verzog, aber noch immer kam kein Laut, und erneut hörte ich dieses Atmen, dann Schritte, ein leises, unterdrücktes Husten.

»Nein«, sagte ich endlich. »Nein.« Diesmal lauter. »Nein, nein, nein, nein.« Die Worte füllten meinen Kopf. Sie hallten durch den Raum, krachten gegen meinen Schädel, zerrten an meinem Hals. »Nein, nein, nein, nein!«

Die Tür ging auf, und in dem grellen Licht sah ich eine schwarze Gestalt.

»Nein!«, schrie ich wieder, noch lauter als vorher. Dann spürte ich eine Hand auf meiner Schulter, Finger auf meinem Haar. Ich warf mich im Bett herum.

»Abbie! Abbie, wach auf! Es ist alles in Ordnung. Du hast geträumt. Es war nur ein Traum.«

»Hilfe, Hilfe!«, wimmerte ich.

»Du hattest einen Alptraum.«

Ich nahm Sheilas Hand und presste sie an meine Stirn.

»Du bist ja vollkommen nassgeschwitzt! Deine Stirn fühlt sich an, als hättest du Fieber!«

»Sheila. O Sheila! Ich dachte…«

»Du hattest einen Alptraum.«

Ich setzte mich auf. »Es war schrecklich«, sagte ich.

»Du Arme. Warte, ich bringe dir ein Handtuch, das du über dein Kissen legen kannst. Gleich geht es dir wieder besser.«

»Ja. Entschuldige. Ich habe dich aufgeweckt.«

»Nein, hast du nicht. Ich war sowieso gerade auf dem Weg zum Klo. Warte einen Moment.«

Sie verließ den Raum und kam ein paar Augenblicke später mit einem großen Handtuch zurück.

»Na, geht's wieder?«, fragte sie.

»Ja.«

»Ruf mich, wenn du mich brauchst.«

»Danke. Ach, und Sheila – lass die Tür offen, ja? Und das Licht im Gang an?«

»Es ist sehr grell.«

»Das macht nichts.«

»Dann gute Nacht.«

»Gute Nacht.«

Sie ging, und ich ließ mich wieder auf mein Kissen sinken. Mein Herz schlug noch immer wie eine Pauke. Mein Hals schmerzte vom Schreien, und mich fröstelte. Außerdem war mir übel, ich fühlte mich schwach und zittrig. Durch die Tür flutete das Licht herein. Ich starrte in die Helligkeit und wartete darauf, dass es Morgen werden würde.

»Wo könnte ich ihn versteckt haben?«

»Keine Ahnung«, sagte Terry. Er war noch im Bademantel – seinem letzten Geburtstagsgeschenk von mir –, trank starken schwarzen Kaffee und rauchte eine Zigarette nach der anderen. Im gesamten Raum hing ein bläulicher Mief, der nach kalter Asche und dem Knoblauch vom Abend zuvor roch. Von der Frau war jedoch nichts zu sehen.

»In der Kommode ist er nicht. Auch nicht in der Schüssel, in der sonst der ganze Kleinkram landet. Und im Bad kann ich ihn auch nicht finden.«

»Warum sollte er im Bad sein?«

»Ist er ja nicht. Habe ich doch gerade gesagt.«

»Oh.« Er zündete sich die nächste Zigarette an. »Jedenfalls muss ich mich jetzt anziehen und aufbrechen. Ich bin sowieso schon spät dran. Brauchst du noch lange?«

»So lange, bis ich den Schlüssel habe. Mach dir deswegen keine Gedanken, ich finde allein nach draußen.«

»Das ist mir eigentlich nicht so recht.«

»Bitte?«

»Du wohnst nicht mehr hier, Abbie. Du hast mich verlassen, hast du das vergessen? Du kannst nicht mehr einfach so kommen und gehen.«

Ich hielt im Suchen inne und starrte ihn an.

»Ist das dein Ernst?«

»Während du weitersuchst, werde ich mich anziehen«, antwortete er. »Und ja, das ist mein Ernst.«

Ich zog sämtliche Schubladen in der Küche und im Wohnzimmer heraus und knallte sie wieder zu, öffnete und schloss Schranktüren, Letzteres ebenfalls ziemlich lautstark, aber der Schlüssel blieb unauffindbar. Er lag weder beim Besteck noch bei den Rechnungen, weder bei den Konservendosen noch bei den Tüten mit Mehl und Reis, den Packungen mit Frühstücksmüsli, Kaffee und Tee, den Flaschen mit Öl, Essig und Sojasauce. Er hing auch nicht an einem der Haken für die großen Teetassen. Ebensowenig lag er auf dem Sturz der Verbindungstür zwischen den beiden Räumen. Er war nicht auf einem der Bücherregale, nicht beim Briefpapier, nicht in der Glasschale, in die ich immer – bisher immer – meinen ganzen Kleinkram legte.

Terry kam zurück ins Zimmer. Er schob die Hände in seine Jackentaschen und klimperte ungeduldig mit ein paar Münzen.

»Hör zu«, sagte ich. »Du willst nicht, dass ich hier bin, ich bin genau so wenig begeistert darüber, hier zu sein. Geh doch einfach zur Arbeit, und wenn du wiederkommst, bin ich weg. Ich werde nichts stehlen. Ich werde auch nicht die Sachen mitnehmen, die mir gehören. Du kannst sie behalten, wahrscheinlich ist es sowieso besser, wenn ich bei Null anfange, ohne Altlasten. Ich werde mit meinem Lippenstift auch keine Obszönitäten auf deinen Badezimmerspiegel schmieren. Ich werde den Schlüssel finden und gehen. In Ordnung?«

Er klimperte noch immer mit seinem Kleingeld. »Sollen wir

es wirklich auf diese Weise enden lassen?«, fragte er schließlich, was mich sehr überraschte.

»Die Frau, die gestern Abend hier war, macht einen netten Eindruck«, entgegnete ich. »Wie war noch mal ihr Name? Sarah?«

»Sally«, antwortete er resigniert. »Also gut, ich lasse dich jetzt allein.«

»Danke. Mach's gut.«

»Du auch, Abbie.« An der Tür blieb er noch einen Moment lang stehen, dann ging er.

Ich machte mir einen letzten Kaffee. Mit der Tasse in der Hand spazierte ich durch die Wohnung. Ein Teil von mir überlegte, ob der Schlüssel vielleicht in diesem Krug stecken könnte oder in jenem Regalfach. Ein anderer Teil von mir sah sich einfach um, hing Erinnerungen nach. Ich fand den Schlüssel unter dem Basilikumtöpfchen. Das Basilikum war völlig ausgetrocknet, die Blätter welk. Ich goss es sorgsam. Dann spülte ich meine Tasse aus, stellte sie in den Schrank zurück und ging.

Bis nach Bow war es weit. Als ich ankam, besaß ich noch achtundvierzig Pfund und ein paar Pennies. Ich ließ mir in einer Postfiliale den Weg zum Parkplatz für abgeschleppte Fahrzeuge erklären. Wie sich herausstellte, war er mehr als einen Kilometer von der nächstgelegenen U-Bahn-Station entfernt. Eigentlich hätte man doch annehmen können, dass das Auto irgendwo abgestellt wurde, wo man es mit öffentlichen Verkehrsmitteln erreichen konnte, wenn sie es unbedingt abschleppen mussten. Ich hätte mir ein Taxi genommen, wenn ich eines gesehen hätte, doch ich konnte keines entdecken. Es gab nichts außer Autos und Lastwagen, die von den großen Pfützen auf der Straße Wasser hochspritzen ließen.

Ich ging also zu Fuß, vorbei an den BMW-Händlern, den Fabriken, die Lampen, Gaststättenbedarf und Teppiche herstellten, den Baustellen, wo Kräne mit Schneehauben reglos in den Winterhimmel ragten. Als ich den Hügel hinter mir gelassen hatte, konnte ich den Parkplatz bereits sehen: endlose Reihen von Wagen, von einem hohen Zaun mit doppelt gesicherten Toren umgeben. Die meisten Autos waren alt und verbeult. Vielleicht hatten ihre Besitzer sie einfach irgendwo stehen lassen. Meinen Wagen, der ebenfalls alt und verbeult war, konnte ich nirgends entdecken.

Ich betrat das Büro an der Ecke und überreichte einem Mann meinen Brief, der daraufhin in einem Aktenschrank herumstöberte, ein Formular herausholte, sich am Kopf kratzte und laut seufzte.

»Dann kann ich jetzt zu meinem Wagen?«, fragte ich.

»Moment, nicht so schnell, vorher müssen Sie noch bezahlen.«

»O ja, natürlich, entschuldigen Sie. Wie viel?« Nervös tastete ich in meiner Tasche nach dem immer dünner werdenden Bündel Geldscheine.

»Ich bin gerade dabei, alles zusammenzurechnen. Da wäre erst einmal das Bußgeld für widerrechtliches Parken, außerdem die Abschleppkosten und dann die Gebühr für die Zeit, die der Wagen hier stand.«

»Oh. Das klingt nach einer beachtlichen Summe.«

»Ja, allerdings, hundertdreißig Pfund.«

»Wie bitte?«

»Hundertdreißig Pfund«, wiederholte er.

»So viel Geld habe ich nicht bei mir.«

»Wir nehmen auch Schecks.«

»Ich habe kein Scheckbuch.«

»Kreditkarten.«

Ich schüttelte den Kopf.

»Oje, oje!«, sagte er, klang dabei aber nicht besonders betroffen.

»Was soll ich jetzt tun?«

»Das kann ich Ihnen auch nicht sagen.«

»Kann ich mit dem Wagen zu einer Freundin fahren, dort das Geld holen und wieder zurückkommen?«

»Nein.«

Mir blieb nichts anderes übrig, als wieder zu gehen. Ich schleppte mich zurück nach Bow, wo ich mich in ein kleines Kaffee setzte und eine weitere Tasse bitteren, lauwarmen Kaffee trank. Dann suchte ich nach einer Telefonzelle, rief Sam an und bat ihn, flehte ihn regelrecht an, mir per Kurier sechzig – nein, besser gleich achtzig oder sogar neunzig Pfund – zu dem Parkplatz zu schicken. Ich würde dort warten, bis das Geld eintraf. »Bitte, bitte, bitte«, sagte ich. »Es tut mir wirklich Leid, aber dies ist ein Notfall.« Ich wusste von dem Kurierdienst, weil Sam einmal, nachdem wir in einem Nachtklub gewesen waren und er dort seine Jacke vergessen hatte, einen Kurier geschickt hatte, weil es für ihn ein unzumutbarer Zeitaufwand gewesen wäre, die Jacke persönlich abzuholen. »Das geht auf Geschäftskosten«, hatte er gemeint.

Endlich bekam ich meinen Wagen zurück. Kurz nach halb eins überreichte ich dem Mann das gewünschte Geld und erhielt im Gegenzug einen Ausdruck, auf dem stand, von wo der Wagen abgeschleppt worden war und wie sich die Kosten zusammensetzten. Dann zeigte er mir, wo mein Wagen stand und öffnete das Doppeltor für mich. Nun besaß ich noch neunzehn Pfund.

Ich stieg ein. Der Wagen sprang sofort an. Ich drehte die Heizung auf, rieb meine Hände, die vor Kälte schon ganz steif waren, und sah mich im Wagen um. Neben mir auf dem Beifahrersitz lag ein Erste-Hilfe-Kasten. Aus dem Kassettenrekorder ragte eine Kassette. Ich schob sie hinein, aber die Musik, die einsetzte, kam mir nicht bekannt vor. Es war etwas Jazziges, Unbeschwertes. Ich drehte sie lauter und fuhr durch das Tor. Draußen hielt ich sofort wieder an, um mir die offizielle Quittung, die ich bekommen hatte, etwas genauer anzusehen. Der Wagen war am 28. Januar aus der Tilbury Road 103, E1, abgeschleppt worden. Am achtundzwanzigsten Januar – meinem letzten Tag im Krankenhaus. Das lag bestimmt hier in der Nähe.

Im Handschuhfach befand sich eine Straßenkarte. Die Tilbury Road lag in einem Teil von London, der mir fremd war, und entpuppte sich als lange, triste Straße mit verlassenen Häusern, schwach beleuchteten Zeitungsläden und kleinen, rund um die Uhr geöffneten Lebensmittelgeschäften, die Grapefruits, Okra und verbeulte Dosen mit Tomaten verkauften. Ich parkte vor Nummer 103 und blieb dort ein paar Minuten stehen, ohne auszusteigen. Den Kopf aufs Lenkrad gelegt, versuchte ich mich zu erinnern. Nichts geschah, kein noch so kleines Licht begann in der Dunkelheit zu glimmen. Als ich die Straßenkarte ins Handschuhfach zurückschob, hörte ich Papier rascheln. Wie sich herausstellte, hatte ich drei Rechnungen hineingeschoben, eine Benzinrechnung über sechsundzwanzig Pfund, datiert vom Montag, dem vierzehnten Januar, eine Devisenrechnung für italienische Lire im Wert von hundertfünfzig Pfund, ausgestellt am Dienstag, dem fünfzehnten Januar, und schließlich ein Kassenbon eines indischen Restaurants mit dem Datum desselben Tages: sechzehn Pfund und achtzig Cent für zwei Portionen Pilau-Reis, einmal Gemüse-Biryani, einmal Riesengarnelen-Tikka, einmal Spinat, einmal Aubergine, eine Portion Knoblauch-Naan. Zu liefern in die Maynard Street 11, London NW1. Den Straßennamen hatte ich noch nie gehört und ebenso wenig fiel mir ein, wann ich das letzte Mal in dieser Ecke von Nord-London gewesen war.

Als ich die Rechnungen wieder ins Handschuhfach stopfte, fiel etwas zu Boden. Ich beugte mich hinab, fand eine Sonnenbrille und ein kurzes, zusammengebundenes Stück Schnur mit einem Schlüssel daran. Mein Schlüssel war es nicht. Ich hatte ihn noch nie zuvor gesehen.

Inzwischen zeigte die Uhr kurz vor vier. Ich ließ den Wagen wieder an und fuhr durch die langgezogenen Außenbezirke Londons Richtung Zentrum zurück. Es begann bereits zu dämmern. In dem düsteren Licht wirkte alles viel beängstigender. Ich fühlte mich schrecklich müde, hatte vor meiner Rückkehr zu Sheila und Guy aber noch einiges zu erledigen.

7

Du weißt, was du brauchst, oder?«

»Nein, Laurence, was brauche ich denn?«

»Eine Ruhepause.«

Laurence wusste nicht, was ich brauchte. Ich war gerade bei Jay & Joiner und starrte auf die Stelle, wo sonst immer mein Schreibtisch gestanden hatte. Das Seltsame an der Sache war, dass das Büro genau so aussah wie immer. Es ist kein besonders aufwändiges Büro, was eigentlich grotesk ist für eine Firma, die Büroeinrichtungen entwirft. Das einzig wirklich Gute ist die Lage – in einer Seitenstraße mitten in Soho, nur wenige Minuten Fußmarsch von den Feinkostgeschäften und dem Markt entfernt. Wenn ich sage, dass das Büro so aussah wie immer, dann meine ich damit, dass sich nichts verändert hatte, abgesehen von der Tatsache, dass sämtliche Spuren von mir verschwunden waren. Ich hätte es ja noch verstanden, wenn einfach jemand anderer an meinem Schreibtisch gesessen hätte, aber dem war nicht so. Vielmehr schien der Rest des Büros auf sehr subtile Weise verrutscht worden zu sein, so dass der Platz, den ich eingenommen hatte, einfach nicht mehr da war.

Carol begleitete mich. Es war eine seltsame Erfahrung, durch mein eigenes Büro geführt zu werden. Von den anderen wurde ich nicht wie sonst mit einem Nicken oder einer netten Bemerkung begrüßt. Stattdessen erntete ich überraschte Blicke, einige mussten zweimal hinsehen, ehe sie mich erkannten, und eine neue Mitarbeiterin starrte mich neugierig an, bis Andy sich zu ihr hinüberbeugte und ihr etwas zuflüsterte, woraufhin sie mich noch neugieriger anstarrte. Carol entschuldigte sich atemlos wegen meiner nicht mehr vorhandenen Sachen. Sie erklärte mir, es sei ständig jemand darüber gefallen, so dass man schließlich alles in Schachteln verpackt und ins Lager geräumt habe, wo auch immer das sein mochte. Meine Post werde geöffnet und entweder bürointern an die zuständigen Personen weitergeleitet oder an Terrys Adresse geschickt. Das hätte ich ja alles selbst so geregelt, nicht wahr? Vor meinem Weggang. Ich nickte vage.

»Geht es dir gut?«, fragte sie.

Das war eine große Frage. Ich wusste nicht, ob sie sich nur auf mein Aussehen bezog. Carol war sichtlich zusammengezuckt, als ich das Büro betreten hatte, sozusagen in Zivil. Sehr zivil. Ganz zu schweigen von meinem Haar. Außerdem hatte ich über zehn Kilo abgenommen, seit sie mich zuletzt gesehen hatte, und mein Gesicht war von den Blutergüssen immer noch leicht gelb.

»Ich habe eine ziemlich schwere Zeit hinter mir«, antwortete ich.

»Ja«, sagte Carol, wich meinem Blick jedoch aus.

»War die Polizei hier? Haben sie sich nach mir erkundigt?«

»Ja.« Nun riskierte sie doch einen vorsichtigen Blick. »Wir haben uns deinetwegen Sorgen gemacht.«

»Was wollten sie wissen?«

»Was du hier bei uns im Einzelnen gemacht hast. Und warum du aufgehört hast.«

»Was habt ihr gesagt?«

»Mich haben sie nicht gefragt. Sie haben mit Laurence gesprochen.«

»Und wie lautet *deine* Meinung?«

»Wie meinst du das?«

»Was meine Auszeit betrifft.«

Ich sagte ihr nicht, dass ich selbst keine Ahnung hatte, warum ich mich dazu entschlossen hatte, mich nicht einmal an die

Tatsache erinnern konnte, *dass* ich mich dazu entschlossen hatte. Hoffentlich würde es mir wenigstens dieses eine Mal erspart bleiben, meine ganze Geschichte zu erzählen. Ich hatte das Gefühl, es nicht ertragen zu können, auch in Carols Gesicht wieder diese Anzeichen wachsenden Zweifels zu entdecken. Sollte sie Mitleid mit mir haben? Sollte sie mir glauben? Sie sah mich nachdenklich an.

»Ich nehme an, du hattest Recht«, meinte sie schließlich. »Du konntest nicht ewig so weitermachen. Du hast dich komplett verausgabt.«

»Dann bist du also der Meinung, ich habe das Richtige getan?«

»Ich beneide dich um deine sechs Monate unbezahlten Urlaub. Ich finde das sehr mutig.«

Ein weiterer Schock. Sechs Monate! Außerdem war mir nicht entgangen, wie sie das Wort »mutig« gebraucht hatte: als beschönigenden Ausdruck für »dumm«.

»Aber ihr freut euch alle schon auf meine Rückkehr?« Diese Bemerkung war eigentlich scherzhaft gemeint. Carol starrte mich erschrocken an. Allmählich begann ich mir wirklich Sorgen zu machen. Was zum Teufel hatte ich angestellt?

»Am Ende sind wohl alle ein bisschen übers Ziel hinausgeschossen«, sagte sie. »Und es sind Dinge gesagt worden, die besser ungesagt geblieben wären.«

»Ich hatte immer schon eine große Klappe«, meinte ich, obwohl ich viel lieber gefragt hätte: »Wovon redest du überhaupt?«

»Meiner Meinung nach warst du im Großen und Ganzen im Recht«, fuhr Carol fort. »Trotzdem ist es immer auch eine Frage des Tons, nicht wahr? Und eine Frage des Zeitpunkts. Ich finde es gut, dass du gekommen bist, um noch einmal über alles zu reden.« Wir standen inzwischen vor Laurences Bürotür. »Ach, und übrigens«, fügte sie eine Spur zu beiläufig hinzu, »das mit der Polizei. Worum ging's dabei überhaupt?«

»Das ist ziemlich kompliziert«, antwortete ich. »Falscher Ort zur falschen Zeit.«

»Bist du …, du weißt schon …?«

Also darauf wollte sie hinaus? Offenbar machte das Gerücht die Runde, ich sei vergewaltigt worden.

»Nein, bin ich nicht.«

Nun musste ich mir von Laurence Joiner sagen lassen, was ich brauchte. Es war alles sehr peinlich. Ich beschloss spontan, mich nicht auf einen detaillierten Bericht über meine jüngste medizinische und psychiatrische Geschichte einzulassen. Offensichtlich waren meine letzten Tage bei Jay & Joiner nicht gerade glorreich verlaufen, und solange auch nur die kleinste Aussicht darauf bestand, in die Firma zurückkehren zu können, sollte ich wohl versuchen, die Sache nicht noch schlimmer zu machen.

»Gute Idee«, antwortete ich. »Ich versuche mir in der Tat so viel Ruhe zu gönnen wie nur irgend möglich.«

»Ich brauche dir ja wohl nicht zu sagen, wie wichtig du für uns bist, Abbie.«

»Doch, ich bitte darum«, gab ich zurück. »Es tut immer gut, das zu hören.«

Laurence Joiner besaß zweiundvierzig Anzüge. Einmal hatte er in seinem Haus eine Party gegeben, und eine von den Assistentinnen war in sein Schlafzimmer marschiert und hatte sie gezählt, drei Schränke voll. Das lag ein Jahr zurück, so dass mittlerweile vermutlich weitere hinzugekommen waren. Schöne Anzüge. Gerade strich er über die Kniepartie des edlen dunkelgrünen, den er heute trug, als handle es sich um ein Schoßhündchen.

»Wir haben uns Sorgen um dich gemacht«, sagte er.

»Ich habe mir auch ein bisschen Sorgen um mich gemacht.«

»Zuerst dachten wir …, na ja, ich brauche ja nicht noch einmal alles durchzukauen.«

O doch, bitte, flehte ich ihn im Geiste an. Wenn der Apfel nicht von selbst fallen wollte, musste ich den Baum eben ein wenig schütteln.

»Ich würde wirklich gerne sicherstellen«, erklärte ich krampfhaft, »dass aus deiner Sicht noch alles in Ordnung ist.«

»Wir sind alle auf derselben Seite«, antwortete Laurence.

Beide Seiten waren so überaus höflich.

»Ja, aber ich würde gern explizit hören, wie du das Ganze siehst. Ich meine, die Tatsache, dass ich unbezahlten Urlaub genommen habe. Ich möchte deine Meinung dazu hören.«

Laurence runzelte die Stirn. »Ich weiß nicht, ob es gut ist, alles wieder breitzutreten. Ich bin nicht mehr böse auf dich, das kannst du mir glauben. Mir ist inzwischen klar geworden, dass du schon eine ganze Weile völlig überarbeitet warst. Meine Schuld. Du warst so produktiv, so effektiv. Da habe ich dir einfach zu viel aufgebürdet. Ich glaube, wenn wir uns nicht wegen des Avalanche-Projekts in die Haare geraten wären, dann wäre es wegen etwas anderem passiert.«

»Ist das alles?«

»Wenn du damit meinst, ob ich dir auch verziehen habe, dass du, *nachdem* du bereits unbezahlten Urlaub genommen hattest, den Ruf der Firma geschädigt hast, indem du in der ganzen Stadt herumgefahren bist und unsere Kunden aufgefordert hast, sich zu beschweren, dann lautet die Antwort, ja. So einigermaßen zumindest. Hör zu, Abbie, ich hoffe, ich höre mich jetzt nicht wie einer der Typen aus *Der Pate* an, aber ich finde es wirklich nicht richtig, wenn du dich mit Kunden gegen die Firma verbündest. Wenn du tatsächlich der Meinung bist, sie seien schlecht beraten oder übervorteilt worden, dann wende dich doch in Zukunft bitte an mich, statt die Leute hinter meinem Rücken und nach eigenem Gutdünken zu informieren. Aber ich glaube, darüber sind wir uns inzwischen alle einig.«

»Wann, ähm – bloß zu meiner eigenen Information – ich meine, ähm, wann genau habe ich denn die Kunden zu diesen

Beschwerden veranlasst?« Ich brauchte ihn nicht zu fragen, um welche Art von Beschwerden es sich gehandelt hatte: an das Avalanche-Projekt selbst konnte ich mich noch gut genug erinnern, um zu wissen, worum es dabei gegangen war.

»Du hast aber nicht vor, von neuem auf dieser ganzen Sache herumzureiten, oder? Jetzt, wo wir gerade die schlimmsten Wogen geglättet haben?«

»Nein, nein. Ich bin bloß mit meiner Chronologie ein bisschen durcheinandergeraten, das ist alles. Mein Terminkalender ist noch hier bei euch, und...« Ich hielt inne, weil ich nicht wusste, wie ich den Satz zu Ende führen sollte.

»Sollen wir diese ganze traurige Angelegenheit nicht einfach vergessen?«, meinte Laurence.

»Ich habe die Firma am Freitag verlassen, nicht wahr? Am Freitag, den elften.«

»Stimmt.«

»Und zu den Kunden bin ich am, ähm...« Ich wartete darauf, dass er die Leerstelle füllen würde.

»Nach dem Wochenende. Die genauen Daten kenne ich selbst nicht. Ich habe erst nach und nach davon erfahren, in zwei Fällen durch Schreiben von Anwälten. Du kannst dir sicher vorstellen, wie verraten ich mich gefühlt habe.«

»So ungefähr«, antwortete ich. »Könnte ich trotzdem noch einmal einen Blick in die Avalanche-Akte werfen?«

»Wozu denn das, um Himmels willen? Das liegt zum Glück alles hinter uns. Schlafende Hunde soll man nicht wecken.«

»Laurence, ich verspreche dir hoch und heilig, dass ich dir keine Schwierigkeiten mehr bereiten werde. Ich möchte lediglich mit ein paar Leuten sprechen, die in die Sache verwickelt waren.«

»Du musst ihre Nummern doch selbst haben.«

»Bei mir herrscht zur Zeit etwas Unordnung, fürchte ich. Ich bin umgezogen.«

»Soll das heißen, du bist aus eurer Wohnung ausgezogen?«

»Ja.«

»Es tut mir Leid, das zu hören. Du kannst dir alle Informationen, die du brauchst, bei Carol holen.« Nun wirkte seine Miene noch besorgter. »Ich will mich wirklich nicht in dein Leben einmischen, aber wie ich bereits sagte – wir haben uns Sorgen um dich gemacht. Ich meine, deine Probleme bei uns, deine Trennung von Terry, und dann ist auch noch die Polizei hier aufgetaucht. Können wir irgendetwas für dich tun? Möchtest du, dass wir etwas für dich arrangieren?«

Einen Moment lang starrte ich ihn verblüfft an, dann konnte ich mir das Lachen nicht länger verkneifen. »Du glaubst, es geht um Alkohol oder Drogen?«, fragte ich. »Ich wünschte, es wäre so einfach.« Ich beugte mich zu ihm hinüber und küsste ihn auf die Stirn. »Vielen Dank. Ich muss zunächst ein, zwei Dinge klären, Laurence, dann melde ich mich wieder bei euch.«

Ich wandte mich zum Gehen.

»Hör zu«, sagte er, »wenn es etwas gibt, was wir tun können…«

Ich schüttelte den Kopf. »Als ich dich eben so reden hörte, ist mir klar geworden, wie viel ihr ohnehin schon für mich getan habt. Ich hoffe, ich habe euch nicht zu viel Kummer bereitet.« Mir kam noch ein anderer Gedanke. »Am liebsten würde ich jetzt sagen, dass ich damals ein anderer Mensch war, aber das würde vielleicht so klingen, als wollte ich die Verantwortung für mein Handeln nicht übernehmen.«

Laurence wirkte zutiefst irritiert. Kein Wunder.

Auf dem Weg nach draußen bat ich Carol um die Avalanche-Akte.

»Ist das dein Ernst?«, fragte sie.

»Warum sollte es nicht mein Ernst sein?«

Sie sah mich zweifelnd an. »Ich weiß auch nicht«, sagte sie. »Das Projekt ist abgeschlossen.«

»Ja, aber...«

»Nur für ein paar Tage«, sagte ich. »Ich werde gut darauf aufpassen.«

Nun hatte ich sie fast so weit. Vielleicht war die Vorstellung, dass ich endlich gehen würde, wenn sie mir die Akte gab, zu verlockend.

»Möchtest du die Skizzen auch haben?«

»Nur die Korrespondenz, das genügt.«

Sie holte eine dicke Akte heraus und reichte mir für den Transport eine Plastiktüte von Marks and Spencer.

»Eins noch«, sagte ich. »Hat in den letzten Tagen jemand für mich angerufen?«

Carol suchte auf ihrem Schreibtisch und reichte mir anschließend zwei Blätter, die mit Namen und Nummern vollgeschrieben waren.

»Fünfzig oder sechzig Leute. Hauptsächlich die üblichen Verdächtigen. Möchtest du mir eine Nummer hinterlassen, die ich ihnen geben kann?«

»Nein. Das ist jetzt sehr wichtig, Carol. Gib niemandem meine Nummer. Niemandem.«

»In Ordnung.« Ihr war anzusehen, dass sie über meinen eindringlichen Ton erschrocken war.

»Ich glaube, ich nehme diese Nummern einfach mit. Du brauchst sie ja nicht, oder?« Ich faltete die Seiten zusammen und schob sie in meine Hosentasche. »Ich werde mich hin und wieder telefonisch melden. Ach ja, eines wollte ich dich noch fragen.«

»Was?«

»Wie findest du meine neue Frisur?«

»Unglaublich«, antwortete sie. »Ein bisschen extrem vielleicht, aber ganz unglaublich.«

»Sehe ich sehr verändert damit aus?«

»Ich habe dich zunächst gar nicht erkannt. Na ja, jedenfalls nicht auf den ersten Blick.«

»Großartig«, sagte ich.

Nun wirkte sie wieder sehr beunruhigt.

Ich saß im Wagen und versuchte meine Gedanken zu ordnen. Avalanche. Ich hatte das Gefühl, auf einem neuen Planeten abgeworfen worden zu sein. Einem nebligen Planeten. Was wusste ich eigentlich? Ich hatte nach einem Streit meinen Job hingeschmissen, zumindest vorübergehend. Die Leute bei Jay & Joiner hielten mich für eine traumatisierte Irre. Und ich hatte meinen Freund verlassen. In den darauf folgenden Tagen war ich durch die Stadt gefahren und hatte Leute besucht, die mit dem Projekt zu tun gehabt hatten, sie allem Anschein nach ermutigt, sich wegen der Art zu beschweren, in der unsere Firma mit ihnen umgegangen war. Und ich hatte einen wahnsinnigen und mörderischen Mann kennen gelernt. Oder war es denkbar, dass ich ihn schon gekannt hatte? Das konnte nicht sein, oder doch?

Ich kam mir plötzlich vor wie ein Tier, das ohne Deckung über eine freie Fläche läuft. Ich hätte mich so gerne in Sicherheit gebracht, wusste aber nicht, in welche Richtung ich laufen sollte. Es gab Leute, die nicht wussten, was mir passiert war, und es gab andere, die es mir nicht glaubten. Einen Menschen aber gab es, der genau wusste, dass ich die Wahrheit sagte. Wo war er? Schaudernd blickte ich mich um. Vielleicht konnte ich an einen ganz weit entfernten Ort flüchten und nie wieder zurückkehren. Nach Australien. Was sollte ich tun, mit langwierigen Auswanderungsvorbereitungen beginnen? Welche Voraussetzungen musste man dafür erfüllen? Oder sollte ich einfach nach Australien in Urlaub fahren und mich weigern, das Land wieder zu verlassen? Das erschien mir auch nicht sehr erfolgversprechend.

Ich nahm die Rechnung des indischen Restaurants aus dem Handschuhfach. Maynard Street 11b, NW1. Die Adresse sagte mir nichts. Vielleicht hatte sie jemand anderer in meinem Auto zurückgelassen, und sie hatte gar nichts mit mir zu tun. Das war das eine Ende auf der Skala der Möglichkeiten. Das andere Extrem war, dass es sich dabei um die Adresse meines Entführers handelte. Nachdem mir dieser Gedanke gekommen war, wusste ich, dass ich dort hinfahren musste. Es war, als würde ich auf einem sehr hohen Sprungturm stehen, wissend, dass es im Nachhinein unaufhörlich an mir nagen würde, wenn ich nicht sprang, sondern feige die Treppe wieder hinunterstieg.

Der Tag entpuppte sich allmählich als der längste meines Lebens. Ich warf einen Blick ins Straßenverzeichnis. Es war gar nicht so weit. Außerdem sah ich inzwischen völlig anders aus. Ich konnte so tun, als hätte ich mich in der Wohnung geirrt. Wahrscheinlich würde sowieso nichts dabei herauskommen.

Die Wohnung lag im ersten Stock eines stuckverzierten Hauses in einer Seitenstraße der Camden High Street. Ich fand eine freie Parkuhr und stopfte Kleingeld für sechsunddreißig Minuten hinein. Dann holte ich tief Luft und steuerte auf das Haus zu. Die Wohnung hatte einen eigenen Eingang, der an der Seite des Gebäudes lag. Bevor ich klingelte, ging ich zum Auto zurück und holte meine Sonnenbrille aus dem Handschuhfach. An diesem kalten Winterabend war es inzwischen stockdunkel, aber die Brille würde meine Verkleidung perfekt machen. Falls mir eine Frau die Tür aufmachte, würde ich ein Gespräch mit ihr beginnen. Wenn ein Mann öffnete, würde ich auf Nummer Sicher gehen. Ich würde lediglich sagen »Tut mir Leid, ich habe mich wohl in der Hausnummer geirrt«, und zielstrebig weitergehen. Auf der Straße waren noch genügend Leute unterwegs, so dass ich kein Risiko einging.

Aber es machte niemand auf. Ich drückte noch einmal auf die Klingel. Und noch einmal. Drinnen hörte ich es läuten. Irgendwie spürt man, wenn eine Klingel in einer leeren Wohnung läutet. Ich zog den Autoschlüssel aus meiner Tasche und spielte unentschlossen damit herum. Ich konnte es bei einer der anderen Wohnungen im Haus versuchen, doch was sollte ich fragen? Ich kehrte zum Wagen zurück. Ein Blick auf die Parkuhr sagte mir, dass mir noch einunddreißig Minuten blieben. Pure Verschwendung. Ich öffnete das Handschuhfach, um die Restaurant-Rechnung wieder hineinzuschieben. Zwischen allerlei anderem – dem Fahrtenbuch, einer Broschüre, meiner Automobilklub-Mitgliedskarte – lag dieser ominöse Schlüssel, der nicht der Schlüssel zu meiner alten Wohnung war.

Obwohl ich mir dabei lächerlich vorkam, griff ich nach ihm und ging erneut zur Wohnungstür. Mit einem Gefühl völliger Irrealität schob ich den Schlüssel so sanft wie möglich ins Schloss. Die Tür ließ sich tatsächlich öffnen. Es hätte sich kaum seltsamer anfühlen können, wenn ich durch die Wand gegangen wäre. Vorsichtig spähte ich hinein. Ich sah unlackiertes Kiefernholz und einige Fotos, die an die Dielenwand gepinnt waren, Fotos, die mir nicht bekannt vorkamen. Satte Farben. Als ich die Tür weiter aufschob, bemerkte ich, dass ein Stapel Post dagegen drückte. Ich trat in die Diele und hob einen Brief auf. Josephine Hooper. Nie gehört. Sie war offenbar nicht da. Ich zog die Tür hinter mir zu. Ja, so muffig roch es nur in einer Wohnung, in der sich schon länger niemand mehr aufgehalten hatte. Irgendwo war etwas sauer geworden.

Ich konnte mich weder an das Haus noch an die Straße erinnern, kannte auch die Gegend so gut wie gar nicht. Trotzdem hatte der Wohnungsschlüssel in meinem Auto gelegen, so dass ich eigentlich nicht hätte überrascht sein dürfen, als ich ins Wohnzimmer trat, das Licht anschaltete und neben Josephine Hoopers Bildern, ihrem Tisch, Teppich und Sofa meine Stereoanlage, meinen Fernseher sowie meine CDs entdeckte. Ich hatte das Gefühl, in Ohnmacht zu fallen. Mit wackeligen Knien ließ ich mich in einen Sessel sinken. Meinen Sessel.

8

Ich wanderte im Wohnzimmer umher, fand überall Spuren von mir selbst. Zunächst sah ich sie mir lediglich an, berührte sie höchstens mit einem Finger, als könnten sie sich auflösen und wieder verschwinden. Mein kleiner Fernsehapparat auf dem Boden. Meine Stereoanlage und meine CDs. Mein Laptop auf dem Couchtisch. Ich klappte den Deckel auf und schaltete ihn an, woraufhin er mit einem lauten Piepen zum Leben erwachte. Meine grüne Glasvase auf dem Tisch, mit drei vertrockneten gelben Rosen, deren dürre Blütenblätter um den Fuß der Vase verstreut lagen. Meine Lederjacke auf dem Sofa, als wäre ich nur gerade losgelaufen, um Milch zu holen. Und im Rahmen des Spiegels über dem Kamin ein Foto von mir. Zwei, um genau zu sein: Passfotos, auf denen ich ein Lächeln zu unterdrücken versuchte. Ich sah darauf sehr glücklich aus.

Trotzdem war dies die Wohnung eines anderen Menschen, voll fremder Möbel – von meinem Sessel mal abgesehen – und Bücher, die ich nie gelesen hatte, ja nicht einmal vom Titel kannte, mit Ausnahme des Kochbuchs, das neben dem Kochfeld auf der Arbeitsfläche lag. Der ganze fremde Krimskrams in dieser Wohnung gehörte einem anderen Menschen. In einem der Regalfächer entdeckte ich ein gerahmtes Foto. Ich griff danach und betrachtete es: eine junge Frau mit lockigen, vom Winde verwehten Haaren, die Hände tief in die Taschen ihrer Steppjacke vergraben, ein breites Lachen im Gesicht. Hinter ihr erstreckte sich ein Hügelpanorama. Es war ein hübsches, fröhliches Foto, aber das Gesicht hatte ich noch nie zuvor gesehen. Zumindest konnte ich mich nicht daran erinnern. Ich sammelte die Post auf, die auf dem Boden lag, und sah sie durch. Alle Briefe waren an Jo Hooper oder Josephine Hooper oder Ms. J. Hooper adressiert. Ich stapelte sie auf den Esstisch. Sie konnte sie später selbst aufmachen. Allerdings fragte ich mich angesichts der vertrockneten Blumen auf dem Tisch und der Postmenge, die sich auf dem Boden angesammelt hatte, wann sie wohl das letzte Mal hier gewesen war.

Ich setzte mich an meinen Laptop, öffnete die E-Mail-Datei, klickte auf »Eingänge« und wartete, während auf dem Bildschirm eine kleine Uhr aufleuchtete. Dann ertönte ein melodischer Klang, und mir wurde mitgeteilt, dass ich zweiunddreißig neue Nachrichten bekommen hatte. Rasch ging ich sie durch. Lauter Nachrichten von mir unbekannten Organisationen, die mich auf Dinge aufmerksam machten, von denen ich nichts wissen wollte.

Unentschlossen blickte ich mich in dem stillen Raum um. Ich zögerte noch einen Moment, dann steuerte ich durch die Diele auf die erste von drei Türen zu. Ich schob sie auf und betrat ein Schlafzimmer. Die Vorhänge waren zurückgeschoben, die Heizung in Betrieb. Ich schaltete das Licht an. Das Doppelbett war gemacht. Am Fußende lagen drei Samtkissen, auf dem Kopfkissen ein rot karierter Schlafanzug. An einem Haken an der Tür hing ein lavendelfarbener Bademantel, und auf dem Boden stand ein Paar mokassinartige Hausschuhe. Auf der Kommode saß ein alter, fast kahler Teddy neben einer Flasche Parfum, einem kleinen Töpfchen Lippenbalsam, einem silbernen Medaillon samt einem weiteren Foto – einer Nahaufnahme eines stoppelbärtigen Männergesichts. Der Mann hatte dunkles Haar, unglaublich lange Wimpern und sah italienisch aus. Er lächelte, und rund um seine Augen waren feine Lachfältchen zu sehen. Ich trat an den Kleiderschrank, öffnete ihn, berührte aufs Geratewohl einige Kleidungsstücke – ein schwarzes Kleid, ein weiches Wollhemd, eine dünne graue Strickjacke. Es waren die Kleider einer anderen Frau. Ich hob den Deckel des Wäschekorbs und spähte hinein. Er war leer, abgesehen von einem weißen Slip und ein paar Socken.

Die nächste Tür führte ins Bad. Es war sauber, warm und weiß gefliest. Meine blau-weiße Zahnbürste stand in einem

Glasbecher, gleich neben ihrer schwarzen. Meine Zahnpastatube lag geöffnet neben der ihren, deren Deckel ordentlich zugeschraubt war. Mein Deo, meine Feuchtigkeitscreme und mein Schminkköfferchen waren ebenfalls da. Mein grünes Handtuch hing neben ihrem bunten über der Heizung. Ich wusch mir die Hände, trocknete sie an meinem eigenen Handtuch ab, starrte auf mein ungewohntes Gesicht im Spiegel. Ich rechnete fast damit, sie hinter mir stehen zu sehen, dieses breite Lächeln im Gesicht. Josephine Hooper. Jo.

Als ich den dritten Raum betrat, wusste ich gleich, dass es sich um mein Zimmer handelte – nicht weil ich auf Anhieb einzelne Gegenstände erkannte, die mir gehörten, sondern weil ich auf eine seltsame, sehr intensive Weise das Gefühl hatte, nach Hause zu kommen. Vielleicht hatte es mit dem Geruch zu tun oder der leichten Unordnung im Raum. Schuhe auf dem Boden. Mein offener Koffer unter dem Fenster, mit Shirts, Pullis und Unterwäsche gefüllt. Ein dicker, pinkfarbener Pulli auf dem Stuhl. Ein kleiner Berg Schmutzwäsche in der Ecke. Ein paar ineinander verschlungene Ketten und Ohrringe auf dem Nachttisch. Das lange Rugby-Shirt, das ich meistens als Nachthemd trage, über dem Kopfteil des Betts. Ich zog die Schranktür auf. Da hingen meine beiden klassischen Kostüme, meine Winterkleider und -röcke. Und der blaue Mantel, von dem Robin mir erzählt hatte, sowie das braune Kleid aus Knittersamt. Ich beugte mich vor, roch an seinem weichen Stoff und fragte mich, ob ich überhaupt noch dazu gekommen war, es zu tragen.

Ich ließ mich auf das Bett fallen. Ein paar Augenblicke saß ich einfach nur da und schaute mich um. Mir schwirrte ein wenig der Kopf. Dann streifte ich meine Schuhe ab, legte mich hin und lauschte mit geschlossenen Augen dem Brummen der Zentralheizung. Davon abgesehen war es sehr ruhig. Nur hin und wieder hörte ich in der Wohnung über mir gedämpfte Schritte oder in einer nahe gelegenen Straße ein Auto vorbeifahren. Ich legte den Kopf auf mein Rugby-Shirt. Irgendwo wurde eine Autotür zugeschlagen, und jemand lachte.

Ich musste eingenickt sein, denn als ich schließlich mit einem komischen Geschmack im Mund hochschreckte, hatte es draußen zu regnen begonnen. Die Straßenlampen tauchten alles in ein orangefarbenes Licht, auch den Baum vor meinem Fenster. Als ich leicht fröstelnd nach dem pinkfarbenen Pulli griff, entdeckte ich darunter meine Tasche, prall gefüllt und ordentlich geschlossen. Der Reißverschluss klemmte. Obenauf lag meine Geldbörse. Ich öffnete sie. Sie enthielt vier brandneue Zwanzig-Pfund-Scheine und etwas an Kleingeld, außerdem meine Kreditkarten, meinen Führerschein, Briefmarken, einen Zettel mit meiner Krankenversicherungsnummer, mehrere Visitenkarten. Es schien überhaupt nichts zu fehlen.

Meine Tasche unter den Arm geklemmt, ging ich in die Wohnküche. Nachdem ich die Vorhänge zugezogen hatte, schaltete ich die Stehlampe und das Licht über dem Herd an. Es war nett hier, gemütlich. Allem Anschein nach war es eine gute Entscheidung gewesen, hier einzuziehen. Ich spähte in den Kühlschrank. Er war vollgestopft mit Lebensmitteln – frischer Pasta, Butter, Käse – Cheddar, Parmesan und Feta –, zahlreichen Bechern mit Joghurt, Eiern, einem halben Laib Vollkornbrot, einer angebrochenen Flasche Weißwein. Fleisch oder Fisch konnte ich jedoch nicht entdecken – vielleicht war diese Jo Vegetarierin. Die meisten Waren waren abgelaufen, die Milch roch sauer, das Brot war hart, der Salat in seiner Plastikhülle schlapp und welk. Der Wein aber musste dringend getrunken werden, dachte ich.

Ohne nachzudenken trat ich an einen Schrank und nahm ein großes Weinglas heraus. Ich wollte gerade nach der Weinflasche greifen, als ich mitten in der Bewegung erstarrte: Ich hatte gewusst, wo die Gläser aufbewahrt wurden. Ein winziger, verschütteter Teil meines Gehirns hatte es gewusst. Ich blieb ganz still stehen und versuchte, diesen Fetzen einer verschütteten

Erinnerung wachsen zu lassen, aber ohne Erfolg. Schließlich füllte ich das Glas großzügig mit Wein – vielleicht hatte ich ihn ja sogar selbst gekauft – und legte Musik auf. Ich rechnete damit, Jo durch die Tür kommen zu sehen, und dieser Gedanke machte mich nervös und aufgeregt zugleich. Würde sie bestürzt sein, mich zu sehen, oder froh? Würde sie mich beiläufig begrüßen oder voller Missbilligung und Erstaunen? Würde sie die Augenbrauen heben oder mich in die Arme schließen? Im Grunde aber wusste ich, dass sie nicht kommen würde. Sicher war sie weggefahren. Hier in der Wohnung war schon seit Tagen niemand mehr gewesen.

Die kleine Lampe des Anrufbeantworters blinkte, und nach kurzem Zögern drückte ich den Wiedergabeknopf. Die erste Nachricht stammte von einer Frau, die sagte, sie hoffe, es sei alles in Ordnung, und sie werde abends kochen, falls Jo zu Hause bleibe. Die Stimme kam mir bekannt vor, aber dennoch vergingen einige Augenblicke, bis ich realisierte, dass es meine war.

Schaudernd spulte ich zurück, lauschte ein weiteres Mal meiner Stimme, die an diesem fremden Ort seltsam unvertraut klang. Immerhin hörte ich mich recht fröhlich an. Ich trank einen Schluck von dem leicht essigsauren Wein. Die nächste Anruferin sprach lang und in herrischem Ton über das Abgabedatum einer Arbeit und dass der Termin vorverlegt werde. Dann sagte eine Männerstimme kurz und bündig: »Hallo, Jo, ich bin's, wollen wir uns mal treffen? Ruf mich an.« Eine weitere Frau erklärte, sie sei morgen in der Stadt, vielleicht habe Jo ja Lust auf einen Drink. Die nächste Stimme, wieder eine Frau, sagte bloß: »Hallo? Hallo?«, bis die Verbindung unterbrochen wurde. Ich beschloss, die Nachrichten vorerst nicht zu löschen, und nahm einen weiteren Schluck von dem sauren, gelblichen Wein.

War ich an diesem Ort ein Eindringling, oder wohnte ich jetzt hier? Ich wollte bleiben, ein heißes Bad nehmen, in mein

Rugby-Shirt schlüpfen, Pasta essen und mich vom Fernseher – meinem Fernseher – berieseln lassen, gemütlich in meinen Sessel gekuschelt, die Füße auf ihrem Teppich. Ich wollte nicht bei Freunden bleiben, die zwar sehr nett und höflich waren, mich aber für verrückt hielten. Ich wollte hier bleiben, Jo kennen lernen und alles über den Teil von mir herausfinden, den ich verloren hatte.

Was auch immer ich später tun würde, erst einmal musste ich so viel wie möglich in Erfahrung bringen. Alles hübsch der Reihe nach. Ich ließ mich auf dem Sessel nieder und leerte den Inhalt meiner Tasche auf den Couchtisch. Der größte Gegenstand war ein dicker brauner A5-Umschlag, auf dem mein Name stand. Ich schüttelte den Inhalt heraus: zwei Pässe, einer alt und einer brandneu. Ich schlug den neuen auf und betrachtete mein Foto, das mit den beiden, die im Spiegelrahmen steckten, identisch war. Ein Flugticket: Vor zehn Tagen hätte ich nach Venedig fliegen sollen, zurückgekommen wäre ich vorgestern. Es war schon immer mein Wunsch, nach Venedig zu reisen.

Ein Paar ineinandergeschobene schwarze Handschuhe. Mein Adressbuch, dessen Rücken sich bereits aufzulösen begann. Vier schwarze Stifte, von denen einer leckte. Wimperntusche. Zwei Tampons. Eine halb volle Packung Pfefferminzbonbons – ich steckte mir eins in den Mund, was zumindest den Geschmack des Weins überdeckte. Papiertaschentücher. Ein einzelnes Bonbon. Ein Armband aus Glasperlen. Drei schmale Haarbänder, die ich nicht mehr brauchte. Ein Kamm und ein winziger Spiegel. Und ein Stück Alufolie, das zu Boden gefallen war. Ich hob es auf. Wie sich herausstellte, war es ein steifer silberfarbener Blister-Streifen mit zwei Tabletten darin – nein, mit einer Tablette, denn die zweite war bereits herausgedrückt worden. Ich hielt den Streifen unter das Licht, um den Aufdruck auf seiner Rückseite lesen zu können: Levonelle, 750-Mikrogramm-Tabletten, Levonorgestrel. Ich verspürte den absurden Drang, die noch vorhandene runde weiße Tablette einfach in den Mund zu schieben, nur um zu sehen, was passieren würde.

Natürlich tat ich es nicht. Stattdessen machte ich mir eine Tasse Kaffee und rief dann bei Sheila und Guy an, die jedoch nicht zu Hause waren. Ich sprach ihnen aufs Band, dass ich an diesem Abend nicht kommen würde, ihnen aber für alles sehr dankbar sei und mich bald bei ihnen melden würde. Ich schlüpfte in meine Lederjacke, steckte den Schlüssel und die Tablette ein und verließ die Wohnung. Mein Wagen war noch da, doch inzwischen klemmte unter seinen vereisten Scheibenwischern ein in Plastik gehüllter Strafzettel.

Darum würde ich mich später kümmern. Ich joggte durch die Dunkelheit in die Camden High Street und lief sie entlang, bis ich zu einer Apotheke kam, gerade noch rechtzeitig vor Ladenschluss. Ich trat an die Theke, wo mich ein junger Asiate fragte, ob er mir helfen könne.

»Ich hoffe. Können Sie mir vielleicht sagen, was das hier ist?« Ich zog den silbernen Streifen heraus und reichte ihn ihm.

Er warf einen kurzen Blick darauf und sah mich stirnrunzelnd an. »Gehört das Ihnen?«

»Ja«, sagte ich. »Das heißt, nein. Dann würde ich ja wissen, worum es sich handelt. Ich habe die Tablette gefunden. Im Zimmer meiner kleinen Schwester, und ich wollte nur sicherstellen, dass es nichts Gefährliches ist. Sie sehen ja, dass eine der Tabletten fehlt.«

»Wie alt ist Ihre Schwester?«

»Neun«, sagte ich aufs Geratewohl.

»Verstehe.« Er legte den Streifen auf die Theke und nahm seine Brille ab. »Es handelt sich um ein Verhütungsmittel für Notfälle.«

»Wie bitte?«

»Die Pille danach.«

»Oh.«

»Und Sie sagen, Ihre Schwester ist erst neun?«

»Oje!«

»Sie sollte einen Arzt aufsuchen.«

»Also, ehrlich gesagt …«, stammelte ich nervös. Eine andere Kundin war hinter uns getreten, verfolgte neugierig unser Gespräch.

»Wann, glauben Sie, hat sie die Tablette eingenommen?«

»Schon vor längerer Zeit. Sicher vor zehn Tagen schon. Hören Sie …«

Er sah mich äußerst missbilligend an, danach machte sich auf seinem Gesicht ein ironischer Ausdruck breit. Ich glaube, er wusste Bescheid.

»Normalerweise«, sagte er, »sollte man zwei von diesen Pillen nehmen. Die erste spätestens zweiundsiebzig Stunden, nachdem der Verkehr stattgefunden hat, vorzugsweise früher, die zweite weitere zwölf Stunden später. Ihre Schwester könnte also schwanger sein.«

Ich griff nach dem Streifen und fuchtelte damit in der Luft herum. »Ich werde mich darum kümmern, das versichere ich Ihnen. Vielen Dank. Ich werde dafür sorgen, dass alles wieder in Ordnung kommt. Nochmals vielen Dank.« Mit diesen Worten floh ich auf die Straße hinaus. Es war herrlich, den kalten Regen auf meinen brennenden Wangen zu spüren.

9

Ich wusste, was passiert war. Ich wusste es genau. Ich hatte eine Lächerlichkeit begangen, von der ich aus Erzählungen wusste, dass andere Leute sie auch schon begangen hatten. Sogar Freunde von mir. Wie erbärmlich. Sobald ich wieder in der Wohnung war, rief ich Terry an. Er klang, als hätte er geschlafen. Ich fragte ihn, ob an diesem Morgen Post für mich gekommen sei. Er murmelte, es seien zwei Briefe für mich dabei gewesen.

»Vielleicht haben sie mir meine Kreditkarte geschickt. Sie haben gesagt, sie würden es versuchen.«

»Wenn du möchtest, kann ich sie an dich weiterschicken.«

»Ich brauche die Karte wirklich dringend, und ich bin gerade in der Gegend. Ist es dir Recht, wenn ich kurz vorbeischaue?«

»Na ja, meinetwegen, aber …«

»Ich bin in einer halben Stunde bei dir.«

»Ich dachte, du wärst in der Gegend?«

Vergeblich zermarterte ich mir das Gehirn nach einer klugen Erklärung.

»Hör zu, je länger wir reden, desto länger brauche ich.«

Als ich eintraf, hatte er bereits eine Flasche Wein geöffnet. Er bot mir ein Glas an, und ich nickte. Ich musste in dieser Sache mit Fingerspitzengefühl vorgehen, mich langsam an das Thema herantasten. Er betrachtete mich mit dem abschätzenden Blick, den ich so gut kannte, als wäre ich eine schwer einzuordnende Antiquität, deren Wert es festzustellen galt.

»Du hast deine Kleider gefunden«, stellte er fest.

»Ja.«

»Wo waren sie?«

Ich hatte keine Lust, ihm das zu verraten. Das war nicht nur Sturheit von mir. Ich hielt es für ratsam, die größtmögliche Verwirrung zu stiften, was meinen Aufenthaltsort während der nächsten paar Tage betraf. Wenn die Leute, die wussten, wer ich war, nicht wussten, wo ich war, und die Leute, die wussten, wo ich war, nicht wussten, wer ich war, dann erhöhte das vielleicht für eine Weile meine Sicherheit. Auf jeden Fall gab ich dann keine ganz so leichte Beute ab.

»Ich hatte sie bei einer Freundin gelassen«, antwortete ich.

»Bei wem?«

»Du kennst sie nicht. Hast du meine Post?«

»Sie liegt auf dem Tisch.«

Ich ging hinüber und inspizierte die beiden Umschläge. Der eine enthielt einen Fragebogen über Einkaufsgewohnheiten und landete sofort im Papierkorb, auf dem anderen stand »Gesonderte Zustellung«. Er fühlte sich vielversprechend fest an. Ich riss ihn auf. Eine brandneue, glänzende Kreditkarte. A.E. Devereaux. Ich hatte einen Ort zum Schlafen, meine Kleidung, ein paar CDs und jetzt auch noch eine neue Kreditkarte. Ich war wirklich dabei, ins Leben zurückzukehren. Ich blickte mich um.

»Natürlich sind noch einige meiner Sachen hier. Möbel und Ähnliches«, stellte ich fest.

Ich nippte an meinem Wein, Terry nahm einen großen Schluck von seinem. Fast hätte ich eine Bemerkung über seinen Alkoholkonsum gemacht, aber dann fiel mir voller Erleichterung ein, dass ich dafür nicht mehr zuständig war. Das war jetzt Sallys Job. Aber vielleicht trank er bei ihr nicht.

»Du kannst deine Sachen jederzeit abholen«, sagte er.

»Ich weiß nicht recht, wohin damit«, antwortete ich. »Hat es große Eile? Zieht Sally bei dir ein?«

»Ich kenne sie doch erst seit zwei Wochen. Sie ist bloß …«

»Weißt du, Terry, wenn ich auf eins definitiv verzichten kann, dann auf eine Diskussion darüber, wie wenig sie dir bedeutet.«

»Das habe ich nicht gemeint. Ich habe über dich gesprochen. Ich wollte dir bloß sagen, dass ich nicht glücklich über all das war, was passiert ist, bevor du gegangen bist.« Er nippte an seinem leeren Glas, den Blick auf den Boden gerichtet. Dann sah er mich an. »Es tut mir Leid, Abbie. Es tut mir Leid, dass ich dich geschlagen habe. Wirklich. Es gibt dafür keinerlei Entschuldigung. Es war ganz allein meine Schuld, und ich hasse mich dafür.«

Ich kannte diesen Terry gut. Das war der Terry, dem alles Leid tat. Der alles zugab und versprach, es nie wieder zu tun, und von nun an alles anders machen würde. Ich hatte diesem

Terry zu oft geglaubt, was vielleicht daran lag, dass er es auch sich selbst immer wieder glaubte.

»Schon gut«, sagte ich schließlich. »Du brauchst dich deswegen nicht selbst zu hassen.«

»Es war bestimmt schrecklich für dich, mit mir zusammen zu leben.«

»Na ja, wahrscheinlich war ich auf meine eigene Weise auch ziemlich schwierig.«

Er schüttelte reuevoll den Kopf. »Das ist es ja gerade, du warst überhaupt nicht schwierig. Du warst fröhlich, großzügig und witzig. Okay, abgesehen von den ersten paar Minuten, nachdem morgens dein Wecker losgegangen war. Meine Freunde haben mich für den glücklichsten Mann auf der ganzen Welt gehalten. Und du hast mir immer wieder eine Chance gegeben.«

»Na ja…«, meinte ich verlegen.

»Aber diesmal nicht, stimmt's? Jetzt kriege ich keine Chance mehr.«

»Es ist vorbei, Terry.«

»Abbie…«

»Nicht«, sagte ich. »Bitte. Hör zu, Terry, ich möchte dich was fragen.«

»Du kannst mich alles fragen.« Er war inzwischen bei seinem zweiten Glas Wein angelangt.

»Aus einem bestimmten Grund, hauptsächlich meiner eigenen geistigen Gesundheit zuliebe, versuche ich, die Zeitspanne zu rekonstruieren, an die ich mich nicht erinnern kann. Ich recherchiere über mich selbst, als wäre ich eine andere Person. Also, wenn ich das richtig verstanden habe, dann hatten wir an jenem Samstag einen massiven Streit, und daraufhin habe ich dich verlassen.«

»Wie ich schon gesagt habe, es war kein richtiger Streit. Es war alles meine Schuld. Ich weiß auch nicht, was da über mich gekommen ist.«

»Terry, darum geht es mir überhaupt nicht. Ich will nur wissen, wo ich war. Unter anderem. Ich bin also gegangen, und wollte bei Sadie bleiben. Doch wenn ich wutentbrannt hinausgestürmt bin, hatte ich wohl kaum meinen Fernseher unter dem Arm.«

»Nein«, antwortete er. »Du hast nur deine große Tasche mitgenommen. Ich war der Meinung, du würdest im Laufe des Abends zurückkommen. Am folgenden Tag hast du mich angerufen, und ich habe versucht, dich umzustimmen, was mir aber nicht gelang. Du wolltest mir nicht einmal sagen, wo du warst. Ein paar Tage später hast du erneut angerufen. Du hast gesagt, du würdest vorbeikommen und ein paar Sachen holen. Du bist am Mittwoch gekommen und hast mehrere Dinge mitgenommen.«

Nun kam der schwierige Teil. »War da noch etwas?«

»Wie meinst du das?«

»Na ja, als wir diskutiert haben… als wir diesen Streit hatten, haben wir da auch, ähm…?«

»Wir haben nicht diskutiert, jedenfalls nicht richtig. Wir haben uns heftig gestritten. Daraufhin bist du gegangen. Ich habe dich gefragt, ob du zurückkommen willst. Du hast nein gesagt. Du wollest mir nicht sagen, wo du warst. Ich habe versucht, dich telefonisch zu erreichen, aber ohne Erfolg.«

»Was war, als ich vorbeigekommen bin, um meine Sachen zu holen? Was war da?«

»Da haben wir uns gar nicht gesehen. Du bist gekommen, als ich nicht da war.«

Ich spürte, wie sich mein Magen zusammenzog.

»Tut mir Leid«, sagte ich. »Ich weiß, dass ich zur Zeit ein bisschen schwer von Begriff bin. Du sagst also, wir hatten keinen Kontakt mehr, nachdem ich dich verlassen hatte?«

»Wir haben telefoniert.«

»Das meine ich nicht. Wir haben uns wirklich nicht mehr gesehen?«

»Nein. Du wolltest nicht.«

»Wer zum Teufel …«

Ich hatte einen Satz begonnen, den ich unmöglich zu Ende führen konnte.

»Hör zu, Abbie, ich möchte wirklich …«

In dem Moment klingelte es an der Haustür, und ich erfuhr nie, was Terry wirklich wollte, auch wenn ich es mir in etwa vorstellen konnte. Ich sah, wie Terry die Zähne zusammenbiss. Ihm war anzusehen, dass er wusste, wer vor der Tür stand, und deswegen wusste ich es auch.

»Das ist jetzt aber ein bisschen unangenehm«, sagte er, während er auf die Tür zusteuerte.

Ich war nicht in der Verfassung, mich mit weiteren Problemen herumzuschlagen und musste tief Luft holen, bevor ich ihm antworten konnte.

»Das ist überhaupt nicht unangenehm. Geh und lass sie rein. Ich komme mit dir runter. Ich wollte sowieso gehen.«

Hintereinander trotteten wir die Treppe hinunter. »Ich bin gerade am Gehen«, sagte ich an der Tür zu Sally. »Ich habe bloß meine Post abgeholt.« Ich schwenkte meinen Briefumschlag.

»Schon gut«, antwortete sie.

»Keine Angst, ich werde das nicht zur Gewohnheit werden lassen.«

»Ich habe damit überhaupt kein Problem.«

»Das ist ja phantastisch«, meinte ich im Vorbeigehen. »Ich bin wirklich und wahrhaftig der Meinung, dass Sie und Terry weitaus besser zusammenpassen, als Terry und ich es je getan haben.«

Ihre Miene gefror.

»Wovon sprechen Sie überhaupt? Sie kennen mich doch gar nicht.«

»Nein«, pflichtete ich ihr bei. »Aber ich kenne mich.«

Auf dem Heimweg machte ich an einem der Minisupermärkte Halt, die auf dem Gehsteig runzeliges Obst und Gemüse anbieten, was sie damit kompensieren, dass sie rund um die Uhr geöffnet haben. Ich kaufte eine Flasche Weißwein und die Zutaten für einen einfachen Salat. Zurück in Jos Wohnung, sicherte ich die Tür mit dem Vorhängeschloss und bereitete rasch den Salat zu. Ich war sogar zum Schlafengehen schon zu müde. Meine Augen brannten, mein Kopf dröhnte, mein Körper schmerzte. Ich schluckte zwei Tabletten, spülte sie mit einem Schluck kaltem Weißwein hinunter und aß allein und in völliger Stille meinen Salat. Während ich vor mich hinkaute, versuchte ich, Ordnung in das Chaos meiner Gedanken zu bringen. Mein Blick fiel auf die kleine Pyramide aus Jos Post. Das musste nicht unbedingt etwas Schlimmes bedeuten. Vielleicht hatte sie mich gebeten, für sie auf die Wohnung aufzupassen, während sie Urlaub machte oder im Ausland arbeitete. Ich blätterte durch ihre Briefe. Einer sah ganz nach einer Mahnung aus. Ich wusste nicht, ob das etwas zu bedeuten hatte. Vielleicht war Jo der Typ Mensch, der seine Rechnungen immer erst auf den letzten Drücker bezahlte. Oder sie hatte einfach eine übersehen. Genausogut konnte sie jeden Augenblick aus ihrem Urlaub zurückkehren. Ich beschloss, noch ein paar Tage zu warten, bis ich ihretwegen Nachforschungen anstellte. Erst einmal musste ich Nachforschungen in eigener Sache anstellen.

Ich ließ mich im Schneidersitz auf Jos Kiefernboden nieder und drapierte alle Objekte um mich herum: die Avalanche-Akte, die Post aus der Plastiktüte, die ich bei Terry abgeholt hatte, die Blätter von Carol, auf denen sie die Anrufe für mich notiert hatte, die Quittungen, die ich im Handschuhfach meines Wagens gefunden hatte. Anschließend trat ich an den Schreibtisch in der Ecke und öffnete ihn. Aus einer großen Teetasse, auf welche der Plan der Londoner U-Bahn aufgedruckt war, nahm ich einen Stift und aus einer Schublade ein paar weiße DIN-A4-Blätter.

Was wusste ich über die Tage, an die ich mich nicht erinnern konnte? Auf eines der weißen Blätter schrieb ich oben in die Mitte: »Verlorene Tage.« In die rechte untere Ecke notierte ich »Donnerstag, 22. Januar«. Am Ende dieses Tages, kurz vor Mitternacht, war ich auf Tony Russells Türschwelle zusammengebrochen. Wie viele Tage war ich gefangen gehalten worden? Drei? Nein, es mussten mehr gewesen sein. Vier, fünf sechs, vielleicht noch mehr. Das Letzte, was ich mit Sicherheit wusste, war, dass ich am Dienstag, dem fünfzehnten Januar, abends in einem indischen Restaurant etwas zu essen bestellt und in diese Wohnung hatte liefern lassen. Die dazwischenliegenden Tage musste ich noch auffüllen. Was hatte ich in dieser Zeit getan? Immerhin wusste ich, dass ich sie nicht mit meinen Freunden verbracht hatte.

Mir kam ein Gedanke. Ich ging in die Küche. Ich musste ein paar Schranktüren öffnen, ehe ich den Mülleimer fand. Ein fürchterlicher, faulig-süßlicher Geruch schlug mir entgegen, als ich mich darüber beugte. Trotzdem zwang ich mich, hineinzusehen. Der Eimer enthielt schreckliche Dinge, schimmelige, ranzige, schleimige Reste, aber keine Alubehälter eines Takeaway-Restaurants. Was bedeutete, dass der Eimer seitdem mindestens einmal geleert worden war und jemand neuen Müll hineingeworfen hatte. Was bedeutete, dass Jo oder ich oder Jo und ich oder ein Dritter nach besagtem Dienstag noch eine Weile hier gewesen war. Es sei denn, die Behälter des indischen Restaurants waren nicht in den Mülleimer, sondern gleich draußen in eine Tonne geworfen worden. Wie wahrscheinlich war das?

Mein Kopf schmerzte. Hatte Robin nicht erwähnt, ich hätte sie angerufen, um unseren abendlichen Drink abzusagen? Ich schrieb »Mittwoch« an den Rand der Seite und malte ein Fragezeichen daneben.

Ich begann Carols Liste mit Anrufen durchzugehen. Mehr als alles andere führten mich diese schnell hingeworfenen Notizen, diese dringenden Mitteilungen und knappen Antworten, zurück in mein altes Leben. Jene, die mir etwas sagten, strich ich nacheinander aus. Am Ende blieben drei übrig, mit denen ich nichts anfangen konnte. Neben der einen stand kein Name, sondern lediglich eine Telefonnummer. Eine andere lautete: »Pat hat angerufen«. Pat? Ich kannte ungefähr zwölf Leute namens Pat, männlich wie weiblich. Ich musste an eine Pat denken, die mit mir im Kindergarten gewesen war. Ich hatte nie wieder jemanden kennen gelernt, der so laut schreien konnte wie sie. Die dritte Nachricht beschränkte sich auf: »Ein Typ hat angerufen.« Danke, Carol.

Ich setzte mich wieder und griff nach einem weiteren leeren Blatt Papier. Oben in die Mitte schrieb ich: »Zu erledigen.« Mein allgemeines Lebensmotto lautete, wenn du im Zweifel bist, schreib eine Liste. Zuerst schrieb ich: »Telefonnummern anrufen«, darunter: »Avalanche«. Laurence hatte gesagt, nachdem ich bei Jay & Joiner hinausgestürmt sei, hätte ich meine Freizeit darauf verwendet, mit Leuten zu sprechen, die an dem Projekt beteiligt gewesen seien, und sie dazu ermutigt, sich zu beschweren. Das war einer der wenigen richtigen Hinweise auf das, was ich während meiner verlorenen Tage getan hatte.

Ich schlug die Avalanche-Akte auf und nahm die Kontaktadressenliste heraus, die obenauf lag. Sie bestand aus lauter vertrauten Namen, lauter Leute, mit denen ich in jenen hektischen Tagen Anfang Januar zu tun gehabt hatte. Ich blätterte die Akte durch, notierte mir weitere Namen, klammerte manche davon ein und unterstrich andere. Allein schon der Gedanke an die Arbeit, die ich in dieser Zeit geleistet hatte, machte mich müde.

Schließlich gelangte ich zu den Abrechnungen am Ende der Akte. Ich starrte auf die Zahlen, bis sie mir vor den Augen tanzten. Als würden sich einzelne Gestalten aus einem dichten Nebel lösen, fielen mir einige der Auseinandersetzungen wieder ein, die ich mit Laurence geführt hatte. Oder mir fiel der

Grund wieder ein, weshalb ich sie geführt hatte: das schäbige Verhalten unserer Firma ihren Subunternehmern gegenüber, die phantasievolle Buchhaltung, die vor meiner Nase praktiziert worden war. Und mir fiel Todd wieder ein.

Im Grunde war Todd ein Teil meines Lebens, den ich nie vergessen, sondern lediglich verdrängt hatte. Hinterher habe ich mich gefragt, ob ich die Zeichen nicht schon eher hätte erkennen müssen. Todd hatte das Avalanche-Projekt geleitet. Es hatte sich dabei um eine höchst komplizierte Aufgabe gehandelt, die eine Mischung aus Fingerspitzengefühl und hartem Durchgreifen erforderte. Ich hatte sehr schnell gelernt, dass bei einem solchen Projekt jeder einen Groll gegen jemand anderen hegt und jeder eine Entschuldigung für seine eigenen Unzulänglichkeiten parat hat. Wenn man einen Schritt zu viel in die eine Richtung tut, provoziert man einen Aufstand. Einen Schritt zu weit in die andere Richtung, und es geht absolut nichts voran. Da Todd und ich zum Teil mit denselben Leuten arbeiteten, kam mir zu Ohren, dass die Arbeit nur langsam voranging. Die Arbeit geht immer langsam voran, aber wenn Handwerker sagen, es gehe langsam, dann heißt das, es geht rückwärts. Ich sprach Todd ein paarmal darauf an, aber er antwortete mir jedes Mal, alles laufe sehr gut. Ich hegte allmählich den Verdacht, dass irgendetwas ernsthaft schief lief, und erzählte Laurence davon.

Daraufhin hörte ich, dass man Todd gefeuert habe und ich nun für das Avalanche-Projekt verantwortlich sei. Laurence eröffnete mir, Todd habe offenbar einen Nervenzusammenbruch erlitten, ohne jemandem davon zu erzählen, was unter anderem heiße, dass Todd bei dem Auftrag keinen Finger gerührt habe und Jay & Joiner nun der Bankrott drohe. Entsetzt erklärte ich, dass es nicht meine Absicht gewesen sei, Todd zu verraten. Laurence gab mir zur Antwort, Todd sei psychisch krank und brauche medizinische Hilfe, doch unser unmittelbares Problem sei nun, die Firma zu retten. Also marschierte ich in Todds Büro und arbeitete vierzig Stunden durch. Danach kam ich eine weitere Woche keine Nacht mehr als vier Stunden ins Bett. Wenn ich also zum Teil für das verantwortlich war, was Todd passiert war, dann war Todd auch zum Teil für das verantwortlich, was mir passierte.

Ich schrieb seinen Namen auf das Blatt, überlegte kurz und fügte dann ein Fragezeichen hinzu. Nachdenklich zeichnete ich ein Quadrat um das Fragezeichen, fügte weitere Linien hinzu, bis es aussah, als befände sich das Fragezeichen in einem Würfel. Ich schraffierte die Seiten des Würfels. Schließlich zeichnete ich strahlenartige Linien rund um den Würfel, so dass es aussah, als würde er leuchten oder explodieren.

Ein weiterer Gedanke schoss mir durch den Kopf. O verdammt. Unter »Todd« schrieb ich das Wort »Schwangerschaftstest« und unterstrich es. Ich hatte Sex mit jemandem gehabt und offensichtlich keine Vorsichtsmaßnamen ergriffen. Doch mit wem? Ich überlegte, ob ich eine weitere Liste mit Namen potenzieller Kandidaten anlegen sollte, hatte aber niemanden, den ich auf diese Liste hätte setzen können. Mit welchen Männern war ich während meiner verlorenen Woche zusammengekommen? Guy. Sehr unwahrscheinlich. Das indische Essen war mit ziemlicher Sicherheit von einem Mann ausgeliefert worden. Und dann war da natürlich noch er.

Ich machte Anstalten, das Wort »Was« zu schreiben, hielt aber mitten in der Bewegung inne. Gerade hatte ich gedacht: Was machst du da eigentlich? Prompt hatte ich begonnen, diesen Satz niederzuschreiben. Aber die Frage war berechtigt, was *tat* ich da eigentlich? Der Gedanke an diese dunklen, vergessenen Tage war unerträglich, er quälte mich unaufhörlich, Tag und Nacht. Manchmal stellte ich mir vor, dies sei die Ursache für den Schmerz in meinem Kopf. Wenn es mir gelänge, die Leerstellen zu füllen, alles zu rekonstruieren, dann würde der Schmerz verschwinden. Aber lohnte es sich, dass ich mich dafür in Gefahr brachte? Befand ich mich überhaupt in Gefahr?

War er irgendwo dort draußen in London unterwegs, auf der Suche nach mir? Vielleicht hatte er mich bereits gefunden. Womöglich stand er schon draußen vor Jos Tür und wartete darauf, dass ich herauskam. Oder ich lag in dieser Hinsicht völlig falsch. Vielleicht war der Mann auch untergetaucht. Er wusste, dass ich mich an unsere erste Begegnung nicht erinnern konnte. Ich hatte keine Ahnung, wie er aussah. Wenn er sich ruhig verhielt, konnte ihn niemand behelligen. Er konnte seelenruhig sein Unwesen treiben, andere Frauen umbringen und mich einfach vergessen. Doch konnte er sich wirklich sicher fühlen?

Ich zeichnete ein großes Fragezeichen um das Wort »Was«. Ich machte ein dreidimensionales Fragezeichen daraus, das ich anschließend schraffierte. Wenn ich nur beweisen könnte, dass ich tatsächlich gekidnapped worden war. Das war das Beste, worauf ich hoffen konnte. Wenn es mir gelänge, einen konkreten Beweis zu finden, dann würde die Polizei mir endlich glauben und mich beschützen. Sie würden eine Großfahndung einleiten, den Mann finden, und ich könnte wieder ein normales Leben führen.

Doch wie sollte dieser Beweis aussehen? Wo sollte ich mit der Suche beginnen? Ich verzierte mein Riesenfragezeichen mit einer Schar filigraner Fragezeichen, die sich an seinem Rücken aneinanderreihten, sich um sein Ende wanden und anschließend an seinem Bauch emporkletterten, bis es ganz von einer Wolke flatternder Verwirrtheit umgeben war.

10

Mit einem Ruck wachte ich auf und wusste zunächst nicht, wo ich war. Der Raum war dunkel und völlig still, es war kein Geräusch zu hören. Ich lag im Bett und wartete darauf, dass mein Gedächtnis zurückkehren würde. Ich wartete darauf, etwas zu hören, ein Geräusch in der Schwärze. Mein Herz hämmerte wie wild, mein Mund fühlte sich trocken an. Dann hörte ich ein leises Schlurfen draußen vor meinem Fenster. Vielleicht hatte mich das aufgeweckt. Aber wer war dort? Ich wandte den Kopf und warf einen Blick auf meinen Radiowecker, der neben mir auf dem Nachttisch stand. Es war zehn vor fünf und sehr kalt.

Wieder hörte ich dieses schlurfende, kratzende Geräusch. Ich konnte mich nicht bewegen, drückte den Kopf fest gegen das Kissen. Es bereitete mir Schwierigkeiten, richtig zu atmen, und in meinem Kopf pochte es erbarmungslos. Ich musste an die Kapuze und den Knebel denken, schob den Gedanken jedoch gleich wieder weg. Ich zwang mich aufzustehen und zum Fenster hinüberzugehen. Ich öffnete die Vorhänge einen Spalt und spähte zwischen den Eisblumen, die sich auf dem Glas gebildet hatten, nach draußen. Der frisch gefallene Schnee machte alles ein wenig heller, und im Licht der Straßenlaterne konnte ich unter mir etwas Dunkles erkennen. Eine fette getigerte Katze strich um den Strauch neben der Haustür, ließ ihren dicken Schwanz über die toten Blätter gleiten. Fast hätte ich erleichtert aufgelacht, doch in dem Moment hob das Tier den Kopf und schien mich mit seinen stechenden gelben Augen zu fixieren. Ein Gefühl der Angst ergriff von mir Besitz. Ich ließ den Blick die Straße hinunterschweifen, die zwischen Pfützen orangefarbenen Lichts immer wieder in Dunkelheit getaucht war. Ich konnte niemanden entdecken, doch plötzlich wurde ein paar Meter von mir entfernt ein Auto gestartet, seine Scheinwerfer erhellten die Straße, und ich erkannte in der Ferne eine Gestalt. Durch den Neuschnee verlief eine Fußspur.

Ich zog die Vorhänge wieder zu und wandte mich ab. Ich benahm mich vollkommen lächerlich, rief ich mich selbst resolut zur Vernunft. Paranoid. In London ist immer jemand wach. Es sind immer Autos, Katzen und Gestalten auf der Straße unterwegs. Egal, wann ich in der Nacht aufwachte, ich konnte jederzeit mein Gesicht gegen das Fenster pressen und jemanden draußen stehen sehen.

Ich ging wieder ins Bett und rollte mich zusammen, schlang die Arme um meinen Körper. Meine Füße waren eiskalt, deswegen versuchte ich, sie unter mein Rugby-Shirt zu ziehen, um sie zu wärmen, was mir aber nicht gelang. So stand ich erneut auf und ging ins Bad. Ich hatte eine Wärmflasche an der Tür hängen sehen. Ich setzte den Wasserkessel auf, füllte die Wärmflasche, nahm noch einmal zwei Tabletten gegen meine Kopfschmerzen und kehrte dann ins Bett zurück. Die Wärmflasche an mich gedrückt, versuchte ich, wieder einzuschlafen. Gedanken wirbelten durch meinen Kopf wie ein wilder Schneesturm, und die Dinge, die ich erledigen musste, türmten sich wie hohe Schneeverwehungen vor meinem geistigen Auge auf: die Anrufe, die ich zu tätigen hatte, die Namen der Leute aus der Avalanche-Akte, die ich aufsuchen wollte, außerdem musste ich herausfinden, wo Jo abgeblieben war, oder mehr über sie in Erfahrung bringen, und dann war da noch diese mysteriöse Pille danach. Es musste jemanden geben, der wusste, was um alles in der Welt ich im Schilde geführt hatte, aber die Frage war, ob ich nach zwei Männern oder nur nach einem suchen sollte, ob ich womöglich schwanger war? Ich dachte an mein altes Leben, das inzwischen sehr weit zurückzuliegen schien, wie ein Bild hinter Glas, während dieses düstere, bedrohliche neue Leben sich jedes Mal zu verschieben und zu verändern schien, sobald ich einen Blick darauf zu werfen versuchte.

Der Heizkörper knackte und summte, und nach wenigen Minuten war es schon nicht mehr ganz so kalt im Zimmer. Trotz des zugezogenen Vorhangs konnte ich sehen, wie es draußen allmählich hell wurde. Es hatte keinen Sinn, ich konnte nicht mehr schlafen. Solange ich hier im Bett lag, hockte die Angst wie eine große fette Kröte auf meiner Brust. Um sie zu vertreiben, musste ich endlich anfangen, den Dingen Herr zu werden. Einen anderen Weg gab es nicht.

Ich nahm ein Bad, dessen Temperatur hart an der Grenze des Erträglichen lag, so dass ich, als ich herausstieg, krebsrote Haut und runzelige Finger hatte. Ich schlüpfte in meine weite Hose, den schwarzen Kapuzen-Fleece sowie zwei Paar Socken. Danach brühte ich mir eine Tasse Kaffee, machte die Milch dafür warm. Ich kochte ein Ei, toastete eine Scheibe von dem alten Brot und bestrich sie großzügig mit Butter. Von nun an wollte ich es mir so richtig gut gehen lassen. Ich zwang mich, mein Frühstück nicht wie sonst im Stehen, sondern in Ruhe am Tisch einzunehmen, tunkte den Toast ins Eigelb und kaute ihn langsam, nahm dazwischen immer wieder einen Schluck von meinem Milchkaffee. Anschließend ging ich ins Bad und stellte mich vor den Spiegel. Der Anblick meines nackten weißen Gesichts versetzte mir immer noch einen leichten Schreck. Ich machte mein Haar nass und kämmte es, damit es nicht mehr ganz so stark abstand, und putzte mir gründlich die Zähne, den Blick auf den Spiegel gerichtet. Kein Make-up, kein Schmuck. So, nun konnte es losgehen.

Es war erst kurz nach sieben, die meisten Leute lagen vermutlich noch im Bett. Auf jeden Fall war es zu früh, um einen Schwangerschaftstest zu besorgen. Das würde ich später erledigen. Ich ließ mich mit meinen Blättern auf der Couch nieder, ging die Listen durch, die ich die Nacht zuvor zusammengestellt hatte, und machte mir weitere Notizen. Ich durchstöberte Jos Schubladen, suchte nach etwas, womit ich meine Zettel vorübergehend an der Wand befestigen konnte. Zuerst fand ich nichts Geeignetes, doch dann entdeckte ich in einer Schublade voller Schraubenzieher, Schnüre, Sicherungen und Batterien eine Rolle Klebeband. Damit pappte ich sämtliche Blätter und Zettel an die Wand, wobei ich dazwischen Lücken ließ, die ich später zu füllen hoffte. Das gesamte Unterfangen hatte etwas seltsam Befriedigendes, als hätte ich gerade meinen

Schreibtisch aufgeräumt und meine Stifte gespitzt, bevor ich mit der eigentlichen Arbeit begann.

Ich notierte die Namen und Adressen der Männer, die ich heute besuchen wollte. Es waren Namen, die ich gut kannte. Ich ging davon aus, dass es sich dabei um die Männer handelte, die ich bereits aufgesucht hatte, nachdem ich Jay & Joiner verlassen hatte. Während meiner letzten Wochen in der Firma hatte ich täglich mit ihnen oder ihren Angestellten telefoniert. Ich wusste, dass wir ihnen übel mitgespielt hatten. Einige hatte ich auch persönlich kennen gelernt, doch diese hektische Phase war in meiner Erinnerung verblasst, als wäre ich damals zu schnell unterwegs gewesen, um richtig hinzusehen, oder als hätte sich meine Amnesie rückwärtig ausgeweitet. Vielleicht, dachte ich, verhält es sich mit meinem Gedächtnisverlust wie mit einem Tintenfleck auf Löschpapier. In der Mitte ist der Fleck dunkel und nach außen wird er immer heller, bis schließlich überhaupt nichts mehr von der Tinte zu sehen ist.

Nachdem ich sämtliche Adressen auf der Straßenkarte ausfindig gemacht hatte, plante ich meine Route und legte fest, wen ich zuerst aufsuchen wollte. Dann griff ich nach dem Telefonhörer und begann die erste Nummer zu wählen – legte jedoch sofort wieder auf. Es war besser, wenn ich unangemeldet kam. Mein einziger Vorteil bestand darin, unberechenbar zu bleiben. Ich setzte meine Wollmütze auf und zog sie mir bis über die Augenbrauen. Den unteren Teil meines Gesichts umwickelte ich mit meinem gestreiften Schal. Dann schaltete ich alle Lichter aus und sorgte dafür, dass die Vorhänge in meinem Schlafzimmer wieder genau so drapiert waren wie vor meinem Eintreffen.

Nach dem langen gestrigen Tag und der unbefriedigend kurzen Nacht fühlte ich mich an diesem Morgen nervös und ängstlich. Es gab keinen Hinterausgang, ich musste zwangsläufig die Haustür benutzen. Bevor ich auf die Straße trat, setzte ich meine dunkle Brille auf. Nun war von meinem Gesicht so gut wie nichts mehr zu sehen. Ich holte tief Luft und marschierte in den böigen Wind hinaus. Unter den vereisten Scheibenwischern meines Wagens klemmte noch immer der Strafzettel, doch das war mir gleichgültig. Heute würde ich öffentliche Verkehrsmittel benutzen.

Ken Loftings Laden war noch nicht offen, doch als ich mein Gesicht an die Glastür drückte, konnte ich sehen, dass im hinteren Teil bereits Licht brannte. Eine Klingel schien es nicht zu geben, deswegen hämmerte ich mit der Faust gegen die Tür und wartete. Schließlich sah ich Kens massige Gestalt auftauchen. Die Lichter im Geschäft gingen an – und wenn ich sage, sie gingen an, dann meine ich damit, dass ein blendendes Lichtermeer erstrahlte, als wäre wieder Weihnachten –, und Ken kam schwerfällig auf mich zu. Seine Stirn lag in Falten, vermutlich aus Ärger über meine Ungeduld. Er machte nicht sofort auf, sondern musterte mich zunächst durch die Glasscheibe. Dann breitete sich auf seinem vollen, roten Gesicht langsam der Ausdruck des Wiedererkennens aus. Er entriegelte die Tür. Obwohl mein Mund vor Angst ganz ausgetrocknet war, lächelte ich ihn an.

»Abbie?«

»Ich hab mir die Haare schneiden lassen, das ist alles. Kann ich kurz mit Ihnen sprechen?«

Er trat einen Schritt zurück und starrte mich an, bis ich verlegen wurde.

»Ich habe gehofft, dass wir uns treffen würden«, sagte er. Ich ließ seine Worte in mir nachklingen. War das die Stimme? »Ich habe oft an Sie gedacht.«

»Ich dachte, Sie hätten um diese Zeit schon geöffnet«, erklärte ich und blickte mich nervös um. Alle Lampen, Lüster und Scheinwerfer brannten, doch außer uns schien niemand hier zu sein.

»Ich mache erst in fünf bis zehn Minuten auf.«

»Haben Sie kurz Zeit für mich?«

Er ließ mich eintreten und sperrte die Tür wieder zu. Das Geräusch jagte mir eine Gänsehaut über den Rücken. Dagegen war ich machtlos.

Ken ist nicht nur ein gewöhnlicher alter Elektriker, der Drähte hinter Fußleisten versteckt: er ist ein Maestro. Natürlich kennt er sich auch mit Drähten aus, doch seine wahre Leidenschaft ist das Licht – die Art, wie es fällt, seine Reichweite, der Kontrast zwischen Hell und Dunkel. In seinem Geschäft in Stockwell kann man die seltsamsten Glühbirnen kaufen, und er bringt es fertig, stundenlang über verschiedene Beleuchtungsarten zu sprechen, direkte oder indirekte Beleuchtung, Deckenlampen, aggressive Strahler oder weiches, diffuses Licht. Bei der Ausstattung der Avalanche-Büros hatte er wahre Lichtkunstwerke geschaffen. Jeder Schreibtisch und jedes einzelne Büro waren mit hellen Lampen ausgestattet, aber dazwischen lagen zahlreiche schwächer beleuchtete Bereiche. »Kontrast«, hatte er immer wieder gesagt. »Man braucht den Kontrast, das gibt einem Raum Gestalt und Tiefe, erweckt ihn erst richtig zum Leben. Die goldene Regel lautet, dass man das Licht niemals flach und grell gestalten darf. Wer könnte damit leben?« Die Avalanche-Direktoren waren begeistert gewesen.

»Warum wollten Sie mich sehen, Ken?«

»Eins nach dem anderen. Tee?«

»Das wäre wunderbar.«

Er kochte den Tee in seinem Büro, das im hinteren Teil des Geschäfts lag und mit Pappkartons vollgestopft war. Ich saß auf dem Stuhl, er auf einem Karton. Es war sehr kalt in dem Raum, so dass ich meinen Mantel anbehielt, obwohl er selbst in Hemdsärmeln herumlief.

»Warum wollten Sie mich sehen?«

»Einen Keks? Ingwerplätzchen?«

»Nein, danke, für mich nichts.«

»Um Ihnen zu danken.«

»Wofür?«

»Dafür, dass Sie mich davor bewahrt haben, drei Riesen in den Wind zu schießen.«

»Habe ich das getan?«

»Allerdings.«

»Wie?«

»Was?«

»Tut mir Leid, Ken. Sie müssen ein bisschen Nachsicht mit mir haben. Bei uns in der Firma sind noch ein paar Fragen offen, die der Klärung bedürfen.«

Damit schien er sich zufrieden zu geben. »Sie haben mich darauf hingewiesen, dass ich zu schlecht bezahlt würde und dagegen protestieren sollte.«

»Und das haben Sie getan?«

»O ja.«

»Wann habe ich Sie darauf hingewiesen, Ken?«

»Das muss gleich am Montagmorgen gewesen sein. So früh wie heute.«

»An welchem Montag?«

»Na ja, vor drei Wochen ungefähr.«

»Am Montag, dem vierzehnten?«

Nachdem er einen Moment überlegt hatte, nickte er. »Der muss es gewesen sein.«

»Und wir haben uns seitdem nicht mehr gesehen?«

»Uns gesehen? Nein. Hätten wir uns sehen sollen?« Er schaute mich an, als würde ihm etwas dämmern. »Soll ich Ihrer Firma gegenüber behaupten, wir hätten uns gesehen? Damit Sie auf mehr Arbeitsstunden kommen, geht es Ihnen darum? Ich stehe in Ihrer Schuld, Sie brauchen mir also nur zu sagen, wann wir offiziell miteinander gearbeitet haben und wie lange.«

»Nein, darum geht es mir nicht. Es gibt noch ein paar Ungereimtheiten, die ich klären möchte. Haben wir uns seitdem wirklich nicht mehr gesehen?«

Er wirkte enttäuscht. »Nein. Obwohl ich auf eine Gelegenheit gewartet habe, mich bei Ihnen zu bedanken.« Er beugte sich vor und legte mir eine Hand auf die Schulter. »Sie haben für mich den Kopf hingehalten, nicht wahr?«

Seine Worte ließen mich schaudern. Ich musste mich erst sammeln, bevor ich weitersprechen konnte. »Dann sind Sie also sicher. Montag, der vierzehnte? Sie erinnern sich an den Tag?«

»Ich weiß noch genau, dass Sie vor lauter Wut keine Sekunde still sitzen konnten.« Er lachte ein wenig schnarrend.

»Sie müssen gleich aufsperren«, sagte ich. »Es wird Zeit, dass ich gehe. Sie haben mir sehr geholfen, Ken.«

»Das freut mich.« Er rührte sich nicht von der Stelle, doch vielleicht lag das bloß daran, dass er ein großer, langsamer Mann war. Der Blick, mit dem er mich musterte, war sicher freundlich, aber ich war mir nicht sicher. Mich beschlich ein leiser Zweifel.

»Wären Sie so nett, die Tür für mich aufzuschließen?«

Er erhob sich von seiner Kiste, und wir gingen langsam durch den hell erleuchteten Laden. Auf meiner Stirn standen Schweißperlen, meine Hände zitterten.

»O nein! Was ist denn jetzt schon wieder? Ist etwas kaputt? Etwas zusammengebrochen? Schon wieder ein Idiot, der mit dem System nicht umgehen kann? Ich sage Ihnen jetzt mal was!« Er rammte mir seinen Zeigefinger in die Brust. »Ich werde nie wieder für Ihre Firma arbeiten! Das habe ich Ihren Leuten auch schon gesagt. Nie wieder. Selbst dann nicht, wenn Sie vor mir auf die Knie gehen. Das lohnt sich nicht. Erst dieser Mann, der jedes Mal den Eindruck machte, als würde er gleich zu weinen anfangen, wenn er mich sah, und dann die blonde Frau mit der Rakete im Hintern. Sie müssen meine Ausdrucksweise entschuldigen. Am Ende stellte sich jedoch heraus, dass sie ganz akzeptabel war. Ich nehme an, Sie haben sie rausgeschmissen, nur weil sie einen Sinn für Gerechtigkeit besaß, nicht wahr?«

»Das war ich, Mr. Khan«, unterbrach ich ihn. »Ich habe Sie darauf hingewiesen, dass Sie unterbezahlt waren.«

»Nein, nein, nein, das lasse ich mir nicht einreden. Das war die andere, die mit den langen blonden Haaren. Abbie noch was, so hieß sie. Aber Sie habe ich noch nie gesehen.«

Erkannte er mich wirklich nicht? Ich nahm meine schwarze Wollmütze ab. Er verzog keine Miene. Da gab ich es auf und behauptete, jemand anders zu sein. Abbies Freundin.

»Wann haben Sie sie zum letzten Mal gesehen?« Ich bemühte mich um einen geschäftsmäßigen Ton.

»Am Freitag, dem elften Januar«, antwortete er wie aus der Pistole geschossen.

»Nein, ich meine, wann tatsächlich?«

»Das habe ich Ihnen doch gerade gesagt.«

»Die Schwierigkeiten, in denen sie steckt, können nicht mehr schlimmer werden, egal, was Sie sagen, Mr. Khan.«

»Dann steckt sie also in Schwierigkeiten? Das hab ich gewusst. Ich hab's ihr gesagt. Es schien sie überhaupt nicht zu kümmern.«

»Haben Sie sie danach noch einmal gesehen?«

Er zuckte die Achseln und warf mir einen zornigen Blick zu. Ich hätte ihn am liebsten umarmt.

»Ich bin Abbies Freundin«, erklärte ich noch einmal. Bestimmt würde er mich jeden Moment erkennen. Dann würde er mich für eine Betrügerin halten oder für ein bösartiges Biest – oder einfach für eine Irre. »Ich bin auf ihrer Seite.«

»Das behaupten andere auch«, erwiderte er.

Was meinte er damit? Bestürzt starrte ich ihn an, während er fortfuhr: »Also gut. Ich habe sie am Montag darauf noch einmal gesehen. Anschließend bin ich schnurstracks zu meinen Anwälten gegangen. Sie hat mir einen großen Gefallen getan.«

»Am Montag, dem vierzehnten.«

»Ja. Wenn Sie sie sehen, richten Sie ihr meinen Dank aus.«

»Das werde ich tun. Und Mr. Khan …«

»Was?«

»Danke.« Einen kurzen Moment lang veränderte sich sein Gesichtsausdruck. Er begann mich genauer zu mustern, aber ich wandte mich ab, setzte meine dunkle Brille auf und stülpte mir die Mütze wieder über den Kopf. »Auf Wiedersehen.«

In einem warmen, schwach beleuchteten italienischen Café in Soho aß ich zu Mittag. Ich wurde an einen Tisch ganz hinten in der Ecke gelotst. Ich konnte jeden sehen, der hereinkam, fühlte mich selbst aber unsichtbar. In dem Café drängten sich die Touristen. Von meinem Platz aus konnte ich die Leute Spanisch, Französisch und Deutsch sprechen hören. Ein Schauder des Glücks durchlief meinen Körper. Ich zog meinen Mantel aus, nahm Mütze, Schal und Brille ab und bestellte Spaghetti mit Venusmuscheln und ein Glas Rotwein. Ich verbrachte fast eine Stunde dort. Während ich langsam meine Pasta aß, lauschte ich Bruchstücken von Gesprächen und atmete den Geruch von Zigaretten, Kaffee, Tomatensauce und Kräutern ein. Anschließend bestellte ich mir einen Cappuccino und ein Stück Zitronenkuchen. Meine Zehen tauten langsam auf, und meine Kopfschmerzen ließen nach. Ich kann es schaffen, dachte ich. Wenn es mir gelingt herauszufinden, was mit mir passiert ist, und wenn ich die Leute dazu bringen kann, mir zu glauben, dann werde ich mich wieder sicher fühlen können und ohne Angst Orte wie diesen hier aufsuchen, zwischen anderen Menschen sitzen und glücklich sein. Einfach eine Tasse Kaffee trinken, ein Stück Kuchen essen und sich sicher fühlen – das ist Glück. Ich hatte diese kleinen Freuden des Lebens schon ganz vergessen.

Ich verließ das Café, um mir einen Schwangerschaftstest zu besorgen.

Ich konnte mich nicht erinnern, Ben Brody je getroffen zu haben, obwohl ich einmal in seiner Werkstatt in Highbury gewesen war. Bei leichtem Schneefall machte ich mich auf den Weg. Ich spürte, wie meine Nase – der einzige Teil von mir, der der Kälte schutzlos ausgesetzt war – wieder rot wurde. Um zu der Werkstatt zu gelangen, musste man von der Hauptstraße abbiegen und ein Stück weit eine kleine Seitenstraße hinaufgehen. Sein Name stand an der Tür: »Ben Brody, Produktdesigner«. Ich fragte mich, wie jemand Produktdesigner werden konnte. Dann kam ich mir plötzlich sehr dumm vor. Wie um Himmels willen konnte jemand Büroausstatterin werden? In dem Moment wurde mir klar, was für einen lächerlichen Job ich im Grunde gemacht hatte. Falls diese Sache je ein gutes Ende finden würde, könnte ich Gärtnerin, Bäckerin oder Schreinerin werden. Ich könnte etwas *herstellen*. Das heißt, wenn ich nicht zwei linke Hände hätte.

Ben Brody stellte tatsächlich etwas her. Zumindest baute er die Prototypen. Er hatte die Schreibtische und Stühle für Avalanche entworfen, ebenso die Raumteiler, die die riesige Bodenfläche des Büros weniger beängstigend wirken ließen. Wir hatten ihm zu wenig bezahlt und unseren Kunden zu viel berechnet.

Ich klopfte nicht an, sondern schob einfach die Tür auf und trat ein. In dem großen Raum standen Werkbänke verteilt. Zwei Männer standen neben einem Fahrradgestell. Hinten in der Ecke war jemand mit einem Bohrer am Werk. Es roch nach Sägemehl. So ähnlich roch Pippa, wenn sie aufwachte und ihr runzeliges Gesicht zu einem Gähnen verzog. Süß und holzig.

»Kann ich Ihnen helfen?«

»Mr. Brody?«

»Nein, Ben ist hinten.« Er deutete mit dem Daumen auf eine Tür. »Im Büro. Soll ich ihn holen?«

»Nein, nicht nötig, ich finde den Weg.«

Als ich die Tür öffnete, blickte der Mann von seinem

Schreibtisch auf. Ich ließ meine Wollmütze auf, setzte nur die dunkle Brille ab. In dem dunklen kleinen Raum konnte ich damit kaum etwas sehen.

»Ja?« Er starrte mich an. Einen Moment lang sah er aus, als hätte er in eine Zitrone gebissen. Er nahm ebenfalls seine Brille ab und legte sie auf den Schreibtisch. Er hatte ein schmales Gesicht, seine Hände waren groß und kräftig. »Ja?«, fragte er erneut.

»Sie erinnern sich wahrscheinlich nicht an mich. Mein Name ist Abbie Devereaux, ich bin von Jay & Joiner.«

Er starrte mich verständnislos an.

»Ich habe Sie nicht ganz vergessen«, meinte er schließlich. »Was wollen Sie hier?« Sein Ton klang fast schon unhöflich. Ich zog einen Stuhl zu mir heran und nahm ihm gegenüber Platz.

»Ich werde Ihre Zeit nicht lange in Anspruch nehmen. Ich versuche nur ein paar Punkte zu klären, die bei uns in der Firma noch unklar sind.«

»Ich verstehe nicht recht.« Er machte in der Tat einen höchst verblüfften Eindruck. »Warum sind Sie hier?«

»Wie gesagt, ich möchte lediglich ein paar Dinge klären.« Er sah mich bloß an. Ich versuchte es noch einmal. »Es gibt da ein paar Daten, aus denen ich nicht ganz schlau werde, es ist zu kompliziert, um im Einzelnen auf die Gründe einzugehen.«

»Zu kompliziert.«

»Fragen Sie mich lieber nicht. Sie wollen es nicht wissen, das dürfen Sie mir glauben. Ich wollte Sie lediglich fragen, wann wir uns gesehen haben. Wann wir uns das letzte Mal gesehen haben, meine ich.«

Hinter ihm klingelte das Telefon, und er schwang auf seinem Stuhl herum, um das Gespräch anzunehmen. »Absolut nicht«, erklärte er in entschiedenem Ton. »Gummi. Nein. Nein. Ja, das stimmt.« Er legte auf, drehte sich jedoch nicht wieder zu mir um. »Sie haben mich am Montag aufgesucht, am Montag vor drei Wochen, um mich über die Bedenken zu informieren, die Sie wegen des Avalanche-Vertrags hatten.«

»Danke«, sagte ich. Mein Nacken begann zu kribbeln, denn ich hatte plötzlich das Gefühl, seine Stimme zu kennen. Nicht so sehr den Klang, eher die Intonation. Meine Fingernägel bohrten sich in meine Handflächen. »Sind sie sicher, dass es der Montag war?«

»Es ist zu kompliziert, um im Einzelnen auf die Gründe einzugehen, aber ich bin ziemlich sicher«, antwortete er in Anlehnung an meine Ausdrucksweise.

Ich spürte, wie ich rot wurde. Als ich aufstand, erhob er sich ebenfalls.

»Entschuldigen Sie die Störung«, sagte ich sehr formell.

»Kein Problem«, antwortete er. »Auf Wiedersehen. Und weiterhin gute Besserung.«

»Gute Besserung?«

»Ja. Sie sind krank gewesen, nicht wahr?«

»Es geht mir wieder gut«, antwortete ich rasch und ging.

Den Installateur Molte Schmidt hatte ich am vierzehnten nicht aufgesucht, aber ich hatte ihn angerufen. Damit hätte ich ihm sehr geholfen, sagte er. Ich muss an dem Montag einen ziemlich stressigen Terminplan gehabt haben, dachte ich – erst dann fiel mir auf, dass der heutige Tag im Grunde eine Neuauflage des betreffenden Tages war und ich sozusagen auf meinen eigenen Spuren wandelte.

Ich genoss meine zwanzig Minuten mit Molte, weil er jung und freundlich war und mit seinem Pferdeschwanz und seinen erstaunlich blauen Augen zudem sehr gut aussah. Und weil er – wie er mir erklärte, halb finnischer und halb deutscher Abstammung war und einen extrem starken Akzent hatte.

Hier, in der hereinbrechenden Dämmerung, war ich an meiner letzten Station des Tages angelangt. Der leichte Schneefall hatte sich mittlerweile in dichtes Scheetreiben verwandelt. In den Gewächshäusern brannte überall Licht. Als ich eintrat, schlug mir ein harziger Geruch entgegen, und ich hörte Wasser laufen. Hin und wieder brachte ein Luftzug ein entferntes Windspiel zum Klingen.

Es war, als wäre ich aus meiner Welt in eine andere Dimension eingetreten. Obwohl das Gewächshaus nicht groß war, bot sich mir ein Panoramablick, als könnte ich kilometerweit sehen. Überall standen Bäume, alte und schöne Bäume mit knorrigen Stämmen und ausladenden Ästen. Ich beugte mich zu einem von ihnen hinunter und berührte ihn vorsichtig.

»Eine chinesische Ulme«, sagte eine Stimme hinter mir. »Über hundert Jahre alt.«

Ich richtete mich auf. Gordon Lockhart war ein stämmiger Mann mit Glatzenansatz. Über einem dicken blauen Pullover trug er leuchtend rote Hosenträger.

»Eine Zimmerpflanze«, fuhr er fort. »Das hier« – er deutete auf einen kleinen Baum mit flammenfarbenen Blättern – »ist ein japanischer Ahorn. Für draußen. Wir haben ihn nur zum Überwintern hier hereingestellt.«

»Er ist wunderschön«, sagte ich. »Was hier für eine seltsame, wundervolle Atmosphäre herrscht. So friedlich.«

»Da haben Sie Recht«, pflichtete er mir bei. »Sowie ich die schmutzige, laute Straße hinter mir lasse und hier hereinkomme, bin ich in einer anderen Welt. Ein alter Wald mitten in London. Dies ist eine bengalische Feige, auch Banyan genannt. Sehen Sie sich diese Luftwurzeln an.«

»Wunderschön«, sagte ich noch einmal. »Wie aus einem Traum.«

»Lassen Sie sich Zeit. Es ist nicht leicht, den richtigen Baum für sich auszusuchen. Oder ist es ein Geschenk? Als Geschenk sind sie sehr beliebt, vor allem für Hochzeiten und Jahrestage.«

»Eigentlich bin ich gekommen, um Sie etwas zu fragen«, sagte ich. »Ich glaube, wir haben schon einmal miteinander gesprochen.«

»Ich spreche mit vielen Leuten.«

»Ich bin von Jay & Joiner. Sie haben für die Avalanche-Büros am Canary Wharf zwanzig Bonsais geliefert. Ich nehme an, ich war hier, um Ihnen zu sagen, dass Sie für Ihre Arbeit mehr berechnen sollten.«

»Abbie? Abbie Devereaux? Sie haben sich Ihr schönes Haar abschneiden lassen!«

»Ja.«

»Ich habe von Ihrer Firma tatsächlich mehr Geld bekommen. Und bei Ihnen habe ich mich mit einem Geschenk bedankt, wenn ich mich richtig erinnere.«

»Ja«, antwortete ich, weil ich ihn nicht verletzen wollte. In Wirklichkeit konnte ich mich an nichts erinnern. Mir schwirrte schon wieder der Kopf. Hinter mir gurgelte Wasser. Es klang wie ein Lachen. »Sie haben mir eine chinesische Ulme geschenkt, nicht wahr?«

»Ja, eine Ulme, weil Sie gesagt haben, Sie wollten einen Baum für drinnen. Zehn Jahre alt, wenn ich mich nicht täusche. Er hatte schon einen schönen dicken Stamm. Sie haben gesagt, Sie bräuchten ihn als Geschenk.«

»Als Geschenk«, wiederholte ich. »Ja. Er war ein perfektes Geschenk. Aber heute wollte ich Sie lediglich fragen, ob Sie sich noch erinnern können, wann wir uns gesehen haben. An das genaue Datum, meine ich.«

Wie sich herausstellte, hatten wir uns zweimal gesehen, am Montag und ein zweites Mal am Mittwoch, dem sechzehnten. Ich war vor Aufregung ganz außer Atem und euphorisch zugleich. Immerhin hatte ich in meinem Zeitplan zwei Tage aufgeholt. Ich bedankte mich bei ihm und beschloss spontan, den Banyan-Baum zu kaufen. Ich konnte ihn Jo schenken, wenn ich sie endlich kennen lernte.

11

Als ich mich mit meinem Baum Jos Wohnung näherte, sah ich, dass mein Wagen inzwischen mit einer Parkkralle versehen worden war. Abgesehen von dem ursprünglichen Strafzettel, prangte auf der Windschutzscheibe jetzt ein großer Aufkleber, der mich aufforderte, nicht zu versuchen, das Fahrzeug zu bewegen. Außerdem war eine Telefonnummer angegeben, die ich wählen musste, um das Auto – nach Zahlung einer hohen Geldsumme – wieder befreien zu lassen. Ich griff in meine Taschen, fand aber keinen Stift. So, wie der Wagen aussah, war er die Auslösesumme wahrscheinlich gar nicht mehr wert. Ich würde mich zu einem späteren Zeitpunkt darum kümmern. Zumindest wusste ich im Moment, wo er war.

Ich hatte wirklich Wichtigeres zu tun. Der Schwangerschaftstest, den ich gekauft hatte, war ein Sonderangebot gewesen, fünfzehn Prozent Preisnachlass. Es dauerte eine Weile, bis es meinen kalten, zitternden Fingern gelang, die Schachtel aus ihrer Plastikumhüllung zu befreien. Ich warf einen Blick auf das Verfallsdatum. 20.04.01. Daher also der Preisnachlass. Neun Monate über dem Verfallsdatum. War das relevant? Ergab ein solcher Test womöglich ein falsches Ergebnis?

Ich ging in Jos Bad, riss die innere Plastikverpackung auf und zog das Ding, das wie ein Füller mit einer riesigen Filzspitze aussah, aus seiner Hülse. Ich studierte die Gebrauchsanleitung auf der Schachtel. »Halten Sie den rosafarbenen Urinabsorbierer mindestens eine Sekunde in Ihren Urinstrahl.« Ich tat, wie mir geheißen. Anschließend schob ich den Stift zurück in die Hülse und warf einen weiteren Blick auf die Anleitung. »Nun warten Sie vier Minuten, ehe Sie das Ergebnis ablesen.« Vier Minuten. Eine irritierend lange Zeit. Nachdem ich Slip und Hose wieder hochgezogen hatte, lohnte es sich nicht mehr, in der Zwischenzeit etwas anderes zu tun.

Nervös starrte ich auf die drei runden Sichtfenster. Sie verfärbten sich rosa, genau, wie es von ihnen erwartet wurde. Nun musste ich noch warten, bis das Rosa im mittleren Fenster wieder verschwand. Wer entwarf so etwas? Vermutlich ein Mann. Jemand wie dieser Ben aus der Designfirma. Was für eine Art, seinen Lebensunterhalt zu verdienen. Ich konnte mir aus eigener Erfahrung genau vorstellen, wie viele Besprechungen abgehalten worden waren, um über die optimale Form dieses Gegenstands zu entscheiden. Ich drehte den Stift so, dass ich das Fenster nicht sehen konnte. Es war definitiv eine wissenschaftliche Tatsache, dass der rosa Fleck im mittleren Fenster unter meinem nervösen Blick nicht in der Lage sein würde zu verblassen und ich, falls ich noch länger darauf starrte, zwangsläufig schwanger wäre.

Möglich war es. Ich hatte in meinem Kalender nachgesehen und festgestellt, dass meine Menstruation um den vierundzwanzigsten Januar herum fällig gewesen wäre. Heute war Freitag, der erste Februar. Natürlich konnte das daran liegen, dass ich mehrere Tage lang so gut wie gar nichts gegessen hatte und dabei vor Angst fast wahnsinnig geworden wäre. Der menschliche Körper reagiert in solchen Situationen sehr klug. Aber wenn ich tatsächlich schwanger war? Ich verwandte meine ganze Willenskraft darauf, mir auch nicht im Entferntesten vorzustellen, wie das wäre. Sich darauf zu konzentrieren, nicht an etwas zu denken, ist ungefähr so, als hätte man ein Nilpferd im Wohnzimmer stehen und würde krampfhaft versuchen, es nicht anzusehen. Doch ich musste ja nur zwei Minuten durchhalten oder sogar nur eine. Wahrscheinlich brauchte man gar nicht vier Minuten lang zu warten, deswegen drehte ich die Hülse wieder um und stellte fest, dass ich nicht schwanger war. Vorsichtshalber las ich noch einmal auf der Verpackung nach, um ganz sicher zu gehen, dass ich mich nicht irrte. Ich irrte mich nicht.

Ich öffnete eine Flasche von Jos Wein, um diese freudige Nachricht zu feiern. Beim ersten Schluck schoss mir durch den

Kopf, dass das vielleicht nicht richtig von mir war. Gleich am nächsten Tag würde ich eine Flasche kaufen, um die getrunkene zu ersetzen. Noch immer plagte mich ein schlechtes Gewissen, wenn ich mich hier wie zu Hause benahm, und ich musste an Jos Post denken, die bestimmt ein paar Rechnungen enthielt. Bald würden Männer vorbeikommen und das Gas, den Strom und das Telefon kappen. Ich wohnte im Moment hier. Ich musste auch Verantwortung übernehmen. Möglicherweise hatte ich mit Jo vereinbart, dass ich mich während ihrer Abwesenheit um alles kümmern würde. Ich stellte mir vor, wie sie zur Tür hereinkommen und einen Haufen unbezahlter Rechnungen vorfinden würde, während ich in der Küche saß und ihren Wein vernichtete. Ich schenkte mein Glas erneut voll – fast bis zum Rand – und begann, die Verantwortung für Jos Post zu übernehmen.

Wie sich herausstellte, enthielt sie nicht viel, worum ich mich kümmern musste. Nachdem ich die Umschläge weggeworfen und dann sämtliche Zeitschriften, Kataloge, Angebote von Versicherungen und Einladungen zu diversen Veranstaltungen aussortiert hatte, blieb noch eine Handvoll Briefe übrig. Zum Teil handelte es sich tatsächlich um Rechnungen: Telefon, Gas, Strom, Kreditkarte. Rasch blätterte ich sie durch. Nur niedrige Beträge. Kein Grund zur Beunruhigung. Ich rechnete sie im Kopf grob zusammen und kam zu dem Ergebnis, dass keine hundert Pfund nötig sein würden, um sie alle zu bezahlen. Ich konnte sogar ihre Kreditkartenrechnung begleichen, denn sie belief sich lediglich auf magere einundzwanzig Pfund. Zu Jos Talenten zählte offenbar eine zen-buddhistische Kontrolle über ihre Finanzen. Der Rest ihrer Post bestand aus drei Briefen mit handgeschriebener Adresse und zwei Postkarten, auf die ich nur einen flüchtigen Blick warf und sie gut sichtbar auf dem Kaminsims deponierte.

Das Telefon klingelte. Ich nahm nicht ab. Diesbezüglich hatte ich beschlossen, Jo noch zwei Tage zu geben. Wenn sie bis dahin nicht zurück war, würde ich anfangen, ihre Anrufe entgegenzunehmen. Bis dahin ließ ich das Band laufen und hörte zu, wenn ein Freund oder eine Freundin eine Nachricht hinterließ. Hallo, hier ist Jeff oder Paul oder Wendy, ruf mich bitte zurück.

Vor dem Einschlafen dachte ich darüber nach, wen ich als Nächstes besuchen musste. Er war der letzte Mensch, den ich jetzt sehen wollte. Fast.

Todd Benson war sichtlich überrascht, mich vor seiner Tür stehen zu sehen. Ich hatte vorher nicht angerufen, war aber davon ausgegangen, ihn zu Hause anzutreffen.

»Abbie«, sagte er, als müsste er sich erst versichern, dass ich es wirklich war, oder als würde er hoffen, dass ich es nicht war.

»Carol hat mir deine Adresse gegeben«, schwindelte ich. »Ich habe sie angerufen und ihr gesagt, dass ich dich gern besuchen würde. Um mich zu erkundigen, ob bei dir alles in Ordnung ist. Da ich gerade in der Gegend war, dachte ich mir, ich schaue kurz vorbei.«

Letzteres entsprach ebenfalls nicht der Wahrheit. Todd wohnte in einer Souterrain-Wohnung an einem schicken Platz am südlichen Flussufer. Ein Stück konnte man mit der U-Bahn fahren, der restliche Weg bestand aus einem strammen Fußmarsch. Die Adresse stammte aus der Akte, und Carol hatte ich gar nichts erzählt. Ich hatte das nur behauptet, um mich ein bisschen sicherer zu fühlen.

Todd bat mich achselzuckend herein. Ich hatte damit gerechnet, dass er entweder sehr unfreundlich oder sehr deprimiert sein würde, doch er war einfach höflich und bot mir sogar einen Kaffee an. Während er ihn zubereitete, betrachtete ich ihn.

Er trug ein graues T-Shirt, eine violette Jogginghose und Mokassins, also nicht gerade ein schickes Büro-Outfit. Den letzten Überrest von Jay & Joiner verkörperte seine Designerbrille, die einen derart dicken Rahmen hatte, dass sie wie eine Schweißerbrille aussah. Nachdem er mir meine Tasse Kaffee gereicht hatte, standen wir uns in seiner Küche verlegen gegenüber. Ich legte beide Hände um die Tasse, weil meine Finger von dem eisigen Nordwind, der draußen wehte, noch immer klamm waren.

»Du siehst noch schlimmer aus als ich«, stellte er fest.

»Ich habe auch eine schwere Zeit hinter mir«, erklärte ich. »Ich habe unbezahlten Urlaub genommen.«

»Genau wie ich.«

Ich war nicht sicher, inwieweit das von ihm scherzhaft gemeint war.

»Sozusagen«, antwortete ich vorsichtig. »Aber deswegen bin ich nicht hier. Ich bin von jemandem niedergeschlagen worden.«

»Von wem?«

»Ich weiß es nicht. Sie haben noch niemanden gefasst. Ich war ernsthaft verletzt und eine Folge davon ist, dass ich mich an die letzten Wochen nur sehr vage erinnern kann.«

Er nippte an seinem Kaffee.

»Es freut mich nicht, das zu hören«, sagte er.

»Das habe ich auch nicht angenommen«, antwortete ich, eher irritiert als beruhigt.

»Ich bin nicht wütend auf dich.«

»Was passiert ist, tut mir Leid.«

»Nein«, unterbrach er mich. »Du hast mir einen Gefallen getan. Ich glaube, ich bin durchgedreht.«

»Ich bin nicht sicher …«

»In den vergangenen Wochen stand ich die meiste Zeit völlig neben mir und sah mir selbst dabei zu, wie ich mein Leben ruinierte. Weißt du, ich wollte immer erfolgreich sein, und bis zu einem gewissen Grad hat sich der Erfolg auch eingestellt. Während der letzten zwei Wochen habe ich viel über dieses Thema nachgedacht und bin auch zu einem Ergebnis gekommen. Ich hatte vermutlich immer das Gefühl, dass mich die Leute nur dann lieben würden, wenn ich Erfolg hatte. Liebe war in meinen Augen eine Belohnung für Leistung. Ich glaube, ich musste erst alles komplett vermasseln, um endlich eine klare Trennlinie zwischen meinem Arbeits- und meinem Gefühlsleben ziehen zu können. Eigentlich sollte ich mich bei dir entschuldigen. Aufgrund meines Verhaltens warst du plötzlich gezwungen, die Dreckarbeit für mich zu erledigen. Das tut mir Leid, Abbie, es tut mir so Leid!«

Auf einmal fing Todd mitten in seiner Küche zu weinen an, bis sein Gesicht vor lauter Tränen ganz nass war. Ich stellte meine Kaffeetasse auf seinem Küchentisch ab. Ich hatte nicht vor, Todd zu umarmen, ganz bestimmt nicht. Das wäre heuchlerisch gewesen. Andererseits konnte ich auch nicht nur einfach so dastehen. Also trat ich zwei Schritte vor und legte meine Hand auf seine Schulter. Das Problem war schnell gelöst, weil Todd einfach die Arme um mich schlang und mich schluchzend an sich drückte. Eine Seite meines Halses wurde nass von seinen Tränen. Es war mir unmöglich, seine Umarmung nicht auf irgendeine Weise zu erwidern. Doch ich umarmte ihn nicht richtig fest, sondern legte locker die Arme um ihn und tätschelte leicht seine Schulterblätter.

»Todd«, sagte ich schwach. »Es tut mir Leid.«

»Nein, nein, Abbie«, schluchzte er. »Du bist wirklich ein guter Mensch.«

Für einen Moment drückte ich ihn ein wenig fester an mich, dann löste ich mich von ihm. Ich ging zum Spülbecken, riss ein Stück von seiner Küchenrolle ab und reichte es ihm, woraufhin er sich die Nase putzte und das Gesicht abtupfte.

»Ich habe viel nachgedacht«, sagte er. »Es war alles in allem wirklich eine positive Zeit für mich.«

»Das ist gut«, antwortete ich. »Das freut mich zu hören. Wenn du nichts dagegen hast, würde ich mit dir gern über das sprechen, was ich bereits erwähnt habe: meine sehr vagen Erinnerungen an die vergangenen Wochen. Zum Beispiel weiß ich beim besten Willen nicht mehr, dass ich bei Jay & Joiner unbezahlten Urlaub genommen habe. Deswegen treffe ich mich im Moment mit allen Personen, von denen ich annehme, dass sie mir etwas über diese Zeit erzählen können. Dinge, die ich vergessen habe.« Ich sah Todd in die Augen. »Manche mögen behaupten, wir hätten uns im Streit getrennt. Ich habe mich gefragt, ob wir noch Kontakt hatten, nachdem du … na ja, gegangen bist.«

Todd rieb sich die Augen. Sein Gesicht war rot und ein wenig aufgequollen.

»Ein paar Tage ist es mir ziemlich schlecht gegangen«, sagte er. »Ich war voll Bitterkeit, fühlte mich von allen verraten. doch je länger ich darüber nachdachte, desto besser wurde es. Als du dich gemeldet hast, ging es mir schon wieder richtig gut.«

»Als ich mich gemeldet habe? Wie meinst du das?«

»Du hast mich angerufen.«

»Wann war das?«

»Vor zwei, drei Wochen.«

»Ich meine, genau.«

Todd überlegte einen Moment. Nachdenklich fuhr er mit der Hand über sein stoppeliges Haar.

»Es war einer von den Tagen, an welchen ich ins Fitness-Studio gehe. Sie haben mir die Mitgliedschaft nicht gekündigt, musst du wissen. Gott sei Dank. Demnach muss es an einem Mittwoch gewesen sein. Nachmittag.«

»Am Mittwochnachmittag. Gut. Und was habe ich gesagt?«

»Nicht viel. Du warst sehr nett. Du wolltest nur wissen, ob bei mir alles in Ordnung sei.«

»Warum?«

»Aus Nettigkeit. Du hast gesagt, da wären ein paar Dinge, die dein Gewissen belasteten und die du aus der Welt schaffen wolltest. Ich gehörte auch dazu.«

»Habe ich sonst noch was gesagt?«

»Du hast mir von deinem unbezahlten Urlaub erzählt. Und von der Avalanche-Geschichte. Du warst wundervoll. Du hast dich glücklich angehört. Auf eine ehrliche Art, meine ich.«

Ich überlegte einen Moment, rekapitulierte die verlorenen Tage ein weiteres Mal. Dann blickte ich auf.

»Du glaubst also, man kann auch auf eine unehrliche Art glücklich sein?«

Ich schrieb eine Neufassung meiner »Verlorenen Tage« und unterstrich die Daten ordentlich. Das Ergebnis sah ungefähr so aus:

Freitag, 11. Januar: Showdown bei Jay & Joiner. Wütender Abgang.

Samstag, 12. Januar: Streit mit Terry. Wütender Abgang. Übernachtung bei Sadie.

Sonntag, 13. Januar: Vormittags Wechsel von Sadie zu Sheila und Guy. Shoppingorgie mit Robin, viel zu viel Geld ausgegeben. Gegen Abend Drink mit Sam. Rückkehr zu Sheila und Guy.

Montag, 14. Januar: Treffen mit Ken Lofting, Mr. Khan, Ben Brody und Gordon Lockhart. Telefongespräch mit Molte Schmidt. Wagen vollgetankt. Anruf bei Sheila und Guy, dass ich nicht bei ihnen übernachte.

Dienstag, 15. Januar: Rückkehr zu Sheila und Guy, wo ich Nachricht hinterlasse, dass ich anderswo untergekommen bin. Mitnahme meiner Sachen. Anruf bei Terry wegen Abholung meiner Sachen am folgenden Tag. Buchung eines Venedig-Urlaubs. Essenbestellung beim Inder.

Mittwoch, 16. Januar: Kauf eines Bonsai. Telefonat mit Robin. Abholung meiner Sachen bei Terry. Telefonat mit Todd.

Donnerstag, 17. Januar:

Der Donnerstag war noch eine Leerstelle. In Großbuchstaben schrieb ich: »PILLE DANACH« und »JO«. Dann machte ich mir einen Kaffee, starrte aber so lange auf mein Blatt Papier, dass er kalt wurde.

12

Solange ich etwas zu tun hatte, ging es mir gut. Ich musste lediglich dafür sorgen, dass ich immer beschäftigt war, nicht zum Nachdenken kam, denn sonst schlugen die Erinnerungen wie eisige Wassermassen über mir zusammen, und ich fand mich wieder in der Dunkelheit, wo Augen mich anstarrten und Finger mich berührten. Nein, an diesen Ort durfte ich nicht mehr denken.

Zunächst kümmerte ich mich um den Kühlschrank, entsorgte die alten Lebensmittel und säuberte die Fächer. Anschließend musste ich natürlich zum Einkaufen und die Vorräte wieder auffüllen. Ich ging in die Camden High Street, wo ich die Bank aufsuchte und zweihundertfünfzig Pfund von meinem Konto abhob. Mein noch vorhandenes Guthaben schrumpfte rasch, und es bestand keine unmittelbare Aussicht auf Nachschub. Ich kaufte Satsumas, Äpfel, Salat, Käse, Kaffee und Tee, Brot, Butter, Eier, Joghurt, Honig, zwei Flaschen Wein, eine rot, eine weiß, sechs Flaschen Weizenbier, außerdem Chips und Oliven. Anschließend besorgte ich Waschpulver und Toilettenpapier. Obwohl ich mich in Jos Wohnung immer noch ein wenig fremd und seltsam fühlte, machte ich es mir zunehmend gemütlich: Ich nahm lange Bäder, wusch meine Wäsche, stellte die Zentralheizung so ein, wie es mir angenehm war, kochte mir köstliche Mahlzeiten und zündete Kerzen an, wenn die Nacht hereinbrach. Trotzdem wartete ich stets darauf, dass sich ein Schlüssel im Schloss drehen und Jo zur Tür hereinspazieren würde, und hatte gleichzeitig Angst, dass sie niemals kommen würde. Für mich war sie in ihrer eigenen Wohnung wie ein Geist präsent, und auf unerklärliche Weise verfolgte sie mich.

Beladen mit Plastiktüten, die in meine handschuhlosen Finger einschnitten, schleppte ich mich zur Wohnung zurück. Ich musste immer wieder stehen bleiben, um mich auszuruhen und die mir langsam entgleitenden Tüten fest in die Hand zu nehmen. Ein Mann bot mir seine Hilfe an, als ich mich gerade nach Luft ringend über meine Einkäufe beugte.

»Ich komme allein zurecht«, fauchte ich ihn an. Der freundliche Ausdruck verschwand aus seinem Gesicht.

In der Wohnung nahm ich drei Umschläge aus Jos Schreibtisch und steckte in einen fünfzehn Pfund, für Terry. In dem Umschlag für Sheila und Guy landeten fünfundfünfzig, in dem dritten für Sam neunzig Pfund. Ich nahm mir fest vor, später eine Pilgerreise zu unternehmen, meine Schulden zu bezahlen und mich bei allen zu bedanken.

Plötzlich fiel mir ein, dass ich mein Handy noch nicht als vermisst gemeldet hatte. Das hätte ich längst tun sollen. Ich wählte bereits die entsprechende Nummer, als mir ein anderer Gedanke durch den Kopf schoss. Vor Schreck zogen sich meine Eingeweide zusammen, und ich legte rasch den Hörer wieder auf, als könnte er mich beißen.

Erneut verließ ich die Wohnung und ging die Maynard Street entlang, danach eine andere Straße, bis ich an eine funktionierende Telefonzelle gelangte. Drinnen roch es nach Urin, und die gesamte Zelle war mit Karten vollgeklebt, auf welchen Massagen und Französischstunden angeboten wurden. Ich warf zwanzig Pence ein und wählte. Es läutete dreimal, dann nahm jemand ab.

»Hallo?«, sagte ich.

Ich bekam keine Antwort, hörte am anderen Ende aber jemanden atmen.

»Hallo, wer ist bitte dran? Hallo? Hallo?«

Die Atemgeräusche waren immer noch zu hören. Ich musste an pfeifendes Lachen in der Dunkelheit denken, eine Kapuze, Hände, die mich von einem Mauervorsprung hoben, auf einen

Kübel setzten. Erst jetzt wurde mir vollends klar, was ich da eigentlich tat, und diese Erkenntnis ließ mich nach Luft ringen. Dennoch gelang es mir, ein paar Worte zu stammeln: »Kann ich bitte mit Abbie sprechen?«

Eine Stimme, von der ich nicht genau wusste, ob sie mir vertraut vorkam oder nicht, antwortete: »Sie ist im Moment nicht da.« Inzwischen tropfte mir der Schweiß von der Stirn, und der Telefonhörer fühlte sich in meiner Hand ganz glitschig an. Die Stimme fuhr fort: »Ich kann ihr aber ausrichten, dass Sie angerufen haben. Mit wem spreche ich?«

»Jo«, hörte ich mich sagen. Ich hatte das Gefühl, mich gleich übergeben zu müssen. In meinem Hals stieg Galle hoch.

Die Verbindung wurde unterbrochen. Einige Sekunden lang war ich wie gelähmt und behielt den Hörer in der Hand. Ein gehbehinderter Mann blieb vor der Telefonzelle stehen und klopfte mit einer seiner Krücken gegen das Glas. Ich legte den Hörer auf, stürmte aus der Zelle und rannte zur Wohnung zurück, als würde ich verfolgt werden.

Ich hatte die Tüte mit den Dingen, die ich mitgenommen hatte, als ich das Krankenhaus verließ – die Kleider, die ich getragen hatte, als ich gefunden worden war, und die Kleinigkeiten, die im Krankenhaus hinzugekommen waren –, in den Kleiderschrank gestellt. Jetzt durchwühlte ich sie hektisch und fand zu meiner großen Erleichterung die Karte, die Inspector Cross mir gegeben hatte. Ich wählte seine Nummer, er hob sofort ab.

Es war kein besonders großes Vergnügen, wieder mit Cross zu sprechen. Bei unserem letzten Treffen im Krankenhaus war er eher verlegen, aber auch recht mitfühlend gewesen. Vielleicht war auch mitleidig das treffendere Wort – doch es war ein Mitleid gewesen, das mich zu dem Zeitpunkt mit Wut, Scham und Entsetzen erfüllt hatte und mir auch jetzt noch ein mulmiges Gefühl verursachte. Ich sagte, ich hätte ihm etwas Wichtiges mitzuteilen, würde aber unter keinen Umständen einen Fuß ins Polizeipräsidium setzen, und ob er eventuell zu mir kommen könne. Er antwortete, es sei vermutlich ohnehin besser, wenn er außerhalb seiner Dienstzeit mit mir sprechen würde. Ich kam mir vor, als hätte ich ihn um etwas Illegales gebeten. Wir vereinbarten, dass er kurz nach fünf Uhr zu mir in die Wohnung kommen würde.

Unser Gespräch dauerte knapp eine Minute. Nachdem ich den Hörer aufgelegt hatte, war mir so unwohl, dass ich zwei Tabletten nehmen musste, ein Glas Wasser hinterherkippte und mich dann eine Weile auf mein Bett legte, mit dem Gesicht nach unten, die Augen geschlossen.

Hatte ich tatsächlich mit ihm gesprochen? Ich wusste es nicht, aber das Gefühl, das ich in der Telefonzelle gehabt hatte – ein Gefühl, das man sonst nur in einem Alptraum hat, kurz bevor man aus dem Schlaf hochschreckt, ein Gefühl des Fallens, als würde man in einen dunklen Abgrund stürzen –, war so stark gewesen, dass ich mich noch immer schwindlig und zittrig fühlte.

Bis zu Cross' Eintreffen blieben mir zwei Stunden. Wenn man es vor Angst und Einsamkeit kaum aushält, ist das eine lange Zeit. Ich schenkte mir ein Glas Wein ein, schüttete ihn dann aber in den Ausguss, statt ihn zu trinken. Ich bestrich eine Scheibe Toast mit Marmite. Nachdem ich sie gegessen hatte, löffelte ich ein wenig Joghurt in eine Schüssel und rührte Honig darunter. Eine wohltuende Mischung. Hinterher trank ich eine große Tasse Tee. Dann beschloss ich, mich umzuziehen. Es war wohl das Beste, wenn ich etwas Schlichtes, Respektables trüge – etwas, in dem ich wie ein rational denkendes Wesen mit gesundem Menschenverstand aussah und nicht wie eine Irre, die Geschichten über Entführungen und Mörder erfand. Ich entschied mich für eine beigefarbene Hose und einen Kaschmirpulli mit V-Ausschnitt – das Outfit, das ich immer getragen hatte, wenn ich zu einer Besprechung mit der Finanzabteilung unserer Firma musste. Das Problem bestand jedoch darin, dass ich nicht mehr dieselbe war. Meine alten Sachen schlackerten immer noch um meinen Körper, so dass ich ein bisschen aussah wie ein Kind, das sich mit Erwachsenenmode kostümierte. Meine Haare waren erbärmlich kurz und stachlig, und weder Farbe noch Schnitt passten zu Kaschmir und edlem Beige mit Bügelfalten. Resigniert betrachtete ich mein Spiegelbild. Schließlich schlüpfte ich in eine alte Jeans, die ich mit einem Gürtel zusammenzog, und in ein rotes Flanell-T-Shirt, das ich in meinem Schrank fand, obwohl ich mich nicht daran erinnern konnte, es gekauft zu haben.

Ich musste wieder an mein Handy denken. Sollte ich es nun, da ich davon ausgehen musste, dass es sich in seinem Besitz befand, sperren lassen oder nicht? Ich konnte mich nicht entscheiden. Für mich war dieses Telefon eine Art unsichtbarer Faden, der sich zwischen uns spannte. Ich konnte ihn durchschneiden oder versuchen, ihm zu folgen – aber würde ich ihm aus dem Labyrinth hinaus folgen oder wieder hinein?

Ich warf einen Blick auf die Blätter mit den Notizen, die ich an die Wand geklebt hatte. Offensichtlich war ich frühestens am Mittwoch entführt worden, am Spätnachmittag oder Abend. Half mir das weiter? Nein. Ich rief Sadie an, nur um Hallo zu sagen, doch sie war nicht zu Hause, und ich hinterließ keine Nachricht. Ich überlegte kurz, ob ich Sheila und Guy anrufen sollte, entschied mich aber dagegen. Morgen. Das würde ich morgen tun. Ich trat ans Fenster und beobachtete die vorübereilenden Menschen. Vielleicht wusste er, wo ich war. Vielleicht war dies genau der Ort, an dem ich mich vor meiner Entführung aufgehalten hatte. Versteckte ich mich womöglich an dem einzigen Ort, von dem er sicher sein konnte, dass er mich dort finden würde?

Ich wusste nicht, was ich mit mir anfangen sollte, bis Cross kam. Ich hatte das starke Bedürfnis, mich zu beschäftigen und in Bewegung zu bleiben, mir selbst dringende Aufgaben und unverschiebbare Ultimaten zu stellen, weil ich mir auf diese Weise einreden konnte, ihm immer einen Schritt voraus zu sein. Rastlos spazierte ich in Jos ordentliches Zimmer hinüber und inspizierte die Schubladen ihrer Kommode. Alles lag in Reih und Glied, fein säuberlich zusammengelegt, sogar ihre Slips. Ich öffnete die rechteckige Lederschatulle, die oben auf der Kommode stand und betrachtete die wenigen Paar Ohrringe, die feine goldene Halskette, die fischförmige Brosche. Zwischen dem Schmuck lag ein kleines Stück weiße Pappe. Als ich es umdrehte, stellte ich fest, dass es mit einem vierblättrigen Kleeblatt beklebt war. Anschließend inspizierte ich die Bücher auf ihrem Nachttisch. Es handelte sich um ein thailändisches Kochbuch, einen Roman eines Autors, dessen Namen ich noch nie gehört hatte, und eine Anthologie »101 fröhliche Gedichte«.

Außerdem lag eine unbeschriftete Videokassette auf dem Nachttisch. Ich kehrte damit ins Wohnzimmer zurück und schob sie in den Videorekorder. Nichts. Anscheinend war die Kassette leer. Ich spulte vor. Plötzlich tauchte eine verschwommene Schulter auf, dann schwenkte die Kamera ruckartig auf ein Bein. Dieses Video war offensichtlich von einem Anfänger aufgenommen worden. Ich beugte mich vor und wartete.

Jos lächelndes Gesicht tauchte auf. Bei ihrem Anblick wurde mir mulmig. Dann wich die Kamera zurück, man sah Jo in der Küche am Herd stehen und etwas umrühren. Sie wandte den Kopf und schnitt eine Grimasse, die offenbar der Person hinter der Kamera galt. Sie trug den Morgenmantel, der jetzt an ihrer Schlafzimmertür hing, und ihre mokassinähnlichen Hausschuhe. Ob das Video am Morgen oder am Abend aufgenommen war, ließ sich schwer sagen. Der Film brach ab, Linien zuckten über den flimmernden Bildschirm, dann sah ich plötzlich mich selbst. Bevor es passiert war. Ich trug eine Jogginghose und saß ungeschminkt im Schneidersitz auf meinem Sessel, ein Glas Wein in der Hand. Mein Haar – mein altes, langes Haar – war zu einer wilden Hochsteckfrisur aufgetürmt.

Lächelnd hob ich mein Glas zu einem Toast und warf eine Kusshand in Richtung Kamera, die sich auf mich zubewegte, bis mein Gesicht verschwamm.

Nach dem Flimmern setzte plötzlich ein Schwarzweißfilm ein, in dem eine Reiterin mit einem federverzierten Hut im Damensitz dahingaloppierte. Ich spulte weiter, doch nach dem Film, der bis zum Abspann aufgenommen war, kam nichts mehr. Ich spulte zurück und starrte ein weiteres Mal auf Jos lächelndes Gesicht. Dann auf mein eigenes. Ich konnte mich nicht daran erinnern, wann ich das letzte Mal so glücklich ausgesehen hatte. Das musste schon lange her sein. Als ich mit den Fingern über meine Wangen strich, stellte ich fest, dass ich weinte.

Ich schaltete den Fernseher aus und legte die Videokassette in Jos Zimmer zurück, auf das Buch mit den fröhlichen Gedichten. Erst jetzt entdeckte ich auf ihrem Schrank neben einem Fernglas und einem Kassettenrekorder die Videokamera. Im Wohnzimmer läutete zweimal das Telefon, ehe sich der Anrufbeantworter einschaltete. Nach einer Pause sagte eine Stimme: »Hallo, Jo, ich bin's. Wollte mich nur wegen heute Abend noch mal melden. Wenn ich nichts von dir höre, gehe ich davon aus, dass du Zeit hast.« Er hinterließ keinen Namen. Irgendwo würde abends jemand auf Jo warten, ein Freund oder ein Geliebter. Aus einem spontanen Impuls heraus wählte ich die 1471, konnte die Nummer des Anrufers aber nicht in Erfahrung bringen. Wahrscheinlich hatte er von einem Büro aus angerufen.

Ein paar Minuten später klingelte das Telefon erneut. Ich nahm sofort ab.

»Hallo?«, meldete ich mich.

»Jo?«, fragte eine weibliche Stimme am anderen Ende. Bevor ich antworten konnte, legte die Anruferin ziemlich laut und zornig los: »Jo, hier spricht Claire Benedict. Wie Sie wahrscheinlich wissen, habe ich schon Dutzende von Nachrichten auf Ihrem Band hinterlassen, auf die Sie nie reagiert haben, aber …«

»Nein, hier ist …«

»Ihnen ist sicher klar, dass Ihre Arbeit mittlerweile in der Druckerei sein sollte.«

»Hören Sie, hier ist nicht Jo, sondern eine Freundin von ihr. Abbie. Tut mir Leid.«

»Oh! Können Sie mir vielleicht sagen, wo Jo ist? Wie Sie wahrscheinlich mitbekommen haben, muss ich sie dringend sprechen.«

»Ich weiß nicht, wo sie ist.«

»Oh. Wenn Sie sie sehen, dann sagen Sie ihr bitte, dass ich angerufen habe. Claire Benedict von ISP. Sie weiß dann schon, worum es geht.«

»Ja, aber das ist ja gerade das Problem. Sie scheint verschwunden zu sein. Wann hätte sie ihre Arbeit denn abgeben müssen?«

»Verschwunden?«

»Nun ja, ich bin mir nicht sicher.«

»Sie hätte ihren formatierten Text spätestens am Montag, dem einundzwanzigsten Januar bei uns einreichen sollen. Sie hat nie etwas von Terminschwierigkeiten gesagt. Sie hat sich einfach nicht mehr bei uns gemeldet.«

»Wissen Sie, ob sie sonst zuverlässig ist?«

»Ja. Sehr sogar. Hören Sie, war das vorhin ihr Ernst? Dass sie verschwunden ist?«

»Ich werde Sie anrufen, sobald ich Genaueres weiß, in Ordnung? Moment, ich notiere mir Ihre Nummer.«

Nachdem ich sie auf die Rückseite von einem der noch ungeöffneten Briefumschläge gekritzelt hatte, legte ich auf.

In dem Augenblick klingelte es an der Tür.

Eine Schrecksekunde lang glaubte ich, aus Cross wäre ein anderer Mensch geworden. Ich hatte ihn immer nur im Anzug gesehen, mit ordentlich zurückgekämmtem Haar und undurchdringlicher Miene. Jetzt trug er eine alte braune Kordhose, einen dicken Pulli und eine blaue Steppjacke, deren Kapuze er sich über den Kopf gezogen hatte. Er sah aus, als würde er draußen im Garten stehen und in einem Lagerfeuer herumstochern. Oder mit seinen Kindern spielen. Hatte er überhaupt Kinder? Nur seine stirnrunzelnde Miene war noch dieselbe.

»Hallo«, sagte ich und trat zurück, um ihn eintreten zu lassen. »Ich bin Ihnen sehr dankbar für Ihr Kommen.«

»Abbie?«

»Mein neuer Look. Gefalle ich Ihnen?«

»Ganz schön kühn.«

»Das ist meine Tarnung.«

»Verstehe.« Er schien sich ziemlich unbehaglich zu fühlen. »Auf jeden Fall sehen Sie viel besser aus. Gesünder.«

»Möchten Sie eine Tasse Tee?«

»Gern.« Er blickte sich um. »Sie haben eine nette Wohnung gefunden.«

»Ich weiß selbst nicht so recht, wie ich sie gefunden habe.«

Cross sah mich fragend an, verfolgte das Thema aber nicht weiter. Statt dessen fragte er: »Wie geht es Ihnen?«

»Ich werde vor Angst fast wahnsinnig.« Ich war gerade dabei, das kochende Wasser über die Teebeutel zu gießen, und stand mit dem Rücken zu ihm. »Aber das ist nicht der Grund, warum ich Sie sehen wollte. Ich habe neue Informationen. Nehmen Sie Zucker?«

»Einen Löffel, bitte.«

»Ich fürchte, ich kann Ihnen nicht einmal einen Keks anbieten. Aber ich könnte Ihnen einen Toast machen.«

»Ich habe keinen Hunger, danke. Ist Ihnen etwas eingefallen?«

»Nein, leider nicht.« Ich reichte ihm den Tee und nahm ihm gegenüber auf meinem Sessel Platz. »Trotzdem würde ich gern über zwei Dinge mit Ihnen sprechen. Zum einen glaube ich, dass ich gerade mit ihm gesprochen habe.«

Er verzog keine Miene. »Mit ihm?« Sein Ton klang höflich.

»Mit dem Mann, der mich entführt hat. Mit *ihm*.«

»Sie sagen, Sie haben mit ihm gesprochen?«

»Am Telefon.«

»Er hat Sie angerufen?«

»Nein, ich habe ihn angerufen – ich meine, ich habe mein Handy angerufen, weil es verschwunden ist, und er hat den Anruf angenommen. Ich wusste es sofort. Und er wusste, dass ich es wusste.«

»Langsam. Sie haben die Nummer Ihres verloren gegangenen Mobiltelefons gewählt, es ist jemand drangegangen, und nun glauben Sie, dass es der Mann war, von dem Sie behaupten, er habe Sie entführt.«

»Ich *behaupte* gar nichts«, entgegnete ich.

Cross trank einen Schluck Tee. Er wirkte ziemlich müde. »Wie hieß der Mann, der ans Telefon gegangen ist?«

»Das weiß ich nicht, ich habe ihn nicht nach seinem Namen gefragt – er hätte ihn mir ohnehin nicht genannt. Außerdem hatte ich plötzlich schreckliche Angst und das Gefühl, gleich umzukippen. Ich habe nur gesagt, dass ich gern mit Abbie sprechen würde.«

Er rieb sich die Augen. »Oh.« Das war alles, was ihm dazu einfiel.

»Ich wollte nicht, dass er mich erkennt, aber ich glaube, er hat trotzdem gemerkt, dass ich es war.«

»Abbie, in London wird jede Sekunde irgendwo ein Handy gestohlen. Das gleicht einer Epidemie.«

»Dann hat er mich nach meinem Namen gefragt, und ich habe mich als Jo ausgegeben.«

»Jo«, wiederholte er.

»Ja. Diese Wohnung gehört einer Frau namens Jo. Josephine Hooper. Ich muss sie irgendwie kennen gelernt haben, kann mich aber nicht daran erinnern. Ich weiß lediglich, dass ich hier eingezogen bin, als sie noch da war. In der Woche vor meiner Entführung.« Letzteres sagte ich in sehr entschiedenem Ton. Er nickte und starrte dabei in seine Teetasse. »Das ist der zweite Punkt, über den ich mit Ihnen sprechen wollte: Sie ist verschwunden.«

»Verschwunden.«

»Ja. Sie ist verschwunden, und ich bin der Meinung, die Polizei sollte das ernst nehmen. Es könnte etwas mit dem zu tun haben, was mir passiert ist.«

Cross stellte seine Teetasse zwischen uns auf den Tisch. Er griff in seine Hosentasche und zog ein großes weißes Taschentuch heraus. Nachdem er sich lautstark die Nase geputzt hatte, faltete er das Taschentuch umständlich wieder zusammen und stopfte es in seine Tasche zurück.

»Sie möchten sie als vermisst melden?«

»Jedenfalls ist sie nicht hier, oder?«

»Sie sagen, Sie können sich nicht daran erinnern, wie Sie sie kennen gelernt haben?«

»Nein.«

»Obwohl Sie in ihrer Wohnung wohnen.«

»Das ist richtig.«

»Bestimmt hat diese Frau eine Familie, Freunde, Arbeitskollegen.«

»Ständig rufen Leute an. Gerade habe ich mit einer Frau gesprochen, für die sie arbeitet. Einer Art Lektorin, glaube ich.«

»Abbie, Abbie.« Sein beruhigender Tonfall machte mich wütend. »Inwiefern sind Sie der Meinung, dass diese Frau verschwunden ist?«

»Insofern, als sie nicht hier ist, aber eigentlich hier sein sollte.«

»Warum?«

»Sie hat zum Beispiel ihre Rechnungen nicht bezahlt.«

»Wenn Sie diese Jo gar nicht kennen, wie zum Teufel sind Sie dann eigentlich in diese Wohnung gekommen?«

Ich erzählte es ihm. Ich erzählte ihm von Terry, meinem abgeschleppten Auto, der Restaurantrechnung und dem Schlüssel. Von dem verrottenden Müll, den vertrockneten Blumen, der wütenden Lektorin, die mich am Telefon angeschrien hatte. Meine Geschichte klang nicht ganz so überzeugend, wie ich gehofft hatte, aber ich ließ mich nicht aus dem Konzept bringen. Schließlich zeigte ich ihm noch das Beweisvideo von Jo und mir.

»Vielleicht ist diese Frau, an die Sie sich nicht erinnern können, einfach nur in Urlaub, und Sie sollen auf die Wohnung aufpassen«, meinte er.

»Vielleicht.«

»Vielleicht hat sie Sie gebeten, sich um den Müll und die Rechnungen zu kümmern.«

»Ich habe mich darum gekümmert.«

»Na bitte.«

»Sie glauben mir nicht.«

»Was gibt es da zu glauben?«

»Sie ist verschwunden.«

»Niemand hat sie als vermisst gemeldet.«

»Hiermit melde ich sie als vermisst.«

»Aber … aber …« Er schien vor Verblüffung nicht die richtigen Worte zu finden. »Abbie, Sie können nicht einfach einen Menschen vermisst melden, von dem Sie so gut wie gar nichts wissen. Sie kennen diese Frau doch gar nicht. Woher wollen Sie wissen, wo sie zur Zeit sein oder nicht sein sollte?«

»Ich bin mir ganz sicher«, gab ich hartnäckig zurück. »Ich bin mir sicher, dass hier irgendetwas nicht stimmt.«

»Abbie«, sagte er in sanftem Ton. Resigniert zwang ich mich, ihm in die Augen zu sehen. Er wirkte weder gereizt noch wütend, nur sehr ernst. »Erst melden Sie sich selbst als vermisst, ohne Beweise liefern zu können. Jetzt melden Sie Josephine Hooper als vermisst«. Er legte eine Pause ein. »Wieder ohne Beweise. Sie tun sich damit keinen Gefallen, Abbie.«

»Und damit ist die Sache für Sie erledigt? Und wenn ich Recht habe und sie in Gefahr ist oder noch schlimmer?«

»Wissen Sie was?«, antwortete er freundlich. »Ich rufe jetzt bei meinen Kollegen an und versuche herauszufinden, ob sich sonst noch jemand wegen ihres Verschwindens Sorgen gemacht hat. Einverstanden?«

»In Ordnung.«

»Darf ich Ihr Telefon benutzen?«

»Jos Telefon. Natürlich.«

Während er seine Anrufe tätigte, ging ich in Jos Schlafzimmer und setzte mich auf ihr Bett. Ich brauchte dringend einen Verbündeten, jemanden, der an mich glaubte. Ich hatte Cross angerufen, weil ich der Meinung gewesen war, er könnte trotz allem, was passiert war, auf meiner Seite stehen. Ich schaffte das nicht allein.

Ich hörte ihn sein Gespräch beenden und ging wieder zu ihm hinüber.

»Und?«

»Josephine Hooper ist bereits von jemandem als vermisst gemeldet worden«, erklärte er.

»Sehen Sie!« sagte ich. »Von einer Freundin?«

»Von Ihnen.«

»Wie bitte?«

»Sie haben sie als vermisst gemeldet. Am Donnerstag, den siebzehnten Januar haben sie vormittags um halb zwölf im Revier von Milton Green angerufen.

»Na bitte!«, sagte ich trotzig.

»Offenbar war sie da nicht einmal einen ganzen Tag verschwunden.«

»Verstehe.«

Ich verstand tatsächlich, und zwar mehrere Dinge gleichzeitig: dass Cross nicht mein Verbündeter sein würde, auch wenn er sich noch so sehr bemühte, nett zu mir zu sein. Dass ich in seinen Augen, und vielleicht auch in den Augen der anderen, hysterisch und von einer fixen Idee besessen war. Und dass ich mich am Donnerstag, dem siebzehnten Januar, noch in Freiheit befunden hatte. Jack Cross kaute auf seiner Unterlippe. Er machte einen besorgten Eindruck, aber seine Sorge galt wohl in erster Linie mir.

»Ich würde Ihnen gerne helfen«, sagte er. »Aber… vermutlich ist sie auf Ibiza.«

»Ja«, antwortete ich in bitterem Ton. »Danke.«

»Gehen Sie schon wieder zur Arbeit?«

»Nein«, erwiderte ich. »Das gestaltet sich komplizierter, als ich dachte.«

»Das täte Ihnen aber gut«, meinte er. »Sie brauchen wieder ein Ziel im Leben.«

»Mein Ziel ist, am Leben zu bleiben.«

Er seufzte.

»Ja. Wenn Sie auf irgendetwas stoßen, womit ich was anfangen kann, rufen Sie mich an.«

»Ich bin nicht verrückt«, erklärte ich. »Ich mag Ihnen vielleicht verrückt vorkommen, aber ich bin es nicht.«

»Ich bin nicht verrückt«, sagte ich noch einmal zu mir selbst, als ich mit einem Waschlappen über dem Gesicht in der Badewanne lag. »Ich bin nicht verrückt.«

Anschließend schlüpfte ich wieder in meine weite Jeans und mein rotes T-Shirt, wickelte ein Handtuch um mein Haar, schaltete den Fernseher ein und ließ mich im Schneidersitz auf dem Sofa nieder. Nervös zappte ich durch die Kanäle. An diesem Abend wollte ich keine Stille. Ich wollte andere Gesichter und andere Stimmen bei mir im Raum haben – freundliche Gesichter und Stimmen, die mir das Gefühl gaben, nicht mehr allein zu sein.

Wieder klingelte es an der Haustür.

13

Es gab keinen Grund, Angst zu haben. Niemand außer Cross wusste, dass ich hier war. Ich öffnete die Tür.

Mir war sofort klar, dass ich ihn kannte, aber mir fiel nicht gleich ein, wo wir uns schon mal begegnet waren.

»Hallo«, sagte er. »Ist Jo…?« In dem Moment erkannte er mich ebenfalls und sah, dass ich ihn erkannt hatte. Er starrte mich vollkommen verblüfft an. »Was zum Teufel machen *Sie* denn hier?«

Statt einer Antwort schlug ich ihm die Tür vor der Nase zu. Er unternahm einen schwachen Versuch, sich dagegen zu stemmen, doch ich war kräftiger, und die Tür klickte ins Schloss. Während ich die Kette vorlegte und mich dann keuchend an die Tür lehnte, hörte ich ihn draußen rufen. Inzwischen wusste ich wieder, woher ich ihn kannte. Es war Ben Brody, der Produktdesigner. Wie hatte er mich gefunden? In seiner Firma hatten sie doch nur meine Büro- und Handynummer. Ich hatte Carol ausdrücklich darum gebeten, niemandem meine Adresse zu geben. Außerdem kannte sie diese Adresse überhaupt nicht. Ebenso wenig wie Terry. Niemand kannte sie. Konnte es sein, dass er mir gefolgt war? Hatte ich bei ihm etwas liegen lassen, das ihm einen Hinweis gegeben hatte? Er klopfte an die Tür.

»Abbie«, sagte er. »Machen Sie auf.«

»Gehen Sie!«, schrie ich. »Oder ich rufe die Polizei.«

»Ich möchte mit Ihnen reden.«

Die Kette sah ziemlich stabil aus. Was konnte er mir durch einen zehn Zentimeter breiten Spalt antun? Vorsichtig öffnete ich die Tür. Er trug einen dunklen Anzug und ein weißes Hemd, aber keine Krawatte. Darüber hatte er einen langen grauen Mantel an, der ihm bis über die Knie reichte.

»Wie haben Sie mich gefunden?«

»Was meinen Sie damit? Ich bin gekommen, um Jo zu sehen.«

»Jo?«

»Ich bin ein Freund von ihr.«

»Sie ist nicht da.«

»Wo ist sie?«

»Ich weiß es nicht.«

Er wirkte immer verwirrter.

»Wohnen Sie zur Zeit bei ihr?«

»Sieht ganz so aus.«

»Weshalb können Sie mir dann nicht sagen, wo sie ist?«

Ich öffnete den Mund, wusste jedoch nicht, was ich sagen sollte.

»Das ist eine komplizierte Geschichte. Wahrscheinlich würden Sie es mir sowieso nicht glauben. Haben Sie eine Verabredung mit Jo?«

Er stieß ein kurzes, verächtliches Lachen aus und drehte gereizt den Kopf zur Seite, als könnte er nicht begreifen, dass er dieses Gespräch tatsächlich führte.

»Sind Sie ihre Empfangsdame? Ich bin versucht zu sagen, dass Sie das nichts angeht, aber...« Er holte tief Luft. »Vor ein paar Tagen wollten Jo und ich uns auf einen Drink treffen, aber sie ist nicht aufgetaucht. Daraufhin habe ich ihr mehrere Nachrichten aufs Band gesprochen, auf die sie nicht reagiert hat.«

»Genau«, sagte ich. »Das habe ich der Polizei auch gesagt.«

»Was?«

»Ich wollte Jo als vermisst melden, aber sie haben mir nicht geglaubt.«

»Wieso denn das?«

»Vielleicht ist sie auch nur in Urlaub gefahren«, fuhr ich etwas sprunghaft fort.

»Hören Sie, Abbie, ich weiß nicht, welche Schandtaten Sie mir zutrauen, aber könnten Sie mich nicht hineinlassen?«

»Können wir uns nicht auch hier unterhalten?«

»Natürlich können wir das. Aber warum?«

»Also gut«, antwortete ich. »Ich habe allerdings nicht viel Zeit. In ein paar Minuten wird ein Detective hier sein.«

Das war ein weiterer meiner jämmerlichen Versuche, mich zu schützen.

»Weswegen?«

»Um meine Aussage aufzunehmen.«

Ich löste die Kette und ließ ihn herein. Er schien sich in Jos Wohnung erstaunlich heimisch zu fühlen. Nachdem er seinen Mantel ausgezogen hatte, warf er ihn über einen Stuhl. Ich zog das Handtuch von meinem Kopf und frottierte mir das Haar.

»Sind Sie und Jo … Sie wissen schon«, sagte ich.

»Wie kommen Sie denn darauf?«

»Sie scheinen sich hier recht heimisch zu fühlen.«

»Nicht so heimisch wie Sie.«

»Ich brauche im Moment einfach einen Platz, wo ich unterschlüpfen kann.«

Er sah mich an.

»Geht es Ihnen wieder besser?«

Innerlich stöhnte ich erschöpft auf.

»Ich weiß, dass die Allzweckantwort auf die Frage: ›Geht's wieder besser?‹ lautet: ›Ja, geht schon wieder‹. Aber in meinem Fall lautet die kurze Antwort: Nein, es geht mir nach wie vor nicht gut. Und die mittellange Antwort ist eine längere Geschichte, die Sie bestimmt nicht hören wollen.«

Ben ging zur Kochnische und füllte den Wasserkessel. Dann nahm er zwei große Teetassen aus dem Schrank und stellte sie auf die Küchentheke.

»Ich glaube, ich verdiene es, die lange Version zu hören«, meinte er.

»Sie ist wirklich lang.«

»Glauben Sie, Sie haben noch genug Zeit?«

»Wie meinen Sie das?«

»Bevor Ihr Detective kommt.«

Ich murmelte etwas Unverständliches vor mich hin.

»Sind Sie krank?«, fragte er.

Damit erinnerte er mich an etwas. Ich holte ein paar Tabletten aus dem Fläschchen in meiner Tasche und spülte sie mit einem Schluck Leitungswasser hinunter.

»Ich habe immer noch diese Kopfschmerzanfälle«, erklärte ich. »Aber das ist nicht weiter beunruhigend.«

»Wo liegt dann das Problem?«

Ich ließ mich am Tisch nieder und stützte den Kopf in meine Hände. Manchmal, wenn ich die richtige Position für meinen Kopf fand, ließ das Pochen ein wenig nach. Ich hörte etwas Klappern. Ben goss den Tee auf. Er brachte die Tassen an den Tisch, jedoch ohne Platz zu nehmen, und lehnte sich gegen die Armlehne von Jos Sessel. Ich nahm einen Schluck Tee.

»Ich habe mich zu einer Version von Coleridges altem Seemann entwickelt. Ich treibe die Leute in eine Ecke und erzähle ihnen meine Geschichte. Langsam frage ich mich, ob das überhaupt einen Sinn hat. Die Polizei hat mir nicht geglaubt. Je öfter ich sie erzähle, desto weniger glaube ich sie selbst.«

Ben gab mir keine Antwort, sondern sah mich schweigend an.

»Müssen Sie denn nicht arbeiten?«, fragte ich ihn.

»Ich bin der Chef«, antwortete er. »Ich kann kommen und gehen, wann ich will.«

Also erzählte ich ihm eine stockende, bruchstückhafte Version meiner Geschichte. Ich berichtete ihm von meinen Problemen bei Jay & Joiner, von denen er zum Teil bereits wusste, weil er am Rande selbst damit zu tun gehabt hatte. Ich erzählte ihm von meinem unbezahlten Urlaub und meinem Bruch mit Terry. Dann holte ich tief Luft und erzählte auch noch von dem Keller, in dem ich aufgewacht war, wo auch immer er sich befinden mochte, von meinen Tagen unter der Erde, von meiner Flucht und der Zeit im Krankenhaus, von den Personen, die mir nicht geglaubt und mich wieder in die Welt entlassen hatten.

»Und um Ihre erste Frage vorwegzunehmen: Das einzige, was ich mit Sicherheit weiß, ist, dass ich einen Schlag auf den Schädel bekommen habe.« Vorsichtig fasste ich an die Stelle knapp über meinem Ohr. Sie war immer noch so empfindlich, dass ich jedes Mal von neuem zusammenzuckte, wenn ich sie berührte. »Wenn dieser Schlag Teile meines Lebens auslöschen konnte, vielleicht hat er dann andere hinzugefügt? Wissen Sie, dass ich diesen Gedanken noch nie laut ausgesprochen habe? Er ist mir öfter durch den Kopf gegangen, spätnachts, wenn ich aufwache und ans Sterben denke. Vielleicht ist das genau die Art Halluzination, die man hat, wenn man bei einem Unfall mit dem Kopf irgendwo gegengeschlagen ist. Womöglich phantasiert man dann davon, unter der Erde gefangen zu sein und in der Dunkelheit eine Stimme zu hören. Halten Sie das für möglich?«

»Ich weiß nicht«, antwortete Ben. Er machte einen benommenen Eindruck. »Was für ein Alptraum!«

»Vielleicht hat mich jemand überfallen und niedergeschlagen, oder ich wurde von einem Auto angefahren. Vielleicht bin ich nur ein paar Stunden irgendwo gelegen. Hatten Sie jemals solche Träume? Man scheint Jahre zu durchleben und dabei alt zu werden, aber dann wacht man auf und es ist nur eine einzige Nacht vergangen. Hatten Sie jemals einen solchen Traum?«

»Ich kann mich an meine Träume nicht erinnern.«

»Das ist wahrscheinlich ein Zeichen von psychischer Gesundheit. Ich habe solche Träume. Als ich in dem Keller war – wenn ich überhaupt dort war –, hatte ich auch Träume, an die ich mich ebenfalls erinnern kann. Ich habe von Seen geträumt, von schwerelosem Dahintreiben auf dem Wasser, von einem Schmetterling auf einem Blatt. Beweist das etwas? Ist es möglich einzuschlafen und zu träumen und dann in diesem Traum wieder einzuschlafen und einen weiteren Traum zu haben? Ist das möglich?«

»Ich entwerfe Wasserhähne und Schreibtischutensilien. Psychologie ist nicht gerade mein Spezialgebiet.«

»Das fällt eher in den Bereich der Neurologie. Ich kenne mich aus. Ich bin von einer Psychologin und einem Neurologen untersucht worden. Der Neurologe war der Einzige, der mir geglaubt hat. Wie auch immer, das ist meine Geschichte. Mir sind aus meinem Gehirn einige Daten abhanden gekommen, und nun klappere ich alle möglichen Leute ab, die mich wahrscheinlich für verrückt halten, und versuche die Lücken zu füllen. Gleichzeitig treffe ich alle erdenklichen Vorsichtsmaßnahmen, um mich vor jemandem zu verstecken, der vermutlich überhaupt nicht nach mir sucht. Haben Sie das als Kind jemals gemacht? Man spielt mit einer Schar anderer Kinder Verstecken und sucht sich dabei ein äußerst schwieriges Versteck. Man bleibt eine Ewigkeit dort, anfangs mit einem Gefühl des Triumphes, dann zunehmend gelangweilt, bis einem schließlich klar wird, dass alle anderen das Spiel längst abgebrochen haben. Im Moment habe ich jedoch ein ganz anderes Gefühl: Ich plappere wie eine Wahnsinnige vor mich hin, und Sie stehen wie ein Fels in der Brandung da und kommen überhaupt nicht zu Wort. Sie wollten wissen, wo Jo ist, und Sie haben mich gefragt, was ich hier mache. Nun, ich weiß nicht, wo Jo ist, und ich weiß auch nicht, was ich hier mache. Nun haben Sie Ihre Antworten und können in Ihre Werkstatt zurückkehren.«

Ben trat an den Tisch, nahm meine Tasse und ging damit zum Spülbecken. Er spülte erst meine, dann seine eigene ab und stellte sie auf das Abtropfgitter. Anschließend blickte er sich vergeblich nach einem Geschirrtuch um, so dass ihm nichts anderes übrig blieb, als das Wasser von seinen Händen zu schütteln.

»Ich glaube, ich weiß, was Sie hier tun«, sagte er. »Ich weiß auch, wie Sie Jo kennen gelernt haben.«

»Woher wollen Sie das wissen?«

»Ich habe sie Ihnen vorgestellt.«

14

Ich spürte eine Welle der Aufregung durch meinen Körper strömen, weil nun ein weiterer Teil meiner Terra incognita auf der Landkarte eingezeichnet war, doch dann wurde schnell ein schwindelerregendes Schlingern daraus.

»Wovon sprechen Sie überhaupt? Warum hätten Sie das tun sollen? Als Sie vorhin an der Tür standen, schienen Sie das noch nicht zu wissen. Sie waren genau so perplex wie ich.«

»Das stimmt«, räumte er ein. »Trotzdem muss es so gewesen sein.« Er schwieg einen Moment. »Können Sie sich allen Ernstes nicht daran erinnern, sie getroffen zu haben?«

»Ich habe mir vorhin ein Video von Jo und mir angesehen, das wir gemeinsam aufgenommen haben müssen. Da scheinen wir uns gut verstanden zu haben. Ich mache einen sehr glücklichen Eindruck. Ich wünschte, ich könnte mich erinnern. Ich könnte ein paar glückliche Erinnerungen gebrauchen. Aber nein, es tut mir Leid, da ist überhaupt nichts. Wie ist es dazu gekommen, dass Sie uns einander vorgestellt haben? Aus welchem Grund?« Ben setzte zu einer Antwort an, zögerte dann aber. »Sie wissen nicht, ob Sie mir glauben sollen, stimmt's?«, fuhr ich fort. »Na großartig! Die Polizei und die Ärzte glauben mir nicht, dass ich entführt worden bin, und nun glauben Sie mir nicht, dass ich das Gedächtnis verloren habe. Vermutlich werde ich bald Menschen kennen lernen, die nicht einmal glauben, dass ich Abbie Devereaux bin. Vielleicht bin ich es ja tatsächlich nicht. Vielleicht tue ich nur so. Womöglich handelt es sich dabei auch um eine Wahnvorstellung von mir. Möglicherweise bin ich in Wirklichkeit Jo und habe Halluzinationen von dieser Person namens Abbie.«

Ben versuchte zu lächeln, wandte dann aber den Kopf ab, als wäre ihm das Ganze ziemlich peinlich.

»Dann habe ich sie also am Montag kennen gelernt?«, fragte ich.

»Am Dienstag«, antwortete er. »Dienstagvormittag.«

»Wenn ich mich richtig erinnere, haben Sie gesagt, wir hätten uns am Montag getroffen. Ja, ich bin mir sicher, dass Sie Montag gesagt haben.«

»Sie sind am Dienstag noch einmal gekommen«, entgegnete er vage. »Mit weiteren Fragen.«

»Oh. Und da war Jo bei Ihnen in der Werkstatt?«

»Wir sind einen Kaffee trinken gegangen, in einem Café nicht weit von hier, das Jo regelmäßig aufsucht. Sie war unterwegs zu einem Termin, glaube ich. Ich hab Sie mit ihr bekannt gemacht. Wir haben uns eine Zeit lang unterhalten, dann musste ich aufbrechen. Wenn Sie wollen, dass ich Ihr Gespräch mit Jo rekonstruiere, würde ich sagen, Sie haben ihr erzählt, dass Sie eine Bleibe bräuchten. Bestimmt hat sie Ihnen daraufhin angeboten, hier bei ihr zu wohnen. Damit wäre eines der Rätsel gelöst. Da ist nichts Geheimnisvolles dran.«

»Verstehe.«

»Und jetzt glauben Sie, sie ist verschwunden.«

»Ich habe es diesem Detective gesagt, den ich… den ich recht gut kenne. Er hält mich für verrückt. Natürlich glaubt er nicht wirklich, dass ich verrückt bin, sondern nur, dass ich mich irre. Ich hoffe, ich irre mich tatsächlich. Ich weiß nicht, was ich tun soll. Aus einem unerfindlichen Grund fühle ich mich für sie verantwortlich. Jedes Mal, wenn ich aufblicke und ihr Foto sehe, fühle ich mich schlecht, weil ich nicht mehr unternehme. Als ich in diesem Keller gefangen war, dachte ich die ganze Zeit daran, dass diejenigen, die ich kenne, meine Freunde, nach mir suchen würden, dass sie sich meinetwegen große Sorgen machen und alle Hebel in Bewegung setzen würden, und das half mir durchzuhalten. Wenn ich nicht ganz fest daran geglaubt, nicht das Gefühl gehabt hätte, in den Köpfen meiner Freunde präsent zu sein, dann hätte ich es bestimmt nicht geschafft. Und mit das Schlimmste an meiner Rückkehr war die Erkenntnis, dass kein Mensch mich auch nur für eine Sekunde vermisst hatte.«

»Ich glaube…«, versuchte er mich zu unterbrechen.

»Niemandem war aufgefallen, dass ich nicht mehr da war, und wenn es doch jemandem aufgefallen war, dann dachte sich der oder die Betreffende nicht viel dabei. Es war, als wäre ich unsichtbar geworden. Oder gestorben. Man kann ihnen das in keinster Weise zum Vorwurf machen, das ist mir völlig klar – sie sind gute Freunde, und ich glaube, sie mögen mich wirklich, und wahrscheinlich hätte ich mich an ihrer Stelle genauso verhalten. Ich würde es genauso wenig merken, wenn mal jemand ein paar Tage nicht da wäre – wie sollte ich auch? Wir führen alle unser eigenes Leben, sehen uns in unregelmäßigen Abständen. Aber ich darf bei Jo nicht denselben Fehler machen. Weil ich jetzt nämlich weiß, wie das ist. Doch ich weiß nicht, was ich tun soll, um diesen Fehler nicht zu wiederholen, wenn Sie verstehen, was ich meine. Auf jeden Fall rede ich wieder zu viel und habe außerdem dieses unangenehme Gefühl, dass ich in Tränen ausbrechen werde, sobald ich zu reden aufhöre.«

Ich hielt inne, Ben beugte sich vor und legte eine Hand auf meinen Arm. Instinktiv riss ich den Arm zurück.

»Tut mir Leid«, sagte er und schien es tatsächlich so zu meinen. »Bestimmt macht es Sie nervös, einen fremden Mann hier in Ihrer Wohnung zu haben. Ich hätte daran denken müssen.«

»Ehrlich gesagt schon, ich meine, ich bin sicher, dass… Hören Sie, ich komme mir vor, als würde ich durch völlige Dunkelheit stolpern, wenn Sie verstehen, was ich meine – mit ausgestreckten Händen, verzweifelt bemüht, nicht in den Abgrund zu stürzen. Falls es überhaupt einen Abgrund gibt, den man hinunterstürzen kann. Manchmal habe ich das Gefühl, am Rand meines Gesichtsfeldes einen Schimmer wahrzunehmen, doch sobald ich mich in die Richtung drehe, verschwindet er. Ich hoffe bloß, irgendwann wieder Licht zu sehen, aber bisher sieht es nicht danach aus. Ohne mein Gedächtnis fühle ich mich vollkommen orientierungslos, ich stolpere blind durch die Gegend und ecke ständig irgendwo an, und die Schwierigkeit besteht nicht nur darin, dass ich nicht weiß, wo ich mich befinde – im Grunde weiß ich nicht einmal mehr, wer ich bin. Was ist von mir noch übrig? Vor allem, wenn die anderen nicht wissen, ob sie mir …« Ich brach abrupt ab. »Ich plappere schon wieder vor mich hin, nicht wahr?« Er gab mir keine Antwort und starrte mich auf eine Art an, die mich nervös machte. »Wie war ich davor?«

»Wie Sie waren?« Er schien die Frage nicht zu verstehen.

»Ja.«

»Ihr Haar war länger.«

»Das weiß ich, schließlich war ich diejenige, die zum Friseur gegangen ist und es sich hat abschneiden lassen. Aber was hatten Sie sonst für einen Eindruck von mir? In welchem Zustand befand ich mich?«

»Ähm.« Einen Moment lang wirkte er unsicher und verlegen. »Auf mich haben Sie einen recht lebhaften Eindruck gemacht.«

»Worüber haben wir gesprochen? Habe ich Ihnen etwas erzählt?«

»Über die Arbeit«, antwortete er. »Berufliche Probleme.«

»Sonst nichts?«

»Sie haben gesagt, Sie hätten gerade ihren Freund verlassen.«

»Das habe ich Ihnen erzählt?«

»Sie haben mir erklärt, dass Sie vorübergehend keinen festen Wohnsitz hätten und nur über Ihr Handy zu erreichen seien, falls ich Sie geschäftlich bräuchte.«

»Habe ich sonst noch was erzählt? Vielleicht von neuen Bekanntschaften? Gab es möglicherweise einen neuen Mann in meinem Leben? Habe ich darüber etwas gesagt?«

»Nicht direkt«, antwortete er. »Aber ich war schon der Meinung. Jedenfalls hatte ich den Eindruck.«

»Unter Umständen war der Mann, den ich kennen gelernt hatte, nun ja, Sie wissen schon, er.«

»Er?«

»Der Mann, der mich entführt hat.«

»Verstehe.« Er stand auf. »Was halten Sie davon, wenn wir jetzt auf einen Drink irgendwohin gehen – in einer Menschenmenge fühlen Sie sich bestimmt sicherer als allein mit mir.«

»Eine gute Idee«, antwortete ich.

»Dann lassen Sie uns gehen.« Er griff nach seinem Mantel.

»Ein schöner Mantel.«

Der Blick, mit dem er das Kleidungsstück betrachtete, wirkte fast ein wenig überrascht, als würde es sich um einen fremden Mantel handeln, der ihm ohne sein Wissen untergejubelt worden war.

»Er ist neu.«

»Ich mag diese langen weiten Mäntel.«

»Ja, sie wirken fast wie lange Umhänge«, antwortete Ben. »Wie sie vor zweihundert Jahren getragen wurden.«

Ich runzelte die Stirn. »Warum wird mir so komisch zu Mute, wenn ich Sie das sagen höre?«

»Vielleicht, weil Sie derselben Meinung sind.«

Der Pub war beruhigend voll und verraucht.

»Ich lade Sie ein«, verkündete ich und kämpfte mich bis zur Bar durch.

Kurze Zeit später saßen wir bereits mit unseren Biergläsern und einer Tüte Chips zwischen uns an einem Tisch.

»Ich weiß gar nicht, wo ich anfangen soll. Sie sind also ein Freund von Jo, richtig?«

»Richtig.«

»Fährt sie oft weg?«

»Das kommt ganz darauf an. Sie arbeitet meist parallel an mehreren Projekten für verschiedene Verlage – hauptsächlich Zeitschriftenverlage –, und manche erfordern Recherchen. Ich weiß noch, als sie an einer Kinderenzyklopädie mitgearbeitet hat und kurze Kapitel über englische Bäume schreiben musste. Da ist sie herumgefahren und hat dreihundertjährige Eiben besichtigt, zum Beispiel.«

»Und ist sie zuverlässig?«

»Normalerweise sehr. Gezwungenermaßen, denn sie muss von ihrer Arbeit leben.«

»Versetzt sie Sie oft?«

Er sah mich nachdenklich an.

»Wie ich schon gesagt habe: Sie ist eigentlich sehr zuverlässig.«

»Folglich sollte sie eigentlich hier sein, ist es aber nicht. Sie ist auch nicht in Urlaub gefahren. Etwas stimmt da nicht.«

»Möglicherweise haben Sie Recht«, antwortete Ben leise, den Blick auf sein Bierglas gerichtet. »Es könnte auch sein, dass sie weggefahren ist, um ihre Arbeit zu Ende zu bringen. Das hat sie schon öfter getan. Ihre Eltern haben ein Cottage in Dorset, das sie ihr stets gern zur Verfügung stellen. Sie kann dort in aller Ruhe arbeiten, ohne gestört zu werden…«

»Können Sie sie dort anrufen? Haben Sie ein Handy dabei?«

»In aller Ruhe, weil es dort nicht einmal ein Telefon gibt.«

»Was ist mit ihrem Handy?«

»Sie ist nicht erreichbar, ich habe es bereits ein paarmal probiert.«

»Oh.«

»Sie könnte allerdings auch bei ihren Eltern sein. Ihr Vater ist krank. Krebs. Vielleicht geht es ihm schlechter. Haben Sie es dort schon versucht?«

»Ich wusste nichts von ihren Eltern.«

»Dann wäre da noch der Freund, den sie phasenweise hat, Carlo. Der letzte Stand der Dinge war, dass sie sich erneut getrennt hatten, doch möglicherweise sind sie inzwischen wieder zusammen, und sie ist bei ihm. Haben Sie ihn schon angerufen?«

Ich holte tief Luft. Weshalb war mir so seltsam zumute?

»Nein«, antwortete ich. »Ich wusste nichts von einem Freund. Ich kann mich nicht daran erinnern. Aber Ihnen hätte sie das doch sicher erzählt, Sie waren schließlich mit ihr verabredet.«

Er zuckte mit den Achseln.

»Ich bin nur ihr Freund. Einen Freund kann man auch mal versetzen.«

»Manchmal.«

»Jo leidet unter Depressionen«, sagte er langsam und mit gerunzelter Stirn. »Ich meine, sie ist oft richtig depressiv, nicht nur schlecht gelaunt. Obwohl ich in letzter Zeit das Gefühl hatte, dass es ihr wieder besser ging.« Er leerte sein Bierglas und wischte sich mit dem Handrücken über den Mund. »Ich begleite Sie jetzt zurück in die Wohnung, und dann rufen wir alle Personen an, die ihr nahe stehen – Carlo, ihre Eltern –, und fragen, ob sie etwas von ihr gehört haben.«

Er fischte ein Handy aus seiner Manteltasche und hielt es mir unter die Nase.

»Hier, bitte. Geben Sie jemandem Bescheid, einer Freundin, einer Kollegin, der Polizei, wem Sie wollen. Sagen Sie, dass Sie mit mir unterwegs sind. Dann können wir aufbrechen und diese Telefonate erledigen.«

»Das ist sehr nett von Ihnen«, fing ich an.

»Mit Nettigkeit hat das nichts zu tun. Jo ist meine Freundin.«

»Ich brauche niemanden anzurufen«, erklärte ich, während eine innere Stimme mich beschwor: »O doch, du dummes, *dummes* Weibsstück!«

»Wie Sie meinen.«

Auf dem Rückweg erzählte ich ihm, dass ich Jos Wohnung im Grunde nur durch die Restaurantrechnung und den Schlüssel im Handschuhfach meines Wagens gefunden hatte.

»Er war abgeschleppt worden«, fügte ich hinzu. »Ich musste über hundert Pfund bezahlen, und jetzt hat er eine Parkkralle am Reifen. Sehen Sie!« Ich deutete auf die Stelle und sperrte überrascht den Mund auf. Der Wagen war nicht mehr da. Wo er gestanden hatte, war jetzt ein freier Parkplatz. »Er ist weg! Verdammt noch mal, er ist schon wieder weg! Wie ist das möglich? Ich dachte, der Sinn einer Parkkralle ist, dass man das Fahrzeug nicht bewegen kann!«

»Wahrscheinlich ist er wieder abgeschleppt worden.« Es kostete ihn sichtlich Mühe, sich ein Lächeln zu verkneifen.

»Mist!«

Ich machte eine Flasche Wein auf. Meine Hände hatten wieder zu zittern begonnen, und es dauerte eine Ewigkeit, bis ich den Korken entfernt hatte. Ben wählte eine Nummer, lauschte einen Moment, begann dann zu sprechen. Mir war klar, dass er nicht mit Jos Mutter sprach. Nachdem er aufgelegt hatte, wandte er sich zu mir um.

»Das war die Frau, die auf ihren Hund aufpasst. Jos Eltern sind in Urlaub und kommen erst übermorgen wieder zurück.«

Ich schenkte ihm ein Glas Wein ein, das er jedoch nicht anrührte. Statt dessen setzte er seine Brille auf und begann im Telefonbuch zu blättern.

»Carlo? Hallo, Carlo, hier ist Ben, Ben Brody… Ja, der Freund von Jo… Was? Nein, ich habe sie schon länger nicht mehr gesehen. Dasselbe wollte ich eigentlich… Nein. Nein, das richte ich ihr sicherlich nicht aus. Nein.«

Er legte auf und drehte sich zu mir um. »Anscheinend ist mit Carlo tatsächlich Schluss. Er war nicht sehr gut auf sie zu sprechen.«

»Was machen wir jetzt?« Als mir auffiel, dass ich »wir« gesagt hatte, trank ich schnell einen großen Schluck Wein.

»Haben Sie etwas zu essen da? Ich bin am Verhungern. Jo und ich wollten eigentlich essen gehen.«

Ich zog die Kühlschranktür auf. »Eier, Brot. Käse. Salat. Bestimmt sind auch Nudeln da.«

»Soll ich uns Rühreier machen?«

»Eine sehr gute Idee.«

Er zog Mantel und Jacke aus, holte eine Pfanne aus dem großen Schrank und nahm aus der obersten Schublade einen hölzernen Löffel. Er wusste, wo alles untergebracht war. Ich lehnte mich zurück und beobachtete ihn. Er ließ sich Zeit und ging sehr methodisch vor. Ich trank ein weiteres Glas Wein. Ich fühlte mich erschöpft, fast etwas zittrig und auch ein bisschen beschwipst. Außerdem war ich es leid, ständig Angst haben zu müssen und auf der Hut zu sein. Ich schaffte das einfach nicht mehr.

»Erzählen Sie mir von Jo«, bat ich.

»Gleich. Eine Scheibe Toast oder zwei?«

»Eine. Mit viel Butter.«

»Wird gemacht!«

Wir nahmen am Küchentisch Platz und aßen schweigend unser Rührei. Ich trank noch mehr Wein.

»Sie ist anfangs ziemlich schüchtern, taut erst auf, wenn man sie etwas besser kennt«, begann er, nachdem er den letzten Bissen hinuntergeschluckt hatte. »Sehr selbstständig. Sparsam. Sie kauft nur das, was sie wirklich braucht. Gehen Sie nie mit ihr shoppen. Sie braucht eine Ewigkeit, bis sie sich für die kleinste Sache entscheidet, und muss zunächst in mehreren Läden die Preise vergleichen. Sie hasst jede Art von Unordnung. Redet nicht viel, hört lieber zu. Was noch? Sie ist auf dem Land aufgewachsen, hat einen jüngeren Bruder, der als Toningenieur in Amerika arbeitet, und steht ihren Eltern sehr nah. Sie hat viele Freunde, mit denen sie sich in der Regel unter vier Augen trifft. Große Gruppen mag sie nicht besonders.«

»Was ist mit ihrer Beziehung zu diesem Carlo?«

»Ein hoffnungsloser Fall, wenn Sie mich fragen. Er ist zu jung für sie und stellt sich ziemlich idiotisch an.« Er sagte das sehr abfällig. Anscheinend hatte er meinen überraschten Blick bemerkt, denn er fügte hinzu: »Sie hätte etwas Besseres verdient. Sie sollte jemanden kennen lernen, der sie vergöttert.«

»Tja, das sollten wir wohl alle«, antwortete ich leichthin.

»Und sie leidet unter schweren Depressionen, würde ich sagen. Sie hat ganz schreckliche Phasen, in denen sie kaum aus dem Bett kommt. Ein weiterer Grund, weshalb ich mir ihretwegen Sorgen mache.«

Es war schon spät. Ich fühlte mich, als hätte ich an diesem Tag eine lange, anstrengende Reise hinter mich gebracht – Todd, das unheimliche Telefonat, Inspector Cross, jetzt das Gespräch mit Ben. Als er mich gähnen sah, erhob er sich und nahm seinen Mantel von der Armlehne des Sofas.

»Zeit zu gehen«, sagte er. »Ich melde mich wieder.«

»Ist das alles?«

»Wie meinen Sie das?«

»Na ja, sie ist immer noch verschwunden, oder etwa nicht? Wir haben nach wie vor keinen blassen Schimmer, wo sie sein könnte. Wie soll es jetzt weitergehen? Sie können es doch nicht einfach dabei bewenden lassen?«

»Nein, natürlich nicht. Ich glaube, ich sollte nach Dorset fahren, zu dem Cottage. Ich war schon einmal dort und hoffe, dass ich wieder hinfinde. Falls sie da nicht ist, werde ich ihre Freunde anrufen. Wenn dabei immer noch nichts herauskommt, fahre ich zu ihren Eltern. Und danach – na ja, ich schätze, dann gehe ich zur Polizei.«

»Ich würde Sie gern begleiten, wenn Sie nichts dagegen haben.« Das hatte ich eigentlich gar nicht sagen wollen. Die Worte waren einfach aus mir herausgesprudelt. Er sah mich überrascht an. »Wann wollen Sie denn starten?«, fragte ich.

»Na, jetzt.«

»Sie meinen, jetzt gleich? Mitten in der Nacht?«

»Ja, warum nicht? Ich bin noch nicht müde, und ich habe

kaum etwas getrunken. Außerdem habe ich morgen Nachmittag eine wichtige Besprechung, kann morgen also nicht weg. Und mittlerweile haben Sie mich mit Ihren Bedenken angesteckt.«

»Sie machen gern Nägel mit Köpfen, was?«

»Das haben Sie eben nicht ernst gemeint, dass Sie mitkommen wollen, oder?«

Schaudernd warf ich einen Blick durchs Fenster, in die kalte Dunkelheit hinaus. Ich wollte nicht nach draußen, aber ich wollte auch nicht hierbleiben, wo ich nur schweißgebadet in meinem Bett liegen und mit wild klopfendem Herzen und trockenem Mund darauf warten würde, dass es endlich zu dämmern begann und die unerträgliche Angst wieder erträglich wurde. Wenn ich hier blieb, würde ich ständig auf die Uhr blicken. Irgendwann würde ich einschlafen, aber schon nach wenigen Minuten mit einem Ruck wieder hochschrecken. Ich würde ängstlich jedem Geräusch lauschen und mich sogar vom Wind erschrecken lassen. Und ich würde an Jo denken. An sie und an mich. An ihn, wie er mich dort in der Dunkelheit beobachtete.

»Ich komme mit«, sagte ich. »Wo steht Ihr Wagen?«

»Vor meinem Haus.«

»Und wo ist Ihr Haus?«

»Belsize Park. Ein paar Stationen mit der U-Bahn.«

»Nehmen wir lieber ein Taxi.« Der Gedanke, mich in dieser Nacht noch unter die Erdoberfläche zu begeben, war furchtbar.

»Einverstanden.«

»Ich ziehe mir bloß schnell etwas Wärmeres an. Diesmal werde ich tatsächlich jemanden anrufen und sagen, mit wem ich unterwegs bin. Sorry. Ich hoffe, Sie sind mir deswegen nicht böse.«

15

Soweit ich das in der Dunkelheit beurteilen konnte, wohnte Ben Brody in einem schönen Haus, ganz in der Nähe eines Parks. Die Straße war breit und von hohen Bäumen gesäumt, die ihre kahlen Äste im Licht der Straßenlaternen wiegten.

»Warum warten Sie nicht einfach im Wagen, während ich rasch ein paar Sachen hole? Sie sehen völlig erledigt aus.«

Nachdem er mir aufgeschlossen hatte, stieg ich auf der Beifahrerseite ein. Es war eiskalt, und alle Fenster waren vereist. In Bens Auto herrschte Ordnung, bis auf eine Schachtel Kleenex und einen Straßenatlas. Ich wickelte mich noch fester in meine dicke Jacke und blies Dampfwolken in die eisige Luft, während ich wartete. Im ersten Stock von Bens Haus ging Licht an. Ein paar Minuten später erlosch es wieder. Ich warf einen Blick auf die Uhr am Armaturenbrett: schon fast zwei. Ich fragte mich, was ich hier eigentlich tat, mitten in der Nacht, in einem Teil von London, in den ich noch nie zuvor einen Fuß gesetzt hatte, im Wagen eines Mannes, den ich nicht kannte. Mir fiel keine Antwort ein, die Sinn ergab, außer dass ich kurz vor dem totalen Zusammenbruch stand.

»Wir können starten.«

Ben hatte die Fahrertür geöffnet. Er trug Jeans, einen dicken Pulli und eine alte Lederjacke.

»Was haben Sie denn da alles dabei?«

»Eine Taschenlampe, eine Decke, ein paar Orangen und Schokolade für die Reise. Die Decke ist für Sie. Legen Sie sich auf den Rücksitz, dann decke ich Sie zu.«

Ich erhob keine Einwände, sondern kletterte nach hinten und legte mich hin. Er breitete eine dicke Decke über mich aus, stieg ebenfalls ein, ließ den Motor an und drehte die Heizung auf. Eine Weile lag ich mit offenen Augen da. Ich sah Straßenlaternen und hohe Gebäude vorbeifliegen, dann Sterne, Bäume, ein weit entferntes Flugzeug am Himmel. Ich schloss die Augen.

Ich verschlief einen großen Teil der langen Fahrt, wachte aber öfter auf. Einmal hörte ich Ben einen Song vor sich hinbrummen, den ich nicht kannte. Ein anderes Mal kämpfte ich mich in eine sitzende Position und blickte aus dem Fenster. Es war noch immer dunkel, und ich konnte keine Lichter entdecken, wohin ich auch blickte. Wir waren das einzige Auto weit und breit. Ben reichte mir wortlos ein paar Rippen Schokolade. Ich aß sie langsam und legte mich wieder hin. Ich wollte nicht reden. Um halb sechs hielten wir an, um zu tanken. Es war immer noch dunkel, doch am Horizont ließ sich bereits eine Spur von verschwommenem Grau erahnen. Es kam mir noch kälter vor als bisher, und auf den Hügelkuppen konnte ich Schnee erkennen. Ben kam mit zwei Styroporbechern Kaffee zurück. Nachdem ich samt meiner Decke nach vorn auf den Beifahrersitz geklettert war, reichte er mir meinen Kaffee, und ich wärmte mir die Hände an dem Becher.

»Mit Milch, aber ohne Zucker«, sagte er.

»Wie haben Sie das erraten?«

»Wir haben schon mal miteinander Kaffee getrunken.«

»Oh. Wie weit ist es noch?«

»Nicht mehr weit. Das Cottage liegt eineinhalb Kilometer von einem Dorf namens Castleton entfernt, an der Küste. Sie können einen Blick auf die Karte werfen, wenn Sie möchten – sie liegt neben Ihren Füßen auf dem Boden. Sie müssen mich wahrscheinlich ohnehin ein bisschen lotsen.«

»Glauben Sie, dass sie dort ist?«

Er zuckte mit den Achseln. »In den frühen Morgenstunden hat man oft düstere Gedanken.«

»Es wird allmählich hell. Sie sind bestimmt schon schrecklich müde.«

»Ist nicht so schlimm. Das kommt erst später, schätze ich.«

»Mitten in Ihrer Besprechung.«

»Wahrscheinlich.«

»Wenn Sie wollen, kann ich fahren.«

»Es geht schon noch. Sie müssen mich etwas unterhalten, dann bleibe ich wach.«

»Ich werde mein Bestes tun.«

»Als wir an Stonehenge vorübergefahren sind, hätte ich sie beinahe aufgeweckt. Aber wir kommen ja auf dem Rückweg noch mal vorbei.«

»Ich war noch nie dort.«

»Noch nie?«

»Es ist erstaunlich, was ich alles noch nicht gesehen habe. Ich kenne weder Stonehenge noch Stratford noch Hampton Court. Weder Buckingham Palace noch Brighton Pier. Ich war nie in Schottland. Nicht einmal im Lake District. Ich hatte eine Venedig-Reise geplant und schon die Tickets besorgt. Während ich geknebelt in einem Keller lag, hätte ich eigentlich nach Venedig aufbrechen sollen.«

»Eines Tages werden Sie hinfahren.«

»Ja, vermutlich.«

»Was war das Schlimmste?«, fragte er nach einer Pause.

Ich sah zu ihm hinüber. Sein Blick war nach vorn gerichtet, auf die Straße und die sanft geschwungenen Hügel. Ich nahm einen Schluck von meinem Kaffee. Fast hätte ich ihm geantwortet, dass ich nicht darüber sprechen könne, doch dann schoss mir durch den Kopf, dass Ben der erste Mensch war, der mich nicht mit einem Ausdruck von Misstrauen oder Bestürzung ansah. Er behandelte mich nicht, als sei ich bemitleidenswert oder geistesgestört. Deswegen versuchte ich, ihm auf seine Frage eine Antwort zu geben. »Ich weiß es nicht. Ich kann es nicht sagen. Sein pfeifendes Lachen zu hören und zu wissen, dass er ganz in meiner Nähe war. Der Gedanke, dass ich nicht genug Luft bekam und ersticken, in mir selbst ertrinken würde. Es war – « Ich versuchte, den richtigen Ausdruck zu finden, » – irgendwie *obszön*. Vielleicht war es auch nur das Warten in der Dunkelheit und das Wissen, dass ich sterben würde. Ich versuchte, mich an bestimmte Dinge zu klammern, um nicht wahnsinnig zu werden – nicht an Dinge aus meinem eigenen Leben, denn ich war der Meinung, mich auf diese Weise bloß noch mehr zu quälen und erst recht vor Einsamkeit und Entsetzen wahnsinnig zu werden –, nein, eigentlich dachte ich nur an bestimmte Bilder. Ich habe Ihnen schon davon erzählt. Schöne Bilder aus der Welt da draußen. Manchmal, wenn ich nachts aufwache, denke ich immer noch an diese Bilder. Trotzdem wusste ich, dass ich Schritt für Schritt meiner Persönlichkeit beraubt wurde. Dass ich dabei war, mich selbst zu verlieren. Darum ging es ihm – zumindest glaube ich, dass es ihm darum ging. Ich sollte nach und nach all das abstreifen, was mich zu dem Menschen machte, der ich war, bis am Ende nur diese grauenerregende Kreatur übrig blieb, die auf einem Mauervorsprung vor sich hin lallte, halb nackt, schmutzig und gedemütigt.«

Ich brach abrupt ab.

»Wie wär's, wenn Sie uns eine Orange schälen?«, wechselte Ben das Thema. »Sie liegen in der Tasche.«

Ich schälte zwei von den Orangen, deren Aroma rasch den ganzen Wagen erfüllte. Meine Finger wurden klebrig von ihrem Saft. Ich reichte ihm einige Spalten. »Sehen Sie«, sagte er plötzlich. »Das Meer!«

Es sah silbrig, weit und still aus. Man konnte kaum erkennen, wo das Wasser aufhörte und der Morgenhimmel begann – außer im Osten, wo die Sonne bereits ein blasses Licht spendete.

»So, nun brauche ich Sie als Lotsin«, fuhr er fort. »Unsere Abzweigung muss gleich kommen.«

Wir bogen rechts ab, weg von der Sonne, in eine kleine Straße, die zur Küste hinunterführte, dann links, in eine noch kleinere Straße.

»Hier muss es sein«, erklärte Ben.

Wir standen vor einem geschlossenen Tor, hinter dem ein schmaler Feldweg weiterführte. Ich stieg aus, öffnete das Tor, wartete, bis Ben hindurchgefahren war, und schloss es wieder.

»Das Cottage gehört Jos Eltern?«

»Ja. Sie kommen aber nicht mehr hierher. Ihr Vater ist zu krank, und es ist nicht sehr luxuriös ausgestattet. Deswegen sind sie immer froh, wenn jemand ein paar Tage hier verbringt. Es ist sehr einfach, ohne Zentralheizung, und mittlerweile auch schon ein wenig heruntergekommen. Aber vom Schlafzimmer aus kann man das Meer sehen. Dort vorne ist es.«

Das Cottage war klein und aus grauem Stein. Es hatte dicke Mauern mit winzigen Fenstern. Ein Sturm hatte ein paar Dachziegel heruntergeweht, die nun in Scherben um die Eingangstür verstreut lagen. Alles machte einen schäbigen und vernachlässigten Eindruck.

»Hier steht kein Wagen«, stellte Ben fest. »Es ist niemand da.«

»Wir sollten trotzdem nachsehen.«

»Ja, wahrscheinlich.« Er klang entmutigt, doch als ich ausstieg, folgte er mir. Das eisige Gras knirschte unter unseren Füßen. Ich trat an ein Fenster und presste mein Gesicht gegen die Scheibe, konnte jedoch kaum etwas erkennen. Ich rüttelte an der Tür, aber sie war abgeschlossen.

»Wir müssen irgendwie reinkommen.«

»Glauben Sie, dass das etwas bringt? Sie sehen doch, dass niemand hier war.«

»Sie sind gerade vier Stunden gefahren, nur um hier herzukommen. Was sollen wir tun – ein Fenster einschlagen?«

»Ich könnte versuchen, das obere Fenster zu erreichen«, meinte er skeptisch.

»Wie wollen Sie das schaffen? Außerdem scheint es ebenfalls verschlossen. Warum schlagen wir nicht einfach das Fenster ein, das ohnehin schon einen Sprung hat? Wir können es später reparieren lassen.«

Bevor er widersprechen konnte, wickelte ich meinen Schal um meine Faust, schlug damit fest gegen die gesprungene Scheibe und zog den Arm wieder zurück, um mir nicht das Handgelenk zu verletzen. Ich war ziemlich stolz auf mich – genau so machten sie es im Film auch immer. Anschließend zog ich die noch im Rahmen steckenden Glasstücke heraus und schichtete sie auf dem Boden neben dem Fenster zu einem kleinen Stapel. Dann öffnete ich das Fenster von innen.

»Wenn Sie mich auf Ihren Rücken steigen lassen, klettere ich hinein«, sagte ich zu Ben.

Stattdessen legte er die Hände um meine Taille und hob mich zum Fenster hinauf. Die Erinnerung daran, wie ich im Keller gepackt und von dem Mauervorsprung gehoben worden war, überfiel mich so plötzlich, dass ich befürchtete, hysterisch loszuschreien. Aber da stand ich schon in der Küche. Ich schaltete das Licht ein, stellte fest, dass im Kamin nasse Asche lag, und ließ Ben zur Haustür herein. Schweigend gingen wir durchs Haus. Oben gab es ein Schlafzimmer und eine Abstellkammer, unten eine Wohnküche, ein WC und eine Dusche. Das Bett war nicht bezogen, der Boiler nicht angeschaltet. Im ganzen Haus herrschte eisige Kälte. Es war definitiv nicht bewohnt.

»Wir sind umsonst hergefahren«, sagte Ben matt.

»Immerhin wissen wir jetzt, dass sie nicht hier ist.«

»Tja.« Ben stocherte mit der Spitze seines Stiefels in der nassen Asche herum. »Ich hoffe, es geht ihr gut.«

»Ich lade Sie zum Frühstück ein«, wechselte ich das Thema. »Bestimmt finden wir irgendwo am Meer ein Café, wo wir etwas Warmes bekommen. Sie müssen sich ein bisschen ausruhen und etwas Anständiges essen, bevor Sie sich wieder ans Steuer setzen.«

Da es in Castleton nur ein Postamt und einen Pub gab, fuhren wir in den nächsten größeren Ort. Dort fanden wir ein kleines Café, das in den Sommermonaten vermutlich von Touristen überquoll, jetzt aber leer war. Immerhin hatten sie geöffnet und boten englisches Frühstück an. Ich bestellte für uns beide das »Spezial« – Würstchen, Eier, Speck, Pilze, gegrillte Tomaten und Toast – und eine große Kanne Kaffee.

Das fettige, vertraute Essen tat gut. Wir ließen es uns schweigend schmecken.

»Wenn Sie es rechtzeitig zu Ihrer Besprechung schaffen wollen, sollten wir langsam aufbrechen«, sagte ich, nachdem ich den letzten Bissen hinuntergeschluckt hatte.

Während der Rückfahrt sprachen wir nicht viel. Auf der Straße war jetzt mehr Verkehr, und je näher wir London kamen, desto dichter drängten sich die Autos, bis es schließlich nur noch stockend voranging. Ben blickte immer wieder besorgt auf die Uhr.

»Sie können mich an einer U-Bahn-Station rauslassen«, sagte ich, aber er bestand darauf, mich bis zur Wohnung zu chauffieren, und stieg sogar noch aus, um mich zur Tür zu begleiten.

»Auf Wiedersehen«, sagte ich verlegen. Unsere lange gemeinsame Fahrt erschien mir bereits unwirklich. »Sie halten mich auf dem Laufenden, ja?«

»Natürlich.« Er wirkte müde und niedergeschlagen. »Ich werde mit Jos Eltern reden, sobald sie aus dem Urlaub zurück sind. Recht viel mehr kann ich bis dahin nicht tun, oder? Vielleicht ist sie ja bei ihnen.«

»Ich hoffe, Ihre Besprechung läuft gut.«

Er blickte an sich hinunter und versuchte zu lächeln. »Ich sehe heute nicht gerade wie ein Geschäftsmann aus, hm? Na ja, was soll's!« Er zögerte einen Moment, als wollte er noch etwas sagen, überlegte es sich dann aber anders, drehte sich um und kehrte zu seinem Wagen zurück.

16

Den Rest des Tages wusste ich nicht so recht, was ich mit mir anfangen sollte. All meine Pläne waren im Sande verlaufen, und es schien keine weiteren Spuren zu geben, denen ich hätte folgen können. Ich nahm ein Bad, wusch mir die Haare, widmete mich meiner Wäsche. Ich hörte mir alle Nachrichten auf dem Anrufbeantworter noch einmal an. Es war nur eine einzige hinzugekommen. Dann klappte ich meinen Laptop auf und sah nach, ob ich neue E-Mails erhalten hatte. Ebenfalls nur eine. Jemand warnte mich vor einem Computervirus.

Ich wanderte im Wohnzimmer herum, sah mir ein weiteres Mal die Listen an, die ich an die Wand geheftet hatte, und versuchte mich auf das zu konzentrieren, was ich mit Sicherheit wusste: Ich war entweder schon am Donnerstagabend entführt worden oder aber am Freitag, Samstag oder Sonntag. Mein Mobiltelefon befand sich im Besitz eines Mannes. Ich hatte mit jemandem Sex gehabt. Schließlich fasste ich einen Entschluss: Von nun an würde ich jedes Mal abheben, wenn Jos Telefon klingelte. Ich würde all ihre Briefe öffnen. Außerdem konnte ich versuchen, mich mit ihren Freunden in Verbindung zu setzen.

Ich begann mit der Post, holte mir die Briefe, die ich auf dem Kaminsims deponiert hate, und schlitzte sie auf. Freunde von Jo fragten an, ob sie Lust habe, sich mit ihnen ein Ferienhaus in Spanien zu teilen. Ein Verlag unterbreitete ihr das Angebot, bei der Überarbeitung eines Schulbuchs mitzuwirken. Der nächste Brief enthielt eine Einladung zu einem Klassentreffen. Eine Freundin, die Jo seit Jahren nicht mehr gesehen hatte, wollte den Kontakt auffrischen. Eine andere Freundin schickte ihr einen Zeitungsausschnitt über die Vor- und Nachteile von Antidepressiva. Ich schrieb mir ihren Namen und ihre Telefonnummer auf, ebenso die Nummer des Mannes, der einen

Kostenvoranschlag für einen neuen Boiler geschickt hatte. Dann warf ich einen Blick auf die Postkarten, doch es handelte sich bloß um rasch hingekritzelte Urlaubsgrüße oder Dankesworte für irgendwelche Gefälligkeiten.

Anschließend ging ich noch einmal sämtliche Nachrichten durch, die auf dem Anrufbeantworter gespeichert waren. Mit Jos Lektorin hatte ich bereits gesprochen. Von den übrigen Anrufern hatten nur wenige ihren Nachnamen oder ihre Nummer hinterlassen. Ich rief eine Frau namens Iris an, die sich als Jos Cousine entpuppte, und führte mit ihr ein ziemlich chaotisches Gespräch über Daten. Sie hatte Jo vor sechs Monaten das letzte Mal gesehen. Dann rief ich die Frau an, die den Ausschnitt über Antidepressiva geschickt hatte. Ihr Name war Lucy, sie kannte Jo schon seit Jahren, hatte alle ihre Höhen und Tiefen mitbekommen. Die beiden hatten sich an Silvester gesehen, und Lucy berichtete, Jo sei ihr ein wenig stiller erschienen als sonst. Zugleich aber habe sie den Eindruck gehabt, sie habe ihr Leben ein wenig besser im Griff. Nein, seitdem habe sie nichts mehr von ihr gehört, und sie könne auch nicht sagen, wie ihre weiteren Pläne ausgesehen hätten. Da Lucy allmählich besorgt klang, erklärte ich, es sei wahrscheinlich alles in Ordnung und sie solle sich keine Sorgen machen. Anschließend versuchte ich, den Klempner zu erreichen, aber er war nicht da. Ich hinterließ eine Nachricht auf seinem Band.

Danach nahm ich mir Jos Computer vor, der in einer Ecke des Raums auf ihrem Schreibtisch stand. Nachdem ich ihre Dateien durchgesehen hatte, überlegte ich, ob ich ihre Lektorin anrufen und sie darüber informieren sollte, dass das Projekt, an dem Jo gearbeitet hatte, allem Anschein nach fertig in ihrem Computer gespeichert sei. Ich klickte ihre Mailbox an und ging die neueren E-Mails durch. Ich überlegte, ob ich mit einer Standardnachricht bei allen Leuten in ihrer Adressliste anfragen sollte, ob sie etwas von ihr gehört hätten, beschloss aber, damit noch ein, zwei Tage zu warten.

Ben hatte gesagt, Jo sei ein sehr zurückhaltender Mensch, in dessen Privatsphäre ich inzwischen jedoch ziemlich tief eingedrungen war. Ich hoffte, sie würde das verstehen. Er hatte auch gesagt, sie sei sehr ordentlich. Ich beschloss, vorsichtshalber gründlich sauber zu machen. Ich spülte das Geschirr ab, das wir am Vorabend benutzt hatten, schrubbte die Badewanne und räumte alles auf, was herumlag. Dann suchte ich nach dem Staubsauger und entdeckte ihn in dem hohen Schrank neben dem Bad, wo ich außerdem eine Katzentoilette und mehrere Dosen Katzenfutter sowie einen schwarzen Müllsack fand, der ihre Skisachen enthielt. Nachdem ich erst mein Zimmer und dann ihres gesaugt hatte, war die Waschmaschine fertig, und ich verteilte die nassen Kleidungsstücke über sämtliche Heizkörper. Anschließend machte ich mir eine weitere Tasse Kaffee, obwohl ich von dem vielen Koffein schon leicht zappelig und in überdrehter Stimmung war. Ich legte eine CD auf und ließ mich auf dem Sofa nieder, fühlte mich aber ruhelos. Als ich unten jemanden eine Tür schließen hörte, kam mir der Gedanke, dass ich das Naheliegendste noch nicht getan hatte: Jos Nachbarn zu fragen, wann sie sie das letzte Mal gesehen hatten.

Ich verließ die Wohnung und umrundete das Haus bis zum Eingang der Parterrewohnung. Ich klingelte. Nach wenigen Augenblicken öffnete sich die Tür einen Spalt breit, und ein Auge spähte zu mir heraus.

»Hallo, ich bin Jos … Jos Mitbewohnerin, und ich …«

Die Tür schwang ganz auf.

»Ich weiß, wer Sie sind, meine Liebe. Jo hat uns vorgestellt, erinnern Sie sich nicht? Peter. Sie haben gesagt, Sie würden mich mal besuchen, haben es aber nie getan.«

Er war ein sehr kleiner alter Mann, viel kleiner als ich, so dass ich mich fragte, ob er mit den Jahren geschrumpft war oder immer schon die Körpergröße eines vorpubertären Schuljungen hatte. Er trug einen gelben Pulli, der sich an einem Ärmel aufzutrennen begann, einen karierten Schal und Hausschuhe. Er hatte noch einen kleinen Rest grauer Haare auf dem Kopf und ein sehr knittriges, zerfurchtes Gesicht. »Kommen Sie«, sagte er. Ich zögerte. »Kommen Sie schon, stehen Sie nicht so ungemütlich vor der Tür. Herein mit Ihnen! Ich mache uns eine Tasse Tee. Nehmen Sie Platz, Gleich dort. Lassen Sie sich von der Katze nicht stören. Nehmen Sie Platz, und machen Sie es sich gemütlich. Bestimmt möchten Sie auch ein paar Kekse, nicht wahr? Zucker? Nehmen Sie Zucker? Sie waren die letzten Tage ziemlich viel unterwegs, nicht wahr? Ich habe Sie kommen und gehen sehen. Ich habe so viel Zeit, dass mir solche Dinge auffallen.«

Im Raum war es extrem warm, und es herrschte eine penible Ordnung. Die Wände waren von Bücherregalen gesäumt. Er besaß die gesammelten Werke von Charles Dickens in einer sehr edel wirkenden, gebundenen Ausgabe. Ich ließ mich auf seinem weichen Ledersofa nieder und nahm den Tee entgegen, den er mir reichte. Die Katze zuckte im Schlaf zusammen. Sie sah wie der fette Tiger aus, den ich durch mein Fenster gesehen hatte. »Danke, Peter. Wunderbar. Frischen Sie mein Gedächtnis auf – wann genau haben wir uns kennen gelernt?«

»Am Mittwoch«, antwortete er wie aus der Pistole geschossen. »An dem Tag, an dem Sie hier eingetroffen sind. Ich war zufällig draußen auf dem Gehsteig, ein wenig Luft schnappen, als Sie gerade Ihre Sachen reintrugen und Jo uns vorstellte. Ich habe Sie eingeladen, mich doch zu besuchen, falls Ihnen langweilig sein sollte, aber Sie sind nie gekommen. Natürlich hatten Sie dann auch keine Gelegenheit mehr dazu, weil Sie ja weggefahren sind.«

»Wann war das? Wann bin ich weggefahren?«

»Sie haben wohl Ihr Gedächtnis verloren, was?« Er lachte fröhlich. »Ich habe Sie beide schon eine Weile nicht mehr gesehen. Waren Sie zusammen im Urlaub?«

»Nicht direkt.«

»Ist Jo auch wieder da? Ein nettes Mädchen, diese Jo. Immer

hilfsbereit. Sie hat mich einmal ins Krankenhaus gefahren, nachdem ich in der Wohnung gestürzt war und mir das Bein gebrochen hatte. Sie hat mich sogar besucht. Niemand sonst ist gekommen, aber sie hat mich besucht und mir Blumen mitgebracht.«

»Sie ist noch nicht zurück«, antwortete ich vage.

»Ich bin schon sechsundachtzig«, erklärte er. »Finden Sie, dass man mir das ansieht?«

»Nein«, log ich.

»Meine Mutter ist fünfundneunzig geworden. Fünfundneunzig, und dann, eines Tages, peng und vorbei. Sie fehlt mir immer noch. Ich bin ein alter Mann und denke jeden Tag an meine Mum. Ich habe noch ihre Haarbürsten, müssen Sie wissen, schöne silberne Haarbürsten mit Elfenbeinrücken und echten Pferdehaaren. Das kriegt man heute gar nicht mehr. Und ihren Serviettenring, auch aus Silber, mit ihrem Namen auf der Innenseite. Sehr hübsch.«

»Der Tee war jetzt genau das Richtige für mich. Vielen Dank.«

»Sie wollen schon gehen? Ohne Keks?«

»Ich komme bald wieder.«

»Ich bin fast immer zu Hause.«

Ich schlief sehr tief und träumte von einem Feueralarm. Ich konnte nicht sehen, wo das Feuer ausgebrochen war, und wusste auch nicht, in welche Richtung ich fliehen sollte. Diese Unwissenheit lähmte mich. Hätte ich gewusst, wo sich der Notausgang befand, hätte ich darauf zusteuern können. Hätte ich gewusst, wo das Feuer loderte, hätte ich in die andere Richtung laufen können. Als die Feuersirene erneut einsetzte, wachte ich auf. Benommen realisierte ich, dass die Türklingel schellte. Ich griff nach meinem Bademantel. Meine Augen waren schwer. Die Lider fühlten sich zusammengeklebt an. Bei einem Auge zog ich sie mit den Fingern auseinander, als wollte ich eine Traube schälen, musste mir den Weg zur Tür aber trotzdem ertasten. Dennoch stellte ich sogar in diesem schlafwandlerischen Zustand noch sicher, dass die Kette vorgelegt war. Als ich die Tür einen Spalt weit öffnete, spähte das Gesicht eines jungen Polizeibeamten zu mir herein.

»Miss Devereaux?«, fragte er.

»Wie spät ist es?«

Er warf einen Blick auf seine Uhr.

»Drei Uhr fünfundvierzig«, antwortete er.

»In der Nacht?«

Er wandte sich um. Draußen war es grau und bewölkt, aber ganz offensichtlich Tag. Allmählich bekam ich wieder einen klaren Kopf.

»Es geht um den Wagen, nicht wahr?«, sagte ich. »Ich wollte ihn eigentlich längst abholen. Erst war es der Strafzettel, dann die Autokralle. Ich wollte mich schon die ganze Zeit darum kümmern, hatte aber so viel anderes zu tun. Die Einzelheiten erspare ich Ihnen besser, Sie wollen sie bestimmt nicht hören.«

Er starrte mich verständnislos an.

»Ich bin nicht wegen eines Wagens hier«, erklärte er. »Dürfen wir reinkommen?«

»Vorher würde ich gern Ihren Dienstausweis sehen.«

Seufzend reichte er mir ein dünnes Ledermäppchen. Als ob ich einen echten Dienstausweis von einem falschen unterscheiden könnte.

»Die kann man wahrscheinlich im Internet bestellen«, sagte ich.

»Ich gebe Ihnen eine Telefonnummer, die Sie anrufen können, wenn Sie noch immer Bedenken haben.«

»Ja, und da nimmt dann ein Freund von Ihnen ab, der schon auf meinen Anruf wartet.«

»Hören Sie, Miss Devereaux, DI Cross schickt mich. Er möchte mit Ihnen reden. Wenn das für Sie ein Problem darstellt, würde ich Sie bitten, das mit ihm selbst zu klären.«

Ich entriegelte die Tür. Sie waren zu zweit. Umständlich reinigten sie auf der Türmatte ihre Schuhe und nahmen ihre Dienstmützen ab.

»Wenn Cross mit mir reden möchte, warum ist er dann nicht selbst gekommen?«

»Wir sollen Sie mitnehmen.«

Ich stand schon im Begriff, eine wütende Bemerkung zu machen, empfand jedoch gleichzeitig Erleichterung. Endlich wandte sich Cross von sich aus an mich. Ich war nicht mehr diejenige, die ihm Unannehmlichkeiten bereitete. Fünf Minuten später saß ich in einem Polizeiwagen, der in Richtung Süden brauste. Als wir an einer Ampel anhalten mussten, bemerkte ich, wie ein paar Leute zu mir hereinstarrten. Ich sah ihnen an, was sie dachten: Wer war diese Frau, die dort auf dem Rücksitz saß? War sie eine Verbrecherin oder eine Polizistin? Ich versuchte, eher wie eine Polizistin auszusehen. Als wir den Fluss überquerten, warf ich einen Blick aus dem Fenster und runzelte die Stirn.

»Das ist die falsche Richtung«, sagte ich.

»DI Cross ist auf dem Revier Castle Road.«

»Warum?«

Ich bekam keine Antwort.

Castle Road war ein brandneues Polizeirevier mit viel Glas und farbigem Stahlrohr. Wir parkten an der Rückseite des Gebäudes, wo mich die beiden Beamten rasch durch eine kleine Tür und eine Treppe hinaufführten. In dem Büro, in dem Cross mich erwartete, saß noch ein zweiter Detective, ein Mann mittleren Alters mit schütterem Haar, der mir die Hand hinstreckte und sich als Jim Burrows vorstellte.

»Danke, dass Sie gekommen sind«, sagte Cross. »Wie geht es Ihnen?«

»Hat das alles mit Jo zu tun?«

»Was?«

»Ich bin ihretwegen nämlich nach Dorset gefahren. Sie war nicht in dem Cottage, in das sie sich normalerweise gern zurückzieht. Außerdem habe ich mit einem Mann gesprochen, der sie kennt und der weitere andere Bekannte von ihr angerufen hat, doch niemand weiß, wo sie ist.«

»Ach ja, richtig«, sagte Cross und warf einen leicht verlegenen Blick zu Burrows hinüber. Es war ein typischer Wissen-Sie-jetzt-was-ich-gemeint-habe-Blick. »Aber ich wollte Sie eigentlich etwas anderes fragen«, fuhr er fort. »Bitte setzen Sie sich.« Er deutete auf einen Stuhl vor dem Schreibtisch. »Kennen Sie eine Frau namens Sally Adamson?«

»Nein.«

»Sind Sie sicher?«

»Wer soll das sein?«

»Hatten Sie inzwischen Kontakt mit Terry Wilmott?«

Plötzlich lief eine Welle der Übelkeit durch meinen Körper, vom Scheitel bis hinunter zu den Zehenspitzen. Etwas Schlimmes war passiert.

»Ich war ein paarmal bei ihm, um meine Post abzuholen.« Mir kam ein Gedanke. »Sally. Ist das nicht seine Freundin?«

»Seine Freundin?«

»Ich weiß nicht genau, wie der Stand der Dinge zwischen den beiden ist. Auf jeden Fall bin ich ihr zweimal über den Weg gelaufen. Sie kam, als ich gerade am Gehen war. Ihren Nachnamen kenne ich nicht. Ich weiß auch nicht, ob sie wirklich zusammen sind, aber meiner Meinung nach gehört Terry zu der Sorte Mensch, der nicht in der Lage ist, ohne Beziehung zu leben. Ich meine, als wir beide uns kennen gelernt haben ...« Abrupt brach ich ab. »Ist etwas passiert?«

Die beiden Männer sahen sich an. Burrows stand auf und trat einen Schritt vor.

»Sie ist tot«, erklärte er. »Sally Adamson. Sie ist gestern Abend tot aufgefunden worden.«

Mein Blick wanderte von ihm zu Cross. Da mir ungefähr

fünfzig Fragen auf der Zunge brannten, stellte ich die dümmste zuerst.

»Tot?«

»So ist es«, antwortete Cross. »Und jetzt kommt der interessante Teil. Ihre Leiche wurde in der Westcott Street unter einer Hecke gefunden, im Vorgarten von Haus Nummer 54. Sie ist erwürgt worden. Eine natürliche Todesursache ist auszuschließen.«

Ich schauderte. Mir wurde kalt. »Terry wohnt in Nummer 62.«

»Ja«, antwortete Cross.

»Oh«, sagte ich. »O mein Gott!«

»Möchten Sie etwas trinken?«, fragte Cross. »Einen Kaffee?«

Ich schüttelte den Kopf. »Ein Alptraum«, murmelte ich. »Lieber Himmel! Die arme Sally! Aber weshalb brauchen Sie da *mich*?« Cross gab mir keine Antwort, sah mich unverwandt an. Es dauerte eine Weile, bis mein müdes Gehirn verstand.

»Nein«, sagte ich. »Nein, nein und noch mal nein! In der Gegend gibt es viel Kriminalität. Eine Frau, die nachts allein eine Wohnung verlässt. Bestimmt war es ein Raubüberfall.«

Cross ging zu einem Tisch in der Ecke. Er kehrte mit einer durchsichtigen Plastiktüte zurück.

»Sally Adamsons Geldbörse«, erklärte er. »Wir haben Sie in Miss Adamsons Umhängetasche gefunden, die neben der Leiche lag. Die Börse enthält fünfundvierzig Pfund in bar. Außerdem zwei Kreditkarten. Es ist offenbar nichts gestohlen worden.«

»Nein«, sagte ich mehr zu mir selbst als zu den beiden Beamten. »Nein. Das ergibt keinen Sinn. Weiß Terry schon davon?«

»Terence Wilmott befindet sich ein Stockwerk unter uns«, informierte mich Jim Burrow. »Meine Kollegen sprechen gerade mit ihm.«

»Was sagt er?«

»Nicht viel. Er ist in Begleitung seines Anwalts.«

»Sie glauben doch nicht allen Ernstes...? Sie können doch nicht...« Ich stützte den Kopf in die Hände, schloss die Augen. Vielleicht konnte ich einfach einschlafen, und wenn ich wieder aufwachte, würde sich alles verflüchtigt haben, so wie sich ein Traum oft in undeutliche Bilder auflöst, an die man sich kaum noch erinnern kann.

Burrows räusperte sich. Er nahm ein mit Schreibmaschine beschriebenes Blatt von seinem Schreibtisch und warf einen Blick darauf.

»Sie haben im November und Dezember letzten Jahres bei mindestens drei Gelegenheiten die Polizei angerufen, weil Sie Probleme mit Ihrem Freund hatten.«

»Das ist richtig«, antwortete ich. »Und die Polizei hat nicht das Geringste unternommen. Man hat mir nicht geglaubt.«

»Was hat er getan?«

»Das ist schnell erklärt. Terry hat depressive Phasen. Er wird wütend. Er betrinkt sich. Manchmal wird er dann auch handgreiflich.«

»Er hat Sie geschlagen?«

»Hören Sie, wenn Sie auch nur eine Sekunde annehmen, Terry könnte eine Frau umbringen...«

»Miss Devereaux, über Ihre Einschätzung der Sachlage können wir später sprechen. Zuerst beantworten Sie bitte unsere Fragen.«

Ich hoffte, durch die Art, wie ich meinen Mund zuklappte, meine ganze Verachtung zum Ausdruck zu bringen. »Wie Sie meinen«, sagte ich.

»Er hat Sie geschlagen?«

»Ja, aber...«

»Mit der flachen Hand?«

»Ja.«

»Hat er sie auch mit der geschlossenen Hand geschlagen?«

»Sie meinen, mit der Faust? Ein- oder zweimal.«

»Heißt das, dass er nur ein- oder zweimal zugeschlagen hat oder dass es ein- oder zweimal vorgekommen ist, dass er mit den Fäusten auf Sie losgegangen ist?«

Ich holte tief Luft. »Letzteres. Es ist zweimal passiert.«

»Hat er jemals irgendeine Art von Waffe benutzt?«

Ich warf mit einer wilden Geste die Arme hoch. »Das ist so alles nicht richtig«, erklärte ich. »Diese Ja- und Nein-Fragen treffen es nicht. Es war viel komplizierter.«

Burrow rückte noch näher an mich heran, wiederholte seine Frage in leisem Ton: »Hat er Sie je mit einer Waffe bedroht? Beispielsweise einem Messer?«

»Ich glaube schon.«

»Sie glauben?«

»Ja. Ich meine, ja, er hat es getan.«

»Hat er jemals seine Hände oder seinen Arm um Ihren Hals gelegt?«

Meine Reaktion auf diese Frage überraschte mich selbst. Ich begann hemmungslos zu weinen. Blind vor Tränen tastete ich nach einem Taschentuch, aber meine Hände schienen nicht richtig zu funktionieren. Dabei wusste ich nicht einmal, weshalb ich weinte. Ich wusste nicht, ob es wegen meiner gescheiterten Beziehung mit Terry war oder weil ich um mein Leben bangen musste. Und nun auch noch die Sache mit Sally. Sally, deren Nachnamen ich nicht gekannt hatte. Vergeblich versuchte ich, mir ihr Gesicht vorzustellen. Sie war eine Frau, der ich wahrscheinlich nichts Gutes gewünscht hätte, wenn ich überhaupt einen Gedanken an sie verschwendet hätte, und nun war ihr dieses Unglück zugestoßen. Machte mich das zu einem kleinen Grad mit verantwortlich?

Als ich mich von meinem Heulanfall einigermaßen erholt hatte, stellte ich fest, dass Cross mit zwei Pappbechern vor mir stand. Der erste, den er mir reichte, enthielt Wasser, das ich mit einem Zug austrank. In dem anderen Becher war heißer, starker Kaffee. Ich nahm vorsichtig einen Schluck.

»Ich möchte, dass Sie eine Aussage machen«, sagte er. »Falls Sie sich dazu in der Lage fühlen.« Ich nickte. »Gut. Wir holen eine Beamtin, die alles zu Protokoll nehmen wird, anschließend gehen wir das Ganze noch einmal durch.«

So kam es, dass ich die nächsten zweieinhalb Stunden einen Pappbecher Kaffee nach dem anderen trank und über all die Dinge in meiner Beziehung mit Terry sprach, die ich eigentlich hatte vergessen wollen. Es heißt ja, über schlimme Erfahrungen zu sprechen hätte eine therapeutische Wirkung. Bei mir war das Gegenteil der Fall. Obwohl es in meinem Leben ein paar Menschen gab, mit denen ich sehr gut befreundet war, hatte ich mit ihnen nie über Terry gesprochen, zumindest nicht über die ganz schlimmen Sachen. Ich hatte diese Dinge nie zur Sprache gebracht, nie beim Namen genannt. Als ich sie nun in Jim Burrows Büro laut aussprach, erwachten sie zu neuem Leben und machten mir Angst.

Viele Monate war ich einfach der Meinung gewesen, in einer etwas problematischen Beziehung zu leben, in der die Dinge bisweilen außer Kontrolle gerieten, weil wir Kommunikationsprobleme hatten. Als ich nun alles in Worte fasste, hörte sich das ganz anders an. Die Frau, die meine Aussage mitschrieb, war eine junge uniformierte Beamtin. Als ich den Abend beschrieb, an dem Terry sturzbetrunken nach einem Küchenmesser griff, damit vor mir herumfuchtelte und es mir an den Hals drückte, hörte sie zu tippen auf und starrte mich mit weit aufgerissenen Augen an. Ich erklärte, dass er das nicht ernst gemeint habe. Dass er mir niemals Schaden zugefügt hätte. WPC Hawkins, Burrow und Cross sahen mich an und wechselten viel sagende Blicke. Alle drei verzichteten darauf, laut auszusprechen, was auf der Hand lag – dass er mir sehr wohl Schaden zugefügt hatte und wem ich eigentlich etwas vormachen wollte. Allmählich begann ich mich selbst zu fragen: Hatte ich ein Problem? War ich das geborene Opfer? Während ich die Geschichte erzählte, begann ich mir ernstlich

Sorgen um diese Frau zu machen, die sich das so lange hatte gefallen lassen. Und ich dachte über die Frau nach, an die ich mich nicht erinnern konnte, die Frau, die gesagt hatte, nun sei das Maß endgültig voll, und zur Tür hinausmarschiert war.

Ich versuchte, mir Sally Adamson vorzustellen, die Frau, die zu mir gesagt hatte, wir seien uns überhaupt nicht ähnlich, und die man nun starr und kalt in einem winterlichen Vorgarten gefunden hatte. Plötzlich musste ich daran denken, dass sie vielleicht noch Terrys Sperma in sich getragen hatte, während sie dort tot unter der Hecke lag. Dieser Gedanke trieb mir die Schamesröte ins Gesicht, und ich befürchtete, meine glühenden Wangen könnten Cross verraten, was mir gerade Schreckliches durch den Kopf gegangen war. Schnell fragte ich, wer sie gefunden habe. Es war der Postbote gewesen. Ich stellte mir vor, wie sie von einem Fremden gefunden wurde, während die Menschen, die sie kannten und liebten, von ihrem Tod noch keine Ahnung hatten. Und ich begann mich zu fragen, ob Terry das tatsächlich getan haben konnte. Falls ja – falls er es wirklich getan hatte, was bedeutete das dann für mich und meine Geschichte? Niemand hatte mir geglaubt, doch bis jetzt hatte ich wenigstens mir selbst geglaubt. Das war das Einzige, was mich bisher davon abgehalten hatte, wahnsinnig zu werden.

17

Nachdem ich meine Aussage beendet hatte, fühlte ich mich völlig ausgebrannt. Die Geschichte entsprach in allen Punkten der Wahrheit, aber ich hatte dennoch das unbestimmte Gefühl, dass es sich nicht um die Geschichte handelte, die ich eigentlich hatte erzählen wollen. Mir war, als müsste ich noch etwas Wichtiges hinzufügen, konnte aber vor Erschöpfung keinen klaren Gedanken mehr fassen. Cross sah das Protokoll mit kritischem Blick durch, nickte hin und wieder. Er kam mir vor wie ein Lehrer beim Korrigieren einer eher mangelhaften Hausaufgabe. Nachdem ich die Aussage dreimal unterschrieben hatte, trug WPC Hawkins den kleinen Stapel Blätter fort. Ich überlegte, was ich jetzt tun sollte, als Cross mir anbot, mich nach Hause zu fahren. Ich protestierte, doch er behauptete, ohnehin in meine Richtung zu müssen. Mir fehlte die Energie für weiteren Widerspruch.

Der erste Teil der Fahrt führte uns durch stark befahrene Straßen, die mir nicht bekannt vorkamen. Ich starrte vor mich hin und versuchte, an nichts zu denken. Ein aussichtsloses Unterfangen. Natürlich begann ich, in Gedanken alles noch einmal zu rekapitulieren, und nach kurzer Zeit konnte ich die Augen nicht mehr davor verschließen.

»Anhalten«, sagte ich.

»Was ist los?«, fragte Cross.

»Ich glaube, ich muss mich übergeben.«

»Um Himmels willen!« Er blickte sich verzweifelt um. »Hier ist überall Halteverbot, aber ich finde bestimmt gleich eine Stelle, wo ich anhalten kann.«

»Sie sind doch Polizist!«

»Moment, Moment noch! Wenn es gar nicht mehr geht, dann bitte aus dem Fenster!«

Er bog von der Hauptstraße in eine Seitenstraße ein und hielt am Randstein an. Ich riss die Tür auf und rannte hinaus. Vor mir ragte eine hohe Ziegelmauer auf, wahrscheinlich die Seite einer Fabrik oder Lagerhalle. Ich legte die Hände auf die raue Oberfläche, die sich wundervoll kalt anfühlte, und lehnte den Kopf dagegen. Plötzlich spürte ich eine Hand auf meinem Rücken.

»Geht es wieder?«

Eine warme, säuerliche Flüssigkeit stieg in meinem Hals hoch, aber ich schluckte sie hinunter und holte mehrmals tief Luft.

»Sie haben einen schweren Tag hinter sich«, meinte Cross.

»Nein, nein«, widersprach ich. »Ich meine, ja, aber das ist nicht der Grund.«

»Wie meinen Sie das?«

Ich ging ein paar Schritte und versuchte mich zu wärmen, indem ich die Arme um mich schlang. Es war Abend geworden, und mein Atem bildete vor meinem Gesicht eine weiße Wolke. Wir befanden uns am Rand eines Industriegebiets. Hinter Stacheldraht ragten hohe Gebäude auf, die trotz ihrer modernen Bauweise ein wenig verrußt wirkten. *Frazer Glass and Glazing Co. Leather Industries Centre. Tippin Memorial Masons.*

»Sie liegen völlig falsch«, sagte ich.

»Steigen Sie wieder ein.«

»Warten Sie einen Moment«, versuchte ich ihn zurückzuhalten. »Sie wissen, dass ich im Moment keine besonders herzlichen Gefühle für Terry hege.«

»Das kann ich mir vorstellen.«

»Er ist ein Mann mit ernsthaften Problemen, und wahrscheinlich braucht er jede Hilfe, die er bekommen kann, aber diesen Mord hat er nicht begangen.«

»Miss Devereaux, Abbie, steigen Sie wieder ein. Ich erfriere hier draußen.«

»Werden Sie mir im Auto ein paar Fragen beantworten?«

»Was Sie wollen. Hauptsache, ich muss nicht mehr in dieser Kälte herumstehen.«

Wir saßen eine Weile schweigend im Wagen.

»Halte ich Sie von etwas ab?« fragte ich.

»Nicht direkt«, antwortete er.

»Mir gehen ständig diese Fragen durch den Kopf, ich kann nichts dagegen tun. Ich weiß, dass Sie der Experte sind, aber trotzdem ergibt das Ganze für mich keinen Sinn. Zum einen ist Terry einfach kein Mörder. Und selbst wenn er es wäre, würde er sich meiner Meinung nach keine Frau aussuchen, mit der er gerade eine Beziehung angefangen hat. Und wenn er trotz allem beschlossen hätte, sie umzubringen, dann wäre es entweder in seiner oder ihrer Wohnung passiert. In diesem Fall hätte er die Leiche bestimmt nicht drei Häuser weiter abgelegt. Da hätte er sich die Mühe, sie zu verstecken, gleich sparen können!«

Die erste Reaktion von Jack Cross, sofern man das überhaupt eine Reaktion nennen konnte, bestand darin, den Wagen zu starten und loszufahren.

»Ich glaube, ich schaffe das auch, während ich fahre«, erklärte er. »Als Erstes sollte ich vielleicht mal klarstellen, das Terence Wilmott noch nicht angeklagt worden ist, den Mord an Sally Adamson begangen zu haben. Trotzdem ist er ein naheliegender Verdächtiger, und ich fürchte, in den meisten Fällen entpuppen sich die naheliegendsten Verdächtigen tatsächlich als Täter. Ich habe Ihre Argumente zur Kenntnis genommen...«

»Was im Klartext bedeutet, dass Sie sie ignorieren werden«, unterbrach ich ihn.

»Aber Fakt ist auch, dass die meisten Mordopfer nicht von Fremden umgebracht werden, die sie in einer dunklen Seitenstraße überfallen, sondern von Menschen, die sie kennen. Frauen sind am meisten durch ihre Sexualpartner gefährdet. Die Tatsache, dass Terry gegenüber einer anderen Partnerin – nämlich Ihnen – schon mehrfach Gewalt angewendet hat, stellt weiteres Beweismaterial dar. Sehr belastendes Beweismaterial, würde ich sagen. Was die Frage betrifft, wo er es getan hat oder warum und wo er sich der Leiche entledigt hat – falls er das getan hat – dazu kann ich nur sagen, dass es da keine Regeln gibt. Manche Menschen planen einen Mord langfristig, andere handeln völlig spontan. Manche Täter verzichten darauf, die Leiche zu verstecken, andere verstecken sie so gut, dass sie niemals gefunden wird, wieder andere verstecken sie mehr oder weniger schlecht. Vielleicht hat er sie umgebracht und ihre Leiche dann an der Straße abgeladen, um es so aussehen zu lassen, als wäre sie beim Verlassen der Wohnung einem Raubüberfall zum Opfer gefallen.«

»Wenn das seine Absicht war, wieso hat er dann ihre Geldbörse bei ihr gelassen? Außerdem wäre es ein viel zu großes Risiko gewesen, die Leiche die Straße entlangzuzerren.«

»Haben Sie je einen Mord begangen, Abbie?«

»Nein. Sie?«

»Nein.« Er zwang sich zu einem Lächeln. »Aber ich habe mit Menschen zu tun, die einen begangen haben. Stellen Sie sich den schlimmsten Stress vor, den Sie je erlebt haben, und multiplizieren Sie ihn mit hundert. Sie können nicht mehr richtig atmen, Sie können nicht mehr richtig denken. In dieser Situation machen Menschen die seltsamsten Dinge. Sie begehen die verrücktesten Fehler.«

»Es gibt noch eine Möglichkeit.«

»Es gibt noch viele Möglichkeiten.«

»Nein. So ist es wirklich passiert.«

»Nämlich?«, fragte er in übertrieben geduldigem Ton.

Es fiel mir schwer, es laut auszusprechen. Ich musste mich dazu zwingen.

»Sie wissen, dass ich mein Aussehen stark verändert habe, seit all das passiert ist.«

»Ja, das ist mir aufgefallen.«

»Seit Sie mich einfach meinem Schicksal überlassen haben, ohne auch nur ansatzweise für meinen Schutz zu sorgen, habe ich aufwändige Vorkehrungen getroffen, um mögliche Verfolger abzuschütteln. Kaum jemand weiß, wo ich mich aufhalte. Und so ziemlich das Einzige, was dieser Mann – der Mann, der mich entführt hat – von mir weiß, ist meine alte Adresse und wo ich gearbeitet habe. Ich habe über diese Dinge mit ihm gesprochen. Daran erinnere ich mich.«

»Ja?«

»Ist Ihnen aufgefallen, dass wenn nach der Trennung eines Paars einer von beiden gleich wieder mit jemand anderem zusammenkommt, der neue Partner oft wie ein Klon des alten aussieht?«

»Nein, darauf habe ich noch nie geachtet.«

»Ist aber so. Es ist mir sofort aufgefallen, als ich Sally in die Arme gelaufen bin. Fragen Sie Terry. Bei meinem ersten Zusammentreffen mit ihr habe ich die beiden sogar darauf aufmerksam gemacht.«

»Sehr taktvoll.«

»Sie war nicht meiner Meinung. Na ja, wäre wohl auch ein bisschen viel verlangt gewesen. Außerdem hätte sie die Ähnlichkeit ohnehin nicht mehr feststellen können. Zu dem Zeitpunkt hatte ich mein Äußeres so weit verändert, dass wir völlig unterschiedlich aussahen. Worauf ich hinaus will, ist, dass der Mann, der mich entführt hat, genau gewusst hat, dass ich wieder da draußen herumlaufe. Er ist zwar bis jetzt nicht verhaftet worden, doch er kann trotzdem nicht sicher sein, wie viel ich über ihn weiß. Ich stelle ein Risiko für ihn dar. Wenn er mich töten könnte, wäre er sicherer. Eine der wenigen Möglichkeiten, mich zu finden, war, sich in der Nähe von Terrys Wohnung aufzuhalten. Falls er gesehen hat, wie Sally mitten in der Nacht aus der Wohnung kam, hat er sicher geglaubt, ich sei es.«

»Sprechen Sie weiter.«

»Er hat sie erwürgt, weil er sie mit mir verwechselt hat. Er war der Meinung, dass es sich um meinen Hals handelte. Das ist die einzige Erklärung, die einen Sinn ergibt.«

Ich sah zu Cross hinüber. Er gab mir keine Antwort. Plötzlich schien er sich ganz auf den Verkehr zu konzentrieren. Mir kam ein weiterer Gedanke.

»Er glaubt, dass er mich umgebracht hat.«

»Was?«

»Dieser Mann. Er glaubt, dass ich tot bin. Er wähnt sich in Sicherheit. Wahrscheinlich ist ihm sein Irrtum noch nicht klar geworden. Wenn Sie die Bekanntgabe des Mordes ein wenig hinauszögern oder die Identität des Opfers noch eine Weile geheim halten könnten, gäbe mir das ein paar Tage Zeit, etwas zu unternehmen.«

»Eine sehr gute Idee«, entgegnete Cross. »Ihr Plan hat nur einen Haken.«

»Und der wäre?«

»Dass wir in der Realität leben. Wir sind leider mit ein paar lästigen Vorschriften geschlagen. Wenn jemand ermordet wird, ist eigentlich nicht vorgesehen, dass wir diese Tat geheim halten. Wir müssen die Angehörigen informieren. Und es wird von uns erwartet, dass wir herausfinden, wer es war.«

Wir schwiegen beide ein paar Minuten, bis der Wagen schließlich vor Jos Wohnung hielt.

»Wissen Sie, was wirklich lustig ist?«, fragte ich.

»Nein.«

»Sie glauben mir nicht. Sie halten mich für eine Phantastin, vielleicht sogar für eine chronische Lügnerin. Sie sind recht nett zu mir, und ich weiß, dass es Ihnen ein wenig schwerer gefallen ist als den anderen, mich einfach meinem Schicksal zu überlassen, trotzdem ist das der Stand der Dinge. Hätten Sie aber statt Sally mich in diesem Vorgarten gefunden, dann würden Sie jetzt mit Sicherheit Terry für den Täter halten, und dieser Mann wäre ungeschoren davongekommen.«

Cross beugte sich zu mir herüber und legte eine Hand auf meinen Oberarm.

»Abbie, wie ich schon gesagt habe, werden wir in Ihrem Fall unverzüglich weiterermitteln, sobald uns neues Beweismaterial vorliegt. Das versteht sich von selbst. Und wenn Ihre Freundin …«

»Jo.«

»Wenn Jo in den nächsten Tagen nicht auftaucht, sollten Sie sich auf jeden Fall wieder bei mir melden. Was Ihre Aussage betrifft, tu ich sie keineswegs als Lügengeschichte ab. Wir haben Sie auch nicht einfach Ihrem Schicksal überlassen, wie Sie es ausdrücken, wir hatten lediglich keine Beweise – außer dass Sie Ihr Freund, Terry Wilmott, in der Vergangenheit ein paarmal verprügelt hatte und es kurz vor Ihrem Gedächtnisverlust ein weiteres Mal getan hat. Mehr Anhaltspunkte hatten wir nicht. Wenn wir letzte Nacht Ihre Leiche gefunden hätten – was Gott sei Dank nicht der Fall war –, dann wäre Terry vielleicht sogar der Täter gewesen. Ist Ihnen dieser Gedanke schon einmal durch den Kopf gegangen? Meiner Meinung nach können Sie froh sein, dass Sie ihn rechtzeitig losgeworden sind.«

»Aber was ist mit meinem Verschwinden? Wollen Sie das auch ihm in die Schuhe schieben? Er hat ein Alibi, oder haben Sie das vergessen?«

Cross' Miene verhärtete sich. »Er hat nur eine Geschichte, die zu stimmen scheint, das ist alles. Dieser ganze Fall bestand bisher nur aus Geschichten, einer Menge Geschichten. Jetzt aber haben wir es mit einer Frauenleiche zu tun, sie lag nur ein paar Meter von der Haustür des Mannes entfernt, der Sie mehrfach verprügelt hat.«

Ich stieg aus, beugte mich aber noch einmal zu ihm in den Wagen. Sein Gesicht war von den Straßenlampen schwach beleuchtet. »Morgen wird Sallys Name in der Zeitung stehen. Dann wird er es wissen und wieder hinter mir her sein, aber am Ende werden Sie erkennen, dass ich die Wahrheit gesagt habe. Ich habe eine Möglichkeit, es Ihnen zu beweisen.«

»Und die wäre?«

»Sie werden es wissen, wenn Sie meine Leiche finden. Ich werde erwürgt in irgendeinem Graben liegen, und Terry wird immer noch in Untersuchungshaft sitzen. Dann wird es Ihnen Leid tun.«

»Da haben Sie Recht.«

»Wie meinen Sie das?«

»Es würde mir Leid tun.«

Ich knallte die Tür so heftig zu, dass der ganze Wagen bebte.

18

Ich blickte zu Jos Fenster hinauf. Es brannte kein Licht, die Wohnung wirkte dunkel und verlassen. Während ich den Schlüssel ins Schloss schob, stellte ich mir vor, wie ich die ganze Nacht dort oben sitzen würde, Sallys Leiche vor Augen, darauf wartend, dass es endlich Morgen wurde. Vielleicht sollte ich besser wieder zu Sadie gehen oder zu Sam oder Sheila. Allein der Gedanke erfüllte mich mit Verzweiflung. Ich würde ihnen alles erzählen müssen, was sich inzwischen ereignet hatte, und das war einfach zu viel. Obwohl es nur ein paar Tage zurücklag, dass ich sie das letzte Mal gesehen hatte, schienen uns mittlerweile Welten voneinander zu trennen. Ich war aus ihrer Welt herausgefallen und eine Fremde geworden. Wer von ihnen sollte mich jetzt noch kennen?

Ich konnte aber auch nicht hier auf der Straße stehen bleiben, wo ich die perfekte Zielscheibe abgab. Rasch drehte ich den Schlüssel im Schloss und schob die Tür auf. Als mein Blick auf die Treppe fiel, die zu den dunklen Räumen hinaufführte, kroch eine unbestimmte Angst in mir hoch. Ich zog die Tür zu und lehnte mich einen Moment dagegen, versuchte, ruhig durchzuatmen. Ein Teil von mir wäre am liebsten an der Tür zu Boden geglitten und dort liegen geblieben wie ein verendendes Tier. Ich konnte mich zusammenrollen und die Arme um den Kopf schlingen. Dann würde jemand kommen und sich um alles kümmern. Man würde mich auf eine Trage heben und an einen warmen, sicheren Ort bringen, und ich müsste nicht mehr Tag für Tag so weitermachen.

Doch ich rollte mich nicht auf dem Boden zusammen, sondern ging auf die Hauptstraße zurück, wo ich ein Taxi herbeiwinkte und den Fahrer aufforderte, mich zum Belsize Park zu fahren. Obwohl ich die Hausnummer nicht wusste, war ich überzeugt, dass ich das Haus wiedererkennen würde, wenn ich erst einmal dort war. Wahrscheinlich würde er gar nicht zu Hause sein, und wenn doch, würde ich nicht wissen, was ich zu ihm sagen sollte.

Ich fand das Haus ohne Probleme, weil mir der davorstehende Baum bekannt vorkam und ich mich noch an das schmiedeeiserne Tor erinnern konnte. Sowohl im Erdgeschoss als auch im ersten Stock brannte Licht. Ich reichte dem Fahrer eine Zehn-Pfund-Note und ging atemlos und mit wackeligen Beinen auf das Haus zu. Wahrscheinlich hatte er gerade Gäste oder vergnügte sich im Bett. Ich betätigte den Türklopfer und trat einen Schritt zurück. Als ich ihn kommen hörte, entschlüpfte mir ein kleiner Seufzer.

»Abbie?«

»Haben Sie Besuch? Störe ich?«

Er schüttelte den Kopf.

»Entschuldigen Sie«, sagte ich. »Entschuldigen Sie, dass ich Sie so überfalle, aber ich wusste mir keinen Rat mehr. Sie sind der einzige Mensch, der über die ganze Sache Bescheid weiß. Sie müssen entschuldigen.«

»Was ist passiert?«

»Ich habe Angst.«

»Kommen Sie rein. Ihnen ist bestimmt kalt. Sie sehen richtig durchgefroren aus.« Er hielt mir die Tür auf, und ich betrat seine geräumige Diele.

»Sie müssen wirklich entschuldigen.«

»Nun hören Sie um Himmels willen auf, sich ständig zu entschuldigen. Kommen Sie in die Küche, da ist es schön warm. Moment, ich nehme Ihren Mantel.«

»Danke.«

Er führte mich in eine kleine Küche. Auf dem Fensterbrett standen Topfpflanzen, auf dem Tisch Narzissen. Es roch nach Kleber, Sägemehl und Lack.

»Hier, setzen Sie sich. Schieben Sie die Sachen einfach zur

Seite. Ich mache uns etwas zu trinken. Tee? Oder lieber eine heiße Schokolade?«

»Das wäre wundervoll.«

Er goss Milch in einen Topf und stellte ihn auf den Herd.

»Haben Sie Hunger? Wann haben Sie das letzte Mal etwas gegessen?«

»Heute Morgen, erinnern Sie sich?«

»War das erst heute Morgen? Mein Gott!«

»Haben Sie Ihre Besprechung gut hinter sich gebracht?«

»Zumindest habe ich sie hinter mich gebracht. Soll ich Ihnen etwas zu essen machen?«

»Nur eine heiße Schokolade. Das wäre sehr wohltuend.«

»Wohltuend«, wiederholte er mit einem Lächeln.

Er löffelte Schokogranulat in die kochende Milch und rührte um, bevor er sie in eine große grüne Tasse goss. »So, nun trinken Sie das, Abbie, und dann erzählen Sie mir, was passiert ist.«

»Sally ist tot«, platzte ich heraus.

»Sally? Wer ist Sally?«

»Terrys neue Freundin.« Ich rechnete damit, dass er fragen würde, wer Terry sei, doch er nickte nur stirnrunzelnd.

»Das tut mir Leid, aber haben Sie sie auch gekannt? War sie eine Freundin von Ihnen?«

»Ich kannte sie eigentlich gar nicht. Aber sie ist ermordet worden.«

»Ermordet? Jemand hat sie ermordet?«

»Ganz in der Nähe von Terrys Wohnung. Die Polizei ist davon überzeugt, dass Terry es war.«

»Verstehe«, sagte er langsam.

»Aber er war es nicht. Ich weiß, dass er es nicht wahr. Natürlich glaubt die Polizei wieder, dass ich in irgendeiner paranoiden Phantasiegeschichte gefangen bin. Für die ist das nur ein weiterer Beweis: Terry hat mich verprügelt, und ich habe aus einer tristen Misshandlungsgeschichte eine heroische Entführungsgeschichte gemacht. Dann führt er das Muster weiter und bringt seine nächste Freundin um.«

»Aber so war es nicht?«

»Nein. Terry könnte niemanden umbringen.«

»Viele Menschen, von denen man glaubt, sie könnten niemanden umbringen, bringen jemanden um.«

»Das sagt die Polizei auch. Aber ich kenne ihn. Hätte er sie tatsächlich umgebracht, dann wäre er hinterher vor lauter Schuldgefühlen zusammengebrochen und hätte die Polizei angerufen. Er hätte ihre Leiche ganz sicher nicht nach draußen getragen und ein paar Häuser weiter abgelegt. Selbst wenn er sie versteckt hätte, was er nicht getan hätte, weil er sie gar nicht hätte umbringen können, dann hätte er …«

»Ich bin nicht die Polizei.«

»Nein. Entschuldigen Sie. Es ist bloß … das alles. Ich muss ständig an den armen, dummen Terry denken. Und natürlich an Sally. Aber da ist noch etwas. Sally hat mir sehr ähnlich gesehen. Ich meine vorher, ehe ich mir meinen neuen Haarschnitt und all das andere zugelegt habe.« Ich sah, wie sich sein Gesichtsausdruck veränderte. »Ich werde einfach dieses schreckliche Gefühl nicht los, dass eigentlich ich das Opfer hätte sein sollen.«

»Oh«, sagte er. »Verstehe.«

»Er ist irgendwo da draußen und sucht nach mir. Er wird mich finden. Ich weiß es.«

»Und die Polizei nimmt Sie nicht ernst?«

»Nein. Ich kann es ihnen nicht einmal verdenken. Ich weiß nicht, ob ich mich an ihrer Stelle nicht genauso verhalten würde. Wäre ich nicht ich, würde ich mich wahrscheinlich auch nicht ernst nehmen. Wenn Sie verstehen, was ich meine.«

»Ich verstehe sehr gut, was Sie meinen.«

»Glauben Sie mir?«

»Ja«, antwortete er.

»Ich meine, ingesamt. Die ganze Geschichte.«

»Ja.«

»Wirklich? Sagen Sie das jetzt nicht bloß so?«

»Nein, ich sage das jetzt nicht bloß so.«

Ich sah ihn an. Er verzog keine Miene, wandte den Blick nicht ab. »Danke«, sagte ich. Dann griff ich nach meiner heißen Schokolade und trank sie aus. Plötzlich fühlte ich mich viel besser. »Darf ich kurz Ihr Bad benutzen? Dann gehe ich nach Hause. Ich hätte Sie nicht so überfallen dürfen, das war dumm von mir.«

»Einfach die Treppe rauf, Sie können es nicht verfehlen.«

Mit weichen Knien stieg ich die Treppe hoch. Im Bad wusch ich mir am Waschbecken mein fleckiges Gesicht. Ich sah wie ein ins Wasser gefallenes Schulmädchen aus. Als ich die Treppe wieder hinunterging, blickte ich mich um. Es war ein schönes Haus. Ich fragte mich, ob hier auch eine Frau lebte. An den Wänden hingen Bilder, und überall stapelten sich Bücher. In der Ecke, wo die Treppe einen Knick machte, stand eine große Pflanze. Wie vom Donner gerührt blieb ich stehen und betrachtete ihren alten knorrigen Stamm und ihre dunkelgrünen Blätter. Ich beugte mich hinunter und drückte einen Finger in die feuchte, moosige Erde. Dann ließ ich mich neben ihr nieder und stützte das Kinn in die Hände. Ich wusste nicht, ob ich weinen, kichern oder schreien sollte. Am Ende tat ich nichts davon, sondern stand einfach auf und ging ganz langsam die restlichen Stufen hinunter. Als ich zurück in die Küche kam, saß Ben noch immer am Tisch. Er tat nichts Bestimmtes, starrte einfach nur in die Luft. Auch er wirkte müde. Müde und ein bisschen niedergeschlagen vielleicht.

Wie in einem Traum – meinem Traum, dem Traum von einem Leben, das ich einmal gelebt hatte, an das ich mich aber nicht mehr erinnern konnte – ging ich um den Tisch herum und legte eine Hand an sein Gesicht. Ich sah, wie sein Gesichtsausdruck ein wenig von seiner Härte verlor. »War es so?«, fragte ich. Ich beugte mich über ihn und küsste ihn auf den Mundwinkel. Er schloss die Augen. Ich küsste seine Augenlider. Dann küsste ich ihn auf den Mund, bis er die Lippen öffnete. Er fühlte sich weich und neu an. »War es so?«

»Nein, so war es nicht.«

»Wie war es dann?«

»Du hast zu mir gesagt, du würdest dich so hässlich fühlen. Du hast über Terry gesprochen. Deswegen habe ich dich an die Hand genommen.« Er nahm meine Hand und führte mich in die Diele, wo ein großer Spiegel an der Wand hing. Er stellte mich davor, so dass ich mein Spiegelbild betrachten musste, die zerzauste, fleckige, blässliche, klapprige, ausgemergelte Abigail. Er stand hinter mir, und unsere Blicke begegneten sich im Spiegel. »Ich habe dich hier herübergeführt und zu dir gesagt, dass du einen Blick in den Spiegel werfen sollst. Ich habe dir gesagt, wie schön du bist.«

»Ich sehe aus, als hättest du mich auf der Müllkippe aufgelesen.«

»Sei still, Abbie. Jetzt rede ich. Du warst damals schön, und du bist es immer noch. Ich habe dir gesagt, wie wundervoll ich dich finde, und plötzlich konnte ich nicht anders. Ich musste dich einfach küssen, so wie jetzt, auf deinen zarten Hals. Und du hast den Kopf geneigt, ja, genau so.«

»Und dann?«, fragte ich. Ich hatte das Gefühl, gleich in Ohnmacht zu fallen.

»Ich habe dich geküsst, so, und mit den Händen über dein Gesicht und deinen Hals gestreichelt. Dann habe ich folgendermaßen weitergemacht.«

Er küsste meinen Hals, während er gleichzeitig meine Bluse aufknöpfte.

»Wirklich?«, murmelte ich, nicht gerade geistreich.

Er griff von hinten unter meine Bluse, öffnete meinen BH und zog ihn vorne hoch. Dann waren seine Hände auf meinen Brüsten. Seine weichen Lippen waren noch immer an meinem Hals, wo sie meine Haut mehr streichelten als küssten.

»So«, sagte er.

Ich wollte etwas sagen, brachte aber nichts heraus. Seine rechte Hand strich sanft über meinen Bauch, bewegte sich langsam nach unten. Geschickt öffnete er den Knopf meiner Hose und zog den Reißverschluss auf. Dann kniete er hinter mir nieder, ließ den Mund an meiner Wirbelsäule hinabgleiten. Seine Hände schoben sich unter meinen Hosenbund, und er zog die Hose samt Slip bis zu meinen Knöcheln hinunter. Er stand wieder auf, legte von hinten die Arme um mich.

»Sieh dich an«, sagte er, und ich betrachtete erst meinen Körper, dann ihn, dann wieder meinen Körper, mit seinen Augen. Und während ich so in den Spiegel sah, ging mir durch den Kopf, wie mein nackter Körper wohl beim letzten Mal ausgesehen hatte, vor… wie lange war das nun her? Zehn Tage? Als ich endlich wieder etwas herausbrachte, war meine Stimme heiser vor Erregung.

»Ich sehe völlig würdelos aus«, erklärte ich.

»Du siehst wundervoll aus.«

»Und ich kann nicht weglaufen.«

»Nein, du kannst nicht weglaufen.«

»Was habe ich als Nächstes gemacht?«

Er zeigte es mir. Ich musste auf höchst lächerliche Weise in sein Schlafzimmer hüpfen, wo ich mich aufs Bett fallen ließ, meine Schuhe in eine Ecke kickte und meine Kleider abschüttelte, die er mir im Grunde sowieso schon ausgezogen hatte. Nachdem er seinerseits langsam und bedächtig seine Sachen ausgezogen hatte, streckte er die Hand aus, holte aus einer Schublade ein Kondom heraus, riss das Päckchen mit den Zähnen auf. Ich half ihm, es überzustreifen.

»Davon weiß ich«, sagte ich. »Ich habe bei meinen Sachen die Pille danach gefunden.«

»O Gott!«, sagte er. »Das tut mir Leid. Wir hatten nicht genug Zeit.«

»Ich bin sicher, dass es auch meine Schuld war.«

»Allerdings«, antwortete er, inzwischen keuchend. »Das war es!«

Wir sahen uns an. Er streckte eine Hand aus und berührte mein Gesicht, meinen Hals, meine Brüste.

»Ich dachte, ich könnte dich nie wieder berühren«, sagte er.

»War es so?«

»Ja.«

»So?«

»Ja. Hör nicht auf.«

Wir hörten nicht auf. Wir sahen uns die ganze Zeit in die Augen, lächelten uns immer wieder an. Als er kam, schrie er auf. Ich zog ihn an mich und hielt ihn fest, küsste sein feuchtes Haar.

»Besser kann es nicht gewesen sein«, flüsterte ich.

Er drückte seine Lippen auf den Puls an meinem Hals und stöhnte etwas in meine Haut hinein.

»Was hast du gesagt?«

»Ich habe gesagt, dass nicht eine Stunde vergangen ist, in der ich dich nicht vermisst habe.«

»Vielleicht habe ich dich auch vermisst, wusste es aber nicht.«

»Was hat dich darauf gebracht?«

»Der Bonsai.« Ich löste mich von ihm und funkelte ihn an. »Warum zum Teufel hast du mir nichts gesagt?«

»Tut mir Leid, ich wusste einfach nicht, was ich tun sollte. Ich wollte, dass du von selbst etwas für mich empfindest, wollte dich nicht erst dazu auffordern müssen, etwas zu empfinden. Kannst du das verstehen?«

»Ich weiß nicht. Ein Teil von mir wäre jetzt gern wütend auf dich. So richtig wütend. Das ist kein Witz. Die ganze Zeit habe ich nach diesen verloren gegangenen Stückchen von mir gesucht, bin herumgestolpert wie eine verängstigte Blinde, und du hast das genau gewusst und hättest mir von Anfang an helfen können. Aber du hast es nicht getan. Du hast dich dazu entschieden, es lieber sein zu lassen. Du hast Dinge über mich gewusst, die ich selbst nicht wusste. Du weißt immer noch viel mehr über mich als ich selbst. Du kannst dich an die alte Abbie erinnern, die ich völlig vergessen habe. Du kennst dieses andere Ich, das ich verborgen halte. Du weißt, wie ich war, während ich keine Ahnung habe, wie du warst, wie wir beide waren. Was weißt du noch über mich? Woher soll ich wissen, dass du mir alles erzählt hast? Das kann ich nicht wissen. Du besitzt kleine Stücke meines Lebens. Das ist nicht richtig, oder?«

»Nein.«

»Ist das alles, was du dazu zu sagen hast?«

»Tut mir Leid. Ich wusste einfach nicht, was ich tun sollte«, antwortete er hilflos. »Ich wollte es dir sagen, aber was genau hätte ich sagen sollen?«

»Die Wahrheit«, antwortete ich. »Das wäre zumindest ein guter Ausgangspunkt gewesen.«

»Es tut mir Leid«, sagte er noch einmal.

Sanft streichelte ich seine Brust. Bevor ich entführt und in einen Keller gesperrt worden war, war ich glücklich gewesen. Das hatten alle gesagt. Ich war glücklich gewesen, weil ich einen Mann verlassen hatte, der mich geschlagen hatte. Weil ich einen ungeliebten Job hingeworfen hatte. Und weil ich Ben begegnet war. Seit meiner Entlassung aus dem Krankenhaus hatte mich die Vorstellung gequält, dass die Tage, die ich verloren hatte, Tage voller schöner Erinnerungen gewesen waren. Ich hatte genau die Stückchen verloren, die ich gern behalten hätte, und diejenigen behalten, auf die ich gern verzichtet hätte. Gedanken schwirrten durch meinen Kopf, vielleicht waren es auch nur Bruchstücke von Gedanken. Sie hatten etwas damit zu tun, ja zum Leben zu sagen und nicht den Rest meiner Tage in Angst zu verbringen.

Später nahmen wir gemeinsam ein Bad. Dann ging Ben hinunter und machte für uns beide Sandwiches. Er brachte sie auf einem Tablett nach oben, mit einer Flasche Rotwein. Ich saß im Bett, die Kissen im Rücken.

»Ständig machst du mir etwas zu essen«, stellte ich fest.

»Wir haben schon zusammen Austern gegessen.«

»Wirklich? Ich liebe Austern.«

»Ich weiß. Deswegen haben wir sie gegessen. Wir werden wieder welche essen.«

Ich griff nach seiner Hand und küsste sie. »Demnach war es also ein Mittwochabend, richtig?«

»Montag.«

»Montag! Bist du sicher? Gleich nachdem wir uns kennen gelernt hatten?«

»Genau.«

Ich runzelte die Stirn.

»Und du hast kein Kondom benutzt?«

»Doch.«

»Das verstehe ich jetzt nicht. Du hast doch gesagt …«

»Du bist wiedergekommen.«

»Am Mittwoch?«

»Ja.«

»Das hättest du mir sagen sollen!«

»Ich weiß.«

»Aber du hast nicht …«

»Nein.«

»Warum nicht?«

»Du bist aus einem spontanen Impuls heraus gekommen. Mit dem Baum. Wir hatten eigentlich vereinbart, uns erst am nächsten Abend – am Donnerstag – wiederzusehen, weil ich am Mittwoch Gäste hatte. Kunden. Sie waren schon da, als du an die Tür geklopft und mir den Baum überreicht hast. Ich habe dich geküsst.«

»Und?«

»Es wurde ein längerer Kuss daraus.«

»Erzähl weiter.«

»Du hast mein Hemd aufgeknöpft. Im Nebenraum konnten wir meine Gäste miteinander reden hören.«

»Und?«

»Wir sind ins Bad gegangen, haben die Tür zugesperrt und es miteinander getrieben.«

»Im Stehen?«

»Ja. Es hat ungefähr dreißig Sekunden gedauert.«

»Das musst du mir zeigen«, sagte ich.

Ich blieb die Nacht bei Ben. Ich schlief tief und fest, und als ich am Morgen aufwachte, duftete es nach Kaffee und Toast. Durch die Vorhänge lugte ein blauer Himmel herein. Mein plötzliches Glück machte mir fast ein bisschen Angst. Es war, als läge der Frühling schon in der Luft.

19

Wir verspeisten unseren Frühstückstoast im Bett. Obwohl Krümel auf dem Laken landeten, schien sich Ben recht behaglich zu fühlen, als er in seine Kissen zurücksank und sich die Bettdecke bis unters Kinn zog.

»Musst du denn nicht zur Arbeit?«, fragte ich ihn.

Er beugte sich über mich, um einen Blick auf seinen Wecker zu werfen. Seltsam, wie schnell man sich neben einem anderen Körper wohl fühlte.

»In achtzehn Minuten«, meinte er.

»Schaffst du das überhaupt noch?«

»Ich bin schon viel zu spät dran. Noch dazu habe ich heute einen Termin. Der Kunde ist extra aus Amsterdam angereist. Wenn ich nicht bereitstehe, wenn er kommt, bin ich nicht nur unpünktlich, sondern auch noch extrem unhöflich.«

Ich küsste ihn.

»Du musst damit aufhören«, meinte er. »Sonst kann ich mich einfach nicht losreißen.«

»Weißt du, wenn ich du wäre und du ich«, sagte ich im Flüsterton, weil sich unsere Gesichter fast berührten, »dann würde ich dich für komplett verrückt halten. Oder mich selbst. Wenn du verstehst, was ich meine.«

»Jetzt hast du mich in der Tat ein bisschen verwirrt.«

»Mal angenommen, ein Mann, den ich gerade erst kennen gelernt habe, würde plötzlich verschwinden, nach zwei Wochen wieder auftauchen und behaupten, sich überhaupt nicht an mich erinnern zu können. Ich würde ihn für vollkommen verrückt halten. Oder für einen Lügner. Wie du weißt, ist die Polizei in meinem Fall zwischen diesen beiden Sichtweisen hin und her gerissen.

»Ich dachte erst, *ich* wäre verrückt. Dann dachte ich, du wärst es. Irgendwann kannte ich mich überhaupt nicht mehr aus.« Er streichelte mein Haar. Ich schauderte vor Behagen. »Ich wusste nicht, was ich tun sollte«, fuhr er fort. »Wie hätte ich es dir erklären sollen? Irgendwie war ich der Meinung, ich müsste dich dazu bringen, mich von neuem ins Herz zu schließen. Die Alternative wäre gewesen, zu dir zu sagen: ›Hör zu, du magst mich oder hast mich gemocht, auch wenn du dich nicht mehr daran erinnern kannst.‹ Das schien mir keine besonders gute Idee zu sein.«

»Du hast keine Designerhände«, wechselte ich das Thema.

»Du meinst, weil sie rau und schwielig sind?«

»Das gefällt mir.«

Er betrachtete seine Hände. »Ich baue viele meiner Prototypen selbst. Dabei schütte ich mir oft Chemikalien über die Hände. Sie bekommen auch mal einen Kratzer oder einen Hammerschlag ab, aber das macht mir nichts aus. Ich mag es so. Mein alter Herr ist Schweißer. Er hat sich daheim eine Werkstatt eingerichtet und verbringt seine Wochenenden damit, alles Mögliche auseinanderzubauen und wieder zusammenzusetzen. Wenn ich als Junge mit ihm kommunizieren wollte, konnte ich das nur, indem ich zu ihm in die Werkstatt ging und ihm den Schraubenschlüssel reichte oder das, was er gerade brauchte. Mir blieb gar nichts anderes übrig, als mir die Hände schmutzig zu machen. Etwas anderes mache ich im Grunde heute auch nicht. Ich habe einen Weg gefunden, mich für das bezahlen zu lassen, was mein Dad als Hobby gemacht hat.«

»Ganz so ist es bei mir nicht«, antwortete ich. »Weder, was meinen Dad, noch, was meine Arbeit betrifft.«

»Du bist phantastisch in deinem Job. Du hast die ganze Sache wieder in Ordnung gebracht. Wir hatten alle einen Mordsrespekt vor dir.«

»Manchmal kann ich nicht glauben, was ich tue – oder getan habe. Hast du gewusst, dass man für ein Büro eine Risikobeurteilung erstellen kann? Bei einer Ölbohrinsel oder einer Polarexpedition leuchtet das ja ohne weiteres ein, aber bei einem Büro? Trotzdem wollte die Versicherung eine Risikobeurteilung, also habe ich eine erstellt. Im Moment bin ich der Welt größte Expertin für alle furchtbaren Dinge, die einem in einem Büro passieren können. Hast du gewusst, dass sich in Großbritannien letztes Jahr einundneunzig Büroangestellte mit Tipp-Ex verletzt haben? Ich meine, wie schafft man es überhaupt, sich mit Tipp-Ex zu verletzen?«

»Ich weiß genau, wie. Man benutzt es, bekommt etwas auf die Finger und reibt sich dann die Augen.«

»Siebenunddreißig Leute haben sich mit ihren Taschenrechnern Verletzungen zugezogen. Wie schafft man das? Die Dinger wiegen höchstens so viel wie ein Eierkarton. Ich könnte diesen Menschen ein, zwei interessante Sachen zum Thema Risiko erzählen.«

Plötzlich erschien mir das Ganze nicht mehr so amüsant. Ich setzte mich auf. »Ich schätze, wir sollten beide allmählich in die Gänge kommen«, meinte ich mit einem Blick auf die Uhr.

Wir gingen zusammen unter die Dusche, bewiesen dabei aber große Disziplin, indem wir uns darauf beschränkten, einander zu waschen und hinterher abzutrocknen. Dann halfen wir uns gegenseitig beim Anziehen. Ben anzuziehen war fast so aufregend wie ihn auszuziehen. Er hatte es definitiv besser als ich, weil er in frische Sachen schlüpfen konnte. Ich trug noch die vom Vorabend. Ich musste in die Wohnung zurück, um mich umzuziehen. Ben wuschelte mir durchs Haar und drückte mir einen Kuss auf die Stirn.

»Ein komisches Gefühl, dich in Jos Sachen zu sehen«, bemerkte er.

Ich schüttelte den Kopf.

»Wir haben wohl einen ähnlichen Geschmack«, entgegnete ich. »Das sind meine eigenen Sachen. Die Bluse habe ich getragen, als ich entführt wurde. Erst wollte ich sie in den Müll werfen – dachte mir aber, schade um das schöne Stück. Selbst wenn ich die Sachen verbrenne, werde ich deswegen nicht weniger an das Ganze denken …«

»Die Bluse hast du von Jo. Sie hat sie in Barcelona gekauft. Es sei denn, du warst auch in Barcelona beim Shoppen.«

»Bist du sicher?«

»Ganz sicher.«

Ich verstummte. Meine Gedanken rasten. Das war wichtig. Es hatte etwas zu bedeuten. Aber was?

Vor der Tür küssten wir uns noch einmal. Am liebsten hätte ich ihn gar nicht mehr losgelassen. Wenn ich einfach an ihm hängenblieb, würde mir niemand etwas tun können. Dann rief ich mich selbst zur Ordnung. Ich durfte mich nicht so gehen lassen.

»Ich muss in die schreckliche Welt zurück«, erklärte ich.

»Was wirst du tun?«

»Zunächst nach Hause gehen – ich meine, zu Jo – und mich umziehen. Ich kann nicht noch einen Tag in diesen Kleidern herumlaufen.«

»Das habe ich nicht gemeint.«

»Ich bin nicht sicher. Heute oder morgen wird dieser Mann feststellen, dass er die Falsche umgebracht hat. Er wird sich wieder auf die Suche nach mir begeben. Vielleicht kann ich herausfinden, wo Jo ist. Obwohl ich nicht weiß, ob das irgendetwas bringen wird.«

Ben spielte gedankenverloren mit seinem Autoschlüssel herum. »Ich werde heute ihre Eltern anrufen«, sagte er. »Inzwischen müssten sie eigentlich zurück sein. Dann sehen wir weiter.«

Ich küsste ihn. Ich musste mich dazu auf die Zehenspitzen stellen. »Das heißt ›danke‹«, erklärte ich. »Und dass du dir meinetwegen keine Umstände zu machen brauchst.«

»Jetzt hör aber auf, Abbie. Ich rufe dich später an.« Er reichte mir seine Visitenkarte, und wir mussten beide über diese formelle Geste lachen. »Du kannst mich jederzeit unter einer dieser Nummern erreichen.«

Wir küssten uns wieder. Ich spürte, wie seine Finger zu meiner Brust hinauf wanderten. Rasch legte ich meine Hand auf seine. »Ich denke gerade an diesen Mann aus Amsterdam«, sagte ich.

Ich lag in der Badewanne, einen Waschlappen auf dem Gesicht, und versuchte mir vorzustellen, was er jetzt wohl dachte. Demnächst würde er erfahren, dass ich noch am Leben war. Vielleicht wusste er es bereits. Aber es gab noch etwas. Dieser leichtsinnige Anruf auf meinem eigenen Handy. Er hatte es behalten, als eine Art Trophäe. Und ich hatte mich als Jo ausgegeben. Ob er glaubte, dass ich ihm auf der Spur war?

Ich vergriff mich an Jos Kleiderschrank, suchte mir bewusst Kleider aus, die sich von meinem früheren Kleidungsstil vollkommen unterschieden, eine graue Kordhose und einen dicken cremefarbenen Strickpulli. Abbie Devereaux musste weiterhin verschwunden bleiben, tot und begraben. Ich würde nur eine von den unzähligen Frauen sein, die in London herumliefen. Wie sollte er mich finden? Andererseits – wie sollte ich *ihn* dann finden?

Dann tat ich das, was ich schon längst hätte tun sollen. Ich hatte die Nummer im Kopf. Terrys Vater nahm ab.

»Ja?« meldete er sich.

»Richard, hier ist Abbie.«

»Abbie.« Sein Ton war höflich, aber frostig.

»Ja, hör zu, ich weiß, wie schrecklich das alles im Moment für euch sein muss…«

»So, weißt du das?«

»Ja. Und es tut mir Leid für Terry.«

»Ein starkes Stück, dass ausgerechnet du das sagst!«

»Haben sie ihn schon auf freien Fuß gesetzt?«

»Nein, bis jetzt noch nicht.«

»Ich wollte nur sagen, dass ich weiß, dass er es nicht war, und dass ich alles in meiner Macht Stehende tun werde, um ihm zu helfen. Vielleicht könntest du das seinem Anwalt sagen.«

»Das werde ich.«

»Ich gebe dir meine Nummer. Oder nein, ich rufe dich wieder an oder Terry, wenn er zurück ist. In Ordnung?«

»Ja.«

Wir schwiegen beide einen Moment, dann verabschiedeten wir uns.

Ich stand in Jos Wohnküche und sah mich um. Wenn man krampfhaft nach etwas sucht, beginnt irgendwann diese schreckliche Phase, in der man anfängt, überall dort, wo man bereits nachgesehen hat, ein zweites Mal nachzusehen. Noch schlimmer war, dass ich gar nicht wusste, wonach ich eigentlich suchte. Ein Tagebuch wäre hilfreich gewesen. Es hätte mir Aufschluss über ihre Pläne geben können, doch ich hatte in ihrem Schreibtisch nichts gefunden. Ziellos wanderte ich im Raum herum, nahm Gegenstände aus den Regalen und stellte sie wieder zurück. In dem Fach neben dem Fenster stand eine Topfpflanze. Meine Mutter hätte sie identifizieren können, bestimmt sogar ihren lateinischen Namen gewusst, aber selbst ich konnte sehen, dass sie am Vertrocknen war. Die Erde war hart und von Rissen durchzogen. Ich holte ein Glas Wasser aus der Küche und goss vorsichtig die traurige Pflanze. Das Wasser lief in die Erdrisse hinein. Würde eine verantwortungsvolle junge Frau wie Jo einfach in Urlaub fahren und ihre Pflanzen vertrocknen lassen? Ich goss auch den Banyanbaum.

Alles, was ich an Beweisen fand, ähnelte einer Fata Morgana. Es schimmerte in der Luft, doch sowie ich hinlief, um danach zu greifen, löste es sich in Nichts auf. Immerhin war ich bei Jo eingezogen. Es war gut möglich, dass Jo in der Annahme in Urlaub gefahren war, dass ich auf ihre Wohnung aufpassen und ihre Pflanzen gießen würde.

Mein Blick fiel auf den Stapel Post, den ich bereits auf Hinweise untersucht hatte. Da mir nichts Besseres einfiel, blätterte ich die Briefe erneut durch. Einer von Ihnen erregte meine Aufmerksamkeit. Es handelte sich um die Gasrechnung, die ich noch nicht bezahlt hatte, weil meine Ressourcen mittlerweile erschöpft waren. Der Umschlag wies eines jener transparenten Sichtfenster auf, durch die man die Adresse lesen kann. Als ich mir den Namen genauer ansah, stieß ich einen erstaunten kleinen Schrei aus: »Miss L.J. Hooper«, stand da. Wie in Trance zog ich Bens Karte heraus und wählte seine Handynummer. Er klang beschäftigt und ein wenig zertreut, aber als er meine Stimme hörte, wurde sein Ton weicher. Ich musste lächeln. Es war mehr als das, ein warmes Gefühl durchströmte meinen ganzen Körper. Ich kam mir wie eine verliebte Vierzehnjährige vor. Konnte man auf eine derart alberne Weise in jemanden verliebt sein, mit dem man erst eine Nacht verbracht hatte?

»Wie lautet Jos erster Vorname?«

»Was?«

»Ich weiß, es ist eine blöde Frage, aber ich habe gerade eine ihrer Rechnungen vor mir liegen, und da ist mir eine Initiale aufgefallen, ein L. vor dem J. Wofür steht es?«

Ich hörte ihn am anderen Ende der Leitung leise lachen. »Lauren«, antwortete er. »Wie Lauren Bacall. Die Leute haben sie deswegen immer aufgezogen.«

»Lauren«, wiederholte ich wie betäubt. Ich spürte, wie meine Beine zu zittern begannen, und musste mich an die Wand lehnen, um nicht zusammenzubrechen. »Kelly, Kath, Fran, Gail, Lauren.«

»Was?«

»Dieser Mann, er hat mir die Namen der Frauen genannt, die er bereits umgebracht hatte. Einer davon war Lauren.«

»Aber …« Er schwieg eine ganze Weile. »Es könnte sich um einen Zufall handeln …«

»Lauren? Der Name ist nicht gerade in den Top Ten.«

»Ich weiß nicht. Heutzutage sind recht seltsame Namen in den Top Ten. Außerdem hat sie den Namen nicht benutzt. Sie hat ihn gehasst.«

Ich murmelte etwas vor mich hin, das mehr für mich selbst gedacht war als für Ben.

»Entschuldige«, sagte ich, als er nachfragte, »ich habe nur gemeint, dass ich weiß, wie sie sich wahrscheinlich gefühlt hat. Vielleicht hat sie ihm diesen Namen genannt, weil sie darin eine Möglichkeit sah, sich nicht von ihm fertig machen zu lassen. Es war nicht die wirkliche Jo, die er erniedrigte und ängstigte, sondern ihr anderes, offizielles Ich.«

Nachdem ich das Gespräch mit Ben beendet hatte, zwang ich mich, mir seine Worte ins Gedächtnis zu rufen. Was hatte er über Lauren gesagt? Kelly hatte geweint. Gail hatte gebetet. Was hatte Lauren getan? Lauren hatte sich gewehrt. Lauren hatte nicht lange gelebt.

Bei dem Gedanken wurde mir übel. Nun wusste ich, dass sie tot war.

Der Ton von Jack Cross wurde nicht weicher, als er meine Stimme hörte. Eher düsterer. Er klang genervt.

»Oh, Abbie«, sagte er. »Wie geht es Ihnen?«

»Sie hieß Lauren«, stieß ich hervor. Ich musste mich sehr zusammennehmen, um nicht in Tränen auszubrechen.

»Was?«

»Jo. Ihr erster Vorname war Lauren. Erinnern Sie sich denn nicht? Lauren war auf der Liste der Frauen, die er bereits umgebracht hatte.«

»Das war mir entfallen.«

»Halten Sie das nicht für wichtig?«

»Ich werde es mir notieren.«

Ich erzählte ihm auch von der Kleidung, Jos Sachen, die ich angehabt hatte. Er wirkte nach wie vor skeptisch.

»Das muss nicht notwendigerweise etwas bedeuten«, meinte er. »Wie wir inzwischen wissen, haben Sie bereits vor Ihrem Verschwinden bei Jo gewohnt. Vielleicht haben Sie sich einfach etwas von ihr ausgeliehen?«

Ich blickte an mir hinunter, betrachtete einen Moment Jos graue Kordhose, ehe ich brüllte: »Mein Gott, welche Beweise brauchen Sie denn noch?«

Ich hörte ihn seufzen. »Abbie, Sie müssen mir glauben, dass ich auf Ihrer Seite bin. Gerade eben habe ich mir Ihre Akte angesehen und beschlossen, wieder einen meiner Männer darauf anzusetzen. Wir haben Sie nicht vergessen. Doch um auf Ihre Frage zurückzukommen – ich brauche die Sorte von Beweisen, die auch jemanden überzeugen, der Ihnen nicht ohnehin schon glaubt.«

»Und die werden Sie verdammt noch mal auch bekommen«, gab ich zurück. »Warten Sie's ab!«

Am liebsten hätte ich den Hörer auf die Gabel geknallt, aber es handelte sich um eines jener schnurlosen Telefone, bei denen das nicht mehr möglich ist, so dass ich mich darauf beschränken musste, besonders heftig auf den Aus-Knopf zu drücken.

»O Abbie, Abbie, Abbie! Wie kann man nur so dumm sein!«, hörte ich mich selbst stöhnen. Tröstliche Worte.

20

Ich wusste, dass Jo tot war. Egal, was Cross sagte, ich wusste es einfach. Ich musste an das Geflüster in der Dunkelheit denken: »Kelly, Kath. Fran. Gail. Lauren.« Lauren war Jo. Sie hatte ihm nie gesagt, wie sie für ihre Lieben hieß, ihm stattdessen den Namen einer Fremden genannt. Auf diese Weise hatte sie versucht, ein menschliches Wesen zu bleiben, nicht verrückt zu werden. Jetzt konnte er seiner Litanei einen weiteren Namen hinzufügen: Sally. Obwohl Sally für ihn vielleicht nicht zählte. Er hatte sie nur aus Versehen getötet. An ihrer Stelle hätte eigentlich ich sterben sollen. Ich schauderte. Niemand wusste, wo ich war, mit Ausnahme von Carol bei Jay & Joiner und Peter ein Stockwerk tiefer. Und Cross und natürlich Ben. Ich sagte mir, dass ich in Sicherheit war, auch wenn ich mich alles andere als sicher fühlte.

Ich zog im großen Zimmer die Vorhänge zu und hörte die neuen Nachrichten auf Jos Anrufbeantworter ab. Es waren nicht viele, ein Anruf von einer Frau, die erklärte, Jos Vorhänge seien fertig, sie könne sie abholen, und ein zweiter von einem Mann namens Alexis, der sie mit »Hallo, Fremde, lange nicht gesehen« begrüßte und dann fortfuhr, er sei endlich wieder im Lande und vielleicht könne man sich bald mal treffen.

Ich öffnete den Brief, der an diesem Morgen für sie gekommen war – eine Aufforderung, ihr *National Geographic*-Abo zu verlängern. Ich erledigte das für sie. Dann rief ich Sadie an, wobei ich von vornherein davon ausging, dass sie nicht zu Hause sein würde, und sprach ihr aufs Band, dass sie mir fehle und dass wir uns unbedingt bald sehen müssten. Während ich das sagte, wurde mir bewusst, dass es stimmte. Ich hinterließ eine ähnliche Nachricht auf dem Anrufbeantworter von Sheila und Guy. Sam schickte ich eine fröhliche, wenn auch etwas vage E-Mail. Ich war noch nicht wieder in der Verfassung für ein Gespräch oder ein Treffen mit ihnen, wollte aber den Kontakt nicht abreißen lassen.

Anschließend machte ich mir ein Avocado-Schinken-Mozzarella-Sandwich. Ich hatte nicht wirklich Hunger, aber es tat mir gut, das Sandwich zuzubereiten und mich anschließend damit aufs Sofa zu setzen und das weiche Brot zu kauen, ohne an etwas Bestimmtes zu denken. Mein Versuch, alle Gedanken auszublenden und einen völlig leeren Kopf zu bekommen, endete damit, dass ich wieder die Bilder sah, die ich heraufbeschworen hatte, als ich im Dunkeln gefangen gehalten wurde: den Schmetterling, den Fluss, den See, den Baum. Ich stellte sie gegen die ganze Hässlichkeit, die ganze Angst. Mit geschlossenen Augen wartete ich, bis mein Kopf mit diesen schönen Bildern der Freiheit erfüllt war. Dann hörte ich mich plötzlich laut sagen: »Aber wo ist die Katze?«

Ich wusste nicht, wo diese Frage hergekommen war, die nun wie ein großes Fragezeichen in dem stillen Raum schwebte. Ich begann zu überlegen. Jo hatte keine Katze. Die Einzige, die ich in der Gegend gesehen hatte, war die von Peter, der Tiger mit den bernsteinfarbenen Augen, der mich nachts aufgeweckt und erschreckt hatte. Doch während ich über die Frage nachdachte, bekam ich ein ganz seltsames Gefühl, eine Art Kribbeln in meinem Gehirn, als würde eine vage Erinnerung an meinem Bewusstsein kratzen.

Warum hatte ich an eine Katze denken müssen? Weil Jo Dinge besaß, die zu einer Katze gehörten. Dinge, die ich gesehen hatte, ohne sie richtig wahrzunehmen. Wo? Ich ging in den Küchenbereich, öffnete Schränke, zog Schubladen heraus. Nichts. Dann fiel es mir wieder ein, und ich eilte zu dem großen Schrank neben dem Bad, wo ich auf den Staubsauger und Jos Skisachen gestoßen war. Neben der Mülltüte mit Skiklamotten fand ich ein Katzenklo, das ganz neu aussah, vielleicht aber nur blitzblank geschrubbt war, und sechs kleine

Dosen Katzenfutter. Ich kehrte zum Sofa zurück, wo ich nach meinem Sandwich griff, es aber gleich wieder hinlegte.

Na und? Jo hatte mal eine Katze gehabt. Vielleicht gab es die Katze immer noch, und sie hatte sich abgesetzt, weil ihr Frauchen verschwunden war und niemand mehr da war, der sie fütterte und streichelte. Oder sie ist tot, dachte ich, genau wie... Ich dachte den Gedanken nicht zu Ende. Oder Jo hatte vorgehabt, sich eine Katze ins Haus zu holen. Ich ging zurück zu dem Schrank und sah mir die sechs Dosen genauer an. Das Futter war für Katzenkinder. Es sah also tatsächlich so aus, als hätte Jo geplant, sich ein Kätzchen zuzulegen. Weshalb hatte ich das Gefühl, dass das wichtig war?

Ich zog meine Jacke an, setzte meine Wollmütze auf, rannte hinunter auf die Straße und klingelte bei Peter. Er machte sofort auf, als hätte er die ganze Zeit durchs Fenster nach mir Ausschau gehalten. Seine Katze lag auf dem Sofa. Obwohl sie schlief, zuckte ihr Schwanz ganz leicht.

»Das ist aber eine nette Überraschung!«, sagte Peter. Ich spürte einen Anflug von schlechtem Gewissen. »Tee? Kaffee? Oder vielleicht einen Sherry? Bei diesem Wetter hat ein Sherry eine wärmende Wirkung.«

»Tee wäre wunderbar.«

»Ich habe gerade eine Kanne gemacht. Als hätte ich gewusst, dass Sie kommen. Ohne Zucker, stimmt's?«

»Stimmt.«

»Diesmal nehmen Sie aber einen Keks dazu, ja? Obwohl Sie es immer so eilig haben. Ich sehe Sie bloß im Laufschritt kommen und gehen. Sie sollten sich ein bisschen mehr Zeit lassen.«

Ich nahm ein Ingwerplätzchen aus der Dose, die er mir reichte. Es war schon ein wenig weich.

»Ich wollte Sie fragen, ob ich ein paar Einkäufe für Sie erledigen könnte«, sagte ich. »Sie gehen bei diesem Wetter wahrscheinlich nicht so gern aus dem Haus.«

»Das ist der Anfang vom Ende«, antwortete er.

»Wie bitte?«

»Wenn man aufhört, seine Sachen selbst zu erledigen. Ich verlasse das Haus dreimal täglich. Morgens hole ich mir am Kiosk meine Zeitung. Kurz vor dem Mittagessen mache ich einen kleinen Spaziergang, auch wenn es regnet, so wie heute, oder eiskalt ist. Nachmittags gehe ich mein Abendessen einkaufen.«

»Wenn Sie trotzdem etwas brauchen...«

»Es ist sehr lieb von Ihnen, an mich zu denken.«

»Wie heißt Ihre Katze?« Ich streichelte ihren getigerten Rücken. Sie streckte sich genüsslich und öffnete ein goldenes Auge.

»Patience. Sie ist inzwischen fast vierzehn. Das ist alt für eine Katze, müssen Sie wissen. Du bist eine alte Dame geworden«, fügte er an das Tier gewandt hinzu.

»Hatte Jo eigentlich auch eine Katze?«

»Sie wollte eine. Sie hat gesagt, sie bräuchte ein wenig Gesellschaft. Manche Leute lieben Hunde, andere bevorzugen Katzen. Jo war der Katzentyp. Was sind Sie?«

»Ich bin nicht sicher. Sie wollte sich also eine Katze zulegen?«

»Sie ist zu mir gekommen und hat mich gefragt, wo sie eine bekommen könnte. Sie hat gewusst, dass ich Katzen liebe. Ich habe immer welche gehabt, seit meiner Kindheit.«

»Wann war das? Wann ist sie deswegen zu Ihnen gekommen?«

»Oh, vor ein paar Wochen. Kurz bevor Sie eingezogen sind, glaube ich. Das müssten Sie eigentlich wissen.«

»Woher sollte ich das wissen?«

»Wir haben zu dritt darüber gesprochen, an dem Tag, als Sie Ihre Sachen gebracht haben und wir uns draußen auf dem Gehsteig begegnet sind.«

»An dem Mittwoch?«

»Möglich, dass es ein Mittwoch war. Erinnern Sie sich denn nicht mehr daran? Jo hat gesagt, sie wolle sich eine zulegen.«

»Wann?«

»Noch am gleichen Nachmittag, falls irgendwo eine aufzutreiben wäre. Ihr schien sehr viel daran zu liegen. Sie hat gesagt, dass sie in ihrem Leben etwas ändern müsse. Mit dem Kätzchen wollte sie anfangen.«

»Welchen Rat haben Sie ihr gegeben, als sie Sie gefragt hat, wo sie eines bekommen könnte?«

»Es gibt viele Möglichkeiten, an ein kleines Kätzchen zu kommen. Als Erstes kann man die Karten bei den Zeitungshändlern oder im Postamt durchsehen. Die meisten machen es so, glaube ich. Da findet sich immer etwas. Erst heute ist mir eine dieser Karten aufgefallen, als ich mir meine Zeitung holte.« Das Telefon läutete, und er sagte: »Tut mir Leid, meine Liebe, nun müssen Sie mich kurz entschuldigen. Ich glaube, das ist meine Tochter. Sie lebt in Australien, müssen Sie wissen.«

Während er abnahm, stellte ich meine Tasse ins Spülbecken. Ich winkte ihm zum Abschied zu, doch er hob kaum den Kopf.

Am liebsten hätte ich Ben angerufen, nur um seine Stimme zu hören. Es wurde bereits dunkel, obwohl es nicht einmal vier Uhr war. Einer jener düsteren, nieseligen Tage, an denen es nie richtig hell zu werden schien. Ich schaute durch das Fenster auf die Straße, die noch vor wenigen Tagen schneebedeckt gewesen war. Jede Spur von Farbe schien sich verflüchtigt zu haben. Alles war anthrazit und grau. Die Leute, die mit eingezogenem Kopf vorübereilten, sahen wie Gestalten aus einem Schwarzweißfilm aus.

Ich schrieb eine Neufassung meiner »Verlorenen Tage«.

Freitag, 11. Januar: Showdown bei Jay & Joiner. Wütender Abgang.

Samstag, 12. Januar: Streit mit Terry. Wütender Abgang. Übernachtung bei Sadie.

Sonntag, 13. Januar: Vormittags Wechsel von Sadie zu Sheila und Guy. Shoppingtour mit Robin, viel zu viel Geld ausgegeben. Gegen Abend Drink mit Sam. Rückkehr zu Sheila und Guy.

Montag, 14. Januar: Treffen mit Ken Lofting, Mr. Khan, Ben Brody und Gordon Lockhart. Telefongespräch mit Molte Schmidt. Wagen vollgetankt. Treffen mit Ben auf einen Drink, dann gemeinsames Essen. Sex mit Ben. Anruf bei Sheila und Guy, dass ich nicht bei ihnen übernachte. Nacht bei Ben.

Dienstag, 15. Januar: Cafébesuch mit Ben, Begegnung mit Jo. Aufbruch von Ben. Gespräch mit Jo, die mir Zimmer in ihrer Wohnung anbietet. Rückkehr zu Sheila und Guy, wo ich Nachricht hinterlasse, dass ich anderswo untergekommen bin. Mitnahme meiner Sachen. Fahrt zu Jos Wohnung. Buchung eines Venedig-Urlaubs. Anruf bei Terry wegen Abholung meiner Sachen am folgenden Tag. Essensbestellung beim Inder. Aufnahme eines Videos?

Mittwoch, 16. Januar: Abholung meiner Sachen bei Terry, Transfer zu Jo. Treffen mit Peter, Gespräch über Jos Vorhaben, sich eine Katze zuzulegen. Telefonat mit Todd. Kauf eines Bonsai. Gegen Abend Besuch bei Ben. Sex ohne Kondom. Rückkehr in Jos Wohnung.

Donnerstag, 17. Januar: Anruf im Polizeirevier Camden, um Jo als vermisst zu melden. Einnahme der ersten Pille danach.

Ich ging die Liste noch einmal durch. Demnach war Jo am Mittwoch verschwunden. Auf der Suche nach einem Kätzchen. Ich schrieb in Großbuchstaben »KÄTZCHEN« unter die Liste und starrte ratlos auf das Wort. Das Telefon klingelte. Es war Carol von Jay & Joiner.

»Hallo Abbie«, begrüßte sie mich in herzlichem Ton. »Tut mir Leid, wenn ich dich störe.«

»Tust du nicht.«

»Ich habe gerade ein seltsames Telefongespräch mit einem Mann geführt, der wollte, dass ich dir etwas ausrichte.«

»Ja?« Ich hatte plötzlich einen trockenen Mund.

»Sein Name war – Moment, ich habe ihn irgendwo aufgeschrieben. Na bitte, da ist der Zettel. Gordon Lockhart.« Eine Welle der Erleichterung durchflutete mich. »Er wollte deine Adresse oder Telefonnummer.«

»Du hast sie ihm doch nicht gegeben, oder?«

»Nein, du hast ja gesagt, dass ich das nicht soll.«

»Danke. Erzähl weiter.«

»Ich habe ihm geraten, einen Brief an uns zu schreiben, den wir dann an dich weiterleiten würden, aber er hat gesagt, er wolle sich bloß noch mal bedanken.«

»Oh. Verstehe.«

»Und er hat gesagt, du sollst die Wurzeln alle zwei Jahre stutzen, dann würde er nicht weiterwachsen. Kannst du damit was anfangen? Das hat er mir immer wieder gesagt. Konnte gar nicht mehr davon aufhören. Im Frühling, hat er gesagt. März oder April.«

»Danke, Carol. Da geht's bloß um einen Baum. Halt mich weiter auf dem Laufenden, ja?«

»Klar. Hat sich dein alter Herr schon bei dir gemeldet?«

»Mein Dad?«

»Er versucht wahrscheinlich gerade, dich anzurufen.«

»Dad?«

»Er hat gesagt, er könne dich nicht erreichen. Anscheinend will er dir ein Geschenk schicken, hat aber deine neue Adresse verlegt.«

»Hast du sie ihm gegeben?«

»Na ja, es war doch dein Dad.«

»Schon gut«, stieß ich hervor. »Ich ruf dich später wieder an. Bis dann.«

Ich beendete das Gespräch, holte ein paarmal tief Luft und wählte dann von neuem.

»Hallo.«

»Dad? Hallo, hier ist Abbie. Dad, bist du das?«

»Natürlich bin ich das.«

»Du hast bei mir im Büro angerufen.«

»In welchem Büro?«

»Gerade eben. Du hast bei Jay & Joiner angerufen.«

»Warum sollte ich dort anrufen? Ich war gerade im Garten. Der Schnee hat die orangefarbene Kletterrose heruntergerissen. Ich glaube aber, ich kann sie retten.«

Mir war plötzlich kalt, als hätte sich die Sonne hinter den Wolken versteckt und ein eisiger Wind eingesetzt.

»Heißt das, du hast nicht in der Firma angerufen?«

»Nein. Das habe ich dir doch gerade gesagt. Du hast dich schon ein paar Wochen nicht mehr gemeldet. Wie geht es dir?«

Ich öffnete den Mund, um etwas zu antworten, als es an der Tür klingelte. Einmal, lang und gleichmäßig. Keuchend rang ich nach Luft. »Ich muss aufhören«, stieß ich hervor und sprang auf. Aus dem Hörer drang weiter die leise Stimme meines Vaters. Ich rannte aus dem Wohnzimmer in Jos Schlafzimmer hinüber und griff im Laufen nach meiner Tasche und meinem Schlüsselbund. Es läutete erneut, zweimal kurz und heftig.

Ich fummelte ein paar Sekunden am Riegel herum, ehe es mir gelang, das Fenster hochzuschieben. Ich lehnte mich hinaus. Bis in Peters kleinen, verwucherten Garten waren es nur zweieinhalb Meter, aber es schien trotzdem schrecklich tief, und unter dem Fenster war der Boden betoniert. Ich überlegte, ob ich ins Wohnzimmer zurückkehren und die Polizei anrufen sollte, aber alles in mir drängte zur Flucht. Ich kletterte auf das Fensterbrett und drehte mich um, so dass ich mit dem Gesicht zum Haus kauerte. Ich holte einmal tief Luft und stieß mich ab.

Ich landete sehr unsanft, spürte die Wucht des Aufpralls mit dem ganzen Körper, verlor dabei das Gleichgewicht und schrammte ein paar Sekunden lang mit ausgestreckten Armen über den kalten Betonboden. Dann richtete ich mich auf und rannte los. Ich bildete mir ein, aus der Wohnung ein Geräusch zu hören. Meine Beine fühlten sich bleiern an, es kam mir vor, als könnte ich sie kaum dazu bringen, sich zu bewegen, als müsste ich sie mit aller Kraft über den durchweichten Rasen schleppen. Es war wie in einem Traum – einem Alptraum, in dem man rennt und rennt, ohne voranzukommen.

Der Garten wurde von einer hohen Mauer begrenzt. Sie war von zahlreichen Rissen durchzogen, und an einigen Stellen hatten sich Stücke aus dem brüchig gewordenen Mauerwerk gelöst. Eine Kletterpflanze, deren dunkelrote Äste bereits dick wie Schläuche waren, rankte in die Höhe. Ich fand ein Loch für eine Hand, für einen Fuß, versuchte mich hinaufzuziehen, glitt jedoch aus. Erst beim zweiten Versuch fand ich genug Halt. Ich hörte mich keuchen, oder war es ein Schluchzen? Ich konnte es nicht sagen. Schließlich hatte ich es geschafft, meine Hände erreichten den oberen Rand der Mauer, ich schwang erst das eine Bein hinüber, dann das zweite. Ohne zu überlegen, ließ ich mich in den angrenzenden Garten fallen, wo ich mit schmerzhaft verdrehtem Knöchel aufkam. Während ich mich aufrichtete und zu dem kleinen Weg humpelte, der auf die Straße hinausführte, sah ich aus dem Erdgeschoss des Hauses ein Frauengesicht zu mir herausspähen.

Ich wusste nicht, in welche Richtung ich mich wenden sollte. Im Grunde war es egal, Hauptsache, ich verschwand von hier. Obwohl mein Knöchel höllisch schmerzte, eilte ich im Laufschritt die Straße entlang. Ich spürte, wie mir das Blut an der Wange hinunterlief. Ein paar Meter weiter hielt ein Bus an. Ich humpelte auf ihn zu und sprang auf, als er gerade wieder losfuhr. Obwohl mehrere Bänke frei waren, setzte ich mich neben eine Frau mit einem Einkaufskorb und blickte mich ängstlich um. Niemand war mir gefolgt.

Der Bus fuhr nach Vauxhall. Ich stieg am Russell Square aus und ging ins British Museum. Ich war seit meiner Kindheit nicht mehr dort gewesen. Alles war ganz anders, als ich es in Erinnerung gehabt hatte. Der Hof wurde von einem großen

Glasdach überspannt, und Licht flutete auf mich herab. Ich ging durch Räume mit antiken Töpferwaren, Räume mit großen Steinskulpturen, ohne die Ausstellungsstücke zu registrieren. Schließlich gelangte ich in einen Raum, der von großen, ledergebundenen Büchern gesäumt war. Einige waren auf Ständern ausgestellt und aufgeschlagen, damit die Besucher die kunstvollen Buchmalereien bewundern konnten. Das Licht in diesem Raum war weich, die Atmosphäre ruhig. Wenn überhaupt jemand etwas sagte, dann im Flüsterton. Ich saß eine ganze Stunde dort und starrte auf die Bücherreihen, ohne etwas wahrzunehmen. Ich ging erst, als das Museum schloss. Mir war klar, dass ich nicht mehr nach Hause zurückkehren konnte.

21

Als ich aus dem Museum trat, wurde mir bewusst, dass ich fror. Ich war ohne Jacke aus der Wohnung geflohen, trug nur einen leichten Pulli. Deshalb ging ich in der Oxford Street in den erstbesten Laden und verschwendete fünfzig Pfund für eine rote Steppjacke, in der ich aussah, als sollte ich eigentlich auf einem Bahnsteig stehen und mich um Zugnummern kümmern. Immerhin war sie warm. Ich fuhr mit der U-Bahn in den Norden der Stadt und stand kurze Zeit später vor Bens Haus. Doch er war nicht zu Hause. Ich betrat ein Café, bestellte einen teuren Milchkaffee und gestattete mir nachzudenken.

Jos Wohnung war von nun an tabu für mich. Er hatte mich wiedergefunden und gleich wieder verloren, zumindest vorübergehend. Ich zermarterte mir den Kopf nach einer anderen Möglichkeit, aber es gab keine. Ein Mann hatte sich Carol gegenüber als mein Vater ausgegeben und ihr auf diese Weise meine Adresse entlockt. Ich unternahm einen schwachen Versuch, in die Rolle eines skeptischen Polizisten zu schlüpfen.

Ich versuchte mir einen wütenden Kunden vorzustellen oder einen unserer Subunternehmer, der mich so dringend persönlich sprechen wollte, dass er zu dieser ausgefeilten List gegriffen hatte, doch das war Unsinn. Es konnte sich nur um ihn handeln. Was würde er nun tun? Er hatte herausgefunden, wo ich wohnte, wusste aber nicht, dass ich das wusste. Zumindest nahm ich an, dass er es noch nicht wusste. Vielleicht glaubte er, dass ich unterwegs war und er nur auf mich zu warten brauchte. Falls dem so war, konnte ich jetzt die Polizei anrufen, sie konnten hinfahren und ihn verhaften, und alles wäre vorbei.

Dieser Gedanke war so verlockend, dass ich mich kaum zurückhalten konnte. Der Haken an der Sache war, dass Jack Cross definitiv nur noch einen Millimeter davon entfernt war, endgültig die Geduld mit mir zu verlieren. Wenn ich jetzt wegen irgendeines Verdachts die Polizei rief, konnte es sein, dass sie gar nicht kommen würden. Und wenn doch, würden sie womöglich feststellen, dass er nicht da war. Was sollte ich dann zu ihnen sagen: Schnappt euch den nächstbesten Mann, der gerade des Weges kommt, und fragt ihn, ob er mein Entführer ist?

Ich trank meinen Kaffee aus und ging zu Bens Wohnung zurück. Es brannte noch immer kein Licht. Da ich nicht wusste, was ich tun sollte, trieb ich mich vor dem Haus herum, stampfte mit den Füßen auf und rieb mir die Hände, um mich zu wärmen. Und wenn Ben noch eine Besprechung hatte? Wenn er plötzlich beschlossen hatte, sich mit jemandem auf einen Drink zu treffen, zum Essen oder ins Kino zu gehen? Ich versuchte, mir eine andere Übernachtungsmöglichkeit einfallen zu lassen, begann im Geiste eine Liste von Freunden zusammenzustellen, die ich überfallen konnte. Abigail Devereaux, die fliegende Holländerin, die von Haus zu Haus wanderte, auf der Suche nach einer Mahlzeit und einem Bett für die Nacht. Die Leute würden sich hinter dem Sofa verstecken, wenn ich an der Tür klingelte. Als Ben schließlich die Treppe heraufkam, tat ich mir schon selbst richtig Leid.

Er blickte überrascht hoch, als ich aus dem Schatten trat, und ich begann mich prompt für meine Anwesenheit zu entschuldigen, doch mitten in meiner Entschuldigung brach ich in Tränen aus, was mich mit großer Wut auf mich selbst erfüllte, weil ich mich so erbärmlich aufführte, so dass ich anfing, mich wegen meiner Tränen zu entschuldigen. Ben stand also auf der Treppe vor seiner Wohnung und sah sich mit einer schluchzend vor sich hinstammelnden Frau konfrontiert. Recht viel schlimmer konnte es nicht mehr werden. Trotz alledem schaffte er es, die Arme um mich zu legen, seinen Schlüssel aus der Tasche zu fischen und die Tür aufzusperren. Ich wollte ihm erklären, was in Jos Wohnung passiert war, brachte aber keinen zusammenhängenden Satz heraus, entweder weil ich vor Kälte nur so schlotterte oder weil mein Vorhaben, es laut auszusprechen, mir erst richtig klar machte, wie beängstigend das Ganze gewesen war. Ben murmelte mir beruhigende Worte ins Ohr, führte mich ins Bad und drehte an der Wanne die Wasserhähne auf. Dann begann er die Reißverschlüsse und Knöpfe meiner Sachen zu öffnen.

»Schöne Jacke«, meinte er.

»Mir war kalt«, antwortete ich.

»Nein, wirklich.«

Er zog mir meinen Pulli über den Kopf und befreite mich aus meiner Hose. Mein Blick fiel auf mein Spiegelbild. Ich hatte von der Kälte ein rotes Gesicht und vom Weinen gerötete Augen. Mein ganzer Körper wirkte rot und wund, als wäre mir mit meinen Kleidern auch die Haut abgezogen worden. Das heiße Badewasser brannte im ersten Moment, fühlte sich dann aber wundervoll an. Am liebsten hätte ich die Wanne nie wieder verlassen und den Rest meiner Tage wie ein urzeitliches Sumpflebewesen im Wasser verbracht. Ben verschwand und kehrte mit zwei großen Tassen Tee zurück, die er auf dem

Wannenrand abstellte. Dann begann er sich auszuziehen. Eine gute Idee, fand ich. Er kletterte zu mir herein, verschränkte seine Beine in meine und benahm sich ansonsten wie ein vollendeter Gentleman: Er setzte sich nämlich auf die Seite mit den Wasserhähnen. Nachdem er einen Waschlappen über sie drapiert hatte, konnte er sich einigermaßen bequem zurücklehnen. Mittlerweile funktionierte mein Mund wieder, so dass es mir gelang, relativ gefasst über meine Flucht zu berichten – wenn man das überhaupt so nennen konnte.

Ben wirkte ehrlich überrascht. »Um Gottes willen!«, sagte er. »Du bist hinten zum Fenster raus?«

»Ich hielt es nicht für ratsam, die Tür aufzumachen und ihn zum Tee einzuladen.«

»Und du bist ganz sicher, dass *er* es war?«

»Ich habe hin und her überlegt, welche andere Erklärung es geben könnte. Wenn dir etwas Plausibles einfällt, wäre ich dir ungemein dankbar.«

»Schade, dass du keinen Blick auf ihn werfen konntest.«

»Jos Wohnungstür hat keinen Spion. Außerdem wäre mir vor Angst beinahe das Herz stehen geblieben. Ich muss gestehen, dass sich ein Teil von mir am liebsten hingelegt und darauf gewartet hätte, bis er kommen und mir den Garaus machen würde, damit das alles endlich vorbei wäre.«

Ben griff nach einem zweiten Waschlappen und legte ihn auf sein Gesicht. Unter dem dicken Frotteestoff drang leises Gemurmel hervor.

»Tut mir Leid«, sagte ich.

Er zog den Waschlappen weg. »Was tut dir Leid?«, fragte er.

»Das alles. Es ist schon für mich allein schlimm genug, aber daran lässt sich nun mal nichts ändern. Mir tut es so Leid, dass du dich jetzt auch noch damit herumschlagen musst. Vielleicht haben wir uns einfach zum falschen Zeitpunkt kennen gelernt.«

»Du musst dich deswegen nicht entschuldigen.«

»O doch, das muss ich. Außerdem entschuldige ich mich schon im Voraus.«

»Wie meinst du das?«

»Ich möchte dich um einen Gefallen bitten.«

»Na, dann schieß los!«

»Ich wollte dich bitten, für mich in Jos Wohnung zu gehen und meine Sachen zu holen.« Ben war anzusehen, dass er von dieser Idee nicht gerade begeistert war. Rasch schob ich eine hektische Erklärung nach: »Du verstehst bestimmt, dass ich selbst nicht mehr dorthin kann. Ich darf auf keinen Fall in die Wohnung zurückkehren. Er könnte mich beobachten. Aber dir wird nichts passieren. Er hat es nur auf mich abgesehen. Wenn er dich kommen sieht, denkt er höchstens, dass er sich in der Wohnung geirrt hat.«

»Verstehe«, sagte Ben, noch weniger begeistert als zuvor. »Ja, klar, ich mache es.«

Die Atmosphäre hatte sich verändert. Ein Weile schwiegen wir beide.

»Bist du jetzt genervt?«, fragte ich schließlich, um das Schweigen zu brechen.

»Ich hatte eigentlich andere Pläne«, antwortete er.

»Ich weiß, ich weiß, für dich wäre es viel leichter gewesen, wenn du eine halbwegs normale Person kennen gelernt hättest. Nicht mit dieser blöden Geschichte.«

»Das habe ich damit nicht gemeint. Ich habe von uns beiden hier in diesem Bad gesprochen, jetzt in diesem Moment. Ich hatte eigentlich vor, dir zu helfen, dich zu waschen. Ich hätte deine Schultern abgerubbelt und mich anschließend zu deinen Brüsten vorgearbeitet. Dann wären wir miteinander ins Bett gegangen. Stattdessen muss ich mich wieder anziehen und womöglich auch noch umbringen lassen. Oder er foltert mich, um herauszubekommen, wo du bist.«

»Du musst nicht, wenn du nicht willst«, sagte ich.

Das Ganze endete damit, dass Ben einen Freund namens

Scud anrief. »Das ist nicht sein wirklicher Name«, erklärte er. Scud machte etwas mit Computergrafik, und in seiner Freizeit spielte er in einer Rugby-Mannschaft. »Er ist ein Schrank von einem Mann und hat außerdem einen Sprung in der Schüssel«, fügte Ben hinzu. Es gelang ihm, Scud zu überreden, gleich zu uns zu kommen. »Ja, jetzt sofort«, hörte ich ihn am Telefon sagen. Fünfzehn Minuten später stand Scud vor der Tür. Er war tatsächlich von recht kräftiger Statur. Es schien ihn zu amüsieren, eine neue Frau in Bens Bademantel kennen zu lernen, aber die knappe Version meiner Geschichte, die Ben ihm erzählte, verwirrte ihn sichtlich. Trotzdem zuckte er mit den Achseln und meinte, das wäre kein Problem.

Ich beschrieb den beiden kurz, wo meine Sachen zu finden waren.

»Und wenn ihr wieder geht, dann stellt bitte sicher, dass euch niemand folgt«, schloss ich.

Scud starrte mich an. Allem Anschein nach war er nun doch beunruhigt. Ich hatte nicht daran gedacht, dass vieles von dem, was ich von mir gab, auf normale, nicht vorbereitete Menschen wie das Geplapper einer Wahnsinnigen wirkte. Ben schnitt eine Grimasse.

»Du hast doch gesagt, es wäre nicht gefährlich.«

»Für euch nicht. Aber er könnte auf die Idee kommen, dass ihr zu mir gehört, und euch folgen. Haltet einfach die Augen offen.«

Die beiden Männer wechselten einen Blick.

Nach einer knappen Stunde war Ben zurück, einer Stunde, in der ich ein ganzes Glas Whisky trank und nervös Bens Zeitschriften durchblätterte. Als er hereinkam, sah er aus, als hätte er seine Weihnachtseinkäufe erledigt. Er ließ die prall gefüllten Plastiktüten auf den Boden fallen.

»Jetzt hat Scud etwas gut bei mir«, meinte er.

»Warum? Was ist passiert?«

»Immerhin habe ich ihn seiner Gattin und seinen Kindern entrissen und dazu angestiftet, gemeinsam mit mir die Wohnung einer Frau zu durchwühlen, die er gar nicht kennt. Und womöglich habe ich ihn dabei auch noch in kriminelle Aktivitäten verwickelt.«

»Wie meinst du das?«

»Jos Wohnungstür war offen. Gewaltsam aufgebrochen.«

»Aber es war doch die Kette vorgehängt.«

»Jemand muss sie eingetreten haben. Der ganze Türrahmen war kaputt.«

»Lieber Himmel!«

»Ja. Wir wussten nicht so recht, was wir tun sollten. Es ist wahrscheinlich nicht legal, am Ort eines Verbrechens herumzustöbern und Sachen einzupacken, die einem nicht gehören.«

»Er ist eingebrochen«, murmelte ich gedankenverloren vor mich hin.

»Ich glaube, ich habe alles«, fuhr Ben fort. »Deine Kleider, in erster Linie. Außerdem die Dinge, die du sonst noch wolltest. Deine Papiere, Sachen aus dem Bad. Allerdings ohne Garantie, dass nicht ein Teil davon Jo gehört. Je länger ich darüber nachdenke, desto weniger legal erscheint mir die ganze Sache.«

»Großartig«, antwortete ich zerstreut. Ich hatte ihm bloß mit einem Ohr zugehört.

»Und hier ist das Foto von Jo, um das du gebeten hast.«

Er legte es auf den Tisch, und wir betrachteten es beide schweigend.

»Ich nehme an«, sagte Ben schließlich, »du weißt im Moment nicht, wo du hin sollst, und ich möchte auch keine große Sache daraus machen, aber du kannst gerne hier bleiben. So lange du magst.«

Ich musste schlucken. »Bist du sicher?«, fragte ich. »Du brauchst dich nicht verpflichtet fühlen, mir das anzubieten, nur weil ich mich gerade in dieser misslichen Lage befinde. Ich könnte sicher auch anderswo unterkommen.«

»Sei nicht albern.«

»Ich gefalle mir gar nicht in der Rolle der bemitleidenswerten, bedürftigen Frau, die sich einem Mann aufdrängt, der zu höflich ist, um sie wieder hinauszukomplimentieren.«

Er hob abwehrend die Hand. »Hör auf«, sagte er. »Halt einfach den Mund. Lass uns lieber schauen, wo wir die Sachen unterbringen.«

Gemeinsam fingen wir an, das seltsame Sortiment durchzugehen, das sich in den letzten paar Tagen angesammelt hatte.

»Ich wollte noch etwas sagen«, fuhr er fort, während er meine Unterwäsche sortierte. »Zumindest wollte ich die Möglichkeit ansprechen, dass es sich bei der Sache um einen normalen Einbruch gehandelt haben könnte.«

»Und was ist mit dem Typen, der bei mir in der Arbeit angerufen und sich als mein Vater ausgegeben hat?«

»Ich weiß nicht. Vielleicht irgendeine Art von Missverständnis. Möglicherweise war das, was du an der Tür gehört hast, tatsächlich ein Einbrecher. Es kommt öfter vor, dass sie erst klingeln, um festzustellen, ob jemand zu Hause ist. Du hast nicht reagiert, ganz wie es deine Art ist, woraufhin der Übeltäter davon ausgeht, dass niemand da ist und einbricht. Das passiert in der Gegend öfter. Erst vor ein paar Tagen haben Freunde von mir, die gleich da um die Ecke wohnen, mitten in der Nacht ein lautes Krachen gehört. Als sie nach unten liefen, mussten sie feststellen, dass genau das Gleiche passiert war. Jemand hatte die Tür eingetreten und sich eine Tasche und eine Kamera geschnappt. Vielleicht war es in deinem Fall ähnlich.«

»Hat etwas gefehlt?«

»Schwer zu sagen. Ein paar Schubladen standen offen. Der Videorekorder war noch da.«

»Hmmm.« Ich war immer noch skeptisch.

Ben sah mich stirnrunzelnd an. Er schien angestrengt über

etwas nachzudenken. »Was möchtest du heute zum Abendessen?«, fragte er schließlich.

Das gefiel mir. Mehr als das, ich war völlig begeistert. Mitten in dem Chaos, das in meinem Leben gerade herrschte, stellte er mir diese Frage, als würden wir wie ein Paar zusammen leben. Was wir im Moment ja eigentlich auch taten.

»Egal«, antwortete ich. »Was du hast. Aber um noch mal auf deinen Einwand zurückzukommen: Jo ist verschwunden, ein Typ verschafft sich unter einem falschen Namen meine Adresse, ich höre jemanden an der Tür. Ich springe hinten aus dem Fenster, und er bricht ein. So viele Zufälle gibt es nicht.«

Ben stand reglos wie ein Statue vor mir – allerdings eine Statue mit einem Damenslip in der Hand. Ich entriss ihm das Ding.

»Morgen rufe ich bei der Polizei an«, erklärte er. »Inzwischen müssten Jos Eltern zurück sein. Wir werden nachher mit ihnen sprechen, und falls sie keine guten Nachrichten für uns haben, bleibt uns nichts anderes übrig, als Jo als vermisst zu melden.«

Ich legte meine Hand auf seine. »Danke, Ben.«

»Ist das Whisky?«, fragte er. Sein Blick war auf mein Glas gefallen. Beziehungsweise *sein* Glas, streng genommen.

»Ja, du musst entschuldigen«, sagte ich. »Ich brauchte ganz dringend was für meine Nerven.«

Er griff nach dem Glas und nahm einen Schluck. Seine Hand zitterte.

»Geht es dir nicht gut?«, fragte ich.

Er schüttelte den Kopf. »Erinnerst du dich, dass du vorhin zu mir gesagt hast, wir hätten uns vielleicht zum falschen Zeitpunkt kennen gelernt? Ich hoffe, du hast damit Unrecht. Für mich fühlt sich das mit uns beiden sehr richtig an, und zwar in vielerlei Hinsicht. Ich fürchte nur, dass ich nicht der Typ bin, der in der Lage sein wird, dich mit den Fäusten zu verteidigen oder sich vor dich zu werfen, wenn jemand auf dich schießt.

Im Grunde meines Herzens bin ich ein ziemlicher Angsthase, um ehrlich zu sein.«

Ich küsste ihn, und unsere Hände fanden sich.

»Die meisten Menschen würden das nie zugeben«, sagte ich. »Sie würden sich nur eine Ausrede einfallen lassen, um mich nicht im Haus haben zu müssen. Aber im Moment interessiert mich eigentlich nur dein Plan.«

»Was für ein Plan?«

»Er ging damit los, dass du mir die Schultern waschen wolltest. Den Waschteil können wir gerne weglassen.«

»Oh, *der* Plan«, sagte er grinsend.

22

»Weißt du, ich bin heute Morgen schon früh aufgewacht und konnte nicht mehr schlafen, und da habe ich nachgedacht. Du kennst das bestimmt, wenn man in der Dunkelheit liegt und die Gedanken durch den Kopf wirbeln? Wie auch immer, die Situation ist Folgende: Er ist hinter mir her, aber irgendwie bin ich auch hinter ihm her. Ich muss ihn kriegen, bevor er mich kriegt. Meinst du nicht auch?« Ich saß an Bens Küchentisch, bekleidet mit einem T-Shirt von ihm, und tauchte gerade eine Brioche in meinen Kaffee. Draußen war alles mit Raureif überzogen. In der Küche roch es nach frischem Brot und Hyazinthen.

»Vielleicht hast du Recht«, meinte er.

»Was weiß er über mich? Er kennt meinen Namen. Er weiß, wie ich aussehe, zumindest ungefähr, wo ich bis vor ein paar Wochen gelebt habe, wo ich bis gestern gewohnt habe, wo ich arbeite beziehungsweise gearbeitet habe. Und was weiß ich über ihn?« Ich hielt einen Moment inne, um einen Schluck Kaffee zu trinken. »Nichts.«

»Nichts?«

»Gar nichts. Nicht das Geringste. Ich habe nur einen einzigen Vorteil: Er weiß nicht, dass ich weiß, dass er mir auf den Fersen ist. Er glaubt, er kann sich einfach von hinten an mich heranschleichen, aber in Wirklichkeit spielen wir das Kinderspiel, bei dem man um den Baum herumläuft und sich gegenseitig fängt und gleichzeitig voreinander davonläuft. Ihm ist nicht klar, dass ich weiß, dass er es nach wie vor auf mich abgesehen hat. Wenn du verstehst, was ich meine.«

»Abbie …«

»Da ist noch etwas. Ich folge nicht nur ihm – oder plane, ihm zu folgen, sobald ich einen Ausgangspunkt gefunden habe –, nein, ich folge auch mir selbst, der Abbie, an die ich mich nicht erinnern kann. Ich wandle sozusagen auf meinen eigenen Spuren.«

»Nicht so schnell, ich …«

»Vielleicht habe ich es nicht richtig ausgedrückt, aber ich gehe davon aus, dass die Abbie, an die ich mich nicht erinnern kann, bereits versucht hat, Jo zu finden. Das habe ich bestimmt getan, meinst du nicht auch? Wenn ich es jetzt tue, dann habe ich es sicher auch schon damals getan. Hältst du das nicht für plausibel? Das ist es, was mir heute Morgen durch den Kopf gegangen ist.«

»Wann bist du aufgewacht?«

»Gegen fünf, glaube ich. Mir schwirrte so vieles im Kopf herum. Was ich jetzt brauche, ist ein konkreter Beweis, den ich Cross bringen kann. Dann werden sie endlich anfangen zu ermitteln. Wenn ich also meinen eigenen Spuren folge, die aller Wahrscheinlichkeit nach Jos Spuren folgen, dann lande ich am Ende vielleicht wieder dort, wo ich beim letzten Mal gelandet bin.«

»Was sich nach keiner guten Idee anhört, wenn man bedenkt, was passiert ist.«

»Der Haken an der Sache ist natürlich, dass ich meinen Spuren nicht folgen kann, weil ich mich an nichts erinnere.«

»Möchtest du noch Kaffee?«

»Ja, bitte. Leider weiß ich auch nicht, wohin Jo unterwegs war. Jedenfalls lag zwischen dem Zeitpunkt ihres Verschwindens und meiner Entführung nur eine kurze Zeitspanne. Jedenfalls weiß ich, dass Jo am Mittwochvormittag noch da war. Das hat mir ihr Nachbar Peter erzählt. Und ich bin mit ziemlicher Sicherheit am Donnerstagabend verschwunden.«

»Abbie.« Ben nahm meine Hände und hielt sie zwischen seinen fest. »Nun mal langsam!«

»Rede ich wirres Zeug?«

»Es ist erst zehn nach sieben, und wir sind spät ins Bett. Ich bin noch nicht im Vollbesitz meiner geistigen Kräfte.«

»Ich glaube, ich muss die Sache mit der Katze weiterverfolgen.«

»Wie bitte?«

»Jo wollte sich ein Kätzchen zulegen. Das weiß ich ebenfalls von Peter. Sie hatte schon alles Nötige gekauft. Ich nehme an, sie hatte vor, sich so schnell wie möglich eins zu besorgen. Wenn ich herausbekäme, an wen sie sich deswegen wenden wollte, dann – na ja, mir fällt jedenfalls nichts Besseres ein. Irgendwo muss ich ja anfangen.«

»Folglich planst du jetzt, eine Katze aufzuspüren?«

»Ich werde in der Tierhandlung und in der Post nachfragen, wo die Leute oft Zettel aushängen. Und beim Tierarzt. Bei Tierärzten hängen bestimmt auch solche Notizen, meinst du nicht? Na ja, wahrscheinlich ist das Ganze sowieso ein sinnloses Unterfangen. Wenn du bessere Ideen hast, dann raus damit!«

Ben sah mich lange an. Mir ging durch den Kopf, dass er jetzt wahrscheinlich dachte: Lohnt sich das wirklich? Bis zu einem gewissen Grad war ich mir über meinen Zustand durchaus im Klaren. Ich mochte wirres Zeug reden, aber wenigstens war ich mir dessen noch bewusst.

»Ich mache dir einen Vorschlag«, sagte er. »Ich muss im

Büro ein paar Briefe abholen und den Jungs Instruktionen erteilen. In zwei Stunden bin ich wieder da, dann machen wir uns gemeinsam auf den Weg.«

»Wirklich?«

»Mir gefällt die Vorstellung nicht, dass du allein durch die Gegend läufst.«

»Du weißt, dass du das nicht zu tun brauchst. Du bist nicht für mich verantwortlich.«

»Das Thema haben wir doch gestern Abend schon geklärt, wenn du dich erinnerst.«

»Danke«, sagte ich. »Vielen Dank.«

»Wie wirst du dir die Zeit vertreiben, bis ich wieder da bin?«

»Ich werde noch mal mit Cross sprechen, auch wenn ich mir nicht vorstellen kann, dass er begeistert sein wird, von mir zu hören.«

»Du musst ihn trotzdem anrufen.«

»Ich weiß.«

»Ich werde es vom Büro aus noch mal bei Jos Eltern versuchen. Gestern Abend hat niemand abgenommen. Wir sollten auf jeden Fall mit ihnen reden, bevor wir uns an die Polizei wenden.«

»Ja, du hast Recht.«

Kurz vor acht brach Ben auf. Ich duschte so heiß, dass ich es gerade noch aushielt, und machte mir anschließend frischen Kaffee. Dann rief ich Cross an, erhielt aber nur die Auskunft, er werde erst nachmittags wieder in seinem Büro sein. Ich wäre vor Ungeduld fast in Tränen ausgebrochen. Ein halber Tag ist eine lange Zeit, wenn man das Gefühl hat, dass jede Minute zählt.

Ben würde erst in zwei Stunden zurückkehren. Ich räumte die Küche auf und bezog das Bett frisch. Sein Haus wirkte erwachsener als alles, was ich bisher gewohnt gewesen war. Ich fand, dass Terry und ich ein bisschen wie Studenten gehaust hatten. Alles in unserem Leben – auch wo und wie wir wohnten – hatte etwas leicht Provisorisches gehabt, sich einfach irgendwie ergeben. Wir waren einigermaßen zurechtgekommen, aber es war immer chaotisch gewesen und am Ende in Gewalt eskaliert. Bens Lebensweise dagegen war beständig. Er hatte sich einen Beruf ausgesucht, der ihm lag, und er lebte in einem schönen Haus, in dem jeder Raum in einer anderen Farbe gestrichen und mit sorgfältig ausgewählten Gegenständen ausgestattet war. Ich öffnete seinen Kleiderschrank. Er besaß nur zwei Anzüge, die aber sehr teuer aussahen. Seine Hemden hingen ordentlich auf Bügeln, und auf dem Boden des Schranks standen drei Paar Lederschuhe. Bei ihm ergaben sich die Dinge nicht bloß zufällig, dachte ich. Er wählte sie bewusst aus. Genau so hatte er mich ausgewählt, und er hatte mich vermisst, als ich fort war. Ich schauderte vor Freude.

Kurz nach zehn Uhr kam er zurück. Ich wartete schon auf ihn, eingehüllt in warme Sachen, ein Notizbuch in der Tasche. Ich hatte auch das Foto von Jo eingepackt, weil ich hoffte, dass es vielleicht eine gute Gedächtnisstütze für die Leute sein würde.

»Jos Eltern kommen erst morgen zurück«, erklärte er. »Ich habe wieder mit der Frau gesprochen, die auf ihren Hund aufpasst. Sie haben noch eine Nacht in Paris angehängt. Am besten, wir fahren morgen Nachmittag zu ihnen. Es ist nicht so weit, gleich auf der anderen Seite der M25.«

»Das wird nicht einfach.«

»Ja.« Einen Moment lang wirkte sein Gesicht völlig ausdruckslos. Dann fügte er in betont fröhlichem Ton hinzu: »So, nun aber los. Zeit für die Katzenjagd.«

»Bist du sicher, dass du dir das antun willst? Ich meine, es ist wahrscheinlich sowieso für die Katz, im wahrsten Sinne des Wortes.«

»Immerhin werde ich dich als Gesellschaft haben.« Er schlang einen Arm um mich, und wir gingen zu seinem Wagen. Ich musste kurz an mein eigenes Auto denken, das schon wieder auf einem Parkplatz für abgeschleppte Fahrzeuge stand, schob den Gedanken aber sofort wieder weg. Mit diesen Dingen würde ich mich später auseinandersetzen. Freundschaften, Familie, Arbeit, Geld (chronischer Mangel), Steuererklärungen, Strafzettel, längst überfällige Leihbücher aus der Bibliothek – das alles musste warten.

Wir parkten in einer kleinen Straße wenige hundert Meter von Jos Wohnung entfernt. Wir wollten eine Runde durch das Viertel drehen, aber es wurde ein langweiliges und frustrierendes Unterfangen. Unser Besuch beim Tierarzt brachte gar nichts. Von den Zeitungshändlern erkannte keiner Jos Foto, und nur in wenigen Läden gab es Karten, auf denen Haustiere angeboten wurden.

Nach fast zwei Stunden hatte ich mir lediglich drei Telefonnummern notiert. Während wir zum Wagen zurückgingen, rief Ben die Leute von seinem Handy aus an. Wie sich herausstellte, waren zwei der Karten erst in den letzten paar Tagen aufgehängt worden und somit irrelevant. Die dritte Karte hing schon länger, und als Ben anrief, erklärte die Frau, es sei noch ein Kätzchen übrig, für das sie bisher kein Zuhause gefunden habe, aber wir würden es wahrscheinlich nicht wollen.

Sie wohnte gleich um die Ecke, und wir beschlossen, sofort bei ihr vorbeizuschauen. Das Kätzchen war getigert und noch sehr klein. Die Frau, die groß und kräftig gebaut war, erklärte uns, es sei das schwächste Tier des Wurfs gewesen und deswegen so zart und zerbrechlich. Außerdem räumte sie ein, dass mit seinen Augen etwas nicht in Ordnung sei. Es stoße überall an, erklärte sie, und trete in seinen Fressnapf. Sie nahm es hoch und setzte es auf ihre große, schwielige Hand, wo es herzzerreißend miaute.

Ich holte Jos Foto aus der Tasche und zeigte es ihr.

»Hat sich diese Freundin von uns bei Ihnen nach einer Katze erkundigt?«, fragte ich.

»Was?« Sie setzte den kleinen Tiger wieder auf den Boden

und sah sich das Foto an. »Nein, nicht dass ich wüsste. Ich würde mich bestimmt an sie erinnern. Warum?«

»Oh, das ist eine zu lange Geschichte«, antwortete ich, und sie hakte nicht nach. »Wir gehen dann wieder. Ich hoffe, Sie finden bald ein Zuhause für Ihr Kätzchen.«

»Wohl kaum«, meinte sie. »Wer will schon eine blinde Katze? Ich werde sie ins Katzenasyl bringen müssen. Betty wird sie schon aufnehmen.«

»Katzenasyl?«

»Na ja, das klingt vielleicht zu offiziell. Betty ist einfach eine Katzennärrin. Total verrückt. Ihr ganzes Leben dreht sich nur um Katzen, etwas anderes interessiert sie nicht. Sie nimmt alle auf, die heimatlos herumstreunen. Mittlerweile hat sie bestimmt an die fünfzig, und sie bekommen ständig Junge. Dabei ist ihr Haus nur klein. Das muss man wirklich gesehen haben. Bestimmt treibt es ihre Nachbarn in den Wahnsinn. Wenn Sie nach einem Kätzchen suchen, sollten Sie bei ihr vorbeischauen.«

»Wo wohnt sie?«, fragte ich und zückte mein Notizbuch.

»Lewin Crescent. Die Nummer weiß ich nicht, aber Sie können es nicht verfehlen. Ein winziges Häuschen, bei dem im ersten Stock alle Fenster mit Brettern zugenagelt sind. Es sieht verlassen aus.«

»Danke.«

Wir gingen zum Wagen zurück.

»Lewin Crescent?«, fragte Ben.

»Warum nicht, nachdem wir schon mal hier sind.«

Wir sahen auf dem Stadtplan nach und fuhren hin. Im Wagen war es wunderbar gemütlich, doch draußen blies ein eisiger, schneidender Wind. Unser Atem bildete weiße Wolken. Ben nahm meine Hand und lächelte zu mir herunter. Seine Finger waren warm und stark.

Das Haus machte tatsächlich einen sehr heruntergekommenen Eindruck. Die Haustür wurde von erfrorenem Unkraut und ein paar halb verfaulten, mit Reif überzogenen Sonnenblumen eingerahmt, die Mülltonne quoll über. An der Hauswand zog sich ein breiter Riss nach oben, und die Farbe der Fensterbretter blätterte ab. Ich drückte auf den Klingelknopf, hörte aber kein Klingeln, so dass ich vorsichtshalber auch kräftig klopfte.

»Hör dir das an«, sagte Ben. Durch die Tür waren Miauen, Fauchen und seltsame Kratzgeräusche zu vernehmen. »Habe ich eigentlich schon erwähnt, dass ich auf Katzen allergisch reagiere? Ich bekomme Asthma, und meine Augen werden feuerrot.«

Die Tür öffnete sich einen Spalt. Ein Gesicht spähte zu uns heraus.

»Hallo«, sagte ich. »Entschuldigen Sie die Störung.«

»Sind Sie von der Stadt?«

»Nein. Uns hat bloß jemand erzählt, dass Sie viele Katzen haben.«

Die Tür schwang ein Stück weiter auf. »Dann kommen Sie rein – aber passen Sie auf, dass keine entwischt. Schnell!«

Ich weiß nicht, was uns als Erstes entgegenschlug, die Wand aus Hitze oder der Geruch nach Katzenfutter, Ammoniak und Exkrementen. Überall tummelten sich Katzen. Sie lagen auf dem Sofa und den Sesseln, zusammengerollt vor dem elektrischen Heizkörper, als weiche braune Häufchen auf dem Boden. Einige putzten sich, ein paar schnurrten, zwei weniger friedliche Exemplare standen sich mit hohem Buckel und zuckendem Schwanz gegenüber und fauchten einander an. Neben der Küchentür waren mehrere Schalen mit Futter aufgereiht, daneben drei oder vier Katzenklos. Das Ganze wirkte wie die widerliche Version eines Walt-Disney-Films. Ben blieb mit entsetzter Miene an der Tür stehen.

»Sie sind Betty, nicht wahr?« Ich versuchte, meine Gesichtszüge unter Kontrolle zu halten. Eine Katze schmiegte sich an meine Beine.

»Das ist richtig.«

Betty war schon alt. Ihr Gesicht war runzlig, die Haut an ihrem Hals faltig und schlaff. Ihre Finger und Handgelenke waren blau. Sie trug ein dickes, blaues Hemdblusenkleid, bei dem mehrere Knöpfe fehlten, und war von oben bis unten voller Katzenhaare. Aus ihrem zerfurchten Gesicht funkelten mich zwei gewitzte braune Augen an.

»Jemand hat uns erzählt, dass Sie streunende Katzen aufnehmen und manchmal an Leute abgeben, die ein Haustier suchen«, erklärte ich.

»Ich muss aber sicher sein, dass es sich um einen guten Platz handelt«, antwortete sie in scharfem Ton. »Da achte ich sehr darauf. Ich gebe sie nicht einfach an irgendjemanden ab. Das sage ich den Leuten immer wieder.«

»Wir glauben, dass eventuell eine Freundin von uns hier war.« Ich zog das Foto heraus.

»Natürlich war sie hier.«

»Wann?« Ich trat einen Schritt auf sie zu.

»Man dreht sich im Leben oft im Kreis, nicht wahr? Aber sie kam nicht in Frage. Sie schien der Meinung zu sein, dass man eine Katze hinein- und hinausspazieren lassen kann, wie es ihr beliebt. Wissen Sie, wie viele Katzen jedes Jahr überfahren werden?«

»Nein«, antwortete ich. »Das weiß ich nicht. Sie wollten also nicht, dass sie eine von ihren Katzen bekam?«

»Sie schien sowieso nicht besonders erpicht darauf«, erwiderte Betty. »Sobald ich meine Zweifel an ihr geäußert hatte, war sie wieder draußen.«

»Und sie können sich nicht daran erinnern, wann das war?«

»Sagen Sie es mir.«

»Während der Woche? Am Wochenende?«

»Es war an dem Tag, an dem die Müllabfuhr kommt. Die Männer klapperten gerade draußen herum, als sie da war.«

»An welchem Tag kommt denn bei Ihnen die Müllabfuhr?«

»Am Mittwoch.«

»Dann war es also ein Mittwoch«, schaltete sich Ben ein, der noch immer an die Haustür gelehnt stand. »Können Sie sich an die Uhrzeit erinnern?«

»Ich weiß nicht, wieso Sie das so interessiert.«

»Wir wollen Sie nicht …«, begann ich.

»Vormittags oder nachmittags?«, fragte Ben.

»Nachmittags«, antwortete sie widerwillig. »Meistens kommt die Müllabfuhr, wenn ich den Katzen gerade ihren Tee gebe. Nicht wahr, meine Lieben?« fügte sie an den ganzen Raum gewandt hinzu, der seltsam zu brodeln und zu wogen schien, weil sich überall Katzen bewegten.

»Vielen Dank«, sagte ich. »Sie haben mir sehr geholfen.«

»Das haben Sie beim letzten Mal auch gesagt.«

Ich hatte bereits die Hand nach dem Türgriff ausgestreckt und erstarrte mitten in der Bewegung. »Ich war schon mal hier?«

»Natürlich. Allerdings allein.«

»Betty, können Sie mir sagen, wann das war?«

»Sie brauchen nicht so zu schreien, ich bin weder taub noch blöd. Sie sind am Tag darauf gekommen. Haben Sie Ihr Gedächtnis verloren?«

»Nach Hause?«, fragte Ben.

»Nach Hause«, stimmte ich zu, lief aber sofort knallrot an, als mir bewusst wurde, was ich da eben gesagt hatte. Ben, der meine Verlegenheit bemerkte, legte mir lächelnd eine Hand aufs Knie. Ich drehte mich zu ihm um, und wir küssten uns. Es war ein sehr sanfter Kuss, bei dem sich unsere Lippen nur ganz leicht berührten, und wir ließen dabei die Augen offen, so dass ich in seinen Pupillen mein Spiegelbild sehen konnte.

»Nach Hause«, sagte er noch einmal. »Heimwärts zu Toast und Tee.«

Nach dem Toast und dem Tee gingen wir ins Bett und liebten uns. Wir machten kein Licht, und während es draußen immer kälter und dunkler wurde, hielten wir uns fest und wärmten einander. Ausnahmsweise sprachen wir mal nicht über düstere Themen, sondern taten das, was alle frisch gebackenen Liebespaare tun: Wir fragten einander über unsere amouröse Vergangenheit aus. Zumindest fragte ich ihn.

»Das habe ich dir schon erzählt«, antwortete er.

»Wirklich? Ach, du meinst, davor?«

»Ja.«

»Ist das nicht seltsam? Sich vorzustellen, dass ich all diese Dinge in mir trage – Dinge, die mir passiert sind, die du mir erzählt hast, Geheimnisse, Geschenke – und mich nicht mehr an sie erinnern kann? Wenn man sich an etwas nicht erinnert, dann ist das doch genau so, als wäre es nie passiert, oder?«

»Ich weiß nicht«, antwortete er. Ich fuhr mit einem Finger seine Lippen nach. Er lächelte in der Dunkelheit.

»Du wirst es mir noch mal erzählen müssen. Wer war meine Vorgängerin?«

»Leah. Eine Innenarchitektin.«

»War sie schön?«

»Ich weiß es nicht. Irgendwie schon. Sie war eine halbe Marokkanerin, mit sehr markanten Gesichtszügen.«

»Hat sie hier gewohnt?«

»Nein. Na ja, nicht richtig.«

»Wie lange wart ihr zusammen?«

»Zwei Jahre.«

»Zwei Jahre – eine lange Zeit. Was ist passiert?«

»Vor knapp einem Jahr hat sie sich in einen anderen verliebt und mich verlassen.«

»Ganz schön dumm von ihr«, sagte ich. »Wie kann man dich nur verlassen?« Ich streichelte sein weiches Haar. Wir lagen unter der Bettdecke wie in einer kleinen Höhle, während sich die Welt draußen verdunkelte. »Warst du sehr verletzt?«

»Ja«, antwortete er. »Ich glaube schon.«

»Aber jetzt geht es dir wieder gut, oder?«

»Ja. Und wie!«

»Wir müssen über Jo reden«, sagte ich nach einer Weile.

»Ich weiß. Ich habe fast ein schlechtes Gewissen, weil ich so glücklich bin.« Er streckte den Arm aus und schaltete die Nachttischlampe an. Die plötzliche Helligkeit blendete uns so, dass wir beide blinzeln mussten. »Sie war also am Mittwochnachmittag auf der Suche nach einer Katze, und du warst am Donnerstag auf der Suche nach ihr.«

»Ja.«

»Du folgst deinen eigenen Spuren.«

»Wie diese verrückte Katzenfrau gesagt hat – man dreht sich im Leben oft im Kreis.«

23

Nachdem Ben gegangen war, um fürs Abendessen einzukaufen, rief ich aus einem spontanen Impuls heraus Sadie an.

»Hallo«, sagte ich. »Rate mal, wer hier ist!«

»Abbie? Mein Gott, Abbie, wo steckst du bloß? Ist dir eigentlich klar, dass ich nicht mal eine Telefonnummer von dir habe? Ich war gestern Abend bei Sam, er hat eine kleine Geburtstagsparty gegeben, und wir haben alle gesagt, wie seltsam es ist, dass du nicht bei uns bist. Wir haben sogar auf dich angestoßen. Na ja, eigentlich haben wir auf alle abwesenden Freunde angestoßen, aber damit warst hauptsächlich du gemeint. Keiner von uns hat gewusst, wie man dich erreichen kann. Du bist völlig von der Bildfläche verschwunden.«

»Ich weiß, ich weiß, und es tut mir Leid. Ihr fehlt mir alle sehr, aber ich – ich kann es jetzt nicht erklären. Ich hätte an seinen Geburtstag denken sollen, ich habe ihn noch nie vergessen, aber im Moment ist alles, na ja, ziemlich dramatisch.«

»Geht es dir gut?«

»Mehr oder weniger. Einerseits ja, andererseits nein.«

»Klingt sehr geheimnisvoll. Wann kann ich dich sehen? Wo wohnst du?«

»Bei einem Freund«, antwortete ich vage. »Und wir sehen uns bestimmt bald. Ich muss nur noch ein paar Dinge klären. Du weißt schon.« Am liebsten hätte ich gesagt: Ich muss vorher noch mein Leben retten. Aber das klang zu verrückt. Es fühlte sich auch verrückt an, jedenfalls hier in Bens Haus, wo die Lichter brannten, die Heizkörper summten und aus der Küche das Geräusch der Geschirrspülmaschine herüberdrang.

»Ja, aber eins muss ich dir noch erzählen, Abbie: Ich habe mit Terry gesprochen.«

»Wie geht es ihm? Hat ihn die Polizei inzwischen auf freien Fuß gesetzt?«

»Ja. Ich glaube allerdings, sie haben ihn nur freigelassen, weil sie es gesetzlich nicht mehr vertreten konnten, ihn noch länger einzusperren.«

»Gott sei Dank. Ist er wieder viel auf der Piste?«

»Könnte man sagen. Er hat versucht, dich zu erreichen.«

»Ich werde ihn anrufen. Jetzt gleich. Demnach steht er immer noch unter Verdacht, oder wie?«

»Ich weiß es nicht. Er war nicht gerade in Höchstform, als ich mit ihm gesprochen habe. Ich glaube, er hatte schon einiges intus.«

»Sadie, ich muss jetzt aufhören. Ich werde gleich Terry anrufen. Und ich komme dich bestimmt bald besuchen, ganz bald.«

»Tu das.«

»Geht es Pippa gut?«

»Ja. Sie ist wundervoll.«

»Ich weiß. Du auch, Sadie.«

»Was?«

»Wundervoll. Du bist wundervoll. Ich bin froh, Freunde wie euch zu haben. Sag allen, dass ich sie liebe.«

»Abbie?«

»Allen. Sheila und Guy und Sam und Robin und – na ja, einfach allen. Wenn du sie siehst, dann sag ihnen, dass ich …« In dem Moment fiel mein Blick auf den Spiegel über dem Kamin. Ich fuchtelte hysterisch mit der Hand herum, wie eine Opernsängerin. »Na ja, du weißt schon. Richte ihnen zumindest ganz liebe Grüße aus.«

»Geht es dir wirklich gut?«

»Das ist alles so seltsam, Sadie.«

»Hör zu …«

»Ich muss aufhören. Ich ruf dich wieder an.«

Ich wählte Terrys Nummer, ließ es sehr lange klingeln. Gerade, als ich auflegen wollte, ging er ran.

»Hallo?« Seine Stimme klang undeutlich.

»Terry? Ich bin's, Abbie.«

»Abbie«, sagte er. »O Abbie!«

»Sie haben dich gehen lassen.«

»Abbie«, wiederholte er.

»Es tut mir so Leid, Terry. Ich habe Ihnen gesagt, dass du es nicht gewesen sein kannst. Hat dein Dad dir erzählt, dass ich angerufen habe? Das mit Sally tut mir so Leid. Ich kann dir gar nicht sagen, wie Leid mir das tut.«

»Sally«, sagte er. »Sie dachten, ich hätte sie umgebracht.«

»Ich weiß.«

»Bitte«, sagte er.

»Was? Was kann ich tun?«

»Ich muss dich sehen. Bitte, Abbie.«

»Das ist im Moment schwierig.« Ich konnte nicht in seine Wohnung – womöglich wartete er dort auf mich.

Die Haustür ging auf, und Ben kam mit zwei Tragetüten herein.

»Ich rufe dich gleich noch mal an«, sagte ich. »In ein paar Minuten. Geh nicht weg.« Nachdem ich aufgelegt hatte, drehte ich mich zu Ben um und erklärte: »Ich muss mich mit Terry treffen. Er hört sich fürchterlich an, und das ist alles nur meinetwegen. Ich bin es ihm schuldig.«

Seufzend stellte er die Tüten ab. »Und ich habe ein romantisches Abendessen für zwei geplant. Schön blöd!«

»Mir bleibt keine andere Wahl, oder? Verstehst du das?«

»Wo?«

»Wo was?«

»Wo willst du dich mit ihm treffen?«

»Nicht in seiner Wohnung, soviel steht fest.«

»Hier?«

»Das fände ich irgendwie seltsam.«

»Seltsam? Na dann – seltsame Sachen sind ja gar nicht unser Ding, stimmt's?«

»Ein Café oder so was wäre besser. Kein Pub – er klingt sowieso schon betrunken genug. Wo kann man hier in der Nähe hingehen?«

»In der Belmont Avenue gibt es was, am Park am Ende der Straße. Das Soundso-Diner.«

»Ben?«

»Was?«

»Kommst du mit?«

»Ich fahre dich hin und warte im Wagen.«

»Ich bin dir dafür sehr dankbar.«

»Dann ist es jede Mühe wert«, antwortete er trocken.

Fünfundvierzig Minuten später saß ich in besagtem Diner (es hieß einfach nur *The Diner*), trank Cappuccino und beobachtete die Tür. Terry kam zehn Minuten später. Er war in einen alten Überzieher gehüllt und trug eine Wollmütze. Sein Gang wirkte etwas unsicher, sein Gesichtsausdruck wild.

Er kam an meinen Tisch und ließ sich etwas zu laut nieder. Als er seine Mütze abnahm, sah ich, dass sein Haar leicht fettig glänzte und seine Wangen zwar von der Kälte oder vom

Alkohol gerötet waren, ansonsten aber ungewohnt eingefallen aussahen.

»Hallo Terry«, begrüßte ich ihn und legte meine Hände auf seine.

»Dein Haar wird wieder länger.«

»Tatsächlich?«

»O mein Gott!« Er schloss die Augen und lehnte sich in seinem Stuhl zurück. »Oh, ich bin so fertig! Ich könnte hundert Stunden durchschlafen.«

»Was darf ich dir bestellen?«

»Kaffee.«

Ich winkte der Kellnerin.

»Einen doppelten Espresso und noch mal einen Cappuccino.«

Terry zündete sich mit zittrigen Händen eine Zigarette an und nahm sofort einen langen, tiefen Zug, was sein Gesicht noch eingefallener aussehen ließ.

»Ich habe der Polizei gesagt, dass du es nicht warst, Terry. Und wenn du möchtest, spreche ich auch mit deinem Anwalt. Das ist alles ein riesengroßer Irrtum.«

»Sie haben immer wieder behauptet, ich sei ein gewalttätiger Mann.« Die Kellnerin stellte den Kaffee auf den Tisch, doch Terry schien sie gar nicht zu bemerken. »Es war, als würde sich mein ganzer Kopf mit Blut füllen. Ich hätte dir niemals etwas getan. Sie haben geredet, als wäre ich ein bösartiger Mistkerl. Sie haben gesagt, ich hätte dich in den Nervenzusammenbruch getrieben ...«

»Das haben sie gesagt?«

»Und Sally ... Sally ... O verdammt!«

»Terry. Nicht.«

Er begann zu weinen. Dicke Tränen liefen ihm über die Wangen und in den Mund. Er griff nach seiner Tasse, aber seine Hände zitterten so sehr, dass er große Pfützen Kaffee über den Tisch verschüttete.

»Ich weiß nicht, was passiert ist«, sagte er, während er ohne großen Erfolg versuchte, den verschütteten Kaffee mit einer Serviette aufzuwischen. »Erst lief alles ganz normal, und dann ging plötzlich alles zum Teufel. Die ganze Zeit dachte ich, ich würde irgendwann aufwachen und feststellen, dass es nur ein schlimmer Traum war, und du würdest neben mir liegen oder Sally. Aber stattdessen bist du hier, und Sally ist tot, und die Polizei glaubt noch immer, dass ich es war. Ich weiß genau, dass sie das glauben.«

»Die Hauptsache ist, dass sie dich freigelassen haben«, antwortete ich. »Du warst es nicht, und sie dürfen das auch nicht länger behaupten. Du hast jetzt nichts mehr zu befürchten.«

Aber er hörte mir gar nicht zu. »Ich fühle mich so verdammt einsam«, sagte er. »Warum ich?«

Angesichts seines Selbstmitleids empfand ich einen Anflug von Zorn. »Oder warum Sally?«, erwiderte ich.

Am nächsten Morgen rief Ben bei Jos Eltern an. Sie waren aus dem Urlaub zurückgekehrt, ich konnte die Stimme der Mutter hören. Nein, erklärte sie, Jo sei nicht mit ihnen in Urlaub gefahren. Sie hätten sie vor ihrer Abreise das letzte Mal gesehen. Ja, natürlich, sie würden sich sehr über Bens Besuch freuen, wenn er in der Gegend wäre, und selbstverständlich sei es in Ordnung, wenn er eine Freundin mitbringe. Bens Gesichtszüge wirkten angespannt, seine Mundwinkel waren nach unten gezogen, als hätte er etwas Saures gegessen. Er sagte, wir würden gegen elf kommen.

Schweigend fuhren wir durch Nord-London zu ihrem Haus in Hertfortshire. Es war ein nebliger, feuchter Tag. Die Bäume und Häuser, an denen wir vorbeifuhren, hatten etwas Düsteres, Bedrohliches. Jos Eltern lebten am Rand eines Dorfes, in einem flachen weißen Haus am Ende einer gekiesten Zufahrt. Nachdem wir von der Hauptstraße abgebogen waren, hielt Ben einen Moment an.

»Mir ist richtig übel«, erklärte er in wütendem Ton, als wäre das meine Schuld. Dann fuhr er weiter.

Jos Mutter hieß Pam und war eine gut aussehende, kräftige Frau mit einem festen Händedruck. Ihr Vater dagegen war dürr wie ein Skelett. Mit seinem ausgemergelten, von unzähligen Falten durchzogenen Gesicht wirkte er um Jahrzehnte älter als seine Frau, und als ich seine Hand schüttelte, hatte ich das Gefühl, ein Bündel Knochen in der Hand zu halten. Wir nahmen in der Küche Platz, und Pam bewirtete uns mit Tee und Keksen.

»Dann erzähl mal, wie es dir so geht, Ben. Es ist ja schon eine Ewigkeit her, dass Jo dich das letzte Mal mitgebracht hat…«

»Ich bin aus einem bestimmten Grund gekommen«, unterbrach Ben sie abrupt.

»Jo?«, fragte sie.

»Ja. Ich mache mir Sorgen um sie.«

»Was ist mit ihr?«

»Wir wissen nicht, wo sie ist. Sie ist verschwunden. Ihr habt gar nichts von ihr gehört?«

»Nein«, antwortete sie im Flüsterton. Dann fügte sie lauter hinzu: »Aber du weißt ja, wie das bei ihr ist, sie verschwindet ständig irgendwohin, ohne uns etwas davon zu sagen. Manchmal meldet sie sich wochenlang nicht.«

»Ich weiß. Aber Abbie wohnt seit ein paar Wochen bei ihr, und Jo ist eines Tages einfach nicht nach Hause gekommen.«

»Nicht nach Hause gekommen«, wiederholte sie.

»Du hast keine Ahnung, wo sie sein könnte?«

»Im Cottage?« Ihr Miene hellte sich hoffnungsvoll auf. »Sie fährt manchmal hin und haust eine Weile dort.«

»Da waren wir schon.«

»Oder bei ihrem Freund?«

»Nein.«

»Ich verstehe nicht so recht«, schaltete sich der Vater ein. »Wie lange ist sie denn schon verschwunden?«

»Seit dem sechzehnten Januar«, antwortete ich. »Zumindest nehmen wir das an.«

»Und heute haben wir den wie vielten? Den sechsten Februar? Das sind ja schon drei Wochen!« Pam stand auf. Sie starrte einen Moment auf uns herunter und rief dann: »Wir müssen sofort anfangen, nach ihr zu suchen! Auf der Stelle!«

»Ich gehe zur Polizei«, erklärte Ben und erhob sich ebenfalls. »Wir fahren gleich von hier aus hin. Wir haben schon mit ihnen gesprochen – zumindest hat Abbie das getan, aber sie nehmen so etwas nicht ernst, es sei denn, es handelt sich um ein Kind.«

»Und was soll ich machen?«, fragte Pam. »Ich kann doch nicht einfach herumsitzen und warten. Ich werde mich an die Strippe hängen und einen Rundruf starten. Bestimmt gibt es eine ganz einfache Erklärung. Mit wem habt ihr schon gesprochen?«

»Vielleicht hat es wirklich nichts zu bedeuten«, antwortete Ben hilflos. »Womöglich geht es ihr bestens. Es gehen schließlich dauernd Leute verloren und tauchen wieder auf.«

»Ja, natürlich«, antwortete Pam. »Du hast völlig Recht. Das Wichtigste ist, dass wir nicht in Panik geraten.«

»Wir fahren jetzt schnurstracks zur Polizei«, sagte Ben. »Ich rufe euch später an. In Ordnung?« Er legte seine Hände auf Pams Schultern und küsste sie auf beide Wangen. Sie drückte ihn einen Moment an sich. Jos Vater saß immer noch am Tisch. Ich betrachtete seine pergamentartige Haut, die Leberflecken auf seinen zerbrechlichen Händen.

»Auf Wiedersehen«, sagte ich. Ich wusste nicht, was ich sonst noch hinzufügen sollte. Es gab nichts hinzuzufügen.

»Ben, das ist Detective Inspector Jack Cross. Das ist Ben Brody. Er ist ein Freund von Josephine Hooper, von der ich Ihnen erzählt habe, als ich letzt …«

»Ich weiß. Ich habe Sie in ihrer Wohnung besucht, erinnern

Sie sich? Sie haben mir gesagt, dass Sie ihre Sachen anhatten und dass Jo mit erstem Vornamen Lauren heißt.«

»Ich bin froh, dass Sie Terry freigelassen haben«, erklärte ich. »Nun, da Sie wissen, dass er es nicht wahr, muss Ihnen klar geworden sein, dass der wahre Schuldige noch frei herumläuft und dass Jo vielleicht …«

»Dazu kann ich im Moment noch keinen Kommentar abgeben«, antwortete Cross vorsichtig.

»Sollen wir Detective Inspector Cross erst einmal sagen, was wir mit Sicherheit wissen, Abbie?«

Cross sah ihn leicht überrascht an. Vielleicht hatte er gedacht, dass jeder, der mit mir zu tun hatte, verrückt sein musste: Kontaminierung durch schlechten Umgang.

Das meiste hatte ich ihm natürlich schon erzählt, aber aus meinem Mund hatte es bloß wie eine weitere Bestätigung meiner Paranoia geklungen. Es hörte sich wesentlich plausibler an, wenn jemand anders es aussprach.

Wir gingen sämtliche Punkte mehrmals durch. Das Ganze lief sehr formal ab, wie das Ausfüllen eines komplizierten Steuerformulars. Ich schrieb die Zeiten und Daten auf, die ich für die fehlende Woche zusammengetragen hatte, sowohl für mich als auch für Jo. Dann überreichte ich Cross Jos Foto. Ben gab ihm die Telefonnummern ihrer Eltern und ihres Ex-Freunds und nannte ihm die Namen der Verlage, für die sie regelmäßig arbeitete.

»Was halten Sie davon?«, fragte ich Cross.

»Ich werde darüber nachdenken«, antwortete er. »Aber ich bin nicht …«

»Die Sache ist …« Ich hielt inne und warf einen Blick zu Ben hinüber, bevor ich weitersprach. »Nun ja, falls ich Recht habe und Jo von dem gleichen Mann geschnappt wurde wie ich, dann habe ich die schlimme Befürchtung, dass sie mit ziemlicher Sicherheit oder zumindest mit großer Wahrscheinlichkeit, Sie wissen schon …« Ich konnte das Wort nicht aussprechen – nicht, wenn Ben neben mir saß. Ich erinnerte mich nicht mal an die kurze Zeit, die ich Jo gekannt hatte. Er dagegen kannte sie schon sein halbes Leben.

Auf Cross' Gesicht spiegelten sich gemischte Gefühle wider. Als wir uns das erste Mal begegnet waren, hatte er mir meine Geschichte ohne Zögern geglaubt, mich definitiv als Opfer gesehen. Dann hatte man ihn dazu gebracht, mir überhaupt nicht mehr zu glauben, und ich war in seinen Augen zum Opfer meiner eigenen Wahnvorstellungen geworden – eine arme Irre, mit der man Mitleid haben musste. Nun war er von Zweifeln erfüllt.

»Lassen Sie uns Schritt für Schritt vorgehen«, sagte er diplomatisch. »Als Erstes werden wir uns mit Ms. Hoopers Eltern in Verbindung setzen. Wo sind Sie derzeit zu erreichen?«

»Bei mir«, antwortete Ben. Cross sah ihn ein paar Sekunden lang an, dann nickte er.

»Gut.« Er stand auf. »Ich melde mich bei Ihnen.«

»Allmählich glaubt er mir, meinst du nicht auch?«

Ben griff nach meiner Hand und begann mit meinem Ring herumzuspielen. »Meinst du, was dich oder was Jo betrifft?«

»Gibt es da einen Unterschied?«

»Ich weiß nicht«, antwortete er.

»Das mit Jo tut mir so Leid, Ben. Es tut mir wirklich sehr, sehr Leid. Ich weiß gar nicht, wie ich es ausdrücken soll.«

»Ich hoffe immer noch, dass irgendwann das Telefon klingelt und sie am Apparat ist.«

»Das wäre schön«, sagte ich.

Er schenkte uns Wein nach.

»Musst du oft an die Tage denken, als du seine Gefangene warst?«

»Manchmal kommt es mir vor, als wäre es nur ein schrecklicher Alptraum gewesen, und dann denke ich: Vielleicht habe ich wirklich alles nur geträumt. Bei anderen Gelegenheiten –

meistens in der Nacht oder wenn ich allein bin und mich besonders verwundbar fühle – ist es plötzlich wieder derart präsent, dass ich das Gefühl habe, alles von neuem zu durchleben. Als würde ich tatsächlich wieder in der Situation stecken. Als wäre ich nie aus jenem Raum entkommen und all das hier« – ich machte eine Handbewegung, die die hell erleuchtete Küche mit einschloss – »wäre der Traum. Alles purzelt durcheinander, meine Erinnerungen, meine Phantasien, meine Ängste. Weißt du, was ich manchmal für ein Gefühl habe, wenn ich in den frühen Morgenstunden aufwache und mir alles so düster und traurig erscheint? Dann habe ich das Gefühl, dass ich mich auf einem Rad befinde, das sich endlos dreht. Und dass ich alles schon mal getan habe – was ja in gewisser Hinsicht auch stimmt, ich habe tatsächlich schon nach Jo gesucht, mich in dich verliebt – und demnächst wieder in der Dunkelheit verschwinden werde.«

»Jetzt ist es bald vorbei.«

»Glaubst du wirklich?«

»Ja. Die Polizei wird sich darum kümmern – und glaub mir, diesmal ist ihnen bestimmt daran gelegen, alles richtig zu machen. Du versteckst dich einfach ein paar Tage hier bei mir, und dann ist dieser Alptraum vorbei, da bin ich sicher. Dann bist du abgesprungen von deinem Rad.«

24

Ben war im Büro, und ich gönnte mir mitten am Vormittag eine Dusche. Das war einer der vielen Vorteile von Bens Haus. Es war modern und technisch auf dem neuesten Stand, und die Dinge funktionierten auf eine Weise, wie ich es mir bis dahin kaum hatte vorstellen können. Terrys so genannte Dusche war ein Art tröpfelnder Wasserhahn knapp zwei Meter über der Badewanne gewesen. Selbst wenn das Wasser heiß war, wurden die Tropfen auf dem Weg nach unten kalt. Bens Dusche dagegen war eine richtige Hochleistungsmaschine mit einem scheinbar unerschöpflichen Vorrat an heißem Wasser und der Kraft und Konzentration eines Feuerwehrschlauchs. Hinzu kam, dass die Dusche kein Teil der Badewanne, sondern in einer eigenen Nische untergebracht und mit einer Tür versehen war. Ich kauerte in einer Ecke und stellte mir vor, mich auf einem Planeten zu befinden, der ununterbrochen mit heißem Regen bombardiert wurde. Natürlich war so ein Planet weniger vorteilhaft, wenn man essen, schlafen oder ein Buch lesen wollte, aber für eine Weile tat das Prasseln sehr gut. Ein heißer Wasserstrahl, der mit beträchtlicher Wucht meinen Kopf traf, war eine gute Art, mich vom Denken abzuhalten.

Am liebsten wäre ich bis zum Frühjahr dort geblieben oder wenigstens, bis der Mann gefasst war, aber irgendwann drehte ich doch das Wasser ab und trocknete mich so langsam und sorgfältig ab, wie sich das nur eine Frau ohne dringenden Termin leisten kann. Dann schlenderte ich in Bens Schlafzimmer hinüber und zog fast ausschließlich Sachen von ihm an: eine Jogginghose und ein schlabberiges blaues T-Shirt, das mir mehrere Nummern zu groß war, außerdem riesige Fußballsocken und ein Paar Hausschuhe, die ich ganz hinten in seinem Schrank fand. Anschließend schaltete ich in der Küche den Wasserkocher an und machte mir eine halbe Kanne Kaffee. Eines Tages würde ich anfangen müssen, darüber nachzudenken, wie ich meine berufliche Karriere aus ihrem derzeitigen Ruhezustand erwecken und wieder in Schwung bringen sollte, aber das konnte warten. Alles konnte warten.

Ich trank meinen Kaffee und unternahm ein paar halbherzige Versuche zu putzen und aufzuräumen, wusste in Bens Haus aber nicht gut genug Bescheid, um viel auszurichten. Ich hatte keine Ahnung, was in welche Schublade oder an welchen Haken gehörte, war andererseits aber auch nicht arbeitswütig genug, um den Boden zu schrubben oder etwas Ähnliches anzufangen, so dass ich mich am Ende darauf beschränkte, das Geschirr zu spülen, die Flächen abzuwischen und die Bettdecke glatt zu streichen. Selbst das nahm nur knapp eine Stunde in Anspruch. Noch immer galt es, einen leeren Tag zu füllen, bis Ben zurückkommen würde. Das bot mir Gelegenheit, meine Zeit auf eine Weise zu verbringen, wie ich es schon immer vorgehabt, aus Zeitmangel aber nie geschafft hatte: Ich konnte mich auf ein Sofa lümmeln, Kaffee trinken, Musik hören, ein Buch lesen und mich wie eine Frau mit Muße fühlen.

Frauen mit Muße hörten bestimmt nicht die klimpernde Popmusik, die den Großteil meiner eigenen Sammlung ausmachte. Sie verlangten nach etwas Kultivierterem. Ich ging Bens CDs durch, bis ich auf etwas stieß, das jazzig und anspruchsvoll aussah. Ich legte es ein. Es klang sehr erwachsen, ein bisschen wie ein Soundtrack zu einem Film, auf jeden Fall nicht wie etwas, das man sich einfach so anhörte, doch das war mir ganz recht so. Ich wollte in erster Linie lesen und Kaffee trinken und brauchte die Musik lediglich als Hintergrund. Das Problem mit so einem ganzen freien Tag war, sich auf ein bestimmtes Buch festzulegen. Ich war nicht in der Stimmung, mich mit einem ernsten Buch auseinanderzusetzen, und es hatte auch keinen Sinn, einen dicken Thriller in Angriff zu nehmen. Während ich einen Band nach dem anderen aus dem Regal zog und inspizierte, wurde schnell klar, dass ich gar nicht richtig in der Stimmung war, eine echte Frau mit Muße zu sein. Trotz meiner ausgiebigen Dusche und meines leeren Terminkalenders war ich noch immer sehr aufgeregt. Ich konnte mich auf nichts konzentrieren, konnte nicht aufhören, an die eine Sache zu denken, die ich eigentlich aus meinem Kopf verbannen wollte.

Ben besaß einen Stapel Fotobücher, die ich unentschlossen durchblätterte. Es fiel mir schwer, mich auf eines festzulegen. Schließlich entschied ich mich für das dickste, eine Sammlung von Fotos aus dem neunzehnten Jahrhundert. Es waren Bilder von exotischen Landschaften und dramatischen Ereignissen, Schlachten und Revolutionen und Katastrophen, aber ich achtete nur auf die Gesichter der abgebildeten Männer, Frauen und Kinder. Manche wirkten beunruhigt oder angstvoll. Andere feierten auf Jahrmärkten oder Festen. Hin und wieder blickte sich ein Gesicht mit einem verschwörerischen Lächeln nach der Kamera um.

Was mir am meisten auffiel, war die Fremdheit dieser Gesichter. Ich musste daran denken – und konnte plötzlich an gar nichts anderes mehr denken –, dass all diese Menschen, die schönen und die hässlichen, die reichen und die armen, die Glückspilze und die Pechvögel, die bösen und die tugendhaften, die frommen und die gottlosen, eines gemeinsam hatten: Sie waren tot. Jeder einzelne von ihnen war irgendwo gestorben, letztendlich ganz allein, auf einer Straße, auf einem Schlachtfeld oder in einem Bett. All die Menschen in jener Welt gab es nicht mehr. Ich dachte über diese Tatsache nach, aber es war mehr als ein bloßes Nachdenken, eher eine schmerzhafte Empfindung, wie Zahnweh. Das war ein Teil dessen, worüber ich hinwegkommen musste. Ich ließ den Blick zu den höheren Regalfächern hinaufwandern, über die Rücken der kleineren Bücher, die keine Bilder enthielten. Lyrik. Genau das brauchte ich jetzt. Wahrscheinlich hatte ich seit meiner Schulzeit höchstens zehn Gedichte in die Hände bekommen, doch nun empfand ich plötzlich das dringende Bedürfnis, ein Gedicht zu lesen. So ein Gedicht hatte außerdem den Vorteil, dass es kurz war.

Ben war offensichtlich auch kein großer Lyrikleser, aber es gab in seiner Sammlung ein paar Anthologien von der Art, wie sie Großeltern und Paten gern verschenken, wenn ihnen nichts anderes mehr einfällt. Die meisten von ihnen wirkten auf mich wie Schulbücher oder behandelten Themen, die mich nicht interessierten, wie zum Beispiel das Landleben, das Meer oder die Natur im Allgemeinen. Dann aber fiel mein Blick auf einen Band mit dem Titel *Gedichte von Sehnsucht und Verlust*, und obwohl ich mir vorkam wie ein Alkoholiker, der nach einer Wodkaflasche griff, konnte ich der Versuchung nicht widerstehen. Ich ließ mich mit meinem Kaffee auf der Couch nieder und tauchte in das Buch ein. Die Bedeutung der einzelnen Gedichte drang kaum in mein Bewusstsein. Stattdessen schien mir das Ganze eine ineinander verschwimmende Anhäufung von Kummer, Bedauern und Sehnsucht zu sein, unterlegt von grauen Landschaften. Ich kam mir vor wie bei einer Party, wo sich Depressive versammelt hatten, aber das war ein gutes Gefühl. Mein Versuch, so zu tun, als wäre ich glücklich und entspannt, war ein Fehler gewesen. Viel besser war es festzustellen, dass es noch andere verlorene Seelen gab, die ähnlich fühlten wie ich. Ich befand mich unter Freunden, und nach einer Weile ertappte ich mich dabei, wie ich lächelte, weil mir die beschriebenen Empfindungen so vertraut waren.

Da mir das Buch so gut gefiel, blätterte ich zum Anfang zurück, um zu sehen, wer diesen wundervoll düsteren Band zusammengestellt hatte, und fand bei dieser Gelegenheit heraus, dass jemand eine Widmung auf die Titelseite geschrieben hatte. Für den Bruchteil einer Sekunde hörte ich eine innere Stimme flüstern, dass es falsch war, die Widmung zu lesen. Ich ignorierte die Warnung. Schließlich hatte ich nicht in Bens Schreibtisch herumgestöbert und dabei sein Tagebuch oder alte Liebesbriefe gefunden. Eine Buchwidmung ist wie eine Postkarte, die man an eine Wand gepinnt hat. Selbst wenn sie an eine einzelne Person gerichtet ist, handelt es sich doch um eine Art öffentliche Erklärung. Zumindest redete ich mir das in diesem Sekundenbruchteil ein, doch als ich sah, dass die ersten drei Worte »Ben, mein Liebster« lauteten, begann ich zu ahnen, dass es wohl doch nicht als öffentliche Erklärung gedacht war, aber zu diesem Zeitpunkt hatte ich bereits weitergelesen: »Ben, mein Liebster. Dieses Buch enthält traurige Worte, die meine

Gefühle besser zum Ausdruck bringen, als ich das könnte. Das alles tut mir so Leid, und du hast wahrscheinlich Recht, aber ich fühle mich trotzdem wie entzweigerissen und in vielerlei Hinsicht ganz furchtbar. Und so etwas als Widmung in ein Buch zu schreiben, ist auch furchtbar. All meine Liebe, Jo.« Die Widmung war mit November 2001 datiert.

Kein noch so winziger Teil von mir zog auch nur ansatzweise in Betracht, dass es sich um eine andere Jo handeln könnte. Ich hatte mehrere Tage in ihrer Wohnung verbracht und überall ihre Schrift gesehen, auf Einkaufslisten, Notizzetteln, Hüllen von Videokassetten. Ich kannte diese Schrift fast so gut wie meine eigene. Mir wurde plötzlich siedend heiß, bis in die Finger- und Zehenspitzen, und dann begann ich heftig zu zittern. Dieser verdammte Ben. Dieser verfluchte Ben. Er hatte mir alles über diese Leah erzählt, recht empfindlich getan, was ihre Beziehung betraf, mir beschrieben, was für eine schöne Frau sie gewesen sei und all das, und hatte dabei das unwichtige kleine Detail zu erwähnen vergessen, dass er nach der Trennung von ihr rein zufällig die Frau gevögelt hatte, in deren Wohnung ich zur Zeit wohnte – die Frau, die rein zufällig vor kurzem verschwunden war. Ich musste daran denken, wie er an ihrer Tür geklingelt hatte. Die beiden waren Freunde, da war das keine große Sache. Wir hatten viel Zeit damit verbracht, uns zu fragen, wo Jo sein könnte. Jedenfalls hatte ich mich das gefragt. Was hatte er sich dabei gedacht? Fieberhaft ließ ich im Geist die Gespräche Revue passieren, die ich mit ihm geführt hatte. Was hatte er über Jo gesagt? Er hatte sie im selben Bett gevögelt wie mich, es aber nicht für nötig gehalten, das zu erwähnen. Wobei er anfangs ja auch nicht erwähnt hatte, dass er mich bereits vor meinem Verschwinden gevögelt hatte. Was er mir sonst wohl noch alles verschwieg?

Ich versuchte mir harmlose Erklärungen für seine Geheimniskrämerei zu überlegen. Er wollte mich nicht aufregen. Vielleicht wäre es peinlich gewesen. Doch die anderen Gründe drängten sich immer wieder in den Vordergrund. Ich musste in Ruhe über alles nachdenken, das Chaos in meinem Kopf auseinandersortieren. Ich begann im Geist bereits, mir verschiedene Geschichten zu erzählen, und jede von ihnen machte es dringend erforderlich, dass ich so schnell wie möglich aus Bens Haus verschwand. Ich warf einen Blick auf meine Uhr. Der Tag erschien mir gar nicht mehr so lang. Ich lief in Bens Schlafzimmer und riss mir meine Sachen – seine Sachen – vom Leib, als wären sie verseucht. Dabei murmelte ich wie eine Geisteskranke vor mich hin. Ich war nicht sicher, ob ich es schaffen würde, eine sinnvolle Erklärung für all das zu finden, aber das Einzige, was Jo und ich definitiv gemeinsam hatten, war die Tatsache, dass wir eine sexuelle Beziehung mit Ben gehabt hatten. Nicht nur das – wir hatten beide mehr oder weniger kurz vor unserem Verschwinden eine sexuelle Beziehung mit ihm gehabt. Rasch schlüpfte ich in meine eigene Kleidung. Es ergab einfach keinen Sinn. Ich musste anderswo darüber nachdenken, an einem ruhigen Ort, wo ich in Sicherheit war. Denn hier war ich nicht mehr sicher. Die Stille des Hauses erschien mir plötzlich bedrohlich.

Als ich mit dem Anziehen fertig war, sammelte ich eilig ein, was ich unbedingt brauchte. Schuhe, Tasche, Pulli, Börse, meine schreckliche rote Winterjacke. Spielte er mit mir? Er hatte mich angelogen oder es unterlassen, mir die volle Wahrheit zu sagen, und ich würde bestimmt nicht hier herumsitzen und warten, bis er nach Hause kam. Ich versuchte mir jene Stimme aus der Dunkelheit vorzustellen. Ich hatte auch Bens Stimme in der Dunkelheit gehört, neben mir im Bett. Er hatte mir ins Ohr geflüstert, gestöhnt, mir gesagt, dass er mich über alles liebte. Konnte es sich um dieselbe Stimme handeln?

Ich musste weiter Jos Spuren folgen, das war der Schlüssel. Ich hatte die Leute gefragt, ob sie Jo gesehen hätten. Vielleicht hätte ich ihnen noch eine andere Frage stellen sollen. Ich rannte zu Bens Schreibtisch hinüber und begann in den Schubladen herumzuwühlen. Ungeduldig schob ich Akten und Notizbücher zur Seite, bis ich endlich fand, was ich suchte. Einen Streifen Passfotos von Ben. Einen Moment lang betrachtete ich die Aufnahmen. O Gott, er war wirklich ein gut aussehender Mann. Ich hatte die Leute nach Jo gefragt, aber ich war nie auf die Idee gekommen, sie auch nach Ben zu fragen. Bisher war ich meinen eigenen Spuren gefolgt, die ihrerseits Jos Spuren folgten. Nun überlegte ich, ob es vielleicht sinnvoller war, Bens Spuren zu folgen. Ich zögerte einen Moment, dann griff ich nach seinem Mobiltelefon. Ich brauchte es dringender als er. Bevor ich ging, drehte ich mich noch einmal um und blickte zurück, als wollte ich mich von einem Ort verabschieden, an dem ich kurze Zeit glücklich gewesen war.

Jetzt konnte ich mich auf niemanden mehr verlassen. Ich musste schnell handeln. Mir gingen langsam die sicheren Orte aus.

25

Ich rannte. Rannte die Straße entlang, wo mir ein bitterkalter Wind ins Gesicht schlug und meine Füße auf dem eisigen Gehsteig ständig ausrutschten. Wo wollte ich hin? Ich wusste es nicht, ich wusste bloß, dass ich weg musste, einfach nur weg, an einen anderen Ort. Ich hatte das warme Haus verlassen, in dem es so angenehm nach Sägemehl roch, hatte die Tür hinter mir zugezogen und nicht einmal einen Schlüssel mitgenommen. Ich war wieder allein. Mir kam in den Sinn, dass ich mit meiner scheußlichen Jacke ein weithin sichtbares Ziel abgab, aber der Gedanke huschte mir nur ganz vage durch den Kopf, wie eine Schneeflocke, die rasch schmolz. Ich lief einfach weiter, an Häusern, Bäumen und Autos vorbei, die ich kaum registrierte. Selbst die Gesichter der mir entgegenkommenden Menschen nahm ich nur verschwommen wahr.

Am Ende der Straße zwang ich mich, stehen zu bleiben und mich umzublicken. Niemand schien von mir Notiz zu nehmen, auch wenn man sich nie so sicher sein konnte. Denk nach, Abbie, befahl ich mir selbst. Denk nach, es geht um dein Leben. Aber ich konnte keinen klaren Gedanken fassen. Ich konnte nur fühlen und sehen. Vor meinem geistigen Auge tauchten Bilder auf. Ben und Jo, wie sie einander im Arm hielten. Erschöpft schloss ich die Augen und sah nur noch Schwärze, eine Schwärze, die sich anfühlte wie die Dunkelheit meiner verlorenen Zeit. Ich spürte, wie sie sich ein weiteres Mal um mich legte, spürte wieder den Blick seiner Augen, die mich aus der Finsternis anstarrten. Erst Jo und dann mich. Ich sah einen Schmetterling auf einem grünen Blatt, einen Baum auf einem Hügel, einen träge dahinströmenden Fluss, das stille, tiefe Wasser eines Sees. Ich schlug die Augen auf. Die schnöde graue Welt verdrängte alle anderen Bilder.

Ich setzte mich wieder in Bewegung, diesmal langsamer, ohne ein konkretes Ziel zu haben. Ich ging am Park vorbei und den Hügel hinunter. Es zog mich zu Jos Wohnung, obwohl mir klar war, dass ich nicht dorthin durfte. Auf der belebten Hauptstraße, die von Läden gesäumt war, sah ich plötzlich Jos Gesicht. Blinzelnd starrte ich sie an, aber natürlich war es gar nicht Jo, sondern irgendeine Frau, die ihrer Wege ging, ohne zu ahnen, was sie für ein Glück hatte.

Ich wusste in groben Zügen, wie Jo ihre letzten Stunden in Freiheit verbracht hatte: Mittwochnachmittag war sie auf der Suche nach einem Kätzchen gewesen. Im Laufe dieses Mittwochnachmittags war sie verloren gegangen, und am nächsten Tag war ich ebenfalls verschwunden. Nun suchte ich schon seit Tagen nach Anhaltspunkten, aber mehr hatte ich nicht in Erfahrung bringen können. Nur dieses erbärmliche Fitzelchen einer Information. Im Grunde tappte ich noch immer im Dunkeln.

Ich machte auf dem Absatz kehrt, lief die Hauptstraße ein

Stück zurück und bog dann in eine Straße ein, die Richtung Lewin Crescent führte. Ich ging die schmale Gasse entlang, bis ich zu dem schmuddeligen Häuschen mit den zugenagelten Fenstern kam, und klopfte an die Tür. Drinnen konnte ich Miauen hören, glaubte sogar einen schwachen Uringeruch wahrzunehmen. Dann kam jemand zur Tür geschlurft. Die Tür ging einen Spalt weit auf, und die alte Frau spähte misstrauisch zu mir heraus.

»Ja?«

»Betty?«

»Ja? Wer sind Sie?«

»Abbie. Ich war vor zwei Tagen schon mal hier. Ich habe Sie nach meiner Freundin gefragt.«

»Ja?«, sagte sie noch einmal.

»Darf ich reinkommen?«

Sie löste die Kette und machte die Tür ganz auf. Mir schlug heiße, abgestandene Luft entgegen, und ich hatte sofort wieder diesen scharfen Geruch in der Nase. Wie beim letzten Mal bewegte sich im ganzen Raum ein Teppich aus Katzen. Betty trug dasselbe blaue, mit Katzenhaaren bedeckte Hemdblusenkleid, dieselben abgewetzten Hausschuhe und dicken braunen Strümpfe. Ich hatte den Eindruck, dass zumindest ein Teil des Ammoniakgeruchs von ihr ausging. Sie war so dünn, dass ihre Arme wie Stöcke und ihre Finger wie dürre Zweige aussahen.

»Soso, Sie schon wieder. Sie zieht es wohl immer wieder her, was?«

»Ich habe Sie etwas zu fragen vergessen.«

»Was denn?«

»Sie sagten, dass meine Freundin bei Ihnen war. Jo.« Sie reagierte nicht. »Die, die wegen eines Kätzchens zu Ihnen gekommen ist, der sie aber keines geben wollten, weil …«

»Ich weiß, wen Sie meinen«, fiel sie mir ins Wort.

»Ich habe Sie aber nicht nach dem Mann gefragt, mit dem

ich da war. Moment.« Ich wühlte in meiner Tasche herum und holte den Streifen mit Bens Passfotos heraus. »Hier, das ist er.«

Sie warf einen raschen Blick auf die Bilder. »Und?«

»Erkennen Sie ihn wieder?«

»Ich glaube schon.«

»Nein, ich meine, *haben* Sie ihn schon beim letzten Mal wiedererkannt? Als ich mit ihm hier war?«

»Sie sind eine sehr konfuse junge Dame«, erklärte sie, während sie sich zu einer roten Katze hinunterbeugte, die gerade mit dem Kopf gegen ihre Beine stupste. Das Tier schmiegte das Kinn an ihre Hand und begann laut zu schnurren.

»Mich würde bloß interessieren, ob sie ihn vorher schon einmal gesehen haben. Bevor ich mit ihm hier war.«

»Vorher?«

Ungeduldig unternahm ich einen weiteren Versuch: »Haben Sie diesen Mann öfter als einmal gesehen?«

»Die Frage ist, wann?«

»Ja, genau.«

»Was?«

»Ich meine, ja genau, wann haben Sie ihn gesehen?« Allmählich wurde mir leicht schummrig.

»Aber das wollte ich doch gerade von Ihnen wissen – wann ich ihn Ihrer Meinung nach gesehen haben soll. Ja ist keine Antwort.«

Ich rieb mir die Augen. »Ich wollte bloß wissen, ob Sie ihn schon einmal gesehen hatten, bevor ich vor zwei Tagen mit ihm hier bei Ihnen war. Das ist alles.«

»Zu mir kommen alle möglichen Leute. Ist er von der Stadt?«

»Nein, er ist …«

»Denn wenn er von der Stadt ist, lasse ich ihn nicht mehr ins Haus.«

»Er ist nicht von der Stadt.«

»Katzen sind nämlich von Natur aus reinliche Wesen, müssen Sie wissen.«

»Ja«, antwortete ich dumpf.

»Manche Leute finden es auch nicht in Ordnung, dass sie so viel jagen. Aber das liegt nun mal in ihrer Natur.«

»Ich weiß.«

»Ich gebe meine Kätzchen nicht an Leute ab, die sie rauslassen. Das habe ich auch Ihrer Freundin gesagt. Als sie mir eröffnet hat, dass sie die Katze rauslassen will, habe ich ihr gesagt, dass ihr Heim kein geeigneter Platz für ein Kätzchen von mir ist, weil es sowieso bloß überfahren würde.«

»Ja. Danke. Entschuldigen Sie die Störung.« Ich wandte mich zur Tür.

»Ich bin nicht wie dieses Hippie-Pack.«

»Hippie-Pack?«

»Ja. Denen ist es egal, wo die Tiere landen.« Sie schnaubte missbilligend.

»Diese, ähm, diese Hippies haben auch so viele Katzen wie Sie?«

»Nicht so viele wie ich«, antwortete sie. »Nein.«

»Haben Sie Jo von ihnen erzählt?«

»Kann schon sein.«

»Betty, wo finde ich diese Leute?«

Ich weiß nicht, warum ich es so eilig hatte. Vielleicht aus Angst, die heiße Spur könnte kalt werden. Ich wusste, wo Jo nach ihrem Besuch bei Betty hingefahren war – oder wo sie möglicherweise hingefahren war, und das genügte mir. Nun war ich bis zur letzten oder vorletzten Stunde ihres letzten Tages vorgestoßen. Alles andere war verblasst, ich sah nur noch ihre zurückweichende Gestalt, in deren Fußspuren ich dahinstolperte. Aber wer folgte meiner Spur? Wer war hinter mir her?

Betty hatte von Hippies gesprochen, aber nach allem, was sie mir über sie gesagt hatte – ihre Dreadlocks und ihre Flickenklamotten –, ging ich davon aus, dass es sich um New-Age-Reisende handelte. Sie hatte mir erzählt, sie würden in einer verlassenen Kirche drüben in Islington hausen, und ich betete, dass sie noch nicht weitergezogen waren. Im Laufschritt eilte ich zur Hauptstraße zurück und winkte einem Taxi. Während der Fahrt blickte ich mich immer wieder über die Schulter um, hielt nach einem Gesicht Ausschau, das mir bekannt vorkam. Obwohl ich niemanden entdecken konnte, hatte ich das beängstigende Gefühl, dass mir nicht mehr viel Zeit blieb. Ich saß auf der Kante der Sitzbank und zappelte jedes Mal ungeduldig vor mich hin, wenn sich der Verkehr staute oder wir an einer roten Ampel anhalten mussten.

Als wir es endlich bis nach Islington geschafft hatten, wurde es bereits dunkel. Ich hatte jedes Zeitgefühl verloren und konnte nicht einmal mehr sagen, welcher Tag gerade war. Ein Wochentag, so viel wusste ich. Die meisten Leute waren noch im Büro, saßen in geheizten Zimmern, tranken Kaffee aus einem Automaten, führten Besprechungen, die sie für ungemein wichtig hielten. Ich bezahlte die Taxifahrerin, stieg aus und musste gleich einer gefrorenen Pfütze ausweichen. Aus dem tief hängenden, sich verdunkelnden Himmel rieselten Schneeflocken herab. Ich schlug den Kragen meiner Jacke hoch und setzte mich in Bewegung.

Ein Teil der Kirche war bunt gestrichen, und über die Holzrippen der großen Eingangstür spannte sich ein asymmetrischer Regenbogen. An der Wand lehnte ein rostiges, rosa besprühtes Fahrrad, daneben ein alter Kinderwagen mit Holz und ein weiterer voller Konservendosen. An der Seite der Kirche parkte ein mit Spiralen und Blumen bemalter Lieferwagen, bei dem an sämtlichen Fenstern Jalousien heruntergelassen waren. Ein großer graubrauner Hund schnüffelte an den Reifen herum.

Ich hob den Türklopfer an und ließ ihn mit Schwung gegen die Tür prallen, die bereits einen Spalt offen stand.

»Einfach aufschieben und reinkommen!«, rief eine Frauenstimme.

Das Innere der Kirche war düster und verqualmt. Auf dem Boden war eine provisorische Feuerstelle mit ein paar Steinen errichtet, um die sich eine Gruppe von Leuten scharte. Fast alle waren in Decken oder Schlafsäcke gehüllt. Ein Mann hielt eine Gitarre, schien aber nicht darauf spielen zu wollen. Im hinteren Teil der Kirche, wo noch ein paar Bänke standen, sah ich weitere Gestalten. Matratzen und Taschen waren über den Boden verteilt. Eines der Buntglasfenster hatte einen großen Sprung.

»Hallo«, sagte ich unsicher. »Entschuldigung, dass ich einfach so hereinschneie.«

»Du bist hier jederzeit willkommen«, antwortete eine Frau mit kurz geschorenem Haar und Piercings in Augenbrauen, Nase, Lippen und Kinn. Als sie sich vorbeugte, um mir die Hand zu geben, klirrten an ihrem Arm dicke Kupferarmreifen.

»Ich heiße Abbie«, stellte ich mich vor und schüttelte ihre Hand, die in einem dicken Wollhandschuh steckte. »Ich wollte nur fragen …«

»Wir wissen, dass du Abbie heißt – zumindest ich weiß es. Ein paar von uns sind erst in den letzten Tagen eingetroffen. Ich bin Crystal – erinnerst du dich? Du hast dir die Haare schneiden lassen, stimmt's?«, fügte sie hinzu. »Möchtest du eine Tasse Tee? Boby hat gerade welchen gemacht. Boby! Noch eine Tasse Tee, bitte – wir haben Besuch! Du nimmst keinen Zucker, richtig? Ich merke mir immer, wie die Leute ihren Tee trinken.«

Boby kam mit einer Zinntasse voll schlammfarbenem Tee zu uns herüber. Er war klein und dünn, bleich und nervös. Seine Armyhose war ihm viel zu weit, und sein Hals wirkte durch seinen dicken Strickpullover noch dünner.

»Danke«, sagte ich. »Ich bin schon mal hier gewesen, nicht wahr?«

»Wir haben ein bisschen Bohnengemüse übrig. Möchtest du welches?«

»Ich habe keinen Hunger«, sagte ich. »Vielen Dank.«

Der Mann mit der Gitarre strich mit den Fingern über den Hals seines Instruments und produzierte ein paar schräge Akkorde. Als er mich angrinste, sah ich, dass sein Mund voller schwarzer, zum Teil abgebrochener Zähne war. »Ich bin Ramsay«, stellte er sich vor. »Oder einfach Ram. Ich bin gestern von einer Umweltaktion auf hoher See zurückgekommen. Seit Wochen meine erste Nacht auf festem Boden. Und was hat dich hierher verschlagen?«

Da wurde mir klar, dass ich inzwischen aussah wie eine Streunerin. Ich war eine von ihnen geworden. Hier musste ich mir keine Mühe geben, um verstanden zu werden. Ich ließ mich am Feuer nieder und nahm einen Schluck von meinem lauwarmen, bitteren Tee. Der Rauch des Feuers brannte in meinen Augen.

»Das weiß ich ehrlich gesagt nicht so genau«, antwortete ich. »Aber Betty hat mir von euch erzählt.«

»Betty?«

»Die alte Frau mit den vielen Katzen«, mischte sich Crystal ein. »Du hast uns letztes Mal schon von ihr erzählt.«

Ich nickte. Mir war plötzlich friedlich zumute. Die Anspannung war von mir abgefallen. Vielleicht wäre es gar nicht so schlimm, tot zu sein. »Ja, wahrscheinlich«, antwortete ich. »Wahrscheinlich habe ich euch auch schon nach meiner Freundin Jo gefragt.«

»Stimmt. Jo.«

»Ich habe euch gefragt, ob sie hier war.«

»Möchtest du eine Kippe?«, fragte Boby.

»Gern.« Ich griff nach der dünnen, selbstgedrehten Zigarette, die er mir hinhielt. Ram gab mir Feuer. Ich inhalierte und musste sofort husten, spürte einen Anflug von Übelkeit. Trotzdem zog ich gleich noch einmal. »War sie hier?«

»Ja«, antwortete Crystal. Sie sah mich an. »Bist du okay?«

»Ja.«

»Hier. Iss ein paar Bohnen.« Sie griff nach einer der Bohnendosen, die am Feuer standen, steckte einen Plastiklöffel hinein und reichte sie mir. Ich schob mir einen Löffel voll in den Mund. Widerlich. Noch einen. Dann saugte ich wieder an der Zigarette, sog den beißenden Rauch in meine Lungen.

»Großartig«, sagte ich. »Danke. Demnach war Jo also wirklich hier?«

»Ja. Aber das habe ich dir schon beim letzten Mal erzählt.«

»Ich kann mich an vieles nicht erinnern«, erklärte ich.

»Das geht mir auch immer öfter so«, bemerkte Ram und versuchte sich an einem weiteren Akkord. Die Kirchentür ging auf, und ein Mann schob den Kinderwagen mit dem Holz herein. Nachdem er ein paar Scheite ins Feuer geworfen hatte, beugte er sich zu Crystal und küsste sie lange.

»Sie war also auf der Suche nach einem Kätzchen?«, fuhr ich schließlich fort.

»Weil diese verrückte Betty sich einbildet, dass wir hier Katzen haben.«

»Habt ihr denn keine?«

»Siehst du welche?«

»Nein.«

»Natürlich verirren sich hin und wieder ein paar Streuner zu uns, weil wir ihnen Milch und Futter geben. Und letzten Monat haben ein paar von uns an einer Aktion teilgenommen, bei der Katzen aus einem Labor befreit wurden. Trotzdem kann ich mir nicht vorstellen, wie diese Betty von uns erfahren hat.«

»Das weiß ich auch nicht«, sagte ich. »Dann ist sie also einfach wieder gegangen?«

»Jo?«

»Ja.«

»Sie hat uns ein bisschen Geld für unsere Projekte gegeben. Einen Fünfer, glaube ich.«

»Und das war's dann?«

»Ja.«

»Aha.« Ich blickte mich um. Vielleicht konnte ich mich ihnen anschließen, auch eine Reisende werden, mich wie sie von Bohnen ernähren, auf Steinböden oder auf Bäumen schlafen und Zigaretten drehen, bis meine Finger davon ganz gelb waren. Das wäre zumindest etwas anderes, als Büroeinrichtungen zu entwerfen.

»Ich habe ihr allerdings noch den Tipp gegeben, es bei Arnold Slater zu versuchen.«

»Arnold Slater?«

»Das ist der alte Mann, zu dem wir ein paar von den Streunern gebracht haben. Als die Hunde anfingen, Jagd auf sie zu machen. Er sitzt im Rollstuhl, kümmert sich aber trotzdem um sie.«

»Und zu ihm wollte Jo von hier aus?«

»Ich nehme es an. Hat sie jedenfalls gesagt. Du übrigens auch – beim letzten Mal, meine ich. Seltsam, nicht wahr? Wie ein *Déja-vu*-Erlebnis. Glaubst du an so was?«

»Natürlich. Mein Leben ist wie eine Karussellfahrt, eine Runde nach der anderen.« Ich warf das Ende der selbstgedrehten Zigarette ins Feuer und trank meinen Tee aus. »Danke«, sagte ich. Dann wandte ich mich mit einem Ruck zu Boby um. »Du hast eine große Spinnentätowierung, stimmt's?«

Er lief knallrot an. Verlegen schob er seinen dicken Pulli hoch. Auf seinem flachen weißen Bauch prangte ein tätowiertes Netz, das sich offenbar bis nach hinten über seinen Rücken erstreckte, auch wenn ich diesen Teil nicht sehen konnte. »Schau«, sagte er.

»Aber wo ist die Spinne geblieben?«, fragte ich.

»Das hast du letztes Mal auch gefragt.«

»Folglich bin ich eine konsequente Person«, meinte ich.

Beim Verlassen der Kirche stellte ich fest, dass es inzwischen dunkel geworden war. Hinter den Wolken konnte ich eine schmale Mondsichel ausmachen. Arnold Slater wohnte zwei Minuten von der Kirche entfernt, ein alter Mann im Rollstuhl. Jo hatte mit dem Gedanken gespielt, ihn aufzusuchen, und ich hatte mit dem Gedanken gespielt, Jo zu folgen und ihn ebenfalls aufzusuchen... Genau in dem Moment, als ich auf die Straße hinaustrat, begann das Handy, das ich mir beim Verlassen von Bens Wohnung geschnappt hatte, laut zu läuten, und ich zuckte erschrocken zusammen. Rasch holte ich das Telefon aus der Tasche und nahm, ohne nachzudenken, den Anruf entgegen.

»Hallo?«

»Abbie! Wo zum Teufel steckst du, Abbie? Was machst du? Ich bin schon halb wahnsinnig vor lauter Sorge um dich. Den ganzen Tag habe ich versucht, dich zu Hause auf dem Festnetz zu erreichen, aber du hast nicht abgehoben, deswegen habe ich eher zu arbeiten aufgehört, aber als ich nach Hause kam, warst du nicht da...«

»Ben«, sagte ich schwach.

»Ich habe gewartet und gewartet. Ich dachte, du bist vielleicht einkaufen gegangen, aber dann fiel mir plötzlich auf, dass mein Handy nicht mehr am Ladegerät hing, und da habe ich es aufs Geratewohl probiert. Wann kommst du nach Hause?«

»Nach Hause?«

»Abbie, wann kommst du zurück?«

»Ich komme nicht zurück«, antwortete ich.

»Was?«

»Du und Jo. Ich weiß von Jo. Ich weiß, dass du mit ihr zusammen warst.«

»Jetzt hör mir mal zu, Abbie...«

»Warum hast du mir das nicht gesagt? Warum, Ben?«

»Ich hatte Angst, dass...«

»*Du* hattest Angst«, unterbrach ich ihn. »*Du.*«

»Lieber Himmel, Abbie!«, sagte er, doch ich beendete das Gespräch mit einem raschen Knopfdruck. Eine Weile starrte ich auf das Telefon in meiner Hand, als könnte es mich beißen. Dann ging ich die Namen in seinem Adressspeicher durch. Ich kannte keinen davon, bis ich Jo Hooper erreichte. Ich erkannte die Nummer, es war die ihrer Wohnung, aber dann folgte eine weitere Jo Hooper (mobil). Ich drückte auf den Knopf und hörte das Freizeichen. Gerade als ich auflegen wollte, nahm jemand ab. »Hallo«, flüsterte eine Stimme. So leise, dass ich es kaum verstand.

Ich sagte nichts, stand nur reglos da, das Handy gegen meine Wange gepresst. Während ich versuchte, die Luft anzuhalten, hörte ich ihn ganz leise atmen. Ein und aus, ein und aus. In meinen Adern breitete sich ein Gefühl von Kälte aus. Ich schloss die Augen und lauschte. Er sagte auch nichts mehr. Ich hatte ganz stark das Gefühl, dass er wusste, dass ich es war, und dass er wusste, dass ich wusste, dass er in der Leitung war. Ich konnte spüren, wie er lächelte.

26

Mir war, als würde ich im Traum einen Hang hinunterlaufen, der immer abschüssiger wurde, so dass ich nicht mehr anhalten konnte. Nichts an der Straße kam mir bekannt vor – weder der verkümmerte Baum, von dem ein abgebrochener Ast herabhing, noch die riesigen Holzstreben, die eine baufällige Häuserreihe am Einstürzen hinderten. Ich hatte einen seltsamen Geruch in der Nase und bildete mir ein, ein Stück weiter vor mir Schritte zu hören. Die von Jo. Meine eigenen. Wenn ich mich ein wenig beeilte, würde ich sie einholen.

Ich hatte mir Arnold Slaters Hausnummer auf den Handrücken geschrieben. Zwölf. Ganz am Ende der Straße. Mich beruhigte der Gedanke, dass ich zu einem alten Mann unterwegs war, der noch dazu im Rollstuhl saß. Er konnte es nicht sein. Außerdem hätte ich mich sowieso nicht mehr aufhalten lassen – nun, da ich Jo so knapp auf den Fersen war. Ich stellte mir vor, wie sie voller Ungeduld hier entlangmarschiert war. Konnte es denn wirklich so schwierig sein, eine Katze aufzutreiben? Entlang der Straße fand sich die übliche Mischung aus restaurierten, verlassenen und vernachlässigten Häusern. Nummer zwölf sah noch recht passabel aus. Offenbar gehörte das Gebäude der Stadt, denn es war ziemlich viel dafür getan worden, den Zugang zum Haus rollstuhlgerecht zu gestalten. Es gab eine Betonrampe und ein stabiles Geländer. Ich drückte auf den Klingelknopf.

Arnold Slater saß nicht in seinem Rollstuhl. Über seine Schulter sah ich den Stuhl zusammengeklappt in der Diele stehen. Trotzdem stellte der alte Mann für niemanden, der schneller war als eine Schildkröte, eine Bedrohung dar. Er trug einen Regenmantel und hielt sich am Türknauf fest, als würde er sonst umfallen. Mit zusammengekniffenen Augen und gerunzelter Stirn starrte er mich an. Ich musterte ihn ebenfalls aufmerksam, fragte mich, ob mir irgendetwas an ihm bekannt vorkam. Fragte er sich auch gerade, ob er mich schon einmal gesehen hatte?

»Hallo«, begrüßte ich ihn in fröhlichem Ton. »Sind Sie Arnold Slater? Ich habe gehört, dass Sie eventuell eine Katze zu verkaufen haben.«

»Herrgott noch mal!«, gab er zurück.

»Entschuldigen Sie«, sagte ich. »Haben Sie keine Katzen?«

Er schlurfte ein Stück zur Seite, um mich eintreten zu lassen.

»Doch, ein paar«, antwortete er mit einem kehligen Lachen. »Kommen Sie herein.«

Ich warf einen Blick auf die dünnen, sehnigen Handgelenke, die aus seinem Regenmantel herausragten, überzeugte mich noch einmal davon, dass dieser Mann keine Gefahr für mich darstellte. Erst dann trat ich ein.

»Ich habe in der Tat Katzen«, erklärte er. »Darf ich vorstellen? Merry, Poppy und Cassie. Und das da drüben, das ist Prospero.«

Wie aufs Stichwort schoss eine senffarbene Gestalt den Gang hinunter und verschwand in der Dunkelheit. Plötzlich hatte ich das Bild einer geheimen Gesellschaft vor Augen, ein Freimaurerbund etwa, in dem alle über London verteilten Katzennarren zusammengeschlossen waren, durch ihre Obsession miteinander verbunden wie die geheimen Flüsse unter der Stadt.

»Schöne Namen«, bemerkte ich.

»Katzen haben ihre eigenen Namen«, erklärte er. »Man muss sie nur erkennen.«

Mir war, als hätte ich Fieber. Seine Worte schienen von weit weg zu kommen und lange Zeit zu brauchen, bis sie mich erreichten. Ich fühlte mich wie jemand, der zu viel getrunken hatte, sich das aber nicht anmerken lassen wollte. Ich bemühte mich nach Kräften, eine fröhliche junge Frau zu spielen, die ganz versessen darauf war, ein Gespräch über Katzen zu führen.

»Katzen sind ein bisschen wie Kinder, nehme ich an.«

Er warf mir einen pikierten Blick zu.

»Nein, nicht wie Kinder. Jedenfalls nicht wie *meine* Kinder. Im Gegensatz zu denen können sie nämlich auf sich selbst aufpassen.«

Mir schwirrte der Kopf, und ich trat ungeduldig von einem Fuß auf den anderen.

»Die Leute in der Kirche haben mich an Sie verwiesen. Sie haben gesagt, Sie hätten Katzen zu verkaufen.«

Wieder lachte er so heiser, als wäre etwas in seinem Hals stecken geblieben.

»Ich habe keine Katzen zu verkaufen. Warum sollte ich eine verkaufen wollen? Wie kommen die Leute bloß immer auf diese Idee?«

»Unter anderem darüber wollte ich mit Ihnen sprechen. Waren noch andere Leute hier, die Ihnen eine Katze abkaufen wollten?«

»Die sind doch alle verrückt. Nur weil ich ihnen mal eine Katze abgenommen habe, schicken sie jetzt dauernd Leute zu mir, als wäre hier eine Zoohandlung.«

»Welche Leute?«

»Törichte Frauenzimmer, die unbedingt eine Katze wollen.«

Ich zwang mich zu einem Lachen.

»Sie meinen, hier sind schon öfter Frauen aufgetaucht, die eine Katze kaufen wollten? Wie viele denn?«

»Zwei. Ich habe beiden gesagt, dass meine Katzen nicht zu verkaufen sind.«

»Das ist ja lustig«, sagte ich so beiläufig, wie es mir möglich war. »Ich glaube nämlich, dass es sich bei einer von den Frauen, die man zu Ihnen geschickt hat, möglicherweise um eine Freundin von mir gehandelt hat. War es vielleicht diese hier?«

Ich hatte das Foto von Jo schon die ganze Zeit in meiner Jackentasche bereitgehalten. Nun zog ich es heraus und zeigte es Arnold. Einen Moment lang starrte er mich verwirrt an, dann wurde sein Blick misstrauisch.

»Was soll das? Warum wollen Sie das wissen?«

»Ich habe mich nur gefragt, ob sie vielleicht eine von den Frauen war, die auf der Suche nach einer Katze zu Ihnen gekommen sind.«

»Warum wollen Sie das wissen? Ich dachte, *Sie* wollten eine Katze? Sind Sie von der Polizei oder so was?«

Meine Gedanken purzelten durcheinander, ich konnte fast hören, wie mein Gehirn in meinem Kopf vor Anstrengung summte. Ich fühlte mich total gehetzt, auf der Flucht vor und gleichzeitig auf der Jagd nach etwas, und nun musste ich mir auch noch eine halbwegs plausible Erklärung einfallen lassen, um diesem Mann begreiflich zu machen, was um alles in der Welt ich von ihm wollte.

»Ich bin auch auf der Suche nach einer Katze«, sagte ich. »Ich wollte nur sicherstellen, dass ich tatsächlich da gelandet bin, wo meine Freundin war.«

»Warum fragen Sie sie nicht selbst?«

Am liebsten hätte ich laut losgeschrien. Verdammt noch mal, warum war er so begriffsstutzig? Ich musste einfach in das nächste Quadrat dieses lächerlichen Spiels gelangen, das ich da gerade spielte, und er war der Einzige, der mir dabei helfen konnte. Ich versuchte klar zu denken, aber es fiel mir schwer. Jedenfalls hatte die arme Jo ihre Katze hier nicht bekommen, so viel war klar.

»Tut mir Leid, Mr. Slater«, sagte ich. »Arnold. Ich möchte einfach nur eine Katze.«

»Das behaupten sie alle.«

»Wer?«

»Die Frau auf dem Bild.«

»Gott sei Dank!«, sagte ich zu mir selbst.

»Sie wollen alle eine Katze, und es muss unbedingt gleich heute sein. Es kann auf keinen Fall bis morgen warten.«

»Ich kenne dieses Gefühl. Man setzt sich etwas in den Kopf, und sei es nur ein Hamburger, und dann muss man einfach einen haben. Vorher kann man keine Ruhe geben.«

»Einen Hamburger?«

»Hören Sie, Mr. Slater, wenn ich zu Ihnen käme und Sie wegen einer Katze fragen würde, was ich ja in der Tat getan habe, und Sie zu mir sagen würden, dass Ihre nicht zu verkaufen sind, was sie ja tatsächlich nicht sind – was würden Sie mir dann empfehlen? Wohin würden Sie mich schicken?« Arnold Slaters Blick war immer noch auf Jos Foto gerichtet. Ich steckte es wieder in meine Tasche. »Arnold«, sagte ich, diesmal leiser und drängender. »Wohin haben Sie sie geschickt?«

»Wer war die andere?«

Er musterte mich jetzt aufmerksamer. Womöglich dämmerte ihm allmählich, dass er mich schon einmal gesehen hatte.

Ich zögerte einen Moment, aber es hatte keinen Sinn. Mir fiel keine Möglichkeit ein, ihm eine Antwort zu geben, die auch nur annähernd an die Wahrheit herankam.

»Das spielt keine Rolle. Es ist keine große Sache, Arnold. Es geht nur um eine Katze. Ich möchte nur wissen, wo Sie die Frau hingeschickt haben.«

»Es gibt Zoohandlungen«, antwortete er. »Anzeigen in der Zeitung. Das ist der beste Weg.«

»Oh«, sagte ich. War es das? Eine Sackgasse?

»Ich habe sie zu einem Laden hier in der Nähe geschickt, gleich um die Ecke.«

Ich biss mir auf die Lippe und versuchte ruhig zu bleiben, als wäre das alles total unwichtig.

»Haben Sie noch mal etwas von ihr gehört?«, fragte ich.

»Ich habe sie lediglich weitergeschickt.«

»Dann hat sie ihre Katze wahrscheinlich bekommen.«

»Keine Ahnung. Ich habe nichts mehr von ihr gehört.«

»Jedenfalls klingt es, als wäre es die richtige Adresse für mich«, fuhr ich fort. »Eine gute Adresse, wenn man auf der Suche nach einer Katze ist.«

»So genau weiß ich das auch nicht«, antwortete er. »Aber es ist gleich um die Ecke. Sie verkaufen dort alles Mögliche. In der Weihnachtszeit hauptsächlich Weihnachtsbäume. Ich habe dort Brennholz für meinen Kamin erstanden. Er hat es mir geliefert. Er hatte ein paar kleine Kätzchen. Ich wusste allerdings nicht, ob sie schon weg waren.«

»Wie heißt der Laden, Arnold?«

»Er hat keinen Namen. Erst war es eine Gemüsehandlung, aber nachdem sie die Ladenmiete erhöht hatten, waren mehrere andere Geschäfte drin, und dann kam Vic Murphy.«

»Vic Murphy«, wiederholte ich.

»Stimmt. Ich habe sie zu Vic geschickt. Aber auf dem Schild draußen steht immer noch Gemüsehandlung. Nein, nicht Gemüsehandlung. *Buckley's Fruit and Vegetable*.«

»Wie komme ich da hin?«

»Es sind bloß zwei Minuten zu gehen.«

Allerdings dauerte es länger als zwei Minuten, bis Arnold mir den Weg erklärt hatte und ich ihn mit seinen Katzen und seiner verwirrten Miene zurücklassen konnte. Wahrscheinlich dachte er immer noch über das Foto nach und fragte sich, was um alles in der Welt ich wohl im Schilde führte. Ich warf einen Blick auf meine Uhr. Es war erst kurz nach halb sieben. Ich würde nichts Leichtsinniges tun. Ich würde nur dort hingehen und aus sicherer Entfernung einen Blick auf den Laden werfen. Schließlich sah ich inzwischen völlig anders aus. Mir würde nichts passieren. Trotzdem hatte ich ein beklemmendes Gefühl in der Brust, das mich nach Luft ringen ließ.

Um zu dem Laden zu gelangen, musste ich eine lange, triste Straße entlanggehen, vorbei an Häusern, deren Türen und Fenster zum größten Teil mit Brettern vernagelt waren. Ich kannte die Straße. Zuerst dachte ich, ein Teil meines verlorenen Gedächtnisses käme zurück, doch dann sah ich das Schild mit dem Straßennamen. Tilbury Road. Von hier war mein Wagen abgeschleppt worden.

Obwohl es in erster Linie eine Wohnstraße war, gab es ein paar schäbige Läden. Eine Wäscherei, ein kleines Lebensmittelgeschäft mit Ständern voll Gemüse und Obst vor der Tür, ein Wettbüro und *Buckley's Fruit and Vegetable Shop*. Er war geschlossen. Sehr geschlossen. Ein grünes Metallgitter war heruntergezogen, und es sah aus, als wäre der Laden schon seit Wochen nicht mehr offen. Auf dem Gitter klebten Poster, die mit Graffitis übersprüht waren. Ich trat vor das Gitter und drückte dagegen, aber es rührte sich nichts. Ich spähte durch den Briefschlitz und konnte auf dem Boden einen hohen Stapel Post liegen sehen. Schließlich ging ich in den Laden nebenan. Hinter der Ladentheke standen zwei Asiaten. Der Jüngere füllte gerade den Zigarettenständer auf, während der andere, ein älterer Mann mit weißem Bart, die Abendzeitung las.

»Ich suche Vic Murphy«, sagte ich zu ihm.

Er schüttelte den Kopf. »Kenne ich nicht«, antwortete er.

»Er hat den Laden nebenan betrieben. Wo es Holz und Weihnachtsbäume zu kaufen gab.«

Der Mann zuckte mit den Schultern. »Den gibt es nicht mehr. Geschlossen.«

»Wissen Sie, was aus dem Mann geworden ist?«

»Nein. Der Laden taugt nichts. Ständig kommen neue Leute, aber am Ende müssen sie alle wieder schließen.«

»Es ist wirklich wichtig, dass ich diesen Vic Murphy finde«, erklärte ich.

Die beiden Männer grinsten sich an. »Schuldet er Ihnen Geld?«

»Nein«, antwortete ich.

»Ich glaube, er hat ein paar Rechnungen nicht bezahlt. Es waren schon ein paar Leute seinetwegen hier. Aber da war er längst weg.«

»Es gibt also keine Möglichkeit, Kontakt mit ihm aufzunehmen?«

Der Mann zuckte erneut mit den Schultern. »Es sei denn, Sie fragen den Typen, der immer das Zeug für ihn ausgeliefert hat.«

»Wer ist das?«

»Er heißt George.«

»Haben Sie seine Telefonnummer?«

»Nein. Ich weiß aber, wo er wohnt.«

»Können Sie mir die Adresse sagen?«

»Baylham Road. Nummer neununddreißig, glaube ich.«

»Wie hat dieser Vic Murphy ausgesehen?«

»Ziemlich seltsam«, antwortete der Mann. »Aber man muss auch ziemlich seltsam sein, um so einen Laden zu betreiben. Ich meine, Holz und Weihnachtsbäume. Schätzungsweise war der Typ nur irgendwie an einen Schwung Holz gekommen. Den wollte er verhökern, und anschließend ist er weitergezogen.«

»Hatte er Katzen?«

»Katzen?«

»Ich möchte eine Katze kaufen.«

»Dann sollten Sie in eine Zoohandlung gehen, meine Liebe.«

»Ich habe gehört, Vic Murphy habe Katzen verkauft.«

»Davon weiß ich nichts. Vielleicht hatte er eine. Es laufen immer ein paar Katzen herum, aber man weiß nie genau, wem sie gehören, stimmt's?«

»Darüber habe ich noch nicht so genau nachgedacht«, antwortete ich.

»Sie mögen jeden, der sie füttert. Katzen, meine ich.«

»Wirklich?«

»Ganz anders als Hunde. Mit einem Hund ist man besser dran. Ein Hund ist ein richtiger Freund.«

»Das werde ich mir merken.«

»Und außerdem ein Schutz.«

»Ja.«

»Ich glaube nicht, dass Sie Ihr Geld zurückbekommen werden.«

»Was?«

»Von diesem Vic Murphy.«

»Ich habe Ihnen doch schon gesagt, dass er mir kein Geld schuldet.«

»Das haben die anderen auch gesagt. Sie haben behauptet, sie seien Freunde von ihm. Um zu verhindern, dass er gleich Reißaus nimmt.«

Ich holte mein Foto von Jo aus der Tasche.

»War dieses Mädchen auch dabei?«, fragte ich.

Der Mann warf einen Blick auf das Bild.

»Sie ist eine Frau«, sagte er.

»Das stimmt.«

»Es waren lauter Männer. Bis auf Sie.«

27

Ich brach ein weiteres Mal auf. Inzwischen hatten die Leute ihre Büros verlassen und trotteten durch die kalten, dunklen Straßen nach Hause. Männer und Frauen, die mit gesenktem Kopf gegen den Wind ankämpften und nichts anderes im Sinn hatten, als möglichst schnell an einen warmen Ort zu gelangen. Ich dagegen hatte nichts anderes im Sinn, als möglichst schnell diese Adresse aufzusuchen. Mir war klar, dass ich Jos Spur ebenso verloren hatte wie meine eigene. Dennoch hatte ich mein Ziel so verlockend nahe vor Augen gehabt, dass ich fest entschlossen war, auch noch dem letzten Anhaltspunkt zu folgen.

Ein Lastwagen donnerte vorbei und bespritzte mich von oben bis unten mit Matsch. Fluchend wischte ich mir die Spritzer aus dem Gesicht. Vielleicht sollte ich einfach nach Hause gehen? Aber wo war mein Zuhause? Ich würde wieder bei Sadie unterschlüpfen müssen. Allerdings konnte ich den Gedanken, dort wieder aufzutauchen, kaum ertragen – den Kreis zu schließen und genau dort zu enden, wo der Alptraum seinen Anfang genommen hatte, ohne das Geringste erreicht zu haben. Ohne auf etwas anderes gestoßen zu sein als auf Angst.

Ich blieb auf dem Gehsteig stehen, holte Bens Handy aus der Tasche und hielt es eine Minute lang reglos in der Hand, während links und rechts die Leute an mir vorbeidrängten. Schließlich schaltete ich es ein. Auf der Mailbox waren zwölf neue Nachrichten. Ich hörte sie ab. Drei waren für Ben, von Leuten, deren Namen mir nichts sagten. Acht waren von Ben an mich, wobei jede verzweifelter klang als die vorherige. Die achte lautete einfach nur: »Abbie.« Das war alles. »Abbie.« Es hörte sich an, als würde mir jemand aus weiter Ferne zurufen.

Die letzte Nachricht war ebenfalls für mich, von Cross. »Abbie«, begann er mit strenger Stimme. »Hören Sie mir zu.

Ich habe gerade mit Mr. Brody gesprochen, der sich offenbar große Sorgen um Sie macht. Ich würde Ihnen dringend raten, uns zumindest wissen zu lassen, wo Sie sich aufhalten und ob Sie in Sicherheit sind. Bitte rufen Sie mich an, sobald Sie diese Nachricht erhalten.« Nach einer kurzen Pause fügte er hinzu: »Ich meine es ernst, Abbie. Setzen Sie sich mit uns in Verbindung. Sofort.«

Ich schaltete das Handy aus und steckte es wieder in meine Tasche. Jack Cross hatte Recht. Ich musste ihn sofort anrufen und ihm mitteilen, was ich entdeckt hatte. Auf der anderen Straßenseite lag ein Pub, *The Three Kings*. Ein warmer Raum voller Rauch und Lachen, verschüttetem Bier und Klatschgeschichten. Ich würde schnell bei dem Typen mit dem Lieferwagen vorbeischauen und mir die Adresse von Vic Murphy geben lassen. Dann würde ich in den Pub gehen, mir einen Drink und Chips bestellen und anschließend Cross anrufen, um ihm mitzuteilen, was ich herausgefunden hatte. Dann konnte er damit machen, was er wollte. Ben würde ich auch anrufen. Ich musste ihm zumindest sein Handy zurückgeben. Und danach... aber ich wollte noch nicht daran denken, was ich danach tun würde, denn das war, als müsste ich über eine weite Fläche brackigen braunen Wassers blicken.

Nachdem ich mich zu dieser Entscheidung durchgerungen hatte, fühlte ich mich besser. Noch diese Adresse, dann würde ich es sein lassen. Wenn es nur nicht so schrecklich kalt wäre. Meine Zehen schmerzten vor Kälte, meine Finger wurden taub, und die Haut in meinem Gesicht spannte und brannte, als würde der Wind sie mit groben Sandkörnern bombardieren. Der Gehsteig glitzerte vor Frost. Die parkenden Autos überzogen sich langsam mit einer dünnen Eisschicht. Ich ging schneller. Mein Atem bildete in der Kälte weiße Wolken, und das Luftholen tat mir in der Nase weh. Ich würde die Nacht auf Sadies Couch verbringen und mich am Morgen auf Wohnungssuche begeben. Ich musste mir auch einen neuen Job suchen, wieder ganz von vorn beginnen. Zum einen brauchte ich das Geld, aber noch dringender brauchte ich das Gefühl, wieder ein normales Leben zu führen. Als Erstes würde ich mir morgen einen Wecker kaufen und ihn auf halb acht stellen. Dann musste ich bei Ben meine Sachen abholen und Cross dazu bringen, mich zu Jos Wohnung zu eskortieren, damit ich dort meine restlichen Habseligkeiten holen konnte. Mein Leben war über ganz London verteilt. Ich musste es wieder einsammeln.

Ich bog nach links in eine schmalere, dunklere Straße ein. Der Himmel war klar, über mir glitzerten Sterne und eine dünne, kalte Mondsichel. In den Häusern, die ich passierte, waren die Vorhänge zugezogen, und das Licht, das das Leben anderer Menschen erhellte, fiel nur gedämpft zu mir heraus. Ich hatte alles in meiner Macht Stehende getan, dachte ich. Ich hatte nach Jo und nach mir selbst gesucht, doch keine von uns beiden gefunden. Wir waren verloren, und ich glaubte nicht mehr daran, dass Cross uns je finden würde, aber vielleicht würde er ihn finden, und ich wäre wieder sicher.

Eigentlich glaubte ich an gar nichts mehr. Die Vorstellung, nicht in Gefahr zu sein, erschien mir inzwischen genauso abwegig wie der Gedanke, dass mich jemand entführt und an einem dunklen Ort gefangen gehalten hatte, von wo mir schließlich die Flucht gelungen war. Die erinnerte und die verlorene Zeit schienen in meinem Kopf miteinander zu verschmelzen. Der Ben, den ich gekannt und vergessen hatte, schien sich von dem Ben, den ich neu entdeckt und dann wieder verloren hatte, nicht mehr trennen zu lassen. Die Jo, die ich kennen gelernt und mit der ich gelacht hatte, war verschwunden, sogar aus meinem Gedächtnis. Nichts davon hatte Substanz, alles war gleichermaßen Schall und Rauch. Dass ich es schaffte, einen Fuß vor den anderen zu setzen, lag nur daran, dass ich mir selbst den Befehl dazu erteilt hatte.

Mit Fingern, die sich wie gefrorene Klauen anfühlten, zog

ich die Wegbeschreibung aus der Tasche und warf einen Blick darauf. Ich bog in die zweite Straße rechts ein, Baylham Road, die von Bodenschwellen durchsetzt und von hohen Ligusterhecken gesäumt war. Die Straße führte einen kleinen Hügel hinauf und dann auf der anderen Seite wieder hinunter. Auf beiden Seiten standen Häuser. In den meisten brannte Licht, und aus den Kaminen stiegen Rauchsäulen auf, friedliche Zeugen vom Leben anderer Leute.

Laut den Männern aus dem Laden lag Nummer neununddreißig auf der linken Straßenseite, direkt am Fuß des kleinen Hügels. Aus der Ferne war kein Licht zu sehen. Obwohl ich ohne große Erwartungen gekommen war, verstärkte sich mein trauriges Gefühl, einer falschen Spur zu folgen. Frustriert trottete ich den Hügel hinunter und blieb vor Nummer neununddreißig stehen.

Im Gegensatz zu den anderen Häusern war das Gebäude ein Stück von der Straße zurückgesetzt. Man betrat das Grundstück durch ein halb verrottetes Holztor, das locker in den Angeln hing und bei jedem Windstoß knarrte. Ich schob es auf. Es war mein letzter Versuch. Ein paar Minuten noch, dann hatte ich es geschafft. Dann hatte ich wirklich alles getan, was in meiner Macht stand. Vor mir erstreckte sich ein Hof voll zugefrorener Schlaglöcher. Allerlei Gerümpel ragte aus der Dunkelheit auf: ein Berg Holzspäne, ein Schubkarren, ein rostiger Anhänger, ein Stapel Gummireifen, zwei Gebilde, die wie Nachtspeicheröfen aussahen, ein auf dem Rücken liegender Stuhl, von dem ein Bein fehlte. Das Haus lag auf der linken Seite des Hofs, ein zweistöckiges Ziegelgebäude mit einem kleinen Vorbau über dem Eingang. Neben der Tür standen ein gesprungener Terrakottatopf und ein Paar riesige Gummistiefel, die mich einen Moment lang hoffen ließen, dass der Mann doch zu Hause war. Ich drückte den Klingelknopf, hörte es drinnen aber nicht läuten, so dass ich stattdessen mit den Fäusten ein paarmal heftig gegen die Tür schlug. Während ich wartete, trat ich fest von einem Bein aufs andere, um meine Zehen wieder zu spüren. Im Haus regte sich nichts, niemand reagierte auf mein Klopfen. Ich presste das Ohr an die Tür und lauschte. Kein Laut war zu hören.

Dann war es das gewesen. Ich wandte mich zum Gehen. Erst jetzt bemerkte ich, dass der große Hof vor dem Haus früher Teil eines Pferdestalls gewesen sein musste. Unter dem klaren Himmel konnte ich einzelne Pferdeboxen erkennen, und bei genauerem Hinschauen sah ich, dass über jedem Tor in verblassten Großbuchstaben ein Name prangte. Spider, Bonnie, Douglas, Bungle, Caspian, Twinkle. Pferde aber waren keine mehr da, und alles deutete darauf hin, dass das schon seit langer Zeit so war. Bei den meisten Boxen fehlte das Tor. Statt nach Stroh und Pferdemist roch es nach Öl, Farbe, Werkzeug. Bei einer der Boxen stand der obere Teil des Tors offen. Der Innenraum war feucht und mit allerlei Unrat vollgestellt – Farbdosen, Holzplanken, Glasscheiben. Statt des Wieherns und Schnaubens von Pferden hing eine drückende Stille in der Luft.

Dann hörte ich plötzlich ein Geräusch. Ich hatte den Eindruck, dass es aus dem flachen Gebäude kam, gegenüber dem Haus auf der anderen Hofseite. Vielleicht war dieser George doch da. Ich machte ein paar Schritte in die Richtung des Geräuschs.

»Hallo?«, rief ich. »Hallo, ist jemand zu Hause?«

Keine Antwort. Ich blieb stehen und lauschte. In der Ferne waren Autos zu hören, und irgendwo spielte Musik, das schwache Dröhnen von Bässen bebte durch die Nachtluft.

»Hallo?«

Ich ging zu dem Gebäude hinüber und blieb zögernd davor stehen. Es war aus Ytongblöcken errichtet und hatte keine Fenster. Das große Tor war mit einem schweren Riegel verschlossen. Wieder hörte ich ein Geräusch, es klang wie ein langgezogenes Summen oder Stöhnen. Ich hielt die Luft an. Da hörte ich es ein weiteres Mal.

»Ist hier jemand?«, rief ich wieder.

Dann schob ich den Riegel hoch und stemmte mich gegen das schwere Tor, bis es so weit aufschwang, dass ich hineinspähen konnte, aber drinnen war es kalt und finster – wo das schwache Mondlicht nicht hinfiel, sogar stockfinster. Dort war bestimmt niemand, außer möglicherweise einem Tier. Ich dachte erst an Mäuse und Fledermäuse, dann an Ratten, die auch nie fern waren und sich von Essensresten und toten Tieren ernährten, von denen sie dick und aufgedunsen wurden. Ich stellte mir vor, wie sie hier unter den Bodenbrettern herumkrochen, mit ihren scharfen gelben Zähnen und dicken Schwänzen … Wieder hörte ich dieses seltsame Geräusch. Der Gedanke an die Ratten ließ mich einen Moment zögern, doch ich schob das Tor auf und trat ein.

Nachdem sich meine Augen ein wenig an die Dunkelheit gewöhnt hatten, konnte ich schemenhafte Umrisse ausmachen: Strohballen, die am einen Ende des Raums aufgerichtet waren, ganz in meiner Nähe eine Maschine, vermutlich ein alter Pflug. Am anderen Ende etwas Undefinierbares. Was war das? Langsam schlich ich mich vorwärts. Hinter mir fiel das Tor knarrend ins Schloss, und ich streckte die Hände aus. Unter meinen Füßen spürte ich jetzt feuchtes Stroh.

»Hallo«, sagte ich noch einmal. Meine Stimme klang dünn und zittrig. Inzwischen hatte ich einen scharfen Geruch in der Nase – den Geruch von Kot und Urin.

»Ich bin da«, sagte ich. »Ich bin da.« Ich ging noch ein paar Schritte weiter, obwohl in meiner Brust ein Felsbrocken aus Angst saß, der meine Beine fast einknicken ließ. »Jo?«, fragte ich. »Jo? Ich bin's, Abbie.«

Sie saß auf ein paar Strohballen am hinteren Ende des Gebäudes, von dem sie sich nur als dunkler Fleck abhob. Ich tastete nach ihr: schmale Schultern unter meinen Händen. Sie roch ranzig – nach Angst und Kot und altem Schweiß. Ich ließ meine Hände nach oben gleiten, spürte den rauen Stoff, wo eigentlich ihr Gesicht sein sollte. Sie stieß durch den Stoff kleine Geräusche aus, und ihr Körper zuckte unter meiner Berührung zusammen. Als ich die Hand an ihren Hals legte, spürte ich den Draht. Vorsichtig tastete ich mich an ihrem Rücken hinunter, bis ich auf das steife, kalte Seil stieß, das um ihre Handgelenke gebunden war und von dort zur Wand hinter ihr führte. Als ich daran zog, spannte es sich, gab aber nicht nach. Sie war angebunden wie ein Pferd.

»Schsch!«, murmelte ich. »Ist ja gut!« Aus ihrem verhüllten Gesicht drang ein hohes Geräusch. »Beweg dich nicht, bleib ganz ruhig. Ich mache das. Ich werde dich retten. O bitte, bitte, halt still!«

Ich zerrte an der Kapuze. Meine Finger zitterten so heftig, dass ich es erst nicht schaffte, doch schließlich gelang es mir, sie ihr vom Kopf zu ziehen. In der Dunkelheit konnte ich ihr Gesicht nicht sehen, und ihr Haar war nur ein fettiges Wirrwarr unter meinen Fingern. Ihre eisigen Wangen waren tränennass. Sie stieß immer noch diese hohen, schrillen Geräusche aus, wie ein Tier, das in einer Falle festsaß.

»Schsch!«, zischte ich. »Sei still, bitte, nicht schreien! Ich tu ja, was ich kann!«

Danach befreite ich sie von dem Draht um ihren Hals. Er schien an der Decke befestigt zu sein, weshalb sie den Kopf nach hinten legen musste. Da ich nicht sehen konnte, was ich tat, dauerte es eine Ewigkeit, und ich drehte erst in die falsche Richtung, so dass die Schlinge noch enger wurde. Ich spürte das heftige Pulsieren ihrer Halsschlagader. Immer wieder flüsterte ich ihr zu, dass alles gut werden würde, doch wir konnten beide das Entsetzen in meiner Stimme hören.

Ihre Fußgelenke waren ebenfalls zusammengebunden, das restliche Seil immer wieder um ihre Waden geschlungen, bis hinauf zu den Knien. Diesmal aber ging es leichter, als ich erwartet hatte. Bald waren ihre Beine frei, und sie trat um sich wie eine Ertrinkende, die versuchte, um jeden Preis an die Wasseroberfläche zu gelangen. Ihr linker Fuß stieß in meinen Bauch, ihr rechter traf mich am Arm. Ich warf meine Arme wie ein Rugbyspieler um ihre Knie und hielt sie fest.

»Bleib ganz still sitzen!«, flehte ich. »Ich tu wirklich mein Bestes!«

Als Nächstes tastete ich den Knoten hinter ihrem Rücken ab. Soweit ich das beurteilen konnte, saß er extrem fest. Ich zog und zerrte vergeblich daran, konnte auch mit meinen Fingernägeln nichts ausrichten. Schließlich kniete ich mich hinter sie und bohrte meine Zähne in das Seil, das stark nach Öl schmeckte. Ich erinnerte mich an den Ölgeschmack, und ich erinnerte mich auch an den Geruch nach Exkrementen, der den Raum und meine Lungen erfüllte. Und an den Geruch der Angst. Daran, wie mein Herz gegen meine Rippen schlug und ich keuchend nach Luft rang, die Galle in meinem Hals hochstieg und alles rundherum finster war…

»Moment«, keuchte ich. »Ich versuche es vom anderen Ende. Keine Angst, ich lasse dich nicht allein. Bitte, bitte, bitte, hör auf, dieses Geräusch zu machen!«

Ich folgte dem Seil von ihren Handgelenken bis zur Wand, wo es offenbar an einem Metallhaken befestigt war. Wenn ich nur etwas sehen könnte. Ich wühlte in meiner Tasche, in der Hoffnung, dort wie durch ein Wunder Zündhölzer zu finden, oder ein Feuerzeug, irgendetwas. Das Einzige, was ich fand, war mein alter Autoschlüssel. Ich stieß die Spitze des Schlüssels in den dicken Knoten, grub sie so tief wie möglich hinein und bewegte sie hin und her, bis ich spürte, dass das Seil ein wenig nachgab. Meine Finger waren vor Kälte ganz steif. Einmal ließ ich den Schlüssel fallen, so dass ich zwischen dem Stroh auf dem Boden herumkriechen und den rauen Untergrund nach dem Schlüssel abtasten musste. Sie fing wieder an, durch ihren Knebel gedämpfte Schreie auszustoßen, und richtete sich halb auf, ehe sie auf den Strohballen zusammenbrach.

»Halt den Mund!«, zischte ich. »Halt den Mund, halt den

Mund, halt den Mund! Zerr nicht so an dem Seil, dadurch ziehst du den Knoten doch wieder fest! Halt still! Lass das Seil durchhängen. O Gott! Bitte, bitte, bitte!«

Ich mühte mich weiter mit dem Schlüssel ab, spürte, wie sich der Knoten lockerte, aber o Gott, es dauerte so lange! Mir stand der kalte Schweiß auf der Stirn. Plötzlich schoss mir durch den Kopf, dass ich einfach weglaufen konnte. Schnell! Lauf, Abbie, und hol Hilfe! Warum rannte ich nicht auf die Straße hinaus und schrie kreischend nach Hilfe? Ich konnte an sämtliche Türen hämmern und jeden Wagen anhalten. Ich musste sofort hier raus. Ich durfte auf gar keinen Fall hierbleiben. Das Seil gab weiter nach.

»Fast!« keuchte ich. »Ein paar Minuten noch, dann bist du frei. Schsch, sei bitte still!«

Geschafft! Ich richtete mich auf, zerrte ihr den Knebel aus dem Mund. Sie stieß ein schreckliches, heulendes Geräusch aus.

»Jo?«, flüsterte ich. »Bist du Jo?«

»Ich bin Sarah. Sarah. Hilf mir! Bitte hilf mir! O Gott, o Gott, o Gott!«

Mir wurde vor Enttäuschung ganz flau, doch dafür war jetzt keine Zeit. Keine Zeit für etwas anderes außer Flucht.

»Steh auf!«, sagte ich und packte sie am Unterarm.

Sie richtete sich halb auf, war aber so schwach, dass sie sich auf mich stützen musste.

»Still! Was ist das?«, keuchte ich.

Draußen war jemand. Auf dem Hof waren Schritte zu hören. In einiger Entfernung klackte etwas Metallenes.

Ich stieß Sarah zurück auf die Strohballen, stopfte ihr den Knebel wieder in den Mund. Sie stieß ein gurgelndes Geräusch aus und begann sich schwach zu wehren.

»Sarah! Das ist unsere einzige Chance! Lass mich machen. Lass mich einfach *machen*. Ich bin hier, Sarah. Ich werde dich retten? Okay?«

Ihre Augen flackerten vor Entsetzen. Ich tastete nach dem Draht, der wie ein überdimensionaler Spinnenfaden über mir hing, und legte ihn ihr wieder um den Hals, zog die Schlinge enger. Die Schritte kamen näher. Hektisch wickelte ich ihr das Seil um die Beine. Die Handgelenke. Ich musste das Seilende finden. Ich beugte mich hinunter und ließ die Hände über den rauen Boden gleiten, bis ich es hatte. Die Schritte kamen immer näher. Ein pfeifendes Husten. Tief unten in meinem Hals brannte ein Schrei, aber ich schluckte ihn hinunter. Übelkeit. Pochendes Blut in meinen Ohren. Ich tastete erst den Boden und dann die Strohballen neben Sarahs zitternder Gestalt nach der Kapuze ab. Als ich sie endlich fand, zerrte ich sie ihr grob über den Kopf, spürte ihren Hals zurückzucken.

»Bleib ganz ruhig!«, zischte ich, ehe ich mich auf die andere Seite des Raums warf, hinter etwas Metallenes, an dem ich mir heftig das Schienbein anstieß. Mein Herz veranstaltete einen Trommelwirbel, den er garantiert hören würde, meine Atemgeräusche kamen mir wie laute Schluchzer vor, die er zwangsläufig registrieren musste, sobald er den Riegel hochgeschoben hatte, das Tor aufmachte und hereinkam.

28

Ich hatte mich rechts hinten in die Ecke zurückgezogen, möglichst weit vom Tor entfernt. Ich stand tief im Schatten, hinter einer undefinierbaren, vor sich hin rostenden Maschine, einer Ansammlung von Zahnrädern und Bolzen, die jedoch nicht miteinander verbunden waren. Selbst wenn er in meine Richtung blickte, würde er mich wahrscheinlich nicht sehen können. Wahrscheinlich. Das war das problematische Wort. Ich wich so weit zurück, wie ich nur konnte. Ich spürte die eisige Feuchtigkeit der Wand an meinem Hals und durch mein kurzes Haar auch an meiner Kopfhaut. Inzwischen hatte er den

Raum betreten. Ich hatte ihn durch Zufall gefunden. Mit einer Mischung aus Schwindelgefühl und Übelkeit stürzte ich zurück in meinen Alptraum.

Als es mir schließlich gelang, einen Blick auf ihn zu werfen, war meine erste Reaktion: Das muss ein Irrtum sein. Solange er nur eine Stimme aus der Dunkelheit gewesen war, hatte ich ihn mir riesengroß und mächtig vorgestellt, wie ein Monstrum. Er war der finstere Gott gewesen, der mich bestrafen oder belohnen konnte, mich fütterte oder hungern ließ und der darüber entschied, ob ich leben oder sterben würde.

Nun erhaschte ich hin und wieder einen Blick auf ihn, wenn er in das schwache Mondlicht eintauchte, das durch das offen stehende Tor hereinfiel. Ich sah nur Teile von ihm, einen dicken Mantel und strähniges, teilweise ergrautes Haar, das er über seinen Glatzenansatz gekämmt trug. Von seinem Gesicht sah ich fast gar nichts. Es war größtenteils von etwas bedeckt, das wie der geblümte Schal einer alten Frau aussah. Ein unvoreingenommener Beobachter hätte es vielleicht für einen Schutz gegen Staub gehalten, ich aber wusste, was es war. Damit verfälschte er seine Stimme. Leise vor sich hinmurmelnd trug er einen Metalleimer herein, den er mit lautem Scheppern auf den Boden abstellte. Es gelang mir einfach nicht, meine Erinnerungen mit diesem schlurfenden, heruntergekommenen, unscheinbaren Mann in Einklang zu bringen. Wäre er in mein altes Büro gekommen, um dort die Fenster zu putzen oder den Boden zu fegen, hätte ich ihn vermutlich völlig übersehen. Er redete mit Sarah, als wäre sie ein etwas störrisches Schwein, dessen Stall ausgemistet werden musste.

»Na, wie geht's dir?«, fragte er, während er neben ihr mit irgendwelchen Dingen hantierte, die ich nicht sehen konnte. »Tut mir Leid, dass ich so lange weg war. Hatte viel zu tun. Dafür werde ich jetzt eine Weile hier bleiben. Ich habe mir extra Zeit genommen für dich.«

Er ging wieder hinaus, und für einen Moment spielte ich mit

dem Gedanken, die Flucht zu wagen, doch er kam sofort zurück und stellte etwas Rechteckiges auf dem Boden ab, in dem es schepperte, wahrscheinlich einen Werkzeugkasten. Immer wieder ging er auf den Hof und trug oder zerrte von dort Dinge herein. Das meiste davon konnte ich nicht erkennen, weil es so dunkel war, aber ich identifizierte eine Laterne, eine Lötlampe und mehrere leere Kunststofftaschen, wie sie viele für ihre Sportsachen verwendeten. Mir blieb nichts anderes übrig, als weiter reglos in der Dunkelheit zu kauern und möglichst leise zu atmen. Jedes Mal, wenn ich die Position wechselte, raschelte das Stroh unter meinen Füßen. Auch meine Schluckgeräusche erschienen mir schrecklich laut. Bestimmt hörte er das Donnern meines Herzens, das Rauschen meines Blutes, den Schrei in meinem Hals?

Während einer seiner kurzen Abwesenheiten griff ich in meine Tasche, und meine Finger schlossen sich um Bens Mobiltelefon. Langsam, ganz langsam zog ich es heraus und hielt es direkt unter mein Gesicht, wobei ich es, so gut es ging, mit der Hand abschirmte. Ich drückte einen Knopf, um das winzige Display zu beleuchten. Das Gerät gab einen leisen Piepton von sich. Für mich klang er laut wie Glockengeläut. Hatte er ihn gehört? Ein Gespräch kam nicht in Frage, doch vielleicht konnte ich eine Nachricht absenden oder eine Notrufnummer anwählen? Ich starrte auf das Display. Würde er das Licht in der Dunkelheit nicht sofort bemerken? In der rechten oberen Ecke waren drei gestrichelte Linien zu sehen, die anzeigten, dass der Akku fast voll war. In der linken Ecke hätten eigentlich vier blütenförmige Symbole die Stärke des Empfangs anzeigen sollen, doch es war nur eine einzige Blüte dort, was bedeutete, dass ich überhaupt keinen Empfang hatte. Keine Chance. Ich konnte weder telefonieren noch eine SMS versenden und auch keine Anrufe oder Nachrichten empfangen. Ich schob das Telefon zurück in meine Tasche.

Am liebsten hätte ich losgeheult. Sofort nachdem ich Sarah

entdeckt hatte, hätte ich nach draußen laufen und um Hilfe rufen sollen. Es wäre so einfach gewesen. Stattdessen war ich mir selbst zurück in die Falle gefolgt. Ich war wirklich mit Dummheit geschlagen. Mutlos blickte ich zu der Stelle hinüber, wo sich seine Silhouette von dem schwachen Licht abhob, das von draußen hereinfiel.

Im Geiste wog ich die Optionen gegeneinander ab. Ich konnte versuchen, durch die Tür zu entkommen, um Hilfe zu holen. Ein völlig hoffnungsloses Unterfangen. Er stand direkt neben dem Tor. Selbst wenn es mir gelang, ihn zu überraschen, hatte ich keine Chance. Ich konnte auf ihn losgehen, ihm eine über den Kopf ziehen, ihn vielleicht sogar k.o. schlagen. Würde ich es schaffen, mich an ihn heranzuschleichen, ohne dass er mich hörte? Konnte ich ihn überraschen? Unwahrscheinlich. Nein, meine einzige Chance war zu warten und zu hoffen, dass er irgendwann wieder gehen würde und ich dadurch meine Chance bekäme.

Die Vorstellung, weiterhin reglos im Schatten verharren zu müssen, weckte in mir den Wunsch, mich auf den kalten Steinboden zu werfen und loszuheulen. Ich fühlte mich so schrecklich müde, hätte so gern geschlafen. Ich wollte nicht sterben, doch ich war trotzdem nicht weit davon entfernt, mir zu wünschen, tot zu sein. Zumindest sind die Toten von Schmerz und Angst erlöst. Worin lag der Sinn, noch länger dagegen anzukämpfen?

Aber dann, fast ohne dass ich selbst es merkte, gewann ein anderes Gefühl die Oberhand. Während ich ihm zusah, wie er geschäftig herumhantierte und dieses arme Mädchen völlig verschnürt auf den Heuballen saß, kam es mir allmählich vor, als würde ich mich selbst betrachten. Ich erinnerte mich an die Tage, als ich diejenige mit dem Draht um den Hals und der Kapuze über dem Kopf gewesen war. Ich hatte dort gesessen, die Zehen über dem Abgrund, und darauf gewartet, getötet zu werden, und ich wusste wieder genau, wie sich das angefühlt hatte. Damals hatte ich jede Hoffnung aufgegeben, all das zu überleben. Ich hatte nur noch um eine Chance gebetet, auf ihn losgehen zu können, ihm ein Auge auszukratzen, ihm etwas Schlimmes anzutun, bevor ich starb. Nun war diese Chance gekommen. Ich konnte ihn nicht überwältigen, das wäre zu viel verlangt gewesen, aber wenn er mich fand, konnte ich ihm zumindest Schaden zufügen. Ich brauchte unbedingt eine Waffe. Wie dumm, dass ich nichts eingesteckt hatte. In dem Moment hätte ich ohne Zögern alles, was ich je besessen hatte, gegen ein Küchenmesser oder eine Dose Reizgas eingetauscht. Doch ich zwang mich, nicht zu hadern. Ich war hier. Ich hatte keine Waffe. Alles, was ich in die Hände bekam, war ein Gewinn.

Ich kauerte mich auf den Boden und begann in der Dunkelheit herumzutasten, ganz vorsichtig, um nirgendwo dagegenzustoßen. Meine rechte Hand berührte etwas Kaltes. Eine Metalldose, der Größe nach eine Farbdose. Ich stupste versuchs- weise dagegen. Sie war leer und somit nutzlos für mich. Daneben schlossen sich meine Finger um einen Griff. Er fühlte sich vielversprechender an, entpuppte sich aber als ein Pinsel mit steifen, verklebten Borsten. Sonst gab es nichts. Keinen Meißel, keinen Schraubenzieher, keine Metallstange. Nichts Spitzes, was ich umklammern konnte. Als ich mich wieder aufrichtete, knackten meine Knie. Wie war es möglich, dass er das nicht gehört hatte? Ich musste einfach warten, bis er weg war. Wenn er weg war, konnte ich hinauslaufen und die Polizei anrufen. Sarah befreien.

Der Mann bereitete etwas vor. Ich konnte nicht genau ausmachen, was er tat, hörte ihn aber leise vor sich hinmurmeln. Er erinnerte mich an meinen Vater, wie er an den Wochenenden war, den einzigen glücklichen Zeiten seines Lebens, wenn er den Gartenzaun reparierte, einen Fensterrahmen strich oder ein Bücherregal zusammenbaute.

Der Mann lockerte die Drahtschlinge um Sarahs Hals. Ach

ja, der Kübel. Die Gestalt mit der Kapuze wurde von den Heuballen gehoben, ihre Hose heruntergezogen. Während sie sich über den Kübel kauerte, hatte er die Hände an ihrem Hals. Ich hörte es im Kübel plätschern.

»Gut gemacht, meine Schöne«, murmelte er, während er ihr die Hose wieder hochzog.

Mit lässiger, geübter Hand brachte er die Drahtschlinge um ihren Hals wieder so an, dass sie völlig hilflos war, legte dabei aber eine gewisse Zärtlichkeit an den Tag. Er schien sie mehr zu mögen, als er mich gemocht hatte. Mich hatte er nie seine Schöne genannt, sein Ton war stets abweisend gewesen. Er hatte versucht, meinen Willen zu brechen.

»Du hast abgenommen«, stellte er fest. »Ich glaube, wir sind so weit. Du bist wundervoll, Sarah. Einfach wundervoll. Nicht wie die anderen.«

Er trat einen Schritt zurück, damit er sie besser betrachten konnte. Ich hörte ein metallisches, kratzendes Geräusch, dann flackerte plötzlich eine Flamme hoch. Er hatte die Laterne angezündet. Licht flutete durch den Raum. Erschrocken wich ich noch weiter hinter die Maschine zurück. Er musterte Sarah mit wohlgefälligem Gemurmel, befühlte ihre nackten Arme, ließ seine Finger an ihnen entlanggleiten, wie man ein Pferd befühlte, um zu sehen, ob sein Fieber nachgelassen hatte. Schließlich stellte er die Laterne auf dem Boden ab. Er hob die Arme, legte die Hände in den Nacken. Einen Moment lang kam er mir vor wie jemand, der gerade aufgewacht war und sich gähnend streckte, doch dann wurde mir klar, dass er seinen Schal löste. Er musste eine ganze Weile an dem komplizierten Knoten zerren und zupfen, bis er sich löste und ich im flackernden, orangefarbenen Licht der Laterne zum ersten Mal einen Blick auf sein Gesicht werfen konnte.

Das Gesicht sagte mir nichts. Es kam mir nicht vertraut vor. Ich kannte ihn nicht. Schlagartig hatte ich das seltsame Gefühl, dass der Zeiger ein ganz kleines Stück nach vorne bewegt worden war und ich von einer Sekunde auf die andere einen klaren Blick bekam. Sogar in dem flackernden Laternenlicht nahm ich die Dinge plötzlich deutlich und scharf umrissen wahr. Von meinem Fieber war nichts mehr zu spüren. Sogar meine Angst hatte sich verflüchtigt. Ich hatte etwas wissen wollen, und nun wusste ich es. Selbst meine Gedanken waren jetzt klar und gradlinig. Ich konnte mich noch immer nicht erinnern, mein Gedächtnis war nicht zurückgekehrt. Der Anblick seines groben Gesichts löste keinen Schock des Wiedererkennens aus. Dennoch wusste ich jetzt, was ich so dringend wissen wollte.

Ich hatte geglaubt, es habe mit mir zu tun. Ich hatte in meinem chaotischen Leben festgesteckt, in meinem anstrengenden Job und meiner katastrophalen Beziehung, und hatte geglaubt und befürchtet und mir zusammengereimt, dass er – dieser Mann dort drüben – all das in mir gesehen hatte. Ich war auf eine Katastrophe zugesteuert, hatte sie geradezu selbst heraufbeschworen. Er hatte das in mir erkannt, und deswegen waren wir füreinander geschaffen gewesen, hatten einander gebraucht. Ich hatte mich danach gesehnt, vernichtet zu werden.

Nun wusste ich, dass das nicht stimmte. Möglicherweise war ich unvorsichtig gewesen, erschöpft und durcheinander, aber ich war ihm dennoch rein zufällig in die Hände geraten. Nein, nicht einmal das. Ich würde es nie mit Sicherheit wissen, doch ich nahm an, dass Jo ihm über den Weg gelaufen war, verletzlich, verzweifelt und krampfhaft auf der Suche nach etwas – das perfekte Opfer für ihn. Ich hatte mir Sorgen um Jo gemacht und war ihrer Spur gefolgt und ebenfalls bei ihm gelandet. Dieser erbärmliche Verlierer dort drüben hatte nichts mit meinem Leben zu tun. Er war nur der Meteor, der auf mich herabgestürzt, das Erdbeben, das unter meinen Füßen losgebrochen war. Und gerade das war so komisch. Nun, da ich hier in der Dunkelheit kauerte und genau wusste, dass ich wieder in der Falle saß, fühlte ich mich plötzlich von ihm befreit.

Ich konnte mich nicht daran erinnern, was passiert war.

Wahrscheinlich würde ich mich nie daran erinnern können. Trotzdem wusste ich jetzt genauer, was vor ein paar Wochen passiert war. Ich war dort draußen gewesen, im Land der Lebenden, und war dann versehentlich in sein Revier geraten, an den Ort, wo er seinem Hobby frönte. Wie war das bei einem Zweikampf? Ich hatte gehört, dass erfahrungsgemäß derjenige gewann, der als Erster zuschlug. Jedenfalls konnte ich mir in etwa denken, was passiert war. Ich war auf der Suche nach Jo gewesen. Dieser unscheinbare Mann war Teil des Hintergrundes gewesen, Teil des Mobiliars. Plötzlich war er in den Vordergrund gesprungen. Er hatte mich aus meiner Welt in die seine gezerrt. Diese Welt hatte nichts mit meiner zu tun, außer dass ich in ihr sterben sollte. Ich stellte mir vor, dass ich von diesem Mann, den ich vermutlich kaum richtig bemerkt hatte, überrascht worden war und mich zu spät zur Wehr gesetzt hatte. Ich hatte nicht mehr verhindern können, dass er meinen Kopf gegen die Wand schlug oder mir mit dem Knüppel eins überzog.

Ich zwang mich nachzudenken: Wenn er mich sieht, was wird er tun? Ich zwang mich, mir ins Gedächtnis zu rufen, was er mir angetan hatte. Nachdem ich wochenlang versucht hatte, diese fürchterlichen Erinnerungen zu verdrängen, kramte ich sie nun ganz bewusst wieder hervor. Diese Erinnerungen waren wie ein entzündeter, infizierter, verfaulender Zahn, den ich so fest wie möglich mit der Zunge bearbeitete, um mir ins Gedächtnis zu rufen, wie sich Schmerz anfühlen konnte. Dann richtete ich den Blick wieder auf diesen Mann, der um Sarah herumscharwenzelte wie um ein Schaf, das zurück in den Stall geschafft werden musste. Koseworte vor sich hinmurmelnd, versetzte er ihr einen leichten Klaps und fuhr dann fort, Werkzeuge vorzubereiten. Er war zugleich der geduldige, sie umsorgende Geliebte und der geschäftige, leidenschaftslose Schlachter.

Offenbar setzte sie sich zur Wehr, denn er verpasste ihr einen weiteren leichten Klaps.

»Was ist denn los, mein Liebes?«, fragte er. Ich nahm an, dass sie unter ihrer Kapuze mit einem Stöhnen reagierte, auch wenn ich es nicht hören konnte. »Tu ich dir weh? Was? Was ist? Einen Moment, Liebes.«

Während er sie von ihrem Knebel befreite, konnte ich seinen keuchenden Atem hören. O ja, ich erinnerte mich nur allzu gut an dieses heisere Atemgeräusch.

»Was ist los?«, fragte er noch einmal. »Du hast versucht, dich zu befreien.«

Nun, da sie den Knebel los war, musste sie erst einmal husten.

»Ist ja gut, mein Liebling. Nicht so hektisch, denk an die Schlinge um deinen Hals!«

»Ich habe keine Luft mehr bekommen!«, stieß sie hervor. »Ich dachte, ich muss sterben!«

»Ist das alles?«

»Nein, nein!«

Ein Verdacht begann sich in mir auszubreiten wie ein Tintenfleck, wurde rasch zur Gewissheit. Obwohl mir nun klar war, was gleich passieren würde, hatte ich keine Angst. Ich war bereits gestorben. Es spielte keine Rolle mehr.

»Was denn noch?«

»Ich will nicht sterben«, sagte sie. »Ich werde alles tun, um am Leben zu bleiben.«

»Du dummes kleines Luder. Ich hab es dir doch gesagt. Ich will nichts von dir. Sie haben das Lösegeld nicht bezahlt. Habe ich dir das schon gesagt? Sie haben das Lösegeld nicht bezahlt. Und weißt du, warum nicht? Weil ich gar keines verlangt habe. Ha, ha, ha.«

Er lachte über seinen eigenen Witz.

»Und wenn ich Ihnen etwas verraten würde? Etwas wirklich Wichtiges? Würden Sie mich dann leben lassen?«

»Was denn zum Beispiel?«

»Würden Sie?«

Er schwieg einen Moment. Offenbar war er tatsächlich beunruhigt.

»Sag mir erst, was du weißt«, antwortete er in sanfterem Ton.

Sarah sagte nichts, schluchzte bloß.

»Raus damit, verdammt noch mal!«

»Versprechen Sie es mir? Versprechen Sie mir, mich am Leben zu lassen?«

»Erst musst du es mir sagen«, entgegnete er. »Dann lasse ich dich gehen.«

Nun folgte eine lange Pause. Ich konnte Sarah keuchen hören. Ich wusste genau, was sie sagen würde.

»Es ist jemand hier. Jetzt lassen Sie mich gehen.«

»Was sagst du da?«

Im selben Moment, als er aufstand, um sich umzusehen, trat ich aus dem Schatten. Ich hatte mit dem Gedanken gespielt, mich auf ihn zu stürzen, doch es wäre zwecklos gewesen. Uns trennten fast zehn Meter. Ihm blieb zu viel Zeit. Ich warf einen Blick auf das Tor hinter ihm. Es hätte genausogut auf dem Mond sein können. Er kniff die Augen zusammen. Im hinteren Teil des Raums, wo ich stand, weit weg vom Tor, war es nach wie vor ziemlich dunkel.

»Du?« fragte er und vergaß vor Verblüffung, den Mund wieder zuzuklappen. »Abbie. Wie zum Teufel bist du...?«

Ohne Sarah anzusehen, trat ich einen Schritt auf ihn zu. Dabei blickte ich ihm direkt in die Augen.

»Ich habe dich gefunden«, sagte ich. »Ich wollte dich finden. Es hat mich einfach wieder hergezogen.«

»Ich habe überall nach dir gesucht.« Er blickte sich um. Offenbar befürchtete er, es könnte noch jemand hier sein.

»Ich bin allein«, beruhigte ich hin. Ich hielt ihm meine Handflächen hin. »Schau. Ich habe nichts.«

»Was zum Teufel tust du hier?«, fragte er. »Jetzt hab ich dich. Du bist mir entwischt, aber jetzt hab ich dich.«

Ich lächelte ihn an. Inzwischen war ich völlig ruhig. Nichts spielte mehr eine Rolle. Ich dachte wieder an jene Tage in der Dunkelheit. Stellte mir vor, wie meine Zunge gegen den faulig schmeckenden Knebel drückte. Versuchte mich zu erinnern. Alles noch einmal zu durchleben.

»Was meinst du mit: ›Du hast mich?‹«, fragte ich. »Ich bin zurückgekommen. Ich wollte zurückkommen.«

»Das wird dir noch Leid tun«, entgegnete er. »Das wird dir noch verdammt Leid tun.«

Ich trat einen weiteren Schritt vor.

»Was willst du mit ihr?«, fragte ich. »Ich habe euch zugehört.« Ich wagte gleich noch einen Schritt. Nun trennten uns nur noch wenige Meter. »Ich habe gehört, wie du sie Liebes genannt hast. Dabei hatte ich das Gefühl, das hätte eigentlich ich sein sollen. Ist das nicht komisch?«

Sein Blick wurde wieder misstrauisch.

»Das ist gar nicht komisch«, antwortete er.

Ich trat noch einen Schritt auf ihn zu.

»Du hast mir gefehlt«, erklärte ich.

»Warum bist du dann davongelaufen?«, fragte er.

»Ich hatte Angst«, antwortete ich. »Aber hinterher habe ich nachgedacht. Du hast mich verstanden. Mir gesagt, was ich zu tun habe. Niemand hat mich jemals so verstanden wie du. Ich möchte dich auch verstehen.«

Er lächelte.

»Du bist verrückt, weißt du das?«

»Das macht nichts«, antwortete ich. »Ich bin hier. In deiner Hand. Um eines möchte ich dich allerdings bitten.« Ich trat wieder einen Schritt vor. Nun stand ich schon fast vor ihm.

»Und das wäre?«

»Die ganze Zeit, die wir zusammen waren, warst du für mich nur diese Stimme in der Dunkelheit, die sich um mich kümmerte, mich fütterte. Ich habe die ganze Zeit über dich nachgedacht, mich gefragt, wie du wohl bist. Erlaubst du mir, dass ich dich ein einziges Mal küsse?« Ich ging die letzten paar Schritte, beugte mich ein Stück vor. Er roch unangenehm, süß und chemisch. »Nur ein einziges Mal. Das schadet doch nichts.« Aus der Nähe betrachtet, wirkte sein Gesicht sehr gewöhnlich. Es hatte nichts Beängstigendes an sich, nichts Besonderes. »Schau«, sagte ich und hielt ihm meine leeren Hände hin, »ich möchte dich nur ein einziges Mal berühren.« Als ich mich zu ihm vorbeugte, stellte ich ihn mir nicht als Menschen vor, sondern als Schafskopf. Das war entscheidend. Ich stellte mir den Kopf eines toten Schafs vor, der vom Körper abgetrennt worden war. »Nur einen einzigen Kuss. Wir sind beide einsam. So einsam. Nur einen.« Sanft berührte ich seine Lippen mit meinen. Nun hatte ich es fast geschafft. Fast. Ganz langsam. »Darauf habe ich so lange gewartet.« Während ich ihn ein weiteres Mal küsste, hob ich die Hände an sein Gesicht, berührte seine Schläfen ganz sanft mit meinen Handflächen. Warte. Warte. Der Kopf eines toten Schafs. Zunge am fauligen Zahn. Ich wich mit meinem Gesicht ein Stück zurück, sah ihn einen Moment wehmütig an und schob ihm dann meine Daumen in die Augen. Es waren bloß die Augen im Schädel eines toten Schafs. Eines toten Schafs, das mich in der Dunkelheit festgehalten und gequält hatte. Ich wusste, dass meine Daumennägel sehr lang waren. Während ich meine übrigen Finger wie Krallen in seine Schläfen schlug, bohrte ich ihm diese Nägel in die Augen. Mit Interesse registrierte ich, dass meine Daumen, nachdem sie sich tief in seinen Kopf gedrückt und in seinen Augenhöhlen herumgekratzt hatten, mit einer Flüssigkeit bedeckt waren, einer wässrigen Flüssigkeit, durchzogen von gelben Schlieren, die wie Eiter aussahen.

Ich hatte damit gerechnet, dass er mich packen und in Stücke reißen würde. Dass er mich töten würde. Aber er fasste mich nicht mal an. Ich konnte einfach zurücktreten und meine schmierigen Daumen herausziehen. Tief aus seinem Inneren drang ein seltsamer Schrei, wie das Heulen eines Tiers. Er riss die Hand an den Kopf, sein Körper klappte in sich zusammen, und einen Moment später lag er sabbernd und wimmernd vor mir auf dem Boden. Ich trat einen Schritt zurück, außer Reichweite dieser winselnden Kreatur, die sich jetzt wie eine Larve auf dem Boden wand. Ich zog ein Taschentuch heraus und wischte mir damit die Daumen ab. Dann holte ich ein paarmal tief Luft, saugte meine Lungen voll Sauerstoff. Ich fühlte mich wie eine Ertrinkende, die es wieder an die Wasseroberfläche geschafft hatte und nun die wundervolle, saubere, lebenspendende Luft einatmete.

29

Der Mond war immer noch da, wie die Sterne auch. Alles glitzerte vor Frost. Eine Welt aus Eis und Schnee und Stille. Die Kälte schnitt mir ins Gesicht. Ich atmete tief ein, spürte, wie die saubere Luft in meinen Mund und meinen Hals hinunterströmte. Als ich wieder ausatmete, blieb mein Atem als weiße Wolke in der Luft hängen.

»Oh-oh-ohhh, nu-nu.«

Die Geräusche, die Sarah ausstieß, klangen fast wie Tierlaute, ein mitleiderregender, schriller Wirrwarr aus Silben. Für mich ergaben sie keinen Sinn. Ich legte den Arm noch fester um ihre Schultern, um sie zu stützen. Kraftlos hing sie an mir, weiter vor sich hinwimmernd. Ihr Körper fühlte sich so klein und schmächtig an, dass ich mich fragte, wie alt sie wohl war. Sie sah aus wie ein rotznasiges, ungewaschenes kleines Mädchen. Erschöpft ließ sie den Kopf auf meine Brust sinken. Ich konnte ihr fettiges Haar und ihren sauren Schweiß riechen.

Ich zog Bens Handy aus meiner Jackentasche. Inzwischen hatte es wieder Empfang. Ich wählte die Notrufnummer. »Welchen Service benötigen Sie?«, fragte eine Frauenstimme. Einen Moment lang wusste ich nicht, was ich sagen sollte.

Eigentlich alle, bis auf die Feuerwehr. Ich erklärte, es handle sich um schlimme Verletzungen und ein schlimmes Verbrechen. Wir würden zwei Krankenwagen benötigen und die Polizei.

Nachdem ich das Telefon wieder verstaut hatte, betrachtete ich Sarah. Ihr kleines, leicht flaches Gesicht war gespenstisch bleich, ihre gesamte Stirn mit Pickeln übersät. Ihr Mund war geschwollen, die Lippen zu einem stummen Ausruf des Entsetzens verzogen. Sie sah wie ein gefangenes Tier aus. Dort, wo der Draht in ihren Hals eingeschnitten hatte, konnte ich einen blauen Streifen ausmachen. Sie zitterte am ganzen Körper. Sie trug nur ein langärmeliges T-Shirt und eine Baumwollhose, dazu dicke Socken, aber keine Schuhe.

»Moment.« Ich zog meine Steppjacke aus und legte sie um ihre Schultern. Ich klappte den Kragen hoch, damit auch ihr Gesicht vor der Kälte geschützt war. »Du hast mein Shirt an«, stellte ich fest und legte von neuem den Arm um sie.

Ein Laut entrang sich ihrem zitternden Körper. Offenbar wollte sie mir etwas sagen, aber ich konnte sie nicht verstehen.

»Sie werden gleich hier sein«, versuchte ich sie zu beruhigen. »Du bist jetzt in Sicherheit.«

»Es tut mir so Leid!«, stieß sie hervor.

»Ach, das.«

»Das war nicht ich. Nicht ich. Ich war wahnsinnig vor Angst. Ich dachte, ich müsste sterben.« Sie fing zu weinen an. »Ich wusste, dass ich gleich sterben würde. Ich war wahnsinnig!«

»Ja«, antwortete ich. »Ich war genauso wahnsinnig. Aber jetzt bin ich es nicht mehr.«

Die Wagen kamen mit Blaulicht und Sirene den Hügel herunter. Zwei Ambulanzen und zwei Polizeiwagen. Türen schwangen auf. Sanitäter sprangen heraus und eilten auf uns zu. Gesichter blickten auf uns herunter, Hände schoben uns auseinander. Tragbahren wurden auf dem Boden abgestellt. Ich schickte ein paar von den Männern nach drinnen. Neben mir hörte ich Sarah weiterweinen, bis nur noch ein raues, heiseres Schluchzen aus ihrer Kehle drang. Mehrere Stimmen redeten beruhigend auf sie ein. Das Wort »Mummy« schnitt durch das Stimmengewirr. »Wo ist Mummy?«

Jemand legte mir eine Decke um die Schultern.

»Mir fehlt nichts«, erklärte ich.

»So, nun legen Sie sich bitte hier drauf.«

»Ich kann gehen.«

Drinnen wurden Rufe laut. Einer von den Männern in grünen Overalls kam herausgerannt und flüsterte einem jungen Polizisten etwas zu.

»Lieber Himmel!« Der Polizist starrte mich an.

»Er ist ein Killer«, sagte ich.

»Ein Killer?«

»Jetzt sind wir vor ihm sicher. Er kann nichts mehr sehen. Er ist nicht mehr gefährlich.«

»Nun wollen wir Sie in den Krankenwagen bringen, meine Liebe.« Der Mann bemühte sich um einen beruhigenden Ton, als wäre ich vor Schock hysterisch.

»Sie sollten Detective Inspector Jack Cross informieren«, fuhr ich fort. »Mein Name ist Abigail Devereaux. Abbie. Ich habe ihm die Augen ausgestochen. Er wird mich nie wieder ansehen.«

Sie brachten Sarah als Erste weg. Ich kletterte in den zweiten Krankenwagen, noch immer in die Decke gehüllt. Zwei Leute stiegen nach mir ein, ein Sanitäter und eine Polizeibeamtin. Ich hörte noch, dass der Geräuschpegel hinter mir anschwoll, Stimmen hektisch durcheinanderriefen, ein dritter Krankenwagen mit heulender Sirene die Straße herunterkam, doch darum musste ich mich nicht mehr kümmern. Ich ließ mich auf meinem Sitz zurücksinken und schloss die Augen, nicht weil ich müde war – das war ich nicht, ich fühlte mich sogar sehr wach und klar im Kopf, als hätte ich lange und gut geschlafen –, sondern, um die Lichter und das Durcheinander um mich herum auszublenden und all den Fragen ein Ende zu setzen.

Ich fühlte mich so sauber und warm. Mein Haar war frisch gewaschen, meine Haut geschrubbt, meine Finger- und Zehennägel kurz geschnitten. Ich hatte mir dreimal die Zähne geputzt und anschließend mit einer grünen Flüssigkeit gegurgelt, dank der sich mein Atem bis in meine Lungen hinunter minzfrisch anfühlte. Ich saß im Bett, bekleidet mit einem lächerlichen rosafarbenen Nachthemd, zugedeckt mit einem steifen, hygienischen Laken und mehreren Schichten dünner, kratziger Decken, trank Tee und aß Toast. Drei Tassen siedend heißen, stark gezuckerten Tee und ein Stück schlaffen weißen Toast mit Butter. Oder Margarine, das war wahrscheinlicher. Im Krankenhaus bekommt man keine Butter. Auf dem Schränkchen neben meinem Bett stand ein Plastikkrug mit Narzissen.

Ein anderes Krankenhaus, ein anderes Zimmer, eine andere Aussicht, andere Krankenschwestern, die mit Thermometern, Bettpfannen und Teewagen herumsausten, andere Ärzte mit Klemmbrettern und müden Gesichtern, andere Polizisten, die mir nervöse Blicke zuwarfen und gleich wieder wegsahen, aber immer noch derselbe alte Jack Cross, der mit gebeugten Schulter neben meinem Bett saß und dabei selbst ein bisschen wie ein Kranker aussah. Er hatte die Hand an die Wange gelegt, als hätte er Zahnschmerzen, und starrte mich an, als würde ich ihm Angst machen.

»Hallo, Jack«, sagte ich.

»Abbie…«, begann er, brach aber gleich wieder ab. Seine Hand verlagerte sich ein Stück, so dass sie nun seinen Mund bedeckte. Ich wartete. Schließlich wagte er einen zweiten Anlauf. »Fühlen Sie sich einigermaßen?«

»Ja«, antwortete ich.

»Die Ärzte haben gesagt …«

»Es geht mir gut. Sie wollen mich nur noch ein paar Tage zur Beobachtung dabehalten.«

»Das überrascht mich nicht, ich weiß gar nicht, wo ich anfangen soll, ich …« Er rutschte auf seinem Stuhl herum und rieb sich die Augen. Dann setzte er sich aufrechter hin, holte tief Luft und sah mir direkt in die Augen. »Wir hatten Unrecht. Es gibt dafür keine Entschuldigung.« Ich sah ihm an, dass er trotzdem einen Moment versucht war, all die Gründe und Entschuldigungen vorzubringen, sie dann aber hinunterschluckte. »Ich kann einfach nicht glauben, dass Sie das wirklich getan haben.« Er ließ sich wieder zurücksinken und legte wie vorher die Hand ans Gesicht. »Was für ein Chaos, von Anfang bis Ende. Sie können uns alle in die Pfanne hauen.«

»Ist er tot?«

»Nein, er ist in einer Spezialklinik.«

»Oh.«

»Wissen Sie, was Sie mit ihm gemacht haben?«

»Ja.«

»Seine Augen.« Er sagte das ganz leise. Mir war nicht recht klar, ob er mich dabei mit Bewunderung, Entsetzen oder Abscheu ansah. »Sie haben sie ihm halb ins Gehirn geschoben. Ich meine … lieber Himmel!«

»Mit den Daumen«, sagte ich.

»Mein Gott, Abbie, bestimmt sind Sie …«

»Ich hatte nichts anderes.«

»Wir müssen später eine formelle Aussage von Ihnen aufnehmen.«

»Natürlich. Wie geht es Sarah?«

»Sarah Maginnis steht unter Schock und befindet sich in einem Zustand der Unterernährung. Wie Sie damals. Es wird ihr bald wieder besser gehen. Möchten Sie sie sehen?«

Ich überlegte einen Moment. »Nein.«

»Es tut ihr sehr Leid, Abbie.«

»Sie wissen Bescheid?«

»Sie kann über nichts anderes reden.«

Ich zuckte mit den Achseln.

»Vielleicht war es Glück für mich«, sagte ich. »Er wollte sie töten. Er hatte seinen Schal abgenommen. Ich weiß nicht, was ich getan hätte. Vielleicht wäre ich nur dagestanden und hätte ihm dabei zugesehen. Niemand hätte es mir zum Vorwurf machen können, oder? Die arme, traumatisierte Abbie.«

»Ich glaube nicht, dass Sie einfach nur so dagestanden wären.«

»Gibt es etwas Neues in Sachen Jo? Hat er etwas gesagt?«

»Ich denke, er wird noch eine ganze Weile nichts sagen. Was Miss Hoopers Verschwinden betrifft, beginnen wir gerade mit unseren Ermittlungen.«

»Sie kommen zu spät.«

Er hob die Hände, ließ sie dann aber resigniert auf seinen Schoß zurückfallen. Ein paar Minuten lang saßen wir beide schweigend da. Eine Krankenschwester kam herein und sagte, jemand habe an der Rezeption Blumen für mich abgegeben. Sie legte einen Strauß feuchter Anemonen auf mein Schränkchen. Ich griff danach und roch an den Blumen. Sie hatten Wassertropfen auf ihren leuchtenden Blütenblättern und dufteten nach Frische. Ich legte sie zurück. Cross' Gesicht wirkte vor Erschöpfung ganz grau.

»Sagen Sie mir, was Sie über ihn wissen«, bat ich ihn.

»Wir sind erst ganz am Anfang. Sein Name ist George Ronald Sheppy. Er ist einundfünfzig Jahre alt. Er ist vorher nur ein einziges Mal straffällig geworden, wegen Tierquälerei. Die Sache liegt Jahre zurück. Er ist mit einer kleinen Strafe davongekommen. Recht viel mehr wissen wir noch nicht. Wir haben mit einigen Nachbarn von ihm gesprochen. Er hat sich mit verschiedenen Jobs durchgeschlagen – ein bisschen von diesem, ein bisschen von jenem. Möbelpacker, Volksfestmechaniker, Lastwagenfahrer. Alles nicht sehr aufschlussreich.«

»Und die anderen Frauen?«

»Die anderen Namen«, berichtigte mich Cross. »Natürlich werden wir auch in diese Richtung weiter ermitteln, vor allem jetzt – wir werden überprüfen, ob vermisste Frauen aus den Gegenden, in denen er gearbeitet hat, in Frage kommen. Vielleicht, wenn wir mehr wissen …« Er zuckte resigniert mit den Achseln. »Besser, Sie erwarten sich nicht zu viel davon.«

Dann waren die Namen also nach wie vor nur Silben, die mir in der Dunkelheit zugeflüstert worden waren.

»Kümmert sich jemand um Sie?«, fragte er.

»Mehrere Ärzte, aber mir fehlt nichts.«

»Nein – ich habe gemeint, jemand, der Ihnen hilft. Mit dem Sie reden können. Nach allem, was Sie durchgemacht haben.«

»Ich brauche keine Hilfe.«

»Abbie, ich war dort, ich habe gesehen, was von ihm übrig ist.«

»Sie meinen, ich müsste deswegen traumatisiert sein?«

»Nun ja …«

»Ich habe ihm die Augen ausgestochen.« Ich hielt beide Hände hoch und starrte auf meine Finger. »Ich habe meine Daumen in seine Augäpfel gedrückt und ihm auf diese Weise die Augen ausgestochen. Das war kein traumatisches Erlebnis, Jack. Das traumatische Erlebnis war die Entführung. In einem Keller gefangen gehalten zu werden, eine Kapuze über dem Kopf, einen Knebel im Mund und in der Dunkelheit von Augen angestarrt, von Händen berührt zu werden. Das war traumatisch. Zu wissen, dass ich sterben würde und niemand mir helfen konnte. Das war traumatisch. Ihm zu entkommen und dann herauszufinden, dass niemand mir glaubte. Von neuem in Gefahr zu sein, wo ich doch eigentlich in Sicherheit hätte sein sollen. Das war traumatisch. Das andere nicht. Das war lediglich Notwehr. Mein letzter verzweifelter Versuch, am Leben zu bleiben. Nein, ich glaube nicht, dass ich noch Hilfe brauche. Vielen Dank.«

Während meines Monologs war er zurückgesunken, als würde ich mit den Fäusten auf ihn eintrommeln. Als ich fertig war, nickte er und ging.

Ben kam in der Mittagspause – seiner Mittagspause. Im Krankenhaus ist schon gegen halb zwölf Mittagszeit, und das Abendessen gibt es um fünf. Danach zieht sich der Abend endlos hin, bis es Nacht wird, dann zieht sich die Nacht endlos hin, bis es endlich wieder Morgen wird. Er beugte sich über mich, um mir mit kalten Lippen einen nervösen Kuss auf die Wange zu drücken. Er trug wieder seinen wundervollen langen Mantel. Verlegen hielt er mir eine Schachtel Pralinen hin, die ich wortlos entgegennahm und auf mein Kissen legte. Er setzte sich, und wir sahen uns an.

»Ich habe dir noch etwas mitgebracht«, sagte er schließlich und zog ein glattes hölzernes Oval aus seiner Tasche. Es war honigfarben und von dunkleren Linien durchzogen. »Hainbuche«, erklärte er. »Ein ganz besonderes Holz. Ich habe es gestern Abend in meiner Werkstatt für dich gemacht, während ich auf dich gewartete habe. Ich habe so sehr gehofft, dass du doch noch kommen würdest.«

Ich schloss meine Faust um das Holz. »Es ist wunderschön. Vielen Dank.«

»Möchtest du schon darüber sprechen?«

»Eigentlich nicht.«

»Kannst du dich inzwischen an irgendwas erinnern? Ist dein Gedächtnis zurückgekehrt?«

»Nein.«

Einen Moment schwiegen wir beide.

»Das mit Jo tut mir Leid«, fügte ich dann hinzu. »Sie ist tot.«

»Das weißt du doch gar nicht. Jedenfalls nicht mit Sicherheit.«

»Sie ist tot, Ben.«

Er stand auf, trat an das kleine, geschlossene Fenster und

blickte starr über die Hausdächer hinweg in den blauen Himmel. Er verharrte ein paar Minuten reglos. Ich nehme an, er weinte.

»Abbie«, sagte er, als er sich wieder dem Bett zuwandte, »ich war halb wahnsinnig vor Sorge um dich. Ich wollte dir helfen. Ich wollte nicht, dass du das allein durchstehen musst. Egal, was du wegen mir und Jo empfunden hast, du hättest nicht einfach davonlaufen sollen, als würdest du mich für den Mörder halten. Ich weiß, dass du durcheinander warst und böse auf mich. Das verstehe ich ja auch. Aber du hättest sterben können. Und es war nicht richtig, Abbie«, sagte er. »Es war nicht in Ordnung.«

»Ben.«

»Okay, okay … hör zu, das wegen mir und Jo tut mir Leid – zumindest tut es mir Leid, dass du es auf diese Weise erfahren hast. Was aber nicht heißen soll, dass es mir Leid tut, dass ich eine Affäre mit ihr hatte. Das ist eine andere Geschichte, und wenn du möchtest, werde ich sie dir eines Tages erzählen. Es soll auch nicht heißen, dass ich mein Schweigen in diesem Punkt inzwischen für völlig falsch halte. Wir beide, du und ich, haben am verkehrten Ende angefangen. Unserer Beziehung fehlte die übliche Reihenfolge. Wäre alles ganz normal gelaufen, hätten wir uns langsam kennen gelernt und einander irgendwann unsere Vergangenheit gebeichtet, aber wir kannten uns noch kaum, und plötzlich warst du bei mir im Haus und hattest Angst um dein Leben, und alles war so hektisch und unsicher. Ich wollte unsere Beziehung nicht damit beginnen, gleich alle meine Karten auf den Tisch zu legen. Ich hatte Angst, dich wieder zu verlieren.«

»Und deswegen hast du unsere Beziehung lieber mit einer Lüge begonnen«, stellte ich fest.

»Es war keine Lüge.«

»Streng genommen nicht. Moralisch gesehen schon.«

»Es tut mir Leid, dass ich dir nicht die Wahrheit gesagt

habe«. Er setzte sich wieder neben mich, und ich hob die Hand, um über sein schönes weiches Haar zu streichen.

»Und mir tut es Leid, dass ich einfach so davongelaufen bin«, sagte ich. »Hier, nimm eine Praline.«

»Nein, danke.«

Ich nahm eine. Karamell.

»Es gibt inzwischen ein paar Worte, die für mich eine andere Bedeutung haben als beispielsweise für dich«, fuhr ich fort. »Dunkelheit. Stille. Winter.« Ich suchte eine weitere Praline aus. »Gedächtnis«, fügte ich hinzu und schob mir die Schokolade in den Mund.

Ben griff nach meiner freien Hand. Mit der anderen hielt ich noch immer sein Holzei umklammert. Er drückte sie an sein Gesicht. »Ich liebe dich«, sagte er.

»Ich glaube, ich war eine Weile wahnsinnig. Das ist jetzt vorbei.«

»Du siehst auch anders aus«, stellte er fest. »Wunderschön.«

»Ich fühle mich tatsächlich anders.«

»Was wirst du jetzt tun?«

»Ein bisschen Geld verdienen. Mir mein Haar wieder wachsen lassen. Nach Venedig reisen.«

»Möchtest du weiter bei mir wohnen?«

»Ben ...«

»Ich würde mich freuen.«

»Nein. Ich meine, ich glaube nicht, dass du dich wirklich freuen würdest, auch wenn es sehr nett von dir ist, mir das anzubieten. Jedenfalls möchte ich es nicht.«

»Verstehe.« Er legte meine Hand aufs Bett und strich dann behutsam über meine Finger, einen nach dem anderen, ohne mich anzusehen.

»Du könntest mit mir ausgehen«, fuhr ich fort. »Wir könnten uns zu einem Rendezvous verabreden. Uns einen Film ansehen. Miteinander Cocktails trinken. Schön essen gehen.«

Er starrte mich mit einem fragenden, unsicheren Blick an.

Dann begann sich ein Lächeln auf seinem Gesicht auszubreiten. Die Haut um seine Augen verzog sich zu Lachfältchen. Er war wirklich ein netter Mann. Alles andere hatte ich mir nur eingebildet.

»Es wird Frühling«, sagte ich. »Da kann alles Mögliche passieren. Wer weiß.«

Noch jemand kam mich besuchen. Nun ja, natürlich kamen mich viele Leute besuchen, meine Freunde, einzeln oder in Gruppen, die meisten mit Blumen, manche mit Tränen in den Augen, andere verlegen kichernd. Ich umarmte liebe Menschen, bis mir die Rippen weh taten. Es war, als fände in meinem Zimmer eine endlose Party statt – die Party, die ich mir eigentlich gewünscht hatte, als ich das erste Mal von den Toten zurückgekehrt war, mit dem Ergebnis, das ich stattdessen in eine Welt des Schweigens und der Scham eingetreten war –, doch jetzt musste ich feststellen, dass ich auf meiner eigenen Party eine Fremde war, die den anderen dabei zusah, wie sie Spaß hatten, und sich zwang mitzulachen, auch wenn sie den Witz nicht so richtig verstand.

Aber es kam noch jemand. Er klopfte höflich an, obwohl die Tür halb offen stand, und wartete, bis ich ihn aufforderte hereinzukommen.

»Ich weiß nicht, ob Sie sich an mich erinnern«, sagte er. »Ich bin …«

»Natürlich erinnere ich mich«, fiel ich ihm ins Wort. »Sie haben zu mir gesagt, ich hätte ein sehr gutes Gehirn. Sie sind Professor Mulligan, der Gedächtnismann, der einzige Mensch, den ich wirklich sehen möchte.«

»Dabei habe ich Ihnen gar keine Blumen mitgebracht.«

»Das ist mir sehr recht, ich werde nämlich heute Nachmittag entlassen.«

»Wie geht es Ihnen?«

»Gut.«

»Sie haben sich tapfer geschlagen«, sagte er. Wie beim letzten Mal empfand ich seine Art als sehr wohltuend. Er gab mir ein gutes Gefühl.

»Jack Cross hat mir erzählt, dass Sie damals für mich eingetreten sind.«

»Na ja…« Er machte eine wegwerfende Handbewegung.

»Sie haben die Besprechung unter Protest verlassen.«

»Genutzt hat das leider auch nichts. Sagen Sie, ist Ihr Gedächtnis inzwischen zurückgekehrt?«

»Nein. Nicht wirklich«, antwortete ich. »Manchmal habe ich das Gefühl, da ist etwas, ganz am Rand meines Bewusstseins, aber ich kriege es nicht zu fassen, und sobald ich den Kopf ein wenig drehe, ist es wieder weg. Manchmal kommt mir die verlorene Zeit wie eine Flutwelle vor, die über mir zusammengeschlagen ist und jetzt ganz langsam zurückebbt. So unendlich langsam, dass ich es gar nicht richtig wahrnehmen kann. Aber vielleicht bilde ich mir das auch nur ein. Oder die Erinnerung kommt irgendwann Stück für Stück zurück. Halten Sie das für möglich?«

Er beugte sich vor und sah mich an. »Ich würde an Ihrer Stelle nicht darauf zählen«, antwortete er. »Alles ist möglich, aber wissen kann man es nie.«

»Lange habe ich gedacht, dass ich am Ende eine Antwort bekommen würde«, erklärte ich. »Ich dachte, ich würde ihn sehen, und alles würde mir wieder einfallen. Ich war davon überzeugt, die verlorenen Dinge irgendwann wiederfinden zu können. Aber so wird es nicht sein, habe ich Recht?«

»Was wollten Sie denn finden?«

»Mich.«

»Aha. Ja dann.«

»Ich werde diese verlorene Abbie nie zurückbekommen, stimmt's?«

Professor Mulligan nahm eine der Blumen und roch daran. Er brach sie am Stielende ab und steckte sie sich ans Revers.

»Sie haben hoffentlich nichts dagegen?«, fragte er. Ich schüttelte lächelnd den Kopf. »Versuchen Sie, nicht so viel darüber zu brüten, woran Sie sich nicht erinnern können. Setzen Sie sich lieber mit dem anderen auseinander. Mit den Dingen, an die Sie sich erinnern.«

Woran ich mich nicht erinnern kann. Manchmal zähle ich es an den Fingern ab: die Trennung von Terry, die Begegnung mit Jo, die Begegnung mit Ben, die Begegnung mit ihm. Für mich ist er immer noch namenlos, einfach nur »er«, der Mann, eine dunkle Gestalt, eine Stimme in der Dunkelheit. Ich kann mich nicht daran erinnern, wie ich mich in Ben verliebt habe. Ich erinnere mich auch nicht an die Woche, in der ich einfach nur glücklich war, auf eine glorreiche Weise glücklich. Ich kann mich nicht daran erinnern, wie ich aus meinem Leben gerissen wurde. Ich erinnere mich nicht daran, wie ich mich selbst verlor.

Woran ich mich erinnere: eine Kapuze über meinem Kopf, eine Drahtschlinge um meinen Hals, einen Knebel in meinem Mund, ein Schluchzen in meiner Kehle, eine Stimme in der Nacht, ein Lachen in der Dunkelheit, unsichtbare Hände, die mich berühren, Augen, die mich beobachten, Entsetzen, Einsamkeit, Wahnsinn, Scham. Ich erinnere mich daran, gestorben zu sein, und ich erinnere mich daran, wie es war, tot zu sein. Ich erinnere mich an den Klang meines weiterschlagenden Herzens, an das Geräusch meiner nicht aussetzenden Atmung, an einen gelben Schmetterling auf einem grünen Blatt, einen silbrigen Baum auf einem kleinen Hügel, einen trägen Fluss, einen klaren See. An Dinge, die ich nicht gesehen habe und nie vergessen werde. Daran, noch am Leben zu sein. Ich erinnere mich.